Peter Berling

DIE KRONE DER WELT

PETER
BERLING

DIE KRONE DER WELT

Roman

Mit Buchkunstarbeiten
von Achim Kiel

Gustav Lübbe Verlag

NEC SPE NEC METU

gewidmet
Franziska Limmer
Michael Görden * Susanne Aernecke
Mario Muchnik

INHALTSVERZEICHNIS

DRAMATIS PERSONAE 9

PROLOG 13

LIBER I
*
Der müde Kalif 31
Vier Prinzen 52
Blütenhauch und Moderduft 63
Der Kuriltay 91
Mappa Terrae Mongalorum 114
Am Brunnen von Iskander 145
Die Schwelle des Bulgai 169
Der Silbermond von Alamut 176
Ein würdiger Missionar 198
Wetterleuchten 209
Der Turm von Procida 237

LIBER II

*

Der Kaufmann von Samarkand   250
Bettler im Palast   278
Der Mantel des Schamanen   293
Des Bischofs Schatzkammer   307
Ein Sommerlagermärchen   322
Sklavenhändler und Piraten   342
Das Stelldichein   364
Via Triumphalis   382
Aus dem Logbuch des Penikraten   408
Der Patriarch von Karakorum   430

LIBER III

*

Das Amulett   473
Vom Heiligen Geist und anderen Geistern   492
Der eine Gott   519
Die Nacht der Verschwörer   543
Fluchten   577
Verfolger und Opfer   601
Wildwasser   622
Die Blüte verfault   647
Die Stille vor dem Sturm   683
Die Rose im Feuer   704

ANHANG

*

Die politische Lage der Welt zur Mitte des 13. Jh.   735
Index   741
Quellen   762
Danksagung   763
Über den Autor   765

DRAMATIS PERSONAE

CHRISTLICHES ABENDLAND

Roger-Ramon-Bertrand, gen. Roç, *Trencavel du Haut-Ségur*
Yezabel-Constance-Ramona, gen. Yeza, *Esclarmunde du Mont y Sion*
William von Roebruk, *Chronist*
Gavin Montbard de Béthune, *Präzeptor der Templer*
Crean de Bourivan, alias Mustafa Ibn-Daumar,
Assassine, im Dienste der Prieuré
Elia von Cortona, *kaiserlicher Berater*
Hamo L'Estrange, *Graf von Otranto*
Shirat Bunduktari, *Gräfin von Otranto*
Alena Elaia, *ihre Tochter*
Hethoum I., *König von Armenien*
Sempad, *sein Bruder, Konnetabel von Armenien*
Xenia, *armenische Witwe*
Sergius der Armenier, *Mönch in Karakorum*
Rainaldo di Jenna, *Kardinalerzbischof von Ostia*
Andreas von Longjumeau, *Dominikaner, päpstlicher Gesandter*
Cenni di Pepo, gen. Cimabue, *florentinischer Maler*
Taxiarchos, gen. der Penikrat, *Bettlerkönig von Konstantinopel*
Guillaume Buchier, *Kunstschmied aus Paris*
Gosset, *Priester, Gesandter des französischen Königs*
Bartholomäus von Cremona, *Gesandter im Dienst der Kurie*
Lorenz von Orta, *im Dienst der Prieuré*
Ingolinde von Metz, alias Madame Pascha, *ehemalige Hur*
Philipp, *Diener*
Theodolus, *Williams Sekretär*

DIE WELT DES ISLAM

Imam Muhammad III., *Großmeister der Assassinen*
Khurshah, *sein Sohn und Nachfolger*
Emir Hasan Mazandari, *sein Favorit, Kommandant von Alamut*
Mustafa Ibn-Daumar, alias Crean de Bourivan,
Gesandter der Assassinen
Pola, gen. ›al muchtara‹, *seine Tochter, Aufseherin des Harems*
Kasda, *seine Tochter, Astrologin des Observatoriums von Alamut*
Zev Ibrahim, *Ingenieur von Alamut*
Magister Herlin, *Oberhofschreiber und Bibliothekar von Alamut*
Omar von Iskander, *Assassine*
Amál, *seine Tochter*
Aziza, *seine Schwester*
Vater des Omar, *Assassine*
Shams, *Sohn des Khurshah*
el-Mustasim, *Kalif von Bagdad*
Muwayad ed-Din, *Großwesir von Bagdad*
Aybagh, gen. der ›Dawatdar‹, *Oberhofsekretär und Kanzler
von Bagdad*
Nasir el-Din Tusi, *arabischer Gelehrter und Gesandter*
Ali, *sein Sohn*
Malouf, *Kaufmann von Samarkand*
Abdal der Hafside, *Sklavenhändler*

DAS REICH DER MONGOLEN

Fürstin Sorghaqtani, *keraitische Prinzessin, Mutter des Toluy-Klans*
Möngke, *der ›Khagan‹, Großkhan der Mongolen*
Kubilai, *sein Bruder, zukünftiger Kaiser von China*
Hulagu, *sein Bruder, zukünftiger Il-Khan Persiens*
Ariqboga, *sein jüngster Bruder*
Kokoktai-Khatun, *Erste Gemahlin des Großkhans, nestor. Christin*
Koka, *Zweite Gemahlin des Großkhans, Götzenanbeterin*
Dokuz-Khatun, *Frau des Hulagu, Christin*
Ata el-Mulk Dschuveni, *Kämmerer des Hulagu, Moslem*
General Kitbogha, *Heerführer des Hulagu, Christ*
Kito, *sein Sohn, Hundertschaftsführer*
Batu, *Vetter des Großkhans und Herrscher der Goldenen Horde*
Sartaq, *sein Sohn und Nachfolger*
Oghul Kaimisch, *Witwe des letzten Großkhans Guyuk*
Schiremon, *Vetter des Guyuk*
Bulgai, *Oberhofrichter der Mongolen und Herr der Geheimen Dienste*
Arslan, *der Schamane*
Jonas, *Archidiakon der Nestorianer*
Orda, *Yezas Zofe*
Timdal, gen. ›homo Dei‹, *Williams Dolmetscher*

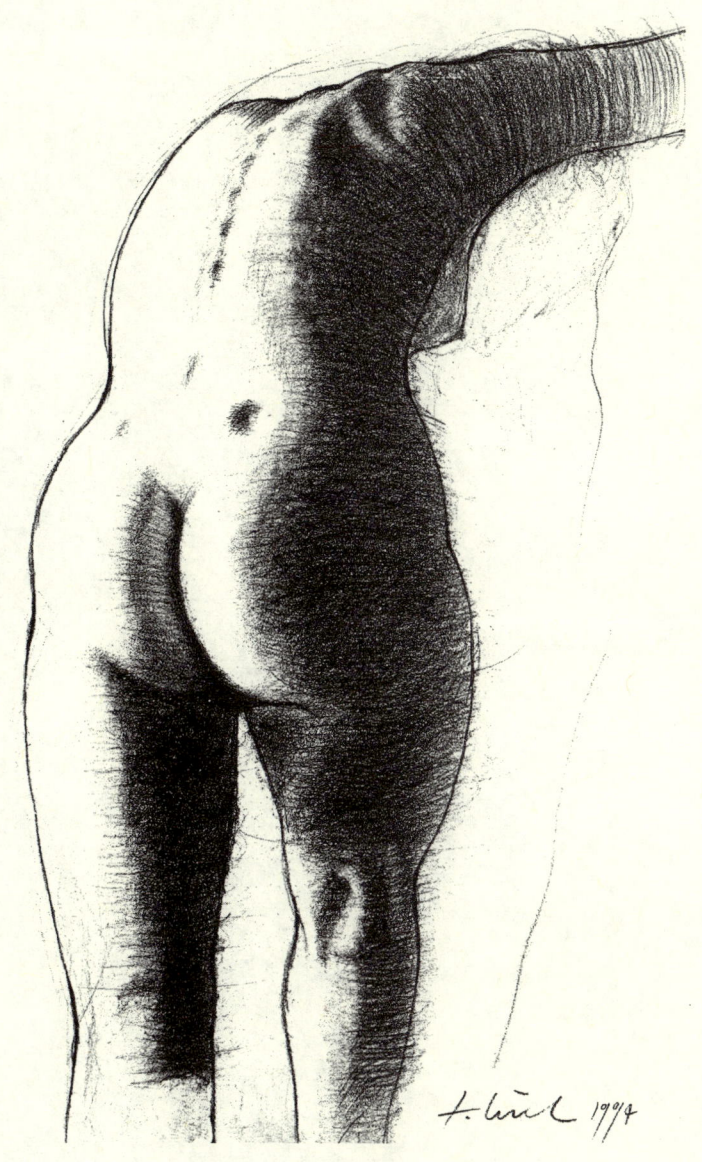

PROLOG

Südlich von Bagdad, am linken Ufer des Tigris, lag der Iwan von Ktesiphon, der Sommerpalast des *amir al-mumin*, des ›Herrschers aller Gläubigen‹. Hierher war der Kalif mit seinem Hofstaat und seinem Harem gezogen, um sich in den Thermen den Nachstellungen seiner Ärzte zu entziehen. Denn el-Mustasim plagte die Gicht, der Rücken schmerzte, es stach in den Knien, und die Füße waren es sowieso nicht gewöhnt, ihn zu tragen.

Wenn er in dem warmen Wasser lag und zarte Hände ihn mit duftenden Essenzen begossen, sie sanft in seine welke Haut rieben oder mit sorgsam gefeilten Fingernägeln seine Glieder entlangglitten, dann verschaffte ihm das weitaus mehr Linderung als die Einläufe der jüdischen Doctores aus Alexandria, Aderlaß und Kaltgüsse der Ärzte, die ihm der Kaiser aus Salerno geschickt, oder die feinen Stiche samt Nadeln, deren Anwendung ihm ein Schüler Ibn al-Baitars aus Peking aufgeschwatzt hatte.

El-Mustasim schaute hinauf in das einzigartige Tonnengewölbe, das wie ein riesiges Straußenei in den Ufersand des Tigris gesetzt war. Der Iwan stand frei und aufrecht. Auf der einen Seite öffnete er sich zu den Dattelpalmen der Oase, auf der anderen zum träge dahinfließenden Fluß. Der Kalif liebte diese luftige Halle, die noch aus den Tagen des Propheten stammte, ihre lichte Kühle und Beschwingtheit. Schwalben nisteten in den Steinen, und ab und zu verirrte sich eine Smaragdeidechse an das Becken, in dem er ruhte. Tambourschlägerinnen mit Schellen an den Handgelenken und den schlanken Fesseln wiegten sich zu Flötenklängen. Wenn sie nicht sängen, dachte der alte, kleine Mann, dann wären sie noch schöner, doch dann würden sie vermutlich plappern wie die Damen meines Harems, die hinter dem Vorhang – bekümmert blickte el-Mustasim über seinen eingefallenen Brustkorb und den spitzen Bauch auf die schlaffe Zier seiner Lenden – von anderen Männern schwärmten. Die Gedanken des Kalifen eilten der Frau entgegen, die ihm An-Nasir, der Sultan von Damaskus, geschickt hatte. Der syrische Herrscher hatte sie ihm als eine geistvolle Erzählerin angepriesen und ihre besondere Herkunft unterstrichen. Eine Tochter des Stauferkaisers sei sie, klug und von höfischer Sitte des Abendlandes geprägt. Sie könne nicht nur lesen, sondern auch schreiben und sei unübertrefflich als Erzählerin. Sie wird ihm zu alt für den Harem gewesen sein, sinnierte el-Mustasim. Immerhin zählte diese vollreife Gabe schon fünfundzwanzig Lenze.

Der Kalif schaute auf die Uhr am Rand des Beckens – ein scheußliches Stück! Aber es zeigte die Stunden an und war ein Geschenk des Königs der Franken. Der hatte sie eigens bei einem Silberschmied in Paris für ihn anfertigen lassen. Die vergoldete Arbeit stellte einen Ritter dar. In einer Hand hielt er einen Rundschild, dessen Mitte von einer Achse durchbohrt war, an der sich ein Pfeil als Zeiger drehte. Die Zeiten waren als Einlegearbeit im Schildrand vermerkt. Aber das war nicht wichtig, denn die andere Hand trug eine Streitkeule oder eher einen kleinen Schlegel für die Spielzeugtrommel eines Knaben. Mit dem klopfte der Krieger jede volle Stunde an den Schildrand, bis zu zwölf dröhnende Schläge. Doch danach – und das war das Schönste! – ruckte sein Arm im Viertelstundentakt hoch und hämmerte »Peng! Peng!« an den Helm. Allah sei Dank war das Visier geschlossen, so daß sich der Kalif jedesmal mühelos vorstellen konnte, dahinter stecke der Kopf eines Ungläubigen. Auch diesmal ertappte sich el-Mustasim dabei, daß er begeistert die Schläge verfolgte. Er klatschte in die Hände und scheuchte die singenden Bajaderen zurück hinter den Vorhang, ließ sich von den Meistern des Bades in Tücher hüllen und auf ein Ruhelager am Rande der Halle tragen, genau gegenüber von dem Stoffzelt, hinter dem seine Damen schon wieder tuschelten.

Clarion von Salentin stand mitten unter ihnen und wußte, daß sie gleich zum Herrscher gerufen würde. Der Obereunuch hatte ihr eigenhändig die letzten schwarzen Kräuselhaare unter den Achseln entfernt und war damit beschäftigt, sie mit allerlei Salben und Ölen einzureiben. Sie kannte diese Prozedur, die keine Stelle des Körpers ausließ. Für jede griff er in einen anderen Tiegel. Es kitzelte, und sie genoß das neidische Geraune der Weiber. Gut, sie war nicht mehr die Jüngste, sie hatte einer Tochter das Leben geschenkt, und ihr Leib neigte zur Üppigkeit, doch der Kalif war ein dürres Männlein, und solche wissen einen runden Hintern und einen vollen Busen meist zu schätzen.

Clarion trug nichts als ein durchsichtiges Gewebe aus Mossul, das ihre weichen Formen unterstrich. Gekämmt, gepudert und nochmals mit aromatischen Essenzen besprüht, schritt sie erhobenen Hauptes durch den Iwan zum Ruhelager des Herrschers.

El-Mustasim hatte sich aufgesetzt und betrachtete sie mit Wohlgefallen. Er wies ihr einen Platz auf einem samtbezogenen Kissen an, das zu seinen Füßen lag. Er war neugierig auf das, womit sie ihn zu erfreuen gedachte, und hielt damit auch nicht hinter dem Berg.

»Holde Huri des Paradieses, erzähl mir von den beiden Kindern, die Allah gesandt haben soll, um die Franken auf den rechten Weg zu führen!«

Aha, dachte Clarion, daher streicht der Wind. Sie schaute sinnend hinab auf den Tigris, als gäbe sie seherische Erkenntnisse preis. »Nicht nur die Franken«, sagte sie lächelnd, »das gesamte Abendland. Der große römische Kaiser –«

»Ist das nicht der Papst?« fiel ihr der Kalif ins Wort, und sie nahm den abwegigen Gedanken empört auf.

»Das ist der oberste Priester! Dieser Betrüger, der sich als Nachfolger des Jesus von Nazareth ausgibt und die Kinder, die legitimen Erben des heiligen Blutes, mit gehässigem Neid verfolgt! Und der König der Franken ist sein Knecht und Büttel.«

Der Kalif schaute hinüber zur Uhr; sie schlug gerade.

»Die Kinder stammen also vom Propheten Jesse ab?«

Clarion nickte.

Da tönte der Hammer. »Peng! Peng! Peng!«

»Wie kann es der König von Frankreich wagen, seine Hand gegen die Kinder des Propheten zu erheben?« Die Franken sind ein törichter Stamm, dachte der Kalif, das beweist schon der Ritter, der sich an den eigenen Helm klopft.

»Ich will es Euch so erklären«, sagte Clarion, die nicht verstand, warum der Alte immer zu dieser seltsamen Puppe schaute. Ob da wohl ein winziger Mohr darin saß und diese Verrenkungen vollführte, wenn der Herrscher ihn ansah? »Im lieblichsten Teil des Abendlandes liegt wie ein schönes Weib Okzitania, und vier mächtige Fürsten umlagern sie werbend: der Kaiser mit seinem weiten Reich im Osten; der König von Aragon im Westen, doch durch ein Gebirge von ihr getrennt. Im Süden, jenseits des Meeres, die Länder des Hafsidenherrschers. Nur im Norden, da dräut der König der Franken, der sie mit schändlicher Gewalt –«

»Der hat mir den ›Ritter des Stundenschlags‹ geschenkt«, unterbrach el-Mustasim sie milde. »Seine Uhr zeugt nicht von erlesenem Geschmack, aber sie schlägt.«

Dieser Einwand leuchtete Clarion ein, und sie ließ von Frankreich ab. »Dort also liegt das Zauberland Okzitanien, die Geliebte des Abendlandes, schönste Blüte der Minnekultur und höfischer Sitte.« Sie hatte nicht das Gefühl, daß el-Mustasim begriffen hatte, wovon sie sprach. »Da – nicht weit entfernt von el-Andaluz, dem sarazenischen Córdoba mit seiner Pracht, dem leuchtenden Sevilla, dem mächtigen Granada, dem Ihr ja Oberster Herr – gedeihen die herrlichsten Früchte an Wissen und Weisheit. Juden, Muslime und Christen leben in friedlichem –«

»Von wegen!« zeterte der Kalif erbost. »So könnte es sein! Doch statt sich dieses Glücks zu erfreuen, das Allah freigebig gewährt, bekämpfen uns diese engstirnigen Christenhunde –«

»Schuld daran ist der katholische Papst, der in seiner Unduldsamkeit nur seine eigene Lehre gelten läßt und nicht etwa die des Jesus Christus!«

»Jesse, der Prophet«, nahm der Kalif den Faden wieder auf, »hat nichts verkündet, was es den Franken erlauben könnte, uns mit

Krieg zu überziehen. Im Gegenteil: Euer Prophet predigte Milde, Brüderlichkeit, Barmherzigkeit –« Er überdachte die Tauglichkeit solchen Verhaltens und setzte hinzu: »Schon fast übertrieben! Sagte er nicht: ›Wenn dir jemand einen Backenstreich versetzt, halte die andere Wange auch noch hin‹?«

Clarion lachte. »Ich bin keine Christin. Doch wenn's nur Backenstreiche wären! Mit Feuer und Schwert fällt die unheilige Allianz des fränkischen Königs und des römischen Papstes über Okzitanien her. Landgierig, beutelüstern der eine, gnadenlos und geifernd der andere.«

Die Uhr schlug dröhnend die volle Stunde, achtmal. Die blauen Schleier des Abends senkten sich über den Fluß. Der Kalif ließ Früchte und gekühltes Rosenwasser bringen. Er goß Clarion eigenhändig ein.

»Du wolltest mir von den Kindern erzählen. Was haben sie mit diesem merkwürdigen König und diesem üblen Papst zu schaffen, wenn Allah sie über seinen Propheten Jesse zu euch gesandt hat?«

»Gesandt geradewegs in diesen Rosengarten Okzitanien, wo jüdische Kabbala, islamische Gottesgelehrtheit und uralte keltische Kulte zusammenfanden. Aus dem Morgenland heimkehrende Kreuzritter brachten wie Samen fremdartiger Blumen Lebensart und Zivilisation mit. Im glücklichen Okzitanien, wo Dichter Fürsten waren, Ritter Sänger und Weise Priester, entwickelte sich eine Lehre der ›Reinen‹, die das Böse nicht fürchteten und das Paradies vor Augen hatten; eine Religion des Glaubens an die wahre Botschaft des Jesus von Nazareth, unverfälscht und unmittelbar! Ihre Tugend, die nicht der Vergebung, der Buße oder des Fegefeuers bedurfte, wurde dem Papst zum Dorn im Auge und zum Balken vor dem Kopf des Königs der Franken, der das fruchtbare Land begierig ansah. Es lag schutzlos da mit dunklen Wäldern, silbrigen Flüssen und versteckten Höhlen, deren Wände von Gold und edlen Steinen gleißten. Ich habe es nie zu Gesicht bekommen«, bedauerte Clarion mit glänzenden Augen, »aber Crean hat mir davon erzählt.«

»Wer ist das?« Der alte Kalif war ein genauer Zuhörer, so schläfrig er auch wirken mochte.

»Der tapfere Ritter, der die Kinder aus der belagerten Burg Montségur rettete –«

»Berichte von Anfang an, was geschah«, mahnte el-Mustasim seine eigenwillige Erzählerin, und Clarion nahm es sich zu Herzen.

»Eines Tages war es soweit: König und Papst boten ein riesiges Heer auf zum ›Kreuzzug‹ gegen –«

»Was?! Einen Kreuzzug gegen Christen, mitten im Herzen des Abendlandes?«

»Ja, so nannten sie es frech und verlogen und versprachen fette Beute. So fielen Söldnerscharen ein, verwüsteten Städte und Burgen und verfolgten die Bewohner. ›Verbrennt sie alle lebendigen Leibes‹, befahl der Legat des Papstes, ›Gott wird am Tag des Jüngsten Gerichtes die Seinen schon zu finden wissen!‹«

»Welch eine Lästerung Allahs!« Der Kalif erschauerte.

»Ja, aber es kommt noch ärger! Als sie alle Städte verbrannt hatten, samt der Menschen, die in die Gotteshäuser geflüchtet waren, stand noch eine Burg auf hohem Felskegel, der Montségur. Dreiunddreißig Jahre hatte sie standgehalten, doch dann beschlossen die Hüter des Gral, aufzugeben und ihrem irdischen Leben ein Ende zu setzen –«

El-Mustasim war beeindruckt. »Gral? Ist das der Vater der ›Kinder des Gral‹?«

»Keiner weiß genau, wer oder was der Gral ist.« Clarion gab sich nicht die Mühe, schlauer auszusehen, als sie war. Sie strich statt dessen ihren Musselin glatt, daß sich die dunklen Spitzen ihrer Brüste erhaben abzeichneten. »Crean de Bourivan, der edle Beschützer der Kinder, sagte: ›Der Gral ist das geheime Wissen.‹«

»Wissen um was?« hakte der Kalif nach.

»Um die Herkunft des heiligen Blutes, das Blut der Könige, das Blut des königlichen Hauses David –«

»Ah«, entfuhr es dem Herrscher aller Gläubigen, »des Propheten Jesse?«

Die Uhr schlug.

»So ist es wohl«, antwortete Clarion, die sich dabei ertappte, nun auch den Mann mit dem Helm anzustarren. »Jedenfalls wurden die

Kinder, ein Knabe und ein Mädchen, in der Nacht vor der Übergabe der Burg über die Felsen abgeseilt in die Tiefe. Verantwortlich für die Rettung war wohl die Prieuré, der Oberste Rat von Sion. Es ist ein geheimer Orden, dem auch Crean de Bourivan angehört und treulich dient.«

Sie wartete ab, bis das Dröhnen des Schildes verklungen war. »Peng!«

»Ein mächtiger Bund, der im verborgenen wirkt«, setzte Clarion dann mit einem entwaffnenden Aufschlag ihrer Wimpern hinzu, denn sie wollte den Kalifen mit ihren schönen Augen darüber hinwegtäuschen, daß sie nicht viel mehr über die Prieuré wußte.

Der Kalif fragte dennoch: »Für wen?« Aber er schaute nicht mehr auf die Uhr. Sein Blick hatte sich in Clarions Musselintüll verfangen, strich um ihre Schenkel und versenkte sich in das dunkle Dreieck ihres Schoßes. »Für wen?« wiederholte er.

Clarion hatte seinen Blick bemerkt; sie räkelte sich wie eine zufriedene Katze, um dann durch plötzliches Erstarren der Maus vorzugaukeln, sie könne unbeachtet weiter mit den Augen naschen.

»Ich kann Euch nur sagen gegen wen. Gegen die Kirche der Päpste in Rom und gegen das Haus der Könige von Frankreich, deren Söldner den Montségur stürmten. Den Gral, den sie suchten, fanden sie nicht. Die Besatzung der Feste wanderte freiwillig auf den Scheiterhaufen, denn sie weigerten sich, den Papst anzuerkennen. Das dazugehörige Land, die Burgen und Städte erhielt der König von Frankreich, der damit seinen Besitz verdoppelte und nun meinte, er sei genauso mächtig und genauso zu ehren wie der Kaiser.«

»Ich kenne das«, murmelte der Kalif, der mit seinen Gedanken weit unter den Tüll gekrochen war. »Es gibt immer wieder Fürsten, die da meinen, Macht und Reichtum verschaffe auch Würde – aber was wurde aus den Kindern?«

Zwei Schläge der hellen Art zeigten an, daß bald eine Stunde vergangen war. Draußen war es längst dunkel geworden, und er war immer noch nicht am Ziel seiner Wünsche.

Clarion sah die Maus davonlaufen und straffte sich.

»Crean de Bourivan brachte sie, verfolgt von den Franken, übers

Meer nach Rom und durchquerte heimlich die Höhle der Bestie. Ein Mönch half ihm, der Franziskaner William –«

»William von Roebruk, der berühmte Gesandte, der vor vier, fünf Jahren den Großkhan der Mongolen aufgesucht hat?« El-Mustasim verwandelte sich von einer Maus in einen Kater, er war jetzt hellwach.

Clarion lachte. »Ob William, das Schlitzohr, bei den Mongolen in Karakorum war, weiß ich nicht. Die Kinder waren in der fraglichen Zeit gut aufgehoben bei uns auf der Burg von Otranto, wo auch ich aufgewachsen bin. Ich habe sie selbst jeden Tag –«

»Beschreibt sie mir! Wie heißen sie eigentlich?«

»Roç und Yeza«, verkündete Clarion stolz. »Ihre richtigen Namen sind viel länger, denn sie sind von höchstem Adel, doch sie müssen geheim bleiben wegen der Verfolger, die vor Mord nicht zurückschrecken.«

»Wie sehen sie aus?« Ungeduld lag in der Stimme des Kalifen.

»Roç ist sicher zum jungen Ritter herangewachsen. Er war ein schöner Knabe mit braunen Augen, dunklem Haar und einer Haut wie Bronze. Ein junger Gote. Er sprühte vor jugendlichem Tatendrang und Phantasie – man mußte ihn einfach lieben!«

Der Kalif lächelte über ihre Begeisterung, obwohl ihm die Beschreibung blühender Jugend und unverbrauchter Männlichkeit einen Stich versetzte.

»Und Yeza?« fragte er, seine eigene Unzulänglichkeit und sein Alter verdrängend.

»Yeza wäre am liebsten als Knabe zur Welt gekommen. In ihren Adern rollt das wilde Blut der Normannen. Sie war schlank wie eine Gerte, graugrün funkelten die Sterne ihrer Iris, blonder Locken Pracht umrahmte ihr scharfes Profil. Nur ihre Lippen kündeten von der Sinnlichkeit, die in ihrem Körper schlummerte, der nun erblüht sein wird. Sie war voller Wissensdurst und hatte ein kluges Gespür für Macht.«

»Schwer vorstellbar in einem Harem wie dem meinen«, murmelte der Kalif enttäuscht. »Das gäbe Mord und Totschlag!« Er gestattete sich jetzt, einen Blick auf der Erzählerin ruhen zu lassen, wie er nur einem Besitzer zukommt.»Es heißt, du seist eine Tochter des Kaisers?«

»Das bin ich wirklich!« empörte sich die Angesprochene, daß der Busen bebte, und richtete sich auf.»Der Kaiser schenkte meiner Mutter Otranto, das liegt an der äußersten Südspitze des Reiches, in Apulien, das er so sehr liebte, daß er dort bevorzugt seine Tage verbrachte. Dort ereilte den großen Staufer auch der Tod. Mir verlieh er den Titel einer Gräfin von Salentin.«

»Hast du den Kaiser Friedrich je gesehen?«

»Nein. Er hat meine Mutter nie mehr besucht. Ich wuchs in Otranto mit meinem Bruder Hamo L'Estrange auf, der letztes Jahr die jüngste Schwester des Emirs Baibars zur Frau nahm –«

»Ach, der ›Bogenschütze‹.«

Clarion rutschte unruhig auf ihrem Kissen umher, daß sich der Stoff über ihren Schenkeln zum Zerreißen spannte.

Der Kalif war ganz Auge.»Ja«, sagte er gedankenverloren,»wenn die Mameluken nicht den letzten Ayubitenherrscher von Ägypten ermordet hätten, wäre An-Nasir wohl kaum Sultan von Damaskus geworden, und du wärst vielleicht nicht hier, um mein Herz –«

Clarion fühlte, daß sie ihr Spiel zu weit getrieben hatte, denn sie verspürte nicht die geringste Lust, sein Herz oder andere müde Teile seines verwelkten Körpers zu erfrischen. Sie rettete sich mit kühnem Sprung zurück nach Apulien.»Wir lebten glücklich und in Frieden auf unserer Burg am Meer. Der Papst hatte damals die Spur der Kinder verloren, die er haßte bis auf den Tod. Doch dann brachte William, der Tölpel, die Feinde wieder auf ihre Fährte. Wir mußten mit der Triere, dem wunderbaren Kampfschiff, das der Kaiser meiner Mutter verehrt hatte, Hals über Kopf Otranto verlassen, denn schnell standen die Häscher vor der Tür.«

»Im Land des Kaisers?« Das war für den Kalifen nicht einzusehen. Die Uhr schlug die volle Stunde, und er verspürte Hunger, aber größer noch war sein Appetit auf den Fortgang der Geschichte, die jetzt erst richtig spannend wurde. Oder war es der Leib der Erzählerin, der ihm zusehends schmackhafter erscheinen wollte?

»Den Kaiser hatte der Papst inzwischen für abgesetzt erklärt, aller

Macht und Würden ledig«, fuhr Clarion schnell fort. Die neun Schläge trieben auch sie, denn sie wußte, daß es die Zeit war, zu der Herrscher sich zu Tisch begeben, wenn sie nichts Besseres davon abhält.

»Nur gut«, sprach der Kalif, »daß ich Kaiser und Papst in einer Person bin. Ein solch anmaßender Obermullah würde mir gerade noch fehlen!« Er wischte den unerfreulichen Gedanken beiseite. »Und wie ging es weiter? Wohin sind Roç und Yeza geflohen?«

»Übers Meer nach Konstantinopel! Aber auch dorthin folgten uns die Häscher. Nach langer Irrfahrt erreichten die Kinder Ägypten.«

El-Mustasim erinnerte sich: »Spielte der Sultan von Kairo nicht sogar mit dem Gedanken – er war schon alt und wirr im Kopf, und sein Sohn taugte nicht viel –, den Kindern seinen Thron abzutreten?«

Das Alter hätte er nicht erwähnen sollen, es fiel auf ihn zurück, und er ärgerte sich. Doch Clarion schenkte ihm behend ein Lächeln, das – so verlogen es war – seine Befürchtungen Lügen strafte.

Mit aufreizender Langsamkeit schlug sie ihre Beine übereinander. »Sultan Ayub starb, bevor er den Sieg über König Ludwig erringen konnte. Sein Sohn wünschte nichts sehnlicher, als der weltlichen Macht zu entsagen und das Sultanat Roç und Yeza, dem Königlichen Paar, anzuvertrauen. Er schlug den König der Franken, nahm ihn gefangen und wurde bei der Palastrevolte von Baibars ermordet. Auch der für seine Grausamkeit bekannte ›Bogenschütze‹ erlag dem Zauber der Kinder. In einer Anwandlung von Großmut entließ er König Ludwig aus dem Kerker, damit der sie zu ›Königen von Jerusalem‹ machte.«

»Jerusalem!« seufzte der Kalif versonnen. Die Uhr hatte längst wieder geschlagen. Doch el-Mustasim hatte nicht einmal hingeschaut. Seine Augen hingen an Clarions Lippen. Er bemerkte, daß sein Gast vom Rosenwasser kaum genippt hatte. Er klatschte in die Hände und ließ Wein bringen. Der Kalif füllte nur einen Pokal, trank selbst und reichte ihn der Frau. Ihre Lippen glänzten jetzt, und mit Vergnügen sah el-Mustasim ihre rosa Zunge darüber gleiten. Man kann auch Leitern an die Mauern einer zu erobernden Burg legen. Er hielt ihr das kostbare Trinkgefäß gleich noch einmal hin.

»Betört vom Charisma und Liebreiz der Kinder, überwand der fromme Ludwig seinen Groll auf die ›Ketzerkinder‹, die er vom Montségur bis nach Konstantinopel verfolgt hatte. Er war bereit, ihnen die Krone von Jerusalem zuzusprechen. Doch er scheiterte am Widerstand seines Hofstaates und der Barone des Heiligen Landes. Roç und Yeza waren inzwischen zu eigenständigen Persönlichkeiten gereift. Das bewies schon ihr tollkühner Versuch, Shirat und mich aus dem Harem des An-Nasir zu befreien. Damals war ich guter Hoffnung von dem Stier und dachte gar nicht daran, ihn zu verlassen.«

Der Kalif hatte an dem Stier samt Hoden schwer zu schlucken, während Clarion ungerührt fortfuhr: »Aus der mißlichen Lage, in die das Königliche Paar sich gebracht hatte, erlöste es Crean de Bourivan an der Spitze eines Assassinentrupps.«

»Ah«, raunte el-Mustasim verträumt; er hatte den wilden Redeschwall dazu genutzt, den Leib der Erzählerin wie eine Festung zu berennen. »Ah«, sagte er noch einmal, »so kamen die Ismaeliten ins Spiel?«

Er nahm den tiefen Schluck des siegreichen Eroberers, leichter Schwindel erfaßte ihn.

»Die waren von Anfang an dabei. Ihr Kanzler hatte uns schon in Otranto seine Aufwartung gemacht. Die Prieuré verließ sich nicht allein auf die Tempelritter ...«

Diesmal goß Clarion, ganz willige Sklavin, dem Herrscher nach, und der köstliche Trunk mundete ihm doppelt.

»Merkwürdig, daß dieser – wie heißt er noch?! –, dieser geheime Rat von Sion ausgerechnet den blasphemischen Templern und den Assassinen, dieser Mörderbande des Alten vom Berge, vertraute!«

Um seine Erregung zu verbergen, schlürfte er genüßlich den Wein.

Die Gräfin von Salentin stemmte genüßlich ihre Arme hinter sich ins Polster und wölbte ihren Leib, als sei der Belagerer gar nicht vorhanden. Ihr Blick schweifte hinauf in das Gewölbe des Iwan. Beim Zurückbiegen des Kopfes glitt eine Spange zu Boden, und ihr fülliges Haar umschmeichelte verführerisch ihre Schultern.

»Das sind beides dunkle, tiefe Gewässer, deren Grund Ihr nicht seht«, wies sie den Kalifen mit raunender Stimme zurück, der ihr auffordernd den Pokal hinhielt. »Doch sie werden von demselben klaren Quell gespeist. Hüterin dieser geheimen Quelle ist die Prieuré. Die Templer und die Assassinen, beides Orden kriegerischer Mönche, wurden von ihr erwählt, weil sie das Wissen um die Anfänge, um den Ursprung aller Dinge, zu bewahren vermögen. Sie sind bereit, allen Befehlen bedingungslos zu gehorchen und den Willen der Hüterin des ›Großen Plans‹ in der Welt durchzusetzen.«

El-Mustasim hatte den Kelch selbst geleert und schenkte mit zittriger Hand nach. Er vergoß reichlich von dem Wein, so daß sich ein roter Fleck auf dem Musselin ausbreitete und ihre Schenkel nackt erscheinen ließ. Aber er bemerkte es nicht einmal.

»Geht es um das Los der Kinder, schöne Huri?«

Clarion erkannte erschrocken, daß der Kalif über die Geschichte der Kinder keineswegs die Frau zu seinen Füßen vergessen hatte. Der alte Mann nestelte fahrig an den Tüchern, die ihn einhüllten. Sie lächelte mild, drängte ihm hastig den Pokal mit dem schweren Wein auf und flüchtete sich in den Fortgang der Geschichte.

»Es geht nur um die Zukunft der Kinder; der ›Große Plan‹ ist für das Königliche Paar Schicksal und Bestimmung zugleich. Es erfüllt sich, auch wenn man sich dagegen wehrt. Das mußten alle erfahren, auch William von Roebruk, der sie ins Herz geschlossen hatte und ihren mühseligen Weg zum Friedenskönigtum immer wieder kreuzte. Crean de Bourivan geleitete das Königliche Paar in den fernen Orient nach Alamut zum Sitz des Großmeisters der Assassinen. Doch ich bezweifle, daß sie dort, beim Imam aller Ismaeliten, ihre endgültige Bestimmung finden werden, die –«

Mit einem hellen Scheppern war der Pokal des Kalifen auf den Steinboden gefallen.

»– die Krone der Welt!« fügte Clarion dennoch hinzu, bevor sie ihren Blick auf den alten Mann richtete.

Er war eingeschlafen.

DER MÜDE KALIF
LIBER I
CAPITULUM I

»›Bis'mil amir al-mumin‹ lautet das Stichwort!« schärfte der Oberste Hofkämmerer des Kalifen der ihm ergebenen Palastgarde im Vorraum zum Audienzsaal ein. »›Im Namen des Herrschers aller Gläubigen!‹ werde ich rufen, und dann stürzt ihr hinein und nehmt alle fest. Wer sich wehrt, wird auf der Stelle niedergemacht!« So instruierte Maka al-Malawi mit leiser Stimme seine Leute, kaum daß der letzte der Delegation die hohe Tür durchschritten hatte, die in die prunkvolle Halle führte, wo der Kalif el-Mustasim sie erwartete. »Verschont nur den ehrwürdigen el-Din Tusi, die anderen schafft in den Kerker, wo schon der Scharfrichter ihrer harrt!« Und als sei ihm noch etwas besonders Lästiges eingefallen, setzte er ärgerlich hinzu: »Aber sortiert mir vorher diese Kinder heraus! Ich will sie lebend!«

Diese Worte hatte er auch an den kleinwüchsigen Mann gerichtet, der still in einer Ecke stand. Dessen stechender Blick verriet, daß ihm nichts entgangen war. Er zog einen Fuß nach, als er sich entfernte.

Der Hauptmann der Garde nickte grimmig, und der Kämmerer schlüpfte durch die Tür in den Audienzsaal.

Träge flossen die lehmigen Wasser des Tigris, der die Medina von Bagdad mit dem alten Palast des Kalifen vom Ostteil der Stadt jenseits des Flusses trennte. Für viel Geld hatte el-Mustasim, Herrscher über alle Gläubigen aus der seit fünf Jahrhunderten in ununterbrochener Folge regierenden Abbasiden-Dynastie, in der Neustadt ein Verwaltungsviertel mit glanzvollen Palästen aus dem Boden gestampft, es mit einer doppelten Mauer umgeben und vor allem mit den Kasernen seiner 120 000 Mann umfassenden Reiterei. Dennoch fühlte sich der Kalif dort seit einiger Zeit nicht mehr sicher. Deshalb hatte er für seine Person den Rückzug in die Enge des alten Palastes beschlossen und seinem Großwesir das Kommando über das Ostufer überlassen.

El-Mustasim war ein Greis von kleiner Statur. Er wirkte zerbrechlich unter dem viel zu großen Turban. Sein Blick glitt fahrig über die trüben Fluten mit ihrem Gewimmel von Lastkähnen und Fähren, zwischen denen sich mit schnellem Schlag die Regierungsgaleeren ihren Weg suchten.

Den *amir al-mumin* hatte der Elan seiner frühen Amtsjahre verlassen. Er hatte den Sturz des Choresmier-Reiches, seines ärgsten Feindes, zwar nicht herbeigeführt, aber erleben dürfen. Er hatte sich bemüht, zwischen den Mameluken von Kairo und den letzten Ayubiten von Damaskus Frieden zu stiften, der auch die Franken – *Allah jasihum!* – des ›Königreiches von Jerusalem‹ mit einschloß. Die Christenhunde sollten sich bei ihrem König Ludwig bedanken; das war ein frommer Mann, dem man den Wunsch nach einem Waffenstillstand nicht abschlagen konnte. El-Mustasim seufzte, ließ seinen Blick zurückkehren in den Audienzsaal zu seinen Füßen und vernahm unscharf, daß sich die Diskussion mit der Gesandtschaft dem Ende näherte. Gut so. Sonderlich interessiert hatte sie ihn nicht.

Die Delegation des Gran Da'i der Assassinen von Alamut stand unter der unparteiischen Leitung von el-Din Tusi. Er war ein Mann mittleren Alters, dessen bäuerliche Gesichtszüge nicht darauf schließen ließen, daß er einer der berühmtesten Gelehrten der muslimischen Welt war. Wehmütig dachte der Kalif daran, daß der weise Mann sich – wie er selbst, schwacher Herr aller Gläubigen – immer darum bemüht hatte, in der kurzen Spanne seines Erdenlebens einen Ausgleich zwischen diesen fanatischen Ismaeliten und dem sunnitischen Kalifat herbeizuführen. Das würde dem guten Tusi zwar nie gelingen, aber immerhin stießen die Assassinen dieses größenwahnsinnigen ›Imams‹, wie sich der herrschende Großmeister der Sekte nannte, diesmal keine Morddrohungen aus. Sie verlangten auch keine unsinnigen Tributzahlungen oder seine, des Kalifen, Absetzung zugunsten eines Anhängers der Schia mit ihrer abstrusen Forderung, der Oberste Herrscher aller Gläubigen müsse in direkter Blutslinie vom Propheten persönlich abstammen.

Die müden Augen des Kalifen verfingen sich in der hohen Kassettendecke des Saales, wo die Stalaktiten aus edlen Hölzern im Lauf der Zeit schwarz geworden waren. El-Mustasim war der siebenunddreißigste Kalif der Abbasiden-Dynastie. Diese Assassinen dagegen gab es gerade erst seit hundert Jahren! *Allahu akbar!* Man hatte sie vor Betreten des Audienzsaales auf Waffen durchsucht, und so wie er Maka al-Malawi, seinen Obersten Kämmerer, kannte – der Assassinen mehr noch als Skorpione haßte –, hatte der sie genüßlich bis aufs Hemd ausgezogen und keine Körperöffnung unkontrolliert gelassen, in der man ein Stilett unbemerkt bis vor den Thron hätte tragen können. Doch diesen Meuchlern aus Alamut war jede Zauberei zuzutrauen. Sie griffen in die Luft, und schon hielten sie einen Dolch in Händen, und deshalb hatte er seiner Leibwache befohlen, auf den Stufen zu seinen Füßen in Dreierreihen zu lagern.

Eigentlich hätte der weise el-Din Tusi längst merken können, daß seine Bemühungen erfolglos bleiben würden. Eine Einigung des Islam gegen die in weiter Ferne heraufziehende Mongolengefahr glich dem Versuch, Katze und Hund, Falke und Schlange zu bewegen, unter einem gemeinsamen Dach Zuflucht vor einer Gewitterwolke zu suchen, von der nicht einmal klar war, ob und wo sie sich mit Blitz und Donner entladen würde. Ehe ein solches Bild der Einigkeit denkbar wäre, müßten sich erst einmal diese Banditen aus den Bergen des Khorasan, die sich so gern als Adler sahen – obwohl sie eher Schlangen glichen! –, darauf verständigen, ihre Bisse einzustellen, und beweisen, wie sehr ihnen tatsächlich die Einheit des Islam am Herzen lag. Andernfalls hatte er, als Kalif das bevorzugte Ziel dieser Mörderbande, nichts als eine Natter an seinem Busen.

Der schlaue el-Din Tusi, dessen Gelehrsamkeit der Kalif in dem gleichen Maße schätzte, wie er seine politische Naivität belächelte, schien die Gedanken seines Obersten Herrn erraten zu haben. Über die Köpfe des Kämmerers, des ebenfalls anwesenden Obersten Sekretärs und der Leibwache hinweg richtete der Leiter der Delegation das Wort an el-Mustasim: »Erhabener Herrscher aller Gläubigen, voller Stolz und Wohlgefallen ruhte Euer Blick auf Eurer neuen Madrasa, Euch zu Ehren ›Mustamsiriya‹ geheißen. Ihr habt diese Stätte des Wissens allen vier Richtungen der Sunna geöffnet; den Shafi'i und den Hanafi habt Ihr Lehrstühle für Professoren gegeben, selbst den sektiererischen Hanbalis und Malakis habt Ihr Dozenten zugestanden, nur der Lehre der Schia nicht?«

Die Frage – wenn es denn kein Vorwurf war – blieb nicht unbeantwortet im Raume stehen. Wie von einer Tarantel gestochen, sprang Maka al-Malawi auf. »Das hat noch gefehlt!« geiferte der Kämmerer. »Zehn Generationen lang wurden die Kalifen auf diesem Thron von den Ismaeliten belästigt, bedroht, ihre treuen Wesire gemeuchelt, und zum Dank verlangt Ihr jetzt ein Katheder für Eure Irrlehre. Unterwerft Euch erst mal, Ihr freches Ketzergesindel! Und wenn der Oberste Herrscher aller Gläubigen in seiner unermeßlichen Güte Eure Huldigung annimmt und den zu leistenden Tribut –«, er keuchte vor Wut und geriet in Atemnot, was der besonnenere Kanzler, der Dawatdar Aybagh, dazu benutzte, das Wort an sich zu ziehen: »Wenn Ihr Euch, ich meine, wenn sich Alamut vor den Mongolen fürchtet, werter el-Din Tusi, dann ist dies für uns noch lange kein Grund, unsere kostbare Reiterarmee über tausend Meilen in Eure wüsten Berge zu schicken.«

Der dickliche Dawatdar bedachte immer zuerst die innere Sicherheit.

»Die Assassinen kennen keine Furcht«, antwortete el-Din Tusi, während er sich wieder direkt an den Kalifen wandte, der trotz des wachsenden Lärms eingenickt war. »Das laßt Euch von jemandem gesagt sein, der ihnen zwar nicht angehört, sie aber gleichwohl kennt und schätzt. Sie haben dennoch keineswegs den Sinn für drohende Gefahren und strategische Überlegungen verloren: Einen Feind soll man frühzeitig zum Stehen bringen. Haben sich die mongolischen Reiterhorden erst mal hier in die Ebene ergossen, werden sie Euren berittenen Stolz zu Paaren treiben wie ein Rudel Wölfe die Schafsherde.«

»Das können wir hier, geschützt durch den Fluß und doppelte Mauern, ruhig abwarten.« In der Gemütslage glich der Dawatdar seinem Herrn aufs Haar, während er sich äußerlich – er brachte das Dreifache auf die Waage – deutlich von ihm unterschied.»Kairo und Damaskus werden uns –«

»Sie werden Euch keinen einzigen Mann zur Hilfe schicken«, entgegnete el-Din Tusi dem Sekretär.»Denkt an meine Worte, Aybagh! So wie Ihr glaubt, daß das Gewitter sich in den Bergen entladen oder an Euch vorbeiziehen wird, so wird Syrien sich nicht entblößen, schon gar nicht mit den Mameluken zu Kairo im Genack. Ich sage Euch«, und er wandte sich noch einmal an den Kalifen,»wenn es Euch, der einzigen geistigen Autorität des Islam, nicht gelingt, einen Gottesfrieden zwischen allen Völkern und Herrschern des rechten Glaubens auszurufen und eine gemeinsame Front zu errichten, wird Euch der Sturm aus dem Osten hinwegfegen, einen nach dem anderen. Nur der dichte Hain der Oase vermag es, dem Unwetter standzuhalten. Die einzelne Palme in der Wüste wird geknickt oder samt Wurzeln aus dem Boden gerissen!«

Der Kalif schaute längst wieder hinaus auf die Kuppeln und Höfe seiner Mustamsiriya. Vom nahen Minarett der Jami'al-Qasr, der Palastmoschee, rief der Muezzin zum Mittagsgebet.

Die Stadt lag rosig und schläfrig im heißen Dunst. Sie erstreckte sich weiter, als das Auge des Herrschers reichte.

Mißgelaunt spürte el-Mustasim seinen leeren Magen, doch eines wollte er noch wissen, bevor er die Delegation wieder dahin schickte, wo sie hergekommen war: Was war mit diesen Kindern? Er hatte el-Din Tusi eigens eingeschärft, ihm die Kinder mitzubringen, sonst könne er sich den Auftritt der Assassinen sparen, deren Anblick ihm nur auf den Magen schlug.

»Wo sind die Kinder?« hielt er sich zum erstenmal an den Emir Hasan Mazandari, den Ranghöchsten der Gesandtschaft aus Alamut, von dem man wußte, daß er dem Imam sehr nahestand.

Hasan hatte den Verlauf der Debatte mit finsteren Blicken verfolgt und war entsprechend gereizt. Er war ein gutaussehender Mann, schlank und von gepflegtem Äußeren. Wenn er lachte, entblößte er Zähne, die an das Gebiß eines Raubtiers erinnerten. Seine scharf gewölbte Nase verlieh ihm die Züge eines Greifvogels, und seine Augen waren stechend wie die einer Schlange. Tusi mochte ein wohlgelittener Vermittler zwischen den sich befehdenden Anhängern der beiden Lehren des Islam sein, aber er war sichtlich ungeeignet, den Forderungen der Assassinen den gewünschten Nachdruck zu verschaffen. Wozu sollte er, der Emir, sich die Unverschämtheiten dieses Kämmerers anhören, wenn Bagdad nicht willens war, ihnen Schutz vor den Mongolen zu geben, und es nicht einmal für nötig hielt. Deshalb hatte er es seinerseits nicht für nötig gehalten, dem – durch Tusi übermittelten – Wunsch des Kalifen nachzukommen. Er hatte zwar bei der Abreise dem Herrn Delegationsführer beide Kinder vorgewiesen, aber dann nur Roç mitgenommen und die wütende Yeza wieder in die Obhut der Frauen zurückgeschickt. Wozu beide Kinder gefährden? Oder klüger gedacht: Als Königliches Paar erweckten sie die Habgier jeder Macht der Welt und machten jeden Herrscher unberechenbar. Da zählte auch der Status einer Gesandtschaft wenig. Ein Kind allein dagegen war kaum mehr wert als ein Läufer oder Springer im Spiel um die Macht.

Hasan ließ sich Zeit mit seiner Antwort, bis an die Grenze der Unhöflichkeit.

»Erhabener *amir al-mumin*«, sagte er dann leise, den Titel benutzend, der den Kalifen an seine Rechte und Pflichten als ›Heerführer aller Gläubigen‹ gemahnte, »wir sind durchaus bereit, unter dem Banner des Propheten zu kämpfen, in vorderster Front, wie es uns Allah beschieden, als er uns zum Vorwerk des Islam gegen die Barbaren des heidnischen Ostens berief –«

»Ketzer!« schnaubte der Kämmerer. »Als Abtrünnige seid Ihr verstoßen aus der Gemeinschaft der Gläubigen – im Krieg wie im Frieden! Allah hat Euch vernichtet und –«

Der Kalif hob die Hand, und Hasan fuhr fort, ohne den gehässigen Maka al-Malawi eines Blickes zu würdigen. »Die Mongolen machen keinen Unterschied zwischen der Shi'at'Ali, der Gefolgschaft

des Blutes, und den Anhängern der Sunna, die da glauben, die reine Lehre zu kennen. Sie werden jedem Verderben bringen, der sich ihnen nicht unterwirft. Allen werden sie ihre Macht aufzwingen – bis ans Ende der Welt, als deren Herrscher sie sich berufen fühlen.«
»Die Kinder?!« mahnte der Kalif eigensinnig.
Hasan lächelte. »Überreicht die Geschenke!« wies er seine Diener an, und sie trugen große Kisten vor die Stufen des Throns.
Auf einen Wink Hasans öffneten sie einige der Truhen und Schatullen. Der Wohlgeruch von Myrrhe und Ambra verbreitete sich im stickigen Audienzsaal, worauf aber niemand achtete, so prächtig fielen die Seidenbahnen, kaum daß die Kistendeckel angehoben wurden. Brokat- und Damaststoffe entfalteten sich, zarter Musselin schwebte zu Boden und legte sich dem Kalifen zu Füßen. Aus der Tiefe der Truhen glitzerten goldene Gefäße, Kelche und Schalen. Den kleineren Schatullen entquollen Perlenketten und kostbares Geschmeide, mit Steinen reich verziert. Auch vor dem Dawatdar und dem Kämmerer setzten die Diener große Kisten und kleine Schatztruhen ab. Hasan wandte sich verschwörerisch lächelnd an letzteren. »Ich hoffe, werter Maka al-Malawi«, schmeichelte er, »Euer Herr wird Euch die Schätze nicht neiden, denn ich gedenke, damit Euer Herz zu gewinnen.«

Der Kämmerer war verunsichert. Da er mit schnellem Seitenblick bemerkte, daß auch der dicke Aybagh, der Kanzler und Erste Sekretär des Kalifats, davon absah, den Inhalt seiner Kisten auszubreiten, wies er sein Gefolge an, die beiden Truhen und die Schatullen ungeöffnet in seinen Palast zu schaffen. Es war weniger Raffsucht – er mußte dem Kalifen so oder so seinen Anteil übersenden –; der Kämmerer wünschte vielmehr, die großzügigen Gaben seiner Feinde nicht länger vor Augen zu haben, denn noch stand für ihn die Abrechnung mit diesen hochmütigen Ismaeliten aus. Er, Maka al-Malawi, ließ sich schließlich nicht so einfach bestechen wie der fette Dawatdar!

Gerade wollte der Kämmerer zu einer neuerlichen Attacke ansetzen, da sprach der Kalif, nunmehr ungehalten: »Wir hatten nicht nach Geschenken gefragt, sondern nach den Kindern. Habt Ihr sie hergebracht?« Sein Blick schweifte herausfordernd über den gesenkten Hauptes stehenden el-Din Tusi und den finsteren Hasan hinweg und fixierte zum ersten Mal das Gefolge der Gesandtschaft, die zumeist aus älteren Rafiq bestand.

Hinter dem Emir stand wie üblich ein Fida'i, ein Knabe noch, der starr einen umwickelten Stab senkrecht vor sich hielt. Alle Anwesenden wußten, daß dieser unter dem Tuch aus ineinandergesteckten Dolchen bestand, immer eine Klinge im Heft des anderen versenkt. Eine symbolische Geste, die eine klare Sprache spricht, dachte der Kalif, und er überlegte, ob es nicht doch richtiger wäre, eine klare Antwort zu erteilen, wie es sich sein unerbittlicher Kämmerer wünschte.

Hinter dem Knaben mit den Dolchen stand ein noch jüngerer mit zarten Gesichtszügen, soweit dies unter der tief in die Stirn gezogenen Kapuze zu sehen war. Er wirkte weit unheimlicher, denn er trug ein Linnen über dem Arm, und el-Mustasim wußte, wie die Antwort lauten würde, sollte er nach dessen Bedeutung fragen: »Dies ist Euer Leichentuch, erhabener Herrscher aller Gläubigen, wenn es meinem Herrn, dem Imam Muhammad III., so gefällt.«

So weit war es gekommen mit der Macht des Kalifen – ein Sektenführer aus den Bergen Persiens ließ ihn erzittern!

Da übergab der junge Fida'i seinen Stab aus Dolchen an den hinter ihm stehenden und verneigte sich vor dem Kalifen, ohne sich zu Boden zu werfen. In königlicher Geste legte er die Rechte auf sein Herz und schaute dem alten Mann in die Augen. »Ihr wolltet uns sehen, erhabener Herrscher aller Gläubigen, und da sind wir! Denn es gefällt den Kindern des Gral, Eure Bekanntschaft zu machen und Eure Freundschaft zu suchen.«

Der Kalif schickte sich gerade an, sich von seinem Thron zu erheben, um den kühnen Knaben, der sich bereits furchtlos seinen Weg durch die Leibwächter bahnte, in die Arme zu schließen. »Laßt ihn zu mir!« rief der Herrscher seinen Männern zu, die dem Fida'i mit Krummsäbeln den Weg versperrten. »Du bist also Roç«, vergewisserte sich el-Mustasim. »Und wo ist die Prinzessin?« wandte er sich darauf mißtrauisch an den Emir.

Der Knabe lächelte, und Hasan beeilte sich zu erklären, daß man

Yeza, dem zweiten Königlichen Kinde, die beschwerliche Reise nicht habe zumuten können.

»Das ist nicht wahr!« rief darauf eine helle Stimme, und der zierliche Fida'i mit dem Linnen strich sich mit einer so heftigen Kopfbewegung die Kapuze aus der Stirn, daß sein Blondhaar sichtbar wurde. »Wir, die Königlichen Kinder, sind unzertrennlich, und es gibt keine Beschwernisse, die mir nicht zugemutet werden könnten.«

Damit war Yeza vorgetreten, neben Roç, und sie bedachte den Kalifen sogleich mit einem flammenden Appell: »Unser Gruß gilt dir, *amir al-mumin*! Und du kannst auf unsere Hilfe zählen, wenn es gilt, die Völker, die an den einen Gott glauben, für den Kampf gegen die gottlosen Tataren aus der Steppe zu einigen!«

»Sie spricht wie das Mädchen Tawaddud!« wandte sich der Herrscher begeistert an el-Din Tusi, während der kleine Mann mit dem stechenden Blick jetzt zum Dawatdar, dem Kanzler, getreten war und mit ihm flüsterte. Der Kalif wußte, daß der Hinkefuß, den er nicht ausstehen konnte, der Vertraute und Zuträger seines Kanzlers war.

»Was sagen meine Ratgeber dazu?« unterbrach der greise Kalif die Heimlichkeiten.

Doch Yeza fuhr empört dazwischen: »Ich bin keine Sklavin, die Märchen erzählt, und die sicheren Zeiten von Tausendundeiner Nacht sind für Bagdad längst vorbei.«

»Da hört Ihr es!« frohlockte der Kalif. Maka al-Malawi, der Kämmerer, sah seine Felle davonschwimmen. »Verfallt nicht ihren Lügengespinsten, hoher Herr«, keuchte er aufgebracht. »Das sind Ketzerkinder, häretisch wie die Brut Ismaels!« Mit Blicken suchte er den Beistand des dicken Dawatdar, mit dem er sich als Sunnit im Haß auf die abtrünnigen Schiiten einig wußte, doch der sah zur Seite. »Wir sollten die ganze Bande in den Kerker werfen, die frechen Emissäre aus Alamut enthaupten und ihre Köpfe samt diesen lebenden Kindern des Sheitans dem Großkhan schicken!« fauchte der Kämmerer bösartig. Dann fing er sich wieder und versprizte sein Gift überlegter. »Der Mongole hat es beileibe nicht auf Bagdad abgesehen, sondern ist verärgert über diese tückischen Felsennester in den Bergen des Khorasan, aus denen die Hornissen nach allen Seiten zum Stechen ausschwärmen. Folgt meinem Rat, er ist mehr wert als jedes schwachsinnige Bündnis mit Leuten, die Euch stets nach dem Leben getrachtet haben, erhabener Herrscher.«

Der Kalif hob beschwichtigend die Hand. Sein Blick fiel auf Yeza, die nach einem unauffälligen Griff in ihren blonden Haarschopf einen Dolch in der Faust hielt. »Willst du mich töten?« flüsterte er erschüttert in das entsetzte Schweigen, das durch die zum Schlag erhobenen Scimitare seiner Wächter noch bedrückender wurde.

Yeza rührte sich nicht, sie hielt die Klinge senkrecht vor ihrem Gesicht, so daß ihre grauen Augen sich darin spiegelten. »Niemals«, antwortete sie ruhig. »Doch wenn eine Natter zischt, sollte man auf der Hut sein!«

»Bis'mil a –«, stöhnte Maka al-Malawi, gewillt, das vereinbarte Stichwort hervorzustoßen. Doch der Dawatdar schnitt ihm den Ausruf im Munde ab. »Bis'mil Allah!« rief er schnell. Das gefiel auch Yeza. »Im Namen Allahs!« rief auch sie, schob ihren Dolch wieder ins Haar, als sei nichts geschehen, und wandte sich Roç zu. Der verneigte sich vor dem Kalifen und sprach: »Ihr habt uns jetzt gesehen, und wir haben Euch gewarnt. »*Insch'Allah!* Gottes Wille geschehe!« Unbehelligt verließ die Assassinen-Delegation den Audienzsaal. Keiner der anwesenden Würdenträger begleitete sie, wie es Sitte und Anstand geboten hätten.

Als solle er die Gesandtschaft der Ismaeliten vor dem Volk verstecken, führte Chaiman, der Bursche mit dem stechenden Blick, sie schleppenden Schrittes durch die schmutzigen Wirtschaftshöfe des alten Palastes zu einem Hintertor gleich neben den Küchen.

Roç und Yeza genossen den Marsch durch die engen Gassen der Soukhs auch ohne Kommentar ihres hinkenden Führers, der auf keine ihrer Fragen antwortete.

»Eine lahme Ratte«, murmelte Yeza grinsend, »und taubstumm dazu!«

»Ratten sind mir sympathischer«, flüsterte Roç mit ernsthafter Miene zurück.

Die beiden Kinder konnten den Himmel nicht sehen, denn entweder ragten die Häuser mit ihren kostbar geschnitzten, längst verwitterten Erkern über den plattenbelegten Weg, oder der Zug bewegte sich durch verwinkelte Säulengänge und bröckelnde, einst mit Kacheln verzierte Torbögen. In diesem Viertel hausten die als gering angesehenen Berufsstände, und so roch es auch. Die Metzger hatten ihre ausgeweideten Hammel vor die Läden gehängt, die Köpfe als Blickfang gleich dazu. Zwei Gassen weiter walteten die Abdecker ihres trostlosen Amtes. Knochen wurden ausgekocht und das Fett abgeschöpft, das in schmierigen Holzkisten erkaltete. Es wimmelte von Ratten. »Die Nager sind Meister in der Verwertung aller Stoffe«, sagte Roç.

»Hier gibt's zu viele«, entgegnete Yeza. »Stell dir vor, sie fallen in die Suppe, die sich die Armen hier aus Resten kochen.«

»Dazu sind sie zu klug – schau, da drüben, wo die Gerber Häute laugen und die Färber in ihren Bottichen rühren, da sind keine zu sehen!«

Unter der schweigsamen Führung des Hinkenden gelangten die Assassinen auf kürzestem Weg zurück zur ältesten Madrasa Bagdads. Dort hatte der Kämmerer, der ihnen nicht wohlwollte, sie bei ihrer Ankunft untergebracht. Ihr Begleiter durch die Soukhs verschwand grußlos.

»Die Nizamiya ist eine traditionelle Herberge«, erklärte el-Din Tusi den Kindern. Aber es galt, auch den aufgebrachten Emir Hasan zu beschwichtigen, der dieses Quartier – mit Recht! – als einen Affront betrachtete. »Seit Hunderten von Jahren sind hier die Karawanen abgestiegen, die aus den Wüsten des Maghreb zu uns kamen und aus den Schneewäldern des Nordens, wo die Leute rohen Fisch verzehren. Hier endete die Seidenstraße aus dem Land der Cathai, hierhin haben die Kamele die Teppiche aus Buchara und Täbriz getragen, hier sind die Schiffsleute an Land gegangen, die Gewürze, Aromen und Essenzen aus Indien brachten und schwarze Sklaven aus Afrika. Hier haben sich die Pilgerscharen versammelt, um gemeinsam nach Mekka und Medina zu ziehen. Die Nizamiya ist der Nabel der Welt, der Bauch –«

»Wenn Ihr, weiser Tusi, das Gedärm preisen wollt«, spottete der Emir, »dann denkt an dessen Ende und Abschluß: Denn nichts anderes ist die Nizamiya heute! Eine Absteige für furzendes Gesindel, für verschissene Bettler und für heruntergekommene Heilige, die ihren eigenen Urin schlürfen!«

Sich seiner Rolle als Kommandeur der Delegation besinnend, brach Hasan Mazandari seine Beschimpfung ab.»Ich will Allah preisen, wenn wir unser Reisegepäck wohlbehalten wiederfinden«, grollte er hinter vorgehaltener Hand, denn sie waren vor dem Tor ihrer Herberge angelangt, und die Türsteher hätten das vielleicht nicht gern gehört. So fügte er in voller Lautstärke nur knapp hinzu:»Nun nichts wie aufgepackt! Schweren Herzens wollen wir diesen Ort der tausend Wohlgerüche verlassen!«

Roç hielt Yeza am Arm zurück und wartete, bis alle Reisegefährten im Tor verschwunden waren.»Ich habe um die Ecke einen Goldschmied entdeckt«, eröffnete er ihr ohne jegliche Geheimnistuerei.»Laß uns doch schnell schauen, was wir in seiner verräucherten Höhle an preiswerten Schätzen entdecken können!« Und er zog sie an der Hand mit sich fort.

»Was nennst du ›preiswert‹? Wir können uns ja nicht einmal eine durchlöcherte Kupferkanne leisten!« rügte sie ihn lachend, ließ sich aber doch mitschleifen – schon aus Neugier und um ihm seine Freude am Stöbern nicht zu nehmen, die sie im übrigen teilte.

Der Goldschmied, ein gebücktes Männlein in abgewetztem Kittel, feilte aus Kurzsichtigkeit fast mit der Nase in seinem Schraubstock an einem silbernen Armreif. Er saß im Eingang seiner Werkstatt, und hinter ihm stapelten sich in Regalen Kessel und Pfannen, verbogene Messingleuchter, rostige Gabeln, zerkratzte Spiegel und undichte Lampen.»Ein Trödler!« flüsterte Yeza, um den Mann nicht zu kränken, doch laut genug, um Roç ihre Enttäuschung wissen zu lassen.

Das Männlein hatte Roç wiedererkannt, und ein Leuchten ging über sein Gesicht.»Sie sind fertig«, verkündete er laut, stand auf, wischte sich die Hände am Kittel ab und kramte in einer Truhe, die er zum Schutz vor Dieben unter seinem Arbeitsplatz verborgen hatte. Er entnahm ihr ein Stoffsäckchen und schüttete den Inhalt voller Stolz in Roçs geöffnete Hände. Zwei Fingerringe purzelten heraus.

»Ay«, rief Yeza, »du Schelm, du Lump, du Betrüger!«

Doch Roç ging nicht auf ihren scherzhaften Ton ein. Mit ernsthafter Gebärde nahm er ihre Hand und steckte ihr einen der Ringe auf, bevor er sich selbst den anderen überstreifte. Beide paßten wie angegossen. Sie waren nicht aus Gold. Der Reif bestand aus Messing, der Sockel aus Kupfer, und der Aufbau sah aus wie schlichtes Eisen. Dennoch betrachtete Yeza das Geschenk mit wachsender Freude, denn sie entdeckte in der Gravur die Lilie der Prieuré und in dem erhabenen Relief das tolosanische Kreuz. Wortlos fiel sie Roç um den Hals und küßte ihn hinters Ohr. »Zeig mir deinen«, sagte sie dann. Sie stellte fest, daß sein Ring dem ihren fast vollständig glich, nur daß das Symbol der Prieuré sich bei seinem erhob, während das Wappen Okzitaniens tief eingeschnitten war.

»Sie sind nicht nur gleich«, erklärte Roç mit vor Würde rauher Stimme, »sie gehören auch zusammen.« Damit führte er seine Hand dicht an Yezas Ringfinger, und – klack! – sprangen die beiden Ringe zueinander und blieben ineinander haften.

»Magnetsteine!« rief sie, und Roç mußte lachen.

»Einer«, entgegnete er, »deiner natürlich!« Er schlüpfte aus seinem Reif und zeigte Yeza, wie man die Ringe voneinander löste. »Meiner ist aus gewöhnlichem Eisen.«

»Du hast mir das schönste Geschenk gemacht, Roç!« flüsterte Yeza. Sie war glücklich.

»Uns«, sagte Roç feierlich, »weil ich dich liebe.«

»Ich hasse dich!« rief Yeza. »Komm, wir müssen jetzt zur Nizamiya, sonst dreht Hasan durch wie ein tanzender Derwisch!«

Sie faßten sich an den Händen und liefen zurück. Der alte Goldschmied blickte ihnen versonnen nach, bis sie um die Ecke verschwunden waren.

Roç und Yeza schauten immer wieder zurück auf die Medina dieser ›Stadt der Städte‹. Ihre Silhouette war längst nicht so aufregend wie die von Konstantinopel mit ihren dicken Türmen und gewaltigen Kuppeln. Und es gab auch keine Pyramiden wie bei Kairo, aber el-Din Tusi hatte gesagt, dies sei die »Wiege der Menschheit«.

»Ich bin froh, daß wir sie gesehen haben,‹die Gestade Babylons‹«, sagte Roç ehrfürchtig,»und daß wir dieses Abenteuer gemeinsam erleben durften.«

Yeza war weniger beeindruckt.»Sie stinken«, entgegnete sie trocken,»und vom berühmten Turm zu Babel auch keine Spur!«

Der Zug der zurückkehrenden Gesandtschaft überquerte die lange Doppelbrücke zum Ostteil der Stadt, die in sanftem Schwung über den Fluß führte. Aus den lehmigen Fluten des Tigris stieg der süßliche, beizende Geruch von Fäulnis und Fisch empor, doch wurde er bald überwabert von den Ausdünstungen Tausender von Pferden, die dort in Hunderten von Stallgewölben standen.

»Uiih«, wieherte Yeza begeistert,»ich möchte mal tausend Pferde auf einem Haufen sehen!«

»Hasan hat ganz recht«, sagte Roç, der neben ihr ritt und mit dem Daumen zurückwies,»im Palast des Kalifen hat es schrecklich gestunken!«

»Das kam vom Soukh al-Ghazi, dem Trödelmarkt, gleich nebenan.«

»Nein«, entgegnete Roç,»die Düfte steigen aus der alten Madrasa auf, diesem Rattenloch, in dem wir gewohnt haben!«

»Du irrst. Es ist der Muff der neuen, auf die der Kalif so stolz ist, daß er darin eine erzkonservative Koranschule untergebracht hat, und deren Schriftgelehrte waschen sich nie!« Yeza lachte noch, als Hasan Mazandari sein Pferd zügelte und die Kinder zu sich aufschließen ließ, was ihm vorher in den engen Gassen verwehrt geblieben war.»Deine furchterregende Mordwaffe hättest du da drinnen ruhig steckenlassen können!« verspottete der Emir Yeza und versuchte gar nicht erst, den verantwortlichen Erzieher herauszukehren.»Um ein Haar hätten sie uns mit ihren Scimitars in Stücke gehauen! Deine entzückende Haarnadel hat dich und uns in Lebensgefahr gebracht.«

»In der leben wir jeden Tag, den Allah uns schenkt«, erwiderte Roç.»Lern du daraus, daß das Königliche Paar nicht zu halbieren ist!«

»Und daß es in jedem Fall besser ist, die Zähne zu zeigen!« fügte

Yeza hinzu. »Wie sagte doch der berühmte Iskander Ibn Qluwi: ›Bil chattar uaddiq, juaddi at-tariq al uassat illal maut.‹«

Mit Rufen und Stockschlägen bahnte sich hinter ihnen der Dawatdar in einer Sänfte seinen Weg und hatte sie bald eingeholt. »Mein Herr, der Oberste Herrscher aller Gläubigen«, holte er aus, so daß Roç und Yeza unisono mit *Allah jâtii al oumr at-tawil!* – Allah schenke ihm ein langes Leben! – einfallen konnten, worauf sie wieder zu lachen begannen, was den beleibten Kanzler leicht verwirrte.

»Mein Herr schickt mich, Euch sicher bis ans andere Ufer zu geleiten, wo der erhabene Großwesir – *Allah jijasi al kufar!* – Euch erwartet.« Er unterbrach seinen Redefluß schnaufend, weil ihm wohl einfiel, daß zumindest auch der anwesende Hasan ein Anhänger der Schia war und somit beleidigt sein konnte. Doch der ging über den Gruß aus dem sunnitischen Bagdad leicht hinweg, so daß der Dawatdar fortfahren konnte. »Außerdem bittet mich mein Herr, der Oberste –«

»*Amir al-mumin!*« fielen die Kinder ein, an die er sich gewandt hatte.

»– Euch, diese Geschenke von ihm entgegenzunehmen.« Er nestelte in den Kissen seiner Sänfte und zog ein Geschmeide von unglaublicher Pracht hervor.

Er muß sehr alt sein, vielleicht noch babylonisch, dachte Roç, als sich der dicke Kanzler ächzend aus seiner Sänfte beugte und Yeza den Schmuck umlegte. Er war aus feinstem Goldgewebe und zeigte mit eingelegten Steinen den Kopf eines Stieres, zwischen dessen elfenbeinernen Hörnern ein adlerartiger Vogelkopf hervorschaute.

»Ein Minotaurus!« entfuhr es dem beeindruckten Roç.

»Ein Vogel Greif!« jubelte Yeza verhalten. »So etwas Sagenhaftes habe ich mir immer erträumt! Ich danke dem Kalifen.«

Roç erhielt einen Pokal aus geschliffenem Rosenquarz. Er war aus einem Stück gefertigt und stand in einer goldenen Halterung, die wie der Fuß des Kelches mit Rubinen und Lapislazuli reich besetzt war. Wenn man ihn gegen die Sonne hielt, glühten die Steine auf, und das kostbare Gefäß schimmerte, als wäre es aus durchsichtiger heller Haut. Eine gepolsterte Lederschatulle schützte das zarte Gebilde.

Der Dawatdar legte es wieder hinein, bevor er Roç das Geschenk überreichte.»Harun ar-Rashid hat daraus getrunken«, sagte er bedeutungsvoll.»El-Mustasim, mein Herr, wünscht, Ihr solltet seiner jedesmal gedenken, wenn Ihr daraus trinkt.«
Roç verneigte sich tief und schwieg.

Am Ostufer wurde die Delegation von einer Eskorte des Großwesirs Muwayad ed-Din empfangen und zu dem Palast geleitet, den der Kalif ihm großzügig zur Verfügung gestellt hatte. Die weitläufigen Bauten, Pavillons, Säulengänge und offenen Hallen sowie die Gartenanlagen mit blütenüberwucherten, schattigen Innenhöfen, Springbrunnen und Volieren verloren sich in einen riesigen Park, den das Auge eines einzelnen nicht zu überschauen vermochte. Doch diese Zurschaustellung unermeßlichen Reichtums beeindruckte vor allem durch die völlige Menschenleere.

»Als einem Anhänger der Schia sollte Muwayad eine Hundehütte genügen, aber unser gütiger Herrscher läßt den Großwesir in seinem Palast residieren!«

Es war aus den eher gemurmelten Worten Aybaghs leicht herauszuhören, daß der Dicke kein Freund von Muwayad ed-Din war und seinen Herrn in diesem Punkt auch nicht verstand.

Dabei hauste der Großwesir mehr, als daß er residierte. Er lebte am äußersten Ende des Palastbereichs in einer der Kasernen, die eigentlich für die Wachen bestimmt waren, nicht weit vom Hippodrom der Offiziere, und der Geruch von den Ställen, Dung und Leder stach hier so kräftig in die Nase, daß es kaum auszuhalten war.

Der Großwesir, ein hagerer, starkknochiger Mann, empfing die Gesandtschaft in einem Atrium, das zur Kühlung mit einem riesigen Sonnensegel überspannt war. Seine Leibwächter, baumstarke Nubier mit blitzenden Krummsäbeln, umstanden ihn breitbeinig, und zu seinen Füßen lagerte ein Teil des Offizierskorps, darunter viele junge *halca*, Kinder des Adels, die als Pagen dienten. Sie tranken Minztee und sahen gemeinsam einer Fechtvorführung zu, die zwei Waffenmeister mit nacktem Oberkörper in gekonnt verzögertem Schlagabtausch darboten.

Muwayad ed-Din überging die Anwesenheit des Dawatdar und begrüßte dafür el-Din Tusi um so herzlicher. »Nun, mein geschätzter Freund weiser Worte«, fragte er, »habt Ihr beim Amir al-Mumin ein offenes Ohr für Eure Sorgen gefunden?«

»Ihr wißt genau, vortrefflicher Muwayad ed-Din Ibn al-Alqami«, antwortete statt seiner Hasan, »daß die Nase des Kalifen nicht über den Tigris und der Taubenflug seiner Gedanken sicher nicht bis ins ferne Alamut reichen – schon aus Furcht, ein Adler könne herabstoßen!«

»Da liegt mein erhabener Herr el-Mustasim mit seiner vorsichtigen Einschätzung nicht so falsch«, gab ihm der Großwesir heraus. »In Euren Bergen sind wir der Unbill einer feindlichen Natur ausgesetzt, der Gastfreundschaft von Verbündeten wie Euch Assassinen. Ganz zu schweigen von umherstreifenden Mongolenhorden. Hier sind wir sicher, umgeben von unserer doppelten Mauer und unserer stattlichen, uns treuergebenen Armee.« Er wies mit einladender Gebärde seine Gäste an, dicht um ihn herum Platz zu nehmen. »Auf meine Wächter kann ich mich mehr verlassen als auf mich selbst«, scherzte der Großwesir und ließ das Getränk servieren.

»Eure Sicherheit, verehrter Muwayad ed-Din, ist trügerisch. Wenn es mein Großmeister, der verehrungswürdige Imam Muhammad III., befiehlt, dann stößt der Adler überall zu, auch hier und jetzt!«

»Niemals!« Der Großwesir lachte, und die ihn umgebenden Emire und Offiziere fielen pflichtschuldigst in das Lachen ein.

In Hasans Augen glomm Wut; er sprang auf und zog ein weißes Tuch aus der Tasche. »Seht Ihr dieses Tuch, Muwayad ed-Din? Ehe es den Boden berührt, werdet Ihr eines anderen belehrt sein!« Und er ließ das Tuch fallen.

Da sprangen mitten unter den Offizieren zwei auf, und beide zückten plötzlich einen Dolch, obgleich alle ihre Waffen im Vorraum hatten ablegen müssen. Auch einer der Kadetten war hochgeschnellt und fuchtelte mit einer Klinge. »Ein Wort von mir«, frohlockte Hasan, »und sie werden Euch –«

»Ich hab' immer noch meine Leibwache!« triumphierte der Großwesir, der sich sofort hinter den Nubiern verschanzt hatte. Da richteten zwei der Neger langsam ihre scharfen Waffen auf ihn, die Spitzen der Klingen zielten auf Herz und Kehle des höchsten Beamten.

Entsetzt fragte Muwayad: »Würdet ihr mich, euren guten Herren, tatsächlich töten?«

»Ja, Herr«, antwortete einer der Männer, »wenn uns der Befehl erreicht, werden wir es tun.«

Der Großwesir brach in die Knie und bedeckte sein Gesicht mit den Händen. »Was wirft mir der verehrungswürdige Imam vor, daß er mich nicht mehr unter den Lebenden wissen will?« stöhnte er.

Der Emir der Assassinen zog den Knienden an beiden Armen hoch. »Laschheit!« sagte er kalt und wies mit herrischer Geste die hervorgetretenen Fida'i an, sich wieder zurückzuziehen. »Ich möchte nicht mit ansehen müssen, daß Ihr, Muwayad ed-Din, eines Tages so vor einem General der Mongolen kniet, und das werdet Ihr unweigerlich, wenn Ihr Euch nicht zu einem Abwehrbündnis entschließt. Reist nach Damaskus, nach Akkon und nach Kairo und fleht den König und den Sultan an! Denkt immer an das Bild, das ich Euch, meinem Glaubensbruder, vor Augen geführt habe: Über Euch schwebt die Axt, Euer Kopf ist schon gebeugt – und der Mongole kennt keine Gnade!« Dann wandte Hasan sich ab und gab seinem Gefolge das Zeichen zum Aufbruch. »Für Euch, Aybagh, der Ihr nicht unser Freund seid, gilt das gleiche«, herrschte er den eingeschüchterten Kanzler an. »Ihr braucht uns nicht weiter zu begleiten; kehrt zurück zum Kalifen und teilt ihm unsere letzte Warnung mit!« Während der Emir sich auf sein Pferd schwang, fügte er noch hinzu: »Nicht wir, die Assassinen, bedrohen Euer Leben, sondern Euer Zaudern, das dem Verhalten eines Zebus gleicht, das den Kopf in den Sand steckt und meint, der Feind sähe es nicht.«

El-Din Tusi, der eigentliche Leiter der Delegation, hatte den Vorfall und die Tatsache, daß der Emir sich zum Sprecher machte, schweigend hingenommen. Er wußte, daß Hasan der Favorit des Imams war, und hütete deshalb seine Zunge. Doch er beschenkte den Großwesir reich, als wünsche er, auf diese Weise die ihm angetane Unbill wiedergutzumachen. Und Hasan ließ el-Din Tusi gewähren.

Die Delegation verließ die Stadt des Kalifen auf der breiten Straße, die gen Norden führte, um dann ins Gebirge Richtung Kermanshah abzubiegen. Roç und Yeza ritten nebeneinander. Sie hatten lange geschwiegen. Yeza lehnte sich zu ihrem Liebsten hinüber, suchte seine Hand und brachte ihren Ring in die Nähe des seinen, bis der Zauberstein sie mit einem klickenden Geräusch vereinte. »Ihr sollt wissen, mein Ritter«, sie lachte schelmisch, »daß mir Euer Liebespfand tausendmal mehr bedeutet als das Geschenk des Kalifen.«

Roç schaute ihr in die Augen. »So geht es mir mit Eurer Liebe, meine *damna*!«

Da schloß der Emir Hasan zu ihnen auf, und Yeza wechselte das Thema. »Schade«, sagte sie, »ich hätte so gern die Pferde gesehen!«

Roç maß sie mit einem fast strafenden Blick – was Weiber so im Kopf haben! – und hielt sich nicht länger zurück. »Das hättest du nicht tun sollen!« warf er dem Emir vor. »Du hast für die Befriedigung deiner Selbstsucht fünf Brüder ans Messer geliefert!«

»Was doppelt wiegt«, schaltete sich jetzt auch Yeza ein. »Sie sind als geheime Waffe verloren und werden wahrscheinlich nun den Feuertod sterben müssen!«

Hasan Mazandari schaute hochfahrend auf die Kinder herab, doch er besann sich und ließ ein Grinsen über seine hübschen Züge gleiten. »Was Ihr für unbeherrschte Eitelkeit haltet, war eine bitter notwendige letzte Drohung an die Palastclique in Bagdad.« Er wartete, ob seine Worte überzeugten, doch Roç und Yeza schluckten die Erklärung, ohne Einverständnis zu zeigen. »Und was die fünf Fida'i betrifft: Sie sind Soldaten im Krieg, bereit, ihr Leben zu geben.«

»Aber nicht sinnlos! Nur um eine Wette zu gewinnen!« empörte sich Roç. »Du hast mit Menschenleben gespielt!«

»Ich bin kein Spieler«, wies ihn der Emir zurecht, »sondern ein Vorgesetzter. Soldaten haben nicht zu rechten. Und wenn sie verbrennen, so ist ihnen das Paradies gewiß.«

»Im Gegensatz zu dir, Hasan Mazandari«, erwiderte Yeza abschließend, und Roç hatte dem nichts hinzuzufügen.

Der Emir überspielte die Peinlichkeit durch ein höhnisches Lachen und sprengte davon an die Spitze des Zuges.

Maka al-Malawi, der Oberste Kämmerer, besprach indessen noch die Ereignisse mit dem Kalifen. Er überschüttete seinen Herrscher mit Vorwürfen, als der Kanzler Aybagh zurückkehrte und von dem empörenden Vorfall mit der Leibwache des Großwesirs berichtete.
»Seht Ihr!« geiferte Maka al-Malawi und wandte sich an den Kanzler. »Hat der Herr Großwesir die treulosen Verräter wenigstens auf der Stelle vierteilen lassen?«
»Keineswegs«, gab der Dicke wahrheitsgemäß zur Antwort. »Er betrauert den Treuebruch, hat die fünf Banditen vom Dienst suspendiert und hegt den Gedanken, sie hinter ihren Assassinenbrüdern herzuschicken, damit der Großmeister erkennt, welch edlen Charakter Muwayad ed-Din Ibn al-Alqami besitzt!« spottete der Dawatdar.
»Euer Großwesir!« höhnte Maka al-Malawi. »So gestattet mir wenigstens, ihn anzuweisen, daß die fünf sofort hinzurichten sind. Am besten verbrennen!«
Der Kalif schwieg.
»Wir könnten sie auch«, gab Aybagh gewichtig zu bedenken, »natürlich mit ausgestochenen Augen und abgeschnittenen Nasen und Ohren zu den Mongolen schicken. Mit einer Botschaft an den Großkhan, daß sie von Alamut ausgesandt waren, ihn zu ermorden.«
Das gefiel dem Kämmerer. »Dann sollten wir ihnen die Zungen abschneiden und doch das Augenlicht lassen, damit sie sich an der Landschaft erfreuen können und an den wilden Pferden, von denen sie zerrissen werden.«
»Auf jeden Fall wäre es gut, wenn die Mongolen ihr Mütchen an Alamut kühlen würden und in uns eine Macht sähen, die ihnen wohlgesonnen ist«, stellte der beleibte Kanzler fest.
»Ich will es überschlafen«, sagte der Kalif und entließ die beiden.
Der dicke Aybagh, der Dawatdar des Kalifats, bestieg grußlos seine Sänfte. Er war mit dem Tag mehr als unzufrieden.
Auch der Kämmerer ließ sich zu seinem Palast tragen. Obgleich es schon spät war, ließ er die Kisten noch in seine Gemächer schaffen und schickte dann sein Gefolge weg, um sich ohne Zeugen, die gleich wieder alles dem Kalifen hinterbrächten, an den Geschenken

zu erfreuen. Er öffnete als erstes eine der Schatullen und war erstaunt über den Wert und die Kostbarkeit der Schmuckstücke. Besonders hatte es ihm das kunstvoll gefertigte Getier angetan, vergoldet und mit bunten Steinen besetzt. Er fand einen Blasebalg aus Saffianleder mit Ebenholzgriffen, geschmückt mit einer Schlange aus grünen Smaragden, die sich über die Fläche schlängelte, während am Ende des Holzes ein Vögelchen mit korallener Brust hockte und den Schnabel aufriß. Je nachdem, wie man die Luft aus dem Leder quetschte, flötete das Vögelchen oder zischte die Schlange. Maka al-Malawi kamen wieder die Worte des Emirs in den Sinn: »Ich gedenke, damit Euer Herz zu gewinnen.«

Der Kämmerer liebte solch mechanisches Spielzeug über alles. Er war so in seine Erprobung vertieft, daß er das Knarzen nicht wahrnahm, mit denen sich die Deckel der beiden großen Kisten hinter ihm öffneten. Zwei Assassinen entstiegen ihnen geschmeidig wie Geparde und stießen Maka al-Malawi ihre Dolche dicht unter dem Schulterblatt ins Herz und ins Genick. Er kam nicht einmal dazu, ein Todesröcheln von sich zu geben. Erst das dumpfe Geräusch, mit dem er vom Hocker fiel, ließ die Leibwache vor der Tür aufhorchen. Als sie ihn in seinem Blute fanden, waren die Meuchelmörder längst entwichen.

VIER PRINZEN
LIBER I
CAPITULUM II

Der Adler kreiste schon lange über dem Geschehen in der Steppe. Er hatte Mühe, seinen Besitzanspruch zu markieren, die Fallwinde des steil beginnenden Hochgebirges trieben ihn ab in die dünne Luft über dem Altai. Es war, als ob der Greifvogel immer wieder auftauchte, um sich zu vergewissern, wie weit der Vorgang unter ihm gediehen war und daß kein anderer ihm zuvorkam. Er wartete geduldig auf das Opfer.

Die Menschen und Tiere der kleinen Gruppe unter ihm waren zunächst als winzige Punkte am Horizont erschienen, bevor sie die Ebene durchquerten und am Fuß des Berges Halt machten. Das taten sie immer. Nur daß sie sich dieses Mal mehr Zeit ließen und die Beschwörung und das Gelübde sich in übertriebener Feierlichkeit in die Länge zogen.

Hochstehende Mongolen, wohl Mitglieder eines der dschingidischen Fürstenhäuser, hatten sich dort unten versammelt. Sie hatten Priester mitgebracht, und die zelebrierten das traditionelle Pferdeopfer nach einem festen Ritual.

Das Pferd war von allem Sattel- und Zaumzeug befreit worden. Soldaten umstanden es mit aufgepflanzten Speeren, aber auch längere Lanzen wurden bereitgehalten. Die fürstliche Familie, eine Mutter mit ihren vier Söhnen, hatte vor dem Tier Platz genommen und ließ es nicht aus dem Blick.

Der Priester trat vor den Hals des Hengstes, den zwei Soldaten umklammerten. Das Opfermesser blitzte auf, rot spritzte der Strahl aus der durchtrennten Halsschlagader. Das Tier bäumte sich auf – der

Schnitt wurde rasch erweitert –, seine Beine zitterten, knickten ein, und die Speere bohrten sich von unten in den Bauch und verhinderten ein Umstürzen. Das Blut floß nun in ruhigem Schwall, dann versiegte es allmählich. Die Augen des Opfers brachen und verloren ihren Glanz. Nun wurden dem Pferd auch die Lanzen schräg durch die Haut der Kruppe und des Halses gestoßen, bis sie gekreuzt in den Himmel ragten und dem Kadaver festen Stand verliehen. Da stand nun das Liebste, was es für einen Mongolen auf Erden gibt – sich selbst und wenige Familienmitglieder ausgenommen –, und wurde der Gunst des Himmelgottes *tengri* überlassen.

Der Adler beobachtete den hastigen Aufbruch der Truppe mit majestätischen, immer enger werdenden Kreisen. Er hütete sich herabzustoßen, solange die Mongolen noch nicht außer Reichweite waren. Befriedigt hatten sie ihn längst erblickt, doch sie liebten es nicht, *tengris* Boten bei der Annahme des Opfers zu sehen. Und mit ihren krummen Bögen waren sie überaus treffsicher.

Erst als der Trupp sich langzog wie eine Schlange und den Aufstieg ins Gebirge begann, legte der König der Lüfte die mächtigen Schwingen an und stieß hinab zu seiner Mahlzeit.

Hart die dunklen Schatten ihrer Klüfte, die zackigen Spitzen von einem Weiß, das die Augen der heraufstarrenden Menschen schmerzhaft blendete, ragten die Gipfel des Altai in den stahlblauen Himmel.

Die mongolischen Krieger arbeiteten sich über Geröllfelder und tiefen Firnschnee den Hang eines Berges hinauf, an überkragenden Felswänden entlang, über Spalten im Gletschereis und durch Schluchten, die das herabstürzende Wasser immer tiefer einschnitt.

Irgendwo dort oben mußte die Höhle von Arslan zu finden sein. Der kleine mongolische Haufen ähnelte mehr einer Prozession als einer Schar auf dem Kriegszug. Fahnen und Wimpel an hohen Lanzen flatterten an einer Sänfte inmitten der Krieger, die ihre Pferde längst am Halfter führten. Die Männer zerrten sie bald durch hohe Schneewehen, bald über blankgefegte Eisflächen hinter sich her. Unbarmherzig brannte die Sonne auf die Wanderer hernieder, die von Kopf bis Fuß in dickem farbenfrohem Filzzeug steckten, die Gesichter zum Schutz der Augen von pelzbesetzten Hauben fast verdeckt. Das Gehen fiel schwer in der dünnen Luft; der Atem ging stoßweise und entließ schnell verwehende Dampfwölkchen aus den hochgeschlagenen Kragen und den umwickelten Mäulern der Tiere.

Vier Männer, ganz in schlichtes Schwarz gekleidet, gingen neben der Sänfte. Der säbelbeinig zuvorderst schritt, war von gedrungener Statur und bulliger Zähigkeit. Das runde, listige Gesicht hätte trotz des vom kantigen Kinn herabhängenden Ziegenbarts einem Hirten gehören können. Doch die zusammengekniffenen Augen verrieten Schläue, wenn nicht Verschlagenheit. Möngke bahnte sich seinen Weg mit der Sicherheit desjenigen, der genau wußte, daß die anderen ihm folgen würden. Er war der Älteste, schon in den Vierzigern.

Der einzige, nach dem er sich gelegentlich umschaute, war Ariqboga, sein jüngster Bruder, der ihm – von einer gewissen Ähnlichkeit im Gesicht abgesehen – ganz und gar nicht glich: Er war hochgeschossen, beinah schlaksig, offenen, nahezu heiteren Blicks, der jedoch schnell ins träumerische, ja grüblerische umschlagen konnte. Ariqboga wirkte noch sehr jungenhaft, von Reife keine Spur, aber er bewies äußerste Liebenswürdigkeit.

Der dritte hielt auf Abstand. Kubilai überragte seine Brüder mühelos, selbst den jüngsten. Er war ein breitschultriger Hüne, der allein auf seine Körperkraft vertrauen konnte. Doch er besaß außerdem den Kopf eines Gelehrten, mit hoher Stirn und fast wasserhellen Augen, der es verstand, Gedanken zu verbergen und, wenn nötig, mit Härte durchzusetzen. Kubilai strahlte die Ruhe eines Mannes aus, der auf niemanden angewiesen war und seinen Weg ging, nicht weil er stark war, sondern weil er warten konnte.

Hulagu hing nach. Ihm bereitete das Gehen im Schnee ärgerliche Mühe, und er ließ seiner schlechten Laune freien Lauf. Mit seiner eingefallenen Brust und dem unübersehbaren Bauchansatz glich er einem alten Affen, obwohl er kostbarer gekleidet war als seine Brüder. Gebeugt schlurfte er hinter ihnen her, seine Blicke verfolgten sie vorwurfsvoll und voller Mißtrauen in das Unternehmen. Sein Gesicht war von ungesunder Farbe, leicht gelblich – er trank, ohne es zu vertragen. In seinen schlaffen Zügen spiegelten sich abwechselnd

Selbstmitleid und jähe Grausamkeit. Hulagu war versucht, den anderen zuzurufen, sie sollten gefälligst Rücksicht nehmen und auf ihn warten. Aber er unterließ es, denn die Antwort Möngkes hätte nur in verächtlichem Schweigen bestanden.

Die Prinzen redeten nicht miteinander, das Sprechen strengte zu sehr an. Sie blinzelten nur ab und an hinauf in die Höhe, wo ihr Ziel liegen mußte, und bedachten die Frau in der Sänfte mit zweifelnden Blicken.

Die Fürstin Sorghaqtani bewahrte auch im Sitzen ihre aufrechte Haltung. Ihre edlen Züge zeugten von großer Zuversicht. Die schöne Frau hatte sich nach dem Tode ihres Gatten Toluy standhaft geweigert, dessen Neffen Guyuk zu ehelichen, als der Großkhan wurde. Als junge Witwe hatte sie sich allein der Erziehung ihrer Söhne gewidmet und beharrlich ihr Ziel verfolgt, sie eines Tages an die Macht zu bringen. Dieser Tag war nicht mehr fern, und nun suchte sie Rat bei Arslan, dem Schamanen. Eigentlich erwartete sie von ihm nur die Bestätigung ihres Lebenstraums.

Alle vier Söhne waren ihr lieb, doch sie war gewillt, endgültig mit der Tradition zu brechen, den Jüngsten zu bevorzugen. Ihrer Vernunft folgend, die der Fürstin Sorghaqtani stets oberstes Gesetz gewesen war, wollte sie ihrem Erstgeborenen Möngke die Macht übertragen. Ihn sah sie als Herrscher, doch wünschte sie, daß seine Brüder es aus dem Mund des Schamanen vernehmen sollten. Am liebsten sähe sie, wenn sie Möngke hier, auf diesem heiligen Berg, Treue und Gefolgschaft schwören würden. Der Blick der Fürstin, die die ganze Zeit mit offenen Augen geträumt hatte, glitt voller Stolz über ihre Prinzen: Kubilai, den Schweigsamen und wohl klügsten unter ihnen, Hulagu, den wankelmütigen Zauderer, und ihren draufgängerischen Jüngsten, Ariqboga. Doch Möngke hatte ihnen etwas voraus, das ihn zum Khan der Khane prädestinierte. Er vermochte es gleichermaßen, in den Herzen der Mongolen Feuer zu entfachen und zu löschen. Er besaß die Kraft, die umfassende Macht in Händen zu halten.

»Ich sehe Arslan!« rief da Ariqboga und zeigte hinauf zum Berg, wo sich in der Wand groß und dunkel eine Höhle öffnete. Sie schauten alle hinauf, doch keiner vermochte den Schamanen zu erblicken.

»Er stand aber dort!« verteidigte sich Ariqboga wütend, denn das unterdrückte Lachen seiner Brüder war ihm nicht entgangen. »Ich werde ihn bitten, wieder herauszutreten!« rief er und machte Anstalten, auf die Höhle loszustürmen. Sie hatten sich ihr so weit genähert, daß jeder das Feuer einer Herdstelle sehen konnte.

»Halt, Ariqboga!« rief die Fürstin. »Das könnte eine Warnung sein! Tritt nie über die Schwelle eines Heims, ohne daß man dich dazu aufgefordert hätte!«

»Laßt mich nur einen Blick hineinwerfen!« Ariqboga stapfte vorwärts, ohne sich aufhalten zu lassen.

»Ariqboga«, dröhnte streng die Stimme Möngkes, »wenn du der Aufforderung deiner Mutter nicht folgen magst, so folge meinem Befehl!«

Da blieb der Jüngste stehen, und ein Rauschen erfüllte die Luft. Ein Sturm von Eiswind und Schneestaub fegte den Trupp beinah um und warf Ariqboga rücklings zu Boden. Eine Lawine war vor ihnen zu Tal gedonnert, der Eingang zur Höhle lag verschüttet von weißen Pulvermassen. Ariqboga erhob sich und mied es, seinen Brüdern in die Augen zu sehen. Sein Blick suchte, um Entschuldigung heischend, den seiner Mutter, doch die wies nur stumm auf die gegenüberliegende Talseite. Dort stand, für alle sichtbar, der Schamane und winkte sie zu sich. Schweigend begannen sie den Abstieg. Um den Trägern der Sänfte Halt zu verschaffen, schlug die Begleitmannschaft Stufen in das Eis.

Die vier Prinzen wichen nicht von der Seite des überdachten Traggestells. Sie stützten es und taten alles, um einen Sturz zu verhindern. Wegen des abrutschenden Gerölls und des Eises war der Abstieg noch mühseliger als der Aufstieg. Die Gruppe überwand eine Felsnase und blickte hinab auf die Talsohle, die mit einem dunkelgrünen See gefüllt war, in dem sich die weißen Zacken der Berggipfel und auch die Klippe spiegelten, auf der Arslan stand – gestanden hatte. Die Prinzen sahen ihn nun nicht mehr, und sie waren sich auch nicht mehr sicher, auf welchem Fels sie ihn erblickt hatten.

»Auf jeden Fall müssen wir dort hinüber«, sagte Möngke.

»Ich weiß nicht«, wandte Hulagu ein, »wenn wir den heiligen

Mann nicht mehr sehen, dann warten wir besser, bis er sich zeigt. Sein Verschwinden könnte doch wieder eine Warnung sein.«

»Es könnte auch sein«, spottete Möngke, »daß du Angst vor dem Wasser hast!«

In Serpentinen stiegen sie zwischen den Felsen zum See hinab und entdeckten plötzlich einen Kahn, ein robustes Schiff aus dickem Holz. Es war mit farbigen Ornamenten verziert und besaß Bänke für mindestens zwanzig Ruderer. Ein vergoldetes Drachenhaupt schmückte den Bug. Der Nachen lag vertäut am Ufer, und die Haltetaue waren mit allerlei Brettern – verwittertem Treibgut – abgedeckt, als sollten sie vor dem Sonnenlicht oder vor neugierigen Blicken geschützt werden. Daneben stand ein hünenhafter Fährmann in einem langen Filzmantel. Er trug keine Kopfbedeckung; sein graues, zottiges Haar war ihm wild gewachsen wie sein Bart, der tief auf die Brust reichte.

Der Führer der Eskorte zückte seinen Beutel und drückte dem Fährmann, der nichts verlangt hatte, mehrere Goldstücke in die Hand. Der Alte warf sie achtlos in das Boot. Da sahen die Männer, daß dessen Boden über und über mit Goldmünzen bedeckt war.

Nachdem die Träger die Sänfte in den Kahn gehoben und die vier Prinzen Platz genommen hatten, führten die mongolischen Krieger nacheinander ihre Reittiere über eine Planke an Bord. Dann warteten sie darauf, daß der Fährmann zustieg, doch der schüttelte nur den Kopf und band die Taue los. Kaum war das letzte gelöst, trieb das Schiff vom Ufer fort.

Der See, der von oben so glatt wie ein Spiegel dagelegen hatte, wies eine starke Strömung auf. Die Begleitmannschaft war an die Ruder gegangen, doch obwohl sie sich mit aller Kraft in die Riemen legte, trieb das Boot unaufhaltsam auf die Felsen zu, wo der See zu enden schien und ein unheilverheißendes Donnern und Rauschen einen Wasserfall ankündigte. Die Ruderer gerieten in Panik; die Sänftenträger sprangen ihnen zu Hilfe, doch so sehr sie sich auch gegen den Sturz in den Abgrund stemmten, der Nachen trieb immer schneller dem Unheil entgegen.

Da riß Möngke dem Führer das Steuer aus der Hand und zwang

den wie wild durcheinander rudernden Männern mit gebrüllter Schlagzahl seinen Willen auf. Auch seine Brüder mußten mit auf die Bank. Unter seinem Kommando schien das Schiff erst auf dem Wasser zu erstarren, dann beschrieb es langsam einen Bogen, der es aus der Gefahr sicher an das andere Ufer brachte.

Hulagu ging als letzter von Bord und befestigte das Tau an einem aus dem Wasser ragenden Ast. Er schaute auf, den anderen nach, die schon mit dem Aufstieg begonnen hatten. Er suchte nach der Felsklippe, auf der sich der Schamane gezeigt hatte. Sein Blick fiel zurück auf den Spiegel des Sees. Dort erblickte er die Klippe, aber auf ihr spielten nun zwei Kinder, ein Junge und ein Mädchen. Sie waren zwar gekleidet wie mongolische Prinzen, doch sie waren Fremde. Das Blondhaar der Prinzessin verriet es, und auch die Züge des Knaben waren nicht geschnitten, wie es den Völkern der Steppe zu eigen. Hulagu beeilte sich, zu den anderen aufzuschließen, um sie auf seine Entdeckung aufmerksam zu machen. Er stolperte den Hang hinauf und drehte sich immer wieder nach dem seltsamen Spiegelbild um. Endlich hatte er Möngke erreicht. Er zupfte ihn am Ärmel und zeigte hinab. Da sah auch der Erstgeborene die Klippe. Sie lag unter ihnen, sie waren bereits zu hoch hinaufgestiegen. Doch auf dem Felsen lagerte nun der Schamane, den Kopf aufgestützt, und lächelte ihnen zu. Plötzlich vernahmen alle ein Poltern. Ein Steinschlag! Sie sahen die Brocken springen und wollten Arslan eine Warnung zurufen, doch der lächelte nur, und die Steine sprangen an ihm vorbei, hinunter zum See. Ein Stein traf den Ast und zertrümmerte ihn und das Boot. Von keinem Tau mehr gehalten, trieb es davon, wie von unsichtbarer Hand gezogen. Immer schneller wirbelte es über den See auf das Ende des Wassers zu. Ein letzter Stein hüpfte hinter den anderen her, flog im hohen Bogen über Arslan hinweg in den Spiegel des Sees. Die ringförmigen Wellen ließen das Bild des Schamanen erzittern und verschwimmen. Als sich die Wasseroberfläche wieder geglättet hatte, war die Klippe leer. Auch das Boot war verschwunden, als hätte es nie eines gegeben.

»Deine Schuld«, sagte Möngke trocken. »Du hättest das Haltetau schützen sollen!«

»Sollten wir nicht besser –«, begann Hulagu verzagt, doch sein älterer Bruder schnitt ihm erbost die Rede ab.

»Sprich das Wort nicht aus!« drohte Möngke. »Oder ich will in dir keinen Mongolen mehr sehen!«

Der schweigsame Kubilai drängte sich zwischen die Streithähne.

»Dafür bin ich nicht hergekommen!« rief die Fürstin ihren Söhnen zu. »Seid einig! Wir werden keineswegs umkehren, sondern unser Ziel erreichen«, fügte sie zuversichtlich hinzu. Sie stiegen weiter hinauf durch die Felsen, bogen um einen Vorsprung, und vor ihnen saß auf einem Stein am Weg der Fährmann.

»Arslan«, grüßte die Fürstin den Schamanen, »seid gegrüßt und bedankt für alle Hinweise, die Ihr uns zuteil werden ließet.«

»Ich sehe«, entgegnete der Mann und schaute sie offen an, »die Mutter hat verstanden.«

»Nicht alles«, sagte Sorghaqtani und stieg aus der Sänfte. Sie wies ihre Söhne an, sich im Halbkreis um Arslan niederzusetzen, und befahl dem Gefolge, sich zu entfernen. »Erklärt einer einfachen Frau, was sie zu wissen begehrt.«

Sie nahm zwischen den Prinzen Platz, dem Schamanen gegenüber. Doch der bat die vier Männer, ihn mit der Fürstin allein zu lassen.

»Es ist leichter, über jemanden zu reden, wenn er einem nicht ins Auge schaut – erst recht, wenn es vier Augenpaare sind, die sich noch dazu gegenseitig belauern.«

Möngke erhob sich ärgerlich, aber beherrscht. »Es war der Wunsch unserer Frau Mutter, Euch aufzusuchen. So sollt Ihr Euren Willen haben!« sagte er, und die vier Brüder nahmen den erwünschten Abstand ein.

»Ariqboga, Euer Jüngster, muß noch lernen, daß kein Feuer brennt, das nicht im nächsten Moment verloschen sein kann. So lange soll er seinem ältesten Bruder gehorsam dienen.«

Die Fürstin vermochte es nicht, ihre Ungeduld zu zügeln. »Wird Möngke der nächste Großkhan?«

»Er hat uns bewiesen, daß er der fähigste von allen ist. Doch schnell fließen die Wasser. Er muß zur rechten Zeit das Steuer in die

Hand nehmen und darf es nicht wieder loslassen. Er war für das Schiff verantwortlich, nicht Hulagu.«

»Der konnte nicht ahnen, daß ein Stein ausgerechnet den Ast mit dem Tau treffen würde«, versuchte die Mutter ihr Sorgenkind zu verteidigen.

»Wenn jemand nur an einer Stelle verwundbar ist, wird ihn der Pfeil des Schicksals genau dort treffen.«

»Ihr habt mir nichts über Kubilai zu sagen?«

»Hat er Euch etwas zu sagen?« lautete die Gegenfrage des Schamanen. »Kubilai kann warten. Er wird dereinst über ein Reich herrschen, das noch blühen wird, wenn das der Mongolen längst der Vergangenheit angehören wird.«

»Werden meine Söhne untereinander Frieden halten?« fragte die Fürstin besorgt.

»Das werden sie«, antwortete Arslan fest, »denn sie haben heute begriffen, daß sie zusammenstehen müssen. Doch es gibt noch etwas, das ich ihnen selbst anvertrauen will – «

»Ein letztes Wort, Arslan«, hielt ihn die Fürstin zurück. »Hulagu hat mir anvertraut, er habe vorhin statt Euch zwei Kinder gesehen, Prinzen, gekleidet wie Mongolen – und doch Fremde. Droht meinen Söhnen Gefahr von ihnen?«

Da lachte der Schamane und erwiderte: »Hulagu hat allen Grund zu diesem Gesicht. Es betrifft ihn weit mehr als seine Brüder. Das Schicksal der Welt wird ihn in die Verantwortung nehmen, ob er will oder nicht. Es ist mehr als ein nachlässig befestigtes Tau, an dem das Schiff – «

Arslan brach ab, als habe er schon zuviel gesagt, und wandte sich wie beiläufig an die Fürstin.

»Von diesen Königlichen Kindern wollte ich zu Euren Söhnen sprechen. Ruft sie jetzt bitte zurück!«

Der Schamane bedeckte sein Gesicht mit den Händen und schien in Gedanken versunken. Die mongolischen Prinzen nahmen neben ihrer Mutter Platz und warteten darauf, daß Arslan das Wort an sie richtete.

»Das Reich der Mongolen«, sprach der Schamanen leise, doch

deutlich, »wird nur bestehen, wenn es aus seiner Mitte heraus ständig in Bewegung gehalten wird und sich nach allen Himmelsrichtungen ausbreitet. Jeder Stillstand zieht nach einiger Zeit Fäulnis an, die auch ein bewegter Vorgang ist, aber nur zu Verderbnis führt. Wenn ich es richtig sehe –«, er schaute auf und ließ seinen Blick über die vier Prinzen schweifen, bevor er ihn auf Möngke heftete, »– wird man Euch auf dem kommenden Kuriltay die Macht übertragen. Denkt daran, diese nicht nur zu behalten, sondern teilt sie mit Euren Brüdern, die Ihr in alle Richtungen der Welt aussenden sollt.«

Der Schamane richtete seine Augen nun auf Hulagu, was aber nur die Fürstin bemerkte.

»Dem ›Rest der Welt‹, wie Ihr ihn herablassend zu nennen beliebt, kommt dabei die wichtigste Bedeutung zu, denn wenn Ihr ihn nicht für Euch gewinnt, wird es nie eine Weltherrschaft der Mongolen geben, und der ›Rest der Welt‹ wird Euch eines Tages seinen Willen aufzwingen, ohne je ein Heer entsenden zu müssen.«

»Wie soll das geschehen?!« empörte sich Hulagu, obgleich der Schamane vermieden hatte, ihn anzusprechen. »Papst und König bitten uns um Hilfe, und Ihr sagt –«

»Ich sage, was ich gesagt habe. Doch es gibt für die Mongolen eine Möglichkeit, diesem Schicksal zu entgehen. Sie wird ihnen in Gestalt eines Königlichen Paares entgegentreten, zwei junge Herrscher ohne Reich. Ihnen ist der ›Rest der Welt‹ versprochen. Nehmt sie auf, erzieht sie im Sinne der mongolischen Reichsidee, und setzt sie auf den Thron. Wenn Euch das gelingt, ist die Welt Euer. Versäumt Ihr es aber, oder schlägt es fehl, dann wird das der Beginn Eures Unterganges sein. Tragt das Königliche Paar also auf Händen wie Euer kostbarstes Gut!« Der Schamane verstummte und vergrub sein Gesicht wieder unter der tief herabgezogenen Kapuze seines Mantels.

»Laßt mich den ›Rest der Welt‹ erobern!« drängte Ariqboga seinen ältesten Bruder, doch Möngke schob ihn sanft zur Seite, stellte sich vor den Schamanen und fragte: »Und wo finde ich diese jungen Könige?«

Arslan schien ihn nicht mehr zu hören, oder er wollte nicht antworten.

Da brach zum ersten Mal Kubilai sein Schweigen und sagte: »Es wird wohl unsere Aufgabe sein, sie zu finden.«

Möngke nickte und erteilte den Befehl zum Aufbruch. Er hatte nun die Gewißheit, daß er der neue Großkhan sein würde, und er wußte, was er zu tun hatte.

Fürstin Sorghaqtani wollte den Schamanen reich entlohnen, doch dann erinnerte sie sich an das Gold im Boot und belästigte Arslan nicht weiter. Vor ihr tat sich plötzlich ein Saumpfad auf, der den Trupp sicher aus dem Altai in die Ebene hinunterführte. Und von dort ritten sie zurück nach Karakorum.

BLÜTENHAUCH UND MODERDUFT
LIBER I
CAPITULUM III

Durch das trichterartig in den Felsen geschlagene Fenster der Höhle konnten die Kinder nichts als eine dunkle Wolkenbank wahrnehmen, die rechts und links von Bergzinnen gerahmt war, Gipfel, die vereinzelt aus dem Dunst ragten. Roç und Yeza wußten – es war wie bei ihrer ersten Ankunft –, dahinter lag irgendwo Alamut. Hasan Mazandari, der ihnen gestattet hatte, mit ihm die in den Stein gehauene Plattform der Höhle zu besteigen, ließ sie ausgiebig Ausschau halten. Doch auch als vereinzelte Sonnenstrahlen durchbrachen, vermochten sie die Festung nicht zu entdecken. Was auch immer an die Form einer dickbäuchigen Knospe erinnern mochte, löste sich auf im rötlichen Schimmer des Abendlichts und wehte davon. Sie spürten den Spott des Emirs hinter ihrem Rücken und daß es eine Möglichkeit gab, dem Trug ein Ende zu machen.

Da fiel Roçs Blick auf die flache Steinplatte, auf der sie standen, und er sah einen hellen Fleck. Er schubste Yeza zur Seite und ließ sie emporblicken in das Gewölbe. Durch eine winzige Öffnung fiel ein Strahl der Sonne auf sie herab. Er drehte sich um zu Hasan, der jetzt ermunternd grinste. Roç schob die Steinplatte zur Seite, es ging ganz leicht. Darunter kam ein blanker Silberteller zum Vorschein. Das Lichtbündel prallte nun darauf und wurde durch das Fenster in den Wolkendunst geschickt. Hasan hielt seine Hand in den Strahl und begann Lichtzeichen zu senden.

Yeza beobachtete seine Bewegungen, ihre Längen und Pausen, ohne ihn ihre Aufmerksamkeit merken zu lassen. Dann sagte sie kühl: »Dem Großmeister gegenüber kannst du ja so tun, als sei deine und Tusis Mission glatt verlaufen, aber überleg dir schon mal, wie du dein Verhalten Crean gegenüber rechtfertigen willst.«

Hasan war verblüfft. »Wo hast du die geheimen Zeichen lesen gelernt?« fragte er ärgerlich.

»Das konnten wir schon als Kinder«, sagte Roç stolz. »In Otranto auf dem Turm der Gräfin –«

Hasan erkannte, daß er bei Roç und Yeza auf der Hut sein mußte; ihr Bericht von der Reise nach Bagdad konnte ihn belasten.

»Wer hat denn vor dem Kalifen plötzlich den Dolch gezogen?!« versuchte er Yeza einzuschüchtern. »Soll ich Crean davon erzählen?«

Yeza maß ihn kühl. »Ich habe mich damit in Gefahr gebracht, aber nur mich allein und sonst niemanden.«

Sie war wieder neben Roç getreten und hatte den letzten Teil des Satzes fast über die Schulter gesprochen. Ihre Augen spähten in den rosigen Nebel.

»Und wer hätte seinen Kopf dafür hinhalten müssen? Wir alle!« fauchte der Emir. »Ich halte es für besser –«, er versuchte, sich freundlich zu geben, es gelang ihm aber nur, seine Stimme schmeichlerisch tönen zu lassen, »wir drei überlassen den Rapport über den Ausgang der Verhandlungen unserem verehrten el-Din Tusi.« Er wartete auf ein zustimmendes Nicken der Kinder, aber die waren längst abgelenkt von den Blitzen, die jetzt – in unregelmäßigen Abständen – mitten aus den Wolken zu ihnen drangen.

»Crean holt uns ab!« jubelte Yeza, die wie immer die Schnellste im Entziffern der Zeichen war.

Roç ließ ihr den Triumph. Er starrte gebannt durch das Fenster. Als hätten die Lichtsignale die Nebel geteilt und vertrieben, tauchte jetzt die stählerne Festung wie eine Blüte aus dunklem Wasser auf. Da lag sie, die Rose. Ihre schalenförmigen Blätter schienen schimmernd in der Abendsonne zu atmen. Von ihrer höchsten Spitze, dem schlanken Turm des Minaretts, der wie ein verlängerter Stempel aus den gewölbten, gezackten Blatträndern ragte, zuckten die letzten Blitze; sie funkelten wie Sterne, als die letzten Wolkenfetzen unter ihr vorbeizogen. Dort oben befand sich das Observatorium mit der riesigen Silberscheibe, die ständig dem Lauf des Mondes folgte. Noch nie hatten die Kinder dorthinauf gedurft. Aber es jetzt von Hasan zu erbitten hätte einen falschen, schlechten Eindruck gemacht. Also ließen sie den Emir wieder hinuntersteigen auf den Grund der Höhle, wo die anderen schon warteten.

Roç und Yeza schoben sich an das Ende des Zuges, denn sie rechneten mit einem Donnerwetter von Crean, der Yeza verboten hatte, an dem Unternehmen teilzunehmen. Doch sie war heimlich, mit Alis Hilfe, an dessen Stelle in die Rolle des jungen Fida'i geschlüpft.

»Wir sollten das alles unserem lieben William schreiben«, sagte Roç nachdenklich und nicht ganz überzeugt, doch Yeza gefiel der Gedanke sofort.

»O ja«, rief sie leise, »für seine geheime Chronik!«

Lieber William, hier spricht Yeza.

Die Prügel, die ich wegen meiner heimlichen Reise nach Bagdad eigentlich verdient hätte, hat Ali bekommen. Crean war erst sehr erbost, dann beinahe traurig, weil er sich doch für uns verantwortlich fühlt und wir ihm in den Rücken gefallen sind. Wir haben ihm fest versprechen müssen, in Zukunft gehorsam zu sein, wenn er uns wieder verlassen muß. Er sagte, er sei auch nur ein Diener des ›Großen Plans‹, der viel mit uns zu tun habe, und wir müßten endlich lernen, ihm zu dienen.

Ali ist der Sohn von el-Din Tusi, der ein besonders kluger Mann ist, ich möchte sagen, fast ein Weiser und von unendlicher Geduld. Ali ist fast so alt und so groß wie Roç – aber noch mehr Kind – und hat schöne schwarze Locken.

Als dann endlich der Empfangstumult vorbei war, sind wir sofort runter in den Keller, in die Grüfte von Alamut sollte ich sagen, in das Reich unseres liebsten Freundes ›Zev auf Rädern‹. Der heißt eigentlich Zev Ibrahim, weil er Jude ist. Er ist der Oberste Ingenieur all der Wunderwerke von Alamut, doch ich will es Roç nicht nehmen, Dir die ganze Anlage zu beschreiben, weil er davon mehr versteht – behauptet er zumindest. Mir schmerzen sowieso die Finger. Ich kann jetzt verstehen, was Du damals in Konstantinopel mitmachen mußtest, Du Armer, als Du den Bericht über die Reise zu den Mongolen für Pian del Carpine schreiben mußtest. Das Volk soll ja wahnsinnig viele Pferde haben, mehrere hunderttausend. Kaum zu glauben. Schon in Bagdad, wo ich dummerweise keine gesehen habe, beeindruckten mich die enormen Stallungen, meilenweit nichts als Ställe. Man konnte die Tiere wiehern hören, und sie rochen noch bis weit über die Mauern hinaus, als wir die Stadt verlassen hatten. Jetzt muß ich aber Schluß machen mit dem Schreiben. Roç und ich wechseln uns ab. Es wird sich wieder bei Dir melden: Deine gehorsame Yeza, O. C. M., Yeza vom Orden der Minderen Chronisten.

L. S.

 Roç an William von Roebruk, Ordo Fratrum Minorum, zur Zeit in Akkon bei König Ludwig IX. von Frankreich; Alamut, in der zweiten Dekade des Juni A. D. 1251

Mein lieber William, Du fehlst uns sehr! Wo Du wohl steckst? Typisch Yeza, sie überlegt gar nicht, wie Dich unsere Berichte überhaupt erreichen können. Vielleicht weilst Du gar nicht mehr im Heiligen Land, sondern bist bereits wieder zu Hause in Flandern. Vielleicht kann Dein Orden Dich erreichen, weiß Elia von Cortona, wo Du bist – der war doch Dein Vorgesetzter bei den Franziskanern, Dein Generalminister. Oder weiß es der Papst in Rom, der Dich ja auch kennen muß? Vielleicht hast Du ja Ingolinde von Metz geheiratet und pflügst inzwischen einen fruchtbaren Acker, den Dir der Graf von Joinville in seiner Heimat geschenkt hat?

Wir werden unsere gesammelten Schriften Crean mitgeben, den der Großmeister nach Europa schicken will, damit er Beistand gegen die Mongolen erbittet. Ich kann mir zwar nicht vorstellen, daß irgend jemand den weiten Weg hierher auf sich nimmt, aber wenn die Mongolen schon mal bis nach Ungarn geritten sind, dann müßte auch eine Reise nach Alamut möglich sein. Du weißt doch, das liegt in den Bergen, südöstlich vom Kaspischen Meer, aber nicht weit davon entfernt. Am besten gelangt man über Armenien dorthin.

Doch wenn uns keiner zu Hilfe kommt – Alamut kann sich gut auf sich selbst verlassen. Dafür hat mein Freund Zev Ibrahim gesorgt. Er hat keine Beine mehr. Sie wurden ihm von Felsen abgequetscht, die er zum Einsturz brachte, als er einen der vielen unterirdischen Kanäle anlegte, denn die sind das Hauptgeheimnis von Alamut. Ich kann Dir das ruhig sagen, weil damit außer Zev immer noch keiner weiß, wo und wie sie verlaufen. Auf jeden Fall braust unten im Keller Wasser mit ungeheuer viel Wucht und Getöse und dreht ein Gestänge, so wie Mühlräder angetrieben werden.

Aber das ist noch nicht alles: Es gibt auch Röhren, in denen fließt eine schmierige schwarze Flüssigkeit. Sie riecht übel und kann auf dem Wasser schwimmen – und brennen. Rund um den Bauch der Festung, Du mußt sie Dir wie einen dicken Krug vorstellen, scheint ein ausgetrockneter See zu liegen – aber das trügt, denn der tiefe Burggraben kann sich so blitzschnell mit Wasser füllen, daß alle Angreifer elendiglich ertrinken. Wenn die Feinde besonders schlau sein wollen und es mit Booten versuchen, dann quillt aus unsichtbaren Rohren der *damm al ard*, das ›Blut der Erde‹, und schwimmt auf dem Wasser. »Na und?« wirst Du jetzt sagen, und da passiert das Schreckliche schon: Mit einer einzigen Fackel stecke ich das schwarze Öl in Brand! Wenn die Feinde geflohen sind oder völlig verbrannt, dann senkt sich das Wasser wieder, und das ›Blut der Erde‹ wird von den Röhren wieder aufgesogen. Ist das nicht wunderbar?!

Aber das ist immer noch nicht alles. Ein anderes Wunder sind ›die Blütenblätter‹ der Rose, wie Zev sie nennt. Stell Dir vor, der Krug – der ist übrigens aus einem Material, das wie Stein aussieht, aber hart wie Eisen ist. Wenn man dran schlägt, klingt es wie eine große Glocke –, also, der Krug ist eingehüllt in Blätter. Die sind aus ganz starkem Holz und mit Eisen beschlagen. Sie schmiegen sich an die Wölbung von Bauch und Brust und verbergen Fenster und Türen. Die können sich plötzlich öffnen, und dann feuern Katapulte aus den Luken, die sich blitzschnell wieder schließen. Oder – noch entsetzlicher für die Feinde jenseits des Seegrabens – die Blätter fallen wie Zugbrücken über das Wasser hinweg, schlagen mit stählernen Dornen auf die Angreifer ein und zermalmen sie. Zugleich öffnen sich oben im Bauch die

Ausfalltore, und die Reiterei der Assassinen donnert hinab und fällt über die Feinde her, ist mitten unter ihnen! Wenn alles vorbei ist, klappen die Blätter wieder hoch, und Du kannst sie mit Katapulten beschießen, soviel Du willst, sie fangen jeden Schlag ab, und die Assassinen lachen über ihre Gegner. Nur Wahnsinnige trauen sich in die Reichweite der ›Rose aus Eisenstein‹, sagt mein Freund Zev.

Ein anderes Wunder ist das Innere der Blüte. Das muß auch für einen Genius des Ingenieurwesens eine furchtbar schwierige Aufgabe gewesen sein. Stell Dir vor, da hängt von oben, vom Rand des Kruges – ich war da noch nicht, das ist uns verboten –, ein Wespennest in den Krug hinab. Das ist kein gewöhnliches Haus, sondern der prachtvolle Palast des Imams Muhammad III. Der Großmeister kann also nicht nur nach oben in den Himmel und in das ›Paradies‹ schauen. Er blickt auch nach unten und in die Waben zu den Seiten, wo seine Fida'i in einem Gewirr von Treppen und Plattformen Dienst tun. Der Palast schwebt über allem wie eine Krone, nur daß deren reichverzierte, sichtbare Zacken nach unten zeigen. Doch noch kostbarer müssen die oberen sein, die man nur von außen sehen kann und deren Spitzen im ›Paradies‹ enden.

Man ruft mich gerade hinauf in den Hängepalast des Königs. Ich habe Dir noch viel zu erzählen. Vermisse Dich sehr, mein guter alter William. Dein Dir ergebener Roç.

L. S.

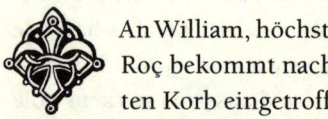

An William, höchste Zier seines Ordens, von Yeza, O. C. M. Roç bekommt nach Tisch eine Strafe, weil er mit dem letzten Korb eingetroffen ist, das ist beim Imam so Sitte. Zum Essen an seiner Tafel muß man sich nämlich mit Körben hochziehen lassen, anders kommt man nicht in den Palast. Stell Dir den nicht zu winzig vor, er besitzt große Räume, Hallen, aber alle gekrümmt und mit Fenstern, die schräg nach unten gehen, daß man aufpassen muß, nicht hinauszufallen. Da wär' man auf der Stelle tot. Deshalb sind die Durchblicklöcher in den Sälen auch mit einem Geländer umgeben und die Balkons mit Balustraden. Es kann einem da ganz schön schwindelig werden. Man fühlt sich wie auf einem Schiff, ein Schiff, das über die Lüfte fährt.

Du fragst Dich wohl, wo ich das schreibe. Ich sitze an einem *marahid*, von dem eine Röhre in die Tiefe geht, denn wenn man sich bei Tisch erst mal gezeigt hat, ist man ja nicht zu spät gekommen, und ich trage jetzt immer Pergament und Feder nebst einem Tuschfläschchen bei mir. Wenn ich aus dem winzigen Fenster schaue, es ist wohl eher eine Entlüftung des Geheimen Ortes, sehe ich direkt in das Gestänge und auf Adern, Muskeln und Gedärm von Alamut. Stangen und Rohre drehen sich leise quietschend oder heben und senken sich ächzend und knarzend. Diese Mechanik führt mitten durch den Palast, der sich wie ein Ring um sie schmiegt. Aber nur von hier aus sieht und hört man etwas von den Anstrengungen des Gestänges. Ich versteh' ja nichts davon, wie es unten im Keller von Wasser und Öl angetrieben wird, aber mich interessiert brennend, was das dort oben, wo der Himmel und die Sonne sein müssen, eigentlich bewegt. Ich hab' mir das Paradies immer als Oase des Friedens und der Ruhe vorgestellt. Ob sich dort die Blumenstengel wiegen und die Fruchtbäume schaukeln? Jetzt muß ich aber zur Tafel zurück, sonst denken die, ich sei in das Rohr gefallen!

Der Großmeister ist fürchterlich nett zu uns Kindern, er versteht Spaß – am liebsten auf Kosten seiner Höflinge. Uns neckt er nur, mich besonders, aber andere versetzt er gern in Schrecken. Bis gleich, Deine Y., O. C. M.

L. S.

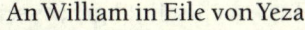 An William in Eile von Yeza

Heute hat der Gottgesandte Imam aller Ismaeliten, Muhammad III., Gran Da'i der Assassinen, es etwas übertrieben mit seinen Scherzen. Die Essen bei ihm sind weit entfernt von der steifen Feierlichkeit, die am Hofe König Ludwigs herrscht. Der Großmeister selbst ißt nicht, er hat sich wohl schon vorher im ›Paradies‹ gestärkt, zu dem er als einziger Zugang hat. Er hockt auf seinem Thron hoch über allen und denkt sich immerzu neue ›Spiele‹ aus.

Hasan Mazandari, der sich beim Imam viel erlauben kann und dem der Imam auch alles glaubt, hat nämlich die Schuld für unsere fehlgeschlagene Mission in Bagdad dem el-Din Tusi in die Schuhe geschoben. Ich hatte erwartet, daß der Imam seinen Liebling Hasan wegen der fünf verbrannten Fida'i bestrafen würde. Aber der Gran Da'i fand ihren Tod ganz normal: »So ist ihnen als Blutzeugen das Paradies gewiß.« Ich frage mich aber, was haben die davon, wenn sie nur noch Asche sind? Emir Hasan besitzt die Fähigkeit, einem Menschen so ins Auge zu starren, daß der auf der Stelle, auch im Stehen, einschläft, aber alles tut, was Hasan von ihm verlangt. Tusi wollte seiner Anschuldigung widersprechen, doch da schaute Hasan ihn so merkwürdig an, und Tusi schloß die Augen und wurde steif wie ein Brett. Da verlangte der Großmeister, man solle ihn über eines der Durchschaulöcher im Boden des Speisesaals legen. Das war grad so groß, daß Tusi mit dem Nacken auf der einen Seite des Geländers und mit den Fersen auf der anderen auflag. Dann mußte Roç, das war Hasans Einfall, über den ausgestreckten Leib wie über eine Hängebrücke gehen. Ich wollte ihm das ausreden, aber Roç hörte nicht und ging mit geschlossenen Augen über Tusis Beine und Bauch, bis er bei den Schultern angelangt war. Dort nahm Hasan ihn in Empfang, wedelte mit der Hand vor seinem Gesicht, und Roç schaute ihn ganz erstaunt an, weil er in den Armen des verhaßten Emirs lag. Nachher behauptete mein Ritter sogar, nichts von dem Gang über die menschliche Planke zu wissen. Als er dann aber sah, wie der ehrwürdige el-Din Tusi wieder herabgehoben und zum Leben erweckt wurde, da begann Roç zu weinen vor Wut; auch Ali weinte, denn er hatte mit ansehen müssen, was sie mit seinem Vater machten. Roç bat Ali dringend, ihn bei dem edlen el-Din Tusi zu entschuldigen; es sei wirklich so, daß er sich an nichts erinnern könne, bewußt hätte er das nie getan. Der nächste, den es traf, war Khurshah. Das ist der Sohn des Imams; er ist schon 16 Jahre alt und kann einem nur leid tun. Obgleich er als Kronprinz der zukünftige Imam ist, behandelt sein Vater ihn wie einen Idioten. Ich glaube, er bekommt jeden Tag Prügel, jedenfalls schleicht er immer so herum. Diesmal mußte Zev Ibrahim das Folterinstrument liefern, ein dickes schwarzes Tau, das nicht aus

Hanf gemacht sein konnte, denn wenn auf jeder Seite drei Mann zogen, dann wurde es immer länger. Roç wollte mir weismachen, das sei eine geheime Erfindung aus Öl. Der glaubt wohl, ich bin so blöd wie Khurshah. Dieses magische Seil soll, sobald es erprobt ist, an den Trébuchets angebracht werden. Damit sind ganz neuartige, genau zielende Katapulte möglich, deren Spannhebel kaum noch Platz einnehmen, was in der Enge der Festung wichtig ist. Zur Erprobung wurde das eine Ende unter Khurshahs Achseln fest verknotet und das andere Ende des armdicken Stricks an der Decke befestigt, wofür eigens ein Kronleuchter abgenommen wurde. Der hing genau über dem größten Durchblickloch, unterhalb des Thrones, damit der Großmeister immer sehen kann, was unten im Kessel passiert. »Ich bin der Deckel«, pflegt er zu sagen, »und ich muß dafür sorgen, daß Alamut nicht überkocht.« Dabei ist er derjenige, der das Feuer schürt und die Säfte kochen läßt, meine ich jedenfalls – und Roç auch.

Nun sollte Khurshah sich einfach in die Tiefe stürzen. Er zitterte vor Angst. Ibrahim versicherte ihm, daß seine *chorda laxans* ihn unversehrt wieder in die Höhe des Geländers heraufbefördern würde, von dem er jetzt springen solle.

Khurshah wollte das um keinen Preis. Er schaute sich flehentlich zu seinem Vater um, aber der lachte nur und gab seinen Leuten ein Zeichen, den Sohn hinunterzustoßen. »Halt dich, wenn du wieder hochschnellst, am Geländer fest!« konnte ihm Ibrahim noch zurufen, da ließ sich Khurshah ohne einen Laut durch das Loch fallen.

Alle waren an das Geländer getreten, ich auch, nur Roç nicht. Der Körper von Khurshah schien unten im Kessel aufzuschlagen. Viele hielten die Hand vor die Augen, da straffte sich das Tau, und Khurshah schoß in die Höhe und schaute völlig entgeistert plötzlich über den Rand des Geländers in unsere neugierigen, entsetzten Gesichter. Er lachte und vergaß sich anzuklammern und sauste wieder in die Tiefe. Beim nächsten Mal kam er nur noch bis zum unteren Rand des Durchblicks, und seine Hände fanden keinen Halt. Er fiel wieder, hüpfte auf und nieder, bis er schließlich unten im Kessel dicht über dem Boden hängenblieb. Er baumelte da, bis einige Fida'i eine Leiter holten und ihn losbanden. Sie wollten ihn in einen Korb setzen und hochziehen, aber er wollte nicht mehr. Der Beifall, der oben im Saal aufbrandete, galt auch nicht ihm, sondern Zev Ibrahim, der in seinem Stuhl mit den beiden Rädern zum Großkhan hinaufgetragen wurde. Der beschenkte ihn reich mit einer goldenen Kette und einem Ring von seinem Finger. »Die Kette für deinen Genius«, sagte der Imam lachend, »den Ring für deinen Mut. Hätte mein Sohn Schaden erlitten, du hättest den gleichen Weg genommen.«

So war es, liebster William, ich vergaß noch zu berichten, daß ich mich übergeben habe. Deine Yeza, O. C. M.

P. S.: Findest Du nicht auch, der Imam zeigt Anzeichen von Irrsinn?

L. S.

El-Din Tusi, der kein Assassine war und seine Vermittlertätigkeit lediglich aus dem Wunsch nach Frieden und Versöhnung zwischen den sich befehdenden dogmatischen Richtungen auf sich genommen hatte – Glaubenskriege widersprachen seinem philosophischen Weltbild –, ließ sich überreden, nochmals eine Delegation anzuführen, diesmal zu den Mongolen. Es war für den Großmeister leicht, Druck auf den Gelehrten auszuüben, weil dessen Sohn Ali sich noch auf Alamut befand und als Geisel gelten konnte. Dies offen hämisch auszusprechen blieb Hasan Mazandari vorbehalten, als er erfuhr, daß el-Din Tusi beim Imam darauf bestanden hatte, daß er, »der unberechenbare, ebenso aufbrausende wie verschlagene Emir«, nicht mitkommen sollte.

»Als hätte ich je den Wunsch geäußert«, spottete Hasan, als der Großmeister mit dem Oberhofschreiber Herlin den Text des Schreibens an den Großkhan besprach. Herlin, ein spindeldürres Männlein mit schlohweißem Haar, war auch Aufseher der Bibliothek, dem größten Schatz von Alamut.

»El-Din Tusi ist so vernarrt in die Idee der Gewaltlosigkeit, daß er nur noch freundliche Schwäche ausstrahlt wie eitlen Sonnenschein und damit zur Anwendung kriegerischer Mittel geradezu herausfordert«, setzte der Emir hinzu.

»Ich warne dich, Hasan, die Sonne für friedlich zu halten! Sie ist so mörderisch wie das Schneiden und Stechen der Eisen im Kampf. Mann gegen Mann, nur daß vor ihren Waffen keine Rüstung schützt«, rügte ihn der Imam.

»Deswegen gebt Ihr ja auch der meuchlerischen bleichen Mondsichel den Vorzug!«

»Hüte deine Zunge, Hasan Mazandari, sonst schicke ich sie den Mongolen als Morgengabe und den Rest gleich dazu. Wir müssen uns überlegen, was wir den Mongolen anbieten wollen, wenn nicht gleich die totale Unterwerfung.«

»Wenn Euer Kampfgeist, großer Imam, so schwach geworden ist, warum gebt Ihr dem Emissär dann nicht Roç und Yeza mit? Den Kindern eilt im Okzident wie im Orient der Ruf voraus, sie seien die wahren Friedenskönige. Das wird sich vielleicht schon bis zu den Tataren herumgesprochen haben.«

»Bevor ich diesen Trumpf aus der Hand gebe, will ich wissen, was sie den Mongolen wirklich wert sind, und das soll el-Din Tusi in Erfahrung bringen.«

»Und was bitte soll nun den offiziellen Anlaß der Gesandtschaft darstellen? Wollt Ihr einige der Burgen übergeben, Tributzahlungen anbieten – oder gar Euch selbst zum Kotau nach Karakorum begeben?« Dann ließ Hasan seinen Spott beiseite und schlug den Ton eines aufrichtigen, besorgten Freundes an. »Das alles würde nicht helfen. Wie mir von den Mongolen bekannt ist, wird die Antwort lauten: ›Wo sind die Schlüssel der Festungen? Wo sind die Kisten mit Gold, die Euer Imam mitgebracht hat, um sie unterwürfigst dem Herrscher der Welt anzubieten, seine Huld zu erlangen?‹«

Der Großmeister schwieg betroffen. Der alte Aufseher der Bibliothek räusperte sich. Er war gegen alle Ausbrüche Muhammads III. gefeit. Nur Herlin kannte sich im Labyrinth des Bibliothekturmes aus; ohne ihn waren die dort gehorteten apokryphen Schätze verloren.

»Sprich, weiser Herlin«, forderte der Imam ungeduldig.

»Die Welt wird neu verteilt und neue Herren sehen«, sagte der leise. »Wir Assassinen müssen uns aus den weltlichen Machtkämpfen heraushalten, bei denen wir ohnehin nicht mehr mithalten können. Wir müssen unsere Dolche ablegen und den Kampfrock vertauschen gegen das schlichte Gewand frommer Mönche, heiliger Männer, die ihr Leben Allah und der Verbreitung seines Wortes geweiht haben. Auch damit kann man vor den Großkhan treten. Gefragt ist nicht mehr der Großmeister und Herrscher, sondern der Imam, der Verkünder der wahren Lehre.« Der Alte hielt inne, erschöpft von der klaren Sicht der Dinge und der Anstrengung, sie in Worte zu kleiden, die Muhammad III. erreichten.

Der Großmeister rang sichtlich mit der Fassung. »Dazu ist es zu spät«, murmelte er. »Alle Welt haßt uns ob der Furcht, die wir verbreitet haben.« Er blickte irr um sich, als ob er bereits von Feinden umringt wäre. »Und ich will es auch nicht!« schrie er mit sich überschlagender Stimme. »Ich will auf nichts verzichten! Nur wegen dieser Horde wild gewordener Kuhhirten soll ich mich den Barbaren beugen? Niemals!« Er schickte Hasan und den alten Herlin mit brüsker Handbewegung aus seinem Arbeitsraum und stürmte die Wendeltreppe hinauf, die ins ›Paradies‹ führte. Herlin folgte ihm schweigend. Die Treppe barg auch einen der geheimen Zugänge zur Bibliothek.

Hasan schaute hinunter in den Kessel, wo in der Tiefe die Assassinen wie fleißige Honigbienen hin und her eilten, um die einzigartige Rose, diese Wohn- und Kampfmaschine, zu bedienen, die ihrem Leben Sinn gab. Oder drehte sich hier alles um die größenwahnsinnige Bienenkönigin? Herlin – dachte der Emir – lag mit dieser Vermutung nicht einmal so falsch, was man von einem weltfremden Bücherwurm eigentlich erwartet hätte. Doch die Rochade in eine geistige Position ließ sich mit Muhammad nicht bewerkstelligen.

Crean de Bourivan hielt sich, soweit es ging, abseits von den Diskussionen und Intrigen des Palastes. Der Großmeister hatte seinem Gast dort Wohnung angeboten, und Crean hatte sich, um einen Affront zu vermeiden, auf die Position eines einfachen Fida'i zurückgezogen, für den es keine Ausnahme und schon gar keinen Luxus geben durfte. Außerdem widerte ihn das Treiben dort oben im Wespennest ohnehin an. Es hatte nichts zu tun mit der Berufung, die er einst verspürt hatte und der er konsequent nachgegangen war, indem er dem Orden der Assassinen vor Jahren in Syrien beigetreten war.

Der hagere Mann mit dem traurigen Gesicht, dessen Narben es schwermachten, sein Alter einzuschätzen, verbrachte die meiste Zeit damit, außerhalb der Festung durchs Land zu streifen und sich über seine Lage Gedanken zu machen. Seine Sorge galt den Kindern, die von der Prieuré, von seinem leiblichen, Vater vor nunmehr sieben Jahren in seine Lebensbahn geworfen worden waren. Damit gehörte er, ohne es je gewollt zu haben, dieser geheimen Gesellschaft an, war zum Diener des ›Großen Plans‹ geworden. Das Schicksal von Roç und Yeza hatte seitdem sein Dasein bestimmt. Crean saß in seiner kargen Zelle, die unterhalb des oberen Randes an der Innenwand des Kessels klebte. Sie hatte den Vorteil einer winzigen Fensteröffnung, einer Schießscharte, durch die er hinaus ins Land schauen konnte und nicht auf den in gleicher Höhe herabhängenden Palast im Inneren starren mußte. Wie alle Waben war sie nämlich nach innen offen. Zu erreichen war die luftige Klause nur über ein Gewirr von steilen Leitern, schwankenden Stegen und schmalen Hängebrücken, die sich wie Spinnennetze durch den gesamten Kessel spannten.

Crean hatte gedacht, die Kinder würden ihn dort öfter aufsuchen, aber bald beschlich ihn der Eindruck, daß sie ihn eher mieden. Er mußte lächeln.

Roç und Yeza waren jetzt in das Alter gekommen, in dem sie sich – ihre eigenen Körper hatten sie längst entdeckt – mit ihren Gefühlen füreinander auseinandersetzen mußten. Für sie war die Liebe keine Frage des ›Ob‹, sondern des ›Wie‹ und ›Wie sehr‹, und mit diesen neuen Problemen mußten sie erst einmal fertig werden. Dazu kam noch, daß jeder von ihnen auch der Begehrlichkeit, wenn nicht Begierde anderer ausgesetzt war.

Da sie wußten, daß er, Crean, der ihnen den Vater – einen strengen Vater – ersetzte, Alamut demnächst wieder verlassen würde, hatten sie ihm Briefe an William mitgegeben, in der kindlichen Annahme, er müsse den Franziskaner an der nächsten Ecke treffen. Aus Sicherheitsgründen hatte er sich erlaubt, die Schreiben zu lesen, und es war interessant für ihn, daß darin kein Wort von der Liebe zu finden war, nichts von ihren Kümmernissen, Sehnsüchten und Leidenschaften. Die mochten sie wohl nicht einmal ihrem William anvertrauen.

Crean machte sich Sorgen um die beiden, das war zur festen Gewohnheit bei ihm geworden. Der Ort hier erschien ihm längst nicht mehr als die ideale Zuflucht für Roç und Yeza, von Bleibe gar nicht zu reden, aber ihm fiel keine andere ein. Die Prieuré schwieg schon seit langem, als habe sie die Kinder vergessen, seit die Assassinen sich gleichfalls zu ihren Beschützern aufgeworfen hatten. Doch unternähme er einen falschen Schritt, dann würde sie eingreifen. Diese Erfahrung hatte er bereits hinter sich.

Crean hatte den Kindern nichts von der Anwesenheit seiner eigenen Töchter hier unter dem gleichen Dach erzählt. Sein Vater hatte die Enkeltöchter als junge Mädchen dem Orden der Assassinen übergeben, damals, als das Unglück über Blanchefort hereingebrochen war, bei dem ihre Mutter, Creans Frau, ermordet worden war.

Keiner wußte damals anderen Rat, um sie vor der Inquisition zu retten, auch wenn allen Beteiligten klar war, daß Frauen im Orden von Alamut nichts anderes als Huris im ›Paradies‹, also im Harem des Großmeisters, werden konnten.

Kasda, die ältere und feinsinnigere, hatte sich bald von den Gärten der Lust in höhere Ebenen aufgeschwungen, indem sie ihre seherischen Fähigkeiten durch intensives Studium der Astrologie vervollkommnet hatte. Herlin war ihr Lehrer gewesen, vielleicht sogar mehr als das. Jedenfalls erlaubte ihr der Imam, das brachliegende, verrottete Observatorium oben auf der äußersten Plattform des Minaretts zu beziehen, wo sie seitdem waltete. Wenn es galt, die Mechanik der Instrumente dort oben zu verfeinern, rief sie gelegentlich Zev Ibrahim zur Hilfe. Crean war nie hinaufgestiegen und hatte sie während seines Aufenthalts nicht zu Gesicht bekommen. Kasda mußte jetzt fast dreißig sein. Der alte Herlin hatte Crean Grüße von ihr überbracht.

Auch Pola, die ein Jahr jünger war, hatte Crean nicht sprechen können, weil sie es wohl nicht wollte. Recht geschah ihm, dem

Rabenvater! Pola war lange Jahre die temperamentvolle Favoritin des Imams gewesen, und als seine Gefühle für sie dann doch erkalteten, hatte er sie zur Vorsteherin des ›Paradieses‹ gemacht. Das wußte Crean nur von Zev Ibrahim. Der Krüppel hatte als einziger Mann, außer dem Imam selbst, dort Zutritt, sofern gewisse Reparaturen auszuführen waren. Crean mußte wieder an die Kinder denken. Die beiden Frauen mit ihren Erfahrungen könnten ihnen – besonders Yeza – vielleicht nützliche Ratgeber sein.

Hasan Mazandari stand auf der Schwelle zu Creans Behausung und bat um Einlaß. Crean schätzte den Emir durchaus nicht. Hasan erinnerte ihn an eine Schlange oder ein anderes heimtückisches Reptil.

»Wir haben beschlossen«, begann Hasan in seiner überheblichen Art, »Euch, Crean de Bourivan, als Gesandten nach Europa zu entsenden.«

»Sind die Kinder meiner überdrüssig?« spöttelte Crean und spürte dabei auch gleich einen Stich ins Herz.

»Nein«, antwortete der Emir lächelnd, »wir.« Er nahm unaufgefordert Platz. »El-Din Tusi ist auf eine völlig sinnlose Reise zu den Mongolen geschickt worden. Ich halte seine Mission nicht einmal für Zeitgewinn, sondern eher für eine Beschleunigung unliebsamer Ereignisse. Wir sind zu diesem Zeitpunkt schlecht vorbereitet und stehen mit leeren Händen da, und das dünkt mich wie das mutwillige Lostreten einer Lawine«, vertraute er Crean an, ohne Vertrauen zu heischen.

»Und vor der soll ich jetzt Schutz herbeizaubern?«

»Ja, so denkt es sich unser großherrlicher Imam Muhammad III., Herrscher über alle Ismaeliten. Der Papst, die Könige und Fürsten des Abendlandes werden alles stehen- und liegenlassen, um diesem Ruf zu folgen. Ihr bekommt reiche Geschenke mit auf die Reise.«

»Und weswegen wollt Ihr, Hasan Mazandari, mich loswerden? Stehe ich Euch im Wege?«

»Jeder steht mir im Wege«, erwiderte der Emir lachend, »am meisten ich selbst!«

Roç an William von Roebruk, an die bekannte Adresse, Alamut, in der dritten Dekade des Juni 1251

Mein lieber William, hast Du auch sicher verstanden, wie die Rose atmet, sich ernährt und blüht, jeden Tag aufs Neue, ohne je zu ermüden? Es sind die Kräfte der vier Elemente: das Wasser, die Luft, das Sonnenlicht und – das ist das große Geheimnis – der Saft der Erde, das schwarze Öl, das sie in ihre Adern pumpt. So hat es mir Zev Ibrahim gesagt, und als Yeza fragte, ob sie damit das ewige Leben habe, da hat er den Kopf geschüttelt. Ich war sehr betrübt, als er sagte: »Nein, sie wird alt!« Ich will das nicht glauben und muß es herausfinden. Vielleicht meint er das nur, weil er selbst alt wird in seinem rollenden Stuhl und nicht will, daß sein Werk ihn überlebt.

Wir haben noch einen Freund, aber den hat Yeza für sich vereinnahmt, weil sie nicht alles versteht, was unten im Keller von Zev vorgeht. So strebt sie, ›Höheres‹ zu erfahren, ewiges Wissen, und verehrt jetzt den Aufseher der Bibliothek, Herlin. Der muß mal Franzose gewesen sein und Christ wie wir, denn er weiß alles über uns, über unsere Herkunft als ›Kinder des Gral‹ und über unsere Vorfahren von König Artus bis Trencavel und Esclarmunde. Er nennt uns auch beharrlich ›Kinder‹, obgleich wir nun wirklich keine mehr sind. Ich mag ihn. Er ist ein liebes Männchen, immer sanft und freundlich und sehr mutig. Vielleicht der einzige hier, der keine Angst vor dem schrecklichen Imam hat. Er hat versprochen, uns heimlich die Bibliothek zu zeigen. Ich bin ungeheuer neugierig darauf, denn ich habe da meine geheime Theorie, wie das möglich ist, daß der schwere Turm mit all den Büchern aus Pergament und Papyrusrollen oben auf der Rose lastet und über der Öffnung schwebt. Schweben tut er eben nicht, sondern er stützt sich mit tief hinuntergreifenden Rippen im Kessel ab. Wenn man dessen Wände genau betrachtet, kann man die Verdickungen bemerken, die wie geschwollene Adern hinaufsteigen, aber wohin? Der hängende Holzpalast verbirgt den Blick auf die wahre Konstruktion. Aber ich werde schon dahinterkommen. Wenn Du bei uns wärst, würde ich mich besser fühlen, lieber William, Dein Dir ergebener Roç.

L. S.

 Lieber William, hier spricht Yeza.
Heute haben wir das ›Paradies‹ geschaut. Aber eins nach dem anderen. Mein verehrungswürdiger Meister, er heißt Herlin, aber das ist sicher ein Nom de guerre, hat uns, als der Imam sich zur Siesta zurückgezogen hatte, über eine geheime Treppe in die Bibliothek mitgenommen. Das ist ein Turm, der unten einen Saal hat, in dem die Säulen ganz schräg stehen. Roç war völlig außer sich, weil es seine *ratio atque usus* bestätigte. Der Boden des Saals ist aus Holz und zugleich die Decke des Palastes. Deswegen mußten wir ganz leise gehen, der Imam sollte uns nicht hören. In der Mitte geht natürlich das Gestänge durch, das ja bis oben in den Turm reicht und das Observatorium bedient. Die Wände sind bedeckt mit Regalen voller dicker Folianten: »Traktate über Beobachtungen der Natur, Erkenntnisse des gewöhnlichen Lebens«, sagte mein Meister.

Von diesem Saal aus gehen mehrere Treppen nach oben. Wir durften nur eine bestimmte nehmen und kamen in das »›Gewölbe des Ausgleichs, der Doktrinen und ihrer Widersprüche‹«, wie Herlin erklärte, »mit den Büchern der Philosophen, alles sehr kostbare Pergamentbände. Es ist das größte freischwebende Gewölbe der Welt.« Ich wollte wissen, was darüber kommt, weil ich noch drei Treppen sah.

»Auf einer dieser Stufen erreichst du die *magharat at-tanabuat al mashuk biha*, die ›Höhle der apokryphen Prophezeiungen‹.«

»Und danach?« fragte Roç.

»Wenn du den richtigen Weg nimmst – er ist eng und steil –, kannst du in die *magharat al ouahi*, die ›Grotte der Offenbarungen‹, gelangen, oder du stürzt hinab in den Kessel.«

»Und danach, was kommt dann?«

»Der Himmel!« antwortete mein Meister.

Also hielten wir es mit den Philosophen und blieben im Gewölbe der Doktrinen, die alle auf der Haut ungeborener Lämmchen geschrieben und mit farbigen Bildern verziert sind. Die Widersprüche desgleichen. Ich möchte Aristoteles lesen. Roç hat die Fenster entdeckt, Öffnungen wie lange Schläuche im Mauerwerk, das furchtbar dick sein muß. Einige gehen schräg nach oben in den Himmel und lassen Licht einfallen, andere weisen nach unten und lassen Dich ins

›Paradies‹ schauen! William, welch eine Überraschung! Da lag es tief unter uns und doch zum Greifen nahe. Ich schaute in Blumenkelche und auf blühende Büsche; anderes Gesträuch und kleine Bäume waren so beladen mit köstlichen Früchten, daß sie sich unter der Last der Zweige niederbogen. Düfte strömten hinauf in meine Nase, und ich spürte die Frische der Springbrunnen, in denen sich rotgoldene Fischlein tummelten. Ich hörte Lachen und Singen und das Spiel von Instrumenten, doch erblickte ich niemanden. Roç hatte nur Augen für die Dicke des Mauerwerks – er nahm gleich Maß – und für den Neigungswinkel der Fenster zum ›Paradies‹.

Er sagte zu Herlin: »Der Bibliotheksturm ist im Sockel wie ein Mantel von den Haremszimmern umschlossen, die zum ›Paradies‹ hin geöffnet sind. Deswegen dürfen wir nicht höher hinauf, in die *magharat al ouahi*, weil man von dort ungehinderten Einblick in die Gärten hat, die das ›Paradies‹ genannt werden, und die Huris sind nichts anderes als die Haremsdamen des Imams!«

»Schlauer Junge«, meinte Herlin. »Wer schon vom Baum der Erkenntnis gegessen hat, dem bleibt der Weg verschlossen. Aber hüte dich, jemandem von deinen Entdeckungen zu erzählen! Die Rose hat ihre Gesetze, und sie hat Dornen, an denen sich allzu Kluge aufspießen können.«

So sprach mein Meister, und ich bangte um meinen Roç, so daß ich beschloß, ihn zu bitten, nie ohne mich den Versuch zu unternehmen, da hinaufzugelangen, denn ich weiß, daß es ihn nicht ruhenlassen wird. So zog ich ihn vom Fenster weg, aber es war zu spät. Unten ging der Großmeister vorbei und schaute zu uns empor. Ich weiß nicht, ob er uns gesehen hat, sein schreckliches Gesicht, das vom Bart gerahmt ist, zeigte keinerlei Regung. Die Assassinen munkeln, daß er alles sieht und hört und weiß.

Ich brenne darauf, diesen verbotenen Ort wieder zu verlassen. Ich fürchte mich, dabei ist es hier so schön friedlich zwischen all den Büchern,
    Deine Yeza, O. C. M.
    L. S.

Roç an William von Roebruk, an die bekannte Adresse, Alamut, in der ersten Dekade des Juli 1251

Mein lieber William, der Imam hat uns beim letzten Essen auf den Kopf zugesagt, daß wir in der Bibliothek waren. Ich habe gedacht, leugnen hilft nichts, aber um Herlin und Yeza zu schützen, habe ich behauptet, daß ich allein eine geheime Treppe entdeckt und plötzlich in der Bibliothek gestanden hätte.

Er hat furchtbar gelacht, seinem Sohn Khurshah auf den Kopf gehauen und gemeint: »Ha! Nimm dir mal ein Beispiel an dem da! Du, der den Weg zum Geheimen Ort noch nicht einmal alleine findest!«

Ob er zugeschlagen hat, damit der Khurshah noch blöder wird? Bereits jetzt gleicht er einem jungen Kalb und läßt sich von Hasan auf Yeza treiben, die ihm aus Mitleid stets freundlich begegnet. Neulich hat er sie schon gefragt, ob sie sich vorstellen könne, seine Frau zu werden, wenn er groß genug sei, um zu heiraten.

Yeza hat ihm geantwortet, ob er seinen Vater schon gefragt habe. Da hat das Kalb geheult wie ein kleines Kind. Als ob der Imam das zu entscheiden hätte! Ich müßte wohl als erster gefragt werden.

An diesem Essen nahmen alle teil, auch Crean, Zev und Herlin. Zu Gast waren drei Sufis, wilde, bärtige Gesellen. Als abgetragen wurde, nahm einer von ihnen einen Dolch und heftete seinen Unterarm damit auf den Tisch, daß das Blut nur so spritzte. Daraufhin griff sein Nachbar zu zwei silbernen Spießchen, leckte sie sorgfältig ab und bohrte sich eines durch die Wange, bis es auf der anderen Gesichtshälfte wieder rauskam. Dabei rollte er die Augen, und seine lange Zunge schnellte vor. Er schnappte danach, sie ließ sich nicht fangen. Da nahm er den anderen Spieß und stach danach wie nach einer Forelle, er bohrte sie mitten durch. Das fand der Imam so lustig, daß er nicht aufhörte zu lachen. Da ließ sich der dritte Sufi von einer der Wachen den Krummsäbel geben, entblößte seinen Bauch und stach die Waffe langsam bis zum Heft hinein. Als der Sufi sich umdrehte, ragte ihm das Ende lang zum Rücken hinaus.

»Das ist Zauberei!« rief Yeza empört. Der Imam hörte auf zu lachen und sagte: »Das ist zunächst mal ein Verstoß gegen die Disziplin«. Und er gab dem Wächter, der seine Waffe hergegeben hatte, einen kurzen Wink. Der verneigte sich und sprang über das Geländer an einem der Durchblicke in die Tiefe. Wir konnten seinen Körper auf dem Grund des Kessels aufschlagen hören.

»Das kann jeder, der es kann«, kam der Imam auf Yezas Bemerkung zurück und lachte wieder, »und auch jeder, von dem ich will, daß er's kann.« Damit zeigte er auf mich.

Ich hatte es gar nicht bemerkt, weil ich beobachtete, wie sich die Sufis die Klingen wieder aus ihren Wunden zogen und diese aufhörten zu bluten und sich mit feinen weißen Narben schlossen. Vor meinen Augen, William! Alle starrten auf mich, und der Großmeister sagte: »Du mußt bestraft werden, das weißt du, Roç.« Und er wurde ganz freundlich. »Leg deine Hand auf den Tisch, mit dem Teller nach oben, und nimm jetzt das Messer und stich zu, bis du den Widerstand des Holzes spürst«, und ich griff nach dem Messer. Ich konnte gar nicht anders. Eine unsichtbare Kraft führte meinen Arm.

»Ich bin schuld!« schrie Yeza. »Ich war dabei, ich habe ihn zum Ungehorsam verführt!« Und sie hatte bereits ihren Dolch in der rechten Hand und die linke auf dem Tisch.

Lachend entgegnete der Imam: »Ich will deine Hand nicht durch eine Narbe verunzieren lassen«, und er ließ einen furchterregenden Blick über die Tischrunde schweifen. »Doch, wenn sich jemand anbietet, die Strafe auf sich zu nehmen –«

Crean streckte den Arm aus und streifte den Ärmel hoch. Sein Arm war voller Narben, aber der Großmeister winkte ärgerlich ab. »Dich meine ich nicht!«

Da stand Meister Herlin auf, zog dem Sufi das Silberstäbchen aus der Zunge, das andere aus der Wange, hielt beide kurz über die Flammen des Bratrostes, spuckte darauf und schob sich die Spitze in den äußeren Augenwinkel.

Ich konnte gar nicht hinschauen, aber Yeza flüsterte mir zu, sie kämen gerade unten beim Hals wieder raus und ihr Meister greife nun nach dem anderen Spieß.

»Dank Euch, Herlin«, sagte da der Imam. »Verzeiht mir, ich vergaß, daß Ihr wißt, was Ihr könnt.«

»Verzeiht mir«, antwortete der, und ich schaute wieder auf. »Ich vergaß, daß man nicht alles darf, was man kann«, und damit zog er das Stäbchen wieder aus dem Augenwinkel. Nur ein kleines Blutströpfchen war zu sehen, das er wie eine Träne abwischte.

In diesem Moment begannen in den Bergen die Warnhörner dumpf zu röhren, und der große Gong im Kessel schlug dröhnend Alarm. Wir wurden angegriffen ...

L. S.

Der Feind, es war eine gut tausendköpfige Choresmierhorde, fand Alamut wie im Schlaf. Die Blütenblätter, über die sonst tagsüber das Aus und Ein der Fida'i als Exerzitium abgewickelt wurde, waren hochgeklappt und bebten erwartungsvoll, die Rose wie riesige Schilde umschließend. Auch die Winde, mit der die Waren hinaufbefördert wurden, hatte Seil und Körbe eingezogen, und nur ein letztes Blatt holte die Bauern und Handwerker ein, die keine Zeit mehr fanden, sich in den umliegenden Höhlen zu verstecken. Mitsamt ihren Tieren kamen sie in ein tiefliegendes Verließ unterhalb des Sees, dessen Wasseroberfläche nun stieg. Sollten sich verkleidete Feinde unter sie geschmuggelt haben, um die Festung von innen zu erobern, konnten sie nichts ausrichten, und beim geringsten Verdacht darauf wurden die Insassen allesamt elendiglich ertränkt.

Hasan eilte an seinen Platz als Kommandant. Zev Ibrahim wurde mitsamt seinem Stuhl auf Rädern in die Tiefe des Kellers abgeseilt. Der Imam entschwand nach oben, die übrige Tischgesellschaft begab sich über einen der Stege an den oberen Rand des Kessels, wo viele Möglichkeiten des Ausgucks gegeben waren, wenn auch die meisten für die Katapulte gebraucht wurden und für die neuartigen Schleudergeräte, die Ibrahim mit seiner *chorda laxans* bespannt hatte.

Die Chroesmierhorde wurde offensichtlich nicht von einer starken Hand angeführt. Das kriegerische Bergvolk schwärmte von allen Seiten herbei. Es hatte sich wohl auf einen Überraschungsangriff vorbereitet, denn die Männer schleppten Holzflöße mit sich, die als Schutzschilde dienten, während sie sie auf ihren Rücken bis zum See trugen, der die Burg umgab. Auf den Flößen lagen Eisenketten mit

Wurfankern bereit, und auch die Sturmleitern mit ihren Widerhaken waren schon montiert, mit deren Hilfe sie gedachten, eines der Blütenblätter abzureißen, um so in das Innere der Festung einzudringen.

Die Assassinen begnügten sich damit, die Angreifer mit einem Geschoßhagel einzudecken, wobei sich die *chorda* zum ersten Male bewähren durfte. Sie wurde von einem Rad mit versetzten Speichen gespannt, was eine schnelle Schußfolge erlaubte, die die armdicken, angespitzten Bolzen zudem sehr genau plazierte. Jeder Pfahl durchbohrte mindestens drei Feinde hintereinander und nagelte sie auf den Boden wie aufgespießte Käfer.

Inzwischen waren dennoch die ersten Flöße zu Wasser gelassen und schoben sich als schwimmende Plattform auf den Sockel der Feste zu. Alle Bewohner, Verteidiger wie Zuschauer, erwarteten jetzt den Moment, in dem das schwarze Öl aus der Tiefe aufstieg, in dunklen Lachen um die Flöße schwappte, bis der Befehl »Feuer!« erging. Doch da ertönte die Stimme des Imam über ihren Köpfen: »Kein Feuer!« Mit einem gräßlichen Lachen setzte er hinzu: »Ich will diese Schakale lebend!«

Seine Stimme klang hohl, wie verstärkt durch ein Rohr, und reichte bis in den Keller zu Zev Ibrahim, dem Herrn über Wasser und Feuer.

Die Choresmier hatten sich inzwischen allesamt an der Stelle des steil abfallenden Felsufers versammelt, an der ihr Angriff offensichtlich von Erfolg gekrönt war, denn mit der Plattform aus Flößen schafften sie es trotz aller Verluste, den See zu überqueren. Die Angreifer krallten sich an den Wänden fest, Leitern wurden aufgerichtet, und die eisernen Anker flogen, verhakten sich – der Ansturm konnte beginnen. Ein wildes Freudengejohle über den unerwarteten Erfolg erscholl aus Hunderten von Kehlen. Da setzte schlagartig ein Rauschen ein. Aus den Felsen brauste ein Wasserschwall aus aufgerissenen Schleusen gegen die an der Uferböschung Wartenden, warf sie rücklings den Hang hinunter samt Pferden und Säcken, mit denen sie angerückt waren, um die Beute, den Schatz von Alamut, abzutransportieren. Gleichzeitig sank schlagartig der Wasserspiegel des Sees. Die Leitern baumelten im Leeren an der bauchigen Wand, die Ketten rissen die Flöße hoch, so daß die Angreifer sich im Wasser wiederfanden, das nicht ihr Element war. Viele ertranken, wenn sie nicht von Trümmern erschlagen wurden. Das Wasser fiel unentwegt, und die Überlebenden waren im Graben gefangen wie Mäuse. Die mit unvorstellbarer Gewalt abfließenden Fluten zerschmetterten das Gros des Haufens an den Felsen. Nur wenige blieben verschont und schafften es, die verstörten Tiere einzufangen und Reißaus zu nehmen. Sie kümmerten sich nicht um die, die im nahezu leeren Graben bis zum Kinn im Wasser standen. Der reißende Abfluß hatte aufgehört; die Schleusen waren von Ibrahim geschlossen worden, schon weil sie zu verstopfen drohten von den Feinden, die es in die Tiefe gesogen hatte, gerade als sie glaubten, sich auf einen schwimmenden Balken oder eine zerborstene Leiter retten zu können. Die menschlichen Pfropfen stiegen jetzt wieder zur Oberfläche empor und steigerten das Entsetzen der Lebenden. Auch den vor der Sturzflut und dem Geröll Flüchtenden war keine Atempause vergönnt. Rechts und links neben dem Schlamm des aufgerissenen Grabens rammte jeweils eines der Blütenblätter seine eisernen Dornen in den festen Boden, und oben, aus den sich öffnenden Toren, brach die Reiterei der Assassinen unter Emir Hasan hervor. Er und seine Männer donnerten die gebogenen Balkenbrücken hinunter, hieben auf die Fliehenden ein, die zu zweit und zu dritt aufgesessen waren, und raubten ihnen die Tiere. Die Choresmier wehrten sich verzweifelt, doch vielen hatte die Springflut die Waffe aus der Hand gerissen.

»Warum läßt er sie nicht laufen?« fragte Yeza. »Sie stellen doch keine Gefahr mehr dar.«

Sie stand mit Roç in der Klause von Crean und blickte mit zunehmender Empörung auf das Schlachtfeld.

»Weil die Fida'i bisher noch kein einziges Opfer aus den eigenen Reihen bringen durften«, sagte Crean. »Und der Imam schätzt es aus erzieherischen Gründen, Blutzeugen vorweisen zu können.«

»Statt froh zu sein«, meinte Roç, »daß alles auch ohne Feuer so gut funktioniert hat.« Er starrte hinunter in den Graben, wo Kräne die Trümmer aufgeklaubt und die überlebenden Choresmier wie

Fische in großen Netzen herausgefischt hatten. Schon stieg das Wasser schnell wieder an. Bald würde der See die Rosenblüte umgeben, als sei nichts geschehen.

»Die Perfektion seiner Verteidigungsanlagen ärgert den Herrscher so sehr, daß er euren tüchtigen Zev am liebsten samt Rollstuhl in die Flammen werfen würde«, spottete Crean, an Roç gewandt.

»Und der ärgert sich bestimmt, daß er diesmal nicht zündeln durfte.«

»Da kehrt Hasan zurück!« rief Yeza.

»Das heißt, daß die Assassinen genügend Tote haben und der Imam genügend Gefangene, um sein Herz zu erfreuen«, sagte Crean gerade düster, als ein Diener erschien und sie aufforderte, pünktlich beim Großmeister an der Abendtafel zu erscheinen.

Als die Kinder im Palast eintrafen, fiel ihnen auf, daß die Kronleuchter des Speisesaal nicht brannten. Das einzige Licht spendeten Fackeln, die wegen der Feuergefahr nicht an den Wänden angebracht waren, sondern von Dienern gehalten wurden.

Als alle Platz genommen hatten und die Vorspeisen aufgetragen waren, klatschte der Großmeister feierlich in die Hände. Herein trat der Henker mit entblößtem Oberkörper.

»Mit dem riesigen Tranchiersäbel sieht er aus wie der Koch«, flüsterte Yeza.

Roç antwortete ihr nicht. Er starrte auf die Torte, die unterhalb der Stufen aufgebaut war, die zum Thron des Großmeisters hinaufführten. Das Backwerk bestand aus Honig und Nüssen. Es war mit Blüten und Früchten verziert, mit brennenden Talglichtern bestückt und bedeckte den gesamten Raum und das Geländer eines Durchblicks. Aus dem kunstvollen Gebilde ragten Handkurbeln heraus, an die je zwei Diener traten, während der Henker sich dahinter stellte, so daß er seinen Herrscher im Auge hatte, der erneut in die Hände klatschte. Die Diener stemmten sich daraufhin in die Griffe der Kurbel, um das unter der Torte verborgene Gewinde eines Rades zu drehen. Aus einer Öffnung oben im Backwerk tauchte der Kopf eines der gefangenen Choresmier auf. Der Mann schaute verwirrt um sich.

»Der Imam will wissen, ob du der Anführer bist«, sagte Hasan, der zu Füßen seines Herrn Platz genommen hatte.

Der Choresmier schüttelte den Kopf, und der Henker, den er nicht sehen konnte, säbelte ihm das Haupt vom Rumpf, hielt es hoch und plazierte es auf der Torte.

»Was soll das?« rief Roç verängstigt, konnte aber doch seinen Blick nicht von der Torte wenden, aus der jetzt der nächste Kopf auftauchte. Die gleiche Frage, die gleiche verneinende Antwort, das gleiche stumme Wirken der scharfen Klinge des Henkers.

»Das ist die *ruota della fortuna*, das Rad des Schicksals«, erläuterte Crean mit steinerner Miene. »Glücklich diejenigen, denen solches Los beschieden!«

»Wie kannst du so etwas sagen!« fauchte Yeza.

»Weil es noch ärger kommen wird«, entgegnete Crean. »Am besten, ihr schaut nicht mehr hin.«

»Doch«, erwiderte Yeza, »es wird ja nicht ungeschehen, wenn ich die Augen abwende.«

Roç sagte: »Da muß ein Rad drunter angebracht sein, dessen Speichen aus Menschen bestehen. Seine Achse liegt tiefer, wird aber zur Übertragung der Kräfte von der Kurbel durch ein Zahnrad gedreht.«

»Genau«, kommentierte Crean, »kein besonderes Meisterstück deines Freundes Zev!«

Inzwischen schmückten der dritte, vierte und fünfte Kopf die Torte, von der bereits das Blut herabrann. Der Emir bemühte sich, seiner fragenden Stimme einen geduldigen Ton zu verleihen, und es dauerte noch drei weitere Köpfe, bis ihn der Gleichmut verließ und er den neunten Kopf anschrie: »Gib doch zu, daß du diese Bande von Strauchdieben angeführt hast!«

Da brüllte der Choresmier, dem schon das Blut seiner enthaupteten Gefährten über das Gesicht lief: »Ich gebe zu, daß ich diesen Sheitan, diesen Verleumder Allahs und des Propheten, diesen falschen Imam« – er spuckte in Richtung des Großmeisters – »töten wollte, ich will es immer noch, und ich werde –«

Weiter kam er nicht, denn ein Diener stach ihm durch die Wangen. Der Henker setzte zum Schnitt an, doch der Großmeister hob lachend die Hand und rief den Dienern zu: »Seine Zunge ist entbehrlich, aber hebt mir den Rest bis zum Nachtisch auf!«

Der Choresmier verschwand in der Torte, die von den Dienern hinter vorgehaltenem Tuch abgeräumt wurde, während den Gästen das Hauptgericht serviert wurde. Roç und Yeza waren die einzigen, die ihre Vorspeise nicht einmal angerührt hatten. Alle anderen verspeisten mit größtem Appetit die fette Aalsuppe, die es jedesmal gab, wenn der See geleert worden war. Als der Durchblick wieder freigegeben wurde, hing nur ein Seil durch die Öffnung hinab, so auch bei den anderen, über denen sonst die Kronleuchter hingen.

Der Imam klatschte erneut in die Hände, und Hasan rief: »*Faljusha'alu an-nur!*« Da glitten die Seile langsam hoch, und an jedem hing eine dichte Traube menschlicher Leiber, gefangen in einem grobmaschigen Netz. Sie wirkten wie glänzende Fische, die aus dem Schlamm gezogen worden waren, aber es war das schwarze Öl, das sie bedeckte. Als die Netze in der Höhe der ursprünglichen Kronleuchter angelangt waren, klatschte der Imam wieder. Darauf trat zu jeder Traube ein Diener und hielt seine Fackel daran. Im Nu stand eine jede in Flammen. Das Wehgeschrei der lebenden Fackeln war kaum auszuhalten. Glühende Tropfen fielen hinab in die Tiefe des Kessels, aber noch hielten die Netze und verlängerten die Todespein der Zusammengepferchten. Sie brannten so lichterloh, daß die Diener sie herabsenken mußten, damit das Gebälk des Palastes und die Kassettendecke nicht Feuer fingen. Schließlich lösten sich Netzmaschen in der Glut, und die ersten Leiber stürzten brennend in die Tiefe, immer rascher gefolgt von anderen, die diesen Tod suchten, um der Höllenqual zu entgehen. Einige verfingen sich jedoch im Netzwerk und brannten so lange, bis das Öl sich verzehrt hatte. Dann hieben die Diener die kohlenden Stricke durch, und die Reste verschwanden funkenstiebend durch die Öffnung. Die Tischgesellschaft saß wieder im Dunkeln, bis die Kronleuchter an ihren Platz zurückgekehrt und entzündet waren. Beifall für den Imam brandete auf. Das Hauptgericht wurde abgetragen. Yeza und Roç saßen eng umschlungen, sie waren leichenblaß.

»Zum Nachtisch«, verkündete Hasan, »den die Damen des Palastes mit uns einnehmen werden, hat sich unser Herrscher die Vorführung der bereits bewährten *chorda laxans* gewünscht.«

Neben dem Thron des Großmeisters hatte sich eine Tür geöffnet, und eine Reihe tiefverschleierter Wesen schlüpfte in den Saal und nahm zur Linken des Imams Platz. An seiner rechten Seite saßen sein Sohn Khurshah, Zev Ibrahim und der alte Herlin.

Der Herrscher klatschte in die Hände, und die Torte wurde wieder herangeschoben. Auf ihr saß gefesselt der verschont gebliebene Choresmier. Er war, wie die gesamte Torte mit den abgeschlagenen Köpfen, mit weißer Farbe übergossen. Hinter dem Backwerk schritt der Henker. Sein Säbel glänzte wie sein eingeölter nackter Oberkörper.

»Was soll das werden?« wollte Yeza von Crean wissen, doch der zuckte nur mit den Achseln.

»Ich weiß es auch nicht. Eine Überraschung eures Freundes Zev vermutlich!« In seiner Stimme lag Empörung.

Dem Choresmier wurde die *chorda* an den Füßen befestigt, doch dabei geschah es, daß ein Diener durch Unachtsamkeit das Opfer vorzeitig mit seiner Fackel in Brand setzte. Mit einem gewaltigen Knall erhob sich eine weiße Wolke, in der Funken wie Sterne sprühten. Die *chorda* fing Feuer; wie eine Schlange züngelten die Flammen blitzschnell an dem dicken Tau entlang. Dem Choresmier stand roter Schaum vor dem Mund. Er stieß einen markerschütternden, unförmigen Laut aus – denn sie hatten ihm die Zunge entfernt – und schüttelte sich, daß das Ende der brennenden *chorda* auf die Häupter der zu Füßen des Herrschers Sitzenden peitschte und die Damastdecke des Speisetisches Feuer fing.

Der Gefangene nutzte die Verwirrung und stürzte sich kopfüber in den Abgrund. Der unachtsame Diener leistete sich einen Akt des Aufbegehrens. Er warf seine Fackel ebenfalls nach dem Imam, bevor er hinterhersprang. Die Frauen kreischten, die Leibwächter schlugen das Feuer aus, wobei sie das brennende Tischtuch mitsamt Geschirr von der Tafel rissen. Der Imam floh die Wendeltreppe hinauf, auch die Frauen entschwanden wieder ins ›Paradies‹.

»Zev«, sagte Herlin zu dem betrübt dreinschauenden Ingenieur, »wer seine Fähigkeit, die Elemente zu bändigen, zur Spielerei verkommen läßt, der wird die Kräfte der Natur bald nicht mehr beherrschen. Sie werden ihn umbringen!«

»Ich glaube nicht an Geister«, antwortete der wütend und setzte seinen Radstuhl in Bewegung. »Ich sehe nur, daß ich das verachtenswerte Werkzeug eines bösen Menschen geworden bin.«

Er war bis zum Rande des Durchblicks gerollt. Herlin sprang auf und folgte ihm.

»Zev«, sprach er, »so kannst du den Geistern nicht entfliehen. Versöhne sie, indem du dich dem verweigerst, was dein Gewissen – so du noch eines hast – dir als das Böse offenbart. Unser Leben ist mit dem der Rose zu eng verknüpft, als daß wir sie im Stich lassen könnten.«

»Ja, Herlin«, erwiderte der Ingenieur und ließ sich von den Dienern in den Korb heben, um sich abseilen zu lassen, »wir sind der Rose auf Gedeih und Verderb verbunden. Ich bin verdammt, ihr bis zum Letzteren zu dienen.« Damit verschwand Zev mit dem Korb in den Tiefen des Kessels. Die Kinder waren mit Crean hinzugetreten und hatten die letzten Worte gehört.

»Jetzt weiß ich«, sagte Yeza, »daß direkt unter dem ›Paradies‹ die Hölle ist.«

Herlin schaute sie lange an, bevor er ihr antwortete: »Ihr werdet wohl durch die Hölle gehen müssen, bevor ihr das Paradies erreicht. ›*Deus omnipotens*‹ heißt, daß Gott überall wirkt, auch im Bösen, auch durch das Böse. Seine Allmacht ist nicht auf das Reich des Guten beschränkt.«

»Was ist dann aber mit dem Friedenskönigtum, das wir bringen sollen?« fragte Roç verzagt.

Da sprach Crean: »Das ist ein alter Traum der Menschheit, für den es sich zu kämpfen lohnt.« Und er umarmte Roç und Yeza und verabschiedete sich von ihnen mit den Worten: »Nehmt alles, was ihr erfahrt, als Prüfungen. Nicht das Ziel ist der Lohn, sondern der Weg dorthin. Laßt euch nicht beirren!«

DER KURILTAY
LIBER I
CAPITULUM IV

Kurz ist der Sommer in der mongolischen Steppe. So war der Kuriltay, der große Reichstag, zu dem alle freien Mongolenstämme ihre Führer entsandten, in den Monat Juli des Jahres 1251 gelegt worden. Wahlberechtigt waren alle, die zusammengeströmt waren, um aus ihrer Mitte den neuen Großkhan zu küren. Als Kandidaten kamen indes nur Nachkommen des großen Dschingis-Khan oder seiner Brüder und Söhne in Frage. Wer diese Blutsbande nicht nachweisen oder bei dem sie in Zweifel gezogen werden konnte, der hatte keine Aussicht, den Titel und die mit ihm verbundene Macht zu erringen. Zu mächtig und zahlreich war der Klan der Dschingiden.

Die Versammlung fand im Feldlager unter freiem Himmel statt; keineswegs in der Hauptstadt Karakorum, die gar nicht in der Lage gewesen wäre, eine derartige Zahl von Gästen zu beherbergen. Überdies ging von so vielen bewaffneten Männern zuviel Macht aus, und so blieb die Inbesitznahme der Stadt dem gewählten Großkhan vorbehalten. Außerdem fühlte sich jeder freie Mongole in der offenen Steppe wohler.

So weit das Auge reichte, drängte sich Jurte an Jurte, reihten sich Ochsengespanne und hochrädrige Wagen aneinander, tummelten sich die Pferde in den Gattern. In den Gassen des Lagers wimmelte es von Stämmen, die zu diesem Ereignis, Pflicht und Fest zugleich, oft von weit her herbeigezogen waren. Und doch herrschte eine den westlichen Gast immer wieder erstaunende Ordnung, das unangefochtene Jasa-Gesetz, das der Begründer des Riesenreiches den Völkern gegeben hatte.

So staunte auch Andreas von Longjumeau, der Dominikaner, jedesmal wieder, wenn er vom französischen König als Gesandter oder vom Heiligen Vater als Legat zu den Mongolen geschickt wurde. Es war für ihn schon die dritte dieser anstrengenden, ewig langen Reisen, der dritte Versuch, bei diesen ungehobelten, hochfahrenden und unberechenbaren Tataren etwas für das Wohl der Christenheit zu erreichen. Sie sollten ein Heer ins Heilige Land entsenden, um Jerusalem den Muslimen endlich wieder zu entreißen und dort für immer die Herrschaft Jesu Christi zu etablieren. Der Gedanke, eine Armee loszuschicken in das Land, das wohl zum ›Rest der Welt‹ gehörte, war für die Mongolen kein befremdliches Ansinnen, obwohl sie damit dem Christentum zum Sieg über andere Religionen verhelfen würden. Sie stellten sich jedoch die schlichte Frage, für wen sie das tun sollten. Weder der Papst als oberster Priester, noch der König von Frankreich hatten dem Großkhan je gehuldigt. Anfangs erstaunte diese Unbotmäßigkeit die Mongolenherrscher, doch als sich dieses Verhalten wiederholte und nicht mehr mit Unkenntnis zu entschuldigen war, sondern offensichtlich den Starrsinn zeigte, der den ›Rest der Welt‹ befallen hatte, da begann man in Karakorum ärgerlich zu werden. Zu bewundern war eigentlich nur der Mut der christlichen Gesandten, die es immer wieder auf sich nahmen, anzureisen und Forderungen zu stellen, ohne jegliche Vorleistung im Sinn, geschweige denn im Gepäck zu haben.

Am Hof des Großkhans fanden die christlichen Mönche, meist Franziskaner oder Dominikaner, deshalb auch besondere Beachtung. Ihr tollkühnes Verhalten beeindruckte die Mongolen, die seit Anbeginn ihrer Geschichte mit christlich missionierten Völkern zu tun hatten. Meist waren es nestorianische Priester, die zu ihnen in die Jurte kamen. Die Mongolen hatten sich ebenso an deren Riten gewöhnt wie die Nestorianer an die Trinksitten der Mongolen. Doch die Mönche, die nun eintrafen, waren anders. Neugieriger, schwieriger, ja, lästig!

Andreas von Longjumeau spürte, wie seine Gastgeber ihn einschätzten, und er verkrampfte sich in seinem Bemühen, sich seine Meinung über sie nicht anmerken zu lassen. Groll, Verachtung und

Ekel stiegen in ihm hoch wie schlecht verdaute Speisen – er hatte den Bauch, den Hals und auch die Nase voll davon.

> »*A solis ortus cardine*
> *et usque terrae limitem*
> *Christus cantamus principem*
> *natum Maria virgine.*«

Andreas von Longjumeau hielt Messe in der Prunkjurte der Fürstin Sorghaqtani. Auf ihren Wunsch hin hatte er sich auch zur Abhaltung einer Fürbitte bereit erklärt. Es war ihr erklärtes Verlangen, ihr ältester Sohn möge zum Großkhan gekürt werden. Dem Dominikaner war der Ausgang des Kuriltays ziemlich gleichgültig. Einerlei, auf wen die Wahl fiele, der neue Herrscher würde ihn in jedem Fall willkürlich, respektlos und plattnäsig behandeln – mit einer Ausnahme vielleicht. Deshalb hatte er mit dem aussichtsreichsten, ja, eigentlich sicheren Kandidaten Schiremon schon ein paar höfliche Worte gewechselt. Nicht, daß sie Freundschaft geschlossen hätten, das konnte man mit diesem falschen Mongolen nicht, aber der Dominikaner hatte bei dem ältlichen Prinzen ein Interesse verspürt, das über den üblichen Austausch von Floskeln hinausging. Es war bei weitem nicht der Wunsch nach militärischer Hilfe oder etwa nach Unterweisung in Fragen des rechten Glaubens, den Andreas herauszuhören glaubte. Schiremon hatte ihm vielmehr eröffnet, daß er vieles für die Verschönerung der Hauptstadt unternehmen wolle – wenn er erst mal gewählter Großkhan sei. Der Mongole hatte ihm eine vergilbte Tuschzeichnung der Kathedrale von Chartres gezeigt, die er wie eine Reliquie in einem Ledersäckchen aufbewahrte. Die wünsche er sich. Er erkundigte sich nach dem verwendeten Material, dem Baumeister und auch nach dem Wert des Gebäudes, das er vom König von Frankreich als Geschenk erwarte. Zu seinem Schrecken fand Andreas heraus, daß Schiremon davon ausging, die Kathedrale würde sorgfältig abgebaut, mit Karawanen nach Karakorum gebracht und dort Stein für Stein wieder aufgestellt. Andreas schluckte die Kröte und bedachte dann, daß das Ansinnen zumindest eine sichtbare Hinwendung zum praktizierten Katholizismus bedeutete und sich damit auch die leidige Frage nach der Huldigung erübrigen könnte. Er wies Schiremon deshalb vorsichtig darauf hin, daß es weit schneller ginge, das Gotteshaus als Kopie völlig neu zu errichten.

»Vielleicht etwas größer«, hatte der Mongole gnädig eingeräumt, um dann hinzuzufügen: »So bietet die Halle genügend Platz für die Zeremonie, mit der König und Papst sich Uns unterwerfen werden!«

Und dieser Schiremon wollte nun zum Großkhan gewählt werden! Da konnte Andreas von Longjumeau, königlicher Gesandter und päpstlicher Legat, seinen Gott nur bitten, einen anderen zu bevorzugen.

So fiel es dem Dominikaner bei allem Ärger leicht, der von ihm singend vorgetragenen Fürbitte einen kräftigen Ton zu verleihen:

»*Famulis tuis, quaesimus, Domine,*
caelestis gratiae munus impertire.«

Der Dominikaner berührte das Tuch des Altares flüchtig mit den Lippen. Mochte Fürstin Sorghaqtani ruhig denken, sein Gebet gälte ihrem Sohn Möngke, den er nie zu Gesicht bekommen hatte, was zeigte, daß dieser Möngke nie die Gottesdienste besucht hatte. Es gab ja durchaus Mongolen, die nahmen es ernst mit ihrem christlichen Glauben, auch wenn dieser ihnen von Nestorianern vermittelt worden war und voller Fehler und Absurditäten steckte. Dazu gehörte der General Kitbogha, der mit seinem Jüngsten, dem sechzehnjährigen Kito, bei der Messe zugegen war – bei jeder Messe! Der alte Haudegen von der mächtigen Gestalt eines Bären entstammte angeblich der Familie, zu deren Vorfahren einer der Heiligen Drei Könige zählte, was ja durchaus möglich war, denn von Bethlehem aus gesehen, lag das Morgenland im fernen Osten. Eine Schwiegertochter der Fürstin besuchte ebenfalls treu die täglichen Gottesdienste. Die mütterliche Dokuz-Khatun war die Ehefrau von Hulagu und eine keraitische, also christliche Prinzessin. Auf seinen Gesandtschaftsreisen hatte Andreas mit höchster Verwunderung festgestellt, wie viele ›christliche‹ Sekten und Kirchen es im Orient gab, die sich auf den Messias beriefen oder den Herrn Jesus Christus sonstwie verehrten, doch keine hatte soviel verheerende Irrungen geschaffen wie die Gefolgsleute dieses Nestor.

Der psalmodierende Dominikaner sah mit Mißfallen, wie der General schon wieder zum Kelch mit dem Meßwein griff und einen tiefen Schluck nahm. Seinem Sohn gestattete er nur zu nippen, dann ließ er das Gefäß weitergehen, sie tranken alle!

»*Benedicta et venerabilis es,*
Maria Virgo, quae sine tactu pudoris
inventa es mater Salvatoris.«

Die Fürstin Sorghaqtani machte ihm, dem Priester, ein herrisches Zeichen, zum Ende zu kommen. Andreas wußte, daß sie darauf brannte, hinaus zum Kuriltay zu eilen, um die Wahl ihres Erstgeborenen zum Großkhan zu betreiben.

»*Dominus vobiscum.*«

Sie konnte es gar nicht abwarten und raffte bereits ihre festliche Robe.

»*Et cum spiritu tuo*«, antworteten die Nestorianer.

Andreas tat der Fürstin mit verkniffenem Lächeln den Gefallen und preßte hastig das »*Ite missa est*« hervor. Er segnete die bereits auseinanderstrebende kleine Gemeinde und kniete nieder zum stillen Gebet, mit dem er den Heiland zu versöhnen hoffte, denn zu entschuldigen war das hastige Schlußwort nicht. Er schloß die Augen und sah deshalb nicht, daß Batu, der mächtige Khan des Kiptschak, die Jurte betreten hatte und die Sorghaqtani zurückhielt. Aber der Priester hörte die Worte, die der Herr der Goldenen Horde an Möngkes Mutter richtete. Der dicke Batu hatte sie hinter den Altar gezogen und sprach nun streng auf sie ein: »Wenn Ihr, Fürstin, in der Versammlung der Männer erscheint und dort das Wort ergreift, dann wird sich das gleiche Recht auch die Witwe von Guyuk nicht nehmen lassen, dort zu sprechen. Oghul Kaimisch kann sich auf den Vorteil stützen, daß ihr Mann der letzte Großkhan war und es nur recht und billig ist, einen ihrer Söhne, womöglich den jüngsten, mit dem Amt zu bekleiden.«

Batu sprach klar und wohl vorbereitet, was bei der Fürstin Verdacht erregte, aber sie ließ den alten Mann ausreden.

»Dazu kommt, daß Oghul Kaimisch die letzten Jahre, also seit Guyuks Tod, die Regentschaft geführt hat. Sie hat den gesamten Hofstaat und viele andere in der Hand, Ihr kennt ihre Günstlingswirtschaft. Sie wird alle diese Stimmen gegen Euch aufbieten, wenn wir es zulassen –«

»Wer ist ›wir‹, mein lieber Batu?« entgegnete die Fürstin Sorghaqtani spöttisch, um ihr Mißtrauen zu verbergen. »Ist es Batu, der Sohn des Doetschi? Wer garantiert mir, daß ich auf Eure Stimme zählen kann? Euch könnte der höchste Herrschertitel die Krönung Eures Lebens bedeuten –«

»Könnte«, sagte Batu mit belegter Stimme, denn die Fürstin hatte seine wunde Stelle berührt, »doch die Zweifel an der ehelichen Geburt meines Vaters würden mit Sicherheit ans Licht gezerrt. Ich bin vielleicht kein astreiner Dschingide!« Bitter setzte er hinzu: »Deshalb habe ich mir mein eigenes Reich geschaffen, in dem ich mich keiner Wahl stellen muß. Die Goldene Horde hört auf mein Kommando. Ich bedarf der Ehre eines Khans aller Khane nicht mehr, aber das Volk der Mongolen braucht dringend einen Herrscher, der die Zügel straff in die Hand nimmt. Deshalb stimme ich für Möngke!«

Der betende Dominikaner beugte sein Haupt und verstopfte sich die Ohren. Er wollte nichts mehr hören.

»Ich will Euch gern glauben, Batu«, erwiderte die Fürstin, milder gestimmt, »doch ich will mir nicht den Vorwurf machen, den Rivalen kampflos das Feld überlassen zu haben. Schließlich kann Schiremons Mutter zu ihren Gunsten anführen, daß Ögedai ihren Sohn als Nachfolger bestimmt hat.«

»Was rechtlich nicht zählt, aber Stimmung macht«, räumte Batu ein. »Genau das ist der Grund, aus dem ich Euch dringend bitten will, nicht auf Eurer Anwesenheit zu bestehen, denn das gibt dem Wahlleiter, dem uns ergebenen Oberrichter Bulgai, die Handhabe, alle Frauen und Mütter auszuschließen!«

»Das tät' Euch so gefallen!« empörte sich die Fürstin, doch ihre Schwiegertochter, die wesentlich jüngere Dokuz Khatun, die bislang schweigend dabeigestanden hatte, legte ihr beschwichtigend eine Hand auf den Arm. »Macht Euch keine Sorgen über den Einfluß der Frauen. Wichtig ist jetzt nur, daß unsere Männer in die richtigen Positionen gelangen. Vertraut Batu!«

Lange kämpfte die Fürstin mit sich, bevor sie laut verkündete: »Es ist allein Sache der Männer, auf dem Kuriltay zu reden und zur Wahl zu schreiten. Wir Frauen verlassen uns auf ihr sicheres Urteil, das wir in unseren Jurten abwarten werden.«

Der Kuriltay begann, und die Ordnungshüter des Oberrichters Bulgai, die man an ihren grünen Hosen und orangefarbenen Kitteln erkennen konnte, sorgten strikt dafür, daß alle Mütter der Prinzen aus dem Geschlecht der zur Wahl stehenden Dschingiden vom Versammlungsort ferngehalten wurden. Das gab natürlich böses Blut. Fürstin Oghul Kaimisch, die bisher als Regentin getan hatte, was ihr beliebte, und deren Befehlen zu trotzen nicht ratsam war, tobte und versuchte gewaltsam, sich mit ihrer Klangarde Zutritt zur Wahlversammlung zu verschaffen. Daraufhin sperrten die Leute des Bulgai sie im Vorraum des Audienzzeltes ein und schlugen ihrer Garde die Köpfe ab. Die Mutter des Schiremon wagte daraufhin erst gar nicht, sich aufzulehnen, sondern schloß sich der jüngeren Oghul Kaimisch an, der sie – sozusagen als Huldigung – die noch ungeköpfte eigene Klangarde darbot. Doch die Spitzel des Bulgai behielten die beiden Frauen im Auge, und die Wachen hafteten dafür, daß niemand sich ihnen auf Rufweite näherte, solange die Wahl noch nicht entschieden war.

Wie vorauszusehen war, wogte das Für und Wider erst einmal lange um die Verfahrensfrage: Wäre das längst durchbrochene Gesetz der ›Ultimogenitur‹, der Wahl des Jüngsten, anzuwenden, oder hätte das der ›Primogenitur‹ zu gelten, das den Ältesten und damit auch Erfahrensten zum Herrscher bestimmte?

Batu brachte einen salomonischen Kompromiß ein, der klar auf seinen Favoriten zugeschnitten war. Der von den meisten respektierte und vom Rest gefürchtete Herr der Goldenen Horde erklärte:

»Toluy war der jüngste Sohn unseres Stammvaters, des großen Temudschin, der die Stämme der Mongolen als Dschingis-Khan einte, und er wurde übergangen, ja, er opferte sich, er gab sein Leben für den Bruder. Es ist also rechtens, heute dessen Klan zum Zuge kommen zu lassen. Von ihm haben wir vier Söhne zur Auswahl, und sie alle stehen getreulich hinter ihrem ältesten Bruder. Wir sollten ihnen in ihrer Loyalität nicht nachstehen.«

Das war eine geschickte Rede, denn sie warf ein schlechtes Licht auf die Söhne von Guyuk und Oghul Kaimisch, die untereinander zerstritten waren und sich mit Mißgunst begegneten. Batus Einsatz für die Söhne von Toluy und Sorghaqtani ersparte den Mongolen auch die befürchtete Peinlichkeit, den alten Khan wählen zu müssen, denn alle kannten das Gerücht, daß dem großen Dschingis-Khan in seiner Jugend, als er noch keineswegs Khan aller Khane war, die Frau geraubt wurde und sie bereits schwanger war, als er sie endlich befreien konnte. Sie gebar dann einen Sohn, Doetschi, und der wurde der Vater von Batu. Vielleicht erkor Dschingis-Khan Batu wegen der ungeklärten Herkunft Doetschis nicht zum Nachfolger.

Wenn Batu sich für seinen Neffen statt für den eigenen Sohn stark machte, dann war das sicher gut so. In dieser Stimmung, die sich schnell ausbreitete, konnte sich Schiremon keine Hoffnung mehr machen. Nicht, daß er nicht geachtet wurde. Mancher Mongole empfand es auch als Unrecht, wie sich sein eigener Klan über seine Rechte hinweggesetzt hatte. Schiremon trug es mit Würde, aber die andauernden Klagen seiner Mutter hatten ihm mehr geschadet als genutzt. »Ach, der Arme«, hieß es hinter seinem Rücken. Dem wollte Schiremon ein mannhaftes Ende bereiten. Er erhob sich, schritt zum Erstaunen aller auf Batu zu und umarmte ihn.

Andreas von Longjumeau wartete in der Jurte der Fürstin Sorghaqtani darauf, daß endlich ein »Khagan«, ein Großkhan, gewählt würde, damit er, Andreas, ihm in alsbaldiger Audienz seine Botschaft vom König und Papst vermitteln und dann endlich diesem Land wieder den Rücken kehren konnte, ein für allemal! –

Die Fürstin wartete auch. Zu ihr hatten sich auch die Gattin Möngkes, Kokoktai-Khatun, und Irina, die Frau des Generals Kitbogha, gesellt. Sie waren alle keraitischen Geblüts und daher durchaus gläubige, nestorianische Christinnen. Doch sie waren viel zu aufgeregt, um in dieser Stunde zu beten. Mehr um ihre Nervosität zu bekämpfen, denn aus Neugier, sagte die Fürstin zum Gesandten: »Erzählt uns etwas von dem jungen Prinzenpaar ohne Krone, diesen ›Kindern des König Gral‹, die Ihr im ›Rest der Welt‹ so eifrig verehrt, obwohl sie Euch nicht regieren. Ist das wie bei uns, daß ein Kuriltay sie erst zum Herrscher ausrufen muß?«

Andreas hatte sofort begriffen, auf wen die mongolische Fürstin ihn ansprach. Er war verwirrt. Sollte er die Existenz von Roç und Yeza einfach leugnen? Das würde ihn vielleicht völlig unglaubwürdig machen in den Augen der Sorghaqtani, die offensichtlich gut informiert war. Sollte er den Kontrast der *Ecclesia catolica* zum häretischen Gral herausstellen? Das würde zu weit führen. Er antwortete deshalb: »Es ist nicht wie bei Euch so einheitlich geregelt. Es gibt ein von Gott eingesetztes Herrschertum wie den Heiligen Vater, unseren Herrn Papst – und den König von Frankreich, ebenfalls in der Gnade Gottes –« Andreas überlegte angestrengt. »Und es gibt die Wahl des deutschen Königs, den der Papst – und nur der Papst – zum Kaiser salben kann.«

»Und ›die Kinder des Gral‹?« beharrte die Fürstin auf ihrer Frage.

»Sie können den Nachweis des königlichen Blutes nicht führen«, sagte Andreas, »deswegen will sie keiner, die Kirche –«

»Ist der Papst königlichen Blutes?« bohrte die Sorghaqtani nach. »Ist er mit einer Christin verheiratet?«

»Nein, nicht doch!« entsetzte sich der Dominikaner. »Der Papst wird gewählt und ist heilig, er heiratet nicht –«

»Wie kann er dann aus derselben Heiligen Familie stammen? Oder kann jeder Papst werden – ohne den Nachweis des königlichen Blutes?«

Andreas raufte sich die wenigen Haare, die seine Tonsur umkränzten.

»Jeder, der sein Leben Christi geweiht hat!«

»Also auch Ihr, Andreas«, stellte die Fürstin freundlich fest. »Aber was ist mit dem Königlichen Paar? Warum redet Ihr so um den heißen Brei, wenn sie nicht königlichen Blutes, nicht heilig oder Kinder des Papstes sind und auch nicht aus der Heiligen Familie stammen? Wenn sie also keinen Anspruch auf Herrschaft stellen können – warum tötet Ihr sie nicht?«

»Das ... das ist schwierig«, stotterte Andreas, »da gibt es eine Macht, die sie schützt; da gibt es viele, die glauben, es gäbe den Gral und er sei mächtig. Ich aber sage: Es gibt ihn nicht! – Sie sind die schlimmsten Feinde der Kirche!«

»Ach«, entgegnete die Fürstin lächelnd, »wie ist das möglich, wenn sie kein Reich und kein Heer besitzen?«

»Sie beanspruchen die Herrschaft über alle –«

»Über die ganze Welt?« fragte die Fürstin ungläubig.

Andreas nickte. »Eine spirituelle Herrschaft«, versuchte er zu erklären, »die nur dem Papst zusteht.«

»Hoho!« spottete da die Fürstin. »Dem Papst? Wer hat ihm denn dieses Recht zugestanden?« Ihre Stimme klang jetzt fast bedrohlich. »Vielleicht ist dieser Anspruch der Nachkommen des Gral berechtigter, als Ihr zugeben wollt? Mir scheint es an der Zeit, bei Euch Ordnung zu schaffen, und es gibt nur eine Ordnung, das ist das von Dschingis-Khan geschaffene Gesetz. Ihm werden sich auch die jungen Könige beugen, wenn sie klug sind. Sie sollten zu uns kommen, richtet ihnen das aus!«

Der Gesandte wagte nicht zu widersprechen. Warum hatte er sich nur auf diesen entsetzlichen Disput eingelassen!

»Wir sollten beten«, sagte er fest, um seine Position und die der Kirche wieder zu festigen.

»Nein«, sprach die Fürstin, »wir wollen trinken!«

Draußen waren Rufe zu hören gewesen, die sich anhörten wie »Khagan! Khagan!« Aber dann war es doch wieder still geworden. Nahm denn diese Wahl gar kein Ende?

»Laßt uns jetzt allein!« befahl die Fürstin und winkte den Wachen. »Der Gesandte des Papstes möchte eine Audienz!« höhnte sie. »Über die Frage, wer in dieser Welt herrschen soll.«

Die Wachen ergriffen den Dominikaner und führten ihn hinaus. Andreas hatte Angst um sein Leben, aber sie brachten ihn in das immer noch leerstehende große Audienzzelt und wiesen ihm ein Seitengemach an, das keine Öffnung nach außen hatte. Im Vorraum saßen die Mutter der Söhne von Guyuk und die von Schiremon. Sie waren allein. Vor jedem Ausgang standen Wachen. Die Frauen starrten hinaus auf die Versammlung und versuchten zu erhaschen, was dort vor sich ging.

Möngke hatte, nachdem er seiner Akklamation sicher sein konnte, darauf bestanden, den Versammelten etwas über sein Regierungsprogramm zu sagen. Er sprach laut und deutlich, und einige Sätze drangen auch zu denen, die am Rande Dienst tun mußten.

»Das Vermächtnis meines Großvaters«, rief er, »besteht nicht in dem bequemen Erbe, den überkommenen Besitz zu verwalten, sondern aus dem Auftrag, ihn zu mehren und auszuziehen, um uns die Welt untertan zu machen!« Und er unterbreitete den gebannt lauschenden Mongolen sein Konzept: Sein Bruder Kubilai werde China unterwerfen, Hulagu Persien und den ›Rest der Welt‹, während er die Eroberung Rußlands den bewährten Händen seines Vetters Batu überlassen werde. Er selbst werde mit Ariqboga an seiner Seite in den Stammlanden herrschen und die letzten aufrührerischen Waldvölker Sibiriens und »die Leute aus den Bergen« im Nordosten unter das Gesetz zwingen. Für diese kriegerischen Unternehmen habe jeder Stamm ein Zehntel seiner Truppen zu stellen, wann und wo immer er, Möngke, es für richtig halte. Da jubelten ihm alle zu und nannten ihn »Khagan«. Möngke war Großkhan. Und er ließ sofort verkünden, daß er seine Wahl mit einem großen Fest am Abend zu feiern gedenke. Auf dieses Besäufnis freuten sich alle. Nur die beiden Mütter nicht, deren Söhne leer ausgegangen waren. Die listige Oghul Kaimisch und die ihr anhängende törichte Mutter des Schiremon sannen auf Rache. Andreas hatte in seinem engen Gemach den Jubel und das »Khagan!-Khagan!«-Geschrei auch gehört und verlangte wütend, von den Wachen zu erfahren, wer denn nun zum Großkhan gekürt worden sei, denn er wünsche nun, von ihm in Audienz empfangen zu werden, wie es ihm als Gesandten des Heiligen Vaters und des Königs Ludwig von Frankreich zukomme. Er wurde ziemlich laut. Die Wachen grienten und machten sich einen Spaß daraus, ihn im ungewissen zu lassen. Die Wahl sei noch längst nicht beendet; erst wenn das große Besäufnis stattgefunden habe, könne man von einem Ergebnis berichten. Wer dann noch nicht unter den Tisch gerollt sei, sondern noch auf seinen Beinen stünde, der sei der Khagan! Sie bogen sich vor Lachen und freuten sich über sein wüstes Schimpfen wie über die Aussicht auf das große Trinken.

Als Andreas endlich einsah, daß er bei diesem ungehobelten Volk nichts erreichen würde, verfiel er in plötzliches Schweigen. Er vernahm die leisen Stimmen der Frauen im Vorraum. Er preßte sein Ohr an die Zeltwand und hörte deutlich, wie die Oghul Kaimisch flüsterte: »Wenn dann alle betrunken sind, dringen deine Leute ins Festzelt ein und ... ohne Ausnahme! Keiner wird verschont!« Dann verstummte das verschwörerische Getuschel.

Da die Wahl nun abgeschlossen war, bestand kein Grund mehr für den Oberrichter Bulgai, die beiden Damen und ihr Gefolge festzuhalten. Erhobenen Hauptes, um die Nase weiß vor Wut, das Herz schwarz vor Haß und Rachsucht, stürmte Oghul Kaimisch aus dem Audienzzelt und verlangte, sofort ihre Söhne zu sehen.

Als Andreas von Longjumeau auch jetzt nicht freigelassen wurde, bekam er einen Tobsuchtsanfall. Er schrie wie am Spieß, als wolle man ihn ermorden, dann wieder heulte er und bejammerte sein Schicksal. Die Mongolen oder gar den Großkhan zu verfluchen oder sonstwie zu beleidigen hütete er sich jedoch, so erbost er auch war. Diese Strategie war erfolgreich. Der muslimische Kämmerer des Hulagu, Ata el-Mulk Dschuveni, hörte das Geschrei, das die festliche Stimmung störte. Er meldete seinem Herrn das ungebührliche Betragen des christlichen Gesandten. Hulagu, der schon von seiner Frau gemahnt worden war, den Vertreter des Heiligen Vaters freundlicher zu behandeln, wandte sich an seinen jüngeren Bruder Ariqboga: »Es ist doch dein brennender Wunsch, Bruderherz, auf den ›Rest der Welt‹ losgelassen zu werden. Übernimm doch als Kostprobe die Aufgabe, dem Herrn Gesandten eine Audienz zu erteilen, die ihn für immer von seinen Süchten heilt, uns belehren zu wollen.«

»Hulagu, du sprichst mit mir, als sei ich ein junger Hund, der Boten des Papstes in die Waden beißt!« Ariqboga war beleidigt, und dies doppelt, weil er seinen Wunsch, auch ihm ein Stück der Welt zur Eroberung anzuvertrauen, bei seinen älteren Brüdern nicht hatte durchsetzen können. Und jetzt warf ihm Hulagu diesen Knochen hin. Ariqboga knurrte: »Beklag dich nachher nicht über mich! Ich bin sehr bissig!« Er rannte wütend hinüber zum großen Audienzzelt, das polternde Gelächter des Generals Kitbogha im Nacken. Der alte Haudegen hatte gut lachen. Ihm würde der eigentliche Eroberungsfeldzug obliegen, dessen Kommando sich Ariqboga so sehr ersehnt hatte. Der Prinz stürmte in den Audienzsaal, so daß seine Leibgarde ihm kaum folgen konnte. Ariqboga zögerte dann doch, als er den erhöhten Thron des Großkhans an der Stirnseite sah. Darauf sollte er sich besser nicht setzen. So blieb er schwer atmend stehen, legte seine Hand spielerisch auf die Lehne und befahl, den Gesandten vorzuführen.

Andreas von Longjumeau betrat die Halle, die den Hauptteil des Zeltes ausmachte, in dem er nun schon den ganzen Tag über wie ein Gefangener gehalten wurde. Er sah vor sich, flankiert von grimmig dreinschauenden Soldaten der Garde, den langen Weg, den er bis vor den Thron zurückzulegen hatte. Er bemerkte auch den jungen Fürsten, der sich, umgeben von einigen Würdenträgern, angeregt mit dem Kämmerer Dschuveni unterhielt, den Hulagu seinem Bruder mit dem Auftrag nachgesandt hatte, einen offenen Eklat zu verhindern. Dieses Bild gab dem Dominikaner Mut und ließ seinen Zorn verrauchen. Er schritt zügig vorwärts und verneigte sich tief vor dem jungen Ariqboga, den er nicht von Angesicht kannte, denn keiner der Söhne der Sorghaqtani hatte je an seinen Messen teilgenommen. Andreas räusperte sich, als er erbost bemerkte, daß sich die Aufmerksamkeit ihm noch keineswegs zugewandt hatte, und begann mit lauter Stimme zu singen:

»*Alleluia, Alleluia. Assumpta est Maria in coelum: gaudet exercitus angelorum. Alleluia.*«

Die Mongolen drehten sich erstaunt und belustigt zu ihm hin, und der Gesandte sprach feierlich: »Seid gegrüßt, mein Prinz, und mit Euch das gesamte treffliche Volk der Mongolen.«

Der Dolmetscher übersetzte, Ariqboga lächelte, und Andreas fuhr zügig fort: »Der Herr der Christenheit, der Heilige Vater zu Rom, Pontifex Maximus Papst Innozenz IV., und sein erster Paladin Ludwig, König von Frankreich, lassen Euch durch mich fragen –«

Hier unterbrach ihn Ariqboga rüde. »Sie sollen nicht fragen!« bellte er. »Dieser Vater und sein Sohn Paladin sollen gefälligst herkommen und sich dem neuen Khagan aller Mongolen unterwerfen, wenn sie ihre Kronen auf den Häuptern behalten wollen!«

Der Kämmerer versuchte den Prinzen zu beschwichtigen. Er hatte ihm schon vorher vergeblich die Namen und Titel vom Pontifex Maximus und von Ludwig korrekt zugeflüstert. Doch Ariqboga wischte die Einmischung beiseite und ließ durch den Dolmetscher verkünden: »Wenn diese Fürsten länger säumen und uns die Zeit stehlen mit Fragen, Bitten und Forderungen, dann werden wir sie und ihre Familien und ihre Länder mit Krieg überziehen.« Er schaute befremdet auf Andreas, der niedergekniet war und sein Haupt beugte, und setzte hinzu: »Und dann nehmen wir nur noch Huldigungen abgeschlagener Häupter entgegen!«

Andreas stimmte in seiner Verzweiflung wieder das Marienlied an:

»*Omnipotens sempiterne Deus, qui in corde beatae Mariae Virginis dignum Spiritus Sancti habitaculum praeparasti!*«

Ariqboga glaubte an eine Verhöhnung. Er riß einem seiner Garde den Säbel aus der Scheide, doch diesmal ermannte sich der Kämmerer und fiel ihm in den Arm.

»Er ist ein akkreditierter Gesandter«, mahnte er leise. »Ihn zum Tode zu befördern ist allein dem Großkhan vorbehalten.«

Als er sah, daß Ariqboga seinen Einsatz für den unbotmäßigen Fremden nicht verstand, sondern ihm übel anrechnete, fügte er flüsternd hinzu: »Wenn Ihr jemanden töten wollt, dann nehmt mein Leben, aber laßt nicht das Blut dieses törichten Christen über die Ehre des mongolischen Volkes kommen!«

Das gab den Ausschlag. Ariqboga warf die Klinge wieder ihrem Träger zu und stürmte an dem flach auf dem Bauch liegenden Dominikaner vorbei aus der Halle; seine Leibgarde folgte ihm im Laufschritt.

Andreas hob seinen Kopf und fragte die Verbliebenen irren Blickes: »Wer ist denn nun der Großkhan? Ich will vor ihn treten und für meinen Heiland zeugen.«

Die Verfassung des Gesandten erschien Ata el-Mulk Dschuveni äußerst bedenklich. Deshalb schickte der Kämmerer nach dem Oberrichter und blieb so lange bei Andreas, bis die Ordnungsleute des Bulgai eintrafen und den Dominikaner abführten, der in seiner Verwirrung mit brüchiger Stimme wieder sein Lied aufnahm:

»*Alleluia, Alleluia. Salve Mater misericordiae, Mater spe et gratiae, o Maria. Alleluia.*«

Im großen Festzelt, an das sich viele kleinere nahtlos anschlossen wie Küken, die die Nähe der Glucke suchen, war inzwischen das Mahl aufgetragen. Überall drehten sich Spieße in den Zeltgassen, Ochsen und Hammel jeder Größe bis hin zu zarten Lämmern rösteten über den Feuern. Diener schleppten Kannen und Krüge mit Met und Kumiz, das von allen bevorzugte Getränk, weil es am schnellsten zum Rausch führte. Jeder, der an dem Gelage teilnehmen durfte, hatte vorher seine Waffe ablegen müssen. Die Ordnungsleute des Bulgai hatten mit Tauen einen Ring um die Zelte gezogen, und die eingesammelten Dolche stapelten sich auf den Tischen. Trotz dieser allgemeinen und strengen Maßnahme – es wurde immer wieder laut verkündet, daß jeder des Todes sei, der innerhalb des Ringes mit einer Waffe am Leib aufgegriffen würde – hatte der Oberrichter im Hauptzelt um den Großkhan, seinen Klan und seine engsten Freunde noch einmal drei Sicherheitskordons gezogen.

Der Bulgai spielte ein gefährliches Spiel. Er wußte von seinen

Spitzeln, daß Leute aus dem Klan der Regentin und sicher auch die Garde Schiremons zu vorgerückter Stunde einen Anschlag planten. Aber er kannte längst nicht alle Gesichter, und es war anzunehmen, daß Oghul Kaimisch mit Versprechungen nicht gegeizt hatte, um weitere Verschwörer, Meuchelmörder, zu gewinnen. Er hätte sie natürlich wieder verhaften und von ihren Gefolgsleuten isolieren können, aber das wollte er gerade nicht. Er hatte deswegen seinen Leuten am äußersten Ring auch eingeschärft, niemanden nach versteckten Waffen zu durchsuchen. Wer seine Waffe loswerden wollte, konnte dies auf den Tischen vor dem Tau, doch wer passierte, ohne von der Ablage Gebrauch zu machen, den sollten sie im Auge behalten, um ihn – auf seinen Befehl und nicht vorher! – zu greifen. So hoffte Bulgai, die Attentäter sozusagen mit der Waffe in der Hand überführen zu können. Denn er hatte keineswegs vor, den Anschlag zu unterbinden, sondern er wollte die Clique der Oghul Kaimisch ein für allemal vernichten. Der Oberrichter hatte alle seine Mannen im Einsatz, als erkennbare Ordnungshüter und als verkleidete Spitzel. In dem Zelt, von dem aus er die Operation leitete, standen seine besten Scharfrichter bereit.

Als Schiremon die Henker ihre Äxte schleifen sah, rutschte ihm das Herz in die Hose; es bestätigte ihm aber zugleich, daß sein Schritt der richtige gewesen war. Er hatte sich in Bulgais Zelt begeben, weil er von dem üblen Plan der Regentin gehört hatte – eingeweiht hatte man ihn wohlweislich nicht. Doch er spürte in seiner nächsten Umgebung, daß sich etwas zusammenbraute, und breitete seinen Verdacht rückhaltlos vor dem Oberrichter aus. Der sagte: »Gut, daß Ihr gekommen seid, Schiremon, ich hätte Euch sonst zu den Anstiftern des Komplotts rechnen müssen. Geht jetzt ins Zelt und macht Möngke die Aufwartung, sonst spricht Eure Abwesenheit gegen Euch! Trinkt mit ihm, und verlaßt Euch auf meine Wachsamkeit.«

Die Hauptgänge des Festmahls waren inzwischen abgetragen worden. Es hatte allen gemundet, wie die kräftigen Rülpser bekundeten, und nun galt es, die fetten und salzigen Speisen kräftig zu begießen.

Gaukler traten auf, persische Feuerschlucker aus Isfahan, armenische Trickkünstler, georgische Säbelfechter und Fakire vom Ganges, die ihren mageren Körpern Schreckliches antaten, ohne sichtbare Verletzungen davonzutragen. Andere bliesen auf ihren Schalmeien Kobras den Tanz, und starkhüftige Tscherkessinnen wiegten ihr pralles Hinterteil um die Wette mit Frauen aus dem fernen Maghreb, die ihren Bauch rollen konnten und zu Trommelmusik gar schlüpfrige Posen boten.

Um Möngke herum lagerten seine Brüder und fast alle Vettern, Onkel und andere Verwandte, die sich für seine Wahl stark gemacht hatten oder nun zumindest so taten. Sie alle tranken ihm zu, als Schiremon erschien und zur Strafe für sein verspätetes Erscheinen gleich drei Humpen nacheinander leeren mußte. Dafür ließ ihn Hulagu noch einmal die herrliche Geschichte hören »Wie Ariqboga den Gesandten empfangen hat«. Dem war sein erster Auftritt in der Weltpolitik längst höchst unangenehm, aber der Kämmerer Dschuveni bewies Takt und ein beachtliches parodistisches Talent. Er spielte die ›Audienz‹ mit verteilten Rollen vor, wobei seine Gesangsnummern, mit denen er den armen Andreas nachäffte, den größten Anklang fanden. Jeder, allen voran General Kitbogha, schlug sich auf die Schenkel vor Lachen, als Dschuveni, der sonst als Sauertopf galt und sich höchstens über Fragen islamischer Rechtgläubigkeit ereifern konnte, mit der Falsettstimme eines Eunuchen das »Ave Maria« vortrug. Die grölende Heiterkeit fand erst ein Ende, als Dokuz Khatun, die mit der Gemahlin Möngkes und den anderen Frauen etwas hinter den Männern saß, ihren Mann Hulagu schalt, er möge auf ihren christlichen Glauben gefälligst mehr Rücksicht nehmen. Da gab der bärbeißige Kitbogha dem Kämmerer einen Prankenhieb auf die Schulter, daß ihm der hohe Triller in der Kehle steckenblieb und er beinahdie Treppen der Empore hinuntergekugelt wäre.

In diesem Moment kam Batu herein, gefolgt von seinem Sohne Sartaq. Er schob einen fremden Fürsten vor sich her, eine hochgewachsene Gestalt mit kühnem Blick, der anzusehen war, daß sie keine Klinge fürchtete. »Das ist Alexander Newski«, rief er seinem Neffen Möngke zu. »Er ist gerade eingetroffen, um Euch, Khagan, morgen früh zu huldigen.«

Der Fürst von Kiew neigte das Knie und grüßte die Anwesenden.

»Da habe ich mir gedacht«, polterte lachend Batu – er hatte auch schon getrunken, bevor man ihn aus dem Zelt holte –, »ich bring' ihn gleich her vor Euch, da kann er sofort seinen Kotau machen und mit uns trinken!«

Möngkes Blick ruhte wohlgefällig auf dem Fürsten, der die weite Reise nicht gescheut hatte und ihm klug und mutig erschien.

»Wollt Ihr Euch mir unterwerfen und als mein Vasall an meiner Seite kämpfen?«

Alexander Newski blickte in die Augen des Großkhans. »Deswegen bin ich gekommen«, sagte er fest und machte Anstalten, sich vor dem Thron niederzuwerfen, doch Möngke hinderte ihn schnell daran. »Euer Wort genügt mir«, sprach er laut. »Euren Tribut und Eure Heerespflicht als Lehnsmann leistet Ihr sowieso meinem verehrten Onkel Batu, da genügt es mir, in Euch einen Freund zu wissen.«

Mit den Worten »Trinkt mit uns!« zog er Newski neben sich. Und sie tranken und tranken.

Weit nach Mitternacht sickerten die Verschwörer – wie ihnen Oghul Kaimisch befohlen – aus den Nebenzelten ins Hauptzelt ein. Sie stellten sich volltrunken, was bei den Mongolen nichts Verwerfliches war. Sie bemühten sich, durch das Gewühl der Zecher nach vorne zur Empore zu gelangen, um dicht an den Großkhan und seine Freunde heranzukommen. Dort wollten sie gleichzeitig die Dolche zücken und von allen Seiten auf den Herrscher eindringen. Einer würde sein Ziel, Möngkes Herz, schon erreichen, denn so viele Arme hatten die Leibwächter nicht, und auch sie schienen schon stark berauscht. Die Attentäter nahmen es in Kauf, daß Betrunkene sie an den Armen faßten, sie rülpsend, freundlich lachend und scherzend unterhakten und mit sich zogen. Doch als sie die Zechkumpane abschütteln wollten, wurden die Griffe plötzlich zu eisernen Klammern; die Arme wurden ihnen ruckartig auf den Rücken gedreht, und sie wurden freundlich aus dem Hauptzelt hinausbefördert, bis vor die Tische, wo die Waffen lagerten. Dort wurden sie unter Scherzen Bulgais Ordnungshütern übergeben, ohne daß sich die Griffe lockerten. Die Hände wurden ihnen auf den

Rücken gebunden, und sie wurden nach versteckten Waffen abgetastet. Fand sich ein Dolch, wurde dessen Träger gleich weitergeschleppt in die Dunkelheit vor den Zelten. Dort standen die Henker des Oberrichters bereit. Nur das schwache Fackellicht ihrer Helfer beleuchtete die Szene. Ein Tritt in die Kniekehlen, und schon hob sich der Säbel und schlug zu, der Kopf fiel in den Sand, der Rumpf wurde zur Seite geräumt. Das Verfahren zeitigte einwandfreie Ergebnisse, belegt durch die wachsende Anzahl von Köpfen. Niemand protestierte, und es gelang keinem einzigen der Klangarde von Oghul Kaimisch, auch nur in die Nähe der Empore zu gelangen, auf der Möngke und seine Freunde zechten. Die Leibwächter des Khagan bedauerten das zutiefst, denn sie hatten keineswegs getrunken, nicht einen Tropfen, und hatten herzlich darauf gehofft, daß sich wenigstens einige der Attentäter bis zu ihnen durchschlagen würden, damit sie zum Ausgleich an ihnen ihr Mütchen kühlen konnten.

Als der Oberrichter glaubte, die Gefahr beseitigt zu haben, befahl er, die Regentin und die Mutter des Schiremon mitsamt Gefolge aus ihren Jurten zu holen und zur Hinrichtungsstelle zu führen.

»Seht nach, Oghul Kaimisch«, höhnte Bulgai und zwang sie, die Köpfe anzusehen, »ob noch jemand fehlt!«

Dann ordnete er an, sie und ihre Begleiter zu fesseln. Da Oghul Kaimisch keine Antwort gab, ließ der Oberrichter noch einige Köpfe aus ihrer Gefolgschaft hinzufügen, ihre Söhne wurden jedoch verschont. Sie mußten mit Entsetzen ansehen, wie ihre Freunde ihr Leben verloren.

Schließlich raffte sich die Regentin auf und stieß hervor: »Ich vermisse niemanden mehr.«

Der Oberrichter war mit seiner Arbeit zufrieden. Er begab sich in das Empfangszelt und flüsterte lange mit dem Großkhan, bevor er sich, so unauffällig, wie er gekommen war, wieder entfernte.

Möngke erhob sich nicht, sondern teilte das Geschehene nur seiner nächsten Umgebung mit, seinen Brüdern und dem Khan der Goldenen Horde. Batus Einverständnis mußte ihm das wichtigste sein bei diesem ersten, wenn auch unerfreulichen Akt seiner Regierung.

Vorher verabschiedete er jedoch die Frauen und wünschte ihnen eine gute Nacht.

Als sie gegangen waren, sagte Möngke ruhig, als müsse er das Geschehen seinem Gast, dem russischen Fürsten, erklären: »Schlechte Verlierer haben den Versuch unternommen, das Rad der Geschichte zurückzudrehen. Sie haben den im Kuriltay geäußerten Willen des Volkes der Mongolen mißachtet, das mich zu seinem Großkhan erwählt hat. Sie sind in dieses Zelt eingedrungen, um mich zu töten.«

Er ließ diese Eröffnung kurz wirken – besonders erschrocken zeigte sich niemand – und fuhr dann fort: »Alle, die ihre Hand dazu hergaben, sind des Todes. Die Urteile wurden bereits vollstreckt.«

Schiremon, der als einziger die Bewegungen im Saal wahrgenommen hatte, war blaß geworden.

»Die Anstifterinnen zu diesem Verbrechen, Frauen, die in die Sippe der Dschingiden eingeheiratet haben, sind geständig. Über sie werden wir zu Gericht sitzen. Bis dahin werden sie mundtot gemacht.«

Schiremon stutzte. Seine törichte Mutter weilte demnach noch unter den Lebenden. Er war sich nicht sicher, ob er ihr das wünschen sollte.

»Die Söhne des Guyuk sollten die Nutznießer des Komplotts sein – ob sie davon wußten, es nur duldeten oder es gar förderten. Sie sind Nachkommen des Dschingis-Khan, und deshalb soll kein Henker Hand an sie legen, doch ich will sie auf der Stelle verbannt wissen, und kein Klan der Mongolen soll sie mehr aufnehmen.«

»Ein weises Urteil«, sagte Batu in das Schweigen, »und zugleich ein Exempel für das, was einem Herrscher alles auferlegt wird. Wir sollten auf deine Regierung trinken, Möngke, denn ich liebe dich wie meinen Sohn. Auf dein Wohl und auf lange Herrschaft!«

Sie tranken, und dann hob Alexander Newski seinen Becher und sprach: »Ich will dem Trinkspruch noch den Wunsch nach dem Glück hinzufügen, denn das kann man nicht erringen. Es wird von Gott geschenkt!«

Und sie tranken und tranken.

Andreas von Longjumeau war gleich nach der ›Audienz‹ von den Leuten des Bulgai wieder in seinem alten Gemach einquartiert worden. Diesmal schlief er vor Erschöpfung und Hunger gleich ein. Er wurde erst wach, als tief in der Nacht die Frauen wieder in den Vorraum gesperrt wurden. An der Kleidung erkannte er durch die offene Tür die Regentin Oghul Kaimisch und die Mutter des Schiremon samt Hofdamen, die schon am Morgen bei ihnen gewesen waren. Er vernahm leises Wimmern und verhaltenes Schluchzen, doch das rührte ihn nicht sonderlich. Er wollte endlich wissen, wer der neue Großkhan war. Da die Wachen vor dem Audienzzelt standen und dem Innern den Rücken zukehrten, faßte er sich ein Herz und schlüpfte in die Nachbarkammer.

Ein verstörtes Zischen wie Furzen ertönte – Andreas schämte sich des Vergleichs –, und er erschrak furchtbar, als er sah, woher es kam. Unter den Hauben hatten sich ihm grinsende Masken zugewandt. Wo einst Lippen waren, verlief ein blutiger Strich aufgeplatzten Fleisches: Man hatte den Frauen mit groben Stichen aus Pferdehaar die Mäuler zugenäht, nur in der Mitte steckte ein kurzes Stück Schilfrohr wie das Mundstück einer Flöte. Daraus drangen die unheimlichen Laute, als wolle Beelzebub durch dieses Rohr entweichen. Entsetzt wandte der Dominikaner sich ab, schlug drei Kreuze und stolperte rückwärts in seine Zelle, wo er zu Boden fiel und betete.

Wie lange er so gelegen hatte, wußte er nicht. Grobe Fäuste hatten ihn gepackt und hochgerissen. »Spionierst du immer noch hier herum?« wurde er angefahren. Und die Ordnungshüter schleppten ihn wie einen nassen Sack – in seiner Angst hatte sich sein Gedärm entleert – an den Wachen vorbei ins Freie. Die hielten sich die Nasen zu, während die Ordnungshüter berieten, daß sie den Gesandten so nicht ihrem Herrn, dem Oberrichter, vorführen könnten. Sie brachten ihm einen Eimer Wasser, und er mußte sich vor aller Augen entblößen, um sich von seiner Notdurft zu reinigen. Viele Augen schauten ihm freilich nicht zu, denn die Mongolen schliefen ihren Rausch aus. Andreas war froh, daß er die Entleerung hinter sich hatte, denn er hatte gehört, daß solches Malheur den meisten Delinquenten widerfuhr, wenn sie zur Hinrichtung geführt wurden. Daß ihm dieser Gang bevorstand, war ihm gewiß in Anbetracht der frühen Morgenstunde und der vielen abgeschlagenen Köpfe, die ihn vor Bulgais Zelt aus gebrochenen Augen anstarrten. Andreas faßte sich und begann laut zu beten:

»*Miserere mei, Domine, quia in augustiis sum, maerore tabescit oculus meus, anima mea, et corpus meum.*«

Der völlig übernächtigte Bulgai empfing den Gesandten, ohne aufzusehen, mit unpersönlicher Freundlichkeit – er fertigte gerade die letzten Urteile aus, die diese Nacht mit sich gebracht hatte. »Nachzügler!« scherzte er. »Sie sollen dennoch nicht zu kurz kommen«, wobei er grimmig an die verbliebenen Köpfe des Klans der Regentin dachte. Oghul Kaimisch hatte ihn, den unbestechlichen Oberrichter, noch zu Lebzeiten ihres Mannes, des Großkhans Guyuk, des Unterschleifs und der Veruntreuung von Staatsgeldern bezichtigt, weil der Bulgai ihr nicht willfährig gewesen war, als sie die gefürchtete Rivalin, die untadelige Fürstin Sorghaqtani, des Hochverrats zu beschuldigen suchte. Der Oberrichter war deshalb in Ungnade gefallen, und erst als sich Batu für ihn verbürgte, wurde er wieder in sein Amt eingesetzt, wofür sich die mittlerweile regierende Witwe Oghul Kaimisch eine gewisse Dankbarkeit erhoffte. Doch Bulgai war nicht korrupt, er wartete geduldig auf den Tag der Vergeltung. Und nun war er gekommen.

»Hier ist Euer Akkreditiv als offizieller Gesandter des Großkhans«, sagte der geschäftige Oberrichter und überreichte Andreas eine gesiegelte Pergamentrolle.

»Dann kann ich endlich« – Andreas vermochte sein Glück nicht zu fassen – »vom Großkhan in Audienz empfangen werden!« jubelte er.

»Nein«, erwiderte der Bulgai kühl, »damit steht Ihr unter dem persönlichen Schutz des Großkhans und könnt nun die gesicherte Heimreise antreten!«

»Aber ... aber er, ich meine den großen Kha ... Khagan, den mä ...

mächtigsten Herrscher der Mongolen, er ... er hat mich doch noch gar nicht empfangen!« stotterte Andreas.

»Das ist auch nicht notwendig«, entgegnete ihm der Oberrichter und wandte sich wieder den weniger lästigen Aufgaben zu. »Wir wissen jetzt, was Ihr von uns wollt, und Euch ist unsere Antwort geläufig – oder nicht?«

»Doch, doch!« beeilte sich Andreas von Longjumeau zu bestätigen und schickte sich an, das Zelt zu verlassen.

»Tretet bitte nicht auf die Schwelle!« mahnte Bulgai ihn, und Andreas hielt erschrocken inne.

»Das nächste Mal«, sagte der Mongole, »bringt dieses junge Königspaar mit.« Und er schob wie beiläufig nach: »›Die Kinder des Gral‹, oder wie heißen sie?«

»Roç und Yeza!« fuhr es dem Dominikaner heraus. Er hätte sich auf die Zunge beißen können! Und sich grußlos zum Gehen wendend, setzte er trotzig hinzu: »Für mich gibt es kein ›nächstes Mal‹!«

»Uns ist jeder willkommen, der unsere Wünsche respektiert. Sollte aber noch einer von euch hier auftauchen, ohne Roç und Yeza mitzubringen, so wird man ihn nicht als Gesandten, sondern als Spion behandeln«, beschied ihm der Bulgai zum Abschied.

Andreas wollte aufbegehren – schließlich hatte die Kirche nichts mit den Ketzerkindern zu schaffen –, doch dann besann er sich.

»Ich wünsche Euch eine gute Reise«, sagte Bulgai abschließend, und Andreas wurde zu dem Ochsenkarren geführt, der für seinen Abtransport schon bereitstand.

Als das hochachsige Fuhrwerk rumpelnd das Feldlager verließ, ging im Osten die Sonne auf. Andreas stimmte ein Lied des Dankes an die Gottesmutter an:

»*Ave Maria, nos pia sana.*
Ave tu Virga, expurga vana.
Ave formosa rosa de spina.
Ave annosa glosa divina.
Ave tu scutum virtutum Regina.«

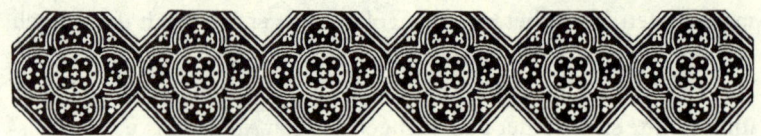

MAPPA TERRAE MONGALORUM
LIBER I
CAPITULUM V

Aus der Chronik des William von Roebruk, Castel d'Ostia, am Fest des hl. Franz von Assisi 1251

Drei Monate bin ich nun schon ›Gast‹ in dieser Burg am Meer, die weniger den Hafen von Rom bewacht als einen Steinhaufen römischer Ruinen vor den Mauern der ewigen Stadt, ein verlassenes Theater eingeschlossen, in dem Schafe weiden. Ich bin auch eines, nicht das geringste Lamm Gottes, sondern unter den Schafsböcken der größte. Hatte ich mir doch eingebildet, daß man mich hier mit offenen Armen aufnehmen würde, nachdem viele Kräfte dafür gesorgt hatten, daß ich mit dem nächsten Schiff übers Mittelmeer nach Italien abfuhr. Sogar die beiden christlichen Ritterorden waren sich wohl ausnahmsweise darin einig gewesen, das Heilige Land künftig vor mir zu bewahren.

Doch mein Orden der Minderen Brüder des heiligen Franz zeigte mir die kalte Schulter, wo immer ich auch an Land ging, und als ich – der politischen Geläufte des Abendlandes des längeren entfremdet – mich auf meine Bekanntschaft mit Elia von Cortona berief, der doch immerhin mal Generalminister der Franziskaner war, da verhafteten Schlüsselsoldaten mich von Bord weg und brachten mich in diese Hafenfestung. Sie gehört zum episkopalen Besitz der römischen Kurie und untersteht Rainaldo di Jenna, seines Zeichens Kardinalerzbischof von Ostia und gebürtig aus dem papabilen Geschlecht der Conti di Segni. Zwei Wochen schmachtete ich als namenloser Bruder Willem aus Flandern in einem Verlies unter dem Kastell, wohl auch unter dem Meeresspiegel, ehe der gütige Herr Kardinalerzbischof auf seinen Fang aufmerksam wurde. Danach konnte ich mich allerdings über mangelnde Aufmerksamkeit nicht mehr beklagen.

»Seine Exzellenz hält sich für einen profunden Kenner der spirituellen Welt des Ostens, wobei er damit keineswegs den klassischen Orient von Tausendundeiner Nacht vor seinem geistigen Auge hat, sondern die unerforschten Weiten des Landes der Tataren.« Der mir dies geschwätzig anvertraut, ist Bruder Thomas, wie ich ein Minderbruder, der im Vorzimmer des hohen Herrn die Besucher notiert. Ehe er mich zu meiner, ihm scheint's geläufigen Person ausfragte, setzte er hinzu: »Seine Exzellenz fühlt sich berufen, der Mongolenfrage zu einer völlig neuen Betrachtungsweise zu verhelfen.« Bruder Thomas hat offensichtlich das Bedürfnis, seinen Posten als Sekretarius seinem Brotherrn nicht durch besondere Loyalität zu vergelten. »Und das innerhalb einer Kurie, die immer noch wie ein Gaul mit Scheuklappen beharrlich die holprige Straße der Vernichtung der Staufer verfolgt, um das Otterngezücht unter den Hufen zu zerstampfen.«

Bruder Thomas ein verkappter Ghibelline? Nein, Thomas von Celano hat sich hier verdungen, weil er ein Buch über unseren Ordensgründer, den heiligen Franz von Assisi, schreiben will. Daher weiß er auch über mich Bescheid: William, das unrühmliche Beispiel eines Minoriten.

»William, wie konntest du nur ausgerechnet vor der Tür dieses Hauses nach Elia von Cortona fragen, dem verfemten, zweimal exkommunizierten Verräter, der zum Kaiser übergelaufen ist und sein Berater gegen die Kirche wurde?«

»Ich dachte«, sagte ich bieder – vielleicht wirklich etwas töricht –, »nach all den Jahren wäre Gras über diese alte Geschichte und über meine Verfehlungen gewachsen. Schließlich ist der Kaiser tot. Ich dachte, der Bombarone könnte mir aus leidvoller Erfahrung raten, wie ich wieder in Gnade vom Orden aufgenommen werden könnte.«

»Wieso?« entgegnete Thomas. »Man hat dich nie aus unseren Reihen verstoßen, du hast dich außerhalb der *regula* gestellt.«

Da fiel mir ein Stein vom Herzen, und ich fragte erleichtert: »Und warum hat man mich wie einen Dieb verhaftet?«

»Damit du uns nicht wieder davonläufst, William von Roebruk!«

Thomas von Celano lächelte verschmitzt. »Der Hausherr, dein Gastgeber, hat ein *Ufficium Studii Mongalorum* eingerichtet, dessen Leitung er einem Mitbruder anvertraut hat, weil der Herr Kardinalerzbischof wohl grundsätzlich alle Franziskaner für geborene Forschungsreisenden hält.« Er lachte. »Nur ist dieser Cremonese noch nie weiter in den Osten vorgedrungen als von Assisi bis nach Jesi in den Marken, doch Seine Exzellenz vertraut – aus mir schleierhaften Gründen – voll auf die Tüchtigkeit des ihm blind ergebenen Bartholomäus von Cremona.«

Mir fuhr ein Schreck in die Glieder, daß ich's im Gedärm spürte. Die Vergangenheit hatte mich eingeholt. Dieser Barth, ein Spitzel der Kurie, hatte mir damals, als mein Irrweg begann, die Abschrift des ›Großen Plans‹ gestohlen. Mein Gott, das lag schon sieben Jahren zurück! Der betrügerische Cremonese mag zwar nicht viel weiter als bis an die Adriaküste herumgekommen sein, aber im päpstlichen Geheimdienst war er zu Hause. Ein Glöcklein klingelte.

»Man ruft uns«, sagte Thomas. »Wann bist du geboren, William?« Er hatte sich die ganze Zeit Notizen gemacht.

»Vor dreißig Jahren.«

Er schrieb es auf, nahm seine Unterlagen und schob mich durch einen engen Gang über eine knarzende Treppe zu einer schweren Eichentür, vor der zwei Wachen standen. Sie warfen einen Blick auf die Unterlagen, bevor sie mich einließen.

Der Raum war hell, die Fenster gingen aufs Meer hinaus. Rainaldo di Jenna saß an seinem Arbeitstisch in einem mächtigen Stuhl mit Ohrenlehnen; Bruder Barth hockte in der Ecke hinter seinem Schreibpult. »Das ist er«, meldete er seinem Herrn, kaum daß ich eingetreten war.

»Nehmt Platz, William«, sagte der Hausherr leutselig. »Wenn ich gewußt hätte, wen ich unter meinem Dach beherberge, säßet Ihr schon längst hier.«

Aha, dachte ich, mein Herr Mitbruder ließ mich also erst mal im Kerker schmoren, beziehungsweise verfaulen. »Das Dach wäre mir lieber gewesen als der Keller, Exzellenz«, antwortete ich, »aber ich bin gewohnt, Widrigkeiten durchzustehen.«

»Das denk' ich mir«, entgegnete er freundlich. »Wer schon einmal die lange Reise hinter sich gebracht hat, wie Ihr damals mit Pian del Carpine, der muß Sitzfleisch haben.«

Seine Stimme hatte einen fragenden Ton, so daß ich genötigt war, gleich auf dieses unangenehme Thema einzugehen. »Ja«, sagte ich bescheiden, »ein weiter Weg, voller Widrigkeiten und Fährnisse, von der Natur aufgetürmt oder von Menschen erdacht, deren fremde Wesensart vom Reisenden erst einmal ergründet werden muß, bevor man sich auf sie einstellen kann.«

»Wohl gesprochen«, lobte mein Gastgeber. »Ich sehe, Ihr seid der Mann, dessen Erfahrungen meinem *Ufficium Studii Mongalorum* hier« – er wies ohne sonderliche Hochachtung auf Bartholomäus – »gänzlich abgehen und der eine Bereicherung für uns sein wird.«

Das hörte sich nach schlecht oder gar nicht bezahlter Arbeit und nach einem längeren Aufenthalt an.

»Könnt Ihr zeichnen, William? Ich meine, graphisch darstellen, ohne daß ich gleich die künstlerischen Talente eines Freskenmalers erwarte?«

Ich nickte, schon weil ich mir alles zutraue und damit stets gut gefahren bin. »Ich wünschte, meine Anlagen wären durch ein Studium gefördert worden«, sagte ich, »doch ich will Euch gern zu Diensten sein.«

»Ihr seid mir ein lieber Gast, William«, schnappte die Falle zu. »Ich denke«, fuhr Rainaldo di Jenna dann fort, »es wäre für jede Art der Beschäftigung mit der Mongolenfrage erst einmal die wichtigste Voraussetzung, sich ein Bild von ihrem Reich und dem Weg dorthin zu machen. Berge und Flüsse, Seen und Wüsten, Städte.«

Das Thema begeisterte ihn sichtlich. »Die Entfernungen und die Größenordnungen, die möchte man auf einer Landkarte vor sich sehen, bevor man strategische Überlegungen anstellt oder politische Schritte einleitet. Ich lasse die ganze Breite dieses Zimmers mit Leinen ausschlagen.« Er wies auf die Längswand, die mindestens fünfzehn Schritt aufwies. »Und unter Eurer Leitung, William, wird diese topographische Darstellung entstehen!«

Heilige Jungfrau! Da hatte ich mir etwas eingebrockt. Auch mein

Dilettantismus in der Landschaftsmalerei würde nicht darüber hinwegtäuschen können, daß ich von Land und Leuten keine Ahnung hatte. Das ahnte der Herr Kardinalerzbischof nicht, und wenn, hätte es ihn wenig gekümmert. Er war von seiner Idee besessen.

»Ich werde Euch ein Gerüst bauen lassen, alle Farben, Pinsel und Materialien besorgen und Euch jede Hilfskraft an die Hand geben, derer Ihr bedürft.«

Gebt mir jemanden, dachte ich, der mir nur ins Ohr flüstert, wie in etwa Gebirge und Ebenen zueinander liegen, der mir die Hand führt bei den ungefähren Umrissen dieser Landmasse. Ich sagte jedoch: »Ich danke Euch für diesen ehrenvollen Auftrag und kann es gar nicht erwarten, mich an die Arbeit zu machen.«

Da läutete mein Gastgeber das Glöckchen, und Bruder Thomas führte mich wieder fort.

Die nächsten Tage vergingen mit den Vorbereitungen, für die Bruder Bartholomäus von Cremona verantwortlich gemacht wurde. Ich beaufsichtigte sie in meiner Eigenschaft als »Besonderer Beauftragter« und hatte immer etwas auszusetzen. Mal war mir das Gerüst zu hoch, mal zu wackelig oder zu unbeweglich, mal die Leinwand zu grob, die Pinsel zu fein. Das Gerüst wurde auf Räder montiert, feinstes Linnen auf Holzrahmen gespannt, die das Auswechseln von Teilen erlaubten, wenn ich mich gar zu arg in den Proportionen verhauen würde. So konnte ich mich darauf hinausreden, daß dies oder jenes noch verständlich im Detail nachzufertigen sei, wenn der große Wurf erst einmal beendet wäre.

Mein Gastgeber strahlte heitere Zuversicht und große Gelassenheit aus, Eigenschaften, an denen ich mir ein Beispiel nahm.

Bruder Thomas mochte ich nicht ins Vertrauen ziehen, meine einzige Hoffnung war Pian del Carpine, seine *Ystoria Mongalorum*. Doch es entsprach der Qualität des fernöstlichen Instituts des Bartholomäus von Cremona, daß dieses Werk wie auch alle anderen Berichte von vorangegangenen Gesandtschaften zum Großkhan nicht in der Handbibliothek des *Ufficium Studii* vorhanden waren. In dieser Reisebeschreibung, daran erinnerte ich mich, denn ich hatte damals ganze Kapitel davon mit eigener Hand zu Pergament bringen dürfen, würde ich fast alles finden, was mir abging und sich aus meinem Gedächtnis verflüchtigt hatte. Der Tag rückte immer näher, da ich auf das Gerüst steigen und vor die leere Leinwand treten mußte. In meinen Träumen wurde es mal zum Galgen, mal zum Blutgerüst, und das weiße Tuch bedeckte sich mit meinem Blut.

Schließlich war der Tag gekommen. Ich konnte den Vormittag noch gewinnen, weil ein furchtbares Gewitter den Himmel verdunkelte, was die willkommene Ausrede unzumutbarer Lichtverhältnisse bot, aber es kümmerte sich keiner um mich. Eine wichtige Gesandtschaft sei eingetroffen, ließ mich Bartholomäus hochfahrend wissen, die Wachen seien aufgezogen, und mir sei weder das Verlassen noch Blicke aus den Fenstern des Kastells erlaubt, jedenfalls nicht auf der Seite meines Arbeitssaales. Dessen Fenster seien verhängt worden.

»Ohne Licht des Tages!?« empörte ich mich schnell. »Wie soll ich da die *Mappa Terrae Mongalorum* –? Unmöglich!«

Doch die Antwort schnitt mir ein weiteres Lamento ab. »Dann wartest du eben, bis die Sonne wieder scheint – oder dir ein Licht aufgegangen ist!« sagte Bartholomäus frech.

Auch meine Anwesenheit beim Mittagsmahl, zu dem man mich aus Anlaß des zu feiernden Arbeitsbeginns geladen hatte, war nicht mehr erwünscht. Wütend aß ich in der Küche beim Gesinde und hörte gar bald, wozu das ganze Getue. Eine stauferische Botschaft sei eingetroffen, darunter der Übeltäter Elia von Cortona, ein alter Mann, krank und gebrechlich. Er bat um Aufhebung des Kirchenbanns, damit er in Frieden in seiner Heimatstadt sterben könne. Der Kardinalerzbischof habe alle anderen Mitglieder der Delegation ins Kastell gebeten, sogar an seine Tafel, nur den armen Elia habe man draußen in Blitz und Donner stehen lassen. Einige behaupteten sogar, daß der ehemalige Generalminister trotz des strömenden Regens immer noch im härenen Büßergewand im Schlamm knie.

Während ich noch darüber nachsann, ob ich von Elia oder Elia von mir ferngehalten werden sollte, legte sich eine Hand auf meine Schulter. Ich sah auf in das verschmitzte Gesicht meines Freundes Lorenz von Orta. Der kleine, drahtige Mann mit dem lichten Haarkranz gehörte der Gesandtschaft an, offiziell als Beichtvater des Bombarone, in Wirklichkeit natürlich »in geheimer Mission«, nahm ich ihm das Wort aus dem Munde, denn das behaupteten wir immer, wenn wir uns trafen. Ich zog ihn in den mit schwarzen Tüchern völlig verdunkelten Saal und zeigte ihm bei Fackelschein das Gerüst und die leeren Paneele dahinter. Ich gestand ihm auch meine Not, daß ich das Bild eines Landes malen sollte, das ich nie gesehen.

Lorenz wäre nicht mein alter Lorenz, wenn er sich nicht an meiner selbst verschuldeten Unbill geweidet hätte, doch dann sagte er: »Das Buch, das du brauchst, wird in der geheimen und schwer bewachten Bibliothek des Castel Sant'Angelo gehütet. Abgesehen davon, daß hier von den Leuten des Jenna sich keiner dorthin traut, denn in der Urbs hat mal wieder das Volk die Macht, bedarf es der schriftlichen Anweisung des Grauen Kardinals, um dort eingelassen zu werden.«

»Ach«, jammerte ich, »dann wird man mich als Lügner entlarven, denn wie sollten wir den jetzt finden? Und wenn, warum sollte der —?«

»Oh«, entgegnete Lorenz lachend, »ich sehe, du hast noch gar nicht begriffen, in wessen Händen du dich befindest! Dein bildungsbeflissener Gastgeber, der nach außen hin so joviale Biedermann Rainaldo di Jenna, hat diese Position eingenommen. Er ist der Graue Kardinal der Kurie, seit der gefürchtete Capoccio das Zeitliche gesegnet hat. Die Frage ist also nicht ›Wie‹, sondern ›Warum sollte er?‹. Laß mich nachdenken, und das empfehl' ich auch dir, lieber William, denn eine Hand wäscht die andere: Du mußt ein Versteck für dich finden, möglichst in diesem Saal, den ich für die kommenden Geheimverhandlungen vorschlagen werde, ein Versteck, in dem du alles hören und mitschreiben kannst.«

»Da muß ich mich nicht lang besinnen«, sagte ich vergnügt. »Hinter der Leinwand führt ein aufgelassener Kaminschlot nach oben aufs Dach. Der ist so breit, daß sogar ich darin hocken kann, und Licht fällt genug durch den Schornstein.«

»Bist du sicher, daß der Feuerabzug nicht mehr in Gebrauch ist?« spöttelte Lorenz. »William als Räucherwurst würde vielen munden!«

»Der neue Kamin ist auf der anderen Seite des Saals«, antwortete ich, während ich schon behende das Gerüst hinaufkletterte, das Paneel zur Seite schob und die verborgene Eisentür öffnete. Ein Schwarm Fledermäuse flatterte mir um die Ohren. Ich schloß mich ein und rief: »Laß uns eine Probe machen!«

Lorenz gab mir keine Antwort. Ich lauschte angestrengt; da hörte ich gleich mehrere Stimmen.

»Eure Wahl, lieber Lorenz«, sagte mein Gastgeber salbungsvoll, »wird den werten William von Roebruk unglücklich machen. Er brennt darauf, mit seiner Darstellung des Mongolenreichs zu beginnen.«

»Er könnte mir zur Hand gehen«, meldete sich Thomas von Celano zu Wort, »er hat eine schöne Schrift.«

Der Schuft! dachte ich, das fehlt mir noch, seiner Biographie des heiligen Franz meine Hand zu leihen! Aber schon mischte sich spitz mein *praefectus Ufficii* ein: »Sicher wird dir Bruder William mit der Schilderung seiner zahlreichen Reisen mit Franziskus dienlich sein«, zischte Bartholomäus anzüglich, doch mein Lorenz gab's ihm. »Wenn du darauf anspielen willst, Barth«, sagte er vernehmlich, »daß William beim Tode unseres geliebten Bruders Franz erst vier Jahre alt war, dann ist deine Bemerkung töricht. William könnte Thomas tatsächlich von manchem Nutzen sein, denn von ihm weiß ich zum Beispiel, an welcher Stelle in der Engelsburg die angeblich verschollene Ordensregel liegt, die berühmte *sine glossa*. Die könnte für dich, Thomas, doch sehr hilfreich sein, soll sie doch den unverfälschten Letzten Willen des Bruders Franz enthalten.«

Danach herrschte beklommenes Schweigen, bis der Kardinalerzbischof sagte: »Ich könnte Bruder Bartholomäus schicken –«

»Besser nicht«, unterbrach ihn Lorenz, »es sei denn, Ihr wollt auf seine weiteren Dienste verzichten, Exzellenz. Den Barth fangen die Häscher des Brancaleone, sobald er vom Tiber seinen Fuß ans Ufer setzt. Der Cremonese ist ein verbrannter Spitzel, doch diesmal würde er tatsächlich dem Scheiterhaufen überantwortet.«

Wieder dieses brütende Schweigen, bei dem man förmlich die bösen Gedanken in den Eierköpfen pochen hörte.

»Würdet Ihr, Lorenz von Orta, mir den Gefallen erweisen, das kostbare Schriftstück dort herauszuholen und hierherzubringen, denn der Wahrheit über den Heiligen von Assisi sollte jede Ehre widerfahren – das ist auch im Interesse der Kirche.«

»Laßt die doch auf sich beruhen, Exzellenz«, wand sich mein Lorenz. »Man bedarf hier meiner.«

»Wenn schon ein William von der Existenz und dem Aufbewahrungsort weiß, dann ist dieses besondere Testament dort nicht sicher – ich geb' Euch mein schnellstes Schiff.«

Lorenz muß ergeben genickt haben, denn das Stimmengemurmel entfernte sich rasch. Ich wartete einige Zeit und kroch dann aus meinem Versteck. Das war auch angezeigt, denn kurz darauf wurden die schwarzen Vorhänge wieder entfernt. Ich schaute hinaus und konnte keinen Elia entdecken. Dann hörte ich in der Küche, der Herr Kardinalerzbischof habe Gnade vor Recht ergehen lassen und den Bombarone im Kerker einquartiert. Das hatte Lorenz wohl zur Bedingung gemacht, denn an das gute Herz des Rainaldo di Jenna mochte ich nicht mehr glauben, seit ich wußte, wer sich hinter der leutseligen Maske und dem heiteren Phlegma des beleibten Herrn verbarg. Und die *regula sine glossa* würde mein Bruder Thomas nie zu Gesicht bekommen – geschweige denn in sein Buch aufnehmen dürfen. Ich habe sie nie gesehen, aber ich weiß aus sicherer Quelle, daß sie klar aussagt, was Franz eigentlich nicht wollte, daß nämlich die Kirche seine »freie Bruderschaft in Christi« in einen Orden preßte. Das war auch Thomas so kraß nicht geläufig, und er schalt mich scherzhaft einen Häretiker.

»Franz hätte auch nie gestattet«, antwortete ich, »ein Buch über ihn zu schreiben, sondern allenfalls seine Worte zu verbreiten.« Ich schwieg mich über weitere Einsichten aus, denn Bartholomäus von Cremona trat in den Saal. Er führte einen rothaarigen Knaben an der Hand, der uns bissig anstarrte. »Niemand hindert dich, werter William«, sagte Barth zu mir, »nunmehr mit der Arbeit zu beginnen. Vorerst werden Bruder Thomas und ich dir zur Hand gehen. Bis der Fortschritt des Gemäldes weiterer Hilfskräfte bedarf, wird unser junger Freund Cenni di Pepo dir die Farben anrühren und die Pinsel reichen.« Er gab dem Jungen einen aufmunternden Stoß, worauf dieser noch feindseliger dreinblickte, und ließ uns allein.

»Der denkt gar nicht daran, sich die Hände schmutzig zu machen«, entfuhr es Thomas empört, und ich mußte schallend lachen.

»Mit deiner Menschenkenntnis ist es nicht weit her, lieber Bruder. Barth kommt mit dem Waschen nicht nach!«

In der Tür räusperte sich der Kardinalerzbischof, der sich offensichtlich den feierlichen Moment des ersten und damit alles entscheidenden Pinselstriches nicht entgehen lassen wollte. Ich wurde ganz ruhig, als ich das Gerüst hinaufstieg. Das ist wohl so, wenn es dann endlich zur Hinrichtung geht. Ich begab mich in die rechte Ecke, ziemlich genau dorthin, wo hinter der Leinwand mein Schlupfloch zum Kamin verborgen lag.

»Freunde«, sprach ich von dort oben zu seiner Exzellenz, »wir, ›der Rest der Welt‹, sind Fremde und können das Wesen der Mongolen nur begreifen, wenn wir von ihrem Denken ausgehen: Sie sind der Mittelpunkt der Welt.« Ich ließ mir von dem nachgekletterten Knaben den Pinsel reichen und tauchte ihn in die rote Farbe. »Der Sitz des Großkhans ist die Stadt Karakorum.« Ich brachte mit bedeutungsvoller Geste einen dicken roten Punkt auf der Leinwand an. »Hier«, ich griff zum schwarzen Pinsel, »halten sie ihre Reichstage ab, Kuriltay genannt.« Ich gab mir Mühe, einen einigermaßen runden Kreis um den Punkt zu ziehen, aus dem das Rot inzwischen wie ein blutiges Omen nach unten über die Leinwand troff.

»Ich sehe, William, aus dir spricht der tatkräftige Kenner«, sagte der Kardinalerzbischof und schaute zu mir auf. »Gesegnet sei deine Hand und das Werk!« Er machte das Kreuzzeichen, und ich kniete auf dem Gerüst nieder. Um meine Hände falten zu können, nahm ich den Pinsel quer in den Mund und schloß ergeben die Augen. Als ich sie wieder öffnete, war er von dannen gerauscht.

Dafür stand der Knabe breitbeinig vor mir und stierte mich herausfordernd an. »Ist das alles, was Euch zur Stadt des großen Khans aller Mongolen einfällt?!« meinte er keck.

»Hör mal, Cenni di Pepo«, erregte sich Bruder Thomas, aber ich unterbrach ihn und fragte freundlich: »Wie alt bist du?«

»Zehn, elf, zwölf«, antwortete der Knabe trotzig, »wer weiß das schon? Meine Mutter ist davongelaufen, und meine Freunde nennen mich ›Cimabue‹.«

»Hoho«, spottete Thomas, »das soll wohl heißen, ›einer, der dem Ochsen die Hörner absägt‹?«

»Das mag in Eurem Fall wohl zutreffen«, wies ihn der Knabe zurecht. »Ich bin einer, der den Stier bei den Hörnern packt!« setzte er stolz hinzu. »Und jetzt gebt mir mal den Pinsel« – das galt mir –, »und erzählt mir von den Mongolen!«

Er hatte mit schnellen, sicheren Strichen, nichts tropfte, über meinem armseligen Kreis einen Herrscher auf einen Thron gesetzt. Dahinter schuf er Mauern mit Zinnen und Türme mit Zwiebelkuppeln. Vor meinen Augen entstand ein prächtiges Bild, obwohl der Knabe nur Umrisse mit schwarzer Farbe hingeworfen hatte.

»Sie errichten ihre Häuser, Jurten genannt, wie große feste Zelte auf Wagen mit mannshohen Rädern, die von Ochsen gezogen werden«, begann ich zu erzählen, während Cimabue die Türme und Dächer mit bunten Farben ausfüllte.

»Gold brauch' ich!« wies er Bruder Thomas an. »Wollt Ihr an der Farbe des Herrschers sparen?«

»Morgen«, vertröstete der geknickt den Künstler, »wir haben nicht daran gedacht.«

Inzwischen rollten Karren mit riesigen Rädern und spitz gewölbten Zelten aus Karakorum heraus und hinein, daß es nur so wogte. Die Ochsen waren Meisterwerke, aber auch die Frauen, die die Gespanne lenkten. Dann berichtete ich von den ungeheuren Reiterhorden der Mongolen, und schon brachen sie auf in alle Himmelsrichtungen, Männer auf ihren Pferden, im wilden Galopp mit Bögen schießend, stark gekrümmte Säbel schwingend.

»Das nenn' ich wahrhaft das Zentrum der Welt!« lobte ich den Knaben aus vollem Herzen. »Wie es seine Eroberer ausschickt –«

»Für morgen besorgt Ihr mir Gold!« schnitt er mir das Wort ab. »Und laßt bis dahin Eure Finger von der Leinwand!« Damit wischte er seine Pinsel ab und verschloß die Farbtöpfe. »Außerdem brauch' ich eine Palette!«

Thomas und ich mußten beide blöd geschaut haben, denn unser Künstler reagierte ärgerlich.

»Laßt nur, ich werde schon eine finden!« Er kletterte behende das Gerüst hinab, warf von unten einen kurzen Blick auf das Werk, seine Stirn krauste sich, aber er hielt sich nicht länger auf, sondern rannte aus dem Saal wie ein Kind, das endlich spielen durfte.

In Festo Omnium Sanctorum 1251

Es dauerte zwei Tage, bis Lorenz von Orta aus Rom zurückkehrte. Der Kustos der Bibliothek hatte auf der Anfertigung einer Kopie bestanden. »Das Original der *regula* bleibt dort, wo es ist, an einem sicheren Ort, und wenn der Papst in persona daherkäme!«

Lorenz hatte also Zeit, sich »etwas umzuschauen«, und zog als Ergebnis die lang vermißte *Ystoria Mongalorum* aus den Tiefen seines Wamses hervor. Er war gerade noch rechtzeitig zurückgekehrt.

Wir hatten inzwischen das weite Land mit Gebirgen und Meeren bedeckt, soweit ich meiner Erinnerung traute. Das Schwarze Meer ragte von links ins Bild, dann türmte sich der Kaukasus auf, das Kaspische Meer folgte. Ich erzählte von der Eisernen Pforte an seinen Ufern, und schon riegelte sie, mit silbernen Spitzen bewehrt, den Durchgang nach Norden ab. »Hier beginnt das Reich der Goldenen Horde«, gab ich mich sicher, »und von oben schiebt der Ural seine Ausläufer hinein.«

»Wie groß ist denn dieser See?« fragte Cimabue mißtrauisch, weil ich beim *Mare Caspicum* auf mehr, noch mehr Größe drängte.

»Mindestens wie ganz Italien von der Lombardei bis nach Apulien!« antwortete ich aufs Geratewohl, und er schwelgte in Lapislazuli, brachte Fische und Boote darin unter. »Dann kommt noch ein Binnenwasser, so groß wie Sizilien, aber es liegt in Istrien und heißt Aralsee.«

»Und dann?« wollte mein kleiner Meister wissen. »Wo sind die endlosen Wüsten, die Berge mit dem ewigen Eis, die so hoch sind, daß ihre Spitzen in den Himmel ragen?«

»Dahin kommen wir noch«, vertröstete ich ihn. Ich hatte mich zu weit vorgewagt. »Weit ist der Weg zum Khan der Khane!« Und tatsächlich trennte uns ein gewaltiges weißes Feld vom fernen Karakorum in der rechten oberen Ecke.

»Und das Meer?« bohrte Cimabue weiter. »Irgendwo muß doch –«
»Nein«, sagte ich entschieden, »nirgendwo stößt das Reich der Mongolen ans Meer, kein Ufer setzt ihnen Grenzen.«

Ich lenkte seine Aufmerksamkeit auf die südlichen Regionen, auf geheimnisvolle Städte wie das Buchara der Teppichknüpfkunst, das reiche und kunstfertige Samarkand und den großen Markt von Taschkent. Das entzündete wunschgemäß des Knaben Phantasie, und er ließ Kamelkarawanen ziehen; Moscheen, Minarette und Muezzine wetteiferten mit Klöstern, riesigen Stadttoren und pilgernden Mönchen.

Das gefiel auch unserem Auftraggeber ungemein. Er übersah unseren bissigen rothaarigen Engel mit dem Rattengesicht und lobte mich, weil ich schnell die Pinsel in die Hand genommen hatte. »Das gemahnt mich an den Zug des Großen Alexander«, begeisterte er sich, »der von Mazedonien aus Kleinasien und Ägypten unterwarf und dann über Babylon bis nach Samarkand vorstieß. Das war die nördlichste Stätte seines Sieges über die damalige Welt. Er überquerte sogar den Indus.«

»Das ist die Figur, der Ihr nacheifert, Rainaldo di Jenna«, ließ sich eine Stimme vernehmen. Ich schaute erschreckter noch als der Kardinalerzbischof auf.

An der Stirnseite des Saales hatte man eine schwarze Sänfte so lautlos hereingetragen, daß weder wir, die wir in unsere Arbeit vertieft waren, noch der Herr des Hauses, der sich an ihr delektierte, es bemerkt hatten.

»Der neue Alexander, nicht nur auf dem Stuhle Petri, sondern auch als Feldherr sein Vorbild übertreffend«, spottete die Stimme, die der eines Mannes glich. Doch ich wußte, daß sich eine Frau in der Sänfte verbarg. »Ich sehe, Ihr laßt bereits die Karten zeichnen, großer Welteneroberer!«

Die erste Reaktion des Kardinalerzbischofs war, uns, die lästigen Zeugen, aus dem Saal zu weisen, der dann sofort wieder mit Tüchern verhängt wurde. Draußen traf ich den zurückgekehrten Lorenz, der mir hastig ein Bündel in die Hand drückte und mir zuflüsterte: »Geh an deinen Platz!«

Ich hatte herausgefunden, wie man vom Dach aus ungesehen in den Kamin einsteigen konnte. Man mußte nur eine Steinplatte heben, und dann führte ein schräger, von Ziegelsteinen getreppter Gang hinunter bis zu der Tür in der Wand. Ich nahm die *Ystoria* gleich mit mir, denn dort war der beste Ort, um sie schnell zu konsultieren, wenn wir unsere Malerei wiederaufnehmen durften.

Als ich bis auf den Kopf im Schlot verschwunden war, fiel mein Blick hinab auf den Vorhof des Kastells. Ich sah Herrschaften mit und ohne Gefolge eintreffen. Viele kannte ich, wie Oliver von Termes und Guillem de Gisors. Es bedurfte nur noch der Ankunft meines ergrauten Zuchtmeisters Gavin Montbard de Béthune, Präzeptor des Tempels von Rennes-le-Château, um mir klarzumachen, daß es sich hier nicht um einen Besuch der Grande Maîtresse bei ihrem Gegenspieler, dem Grauen Kardinal handelte, sondern um eine Geheimkonferenz der Prieuré. Schnell stieg ich hinab und preßte mein Ohr an die Tür. Durch einen Schlitz sah ich nur, daß Fackeln den Raum erhellten, und ich malte mir aus, wie die schwarze Sänfte düster an der Wand stand und ihre geschlossenen Vorhänge keinen Blick auf die amtierende Großmeisterin der Prieuré gestatteten. Wie immer würden acht Tempelritter ihre Sänfte umringen, in langen weißen Mänteln mit rotem Tatzenkreuz auf der Schulter. So würden auch Gavin und Gisors gekleidet sein. Sie würden im Halbkreis vor der Sänfte Platz nehmen, und nicht einmal der Stuhl des Kardinalerzbischofs würde die anderen Sitze in der Höhe übertreffen.

Das dreimalige Klopfen des Abakus zeigte mir den Beginn der Sitzung an. Gavin erhob als erster die Stimme.

»Exzellenz«, sagte er mit dem typischen arroganten Unterton, »dem Bruder Elia habt Ihr ja nun sein Canossa bereitet, nun laßt es damit gut sein.«

Rainaldo di Jenna mußte wohl mit sich kämpfen, ehe er erwiderte: »Ich lasse ihn an dieser Sitzung teilnehmen, doch verlangt nicht von mir, daß ich ihn vom Kirchenbann löse.«

»Im Namen des heiligen Franz, der Christi näherstand als wir alle hier, laßt den Bombarone – wenn schon nicht mit den Segnungen der Kirche – dann wenigstens in Frieden mit seiner Seele sterben.« Lorenz von Orta zeigte Mut. »Auch die Eure, Exzellenz, bedarf der Fürsprache und guter Werke.«

»Mag sein«, entgegnete Jenna ungerührt, »aber ich weiß, daß er nicht bereut. Er ist ein Staufer, deshalb soll ihn der Teufel holen!«

»Das soll dessen Sorge sein«, fuhr die Grande Maîtresse dazwischen, »Euer Sündenregister steht dem von Bruder Elia in nichts nach.«

»Wenn er mir schwört, auf kürzestem Wege nach Cortona zurückzukehren und es bis zu seinem Ableben nicht mehr zu verlassen« – der Kardinalerzbischof gab sich einen Stoß und murmelte einlenkend –, »*lo absolverò*. Doch Konrad, der sich immer noch König deucht, und Manfred, dem Bastard, der in unserem gottgegebenen Lehen Sizilien nach der Macht greift –«

»Haltet ein«, sagte eine deutsche Stimme. »Manfred ist bereit, sich Euch zu unterwerfen, das Lehen aus Eurer Hand zu empfangen, ich bin beauftragt, Euch dieses Angebot –«

»Nie«, unterbrach ihn Jenna, »nie wieder wollen wir das Land an einen geben, in dem auch nur ein Tropfen Blut des Antichristen Friedrich fließt! Spart Euch jedes weitere Wort, Berthold von Hohenburg!«

Wieder stampfte der Abakus auf. »Von Euch, Rainaldo di Jenna«, tönte die Stimme der Grande Maîtresse, »will ich diesen Unfug vom Antichristen nicht hören! Dazu seid Ihr zu intelligent, sonst säßet Ihr auch nicht in dieser Runde. Und so will ich Euch sagen, nie werden wir dulden, daß mit dem Anjou das Blut der Capets hier um ein weiteres Mal mit Königswürden erhöht wird.«

»Venerable Große Meisterin«, sagte der Graue Kardinal, »Ihr verschwendet Eure Gunst an die Verliererseite.«

»Das tun wir seit mehr als tausend Jahren«, kam die Antwort, »seit der Verlierer Jesus, der Königssohn aus dem Hause Davids, im Kampf um Jerusalem unterlag –«

»Aber durch die Kirche Christi die Schlacht um die Herzen der Menschen gewann!«

»Präpotenz der *Ecclesia catolica*! Das ist Eure Schlacht, und gewonnen habt Ihr sie noch lange nicht! Weder die Schlacht Christi noch die Seiner Erben!« entgegnete die Grande Maîtresse.

»Ah, wir kommen zur Sache«, spottete der Kardinalerzbischof. »Wie geht es den Kinderlein?«

Der Abakus stieß dreimal auf. »In diesem Ton sehen wir in der Fortsetzung des Gespräches nur die üble Absicht, uns beleidigen zu wollen. Ich werde mich zurückziehen, bis Ihr Euch besonnen habt.«

»Seid mein werter Gast.«

»Das bin ich schon.«

Schritte verrieten mir, daß die Sänfte mit Eskorte den Saal verließ. Ein peinliches Schweigen folgte, dann ging die Tür wieder, und Guillem de Gisors – er hatte wohl den Vorsitz übernommen – sagte: »Wir begrüßen Bruder Elia von Cortona.«

Darauf ließ sich Gavin vernehmen: »Die Kinder sind inzwischen keine Kinder mehr, sondern zu jungen Herrschern herangewachsen.«

Guillem de Gisors ergriff erneut das Wort. »Ich will festgestellt wissen, daß der Pakt mit den Ismaeliten als aufgehoben betrachtet wird, schon weil die syrischen Assassinen, mit denen er geschlossen war, die Kinder an das östliche Alamut abgegeben haben. Das ist gegen die Bestimmung von Roç und Yeza und bedeutet angesichts der Bedrohung Alamuts durch die Mongolen außerdem eine Gefahr für ihr Leben. Ich bitte um Zustimmung durch Handzeichen.«

Es erhob sich kein Widerspruch, und Gavin sagte: »Wenn wir dem jungen Paar nicht bald Sitz und Macht verschaffen, könnte es eigene Wege gehen, die nicht unseren Zielen entsprechen.«

O ja, dachte ich, Roç und Yeza haben ihren eigenen Kopf, aber es freut mich, von ihnen zu hören, vermisse ich sie doch sehr.

»Wir sollten sie nicht in Alamut lassen«, fuhr der Präzeptor der Templer fort, »sie gehören dem Okzident im umfassendsten Sinn des Wortes, den die Mongolen geringschätzig den ›Rest der Welt‹ nennen, was für uns aber die Vereinigung von Morgenland und Abendland rund um das *Mare Nostrum* beinhaltet.«

»Wer hat sie denn den Assassinen in die Hände gespielt, wenn nicht Euer Orden, mein lieber Gavin Montbard de Béthune?« ließ sich der Kardinalerzbischof sarkastisch vernehmen, eine scharfe Erwiderung des Präzeptors herausfordernd.

»Die Nachstellungen der von Euch, Kardinal, mehr als von jedem anderen vertretenen *Ecclesia romana et catolica* haben keine andere Wahl gelassen.« Gavin bereitete der Disput mit Rainaldo hörbar Vergnügen. »Aber wir haben diese Lösung stets als ein Provisorium betrachtet.«

»Wollt Ihr sie zu uns nach Rom schicken? Die kommen mir nicht ins Haus!«

»Keine Sorge, Exzellenz«, sagte Lorenz von Orta. »So leicht machen wir Euch das Handwerk nicht.«

»Hütet Eure Zunge!« zischte der Kardinal den kleinen Franziskaner an. »*Quod licet Jovi, non licet bovi!*«

Guillem de Gisors ging dazwischen. »Wir sind hier nicht zusammengekommen, um uns zu beleidigen oder zu bedrohen. Die Frage, die ich Euch stellen will, steht unter der klaren Prämisse: ›Weder Manfred noch Charles d'Anjou.‹ Sie lautet: ›Könnt Ihr Euch die Kinder des Gral auf dem Thron von Palermo vorstellen?‹«

Es war einen Augenblick still geworden ob dieses kühnen Vorschlags.

»Schlecht«, antwortete Rainaldo di Jenna nach kurzem Überlegen. »Erstens stimmt die Prämisse nicht, keiner von beiden wird freiwillig den Thron aufgeben. Zweitens gibt es Gerüchte, daß auch in den Kindern staufisches Blut fließt. Drittens, die Gegenfrage: ›Wollen die Kinder dem Papst huldigen?‹ Darauf könnte die Kirche nicht verzichten. Doch wie wär's mit Konstantinopel?«

»Schlecht«, tönte Lorenz von Orta, »darum streiten sich schon drei griechische Kaiser, der von Trapezunt, der Despot von Epiros und der von Nikäa, wobei der lateinische Herrscher Balduin II. noch nicht einmal abgedankt hat.«

»Jerusalem!« Das war das erste Mal, daß ich Elias Stimme wieder vernahm. Sie klang gebrechlich, doch voller Feuer. Jemand lachte.

»Jerusalem?« fragte Gavin. »Wenn die Königlichen Kinder heute dort auftauchen, in diesem Trümmernest, dann denken alle, wir hätten sie abgeschoben. Wir müßten auch die Sultane von Kairo und

Damaskus um Erlaubnis fragen, und außerdem ist der Titel de jure vergeben. Das junge Paar dort zu inthronisieren wäre ein Stich ins Wespennest Outremer.«

»Kaufen!« schlug der Graue Kardinal vor. »Der Titel ist käuflich, öffnet Eure Schatztruhen!«

»Gerne«, sagte der Templer gereizt, »sobald es das Königreich von Jerusalem de facto nicht mehr gibt.«

»Dann gibt es Euch auch nicht mehr!« knurrte Jenna.

Gavin hatte es nicht gehört oder überhört, denn er fuhr fort: »Auf alle Fälle müßte jede Schutzmacht, ohne die eine solche Herrschaft von Roç und Yeza undenkbar wäre, ständig zwischen Syrien und den Mameluken vermitteln, und dazu reicht unsere Kraft nicht aus. Jerusalem bleibt für uns ein unerfüllbarer Traum.«

In die sich anschließende Stille klang die brüchige Stimme des alten Elia. Er sang: »Ein Schifflein auf dem hohen Meer, sein Segel ist die Liebe, sein Mast der Gral so hehr...« Und jemand rief: »Malta!«

Gavin ist sicher gleich dafür, dachte ich, weil er damit den Johannitern eins auswischen kann, die ein Auge auf die Insel haben, doch der sagte: »Das wird schon an der Titelfrage scheitern. ›Könige von Malta‹?«

»Aber es wäre durchsetzbar!« ließ sich der Kardinalerzbischof vernehmen.

»Es würde die Träger klein machen«, hielt Gavin fest dagegen. »Lächerlich, ›Könige von Malta‹!«

»Großmeister von...«, trug Herr Berthold sein Scherflein bei.

»Großmeister eines Ordens?«

»Solange das Wort ›Gral‹ in dessen Namen nicht vorkommt...« Der Graue Kardinal bemühte sich, nicht als einseitig obstruktiv angesehen zu werden. Die Stimmen schwirrten durcheinander.

»Souveräner Orden der Ritter der Rose?«, »Rote Rose auf schneeweißem Feld!«, »Blüte oder Knospe?«

»Ein solcher Orden kann nur anerkannt werden«, schnitt Herr Rainaldo die Diskussion ab, »wenn genügend christliche Ritter ihn tragen und wenn er fest auf das katholische Glaubensbekenntnis gegründet ist.«

»Mit Herrn Gavin als Protektor!« schlug einer vor.
»Warum nicht?« spottete der Graue Kardinal.
»William von Roebruk als Bischof oder im Kardinalsrang?«
»Als Patriarch von Malta!«
In dem lauten Sprachgewirr erhob sich die Stimme von Guillem de Gisors. »Wer ist für Malta? Wir stimmen ab durch Handheben.«
»Dazu bin ich nicht befugt«, meldete sich Herr Berthold. Der Graue Kardinal lachte ihn aus. »Wenn ich einem Gebirge von Sünden und Verfehlungen Verzeihen gewähre wie im Falle des Bombarone und mich dafür dem Groll des Heiligen Vaters aussetze, dann mögt Ihr wohl auf ein kleines Felseneiland verzichten!«
»Verzeihen ist nicht Verzichten«, sagte Herr Berthold, »doch ich will's auf mich nehmen.« Und sie stimmten wohl für Malta ab.
»Jetzt sollten wir die Großmeisterin wieder zu uns bitten«, schlug Lorenz dann vor, doch der Kardinal rief leutselig: »Jetzt gehen wir zu Tisch. Ich habe vor, die venerable Marie de Saint-Clair mit einem köstlichen Mahl zu versöhnen. Kommt, Gisors, kommt, Herr Berthold. Heute wird nicht vergiftet.« Er lachte dröhnend. »Ausschließen muß ich nur den Bombarone, denn ich werd' ihn erst nach Tisch vom Bann erlösen. Dazu hat der Reuige mit nüchternem Magen zu erscheinen!« Er lachte noch dröhnender als zuvor, und der Saal unter mir leerte sich. Nur Gavin und Lorenz blieben wohl noch einen Augenblick allein dort zurück. Die ruhmreiche, geheimnisvolle Prieuré, dachte ich mir, ist auch nicht mehr das, was sie mal war. Verkommen zu einem Haufen von Wirrköpfen, die sich gern reden hören, wobei ihr erklärter Erzfeind in solcher Versammlung das große Wort führen darf. Und das Schlimmste deuchte mich, daß sie nur noch Unfug ausheckten.
»Wie kommt man an Malta?« Die Frage kam von Lorenz. »War nicht Heinrich Graf von Malta der Vater von Hamo L'Estrange, dem Sohn der Gräfin von Otranto?«
»So steht's geschrieben«, sagte Gavin vieldeutig.
Ich wußte es besser, hatte die Gräfin mir doch ihre Geschichte gebeichtet.
»Unser Hamo sitzt behäbig in Otranto, erfreut sich seines jungen

Weibes Shirat und denkt gar nicht daran, die fette Pfründe Malta aufzugeben«, sagte Gavin mißmutig. »Dazu hat er noch den Kallistos-Palast in Konstantinopel geerbt, den sein Vetter, der Bischof, ihm hinterlassen hat. Er ist so träge geworden, daß er nicht einmal hinfährt, um das schöne Erbe, mit üppigen Landgütern und Latifundien gesegnet, überhaupt anzutreten. Er wird noch verfetten wie William!« Gavin traf mich unsichtbaren Lauscher stets ins Mark.

»Ha!« rief Lorenz. »Das bringt mich auf eine Idee!«

Doch Gavin gefiel sich in der Rolle des *advocatus diaboli*: »Solange der junge Graf Otranto für die Staufer hält, haben weder Manfred noch Konrad einen Grund, ihm das Lehen Malta aufzukündigen.«

»Das kann man ändern«, regte Lorenz an. »Der Besitz von Malta ist nicht erblich, sondern an den Titel des Admirals der Flotte gebunden. Daran könnte man den Seneschall des Reiches, Herrn Berthold, erinnern.«

»Besser nicht«, riet Gavin ab. »Bekommen können wir die Insel nur von Hamo, den sie nicht interessiert, mit Ausnahme der Steuern, die ihm von dort zufließen.«

»Also muß er uns Malta abtreten.«

»Bitte«, sagte Gavin, »ich höre.«

»Jemand verunsichert Hamo wegen seiner Ansprüche auf Malta, schildert hingegen seinem Ehegespons Konstantinopel, die Stadt der zwei Welten, in den schillerndsten Farben. Glaubt mir, aus der Einöde von Otranto ist eine junge Frau gar leicht fortzulocken! Gleichzeitig wird die Burg von außen bedrängt, Seeräuber unternehmen in zunehmendem Maße Überfälle, versuchen die Triere zu kapern. Hamo wird immer mürber, Shirat schwärmt von dem herrlichen Ort am Goldenen Horn, sie begeistert sich, bis –«

»– bis der Graue Kardinal beschließt, den Bischofsstuhl in Byzanz wieder zu besetzen.«

»Gavin! Jetzt übertreibt Ihr Euer Spiel als Anwalt des Teufels! Der Stuhl ist seit Jahren vakant.«

»Er hat ihn Andreas von Longjumeau versprochen.«

»Gut, das lass' ich Hamo auch noch wissen. Die Piraten werden immer frecher, und er hat die Frau im Nacken. Dann ergeht das Angebot: Hamo, wir helfen dir. Wir sorgen dafür, daß du in Byzanz ein herrliches Leben in deinem Palast auf deinen Gütern führen kannst, und du trittst im Gegenzug dem Templerorden Otranto samt Malta ab. Das wäre Euer Part. Otranto geben wir dann an Manfred, der uns dafür mit Malta belehnt.«

»Fabelhaft!« lobte Gavin. »Und jetzt auf zur Tafel, sonst ist Seine Exzellenz verärgert!«

Ich verließ mein Versteck ermattet und steif. Der Hunger trieb mich in die Küche. Dort sprach man nur über die Gäste. »Wißt Ihr, William, auch Johannes von Procida, der frühere Leibarzt des bösen Kaisers, ist dabei.«

»Er hat kürzlich Kardinal Orsini von einem schweren Leiden geheilt.«

»Um den armen Elia sollte er sich kümmern!« So ging das Geschwätz, während ich meine karge Bohnensuppe löffelte, etwas Hirsebrei aß und an einem Hühnerknochen nagte. Mehr hatte man mir nicht übriggelassen.

Die Kinder waren also in Alamut! So gut ging es mir hier nicht, daß ich die weite Reise scheuen würde, wenn man mich nur gehen ließe. Aber davor stand sicher die *Mappa*. Dank der Instruktion durch Pians Geschreibsel – wer hätte das gedacht? – sollte es ja wohl möglich sein, das Werk bald zu beenden.

Am Fest der hl. Unschuldigen Kinder 1251

Die *Mappa Terrae Mongalorum* bedeckt jetzt schon so bildhaft und farbig die vormals mich beängstigende leere Leinwand, daß kaum noch weiße Flecken geblieben sind. Das alles dank meiner ›Erkenntnisse‹, die ich mir heimlich im Kamin zu Gemüte führe, und vor allem dank der Phantasie, mit der unser kleiner Meister jede Anmerkung zum Leben des Steppenvolkes in oft bizarre und recht fremdartige Miniaturen umsetzt, so daß ich manchmal denke, Cimabue muß statt meiner die Reise zum Großkhan durchgeführt haben, auf die mich die Prieuré wie in einem seltsamen Traum einst geschickt hatte. Oder er war in einem früheren Leben bereits in Karakorum gewesen. Wir näherten uns dem Abschluß dieser Arbeit, auf die ich als *imitator spiritus* inzwischen richtig stolz bin.

Die Konferenz des Geheimen Ordens mit dem Grauen Kardinal hatte schon deshalb ein alle Seiten wenig befriedigendes Ende gefunden, weil die Grande Maîtresse keineswegs an dem Versöhnungsmahl teilgenommen hatte, sondern bereits vorher, genauso ungesehen, wie sie eingetroffen war, den Ort wieder verlassen hatte.

Auch die ›Lösung‹ des Elia aus dem Kirchenbann hatte nicht stattgefunden, weil der Bombarone, noch während die anderen beim Mahle saßen, einen furchtbaren Fieberanfall erlitt, daß wir schon dachten, sein letztes Stündlein habe geschlagen. Er hatte sich wohl schlimm verkühlt, als er, bei Regen im Schlamm kniend, die Versöhnung mit der Kirche zu ertrotzen suchte. Die *Ecclesia* war zäher als seine schwache Gesundheit. Der anwesende Arzt, Johannes von Procida, ein Anhänger der Staufer, nahm sich des Kranken an und pflegt ihn noch immer, während die anderen bis auf Gavin abgereist sind. Der Präzeptor des Tempels blieb als Gast des Kardinalerzbischofs. Nicht, daß sie eine Art Freundschaft entwickelt hätten, sie reden kaum miteinander, aber sie treffen sich jeden Abend am Schachtisch, der hier im Saale vor dem Kamin steht. Ihre Partien dauern bis tief in die Nacht. Ich habe sie heimlich beobachtet. Es geht ihnen nicht um Sieg noch Gewinn, sondern um die Macht, eine Macht, für die es auf dieser Welt keine Mittel und Wege gibt, sie auszudrücken, noch Personen und Orte, sie zu etablieren. Das wissen beide, und doch kämpfen sie erbittert.

Die Arbeit an der *Mappa* hingegen schreitet mit Riesenschritten ihrem glorreichen Abschluß entgegen. Wir haben das Pamirgebirge im Süden und das Kara-Kitai im Norden hinter uns gelassen, die Wüste Gobi mitsamt Himalaya im Hintergrund unter uns, ein Meisterwerk des jungen Cimabue mit Skeletten der Verdursteten und seltsamen Tiermenschen im ewigen Eis der blauen Gletscher. Der Altai ist das letzte Hindernis, das wir überqueren, die Steinhaufen der Schamanen, einsame farbige Wimpel im Schnee. Dann haben wir das Feldlager des Großkhans erreicht, ziehen mit ihm auf die Jagd, sitzen zu Gericht und verteilen die Erde: Den Nordwesten überlassen wir Onkel Batu, der dort aus Weißer Horde und Blauer Horde das Reich der Goldenen Horde, das Land der Russen, schafft. Den Südwesten bekommt der Il-Khan, Indien, Persien und den ›Rest der Welt‹. Ein anderer bekommt den Südosten, das Land der Cathai.

Cimabue wollte unbedingt noch die Große Mauer malen. Ich war einverstanden, wenn er mir dafür versprach, auf die Ausgestaltung von allem, was ›dahinter‹ liegt – ich denke schon wie ein Mongole –, zu verzichten. Das Problem war nur, daß wir uns nicht über den Verlauf der Mauer einigen konnten. Bartholomäus von Cremona, der *praefectus Studii Mongalorum,* der sich während der Arbeit nie hatte sehen lassen, nahm am Finale regen Anteil, schon um vor dem Grauen Kardinal im vollen Glanz dazustehen. Während er sich mit Lorenz stritt, drückte ich Cimabue ein Goldstück in die Hand, damit er die Mauer, während wir Mittagspause machten, einfach so anlegte, wie es ihm gefiel. »Denk nur daran«, flüsterte ich ihm zu, »sie ist befahrbar, hat alle naslang einen Wachturm und schlängelt sich über Berg und Tal.« Er nickte, und ich sagte noch: »In den freien Raum darunter, in dies Dreieck in der rechten unteren Ecke –«

»Da ist das Land der Cathai!«

»Nein!« gebot ich streng. »Dorthin setzt du eine Tafel mit der Inschrift ›*Mappa Terrae Mongalorum*‹ und mit einer Widmung an Seine Exzellenz Rainaldo di Jenna mitsamt all seinen Titeln!«

Als ich zurückkam, wimmelte es dort natürlich nur so von schlitzäugigen, gelbhäutigen Menschen aus Cathai. Das hatte ich geahnt, aber das schlimmste war der Text des Spruchbandes, das sich um eine Pagode rankte: »*Rinaldus affidavit frati ignoranti Cimabue pinxit.*« Da ich Stimmen hörte, die lauter wurden, verkroch ich mich vor Scham und Wut in meinem Kamin. Der Bengel sollte mir unter die Fäuste kommen!

Es waren Gavin und Lorenz. Gott sei Dank schenkten sie dem glorreichen Abschluß keine Beachtung. »Freunde des Meeres und der freien Handelsschiffahrt haben den Wink erhalten, daß in Otranto lohnende Beute auf sie wartet«, sagte Gavin. »Ihr könnt

Euch also nun dorthin begeben und der Dame den Umzug ans Goldene Horn schmackhaft machen.«

Lorenz schien erschrocken. »So schnell? So habe ich das doch nicht gemeint –«

Ich konnte mir den ironischen Blick vorstellen, mit dem der Templer den kleinen Minoriten maß. »Lorenz von Orta«, sagte er. »Ihr seid lange genug ein Glied in der gleichen Kette wie ich, um nicht zu wissen, daß jeder Gedanke von uns sich im *dictum* manifestiert und jedes gesagte Wort sich in die Tat umsetzt. Sagt jetzt nicht, Ihr wäret Euch der Tragweite Eures Vorschlages nicht bewußt gewesen.«

»Ich nähme es gern auf mich, großmächtiger, unfehlbarer Herr Präzeptor, vor Euch als verantwortungsloser Schwätzer dazustehen, wenn es damit rückgängig zu –« Er wurde vom Lachen Gavins unterbrochen.

»Wie wollt Ihr einen Hecht im Teich noch umstimmen, wenn er den Karpfen gewittert hat! Ihr müßtet ihn fangen! Also zögert nicht länger, sondern eilt, Euren Köder auszuwerfen, sonst war die ganze Angelei für die Katz! Petri Heil!«

»Ihr seid boshaft geworden, Gavin!« bot Lorenz Widerstand. »Meine ebenso törichte wie herzlose Idee kann ich vielleicht noch zum guten Ende bringen. Ich hoffe, daß Hamo und seine liebe Frau in Konstantinopel glücklich werden, und den Kindern wird auf Malta ein sicheres Nest bereitet. Wie steht es aber mit Eurem Teil? Wie werdet Ihr Roç und Yeza aus Alamut herausholen? Wollt Ihr etwa William von Roebruk nach ihnen schicken?!«

Ha, du Schuft, dachte ich, so sprichst du von mir! Doch Gavin lachte nur kurz auf. »Kein schlechter Einfall, Lorenz, und wieder von Euch, aber wie Ihr wißt, ist William dort als Freund der Kinder längst bekannt, und sein Auftauchen könnte ihre Flucht eher erschweren.«

»Denkt nicht an mich«, warnte Lorenz. »Mir reicht, was ich mir bisher eingebrockt habe. Dies ist Euer Süpplein. Ich hoffe, daß Ihr Euch das Maul daran verbrennt oder Euch zumindest heftig verschluckt!« Sprach's und stapfte aus dem Saal.

Das waren also die letzten Nachwehen der Konferenz: ein Furz! Als Gavin gegangen war – ich hörte, er wäre schnurstracks abgereist –, verließ ich mein Versteck. Gerade wollte ich die schmähliche Textzeile mit gelber Farbe überpinseln, als der Herr Kardinalerzbischof einen neuen Gast in den Raum führte. Ich drehte mich nicht um und suchte sie mit meinem Körper abzudecken, doch sie hatten die Schmähung schon entdeckt und lachten schallend. Sie hielten es wohl für einen besonders gelungenen Scherz.

»Unser William ist immer so bescheiden«, lobte mich der Kardinal, »und hat dabei einen ausgesprochenen Sinn für Humor.«

Jetzt mußte ich mich wohl oder übel ihm zuwenden, und mein Humor sackte mir tief in die Hose: Der Gast war Andreas von Longjumeau, dieser ebenso langweilige wie aufgeblasene Dominikaner, der mehrfach meinen Weg aufs Unangenehmste gekreuzt hatte und im Unterschied zu mir schon auf drei tatsächlich durchgeführte Missionen zum Großkhan zurückblicken konnte. Von Erfolg gekrönt war bisher keine gewesen, nun war er also von seiner dritten zurück.

»Wie findet Ihr meine *Mappa*?« fragte der Kardinal stolz. »Sie soll künftigen Delegationen den Weg erläutern und erleichtern.«

Andreas sah mich mißbilligend an und sagte dann zum Kardinal: »Ein schönes Gemälde, zweifellos. Doch ich hoffe, Ihr habt nicht Euer Herz daran gehängt, denn es gibt weder die ewig grünliche Einöde des Landes wieder noch die grenzenlose Stumpfheit der Menschen.«

Ein einladender Wink des Herrn Jenna trug mir die Antwort auf. »Wahrscheinlich hätte ein Dominikaner Umgebung und Wirken eines Franz von Assisi auch als öde und stumpfsinnig beschrieben, weil er Schlichtheit als Dummheit einstuft.«

Der Herr Legatus ging mir voll auf den Leim. »Die Geistesgröße von Minoriten zu beurteilen steht mir nicht an, aber wenigstens leben sie in Sitte und Anstand – bis auf einige unrühmliche Ausnahmen.« Das galt mir. »Die Mongolen treiben es mit ihren Weibern wie das Vieh und sind ein übles Diebesgesindel.«

»Ich sehe«, sagte ich von meinem Gerüst herab, »auf ein Wunder, wie es der Herr nur an Dominikanern zu vollbringen geruht. Ein Tauber und ein Blinder, in einer Person vereint, haben den weiten Weg nach Karakorum und wieder zurück gefunden, ohne gesehen und gehört zu haben, daß die Mongolen ihren Frauen treu ergeben sind und Ehebruch bei ihnen genauso wie das geringste Eigentumsdelikt mit dem Tode bestraft wird.«

»Das mag sein«, schränkte Andreas verärgert ein, »sagt aber noch nichts über Moral und Glauben aus. Ich sehe dort« – er zeigte auf mein Karakorum – »christliche Kirchen in aller Pracht. In Wahrheit lungern dort in elenden Hütten nur ein paar nestorianische Priester herum, die sich dem Trunk ergeben, anstatt den Heiligen Geist im Abendmahl zu beschwören. Das Sagen haben Schamanen, die Geister sehen und die Zukunft aus angesengten Knochen lesen – erbärmliche Zauberer! Und es werden auch Muslime bei Hofe geduldet –«

»Immerhin«, unterbrach ihn der Graue Kardinal, »ist eine Form von Christentum präsent, wie Ihr zugebt, und das hat ausgereicht, daß Ihr Eure Mission erfüllen konntet. Was hat Euch nun der Großkhan für uns mit auf den Weg gegeben?«

»Der ... der Groß ... Großkhan«, Andreas kam ins Stottern, »es ... es gibt gerade keinen!« Dann eröffnete er uns: »Sie hielten gerade ihren Kuriltay, eine Art Reichstag, auf dem sie ihren nächsten Herrscher wählen wollten –«

»Was?« rief Rainaldo di Jenna. »Ihr wollt sagen, Ihr seid abgereist, ohne das Ergebnis abzuwarten und ohne dem neuen Großkhan zu huldigen?!«

Andreas von Longjumeau nickte geknickt. »Ihr wißt ja nicht, Exzellenz, wie man dort behandelt wird! Man reist, wie sie es vorschreiben, man wartet auf Audienz, bis man schwarz wird, und man wird vor die Tür gesetzt, wenn sie genug von einem haben.«

»Das hängt vom Auftreten des Gesandten ab«, sagte ich keck von oben herab, und der Graue Kardinal schickte mir ein Lächeln, in dem Zustimmung lag.

»Wer hatte denn die größten Chancen, gewählt zu werden?« fragte er, wie mir schien, genüßlich lauernd. »Soviel werdet Ihr, lieber Andreas, ja noch mitbekommen haben!«

MAPPA TERRAE MONGALORUM

Dem Legaten war die Frage wohl schon deshalb peinlich, weil er sich nie um die internen Querelen der Mongolen gekümmert hatte. Es war doch völlig gleich, welcher Tatar an der Macht war! Er besann sich lange, bevor er zur Antwort gab: »Sicher ist Schiremon gewählt worden, den schon sein Großvater Ögedai zum Nachfolger seines Sohnes Guyuk bestimmt hat. Und Ögedai ist der Sohn von Dschingis-Khan. Schiremons Wahl war beschlossene Sache.« Doch ihm kamen wohl leise Zweifel, denn er schränkte ein: »Es sei denn, der rangälteste und mächtigste Khan, der Herr der Goldenen Horde Batu, hat einen Strich durch die Rechnung gemacht.«

Der Kardinal wandte sich an mich. »Wie seht Ihr, William, berühmter Kenner des mongolischen Hofes, den Ausgang des Kuriltays?«

Ich überlegte fieberhaft und bedachte schnell alle Andeutungen in der *Ystoria*, die allerdings schon vor vier Jahren niedergeschrieben worden war, und sagte: »Dschingis-Khan hatte mehrere Söhne, von denen Ögedai nur der drittgeborene war. Der vierte und jüngste war Toluy, und von ihm stammen wiederum vier Söhne ab. Ich schätze den Sinn der Mongolen für Linienwechsel ebenso hoch ein wie den für Verjüngung. Deshalb vermute ich, der Erstgeborene des Toluy ist Großkhan geworden!«

»Nie und nimmer!« zischte Andreas voll Verachtung für meine kühne Prognose – oder wollte er mich irreführen?

Der Graue Kardinal lächelte; er ließ Bartholomäus von Cremona rufen und stellte ihn dem Legaten vor: »Der Leiter meiner Kommission für Mongolenfragen.« Dann wandte er sich an seinen Meisterspitzel: »Nun, werter Barth, wer ist Großkhan geworden?«

»Möngke!« sagte der und verbeugte sich.

»Sagte ich's nicht!« rief der Herr Andreas. Der Cremoneser und ich mußten nun den Saal verlassen. Da wir uns nicht riechen können, trennten wir uns sofort. Ich rannte aufs Dach, kroch in meinem Schornstein und kam gerade noch rechtzeitig, um zu hören, daß der Kardinal sagte: »Der von Euch so herabgesetzte Minorit hat wenigstens schon erreicht, daß der Großkhan Guyuk den Kindern huldigte. Dafür haben wir das Zeugnis das ehrbaren Pian del Carpine.

Und Ihr bringt nichts weiter zuwege, als Euch vom leer ausgegangenen Ariqboga das peinliche Ansinnen aufhalsen zu lassen, seine Heiligkeit, der Papst, und der Kaiser, den wir derzeit – und Gott sei's gedankt! – nicht vorweisen können, dürften nach Karakorum kommen und ihren Kotau machen!«

»Dieser William von Roebruk war nie bei den Mongolen!« wehrte sich Longjumeau verzweifelt gegen das Strahlen meines Lichts. Ich hatte das Lämplein eben stets poliert und immer frisches Öl aufgegossen.

»Und wie mag es dann kommen«, bohrte der Graue Kardinal, jetzt ganz Großinquisitor, »daß Möngkes Mutter, wie Ihr selbst berichtet, Euch nach den Kindern ausfragt und selbst der Oberrichter Euch zu ihnen vernommen hat?«

Andreas verstrickte sich mehr und mehr. »Ich habe immer nur gesagt, die Kinder seien die ärgsten Feinde der Kirche!«

»Schlimm genug, damit habt Ihr sie höher gehoben, als sie es verdienen! Was geht die Mongolen unser Verhältnis zu den Erben des Gral an? Hättet Ihr geschwiegen, könnten wir sie als Botschafter der Sache Christi einsetzen. So können sie gegen uns verwandt werden. Ihr habt der *Ecclesia catolica* nichts als Schaden zugefügt!«

Er hatte den Legaten offenbar brüsk entlassen, denn schlürfende Schritte entfernten sich schnell. Vom Bischofsstuhl zu Konstantinopel als Belohnung für den Dominikaner war nicht mehr die Rede. Rainaldo di Jenna schien noch in Betrachtung der *Mappa* zu verharren, denn ich hörte ihn seufzen: »Ach, Alexander!« Dann verließ auch er den Saal.

Ich wurde zum Abendessen geladen, und der Herr Kardinalerzbischof legte mir selbst die besten Bissen vor. Es gab Muscheln in Sud von weißem Wein aus Anagni, der Heimat des Jenna, und Täubchen im Teigmantel mit viel Mandeln und Honig. Danach frische Feigen, im Mus einer gekühlten Wassermelone eingelegt und mit Ingwer und Pfeffer gewürzt.

Am nächsten Tag sollte der inzwischen soweit wiederhergestellte Elia in einer Sänfte zurück nach Cortona reisen. Die Eskorte, die der

Arzt Johannes von Procida besorgt hatte, war sicherlich keine päpstliche, aber darüber wurde hinweggesehen. Vor seiner Abreise ließ Elia sich noch in den Saal tragen, wo ich und Lorenz den Abbau des Gerüstes überwachten. Die schmähliche Schrift in der Ecke konnten wir nicht mehr entfernen. Der Bengel Cimabue ließ sich auch nicht mehr sehen. Die Stimme des Bombarone klang schwach, er winkte uns beide dicht an seine Bahre heran.

»Irgendwann wird hier Crean de Bourivan auftauchen«, flüsterte er, »auf seiner sinnlosen Suche nach Unterstützung für die Assassinen. Ich hab' ihn im Feldlager Manfreds, wo er angekündigt war, versäumt, weil ich meine letzte Reise nicht länger aufschieben wollte. Übermittelt ihm von mir, dem Moribunden, der viele Dinge viel klarer, freier sieht als der in so viele Verpflichtungen verstrickte Konvertit, daß er sich nicht verrennen soll im Widerstand gegen Dinge, die ihren Gang gehen.«

Elia mußte Atem schöpfen und lächelte mir zu. »Es ist wohl besser, Lorenz übernimmt diese Aufgabe. Auf dich, William, hört ja keiner, obwohl die Dinge bei dir stets glücklich gedeihen.« Er wandte sich also an Lorenz von Orta, der im Unterschied zu mir ein Mitglied der Prieuré war: »Charles d'Anjou wird vielleicht, erbost über die mangelnde Unterstützung durch einen offiziellen ›Kreuzzug wider die Stauferbrut‹, seine Bewerbung beim Papst zurückziehen – eine Finte und bestimmt keine Aufgabe seiner ehrgeizigen Pläne! Selbst wenn Konrad oder Manfred Neapel wiedergewinnen sollten, ist der Untergang des Stauferreiches nicht mehr aufzuhalten!« Elia war blaß vor Anstrengung, doch sein Blick bekam etwas Seherisches. »Neapel wird zum Symbol des endgültigen Scheiterns der Staufersippe werden! Damit ist Roç und Yeza nach dem Erlöschen des Geschlechtes der Trencavel jeder dynastische Boden entzogen. Aber es bleibt die spirituelle Macht des Gral, die ihnen niemand nehmen kann. Der Gral muß an seine Ursprünge zurückkehren, ins Heilige Land, nach Jerusalem!«

Seine Stimme wurde immer schwächer. Ich dachte schon, jetzt stirbt er uns unter den Händen.

»Macht die Mongolen zu Soldaten des Gral«, beschwor er uns,

mich jetzt wieder einbeziehend. »Sie, die zwischen allen Religionen schwanken, sind prädestiniert, ihm zu dienen. Gebt die Kinder den Mongolen, denn damit gebt ihr die Mongolen den Kindern!« Er sammelte seine Kraft. »Macht Roç und Yeza zu ihren spirituellen Herrschern, laßt durch sie den Gral über den ›Rest der Welt‹ herrschen, tolerant gegenüber Christentum und Islam, der Reichsidee verbunden, deren Schwertarm nur der Großkhan sein kann. Die Kinder sollen ihm huldigen, sie vergeben sich nichts, im Gegenteil: Sie werden ihm gehorsam dienen und so zugleich Macht über ihn ausüben. Sie werden das, was wir als mongolische Gefahr fürchten, in einen mongolischen Weltsegen verwandeln.«

Die Begeisterung für sein Anliegen machte den Bombarone die Anstrengung, es in Worte zu kleiden, vergessen und verlieh ihm Inbrunst. »Nur eine starke Hand kann rings um das Mittelmeer Frieden stiften! Laßt die Kinder wie ein kostbarer Ring diese Hand schmücken!«

Er ließ sich erschöpft zurückfallen und gab uns Zeit, das Gewölle seiner kruden Gedanken auseinanderzuzupfen. Mir schien es eine abstruse Phantasterei, aber Lorenz nickte einverständig. Deshalb griff ihm der Todkranke an den Ärmel und fuhr hastig fort: »Du mußt es Crean, diesem verbissenen Fanatiker, beibringen!«

Lorenz nickte, aber Elia ließ ihn nicht los. »Wozu also den Assassinen Mut machen, ihre falsche Hoffnung nähren, ihretwegen würde das Abendland noch mal einen Kreuzzug unternehmen?«

Elia zerrte an Lorenz, bis der neben der Bahre niederkniete, und ich tat es Lorenz gleich.

»Huldigt den Mongolen«, krächzte der Alte, »damit sie nicht verärgert sind und Euch strafen! Bereitet ihnen den Weg nach Jerusalem, arbeitet für statt gegen sie!« Der Bombarone beruhigte sich; seine Stimme klang jetzt matt, aber sehr klar. »Aus dem Abendland ist ohnehin keine Hilfe zu erwarten; das Zeitalter der Kreuzzüge ist vorüber. Mit Ludwig hatte es seinen letzten tragischen Helden, und der kehrt bald in die Heimat zurück, ohne etwas ausgerichtet zu haben. Die christliche Welt ist verrotteter denn je. Sie bedarf des eisernen Besens aus dem Osten.«

Da war er wieder aufgeflackert, der luzide Irrsinn im Blick des Elia. Als habe er meinen Widerstand gespürt, legte er seine zitternde Greisenhand auf mein schütteres Haupthaar. »Mein guter William«, flüsterte er, »die Päpste haben die reinen Absichten des heiligen Franz, seinen Aufruf zur Bruderliebe und zum Dienst an Gott zu einem Orden der Kirche umgeformt. Ich bin ihnen dabei zur Hand gegangen, bis ich meinen Irrtum erkannt habe. Seitdem habe ich dafür gekämpft, uns Franziskaner zu freien Brüdern im Reiche zu machen, unabhängig vom Papst und nur ihrem christlichen Gewissen verantwortlich. Der reinen Lehre des Jesus von Nazareth sollen sie folgen und sonst niemandem.« Er sah mich strahlend an. »Ich bin gescheitert«, sagte er, als wäre dies ein Glück. »Ich bin exkommuniziert, was mich mit Stolz erfüllt. Ich bin ein ›Kaiserlicher‹ ohne Kaiser, und als solcher gehe ich ab von der Bühne.« Er sann seinen Worten lange nach, bevor er hinzufügte: »Erspart den Kindern mein Schicksal!«

Wir beteten gemeinsam; dann wurde er in seine Sänfte gebettet, die sich bald unseren Blicken entzog. Mit ihm verlor ich ein Stückchen Okzident, dem ich tief verhaftet und in Liebe verbunden bin. Sein Vermächtnis, eine Hinwendung zu den Kräften des fernen Ostens, ängstigte mich nicht, behagte mir aber nicht im geringsten.

L. S.

AM BRUNNEN VON ISKANDER
LIBER I
CAPITULUM VI

Roç an William, Alamut, in der zweiten Dekade des Januar 1252

Lieber William, jetzt ist es schon ein halbes Jahr her, daß Crean mit unseren Berichten für Deine geheime Chronik abgereist ist, und noch immer haben wir keine Antwort von Dir, wir wissen nicht einmal, ob Du sie sofort erhalten hast. Wie ich Crean de Bourivan kenne, hat der es nur eilig, wenn es darum geht, die Aufträge seiner Oberen auszuführen, doch unsere kleine Bitte zu erfüllen, nämlich Dich schnellstens zu finden, die ist ihm wohl nicht wichtig. Yeza läßt Dich grüßen, sie ist zu beschäftigt mit ihren ›Studien‹, um Dir getreulich zu schreiben. Sie liest in dem untersten Stockwerk der Bibliothek, in der *qubbat al musawa*. Yeza und ihr Meister, den sie hoch verehrt, glauben doch wirklich, daß dieser Name vom geistigen Gehalt des Raumes herzuleiten ist, den sie auch den ›Saal der Doktrinen und ihrer Widersprüche‹ nennen. Ich bin mir hingegen sicher, daß der Name mit der geheimen Konstruktion der Rose zu tun hat. Denn an diesem Ort treffen sich die filigranen Steinrippen, die wie ein Flechtwerk aus den Rändern des ›Topfs‹ – sie sagen ›Blüte‹ – nach oben wachsen und die unsichtbar in die Mauern des Minaretts eingehen, das sie trotz der ungeheuren Last durch die Steine und vor allem durch die vielen Bücher tragen. Ganz zu schweigen von den Geräten der Astronomie oben im Observatorium, wo ich immer noch nicht war. Leider.

Also, hast Du verstanden? Das ist die obere Hälfte, die sich über dem Saal wölbt und ihn erst zum Gewölbe macht. Doch unter dem

Bretterboden, da hängt die gleiche Konstruktion wie ein nach unten durchgebogenes Spinnennetz. Daran ist der schwebende Holzpalast des Imams befestigt, das sogenannte ›Wespennest‹. Ich habe noch nicht herausbekommen, ob auch die Stränge, die vom Zackenrand des Topfes ausgehen, aus gemeißeltem Stein sind oder aus einem härteren, aber biegsamen Material wie geschmiedeter Stahl. Eigentlich müßte es so sein, denn Steine, auch wenn sie noch so gut und genau gefügt sind, müßten ja runterfallen. Ich stelle mir das Ganze wie krumme Säbel vor, die wie Speichen eines Rades ineinander verflochten sind, so daß in der Mitte ein Loch bleibt für das Gestänge, das ja durch die ganze Rose, durch das Wespennest, durch das ›Gewölbe des Ausgleichs‹, durch den Turm des Minaretts bis zum Observatorium reicht. Kannst Du mir folgen, William? Irgendwie muß der Druck des Turms auf den Rand der Blüte genau den Zug der Säbel nach unten festhalten, denn, obwohl der Palast des Imams aus Holz ist, wiegt er einiges, und das Spinnennetz müßte reißen und er in den Topf hinunterfallen. Oder – wenn es aber hält, was es ja tut, wie man sieht, – die Ränder der Blüte müßten abbrechen, der Zinnenkranz der Rose zerreißen. Wenn ich das Rätsel ergründet habe, werde ich es Dir sofort mitteilen, denn das ist hochinteressant und so ungeheuer geheim, daß selbst mein Freund ›Zev auf Rädern‹, der Ingenieur Ibrahim, mir nicht einmal eine Andeutung machen will. »*Stabilitas atque flexibilitas sunt causa ut rosam floreat; donant eam soliditatem et agunt ut bene rosam animam reciprocare posset*«, belehrte er mich. Darüber zermartere ich mir nun jeden Tag den Kopf. Yeza lacht über meine Sorgen. Sie liest in den Werken der Philosophen, die solche Probleme nicht kennen. Sie lernt jetzt wieder Griechisch, um die Texte im Original zu verstehen, und hat keine Zeit mehr, mit mir auf Entdeckungsreisen zu gehen. Sie hat sich überhaupt sehr verändert, seit sie in Ägypten, in der Pyramide, ›Frau‹ geworden ist.

P. S.: Jetzt weiß ich, was die Verräterin in Wahrheit in die Bibliothek treibt: Sie hat sich von dort, über die Treppe zur höher gelegenen ›Höhle der apokryphen Prophezeiungen‹, Zugang zum ›Paradies‹ ver-

schafft. Nicht mal ihr Meister, der weise Herlin, weiß davon. Sie hintergeht ihn, spiegelt ihm Wissensdurst vor und entschwindet in die verbotenen Gärten des ›Paradieses‹! Sie hat es mir gestanden, weil sie mich wohl ärgern wollte. Jetzt gibt sie mit ihrer neuen ›Freundin‹ an. Die heißt Pola, ist doppelt so alt wie Yeza, und – nun kommt das allerschönste – sie ist die jüngere Tochter unseres Crean! Der scheinheilige Mönchssoldat! Nie hat er uns gesagt, daß er mal verheiratet war, und vor allem nicht, daß seine Töchter hier in der Rose aufgewachsen sind. Die andere hat den Namen Kasda und soll sehr absonderlich sein oder jedenfalls abgesondert leben. Sie wacht oben Tag und Nacht über den Gang der Gestirne und bedient die Geräte des Observatoriums. Diese Heimlichtuerei werde ich Yeza heimzahlen! Ich schreib' Dir auch nichts über das ›Paradies‹ mit den Huris, die interessieren mich nicht. Aber den Weg ins Observatorium, den werde ich finden.
Dein Dich liebender Roç
P. P. S.: Vermisse Dich sehr.
L. S.

An William von Roebruk, O. F. M., von Yeza, O. C. M.
Wen, welches Weib, machst Du gerade unglücklich, mein William, auch wenn es Dir als großes Glück erscheint? Mit Roç habe ich einige Schwierigkeiten. Er versteht nicht, daß es Dinge gibt, die man von Frau zu Frau bespricht. Mein kleiner Ritter hat nur Funktionen, nichts als tote Materie im Kopf! Er hält sich wohl für eine Reinkarnation des Pythagoras und des Euklid zugleich, saust im Korb auf und ab, mißt und rechnet, zeichnet die Rose, als hätte man sie mit einem scharfen Messer mitten durchgeschnitten, horizontal und vertikal. Neulich ist er in die *qubbat al musawa* gekommen und hat angefangen, die Bodenbretter zu lösen, um zu sehen, was darunter ist. Natürlich Stein, wo sonst sollten die Kronleuchter festgemacht sein, die den Speisesaal und den Audienzsaal des Herrn Großmeister Muhammad III. beleuchten! Der ist übrigens gerade auf Inspektionsreise zu den benachbarten Assassinenfestungen im

Land, also für etliche Wochen absent. Das ist angenehm, denn wenn er hier ist, herrscht Spannung, und man muß ihm mittags und abends an seiner Tafel Gesellschaft leisten, was furchtbar anstrengend ist wegen seiner verrückten ›Spiele‹ und seines Wahns, immer jemanden strafen zu müssen. Meistens trifft es seinen Sohn, der darob auch schon Anflüge von Irrsinn zeigt, allerdings noch harmlose! Ich sage ›Anflüge‹, weil er glaubt, er könne fliegen, seit er mit der *chorda laxans* wie ein Frosch auf und nieder gehopst ist. Nun muß ›Zev auf Rädern‹ ihm Flügel machen, mit denen er – Gott sei Dank immer noch an der *chorda* – im Kessel der Blüte herumschwirren will wie eine Biene. Neulich hat er es mit einem Tuch versucht, das wie ein Schirm auf Bambusstäbe gespannt war und seinen Fall bremsen sollte. Aber der Stoff klappte sofort zusammen, das Gestänge brach, und er wäre in die Tiefe geknallt, wäre er nicht festgebunden gewesen. Roç findet das natürlich interessant. Ich bin ja froh, daß sich die beiden inzwischen gut verstehen. Früher hat es Reibereien gegeben, und zwar meintwegen, zu blöd! Khurshah ist zwar schon siebzehn, aber er bleibt für mich ein großes Kalb, da braucht sich Roç wirklich keine Sorgen zu machen! Wenn nur mein kleiner Ritter etwas schneller erwachsen würde! Ich glaube, diese Hockerei im Keller bei Zev verzögert es, daß er zum Mann wird. Pola meint das auch. Sie ist die Vorsteherin des Harems, das hier ›Paradies‹ heißt. Wenn Du die jungen Huris allerdings sehen dürftest, William, dann würde Dir das Wasser im Mund zusammenlaufen. Kein Vergleich mit den ›Damen‹, die Dir in Ägypten gefällig waren. Mein Gott, waren das fette Kühe oder ausgemergelte Ziegen! Die Huris hier sind die schönsten Töchter des Landes, blutjung, aber schon ungeheuer erfahren in der Liebe. Dafür sorgt Pola, die die Mädchen auch selber auswählt und dazu verschleiert in einer geschlossenen Sänfte heimlich herumreist und sie den ›dankbaren‹ Eltern abkauft. Pola unternimmt solche Reisen immer, wenn der Großmeister weg ist, damit er sich bei seiner Rückkehr an taufrischen Früchten laben kann. Früher soll er unersättlich gewesen sein. Das war für Pola die schönste Zeit. Sie war damals noch seine Favoritin, jetzt ist sie schon neunundzwanzig, und er bedenkt sie nicht mehr. Sie behauptet, seine

Manneskraft habe nachgelassen, aber ich glaube, sie sagt das nur aus verletzter Eitelkeit. Pola ist immer noch sehr schön und war sicher eine ganz Wilde in ihrer Jugend. Dir, mein William, würde sie sicher noch munden; Du pflückst ja auch reifere Früchte, wie ich mich erinnere. Was macht übrigens Ingolinde, die Hur aus Metz? Sie hat Dich geliebt, mehr, als Du Bruder Leichtfuß es verdient hast!

Pola hat ihre Gemächer im oberen Stockwerk, das wohl ringförmig um die *magharat al ouahi* gebaut ist, wenn ich Roçs Berechnungen richtig verstanden habe. So hat sie Überblick über den gesamten Garten des ›Paradieses‹. Man schaut über die Baumwipfel in die Ferne, saftige Früchte hängen an jeder Pflanze, Rosensträucher blühen und klettern die Mauern hoch. Ihr Duft durchströmt die Gemächer voller samtener Divane, damastbezogener Polster und vielen seidenen Kissen darauf. Überall liegen weiche Teppiche, so daß man gern barfuß geht. Am liebsten bin ich dort ganz nackt und schmücke mich nur mit Perlenketten und Geschmeide aus edlen Steinen, die ganz fein gearbeitet sind. Pola bewundert meine Schlankheit, macht sich aber über meinen Busen lustig. Sie sagt, der sprießt mit der Liebe, aber wann kommt die Liebe? Pola meint, gerade dann, wenn man sie nicht so stürmisch, nicht so sehnlich erwartet. Die Huris unter uns vertreiben sich die Zeit des Wartens mit albernen Spielen wie Fangen mit verbundenen Augen. Sie singen und musizieren auf Saiteninstrumenten, Flöten und mit Schellentamburinen. Es klingt recht mäßig, aber sie tanzen sehr lieblich dazu. Sie wiegen sich graziös in den Hüften, als wollten sie alle Männer in der Rose verführen. Dabei kommt immer nur der Großmeister und besucht eine von ihnen, höchstens zwei. Aber denkst Du, der ließe wenigstens seinen Sohn mal zu den Mädchen? Weit gefehlt! Dabei täte es Khurshah ganz gut, der weiß gar nicht, wohin mit seiner Kälberkraft! Die Huris wohnen ebenerdig in kleinen Zimmerchen, die alle zum Garten hinausgehen. Ich war da noch nicht. Pola sagt, das gehöre sich nicht, daß ich sie besuche und mit ihnen rede. Sie sind vielleicht auch wirklich für mich zu töricht, sie kichern und necken sich immerzu. Keine liest! Nur wenn junge Fida'i auf ein tödlich gefährliches Unternehmen losgeschickt werden, also – unter uns gesagt – jemanden ermorden müssen, dann wird ihnen vorher eine Nacht im ›Paradies‹ gewährt. Da wäre ich ja gerne mal dabei, ich meine, ich würde mir das von oben ansehen, versteckt natürlich, aber da ist Pola streng wie ein Drachen: Kommt nicht in Frage!

Und wenn mein Roç als Fida'i ausgesandt wird, soll ich ihn dann den Huris überlassen? William, wenn ich ehrlich bin, ich möchte seine Huri werden, bevor eine andere ihn in die lustvollen Geheimnisse der Aphrodite einführt – oder mich Amors Pfeil plötzlich trifft und mein Begehren auf jemand anderen lenkt als auf meinen liebsten Roç. Ich kann mir zwar nicht vorstellen, einen Fremden zu lieben, einen Körper, der mir nicht in jeder Faser so vertraut ist wie der von Roç – aber ich sehne mich danach, daß es geschieht, und zwar bald! Wozu bin ich schließlich Frau geworden! Ich werde Roç sagen, daß wir unsere Beiträge zu Deiner Chronik von nun an getrennt schreiben, William. Ich will nicht, daß er das alles liest. Mit Dir ist das was anderes: Für mich bist Du ein Mönch, auch wenn ich damit der einzig keusche Lichtblick in Deinem Lotterleben bin. Es grüßt Dich,
    Deine Yeza, O. C. M.

P. S.: Ich beschäftige mich mit der Astrologia, der Lehre vom Wirken der Gestirne, und habe bereits ein Buch von Al-Kindi gelesen; zur Zeit studiere ich das Werk des Alcabitius zur Sterndeutung. Danach will ich mir den Abu'l Wefa vornehmen. Jetzt weiß ich wenigstens, daß der Alphard auf Unmoral schließen läßt, die Bellatrix auf Geldheirat und wenig Ehr' und der Alnilam auf kurzes Glück. Hingegen kündigt der Sirrah Liebe und Reichtum an. Das Kalb soll Glück bringen, was mich erstaunt, aber so steht es für den Regulus geschrieben. So trete ich nicht ganz unwissend vor Kasda, sollte es mir gelingen, ins Observatorium vorzudringen.

    P. P. S.: Ich weiß, daß das meiste aus meiner geschwätzigen Feder nicht würdig ist, in Deine Geheime Chronik aufgenommen zu werden. Pick Dir nur das heraus wie ein Vöglein, was Dir frommt, mein Bruder!
    L. S.

Roç an William, Alamut, in der ersten Dekade des Februar 1252

Mein guter William, warum kommst Du nicht? Ich schreibe Dir ja gern, aber ich fände es besser, wenn Du bei uns wärst. Yeza besteht jetzt auf ihrem ›Briefgeheimnis‹! Dabei waren unsere Schreiben an Dich auch immer gleichzeitig eine Möglichkeit, uns gegenseitig mitzuteilen, was wir dachten und fühlten. Vieles sagt man sich ja nicht so leicht, und Yeza wird immer schwieriger. Auf jeden Fall habe ich eine Expedition in Vorbereitung, zu der sie nicht nein sagen kann. Ich habe nämlich einen neuen Freund. Ali ist zwar gut zu mir, aber ziemlich langweilig. Er interessiert sich nur für Mädchen, davon redet er, aber es gibt hier keine. Jetzt will er Fida'i werden, nur damit man ihn zu den Huris läßt. Ich hab' ihm gesagt, dafür müßte er erst mal mit dem Dolch perfekt umgehen können. Nun übt er jeden Tag, und wenn er mich sieht, dann stürzt er sich auf mich mit Gebrüll, und ich muß ihn jedesmal unterlaufen, aushebeln, ihm die Waffe aus der Hand schlagen oder treten und ihn zu Boden werfen. Das kann ich mittlerweile ganz gut. Wir haben dafür einen Lehrer aus China, der kann zehn aufeinandergelegte Bretter mit der Kante seiner Hand zertrümmern oder fünf Backsteine mit einem Schlag. Dieser Mann scheint wie die Rose am ganzen Körper aus Stahl zu sein: fest und beweglich zugleich! Er hat einen dünnen Bart wie ein Geißbock und meckert auch so. Er kann ›Roç‹ nicht aussprechen, das klingt immer wie ›Lodsch‹. Ich verstehe ihn schlecht, aber er übt mit uns jeden ›Gliff‹ mit viel Geduld. Nur bei Ali ist seine Mühe völlig vergebens, weil der nicht begreift, daß alle Energie vom Kopf ausgeht, der die Muskeln zur Nachgiebigkeit, zum federnden Bereitsein erzieht und den ungestümen Angriff des Gegners in eine Niederlage umlenkt. Bei dieser Schulung habe ich den Omar kennengelernt. Er ist schon neunzehn, sehr groß und stark und ein besonders kühner und edler Fida'i. Er stammt aus der näheren Umgebung von Alamut, einem Bergdorf namens Iskander, das winzig sein muß und nur durch seinen Brunnen berühmt ist. Den ›Brunnen von Iskander‹ kennt jeder, weil der Große Alexander auf seinem Zug nach Indien mal daraus getrunken haben soll. Mir erscheint das zwar eine unglaubwürdige Legende, denn meines Wissens ist der berühmte Held nie in dieser Gegend gewesen und – das hast Du mir beigebracht: ›*Tria, treis, treis, hae, en Issos nikae!*‹ Issos liegt nördlich von Bagdad. Wir sind da durchgezogen, als wir dem Kalifen unsere Aufwartung machten.

Omar hat mich in das Haus seines Vaters eingeladen. Das Problem besteht nur darin – der Imam ist noch immer auf Reisen –, seinem Aufpasser Hasan Mazandari zu entwischen. Yeza hat vorgeschlagen, wir sollten getrennt aus der Rose entweichen. Sie will ihre vertraute Ratgeberin Pola dazu bewegen, sie bei der nächsten Reise mitzunehmen. Die soll unmittelbar bevorstehen, aber die Weiber machen daraus ein großartiges Geheimnis. Jedenfalls habe ich ihr den Ort und den Weg zum Haus des Omar genau beschrieben. Dort wollen wir uns treffen. Ich mußte mir etwas einfallen lassen, damit mein Verschwinden für ein paar Tage nicht auffiel, denn Yeza hat inzwischen durchgesetzt, daß sie ganz offiziell der Obhut von Pola, der Haremsvorsteherin, übergeben ist und bei ihr schläft. So bin ich allein in unserer bisherigen Behausung, die neben der liegt, hängt, klebt, die Crean bewohnt hat. Sie hat den Nachteil, daß man vom Palast aus fast ungehindert hineinschauen kann, jedenfalls brustaufwärts, wie ich festgestellt habe. Wenn ich eine Puppe bastele, die so aussieht wie ich, aber stocksteif im Bett sitzt oder aus dem Fenster schaut, denken die, ich sei krank, und schicken mir den Arzt. Omar hatte die Idee, den Ali einzubinden. Der darf als Geisel zwar auch nicht raus, aber es kümmert sich keiner so um ihn wie um uns, weil der bestimmt nicht wegläuft. Das käme ihm gar nicht in den Sinn. Wir sagten ihm also, daß eine, die schönste Huri, ein Auge auf mich geworfen habe und in einer der nächsten Nächte ein Seil vom ›Paradies‹ hinunterlassen würde, um mich zu sich zu lassen. Weil er mein bester Freund sei, und ich ja schon eine *damna* hätte, der ich treu zugetan sei, was ja auch stimmt, überließe ich ihm meinen Platz. Er müsse sich die kommenden Abende nur hin und wieder in meinen Kleidern und mit meinem auffälligen Turban an meinem Fenster zeigen und auch auf meinem Bett liegen. Ali war ganz Feuer und Flamme, er konnte es gar nicht erwarten, daß ich das Zimmer räumte. Omar band mir jeden Tag einen ungeheuren Turban aus Damast und Brokat mit einer

Pfauenfeder. Mit dem Ungetüm auf dem Kopf stolzierte ich mehrfach an Hasan vorbei, bis der sich an den lächerlichen Anblick – so stell' ich mir Ali Baba vor! – gewöhnt hatte und schon gar nicht mehr hinschaute. Dann kam der frühe Morgen. Omar hatte sich ganz ordentlich für einige Tage zum Besuch seiner Familie von Hasan beurlauben lassen. Gemeinsam staffierten wir Ali aus, der mit dem Stoffballen auf dem Kopf sicher noch trotteliger aussah, weil er auch noch stolz darauf war. Dann packten die beiden mich in einen Korb, mit dem an einem Seil die Waren der Bauern hochgezogen werden, damit das Volk nicht auch noch in den Kessel drängt. Außerdem könnten sich Spione oder, schlimmer noch, Feinde verkleidet einschleichen. Diese Körbe werden von Winden aus der Rose bedient und schweben an einem starken Haltetau über den Seegraben nach unten, wo sie gefüllt werden. Leider werden auch die Abfälle auf diese Weise aus der Festung geschafft, denn im Graben würden sie stinken. Ich mußte mir also gefallen lassen, daß Kürbisschalen, Bohnenschoten und Pferdemist auf mich geschüttet wurden. Dann rannte Omar die Treppen hinunter, wurde von der Wache über eine kleine Ausfallbrücke hinausgelassen und lief zum Warensammelplatz, wo die Körbe ankommen. Er zupfte dreimal am Tau, das vereinbarte Zeichen, und Ali begann mich abzuseilen.

»Sag mir, wie sie küßt!« beschwor ich ihn. Er strahlte vor Wonne und kurbelte so hastig, daß der Korb schwankte und ich dachte, jetzt fall' ich in den Graben. Am anderen Ufer des Sees hatte Omar inzwischen Maultiere angemietet. Als ich anlangte und von den Sklaven auf den Abfallberg gekippt wurde, stand mein toller Freund schon bereit. Er warf einen schwarzen Burnus über mich und setzte mich auf eines der Tiere. Die Bauern und Arbeiter, die herumstanden, dachten wohl, er habe eine der Huris entführt, und machten entsprechend derbe Scherze über unser Schicksal, denn es war bekannt, daß der Imam solchen Frevel grausam bestrafte. Omar gab allen ein ›Schweigegeld‹ und zog mit mir von dannen.

Erst als wir sicher waren, nicht verfolgt zu werden – ich fürchtete Hasans Häscher nicht, doch Omar hätte für mich büßen müssen –, befreite ich mich von der unwürdigen Vermummung. Mittlerweile hatten wir eines der umliegenden Täler erreicht und waren aus dem Blickfeld der Rose entschwunden. Der steinige Saumpfad zog sich in steilen Serpentinen den Berg hinauf, oft so schmal, daß die Maultiere hintereinandergehen mußten. Neben uns gähnten felsige Schluchten, und ich vermied, hinunterzuschauen, doch als ich mich umwandte, da sah ich sie wieder, die Rose. Sie schimmerte in der Tiefe aus den Wassern und wölbte die dunklen Blätter. Aus ihrer Mitte ragte der Stempel der Blüte empor, das Minarett mit der sich drehenden Mondscheibe auf der Spitze. In der aufgehenden Sonne blitzte sie glutrot, als würde sie Strahlen nach uns aussenden. Erschrocken zog ich das schwarze Tuch des Burnus wieder vor mein Gesicht. Omar lachte, während ich mir um ein anderes Mal schwor, bei meiner glücklichen Heimkehr endlich das Geheimnis des Observatoriums dort oben zu lüften. Ob es wirklich stimmt, daß man von dort aus alles in der Welt sehen kann, auch das, was erst in der Zukunft geschehen wird? Das glauben zumindest die Fida'i. Irgendetwas muß schon dran sein, denn woher kann sonst das ganze ›Geheime Wissen‹, von dem Yeza so schwärmt, in die ›Grotte der Offenbarungen‹ einströmen und sich in der ›Höhle der apokryphen Prophezeiungen‹ niederschlagen? Der Ruhm der einzigartigen Bibliothek, das wurde mir da klar, hängt eng mit dem Wirken der Gestirne zusammen. Ewiges Licht bündelt sich dort wie an keinem anderen Ort der Erde. Vom Strahlen der Gestirne bezieht die Rose ihre Macht, doch die kann nur durch die Leistung des menschlichen Genius wirken, die mein ›Zev auf Rädern‹ unten in den dunklen Eingeweiden des Kessels vollbringt. Sein stilles Wirken hält das Planetarium in genau berechneter Bewegung. Ich erschauerte ob meiner Erkenntnis, als hätte ich einen Blick in die Abgründe geworfen, vor denen mich mein Maultier mit seinem tastenden Schritt bewahrte.

»Keine Angst!« rief der vorausreitende Omar mir zu. »Wir haben es gleich geschafft!«

Vor uns, auf einem Bergsattel, lag Iskander. Wenige Häuser und in der Mulde der kleinen Hochebene einige mächtige Zedern. Ihr dunkles Grün gab der felsigen Einöde eine anheimelnde Frische. Friedlich und geborgen lag das Dörfchen. Ich entdeckte auch gleich den

Brunnen. Ein einfacher Ring aus Steinen, die allerdings fremdartig wirkten und übersät waren mit Inschriften, im Laufe von Jahrhunderten, wenn nicht Jahrtausenden eingekerbt, darunter viele Zeichen, die ich nicht entziffern konnte. Den Namen des Großen Alexander suchte ich vergebens.

Wir hielten kurz an, und junge Frauen, die Omar scheint's kannten, so wie sie die Augen herausfordernd niederschlugen, schöpften für uns Wasser, das mit einem Eimer aus großer Tiefe heraufgewunden wurde und deshalb eiskalt war. Omar dankte ihnen. Dann betraten wir das Haus seines Vaters. Die Mutter des Omar war ganz unglücklich ob der Überraschung, die unser Kommen ihr bereitete, und schämte sich, uns nicht festlich empfangen zu haben. Gleich rief sie: »Aziza, Aziza! Lauf und hol deinen Vater herbei!«

Ein junges Mädchen sprang wie eine Gazelle aus der Tür, grinste ihrem Bruder zu, lachte mich frech an und rannte die Anhöhe hinter dem Haus hinauf. Sie stieß einen schrillen Pfiff auf zwei Fingern aus.

»Das ist meine Schwester«, klärte mich Omar überflüssigerweise auf. »Sie hat keine Manieren«, fügte er entschuldigend hinzu. »Sie wächst auf wie eine Wilde, weil sie immer mit meinem Vater die Ziegen auf den Berg treibt, statt meiner Mutter im Haus zur Hand zu gehen. Sie wird bestimmt keinen Mann finden!«

Ich schätzte Aziza so alt wie Yeza. Wenn sie nach ihrer Mutter gerät, wird sie zu einer stattlichen Schönheit erwachsen, und die Männer werden sich die Finger nach ihr lecken wie nach einem fetten Hammelsterz.

Die Mutter des Omar führte uns durch die Diele in den Hof, ein Gärtlein mit einem mächtigen Baum in der Mitte, dessen ausladende Äste Schatten und Kühle spendeten. Sie trug hastig frischen Käse, *jibn tasa*, ofenwarmes Fladenbrot, *chubs*, und gedörrte Feigen, *tin nashif*, auf und nötigte uns zum Willkommensmahl, für dessen Kargheit sie herzlich um Vergebung bat. Dann trat der Vater auch schon durch das hintere Gatter in den Hof. Er trug ein Zicklein im Arm, das erbärmlich meckerte und mähte. Mir zog es das Herz zusammen, als er es seiner Frau gab und die damit im Haus verschwand, wo das Gemecker bald erstarb. Der Vater des Omar war ein Mann, der es sich nicht nehmen ließ, Gästen einen duftenden Braten vorzusetzen, auch wenn er sein einziges Zicklein opfern müßte. Jeder Protest hätte ihn beleidigt.

Leider war mit der Mutter auch Aziza in die Küche gehuscht, und ich mußte mit den gedörrten Feigen vorliebnehmen. Der frische Käse schmeckte vorzüglich, und ich lobte meinen Gastgeber mit vollem Mund. Er war bereits ergraut, sehr stämmig und sicher ungeheuer kräftig. Die Haut seines kantigen Gesichtes war von Wind und Wetter gegerbt, und er hatte diesen Zug von Güte und Grausamkeit um den Mund, der Hirten oft zu eigen. Er verlangte nach *jibn muchammar*, weil nur der den rechten Geschmack entwickele. Aziza brachte das Gewünschte so schnell, daß es mir nicht einmal gelang, ihr in die Augen zu sehen. Ihr Busen ist schon voll entwickelt. Ich tröstete mich über ihr Verschwinden mit dem Käse hinweg, den man kauen mußte wie die Lende einer alten Geiß. Dann brachte Aziza frisches Wasser, und diesmal traute sie sich, mir blitzschnell zuzulächeln, daß ich errötete. Das kleine Biest ging auch nicht wieder, sondern erweichte mit einem stummen Blick das Herz des Alten.

»Ein Freund meines Sohnes ist Teil meiner Familie«, verkündete der beschwörend. »Er kann mich nicht entehren!«

Aziza kletterte neben ihm auf die Bank und setzte sich zu uns. Die Beschwörung galt natürlich meinen unkeuschen Gedanken, und ich mußte an Dich denken, William, wie Du Dich in einer solch prickelnden Situation wohl verhalten würdest? Mit Schrecken dachte ich an die Nacht. Aber Omar würde sicher mit mir im gleichen Zimmer schlafen; das könnte seine ungestüme Schwester vielleicht davon abhalten, die Ehre ihres Vaters zu beflecken, indem sie meine Standhaftigkeit leichtsinnig auf die Probe stellte. Meine Treuepflicht gegenüber Yeza kam mir, ehrlich gesagt, nicht in den Sinn. Da ertönten draußen vor der Tür erregte Frauenstimmen, ängstlich und erfreut durcheinander, und die Mutter stürzte in den Hof. Sie zerrte ihre Tochter von unserem Tisch und rief: »Versteck dich sofort in der Kammer! Die *habibat-al-oula-as-sabiqa* wirft ihr böses Auge auf unser armes Dorf!«

Aziza gehorchte zögerlich. Sie warf mir beim Aufstehen von der Bank einen Blick zu und ließ mich beim Vorbeugen ihren Busenansatz sehen, als wollte sie sagen: »Wenn du mich nicht rettest, dann ...«, und verschwand mit aufreizender Langsamkeit.

Es bedurfte keiner weiteren Erklärung. Ich hatte verstanden, daß Pola in Iskander eingetroffen war – und mit ihr Yeza! Ich hatte meine Gastgeber noch mit keiner Silbe darauf vorbereitet, daß ich hier mit meiner *damna* verabredet war. So schnell hatte ich auch nicht mit ihrem Kommen gerechnet. Und ich war natürlich entsetzt über den Schrecken, den Creans Tochter verbreitete.

»Es gibt auch Mütter, die können es gar nicht erwarten, ihre Töchter der *al muchtara* vorzuführen«, vertraute mir Omars Mutter angstvoll an. »Wenn ihr ein Mädchen gefällt, dann ist es den Eltern versagt, sich ihrem Wunsch zu widersetzen. Sie werden gezwungen, ihr Kind herzugeben. Ich habe nur« – sie blickte entschuldigend zu ihrem Mann und zu Omar –, »wir haben nur noch das eine!«

»Sosehr mich meines einzigen Sohnes Dienst in der Rose ehrt«, fügte der Vater hinzu, »so ungern säh ich meine einzige Tochter im ›Paradies‹!«

»Beruhigt Euch, gute Leut'«, fühlte ich mich aufgerufen, die Regeln der Rose zu erläutern. »Der Dienst des Bruders schließt die gleichzeitige Aufnahme der Schwester aus! Das ist Gesetz!«

»Ach«, klagte die Mutter bitter, »fällt das verlängerte Auge des Imam auf eine Tochter, dann wird der Sohn eben ›ausgesandt‹, das bedeutet, in den sicheren Tod geschickt!«

»Schweig, Weib! Was redest du von Sachen, die du nicht verstehst«, rügte ihr Ehemann. »Ich will meine Aziza behalten und damit –«

In diesem Moment trat Yeza ein, ihr Erscheinen verschlug allen die Sprache, zumal vor der Tür des Hauses die Frauen des Ortes schrien: »Sie kommt, sie kommt, sie besucht das Haus von Azizas Mutter!«

Ich und Omar waren aufgesprungen, um Yeza zu begrüßen. Durch die Diele sahen wir die Sänfte vor dem Hause halten. Pola stieg aus. Sie war in eine rosafarbene *djallabiah* aus Seide gehüllt, ihr Gesicht war von einem *hejab* bedeckt, der die Augen trotz der Schlitze verbarg. Doch beim Aussteigen zeigte sie schamlos viel Bein.

Sie ließ ihre Wachmannschaft vor der Tür warten und betrat das Haus, in dessen Diele ihr die Mutter unterwürfig entgegenschritt. Als ich mich zum Hof umdrehte, war der Vater des Omar verschwunden.

Yeza rief: »Wie gut es hier nach gebratenem Zicklein duftet!« Und sie nahm Pola an die Hand. »Mein Ritter und sein Freund Omar«, sagte sie, wenngleich sie ihn gar nicht kannte, »haben alles zu unserem Empfang vorbereitet.«

Die ›alte Favoritin‹ trat in den Hof, gefolgt von der Mutter, die völlig außer sich war und deshalb vergaß, ihr einen Platz anzubieten, so daß Omar es tat. Er erntete einen glutvollen Blick aus den Augenschlitzen des *hejab*, während Pola sich auf der Bank niederließ. Yeza machte sich sofort mit Heißhunger über den *jibn tasa* her, während *al muchtara* nur nach einem Schluck Wasser verlangte. Die Mutter wollte eilen, aber Omar erbot sich zu diesem Dienst. Ich stellte Yeza der Mutter vor. »Dies ist die Prinzessin des Gral«, sprach ich feierlich, »und ich bin ihr liebster Ritter.«

Yeza verbesserte mich sogleich: »Wir beide sind das Königliche Paar – einer ohne den andern hat wenig Wert. Der Ritter kann seiner Dame untreu werden, die Dame mag ihren Ritter wechseln«, klärte sie die verstörte Mutter auf, die nichts verstand vor Angst, man könne sie nach ihrer Tochter fragen. »Wir sind dazu bestimmt, gemeinsam zu wirken, sind Könige eines Reiches, das nicht von dieser Welt ist.«

Das klang in meinen Ohren so, als hätte sie gesagt: Wir sind dazu verdammt! Da meine Yeza zu klug ist, solche Worte an eine Bergbäuerin zu richten, galten sie wohl mir, denn außer mir und Omar war ja keiner zugegen – von ihrer Freundin Pola abgesehen.

Der Vater des Omar trat zurück in den Hof und trieb zwei weitere Zicklein vor sich her, doch Pola erhob sich. »Liebster Herr«, sagte sie, und ihr Blick wanderte voller Wohlgefallen vom Sohn zu dem kräftigen Vater, »ich kann Eure Gastfreundschaft nicht annehmen, ich muß heute noch weiter.«

Sie reichte die Hand der Mutter, die sie dankbar küßte. »Ich lasse Euch meine Schutzbefohlene zur freundlichen Obhut, bis ich in einigen Tagen wiederkomme, sie abzuholen.«

Dann wandte sie sich an mich und streifte Omar nochmals mit prüfendem Blick. »Es hat mich gefreut, dem kühnen Ritter Roç zu begegnen und Euch beide in guten Händen zu wissen. Das wird auch Hasan Mazandari beruhigt haben, der –«

»O Graus!« entfuhr es mir wenig ritterlich. »Weiß der, wo wir sind?«

»Das nehme ich an«, antwortete Pola. So küßte auch ich ihr die Fingerspitzen, dachte an ihr nacktes Bein und geleitete sie mit Yeza bis vors Haus. Dort standen die Weiber des Dorfes erwartungsvoll im Halbkreis um die Sänfte und tuschelten aufgeregt. Pola schenkte ihnen keine Aufmerksamkeit. Sie umarmte Yeza und verabschiedete sich mit den Worten: »Erhol dich in dieser gesunden Umgebung, Prinzessin, umgeben von starken jungen Recken!«

Das klang beinah, als neidete sie Yeza das Bleiben und als hätte sie gern mit ihr getauscht! So alt war die ›alte Favoritin‹ noch gar nicht! Die Sänfte hob sich und entschwand unter dem Geschrei der Frauen und Kinder.

Dann bereitete sich Iskander auf das Festmahl im Haus des Omar vor, das so besondere Gäste gesehen hatte, daß *al muchtara* kein Auge auf die Töchter des Ortes geworfen hatte. Das blonde Mädchen war eine Prinzessin und der Freund des Omar ein Prinz! Das versprach ein anregendes Palaver nach dem Essen, bei dem man das Königliche Paar aus nächster Nähe begaffen konnte. Der Vater mußte noch zwei weitere Ziegen schlachten, weil jeder im Dorf der Einladung folgen wollte.

Die glücklichen Tage in Iskander flogen dahin wie die Schwalben, die ums Dachgebälk von Omars Elternhaus zwitscherten. Dort oben schliefen wir Männer im Heu, während Yeza bei den Frauen in der Kammer neben der Küche ihr Bett hatte. Der Vater war wieder auf die Bergwiesen gezogen, und die Mutter vermochte Aziza nicht daran zu hindern, ihre Herde jeden Tag an den Ort zu treiben, wo wir uns mit ihr verabredet hatten. Wir streiften durch die Wälder, sammelten wilde Beeren und trockenes Holz, die wir abends mitbrachten, damit die Mutter keine Fragen stellte. Wir molken uns Milch von den Ziegen und rösteten uns allerlei Getier, meist Tauben, die wir um die Wette erlegten. Aziza wußte nicht mit Pfeil und Bogen umzugehen, dafür verstand sie es, unsere Beute geschickt auszunehmen und schmackhaft zuzubereiten. Yeza dagegen war als Köchin eine Katastrophe! Aber das Bergbauernmädchen bewunderte Yezas Schießkünste weit mehr als die meinen. Auch Omar war beeindruckt von dem scharfen Auge und der sicheren Hand meiner Prinzessin, fand es jedoch beunruhigend, daß sie fast alles beherrscht, was einen Krieger ausmacht. Den schlimmsten Schlag versetzte sie ihm, als sie plötzlich ihren Dolch zum Vorschein brachte und ihn mit blitzschneller Bewegung neben Omars Hals in den Stamm eines Baumes schleuderte. »Du hast es noch vor dir, einen Mann zu töten, Omar«, meinte sie lachend, während sie die Klinge herauszog. »Ich nicht mehr!«

Doch bevor ich Omar die Geschichte vom Koch mit dem Hund erzählen konnte, entgegnete er bitter: »Dafür mußt du den Mann, der dich liebt, noch finden, liebe Yeza. Ich habe die Frau, die ich liebe, bereits verloren.«

Das konnte ich nicht auf mir sitzen lassen, und ich rügte meinen Freund: »Dein Schmerz berechtigt dich nicht, meine Liebe zu Yeza in Zweifel zu ziehen. Und sie weiß, daß sie erwidert wird, bis der Tod uns scheidet.«

Omar errötete. »Es lag mir fern, dich zu verletzen, du bist mein Freund, doch weiß ich aus Erfahrung, daß jeder Liebesbund auf Erden vom Scheiden bedroht ist – schon lange, bevor der Tod erlösend eingreift. Wahre und ewige Liebe gibt es nur im Paradies!«

»Bei den Huris?« spöttelte Yeza, beinahe verärgert. »Das verstehst du also unter Liebe!«

»Ich meine nicht die eine Nacht der flüchtigen Begegnung mit einer Unbekannten«, erklärte Omar erregt, »sondern das andauernde Glück, das dir nach dem Ende deines irdischen Lebens zuteil wird.«

»Und daran glaubst du?« fragte ich.

»Freudig und fest!« sagte Omar. »Das gibt mir die Kraft, jeden Auftrag auszuführen, den der Imam mir erteilen mag.«

»Danach bist du vermutlich tot«, entgegnete ich.

Darauf fing Aziza zu weinen an, und Yeza warf mir einen vorwurfsvollen Blick zu, in dem zu meinem Erschrecken ein Anflug von Verachtung lag – aber vielleicht bildete ich mir das nur ein. Yeza tröstete Aziza und murmelte etwas wie: »Die dummen Mannsbilder!«

Seit sie die Bücher der Philosophen liest und vor allem, seit sie Umgang mit dieser Pola pflegt, hat meine Yeza sich sehr verändert. Sie wird mir mit jedem Tag fremder, wenn ich nicht aufpasse. Was soll ich nur machen, William? Rat es mir! Ich lasse mir derweilen nichts anmerken, bin auf der Hut vor Aziza, die mir selbst unter Tränen noch glühende Blicke zuwirft. Ich bin froh, daß ihr Bruder neben mir schläft und sie es deshalb nicht wagen kann, sich mir zu nähern. Eigentlich reizt mich ihre jugendliche Unerfahrenheit auch nicht besonders. Wenn ich ihrem schmachtenden Verlangen nachgeben würde, kämen eine Menge Probleme auf mich zu. Aziza hätte in ihrer kindlichen Aufrichtigkeit und sicher auch Ausschließlichkeit kaum die Stärke einer erfahrenen Frau zu einer Nacht der flüchtigen Begegnung mit dem Unbekannten. Ich seh' sie jetzt schon heulen vor Wut und Verzweiflung! Außerdem ist die Ehre ihrer Familie zu bedenken. Omar würde mir vielleicht verzeihen oder mich zum ritterlichen Duell fordern, auf Leben und Tod, den ich nicht fürchte. Doch Yeza müßte ich fürchten. Sie würde mich nur kurz kalt anschauen, mit einer senkrechten Zornesfalte auf der Stirn, und das wäre der letzte Blick gewesen, den sie mir in diesem Leben geschenkt hätte. Deshalb halte ich mich lieber an Omar. Er hat mir gezeigt, wie man im klaren Bach Forellen mit der Hand fängt und Honig aus dem Nest der Bienen raubt, ohne elendiglich zerstochen zu werden.

Yeza sammelt unter der Anleitung von Aziza Kräuter und hat uns einen Fisch gewürzt und gebraten, den man wirklich essen konnte. Omar hat gescherzt, aus ihr würde doch noch die Frau seines Lebens, doch sie hat ihm geantwortet, sie würde lieber meine Huri im Paradies! Vielleicht sollte ich nicht länger darauf warten? Das Paradies ist fern, aber unsere Liebe ist sicher der Schlüssel zu unserem Glück auf Erden! Ach, William! Da ich seit Tagen an meinem Bericht für Dich hocke und mich um niemanden kümmere, hat Yeza sich schon beschwert, ich würde ihr alles wegschreiben und mir »das gewaltsame Ende eines übereifrigen Chronisten« angedroht. Das kann nur Schlimmes bedeuten, und so schließe ich in Eile,

    Dein unglücklicher Roç
    L. S.

An William von Roebruk, O. F. M., von Yeza, O. C. M.

Warum ist das Leben nicht einfacher, mein William? Seit Tagen genießen wir die frische Luft in den Bergen, den würzigen Duft der Wiesen, den Gestank der Ziegen und die unablässige Aufmerksamkeit der Mücken und Bremsen. Mich hat sogar eine Wespe gestochen! Wohin? In den Po! Zur Kühlung des edlen Körperteils hat uns Omar an einen See geführt. Ich bin gleich hineingesprungen, das Wasser war eisig kalt. Um uns in Bewegung zu halten, haben wir ›Untereinander-Durchtauchen‹ gespielt. Aziza kann nicht einmal schwimmen. Sie stieg aber bis zu ihrem dicken Busen ins Wasser und stellte sich breitbeinig hin, damit Roç zwischen ihren Beinen durchtauchte. Der kann das sehr gut; ich hoffe nur, er hat ihr nicht etwa von unten ins Gärtlein gegriffen, wie er das bei mir immer macht. Die Ziege hat so gequietscht! Dann hat sich ihr Bruder vor mir ins klare Naß gestürzt. Ich glaube, das hat der vorher auch noch nie getan. Jedenfalls hat er wohl die Augen geschlossen und ist an mir vorbeigeschwommen. Ich mußte laut lachen, als sein verwirrtes Gesicht prustend und weit von mir aus dem Wasser auftauchte. Ich rief ihm zu: »Bleib stehen, ich zeig' es dir!« und bin so getaucht, daß ich mich ihm von hinten genähert habe. Ich glaube, ich habe ihn sehr erschreckt, als ich mich an seinen behaarten Schenkeln entlang unter ihm durchschob. Sein Glied streifte meinen Rücken, er machte einen Satz zur Seite und fiel rückwärts um, während ich schnell wieder wendete und genau an der Stelle seelenruhig aus dem Wasser stieg, an der ich abgetaucht war. Ich sagte: »Omar, kannst du denn nicht einen Augenblick still stehen?« und sprang wieder in seine Richtung. Allerdings ließ ich ihn diesmal vergebens warten, weil ich Roç beobachten wollte. Ich erreichte ihn, als er sich gerade mit beiden Händen an Azizas stämmigen Beinen hochgrapschte. Ich kniff ihm von hinten so kräftig in die Eier, daß er hochschoß wie ein aufgeschreckter Krebs und Aziza umstieß. Die schrie wie am Spieß, sie ertränke, dabei hatte sie nur etwas Wasser geschluckt. Dann sagte ich: »Mir reicht's. Ich mache jetzt das letzte Tor, wer kommen will, soll kommen!«

Roç war blitzschnell wie eine Forelle bei mir. Ich spürte seine Zunge flink die Innenseite meiner Schenkel hochgleiten, er bedeckte mein Gärtchen mit Küssen; selbst der Wespenstich erhielt noch einen zarten Trost, bevor mein Ritter völlig ermattet hinter mir aus dem Wasser auftauchte und mich zärtlich von hinten in seine Arme schloß.

William, William! Ich muß es Dir beichten: Ich hatte mir die ganze Zeit vorgestellt, es wäre der männliche Körper des Omar, der mir das alles tat, so daß ich in Gedanken fröstelte, zitterte vor Erregung. Vielleicht war es auch nur die überreichlich genossene Eiseskälte des Sees. Omar jedenfalls hatte meine Einladung in den Wind geschlagen und war mit seiner Schwester längst ans Ufer gestapft.

Dort lagen wir später alle auf dem Bauch zwischen Gräsern und emsigen Ameisen und steckten die Köpfe zusammen. Roç erzählte Geschichten, und ich dachte, warum ist das Leben nicht immer so behaglich kribbelnd wie der Käfer, der über meine Hand läuft, oder von so heiterer Schwerelosigkeit wie der Schmetterling, der um die Blüte vor meiner Nase flattert. Ich fühlte die feuchte Wärme des Grases in mir aufsteigen; ich ertappte mich dabei, wie ich mein Gärtlein gegen den Boden preßte, und lauschte dem Klopfen meines unruhigen Herzens. Ich sehnte mich, ja, nach was sehnte ich mich, wo ich doch alles habe? Ich kann stets der begehrlichen Blicke fremder Männer sicher sein und der Zuneigung Roçs desgleichen. Mir gehört der vertraute Duft seines Haares, die Zärtlichkeit seiner begabten Lippen, die Geschicklichkeit seines Fingers. Ich weiß, der sehnige Körper meines kleinen Ritters hält sich für mich bereit, verhalten noch und unsicher, was mir lieb ist. Und die anderen, die nach Gefahr und Gier riechen, sind ebenfalls nicht unerreichbar, ein Gedanke, der mir auch nicht schlecht gefällt! Schlecht ist nur Yeza, die solches denkt, *mala femina!* William, ich sündige in Gedanken. Erteilst Du mir Absolution? Oder ist mir schon jetzt die Hölle gewiß? Wenn ihre Feuer nur so auf meiner Haut brennen wie die Sonnenstrahlen von Iskander, dann will ich nicht lange fackeln. Doch der Teufel ließ nicht lange auf sich warten, um unser irdisches Glück zu beenden.

Er stand eines frühen Morgens in der Gestalt des lieben Trottels Ali in der Tür. Das ist der Sohn des el-Din Tusi, weißt Du. Mein schlaftrunkener Roç wurde vor Schreck gleich hellwach. Ali war ziemlich zerschunden und stank auch recht, außerdem war er völlig ausgehungert. Omars Mutter wunderte sich über nichts mehr und stopfte ihn liebevoll mit *jibn tasa* voll. Dann mußte er erzählen.

»Ich habe«, wandte er sich entschuldigend an Roç, »jeden Tag mit deinem Turban am Fenster gestanden und auf die versprochene Huri gewartet. Doch die ist nicht gekommen. Dann sah ich eines Tages eine Schnur vor meinen Augen pendeln, und schnell habe ich auf ein Pergament geschrieben: ›Süße Blume meines bis in den Stengel pochenden Herzens, meines erregten Blutes, meiner feurigen Lippen, ich erwarte Dich jede Nacht, um Deinem Herzschlag unter dem Blütenblatt zu lauschen, in Deine brodelnden Säfte zu tauchen und die Glut Deines Kelches zu löschen – Dein Roç.‹«

»O Gott«, sagte Roç, »das hast du in meinem Namen gedichtet und auch noch unterschrieben?«

»Das ist das schönste Liebesgedicht, das ich je gehört habe!« schwärmte Aziza und verschlang Ali mit ihren Kulleraugen. Und Ali schenkte ihr den Blick eines dankbaren Dichters, was die brünstige Ziege noch mehr erhitzte.

»Was sollte ich sonst darunterschreiben?« verteidigte sich Ali, frei von Zweifeln an seiner poetischen Ader. »Du hast es mir doch so aufgetragen!«

»Ah, du wolltest dich an die Huris heranmachen«, goß ich meinen Spott aus.

»Kein Gedanke«, kam Omar seinem Freund zur Hilfe. »Ali sollte nur Roç als Silhouette darstellen, aber nicht als Dichter für ihn auftreten.«

Da fuhr ihm seine Schwester dazwischen. »Ali hat sein Herz sprechen lassen. Ich wünschte, mir hätte jemand in so süßen Worten sein Verlangen –«

»Aziza!« schnitt ihr Omar streng das Wort ab, und das kleine Biest senkte errötend das Köpfchen.

»Weiter!« befahl ich, und Roç verdrehte die Augen und schwieg. Omar warf mir einen komplizenhaften Blick zu, den ich ihm eigentlich nicht hätte erlauben sollen.

»Den Brief habe ich an der Schnur befestigt, und sie wurde hochgezogen. Dann kam die Nacht. Ich verhängte mit allem, was ich fand, auch mit meinen Kleidern, die offene Tür, so daß man vom Palast aus nicht mehr in die Kammer blicken konnte. Ich war nackt bis auf den Turban und wartete im Dunkeln. Nur das Mondlicht fiel durch die Fensteröffnung.«

»Weiter, Ali, erzähl weiter«, drängte jetzt auch mein Roç, und Aziza seufzte: »Wie wundervoll!«

»Ich lag auf deinem Bett«, wandte sich Ali heiser flüsternd an Roç, »und plötzlich verdunkelte sich der Mond, seine Göttin schwebte vor dem Fenster, ihr weißes Fleisch –«

In diesem Moment trat die Mutter in den Hof, und Omar rief: »Aziza soll dir bei der Arbeit zur Hand gehen.«

Verärgert trat seine Schwester ihm unter dem Tisch gegen das Schienbein, doch er blieb unerbittlich: »Du verschwindest augenblicklich in die Küche!«

Sie stand auf und rannte wütend ins Haus.

»Weißes Fleisch«, sagte mein Roç. »War sie nackt?«

Ali nahm den Faden wieder auf. »Nein, nein«, wehrte er ab, »doch sie war so aufreizend verhüllt, daß –«

»Was?«

»Ihre mächtigen Brüste wogten in einem Geflecht aus Perlenschnüren, in ihrem Bauchnabel funkelte ein Diamant, ihre zierlichen Füße steckten in Pantöffelchen aus Seide, und ihr Gesäß wäre fast nicht durchs Fenster gegangen, es war so rund wie der volle Mond.«

Omar lud dem Gast noch einmal die Schüssel mit Käse voll, was beide ablenkte.

»O je«, flüsterte ich Roç zu, »die dicke Laila!«

»Wie?« erwiderte der mißtrauisch. »Du kennst die Huris beim Namen?«

»Von oben«, beschwichtigte ich ihn, »aus Polas Fenster sah ich sie und weiß –«

»Die prächtige Huri hing an einem Strick, der ihr um die Hüften geschlungen war.«

»Du bandest sie los?« drängte Roç.

»Nein«, gestand Ali. »Den Strick und den Diamanten im Bauchnabel behielt sie an. Sie drückte mich zurück auf das Lager und – und führte mich in die warme Höhle der Liebe«, stotterte er verlegen.

»Und du?« hakte Roç nach.

»Ich lag unter ihr, still und steif –«

»Das will ich hoffen«, entgegnete mein Roç, und ich dachte: Oho!

»So taten wir es die ganze Nacht ohne Unterlaß, mal waren es die Schenkel der Schönen, mal mein –«

»Schon gut«, unterbrach Roç ihn schroff, »wir wissen, wie man es macht!«

Omar nahm die Gelegenheit wahr, mich wieder in einer Weise anzuschauen, wie ich es ihm nicht durchgehen lassen will. So überwand ich mich und setzte trocken hinzu: »Der schlichte Vollzug des Liebesaktes interessiert nicht, Ali. Wie geht die Geschichte weiter?«

»Sie heißt Laila.« Ich warf Roç einen triumphierenden Blick zu, den Omar nicht verstand, was mir Spaß machte. »Sie liebt mich inniglich«, gestand Ali, »und auch ich bin ihr ewig gut. Ich schlug ihr die gemeinsame Flucht nach Iskander vor, weil mir sonst kein besserer Ort einfiel, und Laila sagte voller Glück: »Dort, Liebster, wollen wir uns wiedersehen!«

»Weiter, lieber Ali, weiter!« bettelte jetzt auch ich, und Omar unterstützte mich: »Wie endet die Geschichte?«

»Das weiß ich auch nicht!« erwiderte Ali unsicher. »Ich, ich –«, stotterte er wieder, »ich muß dann irgendwann eingeschlafen sein.«

Da lachten wir alle, nur Ali ließ sich davon nicht anstecken. »Als ich aufwachte, war sie fort«, berichtete er betrübt. »Ich dachte an mein gegebenes Versprechen, stopfte alles, was ich fand, in deine Kleider, Roç«, gestand er seine Torheit ein, »setzte der Puppe den Turban auf und verließ die Rose auf dem gleichen Wege wie du, denn ich mußte mich ja eilen, damit Laila nicht vor mir hier eintrifft und vor Enttäuschung –«

Unser herzloses Gelächter ließ ihn verstummen.

»Sie kommt nicht!« beschied Roç den unglücklichen Liebhaber der dicksten Huri, die das ›Paradies‹ je gesehen hat. »Aber durch deine ritterliche Tat hast du unseren Aufenthalt in Iskander beendet. Wir müssen sofort zurück.«

Ich hatte ja eigentlich mit Pola vereinbart, daß sie mich wieder abholt, aber ich wollte Roç, Ali und vor allem Omar nicht allein dem Strafgericht der Rose ausgesetzt wissen, das Hasan ganz sicher über uns Ausreißer verhängen würde. Wenn ich dabei war, würde es nicht zum Schlimmsten kommen, das ich für Omar befürchtete, denn wir waren die Königlichen Kinder und Ali der Sohn des el-Din Tusi. Omar dagegen war ein Fida'i und schuldete Gehorsam bis in den Tod. Das ängstigte mich, und so bat ich seine Mutter, der ›alten Favoritin‹ meine untertänigste Entschuldigung zu übermitteln, weil ich nicht länger warten konnte. Dann brachen wir auf. Wir waren bedrückt, weil wir uns alle des unausweichlichen Urteils bewußt waren, mit dem Omar für diesen Ausflug würde büßen müssen.

Wir kamen am Abend an, und keiner von uns hatte so recht Augen für die Schönheit der Rose, die in der späten Sonne schimmerte und mit jedem Schritt, den wir näherrückten, eine andere zartere Färbung annahm. Es machte keinen Sinn, die Warenkörbe nochmals zu bemühen, und so schritten wir geradewegs auf das verborgene Hauptportal zu. Eines der Rosenblätter senkte sich rasselnd über den Seegraben hinweg. Die Brücke nahm unseren heimkehrenden Trupp auf und führte uns über das Wasser bis vor das große Tor. Es öffnete sich jedoch nur eine kleine Pforte. Hasan stand im Durchlaß und empfing uns mit undurchdringlicher Miene, doch er dämpfte seine Stimme, was mir Hoffnung gab. »*Alhamdulillah!*« sagte er leise. »Allah sei Dank, daß Ihr zurück seid. Der Imam ist soeben von seiner Reise heimgekehrt und hat Euer Fehlen noch nicht bemerkt.«

Er wandte sich an Roç. »Ich werde ihm Euer eigenmächtiges Entfernen verschweigen«, bot er schlitzohrig an. »Ich erwarte von Euch auch kein Wort über den Ausflug nach Iskander, den ich Euch hiermit verzeihe«, fügte er ölig hinzu. »Das gilt allerdings nicht«, seine Stimme wurde wieder hart, »für Euren Führer. Omar weiß, wessen er sich schuldig gemacht hat und was –«

Ich fiel ihm gleich ins Wort. »Wenn du vorhast, Omar hinzurichten, dann werden wir dem Imam deine Verschwörung preisgeben und verraten, daß du es warst, der uns zu dieser Probeflucht aus Alamut überredet und sie uns durch allerlei Hilfestellung ermöglicht hat. Wir werden ihm mitteilen, daß wir – gegen deinen Wunsch und Willen – aus Liebe zum Imam freiwillig zurückgekehrt seien.«

»Ich sehe, Prinzessin, Ihr lernt von dem Geist, der die Rose beseelt, aber ich kann Omar nicht ungestraft lassen –«

»Schick ihn aus, sich zu bewähren«, schlug Roç vor. »Das würden wir noch einsehen, denn es ist schließlich unsere Schuld –«

»Nein, seine«, erwiderte Hasan kalt. »Ihr mögt der Anlaß gewesen sein; Omar aber kennt das Gesetz des Gehorsams und der Disziplin. Ihr könnt es beugen, weil Ihr keinen Schwur als Fida'i geleistet habt, Omar jedoch wohl! Ich werde mir eine die Rose befriedigende Lösung einfallen lassen. Und jetzt geht auf Eure Zimmer, es wird gleich zum Essen gerufen.«

Omar trat zur Seite. Ali verschwand kleinlaut in der Tiefe des Kessels. Vielleicht schämte er sich dessen, was er mit seiner Torheit angerichtet hatte. Aber wahrscheinlich nimmt er den Scherz, den die Huris getrieben haben, für bare Münze und wartet immer noch auf seine Laila. Ich ließ Roç abblitzen, als er mich fragte, ob ich bei ihm nächtigen wolle. »Schlaf du nur allein, vielleicht kommt Laila auch zu dir.« Damit zog ich mich in Polas Gemächer zurück.

Mein lieber William, Du siehst, Alamut hat mich wieder, ich bin müde. Deine Yeza, O. C. M.

P. S.: Mache ich nicht Fortschritte als Deine fleißige Chronistin, in Stil und Duktus? Lob mich mal!

L. S.

DIE SCHWELLE DES BULGAI
LIBER I
CAPITULUM VII

»Die paar Bretterbuden? Nicht einmal eine Stadtmauer!« Der Emir Belkasim Mazandari gab sich nicht die Mühe, seine Enttäuschung zu verbergen. Die Assassinen-Delegation, die er anführte, näherte sich dem Feldlager des mongolischen Heeres, das vor den Toren Karakorums lagerte.

»Wozu brauchen die Mongolen eine Stadtmauer? Wer sollte sie hier angreifen? Die Stadttore dienen nur der Orientierung, zur Kontrolle und gegebenenfalls zum festlichen Empfang der Gäste!« gab el-Din Tusi zu bedenken.

»Für uns sehe ich nichts dergleichen!« bemängelte der Emir. »Wir sollten uns Respekt verschaffen!«

Belkasim führte die Eskorte des weisen Vermittlers el-Din Tusi, und dies auch nur, weil er ein Vetter des Hasan Mazandari war.

»Um Himmels willen!« wehrte el-Din Tusi ab. »Nichts steht uns weniger an! Ich bitte Euch, wenn Euch unser aller Leben lieb ist, bezeugt ihnen und ihren Sitten Achtung – auch wenn Ihr die nicht empfindet!«

»Als weitgereister Mann wollt Ihr doch wohl zugeben«, spöttelte Belkasim, »daß für diese plumpen Zelte in Reih und Glied der Ausdruck ›Stadt‹ reichlich hoch gegriffen ist!«

»Ein solcher Begriff ist ihnen auch fremd«, erläuterte el-Din Tusi sanftmütig, »und wäre auch irreführend. Sie nennen es ›Hauptort‹ und kommen selten und nicht einmal besonders gern dort zusammen. Die Mongolen lieben das freie Herumziehen in den Weiten der Steppe. Deshalb sind ihnen die Jurten und die Ochsengespanne zu deren Transport auch so ans Herz gewachsen, daß sie sich nicht einmal hier davon trennen.«

Von einer leichten Anhöhe überblickten die Assassinen Karakorum nun in seiner ganzen Ausdehnung. Nur wenige, auf Steinfundamenten errichtete Holzbauten zierten die Ortsmitte; der ›Palast‹ des Großkhans lag außerhalb in der Ferne und schien von einer Mauer umgeben. Ein, zwei Zwiebeltürme, Pagodendächer und ein Minarett verrieten die gleichmütig geduldete Anwesenheit christlicher, buddhistischer und muslimischer Gemeinden, doch das eigentlich Beeindruckende war die schnurgerade Ausrichtung der Lagergassen.

»Stumpfsinn zum Prinzip erhoben!« mäkelte der Emir unbeeindruckt. »Das macht wahrscheinlich den Erfolg dieses ungehobelten Hirtenvolkes aus. Da Allah ihnen weder Phantasie noch Kunstsinn geschenkt hat, verwenden sie ihre gesamte Energie darauf, Kriege zu führen!«

»Ordnung ist den Mongolen wichtiger als das, was wir unter ›Gerechtigkeit‹ verstehen«, erwiderte el-Din Tusi, geduldig bemüht, den hochfahrenden Belkasim auf die bevorstehende Begegnung einzustimmen. »Sie bedeutet ihnen absoluten Gehorsam gegenüber ihrem einfachen und klaren Gesetz. Wer es bricht, ist des Todes!«

»Das von Euch so gepriesene Herdenvieh gibt uns gerade ein einfallsreiches Beispiel seiner Justiz!« murmelte Belkasim, verstört ob des Bildes, das sich ihnen bot. Das Feldlager der Mongolen lag am Rande eines kleinen Sees. Sie waren ihm inzwischen so weit nähergekommen, daß keine Einzelheit ihren Augen entging. Zwei weibliche Gestalten wurden hinausgeführt, die Hände auf den Rücken gebunden. Doch das war nicht das Erschreckende, sondern ihre Gesichter. Sie hatten keine Lippen, nur ein kurzes Stück Schilfrohr ragte aus einem vernarbten Strich, wo früher der Mund gewesen sein mußte. Das verlieh ihren Schädeln das Aussehen alter Vögel, und häßlich klang der Pfeifton, den sie bei jedem Schritt von sich gaben. Jede Frau wurde nun mit einem Strick an den Schweif eines Pferdes gebunden, und sie stolperten hinter den Tieren her, die ohne weiteren Aufschub in das Wasser gejagt wurden. Die Gebundenen stießen schrille Piepslaute der Angst aus und fielen zu Boden, noch bevor die

Böschung erreicht war. Die Pferde schleiften sie ins Wasser und strebten schwimmend dem anderen Ufer entgegen. Die beiden Körper trieben eine Zeitlang an der Oberfläche, spien kleine Fontänen und gurgelnde Töne aus, bis sie versanken und nur noch letzte Luftblasen vom Ende des Todeskampfes zeugten.

Aus der Gruppe der Mongolen, die der Hinrichtung beigewohnt hatten, löste sich Ata el-Mulk Dschuveni, der islamische Kämmerer des Hulagu, und kam langsam auf die Delegation der Assassinen zugeschritten. Er übersah Emir Belkasim Mazandari und wandte sich gleich an el-Din Tusi.

»Die Hexen mußten ertränkt werden. Sie haben den Tod vieler tüchtiger Krieger verschuldet, indem es ihnen gelang, einen ganzen Klan gegen den gewählten Herrscher aufzuwiegeln.« Und als wolle er bei dem weisen el-Din Tusi um Verständnis werben, fügte er hinzu: »Das konnte nur mit Hilfe übler Zauberkünste geschehen – Allah ist unser Zeuge!« Dann besann er sich. »Ihr, el-Din Tusi, Leuchte der Wissenschaft, wäret zu keinem anderen Urteil gekommen.« Er ließ dem Angesprochenen keine Zeit zu einer Replik und fuhr fort: »Doch wundert es mich, einen so weisen Mann wie Euch an der Spitze einer Gesandtschaft zu sehen, die wir weder gerufen haben noch mit Freuden sehen – und die uns überdies nichts zu bieten hat!«

Sein Ton war zunehmend schärfer geworden, und er hatte sich beim letzten Satz zum Emir gedreht, um den überraschend anzufahren: »Wo sind die Kinder? Warum habt Ihr sie nicht mitgebracht, wie Euch befohlen?«

»Weil wir Eure Befehle –«

El-Din Tusi schnitt dem Emir schnell das Wort ab und brachte den Satz verbindlich zu Ende: »Weil wir Euren Wunsch nach den Kindern nicht ahnen konnten! Sonst hätten wir –«

Diesmal fuhr ihm Belkasim höhnisch in die Parade: »– darauf verzichtet, diese Reise überhaupt auf uns zu nehmen!«

»Habt Ihr unseren Befehl nun erhalten – oder nicht?«

»Nein!« riefen el-Din Tusi und Belkasim Mazandari beide gleichzeitig, wenn sie auch verschiedener Ansicht waren.

»Sehr merkwürdig –«, murrte der Kämmerer. »Und doch will ich

Euch Glauben schenken, denn wie sonst hättet Ihr es gewagt, hier mit leeren Händen vor uns zu erscheinen!«

»Wir kommen als Gesandte Seiner Majestät Muhammad III., des Imams aller Ismaeliten, und –«, Belkasim wies mit ausladender Geste auf die mit Truhen und Ballen bepackten Tragtiere, »– wissen sehr wohl, was sich geziemt.« Auftrumpfend setzte er hinzu: »Alles kostbare Geschenke für den Großkhan!« Der Kämmerer ließ sich nicht beeindrucken. »Ihr habt Eure Reise umsonst unternommen«, wandte er sich wieder an el-Din Tusi. »Es ist Euch nicht gestattet, Karakorum zu betreten.«

»Wir wollen dem Großkhan –«, widersetzte sich der Emir, und el-Din Tusi versuchte vergeblich, ihn zum Schweigen zu bringen. »Wir haben als Gesandtschaft das Recht –«

»Besser, Ihr schweigt!« unterbrach ihn der Kämmerer und wurde deutlich. »Glaubt Ihr denn, wir gestatten Mitgliedern einer berüchtigten Mördersekte den Zutritt? Zeigen ihnen den Palast des Großkhans? Erlauben ihnen, den Weg zu seinen Gemächern auszuspionieren?«

Er war nicht lauter geworden, sondern leiser, was so gefährlich klang, daß der Emir empört ausstieß: »Ich lasse mich von jemandem wie Euch nicht beleidigen!«

Ata el-Mulk Dschuveni lächelte böse. »Schlagt Euch Ehrbegriffe, wie sie im ›Rest der Welt‹ gebräuchlich sind, aus dem Kopf – so Ihr diesen wieder mit Euch nehmen wollt. Wenn Ihr mein Wort als zu gering erachtet, will ich Euch zum Bulgai führen. Hütet Eure Zunge, und achtet die Schwelle seines Hauses: Er ist der Oberrichter der Mongolen!«

Er hatte dies fast fürsorglich gesagt, als sei er plötzlich ein Freund des Emirs geworden, wenn er diesen auch nicht anschaute. Er schritt abrupt von dannen, so daß die Delegation ihm wohl oder übel folgen mußte. El-Din Tusi schloß schnell zu dem Kämmerer auf. Die Assassinen folgten langsam, weil ihr Führer Belkasim Mazandari sich Zeit ließ. Er kochte vor Wut.

Der Kämmerer hatte die Jurte des Bulgai erreicht. El-Din Tusi ließ alle anderen draußen warten und trat mit einer tiefen Verbeugung ein. Der Oberrichter saß hinter seinem Schreibtisch, von dem er das Ufer des Sees überblicken konnte, wo sich die Schaulustigen nach dem Ertränken der Oghul Kaimisch und der Mutter des Schiremon nun der Delegation der Assassinen anschlossen.

»Nehmt Platz, el-Din Tusi«, sprach der Bulgai freundlich. »Wir haben Euch eine Gesandtschaft nach Alamut geschickt, um dieses ›Königliche Paar‹ einzufordern. Ihr müßtet ihren Weg gekreuzt haben.«

»Das Land der Mongolen ist so unermeßlich weit und groß«, antwortete Tusi, »daß es vorkommen mag, daß zwei Delegationen einander nicht treffen. Hätte ich von Eurem Wunsch gehört, wären wir umgekehrt, um ihn zu erfüllen!«

»Das sind Worte, die mich erfreuen«, sagte der Bulgai, als am Eingang der Jurte ein Gedrängel entstand.

»Wer vertritt hier den Großkhan aller Mongolen?« rief der Emir Belkasim herausfordernd. Breitbeinig stand er mitten auf der Schwelle, die Arme in die Hüften gestemmt. Der Oberrichter blickte kurz auf. »Ich vertrete hier das Gesetz der Mongolen«, beschied er dem Eindringling sachlich, »und das habt Ihr soeben gebrochen!«

Auf seinen Wink packten zwei Wachen den Emir unter den Armen und trugen ihn fort.

»Laßt Gnade walten für den Unwissenden«, bat el-Din Tusi.

Der Bulgai erhob sich. »Der Mann wußte genau, was er tat. Doch ich will ihm die Möglichkeit einräumen, der Vollstreckung des Urteils zu entkommen.« Er flüsterte mit seinen Leibwächtern und schickte sie hinaus. Dann wandte er sich an el-Din Tusi: »Seid Zeuge meines guten Willens!«

Sie traten bis an die Schwelle. Draußen war ein Kreis aus weißem Kalk gezogen, im Umfang so groß wie die Jurte, deren Schwelle er tangierte.

»Wer diesen Ring betritt«, klärte ihn der Bulgai auf, »unterwirft sich meinem Richterspruch, wer ihn verläßt, verfällt dem bestehenden Gesetz.«

In der Mitte des Kreises wurde dem Emir gerade ein Sack über den Kopf gestülpt und festgezurrt. Dann drehte und schubste man ihn und trat ihm in die Kniekehlen, daß er fiel.

»Wenn der Verurteilte den Weg zurück zur Schwelle findet und sie überschreitet, ohne sie mit Füßen zu treten, dann ist ihm verziehen.«

Belkasim kroch auf allen vieren im Kreis umher, an dessen Rand sowohl die Assassinen wie die herbeigeströmten Mongolen Aufstellung genommen hatten. Die eigenen Leute feuerten den Emir an und versuchten, ihm durch Zurufe den richtigen Weg zu weisen. Doch sie wurden niedergebrüllt von den Mongolen, die es darauf absahen, den Delinquenten zu verderben. Belkasim hatte jede Orientierung verloren.

»Ich denke«, sagte der Bulgai zu seinem Gast, »Ihr werdet für die Heimreise auf Euren Führer verzichten müssen, er findet den Weg nicht mehr.«

Da rief el-Din Tusi: »Belkasim! Belkasim! Hört nur auf meine Stimme, und kommt her zu mir!«

Der Emir mußte ihn gehört haben. »Her zu mir!« schrie el-Din Tusi, ohne Rücksicht auf seinen Gastgeber, doch die Mongolen stimmten ein solches Wutgeheul an, daß sein Rufen unterging.

Belkasim erhob sich langsam, schritt in die rettende Richtung, so daß el-Din Tusi bereits triumphierend lächelte. Doch da wandte sich der Emir trotzig ab und sprang mit einem Satz gleich neben der Tür aus dem Kreis. Mehrere Säbel blitzten auf und schlugen nach ihm, bis der Kopf im Sack vom Rumpf getrennt war.

»Er hat seinen Stolz behalten«, seufzte el-Din Tusi bewegt. »Das ist auch ein Akt der Gnade, den Ihr nicht bedacht habt.«

»Ich konnte ihm den ehrenvollen Abgang nur anbieten, ausführen mußte er ihn selber«, erwiderte der Oberrichter unbewegt. »Nehmt dies als mein Abschiedsgeschenk. Kehrt zurück nach Alamut, und bringt mir die Kinder des Gral!«

»Ich werde Euer Begehren vorbringen, aber ich muß Euch sagen, daß es sich nicht um Kinder handelt, sondern um junge Herrscher, die selbst entscheiden, wohin sie sich wenden. Ihnen könnt Ihr nicht drohen, denn sie haben keine Macht, die Ihr ihnen nehmen, kein Reich, das Ihr überfallen und verwüsten könnt!«

»Ihr seid ein mutiger Mann«, antwortete der Oberrichter. »Das ehrt Euch. Ich ziehe es vor, ein kluger Diener meines Herrn zu sein, und deswegen will ich Euch hundert meiner besten Männer mitgeben und den Kämmerer als ihren Führer dazu.« Lächelnd wandte er sich an Ata el-Mulk Dschuveni, der die ganze Zeit in einer Ecke gehockt und sich auch das Schauspiel vor der Schwelle nicht angesehen hatte. »Ihr werdet nicht ohne die Kinder hierher zurückkehren«, trug Bulgai ihm in seiner sachlichen Art auf. »Und unser Freund, der weise el-Din Tusi, wird Alamut nicht eher betreten, bis das Königliche Paar sich in Eure Hände, werter Dschuveni, begeben hat.«

Er lächelte beiden zum Abschied von seiner Schwelle aus zu. »So einfach ist das«, sagte er leise, »wenn man weiß, was man will.« Dann rief er einen jungen Mongolen aus der Menge heraus. »Kito«, sprach er, »ich hab' deinem Vater versprochen, dich auf der nächsten Expedition einzusetzen. Du wirst die Freundschaft der Königlichen Kinder suchen und bist mir als ihre Leibwache für ihr Wohlergehen verantwortlich. Sie kommen weder als Geiseln noch als Gefangene, sondern als unsere Freunde.«

Der stämmige Sohn des Kitboqha nickte freudig und lief los, sein Pferd zu satteln. Er sorgte dafür, daß ihm zwei weitere edle Reitpferde mitgegeben wurden. Noch am selben Nachmittag setzte sich der Zug in Bewegung. Die abziehenden Assassinen konnten gerade noch die Ankunft von Sempad, dem Bruder des Königs von Armenien, erleben. Er kam mit reichem Gefolge, um dem neuen Großkhan zu huldigen. Für ihn hatte man die Torbogen der Stadt festlich geschmückt.

Ariqboga, der jüngste Bruder Möngkes, ritt ihm bis zum Feldlager entgegen, um ihn zu begrüßen. Er umarmte den Seneschall des kleinen Königreiches, dessen Herrscher früher als alle anderen aus dem ›Rest der Welt‹ begriffen hatte, welches der Weg des Überlebens war.

»So einfach ist das«, murmelte der davonreitende el-Din Tusi und drehte sich noch einmal um. Karakorum lag in der Abendsonne und sah im goldenen Licht gar stattlich aus. »Vorausgesetzt, man weiß, was man tun kann und was man lassen sollte!«

DER SILBERMOND VON ALAMUT
LIBER I
CAPITULUM VIII

Roç an William, Alamut, in den Iden des Monats März A. D. 1252

Lieber William, eine neue Welt hat sich für mich aufgetan von unendlicher Weite und Schönheit, strahlendes Licht – Lichter, sollte ich sagen. Sie funkeln und blitzen im samtenen Dunkel, das weder fremd noch unheimlich ist, wie in Höhlen unter der Erde, sondern lockend, daß ich glaubte, süße Stimmen zu hören. Sie riefen: »Roç, du gehörst uns, wir sind ewig dein!«

Ich denke, Du hast begriffen, wovon ich des Glücks so voll bin: Ich habe den Himmel gesehen! Ich durfte einen Blick auf das Firmament werfen und habe einen Zipfel vom Universum erhascht; etwas vom Geheimnis der Schöpfung hat mich berührt. Das ist mehr als Yeza je aus ihren dicken Folianten der Philosophen erfahren kann, und die kostbare Frau, die mich in die Mysterien des Alls einweist, ist Kasda, die unnahbare Priesterin der Sterne. Du siehst, ich bin im Planetarium gewesen, dem Höchsten, was Alamut, ja, die Welt den Menschen zu geben hat. Der Weg dort hinauf war nicht einfach zu finden. Durch die Bibliothek des Herlin konnte er nicht führen, obgleich ich nicht sicher bin, ob es nicht doch möglich wäre. Der Aufstieg durch die *magharat al ouahi* war und bleibt mir jedenfalls verwehrt. Ich darf nicht einmal in die *magharat at-tanabuat al mashkuk biha*. Der Schlüssel zum Observatorium mußte woanders liegen. Du erinnerst Dich, William, daß ich die seltsamen Rippen untersuchte, die aus den Blütenblättern der Rose wie Adern nach oben streben, sich verzweigen und vernetzen, um jenes Geflecht zu formen, das den Turm der Bibliothek zu tragen vermag. Dabei fiel mir ein Adernstrang auf, der dicker als die anderen war, und als ich klopfte, klang er hohl. Eine Röhre! Sie verschwand in der Wand des Kelches. Aber wohin sollte sie schon führen, wenn nicht in die Tiefen des Kessels? Dann bedachte ich, daß keine Mechanik so perfekt konstruiert sein kann, daß sie nicht von Zeit zu Zeit ausgebessert und geölt werden muß, und ich begann, meinen Freund ›Zev auf Rädern‹ auszuhorchen, ob er denn schon mal in der Spitze des Blütenstempels war, dort, wo sich sein Meisterwerk, die Mondphasenscheibe, dreht.

Er leugnete so heftig, daß ich mich auf der richtigen Fährte sah. Ich schaute mich in seinem Reich um und entdeckte eine Kugel, die groß genug war, ihn aufzunehmen, doch auch ich konnte mich zur Not hineinzwängen. Sie schwamm in einem der unterirdischen Kanäle, die am Stiel der Rose vorüberströmen und das Gestänge im Stempel der Blüte drehen. Oben und unten war die Kugel an einer dicken Kette befestigt, und die lief über ein kräftiges Zahnrad mit eisernen Zähnen. Dieses Zahnrad ließ sich mit einem Hebelgriff in die Speichen eines durch die Strömung ständig in Bewegung gehaltenen Gewirrs von Mühlrädern einklinken, ich hoffe, Du verstehst mich, William? Zev hat sich längst daran gewöhnt, daß ich stundenlang in den Schächten, Treppen und Höhlen seiner Maschine umherstreife, und hat auch wohl meine Frage nach dem Observatorium längst wieder vergessen. Ich zog also die Kugel zum Rand des Beckens. Sie ließ sich leicht öffnen und war sogar mit weichem Leder gepolstert. Löcher, groß genug, um Arme herauszustrecken und alles zu sehen, was man tat, befanden sich oben im Deckel, der etwas kleiner war als der untere Teil der Kugel, in dem man saß. So ragte sie auch beladen über die Oberfläche des Wassers wie eine ausgehöhlte Melone, der man ja auch eine Kappe abschneidet, um die Frucht auszulöffeln. Ich hockte mich hinein, klappte den Deckel über mir zu und verriegelte ihn fest, denn an ihm würde ich ja hochgezogen werden auf meiner Reise durch die Röhre. Dann band ich das Haltetau los und trieb geradewegs auf den Hebel zu, den ich für meine Reise nach oben betätigen mußte. Es ruckte und knackte ganz fürchterlich, doch ich schwebte bereits über dem Wasser, und dann sah ich nichts mehr, weil die Röhre, ein trichterförmiges Loch oben in der Decke, mich schon verschluckt hatte. Meine einzige Sorge war, daß Zev meinen verbotenen Aufstieg entdecken könnte und Zahnkranz und Speichen voneinander trennen würde. Dann hätte ich im Stockfinsteren gehangen, mich kaum rühren können, und Schreien hätte sicher auch nicht geholfen. Das wäre eine gerechte Strafe gewesen! Doch nichts dergleichen geschah. Mit stetem Rucken beförderte die Kette mich durch die Röhre; manchmal hörte ich Stimmen, manchmal blitzte ein Licht auf und verschwand nach unten. Ein paarmal sah ich den Hängepalast des Imams auf meiner Seite, dann immer tiefer, als wär' ich einer der Kronleuchter. Die Luft war schlecht, und mir wurde übel, denn mein Gefährt legte sich in die Schräglage, woraus ich schloß, daß wir die Wand verließen und über der *qubbat al musawa* jetzt fast in die Waagerechte gelangt waren. Ich hoffte, auch hier durch ein Loch hinabsehen zu können, vielleicht auf Yeza, die in ihre dicken Bücher vertieft war. Doch es blieb dunkel, und mit einem raschen Schlenker wurde ich wieder aufrecht in die Höhe gezerrt. Was hätte ich darum gegeben, etwas von den geheimen oberen Stockwerken der Bibliothek zu erhaschen! Aber das blieb Deinem stetig aufwärts strebenden Roç versagt. Ich glitt durch ›Prophezeiungen‹ und ›Offenbarungen‹ immer höher, ohne ihrer auch nur eines Lidschlags Frist teilhaftig zu werden. Plötzlich schlug neben mir eine Glocke an, so grell, daß ich erschrak und mit dem Kopf gegen den Deckel stieß. Es läutete noch einmal, diesmal noch lauter. Ich begriff: Die Ankunft der Kugel wurde angekündigt. Die Kette ruckte, und ich schwebte nun frei in meinem schwankenden Ei. Das war für meine Ohren eine Wohltat, denn die ganze Reise über hatte ich das Schleifen, Scharren, Klirren, Ächzen und manchmal auch das besonders peinigende Quietschen direkt neben meinem Kopf gehabt. Inzwischen war eine merkwürdige Stille eingetreten, und mit einem sanften Absacken setzte mein Gefährt auf eine weiche Unterlage auf. Ich schielte hinaus – und sah in das Blau des Himmelszeltes. Wölkchen zogen dahin. Dann senkte ich meine Augen und sah durch die unteren Löcher den Marmorboden. Fremdartige Intarsien aus Kupfer, Silber und Gold, Ellipsen und sich überschneidende Koordinaten, Symbole der mir geläufigen Planetengötter und mystische Zeichen des Zodiaks. Über den weißen Marmor näherten sich zierliche Füße in Sandalen, schlanke Fesseln, Beine, die von feinstem Musselin verhüllt wurden.

Ich entriegelte zaghaft den Deckel meiner Nußschale, schämte mich aber, ihn hochzustemmen. Dies besorgte eine sehnige Frauenhand, und ich blickte in das Gesicht der Priesterin. Sie hätte doch eigentlich erstaunt sein müssen, statt des ihr vertrauten Zevs mich in der Schale zu finden, doch ihre graublauen Augen schienen eine solche Regung nicht zu kennen. Sie sah mich an, als wäre mein Kommen das selbstverständlichste auf der Welt – zumindest auf Alamut –, und sagte heiter entrückt: »Mein Gralskönig, seid mir willkommen!«

Da raffte auch ich meine höfischen Manieren zusammen und erwiderte sanft: »Seid gegrüßt, edle Jungfrau Kasda, Tochter des Crean de Bourivan.«

Sie blickte nur kurz befremdlich, dann lächelte sie. »Ihr kennt meinen Vater besser als ich, Roç. Ich habe ihn das letzte Mal als kleines Mädchen gesehen.«

Ich kletterte aus meiner Schale, die nun in einem Teppich lag, der das finstere Loch verdeckte, aus dem ich gekommen war. Über mir befand sich noch ein Dreifuß, an dem die Kette über ein Rad geführt wurde und in einer kleinen Öffnung im Boden verschwand, die wohl wieder hinabführte. Es liefen aber auch Taue über das Gestell mit einer Art Flaschenzug, und ich begriff, daß für den Rückweg die helfende Hand der Kasda erforderlich wäre. Sie müßte mittels der Taue in der Tiefe des Kessels Zahn und Speiche wieder zusammenbringen, so wie sie von ihr gelöst worden waren, als die Glocke zum zweitenmal anschlug. Doch ich dachte noch nicht an den Rückweg. Ich hatte es geschafft, William! Ich war auf der Plattform, und um mich herum standen und hingen die Instrumente, die ich mir in meiner Phantasie so oft ausgemalt hatte und doch nicht recht vorstellen konnte. Ich weiß nicht, was ich Dir zuerst beschreiben soll, die himmelwärts gerichteten Rohre, die so groß wie Katapulte gefertigt waren und mit wenigen Handgriffen gehoben, gesenkt und geschwenkt werden konnten und unendlich fein und genau zu justieren waren. ›Zev auf Rädern‹ hatte hier oben auf engstem Raum ein Wundergewirr von ineinandergreifenden Schneckengängen, versetzten Kronen, konischen Schrauben, Kurbeln und Winden geschaffen. Oder soll ich Dir erst das *miraculum mobilis* erklären? Das Planetarium! Stell Dir vor: Der Marmorboden ist mit Zeichnungen übersät, Linien, allesamt Ellipsen, Kurven, die nur ein Gott oder der Genius der Geometria gezogen haben konnte. Darin Öffnungen, mit Kupferringen eingefaßt, aus jeder taucht ein eiserner Ring auf, erhebt sich frei schwebend durch den Raum und senkt sich an anderer Stelle wieder in das Dunkel eines Lochs im Stein. Alle Ringe umkreisen langsam, denn sie bewegen sich zitternd, einen Altar in der Mitte, der aus einem polierten Topaspokal besteht. In seinem Boden aus geschliffenem Chrysolith sammelt sich das Licht, das, von der Sonne kommend, hier einfällt.

»Das ist die Schale der Gea, der Mutter unserer Erde und Mittelpunkt der Welt!« rief ich begeistert, doch töricht aus. Kasda sah mich nachdenklich an und entschloß sich dann, mich zum Adepten einer ungeheuren Wahrheit zu erwählen.

»Das ist die Sonne, Roç!« sagte sie und zeigte auf den Altar. »Das Feuer ihrer Kugel läßt sich nur symbolisch einfangen; es ist die Quelle unseres Lebens. Sie ist der Mittelpunkt der Welt!«

Sie zögerte noch einmal, ich hatte ja keine besondere Würde, doch dann entsann sie sich wohl meiner Bestimmung und fügte ganz trocken hinzu: »*Terra Nostra,* unsere Erde, ist nur einer ihrer Planeten.« Sie wies auf einen erzenen Apfel, der in mittlerer Distanz gerade aus seinem Loch im Boden kroch. »Sol, das göttliche Zentralgestirn, wird von vielen würdigen und unwürdigen Paladinen umkreist. In ihrer nächsten Nähe duldet sie den Merkur, das geschlechtslose ewige Kind, den gewissenlosen Dieb der Liebe und Verheißer irdischen Reichtums.« Kasda wies auf die kleinste Kugel, die, von mir unbemerkt, den Altar der Sonne umkreiste. Sie glänzte mal silbern, mal gülden und war aus Amethyst. Der nächste Ring trug einen taubeneigrossen Smaragden.

»Das ist Frau Venus, die sich gern jünger macht, als es ihr zukommt. Sie ist eine uralte Hexe und üble Verführerin, doch leider unsere nächste Nachbarin. Dann kommen wir, mit unserer steinigen Erde. Wir bilden uns ein, alles drehe sich um uns. In Wahrheit werden wir gedreht, wie das *ruota della fortuna*. Wir merken es nur nicht, weil Gottes Wirken für uns Kleingeister zu groß, zu gewaltig ist, und so erspart er uns die Erkenntnis –«

»Aber Ihr besitzt sie?« fragte ich ziemlich vorlaut und auch verwirrt, denn es ist ja auch kaum zu fassen.

»Ich bin ihre Dienerin«, belehrte mich Kasda. »Ich habe mein Leben diesem Dienst geweiht und werde sicher von ihm abgelöst werden, ohne jemals zu erfahren, ob ich seiner würdig war.«

»Und was kommt danach?«

Kasda lächelte. »Ein anderes Leben in einer anderen Form.«

»Ich meine, nach der *Terra Nostra*?«

»Der Mars! Da siehst du ihn, den Karfunkel, der glaubt, daß dem Manne die Welt gehört samt allen Weibern. Der ewige Krieger ist so von sich eingenommen und mit seinen Eroberungen befaßt, daß ihm keine Zeit bleibt, über sich nachzudenken. Das ist sein Glück, ja, fast eine Gnade!«

Die Pristerin verbarg ihren Widerwillen gegen Männer nicht, so daß ich mich berufen fühlte, eine Lanze für unsereins zu brechen, William.

»Und doch sind wir der herausragende Teil der Schöpfungsgeschichte, aus Adams Rippe.«

Kasda lachte mich aus. »Und wer schrieb das alte Testament, die Bibel und auch den Koran? Männer! Alte Männer! Du bist jung, Roç, du hast eine bezaubernde Gefährtin, die weder aus deiner Rippe geschnitten noch dir unterlegen ist.«

Sie kannte also Yeza oder wußte über unser Verhältnis Bescheid.

»Verfallt nicht in die Rollen, die Mars und Venus von der Erde aufgezwungen wurden. Befreit den Gott und die Göttin, verwirklicht sie neu, hier auf diesem, unserem Stern! Wenn die Menschen begreifen könnten, in welch wunderbare Harmonie *Terra* eingebettet ist, könnten sie nicht nur Frieden finden, sondern wären auch zu Taten des Geistes befähigt, die sich nicht im Geschlechterkampf und eitlem

Machtstreben erschöpfen, sondern hinauswirken könnten in den Kosmos, den es zu erfahren gilt.«

»Wie denn?« wagte ich zu zweifeln. »Unendlich weit und winzig sind die Sternlein.« Ich wies auf die größten Bahnen des Eisengeflechts, die des saphirnen Jupiters und des diamantenen Saturns. »Weiter noch als der Mond.«

»Entfernungen spielen eine untergeordnete Rolle in Zeit und Raum, Roç.« Ihre schmale Hand streichelte liebevoll den Mond, der ganz dicht bei *Terra* seine Bahn zog. »Über den Freund unserer Seele werde ich dir später etwas anvertrauen, wenn du dich erst beruhigt hast und dich für Geheimnisse zu öffnen vermagst. Jetzt ruh dich nur aus.«

Ihre blaugrauen Augen schienen sich in die meinen zu senken.

»Die heutige Nacht verbringst du bei mir, gebettet in meinen Schoß, der dich empfängt, ohne daß du in ihn eindringen mußt.«

Und die Priesterin führte mich zu einem Lager mit hohem Bord, das grad groß genug war, ihren schmalen Leib aufzunehmen. Es wirkte karg, wenn es auch mit einem Teppich belegt war. Sie legte sich anmutig darauf nieder. Durch das weiße Musselingespinst sah ich die jungmädchenhaften Brüste – wie Knospen einer Rose im Winter –, die Konturen ihrer Schenkel und im dunklen Schatten ihre Scham. Ich fühlte mein Glied wachsen und pulsieren und schämte mich meines Dranges angesichts ihrer Ruhe und Sanftheit. Sie legte sich zur Seite und zog mich zu sich, daß mein Kopf in ihrem Gärtlein ruhte und mein erregtes Glied sich an ihre Brüste preßte. Sie sah mich nur aus ihren grauen Augen an, und ich spürte, wie mich Wellen schaukelten in zarter Brise; Wölkchen zogen durch meinen dummen Kopf, erlösten mich von dem Übel, und ich schlief ein.

Ich weiß nicht, wie lange wir so gelegen haben, eng aneinandergeschmiegt und ineinander verloren, sie, die Keusche, die freiwillig der Welt der Männer entsagt hatte, und ich, vom heftigen Verlangen beseelt, in sie aufgenommen zu werden. Kasda muß die ganze Zeit über meinen Schlaf gewacht haben, denn als sie mich weckte, sah ich ihr an, daß sie kein Auge zugetan hatte. Eine gewisse Müdigkeit zeigte sich in den Winkeln ihres Mundes, und auch die Faltenkränzchen ihrer grauen Augen konnten kaum vom vielen Lachen herrühren.

»Es ist soweit«, flüsterte sie, als wolle sie die Sterne nicht stören, die über uns am Sternenzelt strahlten und flackerten. Es mußte schon tief in der Nacht sein. Wir traten aus dem überwölbten Teil der Plattform hinaus zu den katapultartigen Gestellen, in denen große Rohre schwarz in den Himmel ragten. Es war die letzte Phase des abnehmenden Mondes; seine Sichel stand kräftig gegen das geheimnisvolle Dunkel seines Leibes.

»Was du nicht siehst, sind Hekate und ihre Hunde, das ist der schwarze Schleier des Weibes Lilith«, erklärte die Priesterin leise. »Sie hat sich nicht aufgegeben im Kampf um die Macht, die der strahlende Apoll im Namen seines Königs *Sol invictus* jeden Tag siegreich führt; sie hat sich zurückgezogen in die Tiefen unseres Bewußtseins, in das aufgewühlte Meer unserer Seelen, auf dem Gemüt und Irrsinn ihre Segel gesetzt haben oder verzweifelt rudern, ohne einen rettenden Hafen zu finden.«

Kasda schob mich an das Ende eines Rohres. Ich preßte mein Auge auf die Öffnung und sah Luna in ihrer erregenden Schönheit.

»Lilith greift dem kriegerischen Löwen zwischen die Beine, nicht um sich an seinem Glied und dem Samen zu ergötzen, sondern um ihn mit ihrer Sichel zu entmannen; sein Blut soll sie benetzen.«

Ich spürte den Atem der Priesterin in meinem Nacken, und ihre Nacktheit unter dem Schleiergewand wurde mir wieder so bewußt, als stünde sie entblößt hinter mir.

»Das ist der dunkle Teil, den wir ahnen, aber nicht sehen«, sagte sie. Und ich wartete darauf, daß sie mir zwischen die Beine griff, und ich war bereit, sie gewähren zu lassen, und sollte sie ein Messer in der Hand führen. Ich fieberte dem Schnitt entgegen und begriff plötzlich die mir immer unverständliche Haltung von Opfern, die sich nicht wehren, die ihr Herz darbieten, das ihnen doch aus der Brust gerissen werden soll. Ich spürte ein heißes Pochen bis zum Hals hinauf und gleichzeitig eine kühle, weihevolle Stille der Erwartung in den Lenden.

Doch Kasda legte nur ihre Hand auf meinen Nacken, zog mich

weg von dem Mondrohr und drehte meinen Kopf nicht zu sich, sondern so, daß ich hinaufschauen mußte zu der zweimannshohen silbernen Scheibe über unseren Häuptern. Der ›Mond von Alamut‹! Und ich sah, daß auch er jetzt nur die Sichel zeigte, grad so, wie ich ihn durchs Rohr erblickt hatte. Vor dem tellerartig gewölbten Schild war ein Fächer aus schwarzen Sensenblättern angebracht, der genausoviel von der runden Luna sehen ließ, wie es dem menschlichen Auge zu jeder Zeit des Monats vergönnt ist.

»Bald wird das Schwarz, die dunkle Macht der Lilith, die ganze Fläche bedecken«, flüsterte Kasda in mein Ohr. »Und dann gehörst du mir!« Hatte sie das wirklich gesagt, oder hörte ich die Stimme meiner Begierde?

»Nur kurz währt ihre Herrschaft, in der allein die Hunde der Finsternis den unsichtbaren Mond anbellen und die Menschen zu dunklen Taten fähig sind, sich ihren Trieben ausliefern. Schon bald schimmert wieder die ewige Ischtar auf, die Wiedergeburt des versöhnlichen Weiblichen, der mütterlichen, allumfassenden Liebe!«

Sie bedrängte mich sanft, während ich noch immer fasziniert den Mechanismus über mir bewunderte, diese große Scheibe, die sich fast unmerklich, aber stetig drehte. Ich hatte oft des Nachts vom Rand der Rose aus beobachtet, wie sie im Laufe eines Tages ihren Umlauf vollendete und auch in mondloser Nacht weithin leuchtete. Jetzt weiß ich, daß es das lodernde Ölfeuer in der Schale des Altars war, dessen gebündelte Strahlen von vielen kleinen Kristallspiegeln zu ihr hinaufgesandt wurden.

»Die Liebe vollzieht sich nicht im geheimen«, raunte die Priesterin hinter mir, »sondern im strahlenden Licht der Göttin.«

Sie griff zu einer Amphore und schenkte uns daraus eine rubinrote Flüssigkeit ein.

»Ischtar!« rief sie. »In deinem Namen gibt sich deine Dienerin. Empfange unser Liebesopfer!«

Wir tranken aus demselben Gefäß. Wie hätte ich auch ablehnen können. Es schmeckte so süß! Die Priesterin schob mich töricht widerstrebenden Knaben zu ihrer Lagerstatt, deren Sockel sie diesmal mit einem Griff – ich ahnte die Hand des genialen Zev – aufklappte.

Eine silbrigglänzende Mondsichel kam zum Vorschein, eine Hängematte, angefüllt mit Damastlaken und seidenen Kissen. Das war also das wahre Bett der keuschen Kasda! Ihre Arme umschlangen mich von hinten, und ich schwöre Dir, diesmal war sie nackt! Sie griff geschickt nach der Gürtelschnalle meiner Hose, in der sich mein Glied gegen den Stoff preßte. Ich war willenlos.

Da schlug ein Glöcklein an, leise, aber mit zunehmender Heftigkeit. Es war eine Botschaft. Zum erstenmal und zu meinem Erstaunen hörte ich Kasda eine Verwünschung ausstoßen, die so klang wie »Trismegistos!«. Ihre Hände erschlafften an meinen Hüften. Sie tat mir leid. »Man vermißt dich, Roç«, sagte sie traurig und lauschte dem Läuten. »Höchster Besuch nähert sich der Priesterin!«

Ich wandte mich zu ihr um, sie war natürlich nicht nackt. »Der Imam?« fragte ich.

Sie nickte, ohne sonderliche Besorgnis zu zeigen. »Er darf dich nicht sehen!«

Das verstand ich, mir lag auch nichts daran, aber Angst verspürte ich nicht. Ich schaute zur Kugel, mit der ich gekommen war.

»Die Bewegung der Kette würde dich verraten!«

»Es muß doch eine Treppe zur Bibliothek geben?« schlug ich vor, mehr aus Neugier, denn entdeckt hatte ich sie noch nicht.

»Den Weg nimmt der Herrscher, du würdest ihm nur in die Arme laufen.«

Ich hatte eher das Gefühl, sie setzte alles daran, mich bei sich zu behalten. Mit Recht!

»Leg dich in die Matte hier«, sagte sie. »Ich werde die Klappe wieder schließen. Dort vermutet dich keiner!«

Ich zögerte, und wir lauschten. Noch waren keine Schritte zu hören. Das Glöcklein hatte aufgehört zu bimmeln.

»Vielleicht –?« gab ich meiner Hoffnung Ausdruck, doch sie wehrte heftig ab.

»Er würde uns gräßlich strafen!«

Das überzeugte mich. Ich ließ mich in die glänzenden Tücher und Kissen sinken, und Kasda deckte mich zu. Ich sah ihre Brüste durch den Ausschnitt ihres Gewandes, dann schloß sie mich ein, und ich lag in einem weichen dunklen Nest, bedeckt vom Teppichpolster ihrer Liege. Auf der hatte sie sich kaum ausgestreckt, ich spürte die Last ihres Leibes, als sich schlurfende Schritte näherten und die Stimme des Großmeisters keuchte: »Ich rieche Brunst, Kasda. Hast du den Knaben –?«

Die Priesterin über mir richtete sich auf, daß sich ihr Schoß auf mein Gesicht preßte. Ich wagte kaum zu atmen, konnte es auch kaum.

»Wovon sprecht Ihr, großer Meister?«

Der mußte die Kugel entdeckt haben. »Wieso ist das Lustei hier oben? Hat Zev Ibrahim Euer Mondbett geteilt, Priesterin? War das Pförtlein rostig und bedurfte mal wieder einer Ölung?« Der Großmeister lachte ob seines Scherzes. »Ihr denkt, es wäre mir verborgen geblieben, wo der Ingenieur – zwar ohne zwei Beine, aber immer noch im Besitz der Eier und des Gemächtes – sein Gestänge einbringt und trefflich in Bewegung zu setzen vermag?«

Er lachte dröhnend, als Kasda antwortete: »Die Kugel hat er gestern zur Probe heraufgeschickt. Schaut nach: Sie ist leer! Fühlt sie an! Sie ist kalt!«

»Schickt sie runter!« befahl der Großmeister, und Kasda erhob sich über mir. Gleich darauf hörte ich, wie sich die Kette rasselnd in Betrieb setzte.

»Der männliche Teil des Königlichen Paares ist abhanden gekommen«, sagte er jetzt, immer noch erheitert. »Eure Schwester schwört, alle Huris beteuern, sie hätten ihn nicht gesehen.«

»Und da dachtet Ihr« – Kasda hatte wieder Oberwasser gewonnen –, »Ihr dürftet Eure Priesterin verdächtigen?«

»Wem kann ich vertrauen?« schnaufte der Großmeister, während mir immer merkwürdiger zumute wurde. In meinem Hirn begannen farbige Flecken, Punkte und Linien zu kreisen, in meinen Schoß kroch kalt die Steife, um dann meine Lenden zu betäuben und ihre männliche Zier in völlige Gefühllosigkeit zu versetzen, aber keineswegs erschlaffen zu lassen. Ich harrte darauf, aus meinem stickigen Gefängnis befreit zu werden, in dumpfe Gleichgültigkeit, ja, Starre verfallen. Nur in meinem Kopf formten sich Bilder dessen, was mit mir geschah – oder war es der Stumpf des beinlosen Zev, der aus der Kugel in die Hängematte gehoben wurde, wo sich ihm Kasdas Becken gleitend entgegenschob und sich mit ihm vereinigte wie Zahnrad und Speiche? Die Priesterin umklammerte mit ihren Schenkeln meine Hüften, ihr Schoß senkte sich auf den meinen, nahm mich mit dem Schaukeln auf, drängte mich, daß ich tief in sie hineinwuchs. Kasda richtete ihren gertenschlanken Leib auf, zog mich an ihre spitzen, harten Brüste und rüttelte mich zärtlich. »Wach auf, Roç, du mußt mich verlassen. Es ist heller Tag!«

Ich schlug die Augen auf und sah in das müde Gesicht der Priesterin. Sie stand vor der Matte. Ich sprang mit einem Satz aus der verhexten Sichel.

Die Sonne schien auf die Mondscheibe über mir. Das Feuer in der Schale des Altars war verloschen, nur das Planetarium drehte seine Eisendrahtringe leise klirrend, und seine edlen Steine blitzten von Zeit zu Zeit auf. Ich war verwirrt und beschämt, doch vor allem wollte ich diesen Ort schnellstens verlassen. Kasda schien meine Gedanken erraten zu haben. Sie schob den Altar zur Seite. Das Zuführungsrohr der Ölflamme wurde sichtbar. »Du kennst jetzt die letzten Geheimnisse der Rose, Roç«, sprach sie traurig, »und hast dich ihrer doch nicht würdig erwiesen – noch nicht.«

Sie führte mich zu dem Loch, in dem die Stange in die Tiefe führte. »Das ist der Notausgang für den Fall einer Feuersbrunst. Ich habe ihn noch nie benutzt. Zev sagt, man könne sich an dem Rohr bis nach unten zu ihm hinabgleiten lassen. Grüß ihn von mir, und komm das nächste Mal nur, wenn du gerufen wirst!«

Sie küßte mich kühl auf die Stirn. Ich griff nach der Stange, preßte mich an sie und ließ mich hinunterrutschen wie an einem Baumstamm – nicht etwa ein besonders gerade gewachsener. Das Rohr wand und krümmte sich, suchte sich seinen Weg durch das mannigfaltige Gestänge und warf mich in einer Kammer, die mit schönen Kleidern gefüllt war, schnell wieder ab. Ich lauschte. Durch das Licht, das durch die Türritze einfiel, konnte ich zwischen den Schränken und Truhen schnell das Loch finden, in dem meine Reise, die schmähliche Rückfahrt, weitergehen sollte. Aber die Neugier übermannte mich, nun endlich auch den Schritt ins ›Paradies‹ zu tun, denn dort war ich nach meiner Berechnung gelandet. Ich öffnete vorsichtig die Tür – und stand vor dem Bett von Pola. Sie war nackt, daran bitte ich Dich nicht zu zweifeln, William – Du hättest großen Gefallen an ihr gefunden. Ganz anders als ihre hellhäutige, fast weißblonde Schwester Kasda war die Herrin des Harems von getönter Hautfarbe. In dichtem Schwarz kräuselte sich ihr volles Haar, umrahmte ihr Gesicht und bedeckte ihre Scham und die Achselhöhlen. Sie war sofort hellwach, erfaßte die Situation und streckte ihre Arme nach mir aus. »Ich wußte, daß du kommen würdest, mein Prinz!«

Ich trat verlegen einen Schritt zurück, was sie als dumme Hemmung wegen Yeza ansah.

»Wir sind allein, Roç«, lockte sie mich. Mit einem Satz war ich wieder in der Kammer, sprang auf die rettende Stange zu und sauste an ihr davon. *Al muchtara!* Ihre Gunstbeweise hatten mir gerade noch gefehlt auf meiner Odyssee durch die Eingeweide der Rose! Nach kurzem Rutsch, wohl nur eine Etage tiefer, befand ich mich schon wieder in einer dunklen Grotte, genaugenommen in einer Aushöhlung des dicken Mauerwerks. Davor stand ein Schrank. Durch die rissige Rückwand konnte ich dicke Folianten erkennen. Vielleicht saß Yeza auf der anderen Seite und studierte mit hochroten Schläfen, die sie immer bekam, wenn sie etwas mit Eifer betrieb. Doch vielleicht sorgte sie sich auch um mich und suchte ihren schlechten Freund! Doch in dieser Höhle geheimen, vielleicht sogar esoterischen Wissens waren keine apokryphen Pergamente versteckt. Vielmehr verschloß ein rundes, zum Betrachter hin gewölbtes Leder ein Loch in der Wand, die wohl die Bibliothek vom ›Paradies‹ trennte. Es war nicht groß genug, um einen Menschen hindurchzulassen. Durch einen Spalt fiel ein Lichtschein auf die Beine des heimlichen Besuchers des Ortes. Ich hörte Stimmen, Kichern. »Du bist nicht schon wieder an der Reihe, Laila!« Der Lichtschein verlosch, das Leder straffte sich und reckte sich mir entgegen wie ein Weiberarsch! Ich begriff, und meine Hand zuckte noch schneller als mein Glied in der Hose. Zitternd tastete sich mein Finger durch den Spalt, heiße Nässe umschloß ihn, und ich wollte mich nicht länger zieren.

Der keuschen Kasda hätte ich dabei in die grauen Augen schauen müssen, ihrer gierigen Schwester wahrscheinlich tief in den Höllenschlund. Dieser anonyme Sterz, der sich mir darbot, der wollte nur eines: beglückt werden! Und genau das wollte ich auch! Ich nestelte gerade an meinem Beinkleid, da ruckte hinter mir der Schrank, eine Lücke klaffte auf, und vor mir stand stirnrunzelnd Meister Herlin, um sofort vertraulich zu scherzen: »Junges Fleisch? Blütenknospen?« Er wackelte bedenklich mit seinem Greisenhaupt. Ich war viel zu bestürzt, um auf seinen leichten Ton einzugehen. »Kommst du von Pola, der immer weniger *muchairra*?«

Ich nickte erst, um dann gleich zu protestieren: »Nicht, daß Ihr denkt, Meister —«

»Dein Fehler, Königlicher Knabe«, rügte er meine Zurückhaltung. »Ihre Hingabe ist von unschätzbarer Erfahrung geprägt, nicht von törichter Neugier wie die dieser kleinen Huris!« Er sinnierte lächelnd. »Früher, als ich noch rüstiger war, vermochte ich an der Stange hochzuklimmen.« Er hustete bei dem erregenden Gedanken. »Heute sind wir auf diesen arg reduzierten Austausch von Zärtlichkeiten angewiesen; die Huris haben unser Geheimnis leider entdeckt und versuchen, mich alten Mann zu täuschen und zu verführen.« Er bedachte die Situation, in der er mich angetroffen hatte. Ohne falsche Komplizenhaftigkeit setzte er hinzu: »Wenn dir an unreifen Früchten des Feigenbaums liegt, bedien dich!« Damit trat er zurück, um mich nicht weiter aufzuhalten.

»Nein«, sagte ich mannhaft und folgte ihm auf dem Fuße. »Ich weiß der Früchte saftige Reife zu schätzen — außerdem bin ich meiner Braut treu ergeben!«

»Yeza ist reif«, bedeutete mir Herlin. »Von Mann zu Mann: Du solltest ihr kostbares Gärtlein bald ernten!«

Wir schoben gemeinsam den Schrank zurück an seinen Platz. »Sie sucht dich überall.«

Ich verließ schnell den ›Saal des Ausgleichs‹. Beim Verlassen der Bibliothek stieß ich auf Hasan. »Der Großmeister verlangt dich zu sehen!« verkündete er schadenfroh.

»Wo ist Yeza?« entgegnete ich hastig.

»Vielleicht im Keller bei Zev Ibrahim, auf der Suche nach dir!«

Ich entschloß mich, das Maß nicht zum Überlaufen zu bringen, und begab mich über die nächste Brücke zum Palast, begleitet von Hasan, der so den Verdienst einstreichen konnte, mich gefunden zu haben.

Ich fand die Assassinen in feierlicher Versammlung im Audienzsaal. Seine Majestät Muhammad III., Imam aller strenggläubigen Ismaeliten, saß düster auf seinem Thron. Neben sich seine Würdenträger und die Herolde seiner Macht über Leben und Tod, ein Fida'i mit den ineinandergesteckten Dolchen zur Rechten und einen mit dem Leichentuch zu seiner Linken. Eine Gesandtschaft der Mongolen war eingetroffen. Sie war nicht hochrangig besetzt, allesamt junge Krieger, die ihrem Großkhan als Briefboten dienten. Der Imam ließ sich das Schreiben vom eiligst herbeigeholten Herlin übersetzen.

»Wir, der Oberste Herrscher der Welt, befehlen dir –«

Die Stirn des Großmeisters war schon bewölkt gewesen, doch nun fegte ein Sturmwind die dunkle Wolke beiseite und legte eine geschwollene Zornesader frei. »Langweil mich nicht mit dem Gesabber dieses krummbeinigen Oberhirten verblendeter Hammel und tolldreister Ochsen! Was wollen diese Viehtreiber?«

Herlin überflog die Botschaft. »Sie verlangen die sofortige Auslieferung der Kinder und reichlich Geschenke.«

Da entlud sich der Zorn wie eine Gewitterwolke, und Blitze trafen die Mongolen, die unbewegt standen, weil sie nichts von dem begriffen, was sich über ihren Häuptern zusammenbraute. Gehorsam und sich ihrer Unantastbarkeit bewußt, spürten sie nur, daß ihre Botschaft nicht wohlwollend aufgenommen wurde. Alle, die den Imam kannten, warteten auf den Donnerhall seines Urteils samt gleichzeitiger Verkündigung des Strafmaßes, doch der Herrscher sprach mit unverhoffter Freundlichkeit: »Ich will dem Großkhan ein Geschenk bereiten, das seinem Wesen entspricht. Er ist hiermit nach Alamut eingeladen, es sich anzuschauen – Übersetzt das, Herlin!«

Der tat es beklommen, und die Gesichter der Mongolen erhellten sich, als würde die Sonne durch die Wolken eines gnädig vorbeiziehenden Unwetters brechen. Sie nickten eifrig und erfreut.

Der Imam fuhr leutselig fort: »Den Weg zu mir will ich gern markieren. Im Meilenabstand werde ich ihm Wegweiser aufstellen, deren Finger zur Rose weisen, und flinke Füße werden dem Herrn Pässe und Furten anzeigen – übersetzt, Meister!« Damit drängte er in lustvoller Ungeduld den Herlin. Dem schwante Teuflisches, und er gab sich Mühe, seine Besorgnis nicht zu zeigen. Die Mongolen waren sich zwar nicht sicher, ob ihr Großkhan sich die Mühe machen würde, sich das Geschenk persönlich abzuholen, aber sie betrachteten das Angebot als ein grundsätzliches Einverständnis. Die Frage des Abtransports der Kinder würde schon noch geregelt werden. Sie waren ja nicht zum Verhandeln gekommen, sondern als Überbringer einer klaren Aufforderung. Wenn der Imam meinte, so den Großkhan mehr zu erfreuen, dann war das Sache zwischen den beiden. Also nickten die Gesandten und achteten nicht darauf, daß der Imam seinem Vertrauten Hasan ein Zeichen gegeben hatte und der Raum sich mit immer mehr Bewaffneten füllte. Die schoben sich nicht etwa an die Gruppe der Mongolen heran, sondern hielten sich sichtbar zurück, ja, einige, die der Gesandtschaft zu nahe gekommen waren, wurden von Hasan, der auf strikten Abstand achtete, weggezogen und abgedrängt.

»Mein Geschenk wird den Großkhan von den Zinnen grüßen, es werden Eure Köpfe sein«, wandte der Imam sich jetzt direkt an seine Gäste, und seine Stimme klang so, als spräche er die Einladung zu einem Gastmahl aus. »Eure abgehackten Füße werden ihn sicher nach Alamut führen, und Eure Hände werden ihm den weiten Weg hierher weisen.«

Sein lächelnder Blick forderte Herlin auf, nun sein Geschenk den Mongolen sprachlich zu vermitteln. Der brachte es nicht fertig, dabei zu lächeln, sondern stieß gesenkten Hauptes die Urteilsworte aus, zumal er bemerkt hatte, daß Zev Ibrahim in den Saal gerollt war und sich gleich neben mir an einer der Säulen postiert hatte.

Die Gesandten hatten erst ungläubig, dann verschreckt und schließlich erzürnt die Übersetzung vernommen. Sie rückten eng zusammen, uneinig, ob friedliche Gegenrede oder verzweifelte Attacke mit bloßen Händen ihr Leben retten könnte, bis sich ihr Anführer durchsetzte und brüllte: »Das werdet Ihr nicht wagen, furchtbar wird die Rache –« Da hatte Zev Ibrahim schon einen in der Säule verborgenen Hebel betätigt, und der Boden klaffte krachend genau dort sternförmig auseinander, wo die Gesandtschaft stand. Alle stürzten sie in die Tiefe, ein paar vorwitzige Assassinen mit sich reißend, und klatschten dumpf im Kessel auf.

»Schlachtet die Ochsen, wie Euch angegeben!« befahl der Imam dem Hasan. »Vor dem Mittagsmahl will ich mich am Schmuck der Zinnen erfreuen. Die Rose wird diese Blattläuse für einige Tage auf ihrem Blütenrand ertragen müssen.«

Wie Du siehst, lieber William, geht es uns gut, und wir verleben auf Alamut nichts als schöne Stunden der Heiterkeit. »Das Wesen der Rose ist von religiöser Inbrunst bestimmt, einzig und allein dem Dienst an Allah geweiht, dem Erfahren letzter großer Sternweisheiten und heiliger Mysterien wie der Liebe gewidmet.«

Dein Dich überhaupt nicht vermissender Roç.

L. S.

An William von Roebruk, O. F. M., von Yeza, O. C. M.

Darf man Menschen schlachten wie Vieh? William, das würdest Du klar ablehnen, auch wenn Deine Empörung sich in Grenzen halten dürfte. Sie hängen unten bei Zev an der Decke einer in den Fels getriebenen Kammer und wirken eigentlich wie ausgeweidete magere Schweine, so ohne Kopf, Hände und Füße. Ich werde die nächsten Tage kein Fleisch essen. Als ich zu Zev Ibrahim in den Keller stieg, hab' ich auf der Suche nach Roç die falsche Tür aufgemacht. Kein erhebender Anblick, zumal die Schlächter über den Befehl des Großmeisters hinaus den armen Mongolen auch sonst noch alles abgesäbelt haben. Ich traf meinen Freund nicht, ich glaube, er läuft mir davon. Der Ingenieur war damit beschäftigt, den Mechanismus seines Räderwerks instand zu setzen, und schwamm zu diesem Behufe in einer Nußschale im Wasser eines der vielen Becken. Sein tiefer Schwerpunkt kam ihm beim steten Kampf um das Gleichgewicht zur Hilfe. Was ›Zev auf Rädern‹ sich wohl beim Anblick dieser massakrierten Körper denkt? Er kam an den Rand des Beckens gerudert, wo sein rollendes Gefährt stand. Mit einem behenden Griff seiner Hände flankte er geschickt seinen Rumpf – ohne anzuecken – über die Brüstung in den Stuhl.

»Du mußt mehr auf Roç achtgeben«, vertraute er mir an, während ich ihn schob, was er gern hat, wenn man seine Befehle genau befolgt.

»Der Junge ist in einer schwierigen Phase, kein Kind mehr – und doch noch nicht in die Welt der Männer aufgenommen. Ich möchte nicht erleben, daß er diesen Schritt aus Ungeduld unbedacht vollzieht!«

»Er meidet mich wohl grad aus diesem Grund«, gab ich ihm zu. »Denn er weiß, daß es unsere Bestimmung ist, diesen Schritt gemeinsam zu gehen. Ich bin bereit«, fügte ich trotzig hinzu.

»Vielleicht läßt du ihn grad das zu sehr spüren, und er hat Angst, bei dir zu versagen«, murmelte Zev Ibrahim, während ich ihn über die Rampen immer höher aus dem Kessel schieben durfte.

»Dem Mutigen gehört zwar nicht die Welt, aber die meisten Weiber werden ihm verfallen! Wer zagt, der nichts gewinnt!« erging ich mich in Allgemeinplätzen, denn das Gespräch war mir unangenehm. Schließlich waren Roç und ich uns von Kindheit an vertraut, und wozu hatten wir die Gabe der Sprache, wenn nicht, um uns über alles auszusprechen?!

Ich fuhr Zev auf seinen Rädern bis zu den Körben, die zum Palast hinaufführten. Da trat Ali zu uns und sagte: »Ich kann Roç nirgends finden. Der Großmeister will, daß wir bei der Zeremonie zugegen sind und –«, er fiel in einen verschwörischen Flüsterton, »– Omar würde sich freuen, dich noch einmal zu sehen, bevor –«

Ich unterbrach ihn ärgerlich – sein weibisches Getratsche schien mir unwürdig – und antwortete laut: »Wenn einer meiner Freunde in den Kampf zieht, will ich gern die *damna* sein, die ihren Ritter verabschiedet!«

Ich wußte, daß Omar beim nächsten Trupp dabeisein würde, der vom Großmeister ausgesandt wurde, »Tod zu säen, ohne den Tod zu fürchten«. Den eigenen. Er mußte dafür bestraft werden, daß er Roç und mich mit nach Iskander genommen hatte. Der blöde Ali hatte das sorgfältig geplante Unternehmen verpatzt, und Hasan hatte beim Imam durchgesetzt, daß die fällige Todesstrafe für Omars Vergehen in diese ›Bewährung‹ umgewandelt wurde, die aber dennoch wenig Aussicht auf ein Überleben bot. Ich mußte also tapfer sein. Ich nahm den nächsten Korb, ließ Ali nicht mitfahren und schwebte dem Palast entgegen. Würde ich überhaupt die Möglichkeit bekommen, Omar noch ein letztes Wort zu sagen? Er hatte es verdient, denn wir waren es gewesen, die ihn zu dem Ausbruch nach Iskander überredet hatten.

Im Audienzraum herrschte feierliche Stille. Die vierzehn *muchtarrat* Fida'i knieten in zwei Reihen zu Füßen der Treppe, die hinaufführte zum Thron. Der war noch leer. Ich entdeckte Omar in der vorderen Reihe und versuchte, mich durch Zeichen bemerkbar zu machen, aber er blickte nicht auf. Die Jünglinge beteten. Rechts und links des Thronsitzes hatten wie immer die Würdenträger Aufstellung genommen. Ich sah meinen Meister Herlin und auch Zev Ibrahim, der als einziger das Recht hatte, in seinem Gefährt sitzen zu bleiben. Ich blickte zu Omar hinüber. Ob er wohl mein Bild im Herzen trug? Ich dachte an seinen männlichen Körper, daran, wie wir in Iskander im See einander um die Beine getaucht waren. Dies war seine letzte Nacht. Sollte ich nicht doch mit ihm schlafen? Dann setzten Trommeln ein, erst ganz dumpf und leise, und zu ihnen gesellten sich Schalmeien. Aus der Tür, die von der Bibliothek und aus dem Harem herniederführte, trat Hasan, gefolgt vom Imam, der ganz in Weiß gekleidet war. Sein Sohn Khurshah desgleichen. Er war für lange Zeit von seinem Vater auf Reisen zu den umliegenden Assassinenfestungen geschickt worden, damit er sich dort die Hörner abstieß. Ich hatte das Kalb nicht vermißt. Sein Vater nahm auf dem Thron Platz, alle hatten sich niedergeworfen, und Seine Heiligkeit Muhammad III. sprach: »Es geht der Wind, wohin es ihm gefällt, es fällt der Samen zu Boden, wenn die Zeit der Reife gekommen ist. Ich aber bin der Sturm, der weiß, wohin er bläst, und ich bin der Sämann, der den Samen in den Sturm wirft.«

Er wandte sich jetzt an die vor ihm knienden vierzehn *muchtarrat* und gab ihnen das Zeichen, sich zu erheben. Die Musik wurde lauter,

Pauken und schrille Flöten fielen ein. »Ihr seid mein Samen aus Eisen und Stahl. Ich sende euch aus wie ein Ungewitter, das rastlos über Berge und Täler tobt, bis es sein Ziel gefunden. Wie eine dunkle Wolke zieht Ihr über die Weiten der Steppe, bis Ihr den Mann erspäht, den mein Blitz treffen wird. Ob Ihr lautlos heranschleicht oder euch donnernd naht, ob Ihr verkleidet sein törichtes Vertrauen gewinnt oder im Amoklauf zu ihm dringt – das ist allein die Entscheidung des reifen Samens, der sich zur Erde senkt und dort keimt, wenn er spürt, daß Zeit und Ort gekommen sind, sich mit ihr zu vereinen. So werden sich eure Dolche in das Herz des Mannes senken, der dazu ausersehen ist.«

Die Schalmeien und Flöten setzten aus. Khurshah hatte mich entdeckt und schickte mir ein plumpes Zwinkern seiner Kälberaugen. Nun schwieg auch die Pauke, nur die Trommeln rührten noch im gespannten Stakkato. »Möngke, der Großkhan, ist der Humus, in dem der Samen aufgehen wird. Tötet den Herrscher der Mongolen!«

Ein Paukenschlag, die bislang stummen Hörner sprangen ein, die Schalmeien jaulten vor Freude, und die Flöten jubilierten. Die vierzehn Fida'i, darunter mein Omar, umarmten sich paarweise. Zu zweit würden sie auch in den Kampf ziehen und sich in den Tod stürzen, wenn es denn sein mußte. Es mußte wohl sein. Auch das, was sich nun anschloß. Hinter dem Thron hatte sich die Wand geöffnet, eine Doppeltür, die in der Vertäfelung nicht einmal verborgen war, sondern sich schon immer verlockend abgezeichnet hatte. Es war, das wußte ich, der direkte Zugang zum ›Paradies‹. Lichterschein drang heraus, und meine Pola erschien mit ihren schönen Huris auf der Schwelle. Sie waren übertrieben herausgeputzt, mit Schmuck behängt und in so wenig Tüll gesteckt, daß ihre Nacktheit darunter erst recht zur Geltung kam. Sie winkten den *muchtarrat*. Der Großmeister ermunterte sie unter aufreizender Musik und dem erregten Geschrei der Zuschauer. »Das ›Paradies‹ steht ihnen offen! Das ›Paradies‹! Die schönsten Huris erwarten die Glücklichen!«

Die meisten der Fida'i ließen sich nicht lange bitten. Khurshah wollte sich ihnen anschließen, aber sein Vater ertappte ihn und holte ihn mit einem Nackenstüber zurück. Mein Omar zögerte; er ging als letzter, aber er ging! Sollte ich seinen schönen, behaarten, warmen Körper einer Huri überlassen? Sollte sie unter tausend heißen Küssen erfahren, welchen Schatz er unter dem Lendentuch trug? Ich sprang auf und rannte, um auf dem mir vertrauten Weg über die Treppe meines Meisters Herlin zumindest bis in die Gemächer meiner Freundin zu gelangen. Von dort aus würde ich mir schon Zugang zu den kleinen Kammern verschaffen, in denen die Huris ihre Helden erwarteten. Ich würde die nächstbeste an den Haaren herauszerren, sie irgendwo einschließen und mich an ihrer Stelle im Dunkel auf dem Lager bereithalten. Mit diesem etwas wilden Vorsatz – ich sehe Dich lachen, William – stürmte ich durch die Bibliothek. Mein Omar in den Armen der dicken Laila! Ich sah sie vor mir, wie ihre fetten Brüste schwappten und ihre mächtigen Schenkel sich auftaten, doch ich brachte es nicht übers Herz, mir Omar in dieser wollüstigen Umarmung vorzustellen. Ich konnte ihn nirgendwo erblicken. Er suchte mich, und ich wollte ihn nicht enttäuschen. Atemlos erreichte ich das Schlafgemach der Pola. Sie war nicht da. Die Unersättliche! Die Schamlose! Ich sprang durch die Tür auf die Wendeltreppe, den einzigen Zugang nach unten in den Garten des ›Paradieses‹. Sie war verschlossen! Ich rüttelte. Pola, die falsche Schlange! Hatte ich ihr nicht von Omar vorgeschwärmt? Hatte sie nicht schon in Iskander ein Auge auf ihn geworfen? Jetzt war sie herabgestiegen, breitete wie eine gewöhnliche Huri die Arme aus, öffnete ihren gierigen Schoß und nahm sein starkes Begehren in sich auf, das mir galt, mir ganz allein! Ich trat gegen die Tür, warf mich dagegen, trommelte mit den Fäusten. Es half alles nichts. Unter den Fenstern wurde viel stärker, brünstiger als sonst gekichert und gelacht. Darunter mischten sich ungewohnt die Männerstimmen, derb und erregt. Ich versuchte, die von Omar herauszuhören, doch es wollte mir nicht gelingen. Ich wollte ihn nicht mehr hören, den Verräter. Ich wollte ihn nie mehr wiedersehen! Ich ließ mich auf Polas Bett fallen, barg mein Haupt in den Kissen und biß hinein, aber ich weinte nicht. Ich hätte natürlich aus einem der Fenster klettern können, über die Schlingpflanzen am Mauerwerk bis in die Äste der Bäume. Dann wäre ich im ›Paradies‹ gelandet, die Huris hätten sich über mich lustig gemacht oder mir gar die Kleider vom Leib gerissen. Nein, es war vorbei, zu spät! Jeder da unten, das hörte ich an den Geräuschen, hatte seinen Schoß gefunden, und zweite Wahl wollte ich nicht sein. Omar lag jetzt schon zwischen den Schenkeln der unersättlichen Pola, oder sie, die Meisterin, hockte auf ihm, hatte von seinen Lenden triumphierend Besitz ergriffen und trieb den Hengst. Meine Hand war unter meinen heißen Bauch geglitten, hatte sich in das auf- und niederfahrende Tor geschoben, fand auch gleich den Schlüssel zum Paradies. Meine Finger rüttelten, ich dachte an Omar, den Herrlichen, und an Pola, die Gräßliche. Mein Schlüssel wuchs mir in der nassen Hand, ich warf mich herum, und die Tür sprang auf. Ich trat ein, ich lief, ich rannte, ich keuchte, ich erlahmte, ich seufzte, ein Zittern durchlief meinen Körper, ich war eingeschlafen. Gute Nacht, William.

Deine auch in der Liebe zu nichts nutze Yeza, O. C. M.
L. S.

EIN WÜRDIGER MISSIONAR
LIBER I
CAPITULUM IX

Chronik des William von Roebruk, Ostia, am Fest der hll. Kletus und Marcellinus A. D. 1252

Noch Winter und Frühling sollten vergehen, bis ich Hoffnung schöpfen durfte, aus der Gastfreundschaft des Kardinalerzbischofs entlassen zu werden. Nach Fertigstellung der *Mappa Terrae Mongalorum* begehrte der Herr Rainaldo, eine schriftliche Einschätzung der zukünftigen Politik des Großkhans von uns Minderen Brüdern zu lesen. Meine Mitbrüder drückten sich. Lorenz von Orta täuschte Rheuma im Rücken und Gicht in den Fingern vor, Bartholomäus von Cremona gab wichtige Arbeiten in seinem Archiv als Hinderungsgrund an.

Die Expertise blieb an mir hängen, hatte ich mich doch als der erfahrene Spezialist für Mongolenfragen erwiesen, als ich die Wahl Möngkes durch den Kuriltay richtig erraten hatte.

Und diesmal stand mir kein Cimabue zur Verfügung, nur die *Ystoria* meines Ordensbruders Pian del Carpine. Aus ihr zu zitieren ließ mein Stolz nicht zu. Also bedachte ich das Faible meines Gastgebers für den Reichsgründer Alexander den Großen; ich rühmte seine Feldzüge und verglich sie mit der Eroberungspolitik der Mongolen, um gleich vorweg festzustellen, daß es sich bei den Völkern der Steppe nicht um Politik, sondern lediglich um Heeresstrategie handele. Ich wagte kühn darzulegen, daß alles zu ihrem Besten lief, als sie unter Dschingis-Khan mit ihren schnellen Reiterheeren vorstießen, Reiche unterwarfen, wenn nicht zerstörten, und sich dann wieder auf ihre Basis in der Steppe zurückzogen, sich immer wieder auf ihren Ursprung als Nomadenvolk besannen. Würde Möngke jedoch seine Pläne wahrmachen, die er bei seiner Wahl, wenn nicht zum Behufe seiner Wahl, verkündet hatte, dann würden die nächsten Eroberungen durch seine Brüder zu dauerhaften Besetzungen führen, was über kurz oder lang zu Reichsgründungen führen müßte. Solche Reiche würden eigene Interessen entwickeln, hinter denen die Zentralmacht des Großkhans zwangsläufig zurückzustehen hätte. Der Khan aller Khane würde also geschwächt, sein großartiger Titel ›Herrscher der Welt‹ zur leeren Worthülse. Zum anderen würden sich in den neuen Reichen die Phänomena mongolischer Stärke nicht wiederholen können. Das Leben in Städten oder an festen Orten schaffe eine Feudalstruktur orientalischer Prägung mit unbeweglichen und keineswegs selbstlosen Verwaltungshierarchien. Der Vorteil des schnellen Zusammenziehens einer geballten Angriffsmacht ungekannten Ausmaßes, der alleinigen Kommandogewalt des Großkahns unterstellt, werde abgelöst durch die Abhängigkeit von Vasallen, Bündnissen, Verhandlungen und Kompromissen. Alles in allem werde die weitere Ausdehnung des Mongolenreiches sein Ende einläuten wie eine gefüllte Schweinsblase, die erst den Wein gut hält, aber durch Aufblasen so dünnhäutig wird, daß ein Nadelstich sie zerstören kann, wenn sie nicht von selbst zerplatzt. Zu diesem Schluß kam ich, und darauf bin ich sogar recht stolz. Ich erinnerte auch an den Zerfall des Alexander-Reiches unter seinen Erben.

Der Graue Kardinal brauchte anscheinend mehrere Tage, um meine Thesen zu verdauen, dann rief er mich zu sich. »William«, sagte er ohne Umschweife, »mag sein, daß Möngke als Großkhan das Ende einläutet, aber das bedeutet doch auch, daß unter seiner Herrschaft das Reich der Mongolen seine größte Ausdehnung erfahren wird. Schon jetzt stehen ihre Heerscharen an unseren Grenzen. Wohin sollen sie vorstoßen, wenn nicht in die von unserer Habgier zerrissenen, von unseren Streitigkeiten bis zur Hilflosigkeit geschwächten Länder rund um das *Mare Nostrum*? Wer sollte sie daran hindern?«

Ich dachte lange nach. »Sie sich selbst!« behauptete ich einfach. Als ich jedoch sah, daß dies ungläubiges Stirnrunzeln erzeugte, ging ich das Thema anders an. »Erstens haben wir es nur mit dem zukünftigen Westherrscher zu tun, das ist Hulagu. Der muß viel Feindesland durchqueren, bevor er unsere Gestade zu Gesicht bekommt. Und dabei hat er es nicht mit Steppenvölkern zu tun, für die eine ›Unterwerfung‹ eine rein materielle Frage ist, sondern vor allem mit der Welt des Islam, einer spirituellen Macht, die aus ihrem Glauben Kraft bezieht, wenn sie nicht sogar Einigkeit entwickeln wird.«

»Die wir Christen ihnen, zu unserem Glück, nie aufgezwungen haben!«

»Das gleiche wird ihnen widerfahren, wenn sie das Abendland tatsächlich und nachhaltig bedrohen.« Eine kühne Behauptung, dessen war ich mir bewußt.

»Wissen die Mongolen das?« fragte Rainaldo di Jenna spöttisch. »Es nützt mir nichts, wenn Rom in Flammen steht, bevor Herr Hulagu, mit den Schätzen der Kirche beladen, zum Rückzug bläst!«

»Es ist ihnen rechtzeitig klarzumachen, daß sie den ›Rest der Welt‹ niemals beherrschen können, wenn sie nicht –« Mir kam plötzlich wie eine Vision die Bestimmung des Königlichen Paares in den Sinn. Mit Roç und Yeza als eingesetzte Herrscher könnten sie vielleicht... Ich versuchte mir die beiden als ›Oc-Khane‹ vorzustellen, als ›Könige des Okzidents‹, so wie ich sie damals in Konstantinopel in ihrer Mongolentracht vorgeführt hatte.

»William«, sagte der Graue Kardinal, »du denkst an die Kinder?!«

Das war keine Frage. Ich nickte. Er schwieg lange. »Die Tataren haben sie nicht und dürfen sie auch niemals bekommen!«

Das klang drohend. So erwiderte ich schnell: »Sie wissen nichts von der Bestimmung –«

»Blödsinn!« wies er mich zurecht. »Eine Bestimmung bekämen diese Bälger des Teufels, diese Stauferbastarde und Ketzerbrut erst und einzig und allein, wenn sie in die Hände der Mongolen gerieten und ihnen jemand wie du das Rezept zu ihrer Verwendung gleich mitliefern würde!«

Der hohe Herr hatte sich in Rage geredet. Ich sah schon, wie er dem Inquisitor die Todesurteile aushändigte, sowohl für mich als auch für Yeza und Roç.

»Ihr könnt das geheime Wissen um den Großen Plan nicht mit dem Leben eines einzelnen unbedeutenden Minoriten auslöschen.« Angriff war jetzt meine beste Verteidigung. »Ihr solltet eher dafür sorgen, daß sie nicht in falsche Hände fallen!«

»Wenn wir soweit sind, William, daß du mir Ratschläge erteilst« – er war jetzt wieder von ironischer Kälte –, »dann unterbreite mir deinen großen Plan, der besser sein muß als meine simple Schlußfolgerung, daß der Tod der Kinder der sicherste Schutz vor Mißbrauch ist. Vitus von Viterbo hatte doch recht!«

Der fehlte mir noch gerade! Ich dachte angestrengt nach und lachte, um es nicht zu zeigen.

»Ihr wollt die Mongolen davon abhalten, ihren Hammel vor Sankt Peter zu braten? Dann muß man sie wissen lassen, daß dieses Vergnügen ihnen ohne die Kinder nicht vergönnt sein wird. Also sollte einer wie ich ihnen das Rezept, das einzige Mittel zur Herrschaft über den ›Rest der Welt‹, Rom inklusive, anpreisen und es ihnen durch vorgetäuschten Verrat überzeugend schmackhaft machen! Gleichzeitig ist dafür Sorge zu tragen, daß die Kinder in Sicherheit sind! Nur das könnte die Mongolen davon abhalten, zu prüfen, wie sich San Giovanni in Laterano als Pferdestall eignet. Die Größe ist ja verlockend.«

Ich erlaubte mir jetzt auch Spott, weil ich sowieso um meinen Kopf spielte.

»Sind die Kinder tot, dann unterscheidet sich das Patrimonium Petri, das gesamte Abendland, in nichts von den Ländern, die sie sowieso und wie üblich erobern, sich unterwerfen oder ausrauben und zerstören. Ihr habt die Wahl, Exzellenz!«

Herr Rainaldo schaute mich nicht gerade begeistert an, aber er gab sich versöhnlich.

»Du kannst dich jetzt unbesorgt zu Tische begeben, William von Roebruk, ich werde dich nicht vergiften. Für dich denke ich mir etwas Besonderes aus.«

Er lächelte. Ich erwiderte: »Hoher Herr, habt Dank für Speis' und Trank.«

Danach vergingen wieder etliche Tage, in denen mir das Essen nicht schmeckte und ich des Nachts schlecht schlief. Bartholomäus von Cremona war mir als Barth, der Giftmörder im Dienst des letzten Grauen Kardinals, noch in übler Erinnerung. Er würde nicht auf mich, sondern auf die Kinder angesetzt werden – besonders wenn die Gefahr bestand, daß sie doch in die Hände der Mongolen fielen. Dann würden die Häscher, als Missionare, Pilger, oder Gesandte verkleidet, mit der tödlichen Mixtur in Scharen nach Karakorum strömen und nichts unversucht lassen, bis ihr christlicher Auftrag erfüllt ist. Pax et Bonum. Amen.

Der Lichtblick war die Ankunft von Crean de Bourivan. Da der konvertierte Assassine zu diesem Zeitpunkt mit seinem Gefolge schlecht als Gesandtschaft des Imams der Ismaeliten durch das gesamte Abendland reisen und noch weniger seinen eigenen Namen benutzen konnte, der ihn als Abkömmling einer Ketzerfamilie verraten hätte, trat er als Kaufherr aus Tripolis auf. Crean hatte seine Taktik nach den bisherigen Mißerfolgen geändert. Er gab sich weder als Assassine zu erkennen, wenn er vor seinem Gesprächspartner stand, noch bat er um Hilfe für das bedrohte Alamut. Er bot vielmehr seine Vermittlerdienste an, wozu ihn ein Beauftragungsschreiben Muhammads III. berechtigte. Er hatte schon bei seinen vergeblichen Vorsprachen in Antioch, Akkon und auch in Foggia bei König Manfred festgestellt, daß nichts die Herzen der Christen so versteinerte wie das Eingeständnis von Hilflosigkeit und Not. Er hatte einen Handel zu bieten. Alamut besaß die Kinder.

Ich bekam den Verlauf der Verhandlung von Lorenz gesteckt, der plötzlich von allen Gebrechen wieder genesen. Der Kardinalerzbischof wußte durchaus, mit wem er es zu tun hatte. Barth hatte es sich nicht nehmen lassen, mir zu zeigen, wie gut sein Informantendienst funktionierte. »Der Sohn des John Turnbull mag sich als Metropolit von Nowgorod verkleiden, der Glaubensverrat stinkt ihm voraus wie ein Furz des Bocksbeinigen!«

Keine schlechte Idee, dachte ich, Creans Züge erinnerten tatsächlich an die eines asketischen Priesters. Ich würde ihm die Camouflage empfehlen, wenn es mir endlich gelingen sollte, ihn allein zu fassen zu bekommen.

Herr Rainaldo und sein Adlatus sorgten dafür, daß es mir nicht gelang. Sie stellten den Ismaeliten einen Kreuzzug des Charles d'Anjou vom Schwarzen Meer aus in Aussicht, mit Hilfe der Könige von Armenien und Georgien, Brüder im Glauben, denen ebenfalls beizustehen sei gegen das Joch der Tataren, nur müsse Herr Charles zunächst hier mit der teuflischen Stauferbrut aufräumen. Einmal im Besitz von Sizilien, sei die Ausdehnung der *Ecclesia catolica* über griechischen Boden hinaus durchaus wünschenswert und werde auch der bedrängten *Terra Sancta* spürbare Entlastung bringen. Alamut als am weitesten vorgeschobenes Fort des Okzidents sei durchaus denkbar, aber sicher nicht als Aufenthaltsort für die dort höchstlich gefährdeten Königlichen Kinder.

»Herr Rainaldo sprach von ›unseren lieben Kindlein‹, und es ging ihm glatt runter wie Öl«, berichtete mir Lorenz grinsend. »Und sein Fuchs, der Barth, der echote sogleich: ›Nichts liegt der heiligen Kirche mehr am Herzen als die Sicherheit des gebenedeiten jungen Paares.‹ Dem Crean müssen die Ohren geschmerzt haben vor soviel falschem Geklingel!«

»Hoffentlich!« sagte ich. »Er darf den Barth nicht einmal in Roçs und Yezas Nähe kommen lassen. Der ist wie diese Schlangen, die ihr Gift auch aus vermeintlich sicherer Distanz wie einen Pfeil verspritzen!«

»Der Kardinalerzbischof hat Crean dann doch allen Ernstes vorgeschlagen, die Assassinen sollten dem Heiligen Stuhl jetzt schon die Kinder übergeben, dafür wolle sich die Kirche verpflichten, binnen Jahresfrist diesen Abschreckungsvorstoß, diese Expedition in den christlichen Kaukasus, durchzuführen.«

»Crean wird den Teufel –!«

»Richtig«, sagte Lorenz. »Er hat geantwortet: Wenn Herr Charles binnen eines Jahres die Kinder persönlich mit einem christlichen Heer aus Alamut abholt, dann wolle man sie ihm mit Freuden aushändigen. Bis dahin wolle man die Mongolen hinhalten, die auch schon ein starkes Interesse an den Kindern bekundet hätten.«

»Da ist Herr Rainaldo blaß geworden?« mutmaßte ich, und Lorenz bestätigte mir das.

»Er wolle alles unternehmen, um den Erfolg des Anjou in Sizilien zu beschleunigen, hat er versprochen. Die Kinder in den Händen der Mongolen wäre eine Katastrophe, die Alamut der alsbaldigen Vernichtung preisgeben und das Abendland äußerst tief und bedauerlich treffen, aber es nicht umbringen würde.«

»Und wie hat Crean reagiert?«

»Er hat gesagt, die Assassinen seien es gewohnt, dem Tod ins Auge zu schauen. Sie seien auch noch im Todeskampf fähig, derjenigen liebevoll zu gedenken, die sie in diese Lage gebracht hätten. Sollte Alamut fallen, seien nicht nur für die Sieger, sondern auch für alle Herrscher dieser Welt, die den Ismaeliten den Beistand verweigert hätten, so viele Dolche unterwegs, daß keiner ihnen entkommen könne. Wenn der Imam ins Paradies einzöge, würden viele Könige des Abendlandes und vielleicht auch der Papst oder sein Stellvertreter sich vor ihm verbeugen.«

»Solche Drohungen hört der Graue Kardinal gar nicht gern«, sagte ich und lag damit richtig.

»Doch sie reichte aus, um davon Abstand zu nehmen, Crean in den Kerker zu werfen oder zu belästigen. Der schlug dann auch wieder ganz versöhnlich vor, der Herr Kardinalerzbischof solle ihm doch den Franziskaner William von Roebruk mitgeben oder schicken, damit der für die Kirche das eine Jahr über das Wohlergehen der Kinder wache.«

»Und?« fragte ich gespannt.

»Herr Rainaldo meinte, das ginge nicht. ›Dieser kundige und von uns geschätzte Minorit ist – zusammen mit Bruder Bartholomäus – von König Ludwig IX. für eine neue Mongolenmission ausersehen worden‹!«

Das war ein Schlag! Ich mußte mich erst mal setzen.

»Treibst du auch keinen Scherz mit mir, Lorenz?«

»Wenn du mir nicht glauben willst, William, laß es dir doch von Gavin bestätigen!«

Lorenz tat beleidigt. »Der ist gerade eingetroffen und wußte auch bereits davon!«

Da wurde ich auch schon von Barth in den Audienzsaal gerufen.

Anwesend war der Herr Rainaldo, diesmal feierlich umgeben von etlichen Diakonen und wohl eiligst zusammengetrommelten *camerlenghi* und *capitani* des päpstlichen Heeres. Auch Gavin war mit einer Templerriege erschienen, die seinem Rang als Präzeptor des Ordens entsprach. In ihren langen weißen Mänteln mit dem roten Tatzenkreuz wirkten sie übertrieben feierlich, ein Eindruck, der durch die bunte Schar Creans Gott sei Dank gemildert wurde. Ein Knabenchor sang:

»*Virga Jesse virgo est Dei mater,*
flos filius eius est cuius pater. O!
Huic flori preter morem edito
canunt chori sanctorum ex debito.
Laus, laus, laus et iubilatio,
postestas cum imperio
et sine termino
caelorum Domino.«

Mir wurde flau im Magen. »Ein große Ehre ist dir widerfahren, Bruder Guilelmus von Roebruk«, intonierte der Kardinalerzbischof mit wohlklingendem Bariton. »Der machtvolle König von Frankreich, der gottgefällige Herr Ludwig, hat dich dazu ausersehen, seine Botschaft dem Großkhan aller Mongolen ins ferne Karakorum zu überbringen.«

Er machte eine Pause und sah mich so bedeutungsvoll an, daß mir ganz schwindelig wurde.

»Um den Erfolg dieser Mission sicherzustellen, haben wir geraten, daß du nicht als Gesandter vor den Herrscher der Mongolen trittst, sondern – in des Wortes wahrer Bedeutung – als Verkünder des Wortes Christi, als einfacher Missionar. So ist es beschlossen«, fügte er noch hinzu, in der Erwartung meines demütigen Kniefalls. Ich dachte nicht daran, diese Bürde auf mich zu nehmen.

»Ich bin nicht würdig«, sagte ich in glücklicher Selbsterkenntnis. »Ich habe diese wunderschöne Reise schon einmal durchführen dürfen und das liebliche Land, seine herrlichen Menschen und die überwältigende Gastfreundschaft des Großkhans kennengelernt, der mich mit Ehren überhäufte. Und wie habe ich es der Kirche gedankt? Unwert habe ich mich erwiesen! So will ich diesmal bescheiden zurückstehen und anderen –«, ich wies auf Bartholomäus, der mich entgeistert anstarrte, und auf Lorenz, der erschrocken den Kopf schüttelte, »– die verdiente Möglichkeit einräumen, sich ewigen Ruhm und den Dank der Kirche zu verdienen.«

Damit verbeugte ich mich knapp und trat zurück.

»William«, sagte Herr Rainaldo betont väterlich, »du darfst Ostia verlassen und diese ehrenvolle und, wie du selbst sagst, ›wunderschöne‹ Reise antreten. Die Mutter Maria wird dich geleiten!«

Bruder Barth deuchte mich kaum die Heilige Jungfrau, noch eine weniger keusche, die mir lieber gewesen wär', und so sagte ich bockig: »Da bleib' ich lieber in Ostia!«

Jetzt herrschte allgemein betretenes Schweigen. Da trat Crean vor und verkündete, er wüßte ein Mittel, mich umzustimmen. Er zog mich in eine Ecke und übergab mir zu meiner größten Freude die Briefe der Kinder. Ich öffnete sie und begann darin zu lesen. Der Herr Rainaldo wurde ungeduldig und sagte: »Meine Herren, zu Tisch! Dieser Minorit zeigt sich wahrhaftig wenig würdig!«

Zwei Wachen vor dem Saal sorgten dafür, daß ich mich mit knurrendem Magen ausschließlich der Lektüre meiner Briefe widmen konnte. Ich wurde schwach. Crean, der noch als einziger bei mir geblieben war, flüsterte mir zu: »Die Kinder brauchen dich!«

Ich überlegte. Wenn ich die Mission annähme, käme ich hier frei. Wenn ich unterwegs auf der Reise verlorenginge, sterbenskrank zurückbleiben müßte, dann könnte ich wieder mit meinem Roç und meiner Yeza vereint sein, und der Barth könnte die Botschaft König Ludwigs allein überbringen. Ich zischte ihm zu: »Du mußt dafür sorgen, daß ich mich nach Alamut ›verirre‹!«

Er nickte und ging.

Ich kam nicht dazu weiterzulesen, denn nun beehrte mich Gavin mit einem Besuch. Seine Stimme hielt der Templer nicht minder verschwörerisch gedämpft.

»Bild dir nicht ein, Mönchlein«, beschied er mir in seinem mir so vertrauten hochfahrenden Ton, »daß du dich in den nächsten Jahren mit den Kindern vergnügt in Alamut tummeln kannst. Dort können sie nicht bleiben! Du mußt unverzüglich dafür sorgen, daß sie den Assassinen entkommen und zurück in den Okzident gebracht werden. Wir decken deine Eigenmächtigkeit, darauf hast du mein Wort. Crean darf davon natürlich nichts wissen!« setzte er überflüssigerweise hinzu und schritt sporenklirrend aus dem Saal.

Endlich wollte ich meine Lektüre beenden, die mein Herz schon mit der Anrede gerührt hatte. Meine kleinen ›Chronisten‹! Da riefen die Wachen, ich möge sofort herkommen. Ängstlich barg ich die kostbaren Blätter an meiner Brust. Man führte mich in das Arbeitszimmer des Grauen Kardinals. Dort saß bereits Herr Rainaldo und erwartete mich mit Ungeduld.

»William«, sagte er knapp, »die Kirche schuldet dir viel für erlittenes Ungemach. Sie wird dir deine Mission danken. Es gibt wenige Franziskaner mit deinen Erfahrungen und deinen Verdiensten. Die Stelle des Generalministers wird nächstens frei.« Er sagte das mit einer Bestimmtheit, daß ich vor meinem geistigen Auge den amtierenden Generalminister ahnungslos seine Suppe löffeln und plötzlich tot zu Boden sinken sah. »Das hohe Amt ist dir sicher, wenn du alle sonstigen Einflüsterungen vergißt, die Kinder aus Alamut herausholst, sie Bartholomäus übergibst und dann, als sei nichts geschehen, deine Mission fortsetzt und vollendest. Den Kindern wird nichts geschehen. Bartholomäus wird sie zu uns bringen.«

Ich sah darauf auch Roç und Yeza brav ihr Süpplein essen, sich ans Herz greifen und vom Hocker fallen. Mich sollte dieses Schicksal wohl erst bei meiner Rückkehr vom Großkhan ereilen, doch gewiß bevor ich irgend jemanden ins Vertrauen ziehen könnte. Wahrscheinlich wird der Barth als Bettler verkleidet am Straßenrand sitzen und mich aus seinem Schälchen kosten lassen. Ich sagte schnell: »Ja, Exzellenz, ich werde die Suppe auslöffeln, wie Ihr befohlen!«

Herr Rainaldo schaute mich befremdet an, nickte aber befriedigt. Ich war entlassen! Ich bekam einen Teller Bohnen mit Speck in den Audienzsaal gebracht und schrieb hastig ein paar Zeilen an die Kinder. »Meine Lieben, ich werde in Bälde bei euch sein und euch befreien. Stellt keine Fragen, sondern tut alles so, wie ich es euch sage. Seid von Herzen umarmt von Eurem William O. F. M.«

Diesen Brief mochte ich Crean nicht anvertrauen, doch ich wußte von Lorenz, daß er aus seiner Delegation einen Kurier bestimmt hatte, der mit einem Zwischenbescheid zurück zum Imam reisen sollte. Crean teilte seinem Großmeister mit, daß er bislang nur auf taube Ohren, verstockte Herzen und vor allem verständnislose Geister gestoßen sei, daß er aber gewillt sei, den Auftrag seines Herrn zu erfüllen und von Hof zu Hof weiterreisen würde. Sollte ihm der Erfolg versagt bleiben, wolle er ihm nicht wieder unter die Augen treten. Er wisse, wie er als Fida'i zu sterben habe.

Armer Crean, dachte ich, da kannst du gleich in den Tod springen! Ich würde solche Versprechen nicht abgeben. Aber Crean hatte seinen Brief schon geschrieben, und der Kurier hatte die Pferde zur Abreise schon gesattelt. An ihn machte ich mich heran, bevor die anderen vom Essen zurückkamen. Ich schärfte ihm ein, mein Schreiben nur den Kindern persönlich zu übergeben. Er ritt los. Am gleichen Nachmittag verließen wir das Castel d'Ostia. Meine Wenigkeit in Begleitung meines Aufpassers Bartholomäus von Cremona in offizieller ›Mongolen-Mission‹; Lorenz von Orta auf seinem Weg nach Otranto als ›Quartiermacher‹; Crean de Bourivan samt Gefolge, der hoffte, vor Neapel im Feldlager des Belagerungsheeres den deutschen König Konrad ansprechen zu können, der dort erwartet wurde. Sein Bastardbruder Manfred, der als Regent den Süden ziemlich selbstherrlich verwaltete, hatte die Assassinen ja schon abblitzen lassen. Unsere Segelreise gen Süden hatte Gavin Montbard de Béthune organisiert, wir würden sie auf einem aragonesischen Schiff unternehmen.

L. S.

WETTERLEUCHTEN
LIBER I
CAPITULUM X

Es regnete in Strömen im Khorasan-Gebirge. Eine Wolke nach der anderen schob sich von der sibirischen Tundra und dem Kaspischen Meer über die Steppe heran, um sich an den zerklüfteten Felsen zu entleeren. Die von el-Din Tusi angeführte Assassinen-Delegation erreichte auf ihrem Heimweg den Brunnen von Iskander. Die sie mehr bewachenden als begleitenden Mongolen unter Ata el-Mulk Dschuveni verlangten, dort zu rasten, um sich zu erfrischen.

Hulagus Kämmerer war sich dessen bewußt, daß er sein ungehindertes Vordringen in ismaelitisches Kernland weder den zwanzig Bogenschützen noch dem halben Dutzend ›Geheimer Kämpfer‹ verdankte, die der Bulgai ihm mitgegeben hatte, sondern dem unsichtbaren, doch weitaus wirksameren Schutz, den Alamut dem el-Din Tusi angedeihen ließ. Je näher die Mongolen dem ›Horst des Adlers‹ rückten, desto gefährlicher wurde die Mission für sie. Dazu bedurfte es nicht der sich mehrenden unheilverkündenden Zeichen: Abgehackte Füße steckten in aufgetürmten Haufen von Feldsteinen, auf windumtosten Paßhöhen und vor Furten durch die reißenden Flüsse. Gleich ekligen Spinnen klebten Hände an Bäumen oder Pfählen, und sie alle wiesen nach Alamut. Noch konnte der Kämmerer den Tusi als eine Art Geisel betrachten oder eher als eine Art Amulett, doch an diesem Ort, weniger als einen halben Tagesritt von der düsteren Festung entfernt, war das nicht viel mehr wert als die *chamsa*, die er um den Hals trug. Würde sie ihn schützen vor dem *âin al hasud* von Alamut?

Er rief Kito zu sich, den Sohn des Generals Kitbogha, und sagte:

»Reite ein Stück voraus und melde mir, ob du größere Gruppen um uns herum entdecken kannst. Postiere die Hälfte der Bogenschützen auf den Dächern der umliegenden Häuser, und stell in allen vier Himmelsrichtungen Wachen vor das Dorf.«

Kito war stolz, diese Befehle in die Tat umsetzen zu dürfen, vor allem aber als Vorhut bestellt zu werden. Er wollte gerade lospreschen, da rief Dschuveni, sich der Verantwortung gegenüber dem Vater bewußt, dem jungen Draufgänger noch nach: »Aber laß dich auf keinerlei Kampfhandlungen ein!«

Kito zügelte sein Pferd, erteilte die Anweisungen und kontrollierte deren Ausführung, bevor er endlich als Späher aufbrach.

Da trat einer der älteren Dorfbewohner zu Ata el-Mulk Dschuveni und grüßte ihn: »*Assalamu aleikum. Allah jahmik! Ahlan ua sahlan.* Warum beleidigst du unsere Gastfreundschaft und mißtraust diesem Dorf und seinen friedliebenden Bewohnern?«

Der Kämmerer erwiderte den Gruß des Mannes mit strengem Blick: »Am Fluß, den wir durchqueren mußten, haben wir einen Steinhaufen gefunden, aus dem Fußknochen von Menschen emporragten.«

Der Mann, der Vater des Omar, bedachte, wie gut es Allah mit ihm gemeint haben mußte, als er ihm eingegeben hatte, zuvor die Stiefel von den Füßen zu ziehen. Die Fremdlinge, die so bedrohlich von Iskander Besitz ergriffen hatten, trugen alle solche Stiefel, aus weichem Leder, bestickt und gefüttert. Ihm war das Schuhwerk zu klein gewesen, und deshalb hatte er es seiner Tochter Aziza geschenkt. So antwortete er ruhig: »Die Füße hat einer verloren, der zu weit gegangen ist, ohne den rechten Weg zu wissen. Ein Felssturz hat ihn zerschmettert. *Insch' allah! Hadha ahdhar!*«

Die Nachricht von der Rückkehr der Delegation der Assassinen und ihrer fremdländischen, kriegerischen Begleitung war von Berggipfel zu Berggipfel gesprungen, bis der Mondspiegel von Alamut sie auffing, die Priesterin sie eiligst niederschrieb und mit der herbeigerufenen Kugel hinab zu Zev Ibrahim schickte.

Dem war sofort klar, daß es sich um eine mongolische Begleitmannschaft handeln mußte, und er brachte die Botschaft aus Iskander selbst in den Palast. Der Großmeister befand sich auf Reisen zu tributpflichtigen Orten, und in solchen Fällen war der Emir Hasan Mazandari zu benachrichtigen. Ihm, nicht seinem mittlerweile siebzehnjährigen Sohn Khurshah, hatte der Imam die Befehlsgewalt über die Rose übergeben.

Doch als der Ingenieur in seinem Rollstuhl sich oben aus dem Korb manövriere, traf er den Favoriten und den Kronprinzen an.

»El-Din Tusi ist auf dem Heimweg bereits am Brunnen von Iskander angelangt!« rief Zev ihnen zu.

»Dann wird er morgen hier eintreffen«, erwiderte Hasan kühl und nahm ihm das Papier aus der Hand, ohne einen Blick darauf zu werfen. »Deswegen hättest du dich nicht herbemühen müssen.«

»Unser Abgesandter ist aber nicht allein zurückgekehrt«, bemerkte Zev spitz. »Eine mongolische Gesandtschaft unter einer hochstehenden Persönlichkeit begleitet ihn –«

Das saß. Hasan erbleichte und fuhr Khurshah an, als ob der für seines Vaters Greuel verantwortlich wäre: »Laß sofort die verdammten Köpfe von den Zinnen räumen! Ich werde ihnen entgegenreiten und versuchen, sie aufzuhalten!«

Doch Khurshah bockte. Er verschluckte das »Mach's doch selber!«, das ihm auf der Zunge lag, und maulte: »Das magst du befehlen, mir gehorcht hier ja doch keiner!«

Sie fuhren mit dem nächsten Korb nach unten. Hasan ließ sofort den Gong schlagen. Die Fida'i strömten aus dem Kessel herbei, und Hasan teilte sie ein, nicht nur die Schädel mit den mongolischen Kappen restlos von den Mauerkronen zu entfernen, sondern auch alle Beutestücke, die an die hingemetzelte mongolische Gesandtschaft erinnern könnten, einzusammeln und bei Zev Ibrahim im Keller abzuliefern. Mit diesen Anweisungen beschäftigt, fiel es Hasan nicht auf, daß sich Khurshah gleich nach der Ankunft im Kessel verdrückt hatte. Der Sohn des Imams sah nicht ein, warum er dem Favoriten die Begrüßung der fremden Gäste überlassen sollte. Dieses Recht stand ihm zu, und er gedachte, seinen schrecklichen Herrn Vater mit dieser Gabe zu erfreuen. Eine ganze Gesandtschaft! Der Imam mochte dann mit deren Häuptern und Gliedmaßen verfahren, wie es ihm behagte.

Also bot Khurshah einen kleinen Trupp der berittenen Tageswache auf, ließ sich von ihnen sein bestes Pferd bringen und eines der schmalen Ausfalltore öffnen. Nur zu viert sprengten sie die Brücke über den Seegraben hinunter und wandten sich sofort dem Gebirge zu.

Nachdem Kito berichtet hatte, daß im Tal weit und breit niemand zu sehen sei, hatte sich Dschuveni in Iskander gerade entschlossen, einen der Assassinen voraus nach Alamut zu schicken. Er sollte ihr Kommen ankündigen und erreichen, daß die zu übergebenden Kinder bereitgestellt würden. Da trat der Vater des Omar eilends auf ihn zu und sagte: »Der Emir Hasan Mazandari entbietet Euch im Namen des Imams Muhammad III. *at-tarhib* und bittet Euch, hier auf sein Eintreffen zu warten. Er ist schon unterwegs, um Euch gebührend zu empfangen!«

»Du erfährst wohl alles, was in der Luft, auf Erden und zu Wasser geschieht?« spottete der Kämmerer. Doch der Mann entgegnete mit offener Biederkeit: »Die Rose weiß es und läßt uns, ihre Diener, wissen, was wir zu sagen haben und was nicht!«

»Darum verschweigst du uns wohl auch«, insistierte Dschuveni voller Argwohn, »was es mit der Hand auf sich hat, die am Brunnenpfosten angenagelt ist?«

»Die hat einer verloren, der im Wald seine Hand nach fremdem Holz ausgestreckt hat. Ein umstürzender Baum hat sie ihm abgerissen. *Insch'allah! Hadha ahdhar!*«

In diesem Moment tauchte ein Mädchen aus dem Dorf auf. Sie hatte etwas von einer Wildkatze; ihr schwarzes Haar fiel ungebändigt, fast struppig über die Schultern, und ihre dunklen Augen verrieten ungezügelte Leidenschaft. Das eigentlich Auffällige an ihr waren jedoch die Stiefel, die sie mit eitlem Stolz vorführte, obgleich sie ihren Schritt nicht geschmeidiger machten. Es war feines mongolisches Schuhwerk. Aziza mißachtete die erst unwilligen, dann drohenden Blicke ihres Vaters, mit denen er sie wegscheuchen wollte, bis er zu einem Stein griff. Da rannte das schöne Kind blitzschnell davon.

Dschuveni war der Zwischenfall nicht entgangen. Er winkte Kito zu sich und sagte laut und keineswegs in der Sprache der Mongolen: »Verschaff mir diese Stiefel!« Mit einem Blick auf den Vater fügte er hinzu: »Wenn das Mädchen sich nicht davon trennen will, dann eben mit ihren nackten Füßen darin!«

Kito zögerte, doch der Kämmerer erklärte kalt: »Diese Stiefel waren zu teuer, als daß ein Hirtenmädchen sie tragen könnte.«

Da begriff Kito und zog sein Schwert, bevor er sich an die Verfolgung Azizas machte. Nun schwankte der Vater. Er warf sich nicht nieder, aber er ließ sich zu einer Erklärung herbei: »Meine Tochter tat nichts Unrechtes. Sie rettete einen durchreisenden Fremden aus Bergnot. Er schenkte ihr die Stiefel – zum Dank!«

Dschuveni wußte, daß der Alte log. Dieser Ort stank wie die Füße, denen die Stiefel gepaßt hatten.

Der Kämmerer nutzte die Sorge des Vaters um sein Kind. »Laßt alle Männer des Dorfes hier zusammenkommen«, befahl er ihm. »Wer solche Stiefel in seinem Besitz hat, soll sie abliefern. In wessen Haus danach noch fremdes Schuhwerk gefunden wird, dem wird der Kopf abgeschnitten!«

Der Vater des Omar machte sich eilends auf, dem Befehl Folge zu leisten.

Aziza war sich ihrer Wirkung auf Männer bewußt. Mehrfach hielt sie herausfordernd in ihrem Lauf inne, um sich zu vergewissern, daß Kito ihre Spur nicht verloren hatte. Da er sein Schwert, einmal außer Sichtweite des Dschuveni, wieder eingesteckt hatte, kam ihr auch keineswegs der Gedanke, der fremde junge Krieger verfolge sie wegen ihrer Stiefel. Sie lief auf das offene Tor ihres Hauses zu und drehte sich im Torbogen noch einmal nach ihm um. Sie wollte ihm bedeuten, wo er sie in der Dunkelheit erwarten sollte. Aber da packte ihre Mutter sie fest bei den Haaren und zerrte sie auch schon ins Haus. Sie stieß Aziza wortlos in die Kammer, daß sie rücklings aufs Bett fiel. Mit kräftigem Ruck zog sie ihr erst einen Stiefel aus und verbarg ihn unter ihrem Roçk, dann zerrte sie ihr auch den anderen vom Fuß und eilte hinaus in den Hof.

Kito hatte die Hand hervorschnellen sehen und war stehengeblieben. Mit dieser Sorte Frau war nicht gut Kirschen essen. Andererseits lautete sein Auftrag klar, nicht ohne die Stiefel zurückzukommen. Während er noch unschlüssig dastand, erschien die Mutter der Aziza in der Tür des Hauses und warf ihm einen finsteren Blick zu, der ihn schon im voraus für seine Dreistigkeit strafte, falls er es wagen sollte, durch das Tor zu schreiten, das sie gerade bedeutsam verriegelte.

Kito gab sich einen Ruck, trat auf sie zu und sagte fest: »Ich muß die Stiefel haben, mit denen Eure Tochter sich gezeigt hat!«

»Meine Tochter hat keine Stiefel!« wehrte sie ab und wollte sich zum Gehen wenden.

Kito überlegte, ob er sie mit Gewalt aufhalten und zur Herausgabe des Schuhwerks zwingen sollte. Da fiel sein Blick auf die Kette der Männer, die, vom Vater des Omar angeführt, über den Hügel herab zum Brunnen strebten und nun stehenblieben und ihn feindselig anstarrten. Er ließ die Frau laufen. Die Männer setzten sich wieder in Bewegung. Kito wartete, bis sie verschwunden waren, dann näherte er sich dem Haus. Hinter dem vergitterten Fenster der Kammer erschien Aziza und machte ihm Zeichen, nicht näher zu kommen. Kito rief ihr zu: »Bitte zieh die Stiefel aus und reich sie mir durch das Gitter, damit dir kein Leid geschieht und ich keinen Ärger kriege!«

Zur Antwort hob Aziza ihr Bein und streckte ihren nackten Fuß durch die Eisen, einen nach dem anderen. »Meine Mutter hat sie mir weggenommen«, klagte sie. »Sie wird sie verbrannt haben, was mich sehr traurig macht.«

Sie tat Kito leid. Er lenkte ein. »Kannst du sie nicht suchen? Nur ein Stück von ihnen würde mir schon –«

Da brach sie in Tränen aus. »Wenn du sie nur nicht begehrt hättest! Sie waren mein ganzer Stolz und wärmten so gut!« Aziza heulte jetzt vor Wut. »Du denkst nur an dich und deinen Befehl! Vergiß sie doch endlich, meine Stiefelchen!«

Kito trat an das Gitter und ergriff mit zärtlicher Bewegung ihren Fuß, was Aziza geschehen ließ. »Ich habe an dich gedacht«, flüsterte er heiser. »Ich denke immerzu an dich und diesen entzückenden Fuß, den ich dir abschneiden sollte, um nicht mit leeren Händen zurückzukehren.« Er streichelte ihn und ließ ihn auch nicht los, als Aziza ihn entsetzt zurückziehen wollte. »Kannst du nicht wenigstens im Herdfeuer nach Resten suchen?« versuchte er sie zu überreden.

»Ich bin eingesperrt, eine Gefangene«, gurrte das Mädchen, als es sah, daß er nicht zum Schwert griff. »Ich will es gern tun für dich heute abend, wenn die Meinen heimgekehrt sind.«

»Soll ich dich befreien?« bot Kito ihr an, doch sie schüttelte den Kopf und flüsterte: »Hundert Augen beobachten uns. Wenn du die Schwelle überschreitest, gerät das ganze Dorf in Aufruhr. Schlimm genug, daß du schon so lange vor meinem Fenster stehst!«

»Ich tat es für dich«, sagte Kito und ließ ihren Fuß los, um sich zum Gehen zu wenden.

Da rief Aziza ihm leise nach: »Wie heißt du?« Und er antwortete: »Kito.«

»Ich bin Aziza. Komm heute nacht wieder. Wenn ich etwas finde, dann will ich es dir geben, vielleicht auch –«

Sie ließ ihr Angebot offen, und er entgegnete: »Ich werde auf dich warten.«

Sie schwieg. Er setzte hinzu: »Die ganze Nacht, denn morgen früh ziehen wir weiter –«

Aziza senkte ihre Stimme. »Kito, geh nicht nach Alamut!« Als hätte sie schon zuviel verraten, wandte sie sich brüsk von ihm ab und trat in das Dunkel des Zimmers zurück. Kito begriff, daß diese Warnung mehr als ein Liebesbeweis war, und drehte sich um. Kein Mensch zeigte sich in den Türen der umliegenden Häuser, aber er fühlte, daß hundert Augenpaare auf ihn gerichtet waren, und ging langsam davon.

Hasan hatte Alamut gut eine Stunde später verlassen als Khurshah, dessen Eigenmächtigkeit ihm in der Eile jedoch entgangen war. Vor der Rose war der Emir nochmals aufgehalten worden, als ein Kurier eintraf, der zwei gesiegelte Briefe brachte, einen für den Großmeister und einen für Yeza und Roç. Dieses Schreiben eines William von Roebruk, O. F. M., wollte der Bote den Kindern persönlich übergeben, doch Hasan ließ es sich aushändigen. Da er sich nicht traute, den an den Imam gerichteten Brief zu lesen, erbrach er das Siegel des Patrimonium Petri, mit dem der andere verschlossen war, las die kurze Nachricht und lachte höhnisch vor sich hin. Er hatte schon von diesem Mönch gehört, doch daß der so blöd sein könnte, ein ebenso dreistes wie verräterisches Unterfangen in lesbaren Worten eindeutig niederzuschreiben, das hätte er nicht gedacht! Diese Franziskaner waren doch arg schlichten Gemüts, Spatzenhirne allesamt! Hasan vergewisserte sich noch einmal, daß auch wirklich alle Köpfe von den Zinnen verschwunden waren, und schickte den Boten in die Burg mit der Auflage, den Kindern nichts zu sagen. Dann ritt er zügig weiter, bis er am Fuß der Berge ankam, wo ihn schon eine Mannschaft von Treibern mit reichlich Tieren erwartete. Er ließ sein Pferd stehen, und sie begannen den Aufstieg durch das Tal. Der Regen hatte nachgelassen, und die Mittagssonne brach durch die Wolken.

In Iskander hatte der Vater des Omar die Männer des Ortes zusammengerufen und war mit ihnen hinunter zum Brunnen marschiert, wo die Mongolen lagerten und die Delegation der Assassinen als Geisel hielten. Dschuveni, der Kämmerer, sorgte dafür, daß die Männer aus dem Dorf sich gar nicht erst unter die Mitglieder der Gesandtschaft mischen konnten, sondern ließ sie gleich zu einem Schafpferch treiben. Dort sollten sie ihre Waffen ablegen. Die Männer murrten. Der Vater des Omar trat vor den Kämmerer und sagte: »Das sind wir nicht gewohnt!«

Dschuveni antwortete ihm nicht, sondern zwang den Alten, seinen Blick nach oben zu richten, wo die mongolischen Bogenschützen auf den Dächern standen und ihre Pfeile aufgelegt hatten.

Der Vater des Omar sagte zu el-Din Tusi, der schweigend dabeistand: »Er kann sein Blutbad haben, aber keiner dieser Fremden wird danach Wasser aus dem Brunnen des Iskander schöpfen, um seine Wunden zu kühlen.«

»Legt Eure Waffen ab«, entgegnete el-Din Tusi. »Ata el-Mulk Dschuveni will kein Blutvergießen. Er wird diesen Ort in Bälde wieder verlassen, wünscht aber bis dahin sicher vor unliebsamen Vorfällen zu sein!«

»Nach Erfüllung meines Auftrages!« setzte der Kämmerer knurrend hinzu. »Ich brauche keinen Mittler, el-Din Tusi, zwischen mir, dem Abgesandten des Großkhans und einer Handvoll wild gewordener Ziegenhirten!«

Die Männer stauten sich vor dem Gatter des ummauerten Schafspferchs und machten ihrem Unmut nicht etwa laut schimpfend Luft, sondern redeten mit gedämpften Stimmen, wobei sie den Mongolen feindselige Blicke zuwarfen.

Dschuveni spürte, daß ihre Erregung stieg. Zusammen mit der Assassinengesandtschaft waren die Hirten seinen Mongolen zahlenmäßig überlegen und dazu noch ortskundig. Wenn er nicht bald der drohenden Revolte die Spitze abbräche, hätte er verspielt.

Kito kam zurückgeschlendert, als wäre alles in bester Ordnung und als spüre er die Gefahr nicht.

»Wo sind die Stiefel?« fauchte der Kämmerer ihn an.

»Heute abend – vielleicht«, beschied ihn Kito lässig.

»Bis dahin können wir alle tot sein!« zischte Dschuveni wütend. »Wo ist dieser aufsässige Alte, der Vater des Mädchens?« fuhr er den völlig unbeteiligten el-Din Tusi an, der nur mit den Achseln zuckte. Der Vater des Omar war plötzlich verschwunden.

»Wer ist der Dorfälteste?« brüllte der Kämmerer. Man zeigte auf einen alten Mann, der als erster in den Pferch geschritten war und sich dort auf den Boden niedergelassen hatte.

»Nimm dir die Zehnerschaft des Bulgai«, wandte sich Dschuveni plötzlich wieder an Kito, und seine Stimme senkte sich zu böser Gefährlichkeit. »Und schlag dem Alten den Kopf ab!« befahl er kalt.

»Ich?« fragte Kito.

»Ja, du! Ein zweites Mal wirst du meinen Befehl nicht mißachten, auch wenn du der Sohn des Kitbogha bist.«

»Gerade drum«, entgegnete Kito und preßte die Lippen fest zusammen.

Die Leute des Bulgai bahnten sich eine Gasse durch die Männer, und Kito trat in den Pferch, näherte sich dem erstaunten Dorfältesten, schlug ihm den Kopf ab und warf ihn in die Menge, die sich vor dem Gatter drängte und daraufhin erschrocken zurückwich.

»*Insch'allah!*« sprach Ata el-Mulk Dschuveni. »Es ist eine Warnung!«

Der talwärts postierte Bote der Mongolen meldete, daß sich eine Gruppe von vier Reitern dem Dorf nähere. Bald darauf tauchte ein junger Herr mit Eskorte am Ortseingang auf und hielt stracks auf den Brunnen zu, wo die Delegation des el-Din Tusi wie eine Schafsherde lagerte, umkreist von mongolischen Hirtenhunden.

Ata el-Mulk Dschuveni erkannte sogleich, daß es sich um einen ranghohen Ismaeliten handeln mußte, wenn auch seine Begleiter keine Insignien seiner Macht vor ihm hertrugen. Er dachte, es sei der angekündigte Emir Hasan, und ließ sich Zeit mit der Begrüßung. Da bemerkte er, daß sich die Assassinen erst erhoben, dann niedergeworfen hatten, um den Angekommenen zu begrüßen, und auch el-Din Tusi verneigte sich. Der Kämmerer hatte von der Favoritenstellung des Emirs gehört und ärgerte sich über die Unterwürfigkeit, die einem solchen Emporkömmling bezeugt wurde.

»Der Großmeister der Assassinen scheint unserem Besuch wenig Bedeutung beizumessen«, ging er den jungen Herrn an, ohne ihn zu begrüßen oder ihm Respekt zu erweisen, »daß er uns ein so mageres Willkommen entbietet.«

Khurshah war darob verwirrt, denn er hatte geglaubt, sein Erscheinen werde die mangelnde Etikette wettmachen und eitel Wonne erzeugen. Er war nicht bereit, die Kränkung hinzunehmen.

»Was kann der erhabene Imam, seine Heiligkeit Muhammad III., Herrscher aller Ismaeliten, mehr aufbieten zu Eurem Empfang, Fremder, als mich, seinen einzigen Sohn und Erben. Ich bin Khurshah!«

In Dschuvenis Miene zeigte sich erst ungläubiges Staunen, dann wölfische Verschlagenheit. Er verneigte sich tief und sagte: »Wenn dem so ist, Königliche Hoheit, dann weiß ich mich hoch geehrt und der Erfüllung meines Auftrages, den mir mein Herr Möngke, Großkhan aller Mongolen, erteilt hat, viel näher.«

Er ließ einen abschätzenden Blick über die grobschlächtige Gestalt des Prinzen gleiten und musterte dessen Gesicht. Er entdeckte darin nichts als grenzenlose Torheit. Vielleicht war gerade dies die Falle, in die er tappen sollte. So blöd wie Khurshah ausschaute, konnte doch keiner sein!

Der Kämmerer blieb auf der Hut. »Prinz Khurshah, ritterlicher und weiser Hüter der Rose, vor der kein Geheimnis Bestand hat«, schmeichelte er, »Ihr wißt sicher schon, daß wir ausgesandt sind, die ›Kinder des Gral‹ in Empfang zu nehmen, um sie wohlbehalten zum Thron des Herrn der Welt zu geleiten.«

Khurshah schaute erneut so dumm aus dem Wams, daß seine aus purer Verlegenheit gegebene Antwort auch als raffiniert gelegter Hinterhalt begriffen werden konnte. Er plusterte sich auf und rief: »Was auch immer Euer Begehr, mein Herr Gesandter, ich will Euch herzlich nach Alamut einladen, wo Euch alle Ehren widerfahren sollen und Ihr vor dem Angesicht meines erlauchten Herrn Vaters vortragen sollt, was Ihr wünscht. Folgt mir also ohne Zögern, damit Ihr noch vor Anbruch der Nacht den Duft der Rose atmen mögt!«

Das machte Dschuveni noch mißtrauischer, zumal nun Kito zu ihm trat und ihm zuflüsterte: »›Geht nicht nach Alamut!‹ Das war das einzige, was ich der holden Maid entlocken konnte. Die Stiefel, die Ihr begehrt, Dschuveni, hat der Vater an sich genommen.«

»Und ist damit verschwunden!« raunzte der Kämmerer. »So hab' ich dich zu Unrecht des Ungehorsams bezichtigt, Kito«, fügte er, milder gestimmt, hinzu.

»Es hat den Dorfältesten den Kopf gekostet und mir ein Stelldichein mit dem Mädchen eingebracht«, unterbrach ihn Kito. »Sobald das Dunkel der Nacht –«

»Du kommst also in den Genuß eines Liebesabenteuers. Doch vergiß darüber nicht, daß mich nicht interessiert, wie du Blumen pflückst, sondern wessen Hand an den Pfahl genagelt wurde und wessen Füße in den Stiefeln steckten, bevor sie die zierlichen Fesseln deiner schönen Hirtin schmückten!«

Khurshah wurde unwillig ob der heiteren Ausführlichkeit, mit der sich Dschuveni von einer Antwort abhalten ließ. Er wollte aufbrausen, da winkte el-Din Tusi ihn zu sich und wies stumm auf die Bogenschützen auf den Dächern, die ihre Waffen auf die Assassinen gerichtet hielten, den Kronprinzen und sein kleines Gefolge eingeschlossen. Da reute es Khurshah, daß er Hasan nicht den Vortritt gelassen hatte, und er hoffte, daß dieser bald einträfe. Entweder allein, dann würde es dem aalglatten Emir genauso ergehen wie ihm – ein Gedanke, der den Prinzen mit Schadenfreude erfüllte –, oder Hasan rückte mit einer beträchtlichen Streitmacht an. Das war eine Vorstellung, die Khurshah entsetzliche Furcht einjagte, je länger er sie bedachte. Sollten die Mongolen angegriffen werden, würden sie ihn, den Kronprinzen, sicher nicht schonen.

Khurshah schickte el-Din Tusi zum Anführer der Mongolen. Der brachte den Bescheid zurück, für heute sei es zu spät zum Weiterziehen. Man werde seine Gastfreundschaft gern annehmen, aber die Nacht noch hier verbringen.

Am frühen Nachmittag sah Hasan das Dorf Iskander friedlich vor sich liegen. Ein Stein schlug vor ihm auf. Der Emir blickte auf und sah einen älteren Hirten über sich in den Felsen, der ihm bedeutete, stehenzubleiben. Behend wie eine Bergziege kletterte der Alte hinab. »Ich bin der Vater des Omar!« rief er. »Mein Sohn dient dem Imam als Fida'i. Ihr seid Hasan Mazandari, der Emir seines Vertrauens«, fügte er hinzu und freute sich, daß der Angesprochene erstaunt nickte. »Ich weiß nicht, warum Ihr den Khurshah habt vorpreschen lassen, aber jetzt sitzt er in der Falle!«

Diese Nachricht erschreckte den Emir. Sie machte alle Überlegungen, die er während seines Ritts angestellt hatte, mit einem Schlag zunichte.

Der Vater des Omar hatte noch etwas hinzuzusetzen, und er tat es mit geradezu diebischer Freude: »Ihr wißt sicher, was die Mongolen von Euch verlangen werden?«

Hasan dämmerte es, aber er wollte es nicht wahrhaben. »Können wir den Khurshah befreien?«

Der Alte schüttelte den Kopf. »Allenfalls als Leiche, von Pfeilen durchbohrt und mit abgehackten Händen und Füßen!«
»Ich muß mit den Mongolen reden!« sagte Hasan gepreßt.
»Das dachte ich mir«, entgegnete der Vater des Omar. »Ich stelle Euch mein Haus zur Verfügung. Dorthin werde ich Euch ungesehen bringen.«

El-Din Tusi begab sich zu Ata el-Mulk Dschuveni und ließ ihn wissen, daß der Emir Hasan Mazandari inzwischen eingetroffen sei und ihn unter vier Augen zu sprechen wünsche. Der Kämmerer verfluchte die Unaufmerksamkeit seiner Wachen und befahl den Leuten des Bulgai, die Säbel zu ziehen und Khurshah in ihre Mitte zu nehmen. Dann folgte er dem Vermittler, nur begleitet von Kito.

Als sie des Gehöfts ansichtig wurden, flüsterte Kito: »Dort wohnt das Mädchen mit den Stiefeln!« Er blieb mit el-Din Tusi zurück, während Dschuveni allein durch die Tür des Hauses schritt. Keine Menschenseele begrüßte ihn. Im Innenhof saß der Emir Hasan auf einer Bank und winkte Dschuveni zu sich. Auf einem einfachen Holztisch standen ein Krug Wein, eine Schüssel voll mit weißem Frischkäse und ein Korb Fladenbrot. Der hungrige Kämmerer setzte sich und langte zu. Auch Hasan aß in aller Ruhe, dann wischte er sich den Mund ab und sagte: »Ihr wollt Yeza und Roç. Ich kann sie Euch nicht ausliefern; sie sind weder unsere Gefangenen noch unsere Geiseln. Ich kann ihnen nur Euren Wunsch ans Herz legen und sie bitten, zu Euch zu kommen.«

Dschuveni schluckte, schon um nicht mit vollem Mund zu sprechen. »Solange sie nicht lebend in unserer Hand sind, ist mein Auftrag nicht erfüllt. Sorgt dafür, daß ich diesen Ort mit ihnen zusammen verlassen kann, um sie dem Großkhan zuzuführen, der sie bereits erwartet.«

»Darum will ich mich bemühen«, erwiderte Hasan. »Ihr aber erstattet meinem Großmeister seinen Sohn –«

»Erzählt den Kindern, was Ihr wollt, aber schafft sie her!« fuhr Dschuveni ihm unwirsch ins Wort. Er schmatzte, denn er hatte noch Käse im Mund. »Gelingt es Euch, dann lassen wir Euren Khurshah laufen. Wir geben Euch einen Tag und eine Nacht Frist, danach ziehen wir uns samt Geiseln zurück und betrachten Euer Verhalten als ›unfreundlich‹.«

Hasan füllte beide Becher, und sie tranken.

»Ich breche am frühen Morgen auf. Erst von da an könnt Ihr die Zeit zählen. Ich werde den Kindern nicht raten, bei Nacht das Gebirge zu durchqueren.«

»Ihr reitet besser gleich«, entgegnete Dschuveni. »Mein Wort gilt von dem Moment, in dem es gesprochen wurde. Wenn Ihr Euch beeilt, könnt Ihr das Tal noch bei Licht hinter Euch bringen. Danach mag die Rose Euch leuchten. Sie wird ja schon informiert sein über alles, was zwischen uns gesprochen wurde.«

Hasan lächelte dünn über diese Hochachtung vor der schnellen Übermittlung von Nachrichten, die so stark abstach von der Mißachtung, mit der die Mongolen andere Menschen bedachten. Er erhob sich und ließ sich vom Vater des Omar einen erfahrenen Führer für den Abstieg dingen, der ihn auf kürzestem Weg noch im Hellen hinab ins Tal bringen sollte. Sie brachen sofort auf, mit frischen Tieren und einheimischen Treibern.

In Alamut herrschte keine besondere Erregung. Die meisten Assassinen hatten nicht bemerkt, daß Hasan und Khurshah die Festung verlassen hatten, ohne einen Stellvertreter als Kommandanten zu ernennen. Nur Zev Ibrahim war beunruhigt, denn er wußte, was beide dazu veranlaßt hatte, Hals über Kopf nach Iskander aufzubrechen. Der Großmeister konnte jeden Augenblick zurückkehren, und er würde dann Rede und Antwort stehen müssen. Die zu erwartenden Zornesausbrüche des Imams kannte Zev – sie glichen den Anfällen eines Geisteskranken –, und deshalb begab er sich zu Herlin, um sich mit ihm zu beraten.

Roç hatte von Ali erfahren, daß ein Bote von Crean zurückgekehrt sei. Er habe ihm, Roç, und Yeza einen Brief überbringen wollen, doch der sei ihm von Hasan abgenommen worden. Roç fragte nach dem Absender des Schreibens, doch Ali wußte nur zu berichten, daß es ein Siegel des Papstes trug, denn das hatte ihn sehr beeindruckt.

Also verlangte Roç, Ali solle ihm den Boten zeigen, doch der war wie vom Erdboden verschlungen. Da beschloß er, Yeza aufzusuchen, die er bei ihrer Freundin Pola vermutete. Roç fuhr also im Korb hinauf in den Palast und betrat ungesehen die Wendeltreppe hinter dem Thronsessel des Imams.

Durch die Abwesenheit des gefürchteten Großmeisters hatte die Aufmerksamkeit der Wachen nachgelassen. Sie hatten sich daran gewöhnt, daß Roç und Yeza nach Belieben durch den leeren Palast streiften. Roç erreichte die *quaât al musawa* und wunderte sich gerade, dort nicht einmal den Bibliothekar anzutreffen, als er in einer Nische den Meister Herlin neben dem Rollstuhl des Zev Ibrahim hocken sah. Die beiden Alten unterhielten sich angeregt flüsternd, so daß Roç es wagte, auf Zehenspitzen über den knarzenden Bretterboden dorthin zu schleichen, wo er den Eingang zur ›Höhle der apokryphen Prophezeiungen‹ vermutete, der auch zu Polas Gemächern führen mußte, wie Yeza es ihm beschrieben hatte. Kaum hatte er sich die ersten Stufen hinaufgetastet, als er über sich Yezas Stimme vernahm: »Ich will jetzt endlich wissen, wer denn da so Wichtiges in Iskander eingetroffen ist, daß sowohl das Kalb als auch die Schlange nichts Eiligeres zu tun hatten, als dorthin zu reiten? Wenn du es mir nicht sagen willst, dann frag' ich eben meinen Herlin!« Eine Tür schlug, und Yezas Schritte näherten sich in der Mauerschnecke.

»Ein Brief!« rief Roç ihr entgegen, nachdem er den schönen Gedanken verworfen hatte, sie im Dunkeln zu erschrecken. »Für uns ist ein Brief –«

»Von William!« antwortete Yeza, ihre Schritte beschleunigend. »Von William an uns!« erklärte sie atemlos. »Und dieser Hasan hat das Siegel gebrochen, obgleich der Bote darauf bestanden hat, ihn uns persönlich auszuhändigen!« Sie suchte im Dunkeln den Körper ihres Gespielen und umklammerte ihn aufgeregt: »Pola hat den Boten zu sich gerufen, und wir haben ihn befragt. Das ist alles, was zu erfahren war. Das andere Schreiben ist von Crean an den Imam.«

Sie schritten gemeinsam die letzten Stufen hinab und traten in den Saal. Herlin und Zev fuhren mit den Köpfen auseinander, als sie die Kinder kommen sahen.

»Was ist in Iskander geschehen, Zev?« fragte Roç schon von weitem. »Du darfst es mir nicht verheimlichen! Ich weiß, daß Hasan –«
»Hasan wird es Euch selber sagen, er ist bereits auf dem Rückweg. Ihr sollt im Palast auf ihn warten!« sagte Herlin. »Wir wissen auch nicht mehr als Ihr.«

Um diese wenig glaubwürdige Verabschiedung leichter zu machen, rollte jetzt auch Zev auf seinen Rädern zum Korb, als gäbe es nichts mehr zu besprechen, und verschwand in der Tiefe. Da auch Herlin sich abweisend verhielt, stiegen Roç und Yeza bedrückt hinunter in den Palast und setzten sich im Audienzsaal vor den leeren Thron. Sie fanden beide keine Worte und begannen zerfahren, eine Partie Schach zu Ende zu spielen, die der Imam vor seiner Abreise begonnen hatte. Nach dem Essen bis tief in die Nacht spielte der Herrscher nur allzu gern mit Hasan, doch wenn er zu verlieren drohte, brach er die Partie meistens ab. Böse Zungen behaupteten, er würde sie später zurechtrücken, um sie am nächsten Tag als Sieger zu beenden. Yeza verschob die Figuren so waghalsig, daß Roç sagte: »Selbst das Kalb würde gegen dich gewinnen!« Damit stand er auf. Yeza schlug noch schnell seine Dame und folgte ihm über eine der Hängebrücken zu den Zinnen. Dort betrachteten sie das flammende Schauspiel des letzten Abendrots, bevor dunkle Wolken herantrieben und es wieder zu regnen begann. Sie verspürten jedoch keinerlei Verlangen, ihren luftigen Platz aufzugeben, sondern suchten Schutz in einer Schießscharte. Unter ihnen lag der Kelch der Rose, das Gewimmel des Kessels, wo jetzt die Lichter zur Nacht entzündet wurden. Sie blickten auf die Treppen und Leitern, Stege und Brücken zu den Wohnwaben, sahen den dunklen Palast, das ›Wespennest‹, durch das nur in regelmäßigen Abständen die Laternen der Wächter irrlichterten. Sie verfolgten den Wachwechsel an den Ausfalltoren und den Zugbrücken in der Tiefe; und auch hoch oben, auf der Zinnenkrone vollzog sich die Wachübergabe. Die Silhouetten der Soldaten zeichneten sich vor dem Nachthimmel ab. Im Inneren der Rose herrschte wie in einem Hügel von Waldameisen emsige Geschäftigkeit, anheimelnde Unrast, die zu beobachten die Kinder nicht müde wurden.

»Was glaubst du«, fragte Roç, »wer hat die Festung so gebaut, hat das alles erdacht?«

Yeza schaute ihn belustigt von der Seite an. »Willst du mich prüfen?« Doch als sie bemerkte, daß er ernsthaft bekümmert hinunter in den Kessel starrte, versuchte sie ihn aufzuheitern. »Ich denke, ›Zev auf Rädern‹ ist der geniale Ingenieur?«

Sie ließ ein leises Fragezeichen stehen, weil sie davon keineswegs überzeugt war.

»Von ihm stammt die Mechanik, das Gestänge, der sich drehende Mond, doch die Rose war schon vorher da.«

»Sie kann nicht das Werk eines einzelnen Menschen sein. Denk nur an all die Schätze des Wissens, den Geist, den sie atmet«, sinnierte Yeza. »Nicht einmal Herlin würde ich das zutrauen.«

»Vielleicht ist sie viel älter als die Menschheit.« Roç hoffte das, weil dieser Gedanke ihn erschauern ließ. Yeza dagegen unterdrückte diffuse Gefühle und bemühte sich um eine sachliche Betrachtung.

»Sie mag schon in der Antike eine Kultstätte gewesen sein, doch was wir sehen, ist in jedem Fall Menschenwerk! Schon vor Zev hat es kühne Konstrukteure gegeben, denk doch nur an die große Pyramide –«

»Soviel Wundersames«, entgegnete Roç ehrfürchtig, »kann doch nur von Gott kommen. Warum ist nicht die Bibliothek mit ihren Steigerungen vom Wissen zur Prophezeiung bis zur Offenbarung das höchste der Rose, sondern der magische Ort darüber?«

»Vielleicht ist sie vom Himmel gefallen?« Yeza konnte ihren Spott nicht zurückhalten.

»Ja«, sagte Roç. »Genau das glaube ich. Sie ist ein Geschenk Allahs.«

Darauf schwieg Yeza, lange Zeit, dann legte sie ihren Arm um den Gefährten, zog ihn an sich und sagte: »Sie ist schön, sie ist das Gefäß unserer Liebe.«

Da schlang Roç seine Hände um ihren Hals, und seine Lippen suchten die ihren.

»Yeza«, keuchte er, »sie ist so schön und so furchtbar wie unsere Liebe. Manchmal habe ich Angst, wir verbrennen in ihr.«

Sie schloß ihm den Mund mit den Lippen, ihre Zungen trafen sich leidenschaftlich und vertraut, wie es nur Liebenden gegeben ist. »Ein Geschenk Allahs«, seufzte Yeza, als sie voneinander ließen.

Es war ein Abschied, doch das wurde ihnen erst bewußt, als sie diesen warmen Bau voll der Sternenwunder, des Glaubens und der Weisheit, der Schönheit und des Schreckens, der Lust und des Todes verlassen hatten. Der Huf eines achtlosen Pferdes hatte sie hinausgeworfen aus diesem Ort der Doktrinen und ihrer Widersprüche, der Prophezeiungen und der geheimen Offenbarungen, des letzten Wissens und der Huri des ›Paradieses‹. Sie fanden sich wieder in einer neuen, fremden und kalten Welt – ohne Zauber, ohne Mystik, ohne Gott. Jetzt empfanden sie nur den Kummer, Williams lang erwartetes Antwortschreiben nicht in Händen zu haben, und Ärger über den Hochmut Hasans, der es einfach an sich genommen und gelesen hatte.

Als Ali sie aufstöberte, was sie als Störung empfanden, schickten sie ihn los, in der Küche dafür zu sorgen, daß ihnen das Abendessen gebracht würde. Es gab drei Arten scharf gewürzter *fatirit lahem mafrum*: vom Fasan, vom Reh und vom Wildschwein, dazu in Ingwer und Pfeffer eingelegte *thamar*, Kürbis, Feigen und dunkelrote Moosbeeren, sowie Buchweizen und *rus binni*, in Öl leicht angebraten mit Zwiebeln. Sie tranken, gemeinsam mit Ali, vier volle Krüge eiskalten Zitronenwassers. Gegen Mitternacht, ihr Zorn war schon verraucht, entstand Bewegung unten im Kessel. Hasan war zurückgekehrt. Der neugierig hinzugeeilte Ali kam zurück und rief: »Ihr mögt Euch sofort zum Emir verfügen, er erwartet Euch im Palast!«

Hasan stand, noch verschwitzt und verdreckt von seinem Ritt, im Audienzsaal und hieß die Kinder am Schachtisch Platz nehmen, daß die schon dachten, jetzt gibt es Krach wegen der verrückten Figuren, doch der Emir tigerte, die Arme auf dem Rücken verschränkt, unentwegt vor ihnen auf und ab. Er überlegte sichtlich angestrengt, um dann leichthin zu fragen: »Wollt Ihr nach Iskander?« Roç und Yeza waren, jeder in anderer Weise, von dem Angebot weder beeindruckt noch sonderlich angetan. Yeza verspürte keine Lust, das Werben der rolligen Wildkatze Aziza um ihren Roç noch einmal zu erleben, zumal Omar zum Ausgleich fehlte, und Roç erschien der Vorschlag ohne den Freund ebenfalls reizlos. So nörgelten beide unisono: »Bei dem Wetter! Es gießt in Strömen!«

Da spielte Hasan seinen Trumpf aus: »Euer William ist dort angelangt!«

»Endlich!« rief Roç ehrlich begeistert.

»Freudig erwarten wir ihn!« setzte Yeza nicht minder beglückt hinzu.

Der Plan des Emir drohte zu scheitern, deshalb zog er Williams Schreiben aus der Tasche und wedelte damit: »Hier ist ein Brief des Bruders. Er will Euch abholen! Euch befreien!«

»Toll!« entfuhr es Roç. »Ich bin bereit!«

Aber Yeza sagte: »Wohin sollen wir denn? Das muß er mir erst mal erzählen, wenn er kommt!«

Hasan setzte nun eine Verschwörermiene auf und sprach: »Aber, Ihr wißt ja, wie der Großmeister, der jeden Moment zurückkehren kann, mit Leuten verfährt, die solch dumme Ideen hegen! Hände ab, Füße ab! – William darf seinen Fuß nicht über diese Schwelle setzen!« Er hatte Yeza den Brief überlassen. Die warf einen Blick darauf und reichte ihn weiter an Roç, der zuerst das Siegel in Augenschein nahm. »Papistisch!« sagte er verächtlich. »Wer weiß, ob man ihn nicht unter der Folter gezwungen hat –«

»So sah er mir nicht aus!« zerstreute Hasan schnell jeden Verdacht. »Er wäre am liebsten gleich mit mir gekommen! Nur mit Mühe habe ich ihn davon abhalten können.«

»Dann gehen wir eben zu ihm!« entschied Roç. Und Yeza setzte diplomatisch hinzu: »Wenn du gestattest?«

Der Emir lächelte: »Das ist mir verwehrt, doch ich könnte es übersehen, wenn Ihr Euch die besten Pferde aus dem Stall des Imams holt –«

Roç und Yeza sprangen auf. Wie Kinder tollten sie los.

»Denkt auch an Saumtiere!« konnte ihnen Hasan noch nachrufen. »Und beeilt Euch. Der Großmeister kann jeden Moment eintreffen!«

Als die Dunkelheit über Iskander hereinbrach, hatte Ata el-Mulk Dschuveni als verantwortlicher Führer der Mongolen entschieden, daß der Sohn des Imams zur Sicherheit über Nacht in einem festen Haus verwahrt und bewacht werden sollte. Daß er dafür das Haus des Vaters des Omar und der Aziza auswählte, lag daran, daß er in dem Alten – zu Recht – den Kopf der einheimischen Assassinen sah, und da er ihm diesen nicht abgeschlagen hatte, fand er es das vernünftigste, dessen Haus auf diese Weise in Besitz zu nehmen. Er teilte seinen Beschluß Kito mit, ohne zu bedenken oder darauf Rücksicht zu nehmen, daß der dort ein Liebesabenteuer in Aussicht hatte. Die sechs ›Geheimen Kämpfer‹ des Bulgai begleiteten Khurshah hinauf in das Gehöft oberhalb des Dorfes und quartierten ihn ebenerdig in Azizas Kammer ein, die ein Gitterfenster und eine verschließbare Tür besaß. Das Mädchen kam frei und wurde hinaufgeschickt zu ihrer Mutter ins Ehegemach, denn der Herr des Hauses ließ sich wohlweislich nicht blicken.

Die Mutter betrachtete es als hohe Ehre, den zukünftigen Imam unter ihrem Dach zu beherbergen, und ließ ihm von Aziza frischen Käse, ofenwarmes Fladenbrot, frische Früchte und auch einen Krug Wein in die Kammer bringen.

Roç und Yeza waren noch in derselben Nacht nach Iskander aufgebrochen. Weil Ali sich nicht abschütteln ließ, hatten sie ihn mitgenommen. Er wollte unbedingt zu seinem Vater, was Roç ihm nicht verdenken konnte. Yeza verdächtigte den Tolpatsch freilich eher der Sehnsucht nach Aziza, der Ziege.

Da Ali erst am anderen Ufer des Sees mitten in der Nacht ›zufällig‹ zu ihnen gestoßen war, mußten sie abwechselnd zu zweit auf dem Rücken der beiden edlen Stuten reiten, die sie sich aus dem Stall des Imams geholt hatten.

Mit grimmiger Befriedigung erinnerte sich Yeza daran, wie sie mit gespielter Beiläufigkeit Pola zum Abschied das blöde Hirtenmädchen aus Iskander zur Aufnahme ins ›Paradies‹ empfohlen hatte, zumal deren Bruder Omar keine Gelegenheit mehr hatte, seiner Schwester als Huri zu begegnen. So hatte das wenigstens seine Ordnung! Yeza ahnte beim Blick zurück, daß sie die Rose, die hinter Wolkenfetzen immer mehr verschwand, so schnell nicht wiedersehen sollten. Für Roç war das unverhoffte Unternehmen nur eine willkommene Abwechslung zu seinen Erkundungsgängen zwischen Observatorium und Keller, Kugelröhre, Aufzugskörben und dem sich ewig drehenden Gestänge. Verwundert hatte ihn nur die schmerzliche Heftigkeit, mit der sein alter Freund ›Zev auf Rädern‹ ihn an sich gepreßt hatte, als er sich bei ihm abmeldete. Der Erfinder hatte darauf abgewendeten Gesichts in seinen Kisten zwischen Zahnrädern und Kronwinden gekramt und ihm ein kinderhandgroßes Stück bearbeitetes Eisen überreicht, dessen Gebrauch er auch demonstrierte. Drückte man das eine Ende, schoß ein stehendes Messer hervor, zweiseitig geschliffen. Ein Fingerdruck auf das andere Ende beförderte einen Ring hervor, der sich schnappend öffnen und schließen ließ. Zog man mit den Nägeln behutsam an einer Seite, kam eine Säge zum Vorschein, während die andere eine Feile verbarg. »Damit kannst du aus jedem Kerker ausbrechen und in jedes Mädchengemach eindringen«, kommentierte Zev grinsend. »Es stammt von meinem Vater.« Er klopfte dem Jungen auf die Schulter, der es eilig hatte, zu den Pferden zu gelangen, und wegrannte. Als Roç sich umdrehte, um »Danke, Zev!« zu rufen, bemerkte er, daß der alte Ingenieur weinte.

Am Fuße des Gebirges mußten die Kinder ihre Pferde gegen Maultiere eintauschen. Die Treiber waren wie Räuber aus dem Dunkel der Nacht aufgetaucht. Es begann wieder in Strömen zu regnen. Mühsam suchten sich die Tiere im Stockfinsteren ihren Weg zwischen dem Geröll. Die Fackeln der Begleiter verlöschten ständig und waren bald gar nicht mehr zu entzünden. Dafür leuchteten ihnen Blitze, und der Donner rollte, als Echo zwischen den Felswänden hin und her geworfen, doppelt und dreifach. Das vom Himmel herabstürzende Wasser war den Kindern lästig, weil es ihnen trotz der Kapuzen in die Kleider rann; den Treibern bereitete es Sorgen. Schon einmal waren sie nur knapp einem Erdrutsch entgangen, der hinter ihnen wie eine Lawine zu Tal prasselte. Steinschlag erschreckte immer häufiger die Tiere, und die Treiber forderten die Kinder auf abzusitzen und drängten sie unter die überhängenden Felsplatten, so daß die Brocken über sie hinwegsprangen. Über den kaum wahrnehmbaren Saumpfad gelangten sie immer höher hinauf. Roç, Yeza und Ali gingen in der Mitte des Zuges. Sie kamen an die Furt eines reißenden, brüllenden Flusses, der – wie Roç sich erinnerte – bei ihrer ersten Reise nach Iskander noch ein Bächlein gewesen war. Sie mußten ihm folgen und waren gezwungen, den Pfad durch die Felsen zu verlassen. Plötzlich drang durch das Tosen des Wassers Geschrei, einzelne gellende Hilferufe, die schließlich verstummten.

Roç nahm Yezas Tier am Halfter und versuchte, Anschluß zu den Treibern an der Spitze des Zuges zu gewinnen. Doch sosehr er seine Schritte auch beschleunigte, er stieß auf niemanden, bis auf ein herrenloses Maultier. Da donnerte hinter den Kindern die Felswand hinab in den Fluß. Sie spürten einen heftigen Luftzug und waren nun auch von der Nachhut, so diese die Lawine überlebt hatte, abgeschnitten. Vorsichtig einen Fuß vor den anderen setzend, tasteten sie sich weiter durch die Finsternis.

Kito wartete, bis im Dorf Ruhe eingekehrt war. Die Männer im Schafperch hatten sich von ihren Frauen Decken bringen lassen und schliefen auf Heu, die Assassinen hatten sich vor dem Gatter ausgestreckt, und oben auf den Dächern der Häuser hockten die mongolischen Wächter und durften kein Auge zutun, denn abwechselnd mit dem Kämmerer tauchte von Zeit zu Zeit Kito auf und kontrollierte ihre Wachsamkeit.

Dschuveni lagerte mit el-Din Tusi beim Brunnen. Der gutmütige Mittler war der einzige, an dessen Seite er sich zwischendurch dem Schlummer ergeben mochte, ohne befürchten zu müssen, sich am Morgen mit durchschnittener Kehle im Paradies wiederzufinden.

Kito schlich sich die Anhöhe hinauf zum Haus der Aziza. Es war durchaus keine lauschige Nacht, es regnete immer wieder, und im Gebirge grollte der Donner. Die Wachen des Bulgai waren auf ihren Posten, zwei standen vor dem Haus und hielten Tor und Gitterfenster im Auge, zwei bewachten den Ausgang zum Hof, und zwei lehnten in der Diele an der Tür zur Kammer, die Ohren gegen das Holz gepreßt. Ihrem Grinsen war zu entnehmen, daß der hochrangige Häftling es sich darinnen gutgehen ließ. Noch beschlich Kito keine Ahnung ob der Art des Vergnügens, das Khurshah widerfuhr, und so folgte er bedenkenlos der Aufforderung, dem Rumoren hinter der Tür sein Ohr zu leihen. Was er hörte, traf ihn wie ein Tritt in den Unterleib: Er war zu spät gekommen! Ein anderer löschte das Feuer im Schoß der Aziza –

»Was tut Ihr da, mein Prinz!« hörte er sie lustvoll stöhnen. »Oh, Khurshah, mein Liebster!«

Kito sah rot; er stieß die Wächter von der Tür, riß den Riegel hoch und sprang in das schwacherleuchtete Zimmer. Vor dem Bett der Aziza stand breitbeinig, mit heruntergelassenen Hosen Khurshah. Er hatte die nackten Beine der Tochter angehoben, während das kleine Luder das fürstliche Versprechen auf eine bessere Zukunft beherzt zwischen die Schenkel genommen hatte. Erschreckt ließ Khurshah die Beine fallen, was sein stehendes Gemächte entblößte. Kitos Tritt ließ ihn erst aufheulen, als schon dessen Faust zwischen Nase und Oberlippe den Schmerzensschrei auf Zimmerlautstärke dämpfte. Khurshah ließ sich fallen wie ein nasser Sack, dafür sprang Aziza wie eine fauchende Katze dem Räuber ihres kurzen Glücks mit spitzen Krallen ins Gesicht. Kito fühlte ihre Nägel auf der Wange und warf sie zurück. »Die Stiefel!« sagte er gepreßt. »Wo sind die Stiefel?«

Aziza rollte sich im Bett vom Rücken ihres glücklosen Liebhabers und hockte hinter dem reglosen Sack mit vor Wut glitzernden Augen. »Die Stiefelchen?« erwiderte sie schnippisch. »Die klobigen Treter brauch' ich nicht mehr! Mein Liebster schenkt mir viel feinere, wenn ich es begehr'!«

Da packte Kito ihr ins Haar und zwang sie hoch, ließ sie über den Körper des Khurshah steigen, bis sie vor ihm stand. »Hol ihn raus!« befahl er und wunderte sich über seine Kälte, denn sein Glied pochte heiß.

Aziza wurde klar, daß dies kein neckisches Spiel war, und öffnete ihm mit zitternder Hand die Hose, aus der sein Penis drängte. Ihr verblieb keine Zeit, über seine Größe zu erschrecken, denn der Griff in ihrem Haar stieß sie über ihr Bett und preßte ihr Gesicht auf den Arsch des leblosen Khurshah. Sie spürte, wie ein Knie ihr die feuchten Schenkel auseinanderschob, und schon drang der Mongole in sie ein.

Die Kinder stolperten klitschnaß durch das Unwetter, über glitschige Geröllplatten und spitze Felskanten, die sie nur erkennen konnten, wenn Blitze aufleuchteten. Das Wasser schoß in Strömen zu Tal, riß gurgelnd das Gestein in die Tiefe.

Schließlich rollten nur noch vereinzelte Donner, und in der Ferne wetterleuchtete es. Der Regen peitschte den erschöpften Kindern in die Gesichter. Ali stolperte über eine Klippe, und davonspringende Brocken verletzten Yeza am Knöchel. Die Schmerzen machten ihr das Gehen unmöglich, doch aufzusitzen wäre zu gefährlich gewesen. »Roç, mein Liebster, ich bin ja bereit, mit dir zu sterben«, rief sie gegen den strömenden Regen an, »aber ich möchte dir dabei in die Augen sehen. Laß uns hier warten, bis der Tag anbricht.« Sie schleppten sich unter den nächsten Felsvorsprung, der, so er hielte, Schutz gegen Steinschlag versprach, und kauerten sich zwischen die Tiere, um sich zu wärmen. Dabei entdeckte Ali, daß die Satteltaschen des herrenlosen Mulis von der verlorenen Spitze des Zuges voller Fackeln waren. Der Regen ließ nach, und auch der Wind hatte sich gelegt.

»Wir schicken einen Fackelträger voraus«, schlug Ali vor, »der auf unsere Schwierigkeiten aufmerksam macht!«

»Du bist gar nicht so blöd, wie du immer tust!« sagte Yeza unter Stöhnen. Ihr Knöchel war dick angeschwollen. Roç nahm das Geschenk des Zev zur Hand und schnitt in den Sattel des Tieres beidseitig Schlitze, in die er je eine Fackel steckte und befestigte. Mit Alis Hilfe gelang es ihm, ein Feuer zu entzünden, und sie steckten die Fackeln in Brand. Das Maultier mit den flammenden Stäben hinter den Ohren rannte sofort panisch los und verschwand brüllend um die nächste Ecke. Ali gackerte wie ein Huhn, und Roç sagte: »Wenn sie deinem albernen Lachen nachgehen, finden sie uns vielleicht.«

»Wir stellen hier ebenfalls Fackeln auf«, sagte Ali schlau. Doch sie mußten feststellen, daß sie das Tier mit dem gesamten Vorrat davongejagt hatten. Ali konnte sich jetzt kaum noch halten vor Lachen. Yeza wimmerte leise vor Schmerzen. Roç stieg vorsichtig hinunter zum Fluß, um sein Hemd in das kalte Wasser zu tauchen. Damit wollte er ihren Fuß umwickeln. Da sah er vom Fluß aus oben in den Felsen ein einzelnes Licht flackern und wieder verschwinden. Bibbernd stieg Roç mit dem nassen Kleidungsstück wieder hinauf zu Yeza und Ali. »Sie suchen uns!« sagte er. »Ich habe ein Licht gesehen. Lach, Ali, lach!«

Ali sprang auf und schrie »Hoho – haha!« gegen das Dunkel an; da prasselten einige Steine von oben herab, und er sah einen stämmigen jungen Mann im Licht einer Fackel bedächtig Schritt für Schritt den Berg herabsteigen. Roç, der gerade Yezas Knöchel bandagierte, schaute auf und lächelte dem Fremden zu, der mit einem letzten Sprung mitten unter den Tieren gelandet war.

»Ich bin Kito«, sagte der junge Mann, »und Ihr seid das Königliche Paar.« Er verneigte sich nicht, aber Ehrfurcht schwang in seiner Stimme, als er sein Wissen vor ihnen ausbreitete: »Roç und Yeza, die Kinder des Gral.«

»Hast du keine Sänfte mitgebracht?« fragte Ali. »Die Prinzessin kann nicht mehr laufen.«

»Dann werden wir sie eben tragen«, sagte Kito ungerührt. »Wir bauen eine Trage aus drei Stämmen und deinem Umhang. Sobald die Sonne hervortritt, suchst du das Holz im Fluß. Deinen Mantel kannst du jetzt schon ausziehen, die Prinzessin friert.«

Ali sputete sich, den Befehlen des Fremden nachzukommen, und reichte der zitternden Yeza das Kleidungsstück. Das Lachen war ihm inzwischen vergangen. Er hockte sich zwischen Roç und Kito, und sie warteten schweigend auf den neuen Tag.

Kaum daß der Morgen zwischen den Bergen des Khorasan graute, befahl der übernächtigte Dschuveni, Khurshah aus dem Bett zu holen, das der Kämmerer ihm von Herzen neidete. Er hatte Kito in der Nacht beim Wachwechsel vermißt, doch dann war ihm eingefallen, daß sich sein junger Soldat um die Stiefel kümmern wollte oder zumindest um die Beine, die zuletzt darin gesteckt hatten. Die Triebe der Jugend verwünschend, wenngleich mit grimmigem Verständnis, hatte Dschuveni Kitos Wache auch noch übernommen. Nun war der junge Mann immer noch nicht aufgetaucht, und der Kämmerer wurde nervös.

»Wenn dem Sohn des Kitbogha etwas zugestoßen ist«, herrschte er den schlaftrunkenen el-Din Tusi an, »dann wird der Imam ein Dorf namens Iskander vergeblich suchen. Ein Haufen Steine, ein paar Schädel darunter, das wird alles sein, was er noch vorfinden wird. Der Brunnen wird von den Leichen der Kinder vergiftet sein.«

Er hielt inne, weil die Wachen den Vater von Aziza anschleppten. »Wenn Kito mir nicht auf der Stelle zurückgegeben wird«, rief er dem Alten zu, »dann werde ich euch alle köpfen lassen, bevor ich mit eurem Khurshah als Geisel diesen Ort verlasse.«

Er gab den Wächtern einen Wink, und diese zwangen den Alten in die Knie: »Mit Euch mache ich den Anfang –«

In dem Moment wurde Khurshah zum Brunnen gebracht. Sein Gesicht sah ziemlich verquollen aus, die Lippen waren aufgesprungen, und die Nase blutete noch immer. »Ich habe Euch, großer Sohn des herrlichen Imams«, empfing ihn der Kämmerer sarkastisch, »das Frühstück vorbereitet: den Kopf Eures Gastgebers auf nüchternen Magen!«

Khurshah antwortete nicht, sondern begab sich zum Brunnen. Der Kämmerer war gewillt, ihm die Morgentoilette gründlich zu verleiden. »Solange der Sohn Eures Großmeisters seinen Kopf unter das kalte Wasser des Brunnens hält«, rief er dem Vater von Omar und Aziza zu, »bleibt Eurer auf den Schultern! Es sei denn, Kito –«

»Kito kehrt gerade zurück«, erwiderte der Alte ungerührt. Er konnte von seinem Platz aus sehen, was talwärts hinter dem Rücken des Kämmerers geschah. Er bemerkte auch die beiden Kinder als erster. »Roç und Yeza, das junge Herrscherpaar des Gral!« rief Kito stolz zum Kämmerer hinauf und wies glücklich auf seinen Fund, der ihm folgte.

Dschuveni schaute erst ungläubig, denn herrschaftlich waren die Gestalten nicht, die sich da den Weg hochquälten. Dann umarmte er

Kito: »Du bist ein guter Spürhund«, lobte er erlöst. »Wie ich sehe, tarnen sich diese Goldfasane in unansehnlichem Gewand und sind doch das Kostbarste, das Köstlichste, was ich dem Großkhan darbieten will!«

Kito lächelte ob dieser unerwarteten Eloge. Er spürte förmlich, daß dem Kämmerer ein Stein vom Herzen fiel. »Empfangt sie bitte nicht, als ob Ihr sie auffressen wollt«, scherzte er, »sondern begegnet ihnen mit Aufmerksamkeit. Die Prinzessin hat sich verletzt.«

»Bringt Wasser und Tücher!« fuhr der Kämmerer seine Männer an.

Als Roç und Yeza müde und verdreckt am Brunnen eintrafen, hatten sie schon einen großen Teil ihrer Hoffnung eingebüßt, dort William vorzufinden, denn Kito hatte auch auf eindringliches Befragen und trotz genauer Beschreibung des Mönches nichts von einer solchen Figur zu berichten gewußt. Nur ein häßlich zugerichteter Khurshah kühlte sich am Brunnen mit kaltem Wasser das geschwollene Gesicht, von mehreren mongolischen Kriegern mit blanker Waffe umstellt. Und auf den Dächern der umliegenden Häuser standen Bogenschützen und zielten auf ihn. Der Sohn des Imams zitterte nicht wegen des kalten Wassers, sondern aus Angst um sein Leben. Aber als er der Kinder ansichtig wurde, ging ein Grinsen über sein Kalbsgesicht, und er rief: »Ihr löst mich aus!« Da Roç ihn nur verständnislos, doch leicht verächtlich ansah, fügte er höhnisch hinzu: »Hasan hat Euch reingelegt!«

Yeza faßte sich schnell. Sie ergriff Kitos Hand und sagte zum hinzutretenden Dschuveni: »Ihr habt uns heute nacht gerettet, nicht nur aus Bergnot, sondern auch davor, noch länger mit tumben Kälbern und verräterischen Schlangen unter einem Dach leben zu müssen.«

Der Kämmerer lächelte, Yeza gefiel ihm. Sie stützte sich mit einem Arm auf Kito, der stolz war und froh, nicht weiter nach den Stiefeln gefragt zu werden.

Roç hatte Ali bei seinem Vater el-Din Tusi abgeliefert und zerrte jetzt beide zu der Gruppe am Brunnen. »Die Rose hat es nicht verdient, daß solches Getier über sie herrscht«, sprach er zu Dschuveni und zeigte mit der Fußspitze auf den Hintern von Khurshah, der sich aus Angst und Verlegenheit noch immer wusch. »Ihr könnt das Kalb jetzt laufen lassen, wir kommen mit Euch und treten freiwillig vor das Anlitz des Großkhans.« Er wandte sich an el-Din Tusi. »Euch aber rate ich von Herzen, nehmt Euren Sohn, macht einen weiten Bogen um Alamut, und vergeudet nicht länger Euer weises Bemühen um das Schicksal von Unwürdigen!« Er deutete mit einer Verneigung an, daß el-Din Tusi entlassen sei. Dagegen hatte der Kämmerer auch nichts einzuwenden, zumal ihn Roçs königliche Geste und seine Sprache beeindruckten.

»Das Kalb, mein König«, erwiderte er lächelnd, »werden wir am Strick mit uns führen, bis wir aus diesen Bergen der Assassinen herausgeritten sind, in die weite Steppe, in der die *pax mongolica* herrscht. Sein Fell und sein festes Fleisch sollen uns solange vor jeglichen Angriffsgelüsten schützen, gilt doch sein Vater als hemmungsloser Schlächter und – wie Ihr selbst sagt – sein Favorit als gefährliche Schlange. Alle anderen können heimkehren nach Alamut und diesen Beschluß dort verkünden – wenn die Rose nicht schon längst alles weiß«, fügte er noch lächelnd hinzu.

»Wir brechen auf, sobald eine annehmbare Reisegelegenheit für Prinzessin Yeza bereitsteht«, antwortete Kito.

»Sie ist meine Königin!« beschied ihn Roç, und, zu Dschuveni gewandt, sagte er: »Und Kito ist unser erster Ritter!« Sie verabschiedeten sich von Ali und seinem Vater und trugen ihnen auf, wenn sie dem William von Roebruk wahrhaftig auf ihrem Heimweg begegnen sollten, ihm auszurichten, Roç und Yeza seien nach Karakorum gereist, er möge doch bitte nachkommen!

DER TURM VON PROCIDA
LIBER I
CAPITULUM XI

Chronik des William von Roebruk, Insel Procida im Golf von Neapel, am Fest des h. Augustinus 1252

Wir waren in Ostia zu dem Segler aus Aragon hinausgerudert. Nicht daß wir heimlich an Bord gingen, aber der Kapitän hatte es vorgezogen, nicht grad im Hafen des Papstes Anker zu werfen, und war draußen vor der Reede geblieben.

Wir, das waren unter der Führung, besser Aufsicht Gavins, des Präzeptors der Templer, Crean de Bourivan, der erfolglose Gesandte der Assassinen, und wir drei vom Orden des heiligen Franz: Lorenz von Orta, Bartholomäus von Cremona und meine Wenigkeit. Außer der braunen Kutte hatten wir Brüder nichts Gemeinsames. Lorenz hielt sich für einen Minoriten sui generis und galt in der Prieuré als brillanter, wenn auch unkonformistischer Kopf. Er reiste nur mit uns, weil es sich auf seinem Weg nach Otranto so ergab, auf einer Mission, die er sich selbst erdacht hatte. Er wollte den jungen Grafen Hamo L'Estrange aus seiner Burg am Meer locken – oder vergraulen. Doch war das nur die Vorstufe zu Lorenz' bizarrem Plan, Hamo, den Sohn der Gräfin von Otranto, zur Abtretung von Malta zu bewegen, wo die Prieuré Roç und Yeza ›einzulagern‹ gedachte. Mich deuchte das alles ein ziemlich aberwitziges Unterfangen, bei dem die Rechnung offensichtlich nicht nur ohne den Wirt gemacht wurde, sondern auch ohne die Lieferanten, also diejenigen, in deren Händen sich die Kinder befanden. Die Zecher, die geheime Macht, deren spirituellen Räusche Roç und Yeza auszubaden hatten, würden besser daran tun, sich herauszuhalten. Wer von den Ritter der Tafelrunde sich einbildete, es genüge, mit trunkenem Kopf einen Plan auszuhecken, und der ›Große Plan‹ ginge simsalabim in Erfüllung, als habe eine Fee alle Mächte dieser Welt mit ihrem Zauberstab berührt, der kennt das Königliche Paar schlecht, zumindest nicht so gut wie ich.

Bartholomäus trug seine Minoritenkutte wohl nur als Deckmantel für seine konspirativen Machenschaften im Dienst des Grauen Kardinals. Wie ich aus eigener Erfahrung wußte, schreckte Barth weder vor Diebstahl noch vor Giftmischerei zurück und hatte nichts anderes im Sinn, als Roç und Yeza bei nächster Gelegenheit um die Ecke zu bringen. Wir beide waren verkuppelt worden, um die Mission König Ludwigs zu den Mongolen durchzuführen. Als Kuppelmutter hatte wohl Herr Rainaldo di Jenna fungiert, die als Kardinalerzbischof von Ostia verkleidete Graue Eminenz der *Ecclesia catolica*. Mich hatte sicher König Ludwig von Frankreich für diese ehrenvolle Aufgabe erkoren, der große Stücke auf mich hält und den Cremonesen gar nicht kennt. Aber wenn die glauben, Barth und ich würden gut zusammenpassen, dann stimmt das nur insoweit, als wir beide uns gegenseitig nicht riechen können. Er haßt mich, und ich verachte ihn. Gemeinsam ist uns nur, daß wir – jeder für sich – gar nicht vorhaben, nach Karakorum zum Großkhan zu reisen, sondern eigentlich nur Alamut erreichen wollen. Ich soll dort – so der Auftrag Gavins, von dem Crean nichts wissen darf – die Kinder herausholen und im Okzident in Sicherheit bringen, was mir übrigens auch der Kardinal angeboten hat, nur versteht der unter ›Sicherheit‹ etwas anderes. Dafür ist dann der perfide Cremonese zuständig.

Wir Brüder sollen vor Neapel von einem Schiff nach Konstantinopel übernommen werden, um dort den dritten im trauten Bunde, einen Priester namens Gosset, zu treffen, den wir beide nicht kennen. Der Franzose kommt direkt von König Ludwig aus Akkon und wird uns Beglaubigungsschreiben und vor allem Zehrgeld mitbringen, die Reisekasse. So wie sich unser Ordensgründer das einmal vorgestellt hat – kein minderer Bruder darf ein Geldstück in der Tasche haben und nur das erbettelte Stück Brot für einen Tag –, so geht das ja heute längst nicht mehr. Die Mongolen würden Augen machen, wenn sich die Herren Gesandten plötzlich an die nächste

Straßenecke begäben und die Vorüberreitenden um eine milde Gabe angingen!

Der aragonesische Segler, ein ausgesprochenes Kampfschiff, besaß einen starken Rammdorn und Enterbrücken am Bug sowie ein schwenkbares Katapult auf dem erhöhten Heck, das weit über das Ruder hinausragte und auch den Steuermann schützte. Gavin und Crean hatten Kajüten in dem mächtigen Aufbau bezogen und ließen sich nicht sehen. Ich traf den Kapitän auf der mit einer starken Reling gesicherten Plattform.

»Ich habe beim Einschiffen den Namen Eures Seglers gelesen«, begann ich das Gespräch. »›Nuestra Señora de Quéribus‹. Ist der alte Löwe etwa Besitzer dieser schwimmenden Festung?«

Der Kapitän lachte. »Wollt Ihr damit sagen, daß Ihr meinen Herrn Xacbert de Barbera kennt?«

»Ich war vor Jahren sein Gast, vor acht um genau zu sein!« erwiderte ich, erfreut, daß meine Vermutung so trefflich saß. »Aber die Anspielung auf die Heilige Jungfrau machte mich stutzig. Als *catolicos* hatte ich ihn nicht in Erinnerung!«

»Den Scherz – vielleicht eine Spitze für den eingefleischten Katharer«, vertraute mir der Kapitän gern an, »erlaubte sich unser König, Don Jaime el Conquistador, als er dieses stolze Schiff aus dem Besitz des Rashid von Marrakesch meinem Herrn zum Geschenk machte. Jakob der Eroberer sprach zu ihm: ›Du denkst, diese Barke ist mein Dank für deine Mitwirkung bei der Eroberung von Mallorca. Du täuschst dich. Dafür kann ich dir nur mit meiner Freundschaft danken, denn ohne dich hätt' ich die Balearen nie gewonnen! Dieses Schiff soll dich die liebe Burg Quéribus verschmerzen lassen und dir Heimstatt sein, wenn dich Herr Ludwig dort endlich herausgesetzt hat.‹ ›Nie und nimmer wird Quéribus fallen, Don Jaime!‹ rief da mein Herr. ›Vierzig Jahre schon, fast mein Leben lang, trotzt die Burg den Franzosen!‹ ›Keine Feste ist uneinnehmbar, Xacbert, aber ein festes Schiff ist schwer zu fangen und für einen Ketzer wie dich auch angemessener‹, sagte König Jakob. ›Und damit du gut beschützt bist, habe ich diese Burg im Meer der Obhut der Madonna anvertraut. Auch du solltest dich ihrer Gnade anempfehlen!'« Der Kapitän schloß mit einem Lachen seinen Bericht. »Mein Herr Xacbert hat die Planken dieses Schiffes nie betreten. Er glaubt, wenn er es täte, verriete und verlöre er Quéribus. So läßt er mich und die Besatzung unter dem Banner Aragons dienen – bei allen Unternehmen, die gegen Frankreich gerichtet sind.«

»Und so seid Ihr jetzt auf dem Weg zu Manfred?« fragte ich keck. »Denn der Anjou ist ja auch ein Capet.«

»Uns kümmert mehr, daß Herr Charles versucht, eine Kette durchs Mittelmeer zu ziehen, von Marseille bis Palermo – und damit bis Tunis. So schneidet er Barcelona, Tarragona, aber auch Valencia vom Handel mit dem Orient ab.«

»Häfen sind heute wichtiger als Burgen«, zeigte ich mich einsichtig, und der Kapitän war erfreut, einen so verständigen Gesprächspartner gefunden zu haben.

»Aragon muß sich auch darauf vorbereiten«, zog er mich ins Vertrauen, »für die Staufer, an ihrer Seite oder – wenn's sein muß – als ihre Nachfolger, Sizilien zu halten! Kaiser Friedrich konnte der vereinten Macht der Päpste und des Anjou trotzen. Er war Kaiser, auch wenn sie ihn für abgesetzt erklärten! Aber nun sind es nur noch zwei Könige, sosehr Herr Konrad und Herr Manfred ihre brüderliche Liebe und Verbundenheit beteuern mögen.«

»Die *unio regni ad imperium* besteht de facto nicht mehr!« wußte ich beizusteuern, und er nickte grimmig. »Und einzeln sind sie schlagbar!«

»Warum greift Aragon nicht ein?« entfuhr es mir.

»Wir warten, bis wir gerufen werden – und sei's von der Göttin der Geschichte!«

Wir hatten Ponza längst umsegelt, waren so auch an Gaeta mit gebührendem Abstand vorbei und näherten uns jetzt von Westen her der Stadt am Vesuv. Die Bucht mit den Inseln wimmelte von Schiffen, nur war schwer zu erkennen, ob sie Freund oder Feind.

»Die Inseln können von den Belagerern, hier die Staufer, mit einer Garnison belegt werden«, sagte Gavin zu Crean, die beide auf dem Heck erschienen waren. Nicht etwa, um dies einmalig schöne

Panorama mit dem Vulkanberg im Hintergrund zu genießen, sondern um die militärische Lage besser beurteilen zu können. »Doch sind die Besatzer keineswegs in der Lage, die Fischer mit ihren Booten davon abzuhalten, die vom Land her fest eingeschlossene Stadt zu versorgen; selbst Nachschub an Kriegsgütern und Soldaten schmuggeln sie unverfroren am hellichten Tag.«

»Solange es Herrn Manfred nicht gelingt, sie auf seine Seite zu ziehen«, erwiderte Crean. »Dann wäre der Spuk schnell vorüber, die Stadt würde eine Hungersnot um der Franzosen willen nicht einen Tag auf sich nehmen!«

»Sie warten wohl auf König Konrad, um sich zu ergeben, weil der ihnen mehr Milde verspricht als der Bastard!«

»Sprecht so nur nicht, wenn wir an Land gehen!« mahnte Crean. »Jeder hat hier seine Spitzel überall!«

»Ihr wollt den Neapolitanern doch nicht etwa Sinn für Legalität unterstellen?« mischte sich der Kapitän ein. »Bei denen geht die Liebe durch den Bauch, und nachdem Herr Konrad jetzt endlich Vaterfreuden erleben durfte, wird er von den Bedrängten hier sehnlichst erwartet, während sein Halbbruder Manfred ihm nicht gerade mit Begeisterung entgegenblickt.«

»Ah, ist ihm ein Sohn geboren worden? Wie wird er heißen?« fragte ich, weil ich seit Ostia um die von der Kirche nicht sonderlich begrüßte Schwangerschaft der Elisabeth von Bayern wußte.

»Konrad, wie die meisten Staufer, sofern sie nicht Friedrich heißen«, spottete Gavin. »Dem kleinen Konradin will der stolze Vater die Stadt in die Wiege legen!«

»Der wird wenig Freude daran haben!« sagte Crean. »Parthenope ist launischer als jede Braut!«

»Ein faules Diebesgesindel, mörderisches Assassinenpack!« schimpfte der Aragonese.

Gavin und Crean wechselten einen belustigten Blick und schwiegen. Wir näherten uns dem Hafen der vorgelagerten Insel Procida und ankerten in der Bucht, »damit uns diese Betrüger, Langfinger und Beutelschneider nicht so leicht an Bord klettern«, wie der Kapitän seine Vorsicht begründete. Er ließ uns an Land rudern. Erst Gavin und Crean, dann mich und meine beiden Ordensbrüder. Lorenz wollte sich gleich nach einer Möglichkeit zur Weiterreise nach Otranto umsehen. Bartholomäus wollte überhaupt nicht an Land, mußte aber von Bord, weil die ›Nuestra Señora de Quéribus‹ als Blockadeschiff eingesetzt werden sollte. Überraschenderweise erwarteten Gavin und Crean mich. Der Grund war wohl, daß ich ihnen nicht abhanden gehen sollte, was in dem Menschengewühl des Hafens leicht hätte geschehen können. Bartholomäus wurde beauftragt, nach dem Schiff Ausschau zu halten, das uns nach Konstantinopel bringen sollte. Und ich trottete hinter dem Präzeptor der Templer und dem Gesandten Alamuts hinterher, die keineswegs zur Zitadelle der Insel strebten, sondern auf einen mächtigen Turm zuhielten, der am Rande des Fischerdorfes einsam auf einer Klippe stand.

Das Gemäuer schien unbewohnt. Wild wuchernde Himbeeren und Brombeergestrüpp bildeten einen natürlichen Schutzwall, von Feigenbäumen durchsetzt. Die Früchte waren noch nicht reif. Gavin zwängte sich zwischen zwei Stämmen hindurch und winkte uns, ihm zu folgen. Wir standen nun direkt am Rand der Felsenklippe, unter uns das Meer, das gegen die Felsen brandete. Ein weiterer Baum unter uns war kühn gekrümmt aus dem Stein hinausgewachsen. Gavin benutzte ihn als Leiter in den tosenden Abgrund, und sein Kopf verschwand hinter der Felskante. Ich folgte ihm tapfer und landete eines Mannes Länge tiefer auf einer in den Stein eingelassenen Platte aus Eichenbohlen. Als auch Crean gefolgt war, traten wir alle drei auf die gleiche Seite. Die verborgene Tür gab nach und entließ uns in einen niedrigen Gang. Hinter uns schloß sich die schwere Pforte mit einem Seufzer. »Das war einmal der letzte Ausweg«, scherzte Crean, »der Sprung ins rettende Meer. Jetzt scheint es der einzige Zugang zum Geheimwissen eures Ordens zu sein.«

Gavin war nicht zum Spaßen aufgelegt. »Dies ist keine Burg der Templer, aber der Zugang zu geheimen Nachrichten. Dafür müßtet Ihr, Crean, doch einen Sinn haben. Wären sie bequem zu erhalten, wären sie jedem zugänglich.«

Am Ende des Ganges fiel Tageslicht ein; eine moosbewachsene

Treppe führte nach oben in den Innenhof der Burg, die von außen wie eine Ruine gewirkt hatte. Auch in diesem Geviert lagen viele Trümmer, herabgestürzte Steine und vermoderte Balken, alles überwachsen von Himbeersträuchern, die in voller Blüte standen. Doch der sich in die eine Ecke schmiegende Donjon war noch gut erhalten oder ausgebessert worden. Sein einziger Eingang lag hoch über unseren Köpfen und war verschlossen. Diese Tür öffnete sich nun knarzend, und eine Leiter wurde langsam herabgelassen. Die Gestalt, die ihr folgte, kam mir bekannt vor. Es war der Arzt Johannes, der in Ostia den Elia gepflegt hatte, bis er heimreisen konnte nach Cortona. Johannes stieg leichtfüßig zu uns hinab. Er hielt sich nicht mit Begrüßungsfloskeln oder Vorreden auf. »Ich habe keine gute Nachricht für Euch – für uns alle«, sagte er.

»Ist Elia gestorben?« fragte ich vorwitzig dazwischen, denn das hätte mir leid getan. Doch Gavin hatte für meine Kondolenz nur ein ärgerliches Abwinken übrig und schob sich so vor mich, daß ich mich ausgeschlossen fühlen sollte.

»Die Kinder«, sagte Johannes, »Roç und Yeza, sie sind den Mongolen in die Hände gefallen!«

»Unmöglich!« entfuhr es Crean. »Die Rose ist uneinnehmbar!«

»Sie sind schon auf dem Weg nach Karakorum.«

»Wie? Und keiner hat sie aufgehalten?« erregte sich der ansonsten so kühle und bedachte Crean. »Da muß etwas geschehen sein mit Alamut, nie und nimmer hätte der Imam das zugelassen!« setzte er verunsichert hinzu.

»Die Nachrichten, die ich hier empfange«, antwortete Johannes von Procida ungerührt, »befassen sich nicht mit Einzelheiten, geschweige denn mit Interna der Ismaeliten, sondern nur mit Fakten, die für uns« – er richtete sich an den Präzeptor – »von Belang sind.« Als müsse er sich vor dem Ranghöheren rechtfertigen, setzte er hinzu: »Ich habe diese Botschaft schon gestern erhalten, aber da wart Ihr schon an Ponza vorbei. So habe ich gewartet, bis mir von der Torre Gaveta die ›Nuestra Señora‹ unseres Freundes Xacbert angekündigt wurde.«

»Es gibt keinen Grund, den Wahrheitsgehalt dieser Nachricht anzuzweifeln«, beschied Gavin seinen völlig niedergeschlagenen Gefährten. »Wir müssen uns der veränderten Situation stellen.« Er legte plötzlich den Arm um meine Schulter. »William von Roebruk«, sagte er feierlich, »nun mußt du realiter und in personam zum Sitz des Großkhans reisen, ohne Umschweife. Roç und Yeza müssen aus den Händen der Tataren befreit und dem Abendland zurückgegeben werden.«

Ich dachte, jetzt kümmert Ihr Euch plötzlich um das Schicksal der Kinder! Dabei hatte die Prieuré sie in Alamut auf Vorrat vergraben und liegen gelassen wie das Erdhörnchen seine Nüsse, ohne auch nur einmal danach zu fragen, ob es den kleinen Königen dort gefiel.

Crean hieb in die gleiche Kerbe. »Was immer geschehen sein mag«, sagte er und straffte sich, »es kann nicht das Interesse der Assassinen und damit der gesamten westlichen Welt sein, das junge Herrscherpaar, auf dem unsere Hoffnung auf Versöhnung und Frieden ruht, bei denen zu wissen, die uns alle bedrohen. Roç und Yeza dürfen nicht zum Spielball der Macht werden, die kein Spiel der freien Kräfte duldet, sondern uns alle unterjochen oder auslöschen will!«

»Große Worte«, spottete Gavin, »helfen jetzt ebenso wenig wie Gejammere. Alamut hat versagt, und die Prieuré muß sich vorwerfen, dies nicht vorausgesehen oder verhindert zu haben.« Johannes von Procida schien mir der einzige unter uns mit einer natürlichen Begabung zur Verschwörung zu sein. Er blieb unbeeindruckt von dem ganzen Getue. »Nun sind die Kinder ja nicht in den Brunnen gefallen, sondern sie leben – und, wie ich die Mongolen einschätze, leben sie hoch geehrt und vor allem durch eine Mauer von Menschenleibern vor jeder Unbill geschützt.«

Crean hingegen schien von Panik ergriffen. »Aus diesem Verlies muß unser William sie befreien!«

»Als Missionar wird er zwar Zugang zu ihnen bekommen«, gab der Templer zu bedenken, »wie er sie aber entführt und über Tausende von Meilen durch mongolisches Land unangefochten zurückbringt, das müssen wir seinem Genius überlassen!«

Ach, sieh mal, dachte ich bei mir, was dem flämischen Tölpel plötzlich alles zugebilligt wird. »Als erstes«, sagte ich überlegen, »muß Bartholomäus von Cremona ausgeschaltet werden. Der stört nicht nur, der könnte dem Unternehmen sogar gefährlich werden.« Daß der Cremonese mit Mordauftrag reiste, unterschlug ich, denn beweisen konnte ich es nicht. Mir genügte, wenn er unschädlich gemacht wurde.

Da meldete sich der Arzt noch einmal zu Wort. »Mit Euch reist doch Lorenz von Orta. Könnte der nicht die Stelle des zweiten Missionars einnehmen? Für die Mongolen ist ein Franziskaner so gut wie der andere. Kennen tun sie beide nicht!«

»Das ist keine schlechte Idee«, gab Gavin zu. »Ab Konstantinopel spielt es keine Rolle mehr, wer dich begleitet«, wandte der Templer sich an mich. »Du brauchst dich um den Austausch nicht zu sorgen. Crean und ich erledigen das.«

»Und Lorenz?« wagte ich zu fragen. »Lorenz von Orta ist an seinen Eid gebunden. Gehorsam ist das Mindeste, was wir von ihm erwarten. Eigentlich könnte ich mich längst um die Mitgliedschaft im Geheimen Bunde bewerben«, spottete ich nun. »So wie Ihr seit Jahren meine Dienste in Anspruch nehmt.«

»Wenn du von dieser Mission erfolgreich und vor allem lebend zurückgekehrt bist«, sagte Gavin und legte mir beide Hände auf die Schultern, »dann will ich derjenige sein, der deine Aufnahme vorschlägt, William von Roebruk!«

»Danke«, antwortete ich ungerührt. »Das zweite ist, daß Lorenz von Orta umgehend von seiner neuen geheimen Berufung unterrichtet werden muß, sonst hat er sich längst nach Otranto eingeschifft –« Ich konnte und wollte mir auch den Seitenblick zum Seitenhieb nicht verkneifen. Er galt dem Templer. Gavin registrierte mein ungebührliches Verhalten mit gerunzelter Stirn, während ich fortfuhr: »– und wir haben das Nachsehen.«

»Das übernehme ich«, bestätigte mir der Präzeptor wunschgemäß. »Ich weiß ihn auch zu finden, wenn er sich schon auf den Weg gemacht hat, und vor Konstantinopel ist seine Präsenz ja nicht vonnöten. Ich garantiere für sein pünktliches Erscheinen als

›Missionar Bartholomäus von Cremona im Auftrag des Königs von Frankreich‹.«

»Was hat er denn so Wichtiges in Otranto zu erledigen?« wollte Crean darauf peinlicherweise wissen. »Wahrscheinlich besucht er dort doch nur den lieben Hamo und sein holdes Weib und läßt es sich bei den Mägden gut gehen?«

Mich ritt der Teufel, und ich kam Gavin mit der Antwort zuvor: »Er wird sich in Küche und Keller fein herausfüttern lassen, der jungen Gräfin vorschwärmen, wie aufregend das süße Leben am Goldenen Horn ist –«

»Quatsch!« unterbrach mich Gavin erbost. »Kümmert euch nicht um Lorenz! Ich verbürge mich nicht für den schrulligen Minoriten, wohl aber für die zuverlässige Person, die mit dir, William, zum Großkhan reisen wird!«

»So laßt uns gehen!« schlug Johannes von Procida vor. »Ich möchte wieder unter Menschen und habe Hunger!«

Wir verließen den Turm auf dem gleichen mühseligen Weg, auf dem wir gekommen waren, und schritten hinunter zum Hafen. Gavin ließ sich zu mir zurückfallen, während Crean und der Arzt rüstig vorneweg marschierten. »Wenn du mir zeigen willst, William«, knurrte er mich an, »daß du in Ostia gelauscht hast, ist dir das gelungen. Ich weiß längst, warum Barth ausgetauscht werden muß, und ich kann nur versichern, Lorenz wird –«

»Der macht mir weniger Sorgen«, sagte ich mit gespielter Erregung, daß er befürchten müßte, ich würde mein Stimme heben, »als Eure Person, Gavin! Ihr habt diesen völlig irrwitzigen Plan mit Malta aufgegriffen, ihm Leben eingeblasen wie der Scirocco, der mit heißen Odem die Segel der Piraten bläht und ihre Schiffe in böser Absicht gen Otranto treibt.«

»Als Dramatiker zu poetisch, William«, wies er mich spöttisch in die Schranken. »Als Poet zu dramatisch! Wenn du je Mitglied der Prieuré werden willst, gewöhn' dir an, dich nicht zu entschuldigen. Jede auch noch so falsche Handlung wird von allen mitgetragen. Wenn sie sich nicht zurücknehmen läßt, wird sie durch eine Gegenmaßnahme neutralisiert.«

»Ein hübsches Spiel zu Lasten unschuldig Betroffener!«

»Wer ist schon unschuldig!« warf mir der Templer über die Schulter zu und schloß zu Crean und Johannes auf.

An der Mole fanden wir einen aufgeregten Bartholomäus vor. Er habe ein Schiff für unsere Überfahrt gefunden, nach Konstantinopel, doch der junge Herr Graf, der es gemietet habe, wolle nicht lange auf zwei Minoriten warten, sondern heute noch in See stechen.

»Wer ist es denn?« fragte ich als sein Reisegenosse mit berechtigter Neugier.

»Graf Hamo L'Estrange!« teilte mir Barth voll geschwätzigen Stolzes mit. »Er hat seine Lehen Otranto und Malta dem Bastard Manfred zurückerstattet, um auf Drängen seines Weibes, die gerade mit einer Tochter niedergekommen ist, ein Erbe in Konstantinopel anzutreten. Sie wird ihm mit Sack und Pack folgen, sobald er dort Quartier gemacht hat. Wir können sogar bei ihm wohnen, in Konstantinopel!« fügte er begeistert hinzu. »Da seht Ihr!« wandte er sich triumphierend an Gavin. »Die letzten Anhänger der stauferischen Sache verlassen wie Ratten das sinkende Schiff!«

Der Präzeptor starrte mich nur nachdenklich an. Ich ersparte ihm mein Grinsen, dachte ich doch auch an seine Worte in Ostia, daß jeder Gedanke zum Plan gerinnt, jeder Plan zur Tat.

»Wo ist Lorenz von Orta?« fragte der Templer endlich.

»Der war schon nach Otranto abgereist – so ein Pech! Wir hätten ihn mitnehmen und dort absetzen können, denn der Graf will noch sein zärtlich geliebtes Weib begrüßen, bevor er weitersegelt zum Goldenen Horn!«

»So ein Pech!« sagte Gavin, sich selbst verspottend, und nahm mich beiseite. »Eil dich jetzt, damit Hamo nicht ohne dich abfährt.« Er legte ein drittes Mal seine Pranken auf meine Schultern und sah mir in die Augen. »Du bist noch jung und wächst mit den dir gestellten Aufgaben, William. Ich dagegen werde brüchig und fehlerhaft wie altes Eisen, zuviel Schläge habe ich im Dienste des ›Großen Plans‹ einstecken und austeilen müssen. Doch ich versichere dir, Lorenz wird rechtzeitig an deiner Seite sein!« Er gab mir einen aufmunternden Klaps. »Jetzt lauf!«

Bartholomäus drängte schon, und wir beide setzten uns in Trab. Ich verstand, daß der Templer Hamo nicht sehen wollte, hoffte aber insgeheim, daß er uns folgen würde, den Freund vor den auf die Triere angesetzten Piraten zu warnen. Sonst würde ich es tun.

Wir drängelten uns durch eine gaffende Menge, vorbei an Lastenträgern, die geschäftig Waren und Kriegsgerät ausluden und am Kai stapelten, und Soldaten, die ihre Einheit suchten. Da trat uns plötzlich ein Fähnlein der Ordnungsleute entgegen – Deutsche, die schlecht italienisch sprachen. Sie hielten ihre Spieße auf uns gerichtet. »*Ke spiate kwi tutto tschorno per naves?* Seid gar Spitzel, *spie dell'Anschou*?!«

Ich antwortete: »Nein, wir sind Gesandte im Auftrag des Königs zum Großkhan!«

»Dann bin ich der Sultan von Babylon!« spottete der Hauptmann. »Marsch, ab mit euch ins Gefängnis! Dort wollen wir sehen, ob der Strick um eure feinen Hälse das Gewicht des Wanstes trägt!«

Das galt mir, denn Barth war hager. Doch auch er zog entsetzt den Kopf ein, als erst ihm, dann mir die Hände auf den Rücken gebunden wurden. Dann hieben sie mit den stumpfen Enden der Spieße auf uns ein und trieben uns einer unerfreulichen Bestimmung entgegen.

L. S.

DER KAUFMANN VON SAMARKAND
LIBER II
CAPITULUM I

»Ich hab' sie in Buchara gesehen«, zischte der Mann mit dem stechenden Blick, der vor dem Schreibpult im Kontor des wohlhabenden Malouf stand, des mächtigsten Händlers in Samarkand. Anzusehen war dem stoppelbärtigen Kaufherrn sein Reichtum nicht, seine Kleidung war schäbig und voller Fettflecken. Einzig ein schwerer goldener Siegelring am kleinen Finger seiner Rechten mochte Verwunderung auslösen.

Malouf fixierte den Mann aus Bagdad. »Wenn Ihr Euch sicher seid, Chaiman, daß es Mongolen waren, mit denen das Königliche Paar unterwegs ist«, dachte er laut, »dann führt ihre Reise zum Großkhan unweigerlich über Samarkand.«

»Das will ich meinen«, eiferte sich der so Angesprochene, »ich bin mir auch sicher, daß mein Herr, der Dawatdar Aybagh, sich nicht anders verhalten würde. Es handelt sich also nicht um eine spontane Eingebung meiner unwesentlichen Person, sondern um die Vollstreckung eines geheimen Urteils – und das ist für Euch, Malouf, ein *amir*!« Er schlurfte ans Fenster, um in die Dunkelheit hinauszusehen, wobei er ein Bein nachzog. Draußen, unten im großen Hof der Karawanserei, flackerten noch Feuer, doch die meisten Gäste des Handelsherrn hatten sich schon zur Ruhe gelegt. Pferde und Maulesel standen eng zusammengedrängt an die Gatter gebunden, Kamele lagerten mampfend beisammen. Es mochte noch eine Nachtwache bis zum Morgengebet, der *salat al fajr*, sein. »Sie müssen in der kommenden Nacht umgebracht werden, am besten im Schlafe«, sinnierte der Vertraute des Dawatdar, des Kanzlers am Hofe des Kalifen.

Malouf war durch dessen Vergünstigungen reich geworden. Er fürchtete um sein Monopol, und deshalb mußte er gehorchen. »Es sollte nach Mord durch die Assassinen aussehen«, wandte der Kaufmann ein.

»Es wird so aussehen«, beruhigte ihn Chaiman, soweit er mit seinem bösen Blick Ruhe ausstrahlen konnte.

»Ein paar Mongolen könnten natürlich entkommen – schon damit die Nachricht von diesem unerhörten Vorfall nach Karakorum gelangt.« Malouf war gar nicht wohl bei seinen eigenen Worten. Es bedurfte nicht einmal dieser Unglücksboten. Der zuständige mongolische Gouverneur würde schon Meldung machen, aber zuvor würde ein Strafgericht über den Händler hereinbrechen, in dessen Haus der furchtbare Mord hatte geschehen können. Malouf fröstelte trotz der glühenden Holzkohle in dem Becken zu seinen Füßen.

»Der Dawatdar«, faßte Chaiman ungerührt zusammen, »legt Wert darauf, die Mongolen gegen Alamut einzunehmen und ihre Eroberungsgelüste von Bagdad abzulenken.«

»Ich verstehe«, zeigte sich Malouf einsichtig. Der Preis war entschieden zu hoch. »Empfangen wir also unsere Gäste in allen Ehren und sehen zu«, murmelte er zweideutig.

»Lassen wir sie in die Falle laufen!« Der Hinkefuß war für Klarheit.

Lieber William, hier spricht Yeza.

Also, Du großer Befreier, selbst als Briefeschreiber wird Dein Talent, zur rechten Zeit am falschen Ort zu sein – oder nicht einmal das! –, mißbraucht. Du hast es wie immer gut gemeint, aber Hasan, die Schlange, hatte den Apfel vergiftet. Wir sind aus dem Paradies vertrieben, aber nicht von einem Engel mit Flammenschwert, sondern von einem Kalb namens Khurshah. Die Assassinen haben sich gegenseitig vor das Schienbein getreten, und wir sind, dank Deiner umsichtigen Hilfe, frei, und auch mein Knöchel schmerzt nicht mehr. Mir dient ein neuer Ritter, der heißt Kito. Sein Vater ist ein großer mongolischer General, und beide sind Christen.

Vor allem aber hat er Roç und mir zwei erlesene Pferde aus der Zucht des Großkhans mitgebracht, was mich über den Verlust des Hengstes hinwegtröstet, den wir aus dem Stall des Imam geklaut hatten, jedoch am Fuße des Gebirges stehen lassen mußten. Die Mongolen sind sehr gute Reiter, ausdauernd und dabei noch immer voller Späße, die sie mit ihren – ziemlich kleinen – Pferden vollführen. Sie sitzen im gestreckten Galopp auf und ab oder lassen sich hinter den Leibern der Tiere fast bis zum Boden hängen, zum Schutz gegen Pfeile, die sie auch im vollen Lauf, und zwar sehr zielsicher, verschießen. Als mein Knöchel es wieder zuließ, habe ich ihnen vorgeführt, daß ich mit einem Bein auf dem Sattel stehen und auch während eines scharfen Ritts noch schießen und treffen kann. Weil der Sauertopf von Anführer unserer Eskorte, die uns zum Großkhan bringt, Ata el-Mulk Dschuveni, sah, wie sicher Roç und ich mit dem mongolischen Bogen umzugehen wissen, wurden uns bei Erreichen des Herrschaftsbereiches des Khanats der Goldenen Horde gleich solche Waffen besorgt. Und Roç übt nun jeden Tag mit Kito, der schon zwanzig ist und bereits viele Gegner getötet hat. Mein königlicher Liebster will sich in der Ausübung des Waffenhandwerks nicht von mir übertreffen lassen.

Ich habe übrigens gehört, daß auch die mongolischen Frauen ihren Mann stehen dürfen, was mich sehr freut. Den Khurshah haben wir übrigens nach Verlassen des Assassinengebiets, als wir sicher sein konnten, nicht mehr überfallen zu werden, laufenlassen. Dschuveni hat ihn einer aus China heimkehrenden Karawane übergeben, damit sie ihn gegen gute Belohnung bei seinem Vater in der Rose abliefern. Als Roç, der ja immer ein Herz für das Kalb hatte, den Einwand machte, die Händler könnten den zukünftigen Imam auf dem nächstbesten Sklavenmarkt verkaufen, hat der *amin al chisana* – so lautet der Titel von Dschuveni – schallend gelacht, was sonst nie vorkommt, und geantwortet: »Selbst wenn sie sein Fleisch pfundweise verkaufen, werden sie niemals soviel für das Kalb erhalten wie von dem Schlächter in Alamut!«

»Und warum nehmt Ihr ihn nicht als Geisel zum Großkhan mit?« hab' ich da eingeworfen, zugegebenermaßen ziemlich bösartig, und der Kämmerer hat mich erstaunt angesehen.

»Einmal, weil ich mit Euch einen guten Tausch gemacht habe, zum anderen, weil man auch in der Auswahl von Geiseln Geschmack beweisen sollte. Mein Herr, Il-Khan Hulagu, *hakim al gharb*, könnte mir eine solch grobe Gabe verübeln.«

»Und zum dritten«, mischte sich Kito ein, »ich verspüre keine Lust, den fetten Jammerlappen noch während des Restes unserer langen Reise um mich zu haben!«

»Das kann ich Euch nachfühlen, Kito«, hab' ich da gesagt, »zumal Ihr ihm schon vorgeführt habt, wie man tumbem Vieh Bescheid stößt.« Da bekam er einen roten Kopf, und ich lachte, weil ich die Geschichte von dem Mädchen mit den Stiefeln aufgeschnappt und gleich richtig auf Aziza geschlossen hatte, während mein lieber Roç den Zusammenhang nicht verstanden hatte. Besser so; es würde vielleicht seine beginnende Freundschaft mit Kito trüben. So flüsterte ich, als Roç nicht hinhörte: »Die Ziege hat's verdient!« Womit ich offenließ, ob ich seine Leistung als Bock oder meine Verachtung für die Geiß hervorheben wollte.

Roç ist es immer peinlich, wenn ich kein sittsames Betragen an den Tag lege. Schon meine Kunststückchen auf dem Pferderücken fand er unschicklich, zumal ich dabei viel Bein zeigte. Meinen Dolch darf ich gar nicht erst hervorholen, weil das die mongolischen Krieger erschüttern könnte, die sicher nicht so blitzschnell eine Klinge auf zwei Finger genau zu schleudern vermögen – zwischen zwei Finger! Hüte Dich also, William, wenn Du mich das nächste Mal siehst und als unverbesserlicher Franziskaner nach mir grabschen willst! Mein Hintern ist jetzt schon solche Gelüste wert, nur meine Brüste lassen sich Zeit, allerdings will ich keine solchen Ziegeneuter wie Aziza. Klein und granatapfelrund sollen sie werden mit zwei Spitzen wie Haselnüsse. Das verrat' ich nur Dir, Mönch, denn mein König will's weicher, ›weiblicher‹, wie er es ausdrückt. Er nennt mich eine Amazone, weil bei mir auch keiner merken würde, wenn eine gänzlich fehlte – Hauptsache, ich könnte vergiftete Pfeile abschießen! Die armen Männer!

Kito schaut mich nur noch scheu von der Seite an, weil ich so frivol zu erkennen gegeben hab', daß ich alles weiß, was sich auf dem

Rücken des Khurshah abgespielt hat – auch von der Nachlese der »Geheimen Kämpfer«, nachdem Kito das Haus des Omar verlassen hatte und uns als Retter entgegenritt. Was denken sich die Männer eigentlich, William? Beantworte mir diese bescheidene Anfrage, wenn wir uns wiedersehen. Wir haben die wüstenartige Steppe hinter uns gelassen und nähern uns den Bergen von Turkestan. Vor uns liegt Samarkand!

Ich umarme Dich, Deine Yeza, O. C. M.

P. S.: Diese Stadt ist einzigartig in ihren Farben! Da ist einmal das Licht, das, durch keinen Dunst getrübt, klarer ist, aber auch greller als sonstwo. Und erst die bunte Vielfalt der Gewänder, Stoffe und Teppiche! Hier trifft alles zusammen, was an Waren aus Indien und China in den Okzident gebracht wird, hier kreuzen sich die Sklavenkarawanen der Araber mit ihrem ›schwarzen Ebenholz‹ mit denen der Gewürzhändler von fernen Inseln. Sie tauschen und feilschen, geizen und verschleudern, übervorteilen und verteilen Almosen und treffen sich alle immer wieder in diesem größten Bazar der Welt. Ein Kommen und Gehen, Tag und Nacht.

Wir sind im Haus des Kaufmanns Malouf abgestiegen, was nicht ganz richtig ausgedrückt ist, denn erstens ist dieser Malouf ein Handelsherr, wohl einer der reichsten dieser Stadt, und zweitens ist sein Haus wohl eher als Palast zu bezeichnen mit angeschlossener, von ihm unterhaltener Karawanserei. In ihrem Hof brennen mindestens zehn Feuer, über denen sich Hammel am Spieß drehen. Unter den Säulengängen ringsherum wird mehr Handel getrieben als in ganz Kairo oder Bagdad – oder in beiden zusammen! In den an diese Arkaden angrenzenden Schlafsälen können neun mal neunzig Reisende nächtigen. In jedem davon schlafen mehr als hundert, weil sie ständig überfüllt sind. Dazwischen plätschern Brunnen, an denen man sich waschen kann, und die Notdurft verrichtet man an *marahid*. Die Tiere lagern im Hof und werden auch gefüttert. Die Kamele saufen ungeheure Mengen Wasser, tragen aber fünfmal soviel wie jedes Pferd und sind auch viel friedlicher, weil sie sich gern hinsetzen. Das nur, falls Du solche Angaben für Deine Chronik brauchst.

Wir sind in der Nacht angekommen und konnten gleich Betten in einem der Säle beziehen. Man begegnete dem Herrn *amin al chisana* des Hulagu hier mit viel Respekt, auch wir, *al malik ual malika*, sind den Leuten ein Begriff, ich hörte die Diener des Malouf ehrfürchtig unsere Namen flüstern. Jedenfalls wurden wir mit größter Gastfreundschaft empfangen, man reichte uns einen frischen Willkommenstrunk aus gepreßten Früchten und gab uns Kissen und Decken. Die Betten sind aus Holz, immer drei übereinander, für das letzte braucht man eine Leiter. Das hab' ich natürlich genommen. Unter mir schläft Roç, er bewacht meinen tugendhaften Schlummer, und darunter Kito, der für uns verantwortlich ist. Über uns verläuft eine Holzgalerie, und unterm Dach sind wohl Warenspeicher, wie auch im Keller unter uns Wein, Öl und gepökelte Heringe eingelagert sind. So gehen die Gerüche von zweihundert abgestreiften Stiefeln einfach unter zwischen denen von Safran und Stockfisch, ranziger Butter und Dörrfleisch. Ich bin sofort ins Bett gegangen, deswegen ende ich hier.
 Die obige.
 L. S.

Der Muezzin rief zur *salat ad-dhuhur*. Der Hof der Karawanserei von Malouf lag friedlich in der Maiensonne, als der Hinkende mit dem stechenden Blick sich bei dem Handelsherrn melden ließ. Malouf hatte sich auf der schattigen Veranda seines Hauses mehrfach gegen Mekka verneigt – er war ein strenggläubiger Muslim – und rollte seinen Teppich wieder ein.

 Malouf sprach außerhalb der vier Wände seines Kontors nicht gerne übers Geschäft. »Wenn die Sendung abgefertigt und verpackt ist, habe ich mir überlegt, dann wäre es vielleicht gut, wenn Bagdad ein paar von den damit befaßten Dienern nach Karakorum schickt, damit sie dort ihren Lohn erhalten.«

 Das gefiel Chaiman, als er den Sinn begriffen hatte, und sein Blick leuchtete auf wie der einer Schlange, die ein ganzes Nest junger Vögelchen entdeckt hatte. »Also müssen wir die Herren Diener gleich von Anfang an im Auftrage des Imams anheuern, damit sie wissen, für wen sie tätig werden. Könnt Ihr denn so viele entbehren?«

Der Kaufherr hob abwehrend die Hände. »Doch nicht meine eigenen Leute! Das würde auf mich zurückfallen!«

»Dann besorgt Euch welche auf dem Markt, stundenweise zu löhnende Lastenträger, Tagediebe, Hungerleider!«

»Unmöglich! Mich kennt hier jeder. Ich komm' gern für den Lohn auf, aber anheuern müßt Ihr sie schon selber, Chaiman!« Malouf lächelte gegen den bohrenden Blick an. »Ihr sollt auch die rechte Auswahl vornehmen, denn die zu leistende Arbeit verlangt geübte Hände. Wir haben es mit einer Ware zu tun, die sich nicht von ein paar Tölpeln einsacken läßt.«

»Ist das Eure Hilfe, Malouf?« Ein Auge des Chaiman zuckte und stach schief nach dem Hals des Gegenübers. »Glaubt Ihr, Ihr könntet mit Eurem Geld alles von Euch abwälzen?«

»Ich werde Euch sichere Namen nennen, deren Preise ich kenne«, schnaufte der Kaufherr. »Ich stelle Euch mein Haus zur Verfügung, die direkten und geheimen Zugänge zum Lagerraum unserer Ware – mehr kann ich nicht für Euch tun. Ich lebe hier in Samarkand, Ihr aber, Chaiman, reist nach dem Verpacken der Ware wieder ab.«

»Vorher!« erwiderte der Mann aus Bagdad. »Ich besorge die Leute und bin danach nicht mehr auffindbar!«

»Und an mir bleibt alles hängen!« jammerte der Kaufmann. »Es muß so aussehen, als wäre der Schlag auch gegen mich gerichtet, sonst bin ich verloren!«

»Darauf könnt Ihr Euch verlassen, Malouf«, sagte Chaiman. »Zeigt mir jetzt die Örtlichkeiten, unsere gefiederten Freunde sind ausgeflogen, um auf dem Bazar herumzupicken. Wir können in aller Ruhe die Löcher des Taubenschlags inspizieren, durch die unsere Frettchen heute nacht hereinschlüpfen werden. Und gebt mir jetzt das Geld!« Ohne sich nach dem Hausherrn umzusehen, schlurfte er voraus.

Roç an den lieben William, Samarkand in der dritten Dekade des Monats Mai A. D. 1252

Den ganzen Nachmittag streiften wir durch den Bazar. Den kannst Du Dir gar nicht groß genug vorstellen, weil vor jeder der Karawansereien, die ihn umgeben, letztlich ein eigener Markt entstanden ist. Er ist auch nicht nach Quartieren der Handwerker geordnet wie in Bagdad oder Akkon, wo jede Zunft ihre eigene Gasse hat, sondern eben nach den untereinander rivalisierenden Handelshöfen, von denen der unseres Gastgebers Malouf der größte ist. Der hat uns natürlich einen Führer mitgegeben, der wohl dafür sorgen sollte, daß wir alles bei ihm einkaufen, doch ich habe Kito gesagt, wir wollten auch alle anderen Verkaufsstände sehen, und so haben wir uns mit Yeza selbständig gemacht.

Das brachte einige Überraschungen mit sich, bei denen ich mir nicht sicher bin, ob sie Zufall oder Schicksal waren. Der erste, der uns über den Weg lief – und daß wir ihn wiedererkannten, war ihm offensichtlich unangenehm –, war dieser Hinkefuß mit dem stechenden Blick, der uns in Bagdad nach der fehlgeschlagenen Audienz beim Kalifen zurück in unser stinkendes Quartier brachte. Der Mann hat den *âin al hasud*, an ihm klebt Unheil – wenn er es nicht selber ausheckt – wie an Ratten die Pestilenz, so sagt man doch. Er versuchte, sich zu verbergen, und war dann auch gleich wieder verschwunden. Ich sagte Kito nichts, wechselte aber mit Yeza einen Blick, der mir zeigte, daß sie ihn auch gesehen hatte und ebenso empfand wie ich. Ich glaube, der hieß Chaiman oder so ähnlich und war ein Mann des dicken Dawatdar. Diese Begegnung ereignete sich auf dem Persischen Markt.

Dann betraten wir den der Armenier. Eine Tributkarawane des König Hethoum machte dort gerade Station. Sie transportierte vor allem Sklavinnen, die für den Großkhan und seinen Hof bestimmt waren. Sie wurden in Käfigen gehalten. Die Wächter ließen niemanden zu nahe heran. Birnenbrüstige Tscherkessinnen, starkhüftige Georgierinnen, breithintrige Bulgarinnen, zwei blonde Polinnen und sogar eine Rothaarige mit weißer, gesprenkelter Haut aus dem Land der Iren. Wir bekamen die Frauen kaum zu Gesicht, sondern vernahmen nur die Kommentare der Leute, die sich vor uns drängten. Doch dann schrie Yeza leise auf und stieß mich an. »Shirat! Ich schwöre dir, ich habe Shirat gesehen!«

Ich sagte: »Du spinnst, wie soll Hamos Frau, inzwischen Gräfin von Otranto, in eine Sklavenkarawane geraten sein!?«

Doch Yeza schob mich energisch in die Menge und zerrte mich nach vorn. »Es war Shirat, ich bin doch nicht blöd oder blind!«

Die Wächter versperrten uns mit ihren langen Schlagstöcken den Weg, und die vergitterte Sänfte, auf die Yeza zeigte, wurde wieder hochgenommen und entzog sich schwankend unseren Blicken, die gerade noch die verhüllte Gestalt erhaschten, von der Yeza felsenfest behauptete, sie sei ihre alte Freundin Shirat gewesen. Von der Statur her konnte es stimmen. Die Frauen waren zu viert in den Käfig gepfercht, nur sie stand. Ihre Hände umklammerten die Gitterstangen, ihr Gesicht konnten wir nicht mehr sehen. Einfach unwahrscheinlich, daß es Shirat war, meinst Du nicht auch, William? Doch wenn Du Hamo das nächste Mal siehst, dann frag ihn nach dem Wohlergehen seiner kleinen Frau. Yeza gibt sonst keine Ruhe!

Wir zogen weiter auf den Markt der Inder, sicher der farbenfroheste, aufregendste, aber auch der schmutzigste! »Keiner versteht so schöne Saris zu fertigen oder Rohseide und einfaches Kattun zu bedrucken«, sagte Yeza, die sich mit Schärpen, Schals und *schiroual* eindeckte, als wolle sie selbst damit einen Bazar eröffnen. Zwei Träger folgten uns schon, denn sie hatte auch vorher nicht widerstehen können: Fußringe, Halsketten, Armreife, Fächer, Amulette, Spangen, Schließen, Kämme, Flakons mit öligen Elixieren und Duftwässerchen, Döslein mit zart getöntem Puder, fettigen Pasten aus roten Läusen für die Lippen, aus Kohlestaub für die Wimpern und Brauen, bläulichsilbrige Pülverchen für die Lidschatten – reicht's Dir, William? Meiner edlen *damna* noch lange nicht!

Aber da stand im Gedränge plötzlich Omar vor uns. Ich machte ihm schnell ein Zeichen, mich nicht anzusprechen, weil ja Kito, der Mongole, uns begleitete. Auch Yeza war, *alhamdulillah*, so versteinert, daß sie kein Wort herausbrachte, das den jungen Assassinen verraten hätte. So ging Omar an uns vorbei, aber ich hatte verstanden, daß er mir etwas mitteilen wollte. Ich schob Yeza und Kito in die Arme des nächsten Schmuckhändlers und zischte ihr zu: »Lenk ihn ab!« Sie behängte sich Stirn und Ohren mit Geschmeide, und Kito mußte sein Urteil über die verführerische Wirkung abgeben. Ich war derweil zurückgetreten, weil ich sah, daß Omar auf der anderen Seite der Ladengasse verstohlen Handsignale gab. Wir hatten uns damit in Iskander vergnügt, und ich verstand sie immer noch zu entziffern: »*Chiana,* Verrat«, buchstabierte ich, »*intuma ua murafikun bi chattar,* du und deine Begleiter in Gefahr, ... *al leila,* heute nacht, ... *jahrus,* wachen.« Dann war Omar, ohne mir oder Yeza noch einen Blick zu schenken, wieder verschwunden. Ich hatte den Eindruck, daß er von dem Zusammentreffen mit uns ebenso überrascht war wie wir und uns keineswegs gesucht hatte. Wieso war er überhaupt noch in Samarkand? Die vierzehn Fida'i waren doch schon Mitte März, also vor über zwei Monden, aufgebrochen, um den Großkhan der Mongolen in Karakorum zu ermorden, und wie ich das Gesetz der Rose kannte, wurden solche Befehle des Imams befolgt und ausgeführt. War Omar ein Deserteur? Seine Warnung war ernst zu nehmen, das stand für mich außer Frage, und ich mußte auch Kito einweihen, alles andere wäre grober Leichtsinn.

Ich sagte abrupt zu Yeza: »Kauf dir lieber einen Brustpanzer oder ein Kettenhemd! Heute nacht will man uns ermorden!« Kito sah mich strafend an, als würde ich üble Scherze treiben. So sagte ich: »Zucke bitte nicht mit der Wimper, und schau dich bloß nicht um. Wir werden nämlich beobachtet!«

Kito verwandelte sich sofort in den ›Geheimen Kämpfer‹, der er war, was ich daran sah, daß er seine Kräfte sammelte, ohne sich zu verspannen. Er lächelte Yeza weiterhin zu, die alles gehört hatte, aber ungerührt fortfuhr, Schmuck anzuprobieren. Ein kluges Mädchen! Ich erzählte in knappen Worten von der Warnung, die ich erhalten hatte, von einem *sadiq al ladhi judahiin bi nafsihi min ajlina,* einem Freund, der für uns durchs Feuer geht. »Er wird heute nacht dasein, um Yeza und mich zu beschützen!« Das behauptete ich einfach so, obgleich Omar davon nichts bedeutet hatte. Ich wußte nicht einmal, wer die Meuchler sein würden, wie der heimtückische Anschlag vonstatten gehen würde und in wessen Auftrag er erfolgte. Das war mir auch erst einmal gleichgültig, aber ich war felsenfest davon überzeugt, daß Omar an unserer Seite kämpfen würde. Das dachte Yeza auch. Kito wollte sofort den Dschuweni benachrichtigen, aber Yeza meinte, das sei unnötig, der würde nur viel Aufhebens von dem Mordanschlag machen; sie wolle die Mörder nicht vergraulen, sondern ihnen den Empfang bereiten, den sie verdient hätten. Ich setzte hinzu: »Ich will unseren Feinden ins Auge schauen und sie erkennen, bevor ich sie vernichte!« Da ich den Mund recht voll genommen hatte, setzte ich hinzu: »Um ihnen eine Abfuhr zu erteilen, die sie ihr Leben lang nicht vergessen, genügen die sechs ›Geheimen Kämpfer‹.«

Kito lachte. »Du meinst, wir könnten mit einer noch so großen Überzahl fertig werden? Das stimmt nur, wenn der Gegner sich auf den Nahkampf einläßt, Mann gegen Mann!«

»Das wissen wir nicht«, sagte Yeza, »laßt uns die Bogenschützen in Bereitschaft halten.«

Wir verließen den Bazar, gefolgt von drei Trägern mit riesigen Körben. Wer uns sah, mochte denken, welch heitere Reisegesellschaft!

Ich grüße Dich voller Erwartung der Dinge und werde Dir für Deine Chronik alles berichten – es sei denn, ich verliere heute nacht mein junges Leben. Dann kümmere Dich um meine Witib. Nach der Aussteuer zu schließen, die sie gerade zusammengekauft hat, ist sie jetzt eine gute Partie,
 Dein Roç
 L. S.

Die Taverne ›Babuschka‹ lag im russischen Viertel des Marktes von Samarkand und war bekannt für ihre harten Trinksitten, Schlägereien und Verbrüderungen unter Gesang und weiteren scharfen Getränken. Das war auch der Grund, aus dem Omar und seine Freunde hier nicht hängengeblieben waren, sondern die *chamara* als Schule fürs Leben betrachteten. Hier in Samarkand befanden sie sich bereits innerhalb des mongolischen Herrschaftsbereiches, und sie hatten gelernt, sich darin zu bewegen wie Fische im Wasser. Je zwei von ihnen arbeiteten zusammen als Tagelöhner in einem anderen Quartier. Sie hatten sich eine neue Identität geschaffen. Und erst nach und nach hatte Omar ihnen erlaubt, sich mit ihm zu treffen, so daß kein Spitzel auf den Gedanken kommen konnte, es handele sich um eine geschlossene Truppe. Sie brachten Freunde mit, sprachen nie über Alamut, ja, nicht einmal arabisch, hatten sich neue Namen zugelegt und wirkten wie ein zufällig zusammengewürfelter Haufen.

Omar war der von allen anerkannte Anführer, auch wenn jedes Paar Fida'i das Recht hatte, eigene Wege zu gehen. Sein Plan, sich erst einmal in der Fremde zu assimilieren, war von allen als richtig anerkannt worden, wobei unterschwellig auch wohl eine Rolle spielen mochte, daß jeder der jungen Burschen ganz froh war, noch in der Gruppe aufgehoben zu sein, anstatt, allein auf sich und den Gefährten gestellt, im fernen Karakorum der Leibwache des Großkhans gegenüberzutreten.

Wenn sie sich insgeheim etwas mitzuteilen hatten, dann tranken sie zu zweit, zu dritt, zu viert, sie prügelten und verbrüderten sich, wobei sie sich zwangsläufig um den Hals fielen und alle Worte wechseln konnten, die zu sagen waren, bevor die moskowitische Wirtin oder eine ihrer zahllosen Töchter sich einmischte. Das geschah vor allem beim Trinken und In-den-Armen-liegen, denn das belebte das Geschäft. So verfuhr man auch heute, und für Omar ergab sich, mit blauem Auge, blutiger Nase und naßgeküßt, folgendes Bild: Ein merkwürdiger Mann, ein *âaraj mâal âin al hasud*, hatte sich an mehrere von ihnen herangemacht, um sie für einen Anschlag auf die Karawanserei des Malouf anzuwerben. Dabei waren wohl ein paar unliebsame Reisende ins Jenseits zu befördern, vor allem aber sollte ein gut bewachtes Prinzenpaar um die Ecke gebracht werden. Darauf würde er ein hohes Kopfgeld aussetzen.

Omar war sofort klar, daß es um Roç und Yeza und deren mongolische Eskorte ging. Aber er hörte sich erst einmal weiter die Berichte an, die sich mit seinen eigenen Erfahrungen deckten. Das Merkwürdige an dem Mann war, daß er sich bald als Assassine aus Masyaf in Syrien ausgab, bald durchscheinen ließ, er handele im Auftrag des

Imams von Alamut, aber auf die geheimen Erkennungszeichen der Bruderschaft überhaupt nicht reagierte. Entweder war er kein Assassine und versuchte es ahnungslos, weil Assassinen und bestellte Meuchelmörder so schön zusammenpassen, ohne zu merken, mit wem er es zu tun hatte, oder er war ein Spitzel, der Verdacht geschöpft hatte und sie aus ihrer Reserve zu locken versuchte. Jedenfalls mußten sie auf der Hut sein. Allerdings hatte der Kerl auch andere angeheuert, und zwar ausnahmslos üble Strolche, arbeitsscheues Gesindel, bekannte Straßenräuber und Beutelschneider. Das ließ darauf schließen, daß es ihm mit dem Mordanschlag ernst war.

»Also«, sagte Omar in einer Serie von Knüffen und Schlägen, Umarmungen und Küssen, »ich muß es Euch freistellen. Ich für meinen Teil, denn an mich ist er auch herangetreten, ich werde heute abend dabeisein.«

»Ich auch, ich auch!« schrien die meisten durcheinander, was ja unverfänglich ist.

»Eigentlich dachte ich, welch hübsche Gelegenheit«, fuhr Omar keuchend fort, »mal so richtig mit Mongolen ins Gemenge zu kommen. Dabei kann man ja nur lernen, aber jetzt bin ich mit von der Partie, allerdings auf der anderen Seite. Ich schlag' mich für das Leben des Königlichen Paares! Denn nimmer will ich glauben, daß die Rose ihren Tod beschlossen hat. Also kämpfe ich Schulter an Schulter mit den Mongolen!«

»Ich auch, ich auch!« riefen die anderen erneut durcheinander. »Wir drehen den Spieß um! Wir nehmen sein Blutgeld und schlagen seinen Leuten die Schädel ein!«

Omar war erschöpft und wirkte sturzbetrunken, als er zum Abschluß torkelnd, aber wie ein Berserker, noch einmal jeden in der Runde anrempelte. »Wir treffen uns heute abend, dort, wo Hinkebein uns hinbestellt hat, beim ›Koloß von Rhodos‹, dem Griechen!«

»Das ist der richtige Ort für ein solches Treffen«, flüsterte Karim, Omars Gefährte, der sich hier Aljoscha nannte. »Bei dem Fettwanst von Kneipenwirt verkehren nur Totschläger und Galgenvögel, Messerstecher und Schnurwürger, selten ein abgemusterter Soldat, der etwas auf sich hält.«

»Das ist gut so«, grummelte Omar, als einer nach dem anderen lachend, schimpfend und schwankend abgezogen war. »So können wir unsere Gegner schon vorher in Augenschein nehmen.« Er legte seinen Arm um Karim, den jüngsten der vierzehn Fida'i, die ausgezogen waren, um den Khagan zu töten. »Bleib an meiner Seite heute nacht! Unsere Aufgabe ist es, Roç und Yeza mit unseren Leibern zu schützen, nicht als Helden unsere Dolche mit dem Blut möglichst vieler dieser Strolche zu beflecken.«

»Ich werd' mich mäßigen«, rief Karim mit vor Kampfeslust leuchtenden Augen. »Doch Hinkebein soll mir nicht entkommen!«

»Sei auf der Hut, Aljoscha, *dhal âin al hasud*!« Sich gegenseitig stützend, verließen sie die Taverne der Babuschka.

Aufgepaßt, Bruder des Franz, hier spricht Yeza, Deine Chronistin!
Heute nacht geht's los! Es ist ein eigenartiges Gefühl in der Magengrube, aber ›Kriegs ist gefährlich‹, wie ich als kleines Mädchen immer gesagt haben soll, wenn Du Dich zu erinnern vermagst. Zuvor sind wir beim Hausherrn, dem berühmten Kaufmann von Samarkand, zum Abendessen eingeladen. Und sicher ist sicher – Kito hat seinen Mongolenkriegern eingeschärft, keines der Getränke anzurühren, vor allem keinen Wein. Man kann ja nicht wissen, wie weit der Feind schon eingesickert ist, vielleicht steht er bereits in der Küche oder im Keller! Sie sollen sich wie Tataren benehmen, und wenn sie es vor Durst nicht aushalten, das Wasser aus den Handwaschbecken trinken; das wird ja nicht vergiftet sein. Ich fürchte auch eher ein Schlafmittel, damit wir so recht wehrlos nachher in unseren Betten schlummern. Nur Dschuveni haben wir nicht eingeweiht, der ist unsere Versuchsperson, ohne daß er's weiß. Fällt der Kämmerer, der ja kein starker Trinker ist, unter den Tisch, dann ist sicher etwas faul.

Wir begaben uns zu Tisch. Das Essen fand im Haupthaus statt, ein Palast, angefüllt mit Teppichen in drei Lagen – Herat, Buchara, Taschkent, so daß man wie auf chinesischer Watte lief, und Gobelins aus

Gent. Glaslüster aus Venedig hingen von den Decken. Das Tafelsilber war aus London, die Tücher, mit denen man sich Mund und Hände abwusch, aus Flandern – wie Du, mein lieber William!

Unser Gastgeber empfing uns in diesen Pluderhosen, *bantalon fadfad*, die hinten so durchhängen, als hätte man sie schon voll – und so fühlte ich mich auch. Herr Malouf war ein stattlicher, rundlicher Mann. Er grinste unentwegt, als wolle er einem sofort einen Teppich verkaufen. Seine fleischige Hand geleitete mich zu der niedrigen Tafel. Er nannte mich ›principessa‹, und ich mußte neben ihm auf die Kissen. Kito schützte meine Flanke, denn Roç wurde mir gegenüber, neben Dschuveni, plaziert. Malouf patschte in die Hände, und es wurde aufgetragen.

Was soll ich Dir sagen, William, es gab alles, was er in seinem Warenhaus auf Lager hatte, ohne große Raffinesse, aber reichlich. Die Vorspeisen waren eine wüste Melange: entkernte Oliven aus Palmyra, mit Mandeln vom Nil bestückt, in siedendem Öl gesotten, in Hirse aus Medina gewälzt; Reiskugeln, gefüllt mit Äpfeln aus Syrien und Rosinen aus Jerusalem; Kebabs aus Kichererbsen, koriandergewürzt; mit Eidotter vermengtes Brustfleisch von Enten und Wachteln – woher die kamen, habe ich mir nicht gemerkt. Dazu gab es geharzten Weißwein von der Peleponnes, den ich sowieso nicht leiden kann, aber als ich sah, daß Malouf ihn bedenkenlos in sich hineinschüttete, habe ich mir einen Becher aufdrängen lassen. Er schmeckte so, wie ich ihn von Zypern her in Erinnerung habe – wie eingeschlafene Füße –, enthielt aber sicher kein Schlafpülverchen. Roç schaute mich strafend an, und ich sagte: »Eigentlich erlaubt der Gral uns, dem Königlichen Paar, keinen Genuß von berauschenden Getränken. Diese Ausnahme gestatte ich mir nur« – ich hob mein Glas –, »um auf Euer Wohl, Malouf, einen Trinkspruch auszubringen!« Damit war die Initiative bei mir, und ich konnte zukünftige Aufforderungen leicht und indigniert abbiegen, zumal dann auch Roç, an alle Mongolen gerichtet, rief: »Die Herrin gestattet uns diese einmalige Geste zu Ehren unseres Gastgebers!«

Und alle erhoben sich, tranken einen Schluck, grinsten Malouf an und setzten sich wieder wie brave Soldaten, die vor der Schlacht nicht saufen. Der einzige, der nicht begriff, was mit seiner trinkfreudigen Truppe los war, war der Kämmerer. Er entschuldigte sich beinah beim Gastgeber und hielt sein ausgetrunkenes Glas zum Zeichen des guten Willens gleich wieder zum Nachschenken hin.

Der Hauptgang bestand aus Tauben, Tauben aus jeder Himmelsrichtung. Süßsaure aus China, in Rotwein und Pfeffer eingelegte aus Toulouse, mit Wacholder und Rosmarin gebratene aus der Romagna und mit Zimt bestreute, gebackene aus Marrakesch. Dazu wurden Rotweine aus Georgien und Trapezunt gereicht, die von uns aber dankend abgelehnt wurden. Dschuveni hielt mit, als wolle er gegen unser ungebührliches Betragen allein antrinken, was aber nur zur Folge hatte, daß er schnell recht angeheitert wirkte, was so gar nicht seine Art ist.

»Wieso«, wandte er sich kichernd an Malouf, »habt Ihr die Tributkarawane unseres Freundes Hethoum, des Königs von Armenien, schon weitergeschickt? Die wollten sich doch nur mit uns zusammen auf die gefährliche Reise nach Karakorum trauen?«

»Mein bescheidenes Haus«, antwortete der Handelsherr grienend, »kann nicht zwei Delegationen gleichzeitig beherbergen. Ihr seid meinem Herzen näher, mein lieber Dschuveni, als der Nachschub von Huris für die paradiesische Jurte des Großkhans!«

Die Antwort stellte den Kämmerer seltsamerweise zufrieden, und er trank seinen Becher auf einen Zug leer. »Allah schenke ihm ein langes Leben, Manneskraft und Zeit, sich an ihnen zu ergötzen!«

»Wie«, hakte ich gleich nach, »kann es angehen, daß ich heute in der vorbeiziehenden Karawane unter den Huris aus aller Herren Länder die Frau eines befreundeten Fürsten erblicken mußte?«

»Die Prinzessin vermeint«, Roç ließ es sich angelegen sein, mein forsches Auftreten abzumildern, »eine uns wohlbekannte Mamelukin unter den Sklavinnen gesehen zu haben.«

»Es war Shirat, die Schwester des Baibars!« trumpfte ich ärgerlich auf. »So wahr ich hier und heute in Samarkand den Markt besucht habe!«

»Oh«, schnaufte Malouf, und seine Äuglein glitzerten. »Baibars? Der gefürchtete Bogenschütze? Der heimliche Herr von Kairo?«

»Genau!« rief ich. »Und der wird es nicht gerne hören, daß Ihr solche Unbill gestattet habt!«

»Ich wußte es nicht, *principessa*!« jammerte der Gastgeber. »Ich schwöre, ich wußte es nicht! Ich hätte –« Ihm fiel wohl ein, daß er in Gegenwart des Kämmerers schlecht sagen konnte, was er alles unternommen hätte, um diesen Schatz in seinen Besitz zu bringen. Er überlegte sicher, ob er nicht sofort reitende Boten hinterherschicken sollte, während ich mir Vorwürfe machte, Shirats Identität, so es denn Shirat war, gelüftet zu haben. Denn nun würden auch andere davon erfahren, und für den armen Hamo würde es immer schwerer werden, seine kleine Frau zurückzubekommen. Ich hätte gleich dafür sorgen sollen, daß die Karawane aufgehalten und untersucht wurde, hätte Shirat mit Gewalt befreien oder freikaufen sollen. Nun war es zu spät. Nicht einmal der mächtige Malouf konnte noch etwas erreichen. Die Karawane reiste längst auf der mongolischen Heerstraße, und da galt eisern das Gesetz der *pax mongolica*. Hier in Samarkand herrschten Grenzlandsitten – Faustrecht und keine Moral! Arme Shirat!

Die Knochen der Vögelchen – Täubchen in Blätterteig, in Mandelmilchsoße, mit Nüssen und Pistazien gefüllt oder mit einer Farce aus Innereien und Ei –, sämtliche Knöchelchen, die übriggeblieben waren, wurden jetzt abgeräumt. Und Malouf, der dem Wein auch schon kräftig zugesprochen hatte, verspottete Kito. »Ich habe schon viele Abgesandte des Großkhans an meinem Tisch gehabt, doch noch keinen Mongolen, der meine Weine verschmähte. Wollt Ihr lieber Met, Kumiz oder –?«

»Danke«, sagte Kito. »Ihr habt noch nie ein Königliches Paar wie dieses bewirten dürfen. Schätzt Euch glücklich ob der Ehre, und beklagt Euch nicht!«

Der so Gemaßregelte klatschte wieder in seine feisten Hände, und die Süßspeisen wurden aufgetragen, *ashbisa*, Fleischstückchen in Fruchtgelee aus Granatäpfeln, Aprikosen und Zitronen, dazu Hirseküchlein, im Fett des Fettschwanzschafes gebacken, und *haïs*, Kugeln aus Datteln und Walnüssen, mit Staubzucker gepudert, mit *laban* gereicht, der trefflichen Sauermilch aus Persien. Dann sackte

Dschuveni langsam unter die Tischkante, was wohl auf kein Schlafmittel, sondern seinen Vollrausch zurückzuführen war. Wir aber nahmen es, ich zwinkerte Kito zu, als willkommenen Anlaß, uns für die gebotene Gastfreundschaft zu bedanken. Wir beteuerten Malouf vor dem Abschied, daß wir noch gern die ganze Nacht mit ihm zechend verbracht hätten, aber leider verböten es der Gral und der frühe Aufbruch am Morgen!

Malouf küßte mir grinsend die Hand. »Süße Träume, *principessa*«, sagte er so, als hätte er selbst die in seinem Angebot. Ich grinste zurück, nahm Roç unter den Arm, während Kito sich den Dschuveni aufhalste, und so zogen wir uns zurück in unser Quartier. Gute Nacht, William. Du kannst jetzt beruhigt schlafen, wir aber müssen wachen!

Deine Yeza, O. C. M.

P. S.: Wach mit uns und beschütze vor allem meinen Roç.

L. S.

Roç an William, Samarkand, in der dritten Dekade des Mai 1252

Lieber William, wir haben Puppen aus Decken, Kissen und Schnüren in meiner und Yezas Größe gefertigt, ihnen unsere Kleider angezogen, sie auf die Betten gelegt und zugedeckt, als ob wir schliefen. Wir selbst aber, darauf bestand Kito, mußten unter das unterste Gestell kriechen, uns dort versteckt halten und warten, denn der unbekannte Feind dachte gar nicht daran, sofort über uns herzufallen. Alle Mongolen lagen auf ihren Plätzen und stellten sich tief schlafend, hielten aber ihre Waffen unter den Decken bereit. Die Bogenschützen waren nicht zuoberst postiert, wo man sie gleich gesehen hätte, sondern darunter in der mittleren Lage. Der Schlafsaal war in drei Blöcke unterteilt. Wir hatten uns – weil außer uns ja keiner dort schlief – in einer Ecke eingenistet. Auf Anordnung von Kito lagerten die Mongolen ringförmig um uns, außen die Bogenschützen, innen die ›Geheimen Kämpfer‹. Es waren auch Eimer mit Wasser und nasse Tücher bereitgestellt, weil keiner wußte, ob die Heimtücke des Gegners nicht soweit ging, mit Feuer anzugreifen, um uns alle im Schlafsaal elendiglich verbrennen zu lassen. Für den Fall war vorgesehen, daß ein Stoßtrupp die Tür freikämpft, bevor Yeza und ich unsere Gruft verlassen dürften. Aber, wie gesagt, erst einmal geschah gar nichts, und ich lag eng an Yeza geschmiegt, was schon lange nicht mehr der Fall war, und ich muß Dir sagen, William, sie erregt mich immer noch mehr als jede andere Frau. Mein Glied war schneller steif, als ihre Hand in meiner Hose, und sie flüsterte, es zupackend in Besitz nehmend: »Wenn du diese geheime Waffe je für eine andere Dame zückst, dann beiß' ich sie dir ab!« Und zur Bekräftigung dieser wilden Drohung biß sie mir in den Hals. Ich war mir sicher – es spielte sich ja im Dunkeln ab –, daß ich blutete, denn sie leckte mit ihrer rauhen Zunge die Wunde dann so hingebungsvoll, daß ich mir wünschte, wir würden wie das Sternzeichen des Krebses liegen, was natürlich nicht ging, weil die Mongolen uns sittsam Kopf an Kopf gebettet hatten. Kein Denken mehr daran, sich umzudrehen, denn von oben drückte der Strohsack, auf dem Kito lag. So blieben uns nur ganz gemessene Bewegungen, die Yeza dazu benutzte – darin war sie Meisterin –, mein Glied durch ihre hohle Faust gleiten zu lassen wie ein Gestänge des Zev Ibrahim. Doch diesmal war sie fahriger als sonst, erregter, und sie küßte mich dabei auf eine Weise auf den Mund, die ich bei ihr noch nie erlebt habe. Ihre Zunge stieß in mich, als wolle sie mir zeigen, was sie von mir erwartete, und ich schob meine Hand, was sie mir sonst immer ärgerlich verwehrt hatte, zwischen ihre Schenkel und fand ihr Gärtchen klitschnaß. Sie wehrte sich nicht, im Gegenteil, sie drängte mich in das Pförtlein – o William, es war das Paradies! Wir waren im völligen Gleichklang, nur ungehemmter und immer wilder. Für einen Bruchteil in dieser Feuersbrunst dankte ich Madulains Lehrstunden, ich hab's Dir nie gesagt, aber sie hat mich in die Geheimnisse der Erregung der Klitoris eingeführt, und jetzt konnte ich meine Fähigkeiten Yeza schenken, mit etwas Angst, es zu gut zu machen. Aber es bereitete ihr so viel Genuß, daß sie mich aus reiner Lust biß. Ich brachte es meisterhaft fertig, in ihr das ›Griechische Feuer‹ explodieren zu lassen, als auch unter ihrer Hand mein Klöppel zu speien begann, heiße Lava, wie der

Vesuv bei Neapel, von dem Du uns erzählt hast. Und dann ging es uns auch wie den Leuten in Pompeji: Von glühender Asche wurden sie zugedeckt, ihre Bewegungen erstarben in der Hitze, wurden schlaffer und matter, und ich küßte Yeza auf die Augen, auf die Nasenflügel und fand endlich Ruhe auf ihren weichen Lippen.

Ach, William, warum liebe ich sie so sehr? Ich möchte sterben vor Glück, sie in meinen Armen halten zu dürfen – ich würde sterben, wenn jemand sie mir nähme. Yeza und ich müssen endlich miteinander schlafen wie Mann und Frau, sie will das, ich will das. Doch es soll dann auch wie unsere Hochzeit sein, nicht unter einem Strohsack im Dunkeln zu unserem Schutz, von Kitos Gegenwart spürbar gepreßt und von Feinden umgeben zu unserem Verderben. Doch sag mir, mein Freund: Ist eine Hochzeit in Freiheit und Lust, voller Zärtlickeit und Vertrauen, Verständnis und Kenntnis des anderen wenigstens eine Garantie dafür, daß die Liebe ewig währt? Ich könnte den Liebesschmerz nicht ertragen. Liebe macht angst, kennst Du das, William? Rate mir, was soll ich machen? Ich sitze an einem Fluß, lasse die Beine baumeln und plätschere nur mit den Füßen im Wasser, obgleich ich schwimmen kann, weil ich mich vor der unbekannten Strömung fürchte, die mich wegreißen könnte, in Stromschnellen zerschellen, in Untiefen ertränken. Wenn ich nicht reinspringe, bleibt mir das alles erspart, aber ich werde nie erfahren, was es heißt, von den Wogen getragen zu werden. Die Angst, ein mir unbekanntes Gefühl, schnürt mir die Kehle zu. Vor den Feinden fürchtete ich mich nicht. Es mußte schon weit nach Mitternacht sein. Yeza schlief wie ein kleines Tier in meiner Armbeuge. Ich liebe sie, ich liebe sie, ich liebe sie.

»Roç?« fragte Kito leise von oben. »Meinst du, die kommen noch?«

Ich flüsterte zurück: »Mein Freund hätte mich nicht gewarnt, wenn –«

In dem Moment knackte es über uns im Gebälk, und ich sah gegen die Helle des Nachthimmels in den hohen Fenstern die Silhouette einer Leiter sich hochschieben, während auf der anderen Seite des Saals, wo eine Empore unter den kleineren Bögen, also über dem

Dach der Arkaden, verlief, schemenhaft Gestalten hereinsprangen und sich über das Geländer schwangen. »Versteckt euch!« zischte Kito, und ich zog den Kopf ein, nicht so weit, daß ich nicht das Sirren der ersten Pfeile wahrnehmen konnte und die Schläge der Bogensaiten nach dem Abschuß. Ein unterdrückter Schrei, und ein Körper stürzte, schlug irgendwo auf. Jetzt drangen sie auch über die Brüstungen der hohen Fenster ein, und ich vernahm ihr Getrappel oben auf der Galerie. Die Mongolen schossen schweigend, und auch die anderen stießen nicht etwa wildes Schlachtgeschrei aus. Sie waren weitaus zahlreicher, als ich mir vorgestellt hatte. An einigen Stellen tobte bereits ein verbissener Kampf Mann gegen Mann. Die nächste Welle versuchte gar nicht erst die heimliche Überrumpelung. Die Männer waren zur Unterscheidung von Freund und Feind mit Fackeln bewaffnet, deshalb boten sie den Bogenschützen ein gutes Ziel, funkensprühend fielen die Fackeln zu Boden, wenn einer noch oben auf der Balustrade getroffen wurde. Doch das Licht erhellte, daß wir in schrecklicher Minderheit waren, denn ich schätzte die Angreifer auf mindestens sechzig, siebzig. Überall glühten ihre Mordlichter auf, kamen langsam näher.

Yeza war längst wach, ich konnte ihren Atem an meinem Gesicht spüren. Kito über mir schlug sich wie ein Berserker, ließ sich aber nicht von seinem Platz locken. Dschuveni, das hätte ich nicht gedacht, war bei ihm, mit einem Bogen bewaffnet, und schoß gezielt auf jeden Fackelträger, der sich uns näherte. Doch sie drängten immer wilder heran, und unsere Zahl wurde immer geringer.

Yeza stieß mich in die Seite, bedeutete mir, ihrem Blick zu folgen: Vor uns hatte sich im Boden eine Luke geöffnet – und im flackernden Pechlicht starrten wir in das kürbisgroße, gräßlich tätowierte Gesicht eines glatzköpfigen Asiaten, der sich aus dem Loch quetschte, ein fetter, nackter Riese, der eine für seine Statur fast lächerlich kleine Eisenkeule in den Pranken hielt. Ihm folgte ein Narbengesicht, ein ganz Hagerer mit einer Axt, die im Schein der Fackeln so böse aufblitzte wie seine glühenden Augen. Aber auch er hatte uns nicht entdeckt, die wir auf gleicher Höhe lagen. Der dritte war ein einäugiger Schwarzer. Seine eingeölten Muskeln glänzten. Er hielt ein übles Instrument in der Hand, eine Sichel, und sein einziges Auge erblickte uns. Grinsend stieß er seine Gefährten an. Die drei ließen sich Zeit. Sie hatten wohl den Auftrag, sich ausschließlich um uns zu kümmern – oder sie wollten sich das Kopfgeld verdienen. Yeza und ich schoben uns rückwärts auf dem Bauch aus unserer Höhle, denn dort würden sie uns gleich die Schädel einschlagen oder uns diese genüßlich absicheln oder abhacken. Sie kamen näher. Wir hatten das Bett zwischen sie und uns gebracht und richteten uns auf. Kito hatte sie kommen sehen, Dschuveni nicht. Ihn streifte ein Schlag des Riesen am Hinterkopf, und das nur, weil seiner Eisenkeule ein Fußtritt aus der Luft in die Quere kam. Da sah ich nach oben und erschrak furchtbar, denn da ließen sich Gestalten an Tauen aus dem Gebälk des Saales direkt auf uns herab. Sie trugen ebenfalls Fackeln, und ich erkannte Omar.

Der Schwarze hatte Kito angesprungen und preßte ihm sein tödliches Sichelmesser gegen den Hals. Omar ließ das Tauende los und stach im Fallen nach dem Auge. Sie stürzten beide zu Boden, und der Schwarze blieb liegen, als mein hilfreicher Freund sich erhob. Er lachte mir aufmunternd zu.

»Hinter dir, Omar!« warnte ich ihn, denn ich hatte das Unheil kommen sehen.

Die Keule des Riesen traf Omar auf der Schulter, daß ich glaubte, die Knochen brechen zu hören, jedenfalls schwanden ihm die Sinne. Omar fiel mit dem Oberkörper auf das Bett, außer Reichweite des Glatzkopfs. Meine fürsorgliche Gefährtin wollte ihm zu Hilfe kommen, aber schon hatte der Hagere seine Axt gegen Yeza und mich erhoben. Wir sprangen beide zurück auf das Bett zu Kito, und das Eisen zersplitterte das Holz des Pfostens. Kito trat dem Narbengesicht in die Eier, daß der aufstöhnte. Der Riese zog mit einem Ruck einen Pfeil aus seinem tätowierten Oberarm und walzte Kito nieder, nur weil er über Omar gestolpert war, denn eigentlich wollte er Dschuveni erschlagen. Sein schweißnasser Kopf berührte unangenehm mein Bein. Ich spürte seinen Atem und trat nach ihm, doch Yeza zerrte mich zurück. Der Glatzkopf war so dicht vor uns, daß er mit seinen Zähnen hätte schnappen können, aber er besann sich und stemmte mit Riesenkräften das Bettgestell hoch, in dem wir uns mehr verkrochen als verschanzt hatten. Wir rutschten wie hilflose Käfer auf die andere Seite heraus, was der Hagere sogleich bemerkte, nur konnte er nicht mehr so schnell laufen, denn Dschuveni hatte ihm in den Schenkel geschossen. Gefahr drohte uns dagegen von dem Riesen, der uns nicht entkommen lassen wollte.

Da glitt ein junger Assassine am Tau herab, Karim hieß er, daran erinnerte ich mich. Er wollte uns zu Hilfe kommen, aber ein Pfeil traf ihn zwischen den Schulterblättern, und er fiel als Sterbender dem Riesen ins Genick, dem vor Überraschung die Keule aus der Hand fiel. Der Muskelprotz taumelte einen Augenblick und behinderte seinen hageren Kumpanen mit der Axt, die dieser schon wieder gegen uns schwang, und wieder splitterte ein Pfosten. Omar rappelte sich auf, bekam gleich einen Schlag mit der blanken Faust ins Gesicht, aber ich konnte die Eisenkeule an mich bringen. Als der Riese sich auf Yeza stürzte, traf ich ihn an der Schläfe. Er fiel vornüber in das Bett, genau in den Dolch von Yeza.

Dschuveni schoß dem Narbengesicht aus nächster Nähe in den Bauch, und Kito schlug ihm wie rasend den Kopf ab und ebenso dem Riesen, kaum daß Yeza ihren Dolch aus dessen Kehle gezogen hatte. Die letzten Angreifer warfen ihre Fackeln weg und flohen über die Empore, aus den Fenstern, in die Luken, so wie sie gekommen waren. Einige versuchten, durch die Türen zu entkommen, doch da stellte sich heraus, daß diese von außen verriegelt waren. Sie wurden allesamt niedergemacht.

Die Mongolen zählten ihre Verluste. Sie waren nicht so hoch, wie ich angenommen hatte, doch von den Fida'i, die uns gerettet hatten, lebte keiner mehr. Oder sie hatten es vorgezogen, so ungesehen wieder zu verschwinden, wie sie zu unserer Hilfe herbeigeeilt waren.

Omar kniete bei dem jungen Karim, der kein Lebenszeichen mehr von sich gab. Der Pfeil hatte sich in sein Herz gebohrt.

Ich sagte zu Kito : »Das ist mein Freund Omar. Ich will, daß er auch der deine ist, und er soll von nun an bei uns bleiben als Wächter über unser Leben.«

»Das schulden wir ihm wohl«, sagte Kito zu Dschuveni, und der nickte, schon allein deshalb, weil der Pfeil, der den jungen Freund des unerwarteten Helfers getötet hatte, von seinem Bogen stammte. »Dieser Angriff«, sinnierte Dschuveni, »wurde nicht nur in genauer Kenntnis der Örtlichkeit durchgeführt, sondern auch mit Billigung, wenn nicht Förderung durch unseren Gastgeber. Holt ihn her, Kito!«

Die Mongolen hatten ihre Toten auf den Betten aufgebahrt und ihre Verwundeten versorgt. Es war kein Klagelaut mehr zu hören. Sie ließen die gegenseitige Behandlung ihrer Wunden genauso mit zusammengebissenen Zähnen über sich ergehen wie den Kampf als solchen. Dann halfen sie Omar, seine Freunde unter den Angreifern herauszusuchen, die überall herumlagen. Es waren sieben, und sie waren alle tot. Sie wurden genauso auf den Betten aufgebahrt wie die gefallenen Mongolen. Dann gingen sie hin und schnitten allen anderen, die sich, oft wimmernd und stöhnend unter den Betten versteckt, noch fanden, die Köpfe ab, um sie auf die Pfosten zu stecken.

Kito schleppte durch die aufgebrochene Tür den zeternden Malouf im Nachtgewand herbei. Er zitterte am ganzen Körper, als er das Bild sah, das sich ihm bot. Am Kopfende eines jeden Bettes beleuchtete eine Fackel den Toten, den wir zu beklagen hatten – und die je drei, vier Schädel der Mörder auf den Pfosten, die den Kaufherrn anklagten.

Dschuveni sprach kein Wort. Er hatte wohl erst vor, Malouf auf der Stelle grausam zu töten, doch dann beherrschte er sich, steckte das gezückte Schwert weg und befahl mit gepreßter Stimme: »Wer gegen eine Delegation des Großkhans seine Hand erhoben hat, soll sie am eigenen Leib nach Karakorum tragen. Dort wird sie die Strafe empfangen, die sie verdient.« Malouf wurde gefesselt und in Decken gebunden, bis nur noch sein Kopf herausschaute. Dann wurde er in eine herbeigeholte Sänfte gestoßen, und wir brachen auf.

Der Morgen dämmerte schon. Draußen im Hof standen alle längst wach gewordenen Gäste und Diener des großen Kaufherrn von Samarkand, aber keiner traute sich, uns den Weg zu verstellen. Als der letzte von uns den Schlafsaal verlassen hatte, ging Kito durch die Reihen und schlug die brennenden Fackeln ab, die sofort die Strohsäcke in Brand setzten.

Yeza und ich ritten in der Mitte des Zuges, den Dschuveni mit undurchdringlicher Miene anführte, Omar an unserer Seite. Vor uns schaukelte die Sänfte mit Malouf. Als wir das Stadttor erreichten, fragten die Wachen besorgt: »Alles in Ordnung, Malouf?« Und der Kopf des Dicken, der wie eine Raupe aus dem Kokon schaute, nickte schwitzend, weil eine Schnur an seinen Haaren zog und er eine große Zwiebel im Maul hatte. Hinter uns schlugen die Flammen aus den Fenstern der Karawanserei, und eine dicke Rauchwolke erhob sich. *Allah iughfur anfusuhum, lil salehin ual malehin*, möge sich Allah ihrer Seelen erbarmen, der guten wie der bösen! So verließen wir Samarkand.
L. S.

BETTLER IM PALAST
LIBER II
CAPITULUM II

Chronik des William von Roebruk, Konstantinopel, am Fest des hl. Joseph 1253
Sieben Monate und dreizehn Tage waren vergangen, die Nächte nicht gezählt, als sich für uns die Tore des Gefängnisses wieder öffneten. Inzwischen war König Konrad aus Deutschland gekommen und hatte Neapel zurückerobert, worauf Charles d'Anjou – zum Leidwesen des Papstes – auf eine Belehnung mit dem ›Königreich beider Sizilien‹ schnell verzichtete. Unser alter Elia war in Cortona gestorben. Er hatte zuvor noch seinen Frieden mit der Kirche gemacht. Bartholomäus sah ich erst jetzt wieder. Man hatte uns – Gott sei Dank! – in getrennten Zellen eingekerkert.

Genauso willkürlich, wie uns die tumben Schwaben auf Procida in den Karzer geworfen hatten, wurden wir eines Tages wieder an die Luft gesetzt. Jemand rief uns zu: »Amnestie zu Ehren des Geburtstages des Thronfolgers Konrad von Hohenstaufen!«, und wir wurden aus der Festung gejagt. Ich erinnere mich, es war der 25. März. Man hatte auch den Barth nicht verhört, ja, nicht einmal nach dem Namen gefragt. So entwischte ihnen außer meiner umtriebigen, doch letztlich harmlosen Person der übelbeleumundete Bartholomäus von Cremona, der unter seinem Dreck am Stecken sicher auch verkrustetes Blut stauferischer Kirchenfeinde verbarg.

Da es uns beiden peinlich war, daß wir uns dem Auftrag des Königs fast ein ganzes Jahr entzogen hatten, taten wir so, als ob nichts geschehen sei, und nahmen die erste Mitfahrgelegenheit gen Orient wahr. In Messina und auf Kreta mußten wir uns ein neues Schiff suchen, bevor wir schließlich recht abgerissen in Konstantinopel ankamen. Eben und eigentlich wie zwei arme Brüder des Franziskus, eine Rolle, die uns beiden längst nicht mehr geläufig war und uns nicht mehr schmecken wollte. So kam es uns auch nicht in den Sinn, auf der Straße zu betteln. Wir begaben uns vielmehr schnurstracks zum Kallistos-Palast, wo uns ein fürstliches, ja, fürstbischöfliches Leben erwartete.

Ich erinnerte mich noch gut des Weges dorthin, auf dem ich den Barth spüren ließ, wie sich ein Mann von Welt dort ein- und aufzuführen habe. Ich schwärmte ihm vor von dem erlesenen Luxus der bischöflichen Residenz, von der Dienerschaft und vor allem von der reichen Tafel, denn wir hatten seit Tagen nichts als verschimmeltes Brot und fauliges Wasser bekommen.

Dann standen wir vor dem schmiedeeisernen Tor, und niemand war zu unserer Begrüßung erschienen, keine Wache fragte nach unserem Begehr. Das Gitter stand offen, auf der Steintreppe wuchs Gras.

»Sind wir hier richtig?« fragte Barth verzagt, und ich trumpfte auf: »So wahr ich hier nach meiner ersten Mongolenmission Quartier nahm!« Doch weil auch mir das Ganze merkwürdig vorkam, setzte ich hinzu: »Der frühere Besitzer, Bischof Nicola della Porta, war ein exzentrischer Herr. Mag sein, daß er – *respiciendum finem* – den Park verwildern ließ.«

So schritten wir weiter den Kiesweg hinauf zwischen mannshohem Unkraut und über umgestürzte Putten. Die Marmortreppen zur Eingangshalle waren offensichtlich schon lange nicht mehr benutzt worden, und mich beschlichen Zweifel, ob Hamo überhaupt vor uns eingetroffen war. Vielleicht hatte er ja seinen Plan, dieses verlotterte Erbe anzutreten, wieder aufgegeben. Ich rief: »Im Namen des Königs von Frankreich, hier ist William von Roebruk!«

Doch keine Antwort ertönte, nur die Eingangstür schlug im Winde.

»Mir ist der Ort unheimlich«, flüsterte Barth, und das wollte etwas heißen. »Der Geist des Vitus von Viterbo könnte hier noch umgehen, der an dieser Stelle –« Dann fiel ihm wohl ein, daß der berüchtigte Häscher der Kurie den Mordanschlag überlebt hatte und erst Jahre später von den Assassinen in den Tod gelockt worden war. Also gedachte er meines unglückseligen Mitbruders Benedikt von Polen, der tatsächlich dort oben im großen Saal sein Leben wegen vergifteter Dolche ausgehaucht hatte.

Ich erwiderte: »Wenn es hier nichts zu essen gibt, sind hier auch keine Geister!« Damit stieß ich die Tür auf. Welke Blätter bedeckten den Boden; ein paar Tauben flogen schwirrend auf und entschwanden durch die offenen Fensterbögen. Uns bot sich ein Bild der Verlassenheit. Der Palast war bis auf das letzte Möbelstück leer geräumt, auch Vorhänge und Teppiche fehlten. Leer die Nischen und leer die Piedestale, die früher griechischen Göttern und Nymphen erhöhte Heimstatt geboten. Ich traute mich tatsächlich nicht hinauf in den schwarzweißen Marmorsaal mit der Bühne, auf der wir damals meine ›glückliche Heimkehr von meiner Reise zum Großkhan‹ mit den Kindern des Gral aufgeführt hatten, wo mich dann doch mein vermeintlicher Tod ereilte und Roç und Yeza mit der Bergung meines Leichnams der erste große Triumph beschieden war.

Ach, meine kleinen Könige, wärt Ihr doch bei mir! Statt dessen hatte ich den mauligen Bartholomäus am Hals, der sich gewiß auch die Kinder herbeiwünschte, aber vor allem etwas zu essen. Das konnte ich ihm nachfühlen. Ich sagte: »Wir können ja mal in die Küche schauen« und zog meinen widerstrebenden Begleiter in den Keller hinab.

Da unten war es ziemlich finster.

»Nein«, flüsterte Barth, »lieber sterbe ich des Hungers – ich habe ein flackerndes Licht wandern sehen!«

»Blödsinn!« rief ich. »Wenn jemand in der Küche ist, dann –« Jetzt sah auch ich das Licht. Es kam näher, und deshalb blieb ich stehen. Warum sollte ich mutiger sein als Barth?

Da tauchte unter uns im Gang eine gebeugte Gestalt mit einer Laterne auf. Ich blickte in das von ungekämmten Haaren verhangene, todbleiche Gesicht von Hamo.

»William«, sagte er unendlich traurig, »du hast mir noch gefehlt!«

Damit wollte er sich zum Gehen wenden, aber ich rief: »Hamo, wir sind gekommen, dir zu helfen!«

»Mir kann keiner helfen, du schon gar nicht, William von Roebruk«, tönte es aus dem dunklen Gang, in den er sich zurückgezogen hatte wie ein waidwundes Tier. »Wenn ich bisher noch Hoffnung hegen durfte, daß meine Triere mit Shirat und meiner Tochter doch noch eintrifft, weiß ich jetzt, daß ihr ein Unglück zugestoßen ist, sonst wärst du nicht hier! Das Schiff ist seit Monaten überfällig. Bestimmt ist es im Sturm untergegangen oder von Piraten gekapert worden.«

Ich fragte: »Wann hast du es denn das letzte Mal gesehen?«

Hamo trat aus der Dunkelheit an den Treppenaufgang. »Damals«, erzählte er uns mit stockender Stimme, »als ihr beide in Procida auf meinem Schiff mitreisen wolltet, aber nicht kamt, tauchte Lorenz von Orta auf, und ich fragte ihn, wohin er wolle. Er sagte: ›Nach Otranto, Eure Tochter bewundern!‹ Da hatte ich einen Einfall, den ich längst verflucht habe. Ich ermunterte Lorenz, seine Reise durchzuführen, meiner lieben Frau Shirat beim Auflösen des Hausstandes beizustehen und sie auf der Triere nach Konstantinopel zu begleiten. So konnte ich ohne Umweg geradewegs mit dem Schiff, das ich besaß, nach Konstantinopel segeln und alles zu ihrer Ankunft vorbereiten.«

Mir kam Lorenz' unseliger, ja, blödsinniger Plan mit Malta in den Sinn und Gavins unheilschwangerer Fluch vom ›fleischgewordenen Wort‹. Ich sagte jedoch leichthin: »Nach arg angestrengter Vorbereitung sieht es hier aber nicht aus!«

»Stimmt«, sagte Hamo und stieg zu uns die Treppe herauf. »Kaum war ich angekommen, beschlichen mich quälende Zweifel, Alpträume ängstigten mich des Nachts, lähmten mich des Tags, ich war unfähig, etwas zu unternehmen!«

»Jetzt bin ich ja da«, tröstete ich ihn. »William, der Unglücksrabe! Nun kannst du dich endlich aufraffen und dein Schicksal wieder in die Hand nehmen, Hamo L'Estrange!«

»Aber was soll ich denn machen, William, damit meine Frau und mein Kind –?«

»Triff endlich die versprochenen Vorbereitungen!« rief ich erzieherisch. »Könnte Shirat diesen Saustall hier sehen, würde sie es wahrscheinlich vorziehen, auch noch den nächsten Sommer in der Ägäis zu kreuzen, anstatt in dieses Rattenloch zu ziehen!«

Hamo starrte unter seinen verwilderten Locken hervor. »Gut«, knurrte er, »aber du versprichst mir, daß du Shirat –«

»Ich versprech' dir, daß ich dir bei der Suche helfen werde, sobald ich von meiner Mission zum Großkhan zurück –«

»So lange kann kein liebender Ehemann und Vater warten, aber das verstehst du ja nicht, Mönch!«

Damit wandte er sich ab und rief »Philipp!«, um mir dann zu erläutern: »Mein Diener!«

Von der anderen Seite des Ganges, die zum Labyrinth führt, kam ein Knabe gelaufen. Schön wie ein Engel, fuhr es mir durch den Kopf, aber auch von gleicher verderbter Unschuld.

Hamo sagte: »Wir haben Gäste! Kehr etwas Laub zusammen, damit sie darauf schlafen können, und fang eine Ratz oder Schab' für ihr Abendmahl. Es sind Franziskaner, also verwöhnte Mäuler, drum stell frisches Wasser auf den Tisch. Vielleicht sind im Garten noch Früchte vom letzten Herbst.« Er fügte erklärend hinzu: »Wir sind nämlich – zu allem Unglück – gleich bei unserer Ankunft unter die Räuber gefallen, die hier hausten und hocherfreut waren, daß wir ihnen all unser Hab und Gut in ihre Höhle trugen.«

»Und wo sind die hin?« interessierte sich Barth.

»Tagsüber stehlen sie im Hafen oder rauben in den Straßen, und wenn sie bei Nacht nicht im Freudenhaus ihre Beute verprassen«, gab Hamo ungerührt Auskunft, »dann kommen sie schlecht gelaunt hierher zurück, um sich oben in den herrschaftlichen Räumen schlafen zu legen.«

»Schöne Aussichten«, sagte mein Gefährte. »Wir sollten doch hier diesen Priester Gosset treffen, der von König Ludwig unsere Beglaubigungsschreiben und vor allem die Reisekasse überbringen sollte. War der schon hier?«

Hamo erwiderte: »O ja! Er hat schon vor Monaten nach euch gefragt.«

»Und wo ist er hin?«

»Nicht wiederaufgetaucht«, sagte Hamo.

»Haben die Räuber ihn etwa auch –«

»Nein, der hatte ja nichts, aber weil er ein Priester war, haben sie ihn mit ins Freudenhaus geschleppt. Seitdem haben wir nichts mehr von ihm gehört, nicht wahr, Philipp?«

Der Engel neigte strahlend sein Haupt.

»Ich glaube«, sagte Barth zu mir, »wir sollten diesem Freudenhaus auch einen Besuch abstatten.« Er zog mich energisch am Ärmel. »Zu verlieren haben wir nichts, aber vielleicht fällt für zwei arme Franziskaner etwas zu knabbern ab!«

»Philipp«, befahl Hamo, »führ die Herren zu den Dirnen! Sag, daß alles auf die Rechnung des Grafen von Otranto geht!«

Wir verließen den bischöflichen Palast.

»Dein Hamo«, meinte Barth, »wirkt auf mich etwas verwirrt durch den Verlust seiner Frau Triere!«

Ich nickte nur zustimmend, doch viel lieber hätte ich mit dem Kopf gewackelt oder meine Daumen in die Ohren gesteckt, die Zunge herausgestreckt und die Augen verdreht.

Angeführt von Philipp, schritten wir die Stufen hinab, die am hochgelegenen Friedhof der Angeloi vorbei auf dem kürzesten Wege in die Altstadt über dem Hafen führten. Kaum waren wir in die schmalen Gassen eingetaucht, umfing uns das vertraute Treiben, das von offenen Tavernen, Buden der Händler und belebten Hinterhöfen ausging. Bettelnde Kinder streckten ihre Hände nach uns aus, Betrunkene rempelten uns an, wenn es nicht sich verstellende Taschendiebe waren, die uns im Gedränge schnell abtasteten. Wir hatten nichts bei uns und demnach, wie Barth richtig erkannt hatte, auch nichts zu verlieren, außer vielleicht unser Leben. Die Messer saßen hier nämlich locker. Das bewies ein Mann, der vor einer Tür hockte und in dem Augenblick vornüber fiel, als wir vorbeikamen. Zwischen seinen Schulterblättern steckte eine abgebrochene Klinge. Philipp blieb stehen, doch nur, um auf das Anwesen hinter dem Torbogen auf der gegenüberliegenden Straßenseite zu weisen. Es mußte dereinst als Gehöft gedient haben. Das niedrige Haupthaus am Ende des Hofes zeigte Spuren einer herrschaftlichen Vergangenheit. Die ehemaligen Ställe, erkenntlich an halbhohen Holztüren, lagen im Geviert um den Hof gruppiert. In dessen Mitte brannte ein Feuer, um das nur Männer saßen, gut fünfzig. Sie warteten.

»Und in diesem Koben harren sehnsüchtig die wohlfeilen Dienerinnen käuflicher Liebe?« Bartholomäus verbarg seine aufkeimende Begierde hinter dieser rhetorischen Frage, und der mundfaule Philipp nickte freundlich.

»Wie lange werden wir warten müssen?« hakte mein Mitbruder nach. »Doch nicht etwa, bis die alle –?«

Philipp schüttelte den Kopf und bedeutete uns, stehenzubleiben. Ich verstand und erklärte es dem unwilligen Barth. »Wenn wir uns setzen, unterwerfen wir uns ihrer Hackordnung.«

Unser Diener wurde in das Herrschaftsgebäude eingelassen und kam in der Begleitung eines hageren Mannes zurück, der es sichtlich eilig hatte, uns zu begrüßen. Er schien auch sehr erfreut, was mich mehr befremdete als seine tadellose Priestertracht. Es war Gosset.

»Endlich widerfährt mir die Ehre, meine berühmten Brüder im Geiste Christi begrüßen zu dürfen, die mir mein König auf die so wichtige Missionsreise zum Großkhan aller Mongolen beigegeben hat. Kommt herein und erfreut meine Sinne mit den Herzensgaben unseres Herrn Papstes, derer wir so dringend bedürfen!« rief er in feinem Französisch, als seien wir gerade verspätet zu einem Kirchenkonzil eingetroffen.

Mir schwante Böses, als er uns so schön schwatzend in das Innere des Hauses komplimentierte. Als sich eine zweite Tür und ein schwerer Vorhang aufgetan hatten, standen wir mitten in einer Räuberhöhle.

Sie sah zwar auf den ersten Blick wie eine Palastkapelle aus, was daher rührte, daß kirchliches Gut überwog: Drei komplette Altäre mit goldenen Schreinen und kostbaren Monstranzen, Ikonen und allerlei juwelengeschmücktes Gerät, Reliquienschatullen und Kruzifixe wetteiferten mit unzähligen Taufbecken, Kandelabern, Weihrauchgefäßen und Meßpokalen. Dazwischen war kaum noch Platz für die zerschlissenen Divane, auf denen Altardecken und Stolen die herausquellende Polsterung nur dürftig abdeckten. Wir waren allein, im Licht einiger dickleibiger Votivkerzen.

»*Asseyez-vous, mes frères*«, flötete der ungetreue Diener der Kirche, und nur mein sichtbarer Widerwille, mich mit meinem Hintern auf die Decken zu setzen, die sonst den Leib des Herren trugen, bewog ihn, mit lässiger Gebärde einige der geweihten Tücher wegzuräumen. Barth hatte weniger Skrupel, war dafür aber auch kurzangebunden in der Konversation. »Wo sind die Vollmachten, und wo ist das Geld?« knurrte er Gosset an.

»Welches Geld?« kam auch sofort die Replik, die ich insgeheim längst erwartet hatte. »Habt Ihr denn vom Papst kein –?«

Wir schüttelten die Köpfe im Gleichklang unserer Gedanken. »Wir wissen«, sagte Barth mit verhaltener Wut, »daß Euch von König Ludwig, der allein diese Mission erdacht hat und dem sie am Herzen liegt, die Reisekasse anvertraut wurde –«

»– damit Ihr sie uns«, trug ich zur Klärung bei, »hier übergebt und Euch gleichermaßen uns unterstellt, die wir mit der Führung der Mission beauftragt sind.«

Monseigneur Gosset schaute beileibe nicht betrübt drein, nur ein wenig melancholisch. »Durch die bedauerliche Inkonvenienz Eurer verspäteten Ankunft sah ich mich genötigt, diese kargen Diäten für meinen standesgemäßen Unterhalt einzusetzen«, erwiderte er ohne jede Reue. »Das Leben ist teuer in diesem Sündenbabel«, fügte er noch erklärend hinzu, aber nicht etwa, um sich zu entschuldigen. »Das, was Ihr, liebe Brüder, ›Reisekasse‹ nennt, hätte für drei Personen nicht weiter als bis zur Krim gereicht. Ich habe es längst verbraucht und lebe seither auf Kredit, im Vertrauen auf die päpstlichen Zuwendungen, die man Euch in Rom hätte mitgeben sollen.«

Ich war sprachlos ob dieser Unverfrorenheit, doch Barth keineswegs. »Du gottverlassener Priester«, bellte er vor Zorn, »wir sollen dich von den Schulden deines Hurenlebens befreien? Das hast du dir so gedacht! Von mir aus kannst du bis zum Jüngsten Tag in der Hölle schmoren, weil du die Durchführung unserer Mission so leichtfertig vereitelt hast!«

»So gottverlassen war mein Wirken vor Ort nicht«, klärte ihn

Gosset ungerührt auf. »Schon lange spende ich den Damen hier meinen Segen in Kompensation für meine geringen leiblichen Bedürfnisse, und wenn Ihr mich nicht auslöst, bleibt mir diese Symbiose erhalten. Die Hölle ist es nicht«, stellte er im erstaunlichen Frieden mit sich selber fest. »Und der römischen Kurie diene ich auch, denn ich vermittle ihr zu günstigen Konditionen den Rückkauf geraubten Kirchenguts.«

»Hehler!« Barth hätte Gosset beinah angespuckt.

»Nein«, entgegnete der, »Sachverständiger.«

In diesem Moment gingen Tür und Vorhang auf, und zwei Räuber traten ein. Genaugenommen kamen sie zu dritt, denn sie schleppten einen heiligen Michael – lebensgroß – mit sich. Ächzend richteten sie ihn vor Monsieur Gosset auf. Sie mußten die Figur halten, denn sie hatte keinen Stand, da sie als Reiter modelliert war.

»Eine schöne Arbeit«, lobte Monsieur Gosset, »und wo ist der Drache?«

»Später«, sagte einer der Banditen kleinlaut, »damit müssen wir bis zur Dunkelheit warten, die Leute würden sich sonst erschrecken.«

Der Priester klatschte zweimal in die Hände, und vier Damen erschienen auf der Treppe zum Obergeschoß. Sie waren wie Nonnen gekleidet, nur daß ihre geschlitzten Kutten reichlich nacktes Bein zeigten. Sie blieben im Halbdunkel, zu meinem und Barths Bedauern, aber auf ihre Dienste konnten wir sowieso nicht mehr hoffen, schon gar nicht ohne Bezahlung, so, wie mein Mitbruder es sich mit Monseigneur Gosset verdorben hatte. Die beiden Räuber zogen mit den Damen nach oben. Auf dem Treppenabsatz wandte sich der eine noch einmal um. »Philipp!« rief er. »Richte dem Grafen Hamo aus, er möchte das Silberbesteck bereitlegen und kochendes Wasser vorbereiten. Heute abend gibt es einen Sack voller Hummer aus Sinope und drei Amphoren köstlichen Weins aus Nikäa. Wir wollen festlich schmausen!« Damit verschwand er nach oben zu den Bräuten Christi.

Philipp deutete eine Verbeugung an und lächelte sein gewinnendes Lächeln, was bei dem angekündigten Festessen ja auch kein

Wunder war. Mir lief das Wasser im Munde zusammen, und ich erinnerte mich an Hamos Weisung. »Philipp! Was hat Graf Hamo dir aufgetragen?« fragte ich deshalb.

»Ach ja«, sagte unser engelsgleicher Diener errötend, »die Spesen der Herren Minoriten gehen auf seine Rechnung.«

»Warum habt Ihr das nicht gleich gesagt?« entgegnete Monseigneur Gosset lächelnd. »Nichts für ungut –« Er wollte gerade wieder in die Hände klatschen, doch ich fiel ihm in den Arm. »Zahlt uns das Stoßgebet in bar aus«, sagte ich, ohne Barth zu fragen. »Wir erleben sonst die Nacht nicht mehr, sterbenshungrig, wie wir sind.«

Da griff Monsieur Gosset in einen güldenen Reliquienschrein und drückte mir etliche Münzen in die Hand, bevor er zwei versiegelte Pergamentrollen daraus zum Vorschein brachte. »Euer Beglaubigungsschreiben und ein Brief des Königs an den Großkhan Möngke – für den Fall, daß Ihr noch dorthin reisen wollt.«

»Natürlich!« schnaubte Bartholomäus. »Und sicherlich ohne Euch Betrüger, der Ihr in fortdauernder Sünde lebt!«

»Die größte Sünde«, entgegnete Gosset, an dem offenbar jede Beleidigung abperlte wie ein Wassertropfen von der Olive, »ist der fromme Selbstbetrug. Alles andere ist vergleichsweise läßlicher Natur.«

Ich hatte inzwischen die Siegel geprüft. Es waren die des Königs von Frankreich, gegeben zu Akkon im Heiligen Lande.

»Meine Empfehlungen an Graf Hamo«, gab uns der Monseigneur wohlerzogen mit auf den Weg. »Der Penikrat Taxiarchos und meine Wenigkeit werden ihn heute abend zum Hummeressen mit unserem Besuch beehren.«

Ich steckte die beiden Rollen ein, und wir gingen. Philipp führte uns in die nächste Taverne, und wir verschlangen fünfzehn Eierfische, frisch in Öl gebrutzelt, ein Dutzend Eier aus der Sollake, zwei Schüsseln eingelegte Sardinen und scharf gewürzte Oktopi, ein Bund rohe Zwiebeln, drei Laib Brot, viel Wurst, Speck und Geräuchertes, und dazu tranken wir vier große Krüge Landwein.

Als wir zum Kallistos-Palast zurückkehrten, fanden wir ihn völlig verändert. Eine Lichterkette aus Öllämpchen säumte die Stiegen vom Torhaus hinauf bis zur mächtigen Freitreppe, die in den großen Marmorsaal des Obergeschosses führte, in den ›Mittelpunkt der Welt‹. Hier spielten einst Höflinge und Prinzen des byzantinischen Kaiserhauses Schach auf einem riesigen Feld, in dem sie selbst in Kostümen die Figuren darstellten.

Die Landmassen Europas waren darin reliefartig erhöht, so daß Mittelmeer, Ägäis und Bosporus knöchelhoch unter Wasser gesetzt werden konnten, was den Spielreiz natürlich erhöhte. Dort waren um meinetwillen oder mehr der Kinder wegen die Truppenaufgebote der Templer und der Kirche, Otrantos und der Franzosen aufeinandergeprallt, hatten Sufis getanzt und die Assassinen zugeschlagen. Nun tafelten auf der kaiserlichen Tribüne die *lestai*, die Straßenräuber. Sie hatten ihre Weiber mitgebracht, wahrscheinlich alles Damen des Freudenhauses vom Hafen, und der Anführer der Bande hielt Hof, flankiert von unserem ungetreuen Priester, Monseigneur Gosset. Hamo hockte ihnen einsam auf der Empore der Prinzessinnen gegenüber und ließ sich von Philipp die ihm zugeteilten Hummer tranchieren, um dann lustlos an den Scheren zu knabbern und die schönen Stücke zarten weißen Fleisches zu mißachten. Das bemerkte ich sofort, obgleich ich so vollgefressen war, daß jeder gewettet hätte, ich würde keinen Bissen mehr herunterbringen. Barth und ich waren nämlich in der Taverne hängengeblieben, während Philipp vorausgeeilt war. Gosset stellte uns dem Anführer der Bande, dem Penikraten Taxiarchos, vor. Er sah keineswegs aus wie ein Räuberhauptmann, sondern eher wie ein höchst asketischer Feldherr, ein kantiger Kopf, die grauen Haare kurz geschoren und eine schmucklose, strenge Toga aus grauer Seide. Er aß auffallend manierlich und mit Kennerschaft und wirkte in seiner Bande wie ein Fremdkörper. Nur Gosset paßte zu ihm wie ein Zwilling.

»Wie ich höre«, richtete der Penikrat das Wort an mich, »steckt Eure Mission in Schwierigkeiten.«

Ich hielt Barth zurück, der gleich wieder grob werden wollte, denn es schien mir sinnlos, als Ankläger aufzutreten, wenn der zu Beschuldigende Seite an Seite mit dem Richter im Tribunal sitzt.

»So ist es, Herr Taxiarchos«, bestätigte ich, »und abgesehen von den möglichen politischen Folgen oder, schlimmer, den Fehlschlägen unserer Mission, haben wir die Peinlichkeit einer kirchlichen Untersuchung zu gegenwärtigen, wegen Unterschleifs –«

»Veruntreuung!« fuhr mir Barth nun doch dazwischen, und der Penikrat lächelte dünn.

»So verwerflich die Umdeutung des Klingelbeutels zum Hurenlohn auch ist – am Tag des Jüngsten Gerichts wird darüber noch abschließend zu befinden sein –, wiegt diese Eigenmächtigkeit doch wenig, wenn man den Zweck Eurer Mission bedenkt. Der König schickt Euch zu den Mongolen, damit die Syrien, die Terra Sancta, womöglich Ägypten überfallen, mit Krieg überziehen und unterjochen? Und warum? Nicht etwa, um diesem Kulturland den christlichen Glaubens zu bringen, nein! Es geht einzig und allein darum, europäische Handelsmonopole zu sichern und die abendländische Vormachtstellung zu festigen – und um nichts anderes!«

»Auch eine Form von Räuberei!« Ich mochte mir diesen Spott nicht verkneifen, aber der Penikrat ließ sich nicht von seinem Pfad der ausgleichenden Gerechtigkeit abbringen.

»So betrachtet, hat Monseigneur Gosset ein gutes Werk getan«, beendete er seinen eloquenten Vortrag, »und nun, meine Herren Missionare, zu Tisch! Hummer und solch edlen Tropfen gibt's beim Großkhan nicht!«

Er schickte uns mit gönnerhafter Geste hinüber zu Hamo, der immer noch lustlos in seinem Krustentier herumstocherte. Wir setzten uns zu ihm – er begrüßte uns nicht – und machten uns über den Berg ausgelösten Fleisches her, den Philipp uns zuschob und mit in Butter gerösteten Zwiebeln überschüttete. Drüben klatschte Gosset in die Hände, die Bandenmitglieder erhoben sich, gehorsam wie Scholaren, und begaben sich, noch kauend und rülpsend, samt Damen hinunter auf das Spielfeld.

»Wollen die etwa tanzen?« fragte Bartholomäus entgeistert.

»Nein«, sagte Hamo. »Der Penikrat und Monseigneur spielen eine Partie Schach. Das kann die ganze Nacht dauern!«

Ich sah, wie sich der wilde Haufen in zwei Parteien teilte, die beiden leitenden Köpfe ihren *basileus* und ihre *basileia* auswählten; die

Türme wurden von den kräftigsten Mannsbildern, Freistilringer mit Totschlägervisagen gespielt; die Springer von Bettlern mit Holzbeinen oder Armstumpen, die Läufer waren Beutelschneider und Taschendiebe. Jeder durfte jedoch seine Hur behalten, und so betraten sie paarweise die zugewiesenen Marmorfelder, die fast alle unter Wasser standen. Wer Pech hatte, wie die meisten Bauern oder ›Fußbänke‹, der befand sich mitten im *Mare Nostrum*, im Ionischen oder Ägäischen Meer, denn Westrom und Ostrom waren die Ausgangspunkte, und trockenen Fußes sollte ja auch keiner bleiben.

»Laßt uns gehen«, sagte Hamo, »sonst werden wir völlig naß gespritzt, denn das ist der eigentliche Zweck des Spiels!«

Und wahrhaftig, kaum hatten wir uns erhoben, ertönten schon die ersten Kommandos, und ein schmächtiger Reiter fiel von seiner breithintrigen Stute, daß es nur so platschte. Wieherndes Gelächter begleitete uns, ohne uns zu gelten. Im stillen hatte ich ja gehofft, der Penikrat würde nonchalant erklären, er werde uns den Schaden ersetzen, den Monseigneur angerichtet habe, und uns für die Fortsetzung unserer Reise reichlich ausstatten. Aber davon war keine Rede. Eigentlich beneidete ich die *lestai* und wäre gern bei ihnen geblieben, anstatt mir jetzt mit Hamo und Barth den Kopf zu zerbrechen, wie diese schlüpfrige, verfickte Lage zu ändern sei.

Wir begaben uns in den Keller, wohin das Gekreisch der Weiber nicht drang. Hamo waren unsere Sorgen auch völlig gleichgültig. Er seufzte und stöhnte nur um seine Triere samt Shirat und Töchterlein. Ich hatte eine Idee, aber um sie Hamo preiszugeben, mußte ich erst einmal diesen Barth loswerden. Doch mein Mitbruder hing wie eine Klette an mir. Es war mir in den Sinn gekommen, daß der verstorbene Bischof, Hamos Vetter Nicola, doch über eine ansehnliche Schatzkammer verfügt hatte, die so versteckt im Gemäuer des Palastes eingebaut war, daß ich bezweifelte, daß Hamo oder sonstwer sie schon entdeckt hatte. Ich hatte allerdings auch nicht den geringsten Schimmer, wie sie zu finden war. Der Zugang mußte in einem der vielen Gänge liegen, die unter dem Kallistos-Palast verliefen und ihn mit dem Hafen verbanden. Diese Überlegung brachte mich auf den ›Trichter‹, die konisch zulaufende Röhre, die damals mein Gefängnis verschlossen hatte. Wenn es mir gelänge, Bartholomäus dort hineinzulocken, dann wären wir ihn los, und das war ja geplant. Also erzählte ich offen von dem sagenhaften Schatz des Bischofs und dem Trichter, den man nur finden müsse, um ihn zu erreichen. Ich verschwieg, daß man da nur hineinkam, aber nicht wieder hinaus, wegen der eingebauten, hinter Lederlappen versteckten Klingen, die jede Umkehr unmöglich machten – ganz zu schweigen davon, daß er mitnichten in die Schatzkammer führte, sondern in ein dunkles Verlies. Hamo sprang nicht einmal darauf an, wohl aber – wie erwartet – mein Barth.

Ich sagte: »Wir trennen uns jetzt und suchen jeder auf eigene Faust einen Teil des Kellers ab. So verlieren wir weniger Zeit.«

Hamo weigerte sich und teilte uns mit, ihm läge nichts mehr an den Schätzen dieser Welt – er ginge lieber ins Bett. Philipp begleitete ihn.

Ich schickte Bartholomäus genau in die Richtung, in der ich den Trichter wußte. Seine Habgier würde ihn unweigerlich hineintreiben. Ich beschrieb ihm die Lage der Örtlichkeit so genau, daß er gar nicht fehlgehen konnte. So gingen wir verschiedene Wege. Er trabte sofort los, ich schlich mich wieder hinauf in den Saal, wo das Schachspiel tobte, denn ich hatte unter den ›Fußbänken‹ eine kleine Hur ausgemacht, die mir wohl gefiel. Monseigneur Gosset erblickte mich sofort. »William von Roebruk, wollt Ihr dem Penikraten dienen oder für meine Fahnen streiten?« rief er mir zu.

»Bei mir ist ein Turm zu besetzen, wegen Volltrunkenheit!« hielt Taxiarchos dagegen.

Ich schaute schnell, wem das Hürchen diente – sie war schon aus dem Feld geschlagen. Dann antwortete ich keck dem Penikraten: »Wenn Ihr mir jenes Fräulein gebt, will ich Euch gerne in der Zitadelle dienen!«

Er winkte das hübsche Kind herbei und gab sie mir an die Hand, und wir liefen schnell zu dem Turm aus Holzbrettern und drückten uns hinein. Ich stand zwar mit beiden Füßen im Wasser, mein drittes Bein aber drang sogleich in die Festung ein, und wir mußten achtgeben, daß unser Turm im Eifer des Gefechts nicht umfiel. Er wackelte und bebte, doch niemand nahm daran Anstoß. Von uns schauten oben aus den Zinnen nur die Köpfe heraus, die sich munter schnäbelten und nicht darauf achteten, daß Monseigneur einen Springer siegreich in unsere Flanke treten ließ, so daß wir beide, eingezwängt in unser Gehäuse, plötzlich im Wasser lagen. Philipp zog mich an den Schultern heraus. »Bruder Bartholomäus ist in ein Loch gefallen und verschwunden!«

Ich küßte die Kleine, bedankte mich für den Stich und rannte mit dem Diener hinab in den Keller.

Hamo stand schon bei der Falltür.

»Sie führt in die kleine Zisterne«, sagte er grimmig. »Solange es nicht regnet, kann ein Mann dort aufrecht stehen, ohne zu ertrinken.«

»Man kann den Fisch sogar füttern«, setzte Philipp, selten gesprächig, hinzu. »Im Garten ist ein vergitterter Schacht, zu eng, um zu entweichen, aber ausreichend, um ein Körblein mit Speisen herabzulassen.«

»Es ist noch Hummer übrig«, sagte ich und packte Hamo am Arm. »Ich glaube, ich weiß jetzt den Weg in die Schatzkammer!« flüsterte ich aufgeregt. »Natürlich, man muß von unten kommen! Der Zugang befindet sich irgendwo in der großen Zisterne.«

»Morgen«, beschied mich Hamo. »Ich hab's nicht eilig, und den Barth sind wir erst mal los, das wolltest du doch, William!«

Mir war alles recht, obgleich ich mich gerade mit der Vorstellung angefreundet hatte, die nächsten Tage und Wochen als der ›Bettler vom Bischofspalast‹ unter Huren und Dieben zu verbringen. Doch mit einem Schatz in der Hinterhand würde sich das noch angenehmer bewerkstelligen lassen.

L. S.

DER MANTEL DES SCHAMANEN
LIBER II
CAPITULUM III

 An den fernen William, so nah wie die Sterne am Himmelszelt in der Nacht, von einem kosmischen Staubkorn namens Yeza, aufgetaucht aus dem Nichts, schnell verglühend im Nichts, und doch vielleicht ein Meteorit, dessen Einschlag Wälder verbrennt mit Mann und Maus und auf Erden Löcher hinterläßt. Würdest Du mich vermissen, William? Und würdest Du niederknien und für mich beten, wenn meine arme Seele zu den Sternen heimgegangen wäre? In der unendlichen Einsamkeit des Altai-Gebirges habe ich die Furcht davor verloren, weil mein Sein so von dem Leben abgehoben ist, wie Du es führst und ich es führte, daß ich gar nicht mehr weiß, ob ich nicht vielleicht längst nicht mehr unter den Lebenden weile.

Ich bin allein. Arslan, der Schamane, kommt einmal am Tag zu mir in die Höhle heraufgestiegen und bringt mir etwas zu essen. Ich habe keine Ahnung, was es ist, denn ich schmecke nichts mehr; ich will es auch gar nicht wissen. Ich muß viel trinken – Wasser schöpfen kann ich selbst, wenn ich nicht zu schwach bin. Der gute Mann macht ein Feuer und löst meine Nahrung zu Suppe auf, die er mir einflößt. Danach tanzt er für mich, damit die bösen Geister von mir weichen. Sollte ich genesen, will ich auch Schamanin werden. Ich habe viele *onggods* an den Wänden meiner Höhle sitzen, die mir helfen sollen. Das sind kleine Puppen, aber aus ganz besonderem Stoff, vor allem ihre Füllung. Sie vertreiben die üblen *ada*, die in der Luft schweben und nur darauf lauern, daß ich den Kampf aufgebe.

Ich kann Dir die Schmerzen, die ich leide, nicht beschreiben, William. Es ist, als ob mein Inneres zerstückelt und den Geistern als Nahrung dienen würde. Arslan sagt jedoch, es seien nicht die *ada*, die an mir nagen und meine Eingeweide zu fressen scheinen, sondern gute Dämonen, die mich prüfen und mir zu Diensten sein werden, wenn ich die Prüfungen bestehe. Auch die Zuckungen und die Krämpfe, ein ständiges Beben, daß ich kaum die Feder halten kann, was meine Schrift so zittrig macht, bewiesen nur, daß die guten Geister der *onggod*s in mich gefahren seien und die Schlacht im vollen Gange sei. Manchmal könnte ich schreien vor Qual, dann singt Arslan für mich, und ich singe mit ihm. Aber er meint, ich müsse den Kampf aus eigener Kraft heraus durchstehen, deshalb läßt er mich dann bald wieder allein.

Wenn es nicht gerade furchtbar regnet oder schneit, dann trägt er mich mitsamt meinem Lager aus Fellen vor die Höhle, und ich schlafe dort unter freiem Himmel. Das Fieber, selbst der Schüttelfrost, ist in der kalten frischen Luft erträglicher als in der Höhle, wo mich Alpträume heimsuchen, aus denen ich immer schweißgebadet erwache. Unter *tengri*, dem blauen Himmel, den Arslan als höchsten Gott verehrt, weiß ich oft nicht, ob ich träume oder ob sich meine Seele aus meinem Körper löst und auf Reisen geht, von denen sie mir Bilder in leuchtenden Farben und voller Erhabenheit mitbringt. Ich schwebe durch Zeit und Raum zurück in den dunklen Bauch meiner schönen, weißgekleideten Mutter; durch das Feuer, aus dem sie nicht wieder hervortrat, als Roç und ich mit Dir den Montségur verließen; durch die steigenden Wasser des Balaneions in Konstantinopel, bevor wir Dich, unseren ›toten‹ Helden William, heimholten auf die Triere; durch die schwarze Nacht der Pyramide, in der ich zur Frau wurde; ich lasse die Rose im Gewitter hinter mir und reite mit Roç und unseren beiden Rittern Kito und Omar durch Wüsten und Steppen, bis wir den Fuß des Altai erreichen. Dschuveni, der Kämmerer, wünschte keine Zeit zu verlieren, aber immer wieder trafen wir auf merkwürdige alte Männer und geheimnisvoll verhüllte Frauengestalten, die darauf bestanden, daß wir einen bestimmten Weg – den richtigen – einschlugen. Heute weiß ich, daß dies alles verschiedene Erscheinungsbilder des Schamanen waren.

Wenn Dschuveni sich nicht fügen wollte, dann bockte sein Pferd, oder ein plötzlich umkrachender Baumriese versperrte ihm den Pfad, den er nehmen wollte. Gebirgsbäche schwollen an und rissen die Brücke vor unseren Augen in die Tiefe, so daß wir immer mehr ins Gebirge geführt wurden, was der uneinsichtige Kämmerer so gern vermieden hätte.

Des Nachts sahen wir rätselhafte Lichter auf den Berggipfeln, was die Mongolen furchtbar beunruhigte. Sie wisperten ängstlich, das seien »Geisterlichter«, und wir fanden Steinhaufen am Weg, in denen trockene Zweige steckten, mit bunten Stoffbändern geschmückt, die wie Fähnchen im Wind flatterten. Diese Steinhaufen wurden immer größer, bis sie aus Felsbrocken bestanden, die kein Mensch hätte auftürmen können. Sie wiesen uns den Weg immer höher hinauf, bis wir die Höhle sahen, die sich in der kahlen Bergwand auftat. Doch davor gähnte eine Schlucht, so tief, daß das Tosen der Wasser in der Tiefe nicht zu uns emperdrang, und so breit, daß kein Pferd sie hätte überspringen können. Ein Baumstamm, von dem kein Mensch weiß, wie er dahin gekommen ist, lag eingeklemmt zwischen Felsen und führte als schmaler Steg hinüber.

Drüben trat der Schamane aus der Höhle und wies Omar zurück, der die Klamm furchtlos überqueren wollte. Auch Kito wäre fast gestürzt, weil das Holz sich plötzlich bewegte. Er begriff gerade noch rechtzeitig, daß die Brücke nicht für ihn bestimmt war.

»Haltet uns nicht auf, Arslan! Der Großkhan erwartet das Königliche Paar!« rief Dschuveni.

Der Schamane erwiderte: »Ohne diesen Aufenthalt würde der Khagan umsonst warten!« Damit bedeutete er Roç und mir mit einem Wink, über den Stamm zu ihm zu kommen.

»Wann wird der Herrscher das Königliche Paar zu Gesicht bekommen, wie er verlangt?« rief Dschuveni ärgerlich hinüber, denn er hatte eingesehen, daß es nicht in seiner Macht lag, uns zu halten.

»Ich werde es den Khagan wissen lassen«, rief Arslan zurück, »er wird es verstehen, weil er der Herrscher ist!«

Da waren wir schon auf dem Stamm. Roç ging vor mir, und ich erinnere mich, daß ich ohne Scheu in die Tiefe schaute, wohl wissend, daß wir nicht straucheln müßten und uns auch kein Schwindel befallen würde. Die Mongolen sahen uns mit angehaltenem Atem nach und erschraken sehr, als der Stamm, kaum daß ich meinen letzten Schritt über ihn getan, lautlos in die Tiefe fiel. Da zogen sie sich schweigend zurück.

Der Schamane sprach nicht viel mit uns. Er ließ uns machen, was wir wollten, nachdem er uns unsere Höhle gezeigt hatte. Sie liegt über der seinen, ist aber wesentlich kleiner und besitzt vor allem einen geschützten Eingang. Sie bot, wie sich zeigte, Kühle im kurzen Sommer, wenn die Sonne unbarmherzig auf die Felsen brennt, und hielt die Wärme des Feuers, unverzichtbar in allen übrigen Jahreszeiten. Auch bei unserer Ankunft war es kühl, weil überall noch Schnee lag. In einem Quell, der eiskalt aus dem Stein sprang, konnten wir uns waschen.

Als die Sonne wie in einem Schauspiel erst gelbrot flammend, dann alles rosa verklärend, schließlich in verzaubernden Violett- und Blautönen unterging, stiegen wir hinab zu der Höhle des Schamanen und setzten uns schweigend Arslan gegenüber. Das heißt, ich schwieg und versuchte, meine Gedanken zu ordnen und zur Ruhe zu kommen, doch Roç war sehr aufgeregt und fragte dem weisen Mann Löcher in den Bauch.

Der Schamane sprach, Roç solle sich vor jeder Frage überlegen, ob sie wirklich nötig sei oder ob er sie sich nach einiger Zeit und eingehender Beschäftigung mit ihr nicht selber beantworten könnte. Dann legte er ein schweres Gewand an.

Es ist so schwer, weil es über und über mit den seltsamsten Gegenständen dekoriert ist. Es muß an mehreren Haken aufgehängt und ganz vorsichtig angezogen werden. Dieser Zottelmantel bleibt vorne offen. Silberspiegel, Metallplatten, kleine Bogen mit Pfeilen und Pfeilspitzen aus Bronze schmücken ihn ebenso wie ganze Vogelschwingen, Vogelkrallen und Tierknochen, die fast aussehen wie die von Menschen. Zwei große farbige Stoffschlangen ringeln sich darauf, deren Köpfe aus Kaurimuscheln gebildet sind, mit einer roten Zunge, die aus dem Maul fährt. Ich hatte mir Arslans Ermahnung zu

Herzen genommen und dachte über den Sinn dieser Attribute nach. Sicher beschwören sie Macht über Tier und Mensch. Daß der Schamane dabei auf die Hilfe der *onggod*s angewiesen ist, zeigen die Püppchen, die zuoberst auf den Schultern aufgenäht sind. Sie hocken da wie kleine Lebewesen, umgeben von Glöckchen, die wohl die guten Geister herbeirufen und die bösen vergraulen sollen. Doch was ist mit den Spiegeln? Wozu dienen sie, William? Ich will jetzt nicht so tun, als hätte ich schlaues Mädchen es gleich erraten. Arslan hat es mir später knapp erklärt. Sie dienen der Abwehr der *ada*, Geister, die eigentlich unsichtbar sind; aber wenn sie in die Spiegel schauen, können sie sich selbst sehen und erschrecken ob ihrer eigenen Häßlichkeit.

Mittlerweile kenne ich auch den Sinn der Schlangen. Sie weisen dem Schamanen den Weg in die Unterwelt, weil sie im Boden verschwinden oder durchs Wasser gleiten können. Das ist ganz wichtig im Hinblick auf den Tod, denn so kann er eine Seele oft noch zurückholen oder aber, wenn nichts mehr zu machen ist, sie auf ihrem Weg begleiten. Vieles davon hätte sich mein Roç auch denken können, aber das widerspricht seiner Art, Wissensdurst zu befriedigen. Er will alles sofort ergründen.

Arslan hatte inzwischen auch eine Mütze aufgesetzt. Er nennt sie »Krone«, ebenfalls ein schweres Ding. Darin steckt ein Geweih, und ein Busch aus Vogelgefieder sitzt oben drauf, von Adler und Eule, was wichtig ist in der Dunkelheit, wenn die Dämonen ihr Unwesen am leichtesten treiben können. Dann nahm er seine Trommel, sein »Reittier«, wie er sagt, denn ihre Griffe sind geschnitzte Pferdeköpfe, und ihre Schlegel dienen ihm als Peitsche. Mit langsamen, geduckten Bewegungen begann er seinen Tanz um das Feuer in der Höhle.

Ich kann Dir das kaum beschreiben, William, Du müßtest es selbst erleben. Es begann eine Reise der Seele ins Übernatürliche, also auch ins Unbewußte, und darüber kann man nicht sprechen.

Der Schamane hatte zu singen angehoben. Zunächst verstand ich noch einige Worte, doch dann wurden seine Sätze immer unzusammenhängender. Es ging wohl um uns, Roç und mich, und unsere Bestimmung. Nach der bald eintretenden heftigen Steigerung seiner Tanzschritte zu schließen, hatte es der gute Arslan nicht leicht mit uns. Er begann mit unsichtbaren Feinden zu kämpfen, er schlug mit den Armen wie ein Vogel, der zum Flug ansetzt, wobei die flatternden Bänder und Federn tatsächlich den Eindruck vermitteln, er könne fliegen. Er machte mit dem schweren Mantel so hohe Sprünge, wie ein Mensch sie nicht vollbringen kann. Es wuchsen ihm wohl Kräfte zu, deren er zu unserer Verteidigung gegen die bösen Geister dringend bedurfte. Er hüpfte durch das offene Feuer, und die Glut konnte ihm nichts anhaben. Dabei schlug er unentwegt die Trommel, mal dumpf auf das Fell, dann wieder antreibend – peng, peng! Peng, peng! – auf den Rahmen, und wurde immer hektischer. Er geriet in eine richtige Raserei, er tobte, der Kampf um uns tobte, und erst langsam fand er zurück. Seine Bewegungen wurden matter, ruhiger und harmonischer, bis er schließlich in sich zusammensackte und den Mantel über sich schlug, daß nur noch seine Krone hervorschaute. So verharrte er lange, und sogar Roç war ganz still. Schließlich schaute er uns lange an und schickte uns mit einer fast groben Handbewegung aus der Höhle.

Wir legten uns schlafen, ohne miteinander zu sprechen, doch Roçs Hand suchte die meine, und ich nahm sie, und so schliefen wir ein.

Jetzt ist Roç schon fast zwei Monde fort, und ich rufe mir immer noch die Bilder der ersten Tage in die Erinnerung. Arslan sagte am nächsten Morgen nichts, und selbst Roç hütete sich, in ihn zu dringen. Ich wollte auch gar nicht wissen, zu welchen Erkenntnissen der Schamane gelangt war. Unser Schicksal als Königliches Paar kann nicht leicht oder einfach sein, und wenn wir uns ihm nicht durch Flucht in die Anonymität eines gewöhnlichen Lebens entziehen wollen, dann bleibt uns nur, uns immer wieder vorzubereiten; uns zu stärken, um den Anforderungen, die sich aus unserer Bestimmung ergeben, zu genügen und die heftigen Kämpfe, von denen sie offensichtlich begleitet wurden, zu bestehen. Etwas anderes können wir gar nicht tun, William! Ich weiß, ich dachte darüber nach, ob Roç nicht auch glücklich wäre als Ingenieur, mit mir als Frau im Haus und einigen Kindern. Er hat sich zwar nie in der Art geäußert, zumal er seine Berufung durch den ›Großen Plan‹ auch sehr ernst nimmt, aber ich glaube manchmal, er hätte nichts dagegen einzuwenden, wenn er morgen auf die Universität von Alexandria geschickt würde, um dort Geometrie und Algebra zu studieren. Oder wenn er zu einem Dombaumeister in die Lehre gehen und lernen dürfte, wie man Kathedralen errichtet oder all das, was er bei seinem Freund ›Zev auf Rädern‹ so sehr bewunderte. Er wäre sicher glücklich. Ich dagegen nicht. Ich weiß, warum wir hier bei Arslan sind. Es ist weder Zufall noch eine Laune des Schamanen. Diese Zeit bei ihm ist Teil unserer Bestimmung und eine Strecke des Weges, den ich gehen will.

Arslan lehrte uns geduldig und freundlich die Fähigkeit zu meditieren. Nicht durch erhöhte Konzentration und Eifer, sondern durch Entleerung, Abwerfen von Ballast. Ich bin felsenfest davon überzeugt, daß für Roç und mich nichts wichtiger ist, als Kraft und Klarheit aus dem Göttlichen in uns zu schöpfen. Doch Roç sieht wohl für sich darin keinen Weg, er versuchte ihn gar nicht erst zu begehen. Er sagte zu mir: »Wenn wir schon hier in der Einöde hocken müssen, dann will ich wenigstens meinen Körper stählen und mich in außerordentlichen Anforderungen bewähren, bis ich alle ritterlichen Künste beherrsche wie kein anderer. Sonst komme ich mir nutzlos vor und sehe keinen Sinn in meinem Leben.«

Ich antwortete: »Mein Liebster, was weißt du schon über den Sinn des Lebens? Warum suchst du ihn nicht erst zu erfahren, bevor du losrennst, um schneller zu sein als die Bergziegen und Steinböcke?«

»Du bist ein Mädchen, Yeza«, erwiderte er. »Du bist zwar schnell und gelenkig, aber du hast nicht den Ehrgeiz, die schnellste zu sein. Das unterscheidet uns.«

»Dies und noch vieles andere«, entgegnete ich ärgerlich, und Roç begann die steilen Felsen zu erklimmen, ohne Dolch oder Seil zu Hilfe zu nehmen. Mit nackten Händen und Füßen stieg er in den glatten, oft überhängenden Stein. Er krallte sich nur mit den Fingerkuppen in kleinste Ritzen, suchte und fand Halt an kaum wahrnehmbaren Erhöhungen. Zerschürft und zerschunden kehrte er abends heim, fiel auf unser Fellager und schlief sofort ein. Sein Körper wurde immer schöner, braun gebrannt von der Sonne und sehnig. Ich leckte den salzigen Schweiß von seiner Haut und das verkrustete Blut von den unzähligen Verletzungen und dankte Gott jedesmal, daß er ihn mir lebend zurückgegeben hatte.

Roç begann auch wieder mit dem Bogen zu schießen. Kito hat ihm einen geschenkt. Stundenlang schoß er Pfeil um Pfeil hinunter in die Schlucht, in der noch der Baumstamm lag, über den wir sie überwunden hatten. Roç wußte, daß er jeden Pfeil, der das Holz verfehlte, unweigerlich als Verlust zählen mußte, und so zwang er sich zum Erfolg. War der Köcher leer, stieg er in die Schlucht hinab, um die Pfeile wieder aus dem Stamm zu ziehen. Für mich jedesmal Augenblicke, in denen ich den Atem anhielt und lauschte, obgleich mir klar war, daß er keinen Schrei ausstoßen würde, wenn er in die Tiefe stürzen sollte, und daß im Tosen des Wassers ohnehin jeder Hilferuf untergegangen wäre.

Mit der Zeit nahmen Roçs Verletzungen zu. Er blutete aus tiefen Fleischwunden, war dreckig, und seine Haut roch fremd. Ich wusch ihm die Wunden schweigend aus. Arslan gab mir eine Paste aus Kräutern und Mineralien, die er über dem Feuer erhitzt hatte, und ich lief rasch hinauf und preßte die Klumpen auf die Ränder der Wundfurchen und deckte den Leib meines Liebsten mit Tüchern ab.

Eines Tages gestand mir Roç, daß er den Bären, mit dem er seit Wochen gerungen, nun endlich besiegt und getötet habe. Als sei es ein Schmuckstück von besonderer Köstlichkeit, band er mir eine Bärenklaue an einem Lederband um die Hüfte, und ich umschlang ihn heftig, weil ich meinen Jäger plötzlich so wild begehrte wie eine Bärin. Doch er stöhnte auf, weil ich in einen der Tatzenrisse gegriffen hatte. Da ließ ich von ihm ab.

Arslan sah unserem Treiben abwartend zu. Ich denke, daß er auch mit mir nicht zufrieden war, die ich tagelang irgendwo unbeweglich auf einer Klippe hockte und mich im ›Versenken‹ übte, kaum noch

Nahrung zu mir nahm und meinen Körper wohl so weit schwächte, daß die Krankheit Herrschaft über ihn gewinnen konnte. Nachträglich besehen, war wohl auch mein Weg des Spirituellen, oder was ich darunter verstehe, falsch – schon aus dem einfachen Grunde, weil ich ihn für richtig hielt und mich selbst für gerecht.

Roç setzte sich oft mir gegenüber irgendwo in die Felswand und starrte mich an wie ein verwundetes Tier – traurig und herzerweichend. Ich konnte sein Innerstes wimmern hören vor Sehnsucht, vor Verlangen nach Liebe. Aber ich war eine strenge Priesterin. Ich gab nicht nach, ich ging nicht auf ihn zu, ich ließ ihn nicht zu mir kommen, sondern setzte meine ›Reisen ins Jenseits‹ und vor allem in die Tiefen meines Selbst fort. Ich war stolz auf meine Fähigkeit, das Materielle abzustreifen, so stolz, daß ich meinen Leib verleugnete und verachtete. Er hat sich bitter gerächt, William.

Doch erst einmal brachte mein Verhalten Roç dazu, die Schuld dafür bei Arslan zu suchen. Er verlangte von ihm Anerkennung für die Leistungen, die er seinem Körper abtrotzte. Bei mir stieß er damit auf taube Ohren und beim Schamanen auf ein mildes Lächeln. So provoziert, begann Roç, ihn herauszufordern. Als er seine Schießkünste vorführen wollte, lächelte Arslan noch immer.

»Ziel auf mein Herz!« befahl er, und Roç erschrak furchtbar. »Wenn du sicher bist, daß du mich treffen kannst, dann mußt du auch in der Lage sein zu schießen.«

»Ich kann doch nicht –«, stammelte Roç, »du hast mir doch nichts getan!«

»Wenn du in mir deinen Feind siehst, mußt du es können! Ich bin sicher, du kannst es nicht.«

Er reizte Roç so lange, bis der einen Pfeil anlegte und auf ihn schoß. Ich weiß nicht, wie gut er gezielt hatte, denn Arslan fing das Geschoß mit der Hand in der Luft auf und lächelte noch immer. Da warf Roç den Bogen weg und stürzte sich auf den Schamanen, um ihn im Ringkampf zu bezwingen, doch der hielt ihm nur die Hand flach entgegen, wie um ihn zu warnen, und schon lag Roç am Boden, ohne ihn überhaupt berührt zu haben.

Er stand keuchend auf. »Ich vergaß, daß du kein Ritter bist«, rief er verächtlich, »sondern Zauberei zur Hilfe nimmst. Aber ich kann etwas, bei dem dir alle deine Künste nicht helfen werden.« Er zeigte auf einen völlig glatten Kegel, der wie eine hochgereckte Hand mit mahnendem Zeigefinger die Schlucht überragte. »Den ersteigst du nicht!« Ohne sich noch einmal nach uns umzudrehen, schritt er darauf zu und begann, ihn zu erklimmen. Mir stockte wie immer der Atem, zumal ich wußte, daß er diesen Felsen noch nie bezwungen hatte und immer spätestens auf halber Höhe wieder heruntergeschlittert war, denn der Stein war spiegelglatt poliert und naß. Ich sah gebannt zu, wie er sich Fuß für Fuß hinaufschob, seine nackte Brust an den Stein preßte, um mehr Haftung zu haben, und seine Finger sich den richtigen Halt suchten. Sein Rücken glänzte von Schweißtropfen und dem feinen Sprühregen, der von dem Wasser in der Schlucht aufstieg. Roç hatte es bis zur Plattform auf der Klippe geschafft – darüber reckte sich nur noch wie ein Pfeiler der ›Finger‹. Dort, auf der ›Hand‹, richtete mein Liebster sich auf und winkte mir stolz zu. Da sah ich hinter ihm, oben auf der Fingerspitze, Arslan im Lotussitz. Der Schamane stieg hinab und schloß Roç in die Arme. Mir schien, mein Ritter weinte Tränen, und ich schämte mich, es ihm nicht gleichzutun.

Bald darauf trafen Kito und Omar ein. Sie begleiteten Ariqboga, den jüngsten Bruder des Großkhans, der auch nicht älter ist als sie. Der Schamane empfing den jungen Dschingiden in der Höhle, aber sie sprachen nicht lange miteinander. Die drei hatten ein Pferd und Waffen mitgebracht und fragten Roç, ob er mit ihnen gehen wolle.

Mein Ritter schaute nicht zu mir, sondern Einverständnis heischend zu Arslan, und der nickte. Da umarmte mich Roç hastig, als würde er mich hintergehen, und murmelte: »Ich hole dich bald.« Und sie ritten davon.

Kurz darauf fiel die Krankheit, von der ich Dir erzählte, William, mit aller Macht über mich her. Doch ich weiß jetzt, ich werde sie besiegen, weil ich mich besiegen werde.

Gestern abend flößte Arslan mir ein heißes Getränk ein, das so bitter und gallig schmeckte, daß ich es fast nicht hinunterbekam.

Dann brachte er mir seinen Schamanenmantel und deckte mich damit zu. Er heizte das Feuer in meiner Höhle an und tanzte um mich herum, wobei sein Flügelschlagen im Licht der Flammen die wildesten Schatten an die Wände und an die Decke der Höhle warf.

Ich fiel in einen Wachtraum, in dem ich selbst durch einen Feuerofen tanzte; es waren die Steinhaufen, die uns bis hierher geführt hatten, sie glühten wie Schmiedeessen; Funken sprühten, Reisigbüschel brannten lichterloh, und die Flammen versengten mich, und ich schrie auf vor Qual und Pein. Ich trat mit nackten Füßen in die Glut und spürte allmählich immer weniger Schmerzen, sie wichen von mir, und ich empfand die züngelnden Flammen als einen warmen Mantel, der mich einhüllte. Die glühenden Steinhaufen erloschen langsam, färbten sich schwarz, bleichten dann ins Grau, bis sie weiß waren wie aller Fels im Altai. Ich schritt über das scharfe, spitzige Geröll, ohne einen Stich zu empfinden. Die Steinhaufen wurden immer kleiner und schließlich so unscheinbar, daß ich mir nicht mehr sicher war, ob sie überhaupt noch eine Anhäufung von Steinen sein wollten oder nur Stein unter Steinen. Ich glitt dahin in einer angenehmen Brise und wachte auf, ganz leicht geworden.

Mein erster Griff galt meiner Stirn. Zum erstenmal war sie kühl und trocken. Ich verspürte Durst und wußte, ich war gesundet. Ich war zu glücklich, um aufzustehen, und blieb unter dem schweren Mantel liegen, bis Arslan zu mir kam. Er brachte mir einen Morgentrunk, der mir so fruchtig schmeckte wie schon lange nichts mehr.

Der Schamane hatte mir aus warmer Wolle einen Mantel genäht und ihn geschmückt wie seinen: mit Pfeil und Bogen, mit Federn von Falken und Käuzchen und mit Fellstreifen von Reh und Fuchs, Murmeltier und Otter. Auch zwei Glöckchen und kleine Silberscheiben waren daran befestigt. Ich wusch mich im Quell und schlüpfte in den warmen Umhang. Er war viel leichter, als ich dachte, und behinderte meine Schritte nicht.

»Du bist dem Leben zurückgegeben«, sprach der Schamane zu mir, »um es zu leben, wie es dir bestimmt.«

Arslan führte mich zur anderen Seite des Berges, dorthin, wo dieser sanft abfällt, und zeigte mir die Welt. Dunkle Täler und dahinter die weite Ebene der Steppe, eingerahmt von gezackten, schneebedeckten Gipfeln. Und über allem *tengri*, der große blaue Himmel. Ich sah Wolkenberge darüber hinziehen im wechselnden Licht, beobachtete, wie sie sich auflösten und wieder ineinanderflossen, und ich fühlte, daß Roç zu mir zurückkehrte. Mein Meister erblickte ihn viel eher als ich. Er war nur ein winziges Pünktchen am fernen Horizont. Es dauerte noch den ganzen Tag, bis er eintraf.

Ich wußte, daß er viele Flüsse, reißende Wildbäche und dichte Wälder voller Dornengestrüpp durchqueren mußte, bevor er auch nur den Fuß des Berges erreichte.

Mein Roç war zerschunden und müde vom Aufstieg durch die Felsen, wie damals, als er sich mit dem Bären gemessen hatte. Aber er war wieder bei mir. Ich wusch ihn und salbte seine nackte Haut, legte ihn auf mein Lager, damit er sich ausruhe. Doch Roç richtete sich auf. Da ließ ich meinen Mantel von den Schultern fallen und bestieg seinen Schoß. Er drang in mich ein, sowie ich ihn in mich aufnahm. Ich hatte einen stechenden Schmerz erwartet, als mein Hymen zerriß, aber nach all den Qualen, die ich durchgemacht hatte, deuchte mich der kurze Stich lächerlich, und ich empfand einen wohligen Schauer. Roç hielt still, und wir spürten beide, wie sich unsere Vereinigung langsam vollzog. Wir lauschten unseren Herzen, denn wir saßen eng aneinandergepreßt, sahen uns in die Augen und hielten uns umschlungen, und eine große Ruhe kehrte in uns ein. Wir gaben uns hin, aber wir nahmen uns nicht. Wichtig war nur, daß wir zusammengehörten – wir waren eins, ein Geist, ein Fleisch. Und so wie Roç sich jeder Bewegung enthielt, entspannte auch ich alle meine kleinen Muskeln. Es war kein Verzicht, noch mußten wir uns dazu zwingen. Es war vielmehr der Beweis für unsere Fähigkeit zur Liebe, und dafür war ich so dankbar, daß mich das Glück durchflutete wie ein nicht enden wollender sanfter Strom. Und ich sah in den Augen meines Liebsten, daß er es ebenso empfand wie ich. So blieben wir zusammen wie eine brennende Kerze und hielten uns aneinander fest.

Selbst als wir in der Kühle der Nacht umsanken und uns unter die Decke schmiegten, sprachen wir kein Wort. Roç schlief als erster ein, und so konnte ich ihn noch auf den Mund küssen, was ich vermieden hatte, weil ich weiß, wie wild es uns macht. Wir hatten noch viel vor uns, doch des einen konnten wir sicher sein: der Kraft unserer Liebe.

Gegen Mittag tauchte ein kleiner Trupp Männer jenseits der Schlucht auf. Sie trugen Fahnen, und die Wimpel ihrer Lanzen flatterten im Wind. Der Schamane führte Roç und mich einen Felspfad hinab, den wir vorher nie gesehen hatten, bis dicht über die tosenden Wasser, wo zwei Felsklippen sich zueinander neigten, daß man den Spalt leicht überspringen konnte. Der Schamane umarmte uns beide und sagte: »Ich will euch jetzt und hier Lebewohl sagen und nicht bei der feierlichen Übergabe an General Kitbogha, der euch ehren möchte durch die weite, mühevolle Reise, die er euretwillen auf sich genommen hat.«

Arslan zeigte nicht, daß ihm der Abschied schwerfiel, sondern fuhr lächelnd fort: »Ich habe es als ein unverdientes Geschenk *tengris* genommen, daß ich euch so lange lehren durfte, zu eurer Liebe zu finden. Auch die Liebe ist ein Geschenk. Geht sorgsam und bewußt mit ihr um!«

Arslan sprang uns voraus, und ich folgte ihm beschwingten Fußes wie auch mein Roç hinter mir. Wir erklommen die andere Seite der Schlucht, so daß wir plötzlich hinter den Mongolen standen, was diese in der vorbereiteten Zeremonie etwas verwirrte. Und der General, ein weißbärtiger, würdiger Herr, drohte dem Schamanen schmunzelnd mit dem Finger, doch da war Arslan schon verschwunden. Erschrocken starrten die den General begleitenden Soldaten, darunter Kito und Omar, die ich jetzt erst bemerkte, zurück über die Schlucht, in der die Gischt immer höher wallte und einen Schleier zwischen uns und den Berg mit Arslans Behausung legte. Aus der Höhle trat eine Gestalt in voller Rüstung.

»Dschingis-Khan! Großer Temüjin!« riefen einige Männer schaudernd. »*Er-e boyada!*« Alle sanken ergriffen in die Knie. Ich schaute schnell zu Roç und sah an seinem Blinzeln, daß er das gleiche dachte wie ich, doch es war keinerlei Ähnlichkeit mit Arslan auszumachen, so sehr wir uns auch mühten, ihn in seiner Verkleidung zu erkennen. Selbst die Stimme schien mir die eines anderen. Ich verstand nicht, was sie rief, aber alle warfen sich zu Boden; auch der weißbärtige General kniete nach einigem Zögern nieder. Roç und ich beugten ein Knie und senkten schnell unsere Häupter. Der Nebel wich, und so plötzlich, wie der Spuk gekommen, war er auch wieder verschwunden. Dunkel gähnte das Loch der Höhle.

»Willkommen, meine jungen Herrscher!« Damit riß uns der Baß des Generals aus unseren Gedanken. »Wie wir gerade erfahren durften, sind unsere Ahnengeister äußerst um unser Wohlergehen besorgt.« Seine Augen unter den buschigen Brauen blitzten belustigt, was aber seine Leute nicht sehen konnten. »Also wollen wir sie nicht weiter beunruhigen, sondern uns der Zukunft des Reiches zuwenden. Das seid Ihr, mein König und meine Königin.«

Der alte Haudegen hatte Humor. Das gefiel mir. Doch Roç sagte laut: »Die Zukunft liegt bei denen, die ihre Grenzen rechtzeitig erkennen. Wir sind gekommen, diesem Reich zu dienen.«

Das gefiel dem Alten. Man brachte unsere Tiere, und wir ritten los, in die unbekannte Zukunft hinein. *Allah jakun bi'annina!* Ich umarme und grüße Dich, William,

Deine Königin Yeza

L. S.

DES BISCHOFS SCHATZKAMMER
LIBER II
CAPITULUM IV

Chronik des William von Roebruk, Konstantinopel, am Fest des hl. Isidor 1253

Zwei Wochen oder mehr waren vergangen. Ich hatte die Mauern des Kallistos-Palastes innen und außen vermessen auf der Suche nach der Privatkapelle des Bischofs Nicola, die – wie ich mich vage erinnerte – auch Aufbewahrungsort seiner gehorteten Schätze war. Gleichgültig begleitete Hamo mich auf meinen Inspektionen, Unterstützung erfuhr ich keine von ihm, nur Spott. Ich verglich die Anzahl der Stufen in den Treppenhäusern mit dem Grad ihrer Steigung, um herauszufinden, wo Zwischenstockwerke eingezogen sein könnten. Der Bau war verwinkelt und die Etagen unterschiedlich hoch. Es gab unzählige Gänge hinter nichttragenden Wänden und Paneelen, und in jeder dickeren Säule verbargen sich Wendeltreppen. Völlig vertrackt war das Treppenhaus. Es verlief, anscheinend in edler Symmetrie, in drei ineinander verflochtenen Kreisen durch den Palast, verschwand hinter Torbögen oder in Veduten und tauchte an völlig überraschenden Orten wieder auf, weil auch seine Höhe ständig wechselte. Dennoch wurde ich das Gefühl nicht los, es handele sich um zwei Treppenhäuser, die stellenweise in Verbindung stünden, doch letztlich wären es voneinander getrennte Systeme, und alles ziele darauf ab, dies zu verbergen. Ich gelangte an Durchblicke, die mir den Fortlauf der geschwungenen Stufen und des stämmigen Säulengeländers vorspiegelten. Dann fand ich heraus, daß ich durch einen *trompe-l'œil* getäuscht worden war. Oft mußte ich steigen, um nach unten zu gelangen, und mehr als einmal landete ich genau am selben Ort, von dem ich aufgebrochen war. Es war zum Verzweifeln! Ich wäre ja auch, wenngleich mit Schaudern, in das unterirdische Labyrinth eingedrungen, aber seitdem Bartholomäus dort irgendwo hockte, weil er durch eine Falltür gefallen war, die ich auch übersehen hätte, traute ich mich nicht mehr, denn sein Schicksal wollte ich nun wirklich nicht teilen. Wie ein Grottenmolch erschien er mit seinem bleichen Gesicht täglich zweimal in der Tiefe des vergitterten Brunnenschachts, wohin ihm Philipp ein Körbchen mit Nahrungsmitteln hinabließ. Er schien langsam dem Wahnsinn zu verfallen, denn mal zeigte er uns einen grinsenden Totenschädel, mal griff er mit der Knochenhand eines Gerippes nach den Speisen. Des Nachts heulte er wie ein Wolf oder erschrak die Bettler in der nahen Küche mit schrillem Gelächter.

Außer den *lestai* im Obergeschoß hatte Hamo nämlich auch noch im Souterrain Quartiergäste. Das waren faule Säcke, die es viel zu beschwerlich fanden, jeden Tag in die Stadt zum Hafen zu laufen, vor allem angesichts des mühseligen Stiegensteigens auf dem Rückweg. Daher begnügten sie sich mit dem, was in der Küche an Abfällen von den Gelagen des Penikraten anfiel. Tagsüber, bei schönem Wetter, saßen sie draußen vor der Mauer des Kallistos-Palastes und bettelten Passanten an, meistens Kirchgänger von Sankt Georgios oder Besucher des Friedhofes der Angeloi. Im Gegensatz zu den Räubern legten sie auch keinen Wert auf ihr Äußeres; sie ließen ihre Bärte wachsen und stanken furchtbar.

Der gutmütige Philipp hatte dem eingeschlossenen Barth Schreibzeug in die Zisterne hinuntergelassen, damit er sich wenigstens sonntags etwas Besonderes zum Essen wünschen sollte. Die Folge war, daß Hamo und ich mit einer Flut von düsteren Strafankündigungen, wüsten Verfluchungen und bizarren Selbstmorddrohungen überschüttet wurden, in ebendieser Reihenfolge. Die Pamphlete gipfelten in der Schreckensnachricht, daß er sich durch Nahrungsverweigerung töten wolle, da zu wenig Wasser in der Zisterne sei, um sich zu ertränken. Sein Leichengift werde beim nächsten Regenguß über uns kommen.

»Der vergißt die Ratten«, kommentierte ich herzlos, worauf

Hamo einwandte, daß wir ihn nicht ewig dort unten lassen könnten. »Jetzt ist er aber gefährlicher als zuvor«, gab ich zu bedenken. »Die Schlange hatte genug Zeit, Gift im Zahn zu sammeln, und sie weiß nun, wen sie beißen muß! Ich würde mich hüten, ihn wieder freizulassen!«

»Davon ist auch gar nicht die Rede«, beschwichtigte mich Hamo. »Ich denke an eine Umbettung in ein Terrarium, wo wir Barth gut sichtbar vor Augen haben.«

»›Der Pavillon menschlicher Irrungen‹?« entfuhr es mir. Ich kannte das Gebäude im Park, die Kinder waren damals dort verwahrt worden, und trotzdem hatten sie mich jeden Tag im Keller besucht. »Kein wirklich sicherer Ort!«

Da kam Philipp angerannt. »Die Triere!« schrie er. »Graf Hamo, Eure Triere ist in den Hafen eingelaufen!«

»Woher willst du das wissen?« fragte Hamo verstört. »Du kennst sie doch gar nicht.«

»Aber der Herr Taxiarchos! ›Da kommt die Triere der Äbtissin‹, hat er gesagt, ›das war die berüchtigste Piratin der Ägäis. Dann wurde sie Gräfin von Otranto und Mutter unseres Hamo – oder umgekehrt!‹«

»Das weiß der Penikrat alles?« fragte ich zweifelnd. Philipp nickte strahlend und wollte fortfahren, aber Hamo war längst überzeugt und wollte gleich loslaufen, um seine Frau und vor allem zum erstenmal sein Töchterchen in die Arme zu schließen. Philipp konnte gerade noch hinzufügen: »Der Penikrat hat auch sofort erkannt, daß die Triere in Piratenhand ist!«

»Was?!« rief Hamo. »*Meine* Triere? Und wo sind Shirat, meine Frau und –?«

»Das sollten wir mit aller Vorsicht feststellen«, schlug ich vor. »Laßt uns in Ruhe mit dem Herrn Taxiarchos beraten, denn es ist vielleicht nicht ratsam, allein dort an Bord zu springen und törichte Fragen zu stellen.«

»Vorsicht?« schrie Hamo. »›In Ruhe‹? Mein lieber William! Ruhe hab' ich nicht, und ich werde die törichte Frage vorbringen, und zwar sofort!«

»Du solltest ein Gefolge mit dir führen, das dir Respekt verschafft«, beschwor ich ihn. »Warte bis heute abend, dann stehen dir der Penikrat und seine Leute sicher gern zur Verfügung.«

»Ich denk' gar nicht dran!« brüllte Hamo und eilte in den Keller, scheuchte die dicken Bettler und die bärtigen Tagediebe auf und befahl ihnen, ihn zu begleiten. Mit diesem Lumpenhaufen begab er sich auf schnurgeradem Weg zum Hafen.

Ich schickte Philipp sofort zu Gosset und zum Penikraten und ließ ausrichten, sie sollten mich am Hafen treffen, in der Taverne, von der aus man den Ankerplatz der Triere sehen konnte. Philipp rannte los, und ich lief ebenfalls die Stiegen hinab, so schnell mich meine Füße trugen. Mein Instinkt sagte mir, daß ich mich ausnahmsweise einmal nicht in die vorderste Reihe drängeln sollte.

Als ich im Wirtshaus anlangte, waren Gosset und Taxiarchos noch nicht da. Mein zweiter Blick glitt hinüber zum Ankerplatz der Triere. Die törichte Frage mußte schon gestellt worden sein, denn Hamo und seine zerlumpten Gesellen wurden gerade mit Fußtritten von Bord gejagt, einige seiner Männer paddelten sogar im brackigen Hafenwasser. Die Piraten machten sich offensichtlich ein Vergnügen aus der Antwort. Sie bewarfen Hamo, der wie ein geprügelter junger Hund als letzter das Fallreep hinunterstolperte, mit Fischabfällen. Der Piratenkapitän sah ihm düsteren Blickes nach. Er war gerade zu der Einsicht gekommen, daß es besser sei, jemandem, der so lästige Fragen stellt, das Maul für immer zu stopfen. Er riß mit rascher Bewegung sein Entermesser aus dem Gürtel und hob die Hand, um es dem Nachzügler kräftig ins Kreuz zu schleudern, aber sie blieb in dieser Position erstarrt. Ein Bolzen hatte sie an den Masten genagelt, das Entermesser glitt dem Kapitän aus den Fingern, und er schaute entgeistert hinauf zu dem Geschoß, das ihn festhielt. Er mußte sich ziemlich verrenken, um es mit seiner Eisenspitze aus der Hand zu zerren, ohne die Wunde noch zu vergrößern.

Der Penikrat trug eine Armbrust, als er – ohne Gosset – in der Taverne zu mir an den Tisch trat. Kurz darauf traf auch Hamo ein, der von dem Vorfall in seinem Rücken nichts bemerkt hatte.

»Ihr müßt mir helfen, Taxiarchos«, keuchte er schon, bevor er sich setzte.

»Gern«, sagte der. »Für gutes Geld läßt sich alles machen. Hier steht der Aufwand in einem schlechten Verhältnis zum zu erwartenden Gewinn. In offener Übernahme kostet es etliche Hände, in verdeckter eben viel Münz. Und was haben wir davon?«

Hamo schaute ihn traurig an. »Ich dachte, Ihr wärt mir ein Freund geworden«, sagte er enttäuscht.

»Schon möglich, Graf, aber dies steht auf einem anderen Blatt. Keine sinnlosen Hampeleien! Ich bin doch kein Narr!«

»Komm, William«, brummte Hamo ärgerlich, »dann müssen wir uns eben selber helfen.« Er warf ein Geldstück auf den Tisch, und ich folgte ihm. Dabei wäre ich lieber beim Penikraten geblieben, um mit ihm zu beraten. Aber Hamo war schließlich mein Gastgeber.

»Was hat der Pirat dir geantwortet?« wollte ich als erstes wissen, als wir uns anschickten, zur Altstadt hinaufzusteigen.

»Nichts«, gab Hamo zu, »außer ich solle Leine ziehen und die frisch gescheuerten Planken seines Schiffs nicht mit meinen dreckigen Schuhen beschmutzen!«

»Und von Shirat keine Spur?«

»Er hat mir nicht einmal gestattet, mich nach ihr umzuschauen«, erregte er sich. »Er ist weder auf meinen Besitzanspruch eingegangen noch auf die Umstände, unter denen er in den Besitz der Triere – meiner Triere! – gelangt ist! Ich werde –«

»Wir müssen«, unterbrach ich ihn, »unter allen Umständen die Schatzkammer finden!«

Hamo hielt plötzlich inne und sah mich prüfend an. »Du bist ein wahrer Freund, William! Auf dich kann ich mich verlassen. Da drüben«, er lenkte meinen Blick unauffällig auf ein verfallenes Gebäude auf der gegenüberliegenden Straßenseite, »im Hof ist ein geheimer Ausstieg aus der Kloake dieser Stadt. Von da aus kann man in die Zisterne des Justinian gelangen, so hab' ich damals – als du ›tot‹ warst, William, die Kinder an Bord der Triere gebracht.«

Ich lachte bei der Erinnerung. Damals war mir anders zumute gewesen und Hamo sicher auch. Ich verriet ihm auch nicht, daß ich mit Roç und Yeza auf diesem Weg den Kallistos-Palast das erste Mal betreten hatte. Ich bekam gleich den Gestank wieder in die Nase, lachte aber dennoch weiter. Hamo ließ sich von meiner Fröhlichkeit nicht anstecken.

»Nun, diesmal versuchen wir es andersherum«, bemühte ich mich, ihm wenigstens etwas Mut zu machen. »Von der großen Zisterne aus müssen wir in die Schatzkammer vordringen. Wir werden sie finden, das wäre ja gelacht!«

Hamo steuerte auf das ehemalige Lagerhaus zu, das auf recht morschen Stelzen stand. Um unter klafterhoch sich türmendem Schutt den Deckel für den Einstieg in den Untergrund zu finden, mußten wir nur den flüchtenden Ratten durch den Abfall folgen. Hamo kletterte vorweg, ihm schienen Dreck und Gestank nichts auszumachen. Wir landeten in knöcheltiefem Schlamm. Gleich neben uns strömte die Kloake gurgelnd dem Bosporus entgegen. Das immer spärlicher einfallende Tageslicht ersparte uns gnädig Einzelheiten des morastigen Untergrundes. Aber die Nasen mußten wir uns zuhalten. Schließlich bog Hamo in einen Seitengang mit klarem Wasser, der sich bald gabelte.

»Wenn wir uns links halten«, sagte ich zu Hamos Überraschung, »dann kommen wir hinunter ins *balaneion*.«

»Erinnere mich nicht daran!« flüsterte Hamo. »Mir wird schon bei dem Gedanken übel.«

»Also gehen wir nach rechts, dort müßten wir auf das Aquädukt stoßen.«

Er folgte meinem Vorschlag. Der flach ansteigende Tunnel war nicht nur trocken, sondern es fiel auch an jeder Wegbiegung ein dünner Lichtstrahl hinein, der durch eine weit entfernte Öffnung eindrang. Der Gang öffnete sich zu einer Grotte und stieg als breite Treppe an der Stirnseite empor. Auch eine kranartige Vorrichtung ragte über uns aus der Wand, stark genug, tonnenschweres Material zu tragen. Das Geräusch fließenden Wassers war zu hören.

»Wir sind bereits in der Nähe des Wunderwerks von Kaiser Justinian«, flüsterte ich ergriffen. »Die Vorrichtung dient zur Instandhaltung des Säulenwaldes.«

Ich sagte nicht, was mir dabei noch in den Sinn kam, nämlich der ungestörte Abtransport schwerer Schatzkisten. Oben angelangt, standen wir vor einer Hafenbucht, in der ein kräftiges Floß lag, groß genug, um ein Säulenteil zu transportieren. Das Wasser im angrenzenden Kanal floß rasch, was auf ein wohlberechnetes Gefälle schließen ließ.

»Hier beginnt die Reise ins Ungewisse«, sagte ich aufmunternd zu Hamo. »Entweder wir landen unter dem Palast oder in der öffentlichen Wasserleitung.«

»Oder in der Zisterne, aus der wir nie wieder rauskommen!«

Hamo war jetzt wieder recht kleinmütig.

»Raus kommen wir immer«, ermutigte ich ihn. Er war dann auch der erste, der sich auf das kaum schwankende Floß begab, das wir mit Stangen hinaus in die Strömung des Kanals steuerten. Bald glitten wir schnell, aber geduckt – denn der Kanalstollen war niedrig – auf unserem Gefährt dahin. Am Ende des Tunnels schimmerte Licht, und plötzlich fuhren wir über dem Säulenwald der Zisterne dahin. Es war ein so gewaltiger Eindruck, weil der Anblick von hier oben auch für Menschen mit blühender Phantasie vollkommen überraschend und unvorstellbar war. Die Pfeiler fuhren angespitzt in das Wasser, wo sie sich spiegelten, während ich aus der Höhe gleichzeitig den Grund sehen konnte, was einem aus allen anderen Perspektiven durch die Spiegelung verwehrt blieb. Wir sahen von Säule zu Säule auf das Schauspiel der wandernden achthundert Pilaster hinab, denn der Kanal öffnete sich nur durch ein Fenster im jeweiligen Kapitell, so daß er Uneingeweihten von unten verborgen blieb.

»Also«, sagte ich befriedigt, »in der Zisterne landen wir nicht, denn wir befinden uns im Überlaufkanal des Aquädukts, dem die Zisterne als Auffangbecken dient.«

»Wir müssen nur rechtzeitig aussteigen«, murrte Hamo, »sonst haben wir den Weg umsonst gemacht.«

Das Problem erledigte sich von selbst, denn der Kanal endete in einer Hafengrotte, und unser Floß stand still. Wir sprangen ›an Land‹ und schauten uns um. Der einzige Ausgang lag in der Grotte und war vergittert. Wir schauten durch die Gitterstäbe hinunter und sahen ein Becken, aus dem Wasser sprudelte. Also mündete dort der Abfluß.

»Tauchen wir«, schlug Hamo völlig ungerührt vor, während mir das Herz in die Hose sank und der Mageninhalt bis zum Halse stieg. Ich schaute nochmals hinunter. Sonnenschein umspielte recht einladend die sprudelnde Wanne mit freundlichem, hellem Licht. Hamo sagte: »Es wird eine Art Röhre sein, so daß es sich empfiehlt, kopfüber mit vorgestreckten Armen hineinzufahren«, und sprang. Ich starrte in das dunkle Wasser, in das ich mein Leben werfen sollte.

»Nun komm schon, William!« ertönte Hamos Stimme von unten, und ich legte die Handflächen zum Gebet zusammen, denn wenn, dann wollte ich ausgesöhnt mit Gott sterben und in den Himmel aufgenommen werden. Dann ließ ich mich vornüberfallen. Ein unerwartet starker Sog ergriff mich und drückte mich hinunter in ein Loch. Ich war in einer Röhre; sie führte bergab, und ich sah schon das Sonnenlicht schimmern. Da packte mich die Angst, der Auslaß könne für mich Fettwanst zu eng sein. Ich sah mich bereits strampeln, den Kopf bedeckt vom lichtdurchtränkten, sprudelnden Wasser der Röhre. Rückwärts zu krabbeln erlaubte der Druck nicht. So gab ich, wie ein fetter Karpfen nach Luft schnappend – Noch ein paar letzte Bläschen! Maria, erbarme dich! –, meinen Geist auf und schoß wie ein Pfropfen in die schäumende Felswanne, schaute in die Sonne und war gar nicht tot! Hamo zog mich raus. Ich blickte auf. Wir befanden uns in einem Felsendom, doch Menschenhand hatte in die Natur eingegriffen. Über uns schwebte eine Art Galerie, die aus dem Fels herausgehauen war und wieder darin verschwand. Es war ein Teil der Treppe des Palastes, was ich sofort an der Form des Geländers erkannte, war ich ihre Stufen doch häufig genug auf- und abgelaufen. Doch nie hatten sie mich hierhin geführt.

»Wir sind unter dem Kallistos?« fragte ich erschaudernd.

»Jedenfalls nicht weit«, erwiderte Hamo. »Was aber noch längst nicht besagt, daß wir unserem Ziel näher sind.«

Wir fanden schnell den unscheinbaren Zugang im Felsen und stiegen in der Gewißheit hinauf, ich wenigstens, uns im Treppenhaus des Palastes zu befinden. Aber die Perspektiven, die sich auftaten, wurden immer seltsamer. Mal sahen wir die Treppe in Reichweite vor uns und auch Philipp, der hinter ihrem Geländer herabstieg, doch die Durchblicksöffnung war zu schmal, als daß ein Mensch hätte hindurchschlüpfen können. Dann wieder schauten wir hinab auf ein offenes Verlies. Während wir noch die niedrigen Öffnungen zählten – es waren sechs kleine Bögen, groß wie Ofenlöcher –, schaute aus einem der Löcher der Kopf von Bartholomäus heraus. Der blickte sich vorsichtig um und kam dann ganz herausgekrochen, einen Arm voller Schmuck. Goldene Ketten, Spangen und die Edelsteine eines Pokals blitzten im Licht auf. Wir waren in den Schatten zurückgetreten, damit er uns nicht entdeckte. Er huschte wie eine Maus durch den runden Raum, kniete nieder und verschwand in einem anderen Loch.

»Merk es dir!« flüsterte ich Hamo zu, und wir schlichen auf Zehenspitzen zur anderen Seite der Treppe und spähten hinab, ob er wohl wiederauftauchte. Aber den Gefallen tat er uns nicht. Behutsam stiegen wir die Stufen hinab. Die Stiege machte eine starke Krümmung und bildete fast einen Kreis. Wir befanden uns nun genau über dem runden Verlies und sahen, daß ringsum Ketten herabhingen und in der Ringmauer verschwanden. Sechs Ketten!

»Für jedes Mauseloch eine!« dachte Hamo halblaut. »Der Kerl soll mir nicht meine ganze Schatzkammer leer räumen!«

»Warte«, zischte ich, »da kommt er schon wieder!« Barth kehrte mit leeren Händen zurück und verschwand wieder im Loch. Hamo wollte die Kette darüber lösen, ich aber hielt ihn zurück. »Sperr ihn nicht ein, sondern aus!«

Wir warteten – lange. Dann erschien er wieder, die geraffte Kutte voller Silbermünzen. Diesmal entging er uns nicht. Wir wollten gerade die entsprechende Kette herablassen, als wir ihn auf der anderen Seite erblickten. Es war ein dreieckiger Raum, und in der Mitte befand sich ein gemauerter Brunnen. Bartholomäus warf seine Beute hinein und wandte sich wieder um. Da hatte Hamo die Kette vom Haken gelöst, und rasselnd sauste sie in die Tiefe, allerdings nur drei Fuß.

»Ich hoffe nur, der Schieber ist ihm nicht auf den Kopf gefallen«, sagte ich.

»Von mir aus kann diese Ratte dort unten –« Er unterbrach sich, denn Bartholomäus erschien rückwärts krauchend wieder, schüttelte den Kopf, lief zum Brunnen, hangelte sich auf den Mauerrand, hielt sich die Nase zu und sprang hinein.

Er tauchte nicht wieder auf.

»Jetzt hat er sich ertränkt!« klagte Hamo.

»Der doch nicht!« erwiderte ich, während wir die breite Treppe hinabstiegen. Plötzlich, vor einer Mauer mit zwei Toren, gabelte sie sich. Der eine Zweig schien hinabzuführen, der andere hinauf. Mir war sofort klar, daß wir den aufsteigenden nehmen mußten, und wirklich: Nach etwa zwanzig steilen Stufen führte eine glattpolierte Marmorrutsche in die Tiefe. Wie spielende Knaben landeten wir auf unserem Allerwertesten genau im Verlies mit den sechs Löchern.

»Hast du dir gemerkt, welches Tor er benutzt hat?« fragte ich Hamo beklommen. »Hinter den anderen lauern im Zweifelsfall unliebsame Überraschungen.«

»Das da!« Hamo war sich ganz sicher und kroch auch voraus. Der Gang war eng und verlief in wildem Zickzack, wobei hinter jeder spitzen Ecke ein anderer einmündete wie in einem Fuchsbau. Hamo ließ sich davon nicht verwirren, und gerade, als meine Knie von der ungewohnten Rutschpartie zu schmerzen begannen, gelangten wir wieder ins Freie. Erst dachte ich, wir befänden uns in demselben Raum, in dem Barth in den Brunnen gesprungen war, aber dieser wies drei Brunnen auf. Ich richtete mich mühsam auf. Hamo saß schon auf dem Rand eines Brunnens und schaute hinab in das stille Wasser. Er grinste mich an, und noch ehe ich ein Wort der Ermahnung ausstoßen konnte, ließ er sich fallen. Ich war entsetzt über soviel Leichtfertigkeit. Andererseits konnten wir Barth, der offensichtlich den richtigen gefunden hatte, nicht mehr befragen. Es erübrigte sich auch, denn nun erschien Hamos Kopf im zweiten Rund. Prustend klammerte mein Gefährte sich an den Brunnenrand. Ich eilte zu ihm.

»Hamo«, sagte ich äußerst besorgt, »spring jetzt bitte nicht in den dritten, denn das bietet sich in einer Weise an, daß es nur eine Falle sein kann.«

»Unter Wasser ist ein ähnliches Labyrinth«, keuchte er, »wie hier oben. Wenn du mir von dem dritten Brunnen abrätst, dann bleibt mir nur noch dieser –«

»Vielleicht«, überlegte ich, »führt der umgekehrte Weg zum Ziel.«

Hamo machte sich bereit zum Wiederabtauchen. »Sollte ich nicht wiederkommen, bleibt es dir überlassen, ob du mir folgen willst oder in den dritten springst – oder sonstwie versuchst, hier wieder rauszukommen!«

Sprach's und sprang kopfüber in die Tiefe. Es gelang mir gerade noch, seine Beine zu sehen, bevor das Dunkel des Wassers ihn verschluckte. Er kam nicht wieder.

In allen drei Brunnen lag das Wasser still und spiegelte nur mein ängstliches Gesicht. Je mehr Zeit verstrich, desto weniger traute ich mich – vielleicht war Hamo ja gar nicht ertrunken, sondern hatte endlich den Zugang zur Schatzkammer entdeckt und wollte mich nur abhängen! Ich hätte ihm sofort folgen sollen. Nun war ich allein auf mich gestellt. Abwarten machte keinen Sinn. Wenn hier auch keine Gerippe Verhungerter herumlagen, war doch nicht anzunehmen, daß mich jemand finden würde – sofern mich überhaupt einer suchte! Sterbensmüde – in des Wortes wahrer Bedeutung – fühlte ich mich, als ich mich endlich entschloß, den Rückweg anzutreten oder vielmehr anzukriechen. Ich mißachtete meine eigene Warnung, daß derselbe Weg nicht mehr derselbe ist, wenn man ihn andersherum beschreitet. Ich kroch in das Loch und achtete nicht auf die Verästelungen. *Nec spe nec metu*, weder Hoffnung noch Furcht, das beschreibt den Seelenzustand wohl am besten, in dem ich mich befand. Gleichgültig und traurig tapste ich, die Hände voraus, den Gang entlang. Da gab eine Steinplatte im Boden blitzartig nach. Ich sauste kopfüber in ein Loch, verlor das Bewußtsein – und fand mich vor der Küche wieder.

»Ein reicher Kaufmann aus Beirut ist eingetroffen«, sagte das sich zu mir niederbeugende Engelsgesicht. Ich war also doch nicht im Himmel! »Wir suchen Euch schon seit einiger Zeit, Bruder William.«

Ich ordnete meine Gedanken. »Ist Hamo, ist der Graf schon zurück?«

»Schon lange«, bestätigte Philipp meinen Verdacht. »Das Abendessen ist bereits aufgetragen, der Kaufmann hat dazu eingeladen.«

So wollte der Diener also einer Verwunderung über den so plötzlichen Reichtum zuvorkommen! »Die Herren nehmen die Mahlzeit auf der Terrasse ein.«

Ich war schon fast wieder trocken und nicht schmutziger als sonst, also erhob ich mich mit steifen Gliedern und ließ mich von Philipp zur Terrasse geleiten.

Der reiche Kaufmann aus Beirut, der dort saß, verblüffte mich um so mehr, als ich die Person, die sich dafür ausgab, bisher immer nur in dem schlichten Mönchsgewand des Assassinen-Ordens gesehen hatte. In der Verkleidung eines levantinischen Händlers mit seidenem Kaftan, dicken Ringen an den Fingern und einem von einer Perlenschnur durchzogenen Turban auf dem kantigen Schädel wirkte Crean de Bourivan völlig fremd. Nur sein Blick war melancholisch verloren wie eh und je. Seine Diener, vermutlich alle Assassinen, bedienten bei Tisch aus mitgebrachten Körben und silbernen Platten. Es gab sogar ›Besteck‹, zweizinkige Gabeln, mit denen wir uns abmühen mußten, die gebratenen Wachteln und Schnepfen, Entlein und Rebhuhnküken sorgfältig aufzuspießen, bevor wir sie dann doch mit den Fingern aßen. Dazu wurden Trauben, Äpfel und Zitrusfrüchte gereicht, die von den Dienern geschält und in handliche Bissen zerteilt wurden. Die Stücke mit der Gabel zu erwischen kam einem besonderen Kunststück gleich. Wenigstens das aus Mandeln gebackene Brot und die Bällchen aus Datteln, Rosinen und Reis durfte man anscheinend ohne das gefährliche Instrument zum Munde führen. Getrunken wurde Wasser, da war der strenggläubige Ismaelit eisern, allerdings wurde es mit etwas Rosenessenz versetzt.

»William«, sagte Crean, »ich bin gekommen, um an deiner Seite die Reise in die Mongolei anzutreten. Bist du bereit?«

Ich mußte erst mal den letzten Happen hinunterschlucken – Zeit, um die finanzielle Lage zu bedenken, in die Gosset uns gebracht hatte. Dieses Fiasko mochte ich ihm nicht eingestehen, also sagte ich: »Meine Vollmacht und das Schreiben des Königs an den Großkhan habe ich; den Platz für dich, den neuen Bartholomäus von Cremona, haben wir frei gemacht. Der echte sitzt im Keller und verfällt wohl dem Irrsinn; nur Lorenz von Orta ist noch nicht aufgetaucht.«

»Wir beide, das reicht«, antwortete Crean. »Ich will keine Zeit verlieren, um Roç und Yeza aus den Klauen der Tataren zu befreien. Wir können sofort aufbrechen.«

»Ich bitte euch, ich flehe euch an als treuliebender Vater und Gatte«, unterbrach ihn Hamo, »habt ein Herz und helft mir zuvor, die Triere, meine Triere, die ihr im Hafen habt liegen sehen, wieder in meinen Besitz zu bringen. Nicht um des Schiffes willen, sondern damit ich endlich etwas über das Schicksal von Shirat und meinem Töchterlein erfahre.«

Hamo war den Tränen nahe, oder er spielte es zumindest sehr gekonnt.

Der harte Crean, der selbst Frau und Töchter verloren hatte, wurde weich, und Hamo ließ die Katze aus dem Sack: »Du könntest doch als vermögender Handelsherr mit viel eingekaufter Ware an der Heimkehr nach Beirut interessiert sein und das Schiff mieten. Die Piraten werden begierig darauf sein, dich auf hoher See umzubringen und deinen Besitz an sich zu bringen.«

»Angenehme Aussichten!« spottete Crean, aber Hamo fuhr eifrig fort: »Die Kisten und Truhen, auf die sie so begehrlich schielen werden, läßt du schon morgen abend an Bord schaffen –«

»Ich verstehe«, schnitt Crean die Beschreibung des Verfahrens ab, »ich bin auch bereit, das auf mich zu nehmen, aber übermorgen segeln wir schnurstracks durchs Schwarze Meer hinauf bis zur Mündung des Flusses, ich glaube, sie nennen ihn ›Don‹.«

Hamo versuchte zu handeln, was mich erstaunte. »Bis zur Krim bringe ich euch, bis nach Cäsaria!«

»Nein«, entgegnete Crean kalt. »Du begleitest uns weiter den Fluß hinauf ins Reich der Kiptschak, solange es der Tiefgang der Triere erlaubt, und setzt uns dann ab.«

»Die Tataren werden mein Schiff beschlagnahmen«, wandte Hamo ein.

»William ist in offizieller Mission unterwegs«, hielt Crean kühl dagegen.

»Einverstanden, mein Freund«, sagte Hamo und ließ sich die Verbitterung nicht anmerken. »Du mietest das Schiff morgen an.«

»Die Leute in den Kisten«, meinte Crean, »besorgst du, sie sollten auch etwas vom Matrosenhandwerk verstehen. Meine Männer brauch' ich als pompöses Gefolge und glaubwürdige Dienerschaft eines reichen Mannes – außerdem sind sie als Seeratten völlig ungeeignet!«

»Aber als Assassinen für die Überrumpelung –«, muckte Hamo auf.

»– bleiben sie zu meiner Verfügung, als Eingreifreserve, falls deine Leute nicht mit den Piraten fertig werden.«

»Gut«, erwiderte Hamo, »laß das nur meine Sorge sein. Du brauchst mir nur ein Zeichen zu geben, wenn das Schiff in deiner Hand ist – und übermorgen segeln wir, wohin du willst!«

»Rudern«, korrigierte ihn Crean. »Ich bin müde und sollte morgen ausgeruht sein.« Damit erhob er sich. Die Diener hatten ihm ein Zelt im Garten aufgeschlagen. »Es ist dann wohl meine letzte Nacht in feinem Linnen und auf damastenen Kissen.«

»Danach«, griff ich den Gedanken scherzend auf, »schläft der Missionar nur noch auf Stroh, wenn nicht auf dem nackten, kalten Boden. Gute Nacht!«

Ich war mit Hamo allein geblieben. Creans Diener räumten die niedrige Tafel ab und auch die Kissen, auf denen wir gesessen hatten.

»Noch auf einen Schlummertrunk, William«, bot mir Hamo an und winkte Philipp mit zwei Pokalen zu sich. Er reichte mir einen und führte selbst den anderen an die Lippen.

»Ich habe, dank deiner hilfreichen Intuition, den Schatz gefunden«, lobte er mich, und ich hob geehrt meinen Becher, »was mich in die Lage versetzt, die Kisten mit den Leuten des Penikraten zu füllen.«

Ich fragte mich, ob es wohl gutgehen würde, Piraten durch Straßenräuber zu ersetzen, doch Hamo schien von seiner Idee überzeugt.

»Morgen führ' ich dich in die Kammer des Bischofs«, stellte mir Hamo freundschaftlich in Aussicht. »Nimm dir zum Dank, was dir gefällt.«

Ich gähnte und sah mich schon in Purpur gehüllt mit goldenem Stab und Ring und – weiter gerieten meine Gedanken nicht. Eine seltsame Schläfrigkeit überfiel mich, ich sank in Philipps Arme und schlief ein.

L. S.

EIN SOMMERLAGERMÄRCHEN
LIBER II
CAPITULUM V

Roç an William, irgendwo in der äußeren Mongolei, zweite Dekade des April 1253

Mein lieber William, Du solltest mich sehen können, denn Du wärst stolz auf mich. Die Mongolen, die immer glauben, sie seien stärker, schneller, besser als jeder Fremde, den sie per se verachten und deshalb meinen, sie müßten jedem etwas von ihren Fähigkeiten beibringen, sind, was Yeza und mich betrifft, völlig verwirrt. Ich will mich an die Absprache halten, daß jeder von uns nur für sich spricht, so daß Yeza Dir selbst schreiben kann, wie sie das Leben bei den Mongolen empfindet.

Mir erscheint es meistens wundervoll – täglich auf dem Rücken eines wilden Pferdes, ständig im scharfen Galopp, dabei mit dem Bogen auf bewegliche Ziele schießen oder mit der Lanze danach stechen – aber dann hängt es mir auch wieder furchtbar zum Hals raus. Jeden Tag laufen, schwimmen, ringen, springen, Steine oder Speere werfen, mit Säbel und Schild fechten oder mit dem Dolch kämpfen! Mein einziger, heimlicher Trost ist, daß mich meine Gefährten dabei sehr bewundern.

Ich lebe im Klan von General Kitbogha, und sein Sohn Kito ist als Führer meiner Hundertschaft eigentlich mein und Omars Vorgesetzter, denn Omar begleitet mich immer. Kito hat das so angeordnet, damit ich nie ohne Leibwache bin. Auch Yeza, die ich selten sehe, weil sie bei den Frauen wohnt, genießt solchen Schutz, was mich sehr beruhigt, wenn wir schon voneinander getrennt den Tag und vor allem die Nacht verbringen müssen. Das schlimme ist, daß Kito nichts anderes im Kopf zu haben scheint als Pferde, Waffen und wieder Pferde. Dazu kommt noch, und auch das mit stupider Regelmäßigkeit, das Trinken oder eher Saufen berauschender Getränke; und dann, meist im Zustand der Volltrunkenheit, die Jagd auf Weiber – ödes Gerammel, meist mit Sklavinnen aus Cathai, die dabei stets ein freundliches Lächeln aufsetzen, oder albernes Herumgeknutsche mit den eigenen Mädchen, die so tun, als fänden sie *assinna* ganz unschicklich.

Kito, mein Vorbild und zugleich mein Rivale, hat sich aus gutem Grund bisher nie mit mir direkt gemessen. Er läßt vielmehr einen nach dem anderen aus der Hundertschaft gegen mich antreten. Ich reite nämlich ebenso gut wie er, springe aber höher und schieße wesentlich besser – zumindest aus dem Stand und mit dem Langbogen. Außerdem kann ich viel schneller laufen, schon weil ich längere Beine habe, und auch rascher schwimmen, denn ich habe die Technik entwickelt – die ich aber noch verbessern will –, immer drei Züge lang den Kopf unter Wasser zu halten. Tauchen können die Mongolen jedoch überhaupt nicht; jemand wie Hamo, der minutenlang unten bleiben kann, würde ihnen Angst einjagen. Ich bezwinge sie vor allem auch in der Domäne, in der sie in ihrem Stolz sozusagen am eigenen Körper getroffen werden, im Nahkampf mit oder ohne Dolch, weil ich bei einem asiatischen Meister die Kunst erlernt habe, den anderen mit seiner falsch eingesetzten Kraft zu besiegen. Kurzum, für einen Nichtmongolen bewähre ich mich völlig ungehörig. Da sie mir mit keiner Kampfart beikommen können, versuchen sie es mit dem Saufen und fordern mich ständig auf, um die Wette zu trinken, sei es Terracina, ein Gebräu aus Reis, oder Bal, diesen Met aus Honig, oder Kumiz, gegorene Stutenmilch. Das ist mir jedesmal fürchterlich peinlich, weil sie nicht verstehen wollen, daß ich einfaches, klares Quellwasser allen anderen Getränken vorziehe, und sie mich gern verspotten, soweit Kito ihnen das erlaubt. Ich spüre, daß er es lieber sehen würde, ich wäre bei den Besäufnissen dabei. Bisher rette ich mich, indem ich auf Wein bestehe, den sie auch kennen, von dem sie aber wenig verstehen. So verlange ich Sorten, von denen ich weiß, daß sie die nicht besorgen können, und mach' mich über sie lustig. Neulich habe ich mir einen ›Cru de Joinville‹ erbeten und sie damit in schöne Verlegenheit gebracht.

Mit den Weibergeschichten ist es einfacher, da kann ich mich mit Yeza herausreden, der ich Treue gelobt hätte – was ja auch wahr ist. Und auf die Vorschläge, es mit einer Sklavin zu treiben, weil das ja nicht zähle, habe ich ihnen gesagt, daß mich, wenn überhaupt, nur schwarze Frauen aus dem Lande der Königin von Saba reizen würden. Das Schwarz versetzt mit einigen Tröpfchen Milch, also eine Farbe, die schwer zu beschreiben sei. Diese Frauen hätten nach außen stehende, spitze Brüste, eine ganz schlanke Taille, einen hochangesetzten, runden Hintern, doch nicht zu prall, und ganz lange Beine. Ich hoffe, diese genauen Angaben schützen mich, sollten sie mir eines Tages eine Negersklavin anschleppen. Falls die Schilderung Yeza zu Ohren kommt, werde ich harte Zeiten durchmachen, weil sie sicher annehmen wird, ich hätte zumindest eine dieser Töchter Salomons schon besessen. Dabei bin ich beim Malen dieser Traumfrau davon ausgegangen, wie sich der Leib meiner Gefährtin entwickeln könnte, was ich mir sehr wünsche. Also eine Yeza in Schwarz! Damit habe ich jetzt erst mal meine Ruhe vor solchen Angeboten, obgleich – ganz unter uns, William – mir ein solches Wesen, ob schwarz, braun oder blond, schon mal nachts in die Jurte kommen könnte, wenn es niemand sieht. Am liebsten mit hennarotem Haar und einem Körper schneeweiß wie Marmor!

Diese Spötteleien wegen meiner Enthaltsamkeit bei ihren Trinkgelagen – Yeza kannten sie ja damals noch nicht – war auch einer der Gründe für das erste Zerwürfnis. Allein die wenigen ›Geheimen Kämpfer‹ von Bulgai und das Dutzend Bogenschützen, das uns vom Brunnen des Iskander bis in den Altai begleitet hatten, genügten, um Yezas Namen, ihre Schönheit und ihre Kühnheit in aller Munde sein zu lassen. Diese Männer tadelten mich aber, weil ich Yeza allein bei Arslan zurückließ. Schamanen seien besonders befähigte Liebhaber, ausdauernd wie Dschingis-Khan, erzählten sie grinsend. Diese Magier könnten ihren Schwanz lang wie eine Schlange wachsen lassen, samt Schuppenkamm, was die Weiber besonders zu schätzen wüßten, und dick wie den eines Hengstes.

Dschingis-Khan genießt bei den Mongolen höchste Verehrung, auch als Liebhaber, dabei weiß doch jeder, daß seine geraubte junge Frau Börke ihren ersten Sohn schon im Bauche hatte, als er sie endlich befreien konnte. Doch ich kehrte meinen Begleitern nach diesem Vorwurf noch aus anderen Gründen den Rücken und floh zurück in den Altai. Sie können nämlich entsetzlich neidisch, mißgünstig und bösartig sein – ein geradezu widerliches, versoffenes, albernes und brünstiges Pack, das außerdem ständig meint, singen zu müssen. Sie gröhlen im Suff, erheitern sich mit dummen Witzen und lachen über jeden Dreck, nur nicht über sich selbst und ihre geistige Armut.

Ich verließ die Höhle des Schamanen, weil ich der Meinung war, daß ich dort nicht zum Ritter werden könnte. Als ich dann im Sommerlager die Übungen von Kitos Hundertschaft mitmachte, merkte ich rasch, daß ich von denen nichts lernen konnte – außer den Krummbogen im vollen Galopp vom Pferde aus einzusetzen und mit der Lanze im Vorbeireiten Kringel oder Puppen zu stechen. So nahm ich mir Omar beiseite und begann, meine Fähigkeiten nach eigenem Gutdünken zu verbessern. Da war einmal der Kampf mit dem Langschwert, in dem sich ein Ritter nie genug üben kann, aber dann auch etwas, was ich mir hatte einfallen lassen: das Hochspringen, etwa auf Mauerkronen, mit Hilfe eines langen Bambusrohres. Du mußt Dir eine Stange vorstellen, lang wie eine Turnierlanze; man läuft mit ihr, die Stange vorgestreckt, senkt sie im vollen Lauf mit der Spitze in die Erde und läßt sich von der Wucht des Aufpralls in die Höhe heben, bis sie senkrecht steht. Dann genau lasse ich sie fahren und stehe plötzlich oben auf der Mauerkrone oder stoße überraschend auf den Feind hinter den Zinnen nieder. Da es in der Steppe keine Städte oder Burgen gibt, folglich auch keine ordentlichen Mauern, übte ich mit Omar abseits, wenn wir einen geeigneten Baum fanden. Omar mußte auf den ersten starken Ast klettern und ihn gegen mich verteidigen. Das Problem, daß der Angreifer mit beiden Händen die Stange halten mußte, also völlig unbewaffnet oben ankam, löste ich, indem ich an einem Rundschild, wie ihn die Mongolen benutzen, kreisförmig Klingen anbrachte. Und mit dieser furchtbaren Waffe am Arm flog ich durch die Lüfte, einen Säbel so auf den Rücken geschnallt, daß der Griff über meine Schulter ragte und die Waffe in einer einzigen fließenden Bewegung gezogen und eingesetzt werden konnte. Damit brachte ich meinen Omar in arge Bedrängnis, weil die Überraschung auf Seiten des Angreifers ist. Die Mongolen schauten uns erst kopfschüttelnd zu, dann wurden sie ärgerlich, weil nur Affen auf Bäume sprängen. Sie begriffen nicht, daß es sich um einen Mauerersatz handelte, und als ich es ihnen endlich klargemacht hatte, da sagten sie, Mauern würden ihren Feinden sowieso nichts nützen, weil sie die schon auf offenem Feld abschlachten würden. An soviel Unverstand kann man nur verzweifeln! Ich betrieb meine Studien verbissen weiter, doch eines Morgens fand ich meine Bambuslanze zerbrochen, den Rundschild zertrampelt. Ich hatte keine Lust, mich bei Kito zu beschweren, weil ich nicht einmal sicher war, ob er nicht schon davon wußte und es gebilligt hatte. Den Vorfall bei Kitbogha zur Sprache zu bringen erschien mir zu billig, zumal ich mich seines Wohlwollens erfreute und er die Täter sicher sehr hart bestraft hätte. So entschloß ich mich, ein Zeichen zu setzen, das sowohl meine Verärgerung als auch meine Selbständigkeit unterstrich, und verschwand ohne Abschied.

Als ich mit Yeza dann vom General persönlich zurückgeholt wurde, hörte ich, daß die Täter auf Kitos Befehl von der gesamten Hundertschaft mit den Resten des Bambusrohres verprügelt worden waren.

Dabei fällt mir ein, wie es Malouf erging, dem falschen Kaufmann aus Samarkand. Den hatte Dschuveni beim Oberhofrichter abgeliefert. Der verhörte ihn in aller Ruhe, gab ihm aber nichts zu essen und zu trinken. Wenn Malouf schrie, wurde ein Stück von ihm abgehackt; ich glaube, bei einem Arm fingen sie an. Um das Blut zu stillen, wurde der Stumpf in siedendes Öl getaucht, das abgesäbelte Stück darin gesotten und ihm serviert. Zu trinken bekam er das Wasser, das er ließ. So kam recht schnell zu Tage, daß Bagdad hinter dem Anschlag in der Karawanserei steckte und keineswegs die Assassinen, wie es den Anschein erwecken sollte. Im Gegenteil, Omars glorreiche Tat bezeugte, daß es Ismaeliten waren, die sich unter Einsatz ihres Lebens in die Bresche geworfen und uns gerettet hatten. Das beeindruckte den Oberhofrichter sehr, und er stellte die Folterung des inzwischen einarmigen und einbeinigen Maloufs ein, damit der Großkhan persönlich über den Rest verfügen möge. Mit der Übersendung der abgenagten Knochen erstattete der Richter dem Khan auch Bericht über das erstaunliche Verhalten der Leute des Imams zur gefälligen Beachtung, denn es paßte so gar nicht in das Feindbild, das sich der mongolische Hofstaat von Alamut macht.

Ich erfuhr dies alles von Dschuveni, der sich gelegentlich herbeiläßt, mich in mongolischer Politik zu unterweisen. Insbesondere trachtet er danach, uns – auf meinen Wunsch wird Yeza jetzt hinzugezogen – der mongolischen Reichsidee zu verpflichten. So sehe ich meine Geliebte Dame und Königin wenigstens, und der Kämmerer ist glücklich, daß wir seinen – im übrigen todlangweiligen – Exkursen über Unterwerfen, Verwalten und Ausbeuten lauschen. Er ist ganz versessen darauf, uns so bald wie möglich dem Großkhan vorzuführen – zwei dressierte Affen und ihr Dompteur!

Da bin ich dann doch lieber bei Kitos wildem Haufen: Pferde, Pferde, Pferde und stechen, ringen, schießen, werfen, saufen, saufen und nochmals saufen. Gestern habe ich mich dazu breitschlagen lassen, mit ihnen zu trinken, weil sie voller Stolz ein Faß Rotwein anbrachten, von dem sie behaupteten, es stamme von der Krim. Ich weiß allerdings nicht, wie die Menschen am Schwarzen Meer den Genuß dieses rötlichen Sauerampfers überleben, es zog mir den Gaumen zusammen und verätzte mir den Schlund. Es schlug mir außerdem aufs Gedärm, und ich hab' jetzt noch einen Kopf, als hätten Schmiede ihn als Amboß benutzt. Doch meine Hundertschaft ließ mich unentwegt hochleben und schenkte mir sogar eine neue Stange mit vielen farbigen Bändern daran sowie einen sehr schön gearbeiteten Lederschild mit ziselierten Messingbeschlägen. Er ist nicht nur mit einem Klingenkranz versehen, sondern weist auch in der Mitte eine stachelige Spitze auf, also wirklich ein tolles Geschenk. Und sie sangen von dem Helden, der auf die höchsten Türme springt, seine Feinde reihenweise umsäbelt, bis er auf des Turmes Spitze seine Prinzessin Yeza befreit hat und mit ihr auf seiner langen, dicken Lanze da-

vonreitet. Das Lied steckte zwar voller Anzüglichkeiten, war aber herzlich gemeint, und so trank ich allen zu und bedankte mich sehr. Prost, William!
Dein Roç
L. S.

An William von Roebruk, O. F. M. Es berichtet Prinzessin Yeza, Deine geheime Chronistin:
Über ein Jahr sind wir jetzt schon bei den ›Herren der Welt‹, wenn Du die Zeit bei Arslan, dem Schamanen, mitrechnest. Aber wir haben seit Samarkand keine Stadt mehr gesehen, die diesen Namen verdiente, nur gelegentlich ein paar armselige Weiler, eine Ansammlung von Hütten. Wenn ich bedenke, daß in dem von den Mongolen so verachteten ›Rest der Welt‹, aus dem wir stammen, jeder Graf oder Emir mehr Pracht entfalten kann, als hier Führer von zehn oder gar hundert Tausendschaften, dann ist das wohl beabsichtigt. Keiner kann sich hier selbständig machen, alle leben auf Abruf in und von der Gnade des Großkhans. Alle hausen nahezu in den gleichen Jurten. Höchstens in deren Ausstattung kann einer sich von der Masse abheben, was aber nicht ratsam scheint, schon wegen der ewigen Ab- und Aufladerei dieser Gehäuse, die wie Maulwurfshügel aus dem Steppenboden wachsen, sobald wir irgendwo haltmachen. Die Jurten sind von außen so wenig zu unterscheiden wie die runden Gesichter dieses plattnasigen Volkes. Zum Wohnen sind sie allerdings recht praktisch und irgendwie auch gemütlich, wenn man wie eine Schnecke fühlt, die ihr Haus auch immer mitschleppt. Diese Söhne der Steppe sind freilich alles andere als Schnecken, denn sie reiten allesamt unglaublich schnell.
Das gilt auch für ihre Frauen, zumindest, wenn sie Wert darauf legen, was recht unterschiedlich ist.
Der gute General Kitbogha hat mich im Hofstaat von Dokuz-Khatun, der christlichen Ehefrau des Il-Khans Hulagu, untergebracht. Ihm hat sein älterer Bruder Möngke, der Großkhan, den Westen zugewiesen. Dazu gehöre auch ich. Man huldigt mir stellvertretend für

den ›Rest der Welt‹, den es so nebenbei noch zu erobern gilt. Ich will der mütterlichen Dokuz, die sich wirklich bemüht, nur Gutes zu bewirken, nicht unrecht tun, denn sie behandelt mich mit verständnisvoller Milde. Doch ich bin sicher, daß ihr mein Wesen so fremd ist wie ein rothaariger, starkleibiger – um nicht zu sagen, ›stark leiblicher‹ – Franziskaner aus Flandern. Sie hat mich, die ›Tochter des Gral‹, eine Prinzessin ohne nachweisliches Territorium, in Verdacht, irgendwo zwischen Babylon und Atlantis doch am ›Ende der Welt‹ oder gar im Ozean über ein heimliches Königreich zu verfügen. Jedenfalls fragt sie mich des öfteren, ob auch dort der Messias und seine Mutter verehrt würden. Ich erzähle ihr dann die Geschichten von König Artus' Tafelrunde und vermenge sie wider besseres Wissen mit dem edlen Parsifal, den ich zu meinem Großvater erhoben habe. Ich verschweige geflissentlich, daß es die christliche Kirche war, die ihn umgebracht hat, weil er eben nicht die Jungfrau Maria anbeten wollte, sondern schiebe alles dem landgierigen Herrscher von Frankreich in die Schuhe. Denn bei aller Hochachtung, es war schließlich König Ludwig, der den Montségur erstürmen ließ, auch wenn für den Scheiterhaufen, auf dem meine Mutter bei lebendigem Leib verbrannte, der Papst zuständig war. Die Frauen finden das alles ungeheuerlich, zumal der Streit um den rechten Glauben ging, wofür die Mongolen überhaupt kein Verständnis haben. Bei ihnen können die Nestorianer, die der Papst sicher als Häretiker verbrennen würde, in ihren Kirchen, die Muslime in ihren Moscheen, die Götzendiener in ihren Tempeln alle Rituale begehen, die sie wollen, Hauptsache, sie gehorchen dem Großkhan und zahlen ordentlich Steuern. Jedenfalls sagen sie das, ich hab' aber noch keinen Bau zu Ehren Gottes zu Gesicht bekommen. Da muß ich mich wohl bis Karakorum gedulden, das ist die Hauptstadt, in die wir aber erst im Spätherbst einziehen werden.

Dokuz-Khatun ist als keraitische Prinzessin Nestorianerin; sie besucht jeden Tag den Gottesdienst, der in einer Jurte gehalten wird, die auch während des Sommerlagers mitgeführt wird. Die besorgte Dokuz hat mich anfangs mitgenommen, aber weil ich mir aus dem gereichten Wein, dem Hauptgrund für ihren regelmäßigen Kirchgang, nichts mache, erspare ich mir das inzwischen. Die Weiber besaufen sich dort regelrecht, William.

Wie es meinem Rang zukommt, hat man mir eine Hofdame zugeteilt, *alhamdulillah*, keine alte Jungfer, sondern ein prächtiges Mädchen, das schon siebzehn ist. Ich behandele Orda auch nicht als Zofe, sondern als Freundin, zumal sie selbst von Geblüt ist. Die Mongolen haben ihre Eltern hingerichtet und sie als kleines Kind geraubt. Da haben wir schon ein ähnliches Schicksal, nur daß man mit ihr keine großen Dinge vorhat. Sie wird eines Tages dem Anführer einer Hundertschaft oder, wenn sie Glück hat, einer Tausendschaft zur Frau gegeben, und damit hat sich ihre Geschichte! Orda wird es allerdings nicht leicht haben, einen Mann zu finden, der sie will, denn sie ist kräftig und gut einen Kopf größer als die meisten Mongolen. Und sie ist eine leidenschaftliche Reiterin – unter uns gesagt, William, gleicht sie ein wenig einem Pferd! Auf jeden Fall galoppieren wir jeden Tag zusammen über Stock und Stein. Sie kann auch ganz ordentlich schießen, allerdings nicht mit geschlossenen Augen. Mit dem Dolch zu werfen und zu treffen muß ich ihr noch beibringen. Dafür lehrt sie mich den Umgang mit der Lanze und vor allem mit dem Säbel. Wenn wir weit genug weg sind vom Sommerlager, dann kämpfen wir immer wie zwei Löwinnen.

Ich darf sie nur nicht auf kurze Distanz herankommen lassen, denn sie ist bärenstark, und von meiner geheimen Kenntnis der Kunst der Selbstverteidigung will ich keinen Gebrauch machen, denn ich habe nicht vergessen, was mein Meister mir damals gesagt hat: »Wenn der andere weiß, wozu du fähig bist, hast du die Hälfte deiner Überlegenheit schon verloren: die Überraschung!«

Deshalb lasse ich sie im Ringkampf gewinnen. Eigentlich würde ich ja lieber mit Roç zusammen in Kitos wilder Hundertschaft reiten, doch das ist nicht vorgesehen.

Orda ist in Kito verliebt, allerdings ist Omar scharf auf sie, der Schuft. Ich will wirklich nichts mehr von ihm als Mann wissen, nachdem Roç sich mit Riesenschritten entwickelt hat. Ich rede Orda zu, sich für Kito zu entscheiden. Der hat als Sohn des Generals eine gesicherte Zukunft, und wenn wir, davon wird immer gemunkelt, dann irgendwann mal tatsächlich gen Westen ziehen, dann ist sie dabei, und wir können zusammenbleiben. Ich hab' ja sonst keine Freundin. Aber beim Herumziehen in der endlosen Steppe – Gras, nichts als Gras, nur hie und da ein Hügel oder ein Fluß – habe ich zu meiner großen Freude einen alten Bekannten wiedergetroffen: den Kunstschmied Maître Guillaume Buchier aus Paris! Erinnerst Du Dich, er hat damals Roç und mich als mechanische Puppen nachgebaut, um Yves den Bretonen in Antioch zu foppen und uns die Flucht zu ermöglichen. Der Maître war auf dem Weg zum Großkhan, dem er einen ›Trinkbaum‹ bauen soll, und deshalb war er mit einer Schmiedejurte unterwegs nach Karakorum. Was er nun für ein technisches Wunderwerk konstruiert, wird Roç Dir sicher genau beschreiben, den ich sofort von meinem ›Fund‹ berichtet habe. Da ist er natürlich gleich gekommen, mein Prinz – um meinetwillen rührt er sich ja nicht von seinem Haufen fort. So kann ich ihn mir wenigstens ab und zu mal greifen und ihn küssen und fühlen, ob noch alles dran ist. Die dunkle, verrußte Jurte von Maître Buchier mit dem flackernden Feuer der Esse ist der ideale Ort für ein heimliches Stelldichein von Liebenden! Diese Begegnungen sind jedoch immer nur kurz, wenn auch heftig, denn einen Teil der Zeit stiehlt mir seine Neugier für die Arbeit des Schmiedes, und den anderen Teil rauben uns unsere Aufpasser, denn wir sollen nicht soviel zusammensein – wir sind »noch viel zu jung!«, wie der Herr General sich ausdrückt. Und »müssen lernen, unsere Triebe zu beherrschen«, so der mütterliche Rat von Dokuz-Khatun, dieser christlichen Säuferin!

Ich habe Orda in Verdacht, daß sie in meiner Chronik schnüffelt, denn sie fragte mal ganz blöd: »Wer ist eigentlich dieser William?« Sie muß also heimlich Deinen Namen gelesen haben. Beim nächsten Ringkampf habe ich sie kurz aufs Kreuz geworfen, daß sie ganz verdattert schaute, aber da spürte sie schon meinen Dolch an der Kehle, und ich fragte sie: »Warum verletzt du unsere Freundschaft, Orda?«

Da gestand sie mir, daß sie im ›Geheimen Dienst‹ des Oberhofrichters stünde, der sie als meine Leibwache abbeordert habe.

»Schöne ›Leibwache‹!« spottete ich, aber sie sagte, es bestünde immerhin die Möglichkeit, daß ich eine Spionin des Westens sei und alles für William aufschriebe. Da habe ich furchtbar gelacht und ihr von Dir erzählt, und sie hat sich geschämt, mich auf Anordnung hintergangen zu haben.

Ich werde daraus die Lehre ziehen, und das habe ich auch Roç gesagt, in Zukunft bestimmte Dinge verschlüsselt zu schreiben, denn wenn die schon ein armes Waisenkind auf mich ansetzen, wer weiß, wer sonst noch im Hofstaat von Dokuz-Khatun für den geheimen Dienst spioniert.

Ich umarme Dich und werde für Dich beten, denn heute muß ich mal wieder mit in die Kirche,

Deine Yeza, O. C. M.

L. S.

Roç an William, im Sommerlager der Mongolen, in der letzten Dekade des April 1253

Lieber William, wie heißen wir eigentlich? Der Kämmerer des Il-Khan Hulagu, Herr Ata el-Mulk Dschuveni, machte mich jetzt dringend auf dieses Manko aufmerksam, das ihm Schwierigkeiten, wenn nicht Peinlichkeiten bereiten würde, wenn er uns dem Großkhan vorstellen müßte. Ich scherzte: »Der heißt doch auch nur einfach Möngke!« Aber er tadelte mich, ich möge ja sein, was ich wolle, aber sicher sei ich keine Dschingide. Niemand anderes als die Nachkommen des Dschingis-Khan haben das Recht, allein mit einem Vornamen durch die Welt zu laufen. Klar: Sie gehört ja ihnen, und über ihnen ist nur noch *tengri*, das ewig blaue Himmelszelt. Ich hingegen kann auf drei Vornamen verweisen, Roger-Ramon-Bertrand, und Yeza übrigens auch: Isabelle-Constance-Ramona. In meinem Fall ist es ziemlich ersichtlich, wem ich sie verdanke, wenigstens die ersten zwei: Parsifal hieß so, und Bertrand ist so eine Geschichte meiner Mutter, hat Gavin mir mal gesagt, aber nicht weiter erklärt. Bei Yeza ist wie immer alles komplizierter. Ramona deutet vielleicht auf das gleiche Geschlecht der Trencavel hin, womit aber noch nicht gesagt ist, daß wir Geschwister oder wenigstens Halbgeschwister sind. Ich mag die schwesterliche Seite an ihr allerdings nicht missen; die

fleischliche Lust, die wir miteinander empfinden, hat sicher auch damit zu tun, daß wir es eigentlich nicht dürften. Unsere Verbindung bringt mir vielleicht eines Tages einen Stammhalter, aber noch längst keine Teilhabe an einem namhaften Geschlecht.
›Trencavel‹ sollte auf jeden Fall in unserem Namen enthalten sein, schon, damit die Familie der Gralshüter nicht ausstirbt. Außerdem sollen wir ja stauferisches Blut in uns tragen, doch ›von Hohenstaufen‹ mag ich mich nicht nennen, eher schon ›d'Hauteville‹, nach Constance, der normannischen Mutter Friedrichs. Doch ich möchte auch den Montségur ehren. Wie findest Du ›Trencavel du Haut-Ségur‹? Davor ein ›princeps‹, dann könnte ich mich, solange ich noch jung bin, mit ›Prinz‹ anreden lassen, und später heiße ich dann eben ›Fürst‹. Nächstes Jahr werde ich ja mündig, wenn meine Berechnungen stimmen. Wer wird mich wohl zum Ritter schlagen? Und Prinzessin Yeza? Sie wird dann ›Fürstin Trencavel‹. Aber vielleicht will sich auch die Prieuré in unserem Namen verewigt sehen? Wir könnten ›du Mont‹ hinter Yezas Namen setzen, so daß bei aller Gemeinsamkeit doch ein kleiner Unterschied zu meinem ausgedrückt wird. Der alte Turnbull nannte sich so; der wußte auch nicht so recht, woher er kam. Sollte das meiner *damna* nicht gefallen, womit ich immer rechnen muß, könnten wir auch tauschen. Laß mich wissen, wie Du das siehst! Auf jeden Fall bekommst Du von nun an Nachricht von R. T., Roç Trencavel.
Die erste ist, sie haben Malouf eingepökelt, ihn in ein Faß gesteckt, damit er sich wenigstens frisch hält, sollte er die Reise bis zum Großkhan wegen seines bisherigen Selbstverzehrs nicht durchstehen. Das zweite ist ein Wiedersehen mit Maître Buchier. Er hat den Auftrag, eine große Zapfsäule zu bauen, aus der für die Gelage des Großkhans vier verschiedene Getränke fließen. Der ist es nämlich leid, daß man stets die Bottiche oder Schläuche sieht, aus denen die Diener ihre Krüge füllen. Entweder ist der Eingang des Festzeltes naß gepanscht, oder die Bottiche stehen zu weit weg, so daß die Diener zuviel Zeit brauchen, das Gewünschte heranzuschaffen, und meistens verschütten sie auch dabei noch die Hälfte. Die Aufgabe, die Möngke dem Meister persönlich stellte, besteht darin, ein

Röhrensystem zu installieren und an einem Punkt zusammenzuführen, das richtigen Wein, zum anderen vergorene Stutenmilch, zum dritten den Honigmet und zum vierten Reiswein in ausreichenden Mengen transportiert, so daß man nur noch den Krug hinhalten muß, wenn man Lust auf eines der Getränke hat. Der Meister Buchier hat einen Baum entworfen, bei dem die Zuflußröhren in die Wurzeln einmünden, im Stamm weitergeleitet werden und sich alsbald als silberne Äste herniederbiegen. In jede Himmelsrichtung erstreckt sich ein Ast für ein Getränk, der sich am Ende noch einmal gabelt, so daß zwölf Diener gleichzeitig ihre Krüge füllen können. Silberne Blätter an den Ästen dienen als Spundhähne, und wenn doch etwas überläuft, wird es von silbernen Blattschüsseln aufgefangen. Vier goldene Schlangen winden sich um den Baum und stützen die hängenden Äste. Durch ihre Leiber laufen die aufgefangenen Getränke aus den Schüsseln zurück in den Stamm und sammeln sich in Wannen, aus denen die Diener und das gemeine Volk trinken können. Diese Wannen sind als Löwen gestaltet, die zu Füßen des Baumes liegen. In der Mitte der Baumkrone ragt ein Engel mit einer güldenen Trompete auf. Unter Einbezug der Hinterleiber der Löwen hat der Meister zwischen den Wurzeln eine Aushöhlung vorgesehen, die groß genug werden soll, um einen hockenden Menschen aufzunehmen. Von ihr aus führt ein Gestänge nach oben, das den Arm des Engels die Trompete an den Mund führen läßt. Ein weiteres dünnes Rohr führt von der Wurzelhöhle durch Baum und Engel bis zwischen dessen gespitzte Lippen. Bläst der versteckte Mann unten kräftig in sein Rohr, ertönt oben die Trompete, das Zeichen für die Diener, in den Vorratsräumen schleunigst Nachschub in das Röhrensystem zu gießen.

»Für jedes Getränk gibt es ein eigenes Signal. Ursprünglich«, so vertraute mir Meister Buchier an, »wollte ich alles mechanisch, mit Blasebälgen, funktionieren lassen, aber sie erzeugen nicht genug Wind.«

»Oder verlor er seine Stärke auf dem Weg nach oben?« zeigte ich mich kenntnisreich.

»Das wird es sein«, bestätigte mir der Meister meinen Sachverstand. »Hübsch fände ich es ja, wenn für jede Botschaft des Truchsessen ein anderer Ton erzeugt werden könnte –«

Ich wollte nicht vorlaut wirken, deshalb kleidete ich meinen Vorschlag in eine Frage: »Läßt sich das vielleicht dadurch bewerkstelligen, daß man den anderen Arm des Engels einbezieht und das Instrument mit verschiedenen Löchern versieht, die unterschiedlich abgedeckt würden, wenn es durch seine Hand gleitet?«

»*Magnifique*«, lobte mich der Meister. »So könnte der Engel sogar Melodien spielen!« Er umarmte mich. »*Prince Roç, mon cher Trencavel*, es ist ein Jammer, daß Euch das Schicksal für Höheres ausersehen hat. Ich wäre glücklich, mit einem *esprit comme le vôtre* zusammenzuarbeiten!«

»Wenn man das Problem der Trompetentöne mit einem Arm lösen könnte« – ich war jetzt nicht mehr zu bremsen –, »also durch ein Ellbogengelenk und verschiedene Winkel in der Haltung des Instruments zum Körper, dann wäre die andere Hand doch frei für ein Glockenspiel, mit dem der Engel die Ankunft der verschiedenen Getränke bekanntgeben könnte.«

»Vielleicht sollte er sich auch noch tanzend auf einem Bein drehen!« scherzte der Meister. »*Mon prince*, Ihr vergeßt, da unten in der Höhle nimmt nicht Eure Hoheit Platz, sondern ein schlichter Mongole! Der wird sich vor Verzweiflung besaufen und alles durcheinanderbringen.«

»Schade«, sagte ich, »daß immer das Mittelmaß das Entstehen großer Kunstwerke beeinträchtigt. Vielleicht könnte die Höhlung so geräumig werden, daß zwei kleine Mongolen sich das Heben der Trompete, das Blasen und das Glockenspiel teilen könnten?«

»Laßt mich nur machen, Meister«, verabschiedete Monsieur Buchier mich lächelnd. »Dort kommt Eure *damna* und ist nicht bereit, Euch mit einem Engel zu teilen.«

Yeza kam nicht in die schwarzgeräucherte Jurte des Schmiedemeisters, sondern schickte ihren ›Springer‹ Orda, um mir mitzuteilen, daß Herr Dschuveni schon ungeduldig auf uns wartete.

Das Erscheinen dieses weiblichen Zentaurs setzte meinen Schatten Omar, der, vor der Jurte sitzend, über mein Wohl gewacht hatte, in Verzücken. Er sprang eilfertig auf, doch sie ließ es sich nicht nehmen, in die dunkle Höhle zu treten und ihren Auftrag persönlich vorzubringen. Sie wollte wohl auch einmal ein Auge auf die Werkstatt, den silbernen Baum und den berühmten Meister werfen. Das tat sie ausgiebig, schon um den armen Omar zu quälen, der draußen sehnsüchtig auf sie wartete. Wenn Yeza und ich uns gemeinsam irgendwohin begaben, war das eine der wenigen Möglichkeiten für ihn, mit Orda ins Gespräch zu kommen, denn unsere beiden Leibwächter hatten uns überallhin mit drei Schritt Abstand zu folgen.

Dschuveni eröffnete uns, daß General Kitbogha zugestimmt habe, mich und meinen Freund und Beschützer Omar aufgrund unserer hervorragenden Leistungen in die Leibgarde des Großkhans aufzunehmen. Der Führer unserer Hundertschaft, Kito, habe dies befürwortet. Ich empfand darüber keine Freude, weil es eine alsbaldige Versetzung in die Hauptstadt Karakorum bedeutete und ich wieder von Yeza getrennt sein würde. Wahrscheinlich hatte Kito das Ganze angestiftet, um Omar, seinen Rivalen um die Gunst Ordas, wegzuloben.

Yeza sah das anders: »Werter Herr Kämmerer«, erklärte sie ärgerlich, aber bestimmt, »ich glaube nicht, daß der vermögende Herrscher aller Mongolen, der Khagan der Khane, uns, das königliche Paar aus Alamut, aus der Obhut des Imams hat holen lassen, um Prinz Roger-Ramon-Bertrand Trencavel du Haut-Ségur in seine Leibwache aufzunehmen! Wenn wir nach Karakorum gehen, dann nur als Vasallen, die ihm huldigen, und um seine Gastfreundschaft bei Hofe zu genießen – und das zu zweit, denn wir sind nicht zu trennen, und unter Mitnahme unserer Leibwächter, die uns lieb und teuer sind.«

Meine *damna* hatte sich richtig in Rage geredet; mir war siedendheiß etwas ganz anderes eingefallen, als sie von der ›Rose‹ und dem Imam sprach. Doch der Dschuveni wollte sich nicht so leicht von seiner Idee abbringen lassen, auch wenn er einlenkte und betonte, daß der Dienst in der Leibgarde ein Ehrendienst sei, ich natürlich eine Offiziersstelle einnehmen würde und Yeza selbstverständlich samt

Zofe, wie ich samt Knappe, in den Hofstaat aufgenommen werden sollten. Da Yeza sich störrisch zeigte, ließ er seine Maske schnell fallen und fragte in scharfem Ton: »Für welches Land wollt Ihr denn als Vasallen huldigen, wo ist Euer Tribut, wo sind die Geschenke?« Er höhnte nicht, aber es war Hohn.

Ich dachte, den Gral lege ich dir nicht zu Füßen, und Yeza konterte: »Wir sind das Geschenk.« Damit verließ sie, gefolgt von Orda, wütend Dschuvenis Jurte. Da blieb mir auch nichts anderes, als zu sagen: »Selbst wenn mich Euer Angebot ehren sollte, kann ich es nicht annehmen. Es ist nicht unsere Bestimmung, in der Leibwache des Großkhans zu dienen, so gern ich sein Leben mit dem meinen schützen würde. Vergeßt also Eure Idee, und überlaßt es Herrn Möngke, über uns zu befinden!«

Ich gab Omar einen Wink, und wir gingen ebenfalls. Allerdings war ich mir sicher, daß sich der Dschuveni noch lange nicht geschlagen geben würde, das ließ sein Stolz nicht zu. Er hatte sich in den Kopf gesetzt, uns seinem obersten Herrscher wie frisch erobertes Beutegut zu Füßen zu legen oder zumindest uns als erfolgreich unterjochte Barbaren vorzuführen. Was mich insgeheim aber mit Panik erfüllte, war die plötzliche Erinnerung an den Schwur der ›Rose‹.

Mein lieber William, da ich nicht weiß, ob nicht doch jemand heimlich diese Briefe liest, will ich Dir ein Märchen erzählen, von dem ich hoffe, daß Du seinen Sinn verstehst.

Im fernen Rosengarten herrschte König Drache. Er haßte und fürchtete den Kaiser des ewigen Himmels, weil der ihm seine Tochter Dragane als Geisel abgepreßt hatte, als sie noch ein Kind war, und nun auch den heimatlosen König Grial von Okzitanien und dessen Frau, Königin Grailine, aufgefordert hatte, aus dem Rosengarten zu fliehen und zu ihm, dem mächtigen Kaiser des Himmels, zu kommen. Deshalb ließ König Drache vierzehn seiner fähigsten Ritter schwören, sie würden in den Himmel gehen und den Kaiser töten oder ihm, ihrem König Drache, nie wieder unter die Augen treten.

König Grial und seine Frau Grailine flohen und irrten durch das weite Land. Sie bestiegen einen Berg und fanden in einer Höhle einen großen Schatz, den Ali Baba und seine vierzig Räuber dort gehortet hatten. Als die Bande den armen Grial und seine Grailine in der Höhle antrafen, wollten die Bösewichter die beiden umbringen. Ein einzelner Ritter eilte ihnen zu Hilfe. Es war Tundri, der Sohn des Kaisers, den dieser den Flüchtlingen entgegengeschickt hatte. Doch ein Schwert reichte nicht aus gegen die Überzahl der Räuber. Da sprengten in allerhöchster Not vierzehn vermummte Ritter heran und kämpften furios gegen Ali Baba und seine vierzig Männer. Alle Schurken wurden erschlagen, aber von den vierzehn tapferen Rittern war danach nur noch einer übrig: Drake, der Sohn des Königs Drache, dessen Namen aber nur König Grial und seine Frau, die schöne Grailine, kannten. Ihnen hatte sich auch Tundri als Sohn des Kaisers offenbart. Die Söhne der verfeindeten Väter, Drake und Tundri, kannten sich nicht, und König Grial stellte sie einander auch nicht vor, was die drei überlebenden Ritter nicht hinderte, Blutsbruderschaft zu schließen. König Grial, Prinz Drake und Prinz Tundri gelobten, der schönen *damna* Grailinde als Ritter zu dienen, und ritten gemeinsam in das Land des ewigen Himmels.

Der Kaiser hielt die Drachentochter Dragane, also Drakes Schwester, immer noch als Geisel an seinem Hof gefangen. Sie war inzwischen zu einer Schönheit erblüht und Tundri versprochen.

Der Kaiser des ewigen Himmels, erfreut von der Ankunft des königlichen Paares Grial und Grailine, schickte ihnen Boten entgegen. Er ließ ihnen ausrichten, daß er sich glücklich schätze, den König samt seiner Freunde und Beschützer bald an seiner Seite zu sehen. Wie seinen eigenen Sohn wolle er ihn aufnehmen und Königin Grailine wie eine Tochter. Da erschrak König Grial fürchterlich, denn ihm fiel ein, daß die vierzehn Ritter im Rosengarten gelobt hatten, den Kaiser umzubringen. Prinz Drake, den keiner hier im Himmel kannte, war einer von ihnen. Wahrscheinlich, dachte Grial bei sich, hat er mich nur vor Ali Baba gerettet, weil er nur durch mich an die Seite des Kaisers gelangen kann, den wir bisher noch nicht zu Gesicht bekommen haben. Zwischen mir und dem Herrscher sitzend, wird es Drake ein leichtes sein, das Schwert zu ziehen und es dem

Kaiser ins Herz zu stoßen. Dafür werden die Engel ihn zwar vierteilen, aber dann hat er sein Ziel erreicht. Mir und meiner Gemahlin Grailine werden sie das Leben zur Hölle machen, denn schließlich hatte sich der Kaiser diese Natter an den Busen gehoben, um mir eine Freude zu machen.

König Grial dachte mit Schaudern an all das, zu dem Engel, besonders Erzengel, fähig sind, und sah sich schon im Vorhof der Hölle, im Fegefeuer, das ihm gewiß wäre, sollte er sich mit Drake an den Hof begeben. Den Sohn des Drachen zur Rede zu stellen machte keinen Sinn. Selbst wenn Drake Grial versprechen würde, niemals die Hand gegen den Kaiser zu erheben, konnte Grial nicht sicher sein, daß das keine Notlüge war. Prinz Drake wegen seines Schwurs den Engeln auszuliefern kam auch nicht in Frage.

Am Abend, als das Gewissen König Grial gerade besonders quälte, trat Prinz Drake in dessen Zelt und sagte: »Lieber Bruder Grial, der Kaiser dieses Landes, dem ich nichts Böses will, hält meine Schwester Dragane gefangen. Hilf mir, sie zu befreien, dann ziehe ich heim in den Rosengarten und bringe sie Vater Drache zurück. Dann hat meine Reise ihren Zweck erfüllt.«

König Grial dachte lange nach, weil er nicht an Drakes Sinneswandel glaubte, sondern felsenfest davon überzeugt war, daß Drake durch ihn nur in den Palast gelangen wollte. Schließlich antwortete er: »Es ist nur möglich, Bruder, wenn du die Tracht der Erzengel anlegst, die der der Tempelritter gleicht. Kleide dich in ein langes weißes Gewand mit einem roten Kreuz darauf, und setze dir einen Helm auf, dann kannst du sicher sein, daß du nicht auf Widerstand stoßen wirst. So kannst du deine Schwester rauben, und sie wird dir willig folgen.«

»So bring mich in den Palast«, forderte Drake von Grial, doch der erklärte ihm, daß er in einem Zelt vor den Toren warten müsse, um mit Königin Grailine dafür zu sorgen, daß Dragane heimlich hinausfinden würde. Da gab Prinz Drake sich zufrieden und bedankte sich überschwenglich.

König Grial nahm die Einladung des Kaisers an, ritt mit Grailine und Tundri zum Palast des Kaisers und entschuldigte das Fehlen seines Freundes und Retters. Prinz Drake fühle sich unpäßlich und werde in wenigen Tagen nachkommen, um den ehrenvollen Platz an der Seite des Kaisers mit Freuden einzunehmen. »Ehrlich gesagt«, flüsterte König Grial Tundri zu, »er hat sich den Magen verdorben und riecht so schlecht aus dem Mund, daß er sich geniert, den Kaiser zu umarmen und zu küssen, wie es sich gehört.«

Prinz Tundri war das gleichgültig. »Im Vertrauen«, erwiderte er, »mein Vater, der Kaiser, hält im Palast eine Geisel. Sie heißt Dragane, und ich will sie so rasch wie möglich in meine Arme schließen und nicht erst warten, bis mein Vater mich feierlich mit ihr vermählt. Kannst du oder deine liebe Frau Grailine sie nicht wissen lassen, daß ich sie in einer der kommenden Nächte, am liebsten schon morgen, erwarte?«

König Grial tat so, als müßte er lange nachdenken, dann sagte er: »Gern will ich dir behilflich sein, Bruder, aber um des Nachts Verwechslungen oder andere Unbill zu vermeiden, müßtest du mit Dragane ein Zeichen verabreden. Wie wäre es, du schicktest ihr genauso ein Gewand, wie du tragen wirst? Am besten ein langes weißes mit einem aufgestickten roten Kreuz, wie es die Templer tragen. Du solltest auch einen Helm aufsetzen, damit dich keiner von deines Vaters Leuten erkennt, deine Herzensgeliebte jedoch sofort weiß, wen sie vor sich hat. Einmal mit ihr vereint, kannst du den Helm ja ablegen, wenn er dich stört beim Minnen.«

»Das gefällt mir sehr«, antwortete Prinz Tundri. »Ich kann auch Laute spielen und habe eine gute Stimme. Sag ihr, daß ich –«

»Ich weiß nicht recht«, unterbrach ihn König Grial, »damit könntest du die Engel wecken, sing ihr lieber leise ins Ohr, wenn ihr allein seid!«

»Du bist ein wahrer Freund«, sagte Tundri. »Ich eile, dir das Gewand für Dragane zu geben, und ich werde auch ein paar erläuternde Zeilen dazulegen. Ach, mein Herz ist so voll!«

König Grial aber schämte sich, doch was blieb ihm anderes übrig. Er wollte den guten Kaiser – der ihn liebte wie einen Sohn – vor Unheil schützen und das Leben seines Blutsbruders Drake retten, das sonst verloren gewesen wäre. Auch galt es, von sich und seiner lieben

Gattin Ungemach abzuwenden, was ihm keiner verübeln kann. Aber er ruinierte die Liebe seines Bruders Tundri und der liebreizenden Dragane. Wie die Geschichte ausgeht, lieber William, wirst Du erst erfahren, wenn sie ausgestanden ist.

Dein Roç

P. S.: Ich weiß es auch noch nicht!

L. S.

SKLAVENHÄNDLER UND PIRATEN
LIBER II
CAPITULUM VI

Schläfrige Ruhe herrschte an diesem Sommertag im ehemaligen Bischofspalast zu Konstantinopel. Der letzte Bewohner, der selbstherrliche Nicola della Porta, war vor Jahren verschieden, und der Kallistos-Palast hatte leergestanden, bis ein Verwandter, Hamo L'Estrange, sich entschloß, sein Erbe anzutreten und dort Wohnung zu nehmen. Die Mittagsstunde war schon vorüber, und immer noch schlief fast alles in dem weitläufigen Bau auf dem Hügel über der Stadt am Goldenen Horn.

Graf Hamo hatte die ganze Nacht mit seinem Diener Philipp in der geheimen Schatzkammer zugebracht. Sie hatten die großen Kisten über eine marmorne Rutsche, die einem breiten Treppengeländer glich, in einen abschließbaren Vorratsraum befördert. Als letztes hatte er am frühen Morgen eine mit Goldmünzen gefüllte Truhe in einen alten Sack eingeschlagen und war mit einem Esel in die Altstadt hinabgeritten. Bei dem übel beleumundeten Freudenhaus angekommen, hatte er Monseigneur Gosset geweckt und ihm die Truhe zu Händen des Penikraten übergeben. Dann begab er sich in die Taverne und warf einen besorgten Blick hinunter zum Hafen. Befriedigt stellte er fest, daß seine Triere noch immer dort ankerte. Nach der Rückkehr in den Palast hatte er sich schlafen gelegt, weil es bis zum Abend nichts zu tun gab – zumindest nicht für ihn.

Crean de Bourivan war am späten Vormittag, als er annehmen konnte, daß die Piraten ausgeschlafen hatten, als Mustafa Ibn-Daumar, Kaufmann aus Beirut, mit reichem Gefolge zum Hafen gezogen.

Auffällig schaute er sich die dort ankernden Schiffe an und wechselte mit diesem oder jenem Eigner ein paar Worte, die seine »Rückreise mit viel kostbarer Ware« betrafen, bis er bei der Triere anlangte.

Die dem Handelsherren wie eine Duftwolke vorauswabernde Nachricht hatte den Piratenkapitän aus den Federn getrieben. In einen viel zu kostbaren Morgenmantel gehüllt, stand er bereits erwartungsvoll an Deck, als der angekündigte Goldfisch eintraf. Auf Einladung begab der Herr sich mit seinem Gefolge an Bord und schenkte den verwegenen Gestalten keinerlei Beachtung, sondern prüfte mit Kennermiene Segel, Takelage und den Zustand der Ruder. Er ließ sich die Heckkajüte zeigen, in der er für die Dauer der Reise Aufenthalt zu nehmen gedachte. Dort hatte bis vor einer Stunde der Kapitän gehaust, der sich tausendmal ob der Unordnung entschuldigte. Herr Mustafa ging lächelnd über die wenig bekleideten Damen hinweg, die der Kapitän rüde aus dem verwühlten Bett scheuchte. Man wurde schnell handelseinig, zumal Herr Mustafa auch darauf bestand, Proviant und Wein selber einzukaufen. Er habe eine verwöhnte Zunge und sähe es auch gern, wenn alle an Bord gut zu essen und zu trinken hätten. Das freute den Kapitän sehr, wie er immer wieder versicherte, und es wurde ausgemacht, daß die Ware noch am Abend an Bord gebracht werden sollte. Herr Mustafa betonte, daß er zu ruhen gedächte, bevor am frühen Morgen die Reise beginnen könne. Er drückte dem Kapitän im Weggehen ein Säckchen Münzen als Anzahlung in die Hand und äußerte den Wunsch, die Mannschaft möge bei seiner Ankunft vollständig an Bord sein, damit er jedem ein Geschenk machen könne. Auch das gefiel dem Kapitän, obgleich er beschämt zum Ausdruck brachte, daß soviel Großzügigkeit gar nicht nötig sei. So trennte man sich im besten Einvernehmen, und Crean vergewisserte sich, daß niemand ihm folgte, als er auf Umwegen in den Kallistos-Palast zog. Er legte sich in seinem Zelt schlafen und empfahl dies auch seiner Begleitung. Vor der Vorratskammer mit den Kisten wurden jedoch Wachen aufgestellt.

Es schliefen auch die faulen Bettler in der Sonne vor den Mauern und die Räuber oben im großen Saal.

Der Penikrat ruhte unter dem Baldachin in des Bischofs Prunkbett, ohne zu ahnen, daß sich direkt darunter einer der Eingänge zur Privatkapelle befand. Aus Statusgründen hatte er das schönste Zimmer für sich requiriert und war so stolz auf sein prunkvolles Lager, daß er nie auf die Idee gekommen war, einmal darunter zu schauen. Hätte ihm jemand gesteckt, auf welchen Schätzen er sich seit Jahren räkelte, hätte ihn vielleicht der Schlag getroffen. So war er nur baß erstaunt, als Gosset ihn wecken kam, um ihm mitzuteilen, daß Hamo in der Früh – anscheinend vom Lande – gekommen sei und eine ganze Kiste voller Goldstücke dafür gelöhnt habe, daß am Abend zwanzig von Taxiarchos auszuwählende Männer und er selber in Kisten steigen und sich an Bord der Triere tragen lassen würden, um auf ein zu verabredendes Zeichen herauszuspringen, die Piraten zu überwältigen und sich der Triere zu bemächtigen.

»Ich soll in eine Kiste –?«

»Ja«, bestätigte ihm der Priester mit ein klein wenig Schadenfreude. »Hamo möchte, daß Ihr persönlich das Unternehmen leitet.«

»Wieviel Gold?« fragte der Penikrat immer noch schlaftrunken.

»So viel«, sagte Gosset, »daß Ihr dafür eine ganze Woche lang in jede Kiste steigen würdet.«

Da war Taxiarchos hellwach. Woher hatte der Habenichts plötzlich soviel Münz?

Der einzige, der den gesamten Vormittag verschlief und auch das Mittagsmahl, das er sich sonst nie entgehen ließ, war William von Roebruk. Am späten Nachmittag schnarchte der rundliche Franziskaner immer noch in einer Ecke der Küche, wo ihn Creans Diener auf einem Haufen Säcke zwischen den faulen Bettlern abgelegt hatte. Der starke Schlaftrunk, den Hamo ihm verabreicht hatte, hatte auch nichts anderes bezwecken sollen. Der junge Graf, inzwischen vermögend, fürchtete, daß William das Vorhandensein des Schatzes – und sei es nur aus Torheit – ausplaudern könnte. Deshalb hatte er den Mitwisser mundtot gemacht, bis, wie er hoffte, sich alles nach seinem Plan gefügt hätte. Und der sah – weiß Gott! – anders aus als der von Crean und William! Es war schon haarig genug, sich dabei des Penikraten und seiner Räuberbande zu bedienen, ohne daß die begriffen, wie sehr sich seine Situation verändert hatte. Bei aller Freundschaft, es lag in der Natur der *lestai*, sich blitzschnell in beutegierige Wölfe zu verwandeln, wenn sie ahnten, welche Schätze greifbar nahe und ungeschützt vor ihnen lagen. Deswegen fand Hamo die Idee mit den Kisten doppelt genial. Er hatte sie mit Philipps Hilfe allesamt über dem Gold mit alten Decken und Gewändern ausgepolstert, sie sozusagen mit doppelten Böden versehen. Wenn nun in jeder ein bewaffneter Mann des Penikraten hockte, dann würde das Mehrgewicht gar nicht auffallen, und die Räuber trugen ihm sozusagen auch gleichzeitig alles an Bord, was er aus der Schatzkammer mitnehmen wollte. Mit dem Rest mochten sich Crean und William vergnügen! Graf Hamo hegte keinen Zweifel, daß sich der Minorit bei erster Gelegenheit auf die Suche nach dem verlorenen Faden zur bischöflichen Kapelle machen würde. Warum auch nicht? Er hatte dem Mönch genug übriggelassen.

William befand sich bereits auf der Suche nach den verheißenen Schätzen, denn er träumte davon. Die Bilder fügten sich plötzlich zur größten Klarheit, und die Lösung stellte sich ganz einfach dar. Der Kallistos-Palast war nichts anderes als ein riesiger Wasserspeicher für die Stadt am Bosporus gewesen. So war er von Vetruvius konzipiert worden. Die Kapelle bildete das Druckgefäß des Systems, ein bahnbrechender, wenn auch mißlungener Versuch des byzantinischen Ingenieurs Nikonomenos, einer der Lehrer des berühmten Villard de Honnecourt. Der Konstrukteur emigrierte nach der Eroberung Konstantinopels an den Hof der heiligen Elisabeth von Ungarn, und die leere Wasserkammer wurde als Kapelle ausgeschmückt. Nachdem William dies erkannt hatte – auch in Träumen gibt es Reue über Torheiten und Versäumnisse – war es ein leichtes, bis zum Ort der Sehnsüchte vorzudringen. William sprang in den dritten Brunnen – Warum hatte er die Lösung nicht gleich erkannt?! – und tauchte in einem See auf, in dessen Mitte sich ein Minarett erhob. Es bestand aus vier Marmorsäulen, die sich wie ein Zopf ineinander verflochten, bevor sie in der Decke der Grotte verschwanden. Er watete in hüfthohem Wasser bis zum Sockel des Turms, der sich wie eine Glocke über den kreisrunden Abfluß stülpte, in den das Wasser hineinströmte. Ein riesiger Bottich hing im Turm an einem Seil, das hinaufführte in das marmorne Schneckenhaus, aus dem ein zweiter Strick herabhing, der mit dem Boden des Bottichs verbunden war. William ließ den Bottich so weit hinunter – wobei er in der Hand spürte, wie das andere Ende des Seils nach oben zog –, bis das herabstürzende Wasser das Gefäß zu füllen begann. Er mußte sich krampfhaft festhalten, denn als der Bottich schwerer wurde als er selbst, wurde sein Körper hochgezogen. William sauste empor durch ein Loch, sprang ab – und stand mitten in der Schatzkammer des Bischofs. Aber sie war leer! Hamo hatte alles ausgeräumt. Diese Enttäuschung hätte William veranlassen können, aus seinen Träumen aufzuwachen. Aber noch wirkte das Gift in seinen Adern so stark, daß er sich entschloß, den mit Goldmosaiken bis unter die Decke geschmückten, fensterlosen Raum als das falsche Ziel zu betrachten und den Weg noch einmal, nun aber richtig, zu gehen. Schließlich war Hamo ja in den zweiten Brunnen gesprungen und hatte es geschafft. Da fiel Williams Blick auf den Marmorboden der Kapelle. In feiner Intarsienarbeit lagen der Grundriß des Palastes mit allen geheimen Zugängen und Fluchtwegen genauestens vor ihm. Welch ein Trottel er doch gewesen war! Einfacher ging es wohl kaum! William beeilte sich, in seinen Traum zurückzufallen.

Am frühen Abend, zur vereinbarten Stunde, versammelten sich die Räuber unter Gosset im großen Saal des Kallistos-Palastes. Der Penikrat wählte mit Bedacht diejenigen von ihnen aus, bei denen sich Geschicklichkeit mit der Skrupellosigkeit verband, einen Gegner blitzschnell zu überwältigen oder auch kaltzumachen. Außerdem mußten sie in Hamos Kisten passen. Die anderen wurden als Träger bestimmt. Einzeln führte Gosset die ausgesuchten Leute in den Keller, wo Hamo und Philipp sie in die Kisten setzten und ihnen erklärten, wie diese von innen zu öffnen seien, bevor sie sie verschlossen. Als alle Männer verstaut waren, traten die Träger in Aktion. Sie wuchteten die Kisten hoch und schafften sie zum Tor, wo Crean mit seinen Dienern bereits darauf wartete, daß sein Gepäck auf die bereitstehenden Maulesel geladen wurde.

Der Penikrat hob noch einmal den Deckel seines Gehäuses und mahnte den falschen Kaufmann: »Seht zu, werter Herr, daß unsere Freunde, die Piraten, sich bald schlafen legen, denn lange halt' ich es hier drin nicht aus!«

»Ich will mich bemühen«, versicherte Crean und klappte den Deckel zu.

Der Zug setzte sich in Bewegung. Hamo und Gosset waren vorausgeeilt, um in der Taverne auf das verabredete Zeichen zu warten. Sowohl Taxiarchos als auch Crean hatten dem Priester aufgetragen, dafür zu sorgen, daß Hamo in seiner begreiflichen Ungeduld nicht noch in letzter Minute den Plan verdarb und das Leben aller Beteiligten in Gefahr brachte. Philipp folgte dem Kaufmann als Diener; ihm war eine besondere Aufgabe zugeteilt worden. Er trug zwei Fäßchen köstlichen Falerners, von dem Crean hoffte, daß er dem Kapitän und seiner Mannschaft munden würde, obwohl er nicht frei von Zusätzen war. Die zuverlässige, prompte Wirkung eines geschmacklosen Pulvers hatte der Diener in Absprache mit Hamo schon am Vortag an William erprobt und in eines der Fässer nur einen Bruchteil der Dosis gegeben. Schließlich sollte ja niemand die ganze Nacht und auch noch den nächsten Tag verschlafen. Sicherheitshalber hatte Philipp aber ein schnell munter machendes Gegengift in das zweite Fäßchen gemischt.

Langsam stieg die Karawane des Kaufmanns Mustafa Ibn-Daumar aus Beirut an Sankt Georgios und am Friedhof der Angeloi vorbei hinunter zur Altstadt, um sich ihren Weg zum Hafen zu bahnen.

William träumte noch immer von Brunnen, aus denen Wasser nach oben floß durch Falltüren in der Decke, die auf- und zuklappten wie die Kiefer eines Totenschädels. Er sah sich in einem Verlies unter Wasser, spürte Barths Knochenhand an der Gurgel, während das fahle, aufgedunsene Gesicht des Ertrunkenen ein meckerndes Lachen ausstieß, so daß William hochfuhr. Er starrte auf ein Eisengitter in der Wand der Vorratskammer, durch das ihm ein bettelnder Bartholomäus flehentlich einige Goldketten entgegenreckte. »Ich geb' dir alles, Bruder – nur laß mich frei!«

William schloß erneut die Augen, drehte sich auf die andere Seite, um Barth aus seinen Träumen zu verscheuchen. Ein gräßlicher Fluch riß den Mönch endgültig aus dem Schlaf. Er fand sich auf einem Haufen alter Säcke wieder, und dahinter gähnte ein vergittertes dunkles Loch. Wo war er? Feiertägliche Stille umgab ihn. Sein Blick fiel in die Küche, die ihm bekannt vorkam. Sein Schädel dröhnte. Mühsam tastete sich William von Roebruk in die Wirklichkeit zurück. Hatte er einen ganzen Tag lang geschlafen? Hamo, der elende Schuft!

Als William Küche und Keller leicht schwankend verlassen hatte, fand er sich völlig allein gelassen im leeren Palast. Selbst die faulen Bettler waren ausgeflogen.

Mit einem Windlicht in der Hand rannte der Mönch hinauf in das Schlafzimmer zum Bett des Bischofs. Er riß Laken, Decken, Daunensäcke und Teppiche beiseite und wühlte sich durch das Stroh, bis er im Bettkasten den Hebel zum Öffnen der Falltür fand. Er betätigte ihn, eine Holztreppe wurde sichtbar, und er stieg hastig hinab. Im Schein des Lämpchens sah er gleich, daß Hamo gute Arbeit geleistet hatte. Dennoch war genug übriggeblieben: Bischofsgewänder, Kelche, Kruzifixe und etliche Schatullen, die zwar leer, aber selbst von hohem Wert waren. William lief zurück in die Küche und schleppte die Säcke herbei, auf denen er geschlafen hatte. Er stopfte sie voll, wobei er darauf achtete, alles Edelmetall sorgsam in Stolen und Tuniken einzuwickeln, daß nichts klirrend aneinanderstieß und keine scharfen Ecken zu spüren waren. So füllte er Sack um Sack. Ihm fiel noch so manches Schmuckstück in die Hände, das Hamo übersehen hatte, und sogar einige Beutel mit Goldbesanten, die unter Weihrauchschwenkern, Weihwasserbecken und Monstranzen versteckt waren.

Da sah er einen Ring, er stach ihm förmlich ins Auge. In eine große rote Kamee war das Siegel des Bischofs kunstvoll eingeschnitten. Ehrfürchtig steckte der Mönch sich das Symbol höchster geistlicher Würde an den Mittelfinger seiner Linken. Es zierte ihn.

Weil die Säcke aus der Küche nicht ausreichten, schnitt er die Daunensäcke von der bischöflichen Lagerstatt auf, und zum Schluß knotete er sogar noch die Laken zu Tragbündeln. Er fand die Rutsche zum Keller und schuftete wie ein Berserker, um alles sogleich nach unten zu schaffen.

»*Assalamu aleikum!*« rief der Piratenkapitän artig, als der sehnlich erwartete Kaufmann an Bord kam. »Seid uns willkommen, edler Herr, und betrachtet dieses Schiff als das Eure und mich als Euren demütigen Diener!«

Der lange Sermon ließ ihm Zeit, einen schnellen, begehrlichen Blick auf die Kisten zu werfen, die, jeweils von zwei Männern getragen, eine nach der anderen an Deck geschafft wurden. Sie wurden so behutsam abgesetzt, daß der Wert des delikaten Inhalts auch dem unbefangenen Betrachter geradezu unermeßlich erscheinen mußte. Zwanzig Kisten! Nicht zu zählen die kleinen Truhen und vor allem die Beutel, vermutlich die persönliche Habe des reichen Herrn!

Mustafa Ibn-Daumar schnippte mit den Fingern, und sein Leibdiener öffnete einen der Beutel, um die Träger und Maultiertreiber zu entlohnen.

»Ich darf Euch jetzt Euer Heim für die Reise zeigen«, verkündete der Kapitän stolz. »Ihr werdet es nicht wiedererkennen.« Damit wollte er seinen Gast zum Heck geleiten.

»Danke«, entgegnete Herr Mustafa. »Das hat Zeit. Ich möchte Euch und Eurer Mannschaft erst ein kleines Geschenk überreichen.« Und wieder war es an Philipp, jedem einzelnen einen großen Silberbesanten in die Hand zu drücken, der Kapitän jedoch erhielt eine Münze aus purem Gold.

»Womit haben wir soviel Güte verdient?« rief dieser – und mochte das für einen Augenblick auch so meinen. »Wir werden Euch jeden Wunsch von den Augen ablesen!« fiel ihm dann als passender Dank ein.

»Auch das hat Zeit bis morgen früh!« rief Herr Mustafa leutselig. »Ich darf Euch jetzt zu einem Willkommenstrunk einladen, der so vortrefflich ist, daß der Prophet ausnahmsweise ein Auge zudrückt, um auch mir diese Gaumenfreude nicht vorzuenthalten!«

Er bedeutete Philipp, das erste Fäßchen abzusetzen und den Zapfen in den Spund zu schlagen. Der Rote tropfte aus dem Hahn, Philipp hielt verstohlen den Finger hin und leckte ihn ab, die Augen vor Glück verdrehend. Der Kapitän hatte es wohl gesehen. Andere Diener reichten jetzt Becher, für den Herrn und den Kapitän einen kostbaren Pokal.

Als alle bedient waren, hob Mustafa Ibn-Daumar sein Gefäß und rief: »Auf gute Winde zur Überfahrt!« Er tat einen kräftigen Zug. Keiner mochte ihm nachstehen. Der Kapitän erwiderte: »Mögen Sturm, Hitze und Krankheit uns erspart bleiben!« Und wieder tranken alle. Mit behender Geschicklichkeit hatte Philipp inzwischen das zweite Fäßchen angezapft und schenkte allen nach. Das erste zeigte schon Wirkung, die Männer begannen zu gähnen, und so beeilte Philipp sich. Der Kaufmann hob abermals seinen Pokal. »Auf daß wir verschont bleiben von Templern, Johannitern und Piraten!«

»Ex!« rief der Kapitän, und alle stürzten den nachgeschenkten Wein hinunter. Plötzlich fiel der Käpitän gegen den Kaufmann, und der sackte ebenfalls in sich zusammen. Sämtliche Piraten, die an dem Umtrunk teilgenommen hatten, torkelten und fielen um wie schlecht aufgestellte Dominosteine. Die wenigen, die sich abstinent gezeigt hatten oder erst später an Deck erschienen waren, zahlten teuer: Die Diener des Kaufmanns erdolchten sie auf der Stelle. Die Kisten öffneten sich, und der Penikrat und seine Leute sprangen heraus und durchkämmten die Triere. Von Shirat oder anderen weiblichen Wesen keine Spur. Die Piraten, die unter Deck geschlafen hatten, wurden zusammengetrieben, doch getötet wurde keiner mehr, denn der Herr Taxiarchos war kein Freund unnötigen Blutvergießens. Die Mannschaft wurde gefesselt und im Bugraum verstaut, nur den Kapitän ließ der Penikrat beiseitelegen. Crean wurde in der Kajüte zu Bett gebracht und Philipp geschickt, Hamo und Gosset zu holen. Dann schlich der Anführer der Räuber auf Zehenspitzen in Creans Kajüte.

»So wie ich den Herrn verstanden habe, der sich Mustafa Ibn-Daumar nennt, dessen Diener aber mit ihren Dolchen so schnell bei der Hand sind wie die Assassinen des ›Alten vom Berge‹«, murmelte er erst im Flüsterton, dann lauter, nachdem er sich überzeugt hatte, daß die Ohnmacht nicht gespielt war, »muß Dummheit bestraft werden.« Damit streifte er Crean die Ringe von den Fingern. »Bosheit erhält ihren Lohn. Unserem jungen Freund Hamo bleibt noch reichlich Zeit, Euch in die Mühle zu nehmen«, fügte er nachdenklich hinzu und gab dem Schlummernden noch einen Klaps auf die Wange, während die andere Hand nach der kostbaren Agraffe griff, die Creans Turban zierte. »Es ist besser, mein Herr, wenn Ihr den Rest verschlaft.«

Der Penikrat sah sich in der Kajüte um und entdeckte, was er suchte: ein grob gearbeitetes Schiffsschach, bestehend aus einem rotgrün karierten Tuch und Steckfiguren, die auch bei hoher See nicht umkippten. Er nahm es an sich und wandte sich noch einmal zum schlafenden Crean um. »Ich hätte Euch ja gern gedient, mein Herr«, flüsterte er, »aber wer zahlt, schafft an, und das ist nun mal der junge Graf.« Er verneigte sich und ging hinaus. Dort wandte er sich an seine Leute: »Bringt mir jetzt den Kapitän!« Sie schleppten ihn herbei wie einen nassen Sack, warfen ihn bäuchlings über den Deckel der größten Kiste und banden ihm Hände und Füße mit Stricken an Ösen in den Planken fest. So waren die Glieder des Piraten in alle vier Himmelsrichtungen gespreizt, sein Körper so gespannt, daß er sich nicht mehr regen konnte. Sie rissen ihm das Hemd herunter und legten seinen Rücken frei. Doch wer glaubte, der Kapitän würde ausgepeitscht, sah sich getäuscht. Kaltes Wasser wurde ihm über den herabhängenden Kopf gegossen, aber er tat ihnen nicht den Gefallen aufzuwachen.

In diesem Moment kam Hamo an Bord gerast, gefolgt von dem eiligen Philipp und dem sich bewußt langsam bewegenden Monseigneur Gosset.

Mit den Worten »Wo ist meine Frau?« stürzte der Graf sich sogleich auf den Gefesselten, doch der rührte sich nicht. »Weckt ihn!« schrie Hamo aufgebracht. »Oder ich prügel' ihn – für ein letztes Mal – ins Leben zurück!«

»Das Gift ist stärker, es braucht seine Zeit«, gab der Penikrat zu bedenken.

»Ich will aber nicht länger warten!« heulte Hamo und bearbeitete den Hinterkopf des Piraten mit Fäusten. Der stöhnte, ohne das Bewußtsein wiederzuerlangen. »Wo ist Shirat?! Wo ist meine Tochter?!« keuchte Hamo, während erneut ein Wasserschwall in das Gesicht des Kapitäns schwappte. »Ich bring' dich um –«

»Dann erfahrt Ihr gar nichts!« sagte Taxiarchos und drängte Hamo sanft zur Seite. »Überlaßt ihn mir und Gosset, und seht lieber zu, daß Ihr Euren Freund, den reichen Kaufmann Mustafa Ibn-Daumar wach bekommt, sonst habt Ihr den edlen Ismaeliten noch morgen früh an Bord.«

Philipp übernahm es, seinen Herrn zum Heck zu führen. »Ruft mich, sobald der Kerl den Mund aufmacht!« rief Hamo dem Penikraten noch zu, bevor er sich in der Kajüte auf einen Stuhl fallen ließ und das Gesicht in den Händen vergrub.

Der Penikrat ließ zwei Hocker bringen und bedeutete mit galanter Geste seinem ›Berater‹ Monseigneur Gosset, ihm gegenüber Platz zu nehmen. »Es ist noch eine andere Frage zu klären«, sagte er ruhig und breitete das Tuch mit dem Schachbrettmuster über den nackten Rücken des Piraten.

»Fragt«, erwiderte Gosset, »ich habe noch immer eine Antwort gewußt.«

»Nein«, antwortete Taxiarchos und begann, die Schachfiguren in das vom Tuch bedeckte Fleisch des Kapitäns zu stecken, der auf der Tonne zwischen ihnen lag. Der Pirat zuckte bei jedem Einstich der angespitzten Steckfiguren, zeigte aber keine Anzeichen bewußt empfundenen Schmerzes. »Laßt uns ein Spiel machen!«

Er beendete die Aufstellung, und Gosset sah ihn fragend an. »Sagt mir zuvor, ob der Sieger oder der Verlierer der Gewinner sein wird?«

Der Penikrat schob sogleich die ›Fußbank‹ seines roten Königs um zwei Felder vor. »Wir sind so gute Freunde geworden, Monseigneur«, begleitete er diese seltsame Eröffnung, »daß wir unsere Erkenntnisse offen austauschen können.«

Gosset erwiderte diesen ersten Zug mit einem Satz seines rechten Springers. Sein Gegenüber nickte.

»Was aber nur Sinn macht, Taxiarchos, wenn die bessere Einsicht dann auch in die Tat umgesetzt wird«, tastete sich Gosset vor.

»Richtig«, entgegnete der Penikrat und rückte den Läufer des Königs vier Felder vor. »Und so sollten wir uns auch eingestehen, daß für uns zwei hier am Goldenen Horn an der Spitze der Bande kein Platz ist.«

»Wollt Ihr mich balbieren?« fragte Monseigneur Gosset gequält lächelnd. »Diese Eröffnung nennt sich die des ›Barbiers‹, sie führt zum schnellen Ende.«

»Matt in vier Zügen«, bestätigte ihm der Penikrat. »Einer von uns muß gehen – entweder zum Teufel, oder er wird Kapitän dieser Triere.«

»Sagt mir, was Ihr wollt!« forderte Gosset seinen Partner ärgerlich auf. »Ich mache jedes Spiel mit!« Damit trieb er die ›Fußbank‹ seiner Königin ein Feld nach vorn.

»Das ist es ja gerade!« rief der Penikrat. »Ich will mal wieder allein spielen, Fehler machen –«

»Ihr macht einen«, sagte Gosset sanft, und Taxiarchos griff fahrig zur Dame, »wenn Ihr die Führung dieses Schiffes unter diesem jungen Heißsporn auf Euch ladet.«

Der Penikrat bohrte seine Dame drei Schritt weiter rechts ins Feld. Gosset verzichtete auf jede Gegenwehr und stellte seinen Königsbauern so, daß er nicht störte – zwei sinnlose Schritte vorwärts. Befriedigt schlug die rote Königin den grünen Knappen des königlichen Läufers.

»Schach!« sagte der Penikrat. »Wem auch immer ich diene, er hat seinen Meister schon gefunden.«

»Mir liegt solcher Ehrgeiz fern, Taxiarchos«, sagte Monseigneur Gosset fast traurig. »Ich will Euer Erbe gut verwalten, aber ich werde Euch vermissen.«

»Ich Euch auch«, antwortete der Penikrat und stand auf. »Deswegen will ich von Euch scheiden.« Er nahm seine Dame, stieß den grünen König um und trieb sie so tief in das Fleisch, daß der Pirat aufschrie. »Aha«, machte der Penikrat lachend. »Ruft den Grafen! Mein Vorgänger möchte sein Gewissen erleichtern.«

Dann ließ er sich eine Fackel reichen, hielt sein Messer in die Flamme, wartete, bis Hamo erschien, und stach es dem Kapitän langsam durch die Hose in den Hintern, bis der vor Schmerzen aufschrie.

»Wo ist die Dame geblieben, die Ihr mit ihrem Töchterchen an der Brust auf diesem Schiff als Herrin vorgefunden habt?«

Der Pirat biß die Zähne zusammen und knurrte: »Geht zum Teufel!«

Hamo riß ihn an den Haaren. »Was habt Ihr mit Shirat gemacht? Lebt sie?« schrie er. »So antwortet!« Er zerrte den Kopf des Piraten hoch, um ihm ins Gesicht zu sehen, doch der spuckte ihn nur an.

»Den bringe ich schon zum Reden«, sagte der Penikrat und senkte sein glühendes Messer wieder in das Hinterteil, doch diesmal näher am Gemächte. Der Stoff qualmte, es stank fürchterlich, und alle hörten das Fleisch zischen.

»Wenn's an die Eier geht, singt jeder«, tröstete Gosset den aufheulenden Piraten, doch der brüllte: »Ihr könnt mir den Arsch durchlöchern, Ihr werdet höchstens einen Furz zu hören bekommen!«

Der Penikrat erhitzte sein Messer zum drittenmal. Da trat einer seiner Leute zu ihm. »Wir haben einen unter den Gefangenen, der ist so frech, daß sie ihn in der Küche an eine Eisenkugel gekettet hatten. Der behauptet doch glatt, er sei kein Pirat, sondern Franziskaner!«

»Lorenz von Orta!« schrie Hamo. »Bringt ihn sofort her!«

Die Leute des Penikraten eilten in den Bugraum, wo die Gefangenen geschichtet waren wie Sardinen, und zerrten den kleinen Minoriten aus dem Haufen heraus. Da er nichts von dem Wein abbekommen hatte, war er hellwach, wenn auch ausgemergelt und blaß. Zwei Männer schleppten die Eisenkugel mitsamt Kette, die um seinen Knöchel geschmiedet war, während ein einziger den schmächtigen Lorenz auf den Armen trug. Gosset räumte für ihn sofort seinen Sitz, und Hamo fiel dem Mönch um den Hals. »Sagt mir, was geschehen ist! Wo ist Shirat?«

»Sie lebt«, antwortete Lorenz. »Doch gebt mir erst einen Schluck Wein!«

Philipp beeilte sich, ihm aus dem ›Faß der Aufmunterung‹ einzuschenken. Lorenz stürzte den Trank hinunter und streckte sein Bein, damit die Leute des Penikraten damit beginnen konnten, ihn mit Hammer und Meißel von der Fußspange zu befreien.

»Sie überfielen uns des Nachts, kaum daß wir ausgelaufen waren, im Nebel vor der Küste.« Haßerfüllt starrte Lorenz auf den Kapitän, dem der Penikrat noch immer mit der glühenden Klinge zusetzte. Der Gequälte warf den Kopf wild hin und her.

»Ihr könnt immer noch Euren Beitrag leisten, mein Sohn«, tröstete ihn Gosset. »Nachher seid Ihr weniger wert als der versprochene Furz!«

»Sie machten keine Gefangenen«, fuhr Lorenz hastig fort. »Ich überlebte nur dank meiner Tonsur und weil sie mich erst fanden, als die Schlächterei schon vorüber war und sie ihren Blutrausch ausgeschlafen hatten.«

»Was geschah mit Shirat?« drängte Hamo.

»Ich hab' sie nur einmal noch gesehen«, flüsterte Lorenz, als würde er sich seines Zeugnisses schämen. »Sie verließ die Kajüte des Kapitäns nach vielen Tagen an der Küste Klein-Armeniens, wo sie einem Sklavenhändler übergeben wurde.« Er hatte seine Stimme noch weiter gesenkt und vermieden, Hamo anzuschauen.

»Dieses Schwein hat –« Hamo riß Taxiarchos das Messer aus der Hand, aber Gosset sprang dazwischen und hielt Hamo davon ab, sich auf den Piraten zu stürzen. »Und mein Kind, meine Tochter?« flehte der Graf.

»Die, die«, stotterte Lorenz, wobei mit den letzten Schlägen der Eisenring von seinem Knöchel sprang, »äh, die hatte sie bei sich.« Dann wisperte er: »Ich muß noch etwas trinken, mir ist so übel.« Er zog den Penikraten am Ärmel. »Bringt mich jetzt bitte an Land, damit ich –«

Er unterbrach sich, weil Crean mit seinen Dienern auftauchte. Der Penikrat sagte: »Die Herren kennen sich?«

Crean nickte müde, und Taxiarchos fuhr fort: »Dann können sie sich ja gemeinsam zum Palast begeben, um dort auszuschlafen.« Danach wandte er sich mit einem strengen Blick an Hamo, der immer noch wie ein gereizter Stier vor Gosset stand, nicht gewillt, vom Kapitän zu lassen. »Wir laufen dann eben etwas später aus.«

Crean war alles recht. Er fühlte sich zerschlagen. Er stützte Lorenz, doch der zerrte den Penikraten zum Fallreep. Dort flüsterte der Franziskaner: »Der Kapitän hat der jungen Frau das Kind von der Brust gerissen und es ins Wasser geworfen, weil der Sklavenhändler es nicht wollte. Mir fehlt der Mut, es Hamo zu sagen.«

»Hatte es eine Chance zu überleben?« fragte Crean.

»Vielleicht«, erwiderte Lorenz. »Wir lagen nah am Hafen, und am Ufer wuschen Frauen Wäsche.«

»Dann wollen wir es dabei belassen«, entschied Crean. »Es wurde sicher einer Amme übergeben.«

»Dieser Pirat«, sagte der Penikrat, »hat sich weiß Gott keinen raschen Tod verdient, auch wenn ich ihn so schnell wie möglich loswerden will.«

»Und was machen wir mit seiner Mannschaft?« fragte Crean.

»Sortieren und übernehmen, was brauchbar ist.«

»Und der Rest?«

»Teilt das Schicksal des Kapitäns, den wir auf hoher See stückchenweise an die Fische verfüttern werden.« Taxiarchos lachte dabei keineswegs, er war ein ernster Mann.

»Wir sehen uns morgen«, sprach Crean, müde aber zuversichtlich. »Meine Diener können hierbleiben; sie sollen mich morgen früh abholen, aber Philipp soll uns begleiten und uns den Weg zeigen.«

»Gern«, sagte der Penikrat und rief den Diener herbei.

Die drei entschwanden ins Dunkel des Hafens, und Taxiarchos kehrte an Deck zurück. Er schickte Hamo in die Kajüte des Hecks.

»Ihr legt Euch jetzt schlafen, mein Gebieter, denn morgen –«

»Heute nacht noch«, unterbrach ihn Hamo, »läßt mein Kapitän die Anker lichten, und wir laufen aus – Richtung Armenien!«

»Und die Mission zum Großkhan der Mongolen?«

»Ist mir gleichgültig«, beschied ihn Hamo scharf. »Und mein Kapitän fragt mich nie wieder danach, verstanden?!«

»Zu Diensten, Hamo L'Estrange!« anwortete der Penikrat ironisch, doch Hamo ergriff seine Hand. »Ich muß mich auf Euch verlassen können, Taxiarchos.«

»Dann behandelt mich als Freund!«

»Und Ihr helft mir, meine Frau Shirat und mein Kind wiederzufinden?«

»Das will ich gern tun, aber vertraut mir, und laßt mich die Maßnahmen ergreifen, die ich für richtig halte.«

»Ihr seid mein Kapitän, das Schiff gehorcht Eurem Kommando – sagt mir, was Ihr wollt.«

»Laßt Gosset während unserer Abwesenheit von Konstantinopel im Kallistos-Palast residieren, einen besseren Verwalter findet Ihr nicht.«

»Mit Vergnügen«, erwiderte Hamo. »Sonst noch einen Wunsch, Kapitän?«

»Daß Ihr auf der Stelle zu Bett geht, Hamo L'Estrange!«

Hamo ging, ohne den gefesselten Piraten noch eines Blickes zu würdigen.

Taxiarchos trat zu Gosset. »Wir sollten uns jetzt auch verabschieden. Hamo hat Euch zum Großdomestikos des Kallistos-Palastes ernannt. So weiß ich, wo ich einen Freund finde, wenn ich je zurückkehren sollte.«

Sie umarmten sich, und Gosset verschwand mit den Räubern, die nicht mit dem Penikraten zogen, in der Dunkelheit des Hafens. Die Triere lag still im Wasser, doch ihre Ankertaue ächzten und knurrten wie ein wildes Tier, das voller Unruhe darauf harrt, zum Sprung anzusetzen.

Chronik des William von Roebruk, Konstantinopel, am Fest des hl. Leo I. 1253

Als Crean und Lorenz im Kallistos-Palast angelangt waren, lenkte mich anfänglich der ausführliche Bericht meines Ordensbruders ab. Mir schwante noch nichts von Hamos Abreise, obgleich ich ja wußte, daß er seine Schätze geschickt an Bord der Triere geschafft hatte. Meinen Anteil, in vielen Säcken verstaut, hatte ich in Sicherheit gebracht, insofern hatte ich nichts zu befürchten, schon gar nicht Hamos Rückkehr. Daß er seinen Diener Philipp mit den beiden geschickte hatte, bestätigte mir, daß alles seine Ordnung hatte. Doch dann, als Monseigneur Gosset noch spät in der Nacht erschien und ganz nebenbei erwähnte, daß Hamo ihn für die Zeit seiner Abwesenheit zum Verwalter des Palastes ernannt habe, kam mir das merkwürdig vor, denn bis zur Krim und zurück, meinetwegen noch den Don ein Stück hinauf und hinunter, das war doch nur ein Katzensprung für ein schnelles Schiff wie die Triere. Ich weckte Crean, der sofort voller Argwohn war. Wir stellten Gosset zur Rede, und der antwortete ganz kühl: »Ach, da haben sich die Herren aber schlecht abgesprochen. Der junge Graf hat sich statt für die Krim für Armenien entschieden, was man ja auch verstehen kann, wenngleich es wohl leichter ist, eine Nadel im Heuhaufen zu finden als eine junge Sklavin auf den Märkten der Levante.«

Gosset wollte sich zu Bett begeben, in das des Bischofs, das jetzt ihm zustand. Crean hielt ihn zurück. »Wo sind eigentlich meine Diener?« fragte er mißtrauisch.

»Die werden an Bord geblieben sein«, erwiderte Gosset kopfschüttelnd. »Warum habt Ihr sie nicht mit Euch geführt, Mustafa Ibn-Daumar?«

»Weil ich noch zu benommen war, Monseigneur, von dem Opfertrunk, den ich Lamm freiwillig genommen habe.« Crean konnte auch nur den Kopf schütteln, aber über sich selbst. »Ist die Triere wirklich schon ausgelaufen?«

»Ich habe ihr nachgewinkt«, erwiderte Monseigneur Gosset, als wäre das ein Trost für die Hinterbliebenen.

»Hamo hat uns reingelegt«, stellte Crean wütend fest. »Ich durfte für ihn die Kastanien aus dem Feuer holen – und jetzt können wir sehen, wie wir in die Mongolei gelangen!«

»Ach, Crean«, besänftigte ich ihn. »Versteh doch, was gelten Hamo Roç und Yeza, wenn es um sein eigen Fleisch und Blut geht?«

»Wenn jeder so denken würde«, murrte Crean, »dann könnten wir den ›Großen Plan‹ gleich begraben. Es wird nie ein Friedenskönigtum auf Erden geben, weil sich keiner mehr dafür einsetzen will.«

»Es setzen sich viele ein«, sagte Lorenz bitter. »Jeder für seine eigenen Interessen. Du, Crean, sagst zum Beispiel ›wir‹ und denkst an die Assassinen.«

Das reichte mir. »Und du, Lorenz, der du Hamo das Malheur eingebrockt hast, auch wenn du vielleicht nicht wolltest, daß er Frau und Kind dabei verliert, du agierst für die Prieuré, die auch keine Legitimation mehr besitzt, wenn sie die Kinder nicht vorweisen kann. Deswegen, und nicht etwa zum Besten von Roç und Yeza, müssen wir nach Karakorum reisen und unser Leben riskieren, um sie dort wegzuholen. Ich tue es wenigstens aus Liebe zu den beiden und nur unter der Voraussetzung, daß sie dort wirklich nicht bleiben wollen.«

»Sie wurden aus Alamut geraubt!« empörte sich Crean, doch ich ging auch mit ihm ins Gericht.

»Ihr habt sie nie gefragt, ob es ihnen bei euch gefällt – vielleicht wollten sie gar nicht in der Rose bleiben?«

»Der Streit ist müßig«, urteilte Lorenz richtig. »Wir werden es aus ihrem Munde vernehmen, der inzwischen kein Kindermund mehr ist, wenn wir es endlich geschafft haben, zu ihnen zu gelangen. Noch trennen uns Tausende von Meilen –«

»Und Mittel, die Reise durchzuführen«, sinnierte Crean enttäuscht.

Ich verschwieg geflissentlich, daß ich darüber inzwischen reichlich verfügte, und sagte nur: »Dafür haben wir Brief und Siegel des Königs, eine Vollmacht und Beglaubigungsschreiben an den Großkhan und sind jetzt komplett: Du, Lorenz, reist als Bruder ›Bartholomäus von Cremona‹, du, Crean, als der Priester ›Monseigneur Gosset‹, und Philipp nehmen wir als unseren Diener mit.«

»Fehlt nur noch der versprochene Dolmetscher«, warf Lorenz ein, »der hier in Konstantinopel zu uns stoßen sollte.«

»Meine geringste Sorge«, beschied ihn Crean. »Wichtig ist jetzt nur, daß wir hier schnellstens wegkommen. Gavin, der uns verabschieden wollte, müßte auch längst eingetroffen sein. Ich hasse es, Zeit zu verlieren!«

»Wenn du, Crean, weiter für dich aufkommst und Gavin sein Templersäckel für Lorenz öffnet, dann will ich gern für mich und meinen Diener Philipp sorgen«, erklärte ich kühl. »So steht dem Beginn unserer Missionsreise nichts mehr im Wege. Und nun sollten wir uns schlafen legen.«

»*Al lāna*«, fluchte Crean, was ich von ihm gar nicht gewohnt war. »Mein Zelt, meine Kissen und Decken, all mein Hab und Gut sind an Bord dieser Triere des Sheitans geblieben!«

»Nun, *mon cher* Crean, so gewöhnst du dich beizeiten an das karge Leben eines Missionars! Ich wünsche, wohl zu ruhen!« sagte Lorenz fröhlich.

Und auch ich zog mich mit einem »Gute Nacht, Brüder!« in den Keller zurück, um auf meinen Säcken zu schlafen.

Konstantinopel, am Fest des hl. Johannes

Der Herr Präzeptor Gavin Montbard de Béthune ließ uns noch eine geraume Zeit schmoren, eine Zeit, die ich jedoch nutzte. Ich überzeugte den Herrn Großdomestikos, daß es ihm, einem der *Ecclesia catolica* durch unlösbaren Eid verpflichteten Priester, besser anstünde, unseren Grottenmolch Barth wieder ans Tageslicht zu befördern oder ihn zumindest in einem praktischen Terrarium wie dem Pavillon im Park unterzubringen, bis unsere Reise erfolgreich zum Abschluß gebracht sei. Das leuchtete ihm ein, und wir veranstalteten im Untergrund des Palastes eine regelrechte Treibjagd auf den scheuen, wahrscheinlich schon ganz wirren Barth.

Mit Stricken und Netzen drangen die Räuber – die Bettler waren auch dazu zu faul, obgleich der Barth mit seiner gräßlichen Lache ständig ihren Schlaf störte – in die Grotten und geheimen Gänge des labyrinthischen Wasserwerks ein. Mit Trommeln und schrillen Flöten trieben sie ihn schließlich dazu, sich durch den ›Trichter‹ zu quetschen und im ›Pavillon der menschlichen Irrungen‹ Zuflucht zu suchen. Da hockte er nun, und Philipp fütterte ihn durch die Gitterstäbe. Ich aber nahm Netz und Angel und kehrte an den Brunnen zurück, in den er damals den aus der Kammer geraubten Schmuck geworfen hatte. So konnte ich noch ein weiteres Säckchen füllen, und ich muß sagen, es ist mir das liebste, denn Barth hatte mit höchster Kennerschaft zugegriffen.

Dann endlich traf Gavin ein. Er brachte auch den Dolmetscher mit, den er in Trapezunt aufgegriffen hatte. Dieser Timdal war ein recht tumber Kerl, aber die Mongolen hatten ihn geschickt, und die mußten wohl wissen, warum. Die erste Kostprobe seiner Dummheit bestand darin, daß er zur ›Kaiserstadt‹ in Marsch gesetzt, nicht am Goldenen Horn gelandet war, sondern bei den exilierten Griechen an der Schwarzmeerküste. Dort hatte er dann beharrlich nach William von Roebruk gefragt, und viele kannten mich, wie er sagte, was mich tief rührte. Auf diese Weise war er auch an Gavin gekommen.

Mehr, um Timdal nicht zu verwirren, als um seinen Argwohn nicht zu erregen, befahl Gavin uns allen, uns ab sofort nur noch bei den Namen anzureden, deren Figuren wir darstellten. Und mir empfahl er dringend, auch in meiner Chronik nicht anders zu verfahren. Sollte sie dem Geheimen Dienst der Mongolen, der nicht zu unterschätzen sei, in die Hände fallen, dann könnte uns aus dem Rollentausch viel Ungemach erwachsen. Das sah ich ein. Bei Crean ging mir der ›Monseigneur Gosset‹ auch leicht von der Zunge – ob von der Feder, werden wir noch sehen – , doch bei Lorenz hatte ich mit ›Bartholomäus‹ oder auch nur ›Barth‹ meine Schwierigkeiten, ja, regelrecht Hemmungen. Wir einigten uns schließlich auf das Kürzel ›Barzo‹, das mir angenehmer war und auch Lorenz Spaß machte. Dem Templer war es aber ganz ernst; er unterwarf uns strengen Stichproben, wenn wir am wenigsten damit rechneten. So sagte er freundlich bei Tisch: »Ach, Crean, reicht mir doch etwas von der Tunke.« Oder: »Lorenz, ich hatte Euch ganz vergessen!« Wehe, wenn dann einer von uns reagierte! Ihm wurde der Nachtisch gestrichen wie einem trotzigen Buben.

Schließlich war der Tag der Abreise gekommen. Gavin hatte schweren Herzens – diese Templer sind geizig! – in seine private Schatulle gegriffen, Lorenz von Orta für die Mission ausstaffiert und ihm auch einen Beutel mit Reisegeld in die Hand gedrückt. Da sie beide Mitglieder der Prieuré sind, kann Gavin sich seine Ausgaben aus der Kasse des Bundes zurückerstatten lassen, beruhigte ich mein schlechtes Gewissen. Es plagte mich, weil ich weit mehr besaß als meine Mitbrüder und gar nicht daran dachte, mit ihnen zu teilen.

Um uns endlich in Marsch zu setzen, hatte Gavin sich zusätzlich bereit erklärt, uns mit einem Schnellsegler der Templerflotte bis zur Krim zu geleiten. Heute mußten wir unser Gepäck an Bord bringen, und der Herr Präzeptor staunte nicht schlecht, als ich mit einer Karawane von Maultieren erschien, die meine Kisten und Säcke trugen. Unmutig fragte er Philipp, was das solle, woher der plötzliche Reichtum stamme und warum wir uns auf der doch recht beschwerlichen Weiterreise über Land mit soviel Gepäck belasten wollten. Philipp antwortete weisungsgemäß, es handele sich nicht um persönlichen Tand des königlichen Emissärs von Roebruk, sondern um eine standesgemäße Ausstattung und Gastgeschenke, die König Ludwig ihm zusammen mit dem Beglaubigungsschreiben gesandt habe. So könne der Gesandte, wiewohl ein schlichter Minorit, doch Ehre für den König einlegen und vor allem die Herzen der Mongolen erfreuen und gewinnen. Diesen erklärenden Diskurs hatte ich meinem Diener eingebleut, und er hielt ihn mit Bravour, denn der Templer sprach mich nicht weiter darauf an, als wir uns zu einem letzten Abendmahl auf der Terrasse des Kallistos-Palastes zusammensetzten.

Der frühere Herr Gosset, als Großdomestikos auch Diakon der Palastkapelle, hatte eingeladen. Es gab die ersten Melonen, in Hälften geschnitten und gefüllt mit einem kalten Sud aus Minze, Limonen und Honig. Dazu wurde als kleine Hommage an unser nächstes Reiseziel ein perliger Weißwein von der Krim serviert, den ich dem harzigen von der Peleponnes vorziehe. Dann wurde eine Aalpastete und ausgelöstes Krebsfleisch mit säuerlichen Äpfeln und kandierten Nüssen gereicht. Danach ging man zum Roten aus Ungarn über, und eine in Mandelmilch gegarte Sorte Delphin wurde aufgetragen, den sie hier ›Meerjungfrau‹ nennen. Er war mit Maulbeeren, Kirschen und Rosinen bestreut, und knusprig geröstete Seepferdchen, gesottene Pilze samt kleinen Polypen in der eigenen Tinte bildeten die Beilagen. Das Mahl endete mit Safranreistorte mit Zimtguß, zu der ein goldgelber, leicht klebriger, aber ungeheuer süßer Wein aus Pergamon gereicht wurde.

Unser Gastgeber wünschte uns günstigen Wind, und ich fragte mich insgeheim, ob er nicht den besseren Teil erwählt hatte, indem er es sich hier am Goldenen Horn wohl sein ließ und ›Priester Gosset‹ nach Karakorum schickte. Zu spät, William, dachte ich bei mir, dein Platz war schon immer auf der unbequemen Seite. Morgen früh, am 7. Mai, stechen wir in See.

P. S.: Zum Siegeln benutze ich diesmal meinen neuen Ring aus des Bischofs Schatzkammer. Ich muß sagen, er ziert die Chronik eines gemeinen Minoriten gar sehr.

DAS STELLDICHEIN
LIBER II
CAPITULUM VII

Roç Trencavel an William von Roebruk, im Sommerlager, erste Dekade des Mai 1253

Es ist ausgestanden! Jetzt kann ich Dir auch offen schreiben, mein lieber William, wie alles verlaufen ist. Wie von mir erwartet, hat der intrigante Dschuveni bei seinem Herrn Hulagu, dessen Kämmerer er ist, durchgesetzt, daß ich in Begleitung von Omar in die Palastgarde, sprich Leibwache des Großkhans, aufgenommen werde, als große Ehre für mich und meinen Freund und Beschützer, sozusagen. Denn die Erziehung des Königlichen Paares im Sinne der mongolischen Reichsidee, so eröffnete mir der Kämmerer nicht ohne Genugtuung, erfordere auch unsere Bereitschaft zur räumlichen und zeitlichen Trennung, wenn der Dienst es erfordere. Dieser Fall sei nun gegeben. Ich könne Yeza wiedersehen, wenn die erhabene Dokuz-Khatun sich mit ihren Frauen in die Hauptstadt begeben würde, also im Spätherbst. Ich solle mich auf unseren unmittelbar bevorstehenden Abmarsch nach Karakorum einrichten. Da war es mir ein leichtes, die Glut Omars zu schüren, der für Orda, Yezas Leibamazone, entbrannt ist. Er war ganz wild darauf, diese prächtige Stute vor unserer Abreise noch zu besteigen, und ich heizte ihm noch mächtig mit der Behauptung ein, Orda verzehre sich nach ihm. Dabei wußte ich von Yeza, daß sie längst entschlossen war, ihre Gunst Kito zu schenken.

Also ging ich zu Kito und ließ ihn wissen, daß Orda bereit sei, ihn zu erhören. Nur wünsche sie nicht, daß er als ihr Liebhaber bekannt werde. Sie bäte ihn deshalb herzlich darum, doch in der Clamys, dem langen weißen Gewand der Templer, vor ihr zu erscheinen und sich einen dieser Helme aufzusetzen, die bis auf einen Sehschlitz das Gesicht verdecken. So könne er beweisen, daß er ihre Ehre hochhalten wolle. Kito fragte mich, ob soviel Umstand denn sein müsse, und ich antwortete, daß dies im ›Rest der Welt‹ ein durchaus übliches, weil hochritterliches Verfahren sei. Die Ehre einer Dame stünde über jedem Aufwand und jeder Schwierigkeit. Um so schöner sei der Lohn!

Er wolle es nicht erst bedenken, beschwor mich Kito, nur müsse er solch eine Ausstattung erst finden oder anfertigen lassen. Mit dieser Zusage in der Hand paßte ich Orda ab, als Yeza gerade mit Dokuz-Khatun in der christlichen Kirche weilte. Ich bereitete sie auf das Stelldichein mit Kito vor, der – um ihre Ehre zu schützen – ihr verkleidet wie ein Tempelritter gegenübertreten werde. Als geeigneten Ort für das heimliche »Beieinandersein« schlug ich die Werkstattjurte von Maître Buchier vor, die des Nachts leer stünde, weil der Künstler über den Luxus einer zusätzlichen Wohnjurte verfüge, wenngleich neben dem Trinkbaum eine Liege stünde, für den Fall, daß der Meister während seiner Arbeit einer schöpferischen Ruhepause bedürfe.

Orda rümpfte zwar die Nüstern über die rußige Schmiede als Liebeslaube, aber in ihrer Brunft war ihr alles recht. Ich hätte sie auch überreden können, gesattelt und mit einer Trense im Maul zu erscheinen. So hatte ich alle Vorbereitungen aufs beste bewerkstelligt, da kam Yeza auf mich zu. »Stammt diese Idee, im keuschen Gewand der Templer zum Minnedienst zu schreiten, von dir, mein lieber Trencavel?«

Ich entgegnete meiner *damna* errötend: »Was hättest du einem Mongolenbengel vorzuschlagen, der sich als Ritter fühlen will?« Da mußte sie lachen.

»Herr Kito von Iskander hat Omar beauftragt, ihm ein solches Gewand zu besorgen, samt Helm. Der wühlt jetzt in den Beuteständen, da er – im Unterschied zu den Mongolen – weiß, wie das Gewünschte auszusehen hat.«

Schöner kann es sich nicht fügen, dachte ich mir und sagte: »Vielleicht hat ein tributzahlender Emir mal einem erschlagenen Templer die Kleidungsstücke ausgezogen und sie als kostbare Reliquie dem Großkhan gesandt?«

»Hoffen wir's«, sagte meine Geliebte lächelnd, »damit das junge Glück nicht daran scheitert. Sie werden ein gutes Paar abgeben. Kito ist ein braver Bursche und wird's weit bringen, und Orda an seiner Seite – ich gönn' es dem Mädchen!«

»Sie kann von Glück reden!« pflichtete ich Yeza bei, heilfroh, daß ich im wahrsten Sinne des Wortes aus dem Schneider war. Wenn Kito so töricht ist, ausgerechnet Omar mit der Besorgung des Brautkleides zu beauftragen! So konnte ich meine Hände in Unschuld waschen, und das war mir auch lieb angesichts des zu erwartenden Zornes meiner *damna*, sollte sie erfahren, was ich da eingefädelt hatte. Die Idee mit der Clamys war ja nicht strafbar. »Zu dumm!« würde ich sagen und jede Mittäterschaft weit von mir weisen.

Dann war die Nacht gekommen, und ich spannte sogar meine *damna* ein, indem ich Orda durch sie zur mitternächtlichen Stunde in die Schmiedejurte, Kito aber zu seinem Vater bestellte – und das durch Omar. So war der Weg frei für ihn. Er hatte tatsächlich ein weißes Ordensgewand aufgetan. Es war zwar – am schwarzen Kreuz ersichtlich – das eines deutschen Schwertbruders und stammte aus einer Sendung, die Fürst Alexander Newski huldigend dem Großkhan geschickt hatte. Außerdem fanden sich in der Beute auch genügend Topfhelme. Ungetüme, die für den Deutschen Ritterorden typisch waren. Bestens gerüstet stapfte mein Omar zum Rendezvous mit der so hitzig Begehrten. Wie gern hätte ich Mäuschen gespielt! Doch das verbot sich aus angebrachter Vorsicht. Also legte ich mich zu Bett. Der Schlaf des Gerechten mochte sich allerdings nicht einstellen. Es muß um die erste Stunde gewesen sein, da wurde das Lager durch gellendes Geschrei geweckt. Ich zog die Decke über den Kopf und stellte mich schlafend. Das empörte Schreien Ordas ging über in wüstes Geschimpfe und allgemeinen Aufruhr, dann wurde mir die Decke unsanft weggerissen, und vor meinem Lager stand zornbebend Kito.

»Warum hast du mir nichts gesagt?«

»Was?« murmelte ich schlaftrunken. »Ach, dein Rendezvous? Ich hab' Omar zu dir geschickt –«

»Wie konntest du ausgerechnet diesen falschen –«

»Wieso?« empörte ich mich, inzwischen hellwach. »Er ist mein Freund, dein Freund, den du, wie ich von Yeza hörte, an mir vorbei mit der vertrauensvollen Aufgabe –« Ich spielte den Beleidigten.

»Er hat mich hintergangen!« polterte Kito. Vermutlich sah er ein, daß die Schuld eher bei ihm als bei mir lag.

»Wo steckt er eigentlich? Er sollte hier vor meinem Bett liegen und meinen Schlaf bewachen!«

»Ein schöner Freund!« höhnte Kito. »Aber der wahre Trottel bin ich –« Er setzte sich auf meine Bettkante und vergrub seinen Kopf in den Händen. »Dschuveni hat ihn von den Wachen verhaften lassen, damit ich nicht Hand an ihn lege! Morgen früh wird der Bulgai über ihn zu Gericht sitzen.«

»Was hat Omar denn eigentlich angestellt, daß ihr euch alle so erregt?« fragte ich scheinheilig.

»Er hat mich betrogen!«

»Mit Orda etwa?«

»Die hat er auch betrogen!« schimpfte Kito.

»Wie?« fragte ich. »Nun erzähl mal!«

»Omar hat sich die weiße Kleidung selbst angezogen, sich den Helm aufgesetzt und ist an meiner Stelle zu Orda –«

Jetzt könnte ich mein Lachen nicht mehr unterdrücken. »Und die hat nichts gemerkt?«

»Erst, als es zu spät war! Als sie sich dem Wüstling schon hingegeben hatte und der meinte, als siegreicher Eroberer könne er sein wahres Gesicht zeigen.«

»Die hat sich von dem Mann im Topfhelm knüppeln lassen? Und hat nicht gemerkt, daß der Prügel nicht zu dem Kopf gehörte, den sie eigentlich erwartet hat? Das ist zu komisch, um darüber ernsthaft erbost zu sein, Kito!« rief ich und schüttete mich aus vor Lachen. »Gib zu, das hättest du dir auch nicht entgehen lassen, wenn du an Omars Stelle gewesen wärst! Mach bitte aus diesem Spaß kein strafwürdiges Verbrechen! Mach aus dir vor allem nicht den Gehörnten! Sag, du hättest keine Lust gehabt und deshalb einen Vertreter geschickt! Sonst spottet das ganze Sommerlager noch über dich, Kito!«

»Du hast recht, Roç – also lustige Miene zu diesem Spiel, in dem ich der Dumme bin!«

»Wer den Schaden hat, braucht für den Spott nicht zu sorgen!«

»Und was machen wir mit Omar?«

»Laß ihn frei, noch heute nacht, bevor es zu einer – für dich nur peinlichen – Verhandlung vor dem Oberhofrichter kommt. Gib ihm ein Pferd, und jag ihn davon!« Ich hatte jetzt gewonnenes Spiel und konnte gut wohlfeile Ratschläge erteilen. »Denn du solltest ihn nicht mehr zwischen den Füßen in deiner Hundertschaft haben. Wenn man euch morgen noch zusammen sieht, geht hinter deinem Rücken Getuschel und Gelächter los. Das kannst du dir ersparen!«

»Roç, du bist ein wahrer Freund. Ich hätte dich gleich zu Rate ziehen sollen!«

»Das nächste Mal!« sagte ich und schlug ihm auf die Schulter.

Er erhob sich. »Und was geschieht mit Orda?«

»Du kannst ihr verzeihen und die verpatzte Nacht nachholen, mit oder ohne Topfhelm. Sie ist ein anständiges Mädchen!«

»Das war sie«, brummte Kito und stampfte hinaus.

Am nächsten Morgen wurde ich früh von Yeza geweckt. »Da hast du was Schönes angerichtet«, begann sie gleich vorwurfsvoll. »Orda sitzt da und heult sich die Augen aus!«

»Weil Omar fort ist?« entgegnete ich wohlpräpariert. »Wer konnte das ahnen?«

»Nein, weil Kito sie nicht mehr anschaut!«

Yeza berichtete mir, daß Kito noch in der Nacht bei seinem Vater erwirkt hatte, daß Omar entgegen dem Arrestbefehl des Kämmerers freigelassen wurde und mit der Auflage des Lagers und des Landes verwiesen wurde, sich ohne Umschweife und auf kürzestem Weg wieder nach Samarkand zu begeben. Er bekam ein schlechtes Pferd und keine Gelegenheit mehr, sich von seinen Freunden zu verabschieden oder sich gar zu rechtfertigen. »Wenn ich es genau bedenke«, vertraute Yeza mir an, »ist es vielleicht gut so. Schließlich war er einer der vierzehn, die den Schwur abgelegt hatten, den –«

»Sprich nicht weiter, Yeza!« unterbrach ich sie. »Die Zeltbahnen haben Ohren, und du und ich, wir wissen von nichts!«

»Das kommt dir wohl sehr zupaß, mein Trencavel!« spottete sie. »Nimm es als Wahlspruch in dein neues Wappen auf, mein Herr du Haut-Ségur! Ritterlich war dein Verhalten nicht!«

»Dir, verehrte *damna*, fällt heute morgen ein, wer Omar letztlich war – und sicher immer noch ist. Um diese Stunde aber wäre er schon an meiner Seite nach Karakorum unterwegs gewesen, um mit mir zusammen in die Leibgarde des Großkhans aufgenommen zu werden. Ich mußte handeln!«

Sie umarmte mich und lachte. »Mein lieber Intrigant! Ich lerne einen neuen Roç kennen, der die reinen Ideale des Rittertums gegen die Attitüden eines Herrschers eintauscht.«

»Ich werde immer dein Ritter bleiben«, antwortete ich gekränkt, »doch um dich zu beschützen, reicht das Schwert allein nicht mehr aus.«

»Schon gar nicht hier in der Steppe, wo andere Gesetze herrschen. Unsere Gastgeber pflegen zwar gewisse prüde Tugenden, aber Ritterlichkeit ist ihnen ein Fremdwort!«

»Meine hochvermögende *damna*«, sagte ich und kniete vor ihr nieder. »Könnt Ihr mir noch einmal verzeihen?« Sie reichte mir ihre Hand zum Kuß, doch ich faßte behend unter Yeza durch und griff ihr zwischen die Schenkel.

Lachend entwand sie sich mir. »*Adieu, mon chevalier de bonnes manières!*« Damit lief sie davon.

L.S.

Der Skandal blieb nicht aus, dafür sorgte schon der Dschuveni. Der versuchte, Kito vor den Oberhofrichter Bulgai zu zerren, doch der gefürchtete Glatzkopf grinste nur und erklärte: »Burschenstreiche! Wenn dabei die Ehre einer Mongolin gelitten hätte, hätte ich dem Frevler seinen Kopf vor die Füße gelegt. Doch dieser Fall ist nicht gegeben. Die Verbannung des Fremden, der unsere Gastfreundschaft mißbraucht hat, besteht zu Recht.« Er sah, immer noch grinsend, auf den Kämmerer hinab. »Ich hätte ihm allerdings zehn Rutenstreiche mit auf den Weg gegeben.«

Da sprang Kito vor. »Die könnt Ihr mir verabreichen«, sprach er düster, »ich habe sie reichlich verdient.«

Da erlosch das Grinsen des Bulgai. »Das mag wohl sein, aber Ihr zählt durch Blutsbande Eures Vaters zur engeren Familie der Dschingiden, und wie Ihr wißt, darf ich als Oberster Richter nicht zulassen, daß Hand an Euch gelegt wird. Eure Unantastbarkeit kann nur der Großkhan aufheben. Doch Euer Vergehen, wenn es denn eines war, erfordert auf keinen Fall den Teppich.« Damit war die Verhandlung geschlossen.

Bei seinen letzten Worten war Yeza aufgebracht in die Jurte gestürmt. »Sag mir, Kito, warum würdigst du Orda keines Blickes mehr? Deinetwillen hat sie sich hingegeben, völlig ahnungslos.«

Der Angriff verwirrte Kito. »Ich kann es nicht verwinden, daß Omars Manneskraft sie befriedigte, als sei es die meine. Das ist sicher ungerecht, aber wer mag schon gern mit einem anderen Mann verglichen werden. Erschlagen hätte ich ihn sollen!«

»Das hätte nichts geändert, Kito, im Gegenteil: Das Schwert eines Schatten bleibt immer unerreichbar.«

»Für mich ist die Scheide gestorben«, murrte Kito unversöhnlich. Yeza verkniff sich die Bemerkung, daß Omar – ohne es zu wissen – lediglich mit ihm gleichgezogen hatte. Schließlich hatte Kito damals in Iskander Omars läufige Schwester Aziza besprungen. Doch dieser Zusammenhang war Kito natürlich nicht bekannt und durfte es auch nicht werden. Denn sonst hätte ihm nachträglich gedämmert, daß Omar ein Assassine aus Alamut war und nicht nur ein hilfreicher Fremder aus Samarkand.

So ließ Yeza von dem Thema. Männer und ihr dämlicher Stolz als Erstbesteiger! »Was ist mit dem ›Teppich‹?« fragte sie.

Kito sah sie befremdet an. »Das ist nichts für Euch, Prinzessin!«

»Ich will's aber wissen!« sagte Yeza. »Ist es eine Strafe?«

»Ja und nein. Es ist eine Ehre, die einem Dschingiden vorbehalten bleibt, der nach dem Urteil des Großkhans sein Leben verwirkt hat. Da keines Menschen Hand an ihn gelegt werden kann, so auch nicht das Schwert des Scharfrichters, wird ein Teppich über ihn gebreitet, und die Pferde einer Tausendschaft reiten über den Teppich hinweg.«

Da sagte Yeza nichts mehr. Das Bild wollte ihr lange Zeit nicht aus dem Kopf gehen.

Der Kämmerer ließ Roç und Yeza zu sich kommen. »Wer war Euer Freund, dieser Omar?« wollte er wissen. »Kanntet Ihr ihn schon, bevor Ihr ihm in Samarkand begegnet seid?«

»Keineswegs«, antwortete Roç. »Er machte sich auf dem Markt an mich heran und warnte vor ›Gefahr‹. Das war alles!«

»Warum habt Ihr mir nicht Mitteilung davon gemacht?«

»Weil wir wissen wollten, wem es behagte, uns nach dem Leben zu trachten, und wer es wagte, Euch anzugreifen.«

»Feinde soll man erkennen!« fügte Yeza hinzu.

»Leichtsinnig!« schnaubte Dschuveni. »Wißt Ihr nun wenigstens, wer es war?«

»Dafür habt Ihr doch Malouf im Faß!« spottete Yeza. »Für mich ist er des Kalifen langer Arm, die Meuchler standen in Bagdads Sold.«

»Und woher habt Ihr dieses vermeintliche Wissen?« fragte der Dschuveni argwöhnisch. »Der eingepökelte Kaufmann von Samarkand läßt sich eher in Stücke schneiden, als daß er die Zähne auseinanderkriegt.«

»Das hat Omar gesagt«, platzte Roç heraus, und Yeza schob schnell nach: »Es sollte allerdings so aussehen, als ob der Imam von Alamut dahintersteckte, damit der Zorn des Großkhans sich gegen die Assassinen richtet.«

»Hättet Ihr, Prinzessin, mir dies früher anvertraut, hätte ich den Burschen nicht davonreiten lassen.«

»Ihr könnt ihn ja noch einholen«, stichelte Yeza, »doch ich bezweifle, daß Ihr mehr aus Omar herausholen werdet, als er uns bereits anvertraut hat. Genau weiß er es auch nicht«, behauptete Yeza kühn und trat Roç dabei auf den Fuß, da sich der Kämmerer gerade von ihnen abwandte, um aus seiner Jurte zu schauen. Es gab schon wieder Unruhe im Lager, diesmal am hellichten Tag.

»Auf jeden Fall habe ich beschlossen«, verkündete der Dschuveni, an Roç gerichtet, »von meiner Empfehlung, Euch in die Leibgarde des Großkhans zu entsenden, Abstand zu nehmen.« Diesmal trat Roç gegen Yezas Schienbein, um seiner klammheimlichen Freude Ausdruck zu verleihen. Dabei gelang es ihm durchaus, eine betrübte Miene zu zeigen und beschämt hervorzubringen: »Ich bin es nicht wert, diese Ehre –«

Weiter kam er nicht, weil Kito über die Schwelle stürmte. »Orda hat sich ein Ochsengespann samt Karren genommen, hat ihre Habe aufgeladen und das Lager verlassen!« Kito war so bewegt über diesen Schritt, daß er nicht wußte, ob er ihn begrüßen oder verdammen sollte. »Hier«, er reichte Yeza ein verschlossenes Schreiben, »das hat sie für Euch, ihre ›Herrin und Freundin‹, hinterlassen.«

Yeza öffnete es und sah keinen Grund, es nicht laut vorzulesen: »›Ich folge dem Mann, der mich erkannt hat, nachdem ich einsehen mußte, daß der, dem meine Liebe galt, mich nicht mehr achtet. Ihr, Königin, werdet mich verstehen und mir vergeben, daß ich Euch so undankbar den Dienst aufkündige. Orda.‹«

»Das ist unbotmäßig! Schafft diese treulose Dienerin auf der Stelle zurück!« schnaubte der Kämmerer Kito an, der schon Anstalten machte, dem Befehl zu folgen.

Da griff Yeza ein. »Bislang ist alles auf dem Leib dieses Mädchens ausgetragen worden!« rief sie empört. »Sie mußte unter dem Schabernack ebenso leiden wie unter der gekränkten Ehre von Euch Männern. Jetzt laßt sie ziehen! Ich wünsche mir, daß sie ihr Ziel erreicht und daß sie glücklich wird. Ich befehle Euch, Kito«, fuhr sie den verdutzten Hundertschaftsführer an, »nichts zu ihrer Verfolgung zu unternehmen!« Sie wandte sich, eher flammende Göttin als hoheitsvolle Königin, an Dschuveni: »Ich warne Euch, Kämmerer, mein Gebot zu hintergehen! Ich sähe mich ansonsten genötigt, beim Großkhan Klage zu führen über die recht fahrlässige Art und Weise, mit der Ihr bisher unseren Weg zur Krone der Welt gesichert und geebnet habt!« Sie ließ ihm gar keine Möglichkeit aufzumucken. »Über den Leichtsinn, mit dem Ihr die Diener ausgewählt habt, die dazu bestimmt waren, unsere Sicherheit zu gewährleisten und das Leben des Königlichen Paares mit eigenem Leib zu schützen.« Und weil er sich so schön duckte, gab sie noch eins drauf. »Was taten sie mit ihren Leibern? Da versagt Euch die Stimme, mit Recht!«

»Ich schlage vor«, mischte sich Roç begütigend ein, »wir greifen dem Schicksal nicht in die Speichen. Die Zeugen des unliebsamen Vorkommnisses haben uns verlassen; wir sollten es uns nicht antun, sie mit Gewalt zurückzuholen.«

Da sowohl Kito als auch der Dschuveni nicht umhin konnten, ob dieses weisen Vorschlags einverständig zu nicken, schloß Yeza versöhnlich. »Wir haben uns alle etwas erregt. Nun, da wir uns einig sind, laßt uns die ganze Geschichte vergessen!«

»Euer Wunsch ist mir Befehl!« Der Kämmerer schien seine Lektion gelernt zu haben, und alle gingen auseinander.

Kurz darauf war im Lager zu hören, Malouf habe seinem Leben im Faß ein Ende gesetzt. Einige Stimmen behaupteten, er habe Dschuveni zuvor ein Geständnis abgelegt und der habe ihm dafür erspart, nochmals von dem Bulgai befragt zu werden. Jedenfalls seien die Hunde, denen sein Fleisch vorgeworfen wurde, an fürchterlichen Krämpfen elendiglich zugrunde gegangen. Yeza suchte Roç auf, bevor Kito ihm wieder in seine Hundertschaft locken konnte, und fand ihn natürlich bei Meister Buchier und seinem silbernen Trinkbaum. Das Kunstwerk machte sichtlich Fortschritte, was Yeza aber nicht interessierte. Sie zog ihren Ritter vor die Schmiede.

»Wir haben uns etwas Luft verschafft, mein lieber Trencavel«, sprach sie ihre Sorgen aus, »aber noch längst nicht die Stellung, die das Leben hier nicht nur erträglich macht, sondern auch unserer Bestimmung entspricht. So gern ich deine Freundschaft mit Kito sehe, alles, was uns deine Künste zu Pferd und mit dem Bogen bisher eingebracht haben, ist eine Berufung in die Leibgarde des Herrn Möngke, den wir immer noch nicht zu Gesicht bekommen haben.«

»Das ist für einen jungen Mongolen die höchste Ehre«, wand sich Roç ob des unangenehmen Themas. »Kito ist wütend auf mich, denn als Führer einer Hundertschaft ist er für jeden Mann verantwortlich, so, wie er auch seinen Kopf verlieren würde, wenn einer seiner Leute im Kampf desertieren würde. Daß ich jetzt nicht mehr nach Karakorum geschickt werde, bedeutet für ihn eine große Schande.«

»Das ist nicht meine Sorge«, sagte Yeza. »Du mußt dich von ihm und seinem wilden Haufen lösen, auch wenn du dich dort recht wohl fühlst. Wir müssen endlich nach Karakorum vor den Thron des Großkhans, ehe sich die Mongolen daran gewöhnen, uns hier, nachdem wir als Paradiesvögel Federn gelassen haben, nun als gewöhnliche Vogeltiere zu sehen. Wir sind jedoch königliche Adler und gehören nicht in diesen Käfig, auch wenn er wie ein Freigehege wirkt. Die Auseinandersetzungen mit dem Kämmerer sind unserer nicht würdig.«

»Was hast du im Sinn, Königin der Lüfte? Ich kenn' dich doch, du bist doch nicht ohne einen Plan gekommen!«

»Ich will mich allein, ohne dich, an General Kitbogha wenden, weil es ein Gespräch ohne Zeugen sein soll. Ich werde ihm eröffnen, daß ich herausbekommen habe, daß Omar ein Assassine war.«

»Du redest uns um Kopf und Kragen!«

»Das nehme ich auf mich«, entgegnete Yeza kühl, »bevor Dschuveni sein Wissen an den Mann bringen kann. Denn der hat den Malouf wohl kaum zur Hölle fahren lassen, ohne ihm vorher dieses Geständnis zu entlocken, darauf kannst du dich verlassen.«

»Und wenn nicht?«

»Dann stehen wir immer noch besser da, wenn ich mit der Wahrheit herausrücke –«

»Und von wem hast du sie – und warum erst jetzt?«

»Von Orda!« erwiderte Yeza kühl. »Ich habe eben unter ihren Sachen ein Amulett gefunden, das ihr wohl in der Hast des Packens entglitten sein muß: das geheime Erkennungszeichen der Assassinen von Alamut!«

Sie zeigte Roç einen Stern aus Kupfer, den ihr Omar dereinst in Iskander geschenkt hatte. Seine fünf Zacken faßten kunstvoll eine Rosenknospe, darin »*Al uafa hatta al maut*« geschrieben stand. Sie hatte das Liebespfand gut aufgehoben, und es tat ihr leid um das Opfer. »Du weißt von nichts!« beschied sie ihren Gefährten. »Laß mich nur machen!«

Yeza wußte, daß der General mit dem Oberhofrichter Bulgai bei Sonnenuntergang das Lager besuchen würde. So erbat sie sich vom freundlichen Meister Buchier ein Pferd. Sie wollte vermeiden, von der frommen Dokuz-Khatun zum abendlichen Kirchgang vergattert zu werden, und ritt den Männern entgegen. Daß der gefürchtete Bulgai dabeisein würde, bereitete ihr zwar ein gewisses Schaudern, erhöhte aber ihre Lust an dem gewagten Spiel.

Yeza sah Kitboghas Trupp schon von weitem. Der General und sein Gast, der Oberhofrichter, ritten schnell vorneweg. Als sie Yeza allein in der Steppe erblickten, zügelte der alte Haudegen sein Pferd. »Seid mir gegrüßt, Prinzessin!« rief er freundlich in seiner polternden Art. »Ihr kommt sicher wegen der Versetzung Eures jungen Gemahls«, setzte er aufmunternd hinzu. »Wir sind keine Unmenschen!« Er warf dem Glatzkopf einen fragenden Blick zu, und der gab nickend sein Einverständnis. »Sie ist hiermit aufgehoben. Ihr könnt in trauter Zweisamkeit Eure junge Liebe und unseren schönen Sommer genießen!«

Er meinte das sicher so herzlich, wie er es gerufen hatte. Yeza lenkte ihr Pferd zwischen die beiden alten Männer. »Einer jungen Königin ist das nicht vergönnt, sie hat keinen Anspruch auf solche Art von Glück. Mich drängt es, Euch eine Entdeckung zu offenbaren, die mich erschreckt hat und mir von politischer Wichtigkeit erscheint. Darf ich offen sprechen?«

Wieder ging der fragende Blick zum Bulgai. Der betrachtete Yeza erstaunt und antwortete: »Bitte, sprecht ohne Furcht!«

Yeza überwand ihre Scheu und sagte: »Die Männer, die uns in Samarkand überfielen, waren keine Assassinen, sondern gedungene Mörder in Bagdads Sold. Hingegen waren die, die uns selbstlos zur Hilfe eilten, ihr Leben für uns gaben, Leute der Rose, Fida'i des Imams von Alamut. Das kann ich jetzt beweisen!«

»Es hat Euch erschreckt?« Der Bulgai war ein aufmerksamer Zuhörer.

»Ja«, gab Yeza eifrig zu, »obwohl dieser Omar sich nichts zuschulden hat kommen lassen, außer dem üblen Streich, der meiner Leibwächterin Orda gespielt wurde –«

»Doch«, unterbrach er sie scharf, »es hätte nicht viel gefehlt, und wir hätten ihn als Leibwächter nach Karakorum geschickt. Gar nicht auszudenken –«

Diesmal unterbrach Yeza ihn. »Im Gegenteil«, rief sie keck, »er hätte wahrscheinlich bewiesen, daß nicht alle Assassinen heimtückische Meuchelmörder sind, und hätte, da bin ich mir sicher, mit seinem Leib auch das Leben des Großkhans geschützt. Denn«, fuhr sie schnell fort, »wenn er andere Absichten gehabt hätte oder gar einen Auftrag, dann hätte er den ausgeführt und sich nicht auf so ein dummes Abenteuer eingelassen.«

»Was wissen wir?« grummelte der General, aber Yeza ließ sich nicht aus dem Konzept bringen.

»Wir wissen jetzt, daß die Assassinen Freunde sind!«

»Das wißt Ihr nicht, junge Königin«, entgegnete Bulgai ob ihres Eifers lächelnd. »Ihr nehmt es zu ihren Gunsten an. Ich bin froh, daß wir nicht am Leibe des Großkhans die Probe aufs Exempel machen mußten. Doch habt Dank für Eure Wachsamkeit, die eigentlich andere hätten beweisen müssen. Euren Sohn meine ich nicht, General.«

Yeza hielt es für angebracht, den Kämmerer in Schutz zu nehmen, und sagte: »Niemand konnte es ahnen. Mir beweist es, daß *tengri*, der ewig blaue Himmel, schützend seine Hand über den Großkhan hält, denn er allein hat ja alles zum Guten gewendet. Wir sollten weder rachsüchtig noch nachtragend, sondern dankbar sein.«

Die beiden Männer wechselten einen Blick zwischen Erstaunen und Belustigung. »Ihr habt Scharfsinn und Weitsicht bewiesen, meine Königin, wie auch Umsicht und Verschwiegenheit. Es war gut, daß Ihr Eure Erkenntnisse uns zuerst anvertrautet«, sprach der Oberhofrichter, »und ich schlage vor, es auch dabei zu belassen.«

Ehe Yeza antworten konnte, sagte der General: »Ich werde Euch morgen zu meinem Herrn führen. Herr Hulagu möchte sich mit Euch, dem Königlichen Paar, beraten. Es geht um den ›Rest der Welt‹.«

»Ich weiß«, antwortete Yeza huldvoll lächelnd, »wir haben diesen Wunsch seit langem erwartet, doch noch sehnlicher begehren wir, nun endlich vor das Antlitz des Großkhans Möngke zu treten. Seinetwegen sind wir gekommen, denn er hat uns gerufen.«

»Wir alle haben Euer Kommen gewünscht«, erwiderte der General gerührt. »Arslan, der Schamane, ließ uns wissen, Ihr wäret dem Volk der Mongolen verheißen.«

»Ebenso wie der ›Rest der Welt‹?« fügte Yeza spitz hinzu und versäumte nicht, dem Bulgai gleichzeitig einen ihrer ›Sternenblicke‹ zu schenken, denen keiner widerstehen konnte.

»Ihr werdet den Großkhan Möngke sehen«, gab der sich dann auch geschlagen. »Der Khagan erwartet Euch schon seit langem und wird hocherfreut sein, wenn ich ihm mitteile, mit welch königlicher Gesinnung Ihr der Huldigung des Herrschers entgegenseht.«

Nach diesem Dämpfer auf Yezas keck erhobenes Haupt ritten die beiden Männer mit ihr ins Lager ein.

Roç Trencavel an William von Roebruk, im Sommerlager, in der letzten Dekade des Juli 1253

Yeza und ich ritten, begleitet von Kito, auf Einladung seines Vaters zu einem »sehr bedeutsamen Treffen«. Mehr durfte er uns nicht sagen. Uns war es recht, Hauptsache, es bewegte sich endlich etwas in dieser Lage, die allmählich langweilig zu werden begann. Tagtäglich reite ich mit der Hundertschaft, die Yeza immer einen »wilden Haufen« nennt. Dabei ist sie nur neidisch, weil sie gerne mit uns reiten würde, statt dreimal am Tag in die Kirche zu gehen. Immer wieder werden wir vertröstet.

Kito, der schon Zeichen von Enttäuschung gezeigt hatte, daß wir ob seiner geheimnisvollen Eröffnung nicht in Jubelschreie ausgebrochen waren, druckste herum. »Wer ist eigentlich dieser William von Roebruk«, platzte er schließlich heraus, »dem ihr immer schreibt, ohne die Briefe abzuschicken?« Er räusperte sich verlegen, um hastig hinzuzufügen: »Das läßt der Oberhofrichter euch fragen. Nicht daß es ihn beunruhigt, er fragt nur der Ordnung halber.« Kito war sichtlich verlegen. Sie hatten jetzt also auch in meinen Papieren gewühlt! Ich hatte das erwartet, nachdem Yeza mir mitgeteilt hatte, daß Orda für den Bulgai spionierte, und doch machte es mich ärgerlich. Ich warf Yeza einen überlegen abwiegelnden Blick zu, mit dem ich ihr signalisierte – wir waren in solchen Sachen aufeinander eingespielt wie alte Komödianten –, daß ich den ersten Auftritt übernähme.

»Wie, der Oberste Herr der Geheimen Dienste aller Mongolen kennt William von Roebruk nicht?« hub ich an. »Das darf doch nicht wahr sein!« Ich spielte den Erschütterten. Voller Vorwurf und mit einer Prise Spott setzte ich hinzu: »William ist der berühmteste lebende Franziskaner, das bedeutendste Mitglied des weltweiten Ordens der Minoriten seit seinem Gründer, dem heiligen Franz von Assisi.«

Dann fiel Yeza ein. »William von Roebruk, Vertrauter des Kaisers, Berater von Königen. Was wißt Ihr vom ›Rest der Welt‹, wenn Eure Informanten an einer Person von solchem Rang achtlos vorübergegangen sind!«

»Er kommt gleich nach dem Papst, könnte man sagen«, baute ich weiter an Deinem Glorienschein, »er steht an seiner Seite als geheimer Lenker der Geschicke der Kirche Christi.«

»Eingeweihte flüstern, er sei der Graue Kardinal«, griff Yeza das veränderte Szenarium auf.

Kito raffte sich zu einer Gegenfrage auf. »Steht der über dem Papst, von dem die Kirche Roms behauptet, er sei der Vertreter des Messias und der wiederum ein natürlicher Sohn Allahs und jener Miriam aus dem Land der Juden?«

»Der Graue Kardinal bestimmt unsichtbar im Hintergrund, was der jeweils Gewählte auf dem Stuhle Petri zu sagen, zu tun oder zu lassen hat. Er ist die Macht –« Yeza legte einen verzückten Seufzer hin, der seinen Eindruck auf Kito nicht verfehlte.

»Den kennt ihr in Person?« fragte er in fast ungläubiger Hochachtung, um sich dann die Antwort selber zu geben. »Sicher, sonst würdet ihr ihm ja nicht schreiben. Aber warum schickt ihr die Briefe nicht ab?«

»Wir schreiben ihm, um sein Herz zu erfreuen, das voller Liebe für uns schlägt. Die Berichte, die wir geben, braucht er nicht. William von Roebruk weiß alles über euch. So schicken wir sie nicht ab. Eines Tages wird er zu uns kommen, dann bringen wir ihm unsere Briefe als Geschenk unserer Herzen dar, damit er sieht, daß wir immer an ihn gedacht haben.« Ich senkte meine Stimme während dieses Sermons, weil mich selbst die Rührung übermannte ob Deiner Heiligkeit, William.

»Und dieser größte Fürst der Kirche wird zu uns kommen, euch zu besuchen?« Kito war nun auch ergriffen.

»Hoffentlich«, sagte Yeza. »Wenn Kaiser und König ihn dringend bitten, wird er die Mühen der weiten Reise auf sich nehmen und uns und den Großkhan, der uns so edel seine Gastfreundschaft gewährt hat, mit seinem Besuch beehren.«

»Das wird eine große Freude sein!« unternahm ich den Versuch, die Elogen zu beenden, bevor Kito die leidige, doch unausweichliche Frage stellen konnte, ob Du auch dem Großkhan huldigen würdest, aber Yeza überrollte den Fassungslosen gleich mit der besten Lösung.

»William von Roebruk hat die Mongolen in sein Herz geschlossen, und so, wie er den Großkhan liebt und verehrt, wird dieser ihn mit offenen Armen voller Freude empfangen.«

Das machte mir Mut zu dem tollkühnen Abschluß: »So wie wir, das Königliche Paar, die Schlüssel zum ›Rest der Welt‹ sind, ist William von Roebruk das Schlüsselloch!«

Damit waren wir bei einer einsamen Jurte in der Steppe angelangt, die jedoch größer und prächtiger war als alle, die ich bisher gesehen hatte. Mindestens eine Hundertschaft umstand sie im dichten Kordon. Vor die Schwelle trat der weißhaarige General Kitbogha und hieß uns willkommen. Kito mußte draußen bleiben. Die Jurte war von vielen Talglichtern erhellt; in der Mitte brannte ein Feuer aus wohlriechenden Zweigen und Kuhmist. Im Halbdunkel sah ich an der erhöhten Stirnseite einen kleinen Mann sitzen, flankiert vom hochgewachsenen Bulgai und dem Kämmerer Dschuveni, der sich bei unserem Eintritt tief verbeugte.

»Der Il-Khan Hulagu ist entzückt«, sprach der General feierlich, »daß Ihr ihm endlich die Aufwartung macht.«

Ich wollte mich schon zum Kotau niederwerfen, aber Yeza hielt mich zurück. »Wir grüßen den Il-Khan und sind hocherfreut, vor sein Antlitz zu treten, denn lange mußten wir auf diesen Augenblick des Glücks warten.« Sie brachte einen vollendeten Hofknicks zuwege, so daß ich wenigstens ein Knie beugen konnte.

»Verzeiht mir, meine Könige, daß ich sitzen bleibe«, sprach Hulagu mit heller Stimme, »mich plagt ein Schmerz zwischen Rücken und Beinen. Ich würde umfallen, bevor ich Euch umarmt hätte. Setzt Euch bitte zu mir.«

Der Dschuveni bedeutete den Dienern beflissen, zwei Sitzkissen herbeizuschaffen, und wir setzten uns zu Füßen des Il-Khans, so daß der gezwungen war, seinen Rücken arg zu beugen, um sich verständlich zu machen. Yeza hatte ein Einsehen, und wir standen auf. »Wir wollen Euren Schmerz nicht vergrößern, erhabener Il-Khan«, sagte sie schnell und trat an die Seite des Throns, wo nun auch General Kitbogha stand, so daß der Kämmerer zurücktreten mußte. Ich gesellte mich auf die andere Seite zum Bulgai, dem gefürchteten Glatzkopf.

»Über den ›Rest der Welt‹ mögt Ihr mir ein andermal erzählen, wenn ich entweder stehen oder liegen kann, jetzt ist mir das zu anstrengend. Ich wollte Euch nur sehen«, sagte der kleinwüchsige Mann mit den weichen Gesichtszügen und der Knabenstimme, »und mein erster Eindruck, auf den ich mich immer verlasse« – er warf dem Bulgai einen bedeutungsvollen Blick zu und nickte, worauf dieser einverständlich seinen Glatzkopf senkte –, »bestätigt mir, daß meine Wahl wieder einmal die richtige war.« Er tätschelte Yezas Hand, erhielt einen ›Sternenthaler‹ zum Dank und wandte sich mir zu. »Ich finde Gefallen an Euch, den Kindern des –« Er stockte, wandte sich verlegen an den General, der schnell mit »des Gral« zu Hilfe kam. »Richtig, des Gral!« Er nahm nun auch meine Hand und fügte sie über seinem Schoß – er hatte einen leichten Bauchansatz – mit Yezas rechter zusammen und legte seine fleischige als dritte obenauf. »Wir werden zusammen Großes vollbringen!« Dabei schaute er sich beifallheischend um, und die Umstehenden beeilten sich zu nicken.

Yeza sagte leise und bescheiden »Danke«, und ich straffte mich, da sich aller Augen auf mich richteten, und sprach laut: »Wir sind bereit.«

Daraufhin zog Hulagu seine Hand von den unseren ab, und wir

fühlten uns entlassen. Doch nun sprang der Kämmerer vor. »Der Il-Khan wünscht, daß sich das Königliche Paar von hier aus mit ihm zusammen in die Hauptstadt begibt, denn es ist ihm ein Bedürfnis, das Königliche Paar seinem erhabenen Bruder, dem Großkhan Möngke, darzubieten.« Das Bedauern Dschuvenis, um diese Ehre gebracht worden zu sein, war deutlich herauszuhören.

»Heute nacht müßt Ihr mit meiner armseligen Hütte vorliebnehmen«, mischte sich Hulagu nun völlig protokollwidrig ein, was mir gefiel. »Aber in Karakorum werdet Ihr einen eigenen Palast bekommen, aus festem Stein, so wie Ihr es gewohnt seid. In diesen Jurten holt man sich nur Rückenschmerzen.«

»Wir nennen es den ›Pfeil der Hexe‹!« erwiderte Yeza lachend. »Dagegen helfen nur Kräuter und warme Kissen!«

»Habt Ihr's gehört?« klagte der zukünftige Herrscher des Westens. »Die junge Königin weiß auch zu heilen. Kräuter und warme Kissen! Ganz einfach, warme Kissen«, murmelte er und begab sich, gestützt auf seinen Kämmerer, hinter die Vorhänge, die seinen privaten Wohnbereich abtrennten.

Wir aber traten hinaus zu Kito, um uns von ihm zu verabschieden. »Wenn William von Roebruk nach Karakorum kommt, euch zu besuchen, dann möchte ich an eurer Seite sein.«

»So sei es, Kito«, antwortete Yeza gerührt. »Gern werden wir dich, unseren Freund und Beschützer, dem berühmten Franziskaner vorstellen.« Wir umarmten uns, und er ritt mit seinem Vater davon.

Ich stand noch lange mit Yeza und winkte ihnen nach, als sie in der abendlichen Steppe entschwanden. Dann wandte ich mich zu meiner Dame um. »Karakorum«, sagte ich nur, denn ich war sehr aufgewühlt von dieser Vorstellung, endlich in das Zentrum der Macht dieser Welt zu gelangen. Yeza lächelte mich an.

Ach, William, wie soll ich Dir meine Gefühle beschreiben, wenn sie mich so anschaut? Sie hat wahrlich Augen wie Sterne am hellblauen Abendhimmel! *Tengri* möge sie beschirmen und mir ihre Liebe erhalten.

Ewiglich, Dein Roç
L. S.

VIA TRIUMPHALIS
LIBER II
CAPITULUM VIII

Chronik des William von Roebruk, im Lager Sartaqs, am Fest des hl. Xystus II. 1253

So bin ich nun endlich auf dem Weg zum Großkhan, auch wenn alles etwas anders verläuft, als der König es sich in seinem schlichten Vertrauen auf das Gute in der Welt vorgestellt hat und als ich selbst es erwarten durfte.

Kaum hatten wir das Schwarze Meer verlassen und den ersten Hafen in der Mündung des Don erreicht, wo wir mongolisches Hoheitsgebiet betraten, umfing uns bereits eine Welle neugieriger Erwartung. Jedes Kind, jeder Stationsmeister, jeder Dorfälteste oder Provinzgouverneur wußte, wer wir waren und daß wir zum Großkhan reisten. Ohne mir schmeicheln zu wollen, es war vor allem mein Name, der in aller Munde war, und das war meinen Begleitern auch nicht unlieb, denn so scherte sich keiner um ihre wahre Identität. Die Ankunft des berühmten ›William von Roebruk‹ verbreitete sich wie ein Lauffeuer über die mongolischen Heerstraßen, und oft zogen Hunderte von Leuten mit uns, klatschten in die Hände wie Kinder und jubelten uns zu. Daß sie dabei unsere Vorräte auffraßen und uns hemmungslos um jedes Stück aus unserem Besitz anbettelten, war die Kehrseite der ruhmreichen Medaille.

Wir hatten mittlerweile drei Führer, vier vollbeladene Wagen und einen Troß von Knechten, Gespannlenkern, Pferdeburschen und Kameltreibern zu versorgen, und bei jeder Station wurden es mehr. Sie bestahlen uns allesamt, und ihre Forderungen stiegen ins Unermeßliche. Ich sagte immer nur ja und amen, denn das bescheidene *pax et bonum* des heiligen Franz war nun wirklich nicht mehr angebracht. Wie Fliegen einen Haufen Scheiße umschwärmten uns unfähige Dolmetscher, freche Diener und des Weges unkundige Führer, so daß wir nur langsam und auf abenteuerliche Weise vorankamen. Aber das war mir letztlich gleichgültig, denn ich hatte mir fest vorgenommen, gleich nach der Ankunft bei Sartaq, dem ersten Fürsten, dem Aufwartung zu machen war, mich des ganzen Geschmeißes zu entledigen, was ja angesichts der Autorität des Herrschers möglich sein müßte.

Wir trafen am Abend in seinem Hoflager ein, und meine Führer eilten, dem ›Jam‹ unsere Ankunft mitzuteilen. Ein Jam ist ein hoher Beamter, dessen Aufgabe darin besteht, fremde Gesandte zu empfangen, zu betreuen und ihnen – nach eingehender Prüfung und letztlich ganz nach eigenem Ermessen – eine Audienz beim Khan auszurichten.

Als mein Führer mir mitteilte, der Jam sei bereit, uns zu empfangen, und ich keine Anstalten machte, ein größeres Geschenk für ihn vorzubereiten, gefiel er sich in wüsten Beschimpfungen über meine Undankbarkeit. Ich ließ mich nicht beirren, und Barzo und ich betraten in einfacher Ordenstracht der Minoriten, Monseigneur im schwarzen Habit des Priesters, die prunkvolle Jurte des Jam. Ein unglaublich dicker Mann thronte dort, während Musikanten aufspielten und Tänzerinnen sich vor ihm wiegten. Ich entschuldigte mich gleich, daß wir als Mönche kein Gold oder Silber besäßen, das wir ihm gern zum Geschenk machen würden. Nur heilige Bücher und der Ornat für den Gottesdienst seien in unserem Besitz. Der Jam ging zu meiner Erleichterung freundlich grienend darüber hinweg und ließ mir durch seinen Dolmetscher sagen, wir täten gut daran, unser Gelübde der Besitzlosigkeit so hochzuhalten. Er sei nicht auf Geschenke Mitteloser angewiesen, vielmehr würde er uns beschenken, wenn wir es nötig hätten. Das lehnte ich wiederum bescheiden ab und bat lediglich darum, uns von den Bittstellern und aufdringlichen Leuten zu befreien, die uns – gegen unseren Willen – bis hierher gefolgt seien.

Da grinste der Jam bis über beide Ohren und meinte, so arm könnten wir doch nicht sein, da wir sein Angebot, uns mit dem Notwendigsten zu versorgen, abgelehnt hätten. Auch wäre uns niemand so weit gefolgt, wenn wir nicht doch vieles im Überfluß besäßen. Damit entließ er uns ohne weiteren Bescheid.

Ich kramte mit Philipp in meinen Schatztruhen und schickte dem Jam noch am späten Abend einen mit kostbaren Steinen besetzten Meßpokal. Ich beauftragte meinen Diener, dem Betreuer aller Gesandten auszurichten: »Mein Herr William überläßt Euch dieses heilige Gefäß, von dem er kein zweites zur Verfügung hat, nur damit Ihr seht, daß Geben wichtiger ist als Nehmen. Betet nun täglich für die Seelen aller, die ärmer sind, als Ihr es seid, denn mein Herr William kann es nun nicht mehr. Doch er segnet Euch und diesen Kelch des Heiligen Abendmahls. Amen!«

Es war schon Mitternacht, da kam Philipp völlig betrunken mit der Nachricht zurück, der Jam erwarte uns am folgenden Nachmittag, um uns zu Sartaq zu begleiten. Wir möchten doch bitte die Bücher und die für unseren Ritus vorgesehenen Gewänder und Gegenstände mitbringen und in vollem Ornat erscheinen, da sein Herr das alles zu sehen wünsche. Auch sollten wir unser Beglaubigungsschreiben nicht vergessen.

Das machte mir die geringsten Sorgen, hatte ich es doch schon in Konstantinopel korrekt in alle Sprachen der Mongolen übersetzen und mir dies beim kaiserlichen Hofnotar mit Amtssiegel bestätigen lassen. Unwohl wurde mir indessen bei der Überlegung, wieviel ich wohl von meinen Schätzen und kostbaren Roben zeigen sollte. Die Gefahr, die Begehrlichkeit auch eines noch so hochstehenden Mongolen zu wecken, erschien mir beträchtlich. Wäre es der Großkhan gewesen, vor den wir zu treten hatten, hätte ein Verlust den Erfolg der Reise wettgemacht, aber dies war erst der Sohn des Batu, und von unserem Ziel trennten uns noch viele solcher Prüfungen. Ich konnte mich auf dieses Katz- und Mausspiel nicht jedesmal einlassen.

Am nächsten Morgen versammelte ich mit bedrückter Miene alle meine Kostgänger, Diener, Führer und Knechte um mich, stauchte Timdal zusammen, bis er in Ton und Gestus meine flammende Ansprache so übersetzte, daß sie Wirkung zeigte. Ich kündigte ihnen an, mir wäre zu Ohren gekommen, daß Sartaq alle, die nicht zu meinem Gefolge gehörten, als ungeladene Gäste behandeln wolle, die sich in sein Lager eingeschlichen hätten. Da erhob sich Heulen und Zähneknirschen, denn jeder wußte sehr wohl, was das für ihn bedeutete. So war es mir ein leichtes, den gütigen Herren zu spielen. Alle ließen sich mit Freuden in die bischöflichen Roben einkleiden. Ich sah darüber hinweg, daß mein Philipp von jedem dafür ein Geldgeschenk einsackte, insgesamt weit mehr als der Gegenwert dessen, was uns auf unserer Reise bisher ›abhanden‹ gekommen war, wie er mir später stolz vorrechnete. So verwandelte ich den Haufen Parasiten in ein prächtiges Aufgebot von Chorknaben, Meßdienern, Diakonen und Prioren. Dann ließ ich Barzo, der meine Strategie – Angriff ist die beste Verteidigung – sofort begriffen hatte und sich nur das Lachen verkneifen mußte, mit ihnen das *»Veni creator spiritus«* einüben, bis die Kreuzfahrerhymne nicht gerade melodisch, aber machtvoll erklang.

Crean-Gosset, der alles, was ich unternahm, mit wahrer Büßermiene über sich ergehen ließ, verteilte an die vertrauenerweckendsten der Männer Weihrauchgefäße und kostbare Kruzifixe. Er selbst blieb als einziger bei seinem düsteren Habit. Deshalb ernannte ich ihn zu meinem Beichtvater, während ich ›Bartholomäus von Cremona‹ zum Provinzial beförderte, mich selbst – mit Bischofsstab und Tiara – jedoch zum Kardinaldiakon unseres Ordens auslobte. Philipp trug als Alfiere ein goldbesticktes Banner, das die Heilige Jungfrau mit dem Lamm Gottes zeigte.

So setzte sich unsere Prozession inmitten einer ständig wachsenden Menge in Bewegung. Der Jam war vor seine Jurte getreten. Nachdem er kniend meine zum Ringkuß hingestreckte Hand ergriffen hatte, ließ er sich alles bereitwillig von Barzo erklären. Er interessierte sich vor allem für die mitgeführten Bücher und Kultgegenstände, die er mit sichtbarer Begierde betrachtete. »Wollt Ihr dies alles unserem Herrn Sartaq schenken?« fragte er lauernd.

Ich verbarg mein Erschrecken und sagte fest: »Wir bringen ihm eine Botschaft, und das ist die des Heils, das nur durch Jesus Christus ihm zuteil werden kann. Er wird den Brief unseres Königs lesen und danach wissen, warum wir zu ihm gekommen sind. Wir geben uns gern in seine Hand, doch diese Gegenstände und Kleider sind heilig, und nur Priester dürfen sie berühren.«

Da erschrak der Jam sehr, und er beeilte sich, Philipp verstohlen den Pokal wieder in die Hand zu drücken. Ich machte das Kreuzzeichen über seiner Stirn, und wir zogen mit dem Gesang der Hymne langsam zum Zelt des Fürsten. Es war der Tag Petri Kettenfeier. Deshalb stimmten Barzo und ich noch das »*Salve Regina*« an, als sich der Vorhang zum Eingang öffnete. Da gleich dahinter wie üblich eine Bank mit Stutenmilch zur freien Bedienung stand, drängten sich auch viele Mongolen mit uns in die Jurte. Ich war froh über das Gedränge, in dem nicht auffiel, daß auch einige Meßdiener aus meinem ›Gefolge‹ der Verlockung des Kumiz nicht widerstehen konnten.

Herr Sartaq war ein unscheinbarer Mann Mitte Vierzig. Er hatte eine geduckte Haltung und einen Anflug von Verbitterung im Gesicht wie fast alle Söhne übermächtiger Väter, die wie Batu-Khan nicht von der Herrschaft lassen wollen. Er winkte mich zu sich, hatte er meine herausgehobene Position doch sogleich bemerkt, weil ich mich nicht wie mein Gefolge zum Kotau niedergeworfen, sondern nur leicht verneigt hatte.

Er wollte den herrlichen Psalter aus der Nähe sehen, den mir die Königin von Frankreich geschenkt hat, wie ich ihn gleich wissen ließ, während ich ihm durch Barzo den Brief des Königs überreichen ließ. Das Schreiben überließ Sartaq seinem Dolmetsch, aber von mir wollte er wissen, was in meinem Buch stünde.

Ich sagte: »Das ist die Heilige Schrift.«

Das stellte ihn zufrieden, und er blätterte in dem kostbaren Werk, das mit zahlreichen Bildern ausgeschmückt ist. Danach wurden wir in unsere Jurte zurückgeschickt.

Am Abend erschien der Jam mit einigen nestorianischen Priestern bei uns, die es aber nicht für nötig befanden, uns zu begrüßen. Der Mongole erklärte uns – Timdal konnte plötzlich ganz flüssig übersetzen –, daß Herr Sartaq entschieden habe, daß nur sein Vater Batu-Khan berechtigt sei, unserem König Ludwig auf seinen Brief eine Antwort zu erteilen. Wir müßten also morgen zu dessen Lager aufbrechen. Das schien mir einleuchtend, aber dabei beließ er es nicht. Die Gewänder und Kultgeräte, die wir vor seinem Herrn getragen hätten, sollten wir ihm, dem Jam, aushändigen, weil der Fürst sie sich noch einmal anzuschauen wünschte, besonders das Buch mit den Goldmalereien darin.

Ich glaubte ihm kein Wort und erwiderte: »Wie kann Euer Herr dies verlangen, wo er doch weiß, daß wir zu seinem Vater reisen und die Gewänder dort anlegen müssen. Und den Psalter darf ich nicht hergeben, er ist ein Geschenk der Königin.«

Da schüttelte er unwillig den Kopf und entgegnete barsch: »Und jetzt ist er ein würdiges Geschenk an Sartaq, der Gefallen daran fand! Und war die Kleider anbelangt, Ihr habt sie vor Sartaq getragen. Ihr wollt doch wohl nicht im gleichen Aufzug vor Batu treten?!«

Indessen hatten die Nestorianer schon ein Weihrauchgefäß und den Meßpokal eingepackt und sich mein bischöfliches Prunkgewand sowie das meines Bruders gegriffen. »Macht, daß ihr fortkommt!« fauchte der Jam zum Abschied und entriß mir den kostbaren Psalter. Ich verzichtete auf Gegenwehr. Zu Sartaq hatten wir keinen Zutritt mehr, und wer sonst hätte uns Recht verschaffen sollen? »Und wagt es nur nicht, bei Batu-Khan Beschwerde zu führen oder etwa zu behaupten, unser Herr Sartaq sei ein Christ, wie Euer König zu wissen vermeint. Unser Fürst ist kein Christ, sondern ein Mongole!«

An der Wolga, Mariä Himmelfahrt 1253

Ein Gutes hat der räuberische Zugriff des Jam gezeitigt, er befreite uns von unserem schmarotzenden Gefolge, denn alle dachten, wir seien in Ungnade gefallen und würden nur deshalb zu Batu weitergeschickt, damit es dort ein böses Ende mit uns nähme. So erhielten wir auch einen neuen Führer und andere Knechte; einzig unseren Timdal ließen sie uns, obgleich ich diesen einfältigen Angsthasen bei der Gelegenheit auch gern losgeworden wäre.

Kaum waren wir außer Sichtweite des Lagers, ließ ich anhalten und verteilte an Bruder Barzo, meinen Diener Philipp und an unsere

Führer neue Prachtgewänder aus den reichhaltigen Säcken des Bischofs Nicola della Porta. Gott hab' ihn selig!

»Ihr seid also nach wie vor der Meinung, Euer Exzellenz«, spottete Crean-Gosset, der schlichte Kleriker, »daß nicht Bescheidenheit und Demut, sondern herausfordernder Prunk unserer Aufgabe dienlicher ist?«

»Ach, Pater«, erwiderte ich ihm, »die Mongolen blicken sowieso herablassend auf jeden Fremden. Kommt er ihnen unterwürfig daher, lassen sie ihrer Verachtung freien Lauf und behandeln ihn wie einen Sklaven.«

Da unsere Ochsenkarren nur langsam vorwärts kamen, machte es auch wenig Sinn zu reiten. Wir banden unsere Pferde an die Karren und schritten zu Fuß neben ihnen her.

»Alma redemptoris Mater
quem de coelis misit Pater
propter salutem gentium.«

Bald sammelten sich wieder Neugierige um uns, die uns bestaunten. Gegen Abend waren es wieder so viele wie zuvor. Ich sagte unserem neuen Führer durch Timdal, er möge sie wegschicken; ich sei weder gewillt, ihnen Geschenke zu machen, noch sie zu verköstigen.

Doch mein *homo Dei* übersetzte mir eine Antwort der Unbotmäßigkeit. Verärgert drohte ich ihm Prügel an, so daß er, noch verängstigter als gewöhnlich, heftig auf den Führer einredete. Der teilte Schläge aus, und Timdal rannte heulend zu mir. »Der Führer sagt, er ist glücklich und dankbar für jeden Mann, der uns begleitet, denn heute nacht ziehen wir durch das Gebiet der Räuber.«

Ich fand mühsam heraus – der Arme war so sehr von Furcht und Schrecken gepeinigt, daß er kaum noch ein Wort herausbrachte –, daß in diesem Niemandsland zwischen den beiden Machtbereichen von Vater und Sohn eine große Anzahl entlaufener Sklaven lebt. Russen und Ungarn, auch sarazenische Bulgaren. Sie rotten sich des Nachts zusammen und überfallen Reisende. Sie machen keine Gefangenen, aus Angst, jemand könne sie an die Mongolen verraten. Unser Führer hoffte, daß unser Zug bis zum Einbruch der Dunkelheit so stark angeschwollen wäre und so mächtig wirkte, daß die Räuber von einem Angriff absehen würden.

Ich ließ sofort an alle Begleiter Wein ausschenken und jedem eine Münze versprechen, die er erhalten würde, sobald die Sonne über uns aufgegangen wäre – ein durchaus vernünftiges Angebot, denn entweder wären wir alle tot, dann erübrigte sich die Entlohnung, oder wir wären heil davongekommen, dann lohnte sich die Ausgabe. Im Licht des ersten Mondes zog eine gewaltige Karawane, den Beistand der Gottesmutter erflehend, durch die Steppe.

»*Audi Mater pietatis,*
nos gementes pro peccatis
et a malis nos tuere.«

Wir erreichten unversehrt die Wolga. An dem Strom trafen wir auf zahlreiche Siedlungen strenggläubiger Muslime, die unter mongolischer Herrschaft lebten, was mich sehr erstaunte, denn bis nach Persien, dort, wo die ›Eiserne Pforte‹ gemeinhin für die Grenzen der Ausbreitung des Islam steht, sind es mehr als dreißig Tagesreisen. Diese ›Sarazenen‹ behandelten uns keineswegs feindselig und übervorteilten uns auch nicht im geringsten – im erfreulichen Gegensatz zu ihren mongolischen Herren –, als sie uns bereitwillig mit großen Booten flußabwärts zu Batus Lager transportierten, das direkt am Fluß liegt.

Sie taten mir sogar den Gefallen, von unserem wachsenden Gefolge nur die mit auf die Boote zu nehmen, die ich ihnen bezeichnete. Ich gab jedem der Zurückbleibenden gerade soviel Geld, wie die Bootsfahrt mich gekostet hätte, und war sehr betroffen, fast gerührt, daß die meisten daraufhin ein Boot mieteten, um uns zu folgen. Sie ließen mich hochleben und sangen auf die Melodie des Marienliedes, das uns durch die gefährlichen Nächte begleitet hatte:

»Deinen Fahnen folgen wir,
wohin du uns geleitest,
William, großer Friedensfürst,
der du Glück bereitest,
William, großer Friedensfürst.«

So übersetzte es mir jedenfalls Timdal, und ich gönnte meinen Gefährten das schmale Lächeln über meinen Triumph.

Das Lager des Batu-Khan glich einer sich über Meilen erstreckenden riesigen Stadt, nur daß sich Jurte an Jurte reihte. Das Hoflager befand sich in der Mitte, und dem Brauch gemäß durfte sich niemand südlich davon niederlassen, so daß dort ein großer, freier Platz entstanden war. Hier hatte der alte Herrscher der Goldenen Horde ein gewaltiges Audienzzelt aufschlagen lassen, weil seine Palastjurten die Masse der Leute nicht fassen konnte, die zu ihm drängte. Wir sahen es am Tage unserer Ankunft nur von weitem, weil wir erst am nächsten Morgen vorgelassen wurden.

Als wir das uns zugewiesene Quartier bezogen hatten, warf mein Beichtvater Crean-Gosset – er bildete sich wohl ein, ich hätte ein schlechtes Gewissen! – erneut die Frage auf, ob es nicht doch angebrachter sei, im schlichten Mönchsgewand vor Batu zu treten.

Mir fiel siedendheiß ein, daß dort auch schon unser Ordensbruder und Vorgänger Pian del Carpine gestanden hatte, den ich ja angeblich begleitet hatte. Von ihm wußte ich jedenfalls, daß er eine Festtracht der Mongolen angelegt hatte. So sagte ich: »Ihr, Priester, könnt gehen wie immer, auch meinem Bruder stelle ich frei, wie er sich kleiden will. Ich für meine Person bleibe bei dem Weg, den ich bisher eingeschlagen habe.«

»Bescheidenheit zahlt sich nicht aus, höchstens nach Beendigung dieses Erdenlebens!« trat mir diesmal Barzo zur Seite. »Ich bin weder Ismaelit noch Katharer, ich lebe hier und heute und das kurz!«

Crean-Gosset bekreuzigte sich bei diesen Worten, als wäre er sein Leben lang ein Priester der *Ecclesia romana* gewesen.

L. S.

Es war schon Nachmittag, als die Franziskaner endlich zur Audienz bei Batu gerufen wurden. Ihr Führer holte sie ab und mäkelte gleich an ihnen herum, weil sie nicht barfuß gingen. »Das tun Minoriten immer!« behauptete er. Doch als Barzo sofort bereit war, sich wenigstens Sandalen umzubinden, protestierte William und erklärte dem Mann, daß das gegen die Regel verstoße, wenn man Ornat trüge. Er war schlicht zu faul, das Schuhwerk zu wechseln, und es hätte auch wirklich nicht zu der kostbaren Bischofsrobe gepaßt, die er angelegt hatte.

Auf dem Weg zum Zelt des Batu-Khans wurden sie mehrfach gemahnt, keinesfalls den Mund aufzumachen, bevor Batu sie dazu aufforderte. Die strengste Warnung galt den Zeltstricken. Über sie zu stolpern käme dem frevlerischen Tritt auf die Schwelle gleich, ein mit sofortiger Hinrichtung zu ahndendes Verbrechen. Derart eingeschüchtert, wurden sie vor den Herrscher der Goldenen Horde geführt. Der dicke Batu saß auf einem Thron, der so lang und breit wie ein Bett und über und über vergoldet war. Stufen führten zu ihm hinauf. Batu betrachtete die Besucher aufmerksam. Der eingeschüchterte Barzo schlug die Augen nieder, während der dreiste Flame den Herrscher anstarrte. Der Khan war von solcher Korpulenz, daß er an einen menschenfressenden Götzen erinnerte. Lange ließ er die Franziskaner warten. Seine kleinen Augen, eingebettet zwischen vor Fett überlappenden Lidern und beachtlichen Tränensäcken, wanderten mitleidlos von einem zum anderen, als seien sie Trophäen einer nicht sonderlich erfolgreichen Jagd. Dann ließ er sich einen riesigen Humpen reichen, trank, wischte sich die fleischigen Lippen ab und forderte endlich William auf zu reden. »Sprich!« sagte er wenig einladend.

Der Führer zischte: »Auf die Knie!«, was der Dolmetscher laut weitergab. William beugte aber nur ein Knie, was ihm für diesen weltlichen Herrscher genügend erschien.

»Werft Euch nieder vor dem großen Batu-Khan!« rief Timdal voller Angst.

William wollte gerade nachgeben, um Streit zu vermeiden, doch der Moloch winkte wegwerfend ab. Darauf sprach William mutig: »Wer da glaubt und getauft sein wird, der wird selig werden.« Der

Übersetzer starb schon tausend Tode, doch William fuhr fort: »Wer aber nicht glaubt, fällt der Verdammnis anheim!« Und er empfahl seine Seele Gott und der Gnade des Batu-Khan. Der aber lächelte nur gelassen, während sein männlicher Hofstaat höhnisch Beifall klatschte. Seine Frauen lachten verlegen, als Timdal, stockend und hustend, als habe er eine Kröte verschluckt, die Übersetzung hervorgestammelt hatte. Sie waren wohl Christinnen.

»Steh auf!« befahl Batu und fragte William nach seinem König und dessen Familie aus.

Timdal sackte schon wieder das Herz in die Hose. Er kniete noch immer mit Demutsgebärde im Kotau, so daß er seine Übersetzung auch nur bruchstückweise hervorstoßen konnte.

Aber Batu-Khan ließ alle Antworten aufschreiben, vor allem, gegen wen der König von Frankreich Krieg führte, wen er besiegt und zum Tribut verpflichtet hatte. William versuchte, ihm zu erklären, daß die Kreuzzüge weder der Unterwerfung noch der Bereicherung dienten, sondern allein der Rückgewinnung Jerusalems und dem Sieg des christlichen Glaubens.

»Und hat der König diesen Sieg errungen?«

Das mußte der Missionar verneinen. »Aber er gibt nicht auf!«

»Und die Heerscharen des Islam?«

»Die sind uneins«, sagte William, »aber auch sie geben nicht auf!«

Da schüttelte der Batu-Khan den Kopf. »Sind denn wenigstens die Christen unter sich einig?« fragte er so, daß zu spüren war, daß er die Antwort längst wußte.

So schüttelte William auch nur bekümmert den Kopf, doch Batu ließ nicht locker. »Deshalb wünscht Ihr Euch also, daß ich Christ werde, und deswegen tragt Ihr diesen Brief mit Euch?«

William war verwirrt, und Barzo sagte schnell: »Der Wunsch unseres Königs entspringt allein der Sorge um das Heil Eurer Seele.« Und er schaute ihm so aufrecht wie möglich in die Augen.

Da bot Batu-Khan seinen Gästen einen Sitz an und gab ihnen aus seiner goldenen Trinkschale von seinem Kumiz zu trinken, was eine große Ehre darstellte, wie sie ihr Dolmetscher mit zitternder Stimme wissen ließ. Zuerst trank Batu selbst, und alle klatschten zweimal in die Hände, bevor er seinen Pokal an die Lippen führte und ihn wieder absetzte. Erst dann durften die Gäste und alle Anwesenden trinken. Am Zelteingang, wo die Schüsseln standen, kam es zu einem wilden Gedränge. William hob die Trinkschale und rief laut: »Ich trinke auf die Gesundheit, die Weisheit und auf das Glück des großen Batu-Khan!« Als der Dolmetsch das übersetzte, wurde deutlich, daß er bereits betrunken war.

Batu lächelte gütig und trank erneut, wieder begleitet vom rhythmischen Klatschen seiner Untertanen. Der Humpen war kaum geleert, da wurde er schon wieder gefüllt. William fühlte die berauschende Wirkung der gegorenen Stutenmilch, war aber nicht bereit, als erster unter den Tisch zu rollen. Applaus feuerte die Trinker an, und nun wurde auch William mit einfachem Klatschen bedacht. Batus rotes Gesicht glänzte. Das Saufgelage schien sein Herz zu erfreuen, doch dann fiel sein Blick auf den Priester.

Crean-Gosset saß inmitten der Fröhlichkeit der Mongolen wie erstarrt und stierte zu Boden. Lallend erklärte Timdal, daß Batu-Khan abgewendete Gesichter oder trübe Mienen nicht leiden könne. Monseigneur solle gefälligst den Kopf heben und mittrinken. Crean, der als Williams Beichtvater eingeführt war, erhob sich, verneigte sich tief vor Batu und verließ wortlos das Zelt.

»Im Gegensatz zu Euren Nestorianern trinken Priester der römischen Kirche des Papstes keine berauschenden Getränke! Monseigneur nimmt sein Gelübde sehr ernst«, rief William, leicht angeheitert und daher enthemmt, dem Herrscher zu, um den Vorfall herunterzuspielen oder am besten gleich vergessen zu machen. Er zwinkerte ihm dabei zu.

Doch Batu erwiderte: »Recht so – nur soll er uns nicht mit seinem Problem belasten!« Da lachten alle, auch William, und einer fragte: »Stimmt es, daß der Papst über fünfhundert Jahre alt ist?«

Barzo antwortete: »Wohl gibt es das Papsttum seit so langer Zeit, doch es herrschten an die hundert verschiedene Päpste!«

Das fanden die Mongolen verblüffend; der ewige Dschingis-Khan samt Nachkommen in der dritten Generation war für sie wohl greifbarer.

Batu-Khan ließ sich irgendwann in seine Gemächer führen. Auch Bruder Barzo war längst in die Jurte der Gäste getragen worden. Timdal lag unter dem Tisch und redete dummes Zeug. William aber trank, klatschte, trank, und alle kamen, um ihm auf die Schulter zu schlagen und mit ihm zu trinken. Klatsch und ex! Wie und wann er in seiner Jurte zu seinem Lager fand, wußte er am nächsten Morgen selber nicht. Er lag auch nicht darauf, sondern davor, in vollem Ornat, die Mitra auf dem Kopf und den Bischofsstab im Arm, so wie in Frankreich in den Kathedralen die Bischöfe, in Stein gemeißelt, im Chorumgang liegen.

Als er die Augen aufschlug, dachte er auch im ersten Moment, er sei gestorben, und rührte sich nicht. Auf seinem Lager schnarchte Timdal. Das brachte den Missionar schnell zurück zu den Lebenden. Er warf den Dolmetscher aus dem Zelt und schlief seinen Rausch bis in die Mittagsstunde aus.

Dann kam der Führer. Er verneigte sich tief vor dem Franziskaner und sagte: »William von Roebruk hat sich in die Herzen aller Mongolen getrunken. Ihr seid wahrhaftig ein berühmter Mann. Deshalb will auch Batu-Khan seinem Neffen, dem Großkhan Möngke, nicht vorgreifen. Ihr sollt zu diesem reisen, damit der Khagan ebenfalls Eure Bekanntschaft machen kann. Euren Dolmetscher könnt Ihr mitnehmen; Eure Gefährten sollen in das Lager Sartaqs zurückreisen und dort auf Eure Rückkehr warten.«

Da begann der kleine Bruder Barzo zu toben. Er schwor, sich lieber den Kopf abschlagen zu lassen, als dorthin zurückzukehren. William erklärte dem Führer bündig, daß er nicht gewillt sei, sich von seinen Gefährten zu trennen. Auch auf seinen Diener könne er nicht verzichten, allenfalls auf den Priester. Der Führer maulte, aber er ging zurück zu Batu und trug ihm vor, was ihm gesagt worden war.

Die Nachricht, die er danach stockend überbrachte, lautete: »Der Kleriker Gosset kehrt zurück zu Sartaq, dem Sohn des Batu. Die beiden Minoritenbrüder reisen mit Diener und Dolmetscher nach Karakorum. Batu wünscht William von Roebruk Gesundheit, Weisheit und Glück.«

Da Monseigneur gerade hinzugetreten war, tat William so, als wünschte er seinen Beichtvater zu behalten, aber diesmal schnitt ihm der Führer das Wort ab: »Spart Euch die Widerrede. Batu hat seine Entscheidung getroffen, und ich wage es nicht, noch einmal in sein Zelt zu gehen!« Das sah William ein und ärgerte sich dennoch – über sich selbst, denn jetzt mußte er für Crean-Gosset die Kastanien, sprich Kinder, aus dem Feuer holen. Dann bemerkte er, daß der Führer noch etwas hinzusetzen wollte. »Ich muß ebenfalls zu Sartaq zurück. Ein anderer, den Batu Euch stellen will, wird Euch zum Großkhan führen.« Sein Bedauern darüber war herauszuhören.

William schenkte ihm großmütig einen goldenen Ring und ein Kreuz an einer Kette, aber das wollte er nicht haben, weil darauf der nackte Körper des Gekreuzigten zu sehen war. Er war von Nestorianern erzogen worden, wie Timdal übersetzte, und diese lehnen wie die Armenier die bildliche Darstellung des Corpus Christi ab, weil ihnen die Verehrung eines Leichnams zuwider ist. So erhielt er Geld.

Crean-Gosset hatte nicht alles mitbekommen, was gesagt worden war. »Ihr seid sicher froh, mich loszuwerden, William«, spöttelte er. »Bei Eurem Charakter muß ich nun auch Zweifel hegen, ob Ihr die Aufgabe getreulich erfüllen werdet.«

William schickte Timdal samt Philipp aus der Jurte, damit sie reichlich Proviant für die Weiterreise einkaufen sollten. »Monseigneur«, sagte er dann leise, »ich bin zwar kein Mitglied des Geheimen Bundes und reise zu den Kindern an erster Stelle, weil es mir ein Herzensbedürfnis ist –«

»Komm mir nur nicht mit deinem reinen Herzen, William«, entgegnete Crean bitter. »Wie ich dich kenne, wirst du unseren Plan nicht verraten, sondern aus reiner Bequemlichkeit vergessen.«

»Mir bleibt ja noch Bruder Barzo, der mich stets daran erinnern wird«, erwiderte der Beschuldigte. »Überdies will ich dir sagen, daß es mir im Hinblick auf das eigentliche Ziel der Reise zum Großkhan durchaus nicht behagt, daß ich auf deine Hilfe verzichten soll. Sobald ich dort eingetroffen bin und man mir schlecht einen Wunsch abschlagen kann, werde ich durchsetzen, daß man dich nachkommen läßt. Nicht aus zärtlichen Gefühlen für dich Griesgram, sondern weil ich wirklich keine Lust habe, die Kastanien der Prieuré allein aus dem Feuer zu holen!«

»Ich werde es im lieblichen Lager Sartaqs bei meinen herzensguten Priesterkollegen abwarten!«

»Sei froh«, sagte Barzo lachend, »daß es sich nicht um Geistliche der Amtskirche handelt, die würden sofort spitzkriegen, daß du nicht einmal das Glaubensbekenntnis hersagen kannst, du Ketzer!« Wir umarmten Crean, und er reiste am nächsten Morgen mit dem Führer zurück. Die ›Übriggebliebenen‹ begannen mit den Vorbereitungen für die Weiterreise, die sie am Fest der Kreuzerhöhung, am 15. September A. D. 1253, antreten sollten.

 Bericht der Geheimen Dienste an den großmächtigen Bulgai, Oberhofrichter aller mongolischen Khanate

Verehrungswürdiger Hüter des Gesetzes, wir sind jenem wundersamen William der Trinkfestigkeit gefolgt. Er mag das dreißigste Lebensjahr überschritten haben; sein Haarwuchs besteht aus einem spärlichen Kranz rötlicher Locken. Aufgrund seiner behäbigen Lebensweise ist er ziemlich fett, so daß ein gewöhnliches Reittier ihn nicht gern trägt. Er stammt aus einem Ort namens Roebruk, dessen Namen er angenommen hat, weil er entweder keinem Stamm von Rang angehört oder seine Herkunft verschleiern will. Dieses Roebruk oder auch Rubruck soll in einem Land namens ›Flandern‹ oder ›Flamingia‹ liegen, das an den weiten Ozean grenzt und von dem niemand so recht zu sagen weiß, ob es dem König der Franken oder dem Kaiser des Römischen Reiches gehört. Er ist Mönch eines Ordens, der sich auf einen gewissen Franziskus beruft, der als heilig gilt. Wir erinnern Euch daran, daß schon Johannes von Pian del Carpine vom gleichen Orden herrührte, während die Brüder von Longjumeau vom Stamme der *canes Domini* waren.

William hat der König der Franken geschickt, wenngleich der Mönch darauf besteht, daß Jesus Christus ihn geschickt habe, von dem doch alle wissen, daß er hingerichtet wurde. Er behauptet hingegen nicht, daß ihn der Papst beauftragt hat, der sich ja immerhin für das Oberhaupt aller Christen im ›Rest der Welt‹ hält und dem diese Orden, Mönche und Priester alle unterstehen. Wir sind bei unseren Nachforschungen darauf gestoßen, daß jenseits der Länder, wo das Jasa-Gesetz und der Befehl unseres großen Khagans gelten, eine einheitliche Führung nicht besteht. Es herrscht vielmehr ein Wirrwarr von Gedanken, das als Schwäche anzusehen ist. Die Christen unterscheiden dort nämlich zwischen der ›Macht des Geistes‹, für die verschiedene Kirchen zuständig sind, und der ›Macht auf Erden‹, um die sie sich streiten. Solche Unordnung zu beenden wird eine der ersten Aufgaben sein, wenn die Pläne unseres Großkhans ausgeführt werden. Wir halten das, mit Verlaub, sogar für dringend notwendig.

Entschuldigt das Abschweifen, aber Ihr selbst habt uns eingeschärft, daß jeder Hinweis von Nutzen sein kann.

William von Roebruk ist mit Sicherheit eine höherstehende Persönlichkeit als die eines ›Missionars‹, für den er sich ausgibt. Das folgt schon aus seiner Stellung zum König, dessen Berater er ist, sowie der zum Papst, den er an Ruhm überragt und der ihm keine Vorschriften macht. Vor allem aber aus der uns zugespielten Information, daß er und kein anderer der geheime Vertraute des Königlichen Paares und wohl vom Gral entsandt ist, was auch erklären würde, welche Mysterien sein Leben und seine Herkunft umgeben. Seine Gefährten sind Bartholomäus von Cremona, ebenfalls ein Anhänger des Franziskus, und ein Priester namens Gosset, der allerdings von Batu nicht für wert gehalten wurde, dem Großkhan Möngke unter die Augen zu treten. Dazu kommt noch ein griechischer Diener namens Philipp und unser Timdal, den sie in völligem Verkennen seiner Fähigkeiten ›homo Dei‹ nennen.

Der Sohn des Tausendschaftsführers, den Ihr Batu als Führer angedient habt, prüfte den Willen des Mannes und wies auf die vier Monde dauernde Reise hin sowie auf die unterwegs zu erwartende Kälte, die Bäume und Steine zerspringen läßt.

Er bekam zur Antwort: »Im Vertrauen auf Gottes Kraft werden wir solches aushalten!«

William von Roebruk verläßt sich also auf seine Kräfte als Zauberer. Unser Mann entgegnete ihm: »Wenn Ihr das nicht durchsteht, werde ich Euch unterwegs liegen lassen!«

Doch darauf erwiderte der Mönch: »Das werdet Ihr nicht tun, denn Eure Aufgabe ist es nicht, mit leeren Händen beim Großkhan anzukommen, sondern uns dorthin zu führen.«

Da gab unser Mann allen taugliche Reisekleidung – Pelzröcke, Beinkleider und Stiefel aus Fell –, denn sie führten nur kostbare Prunkgewänder und, wohl zur Tarnung, dünne härene Kutten sowie Sandalen, in denen sie barfuß gehen wollten. Ihre zahlreichen Gepäckstücke wurden auf mehrere Lastpferde verteilt.

So brachen sie auf gen Osten und ritten jeden Tag klaglos die Entfernungen, die der Führer ihnen auferlegte, wobei es immer schwierig war, ein starkleibiges Pferd für den fülligen William zu finden.

Wohin der Trupp auch kam, immer war Williams außerordentlicher Ruf schon vorausgeeilt. Die Leute standen an den Straßen und winkten ihm zu, als zöge ein König vorbei. Wenn er des Nachts lagerte, baten die Leute William in ihre Jurten wie einen berühmten Schamanen, bereiteten ihm ein köstliches Mahl und tranken mit ihm.

Ihr müßt wissen, daß unsere Untertanen in dieser Region wenig besitzen und William ein starker Esser und großartiger Trinker ist. Doch ganz anders als alle bisherigen Gesandten ist er ein Herr von unglaublicher Großzügigkeit. Er macht jedesmal seinen Gastgebern so üppige Geldgeschenke, daß sein Verzehr und der seiner Begleitung mehr als entgolten wird. Er zahlt in Gold, das er ohne Furcht mit sich führt. Auch das läßt darauf schließen, daß er nicht der ist, für den er sich ausgibt. Er muß in der Kirche einen Rang bekleiden, der dem des Papstes sehr nahe kommt. Das würde auch die kühnen Worte erklären, mit denen er Batu-Khan angegangen ist. Nur wer sich seines Ranges sicher ist, ängstigt sich nicht. Wir erlauben uns zu fragen, woran würdet Ihr den Papst erkennen, wenn er heimlich und verkleidet als einfacher Mönch zum Khagan reisen würde unter dem Vorwand, daß er einen Brief abzugeben hätte und von seinem Christengott Jesus zu zeugen wünsche? Wir wissen nicht, wie der Papst aussieht, außer daß er sehr alt ist, weshalb William nicht in Frage kommt. Aber sein hoher Mut, Weisheit und Wissen zeichnen ihn aus. Er sprach zu unserem Mann über die grenzenlose Ausdehnung des Ozeans und behauptete doch, daß einer, der von Gott geleitet würde, in seinem Lande Flandern in See stechen könnte und, immer nach Westen segelnd, eines Tages an der Küste der Cathai landen würde. Das ist unglaublich und erschreckend und sicher auch Zauberei, doch William hat es so gesagt.

Es war schon Oktober, da betrat die Gesandtschaft die Stadt Kinchak, die von Sarazenen bewohnt wird. Der Vorsteher brachte William Met und Wein, obgleich dieser ihm einen Stab mit dem Gekreuzigten entgegenreckte. Denn über allen Glaubensstreitigkeiten galt ihm dieser Besuch als hohe Ehre, und William trank jede Schale aus, die ihm gereicht wurde, und sprach mit dem Vorsteher in der Sprache des Propheten, worüber die Leute in der Stadt sehr erfreut waren. Und so ereignete es sich auch in jener Siedlung gefangener Deutscher, die in die Gegend verpflanzt wurden, um nach Gold und Erz zu graben und daraus Waffen zu fertigen. Wieder redete William sie in der Sprache ihres Landes an, beschenkte sie reich und betete mit ihnen. Viele weinten nachher vor Glück. Jetzt versteht Ihr vielleicht, Verehrungswürdiger, was wir vorher auch für eine Übertreibung des königlichen Hofschreibers gehalten haben, daß selbst der König der Franken sich besorgt erkundigt, ob Herr William auch heil angekommen und gut von uns aufgenommen wurde. Wir sollten es dem Mönch an nichts fehlen lassen, auch wenn jetzt immer wahrscheinlicher wird, daß William tatsächlich vorhat, den Großkhan zu taufen, was uns vorher immer nur als Scherz dieses Schreibers erschienen ist. Der Mönch scheint dem Wein sehr ergeben, denn mit einem Hinweis auf dessen Vorzüglichkeit schließt das Schreiben des Grafen Jean de Joinville an William von Roebruk. Wir wissen ja nicht, wie Ihr darüber denkt, aber wenn Ihr nicht wünscht, daß unser Großkhan Möngke sich zur Lehre der Christen bekennt, warnen wir Euch hiermit.

William hat eine wundersame Art, das Christentum zu verbreiten. Die Gefahr ist, daß man seinen Zauber nicht merkt, und schon ist man Christ! Die Menschen klatschen ihm Beifall, wenn er des

Weges kommt, und er segnet sie. So geschah es selbst bei den Persern von Equius und auf dem Markt von Caialic im Lande Organum. Hier legte unser Mann eine zwölftägige Pause ein, um wie verabredet auf einen Boten von uns zu warten, der als ›Schreiber‹ dem Führer zur Hand gehen sollte für alle am Hof des Großkhans zu erledigenden Geschäfte.

Der Name des Landes Organum rühre von ›Organa‹ her, weil es hier einst sehr viele und gute Zitherspieler gab, verkündete der allwissende William, doch die Sprache, in der hier noch von den Nestorianern Gottesdienste abgehalten werden, verstand auch er nicht. Er besuchte dort auch die Tempel der Götzendiener, aber wie Timdal verstanden hat, mißfallen sie ihm sehr, vor allem die safrangelben Gewänder der Priester, die ihre Köpfe kahl scheren, ständig eine Gebetsschnur in den Händen halten und dabei die Worte murmeln: »*Om mani padme hum*«, was, wie wir wissen, nichts Böses heißt, sondern nur »Gott, Du weißt es.« Über sie erregte William sich sehr.

Es war schon November, als der Zug wieder aufbrach und sich über das Gebirge gen Norden wandte. Obgleich William und seine Begleiter jetzt die Fellkleidung angelegt hatten und dick vermummt waren, erkannten ihn die Hirten bei den Herden und alle Bauern und Händler, denen er begegnete. Sie grüßten ihn mit Ehrfurcht, denn er trägt seinen Pelz wie ein Fürst. Wir ermahnten den Führer, die Reise nun erheblich zu beschleunigen, denn schon waren die Berge mit Schnee bedeckt, und auch in den Tälern begann es zu schneien. Damit traten zusätzliche Schwierigkeiten auf, weil die Herden diese Gegenden längst verlassen hatten und die Jam auf ihren Stationen, die schon Euer Vorgänger zur Versorgung von Kurieren und Gesandten eingerichtet hat, über keine großen Vorräte mehr verfügten und auch der Nachschub ausblieb. William, der klaglos fastete – im Gegensatz zu seinem Begleiter, der stets lamentiert – und dennoch unermüdlich war, machte den guten Vorschlag, Tag und Nacht zu reisen und so die zurückgelegten Strecken zu verdoppeln. Das geschah dann auch. William hatte die Führung übernommen; unser Mann zeigte sich den Anforderungen nicht gewachsen. An einem Engpaß zwischen den Felsen, vor dem sich der Führer entsetzlich fürchtete, was wir verstehen, weil dort böse Geister ihr Unwesen treiben, bat er William, diese durch seine Gebete zu vertreiben. Denn dort sind schon Menschen spurlos verschwunden; manchmal rauben diese *ada* nur die Pferde, doch es ist auch schon geschehen, daß sie den Menschen die Eingeweide herausgerissen haben. William sang, so Timdals Erinnerung, mit seinem Gefährten »*Credo in unum Deum*«, was die Anrufung eines bestimmten Schutzgottes sein mag. Jedenfalls passierten alle die ›Klamm der Schrecken‹ völlig unbehelligt. Der Führer bat, die Wunderworte für ihn aufzuschreiben als Schutzbrief, den er in Zukunft auf dem Kopf tragen wolle. Doch William weigerte sich, seinen Zauber herzugeben, und lehrte ihn statt dessen ein Gebet, das ihn zum Christ gemacht hätte, wenn Timdal dies nicht erkannt und verhindert hätte, indem er sich als Dolmetscher verweigerte.

Ihr seht also, mit welch übermenschlichen Fähigkeiten und mit welcher Gerissenheit dieser William ausgestattet ist.

Ende Dezember verließ die Karawane das Gebirge und erreichte die Ebene, in der das Zelt des Großkhans sich erhebt. Nur noch fünf Tagesreisen waren zurückzulegen, doch der Jam, bei dessen Station sie die völlig erschöpften Pferde wechselten, wollte sie auf einem Umweg zum Lager führen, nämlich durch die Stammlande unseres großen Dschingis-Khan. Das erboste William sehr. »Dafür sollen wir weitere fünfzehn Tage die Tiere quälen? Ihr könnt gewiß sein«, fuhr er den Jam an, der gewohnt ist, daß seine Befehle widerspruchslos befolgt werden, »daß ich einen ausreichenden Eindruck von der Größe und Weite Eures Landes gewonnen habe!«

Der Disput zog sich über einen halben Tag, dann hatte sich der Großmächtige durchgesetzt. Am 27. dieses Monats traf William von Roebruk im Lager ein und ist damit in Eure Obhut übergegangen, hochverehrungswürdiger Bulgai. Wir grüßen Euch in tiefer Ergebenheit.

L. S.

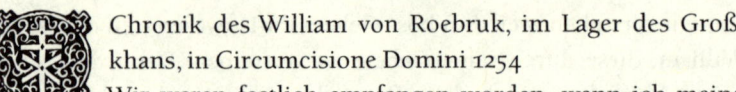 Chronik des William von Roebruk, im Lager des Großkhans, in Circumcisione Domini 1254

Wir waren festlich empfangen worden, wenn ich meine Ansprüche dem angleiche, was Mongolen im allgemeinen für Fremde übrig haben. Nicht daß uns ein Triumphbogen errichtet war, auch keine Girlanden oder Spruchbänder mit ›Willkommen, Bruder William – Leuchte des Abendlandes!‹. Doch eine geräumige Jurte erwartete uns, in der auf einem warmen Feuer eine kräftige Fleischbrühe lieblich duftete; die Betten waren gemacht, und für jeden von uns stand eine dieser schmalhalsigen Flaschen mit Reiswein da, der sich bis auf die Blume nicht von einem guten Tropfen aus Auxerre unterscheidet. Das war schon der Himmel auf mongolischer Erde!

Den ersten Dämpfer erhielt meine Freude über das Ende der Reise, als mir der Schreiber, der uns bis Caialic entgegengeritten war, mir auf Befragen die bittere Auskunft gab, daß Roç und Yeza sich nicht im Lager des Großkhans aufhielten, sondern mit dessen Bruder Hulagu, dem Il-Khan, nach Karakorum gezogen seien. Dieser Sekretär bei Hofe kam auch darauf zu sprechen, daß in Batus Brief an Möngke davon die Rede sei, daß mein König Ludwig von Sartaq ein Heer und weitere Unterstützung gegen die Sarazenen erbeten habe. Da wurde ich argwöhnisch, denn ich kannte ja den Inhalt des Schreibens und wußte, daß so etwas überhaupt nicht erwähnt worden war, sondern lediglich eine Ermahnung an Sartaq, ein Freund aller Christen zu sein und folglich auch ein Feind aller Gegner des Kreuzes. Doch dann fiel mir ein, Gosset hatte es beiläufig erwähnt, daß die Übersetzer Armenier waren, die bekanntlich einen abgrundtiefen Haß gegen alles Muslimische hegen. So werden sie aus ihrer Erbitterung heraus eigenmächtig einen solchen Vorschlag hinzugefügt haben. Also zuckte ich nur mit den Schultern, weil ich Bedenken hatte, den Worten des Batu zu widersprechen. Damit war die Angelegenheit aber keineswegs ausgestanden. Wir, Barzo, Philipp und ich, hatten uns kaum gelabt, da wurden mein Gefährte und ich samt Timdal bereits zu einem Verhör vorgeladen.

Nach der Ausstattung der Jurte mußte es ein hochgestellter Hofbeamter sein, der uns kühl, aber nicht unfreundlich empfing. Es war ein hochgewachsener Mann, dessen Schädel völlig kahl war. Er war in einen langen, schmucklosen schwarzen Ledermantel gekleidet, dessen kostbares Fell nach innen gekehrt war. Etwas Düsteres ging von ihm aus. Sie nannten ihn Bulgai.

»William von Roebruk«, fragte er gleich sehr direkt, »wer hat Euch geschickt?«

Ich besann mich darauf, daß ich mich ja nicht als Gesandter ausgeben sollte, obgleich ich es de facto war. So nahm ich alles auf mich und antwortete: »Wir hörten von Sartaq, daß er Christ sei. Deshalb reisten wir zu ihm und nahmen auch einen versiegelten Brief des Königs von Frankreich an ihn mit auf unsere Missionsreise als einfache Brüder eines Ordens, der Gottes Wort verbreitet, die Liebe –«

»Ich weiß!« unterbrach mich der Glatzkopf. »Ihr wie auch Bartholomäus von Cremona seid Franziskaner, Ordo Fratrum Minorum.«

»Sartaq sandte uns zu seinem Vater Batu, und dieser wiederum schickte uns hierher. Den Grund dafür dürfte er seinem Neffen, Khagan Möngke, wohl in seinem Begleitbrief mitgeteilt haben.«

Der sollte nur nicht denken, ich würde mich nicht auskennen in der Sippe der Dschingiden.

»Seid Ihr denn gekommen, um Frieden mit uns zu schließen?«

Das war eine Fangfrage, und ich antwortete: »Unser König schickte diesen Brief an Sartaq in dem Glauben, daß dieser Christ sei. Hätte er gewußt, daß er keiner ist, hätte er den Brief niemals geschrieben. Was den Abschluß eines Friedens betrifft, kann ich nur meine eigene Meinung äußern, nämlich daß es nie einen Grund zu einem Krieg zwischen dem Volk der Mongolen und dem der Franken gegeben hat. Solltet Ihr den König und sein Volk aber ohne Grund mit Krieg überziehen wollen, dann wird Gott der Gerechte uns beistehen, so hoffe ich!«

»Ihr sprecht kühn, William von Roebruk, aber nicht überzeugend«, rügte er mich. »Weshalb kommt Ihr dann, da Ihr nicht erschienen seid, einen Frieden abzuschließen?«

Wie alle Mongolen ging auch der Glatzkopf in seinem Stolz davon aus, daß alle Welt mit ihnen »Frieden schließen« wolle, was bei ihnen nichts anderes heißt, als sich auf Gedeih und mehr noch auf Verderb zu unterwerfen. So sagte ich: »William von Roebruk ist gekommen, weil ihn Gott zu Euch geschickt hat. Das Wort Gottes ist der Frieden, den Er mit Euch schließen will. Das biete ich Euch an.«

Darüber schien er nachdenken oder dem Großkhan berichten zu wollen, denn wir wurden wieder in unsere Jurte geleitet.

Es mangelte uns an nichts, doch standen wir unter einer Art Hausarrest.

Im Hoflager, am Tag vor Epiphanie

Da uns am Morgen die Nachricht überbracht worden war, die Audienz sei wieder verschoben worden, beschloß ich, meinem Unwillen dadurch Ausdruck zu verleihen, daß ich allein, ohne Führer, Dolmetsch oder Diener, vor die Jurte trat und mich auf den Weg durch das Lager machte. Zu meinem Erstaunen versuchte niemand, mich daran zu hindern. Im Gegenteil, alle grüßten mich mit Ehrfurcht und Freundlichkeit, und ich konnte hören, wie sie hinter meinem Rücken voller Neugier über mich redeten. Ich hatte mir das wärmste aller Gewänder des Bischofs herausgesucht. Darüber trug ich noch einen weinroten Umhang mit Kapuze, reich mit Gold bestickt und mit Hermelin besetzt. Auch den Stab mit dem Kruzifix hielt ich in der Hand. Man konnte mir nicht vorwerfen, ich hätte mich unauffällig davongestohlen.

Am Ostende des Hoflagers fiel mein Auge auf eine kleine Behausung, deren Dach ein Kreuz zierte. In der Annahme, daß es sich um ein christliches Kirchlein handelte, trat ich vertrauensvoll ein und gewahrte einen liebevoll hergerichteten Altar. In sein golddurchwirktes Tuch waren Bilder des Heilands, der Heiligen Jungfrau, Johannes des Täufers und zweier Engel eingestickt und mit Perlen umrandet. Darauf stand ein mit Edelsteinen besetztes Kreuz und zahlreiches kostbares Kirchengerät im Licht eines achtarmigen Leuchters. Davor kniete ein armenischer Mönch, ganz mager und mit hohlen Wangen. Er trug einen schwarzen, pelzgefütterten Mantel aus Seide, darunter ein rauhes Büßergewand, das von einem eisernen Gürtel gehalten wurde. Noch bevor er mich begrüßen konnte, warf ich mich zu Boden und sang das ›Ave Regina Coelorum‹, in das der Mönch sogleich mit gewaltiger Baßstimme einfiel. Danach erhoben wir uns, und er begrüßte mich mit Namen, jedoch ohne falsche Demut. Er stellte sich als Sergius vor. Er habe als Einsiedler in der Umgebung von Jerusalem gelebt, erzählte er, wo Gott ihm dreimal erschienen sei und ihn aufgefordert habe, zum Herrscher der Tataren zu gehen. Als er gezögert habe, der Aufforderung Folge zu leisten, habe Gott ihn zu Boden geschleudert und ihm gedroht, daß er sterben müsse. So habe er sich auf den Weg gemacht.

»Und habt Ihr den Großkhan zu Gesicht bekommen?« wollte ich gleich wissen.

»Ich habe zu Möngke gesprochen«, sagte er, »und ich verhieß ihm – so er sich taufen ließe –, daß er die Welt beherrschen und die Könige und der Papst ihm huldigen würden. So solltet auch Ihr, William von Roebruk, Gesandter Gottes, der größer ist als alle Menschen, ihn kühn und offen ansprechen.«

Einmal glaubte ich diesem Sergius nicht, daß er überhaupt jemals zum Großkhan vorgedrungen war – wahrscheinlich träumte er sich diese Begegnung nur herbei, er schien mir fiebrig –, zum andern war ich nicht gewillt, so zu verfahren.

»Lieber Bruder«, entgegnete ich sanft, »ich will ihn gern ermahnen, Christ zu werden, aus diesem Grunde bin ich hergekommen. Ich will ihm auch versichern, daß ein solcher Schritt von den Königen und vom Papst mit Freuden begrüßt würde. Doch ich werde ihm niemals versprechen, daß sie seine Untertanen werden und ihm wie andere Völker Tribut leisten. Das könnte ich vor meinem Gewissen nicht verantworten!«

Da verfiel er in verstocktes Schweigen; auch mein Abschiedsgruß blieb ohne Antwort. Er war eben Armenier.

Ich begab mich zurück in unser Quartier. Dort erwartete mich Philipp mit der Nachricht, der Großkhan sei nach Karakorum abgereist. Wütend beschimpfte ich meinen Bruder Barzo, obgleich ich wußte, daß ich ihm Unrecht tat.

Da trat mit großem Gefolge der Bulgai in unsere Jurte. Der finstere Glatzkopf ist der Oberhofrichter aller Mongolen. Er brachte kostbare Geschenke mit, zwei herrliche Pelzmäntel aus den Fellen eines seltenen Tieres, das die Russen Zobel nennen, einen für mich und einen für Barzo. Dazu gewaltige hohe Mützen aus eben solchem Fell und eine niedrigere aus Wolfspelz für meinen Diener. Stiefel und Handschuhe vervollständigten unsere Ausstattung sowie Decken, die zwar aus gleichem Material genäht, aber ganz leicht waren, weil man sie mit Federn junger Enten gefüllt hatte. Das alles erläuterte uns Timdal mit einer Stimme, die vor Ehrfurcht zitterte – oder schlichtweg vor Furcht, weil es in der Macht des Oberhofrichters liegt, betrunkene Dolmetscher köpfen zu lassen.

Ich fürchtete mich jedenfalls nicht und sagte: »Wir danken Euch für die erlesenen Gaben. Nur schauen sie so aus, als müßten wir uns auf einen langen Winter einrichten, bevor wir vor den Großkhan treten dürfen?«

Da lächelte er und wies mit seinem fleischigen Kinn auf den prachtvollen Ornat, den ich diesmal am Leibe trug. »Ich sehe, Ihr habt Euch auf das große Ereignis vorbereitet, William von Roebruk. Der Großkhan will Euch darin nicht nachstehen. Er ist deshalb schon vorausgereist, um Euch in der Hauptstadt den festlichen Empfang zu richten, der Euch gebührt.«

Das war zuviel des Hohns, und ich erwiderte: »Es ist wohl auch so, daß der Herrscher dabei nicht auf Roç und Yeza verzichten will, denn sie sind der Schlüssel zum Abendland, ich bin nur das Schlüsselloch, durch das Ihr einen Blick auf die Verheißungen des Westens werfen könnt –«

»Dessen bedarf ich nicht«, sprach der Bulgai, »mir genügt, daß ich Euch ins Gesicht sehe«, und er stierte mich an, daß ich mich wie von einem kalten Stahl durchdrungen fühlte und unwillkürlich an meinen Nacken griff. »Ihr werdet uns das Tor zum ›Rest der Welt‹ öffnen. Wir werden das Königliche Paar, das Ihr zum letzten Mal gesehen haben mögt, als die beiden noch Kinder waren, dort auf einen Thron setzen, der aus mongolischem Holz gefertigt ist. Die Friedenskönige sollen für die *pax mongolica* stehen, so werden sie von uns erzogen. Wenn Ihr nach Karakorum kommt, dürft Ihr dem Paar huldigen, das Ihr zu Füßen des Großkhans finden werdet.«

»Freudig will ich sie in meine Arme schließen, meine kleinen –«, brach mein herzliches Gefühl für die Kinder durch, doch der Bulgai schnitt mir jede weitere Eloge ab.

»Enthaltet Euch solcher Vertraulichkeiten, William von Roebruk! Roç und Yeza sind die mongolischen Herrscher von morgen. Erweist ihnen mehr Respekt, oder Ihr werdet das Königliche Paar nicht mehr wiedersehen!«

Damit verließ er uns, und ich wagte nicht mehr zu fragen, wann das Wiedersehen stattfinden würde – wenn überhaupt!

L. S.

AUS DEM LOGBUCH DES PENIKRATEN
LIBER II
CAPITULUM IX

Taxiarchos, Kapitän der Triere ›Contessa d'Otranto‹ unter Hamo L'Estrange, Graf von Otranto, Ayas, Armenien, 25. Mai 1253

Ende April hatten wir Konstantinopel auf dringenden Wunsch des Schiffseigners Hals über Kopf verlassen, nachdem der Mönch Lorenz von Orta uns berichtet hatte, daß die junge Ehefrau des Grafen Hamo an der armenischen Küste an einen Sklavenhändler verkauft worden sei.

Wir segelten auf schnellstem Wege, Tag und Nacht nach Ayas, was mir, der ich zum erstenmal ein Schiff führte, die Haare sträubte, denn die Ägäis ist voll von kleinen Felsinseln, so klein, daß man sie oft gar nicht bemerkt. In Ayas war beim Verkauf der jungen Gräfin Shirat ihr kleines Töchterlein von dem garstigen Piratenkapitän herzlos ins Hafenwasser geschleudert worden, um den Preis nicht zu verderben, und Graf Hamo hoffte, dort noch eine Spur von seinem Kinde und seinem geliebten Weibe zu finden.

Den Piratenkapitän benutzten wir als unwilligen Lotsen. Ich war gezwungen, jede Information aus ihm herauszustechen, -zubrennen und -zuprügeln. Des Nachts banden wir ihn vor den Bug wie eine Gallionsbraut, damit er rechtzeitig schreien sollte, wenn wir Gefahr liefen, auf ein Riff aufzulaufen. Er dachte aber gar nicht daran. Wir erreichten Ayas, einen armseligen Fischerhafen, dennoch. Der widerliche Kerl tat so, als erkenne er den Ort nicht wieder. Die Bevölkerung nahm uns unfreundlich auf. Die Männer hatten sich in die Berge verzogen, die Frauen, die am Ufer Wäsche wuschen, bildeten eine dumpfe Mauer des Schweigens. Keine konnte sich erinnern, weder an eine junge Frau, die verschleppt, noch an ein Kind, das vielleicht aus dem Wasser gefischt worden war. Keine mochte sich der Visage des Piratenkapitäns entsinnen, selbst als ich ihm den Kopf abschnitt und ihn jedem dieser stummen Waschweiber unter die Nase hielt. Sie zuckten mit keiner Wimper. Wir mußten aufgeben. Als wir uns anschickten, zur Triere zurückzurudern, kam ein verkrüppeltes Mädchen zu uns gekrochen und flüsterte hastig: »Es war Abdal der Hafside!« Mehr brachte sie nicht heraus, weil die Frauen mit Steinen nach ihr warfen.

Mahdia, Emirat von Tunis, 7. Juli 1253

»Abdal der Hafside« war eine ziemlich unbrauchbare Auskunft, denn der Machtbereich der Hafsiden-Dynastie erstreckt sich ohne genaue Markierung von der Großen Syrte, also der Westgrenze des Mameluken-Sultanats von Kairo, bis an die Länder des Herrschers von Marrakesch, und Abdal, Sohn Allahs, heißt dort jeder zweite.

Graf Hamo ließ sich dennoch nicht abschrecken. An der Küste des Heiligen Landes konnten wir nicht entlangsegeln, denn es herrschte gerade ein erbitterter Seekrieg zwischen Venedig und Genua. Jedenfalls hatten die Parteien und ihre Verbündeten ihre Flotten in Marsch gesetzt, und da war es ratsamer, einen großen Bogen um die Streithähne zu machen. So dauerte es fast sechs Wochen, bis die Küstenwache von Karthago unserer ansichtig wurde.

Als wir die kaiserlich-sikulische Flagge zeigten, waren die Beamten sehr freundlich, priesen König Manfred und statteten uns mit einem Schreiben aus, das uns erlaubte, in den Golf bis zum Hafen von Mahdia vorzudringen, wo sich der Sklavenmarkt von Kairouan, der verbotenen Stadt, befindet.

Als wir dort nach dem Händler Abdal fragten, wurde der Aufseher sehr ärgerlich, denn auf Abdal hätten die Anjovinen einen Preis ausgesetzt, so daß der sein Tätigkeitsfeld seines Wissens ins Aragonesische verlegt habe. Wir sollten doch mal in Tingis nachfragen. Das läge zwar weit weg, aber dort würden wir den Gesuchten eher finden als in Mahdia, wo er schon seit Jahren sich nicht mehr habe blicken lassen.

Ich erklärte Graf Hamo, anstatt bis zum Djebl al-Tarik zu fahren, sei es vernünftiger, umzukehren und nicht nach dem Händler, sondern nach Shirat zu fahnden. Von der wüßten wir, daß sie von dem armenischen Hafen Ayas aus ins Landesinnere gebracht worden sei. Also sollten wir dort nach Spuren suchen. Aber Graf Hamo setzte seinen Dickkopf durch, und wir segelten wieder hinaus ins offene Meer, weiter gen Abend, und wieder in gebührendem Abstand von der Küste der Berber, denn dort wimmelte es von Piraten.

Ceuta, an der Küste der Muwahiden, 2. September 1253

Die Herrscher hier im äußersten Westen der Welt, wo der große Ozean beginnt, haben sich den Titel eines Kalifen zugelegt und benehmen sich so, wie wir es sonst nur von den Tataren im Osten gewohnt sind. In die alte Gotenstadt Tingis, die schon am Ozean des Atlas liegt, wollten sie uns nicht lassen, und über das Gebirge gleichen Namens durften wir auch nicht ziehen. Die Behörden wurden äußerst mißtrauisch, als wir behaupteten, wir wollten nicht nach Marrakesch, sondern nach Fez. Dort gäbe es keinen Sklavenmarkt, und der in der Hauptstadt stünde Christenhunden nicht offen, es sei denn, sie würden zum Verkauf dorthin gebracht. Man ließ uns gar nicht erst an Land kommen, sondern legte die Triere an eine lange, schwere Eisenkette. Dann schickten sie Boten zu ihrem ›amir al-mumin‹, wie sich ihr Kalif nennt, um zu zeigen, daß er Bagdads Oberherrlichkeit nicht anerkennt. Diese sollten fragen, was mit uns geschehen sollte und ob der Kaiser und König von Sizilien ein Kriegsfeind sei. Das dauerte, aber immerhin gestattete der Gouverneur von Ceuta, daß Händler uns mittels Booten mit Nahrungsmitteln und Frischwasser versorgten. Nach über zwei Monaten sinnloser Warterei wurde die Kette ohne Angabe von Gründen wieder entfernt.

Hamo machte den zu uns herausgeruderten Hafenwächtern ein größeres Geschenk und erhielt dafür die Auskunft, daß hier noch nie ein ›Abdal der Hafside‹ aufgetaucht sei. Das könnten sie uns fest versichern, denn jeder Händler würde bei seiner Ein- und Ausreise über das Meer oder auf der Küstenstraße von Tlemcen registriert – es sei denn, er wäre mit einer Karawane im Süden aus der Wüste gekommen. Die brächten aber nur schwarze Sklaven. Wir hätten nicht recht daran getan, bis hierher zu fahren, und sollten wieder umkehren, sonst würde man uns für Spione halten. Ein riesiger Markt befände sich in Algier, der größte der Welt, dort sollten wir unser Glück versuchen.

In Höhe der Balearen, um Weihnachten

Wir ruderten den größten Teil der Strecke wieder zurück, denn die Winde waren uns wenig günstig. Ich suchte unsere auffällige Triere in der Mitte des Meeres zu halten, denn die Piratenschiffe des wieder für das Christentum zurückgewonnenen Cartagena sind genauso gefährlich wie die Daus derer von Oran. Wir dachten schon, diese üblen Breiten unangefochten hinter uns gebracht zu haben, als wir uns des Nachts plötzlich von einem Schwarm dieser flinken, kleinen Boote umstellt sahen. Normalerweise hätte ich sämtliche Segel gesetzt, alle Mann an die Ruder beordert und den Gegner über den Haufen gerannt. Doch es herrschte Flaute, und die entkräfteten Ruderer schliefen. Ich unternahm sofort ein waghalsiges Manöver, indem ich den Rammsporn ausfahren ließ und auf die stärkste Ansammlung von Daus losfuhr, doch sie wichen geschickt aus und deckten uns mit einem Pfeilhagel ein. Inzwischen war meine Mannschaft wach geworden und auf die Gefechtsposten geeilt, doch wie ich auch manövrierte, die Angreifer ließen sich nicht abschütteln und schoben sich immer enger zwischen unsere Ruder. Wir waren ihnen zahlenmäßig hoffnungslos unterlegen, und schon hieben sie mit Äxten auf unsere gefürchteten Sensenblätter ein, die bei stürmischer Fahrt jedes Segel zerfetzten. Bei der herrschenden Flaute waren sie aber nur hinderlich. Sie verhakten sich in dem Segeltuch der Daus, ohne die Kraft, es zu zerstören.

Hamo war zu mir getreten und sagte nur verächtlich: »Der stolze Skorpion in einem Ameisenhaufen!« Die Schuld daran wies er mit Recht mir zu, ich war schließlich der Kapitän.

Ich ließ in aller Hast die Katapulte mit ›Griechischem Feuer‹ laden, aber nicht abschießen, sondern die brennenden Töpfe nach außen drehen. Dann ordnete ich an, auf einer Seite alle Ruder einzuziehen, und schickte alle Männer auf die andere. Auf diese Weise beschrieben wir einen so engen Bogen, daß das Feuer aus den Gefäßen schwappte und um uns herum auf die Angreifer niederregnete. Im Nu standen viele der herandrängenden Daus in Flammen. Die Piraten schrien, einige sprangen ins Wasser, aber sie versuchten sofort, ihre brennenden Schiffe gegen den Rumpf unserer Triere zu treiben und im Schutz der Dunkelheit an Bord zu klettern. Die mächtige Triere mochte sich noch so sehr aufbäumen, es war aussichtslos. Da die entfernten Daus uns nach wie vor mit einem unbarmherzigen Pfeilregen eindeckten, verloren wir viele Männer. Verzweifelt machten wir uns fertig zum letzten Gefecht – nach der Gegenwehr konnten wir nicht mehr auf Gnade hoffen. Nur ein starker Wind konnte uns noch vor dem Schicksal bewahren, den Fischen zum Fraß zu dienen. Doch plötzlich stoben die Daus nach allen Seiten davon, bis auf eine, die sich so in unserer Triere verkeilt hatte, daß sie nicht mehr loskam. Auch meine Männer hatten die fremde, wohl vom Feuerschein angezogene Flotte mit den Farben Aragons gesehen und liefen nun mit Enterbeilen über die Ruder hinab, um sich auf die Besatzung der Dau zu werfen.

»Tötet sie nicht!« schrie Hamo und sprang an einem Tau hinunter in das Getümmel. Es gelang ihm, wenigstens noch drei der Piraten davor zu bewahren, von seinen Leuten erschlagen zu werden. Sie wurden zu mir aufs Heck gezerrt. Das Geschwader von vier Kriegsschiffen glitt in der Dunkelheit an uns vorbei. Ich las den Namen ›Nuestra Señora de Quéribus‹ am Bug eines Seglers, als eine Stimme rief: »Der Admiral läßt fragen, ob Ihr weiterer Hilf' bedürft. Aragon ist dem Kaiser und König von Sizilien gut Freund!«

»Danke!« rief ich zurück. »Graf Hamo L'Estrange grüßt Xacbert de Barbera!« Womit ich zeigte, daß ich den Eigner des aragonesischen Kampfseglers wohl kannte. »Dankt ihm für die Nachfrage. Die ›Contessa d'Otranto‹ wird allein mit solchem Gesindel fertig!«

So verschwanden die geblähten Segel in Richtung Mallorca. Darauf nahm ich mir die drei Piraten vor. Sie stammten aus Oran. Hamo fragte sie nach Abdal dem Hafsiden.

Sie schwiegen. Ich sagte: »Ihr habt euer Leben verwirkt, doch ich will es euch schenken und noch Gold dazu, wenn ihr eure Köpfe jetzt zum Denken verwendet und euer Gehirn etwas anstrengt.«

Das taten sie. Schließlich sprach der Älteste: »Vor genau drei Jahren erging der Auftrag einer geheimen Macht. Herr, glaubt mir, ich weiß nicht, wer dahintersteckte; es war keine der hier im Mittelmeere sich bekämpfenden Parteien, sondern – ich erinnere mich noch genau – der dunkle, unheimliche Befehl, Otranto anzugreifen und Eure Triere, die ›Contessa‹, aufzubringen. Deshalb haben wir uns auch heute auf Euch gestürzt, obgleich wir fürchteten, daß der Teufel im Spiel sei. Denn eigentlich dürfte es diese Triere unter der Fahne Siziliens und des Kaisers gar nicht mehr geben. Wir hatten recht, der Teufel hat die Aragonesen mitten in der Nacht auftauchen lassen, sonst stündet Ihr jetzt vor mir!«

»Der Teufel ist mal hier, mal da«, tröstete ich ihn. »Als ihr vor drei Jahren die Triere auf dem Weg nach Konstantinopel im Ionischen Meer fingt, war er mit euch. Die Frau und das Kind, die ihr gefangennahmt, habt ihr an den Händler Abdal den Hafsiden verkauft?«

»Ich war nicht auf dem Schiff, das die Frau und das Kind aufgegriffen hat, aber wir verkaufen unsere Beute immer an Abdal.«

»Und wo finde ich den?«

Jetzt schwieg er plötzlich, weil ihn seine Gefährten feindselig anstarrten.

Ich sagte zu den beiden: »Bisher habt ihr noch nichts dazu beigetragen, eure Hälse zu retten. Wenn ihr jetzt nicht sagt, wo wir den Händler finden, dann büßt ihr mit eurem Leben.«

Sie blieben trotzig stumm, und einer spie dem Alten vor die Füße. Ich gab meinen Leuten ein Wink, und kurz darauf konnte er nur noch seine Zunge herausstrecken, weil der Strick um den Hals des Verstockten so festgezogen war. Er baumelte am Mast, ein ermunternder Gruß an seinen Gefährten. Der besann sich dann auch: »In Askalon!« stieß er hervor. »Aber wenn der Hafside erfährt, daß ich ihn verraten habe, dann will ich lieber gleich von Euch gehenkt werden!«

»Das könnt ihr haben«, bot ich an, »sofern ihr uns nicht nach Askalon führt und uns den Hafsiden zeigt. Der Rest ist dann unsere Sache – und ihr könnt beide als freier Mann von Bord gehen.«

»Als vogelfreier!« murrte der Alte. »Doch sei's drum, wenn Ihr versprecht, uns nicht in Askalon zu lassen, sondern erst im nächsten Hafen abzusetzen, den Ihr anlauft.«

»Das könnte ein christlicher sein«, warnte ihn Hamo, doch das focht den Alten wenig an. »Immer noch besser, als in den Händen von Abdal –«

So segelten wir weiter ostwärts.

Zwischen Tunis und Malta, an Epiphanie

Wir unterbrachen unsere Reise in Carthago, um die Schäden zu beheben, die durch die Attacke der Piraten an der Triere entstanden waren. Graf Hamo, den unser Unternehmen zunehmend in Schwermut und bisweilen in wilde Verzweiflung stürzte, blühte noch einmal auf, als die ›Contessa d'Otranto‹ wieder zu Wasser gelassen wurde und mit stolz geblähten Segeln und blitzenden Rudern Fahrt aufnahm. Doch schon südlich von Malta gerieten wir in einen der üblen Winterstürme, der uns stärker beutelte als alle Piraten zuvor. Die Insel wollten wir nicht anlaufen, denn Hamo war sich nicht sicher, ob König Manfreds Leute auf der Felseneiland davon wußten, daß ihm der König das Schiff seiner Mutter geschenkt hatte. Immerhin war die Triere dort noch als das Flaggschiff seines Vaters, des Grafen Heinrich von Malta, bekannt.

»Dabei war der Admiral des Kaisers gar nicht mein Erzeuger«, vertraute mir Hamo L'Estrange an, als wir im wüsten Unwetter um unser Überleben kämpften und zusehen mußten, wie die neuen Segel in Fetzen gingen und die Ruder abermals splitterten wie Späne, denn ich mußte sie einsetzen, um die Triere nicht breitseitig den Wellentälern auszuliefern, was ihren – und unseren – sicheren Untergang bedeutet hätte. Erst als wir den Golf der Syrte hinter uns hatten, legte sich der Sturm, und wir krochen arg zerzaust auf das Nildelta zu.

In Alexandria mußte ich es wagen, in den Hafen einzulaufen, weil unsere Frischwasservorräte erschöpft waren. Doch war der Hafenkommandant von größter Freundlichkeit, als ich Graf Hamo als einen Verwandten des Kaisers ausgab. Der große Staufer genießt noch immer höchste Verehrung bei allen Ägyptern. Außerdem hörte ich, daß nun auch mit König Ludwig zu Akkon ein Vertrag ausgehandelt sei, der dem Handel und damit dem Hafen der Stadt des Ptolemäus sehr zugute kommen würde. Die Triere wurde nochmals instand gesetzt, und wir erhielten alles, was wir benötigten, vor allem einen Freibrief für alle ägyptischen Häfen. Für seinen Kollegen in Askalon schrieb der Hafenkommandant eine besondere Empfehlung, was mir nötig erschien, weil die Stadt – oft umkämpft und erst seit kurzer Zeit wieder ein Besitz des Sultans – als äußerst gefährdeter Vorposten des Mameluken-Reiches gilt und dem Besuch christlicher Kampfschiffe Mißtrauen entgegenbringen muß.

Terra Sancta, 21. Februar 1254
   Als wir Gaza passierten und uns den Befestigungen näherten, die den Hafen von Askalon gegen Überfälle von feindlichen Flotten sichern, wurden wir durch gezielte Schüsse der Katapulte auf den Türmen gestoppt. Wir hatten unsere Reichsbanner gehißt, aber erst, als wir mit einer weißen Parlamentärsflagge winkten, gestattete man uns, ein Beiboot zu entsenden. Ich überredete Graf Hamo, sich nicht unnötig der Gefahr auszusetzen, in die ihn sein ungezügeltes Temperament bringen könnte, denn die Konfrontation mit dem Mann, der die junge Gräfin Shirat einem ungewissen, aber gewiß schlimmen Schicksal ausgeliefert hatte, war mit Bedacht und nicht mit Rachegelüsten herbeizuführen. Ich wußte, was ich zu tun hatte, und Hamo L'Estrange willigte schließlich ein, mich allein ziehen zu lassen.
   Ich präsentierte dem mamelukischen Kommandanten mein Empfehlungsschreiben und wurde sofort aufs beste bewirtet. Während ich noch erwirkte, daß die Hafenkette für die Triere heruntergelassen und sie mit dem Notwendigsten versorgt würde, kam ein Bote und teilte mir mit, Abdal der Hafside wünsche mich zu sehen. Das beeindruckte den Kommandanten mehr als die kaiserliche Fahne.
   Ich folgte dem Boten durch die Altstadt von Askalon zum Palast

des Händlers, ein riesiges Gebäude, das die niedrigen Häuser wie eine Zitadelle überragte. Ich erfuhr, daß es der ehemalige Sitz des Präzeptors der Templer war. Im Hof war eine Karawanserei mit Verliesen für die Sklaven untergebracht. Abdal selbst residierte im Donjon. Als ich eintrat, wies er mir einen Platz an, ohne sich zu erheben. Er war ein gutaussehender, hochgewachsener Herr, dessen kantiges Kinn trotz des scharfgeschnittenen Bartes Härte und Selbstvertrauen in die eigene Kraft signalisierte.

»Ich kenne Euch«, stellte er fest. »Ihr seid Taxiarchos, der Penikrat von Konstantinopel.«

»Richtig«, erwiderte ich, während ich mich setzte.

»Ihr sucht mich wegen einer Sklavin?« fragte er, als wolle er nicht recht glauben, daß ein Mann wie ich wegen einer einzigen Frau übers Meer fährt.

»Es handelt sich um die Gräfin von Otranto«, sagte ich, »der ein solches Schicksal nicht beschieden sein sollte. Ihr habt Euch in eine politisch höchst brisante Lage gebracht, denn abgesehen davon, daß der junge Graf Hamo L'Estrange Euch ob des Handels mit Recht übel will, ist Shirat die Schwester Baibars, des Bogenschützen.«

Das saß, denn az-Zahir Rukn ed-Din Baibars, genannt ›al-Bunduktari‹, ist neben dem Sultan der mächtigste aller Mameluken-Emire. Sein Einfluß ist größer, als sein Titel als Kommandant der Palastgarde von Kairo verrät. Er ist die graue Eminenz der neuen Herrscherkaste.

Abdal reckte sein Kinn gleich viel weniger und besann sich gründlich. »Das konnte ich damals unmöglich wissen«, murmelte er dann. »Dieses Piratenpack von Oran, das normalerweise sein Unwesen an den Küsten des Maghreb treibt, gehörte zugegebenermaßen zu meinen Lieferanten, als ich mich in Mahdia vornehmlich mit Sklavenhandel befaßte.«

»Ihr bekamt dann Ärger mit Herrn Charles d'Anjou«, half ich seinem Gedächtnis auf die Sprünge, »als Ihr in der anhaltenden Auseinandersetzung um die Macht in Sizilien auch mit Kriegsgerät und Söldnern gehandelt habt, und zwar zugunsten der Staufer.«

»Ihr seid so gut informiert, wie ich das von dem Penikraten erwarte«, gab er mir mit Hochachtung heraus. »Ich bin seit meinem Knabenalter ein glühender Verehrer von Kaiser Friedrich gewesen, und als diese ›Leuchte der Welt‹ von uns ging, habe ich meine Sympathien auf seinen genialen Bastard Manfred übertragen. Für diese Parteinahme habe ich mich auch gern aus Tunis verstoßen lassen. Und mittlerweile habe ich hier Fuß gefaßt.«

»Kommen wir zur Sache«, mahnte ich ihn. »Es geht nicht um Euer Wohl, sondern um das Schicksal einer jungen Frau – und ihres Kindes.«

»Von einem Kind weiß ich nichts«, log er mich dreist an. »Ich verlegte damals gerade meine Tätigkeit ins Ionische Meer und die Ägäis. Ich hatte den Auftrag erhalten, für König Hethoum von Klein-Armenien eine Auswahl von Sklavinnen zu besorgen. Als ich diese in Ayas, dem nächsten Hafen zur Hauptstadt Sis, anlandete, tauchten – ich schwöre Euch, für mich völlig überraschend – meine Piraten aus Oran auf. Sie müssen mir nachgefahren sein, nachdem sie schon in fremden Gewässern gefischt hatten, denn wie die Dinge geregelt sind, haben sie in der Enge von Otranto, an der Südspitze Apuliens, nichts verloren. Ihr Fanggebiet endet spätestens bei Malta. Weiß der Sheitan, wer sie geheißen hat, dort herumzupfuschen! Davon haben sie mir auch nichts gesagt, sondern mich nur gebeten, eine einzige junge Frau, deswegen erinnere ich mich noch so gut daran, in die von mir zusammengestellte Sklavinnenkarawane aufzunehmen. Und der Preis war günstig – schließlich waren sie ja alte Kunden.«

»Auf die Ihr nicht mehr rechnen könnt«, bemerkte ich trocken. »Ich habe sie zu den Fischen geschickt, und zwar nicht wegen des Raubes der Gräfin, sondern wegen des Kindes –« Ich legte eine Pause ein, damit er nachdenken konnte. »Zwingt mich nicht, mit Euch gleichermaßen zu verfahren, nur weil Ihr Euch nicht erinnern wollt!«

Meine kühne Sprache erstaunte ihn. Er fühlte sich plötzlich in seinem Turm umstellt.

»Also gut, da war ein Säugling, den ich nicht haben wollte. Ich habe keine Hand an ihn gelegt, und soweit ich mich entsinne, haben die Frauen des Ortes ihn auch sofort aus dem Wasser gefischt. Er –«

»*Sie*«, unterbrach ich ihn, »es war ein kleines Mädchen.«

»Das Kind muß den Sturz ins Wasser überlebt haben, da bin ich ganz sicher.«

»Obwohl es Euch nicht gekümmert hat!«

»Taxiarchos, Ihr kennt das Gewerbe und geltet selbst nicht als Samariter. Was sollte ich mit einer unerwünschten Sklavin, die auch noch ein Kind am Busen nährt? Das drückt, wie Ihr wißt, den Preis. Ich konnte es ebenso wenig brauchen wie einen Kropf oder ein Furunkel am Arsch!« Nun ereiferte sich der Hafside. »Mein Geschäftseinstand mit dem Hofe von Armenien stand bevor, und ich wollte mit erstklassiger Ware Ehre einlegen.«

»Schon recht«, unterbrach ich seinen Vortrag über die Tücken des Geschäfts, »nur hilft mir das nicht weiter.«

»Vielleicht aber folgendes«, mühte er sich, mich zufriedenzustellen. »Ich hatte damals nicht den Eindruck, daß König Hethoum die von mir gelieferten Frauen für sich behalten wollte. Dazu wurde ihnen zuwenig persönliche Beachtung gezollt. Für mich handelte es sich um ein Geschenk, eine Tributzahlung, die weitergeleitet werden sollte. Jetzt kommt mir noch ein Vorfall in den Sinn: Der Bruder des Königs, der Konnetabel Sempad, zeigte unverhohlenes Interesse just an der Gefangenen, die Ihr Shirat nennt. Er wollte sie für seine Privatgemächer abzweigen. Der König verweigerte ihm das barsch. ›Was soll der Herrscher von unserer Gabe halten‹, stutzte er seinen Bruder zurecht, ›wenn er hört, daß wir uns vorher die besten Stücke herausgefischt haben?‹«

»Und um welchen ›Herrscher‹ könnte es sich wohl gehandelt haben?«

»Wenn ich die armenische Lage bedenke, kommen etliche in Frage, doch viele fallen mangels Veranlagung von vornherein aus: so der fromme König Hethoum, aber auch der junge Fürst von Antioch, weil er den gerade mit seiner eigenen Tochter verlobt hatte. Auch der Vatatses kommt nicht in Frage. Es bleiben nur An-Nasir von Damaskus, der Kalif von Bagdad – und der Großkhan der Mongolen.«

Das war für mich ein niederschmetterndes Ergebnis, und mir war klar, daß wir genaueres nur in Sis bei Hethoum in Erfahrung bringen konnten, falls der König denn bereit war, über seine ›Geschenke‹ an andere, mächtigere Herrscher zu reden. Wie sollte ich das Hamo beibringen, ohne daß der in Sis die Türen eintrat und den König vor den Kopf stieß?

»Ich sehe an Eurem Schweigen, Penikrat, daß Ihr wild entschlossen seid, die Sache nicht auf sich beruhen zu lassen. Ich fühle mich nicht schuldig, aber mich rührt eine solche Anhänglichkeit, wie sie Euer Graf Hamo an den Tag legt. Da Ihr in dem armseligen Hafen an der armenischen Küste nur schwer Lasttiere auftreiben könnt, erlaubt mir, Eurem Herrn ein kleines Geschenk zu machen. Ich werde Euch einen stattlichen Araberhengst und fünf hervorragende Lastkamele auf die Triere senden.«

Er räusperte sich zweimal, und ein stattlicher Schwarzer glitt lautlos herbei. Über seinem nackten Oberkörper trug er kreuzweise zwei Dolche von der Größe eines Scimitars. Abdal flüsterte ihm etwas zu, und der Wächter verschwand.

»Ich will Euch noch etwas anvertrauen. Dieser Turm hier besitzt einen Spiegel aus der Zeit meiner Vorgänger. Es gibt Männer in dieser Stadt, die gelegentlich zu mir kommen und ihn benutzen, um Nachrichten zu empfangen oder auszusenden. Ich hindere sie nicht, noch frage ich, wer sie sind –«

»Templer? Assassinen?«

»Richtig«, sagte der Hafside, zufrieden, daß ich es ausgesprochen hatte.

»So bin ich mit einem Netz verbunden, das weit bis in den Osten reicht. Sollte Euer Herr das wahnwitzige Unterfangen auf sich nehmen, seine kleine Frau aus dem Harem eines der genannten Herrscher zu befreien, kann er immer auf meine Hilfe rechnen, so er mich diesen Wunsch wissen läßt. Ich hoffe nur, daß es sich nicht um den Imam der Ismaeliten zu Alamut handelt, denn den haben wir bei unserer Aufzählung völlig vergessen. In dem Fall sehe ich keine Hoffnung.«

»Zumindest nicht auf Euer Mitwirken«, entgegnete ich lächelnd und erhob mich.

»Es würde mir schwerfallen, aber meldet Euch auf jeden Fall, wenn Ihr bei Hethoum herausbekommen habt, wohin meine Damen gereist sind. Doch betreibt Eure Nachforschungen mit größerer Vorsicht, denn der Herr ist aufbrausend und unberechenbar, und sein Bruder Sempad ein grober Klotz!«

Als ich ging, glitt mein Blick nach oben zur Balustrade zu unseren Häuptern. Dort standen, gut verteilt, mindestens sechs Armbrustschützen, die auf mich angelegt hatten.

In der Altstadt herrschte Unruhe, teils aus Freude, teils aus Verbitterung. Als mich der Hafenkommandant erneut empfing, um mich zur Triere zu geleiten, erfuhr ich von ihm, daß der König Ludwig zu Akkon mit dem Ayubiten-Sultan An-Nasir von Damaskus einen Nichtangriffspakt über zwei Jahre, sechs Monate und vierzig Tage geschlossen hatte.

»Dem ist endlich aufgegangen«, bemerkte ich dazu, »daß Syrien durchaus in Reichweite der Mongolen liegt.«

»Oder er bemüht sich, endlich freie Hand für uns zu erhalten«, antwortete mir der Mameluk besorgt, »denn seine Ambitionen auf den Thron von Kairo hat An-Nasir noch längst nicht begraben.«

»Also sollte auch Ägypten seinen Frieden mit dem Königreich von Jerusalem machen —«

»— und als Zeichen seines guten Willens als erstes Askalon zurückgeben?«

»Umsonst ist nichts auf dieser Welt«, tröstete ich ihn, und das sagte ich auch zu Hamo, als ich an Bord der Triere zurückkehrte. Wir lichteten die Anker und segelten geradewegs gen Norden, um an der Ostküste Zyperns vorbei wieder nach Armenien zu gelangen.

An der Küste Armeniens, im März 1254

Als wir wieder vor dem ärmlichen Hafen von Ayas aufkreuzten, hatte ich nicht das Gefühl, daß fast ein Jahr vergangen war seit unserem ersten Versuch, hier eine Spur zu entdecken. Dieselben verbissen schweigenden Frauen, so schien es mir, wuschen dieselbe Wäsche. Hamo kümmerte sich nicht um ihre offenkundige Feindseligkeit, die nur von Angst herrühren konnte, denn uns zu hassen, hatten sie ja keinen Grund.

Mein Herr hatte schon beim Anblick der sich nähernden Küste

eine Mannschaft aufgestellt, die ihn begleiten sollte. Da er nicht nur im Besitz der Schätze des Bischofs war, sondern auch der Hinterlassenschaft des ›Mustafa Ibn-Daumar, Kaufmann aus Beirut‹, die sein gutmütiger Freund Crean de Bourivan ihm unfreiwillig abgetreten hatte, konnte er wählen, ob er als Bischof Hamo, als Graf Hamo L'Estrange von Otranto oder als Beiruter Kaufherr auftreten wollte. Ich riet ihm zu seiner wahren Identität, aber er meinte, in die Kleider von Ibn-Daumar schlüpfen zu müssen.

Kaum hatte unser Kiel sich knirschend auf den Strand geschoben und die kreischenden Weiber verjagt, da ging Hamo mit seiner reichbestückten Karawane voller Geschenke von Bord. Ich hatte ihm klargemacht, daß er zahlen mußte, wenn er nicht – von Adel zu Adel – an die noble Gesinnung des Königs oder die Ritterlichkeit des Sempad appellieren mochte, weil er zu stolz war, um etwas zu bitten. Ein Kaufmann hat keine Ehre, sondern nur Geld, und das muß er einsetzen, indem er es reichlich verteilt. Ich begleitete ihn und seine fünf Kamele ein Stück des Weges.

»Mein lieber Taxiarchos«, befahl er mir zum Abschied, »Ihr begebt Euch mit der Triere zu meinem Freund Bohemund, dem jungen Fürsten von Antioch. Er wird Euch gastlich aufnehmen und gestatten, daß unser Schiff im Hafen St. Simeon liegen kann, bis ich von meiner Reise zurück bin.«

»Gebt mir Nachricht über Eure Freunde, die Assassinen«, bat ich ihn, »damit ich mich auf Eure Wiederkehr einrichten kann. Ich eile Euch entgegen, wohin immer Ihr mich bestellt, Hamo L'Estrange!«

»Ich kehre nicht eher zurück«, entgegnete er düster, »bis ich die Gräfin Shirat gefunden und befreit habe. Nehmt das zur Kenntnis, Penikrat. Wenn ich in zwanzig Monden nicht wieder habe von mir hören lassen, dann ist das Schiff Euer – es sei denn, Ihr findet mein Töchterchen und die Prinzessin kann ihr Erbe antreten. Dann seid ihr väterlicher Freund und Vormund!«

Daß wir uns jetzt umarmten, ließ unser Verhältnis nicht zu. Er ritt mit seiner Eskorte davon ins Gebirge, und ich schaute ihnen lange nach.

Als ich zur Mole zurückschritt, sah ich, daß sich die Frauen wieder ihrer gewohnten Tätigkeit hingaben und mich keines Blickes würdigten. Ich ging an Bord und ließ auf der Seeseite ein Ruderboot zu Wasser. Mit einem Dutzend meiner Männer ruderten wir aus dem Gesichtskreis der Wäscherinnen, gingen hinter ihrem Rücken an Land und standen plötzlich um sie herum. Sie waren so erschrocken, daß sie nicht einmal schrien. Meine Männer hielten Abstand, um sie nicht in Panik zu jagen. Nur ich trat zu ihnen. Ich sprach die Älteste an und sagte: »Gute Frau, Ihr schuldet mir noch eine Auskunft über ein Kind, ein kleines Mädchen, das noch der Mutter Brust bedurfte, als Ihr es aus dem Wasser fischtet, wofür ich Euch reichlich belohnen will.«

Ich schüttete einen Beutel voller Goldbesanten über ihre Wäsche. Da tauten die Lippen auf, und alle redeten wild durcheinander.

Ich erfuhr, daß das arme Balg von einer Xenia aufgenommen worden war, die wohl selbst keine Kinder bekommen kann. Gleich nach unserer Ankunft hier vor einem Jahr ist sie aus Angst, wir könnten es ihr wieder nehmen, mit ihm fortgezogen. »Sie liebt es wie ihr eigen Blut, sie ist ihm eine gute Mutter, und Ihr solltet sie nicht unglücklich machen!« So prasselten ihre Reden auf mich ein. Ich antwortete freundlich: »Warum sollte ich ihr Schmerz bereiten wollen, bei der Liebe, die sie dem Kind gezeigt hat. Im Gegenteil, ich will diese Xenia finden, um sie fürstlich zu belohnen, denn das Kind ist eine Prinzessin von Geblüt, die keine Mutter mehr hat!«

Das erregte die Phantasie der Frauen und rührte ihre Herzen, so daß sie mir nun bereitwillig ihre Mutmaßungen andienten, wohin Xenia mit dem Kind gezogen sei. Sie habe einen Bruder in Antioch, der sei Pferdeknecht beim Fürsten und hieße ... Das fiel ihnen beim besten Willen nicht mehr ein, und ich sagte: »Wie heißt denn das Kind? Ihr habt es doch sicher getauft, das arme Würmchen?«

»O ja«, erwiderte die Alte, die wohl die erste Stimme unter den Weibern hatte. »›Alena‹ haben wir sie getauft, weil sie eine Fremde war, und ›Elaia‹ gerufen, weil ihre Haut so dunkel wie die einer Olive war.«

»Und so schrumpelig dazu!« rief eine andere dazwischen. Eine dritte sah sich zur Ehrenrettung von Alena Elaia aufgefordert. »Ihr müßt aber nicht denken, es sei ein häßliches Kind, – oh, nein! Ihre Haut ist wie Sammet, seidig die Wimpern ihrer Augen, dunkel wie Kobalt!«

Mit der Beschreibung machte ich mich auf den Weg.

Vor der Küste Zyperns, Ende April 1254

Ich war sicher, die Ziehmutter Xenia und die Prinzessin Alena Elaia in Antioch zu finden – wohin sollten sie sich auch sonst gewandt haben. Weit und breit bis hinab nach Kairo oder Bagdad ist keine Stadt prächtiger als die des Patriarchensitzes, selbst Damaskus kann sich mit ihr nicht messen.

Der Weg dorthin erschien mir gering, doch heftige Sturmwinde, wie sie im Frühjahr oft aus heiterem Himmel über die christliche Seefahrt hereinbrechen, mit Gewitter und Hagel so dick wie Taubeneier, trieb uns hinaus aufs offene Meer und auf die Felsklippen Zyperns zu. Wir kämpften die ganze Nacht darum, nicht zu stranden oder gegen eines der Riffe geschmettert zu werden. Wir wurden zum Spielball der Wellen, die sich um so höher türmten, je weiter wir uns vom Festland entfernten.

Als die Sonne aufging, sah ich, daß wir dieses Schicksal nicht allein erlitten hatten. Wir waren doch erschreckend nahe an die Insel herangedrückt worden, und das Meer um uns herum war voll mit Schiffen, eine ganze Flotte schien in Havarie geraten zu sein. Ich erkannte die Banner Frankreichs und das königliche Flaggschiff, die berühmte ›Montjoie‹, die direkt vor uns auf eine Sandbank aufgelaufen war. Ich ließ die Segel reffen und behutsam heranrudern und zeigte den kaiserlich-sikulischen Stander.

König Ludwig war mit seiner Gemahlin Margarethe höchstselbst an Bord. Sie hatten am 24. April Akkon verlassen, um für immer in ihre Heimat Frankreich zurückzukehren. Das erfuhr ich von dem Seneschall der Champagne, Graf Jean de Joinville, der sich zu uns übersetzen ließ und höflich anfragte, ob wir wohl Taucher unter der Mannschaft hätten. Der König würde gern feststellen, welche Schäden der Kiel seines Schiffes erlitten habe und ob er es wagen könne weiterzusegeln.

»So es loskommt«, warf ich ein, »doch wir könnten die ›Montjoie‹ ziehen, wenn Ihr uns zusätzliche Ruderer schickt.«

»Ich kenne Euer Schiff«, sagte der Graf. »Es ist die Triere der Gräfin Laurence von Otranto.«

»Sie ist vor Jahren in die Hände ihres Sohnes Hamo L'Estrange übergegangen, der gerade König Hethoum von Armenien einen Besuch abstattet, während wir in Antioch auf ihn warten sollen.«

»Ja, ja«, murmelte der Seneschall, »wie die Zeit vergeht! Vor sechs Jahren weilte ich als Gefangener der ›Äbtissin‹ auf diesen seeräuberischen Planken, und über ein Jahr lagen wir dann als gute Freunde und heimliche Verbündete im Hafen von Limassol. Das war vor Beginn dieses unseligen Kreuzzuges Seiner Majestät. Und heute, wo wir ihn mit unserer Heimkehr beschließen wollen, schickt uns Gott wieder die Triere über den Weg –« Er wiegte sein leicht ergrautes Haupt, wenngleich er kaum älter als Mitte Dreißig sein mochte. »Wenn das keine Fügung Mariens ist!?«

»Wir stehen dem König zur Verfügung«, unterbrach ich seine Reminiszenzen, weil die Taucher inzwischen bereitstanden. Ich ließ es mir nicht nehmen, sie zu begleiten. Wir hatten auch lange, starke Seile mitgenommen. Die Wellen gingen immer noch hoch und drohten das festsitzende königliche Schiff zu zerschmettern. Erst nach mehreren Anläufen gelang es uns, längsseits zu gehen und uns an Bord ziehen zu lassen.

Die ›Montjoie‹ war überladen, und der Konnetabel und andere Gefolgsleute des Königs drängten ihn, aufzugeben und sich an Land bringen zu lassen. Ich wurde dem König vorgestellt, und er fragte mich nach meiner Meinung dazu. Ich sagte: »Sobald meine Taucher mir Bericht erstattet haben, will ich Euch gerne raten, Majestät.«

Die Männer tauchten gerade wieder auf in der Flut und riefen hoch, der Kielbaum sei zu einem Drittel gesplittert, aber er könne halten, wenn es uns gelänge, das Schiff schnell wieder flottzukriegen. Ich sagte zum König: »Laßt uns das versuchen, danach könnt Ihr immer noch entscheiden!«

Darauf rief der Konnetabel Gilles Le Brun die anderen Schiffe herbei, und alle Männer mußten von Bord gehen, was ein gefährliches

Manöver war. Etliche ertranken dabei, aber es war nicht zu ändern, denn die ›Montjoie‹ mußte so leicht wie möglich werden, um von der Sandbank loszukommen. Nur der König und die Königin blieben an Bord. Frau Margarethe zeigte nicht die geringste Angst, aber ich hörte, wie sie mit lauter Stimme betete und dem heiligen Nicholas de Varangeville eine Kapelle aus Silber versprach, wenn er ihnen aus der Gefahr hülfe und sie wohlbehalten heim nach Frankreich brächte.

Ich verteilte die mitgebrachten Taue auf die kräftigsten Langboote und behielt zwei für die Triere. Als alle am Kiel der ›Montjoie‹ und an den Zugbooten gut befestigt waren, gab ich den Männern das Zeichen, sich in die Riemen zu legen. Die Taue spannten sich; es knackte und knarzte ganz fürchterlich unter uns, doch dann, mit einem Ruck, waren wir frei.

»Seid bedankt, Madame«, wandte sich der König lächelnd an seine Frau. »Doch wo wollt Ihr eine Kapelle aus reinem Silber hernehmen?«

»Das Silber werdet Ihr mir geben, lieber Gemahl«, entgegnete sie frohen Mutes, »und wenn ich Euer Tafelbesteck einschmelzen muß. Die Arbeit soll Meister Buchier ausführen, wenn er endlich von den Mongolen zu Uns zurückgekehrt ist.«

Dann erst wandte sich der König an mich. Er streifte einen Ring von seinem Finger und sprach: »Ich hätte es ja gerechter empfunden, daß Ihr zum Dank für Eure umsichtige und kräftige Hilfe die Kapelle erhieltet und der Heilige den Ring, aber –«

Er verschluckte wohl den unziemlichen Gedanken, den ich für mich mit »So sind die Weiber nun mal!« formuliert hätte.

Ich lächelte verständnisvoll und sagte: »Ich bedarf keines Berges von Silber, dessen Gewicht mich nur belasten würde, während ich diesen Ring immer bei mir tragen kann und er mich an die Begegnung mit Euch zu erinnern vermag!«

»Ihr habt mir so viel Zuversicht gegeben, Herr Taxiarchos«, erwiderte der König, »daß ich mich entschieden habe, die Reise auf meinem wunden Schiff fortzusetzen.« Und er gab dem Konnetabel Befehl, die Leute zurück an Bord zu holen, damit man diesen Ort schnellstmöglich verlassen könne. Der Sturm hatte sich inzwischen gelegt. Der Graf de Joinville, wohl ein engster Vertrauter des Königs, gab mir das Geleit und ließ mich und meine Männer zurück zur Triere rudern. Wir setzten sofort die Segel, um nun endlich St. Simeon, den Hafen von Antioch, zu erreichen.

Antioch, im Mai 1254

In St. Simeon erlaubte man uns zwar, mit der Triere im Hafen anzulegen, aber die Genehmigung, länger zu ankern, mußten wir uns in Antioch beim Fürsten besorgen.

Es herrschte überall im Lande große Freude. Zahllose Festlichkeiten waren angesagt, denn der junge Fürst Bohemund führte gerade Sybille, die Tochter des Königs Hethoum von Armenien, als seine Frau heim.

Ich ließ die Mannschaft im Küstenhafen zurück und reiste allein in die Hauptstadt. Die andauernden Hochzeitsfeierlichkeiten gestatteten mir nicht, sogleich zu den zuständigen Beamten vorzudringen, geschweige denn, vom Fürsten persönlich empfangen zu werden. Ich benutzte die Zeit, nach Xenia, der Frau aus Ayas, zu suchen, und begann mit meinen Nachforschungen bei den Pferdeställen des Palastes. Dort sollte ihr Bruder beschäftigt sein, dessen Namen ich nicht einmal kannte.

Es gab Hunderte von Pferdeknechten, und nach einem Armenier aus Ayas zu fahnden war wie die Suche nach der Nadel im Heuhaufen. Ich hatte auch kein Glück, denn meine Herumfragerei erregte schnell Verdacht, und ehe ich mich versah, saß ich als ›Spion‹ im Kerker. Doch das sollte mir wiederum zum Vorzug gedeihen, wie mich mein Kerkermeister wissen ließ, denn an einem der nächsten Tage wolle der Fürst zu Ehren seiner Frau die Gefangenen besuchen, um allen, deren Vergehen ihm läßlich erschiene, das Leben zu schenken. Alle anderen würden zur Feier des Tages gehenkt, damit das Volk auch sein Vergnügen habe. Spione hätten wenig Aussicht, zur ersten Gruppe gezählt zu werden, wurde ich getröstet, aber eine rasche Exekution werde mir weitere Leiden in dem Verlies ersparen.

Als der Tag gekommen war und der Fürst an unseren Gittern vorüberschritt, übertönte ich die üblichen Beteuerungen der Unschuld, die ihn von allen Seiten erreichten, indem ich schrie: »Hamo, der Sohn der Gräfin von Otranto, hat mich zu Euch geschickt!«

Da stutzte der junge Fürst, er mochte wohl siebzehn Lenze zählen, und machte ein nachdenkliches Gesicht. Er ließ mich herausholen, hörte sich an, was mir vorgeworfen wurde, und fragte: »Warum habt Ihr Euch an die Pferde herangemacht?«

Ich lachte, weil ich das als befreiend empfand, und antwortete völlig unsinnig: »Weil wir mit der Triere nicht bis nach Antioch rudern konnten, um die Prinzessin Alena Elaia zu finden, das dreijährige Töchterlein Eures Freundes Hamo, das ihm geraubt wurde und von der Schwester eines Eurer Pferdeknechte versteckt gehalten wird.«

Da ließ er mir sofort die Fesseln abnehmen und lud mich zu sich in den Palast, wo ich ihm alles erzählen mußte.

Enttäuscht war er nur, daß ich ihm nichts über Roç und Yeza zu berichten wußte, »die Kinder des Gral«, wie er seine kleinen Freunde nannte, »die Könige ohne Königreich«. Da entsann ich mich, daß Hamo mir erzählt hatte, daß William von Roebruk sich aufgemacht hätte zum Großkhan der Mongolen, wo sie jetzt wohl weilten. Als Fürst Bohemund den Namen des Mönches hörte, mußte er lachen, vor allem, als ich ihm sagte, daß der Franziskaner als Gesandter des Königs von Frankreich nach Karakorum unterwegs sei.

Inzwischen hatte die Gestütsverwaltung den armenischen Pferdeknecht ausfindig gemacht, und die Wächter des Palastes hatten Xenia samt ihrem dreijährigen Töchterchen verhaftet und herbeigeschafft. Sie wurden uns vorgeführt. Die Frau, eine einfache Person mit einem gutmütigen, derben Gesicht und abgearbeiteten Händen, weinte bitterlich. Das Mädchen war ein zartes Geschöpf von außerordentlicher Grazie und feinen Zügen. Es schlang seine Ärmchen um die Frau und sagte: »Ich will bei dir bleiben.«

Das Kind weinte nicht, sondern schaute uns nur verängstigt an.

»Gestattet mir, mein Fürst«, sagte ich, »daß ich einen Vorschlag zur Güte mache. Das Kind braucht eine Mutter, die es liebt, und wie wir sehen, ist dies der Fall. Wer weiß, wann mein Herr heimkehrt – und ob mit seinem jungen Weibe –«

»Spart Euch die Worte, lieber Herr Taxiarchos«, unterbrach mich der Fürst, »ich nehme die Tochter meines Freundes an meinem Hof auf, damit es ihr an nichts mangelt, und auch die brave Frau, die bei ihr bleiben soll.«

Da warf sich Xenia dem Fürsten zu Füßen und bedankte sich unter Tränen. Sie habe ja nicht gewußt, wessen Kind sie damals aus dem Meer geborgen habe, doch daß Alena Elaia kein gewöhnliches Geschöpf sei, das habe sie immer gespürt, erklärte sie.

»Auch Ihr, lieber Herr Taxiarchos«, sagte Bohemund, »genießt meine Gastfreundschaft, so lange Ihr wollt. Ich bedaure nur, daß sich Hamo nicht an mich gewandt hat. Ich hätte ihn bei König Hethoum als Freund eingeführt. Jetzt mache ich mir Sorgen, denn ich kenne den Charakter meines Schwiegervaters. Ich hoffe nur«, fügte er hinzu, »daß alle, die wir kennen, bald gesund und glücklich von den Mongolen zurückkehren.«

»Das hoffe ich auch von ganzem Herzen«, antwortete ich. »Dennoch solltet Ihr König Hethoum vielleicht die Empfehlung zukommen lassen, den Grafen von Otranto wohlwollend anzuhören.«

Doch des Fürsten Gedanken gingen in eine andere Richtung. »Es wird Zeit, daß Roç und Yeza von ihrer königlichen Bestimmung Gebrauch machen und den Thron von Jerusalem besteigen. Wir haben soeben die Nachricht erhalten, daß König Konrad, der Staufer, gestorben ist. Bis sein Söhnlein Konradin, es ist erst zwei, ihn einnehmen kann, ist er längst hinweggefegt von den Mameluken. Ich hoffe also, daß William nicht den Fehler begeht, Roç und Yeza den Mongolen zu entführen, sondern daß diese bald kommen, um meine Freunde, die Friedenskönige, auf den Thron zu setzen. Sonst ist es um das Christentum im Heiligen Lande bald schlecht bestellt, und die Christenheit wird hier ihr ureigenes Territorium verlieren. Alles wird untergehen«, sprach er voll düsterer Schwermut, »auch Antioch!« Damit entließ er mich.

Prinzessin Alena Elaia, zu deren Vormund mich Graf Hamo bestellt hatte, der guten Xenia und mir wurde eine geräumige Wohnung im Palast zugewiesen. Königin Sybille, hoch erfreut, daß Alena Elaia armenisch sprach, kümmert sich liebevoll um die Tochter meines Herrn. Ich hingegen sorge dafür, daß die aufgeweckte Tochter Hamos auf den Tag vorbereitet ist, an dem ihr Vater und ihre leibliche Mutter zurückkehren. Ich nehme sie mit hinunter zum Hafen und zeige ihr die Triere, ihr Schiff, und erzähle ihr von ihrer schönen Mutter Shirat. Bei den Hochzeitsfeierlichkeiten hatte ich auch eine Delegation der Assassinen von Masyaf getroffen und sie gebeten, ihrem »Spiegel zu Askalon« die Botschaft für Abdal den Hafsiden zu senden, daß ich bis auf weiteres bei Fürst Bohemund weilte und Hamo zu König Hethoum aufgebrochen sei. An den Großdomestikos Monseigneur Gosset schickte ich nach Konstantinopel in den Kallistos-Palast die Nachricht, daß unser Herr Hamo nach meinem Dafürhalten wohl von Armeniens Hauptstadt Sis nach Karakorum zum Großkhan weitergeschickt würde. Das hatte auch Fürst Bohemund vermutet; wem sonst sollte König Hethoum schöne Sklavinnen zum Geschenk machen? Für den Fall, daß Hamo L'Estrange zuerst wieder am Bosporus auftauchen sollte, bat ich Gosset, mir Bescheid zu geben und dem Grafen auszurichten, daß ich wie vereinbart als Kapitän seiner Triere ›Contessa d'Otranto‹ der Weisungen meines Herrn harrte.

DER PATRIARCH VON KARAKORUM
LIBER II
CAPITULUM X

Yeza an William
Ein Duft hängt in der Luft, linde Wolken ziehen, es weht der Wind so mild, und Engelszungen wispern: Er nahet! Und es riecht nach Kuhmist und verbrannten Knochen, ein Brausen geht durchs Land, und die Götzendiener zittern, die Schamanen verstecken sich: Er kommt! Es schmilzt das Eis, es brechen die Schollen, der Sturm teilt die Wolken, es läuten die Glocken: *William ante portas!* So hättest Du es gern, flämisches Schlitzohr, und ich, Deine Königin Yeza, und der Trencavel, wir fallen auf die Knie! Vor Heiterkeit, vor Glück! Es ist tatsächlich so, Bruder William vom Ordo Fratrum Minorum, Du bist das Stadtgespräch hier in Karakorum. Die Leute reden über nichts anderes als über Deine Wundertaten und Deine unmittelbar bevorstehende Ankunft, und Roç und ich, wir stehen am Fenster unseres Stadtpalastes und starren gen Süden zum Tor der Ochsen. Wir können es gar nicht erwarten, endlich mal keinen Mongolen zu erblicken, sondern einen rundlichen, spärlich rotgelockten Bruder des Franz, mit dem wir *lingua franca* reden können, Du weißt, was ich meine. Doch die Tage gehen dahin, die Mongolen haben keinen Begriff, was Warten heißt. Bis jetzt ist noch nicht einmal Möngke, der Großkhan, eingetroffen. Il-Khan Hulagu, der uns hergebracht hat, ist ihm mit General Kitbogha entgegengeritten.

Es mangelt uns an nichts, wir haben Diener in Hülle und Fülle, die uns beklauen. Am Eingang zu unserem Haus, das sogar ein Obergeschoß hat, wo ich schlafe, steht ein Bottich mit vergorener Stutenmilch, so daß unsere Wachen ständig ihren Rausch haben können.

Mein Trencavel schläft unten. Jeden Tag holen mich die Frauen vom Hofstaat der Kokoktai-Khatun zum Gottesdienst in der Kirche ab. Das ist die ›Erste Gattin‹ des Möngke. Roç darf wenigstens – mit Eskorte – lustwandeln in der ›Hauptstadt‹, die unbedeutender ist als Otranto und noch viel langweiliger. Für meinen Trencavel vielleicht nicht, denn alle jungen Mädchen machen ihm schöne Augen. Er hat mir alles über Karakorum berichtet: zwei Stadtviertel – Akkon hatte sieben –, eines der Sarazenen, wo die Kaufleute sitzen und auch die Gesandten wohnen, was ich verstehen kann, und eines der Cathai, zumeist Handwerker. Deren Haut ist noch gelber als die der Mongolen, und ihre Augen sind nur noch Schlitze. Der Palast des Großkhans und die Residenzen der hohen Hofbeamten liegen vor den Toren. Roç hat in der sogenannten ›Stadt‹ zwölf verschiedene Götzentempel gezählt, darunter zwei Moscheen und eine Kirche, die ich nur zu gut kenne. Ein Lehmwall umgibt diese Ansammlung von Hütten und Jurten. Nur wenige Häuser sind aus Stein wie das unsere, welche Ehre! Am Osttor wird Hirse, manchmal auch Getreide verkauft, im Westen Schafe und Ziegen, Ochsen im Süden, und am Nordtor Pferde. Leider liegt die Kirche im Süden.

An Epiphanie zwang ich meinen Trencavel, mich zur Kirche zu begleiten, und zwar zu unchristlicher Zeit, denn ich hatte gehört, daß zum Dreikönigsfest alle nestorianischen Priester sich dort schon vor Tagesanbruch versammelten. Als wir mit unseren unausgeschlafenen Wächtern eintrafen, schlugen sie bereits das Gebetsbrett und sangen feierlich die Morgenchoräle. Erst danach legten sie ihren Ornat an und bereiteten das Weihrauchfaß mit der Glut vor. Mit ihrem Archidiakon Jonas, einem sehr gebrechlichen, gütigen alten Herrn, an der Spitze warteten wir mit ihnen auf dem Vorplatz der Kirche in klirrender Kälte. Dann erschien endlich Kokoktai-Khatun mit Hofstaat und Kindern. Sie alle warfen sich zu Boden und berührten mit der Stirn die Erde. Das taten wir auch. Allerdings nahmen Roç und ich davon Abstand, wie die Mongolen alle von den Priestern vorgezeigten Bilder mit der Hand zu berühren und diese nach jeder Berührung zu küssen.

Kokoktai-Khatun und ihre Kinder begrüßten alle Anwesenden

mit Handschlag, auch eine entsetzliche Sitte, der man sich aber nicht entziehen kann.

Die Priester sangen:

»*Salve Regina, Mater misericordiae,*
vita, dulcedo et spes nostra salve.«

Wir betraten die Kirche, die zwar nicht groß oder prächtig ist, aber mit den goldbestickten Tüchern unter der niedrigen Decke und den vielen Talglichtern, die in allen Leuchtern brannten und ein festliches Licht verbreiteten, recht heimelig wirkte.

Der Archidiakon gab der Kokoktai, die schon recht alt ist – Möngke muß sie wohl geerbt haben, oder es war aus ihrem Klan keine Jüngere verfügbar –, etwas Weihrauch in die Hand, den sie in das Feuer warf. Daraufhin legte sie ihren Kopfschmuck ab, so daß wir ihren kahlen Schädel erblickten. Man brachte ihr ein vergoldetes Ruhebett, auf das sie sich setzen konnte, genau gegenüber dem Altar. Dann verteilte sie Geschenke. Ich mußte ihr Roç vorstellen, und sie verschlang ihn mit den Augen und schenkte ihm einen Ring. Mir gab sie eine Haarspange, schön gearbeitet aus blaßgrüner Jade.

Dann wurden Getränke herbeigeschafft, Met, Kumiz und Rotwein, den wir kosten durften. Also der in Otranto kratzte weniger! Kokoktai nahm einen vollen Becher, verbeugte sich auf ihrem Bett und bat um den Segen. Die Priester mußten mit lauter Stimme singen:

»*Eia ergo Advocata nostra,*
illos tuos misericordes
oculus ad nos converte.«

Möngkes Gattin leerte ihren Becher mit einem Zug und ließ ihn sofort wieder auffüllen. So verfuhr sie nach jeder Strophe.

»*O clemens,*
o pia,
o dulcis virgo Maria!«

Als fast alle schon ziemlich berauscht waren – Roç und ich hatten nur genippt –, fuhr man Speisen auf, Hammelfleisch. Da verließen wir auf Zehenspitzen die Kirche. Hammel am frühen Morgen!

Draußen gab es geröstete Fische, Karpfen, jedoch ohne Salz und Brot. Während wir davon aßen, sprach uns ein seltsamer Bursche an, der sich Theodolus nannte und behauptete, er habe in der Terra Sancta im Dienst eines heiligen Bischofs gestanden. Als wir nachfragten, sagte er, es sei der Bischof Nicola della Porta in Konstantinopel gewesen, dem Gott einen mit güldenen Buchstaben geschriebenen Brief vom Himmel gesandt habe mit dem Auftrag, ihn dem Herrscher der Tataren zu überbringen, denn dieser sei bestimmt, Herr aller Länder auf Erden zu werden.

Ich schaute meinen Trencavel von der Seite an und fragte: »In welcher Sprache war das Schreiben denn verfaßt, Herr Moses?«

Da war er völlig verwirrt und stotterte: »Mein heiliger Bischof hat gesagt, ich solle alle Menschen überzeugen, mit dem Khan Frieden zu schließen!«

Roç konnte sich seine Belustigung kaum verkneifen. »Darüber muß der Khagan doch hoch erfreut gewesen sein.«

»Ach«, klagte Theodolus, »der glaubt doch an gar nichts! ›Solltest du diesen vom Himmel erhaltenen Brief mitgebracht haben, so bist du mir willkommen!‹, hat er mich abgefertigt wie einen seiner Kuriere.«

»Und?« hakte ich nach.

»Das Schreiben war in meinem Gepäck, das ich auf ein Saumpferd geladen hatte. Doch unterwegs ist das Tier ausgerissen, und ich habe meine ganze Habe verloren.«

»Das verstehe ich«, sagte Roç grinsend, »man muß sein Pferd gut festhalten, wenn man unterwegs gezwungen ist abzusteigen.«

»Und nun?« fragte ich herzlos weiter.

»Jetzt diene ich Herrn Möngke gelegentlich als Übersetzer, weil ich acht Sprachen spreche, so auch das Mongolische und Cathai. Doch befriedigt mich diese Tätigkeit nicht sehr, und ich wünsche mir, in den Dienst des großen Kirchenfürsten William von Roebruk zu treten, der schon in Karakorum eingetroffen sein soll. Da dachte ich, da Ihr, Königliche Hoheiten, diesen heiligen Gottesmann doch kennt, ob Ihr nicht ein Wort für mich einlegen könntet?«

Wir mußten an uns halten, um nicht laut herauszuprusten. Und Roç sagte: »William von Roebruk läßt sich nicht von uns beraten, eher ist es umgekehrt. Wir suchen seinen weisen Rat, denn es gibt auf der Welt niemanden, der ihm an Geistesgröße und vor allem an Frömmigkeit gleichkommt. Doch wir wollen für dich sprechen, denn einen Sekretarius, der im Schriftverkehr mit dem Allerhöchsten steht, der hat ihm noch gefehlt!«

Theodolus nahm unseren Spott nicht wahr, sondern ereiferte sich sogleich voller Begeisterung. »Das wäre die Erfüllung eines Traums. Ich bin auch sehr geschickt im Vorbereiten von Zeremonien, Wahrsagerei, selbst kleine Wunder weiß ich in Szene zu setzen, ohne daß es nach Zauberei aussieht. Seine Exzellenz wird in mir einen vielseitigen Diener finden!«

»Das glauben wir auch«, beendete ich huldvoll das Gespräch und ließ mir von ihm die Hände küssen. Er hatte schwarze Fingernägel. Roç winkte unseren Wächtern, und sie drängten ihn ab. Gerade als wir gingen, verließ Kokoktai-Khatun mit ihrem Gefolge die Kirche. Sie war völlig betrunken, bestieg ihren Wagen und fuhr unter dem Gesang, oder besser Geheul, der Priester davon.

»*O clemens,*
o pia,
o dulcis virgo Maria!«

Als wir unser Domizil wieder erreichten, hörten wir, der Großkhan sei in Karakorum eingetroffen. Wir mochten es nicht glauben, aber dann machte Dschuveni uns seine Aufwartung und bestätigte es. Alles wurde für den festlichen Empfang gerichtet, den der Herrscher der Mongolen uns, dem Königlichen Paar, bereiten wolle. Am Nachmittag würden Frauen kommen und unsere Gewänder herrichten.

»Das zeugt von herrscherlicher Weitsicht und Selbstverständnis weltlichen Gepränges«, sagte mein Trencavel würdevoll. »Wir legen jedoch größten Wert darauf, auch unseren geistlichen Beistand bei diesem feierlichen Akt nicht missen zu müssen. Wir wünschen, daß man unseren Obersten Priester und Beichtvater William von Roebruk rechtzeitig herbeischafft. Wo steckt der eigentlich?«

»Er folgt dem Großkhan in gebührendem Abstand. Es ziemt sich nicht, daß er vor ihm ankommt. Aber das –«, wollte Dschuveni noch erklären.

»Kein Aber!« beschied ich dem Kämmerer. »Sputet Euch, wenn Ihr das Mißfallen des Großkhans nicht auf Euer Haupt laden wollt!«

Der Dschuveni verließ uns recht bedrückt. Sicher hatte er Schwierigkeiten, seiner Herrschaft die unausweichliche Verzögerung schmackhaft zu machen. Oder unser liebster Franziskaner würde nun auf gepeitschten Rennpferden nach Karakorum gehetzt werden. Armer William!

L. S.

Roç Trencavel du Haut-Ségur grüßt William von Roebruk, Karakorum, in der zweiten Dekade des Januar 1254

Wir haben Dich gesehen, wie Du aus der Nacht herangebraust kamst, eine Fahne mit dem Bilde des Lammes vorneweg, das mit zierlich gehobenem Vorderhuf ein schlankes Kreuz emporreckt – bist Du das Schaf, William? Als Alfiere erkannten wir den kleinen Lorenz von Orta, wenn mich nicht alles täuscht! Und dann erschienst Du in Deiner Fülle im bischöflichen Ornat! Wessen Kleiderkammer hast Du geplündert, oder laufen jetzt alle Minoriten so herum? Du machst Dich gut in dem Purpurgewand mit dem hermelinbesetzten weißen Mantel, die Mitra verwegen auf den Kopf gepreßt, und das in vollem Galopp! Den goldenen Stab mit dem armen Gekreuzigten solltest Du aber nicht wie eine Lanze halten. Du mußt sowieso eine Kreuzabnahme des Corpus Christi vornehmen, denn die Nestorianer hier mögen die Darstellung des Gekreuzigten nicht. Das Leiden des Messias ist ihnen peinlich. Gleich hinter Dir ritt ein schwarzer Mönch, eine düstere Gestalt. Das sei »Sergius der Armenier«, hörte ich die Leute sagen, die wie wir zu Deinem Empfang herbeigeeilt waren, ungeachtet der Nacht und der Kälte. Mit Euch kamen General

Kitbogha und dessen Sohn Kito mit der Hundertschaft herangestürmt – ein großartiger Anblick und schrecklich zugleich. Der Il-Khan Hulagu kam dagegen geradezu gemächlich hinterher, obgleich auch er und sein Gefolge scharf geritten sein müssen. Der Atem ihrer Pferde ging schwer, und ihre Leiber dampften in der kalten Winterluft. Die Krieger trugen Fackeln, und der Zug sah von weitem aus wie ein Schwarm Glühwürmchen.

Erst als es schon hell war, rumpelten die Karren heran mit den Jurten, all dem Hab und Gut und den Frauen des Hulagu, ich meine, mit dem Hofstaat, denn der Il-Khan hat nur eine Frau, Dokuz-Khatun. Die ist nämlich Christin und verlangt, wie es in der Bibel steht: »Du sollst keine anderen Frauen neben mir haben!« So wie Yeza es auch von mir fordert, obwohl sie keine Christin ist, jedenfalls keine richtige. Der Großkhan hat nämlich mehrere Gattinnen, von jeder Religion mindestens eine.

Als ich da mit meiner *damna* stand, machte sich wieder Theodolus an uns heran, ein schmieriger Geselle, übrigens ein großer Bewunderer von Dir, William. Um Dich ja nicht zu verpassen, ist er bis zum Tor gelaufen. Er wird Dir seine Dienste anbieten. Ich würde ihn nicht mit der Feuerzange anfassen oder allenfalls mit einer, die lange genug in der Glut gelegen hat.

Du sollst die zweite im Range der Gemahlinnen des Khagan, Koka, die Götzenanbeterin, geheilt haben, indem Du sie zwangst, das Kreuz anzubeten, als sie krank war. Ich habe auch gehört, daß sie inzwischen in Karakorum weilt, aber immer noch krank darniederliegt. Auf jeden Fall bist Du an uns vorbeigeritten, ohne uns zu beachten, dabei haben wir Dich sogar beim Namen gerufen! Aber das mag im Beifall der Leute untergegangen sein. Oder Du hörst nicht mehr auf ›William‹ und läßt Dich jetzt mit ›Eminenz‹ titulieren? Wir konnten den lästigen Theodolus nicht abschütteln, zumal er geheimnisvoll damit herausrückte, er wüßte, wo Du Dich als erstes hingeben würdest, nämlich zum Krankenbett der Koka, die mit dem Tode ränge. Der Großkhan hätte Dich so schnell kommen lassen, weil er sich nur von Dir Heil und Rettung erhoffe. Das enttäuschte mich sehr, glaubte ich doch, unser Verlangen nach Dir sei der Grund für Deine stürmische Hast. Vielleicht aber auch beides.« Die Beschwörungen der Götzendiener haben ihr nämlich nicht geholfen«, plapperte unser Theodolus und machte Anstalten, uns zum Haus der Koka zu schleppen, das nicht weit von dem unseren liegen soll. Ich verspürte keine Lust dazu, aber Yeza sagte: »Ich will William sehen!« Und damit war der Fall entschieden.

Wir wollten gerade das Haus betreten, da trafen wir als erstes auf den Dschuveni, der ganz entsetzt über unsere Absicht war, Dich, William, als Wunderheiler zu beobachten.

»Wenn die Frau stirbt«, beschwor er uns, »darf keiner, der zugegen war, für ein Jahr vor das Antlitz des Großkhans treten! Und heute abend ist der Empfang angesetzt, ich flehe Euch an –«

»Für uns gilt diese Regel nicht«, beschied ihn meine *damna*, die den Kämmerer gern vor den Kopf stößt. »Wenn William sich der Armen annimmt, wird er sie auch retten!« setzte sie hinzu und schritt über die Schwelle hinweg.

Theodolus wurde nur hereingelassen, weil er so tat, als gehöre er zu unserem Gefolge.

Im Haus herrschte ein mächtiges Gedränge, denn es hatte sich herumgesprochen, daß der große William zu der Sterbenskranken gekommen sei. Trotz Stockschlägen meiner Wächter war kein Durchkommen. Die Leute benahmen sich wie besessen, Frauen heulten und kreischten, Götzenpriester mit glattgeschorenen Schädeln saßen in ihren safrangelben Gewändern am Boden und schlugen kleine Trommeln. Sie sangen monoton immer wieder dasselbe »*Om mani padme hum*«, mit dem sie ihren Gott Buddha verehren. Ihnen schien es auch gleichgültig, ob die Kranke starb, wie sie auch hinnahmen, daß die Neugierigen sie stießen, über sie hinwegstiegen und auf sie traten.

Da erklärte ich Yeza: »Was haben wir davon, wenn wir uns bis zu William durchschlagen. Er hat jetzt sicher keine Zeit für uns. So mag ich den alten Freund nicht begrüßen.«

Das sah sie ein, und wir traten den Rückzug an. Theodolus ließen wir da. Er würde es sich schon nicht entgehen lassen, uns alles brühwarm zu berichten.

Auf dem Rückweg sagte ich zu Yeza: »Nun, da William endlich wieder bei uns ist, bräuchten wir ihm eigentlich keine Berichte mehr zu schicken ...«

Meine verständige Gefährtin nickte zustimmend und sah mich abwartend an.

»Aber mir bereitet das Schreiben an der ›Chronik‹ mittlerweile soviel Freude, daß ich es weiterführen will.«

»Und William kann es ja auch ruhig lesen und es zu seiner Chronik nehmen, wenn es ihm gefällt.«

Am Nachmittag kamen die Frauen und kleideten Yeza an. Sie brachten ihr eine Festtagstracht aus der westlichen Mongolei, ein bis zu den Knöcheln herabfallendes blaues Gewand aus Rohseide mit einem kleinen roten Kragen und ebensolchen Ärmelstulpen, reich bestickt mit Goldfäden. Als Knöpfe dienten Silberfibeln mit Korallen. Darüber bekam sie einen ärmellosen Überwurf mit gepolsterten Schultern, die weit überschnitten waren. Er war aus grauer Seide und mit Perlen gesäumt. Nicht genug, es wurde ihr noch ein violetter Schal gereicht, wie ihn die Priester bei der Messe tragen. Der war mit Türkisen und reich ziselierten *toli* besetzt, großen, spiegelnden Silberscheiben, die böse Geister abschrecken sollen. Genau wie ihr *toorcog*, eine fellgefütterte Kappe mit hochklappbarem Ohrenschutz und glückbringenden Motiven als Verzierung. Um Yezas Taille schlangen die Frauen eine schwarze Seidenkordel, und sie mußte in Stiefelchen schlüpfen, die ebenfalls mit Türkisen, Korallen und Perlen besetzt waren. Das Gewand steht meiner schlanken Königin fabelhaft, und seine Farben harmonieren wunderbar mit ihrem hellen Haar. Vielleicht war die Aufmachung zu knabenhaft, aber meine Dame ist ja ein verkappter Ritter. Ich gab meiner Bewunderung laut und deutlich Ausdruck. Dem schlossen sich auch Kito und einige Männer aus meiner Hundertschaft an, die abgeordnet waren, mich anzukleiden und mir das Ehrengeleit zu geben.

Ich erhielt ein Gewand des Toluy-Klans, das mir sofort gefiel. Schilfgrünes Leinen, ein steifer, hoher Kragen mit Brokatapplikationen, die sich schräg über die Brust fortsetzten und an den Ärmelmanschetten wiederholten. Eine riesige hellgelbe Seidenschärpe hielt es zusammen. Auf das Haupt setzten sie mir eine Mütze aus Wolfsfell, das auf der einen Seite weit herunterreichte, auf der anderen jedoch hochgebunden war. Dazu überreichten sie mir einen Dolch im Silbergehänge mit einem gefaßten Feuerstein und einer kleinen Dose voll Zunder. Ich schaute in den Spiegel und fand mich sehr kühn und männlich. Die Männer umarmten mich, und wir warteten, bis Yeza mit ihren Weibern die Treppe hinabschritt. Meine Königin!

Draußen vor unserm Haus hatten sich viele Menschen versammelt und jubelten uns zu. Wir ritten mit großem Gefolge durch die Stadt zum Südtor hinaus, denn der Palast liegt außerhalb der Mauern. Als wir auf Bogenschußweite herangekommen waren, gingen wir zu Fuß weiter. Man hatte die Strecke mit Teppichen belegt, damit wir uns nicht mit Schlamm beschmutzten.

Die Residenz des Großkhans ist eine Anhäufung von roten Ziegelbauten, Türmen und Zwiebelkuppeln, die von einer eigenen Mauer umgeben ist. Wenn man durch eines der drei Tore schreitet – das mittlere ist allein dem Khagan vorbehalten –, gelangt man auf einen großen, gepflasterten Platz, an dem die wichtigsten Gebäude stehen. Das bedeutendste davon ist die Audienzhalle, in der auch alle Feste abgehalten werden. Nach dem Säulenvorbau und dem mächtigen Giebel zu schließen, mußte sie riesig sein. Doch wurde unser Blick nun abgelenkt von dem Zug, der durch das gegenüberliegende Tor Einzug hielt. Das warst Du, unser William! Vor Dir schritten Chorknaben, die Kerzen in den Händen hielten; ihnen folgten Meßdiener, die Weihrauchgefäße schwenkten und Handglöcklein erklingen ließen. Dann trug ein Alfiere, es war wirklich Lorenz, das Kirchenbanner, und hinter ihm schrittst Du, William – unter einem Baldachin. Ich stieß Yeza an, weil ich das nun wirklich übertrieben fand, fast lachhaft! Du, ganz in Weiß, trugst ein Buch vor die Brust gepreßt und einen goldenen Bischofsstab und sangst besonders falsch und laut das »*Vexilla regis prodeunt*«. Die Sarazenen, so nennen sie hier alle Muslime, waren recht erstaunt über die Hymne, besagt sie doch ›die Fahnen des Königs treten hervor‹ im Sinne von ›zeigen sich mannhaft‹, was offensichtlich auf den König der Franken gemünzt ist. Sie scheinen den Text besser zu kennen als Du Gelegenheitsheiliger – oder bist Du schon einmal bis zur fünften Strophe vorgedrungen? Weißt Du, wie sie lautet?

»Beata, cujus brachiis
saecli pependit pretius,
statera facta corporis,
praedamque tulit tartari.«

Damit würdest Du Dir den Großkhan zum tödlichen Feind machen, denn ich würde den Text so übersetzen:

»Heil dem Kreuz, dessen Arme
dem Körper zur Waage werden.
Es setzt den Preis für die Erlösung
der Menschen fest
und entreißt den Tataren ihre Beute.«

Hinter Dir ging wieder dieser in schlichtes Schwarz gekleidete Mönch, Sergius der Armenier. Er starrte finster zu Boden und doch schien es, als würde er Dich vorantreiben.

Vor dem Hauptportal hielten wir unter der Säulenhalle inne, weil alle nach Waffen abgetastet wurden. Mein Ehrendolch erregte Aufsehen. Kito versuchte ihn als reines Dekor zu verteidigen, aber die Wächter waren unerbittlich. Ich mußte ihn ablegen. Ob Yeza wohl wie immer ihre Lieblingswaffe im Haar trägt, schoß es mir durch den Kopf, und ich schaute sie fragend an. Doch sie zuckte nicht mit der Wimper, und sie fanden auch nichts bei ihr. Wir warteten noch auf Dich, um Dich endlich durch ein freundliches Wort zu begrüßen oder Dir wenigstens zuzuwinken. Doch Du starrtest nur geradeaus, als gäb' es uns gar nicht – nicht einmal ein Zwinkern oder ein verständiges Nicken.

»Merkwürdig«, flüsterte Yeza, »wir können ihm doch nicht so fremd geworden sein, daß er uns nicht mehr erkennt?«

Deine Prozession zog vor uns in den Saal ein. Dann folgten die Brüder des Khans, Hulagu und Ariqboga, jeweils mit ihren Frauen und ihrem Gefolge. Ich starrte noch immer hinter Dir her. »Entweder ist er uns böse«, tuschelte ich Yeza zu, »oder er darf nicht zeigen, wie sehr er uns liebt.«

»Das wird's sein«, raunte sie mir zu. »Sicher hat er wieder eine Überraschung für uns.«

Wir konnten nicht weiterflüstern, denn der Dschuveni gab uns ein Zeichen, daß wir nun eintreten sollten. Es war ein großer Augenblick, weil gleichzeitig auf einer Empore über uns Posaunen und Kesselpauken erschollen und sich die Leute von ihren Plätzen erhoben, um uns, dem Königlichen Paar, zu applaudierten.

L. S.

Möngke lagerte auf einer breiten goldenen Liege. Er ließ seine flinken Augen durch den Saal wandern, ohne seine Gäste anzuschauen. Roç war nicht gewillt, eine solche Mißachtung des Königlichen Paares hinzunehmen. Er blieb einfach stehen und richtete zur sprachlosen Überraschung aller das Wort an den festlich gekleideten Mönch. »William von Roebruk«, sagte er laut und weidete sich an dessen Erschrecken, »es ist deine Aufgabe, uns dem höchsten Herrscher auf Erden – so weit *tengri* sein ewigblaues Himmelszelt spannt – mit gebührlichem Respekt vorzustellen, denn es scheint, daß er uns nicht kennt!«

Das Wort zu erheben, ohne vom Khan dazu aufgefordert zu sein, war ein unerhörtes Vorgehen. William stand wie versteinert und stimmte aus lauter Verlegenheit das Gloria an:

»*Gloria in excelsis Deo
et in terra pax hominibus
bonae voluntatis.*«

Der Großkhan hatte sich aufgerichtet und gab vor, aufmerksam zu lauschen. Sein Blick fiel nun auf das Königliche Paar, das immer noch in der Mitte des Saales stand, weil William in seiner Verzweiflung immer weiter sang:

»Laudamus te, benedicimus te
adoramus te, glorificamus te
gratias agimus tibi
propter magnam gloriam tuam
Domine Deus, rex caelestis
Deus pater omnipotens.«

Dann erhob sich Möngke mit einem Ruck. William verschlug es die brüchige Stimme, weil er dachte, nun sei es um ihn geschehen. Doch der Großkhan breitete seine Arme aus, was Roç zu einem Kniefall veranlaßte. Yeza tat es ihm zwar gleich, aber sie berührte den Boden nur kurz und schnellte wieder hoch wie eine Feder, weil Möngke das Wort an beide richtete.

»Das Königliche Paar begibt sich schweigend zum Thron«, übersetzte ein unsichtbarer Dolmetscher so stockend, daß es kaum zu verstehen war.

Roç sah zu Yeza, und sie nickte ihm zu. Ein Schamane trug drei kohlschwarz gebrannte Schulterblätter von Schafen vor den Khan. Möngke betrachtete sie lange und ausgiebig. Alle warteten auf das Ergebnis. Von Arslan wußten Roç und Yeza, daß der Khagan keine Entscheidung fällte und niemanden empfing, ohne vorher das Knochenorakel zu befragen. Die Knochen mußten in der Hitze des Feuers der Länge nach gespalten sein. Platzten sie quer oder bröckelten sie gar, dann war das ein schlechtes Zeichen, und er unternahm nichts. Diese drei Gebeine schienen ihn höchst zu befriedigen. Er zeigte sie seinen Brüdern und winkte das Königliche Paar leutselig zu sich.

Da schnellten Roç und Yeza vorwärts und liefen auf den Großkhan zu. Die Leibwächter rissen ihre Säbel hoch, aber da hatte Yeza sich schon Möngke zu Füßen geworfen. Er zog sie hoch, umarmte auch Roç, um ihm den Kotau zu ersparen, und hieß beide willkommen. Da er leidlich arabisch sprach, konnte auf weitere Dienste des verstörten Dolmetschers verzichtet werden.

Roç und Yeza durften rechts und links vom Großkhan Platz nehmen. »Ich mache euch zu meinen Mitregenten«, scherzte er schüchtern und wandte sich dann an William: »Ich bin dir zu mannigfachem Dank verpflichtet, Mönch«, sagte er. »Du bist im Besitz von Wundergaben, denn du hast meine kleine Frau Koka wieder ins Leben zurückgeholt, obwohl die *ada* sie schon ins Totenreich verschleppen wollten. Du bist das Schlüsselloch zum ›Rest der Welt‹, heißt es, und bist zu mir gekommen, weil du wußtest, daß ich die Schlüssel dazu besitze!«

Damit legte Möngke besitzergreifend seine Arme um Roçs und Yezas Schultern.

»Großer Khan, ich bin gekommen«, sagte William, »weil ich das Wort Christi verbreiten will und einen Brief des Königs bei mir trage, auf den nur Ihr eine Antwort geben könnt. Daß Euch Gott auch das Königliche Paar anvertraut hat, bestärkt mich in meinem Glauben, daß Ihr in seiner besonderen Gnade steht und Er Großes mit Euch vorhat. Ich bin nur ein Diener.«

Der Khan hieß ihn aufstehen, denn William war vor ihm niedergekniet, und sagte: »Großes habe ich fürwahr vor mit diesen jungen Königen, und ich nehme dich gern in meine Dienste – wenn du gestattest?« Damit wandte er sich wieder an das Königliche Paar. Das nickte lächelnd, so daß er fortfahren konnte: »Sag mir, William, was ich für dich und deinen Gott tun kann.«

»Ich möchte in Eurem Lande Kirchen errichten, angefangen mit einer Kathedrale hier in Eurer Hauptstadt, Gott zur Glorie und Euch zur höchsten Ehr!« entgegnete das Schlitzohr.

Das gefiel dem Khan. Er antwortete: »Da trifft es sich gut, daß ich einen der besten Künstler aus eurem Lande zur Hand habe, den Meister Buchier, der mir schon ein Wunderwerk erschaffen hat.«

Und sein Blick fiel auf den prächtigen silbernen Trinkbaum, der sich mitten im Eingang zum Innenhof erhob. »Sprich mit ihm! Er wird alles so ausführen, wie du es brauchst.«

William bedankte sich mit einem Kniefall, als Yeza anhob: »Deine ehrenvolle Berufung zum ›Ersten Kirchenbaumeister des Landes‹, William, soll dich aber nicht hindern, so es Euch, erhabener Khagan, recht ist –«, Möngke war ihr längst verfallen und nickte, noch bevor sie geendet hatte, »– deinen Aufgaben als unser Beichtvater nachzukommen. Wir erwarten dich in unserem Haus!«

Damit hatte sie geschickt jedes mögliche Hindernis zu einem Wiedersehen unter sechs Augen aus dem Weg geräumt, denn nun galt das Wort des Großkhans.

William erkannte diesen Schachzug sofort und blühte richtig auf.

»Gern will ich Eure Sünden von Euch nehmen«, erwiderte er strahlend. Er küßte den Kindern die Hände, warf sich glücklich vor dem Khan auf seinen dicken Bauch und entfernte sich dann unter ständigem Verneigen. Wieder bei seinem Gefolge angelangt, stimmte er ein »*Alleluja*« an, bei dem er mutig den Vorsänger machte:

»Alleluja, alleluja!
Beatus homo, qui audit me, et qui vigilat ad fores meas cotidie,
et observat ad postes ostii mei.«

»Alleluja, alleluja, alleluja!« schmetterten die Chorknaben und Meßdiener, als der Zug sich zur Saaltür hinausbewegte.

Da ließ Möngke William zurückholen. »Der fromme Mann soll uns noch Gesellschaft leisten; ihm verbietet seine Religion keinen Genuß von Met und Wein!«

William kam erschrocken zurückgeschlichen, befürchtend, er sei plötzlich in Ungnade gefallen. Aber der Großkhan wies ihm freundlich einen Platz an und reichte ihm einen Pokal mit Kumiz. William trank auf Möngkes Gesundheit und die seiner Frauen, wünschte ihm ein langes Leben und daß die ganze Welt das Glück seiner gerechten Herrschaft erfahren möge.

Als die Frauen aufbrachen, nahm Yeza die Gelegenheit wahr, sich mit Würde zu verabschieden. Möngke hätte sie gern noch länger dabehalten. Roç harrte tapfer aus und hoffte nur, nicht alles durcheinander trinken zu müssen. William leerte jede Schale, die der Khan ihm reichte, ohne mit der Wimper zu zucken, ob sie nun Kumiz, Met oder Reiswein enthielt.

»An einem der nächsten Tage«, eröffnete der Großkhan Roç wie einem Freund, »reitest du mit mir auf die Jagd. Da werden wir zusammen mit meinem Bruder Hulagu, der in Persien regiert, meine Pläne besprechen, die ich mit dem Okzident habe.« Der Gedanke an die Macht ließ ihn wieder nüchtern werden.

William grinste Roç auffordernd an – oder war es schadenfroh? –, und der sagte schnell: »Was immer Ihr vorhabt, Erhabener, Ihr werdet das Königliche Paar bereit finden.«

Da reichte der Khan Roç nochmals seinen Pokal. Alle klatschten dreimal, als der das Gefäß an die Lippen führte. Der Mundschenk pfiff auf einer Flöte Richtung Trinkbaum, der Engel hob seine Trompete. »Mit euch ist der ›Rest der Welt‹ unser!« Wieder klatschten alle, als Roç den leeren Pokal absetzte und Möngke beglückt anstierte.

Chronik des William von Roebruk, Karakorum, Sexagesimä 1254

Wir, mein Gefolge und ich, haben eine sehr schöne und geräumige Jurte zugewiesen bekommen, was zur Folge hatte, daß Sergius, der armenische Mönch, ohne lang zu fragen, mit uns dort einzog.

Ich machte mich schnell davon, um Roç und Yeza aufzusuchen, in der stillen Hoffnung, bei ihnen etwas zu essen zu bekommen. Doch sie waren im Aufbruch zur Jagd, zu der Möngke sie geladen hatte.

»Das trifft sich gut«, sagte Yeza, nachdem wir uns verstohlen umarmt hatten, denn mir saß immer noch die Drohung des Bulgai im Nacken. »Du kannst uns begleiten. Der Khagan hält große Stücke auf dich.«

»Ich habe gehört, du hast ihn unter den Thron gesoffen, William«, sagte Roç grinsend.

»Schade, daß du das nicht mehr mitbekommen hast«, ging ich auf Roçs Kumizrausch ein. »Er wollte dich zum Papst ernennen, gab aber dann mir die Ehre, als ich ihm klarmachte, daß der römische Stellvertreter Christi auf Erden zum Zölibat verpflichtet ist. Darauf machte er dich zum Kaiser von Westrom und Ostrom und vom Heiligen Grab.«

»Doch«, sagte Roç, »ich entsinne mich. Er verlangte von dir, daß du ihm im Herrschaftsbereich der Mongolen einen Kirchenstaat errichtest mit Kathedralen in der Steppe, wie sie die Welt noch nicht gesehen hat, alle tausend Meilen einen Kirchturm, höher und spitzer als die Berge.«

»Da warst du schon sehr betrunken«, gab ich zu bedenken, während wir gemächlich zum Palast des Großkhans hinausritten.

»Uns aber«, sagte Yeza, »will er allen Ernstes mit Hulagu nach Persien schicken. Mit einem Heer wie ein Heuschreckenschwarm. Wir sollen uns ein Reich schaffen, das er ›Gral‹ nennen will, weil er gehört hat, daß wir von dort kommen.«

»Großartig«, äußerte ich mich mit Vorsicht, denn Yeza schien die Aussicht zu bedrücken. Wir hatten uns der Residenz inzwischen so weit genähert, daß es ratsam war, abzusteigen, denn die ›Bogenschußweite‹ bezog sich darauf, daß jeder Reiter, der sich weiter vorwagte, ohne Warnung vom Pferd geschossen wurde. Mit hohen Gästen ging man glimpflicher um. Ein schriller Pfeifton erfüllte die Luft, und vor uns bohrte sich ein Pfeil mit Silberspitze in den Boden, die mit Löchern versehen war, daß sie im Flug dieses unangenehme Geräusch von sich gab. Wir zügelten die Pferde.

»Bei dem schönen Wort ›Gral‹ bekomme ich immer einen Stich ins Herz«, klagte Yeza. »Ich verspüre einen sehnsüchtigen Schmerz nach Okzitanien, an das ich mich kaum erinnern kann. Was brauchen wir die Herrschaft über hunderttausend Kamelstunden im Quadrat oder zehntausend Jam-Stationen zum Pferdewechsel? Mir würde der Montségur reichen, und König Ludwig würde ihn uns auch als Lehen geben, mein Trencavel?«

Das war an Roç gerichtet. Ich war betroffen. Der lächelte Yeza zu. »Ich teile Eure Gefühle, meine *damna*, doch bitte ich Euch, nicht zu verzagen!«

Sie hatten Heimweh nach einer Welt, die sie nur gejagt und verfolgt hatte! Ich bewunderte die Weitsicht der Prieuré, die mich geschickt hatte, meine kleinen Könige, die Kinder des Gral, heimzuholen. Doch das wollte ich ihnen noch nicht anvertrauen, es hätte sie nur belastet. Hingegen fiel mir in diesem Zusammenhang ein, daß meine Gefährten, die mich auf diesem gefährlichen Unternehmen begleiteten, ja unter falschem Namen hier weilten. So sagte ich: »Übrigens reist Lorenz von Orta hier nicht unter seinem Namen, sondern als christlicher Missionar ›Bartholomäus von Cremona‹, von mir kurz ›Barzo‹ getauft.«

»Und wer war der Priester, der dich begleitete, aber zurückgewiesen wurde?« fragte Roç, und ich lachte. »Das ist euer alter Freund Crean de Bourivan. Ich habe ihn bei den Mongolen als ›Monseigneur Gosset‹ eingeführt. Also verplappert euch nicht, sollte es mir gelingen, ihn nachkommen zu lassen.«

Die beiden hatten sich damit abgefunden, daß ich sie nicht auf die Jagd begleiten wollte. Sie nahmen ihre Tiere am Halfter und machten sich auf den Weg, zumal aus dem Palast schon Reiter auf uns zusprengten, die mit lauten Rufen zur Eile mahnten.

»Laß den Priester, wo er ist«, rief mir Roç noch zu, »der will uns nur in die Rose zurückholen!«

Und dort in der Enge der Blüte als Bienenkönigin samt Gemahl herumzusummen, dachte ich mir, ist so wenig wünschenswert, wie von den Mongolen als Königliches Paar auf dem weiten Schachbrett der Welt herumgeschoben zu werden.

»William wird schon etwas einfallen«, tröstete ihn Yeza, »auf jeden Fall bin ich froh, daß wir jetzt nicht mehr allein sind.« Damit wandte sie sich noch einmal an mich. »Wenn du uns das nächste Mal besuchst, dann nimm dir Zeit, denn du mußt alle Berichte lesen, die wir als deine treuen Chronisten für dich aufgeschrieben haben.«

Ich winkte ihnen nach und vergaß, ihnen aufzutragen, mich beim Großkhan zu entschuldigen, und mit ihnen zu beraten, wie man am geschicktesten, also ohne anzuecken, nach Shirat fragen könnte, die ja hier irgendwo als Sklavin gehalten wird.

Quinquagesimä 1254

Mein Bruder Barzo berichtete mir, der Mönch Sergius habe sich mit seinem Kreuz zu Großkhan Möngke begeben, um ihn auf sein dringendes Verlangen hin zu taufen. Er, Bartholomäus von Cremona, habe dem Armenier angeboten, ihn als Zeuge zu begleiten. Das habe

»Sergius der Täufer« jedoch erregt abgelehnt. Bald darauf kam der Mönch mit einigen nestorianischen Priestern zurück und mit seinem Kreuz, das er jetzt an der Spitze einer Lanze befestigt hatte, wohl um gegen meinen Bischofsstab anzukommen. Er trug ein Weihrauchfaß und mein Evangeliar, das er sich, ohne mich zu fragen, ›ausgeliehen‹ hatte. Ich tat ihm nicht den Gefallen, nach dem Ausgang des Taufaktes zu fragen, wußte ich doch, daß an diesem Tag der Großkhan ein Festmahl gegeben hatte. Das pflegte er jedesmal zu tun, wenn irgendeine der Glaubensgemeinschaften, die an seinem Hof vertreten waren, ihn auf einen ihrer religiösen Festtage hinwies.

Dann läßt der Khagan es sich mit seinen Frauen und seinem Hofstaat schmecken.

Der Mönch Sergius behauptet steif und fest, Großkhan Möngke glaube nur den Christen, doch wolle er, daß alle für ihn beten. Das ist eine wenig fromme Lüge, denn in Wirklichkeit glaubt der Khan niemandem. Dennoch bildet sich jeder ein, seine besondere Gunst zu genießen, und da dies schließlich die überlebensnotwendige Voraussetzung für alle darstellt, nämlich im Duftkreis des Hofes verweilen zu dürfen, prophezeien ihm alle nur Gutes.

Mich hatte er wohlweislich nicht zu diesem Spektakel gebeten, und so war ich auch nicht erschienen, denn vor den Khan tritt man nur, wenn man gerufen wird.

Einige der Nestorianer wollten mir weismachen, daß Möngke tatsächlich die Taufe empfangen habe, auf Drängen seiner Ersten Gattin Kokoktai-Khatun. Ich entgegnete, daß mich das von Herzen freue, ich es aber aus dem Munde des Khan persönlich zu hören wünsche.

Palmsamstag 1254

Um sein schlechtes Gewissen zu erleichtern und unseres zu belasten, ermahnte uns der Armenier, der uns mit seinen Vorschriften tagaus, tagein wie ein Inquisitor verfolgte, uns in der Karwoche jedes Genusses von Speisen zu enthalten. Das war eine ziemliche Zumutung, denn wir hatten schon während der gesamten Fastenzeit auf seine ›Seelsorge‹ hin auf alles Fleisch verzichtet und uns nur von Hirse, saurer Milch und ungesäuertem Brot ernährt. Der

Mönch erlaubte uns nun nicht einmal mehr diese karge Kost. Wir lebten von steinharten, in Asche gerösteten Teigfladen und schmutziger Kräuterbrühe aus geschmolzenem Eiswasser. Er selbst schien nicht im geringsten darunter zu leiden; wahrscheinlich aß er ›außerhalb‹ auf den Besuchen, die er reihum den Gattinnen des Khans abstattete. Roç, der unsere Jurte neugierig inspizierte, fand dann auch des Rätsels Lösung. Unter dem Hausaltar, den Sergius sich in seiner Ecke errichtet hatte, war eine Kiste mit Mandeln, Rosinen, gedörrten Pflaumen und anderem Naschwerk versteckt. Da der Besitzer aushäusig war, stopften wir von den Köstlichkeiten in uns hinein, soviel wir nur konnten, und tranken auch von seinem Wein. Auch Roç durfte mittrinken, der ja schon ein junger Mann und Krieger ist. In Weinlaune beschlossen wir auf Barzos Anregung, die Prozession samt Kirchgang am Palmsonntag ohne den falschen Mönch durchzuführen. Gerade freuten wir uns über diesen Streich wie ausgelassene Buben, da meldete mir mein Diener den Besuch dieses Theodolus, der mir schon seit Wochen seine Aufwartung machen will.

»Der will in deine Dienste treten!« rief Roç. »Er behauptet, in Konstantinopel schon als Sekretär für den Bischof Nicola gearbeitet zu haben!«

»Laß ihn eintreten«, wies ich Philipp an. »Wir wollen uns seine Bewerbung anhören.«

Als ich den Besucher jetzt sah, fiel mir auf, daß ich sein Gesicht schon oft gesehen hatte; überall hatte es mich aus der zweiten Reihe angestarrt. Das winzige, spindeldürre Männlein verneigte sich artig, wies auch ein angebotenes Glas Wein bescheiden ab und sagte: »Ich überbringe Euch eine Einladung zum Abendmahl im engsten Kreis bei der Kokoktai-Khatun. Sie erwartet Euch sehnlichst.«

Das war keine üble Einführung für Herrn Theodolus, denn seit der ersten Begegnung in der Kirche, gleich nach unserer Ankunft, hatte ich die Erste Frau des Khagan nicht mehr zu Gesicht bekommen, weil der Mönch uns verboten hatte, sie aufzusuchen, obwohl sie Christin war. Aber der Armenier betrachtete sie wohl als seine Domäne, und um Streit zu vermeiden, hatten wir uns daran gehalten. Ich war mir auch nicht sicher, ob es ratsam war, das strenge Gebot des Mönches nun zu mißachten. Doch Barzo war gerade in der rechten Laune, es auf den Zorn von Sergius ankommen zu lassen. Mein Zaudern fand ein rasches Ende, als Yeza erschien und uns wissen ließ, daß wir sofort zum Haus der Kokoktai gehen würden.

»Dich, William, erwartet dort eine hübsche Überraschung!« Um alles in der Welt wollte sie mir nicht mehr verraten, da sie aber dabei lachte und Roç zuzwinkerte, konnte es ja keine schlimme Überraschung sein. So antwortete ich: »Alsdann, wir wollen die hohe Dame nicht warten lassen!«

»Bitte, nehmt mich mit«, bettelte der Theodolus, »als Euren Sekretarius. Wie eine Maus will ich nur in der Ecke kauern und mich an den Resten von Speis und Trank erfreuen, die Ihr mir von der Tafel zuwerft. Ich habe seit Tagen nichts mehr gegessen, doch selbst heute würde ich auf Nahrung verzichten, wenn ich Euch nur zu Diensten sein dürfte!«

Er rührte mein Herz. »Ihr sollt heute als mein Sekretarius mit an der Tafel sitzen«, sprach ich recht jovial, »und bis zum Morgen wird es sich klären, ob ich Eure Dienste zu schätzen weiß.«

Da freute er sich ungemein und nahm Philipp meinen Stab ab, um ihn hinter mir herzutragen. So gelangten wir zum Haus der Kokoktai, das nicht weit von dem der Kinder liegt.

Die Erste Frau verfügte über einen kleinen Palast, den ein sarazenischer Baumeister für sie entworfen hatte. Über eine Freitreppe, auf der Fackelträger standen, gelangten wir in das Obergeschoß, einen Saal mit zierlichen Säulen ringsherum, in dessen Mitte ein riesiges Feuer unter einem eisernen Rost loderte, auf dem viele Köche Fleischstücke brieten. Auch aus den Töpfen duftete es gar lieblich. Das ›Essen im kleinen Kreis‹ entpuppte sich als ein größeres Fest. Als wir eintraten, erhoben sich die Gäste und klatschten mir Beifall. Die Hausherrin stellte mir ihre Schwägerin Dokuz-Khatun vor, die Gemahlin des Il-Khans. Desgleichen Jonas, den Archidiakon der Nestorianer, den ich wegen seines ruhigen und klugen Auftretens besonders schätze. Es waren, was mich nicht verwunderte, noch andere Priester der Gemeinde anwesend. Sie alle begrüßten mich mit Handschlag und ungemein freundlich, doch mit großem Respekt. Ich flüsterte Yeza leicht enttäuscht zu: »Wo ist denn nun die große Überraschung?« Sie lachte schelmisch. »Erst mußt du noch etwas im Fett deiner Neugier rösten, William!«

Ehe ich weiter in sie dringen konnte, nahm mich die Hausherrin beiseite und entführte mich in ein Nebengemach. Nur mein Sekretarius folgte mir wie ein Hündchen. Dort nähten Frauen an einem Festornat. Es war aus dunkelgrünem Damast mit Goldborten und einem pelzbesetzten Schleppsaum gefaßt. Das Untergewand bestand aus feinstem lindgrünem Musselin und war mit Perlen gesäumt. Und der Umhang aus dunkelviolettem Sammet war mit malvenfarbiger Seide gefüttert und mit Amethysten und Jadesteinen besetzt. Die hohe Mitra war aus dem gleichen Damast wie das Velum, doch von leuchtendem Weiß, verziert mit Applikationen aus Goldbrokat. »Morgen ist Euer Festtag, William«, sagte die Fürstin bedeutungsvoll lächelnd, als hätte ich meiner eigenen Heiligsprechung beizuwohnen. »Da wollten Euch die Frauen unserer christlichen Gemeinde gerne in neuen Kleidern sehen.«

Ich bedankte mich hocherfreut, wenngleich es mir schon etwas Skrupel bereitete, mit solcher Selbstverständlichkeit den Hut eines Bischofs zu erhalten. Gleichwohl reichte ich jeder der fleißigen Schneiderinnen die Hand, und die Damen küßten sie beglückt. Dann ließ Kokoktai Wein ausschenken, und ich trank allen zu. Dann wurde zu Tisch gebeten.

Es gab Hammel, was sonst! In allen Formen, von gebraten bis verkohlt, gesotten, in saurer Milch schwimmend und in einer Metzelsuppe gekocht. Bevor sich alle darauf stürzten – auch ich war bereit, meine Abneigung zu überwinden, denn ich war heißhungrig wie ein Wolf –, bat mich die Fürstin, das Mahl zu segnen. Die letzten Gäste strömten herbei, und ich sprach:

»*Panem nostrum quotidianum da nobis hodie.*« Schon bei der zweiten Zeile – »*Panem accipiam et nomen Domini invocabo*« – verunsicherte mich das zunehmende Grinsen von Yeza und Roç. Doch bei der letzten kam ich vollends ins Stocken. Gesenkten Hauptes und mit gefalteten Händen hatte ich schemenhaft wahrgenommen, daß mir gegenüber Meister Buchier mit einer Frau an die Tafel getreten war. Dann streifte mein Blick diese Person, und ich brachte das »Amen« nur noch mühsam hervor. Vor mir stand Ingolinde von Metz, meine allerliebste Hur' aus alten Tagen!

»Hallo, schöner Fremder!« schienen ihre Lippen zu hauchen, und sie und lächelte mich verschämt an. Nur ich allein wußte, welche Schamlosigkeiten ihr dabei durch den Kopf gingen, obwohl sie züchtig die Augen niederschlug. Ingolinde! Jünger geworden war sie nicht, aber auch nicht fülliger, o Fleischeslust! Ich stopfte in mich hinein, was ich gereicht bekam, riß das Fleisch mit den Zähnen von den Knochen, schlürfte das warme Mark in mich hinein.

Meister Buchier stellte mir seine schöne Tischdame vor. »Madame Pascha aus dem Lotharingischen«, sagte er, »fast eine Landsmännin für einen Flamen.«

»O ja!« entfuhr es mir. »Ein Stück alte Heimat, voll lieblicher Hügel und Täler, vom fleißigen Landmann beackert, dunkle Wälder, darin Stollen, tief in die warme Erde getrieben, um kostbares Erz zu schürfen –« Ich hielt inne, weil der Silberschmied meine Emphase belächelte. Ingolinde dagegen hatte verstanden.

»Wie einfühlsam Ihr doch seid, Bruder William! Ich war mit einem russischen Bergwerksingenieur verheiratet, nun bin ich Witwe und führe Meister Buchier den Haushalt«, flötete sie, und ihre schönen Augen schauten mir durch Gewand und Hose. Sie kannte den einsamen Stollengänger, den alten Knappen, der in der Tiefe bohrte und drängte, nur zu gut. Aus heißem Eisen schien mir des Stößels Spitze. Bereitwillig nahm ich das volle Glas, das mir der Silberschmied darbot.

»Wenn Eure zahlreichen seelsorgerischen Verpflichtungen es zulassen, William von Roebruk, dann kommt doch mal zu uns zum Essen, da gibt es eine andere Küche«, lud er mich freundlich ein und schnalzte genüßlich mit der Zunge. »Madame Pascha ist eine exzellente Köchin!«

»Gern«, entgegnete ich salbungsvoll, »will ich Madame in die Töpfe schauen und genießen, was sie für mich bereithält.«

Dann zog Yeza mich am Ärmel aus Ingolindes erregender Nähe.

»Wie gefällt dir die Überraschung?« flüsterte sie schelmisch. »Ingolinde, die Hur!«

»Schschttt!« mahnte ich sie. »Sie ist jetzt eine ehrbare Person und verwitwet dazu.«

»Letzteres will ich glauben«, sagte Roç frech, der zu uns getreten war.

Doch die Fürstin unterbrach ihn. Sie hielt sich an ihrem Pokal fest, ein Mundschenk folgte ihr auf Schritt und Tritt, um nachzufüllen. Sie stieß mit allen an. »Was macht der Bau meiner Kathedrale?« rief sie angeheitert und zog Meister Buchier hinzu. »Unser Bischof bedarf dringend eines Bauwerks, das Gott ehrt und seiner würdig ist!«

Santa Kokoktai, fuhr es mir in den Sinn.

»Aber nicht aus Holz oder Stein«, eiferte sich der Kunstschmied, »sondern aus Eisen, Silber und Gold!« Er wandte sich von seiner Mäzenin an mich, seinen Domherrn. »Das erlaubt eine schwindelnde Höhe, filigranes Strebewerk und Bögen, leicht wie Libellenflügel!«

»Wunderbar!« segnete ich seinen Entwurf ab, während meine Gedanken sich erdenschwer dem Fleische zuwandten und mein Blut warm pulste wie ein Vulkan, bereit, die glühende Lava feurig in den himmlischen Schoß von Ingolinde zu speien.

»Damit würde das köstliche Bauwerk Christi zerlegbar, und auf starken, großflächigen Karren, die von zwanzig, fünfzig Ochsen gezogen werden, könnte man das Haus Gottes stets mitführen, auch ins Sommerlager.«

»Ich will die Ochsen lenken!« rief Yeza.

»Und jedes Teil müßte numeriert sein«, fuhr Roç dazwischen, »so daß der Aufbau jedesmal in Windeseile vonstatten gehen kann.«

»Herrlich«, sagte die Fürstin laut, und wir alle mußten auf die Kathedrale trinken, dann auf den Baumeister und dann auf mich, den Bischof, unter dessen ruhmreicher Ägide dies alles verwirklicht werden sollte. Jonas, der Archidiakon der Nestorianer, trat hinzu, und nachdem er mit uns allen zweimal angestoßen hatte, schlug er mit seinem Silberkreuz an den Pokal der Fürstin, der gerade leer war, so daß es wie eine Glocke klang und aufmerksame Stille eintrat. Seine Priester drängten erwartungsvoll hinzu. »Im Namen der christlichen Gemeinde des Nestor, kein geringerer Apostel als Petrus und Paulus, heilig in seinem Leben und selig in seinem Tode als Märtyrer –«

Die katholische Kirche hat ihn umgebracht, kam es mir in den benebelten Sinn.

»– fordere ich den hervorragend frommen und von König, Papst und jetzt auch von unserem erhabenen Großkhan und seiner Ersten Gemahlin so ausgezeichneten Bruder William von Roebruk auf, Amt und Titel eines *episcopus* anzunehmen. Das würde der Sache des Christentums in diesem weiten Lande sehr dienen.«

»Und es als Staatskirche etablieren«, fügte unerwartet mein Sekretarius Theodolus hinzu, dessen heimlichem Drängen bei allen Beteiligten ich das Angebot wohl zu verdanken hatte.

»Vielleicht ließe sich der Khagan dann auch taufen?« flüsterte die Kokoktai-Khatun hoffnungsvoll.

»Ostern wäre der beste Zeitpunkt dafür«, sagte Theodolus bescheiden. »Das Fest der Auferstehung von der tödlichen Umklammerung durch Heiden und Sarazenen!«

Beifall brauste auf. Ich durfte jetzt keinen Fehler machen. »Diese Ehre überwältigt mich«, antwortete ich und bemühte mich um einen Blick, den sie als ›leuchtend‹ empfinden mochten – ich dachte an den Höllenschlund im weißen Fleisch meiner Hur! »Doch steht es mir nicht an, den Plänen und der Entscheidung des Khagan vorzugreifen. Vergeßt nicht, hier«, ich wies stolz auf Yeza und Roç, »steht das Königliche Paar noch in unserer Mitte, doch morgen vielleicht schon wird es vom großen Herrscher ausgesandt, sich den ›Rest der Welt‹ untertan zu machen. Stellt er mich an seine Seite, kann ich mich nicht verweigern und muß auf das Glück, Euch und der Kirche in Karakorum zu dienen, verzichten. Ich unterwerfe mich seiner weisen Entscheidung.«

Das dämpfte für einen Augenblick die Begeisterung, nicht das Trinken. Theodolus ließ »die Herrscher des Westens, das Königliche Paar!« hochleben, und alle tranken. Plötzlich entstand Bewegung am Saaleingang. Viele der Gäste warfen sich nieder: Der Großkhan war überraschend eingetroffen. Ein großes, thronartiges Ruhebett wurde hereingetragen und an der Stirnseite aufgestellt. Die Hausherrin Kokoktai eilte, ihren Herrscher und Gemahl zu begrüßen. Möngke ließ sich auf dem Thron nieder, nahm den Pokal aus den Händen seiner Gattin und winkte Roç und Yeza zu sich auf das goldene Bett. Die Fürstin stellte ihm ihre wichtigsten Gäste vor, doch seine Augen suchten mich. Ich spürte es und wartete ab. Aufgeregt redeten Kokoktai-Khatun und der Archidiakon auf ihn ein, während sie auf mich zeigten. Ich verneigte mich und schritt dann, gefolgt von meinem Bruder Barzo und meinem neuen Sekretarius, bis vor den Thron.

»William von Roebruk«, sprach der Khan und betrachtete mich aufmerksam. »Zum Bischof wollen sie dich machen!«

Er lachte, und ich fürchtete schon, zu weit gegangen zu sein. »Das erscheint uns gering für die Hauptstadt meines Reiches, wenn wir bedenken, wieviel Kardinäle in Rom den Papst umstehen. Wir werden dich transportabel machen wie deine Kathedrale.«

»Solange Ihr mich nicht in kleine Stücke zerlegt«, faßte ich mir ein Herz zum Spott, aber gerade das gefiel ihm.

»Fürchte dich nicht, du bist ein Freund, und wir wollen dich in all deiner Hülle und Fülle behalten, im Glanz unserer herrscherlichen Sonne. Doch wir wollen dich überallhin entsenden können wie einen Sonnenstrahl in die Herzen unserer Völker, auf daß sie sich erwärmen in Liebe zu ihrem Herrscher. Sei unser Mond, der die Welt umkreist, deren Mittelpunkt wir sind!«

»Ihr wollt mich also doch teilen, denn wie kann ich Euch hier dienen und –«

Er unterbrach mich. »Wenn wir dich dem Königlichen Paar beigeben, um es zu inthronisieren, wo es uns gefällt, heißt das noch lange nicht, daß du, unser strahlender Bote, nicht zurückkehrst auf deinem Lauf zu uns, der wärmenden Sonne, wie auch das Königliche Paar«, er legte seine Hände über die Schultern von Roç und Yeza, väterlich und doch besitzergreifend, »das Sternbild der Gemini ...«

Wer hatte ihm nur diese Rede aufgeschrieben? Oder hatte Theodolus die schlichten Worte des Khans nur brilliant übersetzt?

»– stets in unserem Licht allein erstrahlt und sich immer an unserer Brust geborgen wissen soll. So wollen wir die Welt regieren und über uns dehnt sich das ewig blaue Himmelszelt. *Tengri!* Zu ihm laßt uns beten.«

Die Aufforderung galt mir und den Priestern, und ich sprach: »Gott, der Allmächtige, schütze unseren Herrscher und alle, die in seiner Liebe stehen. Gib ihm die Kraft, alles nach Deinem Willen zu richten, der Du bist der Himmel, denn Dein ist das Reich, die Macht und die Herrlichkeit in Ewigkeit. Amen!«

Er ließ sich das Wort für Wort von Theodolus übersetzen. Ich hatte langsam gesprochen, weil ich wußte, daß er meine Worte wägte wie Gold und daß unser Schicksal davon abhing, wie sie ihm gefielen und wie er entschied. Es war für ihn nicht leicht, sich mit einem Gott abzufinden, der über ihm schaltete und waltete. Die Vorstellung von *tengri* war da bequemer; der spannte sich als Himmelszelt vom Morgen zum Abend und auch als Firmament in der Nacht und ließ den Khan walten, wie es ihm paßte. Doch so einfach wollte ich es ihm nicht machen, selbst wenn er Roç und Yeza zu Königen von Jerusalem ausrufen würde und mich zum Patriarchen. Ja, das war es! Patriarch sollte ich werden, unabhängig vom römischen Stuhle Petri. Denn wie sollte eine christliche, meinetwegen nestorianische Kirche der Mongolen gedeihen können, wenn sie den Konflikt zwischen Papst und weltlichem Herrscher auch hier austragen müßte? Ein »Patriarch von Karakorum«, das war es, was Möngke vorschwebte, und ich verneigte mich tief.

Der Großkhan sah mich lange an. »Wir werden morgen eurem Ritus in der Kirche beiwohnen und bis dahin mit uns zu Rate gegangen sein, welches Amt und welcher Titel uns und dem Reiche aller Mongolen am dienlichsten erscheint.« Er zögerte. »Hast du einen Wunsch?«

Ich wagte nicht, meine hochzielenden Überlegungen vor ihm auszubreiten. Er mußte von selbst darauf kommen. Jemand mochte ihm auch auf die Sprünge helfen, aber das durfte nicht ich selber sein. Ich dachte an die arme Shirat, aber das war jetzt wohl höchst unpassend. Sonst fiel mir nur Crean ein, und ich sagte bescheiden:

»Ich mußte meinen persönlichen Beichtvater, den Priester Gosset, auf meiner Reise zu Euch, erhabener Khan, bei Sartaq zurücklassen. Jetzt bedarf ich seiner gar sehr.«

Da lächelte Möngke. »Ich werde Boten schicken und dir auch deinen Besitz bringen lassen, den du dort zurücklassen mußtest. Deine Bedürfnislosigkeit und deine Menschlichkeit stellen dir das Zeugnis aus, das wir uns für den Mann in diesem Amte wünschen.« Damit waren alle Gäste entlassen.

Die nestorianischen Priester geleiteten mich zurück zu meiner Jurte. Sie ließen mich in den nächtlichen Straßen immer wieder lauthals hochleben und führten sich vor Freude auf wie Studiosi nach bestandenem Examen. Betrunken waren wir alle. Ingolinde und ihr Meister Buchier waren schon vor dem Eintreffen Möngkes gegangen. Sie hatte mir zum Abschied noch einen langen, sehnsüchtigen Blick geschenkt, der mir bedeutete, daß sie auf ein Wiedersehen mit mir wartete.

Palmsonntag 1254

Der Mönch, der grundsätzlich auf dem nackten Boden unserer Jurte schlief, hatte mich in der Nacht sehr unwirsch empfangen. Nächtliche Ruhestörung, ungebührliches Benehmen und den Genuß von berauschenden Getränken warf er mir vor. Er verlor aber kein Wort darüber, ob er wußte, daß ich bei Kokoktai-Khatun zu Gast war, noch ob er schon davon gehört hatte, welches Ehrenamt mir angetragen war.

Als ich am Morgen erwachte, war sein Schlafplatz leer. Das war auch gut so, denn bereits in aller Frühe erschienen die fleißigen Näherinnen und brachten mir mein neues Gewand dar. Sie ließen es sich nicht nehmen, mich einzukleiden. Es stand mir perfekt. Philipp gestand mir, daß er ihnen ein altes als Schnittmuster überlassen hatte. Aus dem unerschöpflichen Inhalt meiner bischöflichen Säcke staffierte ich Bruder Barzo, Philipp und Timdal aus, der mit den Frauen gekommen war. Vor meiner Jurte wartete schon eine Abordnung der nestorianischen Priester. Sie zogen fahnenschwenkend durch das schlafende Viertel der Sarazenen zur Kirche.

Vor der Kirchentür stand grimmigen Blickes Sergius der Armenier und wollte mir den Eintritt verwehren. »Du kannst das Abendmahl nicht nehmen, William von Roebruk«, sagte er laut und hielt mir sein silbernes Kreuz entgegen, als müßte er wider Beelzebub antreten. »Du bist nicht nüchtern. Ihr habt alle getrunken und seid des Teufels!«

Da lachten ihn die Nestorianer aus und schoben ihn zur Seite.

In der Kirche hatte der Archidiakon Jonas bereits alles liebevoll zur Messe vorbereitet. Wir warteten auf das Erscheinen des Khans. Statt seiner traf völlig außer Atem mein Sekretarius Theodolus ein, der sich einen weißen Umhang übergeworfen hatte, wie ihn bei uns die Templer tragen, nur daß er darin wirkte wie ein gefallener Engel. Er verkündete, der Großkhan sei mit Roç und Yeza zur Jagd ausgeritten und ließe sich entschuldigen. Er könne die Kirche nicht aufsuchen, denn der Armenier habe ihn wissen lassen, daß dort auch die Toten aufgebahrt würden. »Und um nichts in der Welt betritt der Khan einen solchen Raum«, erläuterte Theodolus, »wie auch keiner bei ihm vorgelassen wird, der bei einem Sterbenden in der Stunde seines Todes geweilt hat.«

»Tja«, sagte ich, »demnach würde er auch der Mutter Maria die Tür weisen, die unserem Herrn Jesus Christus in seiner schweren Stunde auf Golgatha beigestanden hat.«

»Nein, lieber Bruder«, korrigierte Jonas mich. »Der Herr ist auferstanden von den Toten, deshalb kann der Khagan das Osterfest mit uns in seinem Palast begehen, den wir zur Kirche machen werden.«

Dafür umarmte ich ihn und ließ ihn die Messe lesen.

Mein Dolmetscher Timdal reichte mir verstohlen ein Papier. »Ich kann es nicht lesen«, sagte er leise, »und dürfte es Euch eigentlich auch nicht geben.«

»Anordnung des Bulgai?« scherzte ich, doch Timdal verteidigte sich. »Das darf ich nicht sagen, aber da es von einer Frau stammt, dachte ich –«

»Eine Verehrerin«, beruhigte ich sein Gewissen. »Schmiedet das Eisen, solange es glüht!« stand da auf französisch. Das wollte ich nur allzu gerne tun.

Ich zog Theodolus am Ärmel in meine Nähe. »Laß dir etwas einfallen, mein Sekretarius«, flüsterte ich ihm zu, und er strahlte vor Stolz über diese Anrede, »damit ich mich gleich mit triftigem Grund entfernen kann. Ich will nicht die Sünde begehen, ohne die gebührende Nüchternheit den Leib des Herrn zu empfangen.«

Theodolus nickte einverständig. Ich war ein würdiger Kirchenfürst, der es genau mit den Vorschriften nahm und dem er mit Eifer und Freuden diente.

Danach verlangten Kokoktai-Khatun, Dokuz-Khatun und auch General Kitbogha sowie Meister Buchier – Frau Pascha sah ich weder an seiner Seite noch unter den Frauen der Gemeinde, was mein Herz hüpfen ließ –, ich solle das Abendmahl zelebrieren. Da trat mein Sekretarius vor und flüsterte mir so laut, daß es alle hören mußten, zu, der Großkhan, der bereits in der Frühe die Stadt verlassen habe, habe mich in seinen Palast bestellt. Ich solle ihm und dem Königlichen Paar bei seiner Rückkehr die Segnungen der Kirche darbieten und mit ihnen beten.

Da freuten sich alle, die um mich versammelt waren. Es wurde getuschelt, mir würde es sicher noch vor Ostern gelingen, den Herrscher zu bewegen, sich in den Schoß der Kirche zu begeben. Ich ließ meine Nestorianer in ihrem Glauben, wickelte einen Pokal für den Meßwein in die Fahne mit dem Lamm und dem Kreuz und verließ unter Segenswünschen die Kirche. Ich hatte befürchtet, der düstere Mönch stünde noch vor der Tür. Aber Sergius der Armenier hatte das Feld geräumt.

Ich wußte, wohin ich zu eilen hatte, doch tat ich es auf Umwegen, um sicher zu sein, daß mir niemand folgte. »Schmiedet das Eisen, solange es glüht« war ein klarer Hinweis auf den Ort: die Schmiedejurte des Meisters Buchier. Auffällig wäre gewesen, wenn ich heimlich hineingeschlüpft wäre. Gottlob stand sie am Rande des sarazenischen Quartiers, damit der Rauch die hohen Herrschaften im Gesandtschaftsviertel nicht belästigte. Ich hob meinen Weihwasserwedel, besprengte die Tür und sprach einen Segen. Dann trat ich ein und verriegelte hinter mir.

Als sich meine Augen an das Dunkel des Raumes gewöhnt hatten, sah ich Ingolinde nackt auf der Liege des Meisters hingestreckt. Es roch nach kalter Asche. Leblos und mit geschlossenen Lidern lag sie da. Mir fuhr der Schreck so tief in die Glieder, daß ich mich nicht mehr rühren konnte. Jemand mußte mir zuvorgekommen sein! Er hatte meine Lust durchschaut und meine arme Ingolinde erwürgt. Welches Ungeheuer konnte... Sergius, der Mönch! Und nun würde man mich mit der Leiche –

Da schlug sie die Augen auf und hauchte: »Hallo, schöner Fremder!« Und ich stürzte mich auf sie, zerrte meine Beinkleider bis zu den Knöcheln herunter und trampelte erregt darauf herum, weil sie meine Füße nicht freigeben wollten. Ihr leises Glucksen begleitete meine Bemühungen. Ich raffte meine Soutane, warf den Umhang ab, Mitra und Velum hatte ich schon am Türhaken aufgehängt. Und schon winkelte Ingolinde ihre weichen Schenkel an, griff beherzt nach dem Schmiedehammer und ließ mich in die Glut fahren. Bei ihr brauchte ich mich nicht als feiner Liebhaber zu gebärden. Sie nahm mich, so tölpelig, wie ich mich anstellte. Ich hämmerte darauf los, sie war Blasebalg und Esse, sie war das Feuer, und ich hatte das glühende Eisen. Ich war der Schmied und wendete sie und beschlug sie gewissenhaft von allen Seiten. Sie biß mich in den Hals, krallte ihre Nägel in meinen Arsch unter der Soutane und sog mich auf. Als meine Kraft vergossen war, wie ein Eisen im Wasser zischt, da küßte sie mich unter Tränen und sagte: »Ach, William, du hast dich überhaupt nicht verändert!«

Ich streichelte sie sanft mit den Händen, weil mein Eisen nun wieder wie Blei war, und stöhnte befriedigt. »Bei dir ist es so schön wohlig wie eh und je.«

»Lange vermißt hat dich deine Hur«, erwiderte lachend meine Dame aus Metz, »und immer wieder macht es Freud' mit dir, geiler Minorit!«

»Ich werde bald Bischof oder gar noch mehr«, sagte ich, weil ich sie an meinem Stolz teilhaben lassen wollte.

»Da steht dir hoffentlich von Amts wegen eine Kebse zu«, stöhnte sie und versuchte, aus Blei noch einmal ein stählernes Schwert zu schmieden, doch ich verwies es ihr.

»Bevor die Kirche aus ist, muß ich sittsam in meiner Eremitenklause sitzen, und auch dein Brotherr könnte dich vermissen!«

»Sonntags hab' ich frei und der Meister auch. Außerdem solltest du wissen, daß ich mein Brot noch nie mit meiner Hände Arbeit verdient habe. Laß uns also die Feste feiern, wie sie uns anfallen.«

Ich liebkoste ihren Körper mit Küssen, bevor ich mich ächzend erhob. »Ich werde mir etwas einfallen lassen, Madame Pascha, das Eure ›Anfälle‹ deckt.«

»Doch unter der Decke, William«, entgegnete sie mit ihrem herzlichen Hurenlachen, »will ich nicht ohne Euer festes Fleisch liegen müssen, Eminenz!«

Ich hatte meine Garderobe so weit wieder geordnet, daß ich mich meinen Anhängern auf der Straße zeigen konnte, sollte ich ihnen nach dem Kirchgang in die Arme laufen. »Ich werde bei Euch ein und aus gehen«, tröstete ich sie, »denn Ihr bedürft der Seelsorge gar sehr!«

»Danke, Hochwürden«, sagte sie mit einem Knicks und begann dann, ihres Fleisches Blöße zu bedecken. »Geht nur schon hinaus«, setzte sie traurig hinzu. »Ich werde hier noch nach dem Rechten schauen und auf Abstand bedacht sein.«

Ich umarmte Ingolinde ein letztes Mal und schlüpfte aus der Tür, schlug drei Kreuze von außen und ging gemächlich durch das Quartier der Sarazenen von dannen.

Ultimae Cenae 1254

Als weder mein Gefährte Barzo noch der Mönch in der Jurte weilten und auch Philipp, mein Diener, auf den Markt gegangen war, zog ich meinen Sekretarius ins Vertrauen. Theodolus hatte sich bisher bewährt, wenn mir auch seine schleimige Unterwürfigkeit zu schaffen machte. Barzo hielt ihn schlicht für eine intrigante Schlange. Der Mönch haßte meinen Sekretarius, so wie er mich verachtete.

»Ich hatte heute nacht einen Traum«, weckte ich die Neugier von Theodolus. »Ich erblickte eine Kirche. Mächtig ragte sie in der Steppe auf wie die Milchbrüste der Hagia Sophia, mit ziselierten Speeren steil in den ewig blauen Himmel gerichtet. Engel schwebten über ihr und trugen ein Schriftband. ›*Nova Ecclesia Mongalorum*‹ stand darauf geschrieben.«

»Das ist ein Fingerzeig Gottes, den nur ein heiliger Mann wie Ihr empfängt!«

Mein Theodolus biß also an, und ich schwenkte den Köder weiter. »Aller Völker Herren strömten auf diesen Felsendom zu, um das Heiligtum, das Höchste auf Erden, zu verehren und seinem Schutzherrn, dem erhabenen Khan, zu huldigen.«

»Diese Vision solltet Ihr den Großkhan wissen lassen, sie ist den Titel eines Kirchenfürsten würdig.« Er hatte den Brocken geschnappt.

»Ach«, wehrte ich demütig ab, ich kniete sowieso schon vor unserem behelfsmäßigen Altar, »ich bin des Patriarchats nicht würdig, doch will ich gern all meine Kraft dem Khan leihen zu einem völligen Neubeginn, der Stiftung einer neuen christlichen Kirche. Die Nestorianer von ihren teilweise recht heidnischen Gebräuchen abzubringen, diese Mühe kann sich der Herrscher sparen. *Ex novo!* Eine junge Kirche wie die Knospe einer Rose, wie das Volk der Mongolen! Das könnt Ihr ihm sagen! Die Anhänger Nestors sollten jedoch weiter geduldet werden, wenn sie es nicht vorziehen, in die *Nova Ecclesia Mongalorum* überzutreten, wie uns alle Kirchen und Sekten willkommen sein sollten, die unter unserem Dach Unterschlupf finden mögen.«

»Wenn Ihr erlaubt«, Theodolus war ganz aufgeregt ob der Perspektiven, die sich da auftaten, »will ich gleich zu Möngke eilen und ihm von dieser göttlichen Eingebung berichten. Habt Ihr eine Empfehlung, wie Gesicht und Gebärde der zu stiftenden *Ecclesia* sich darbieten sollten?«

Mein Theodolus war rasch von Begriff und von schnellem Zugriff.

»Ich empfehle«, sprach ich salbungsvoll, »als Kirchenpatron den heiligen Franziskus zu wählen und sich auch weitgehendst an die *regula* des Franz von Assisi zu halten.« Damit griff ich unter das Altartuch und gab ihm ein von mir als Kostbarkeit gehütetes Büchlein über das Leben des Heiligen mit dem apokryphen Titel »*Secun-*

dum Memorandum«, geschrieben von seinem Bischof, dem frommen Guido. »Führt Euch das zu Gemüte, damit Ihr dem erhabenen Khagan auf keine Frage eine einfache Antwort schuldig bleibt«, ermahnte ich meinen vor Eifer von einem Bein aufs andere tretenden Sekretarius. »An der Frömmigkeit des Franziskus ist kein Zweifel möglich, seine Schlichtheit und Bedürfnislosigkeit entsprechen dem Wesen der mongolischen Seele, sein Gehorsam, seine Gesetzestreue und sein strenger Verzicht auf persönlichen Besitz kommen dem Herrscher sehr zustatten, weil es keine Zuwendungen mehr für unnötigen Prunk der Priester, kein Verlangen nach weltlicher Macht mehr geben wird. Die neue Kirche dient Gott, ihre Glieder dem Khan.«

»Ich kann es kaum erwarten«, jubelte Theodolus, »dies alles Großkhan Möngke zu Füßen zu legen! Doch dürft Ihr mir nicht verargen, wenn ich den *spiritus rector,* den allzu bescheidenen Bruder William von Roebruk, dabei ins rechte Licht rücke, denn der Hut des Patriarchen sollte dabei für Euch schon herauskommen. Laßt mich nur machen, wozu habt Ihr Theodolus als Sekretarius!«

»Geht mit Gott, mein Sohn«, seufzte ich gequält, »aber geht!« Ich faltete die Hände zum Gebet »Und führe uns nicht in Versuchung, sondern erlöse uns von dem Übel. Denn Dein ist das Reich und die Kraft und die Herrlichkeit in Ewigkeit. Amen.«

Ostern 1254

In der Osternacht schritten Theodolus, mein Diener Philipp und ich zum Palast des Großkhans, wo wir zum Mitternachtsempfang bestellt waren. Wir gingen nicht an der Kirche vorbei, wo ich – so war es verabredet gewesen – meinen lästigen Bruder und den gräßlichen Mönch abholen sollte, um sie mit zu Möngke zu nehmen.

Zuversichtlich stapfte ich durch die Dunkelheit, nachdem ich mir mit mehreren Bechern Wein Mut angetrunken hatte. Eine köstliche Erregung breitete sich allmählich in mir aus. Sollte es mir gelingen, die Mongolen dem Christentum zuzuführen, mir, dem armen kleinen William von Roebruk, verlacht von den Großen dieser Erde, gedemütigt von der Kirche Roms, ihrem eitlen Klerus, ihren hochmütigen Ritterorden? Der ganzen Christenheit zum Heil das größte und mächtigste Volk der Welt auf ihre Seite zu ziehen, es zum Beschützer des wahren Glaubens zu machen, zum Kämpfer gegen seine Feinde? Würde der Khan heute nacht, wie mir mein Theodolus glückstrahlend versichert hatte, den christlichen Glauben zur Staatsreligion erklären und eine Kirche stiften? Ob er sich selbst taufen ließ oder mich zum Patriarchen ernannte, schien mir unwesentlich gegenüber diesem Ereignis, das die Geschichte der Menschheit verändern würde! Mir wurde schwindelig angesichts dieser mächtigen Kathedrale des Geistes, deren Architekt ich zweifellos war. Ohnmächtig umzufallen wäre die angemessene Reaktion auf diese Erkenntnis. Ein tolpatschiger Minorit, ein flämisches Schlitzohr, William der Unglücksrabe, dreht mit seinem vorlauten Schnabel am Rad der Geschichte! Das war zuviel des Glücks. Ich mußte pissen. Ich hielt an, hob das Gewand und pinkelte einen befreienden Strahl in die nächtliche Gasse. Ob ich als erster Patriarch der ›Neuen Kirche der Mongolen‹ in die Historie eingehen würde, spielte eine untergeordnete Rolle, wenngleich eine schöne und begehrenswerte. Mein Sekretarius hatte meine Ernennung zum Patriarchen als Faktum hingestellt.

Mein einziger Rivale, der auch hätte Anspruch auf den Titel erheben können, der Archidiakon der Nestorianer, habe sich beim Khan als mein Fürsprecher erwiesen, berichtete er mir. »William I., Patriarch von Karakorum!« Ich glaubte zu träumen. »Wer übrigens gewisse Bedenken anmeldete, waren Roç und Yeza, unser Königliches Paar«, vertraute mir Theodolus noch an. »William wird durchdrehen!‹ hat Yeza im Rat zum Besten gegeben. ›Er wird einen Harem für den Patriarchen verlangen und bei den Christen die Vielweiberei einführen!‹« Da hätten die Mongolen lauthals gelacht, und der Khan hätte Roç gefragt, ob er etwas gegen William vorzubringen habe. »›Solange Ihr, erhabener Khan und Protektor, uns davor bewahrt, daß der Patriarch *in pectore* Kanzler unseres zukünftigen Reiches wird, und solange wir weiter ›William‹ zu ihm sagen dürfen, begrüßen wir die Wahl freudigen Herzens.‹«

»Ach, meine kleinen Könige!« seufzte ich. »Hätte ich doch etwas von ihrer herzerfrischenden Offenheit und ihre Begabung für schlaue Worte zur rechten Zeit!«

Als wir am Tor des Palastes angekommen waren, stand dort der Mönch. Er warf mir finstere Blicke zu. »Ich verwünsche dich, William von Roebruk«, murmelte er düster. »Dreimal seist du verflucht und alle, die sich von dir verführen ließen. Der Teufel soll euch alle holen!«

Wir beachteten ihn nicht, und ich stimmte aus dem »*Da laudis*« die zweite Strophe an:

>»*Est Deus, quod es homo, sed novus homo,*
>*ut sit homo quod Deus, nec ultra vetus.*«

Damit betrat ich den geschmückten und von tausend Öllämpchen erleuchteten Saal.

>»*O pone, pone, pone, pone veterem,*
>*o pone veterem, assume novum hominem!*«

Da entstand hinter mir Unruhe. Ich drehte mich nicht um und schritt auf den Thron zu, auf dem Möngke saß, rechts und links flankiert von Roç und Yeza. Sie waren festlich gekleidet und wirkten wie mongolische Puppen. An der Tür mußte etwas Schlimmes geschehen sein, denn alle starrten erschrocken an mir vorbei und tuschelten. Endlich kehrte wieder Ruhe ein. Versetzt hinter dem Großkhan stand der Archidiakon Jonas, und an den Seiten hatten die Brüder Hulagu und Ariqboga Platz genommen. Der dritte, Kubilai, weilte in China. Ihre Frauen, Kokoktai-Khatun und Dokuz-Khatun, waren als gläubige Christinnen zu dieser mitternächtlichen Stunde in der Kirche versammelt, ebenso wie General Kitbogha und sein Sohn Kito. Ein Chor von Nestorianern sang machtvoll den Psalm:

>»*Laudate Dominum in sanctuario eius,*
>*laudate eum in augusto firmamento eius.*«

Meine Blicke wanderten zu den Ehrengästen. Auf den Stufen des Throns, zu Roçs Füßen, hockte Meister Buchier, der Schöpfer des silbernen Trinkbaums. Sein Werk war zur Feier des Tages mit frischem Grün geschmückt und über und über mit Talglichtern bestückt. Ingolinde saß darunter wie ein Weihnachtsengel. Ausgeschenkt wurde in dieser Nacht nichts. Zu Yezas Füßen kauerte, auf einer Liege herbeigetragen, die noch immer von ihrer Krankheit gezeichnete Zweite Khan-Gattin Koka. Der Götzenpriester Gada Sami, der auch ihr Wahrsager ist, stützte sie. Der Archidiakon fuhr mit glockenreiner Stimme fort:

»*Laudate eum tympano et choro,
laudate eum chordis et organo.*«

»Theodolus!« flüsterte mir Philipp zu. »Er ist auf die Schwelle getreten –«
Ich schüttelte unwirsch mein Haupt; er sollte mich jetzt nicht mit solchen törichten Geschichten behelligen.
Der Chorus sang: »*Alleluja, alleluja, alleluja!*«
Der Saal war bis zur letzten Bank angefüllt mit festlich gekleideten Mongolen, die erwartungsvoll dreinblickten. Ich sah auch viele Gesandte. Dann fiel mein Blick auf die Weiber hinter den drei Brüdern des Khans, die sich wohl wie Koka nicht zum Christentum bekannten. Hinter Ariqboga saß eine junge Frau, deren Gesicht nach sarazenischer Art verschleiert war. Sie starrte mich an, und ich erschrak vor Scham. Es war Shirat. Ich versuchte, ihr mit Blicken anzuzeigen, daß ich sie erkannt hatte, aber sie blieb wie versteinert. Dennoch spürte ich, daß sie mich in ihrer Not stumm anflehte. Es bereitete mir furchtbare Qual, daß ich ihr nicht helfen konnte. Erst hatte ich vor, mich nur zu verneigen, doch spontan entschloß ich mich niederzuknien. Ich faltete die Hände und beugte mein Haupt so weit, daß ich den Khan nicht aus den Augen verlor.
Khan Möngke und seine Brüder lächelten. Yeza zwinkerte mir zu, nur Roç zeigte Würde. Als der letzte Ton verklungen war, gab der Il-Khan Hulagu seinem Kämmerer ein Zeichen, und der trat vor. Der

Archidiakon Jonas verneigte sich und überreichte ihm eine Schriftrolle, deren Text Dschuveni verlas.

»So wie die Sonne überallhin ihre Strahlen aussendet, die Welt erleuchtet und die Menschen erwärmt, so wirkt auch die Macht Dschingis-Khans. Es ist Möngke, sein dritter Nachfolger auf dem Thron, der zu euch spricht und euch seinen Willen wissen läßt.« Der Kämmerer räusperte sich. »Wir stiften eine Kirche!«

Erstauntes Geraune im Saal. »Die *Nova Ecclesia Mongalorum Ritus Orientalis* soll alle Propheten und Apostel vereinen: Jesus von Nazareth und Johannes Apokryphos, Nestorius von Konstantinopel und Franz von Assisi, Mohammed für den Islam von Sunna und Schia und Parsifal vom Gral für die Manichäer, Johannes den Täufer für das mosaische Judentum und Matreya, die Wiedergeburt Buddhas, auf den die Völker am Ozean warten.«

Dschuveni machte eine Pause, um die ungeheure Ankündigung wirken zu lassen und weil die glatzköpfigen Götzendiener in ihren safrangelben Roben jetzt allesamt mit kleinen Glöcklein klingelten.

»Dieser Kirche wird ein ›Patriarch des ewig blauen Himmels‹ vorstehen.«

Der Kämmerer sah über mich hinweg, doch ich fühlte den Blick des Großkahns auf mir ruhen. »Der Stiftungsakt ist auf das Fest der Ausgießung des Heiligen Geistes *tengris* am Tage Pentacostes festgesetzt, fünfzig Tage vom heutigen Tag an gerechnet. Den ersten Patriarchen Aerinokratos, des ewig blauen Himmels, werden wir am Tag des Festes unserer Thronbesteigung in sein Amt einführen. Gegeben am 12. April des Jahres 1254 christlicher Zeitrechnung, im Jahre 652, seit der Prophet Mohammed Mekka verließ, und im dritten Jahr unserer Herrschaft«, las Dschuveni spröde vom Blatt ab. Ich konnte mir vorstellen, wie wenig es ihm als Moslem behagte, einen solchen Text zu sprechen, den offensichtlich der Archidiakon im Auftrag des Khans verfaßt hatte.

Die Ernennung wird also erst eine Woche nach Sankt Gregor stattfinden, dachte ich mit Bedauern. Ich kniete wie erschlagen und hielt mein Gesicht auf den Boden gepreßt, damit niemand meine Freudentränen sah. Dann hörte ich die Stimme von Jonas: »Erhebt

Euch, lieber Bruder!« Ich sah auf; der Großkhan bedeutete mir beinah vorwurfsvoll, mich zu erheben. Yeza griente höchst belustigt, denn ich vermochte mich kaum aufzurichten, da meine Beine mir den Dienst versagten.

»Es ist kein Geheimnis«, sprach der Archidiakon, der jetzt vorgetreten war und den Dschuveni von seiner ungeliebten Rolle befreit hatte, »auf wen die Wahl fallen wird: Unser lieber Bruder William von Roebruk, Ordo Fratrum Minorum, ist der Erwählte! Keiner ist für dieses hohe Amt so berufen wie er.«

Jonas umarmte mich und bot mir den östlichen Ostergruß: »Christ ist erstanden!« Und ich antwortete ihm: »Ja, er ist wahrhaft auferstanden!« Er küßte mich, und ich schämte mich meiner Tränen nicht länger. Der Großkhan und seine Brüder lächelten beglückt, und ihr Hofstaat beeilte sich, mir die Hand zu schütteln. Ingolinde küßte sie, ohne mich dabei anzuschauen, dafür fuhr ihre Zunge blitzschnell zwischen meine schlaffen Finger.

Ich trat vor Roç und Yeza – Möngke und seine Brüder hatten sich erhoben und waren gegangen – und wollte vor ihnen niederknien. Aber Yeza ergriff schnell meine Hand und preßte sie an ihre Lippen. Sie zeigte mir frech, daß sie den Kuß der Hur sehr wohl bemerkt hatte, und Roç sagte: »Vor uns brauchst du nicht zu knien, William, verbirg lieber dein Gesicht, damit niemand sieht, wie sehr dir das alles gefällt!«

Ich segnete Koka und schlug auch rasch ein Kreuzzeichen über den verdutzten Gada Sami, der mich ansah, als hätte ich ihm eine Kröte auf den Schoß geworfen. Er sprang auf und schüttelte sich. Die arme, immer noch leidende Koka bat mich darum, ihr die Hand auf den Kopf zu legen, und ich tat es. Dann zog mich Timdal am Ärmel und gratulierte mir, während Philipp mich durch die klatschenden Gäste schob, die sich alle erhoben hatten, und mich zum Ausgang des Saales drängte.

»Also«, sagte ich, als ich die Schwelle hinter mir hatte, »was war nun mit dem Theodolus, wo steckt er?«

Stumm wies Philipp auf einen Fleck frischen Blutes, das im Erdreich vor dem Palast versickert war.

»So hat deine Kirche schon ihren ersten Märtyrer!« tönte da gehässig die Stimme von Sergius, der uns vor der Tür abgepaßt hatte. Mir wurde übel bei dem Gedanken, daß meinem findigen Sekretarius der Kopf abgeschlagen worden war, während ich drinnen meinen Triumph feierte. Ich hatte seinen verzweifelten Hilferuf nicht gehört. Benommen wankte ich, gestützt auf Philipp, den Weg zurück zu unserer Jurte. »Der Armenier hat ihm ein Bein gestellt«, sagte Philipp. »Ich hab's genau gesehen! Doch die Leute des Bulgai scherten sich nicht darum.«

»Warum hast du mir nichts gesagt?« stöhnte ich, und Philipp schwieg.

L. S.

DAS AMULETT
LIBER III
CAPITULUM I

Schon das kostbare Zaumzeug, die reichverzierten Ledersättel, die silbernen Steigbügel der Karawane des Mustafa Ibn-Daumar zeugten vom Wohlstand des Kaufmanns aus Beirut. Die Torwächter von Sis verzichteten darauf, einen Blick in die Truhen, Ballen und Kisten zu werfen, die von fünf hochbepackten Lastkamelen getragen wurden. Unfreundlich ließen sie den jungen Kaufmann absteigen. Was er in ihrer christlichen Stadt verloren habe? Hamo biß sich auf die Zunge. Er befände sich auf der Reise nach Melitene und habe von dem Reichtum der Stadt Sis gehört, so daß er den Umweg auf sich genommen habe, um noch etwas Ware auf dem Markt zu erhandeln. Die Torwächter waren weder zufrieden noch gnädig. Sie ließen sich den Einlaß des Moslems teuer bezahlen und schickten einen Boten zum Palast, um Meldung zu erstatten.

Hamo begab sich zum Markt und bezog in der nächsten Herberge Quartier. Seinen Leuten, es waren vor allem Assassinen, die Crean begleitet hatten, und nur wenige *lestai* des Penikraten, befahl er, dort zu bleiben und auf die Ware achtzugeben. Nur den ältesten der Männer aus Alamut, einen gewissen Agha, nahm er mit, denn der hatte sich auf der ganzen Reise als schweigsam und zuverlässig erwiesen.

Die Stadt Sis lag im Gebirge. Die Häuser aus grauem, hartem Stein ragten über die engen Straßen hinaus, und die Säulenumgänge und Torwege waren mit dicken Balken überdacht. Hier spielte sich der Bazar ab. Es fehlte das übliche anonyme Gedränge des Orients. Der Fremde wurde sogleich als solcher erkannt und mißtrauisch abgeschätzt, besonders, da es sich um einen Moslem handelte.

Der auffällig gekleidete junge Kaufherr aus Beirut schlenderte mit seinem älteren Begleiter an den Werkstätten der Handwerker vorbei, ohne sonderliches Interesse an ihren Arbeiten zu zeigen. Hamo ließ Agha nach dem Sklavenmarkt fragen, eine Frage, die Erstaunen und Kopfschütteln auslöste. Schließlich wies man den Fremden in einen finsteren Hof mit vergitterten Fenstern. Dort mahnten einige Säulen mit eingelassenen schweren Eisenringen und Ketten an die Unglücklichen, die hierhin verschleppt worden waren, aber von einem Markt konnte nicht die Rede sein.

Ein paar Aufseher waren in ein Brettspiel vertieft, bei dem es wohl kaum um den Besitz einer schönen Sklavin ging, sondern höchstens um die Bezahlung des nächsten Kruges aus der benachbarten Taverne. Die Würfel rollten, und die Männer blickten ungehalten auf, als der junge Fremde sie störte.

»Kommen oft Sklavenkarawanen nach Sis?« fragte Hamo vorsichtig.

»Bist du Händler?« murrte der eine, ohne aufzuschauen.

Hamo warf ein Goldstück auf das Brett. »Ich suche eine Sklavin«, sagte er und wurde jetzt wenigstens eines Blickes gewürdigt.

»Da müßt Ihr Geduld haben, Herr – hierher verirrt sich frische Ware höchstens zwei-, dreimal im Jahr.«

»Wie soll das junge Ding denn beschaffen sein?« Der andere witterte die Möglichkeit, das Gesuchte zu besorgen. »Weiß, braun, schwarz, kräftig, mit dickem Arsch und Titten, so schön wie reife Kürbisse? Ich könnte –«

»Nein«, unterbrach ihn Agha, »mein Herr sucht eine bestimmte Sklavin, die hier vor drei Jahren –«

»Also eine Alte.« Die Bereitschaft des Aufsehers verringerte sich zusehends. Er schüttelte die Würfel.

»Eine schöne junge Frau«, erklärte Agha geduldig, und Hamo warf noch eine Münze auf das Brett. »Weiß und von nobler Herkunft. Könnt Ihr Euch nicht erinnern? Abdal der Hafside brachte sie.«

»War das nicht eine Lieferung für den König?« entsann sich der eine, um gleich hastig hinzuzufügen: »Damit haben wir nichts zu tun!«

»Ich will wissen, ob die ›Ware‹« – Hamo zwang sich, die Sprache der Männer zu sprechen – »hier in Sis verblieb, im Harem des Königs, oder ob sie weitergeschickt wurde.«

Verlockend ließ Hamo seine Goldmünzen im Beutel klirren.

»Wenn sich im Palast einer bedient, dann nicht König Hethoum, sondern höchstens sein Bruder, Sempad, der Konnetabel!« entgegnete der eine lachend, aber sein Gefährte wartete lauernd, bis ein weiteres Goldstück auf das Spielfeld sprang. »Die Weiber des Hafsiden, ich erinnere mich genau, gingen weiter. Die waren nicht für den Hof bestimmt, die waren ein Geschenk –«

Sein aufmerksamer Mitspieler trat ihm gegen das Bein, daß er verstummte und erst weiterredete, als Hamo nachgeworfen hatte. »– ein Geschenk für den Großkhan der Mongolen!«

»Da war eine darunter –«, fing der andere an, doch er verstummte. Zwei Gestalten waren in den Hof getreten und schweigend stehengeblieben. Sie sahen aus wie Soldaten, mehr noch wie Jäger. In ihren Gürteln steckten ein kurzer Dolch und ein Hirschfänger. Ohne daß sie einen Wink geben mußten, sprangen die beiden Aufseher auf von ihrem Spielbrett und näherten sich ihnen eilfertig. Die Jäger sprachen leise und schnell und verschwanden wieder.

Einer der Aufseher kam zurück und verbeugte sich vor Hamo.

»Ihr müßt entschuldigen, hoher Herr, doch wir einfachen Diener des Königs wußten nicht, wie weit wir mit unseren Auskünften gehen durften, was die von Euch gesuchte Person betrifft.«

Hamos Gesicht erhellte sich. Ein Hoffnungsschimmer?

»Es scheint, daß die junge Dame sich unter den Personen befindet, die wir in Gewahrsam haben. Wenn Ihr ein Auge auf sie werfen wollt?«

Der andere hatte schon das schwere Tor entriegelt und eine Fackel entzündet, denn es war inzwischen Abend geworden. »Folgt uns bitte«, flüsterte er, »und wenn Ihr die Gesuchte entdeckt, laßt es Euch nicht anmerken, sondern gebt uns ein Zeichen, damit wir sie herausholen –«

»Andernfalls gäbe es einen Aufstand«, fügte der Gesprächigere hinzu, »der uns die Arbeit erschweren würde. Denn wer möchte

nicht freigekauft werden von solch einem reichen jungen Herrn?«
So schmeichelte er, als Hamo zwei weitere Goldstücke in seine Hand
gleiten ließ.

Sie traten durch das Tor und stiegen im Licht der Fackeln über
eine breite Steintreppe hinab in den Keller. Feuchtigkeit und Moder
schlugen Hamo entgegen, und sein Herz krampfte sich zusammen
bei dem Gedanken, Shirat in einem solchen Verlies zu finden. Unten
angekommen, befanden sie sich in einem Gewölbe, von dem aus
eiserne Gittertüren einen Blick in die Zellen gestatteten. Hinter den
Eisenbarren drängten sich ausgemergelte Gestalten mit eingefallenen Gesichtern, fast alles ältere Menschen.

»Das sieht mehr nach Gefängnis aus«, murmelte Agha besorgt
und sah sich nach dem Aufseher um, der ihnen mit seiner Fackel ge-
leuchtet hatte. Da fiel hinter ihnen ein Eisengitter ins Schloß, und
der Lichtschein der Fackel auf der Treppe entfernte sich und verschwand schließlich. Dumpf verschloß sich auch oben das Tor, und
völlige Dunkelheit umfing sie.

Die Gefangenen, die erst aufgeregt ihre Hände durch die Gitter
nach den Besuchern ausgestreckt und wild durcheinandergeschrien
hatten, lachten die beiden Fremden nun aus, voller Schadenfreude,
die aber schon bald tiefer Beklommenheit wich. Es wurde still im
Kerker von Sis.

»Man hat sie gleich im Gewölbe gelassen«, hörten sie eine Stimme
erklären, »weil sie sowieso morgen früh gehenkt werden.«

»Ich hasse alle Sarazenen«, ließ der bullige Konnetabel seinen Besucher wissen. »Jedesmal, wenn ich einen dieser Hunde hängen kann,
verschafft mir das tiefe christliche Genugtuung.«

Sie standen auf einem schmalen Balkon der Burg mit Blick auf
einen engen Hof, der von hohen Mauern umgeben war. Dort unten
befand sich der Galgen, eine solide Holzkonstruktion, die großzügig
Platz für mindestens ein Dutzend gleichzeitig Hinzurichtender bot.
Diesmal hatten die Gehilfen des Henkers nur zwei Stricke über den
Querbalken geworfen. Eine Tür in der Mauer öffnete sich, Hamo und
Agha wurden, die Hände auf den Rücken gebunden, zum Gerüst ge-

führt. Der Henker sah fragend zum Balkon hinauf. Sempad nahm sich die Zeit, seinen Gast zu unterrichten. »Dieser da –«, er wies mit seinem kurzen Kinn grimmig hinab auf Hamo, »ist ein Spion. Er besaß die Frechheit, nach einer Kebse zu forschen, die wir vor drei Jahren, stellt Euch vor, vor drei Jahren ordentlich erworben hatten und einer Tributzahlung des Königs beigaben.« Sempad lachte ein rohes Lachen, das seinem gedrungenen Säuferhals entstieg wie das heisere Bellen eines Bluthundes. »Und da kommt dieser beschnittene Hurensohn daher und –«

»Erstens«, sagte Gavin, der Templer, seelenruhig, »ist dieser da kein Moslem, sondern Christ. Es ist der Graf von Otranto, ein Verwandter des Kaisers und ein enger Freund Eures Schwagers Bohemund –«

Der Henker hatte inzwischen die Schlingen fachmännisch um die Hälse der Delinquenten gelegt und schaute erwartungsvoll zum Balkon, damit er die Prozedur zum guten Ende bringen konnte. Da Sempad zu verwirrt war, gab der Templer ein Zeichen, noch zu warten. Hamo blinzelte zu ihm hinauf, als er merkte, daß eine Verzögerung eingetreten war. Gavin konnte sich eines Grinsens nicht erwehren. »Zweitens«, sagte er zum Konnetabel, »die Frau, nach der er sucht, ist keine Kebse, sondern seine eigene. König Ludwig –«

Das reichte. Sempad jagte mit hochrotem Kopf seine beiden Leibjäger hinunter in den Hof, die Gefangenen samt Begleiter aus ihrer unangenehmen Lage zu befreien. Der Henker schüttelte den Kopf, als die beiden Herren dort oben darauf verzichteten, ihn bei der Ausübung seines Handwerks zu bewundern, und den Balkon verließen. Doch hütete er sich, ohne letzten Befehl mit der Exekution fortzufahren. Der Fehler war seinem Vorgänger nur einmal unterlaufen.

Hamo trat vor Sempad. »Man hat mir auf meinen Reisen schon viel über Eure Forschheit zu berichten gewußt, Konnetabel«, sagte er leichthin. »Aber die Wirklichkeit übertrifft jede Legende.«

Er wandte sich an Gavin. »Gibt es irgendeinen Ort auf dieser Erde, werter Präzeptor, an dem es mir erspart bleibt, Euch zu treffen?«

»Noch habt Ihr ihn nicht kennengelernt, Hamo L'Estrange.« Gavin grinste ungerührt ob der Wut des jungen Grafen. »Doch wenn Ihr weiter in verschiedenen Verkleidungen Euer Leben aufs Spiel setzt, werde ich nach ihm suchen!«

»Sucht lieber Shirat!« fauchte Hamo. »Ehe ich nachforsche, wer dieses Seeräuberpack auf die ›Contessa d'Otranto‹ losgelassen hat!«

»Wo habt Ihr eigentlich die Triere gelassen?«

Gavin bemühte sich, der Schärfe des Gesprächs die Spitze zu nehmen. »Nachdem Ihr auf die glorreiche Idee verfallen seid, in die Kleider unseres Freundes Crean de Bourivan zu schlüpfen, der ›Mustafa Ibn-Daumar‹ hätte Euch fast den Halswirbel gebrochen.«

»Mein Herz ist gebrochen«, sagte Hamo, »was zählt da noch mein dummer Kopf!«

Das brachte Sempad zum Lachen. »Ich kann den jungen Grafen verstehen«, gab er sich jovial. »Sein Weib – so wir die gleiche Raubkatze meinen – ist eine Torheit wert, auch wenn ich nur ihre Krallen erlebt habe, als ich ihr Fellchen streicheln wollte.«

Mit einem Wutschrei hatte sich Hamo auf den Konnetabel gestürzt, doch Gavin stellte ihm ein Bein, und die Attacke endete für den Grafen mit einem Sturz auf den glatten Boden des Saales.

»Jetzt erfreut sich der Großkhan an ihren Gaben«, spottete Sempad, der keinen Schritt zurückgewichen war, während seine Leibjäger ihre Hirschfänger blankgezogen hatten.

Gavin legte den Arm um Hamo und hielt ihn fest. »So kommt Ihr nicht weiter«, sagte er. »Und Ihr müßt weiter, denn der Weg nach Karakorum bleibt Euch nicht erspart, Hamo L'Estrange. Und Ihr, Sempad, erweist jetzt unserem jungen Heißsporn die Ehren eines Gastes, und spart Euch Euren Ärger über entgangene Freuden gefälligst für andere auf!«

Der Konnetabel schaute finster auf Hamo, bevor er sich an Gavin wandte. »Wenn ein Ehemann seinem Weib so wenig Schutz verleiht, daß es ihm geraubt werden kann, dann hat er sein Anrecht auf die Dame verloren. Er muß sie neu erobern. Solches Recht steht auch jedem anderen Mann zu, der Feuer für sie gefangen hat.«

»Ich, und nicht Ihr, Konnetabel, werde die Dame von dort zurückholen, wohin Ihr sie verschenkt oder in Zahlung gegeben habt wie eine Ware, wie ein Stück aus Eurer Herde! Oder glaubt Ihr, daß Euch aus dieser noblen Tat auch noch ein Recht auf Minne erwächst?«

Der Disput endete hier, denn Fanfarenstöße kündeten die Rückkehr des Königs an.

Hethoum war ein griesgrämiger Mann, zermürbt von den Sorgen um sein Königreich, das von allen Seiten bedrängt wurde. Im Norden hockte ihm der Sultan der Seldschuken im Nacken, im Osten die Mongolen, im Westen war das Meer, in dem alle Feinde das Volk der Armenier am liebsten ertränkt hätten, nachdem sie es quer durch Kleinasien bis an die Küste gejagt hatten. Nur im Süden bestand eine brüchige Verbindung zu den christlichen Kreuzfahrerstaaten Syriens, weshalb er seine Tochter mit dem Fürsten Bohemund von Antioch und Tripoli verheiratet hatte. Doch Sicherheit gab auch das nicht. Sich rechtzeitig dem Großkhan zu unterwerfen und so in den Schutz der *pax mongolica* zu gelangen, war – wie teuer es auch zu stehen kommen mochte – die einzige Alternative. Sein Volk würde sonst ausgelöscht werden.

Sein Schwiegersohn Bo hatte dem König berittene Boten mit der Bitte nachgesandt, er möge einen ungebetenen Gast, den jungen Grafen von Otranto, der in seine Hauptstadt Sis gereist sei, als Freund empfangen. Dazu war Hethoum auch bereit, als ihm sein Bruder und Konnetabel zum Empfang entgegenschritt.

»Was treibt denn diesen Hamo L'Estrange zu uns?« fragte er beiläufig, und Sempad bereitete es ein heimliches Vergnügen, seinem Herrn das ›Begehr‹ des jungen Grafen recht schmackhaft zu machen.

»Der will Euch seine Aufwartung machen, Majestät, er führt auch reichlich Geschenke mit sich. Er will nur seine Frau zurück.«

»Welche Frau, Sempad?« Schnitt sein Bruder das Thema Frauen an, war Hethoum stets alarmiert. »Was hast du schon wieder ange–?«

»Nicht ich, Ihr, Majestät«, kostete der Konnetabel die seltene Ausnahme aus. »Ihr habt seine Frau vor drei Jahren von Abdal dem Hafsiden gekauft und nach Karakorum weitergeschickt.«

»Die?«

»Genau die!« sagte Sempad triumphierend. »Hättet Ihr sie mir überlassen, könnten wir sie ihm nun wieder in die Hand drücken – nach drei Jahren.«

»Will er mir einen Vorwurf machen?«

»Er will sie wieder in seine Arme schließen; er wird mit uns – oder ohne uns! – zum Großkhan reisen wollen.«

»Das möchte ich nicht«, sagte der König. »Wir reden später noch darüber.« Er ließ sich den jungen Grafen vorstellen und bot ihm freundlich an, sich als sein Gast zu fühlen, solange es ihm beliebe.

Diese glückliche Wendung beruhigte Gavin Montbard de Béthune, den Präzeptor des Templerordens, und er reiste ab, nachdem er Hamo noch einmal eingeschärft hatte, seinem Gastgeber nicht mit ständigen Wehklagen über die verschollene Mutter seines Kindes zur Last zu fallen, geschweige denn mit Vorwürfen zu begegnen. Er solle sich vielmehr bei Hofe beliebt machen, damit die Armenier ihn bei der anstehenden Reise nach Karakorum in ihrer Delegation mitnähmen. Ohne den Status eines Gesandten gäbe es für ihn keine Möglichkeit, bis zum Großkhan vorzudringen. Das wäre ihm hoffentlich klar.

Hamo nickte in einer Weise, die Gavin zeigte, daß er gegen einen Brustpanzer angesprochen hatte, der Hamos Herz – und leider auch seinen Verstand – vor jeder Attacke der Vernunft schützte.

»Und vergeßt nicht«, hatte Gavin beim Abschied gemahnt, »den König durch kostbare Geschenke zu erfreuen, so daß er sich nicht ausrechnen muß, was Ihr ihn kostet. Zeigt ihm, daß Ihr die weite Reise aus eigenen Mitteln bestreiten könnt und wollt, selbst wenn man Euch im Gefolge mitreiten läßt. Die Armenier sind Krämerseelen, allerdings die ausgefuchstesten, die mir je über den Weg gelaufen sind.«

»Dieses Kompliment aus dem Munde eines Templers«, bedankte sich Hamo, »ist allerdings bemerkenswert.«

Hamo verbrachte seine Zeit zwischen dem Palast und der Herberge, in der er sein Gefolge untergebracht hatte. Tagtäglich kehrte er mit einem neuen Geschenk für den König zur Burg zurück, denn er war von der Furcht befallen, Hethoum könnte ohne ihn zu den Mongolen aufbrechen. Es erschien Hamo, als belagere er die Burg in Erwartung eines Ausfalls, und er war stolz auf sich, daß er diese Belagerung bisher ohne ein Wort der Klage um Shirat durchgehalten hatte. Er war freundlich zu jedermann; selbst dem stiernackigen Sempad lächelte er jedesmal zu, wenn er ihn auf seinen ausgedehnten Gängen durch die verwinkelte Burganlage traf. Der Graf inspizierte sie gewissermaßen, um rechtzeitig gewarnt zu sein, wenn irgendwo Vorbereitungen getroffen würden, die auf eine baldige Abreise hätten schließen lassen.

Doch allmählich gewann in ihm die Vorstellung Raum, die Armenier würden ihre Reise nie antreten, und er begann vorsichtig anzudeuten, daß er ihnen nicht länger zur Last fallen wolle und sich durchaus in der Lage sähe, sich auf eigene Faust auf den Weg zu machen. Von da an wurde er mit Freundschaftsbeteuerungen überschüttet. Jeden Tag erschienen die Leibjäger des Sempad in seiner Herberge, um sicherzustellen, daß er nicht plötzlich aufbrach.

»Wir laufen Risiko«, beschwor der Konnetabel seinen königlichen Bruder, »daß der Großkhan unsere Verspätung mit dem Entzug seiner Huld ahndet. Möngke hat es nicht gern, wenn man ihn warten läßt!«

»Wir können diesen Hamo L'Estrange aber unmöglich mit uns führen«, murrte der König. »Entweder beleidigt er den obersten Herrscher aller Mongolen mit Nachfragen nach einer Sklavin, die wir ihm zum Geschenk gemacht haben, oder er wird dort so lästig –«

»Wie hier uns!« fügte Sempad hinzu. Er wußte sein Feuer zu schüren.

»Oder –«, fuhr Hethoum ärgerlich fort, »er findet beim Herrscher ein offenes Ohr, ein Herz für die Liebenden, so daß der Großkhan ihm seine Frau zurückgibt. Doch in beiden Fällen stehen wir als die Verursacher des Ungemachs da, unsere Gabe ist entwertet, und die Gunst der Mongolen wird uns entzogen werden wie ein Teppich unter den Füßen.«

»Kein schönes Bild: Der allerchristliche König von Armenien schickt nicht seine eigene Tochter, wie es sich gehört hätte –«

»Was ich keiner meiner Töchter je zumuten würde«, unterbrach ihn Hethoum. »Erzähl mir nicht, was sich gehört!«

»Sicher nicht, eine Verwandte des Kaisers zu kaufen«, begehrte Sempad auf.

Aber da wurde Hethoum wütend. »Du Rind hast mir dazu geraten! Hätte ich gewußt –«

»Laßt uns nicht darüber streiten, Bruder«, lenkte Sempad ein, »wer hier die Entscheidungen fällt. Dieser Hamo darf mit seiner Familientragödie auch nicht alleine, sei es vor uns oder nach uns, bei den Mongolen aufkreuzen!«

»Er muß verschwinden«, stellte der König fest.

Sempad sah sich endlich als Sieger. »Gift?«

»Nicht hier im Haus! Das fehlte mir noch! Der König – nein! Nichts, womit wir in Verbindung gebracht werden könnten.«

»Ich werde das in die Hand nehmen, wenn Ihr –«

»Ich erwarte Eure Vorschläge, Konnetabel, aber keine übereilte Tat! Haben wir uns verstanden?«

Sempad verneigte sich und verließ den Raum. Er bestellte seine Leibjäger zu sich, die ihm hündisch treu ergeben waren. »Kein Schimmer eines Verdachts darf auf uns fallen!« schärfte er ihnen ein.

Hamo war der erste, der hörte, daß die beiden Leibjäger Sempads ihm nach dem Leben trachteten. Sie waren ihm inzwischen von den täglichen ›zufälligen‹ Begegnungen so vertraut, daß er sie sogar beim Namen kannte. Leo und Ruben hatten auf dem Bazar und in allen Tavernen versucht, Assassinen zu dingen, und diese hatten sofort Agha davon in Kenntnis gesetzt. Der Name des Opfers war zwar nicht gefallen, aber die Beschreibung und die seines täglichen Weges von der Herberge über den Bazar zur Burg traf auf keinen anderen als auf den Grafen zu. Er war gewarnt, ließ sich aber nichts anmerken.

Der König war der zweite, der von dem Plan des Konnetabels erfuhr. Seine Leute, zu denen auch die Aufseher des Kerkers gehörten, ließen ihn wissen, die Assassinen würden sich weigern, den Mordauftrag anzunehmen; nicht einmal gegen dreifachen Lohn seien sie zu dingen.

»Großartig!« spottete der König. »Deine Pläne mit dem Grafen von Otranto sind bereits Gespräch im Bazar!«

Sempad lief puterrot an. »Nur hat dir noch keiner erzählt, daß der Kanzler der Assassinen von Masyaf den Grafen als Knaben auf den Knien geschaukelt hat!«

»Ihr solltet Euch auf mich verlassen, Majestät!« preßte der Konnetabel zähneknirschend hervor und wollte aus dem Raum stürzen.

»Ich denke nicht daran!« rief ihm der König nach. »Sobald das mongolische Begleitkommando, das ich erbeten habe, um unsere bisherige Verzögerung zu erklären, in Sis eingetroffen ist, brechen wir auf. Vielleicht hast du unterwegs noch eine deiner genialen Ideen!«

Sempad begab sich mitsamt seinen beiden Leibjägern in die Herberge und ließ sich bei Hamo melden.

»Meine mir treuergebenen Diener«, erklärte er Hamo, »haben in Erfahrung gebracht, daß die Assassinen Euch nach dem Leben trachten. Seht Euch bitte vor! Leo und Ruben werden Euch beschützen, auf Schritt und Tritt sollen sie Euch folgen.« Nachdem der Konnetabel ›ehrliche‹ Besorgnis zum Ausdruck gebracht hatte, verfiel er nun in einen leichten Plauderton. »Der König lädt Euch für morgen auf die Hirschjagd ein, die wir alljährlich für die Gesandten geben. Führt bitte Euer Gefolge mit Euch, zumindest bis wir die Stadt verlassen haben. In den Wäldern habt Ihr nichts zu befürchten. Ich werde Euch selbst abholen und mit Euch zur Jagdgesellschaft stoßen.«

»Das ist sehr freundlich von Euch, Konnetabel, doch ich mach' mir nicht viel aus der Hatz auf Wild und fühl' mich in der Stadt am sichersten, zumal mir Gefahren drohen, vor denen Ihr mich dankenswerterweise gewarnt habt.«

Sempad lachte. »Über Assassinen wird viel geredet, aber ich hab' in Sis noch keinen zu Gesicht bekommen. Wenn irgendwo ein Meuchelmord geschieht, dann heißt es gleich: Assassinen! Also enttäuscht den König nicht mit einer Absage.«

Das wollte Hamo nun doch nicht, und er nickte. »Richtet dem König aus, ich nähme seine Einladung mit Freuden an und könnte es gar nicht erwarten, durch den grünen Tann zu streifen, um endlich einen Zwölfender –« Er sparte sich den Rest der Eloge, weil Sempad, gefolgt von seinen beiden Schatten, bereits die Herberge verlassen hatte. Er wandte sich vielmehr an Agha. »Laßt die beiden Burschen morgen nicht aus den Augen! Sicher will man Euch nur anfangs als Alibi dabeihaben und versuchen, uns später zu trennen!«

»Dafür werden die Euch immer dichter auf die Pelle rücken!« entgegnete Agha und lächelte fein. »Es gibt keine Assassinen!«

Am folgenden Morgen erschien der Konnetabel in aller Herrgottsfrühe gestiefelt und gespornt mit seiner Jagdgesellschaft vor der Herberge. Hamo hatte sein Gefolge ebenfalls um sich versammelt, und gemeinsam ritten die beiden Trupps aus der Stadt.

Sempads Leibjäger, Leo und Ruben, waren bis über die Zähne bewaffnet; jeder von ihnen schleppte zusätzlich zu Dolch, Stilett und Schwert ein Bündel Wurfspieße mit sich.

Hamo musterte sie amüsiert, als sie zu ihm aufschlossen. »Das sieht eher nach Sauhatz als nach Hirschjagd aus!« scherzte er.

Die beiden grinsten blöd, schnauften nur und schwiegen verbissen.

Sie verließen die Straße und trabten auf Ziehwegen in die dichten Wälder des Gebirges. Es war ein lieblicher Frühlingsmorgen, dessen sonniger Duft mit Bienengesumm und Vogelzwitscher so gar nicht zu den finsteren Gedanken passen wollte, die einige der Männer hegten. Auch bei Agha und den Assassinen wollte sich keine Heiterkeit einstellen, zu groß war die Spannung, obwohl Hamo erklärt hatte, er fürchte sich keineswegs. Der Feind war zwar erkannt, aber wo und wann würde er zuschlagen? Und der junge Graf war kein versierter alter Kämpe, dem die Schliche des Fuchses und die Witterung des Wolfes so in Fleisch und Blut übergegangen waren, daß ihm keine Falle mehr zur Gefahr werden konnte. Sicher war, daß der Konnetabel als erstes dafür sorgen würde, Hamo von seinem Gefolge zu trennen. Für den Fall war vorgesehen, daß sich Agha und zwei ausgewählte Männer an die Fersen der beiden Leibjäger heften sollten, denn es war auch klar, daß Leo und Ruben mit der Ausführung des Mordanschlages betraut sein würden.

So stoben die Männer dahin, daß die Vögel aufschwirrten und das Niederwild ins Dickicht flüchtete. Heitere Scherzworte flogen hin und her, und dröhnendes Gelächter erscholl, während sie sich belauerten und nach den Blößen ihrer Opfer schielten, in die sie den todbringenden Stahl senken wollten. Von einem Treffen mit König Hethoum war keine Rede mehr.

Sempad hielt an einer Lichtung und ließ die Jäger still im Schatten der Bäume verharren. Mit behandschuhter Hand wies er auf einen kapitalen Bock, der gerade aus dem Gehölz brach, als hätte man ihn hinausgejagt auf die Lichtung, wo er verschreckt im Laufe innehielt. »Der gehört Euch, werter Graf Hamo«, zischte Sempad, seinen Jagdeifer nur mühsam zügelnd, wenngleich das Wild, das er zu jagen gedachte, ein anderes war.

So plump hatte sich Hamo die Vorgehensweise seines Gegners nicht vorgestellt. Er gab Agha ein Zeichen, rief spöttisch seinem Gastgeber zu: »Habt Dank für die Aufmerksamkeit, Ihr könnt den Köder jetzt von der Leine lassen!« Damit sprengte er lachend davon. Die beiden Leibjäger setzten hinterher, aber von rechts und links griffen Männer des Konnetabels Agha in die Zügel, und auch das übrige Gefolge des Grafen sah sich umstellt. Es fiel kein Wort, doch die gezogenen Schwerter besagten genug. Sollte Hamo L'Estrange nicht zurückkehren, würden auch sie den Wald nicht lebend verlassen. Sollte es anders kommen, würde es sich als Mißverständnis darstellen. Die Fremden kannten sich nicht aus in den Regeln der Jagd, die der Konnetabel aufgestellt hatte. Agha bedeutete seinen Männern, sich vorerst gefügig und unterlegen zu gebärden. Im Nahkampf, Mann gegen Mann, hätten seine Kämpfer wenig zu befürchten. Deshalb war es wichtig, nah am Feind zu bleiben.

Als Hamo aus dem Laub brach, hetzte der Bock zurück in das Gehölz. Hamo stürzte hinterher, nachdem er sich vergewissert hatte, daß Leo und Ruben ihm folgten. Sie würden es nicht wagen, ihn offen anzugreifen, denn er hatte Pfeil und Bogen, sein Schwert sowie einen Spieß. Sie würden warten, bis er abgestiegen war, und das würde nach ihrer Rechnung spätestens der Fall sein, wenn er den Bock erlegt hatte. Den Gefallen wollte er ihnen tun. Es reizte ihn plötzlich, das Wild zu erlegen – und seine beiden Verfolger dazu. Der Hirsch sprang mit langen Sätzen durch den Wald, und Hamo trieb sein Pferd an, einen edlen Araberhengst. Er hatte das Geschenk des Hafsiden zunächst empört abgewiesen, doch jetzt machte es sich bezahlt, daß der Penikrat keine Skrupel gezeigt hatte, es von dem Sklavenhändler anzunehmen. Weit hinter sich sah Hamo die Häscher, die Mühe hatten, ihm zu folgen. Der flüchtende Bock bestimmte die Hatz. Hamo lachte. Vor ihm öffnete sich der Wald zu einer Schlucht, in der ein Wildbach rauschend seinen Weg durch den Fels suchte. Das Wild zögerte, doch als sein Verfolger näherkam, sprang es hinab. Der Hang auf der gegenüberliegenden Seite war zu steil, also folgte es dem Wasser talwärts, von Stein zu Stein springend. Es gelang Hamo, das Tier in der Schlucht zu überholen. Er sprang ab, legte einen Pfeil an und wartete, bis der fliehende Bock ihm die volle Breite bot. Sein Pfeil drang dem Tier in den Hals, warf es aber nicht um. Mit wilden Sätzen durch das aufspritzende Wasser versuchte es, seinem Jäger zu entkommen, doch dann brach vor seinen Hufen der Fels jäh ab. Ein Wasserfall stürzte in die Tiefe, und der Hirsch legte sich zum Sterben nieder. Hamo war ihm, gedeckt von den Bäumen, gefolgt. Seine Jäger hatte er völlig vergessen. Als die Läufe des Tieres einknickten, spürte er nur die wilde Genugtuung des erfolgreichen Waidmannes. Er zog seinen Dolch und ließ sich an einem jungen Ast in das Flußbett hinuntergleiten. Hamo wußte, daß er dem Bock den Fangstoß geben mußte, um sich als Sieger zu fühlen. Er näherte sich seiner Beute und griff nach dem Horn, um die Klinge in den Nacken zu stoßen. Da bäumte sich das waidwunde Tier noch einmal auf und stieß mit aller Kraft nach seinem Bezwinger. Hamo sprang zurück, rutschte aus und wäre fast hintenüber den Felssturz hinabgefallen. Sein Dolch entglitt ihm. Als er aufschaute, erblickte er das stoßbereite Geweih. Doch ein Zittern lief durch den Körper des Bocks, und sein Haupt senkte sich schlaff zur Seite. Da bemerkte Hamo den Speer, der sich in die Flanke des Tieres gebohrt hatte, genau dort, wo er sich hatte niederbeugen wollen, um ihm den Todesstoß zu setzen. Ihm blieb keine Zeit, darüber nachzusinnen, denn ein zweiter Wurfspeer kam angeflogen; die Eisenspitze streifte ihn an der Schulter. Hamo sah auf und erkannte über sich die Leibjäger, von denen einer schon zum nächsten Wurf ausholte. Hamo hatte die Tiefe des Wasserfalls nur kurz abschätzen können, aber er hatte das Becken in Erinnerung, das die Wasser dort unten in den Fels gegraben hatten. Er gewahrte den dritten Speer, konnte aber nur der Spitze ausweichen. Der Stoß des Schaftes warf ihn rücklings in die Tiefe, so daß der nächste Speer über seinen stürzenden Körper hinweg ins Leere flog. Hamo war ein geübter Taucher. Es gelang ihm noch, im Sprung die Orientierung zu finden. Er schlug auch nicht auf, sondern glitt wie eine Forelle in das dunkle Blau des Beckens. Seine Häscher hielten seinen ungewöhnlichen Absprung für einen Todessturz und waren triumphierend an den Rand der Klippe geeilt. Sie starrten hinunter in das Wasser und entdeckten vom Grafen keine Spur. Sie warteten geduldig, ob sein Leib mit gebrochenem Rücken und zerschmetterten Gliedern noch einmal hochgeschwemmt würde. Doch dann sahen sie, daß von dem Auffangbecken des Wasserfalls der Fluß weiter ins Tal hinabtoste. So beruhigten sie sich damit, daß es undenkbar war, daß Hamo diesen Sturz in die Tiefe überlebt hatte, auch wenn sie seine Leiche nicht vorweisen konnten. Daß sich Hamo schwimmend durch die Gischt in die Felsen gerettet haben könnte, die unter den Füßen der Häscher durch den Perlenteppich des herabstürzenden Wassers eine Grotte bildeten, war für Leo und Ruben nicht vorstellbar. Sie konnten nicht einmal schwimmen. Sie fingen Hamos Pferd ein und zogen oberhalb des Flusses zwischen den Bäumen zu Tal, immer noch nach dem Leichnam des Grafen Ausschau haltend, den sie irgendwann zwischen den Geröllbrocken des Flußbetts zu entdecken hofften. Dann einigten sie sich auf ›Tod durch Ertrinken‹ und traten mit diesem Ergebnis den Rückweg zu ihrem Herrn und Meister an.

Der Konnetabel wartete im Wald. Seine Leute hielten mit nachlassender Aufmerksamkeit das Gefolge des Grafen in Schach, das sich erbärmlich feige und furchtsam zeigte. Jeder der zum Tode Verurteilten hing fast flehentlich bittend, wenn auch stumm, seinem Henkersknecht am Hals. Es fehlte nicht viel, dann hätten diese Angsthasen von Sarazenen sie noch umarmt, bevor sie den verdienten Todesstreich empfingen, so empfand es jedenfalls der Konnetabel. Doch damit wollte er noch warten, bis Leo und Ruben ihm den Kopf des Grafen brächten. Das war das vereinbarte Zeichen für das Gemetzel, das Abstechen dieser muslimischen Memmen. Aber statt seiner beiden Reiter tauchte ein Trupp des Königs auf und befahl dem Konnetabel die sofortige Rückkehr nach Sis. Damit fiel der letzte Teil des Plans ins Wasser. Man könnte die Dienerschaft des Hamo L'Estrange ja immer noch in die Sklaverei verkaufen, tröstete sich Sempad.

Als die Gesellschaft – Scherzworte flogen hin und her und wurden von wieherndem Gelächter beantwortet – im scharfen Ritt wieder die Straße nach Sis erreicht hatte, stießen Leo und Ruben zu ihr. Sie lamentierten, der junge Graf sei bei der Jagd nach dem Wild durch Tollkühnheit und Leichtsinn in eine Schlucht gestürzt und in den kalten Fluten ertrunken. Der tiefe See unterhalb des Wasserfalls habe die Leiche nicht wieder freigegeben.

Da zeigte Herr Sempad sich sehr betrübt und verbot das Scherzen. Agha erschrak, als er die beiden Männer allein zurückkommen sah. Als er aber hörte, wie sich alles zugetragen hatte, leuchteten seine Augen auf. Am liebsten hätte er lauthals gelacht.

In der Hauptstadt angekommen, kehrten die Assassinen sofort in ihr Quartier zurück. Dort fanden sie Hamo, noch klitschnaß, mit einer blutenden Wunde an der Schulter. Er wechselte nur wenige Worte mit Agha und begab sich so, wie er war, zur Burg.

Sempad hatte seine beiden Leibjäger dem zutiefst bestürzten König Bericht erstatten lassen und sie dann fortgeschickt, denn so recht zufrieden war er mit ihrer Leistung nicht. Ein Mord ohne vorzeigbare Leiche war unbefriedigend.

»Sie hätten den Leichnam unbedingt bergen müssen, zumal er mit reinem Gewissen präsentiert werden konnte: keine Spur einer mörderischen Verletzung – *aquis submersus!* Schöner kann man es sich doch gar nicht wünschen!«

Das waren die Worte des Königs, und er hatte recht. Also schwieg Sempad.

»Wie auch immer, wir sind den lästigen Menschen los. Und das trifft sich auch gut so, denn die Gesandtschaft der Mongolen ist eingetroffen, um uns das Geleit nach Karakorum zu geben. Ich werde sie sogleich empfangen. Du solltest dich dafür umziehen«, sagte Hethoum mit einem mißbilligenden Blick auf die Jagdkleidung seines Bruders.

Sempad zog sich in seine Gemächer zurück. Er wollte mit Leo und Ruben beratschlagen, ob sie sich morgen nicht doch noch einmal mit genügend Leuten aufmachen sollten, um den Körper des Grafen zu suchen.

Der Konnetabel rief ärgerlich nach seinen Leibjägern, doch die antworteten nicht, die Strolche! Er öffnete die Tür zu seinem Schlafgemach. Da blieb sein Blick auf einem kleinen braunen Brotwecken haften, der unübersehbar auf seiner Bettdecke lag. Sempad lief es kalt über den Rücken. Er mußte das Gebäck nicht erst berühren, um die Gewißheit zu verspüren, daß es noch warm war. Er tat es dennoch, und als er sich vorstreckte, um es in die Hand zu nehmen, tropfte ihm etwas in den Nacken. Er blickte erschrocken auf zum Pfosten des Baldachins – direkt in die gebrochenen Augen von Leo. Der Kopf von Ruben stak auf dem anderen Holz. Sein frisches Blut tropfte auf die Lagerstatt.

»Assassinen!« brüllte der Konnetabel und raste zurück in die Audienzhalle des Königs. Er stieß die Wachen beiseite und riß die Tür auf, um seinen Zorn dem königlichen Bruder, ungeachtet der Gäste, vor die Füße zu schleudern, doch der Schrei – eine Mischung aus Angst und Wut, blieb ihm in der Kehle stecken.

Hethoum schenkte seinem Konnetabel keinerlei Beachtung. Er hockte auf seinem Thron, und Sempad mußte fassungslos mit ansehen, wie die mongolische Delegation sich zum Kotau auf den Boden warf – jedoch nicht vor dem König, sondern vor Hamo L'Estrange. Der junge Graf von Otranto stand da in klitschnassem Gewand. Seine Beinkleider waren zerrissen, das Hemd klebte an seiner Brust, ein Ärmel war aufgeschlitzt, und aus einer Fleischwunde am Oberarm rann Blut und färbte das Linnen rot. Das Hemd klaffte und gab den Blick frei auf ein Amulett, ein schlichtes östliches Glückssymbol, in blaßgrüne Jade geschnitten, das an einem Lederband vom Hals des Hamo baumelte. Darauf stierte der ranghöchste Mongole – nach seinem Stander zu urteilen, ein Tausendschaftsführer – und flüsterte in tiefer Ehrfurcht: »Du bist ein Sohn aus dem Hause Dschagetais, der verlorenen Linie. Du bist Kungdaitschi, einer vom Blute des Großen Schmiedes!«

Hamo, der vor Erschöpfung kaum noch stehen konnte, wandte seinen Blick zu Hethoum, als wolle er sich entschuldigen. Doch der König mit seinem schlechten Gewissen war froh, daß Hamo ihn und die Armenier nicht des Mordversuches bezichtigte. Er sprang von seinem Thron auf, stieg zu Hamo hinab und rief: »Ewige Freundschaft mit den Nachfahren des großen Dschingis-Khan!«

Er wollte seinen verhaßten Gast gerade brüderlich in die Arme schließen, aber Hamo ließ sich nicht mehr so billig vereinnahmen. Er trat zurück, so daß Hethoums ausgestreckten Arme ins Leere griffen, bückte sich und zog den Anführer der Mongolen zu sich hoch. »Ich werde mit Euch in das Land meiner Väter ziehen.«

Da erhoben sich die Mongolen und riefen begeistert: »Dschingis-Khan! *Er-e boyda!*« Sie klatschten, bis Hamo ihnen mit herrscherlicher Gebärde Einhalt gebot. »Ihr werdet mich als meine Eskorte geleiten.« So hatte er sich geschickt dem Schutz der Mongolen unterstellt, und die Frage nach seinem Status erübrigte sich. Er würde nach Karakorum reisen, und die Armenier, König wie Konnetabel, durften ihn dorthin begleiten. Sempad knirschte mit den Zähnen, doch sein Bruder schickte ihm einen mitleidigen Blick, der ihn vollends demütigte. »Hatte ich Euch nicht gebeten, Konnetabel«, sagte Hethoum honigsüß, »Euch für den Empfang unserer Freunde festlich zu kleiden? Was steht dem im Wege –?«

Damit war Sempad entlassen.

»Eures Gefolges, Graf Hamo L'Estrange«, wandte sich der König säuselnd an Hamo, »bedürft Ihr ja nun nicht mehr. Ihr könnt –«

»Ich werde es mit mir führen«, durchkreuzte Hamo seine Pläne,

»bis ich einen geeigneten Ort an der Grenze zum Reich meines Volkes gefunden habe, wo ich es zurücklassen werde, damit es dort meiner Wiederkehr harrt. Ich denke, das ist in Eurem Sinne?«

Nun war es an König Hethoum, mit den Zähnen zu knirschen. Doch er lächelte beherrscht und murmelte leichthin: »Wie es Euch beliebt!«

Dann trennten sie sich, um den Aufbruch zur großen Reise vorzubereiten.

VOM HEILIGEN GEIST UND ANDEREN GEISTERN
LIBER III
CAPITULUM II

Chronik des William von Roebruk, Karakorum, am Fest des hl. Markus 1254

Monseigneur Crean-Gosset war mit ernster Miene und schmalen Lippen in unserer Jurte erschienen – der wandelnde Vorwurf. Allah sei Dank war der Mönch nicht zugegen, doch wahrscheinlich wäre ihm die doppelte oder dreifache Identität des Herrn nicht einmal aufgefallen, denn Crean verhielt sich tatsächlich so, als wäre er mein Beichtvater oder, wie er sich wohl sah: mein Vormund. Er hatte noch nicht den Reisemantel abgelegt, da mahnte er mich bereits, meine ureigene Aufgabe nicht zu vergessen. Die Prieuré habe mich nicht bis nach Karakorum geschickt, um die innerkirchlichen Verhältnisse der Mongolen zu ordnen. Ich solle vielmehr dafür sorgen, daß die Kinder – er sprach von Roç und Yeza immer noch als ›die Kinder‹ – schleunigst den Heimweg ins Abendland anträten. In dieselbe Kerbe hieb dann auch mein Bruder Barzo, wobei er geflissentlich übersah, daß Crean unter ›Okzident‹ nicht etwa das Okzitanien der Prieuré verstand, sondern die Rose von Alamut, die ja weiß Gott mitten im tiefsten Orient liegt. Beide beschworen mich geradezu, mir gefälligst Gedanken zu machen, wie die Entführung der Kinder zu bewerkstelligen sei.

Ich antwortete abwiegelnd und sehr leise, denn die Jurten haben Ohren, ich würde ein solches Unternehmen von meiner Wahl zum Patriarchen abhängig machen. Da riefen beide: »Aha!« Und ihr Unterton besagte: »Da sehen wir es ja!«

Deshalb sah ich mich veranlaßt, ihnen meinen Standpunkt unmißverständlich vor Augen zu führen. »Wenn ich es beim Großkhan zu Amt und Titel bringe, dann erübrigen sich Ränkespiele, weil ich dann auch Sitz und Stimme im Rat der Mongolen haben werde und das Schicksal des Königlichen Paares mitbestimmen kann. Daß es über kurz oder lang sowieso gen Westen in Marsch gesetzt wird, steht außer Frage.«

»Gerade deshalb«, entgegnete Crean, »haben wir keine Zeit mehr zu verlieren, denn es macht einen erheblichen Unterschied, ob das Königliche Paar an der Spitze der Mongolen über den ›Rest der Welt‹ herfällt, oder dort das Symbol des Widerstandes, der legitimen Krone Okzitaniens, darstellen kann! Wenn das doch in deinen beschränkten Minoritenschädel –«

»Aha«, entgegnete ich spitz, »wir kommen zur Sache! Es geht demnach nicht mehr darum, was Roç und Yeza verkörpern, sondern wer sie auf diesen Feuerthron setzt, wer ihnen diese Dornenkrone aufs Haupt drückt?! Ich dachte immer, der ›Große Plan‹ habe das Ziel im Blick, nicht den Weg, von dem wir alle wissen, daß die Mongolen die einzige Macht darstellen, die ihn bis zum Ende zu gehen vermag, die den ›Großen Plan‹ verwirklichen kann?!«

»Es gibt sicher vielerlei Gründe, William von Roebruk«, erklärte Crean mir mit sanfter Ungeduld, »aus denen es die Prieuré bislang versäumt hat, dich in ihre Reihen zu berufen. Einer davon könnte dein flämischer Dickschädel sein. Deswegen erspare ich mir auch den sinnlosen Versuch, dir Wechselwirkung von Weg und Ziel näherzubringen. Deine Auffassung von ›Erfolg‹ mag ausreichen, dich Schlitzohr in Amt und Würden zum Oberhaupt der *Nova Ecclesia Mongalorum* zu befördern, aber ganz sicher wird die Prieuré darauf verzichten, von deinen Gnaden das Königliche Paar zu empfangen.«

»Aus meinen Händen aber schon!« entgegnete ich angesichts dieses törichten Hochmutes, und Crean sagte zu meinem Erstaunen kühl: »Sicherlich! Das erwarten wir von dir, das und nichts anderes!«

»Ihr glaubt also, ich zerreiße wie eine wilde Hummel in letzter Minute das fein gesponnene Netz, das mich ›mit Amt und Würde‹ in die Lage versetzt, die Mongolen zwar nicht in den Schoß der alleinseligmachenden *Ecclesia catolica* zu treiben, aber in die Gemeinschaft christlicher Kirchen? Das es gestattet, die *pax mongolica* in eine *pax Christi* zu verwandeln, einen wirklichen Weltfrieden herbeizuführen, die große Versöhnung, in der dann auch unser Königliches Paar seinen Platz, eben den Thron, innehaben kann?«

Ich war wütend über diese verbohrten Sektierer. »Warum soll ich mich und die Kinder, wie du sie zu nennen beliebst, jetzt in ein groteskes Abenteuer stürzen, dessen Ausgang ungewiß, dessen Ablauf aber mit Sicherheit gefährlich ist! In ein leichtsinniges und törichtes Unternehmen, das von einer ungeheuren Menschenverachtung zeugt?!«

»Die Beurteilung der Maßnahmen wird von dir nicht verlangt, William von Roebruk, sondern nur die Ausführung eines Auftrages. Du glaubst doch wohl nicht im Ernst, daß die Prieuré deine Entsendung als Gesandter –«

»Als Missionar!« versuchte ich, ihn zu unterbrechen.

Doch er winkte herrisch ab und fuhr fort: »– bei Papst und König durchgesetzt hat, damit du hier in der Steppe dank erschlichener Mitra und zu reichlich genossenem Kumiz einem Anflug von Größenwahn erliegst. Der Auftrag, der dir erteilt wurde, hat sich nicht verändert. Du bist einer gefährlichen und törichten Bewußtseinstrübung erlegen, William!« beendete Crean seinen Sermon.

Mein Barzo, der falsche Bruder, pflichtete ihm bei: »Goldener Bischofsstab und gegorene Stutenmilch!«

Damit wollten sie mich allein lassen in meiner Jurte wie einen armen Irren, aber ich rief ihnen noch nach: »Wenn mein Hirn benebelt ist, dann zerbrecht ihr euch gefälligst den Kopf, wie ihr eure aberwitzigen Pläne in die Tat umsetzen wollt. Ich – für meine beschränkte Person, sehe dazu nicht die geringste Möglichkeit!«

Sie gingen, und mir war klar, daß sie versuchen würden, mir ihren Willen aufzuzwingen. Die Prieuré war es nicht gewohnt, daß sich jemand ihren Befehlen widersetzte. Selbst wenn ich gewollt hätte, ich vermochte keine Chance zu erkennen, die Kinder aus Karakorum zu entführen. Außerdem waren es keine Kinder mehr, und ich hegte erhebliche Zweifel, ob Roç und Yeza gewillt waren, die

Mongolen gegen deren Willen zu verlassen. Ich wunderte mich auch, daß die Prieuré Crean und Barzo ermächtigt hatte, für sie derartige Entscheidungen zu treffen. In vier, fünf Wochen würden hier weltgeschichtliche Veränderungen vor sich gehen. Davor sollten doch wohl so egoistische Gelüste wie ›Wir bestimmen den einzuschlagenden Weg!‹ samt zu benutzendem Schuhwerk und Wanderstock – ob Sandalen oder Stiefel, Bettelstab oder Krummstab des Bischofs oder Patriarchen – zurückstehen und verblassen!

Nach Verkündung einer christlichen Staatskirche der Mongolen würden Roç und Yeza als wahrhafte Friedenskönige im Triumph in den Westen zurückkehren! Daß diese Verblendeten dies nicht sahen, diese einmalige Chance nicht erkannten?! Ich durfte mich nicht beirren lassen, mochten sie mir noch soviel lächerliche Eitelkeit und törichten Ehrgeiz unterstellen. Mein Ziel war zum Greifen nahe. Sie mußten blind sein. Ihretwegen wollte ich nicht vom Wege abweichen – und schon gar nicht stolpern oder gar auf die Schwelle trampeln!

L. S.

Aus der geheimen Chronik des Roç Trencavel, Karakorum, erste Dekade des Mai 1254

Meine Königin Yezabel und ich, wir waren mit William bei Maître Buchier in seiner Schmiedejurte. Frau Ingolinde aus Metz war auch zugegen, und William tat so, als wär' sie nie seine Hur gewesen. Er sprach sie mit ›Madame Pascha‹ an. Sie führt dem Silberschmied den Haushalt und sieht den Mönch immer von der Seite an, als fände sie das gar wenig lustig. Der Meister Buchier läßt sich nichts anmerken. Er diskutiert mit William über das Projekt der transportablen Kathedrale aus Eisen, Silber und Gold. Wie für den Trinkbaum hat er dafür bereits ein Holzmodell gefertigt, das farbig angestrichen ist, natürlich viel kleiner, im ›Maßstab‹, wie er es nennt. Jedes Stück Träger, Pfeiler oder Strebe mißt genau ein Zehntel der geplanten Größe, doch schon so überragt das Bauwerk den Trinkbaum bei weitem. Probleme bereitet die Verankerung der einzelnen Elemente, von denen jedes nicht länger und schwerer sein darf, als der mächtigste Karren mit vierundzwanzig Ochsen ziehen kann.

Ich saß mit meiner *damna* in der Grotte, dem Unterbau des Trinkbaums, dort wo die Wurzeln und die Hinterteile der Löwen eine Höhle bilden, in der sich ein Mann verstecken kann. Den bauchigen Raum hatte der Meister erst in Ton gebrannt, von dem er dann die Gußform abgenommen hatte. Die Grotte war unser Lieblingsplatz; er war warm durch das irdene Material und durch die Nähe unserer eng aneinandergepreßten Leiber. Wir konnten wie Erdhörnchen alles sehen und hören, wenn wir die Köpfe hinausstreckten, und doch blitzschnell abtauchen, wenn wir ungesehen bleiben wollten. Wir verfolgten den Disput aufmerksam, und ich machte durch einen Pfiff auf mich aufmerksam, ohne den sicheren Bau zu verlassen.

»Die langen Pfeiler sollten selbst die Deichseln bilden«, schlug ich vor, »und zerlegte Teile der Kathedrale den Wagen.«

Das hielt der Meister für eine geniale Idee, und Yeza meinte, selbst die Räder könnten so schön gearbeitet sein, daß sie – zwischen den Streben aufgehängt – wie Rosetten wirken könnten. William war ganz aus dem Häuschen, weil uns so etwas Praktisches eingefallen war, und meine Königin richtete sich auf und verkündete überlegen: »Die Form hat sich nach den Konstruktionsmöglichkeiten zu richten und diese nach den Anforderungen: Zerlegbar und transportabel muß das Ganze sein!«

»Eine solche Kirche hat die Welt noch nicht gesehen!« begeisterte sich der Meister. Frau Ingolinde steuerte ganz bescheiden bei, da doch alles aus so schwerem Metall sei, könnten Wände und Fenster mit farbigen Stoffen bespannt werden, mit hübschen Darstellungen von Heiligen und Engeln. Worauf meine vorlaute *damna* rief: »Und der Heilige Geist schwebt als riesige Taube wie ein Adler aus dem ewigblauen Himmel über dem Altar – was die Mongolen freuen wird! Mit einem Ölzweig im Schnabel, einem blutroten Kreuz auf weißgefiederter Brust und mit einer Kugel in den Krallen, die die Welt darstellt!«

»Diese Stoffbahnen maßgenau zu schneidern, zu nähen und zu besticken, ist Sache der Frauen. Doch mein guter Geist Ingolinde hat mich auf einen guten Gedanken gebracht. Das System der Jurte sollte auch auf die Kathedrale angewandt werden: ein möglichst leichtes Rahmengestell, mit Stoff überzogen!«

Da tauchte ich aus der Höhle auf und meldete Bedenken an. »Bei den Winden in der Steppe würde ein solches Gebilde zuviel Widerstand leisten! Entweder die Kathedrale fliegt davon – oder ihre Eisenkonstruktion wird zu schwer. Ich finde, die Stoffbespannung sollte nur unten eingezogen werden, über dem niedrigen Raum, der den Gläubigen Schutz bietet und sie zur Andacht einlädt, damit die Stürme über die Jurte hinwegstreichen können.«

In diesem Augenblick betrat Crean, gefolgt von Barzo, die Schmiedejurte. Der Herr von Bourivan, den wir ›Monseigneur‹ Gosset zu nennen hatten, entdeckte uns, bevor wir abtauchen konnten. Er mußte meinen letzten Satz wohl noch vernommen haben, denn er mokierte sich sogleich: »So versteckt sich das Königliche Paar in einer mongolischen Jurte, bis die Stürme vorüber sind, anstatt sich seiner Bestimmung zu stellen!«

Da fuhr Yeza neben mir hoch: »Von Euch lassen wir uns nicht provozieren, Monseigneur, und eine Rückkehr nach Alamut ist schon gar nicht unsere Bestimmung!«

»Wir lassen uns auch nicht aus dem Zelt der Mongolen vertreiben, die unsere Freunde sind und uns ihre Gastfreundschaft gewähren, für die Yeza und ich ihnen dankbar sind. Spart Euch jeden Versuch, uns vom Gegenteil zu überzeugen!«

»*Apage, Satanas!*« beschwor meine köstliche *damna* den Versucher und hielt mir auffordernd die Hand hin. »Komm, Roç, wir gehen!«

Und ohne Crean eines weiteren Blickes zu würdigen, krochen wir aus unserer Grotte und verließen Hand in Hand die Jurte.

L.S.

Crean lächelte dünn ob seiner Abfuhr und schickte den Barzo hinter den Kindern her, damit der sein Glück versuchte. Der Meister Buchier samt seiner guten Ingolinde war recht verdattert ob des grußlosen Abgangs der Kinder und versuchste, ihn zu überspielen.

»Die Worte des kleinen Königs zeugen von großer Klugheit«, lobte er Roç. »Die Konstruktionsform muß die Kräfte der Natur bei Schnee, Wasser und Wind berücksichtigen. Ich habe schon immer gesagt –«, wandte er sich an William, »ich werde Euch ein Gotteshaus bauen, das einzigartig sein wird, aber es ist ein Jammer, daß dem Königlichen Paar die Herrscherkrone bestimmt ist und sie ihrem einzigartigen Talent als Ingenieure, als Baumeister, als Schöpfer von Wunderwerken nicht nachgehen können. Dank ihrer Ideen könnte der Großkhan mit seinen ungeheuren Mitteln an Geld und Menschen die leeren Steppen, Wüsten und Berge mit Werken bedecken, von denen der Okzident nur träumen kann – wenn er denn die Phantasie aufbrächte, die in Roç und Yeza schlummert wie das Erbe einer längst verschollenen Welt voller Zauber und Mythen.«

Der Buchier war richtig feierlich geworden, und William sagte: »Ach, Meister, warum sollte die Krone sie denn hindern, dies alles zu verrichten? Die Herrschaft ist ein ungewisses Versprechen. Sie würden gern mit Euch arbeiten und Schönes schaffen.« Und er fügte hinzu: »Roç und Yeza bleiben bei Euch, bis sie wissen, wohin sie zu gehen haben, da können sie doch die Zeit nutzen, um mit Euch –«

Aber Crean unterbrach ihn schroff: »Mach dich nicht schuldig, William von Roebruk, indem du derlei Hirngespinste unterstützt. Das Schicksal der Kinder erfüllt sich nicht in einer mongolischen Jurte. Hüte dich, ihm in den Arm zu fallen, wenn du ihm schon deine Hand nicht leihen willst. Ganz sicher wird die Himmelsmacht nicht dulden, daß du deine kläglichen Ambitionen über die Bestimmung des Königlichen Paares stellst!«

»Ha!« spottete William. »Der lange Arm der Prieuré versteht sich jetzt schon als himmlische Macht!«

»Die Prieuré wird dich mit irdischen Mitteln zu erreichen wissen, falls du fortfährst, dich zu weigern. Du bist auch hier von ihr umgeben –«

Der Franziskaner schaute erstaunt auf seine Ingolinde und den Maître. Beide senkten ihren Blick nicht, sondern nickten, bereitwillig ihre Bereitschaft bekundend, der weltweiten Verschwörung in Rat und Tat zu dienen.

William konnte es nicht fassen. Gut, Buchier hatte schon einmal seine meisterlichen Fertigkeiten in den Dienst der Prieuré gestellt, als er die Flucht von Roç und Yeza nach Alamut ermöglichte. Das fiel ihm jetzt wieder ein. Aber Ingolinde, seine Hur? Wie man sich täuschen kann! Die geheime Gesellschaft der Hüter des Gral hatte ihn mal wieder in den Klauen!

»Und was denkst du?« fragte William nach, immer noch fest entschlossen, sich nicht vor ihren Karren spannen zu lassen. »Kann ich zur Verwirklichung eurer Pläne beitragen?«

Crean war um eine Antwort nicht verlegen: »William von Roebruk, Kirchenfürst *in pectore*, macht sich bei Hofe unmöglich, gleichzeitig müssen die Kinder verschwinden. Das zu bewerkstelligen wird deine Aufgabe nicht sein. Doch wenn der gestürzte William dann des Landes verwiesen wird, muß er Roç und Yeza mit hinausschmuggeln.«

»Nichts einfacher als das!« höhnte William. »Der Plan ist nahezu genial in seiner Schlichtheit. Nur macht ihr die Rechnung ohne den Wirt – und ohne die Kinder. Ihr habt ja gehört, daß sie keineswegs gewillt sind –«

»Laß das alles unsere Sorge sein, führ du nur aus, was dir zukommt –«

Hier brach das Haupt der Verschwörung seinen abstrusen Vortrag ab, denn in der Tür der Schmiedejurte erschienen zwei Mongolen, die der Franziskaner als Leute des Bulgai erkannte. Sie befahlen Monseigneur Gosset zum Verhör. Sie nannten es zwar ›erwünschtes Gespräch‹, und der es verlangte, war auch nicht der Oberhofrichter, sondern Dschuveni, der Kämmerer.

William war darüber mehr erschrocken als Crean, der den Männern folgte, ohne mit der Wimper zu zucken. Eigentlich hätte der Mönch so etwas wie Schadenfreude empfinden sollen, aber da es sich um seinen ›Beichtvater‹ handelte, bedachte er sogleich die Folgen für sich. Sicher hatte man sie belauscht, oder Buchier oder gar die Hur arbeiteten in Wirklichkeit für die Geheimen Dienste. Er hatte sich nichts vorzuwerfen. Seine Worte zeugten von einer ablehnenden Haltung, falls die Fluchtpläne überbracht worden waren. Aus dem, was er gesagt hatte, konnte man ihm keinen Strick drehen. Der Franziskaner verließ die Schmiedejurte gleich nach dem unglückseligen Crean. Sein Abschiedsgruß für Buchier und seine Hur fiel knapp aus.

Der Kämmerer erwartete Crean in seiner eigenen Jurte, die gleich neben der seines Herrn Hulagu lag. Der Il-Khan war für die Dauer seines Aufenthalts Gast seines Bruders Möngke im Palast vor den Toren der Stadt. Dschuvenis Behausung war von mönchischer Schlichtheit. Crean erkannte am ausgerollten Gebetsteppich sofort den Moslem. Der Kämmerer empfing den ›Monseigneur‹ ohne große Umstände. »*Allahu akbar*«, begrüßte er ihn. »Ich gehe davon aus, daß Ihr Gott auch zu verehren versteht, wie die Lehre des Propheten es uns Gläubigen vorschreibt.« Damit kniete er nieder, um sein Gebet gen Mekka zu verrichten. Crean tat es ihm wortlos gleich. Es wäre widersinnig gewesen, unter diesen Umständen seine Zugehörigkeit zum Islam zu leugnen. Als sie sich verneigt hatten, rollte Dschuveni seinen Teppich und den seines Gastes wieder ein, blieb jedoch sitzen und ließ Tee reichen.

»Daß ein Moslem in der Gesandtschaft des Königs reist, beweist das Besondere seiner Person und einer Aufgabe, die wohl kaum damit zu tun hat, uns Mongolen das Christentum der Kirche Roms näherzubringen –?«

Er wartete auf eine Äußerung Creans, aber der hielt sich bedeckt. So fuhr der Kämmerer fort: »Es kann sich also nicht um ein Ehrengeleit für den William von Roebruk handeln, sondern um eine andere, geheime Mission. Wenn ich einmal die Möglichkeit außer acht lasse, daß Ihr ein verkappter Assassine seid, der unseren Großkhan ermorden will, bietet sich das Königliche Paar als Grund Eurer Reise an.«

Crean verharrte in undurchdringlichem Schweigen.

»Keine Antwort ist auch eine Antwort«, sagte Dschuveni lächelnd und goß seinem Gast eigenhändig heißen Tee aus der Messingkanne nach. Er fügte einige Blätter frischer Minze hinzu und träufelte etwas Bienenhonig hinein, bevor er bedächtig umrührte. »Da Roç und Yeza bei uns gut aufgehoben sind, kann der Zweck Eures Kommens nur sein, sie von hier wegführen zu wollen.«

Crean schwieg, und Dschuveni seufzte. »Nachdem ich nun Eure Ziele entblättert habe wie eine Rose, will ich für meine Person nicht hintanstehen«, eröffnete er beinah heiter. »Das Problem meines Herrn Hulagu ist, daß sein Bruder Möngke ihm zwar das Il-Khanat Persien versprochen hat, aber zögert, den Heereszug zu entsenden. Ich kann den Großkhan verstehen: Einerseits ist da das zwingende Naturgesetz, stehende Heere mit Eroberungen in Bewegung zu halten, andererseits die politische Einsicht, daß jede weitere Expansion schlußendlich zur Bildung von Teil-Khanaten führen muß, die sich irgendwann von der Zentralmacht unabhängig machen werden, machen müssen –«

»Richtig«, brach Crean endlich sein Schweigen. »Batu-Khan und seine Goldene Horde sind ihm ein warnendes Beispiel, wohin es führt, wenn die Kräfte einmal entfesselt –«

»Genau!« bestätigte ihm der Kämmerer. »Doch auch mein Herr Hulagu strebt ein solches Khanat an. Unter der Oberherrschaft des Großkhans, doch weit genug entfernt, um ein Reich wie Persien ungestört regieren zu können.«

»Und was hindert den großmächtigen Herrn Hulagu?«

»William von Roebruks Umtriebe könnten ihm hinderlich werden«, ließ der Kämmerer die Katze aus dem Sack. »Eine christliche Staatskirche der Mongolen könnte allgemeinen Konsens finden und das Reich einigen, ja, es mit ihren Priestern bis in den letzten Winkel beherrschen. Wenn man sie dann noch mit den anderen christlichen Kirchen vereinigt, wo soll dann noch das Wort des Propheten verkündet werden? Die christliche Unduldsamkeit ist bekannt. Ich habe da von einer Einrichtung gehört, die man Inquisition nennt ...«

»Die ist mit Recht zu fürchten«, seufzte Crean, »sofern man nicht auf ihrer Seite steht. Doch gilt ihre unerbittliche Strenge nicht den ›Heiden‹ wie uns Anhängern des Propheten, sondern den Abweichlern aus den eigenen Reihen. Wovor Ihr Euch weit mehr hüten müßt, ist der falsche, klebrige Brei christlicher Nächstenliebe, der alles ersticken könnte, was die Mongolen heute stark macht –«

»So auch den Feldzug meines Herrn Hulagu!«

Dschuveni nickte voller Eifer, und Crean fuhr fort: »Also ist die Gründung der *Nova Ecclesia Mongalorum* zu verhindern, indem William der Weg zum Stuhl des Patriarchen verstellt wird?«

»Erkannt!« sagte der Kämmerer. »Wenn der dicke Franziskaner die Gunst des Großkhans verliert und der ihn nicht mehr mit seinen Ideen besoffen machen kann, ihm keine Kirchenbauten in der Steppe mehr vorgaukelt, dann wird Möngke auch schnell seine Rolle als neuer Gottvater vergessen und zu seinen verkohlten Hammelknochen zurückkehren!«

»Und wie wollt Ihr den Saufbruder vom Patriarchen-Thron schießen?« fragte Crean lauernd. Dschuveni zuckte ratlos mit den Schultern. »Ich will es Euch verraten«, sagte Crean. »Ihr vermögt es nicht mittels des großen Katapults der Weltpolitik, sondern mit kleinen spitzen Pfeilen in das tägliche Umfeld des Großkhans. William als Kirchengründer wird zum Unruhestifter im Innern –«

»Muß es werden«, pflichtete ihm Dschuveni bei. »Wir könnten einen vergleichenden Religionsdisput vor den Augen und Ohren des Großkhans veranstalten. Entweder blamiert sich William bis auf die Knochen –«

»– oder er triumphiert als Sieger, daß er den Haß der Götzenanbeter und Schamanen auf sich zieht. Sie werden ihm dann schon sein Grab –«

»– oder auch nicht«, gab der Kämmerer zu bedenken, »und er steht fester als je zuvor in der Gunst des Khagan!«

»Dann werden wir zu anderen Mitteln greifen müssen«, beschied ihn Crean leichthin.

Dschuveni sah sein Gegenüber nachdenklich an und studierte das pockennarbige Gesicht mit den traurigen Augen. »Man könnte glauben, Monseigneur Gosset, Ihr seid nicht nur heimlich dem Islam zugetan, sondern hängt darüber hinaus der ismaelitischen Irrlehre der verfluchten Assassinen-Sekte an.«

»Wenn Worte der Überzeugung nicht reichen, kann der Dolch hilfreich zur Lösung beitragen«, verabschiedete sich Crean mit einer tiefen Verneigung.

Auf dem Weg zu Williams Jurte traf Crean die aufgelöste Frau Ingolinde Pascha. Sie berichtete, ihr Herr Guillaume Buchier, der Silberschmied, sei plötzlich schwer erkrankt. William und Barzo seien beide nicht zu finden gewesen, wohl aber der armenische Mönch. Crean erbot sich, den Kranken sogleich aufzusuchen, und folgte der Haushälterin.

Die Residenz des jüngsten Bruders des Khans lag im Palastbezirk außerhalb der Mauern von Karakorum. Großkhan Möngke legte Wert darauf, Ariqboga, dem er die Regierung des Zentral-Khanats übergeben hatte und den er als seinen Nachfolger betrachtete, in seiner Nähe zu wissen. Freilich nicht zu nah. Das bewiesen schon die trennenden Mauern und Türme sowie das bewachte Tor, der einzige Zugang, der vom großen Platz zur Residenz des Kronprinzen führte. Offizielle Gäste konnten nur diesen Weg nehmen. Wurden sie über die hinteren Wirtschaftseingänge zu Ariqboga geführt, wurde das von den Leuten des Bulgai unverzüglich gemeldet, weil es auf eine Verschwörung schließen ließ. Roç und Yeza, für die Barzo um Audienz nachgesucht hatte, waren mit allen Ehren zu Ariqboga geleitet worden, denn auch der Kronprinz war höchst daran interessiert, sich mit dem Königlichen Paar ins Benehmen zu setzen.

Roç und Yeza wollten eigentlich nur ausspionieren, was sie für Shirat unternehmen könnten, deren Befreiung sie um so heftiger zu ihrem Anliegen erhoben, je mehr Zeit verstrichen war, in der sie sich keinen Deut um das Schicksal der Sklavin gekümmert hatten. Sie waren nun schon zwei Jahre bei den Mongolen, Shirat noch länger, und selbst wenn sie das Los der Mamelukenprinzessin nicht verdrängt hätten, was hätten sie tun sollen, damit Hamo seine kleine Frau wieder in die Arme schließen konnte? Überdies hatten sie sich an den Zeitbegriff der Mongolen gewöhnt, die Entscheidungen von Bedeutung gern vor sich herschoben – so wie Möngke den Aufbruch des Heeres, das er Hulagu versprochen hatte, um Persien und vielleicht noch den ›Rest der Welt‹ zu unterwerfen. Dieses Zögern wiederum machte Ariqboga Mut, der gern die ›Einladung‹ dieses fränkischen Königs Ludwig aufgegriffen hätte, um den Christen im Heiligen

Land zur Hilfe zu eilen. Denn obgleich seine älteren Brüder, beide aus unverhohlenen Eigeninteressen, sich stets ablehnend gegenüber seinen Plänen verhalten hatten, schöpfte Ariqboga Hoffnung aus unerfindlichen Quellen. Dazu zählten für ihn auch die Kinder.

Der Audienzsaal des jungen Khans hatte nichts Pompöses. Durch die Verwendung von Holz statt Stein und Marmor strahlte er vielmehr eine heimelige Wärme aus. Auch war der Platz, auf dem er repräsentierte, nicht bis zur Unnahbarkeit erhöht, sondern befand sich auf der mittleren der drei terrassenförmig ansteigenden Emporen, eine locker anmutende Anzahl von bequemen Liegen, die Ariqboga mit seinen Frauen und Freunden teilte. Zur Durchführung seiner Regierungsgeschäfte begab er sich in den angrenzenden Palast seines Bruders, so daß seiner eigenen Residenz der private Charakter erhalten blieb.

Barzo wurde vor dem Betreten des Saales flüchtig nach Waffen untersucht, bei dem Königlichen Paar sahen die Wächter davon ab. Dann wurden alle drei die Stufen hinaufgeführt und gebeten, seitlich vom Khan auf dem hufeisenförmigen Lager Platz zu nehmen. Auf einen Dolmetscher verzichteten Roç und Yeza schon seit einiger Zeit. Sie hatten sich die Sprache der Mongolen hinreichend angeeignet, und auch Barzo verstand es mittlerweile sich – wenn auch arg holprig – auszudrücken.

In der tiefer gelegenen Mitte des Raums brannte ein großes Feuer unter einem Rost, das stets einen Suppenkessel wärmte, während die kalten Getränke in Krügen und Schalen nahe am Eingang bereitstanden. Barzo verlangte und erhielt roten Wein, die Kinder nahmen von der Fleischbrühe.

Ariqboga begann das Gespräch nicht mit seiner Einschätzung der Lage im Westen, beziehungsweise mit den Erwartungen, die er betreffs des Okzidents hegte, sondern mit der Bitte an das Königliche Paar, ihm die eigenen Pläne für den ›Rest der Welt‹ zu erläutern, wenn er denn einmal von den Mongolen in Besitz genommen sei.

Zu seinem Erstaunen ergriff Yeza das Wort und sprach: »Ich bin verwundert und mein Herr und König«, sie wies auf Roç, der ihr einverständig zunickte, »sicher nicht minder, mit welcher Selbstverständlichkeit die Mongolen vom ›Besitz‹ des Abendlandes reden. Ich sage nicht ›Eroberung‹, die mag Euch kurzfristig und unter gräßlichen Opfern an Blut und furchtbaren Verwüstungen gelingen, aber ›Besitz‹?« Yeza fixierte den jungen Khan. »Ihr seid jung, ein blutjunges Volk, voller Kraft. Doch es ist eine rein kriegerische Kraft, die bisher nur andere, Euch ähnliche Nomadenvölker unterworfen hat. Im ›Rest der Welt‹ werdet Ihr auf Menschen stoßen, die seit tausend Jahren in ihren Reichen seßhaft sind. Vom Rittertum und Kaufherrenstand, von Ordensburgen und Seehäfen, von der Kirche des Papstes und seiner Kardinäle, ihren Kathedralen in den Städten, ihren Abteien im Lande, von Kaisern und Königen samt ihren Palästen, Pfalzen und Festen, will ich Euch nicht berichten. Ich will vielmehr vom Reich des Geistes sprechen, einer Welt, in der der Geist und große Geister regieren. Sie lehren in Schulen und Universitäten, und ihre Kenntnisse, das Wissen der Welt und über die Welt, wird in großen Bibliotheken aufbewahrt. Ein Heer von Studenten, *professores* und Mönchen, die in Kollegien und stillen Klöstern nur dem Geiste dienen, das ist das wahre Abendland!« rief Yeza flammend und richtete sich auf wie eine Priesterin. »Und das wollt Ihr ›in Besitz nehmen‹!?«

Da spendeten die Frauen Ariqbogas Beifall. Yeza hatte beobachtet, daß es Shirat war, die als erste in die Hände klatschte.

Ariqboga lachte und wandte sich an seine Umgebung: »So spricht eine Königin! Uns ist ein großes Glück widerfahren. Ich danke *tengri*, dem ewigen Herrn des blauen Himmelszeltes, daß er mir diese Gunst schenkte, aus berufenem Munde solch schöne und große Worte über den Teil der Welt zu hören, der sich noch nicht unserer Herrschaft unterstellt hat: das Land des Abends! Um so mehr will ich es nun begehren!« Er schaute Yeza und Roç strahlend an, als würde er nun erwarten, daß sie ihm den Wunsch sofort erfüllten und es ihm huldigend darboten.

Doch Roç lachte dem jungen Khan ins Gesicht, um ihn nicht auszulachen. »Das klingt schon besser!« rief er. »Ihr könnt um den Westen werben wie um eine Braut; nehmt Ihr sie als Sklavin, werdet Ihr ihrer gewiß nicht froh!«

Er warf Shirat dabei unnötigerweise einen schnellen Blick zu, der

Ariqboga nicht verborgen blieb. Die Mamelukin reagierte mit Kopfschütteln, und verwirrt fuhr Roç hastig fort: »Der Okzident besitzt zwar Heere, die Euch entgegentreten, und Burgen, die Euch standhalten könnten, aber er bedarf ihrer nicht, um Euch zu besiegen. Wenn seine Herrscher, der Kaiser und die Könige, klug sind, werden sie Euch keinen Widerstand entgegensetzen, sondern Euch als Gäste empfangen. Betretet Ihr das Land, werdet Ihr seinem Zauber verfallen: Ihr werdet keine Mongolen mehr sein, Eure Kraft wird erschlaffen wie die Flügel eines Vogels, der zu hoch hinaufgestiegen ist in die dünne Luft des Himmelszeltes. Ihr werdet die Geister, von denen die Königin sprach, nicht mehr loswerden, Ihr werdet die Steppe vergessen, Eure Götter verleugnen und zuletzt auch Euer Mongolentum! Das ist die große Gefahr, und sie nimmt zu, je weiter Ihr in den Okzident vordringen werdet.«

Nach diesen Worten lachte keiner mehr, und Ariqboga schwieg betroffen. Nach langer Zeit raffte sich der junge Khan zu einer Antwort auf. »Bislang hat noch keine Macht der Welt uns widerstanden. Was ist es, das den Okzident unbesiegbar macht, wenn Ihr denn recht habt, mein König?«

»Bislang seid Ihr auch noch nicht in den Herrschaftsbereich der großen Geister eingetreten. Ich weiß, daß niemand Euch hindern kann, diesen Schritt zu tun. Denkt an meine Worte, wenn Ihr ihn getan habt.«

»Wollt Ihr damit sagen, daß die Mongolen diesen Kriegszug nicht siegreich beenden können?«

»Ich habe vorausgesetzt«, belehrte Roç ihn behutsam, »wenn der Kaiser und die Könige klug sind«. Sie sind es nicht, sonst wären sie ja die Herrscher der Welt und nicht die Mongolen. Sie sind zerstritten und keineswegs geeint wie ihr Mongolen unter dem Befehl *eines* Herrschers. Es steht auch zu befürchten, daß sie uneins bleiben und Euch Widerstand entgegensetzen werden. Dann wird das Abendland in Schutt und Asche sinken, und die Geister werden aus ihrem Reiche vertrieben werden, aufgeschreckt wie Fledermäuse –«

»Doch selbst dann«, fiel Yeza ihrem Roç ins Wort, »könnt Ihr zwar Sieg auf Sieg erringen, aber Ihr werdet das Abendland nicht bezwingen! Seine Geister werden überleben; sie könnt Ihr nicht unterwerfen, weil man große Geister nicht unterwerfen kann. Sie werden im Gegenteil Euch, Euer Tun und Handeln beherrschen.«

»Ihr ratet uns also ab?«

»Wir mahnen Euch nur zur Vorsicht – und damit meine ich nicht Furcht oder gar Feigheit!« erklärte Roç ernsthaft. »Nähert Euch dem Okzident, wie man sich nachts im Gelände vorwärts bewegt. Unterscheidet zwischen denen, die Ihr antreffen werdet. Wenn der Großkhan zu mir spricht, dann erhebt sich die Stimme der Mongolen. Der Westen spricht nicht mit einer Stimme. Ihr werdet Freunde und Feinde treffen und solche, die vorgeben, Eure Freunde zu sein. Ihr werdet Euch Verbündete suchen müssen. Ihr könnt nicht erwarten, daß Euch alle Herrscher huldigen werden, sicher nicht der Papst, sicher nicht der Kaiser, und nicht jeder König, der Euch huldigen wird, wird Euch Freundschaft entgegenbringen.«

»Aber der König der Franken, der uns seinen Fürstbischof, den William von Roebruk, geschickt hat –?«

Ariqboga war so erschüttert in seinem Weltbild, daß er sich mit letzter Hoffnung an den runden Franziskaner klammerte. Da sah sich Barzo aufgerufen, ein Wort zu sagen. »Sicher ist es nicht die Absicht von König Ludwig als von Gott gesalbter König von Frankreich, irgend jemandem zu huldigen. Selbst als Gefangener im Angesicht des Todes hat er das dem Sultan von Kairo verweigert. Und doch würde ich Euch empfehlen, seine Freundschaft zu suchen.«

Barzo sah seine Chance. »Und dafür solltet Ihr William von Roebruk benutzen. Ihn könntet Ihr mit einem Beistandsangebot zurückschicken, und zwar bevor Ihr Euch in das ungewisse Abenteuer im Westen stürzt. Ihr solltet, wenn Ihr losz
ieht, wissen, daß Ihr dort einen treuen Verbündeten habt.«

»Wir haben schon den König von Armenien«, trumpfte Ariqboga auf, »und der hat uns sogar gehuldigt!«

Barzo lächelte nachsichtig. »Wir sprachen von den *großen* Führern«, sagte er leise, »von denen, die Sitz und Stimme im Rat der Geister haben, deren Worte mehr als ihre Streitmacht zählt. Es gibt nur wenige ihresgleichen!«

»Ich finde«, rief Yeza, »Ihr, Ariqboga, solltet allein, ohne Heer, nur mit einer prächtigen Gesandtschaft, die Eurem Rang entspricht, eine Reise in den Westen unternehmen und Euch an Ort und Stelle davon überzeugen, daß alles wahr ist, was wir Euch gesagt haben, auch wenn es auf den ersten Blick nicht der sichtbaren Welt entspricht. Wir, die Kinder des Gral, das Königliche Herrscherpaar des unsichtbaren Reiches, wissen, wovon wir sprechen. Wir sind nur Mittler. Ihr müßt selbst erkennen, was Euch im Abendland erwartet –«

»Und wie wird man mich empfangen?«

»Mit Vorsicht!« entgegnete Roç. »Wie denn sonst? Und zugleich freundlich und sehr neugierig.«

»Und –«, Ariqboga wirkte ziemlich verunsichert, »– ich muß niemandem huldigen?«

»Nein!« beschied ihn Yeza. »Das wird keiner verlangen. Wozu auch?«

Ariqboga schüttelte den Kopf. »Ihr habt mich verwirrt«, gestand er freimütig. »Laßt mich jetzt bitte allein! Ich muß über all das nachdenken.«

Roç und Yeza erhoben sich und gaben auch Barzo einen Wink. »Ich möchte gern wieder mit Euch sprechen«, sagte Arqiboga und stieg die Stufen zu Roç und Yeza hinab, die schon in der Mitte des Raumes standen. »Ich wünsche, diese Gedanken zu vertiefen. Ihr habt mir die Augen für eine andere Welt aufgetan. Nun muß ich meine Sinne schärfen. Beehrt mich bald wieder durch Euren Besuch!«

Er hatte seine Fassung noch nicht wiedergefunden und geleitete seine Gäste persönlich zur Tür. Es hätte nicht viel gefehlt, dann hätte er sich zum Abschied vor Roç und Yeza verneigt.

Aus der geheimen Chronik des Roç Trencavel, Karakorum, zweite Dekade des Mai 1254

Wir ritten mit Barzo zurück in die Stadt. Ich hatte ihn schon seit einiger Zeit in Verdacht, am selben Strang zu ziehen wie Crean, vielleicht mit dem kleinen Unterschied, daß er nicht sonderlich daran interessiert war, uns nach Alamut zurückzubringen, sondern uns nur grundsätzlich den Mongolen entfremden wollte, damit wir nicht länger bei ihnen blieben. Als nun Yeza, wie zu erwarten war, davon anfing, daß wir unbedingt etwas unternehmen müßten, um Shirat zu befreien, da war er entschieden gegen solche Pläne. Er befürchtete wohl, daß sie die Lage noch weiter erschweren könnten. Doch als er merkte, daß meine *damna* in ihrer edlen Gesinnung sich nicht von ihrem Plan abbringen ließ, Hamo wieder mit seiner Frau zu vereinen, da geriet der Franziskaner plötzlich in Fahrt und machte völlig unsinnige, ja, geradezu alberne Vorschläge. »Habt Ihr gemerkt, wie die Mongolen sich vor Geistern fürchten? Ihr solltet als weiße Schamanen verkleidet in den Palast eindringen, keiner würde Euch aufhalten«, riet er Yeza.

Yeza warf ihm einen Blick zu, der ihn verstummen ließ. »Ich glaube, nicht die Mongolen haben mich falsch verstanden, sondern Ihr, Herr Barzo, der an Gespenster denkt, wenn ich vom *spiritus occidentis* gesprochen habe. Vor lauter Maskenspiel wißt Ihr bald selbst nicht mehr, welches Eurer Gesichter Ihr den Mongolen eigentlich darbieten wollt.«

Der kleine Mönch grinste frei von Schuldgefühl. »Meine Erscheinung ist Metamorphosen unterworfen, mein Herz bleibt Euch verpflichtet. Ihr seid meine Herren. Wenn Ihr die junge Gräfin von Otranto mit Euch nehmen wollt, dann mache ich dies auch zu meiner Aufgabe.«

»Wer hat denn gesagt, daß wir gehen wollen?« fragte Yeza sofort argwöhnisch. »Crean muß sich aus dem Kopf schlagen, das Rad unserer Geschichte rückwärts zu drehen. Alamut liegt hinter uns! Die Rose ist ein Teil unserer Vergangenheit, nicht unsere Zukunft und schon gar nicht unsere Bestimmung.«

»Sondern?« fragte der Barzo unbeeindruckt. »Etwa, den vom ›Großen Plan‹ vorgeschriebenen Weg zu verlassen, um eine geknickte Blume am Rande aufzulesen und wieder nach Otranto zu bringen?«

Ich wurde das Gefühl nicht los, er wollte uns herausfordern, und Yeza stieg voll auf die Provokation ein.

»Wir können uns nicht den Königsmantel umlegen lassen, wenn wir dem Hilfeschrei einer jungen Frau und Mutter kein Ohr mehr leihen, nur weil es den Mächtigen der Welt nicht konveniert. Wenn die Mongolen die zu Unrecht in Sklaverei gehaltene Shirat nicht freigeben, will ich auch nicht von ihren Gnaden inthronisiert werden! Was bedeutet die Krone der Welt, wenn sie nichts Gutes zu stiften vermag und vor dem Unrecht die Augen verschließt!«

Barzo schaute seufzend zu mir herüber, als wolle er sagen: Oh, diese Frauen! Doch ich gestattete ihm diese männliche Kumpanei keineswegs.

»Wenn Ihr der Königin dienen wollt«, wies ich ihn zurecht, »dann entwerft einen vernünftigen Plan zur Befreiung und Heimführung der Gräfin von Otranto, aber nicht als Geisterspuk mit wehenden weißen Tüchern!«

Das behagte dem Franziskaner nun doch nicht. »Nach meinem Dafürhalten«, widersprach er sanft, »wäre es einfacher, Ihr ließet Euch erst einmal krönen. Dann könnt Ihr mit herrscherlicher Würde anordnen –«

»Wißt Ihr, nein, Ihr wißt es nicht, Mönch, was jeder Tag der Trennung für Shirat an Leid bedeutet!« fuhr Yeza ihn an. »So können nur Eunuchen oder arme alte Kleriker sprechen, die die Liebe aus ihrem Leben verbannt haben. Deswegen haltet Euch besser fern von dieser Aventüre. Die Befreiung von edlen Damen ist Rittern vorbehalten, und ich rufe den meinen!«

Meine Königin blickte voller Stolz auf mich, und ich konnte nur ergeben nicken.

Barzo hatte natürlich recht, denn zu Ritterspielen gehören zwei, die sich beide, freiwillig und vom gleichen Geist beseelt, den Regeln unterwarfen. Die Mongolen kannten sie nicht einmal! Aber wenn meine *damna* sich etwas in ihren schönen, kühnen Kopf gesetzt hat, dann heißt es ›Visier runter!‹ und folgen. Sonst steigt sie noch selbst in den Sattel!

L. S.

Ariqboga hatte alle seine Weiber, Kebsen und Gespielinnen aus der Audienzhalle geschickt und nur Shirat aufgefordert zu bleiben. Sie wußte nicht, ob dies ein gutes oder schlechtes Zeichen war, denn der jüngste der Khane konnte durchaus aus heiterem Himmel jähzornig werden. Sie wußte, daß der Augenkontakt zwischen ihr und Roç nicht unbemerkt geblieben war. Ariqboga war für einen Mongolen recht schlank und schmalhüftig, jedenfalls im Gegensatz zu seinen Brüdern, die alle zur Wohlleibigkeit neigten. Er hatte auch eine höhere Stirn und feinere Hände als sie. Dem Letztgeborenen der Fürstin Sorghaqtani war eine gewisse Labilität zu eigen. Heitere Unbefangenheit war allen vier Söhnen fremd, Ariqboga jedoch neigte zu Schwermütigkeit.

Shirat hatte weder durch die Mutterschaft, noch durch die nun schon über zwei Jahre andauernde Trennung von ihrem jungen Mann und der kaum geborenen Tochter etwas von ihrer mädchenhaften Grazie eingebüßt. Verschleppung und Gefangenschaft hatten bei ihr keinerlei Spuren hinterlassen, da sie in einem Harem aufgewachsen war und sich nun weniger als Sklavin, sondern einfach in ihre Kindheit und Jugend zurückversetzt fühlte. Mit weiblicher Anmut und kühlem Verstand machte sie immer das Beste aus ihrer Situation, weil sie früh gelernt hatte, Körper und Herz voneinander zu trennen. So war sie für Ariqboga auch keineswegs eine beliebige Sklavin, die er sich ins Bett rief und wieder fortschickte, sondern eine Freundin, der er seine Sorgen anvertrauen konnte.

»Du hast mir viel von deinen Freunden Roç und Yeza, dem Königlichen Paar, erzählt, Shirat«, empfing er sie leicht ironisch. »Sie aber taten, als würden sie dich kaum kennen.«

»Sie wußten nicht, wie sie sich verhalten sollten«, verteidigte Shirat mehr die Angegriffenen als sich selbst. »Sie sind es gewohnt, mich sorglos zu begrüßen. Hier befürchteten sie wohl, Euer Unwille könnte sich gegen mich richten.«

»Wie sollte ich dem Königlichen Paar den Wunsch abschlagen, dich zu begrüßen?«

»Ihr wißt genau, daß Roç und Yeza anders empfinden und weiterdenken. Für sie bin ich die Frau ihres Freundes Hamo, und sie fühlen sich verpflichtet, sich für mich einzusetzen. Wahrscheinlich schmieden sie jetzt Pläne zu meiner Befreiung.«

»Vermutest du das – oder wünschst du es dir?« fragte Ariqboga bekümmert.

»Ich weiß es«, sagte Shirat, »denn ich weiß, wie sie denken und fühlen. Die beiden sind – bei aller Erfahrung des Orients – immer den ritterlichen Idealen Okzitaniens verhaftet geblieben. Sie stehen für das Abendland in seiner reinsten Form. Roç und Yeza sind die Könige des Gral, aber auch die Kinder seiner *Lais d'amor*, seiner Minnegesetze, die frei das Verhältnis zwischen Ritter und Dame regeln. Ich bin Mamelukin durch meine Herkunft und habe diese Freiheit einer jungen Frau nur durch besonderes Glück, ein kurzes Glück, kennengelernt –«

»Aber du ersehnst es dir zurück.«

Ariqboga ließ ihr keine Zeit für eine Entgegnung, die ihm nicht gefallen hätte. »Ich werde dich glücklich machen«, sagte er entschlossen. »Ich mache dich zu meiner Frau!«

Wenn er erwartet hatte, Shirat schlüge nun errötend die Augen nieder oder zeigte wenigstens mit einem kleinen Zeichen den Triumph, sich als Khatun, die Gattin eines Khans, zu sehen, fand er sich getäuscht. Sie brach nicht etwa in Tränen aus, sondern behielt sich völlig in der Gewalt. Beinah verführerisch trat sie auf ihn zu. »Liebster«, sagte sie leise, »das ist eine Ehre, die einer Prinzessin aus mongolischem Geblüt gebührt. Hebt sie Euch auf für eine Verbindung, mit der Ihr die Macht Eures Khanats stärkt. Laßt mich Euren Gedanken eine gute Ratgeberin bleiben, Eurem Herzen eine zärtliche Freundin und Eurem Leib eine lustvolle Huri!«

Damit schlang sie die Arme um ihn und preßte ihn langsam an sich, bis sie spürte, daß sein Körper ihrem Willen gehorchte.

Und doch riß sich Ariqboga von ihr los. »Ich will nicht erleben, daß du mich verläßt und von dannen ziehst, weil das Königliche Paar dir die Freiheit schenkt.«

Shirat ließ sich nicht abschütteln. »Die Freiheit, Euch zu lieben, Ariqboga«, sie hatte ihn wieder im Griff, ihre Hand glitt an ihm hinunter, er gab ihr nach, »diese Freiheit habe ich mir immer genommen. Dazu brauche ich weder eine Eheschließung noch das Eingreifen des Königlichen Paares –«

»Du willst mich also nicht heiraten?« seufzte Ariqboga. Shirat zog ihn hinunter zu sich auf das Lager des Throns. »Ich will meine Zuneigung zu Euch nicht einbüßen durch die Annahme eines Status, der unserer Liebe nicht zuträglich ist –« Sie nahm ihn zwischen ihren Schenkeln auf und ließ sich in die Kissen fallen. »Ich liebe Euch«, flüsterte sie heiser, seine Erregung anfeuernd. »Und Ihr sollt mich lieben, jedesmal so, als wenn es das erste und das letzte Mal wäre. Ich bin Eure Frau«, stöhnte sie bei seinen Stößen. »Nie wieder sollt Ihr mich bitten, Euch die Hand zur Ehe zu reichen, wenn Ihr weiter meinen Schoß zu besitzen wünscht –«

»Ich will dich!« brüllte Ariqboga und bäumte sich auf. »Du kannst alles, alles von mir haben!« Er steigerte sein Bemühen, ihr die schnelle Lust zu verschaffen, die ihm widerfuhr. »Aber bleib bei mir!«

Ermattet sank er auf ihr zusammen.

»Ich bin ja bei dir«, flüsterte Shirat sanft und strich ihm das Haar aus der verschwitzten Stirn.

Chronik des William von Roebruk, Karakorum, am Fest des hl. Venatius 1254

Der Zustand von Meister Buchier, der an einer Krankheit der Atemwege litt, wollte und wollte sich nicht bessern. Ingolinde bat mich inständig, nach dem Kranken zu schauen. Als ich ihn in seinem Heim aufsuchte, fand ich ihn sehr matt und traurig vor, während sein Atem keineswegs mehr rasselte. Ich fragte ihn, was Frau Ingolinde ihm zu seiner Stärkung vorsetzte, und er gestand mir, daß der Mönch ihm befohlen habe zu fasten und ihm von seinem Getränk gegeben habe. Im Glauben, daß es geweihtes Wasser sei, habe er zwei volle Schalen davon eingenommen. Ich goß den Rest dieses Rhabarbertranks – das reinste Brechmittel! – wütend weg und befahl Ingolinde, den Mönch nicht mehr ins Haus zu lassen und ihrem Herrn eine kräftige Fleischbrühe zu verabreichen.

Den Armenier stellte ich noch am gleichen Tag in Anwesenheit von Bruder Barzo zur Rede. »Entweder führe dich als Apostel auf und vollbringe Wunder durch die Kraft des Heiligen Geistes, oder wirke als *medicus* nach den Regeln der Heilkunst!« fuhr ich ihn an.

Ich war wütend, und Sergius hatte es die Sprache verschlagen. Haßerfüllt starrte er mich an.

»Wenn ich dich Scharlatan noch einmal dabei erwische, daß du dich als Arzt aufspielst – wo du schon kein Priester bist –, dann lass' ich dich vom Bulgai behandeln!«

Ich wußte, daß ich mich selbst vor ihm vorsehen mußte, denn er genoß bei den Mongolen wegen seines Zaubertranks großes Ansehen und galt fast soviel wie ein Schamane mit Macht über Leben und Tod. Und ob er zum Priester geweiht war oder nicht, interessierte hier niemanden sonderlich. Barzo sah mich stirnrunzelnd an, als der Armenier, weiß vor Zorn, wortlos aus der Jurte entschwand. »William von Roebruk«, sagte er in seiner heiteren Art und ließ dabei seine eigene Meinung offen, »macht sich Feinde, wo er nur kann. Sehr klug, am Vorabend des großen Religionsdisputes, den der Großkhan anberaumt hat. So kann der Herr Patriarch *in spe* auch sichergehen, aus dem christlichen Lager angegriffen zu werden, zu dem der Armenier sich zweifellos zählt, ob Scharlatan oder Priester!« Barzo grinste schadenfroh. »Als würden die Vertreter des Korans, der Lehre Buddhas und die Götzenanbeter nicht ausreichen als erbitterte und unversöhnliche Gegner!«

Ich hatte dieses Streitgespräch fast vergessen. Möngke, der den verschiedenen Konfessionen unbeteiligt gegenüberstand, hatte es wohl mehr als bequemen Religionsvergleich gedacht, der ihm wie einem umworbenen Käufer im Bazar die verschiedenen Angebote noch einmal gesammelt unterbreiten sollte, bevor er sich entschied, welche Zutaten er sich für seine *Nova Ecclesia Mongalorum* zusammenstellen ließ und sie dann mir, seinem Oberkoch, zur gefälligen Zubereitung übergab. Dieses Bild kam mir ärgerlicherweise in den Sinn, noch ehe Barzo mich darauf ansprach, und ich sagte: »*Unam sanctam!* Wichtig ist die Durchsetzung des christlichen Glaubens bei den Mongolen, nicht der Ritus! Ich werde den Teufel tun, die Nestorianer vor den Kopf zu stoßen, und will auch dem Sergius, falls er Redeerlaubnis für seine Kirche erhält, im brüderlichen Geiste gegenübertreten. Letztlich glauben selbst die Muslime und die Glatzköpfigen an ein und denselben Gott. Nur die Götzenpriester verirren sich in die Verehrung verschiedener Gottheiten!«

»Auch ihnen kannst du dich annähern, großer Pantscher«, spottete Barzo. »Verkauf ihnen die Heilige Trinität, Vater, Sohn und Heiligen Geist, als gesonderte Divinitäten, dazu noch Maria, einmal als Jungfrau, einmal als *mater dolorosa*, dann deckst du auch ihren Bedarf der Anbetung ab!«

»Deine Gehässigkeit liegt mir fern«, wies ich ihn zurecht. »Toleranz sei das oberste Gebot der mongolischen Kirche – darin sehe ich mich mit dem Großkhan einig. Wir müssen geistliche Speise für alle bereithalten und niemanden von den Segnungen ausschließen!«

Da verhöhnte mich mein Bruder Barzo erst recht. »Man nehme einen verbrannten Hammelknochen der Schamanen, koche ihn in der Brühe der Safrangelben, würze ihn mit der Knoblauchzwiebel des Islam und schlage zum Schluß drei Kreuze darüber!« geiferte er. »Und nenne das Gericht dann die ›Neue Küche der Mongolen‹!«

Jetzt war es an mir, das Kreuzzeichen gegen den bösen Barzo zu machen. Da er nicht ging, verließ ich unsere Jurte und nahm Philipp mit.

Es war bereits spät in der Nacht. Ich begab mich zur Kirche, schon um mich des Beistandes von Jonas, dem Archidiakon, und seiner Priester zu versichern. Ich fand die Nestorianer in einiger Aufregung. Jonas hatte plötzlich einen Anfall bekommen und Blut gespuckt. Weil sie sich das nicht erklären konnten, hatten sie nach einem sarazenischen Wahrsager geschickt, und der hatte ihnen, ziemlich verängstigt, offenbart: »Ein hagerer Mann, der weder ißt noch trinkt, noch in einem Bett schläft, ist über den Archidiakon erzürnt. Nur wenn dieser den Fluch von ihm nimmt und ihm seinen Segen gibt, kann der Jonas wieder gesunden.«

Allen war klar, daß diese Beschreibung auf den armenischen Mönch zugeschnitten war. So hatten die Frau des Archidiakons, seine Schwester und sein Sohn ihn gesucht, obgleich es schon nach

Mitternacht war. Jemand hatte Sergius das Haus der Koka betreten sehen. Sie hatten ihn herausgebeten und unter Flehen beschworen, den Archidiakon mit seinem Segen zu retten. Der habe sich erst geweigert, sei aber schließlich zu dem Kranken gegangen. Jetzt warteten alle in der Kirche, um mit ihren Gebeten dem Jonas beizustehen. Mir schwante Übles, doch dann erschien Sergius wohlgemut in der Kirche. Obgleich ihn alle fragend umringten, wandte er sich mit größter Freundlichkeit an mich, als sei nichts zwischen uns vorgefallen.»Der Archidiakon verlangt nach Eurem Segen, Bruder William. Ich habe ihm versprechen müssen, Euch herzlich zu bitten, ihn sogleich aufzusuchen. Seine Genesung hängt davon ab«, fügte er noch hinzu.

Ich kam nicht umhin, mich sofort auf den Weg zu machen, obgleich mir nicht wohl dabei war, denn ich mißtraute dem Mönch.

»Wißt Ihr«, fragte Philipp mich, als wir eilig durch die Dunkelheit schritten, »was der Wahrsager noch gesagt hat? – Der Grund, aus dem der Mönch dem Jonas so übel will, seid Ihr, mein Herr! Der Archidiakon muß sterben, weil er Euer Freund ist. Denn Ihr seid der Antichrist, hat der Mönch gesagt!«

»So ein dummes Geschwätz!« empörte ich mich. »Der Kerl ist ein Verbrecher! Ich wette, er hat auch dem Jonas von seinem Trank gegeben!«

»Worauf Ihr Euch verlassen könnt«, versicherte mir Philipp. »Und ich wette, er wird grad dann sterben, wenn Ihr bei dem Kranken seid!«

»Damit ich dem Großkhan ein Jahr lang nicht mehr unter die Augen treten kann!« folgerte ich sogleich. Doch das ließ mich gleichgültig. Vielleicht konnte ich das Leben des Jonas ja noch retten. Ich beschleunigte meine Schritte. Wir rannten zum Haus des Archidiakon und fanden seine Familie im Gespräch mit Nachbarn und einigen Gemeindemitgliedern vor dem Eingang.

»Lebt er?« rief ich schon von weitem, und sie schauten mich etwas verwundert an.

»Ja, Jonas lebt«, antworteten sie mir.

»Dank dem Himmel und dem Segen des Mönches. Er bedarf nun

der Ruhe!« Sie wollten mich aufhalten, aber ich stürmte an ihnen vorbei in das Krankenzimmer.

Jonas lächelte mich totenbleich an. »Ach«, flüsterte er sanft. »Nun kann ich in Frieden sterben, da Ihr mir den Beistand der Kirche nicht verweigern werdet.«

Ich entgegnete ihm: »Ihr müßt nicht sterben.« Dabei sah ich mich im Raum um.

»Doch«, erwiderte Jonas und zeigte auf die Schale mit dem Trank. »Der Mönch hat gesagt, ich soll das trinken.«

Jetzt erst bemerkte ich, daß die Schale noch voll war.

»Ich weiß, daß es mich töten wird. Wenn ich sie leere, werde ich auf der Stelle sterben. Lasse ich es, ereilt mich der Tod – wenn nicht in dieser Nacht, so doch im Laufe des morgigen Tages.«

»Unsinn«, beruhigte ich ihn, »das hat er Euch eingeredet. Ihr werdet jetzt schlafen. Das ist das beste Mittel zur Genesung. Spuckt Ihr noch Blut?«

»Nein, Bruder, das hat aufgehört. Es geht mir besser.«

»Na, also«, sagte ich und zeichnete ihm mit dem Finger das Kreuz auf die kühle Stirn.

»Ich schaue morgen wieder nach Euch, dann solltet Ihr etwas Kräftigendes trinken. Das Gift will ich verschütten.« Damit griff ich nach der Schale.

»Laßt sie dort stehen«, bat er mich. »Sie beweist mir, daß ich noch Herr meiner Entscheidungen bin. Ich danke Euch für Euer Kommen, William. So weiß ich, daß unsere Gemeinde in guten Händen sein wird, sollte Gott mich doch abberufen.« Er griff nach meiner Hand und küßte sie; seine Lippen waren kalt.

»Gott wird mit Euch sein und Euch der Gemeinde erhalten. Dessen bin ich gewiß.« Ich preßte seine Hand an meine Lippen und ging schnell hinaus.

»Die erste Runde hat der Schuft von Mönch verloren«, sagte ich zu Philipp, als wir wieder der Kirche zustrebten, um den dort betenden Nestorianern die gute Nachricht zukommen zu lassen, daß Jonas noch lebte und mit Gottes Hilfe die Krankheit überwinden würde.

»Die zweite auch!« lachte Philipp, bemüht, die Beklommenheit zu lösen.

»Ihr habt das Haus wieder verlassen, als der Archidiakon noch lebte! Diese Rechnung ging auch nicht auf! Ihr solltet jetzt zu Bett gehen. Ich werde in der Kirche Bescheid geben, daß es dem Herrn Archidiakon bessergeht.«

Das war mir recht. Bei meiner Jurte angekommen, trennten wir uns. Sergius war noch nicht zurückgekehrt, und Barzo schlief schon fest.

L. S.

DER EINE GOTT
LIBER III
CAPITULUM III

Aus der geheime Chronik des Roç Trencavel, Karakorum, in der letzten Dekade des Mai 1254

Ariqboga hat anfragen lassen, ob wir ihn nochmals mit unserem Besuch beehren würden. Yeza hatte dem Boten erklärt, daß nur sie allein kommen könne, da ich krank darniederläge. Eine Auskunft, die durchaus glaubhaft war angesichts der schweren Krankheiten, die das christliche Lager von Karakorum heimsuchten, auch wenn es dem Meister Buchier jetzt wieder besserging. In Wahrheit, so hatte meine Dame mir anvertraut, wolle sie ohne mich in den Palast des Ariqboga gehen, damit sie spät in der Nacht verlangen konnte, nicht mehr heimzukehren, sondern dort bei den Frauen zu übernachten. So begab ich mich auf Weisung meiner Königin in den Hamam, das aus Stein gebaute Dampfbad unseres Hauses, um dort meine Krankheit auszuschwitzen. Wir, das Königliche Paar, gehören zu den wenigen Privilegierten, die über eine solch köstliche Einrichtung verfügen.

Kaum hatte ich mich in den schweißtreibenden Dämpfen den Händen meines Meisters des Bades anheimgegeben, als Crean aus dem Wolkennebel auftauchte. Genaugenommen hatte er es als alter Freund, so lästig er jetzt auch in dieser Rolle war, nicht nötig, daß ich ihn einlud, mir Gesellschaft zu leisten. Daß er dennoch darauf wartete, mit einem schmallippigen Lächeln, das über sein vernarbtes Gesicht huschte, lag an der veränderten Situation. Wir waren nicht mehr abhängig von dem Mann, der uns als kleine Kinder aus dem brennenden Montségur gerettet hatte, sondern er, der Assassine, davon, daß ich seine Identität nicht an die Mongolen verriet. Wir sprachen die *langue d'oc*, das Idiom unserer gemeinsamen Heimat, was sicherstellte, daß uns nun wirklich keiner verstand. Crean kam auch gleich zur Sache, während ich vom Bademeister durchgeknetet wurde.

»Roç«, begann er ernsthaft, »es kann nicht euer Ansinnen sein, an der Spitze eines tatarischen Heerhaufens über die Länder herzufallen, die Yeza und du im Verlaufe eurer nunmehr zehnjährigen Flucht kennengelernt habt. Reiche, die euch aufgenommen haben und deren Kultur ihr angehört!«

Er wartete im heißen Dampf auf eine Antwort, und ich sagte: »Eben, Crean, zehn Jahre Flucht, das ist alles, was du und deine Freunde des Geheimen Bundes uns eingebrockt haben. Und jetzt schlägst du vor, wir sollten weiter fliehen? Die Mongolen sind die ersten, die uns Sicherheit geboten haben und die bereit sind, uns als Königliches Herrscherpaar zu inthronisieren, also die Bestimmung zu erfüllen, von der die Prieuré immer nur geredet hat.«

Crean krümmte seinen Rücken unter den Güssen, die ihm von den Dienern des Bades verabreicht wurden. »Es ist nicht eure Bestimmung, als Popanze der schrecklichen Vernichtungswalze vorangetragen zu werden wie die Stoffpüppchen am Mantel eines Schamanen, um dann über den Trümmern verwüsteter Städte, noch vom Leichengestank ihrer erwürgten Einwohner erfüllt, einen Thron zu besteigen, der nicht mehr ist als ein weiterer Gouverneursstuhl im seelenlosen Reich des Khans. So werdet ihr nur Schrecken und Vernichtung bringen und nicht das verheißene Friedenskönigtum!«

»Verheißen!« höhnte ich, doch seine Worte ließen den geplanten Spott in meinem Munde schal werden. »Es muß ja nicht zu diesem Schrecken kommen. Es liegt an den uneinsichtigen Herrschern des Westens, ihn zu vermeiden. Wenn sie sich unterwerfen, will ich dafür geradestehen, daß nicht unnötig Blut vergossen wird, daß die Städte nicht gebrandschatzt werden –«

»Das kannst du nicht, Roç«, entgegnete Crean. »Das kann vermutlich niemand unter den Menschen. Es liegt in der Natur einer Heereswalze, daß diese Dinge geschehen, sonst walzt sie nicht –«

»Aber der Großkhan –«, entgegnete ich, arg kleinlaut geworden, da ich die Richtigkeit seiner gräßlichen Vision erkannte,»– er hat uns doch versprochen –«

»Selbst der könnte es nicht verhindern«, sagte Crean. »Einmal in Bewegung gesetzt, reiten die Horden alles nieder. Das ist ihre Bestimmung, und nichts wird sie davon abhalten. Keine Hand kann eine Flutwelle eindämmen, die vom Ozean heranwogt. Du mußt warten, bis sie am Strand ausläuft, sich als Brandung an Felsen zerschlägt. Alles, was vorher ihren Weg kreuzt, wird überrollt und zerschmettert. Und das Furchtbare ist, wenn Möngke der Welle nicht freien Lauf läßt, dann rumort sie im Herzen seines Reiches, schafft Unruhe in der Steppe und zerschmettert die Ordnung seines Riesenreiches –«

»Es geschieht also mit uns und ohne uns?« fragte ich. »Was sollen wir dann dagegen tun?«

»Weggehen«, sagte Crean. »Nicht die Schaumkrone spielen! Der Großkhan weiß um die Prophezeiung, daß er das Abendland nur mit euch beherrschen kann. Wenn ihr nicht zur Verfügung steht, wird er sich überlegen, ob er dennoch in diese Richtung losschlägt, denn es ist ihm auch geweissagt worden, daß er den Untergang des mongolischen Reiches einläutet, wenn er den ›Rest der Welt‹ nicht in seine Gewalt bringt. Ohne euch wird ihm der Mut dazu fehlen – vielleicht.«

Crean streckte sich jetzt neben mir auf dem Steinboden aus. Der Bademeister hatte uns verlassen, das Feuer unter den Steinen war gelöscht, und der letzte Dampf schlug sich als Nässe nieder.

»Wir sollten alle zurückkehren«, murmelte Crean, »auch William, um dem törichten Okzident authentisch vor Augen und Ohren zu führen, welche Gefahren aufziehen. Dabei könntet ihr, du und Yeza, eine besondere Rolle spielen, wenn ich bedenke, daß nicht nur König Ludwig euch gut gewogen ist, sondern auch An-Nasir, der Sultan von Damaskus, oder ein wichtiger Mann wie Baibars in Kairo. Denn wir sollten diesen Herren beibringen, daß der Stoß dieses Mal über Alamut auf Bagdad und dann vom Kalifat aus gegen Syrien, das Heilige Land und Ägypten losgehen wird. Erst danach wird das eigentliche Abendland zum Ziel. Es wäre eure Mission, dies allen

Beteiligten darzulegen und ihnen vor allem klarzumachen, daß es keine Unbeteiligten geben wird.«

»Und unsere Krone?« Ich schämte mich schon, kaum daß mir die Frage entschlüpft war. »Was bleibt von unserer Bestimmung?«

»Eure Bestimmung ist zunächst die, das Schlimmste zu verhüten. Schau, Roç, während ich hier liege und dich zu überzeugen suche, weiß ich gleichzeitig, daß die Rose, der ich mein Leben geweiht habe, unabwendbar das erste Opfer sein wird. Und doch hoffe ich, daß sich die Wellen an den Felsen von Alamut brechen, daß es durch den Untergang der Rose gelingen wird, die Flut von den Gestaden des *Mare Nostrum* abzulenken. Du verzichtest damit nicht auf die Krone, sondern hältst sie hoch in Ehren –«

»– so hoch, daß wir selbst sie nicht mehr erlangen werden!« Wozu sollte ich meine Bitterkeit unterdrücken? Was Crean verlangte, war die Abdankung des Königlichen Paares. Statt dessen sollten wir als Hiobsboten durch die Welt geistern, vor einer großen Gefahr warnen, von der keiner wissen wollte. Keiner würde uns ernst nehmen. Ich erklärte ihm, ich hätte seine Argumente verstanden, wolle sie mir aber nicht zu eigen machen, bevor ich sie nicht in aller Ruhe mit Yeza erörtert hätte.

L. S.

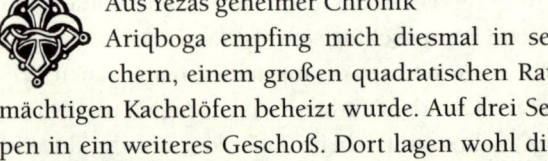

Aus Yezas geheimer Chronik

Ariqboga empfing mich diesmal in seinen Privatgemächern, einem großen quadratischen Raum, der von zwei mächtigen Kachelöfen beheizt wurde. Auf drei Seiten führten Treppen in ein weiteres Geschoß. Dort lagen wohl die Schlafräume. In der Mitte des Raumes hing ein Kronleuchter. Mehrere niedrige Tische standen locker in Hufeisenform angeordnet, umgeben von dicken Sitzkissen aus Leder. Die Fenster der Stirnseite reichten bis zum hölzernen Fußboden herab und gaben den Blick auf das Grün eines Innenhofes frei. Die farbige Holztäfelung und die bestickten Teppiche verliehen dem Raum eine heitere Wärme.

Der junge Khan trug diesmal eine bequeme Haustracht und ließ mir sofort aus den Stiefeln helfen und leichte Pantöffelchen reichen. Was mich erstaunte und sogar ein bißchen erschreckte, war die Tatsache, daß von allen seinen Weibern und Sklavinnen nur Shirat zugegen war. Ob er meine Absicht durchschaut hatte und mich auf die Probe stellen wollte? Ich änderte meine Taktik, die darauf abgestellt war, durch Zufall in die Nähe von Hamos Frau zu gelangen, und begrüßte sie diesmal mit größter Selbstverständlichkeit ganz herzlich, aber ohne Überraschung zu zeigen. Ich umarmte und küßte sie wie eine Schwester, noch bevor ich mich vor dem Hausherrn verneigte. So bedeutete ich, daß ich ihren Rang als Prinzessin kannte und gewillt war, sie in das Gespräch mit einzubeziehen, falls er gedachte, sie als Sklavin zu behandeln und wegzuschicken.

Ariqboga zeigte sich keineswegs mißmutig darüber, und ich wunderte mich, mit welcher Selbstverständlichkeit Shirat an seiner Seite Platz nahm und sich sogar, so wollte es mir scheinen, an ihn schmiegte.

»Ich bedaure, daß Euer Herr und Königlicher Gemahl krank darnieder liegt, und bin beschämt, daß Ihr meiner Einladung so viel Wert beigemessen habt, daß Ihr ihn allein gelassen habt.«

»Es ist keine Krankheit, mit der er nicht allein fertig wird«, entgegnete ich. »Wir sind als Königliches Paar gewohnt, Dingen von Wichtigkeit Vorrang vor privaten Wünschen zu geben.«

Damit hatte ich mich von der Gefahr der Nichtoffizialität befreit, die uns Frauen oft angedient wird, wenn wir ohne unsere Männer erscheinen. Läßt ein Mann dagegen für ein Gespräch seine Frau zu Hause, unterstreicht er damit nur, wie wichtig es ihm ist.

»Wir waren das letzte Mal dabei stehengeblieben«, begann ich also ohne Umschweife, »daß Ihr Euch überlegen wolltet, ob Ihr *in personam* eine Gesandtschaftsmission in den Westen unternehmen wolltet, eine Reise, die gleichzeitig dazu dienen sollte, daß endlich einmal ein hochrangiges Mitglied des Herrscherhauses der Dschingiden persönlich Eindrücke vom Abendland und seinen Menschen gewinnt.«

»Ich habe mich mit meinen Brüdern darüber beraten«, seufzte Ariqboga. »Möngke hält es für unnötig, Hulagu für gefährlich, ›die

Pläne des Il-Khans gefährdend‹, wie sich sein Kämmerer, dieser Dschuveni, ausdrückte –«

»Wie alle Renegaten ein besonderer Hasser des Islam«, pflichtete ich ihm bei und erwartete einen Rückzieher. Aber Ariqboga war nicht gewillt, auf die letzte Chance zu verzichten, den ›Rest der Welt‹, in den Augen der Mongolen das letzte noch zu vergebende Territorium, zum Lehen zu machen.

»Hat sich Hulagu erst einmal in Marsch gesetzt«, schloß er richtig, »ist es zu spät für eine Friedensmission. Auch wird er nicht an der Westgrenze Persiens stehenbleiben.«

»Also?« sagte ich keck.

»Also habe ich mich entschlossen, noch einmal beim Großkhan vorzusprechen. Aussicht auf Erfolg habe ich jedoch nur –«, er schickte mir einen merkwürdigen Blick – eine Mischung aus jungenhaftem Eifer und treuherziger Bitte, »– wenn ich diesmal auf Euch, das Königliche Paar, zählen kann. Ihr müßt offiziell erklären, daß Ihr diese Mission mit mir zusammen zu unternehmen wünscht!«

Ich schwieg, weil mir das nicht nur einleuchtend, sondern auch höchst verlockend erschien. Es würde uns an Crean und Alamut vorbei mit höchsten Ehren zurück ins Abendland bringen und machte als Friedensmission wirklich Sinn. Denn wir allein, Roç und ich, wären von niemandem ernsthaft erhört worden; unser Nimbus als ›Königliches Paar‹ war ein rein orientalischer.

Im heimatlichen Okzident der Kirche Roms, wo die Erben des Staufers und des Gral verfolgt wurden, waren wir ›die Ketzerbrut‹ und würden eher auf dem Scheiterhaufen enden als auf einem Thron. Auch mit William würde uns nicht viel Gehör zuteil werden; die Erfahrung hatten wir bereits hinter uns. Gut, inzwischen war der Franziskaner tatsächlich Gesandter des Königs von Frankreich geworden, und auch wir erfreuten uns der Gunst des Herrn Ludwig. Aber wenn wir mit Ariqboga, dem Bruder des Großkhans, aufträten, dann bekäme unser Wort endlich Gewicht. Außerdem stünden wir unter dem Schutz einer Gesandtschaft der Mongolen, und diese Sicherheit war für mich ausschlaggebend. Ich konnte ja niemandem

sagen, wie leid ich es war, um mich und meinen Liebsten zu zittern, während ich nach außen die kühne, kühle Heldin spielte, aber ständig wie gejagtes Wild die Witterung aufnahm, auf Fallen achtete und das Gehölz mied, weil hinter jedem Busch neue Gefahren lauerten.
»Ja«, sagte ich, »das scheint mir eine gute Idee zu sein. Und ich bin sicher, daß auch mein König es so sehen wird.«
»Sprecht außer mit ihm mit niemandem darüber, bis ich Euch selbst zu Möngke bringe. Dieser Plan wird vielen nicht passen!«
»Nein«, antwortete ich, »denn er ist die einzige Aussicht auf eine friedliche Lösung. Und nichts wird mehr bekämpft als der Friede.«
»Dann will ich Euch jetzt mit Eurer alten Freundin Shirat allein lassen, denn sicher ist dies Euer Wunsch, meine Königin.«
Ich nickte erfreut, hatte ich ihre Anwesenheit doch fast vergessen. Lächelnd setzte Ariqboga hinzu: »Macht sie mir nicht abspenstig. Shirat ist mir mehr als eine Ehefrau ans Herz gewachsen, und ich wache eifersüchtig über sie wie ein Drache aus Cathai.«
»Ich denke«, tastete ich mich vorsichtig vor, »es könnte zu spät werden, um noch in der Nacht heimzukehren –«
»Das haben wir uns auch gedacht«, sprach Shirat da. »Wir haben dir schon ein Bett bereitet.«
»Ich sehe Euch zum Essen«, verabschiedete sich Ariqboga, und wir verneigten uns voreinander.
L. S.

Im Haman des Steinhauses hatten Roç und sein Gast schon wieder die Kleider angelegt, als Barzo vorbeischaute. Er schien ziemlich verstört, und nur langsam brachte Crean aus ihm heraus, was vorgefallen war. William hatte in der Nacht einen Krankenbesuch bei Jonas, dem Archidiakon der Nestorianer, gemacht und ihn zwar nicht bei bester Gesundheit, aber lebend angetroffen. »Und das auch nur«, brach es aus dem kleinen Franziskaner heraus, »weil der Kranke auf Anraten von William einen Gifttrank des armenischen Mönches nicht angerührt hat. Weil er selbst sich ins Bett begeben wollte, schickte William auf dem Heimweg seinen Diener Philipp in der Kirche vorbei, damit der den dort Wartenden von der Genesung ihres Archidiakons berichtete. In der Kirche war aber auch der Mönch. Als der Philipps frohe Botschaft hörte, wurde er kreideweiß. Wütend beschuldigte dieser falsche armenische Priester den William von Roebruk der Lüge und zog eilends wie in einer Spring-Prozession mit allen Nestorianern – Kreuz voraus, Fahnen und Weihrauchkessel schwenkend – zum Haus des Archidiakons. Dort angekommen stürmte er in das Krankenzimmer, beschimpfte den Jonas als Judas und zwang ihn auf der Stelle, den Schierlingsbecher mit dem geweihten Heiltrank zu trinken und ihn, Sergius, ›mit letzten Worten‹ zu seinem Nachfolger zu bestimmen. Der Armenier kniete vor dem Bett des Sterbenden nieder, gab reuig vor, sich zum nestorianischen Glauben zu bekennen, und ließ sich von Jonas in die Kirche aufnehmen. Die anwesenden Priester fielen auf die Farce herein; sie verneigten sich ehrfürchtig vor ihrem neuen Oberhaupt, während bei Jonas die Todeskrämpfe einsetzten. Dann begleiteten die Nestorianer den neuen Archidiakon, der sich nun ›Archimandrit‹ nennt, zurück zu unserer Jurte, wo er jedoch nicht länger bleiben will, denn schon heute abend wird er in dem Bett schlafen, aus dem er den verstorbenen Jonas hinausbefördert hat.«

»Amen«, sagte Crean. »Damit ist dem William von Roebruk ein ernstzunehmender Rivale in der Wahl zum Patriarchen von Karakorum entstanden. *Pax et bonum*, wie ihr Minoriten zu sagen pflegt.«

Die Sichel des Mondes stand schmal über Karakorum und dem Palast des Großkhans. Im Prinzenflügel, den Ariqboga, der jüngste der Khanbrüder, bewohnte, flackerte noch ein Licht.

Shirat hatte für Yeza ein Lager in ihrem Zimmer aufschlagen lassen, aber die jungen Frauen lagen bäuchlings auf der breiten Liege der Favoritin; Kopf an Kopf flüsterten sie auf arabisch, ein heimatlicher Klang, den die Mamelukenprinzessin lange vermißt hatte.

»Wäre da nicht das ungewisse Schicksal unseres Kindes, ein Vorwurf, der Tag und Nacht an mir nagt –«

»Den Vorwurf muß sich eher Hamo machen«, sagte Yeza leise, »der dich alleine übers Meer reisen ließ.«

»Es war Leichtsinn, Yeza«, erwiderte Shirat hart und schaute durch den Fensterbogen hinauf zu dem Mond, vor dem Wölkchen vorüberzogen. »Und ich habe bitter dafür bezahlt. Am wenigsten hier, bei Ariqboga, der mich – nachdem er den Widerstand einer Sklavin gleich nach meiner Ankunft aus mir herausgeprügelt hatte – von da an immer besser behandelte. Heute habe ich mich an ihn gewöhnt wie an einen Ehemann und vergelte ihm seine unbeholfene Zuneigung nicht nur mit den Künsten einer erfahrenen Huri, sondern vor allem mit dem Rat einer Freundin.«
»Und Hamo?«
»Ach, Yeza – wenn du erst mal zwei Jahre den Körper eines anderen Mannes gespürt hast, dann verblaßt die Erinnerung, und die Sehnsucht vergeht. Hamo L'Estrange hätte mich ja suchen können, aber ich habe nie von ihm gehört. Sicher hat er sich schon getröstet, er war ja noch so jung.«
Shirat seufzte und drehte sich auf den Rücken, um die Sichel besser im Auge behalten zu können. »Schon die Bürde eines Grafen von Otranto, das Erbe seiner starken Mutter, hat ihn überfordert. Hamo ist kein Mann, der gern Verantwortung trägt. Wenn da nicht dieses ungeklärte Drama des verlorenen Kindes wäre, das einzige, was mich noch an ihn bindet –«
»Du würdest also nicht fliehen?« Yeza war in ihrem Selbstverständnis als treue Liebende getroffen. »Auch nicht, wenn dir Gelegenheit dazu geboten würde?«
»Wohin?« fragte Shirat zurück. »Ins Ungewisse, zu einem Mann, der sich bisher nicht bewährt hat, außer daß er mir ein Kindlein gezeugt hat? Ich weiß doch nicht einmal, ob Hamo mich noch will, ob er noch auf mich wartet!«
»Da bin ich ganz sicher!« entgegnete Yeza fest. Sie glaubte an die Beständigkeit der Liebe.
»Wenn Ari sich zu der Reise entschließt und ihm von seinen Brüdern keine Knüppel zwischen die Füße geworfen werden oder sonstige Intrigen das Unternehmen verhindern, werde ich gewiß die Möglichkeit wahrnehmen, mit ihm und euch diese Reise zu unternehmen, das habe ich ihm schon versprochen«, sagte Shirat. »Wir

werden Hamo aufsuchen, und wenn mein Herz sich für ihn entscheidet, werde ich bei ihm bleiben. Wenn nicht, wird Ariqboga von ihm die Scheidung einfordern, und ich bleibe, was ich bin: Aris Frau – ob wir nun heiraten oder nicht.«

»Und wenn deine Tochter noch lebt?«

»Wenn«, sagte Shirat bitter, »und wenn Hamo wenigstens sie gefunden hat –«

»Würdest du dann wieder mit Hamo –?« Yeza klammerte sich an das Bild des wiedervereinigten Paares. Shirats kühle Sachlichkeit schnitt ihr ins Herz, als spüre sie, daß das alles auch ihr widerfahren könne und ihr nur mit viel Glück, unerhörtem Glück, bisher noch nicht widerfahren war. Etwas krampfte sich in ihr zusammen: Es mußte eine Liebe geben, die stärker war als alle noch so widrigen Umstände, stärker als der Tod! Daran wollte sie sich halten mit Roç, mochte da kommen, was wollte. Zusammen waren sie das Königliche Paar – von Anbeginn –, bis der Tod, nein, nicht einmal der! Ewige Liebe, ewige Treue!

»Wenn unsere Tochter lebt, so ist mir das wichtiger als die Frage, bei wem sie aufwächst. Ich kann mir nicht vorstellen, daß Hamo sie mir verweigern würde.«

»Du sprichst, als sei eure Trennung bereits beschlossene Sache.«

»Ich kann es mir hier und heute nicht anders vorstellen, ich will es auch nicht. Sonst hätte ich diese zwei Jahre nicht ertragen können. Versteh mich doch, Yeza, ich bin eine Frau, ich brauche einen Mann – nicht im Traum, wie den bleichen Mond dort droben, sondern neben mir, warm und lebendig! Den habe ich gefunden, und an ihm halte ich mich fest. Es müßte ein Wunder oder etwas Entsetzliches geschehen – Hamo müßte der Sonnengott, die strahlende Sonne selbst geworden sein, was ich mir kaum vorstellen kann –, damit ich mich von Ari trenne. Der ist wahrhaftig kein Gott und auch nicht die Sonne, aber der Mann, den ich habe. Gegen was soll ich ihn eintauschen?«

Yeza war zu klug, um jetzt ›den Vater deiner Tochter‹ als Antwort zu geben. Zum einen war das Kind nicht greifbar, zum anderen konnte Ariqboga Shirat sicher noch viele Kinder zeugen. Als hätte sie die Gedanken des Mädchens Yeza gelesen, fügte Shirat hinzu: »Wir werden dann auch Kinder bekommen, was ich bisher vermieden habe.«

Yeza begriff. Hamo war nicht der erste Mann in Shirats Leben gewesen, vielleicht aber ihre erste Liebe. Aber wie Yeza erfahren mußte, galt das alles nicht viel. Man hatte nur, was man hatte, das andere hatte man – gehabt! Aus und vorbei! Also mußte die Sklavin Shirat auch nicht befreit werden. Yeza umarmte die Freundin, drehte sich zur Seite und schlief gleich ein. Der Silbermond war aus dem Fensterbogen fortgezogen, und die letzten Wolken eilten ihm nach wie zurückgebliebene Schäfchen.

Bericht des Bartholomäus von Cremona, O. F. M., als Memorandum für seine Ordensoberen über einen Religionsdisput, veranlaßt vom Großkhan Möngke, abgehalten am 24. Mai 1254 zu Karakorum

Es waren alle drei Khanbrüder anwesend, der Khagan aller Mongolen nebst seiner ›christlichen‹ Gemahlin Kokoktai-Khatun, der Il-Khan und künftige Herrscher Persiens Hulagu mit seiner ebenfalls nestorianischen Gemahlin Dokuz-Khatun sowie der jüngste Bruder Ariqboga, Gouverneur des Zentral-Khanats und ›Kronprinz‹, der, noch unverheiratet, mit vielen Weibern in Sünde lebt, aber Wohlwollendes über das Christentum geäußert haben soll.

Dies kann man von Hulagu nicht behaupten. Er ist bislang – wenn Ariqboga seine Ambitionen nicht verwirklichen kann – für den ›Rest der Welt‹, also unseren Okzident, zuständig. Schon die Berufung des Sarazenen Ata el-Mulk Dschuveni auf den einflußreichen Posten seines Kämmerers zeigt an, in welche Richtung seine Sympathien gehen. Der Großkhan selbst, wie leider bekannt und bewiesen, verhält sich allen Religionen gegenüber tolerant, das heißt: gleichgültig. Der Hofstaat war weiterhin vertreten durch den General Kitbogha, Heerführer der insgeheim in Aufstellung befindlichen Invasionsarmee des Il-Khans, auch er ein Nestorianer, aber in erster Linie Mongole durch und durch. Ferner durch den Oberhofrichter Bulgai, ein undurchsichtiger Mann, den niemand irgendeiner religiösen Neigung bezichtigen kann. Er ist auch der Herr der Geheimen Dienste und hält es wie sein Herrscher, dem er treu ergeben ist. Weiterhin sind zu Gast das ›Königliche Paar‹, Roç und Yeza, die ›Kinder des Gral‹, denen der Großkhan nach der Eroberung des Westens eine besondere Rolle zugedacht hat. Er wird sie wohl in Jerusalem als Herrscher inthronisieren, als Marionetten von mongolischen Gnaden. Was das Abendland von ihnen zu erwarten hat, zeigen schon die Namen, die sie neuerdings führen: Roç Trencavel du Haut-Ségur und Yezabel Esclarmunde du Mont y Grial. Sie sind sich also ihrer Herkunft bewußt und gewillt, ein Friedensreich staufischen Rechts und katharischen Glaubens zu errichten, was dem Großkhan anscheinend noch nicht bewußt ist. Dieser – dazu diente die heutige Veranstaltung – hat ja bekanntlich vor, sich von William von Roebruk eine eigene christliche ›Staatskirche‹ zimmern zu lassen, die *Nova Ecclesia Mongalorum Ritus Orientalis*.

Das Streitgespräch der Religionen im Audienzsaal seines Regierungspalastes diente dazu, letzte Korrekturen anzubringen, damit das Konstrukt auch allen gefällt. Der Disput diente außerdem wohl als letzte Eignungsprüfung für William von Roebruk, den Möngke sich als ›Patriarchen‹ ausgeguckt hat.

Es wurde ein dreiköpfiges Schiedsgericht berufen, dem der Dschuveni sowie ein offensichtlich berühmter Schamane aus dem Altai mit Namen Arslan und schließlich meine Wenigkeit angehörten. Ich wurde auch zum Schriftführer bestellt.

Die Parteien waren wie folgt vertreten: die Kirche Roms durch den abtrünnigen Minoriten William von Roebruk, den der Großkhan fälschlicherweise auch für einen Gesandten des französischen Königs, des allerheiligsten Herrn Ludwig, hält. Die häretische Sekte des Nestor, hier bislang einzige Vertreterin Christi, durch einen armenischen Mönch namens Sergius, der am Vorabend den Sitz des nestorianischen Archidiakons durch Mord usurpiert hat und sich von seiner Gemeinde ›Archimandrit‹ titulieren läßt. Für den Islam sollte nicht ein Korangelehrter, sondern ein Sufi anreisen.

Die Unparteilichkeit des Schiedsgerichts wurde von zwei ›Derwischen‹ in Frage gestellt, und ich vermißte die ernsthafte Vertretung der Lehre Mohammeds. Die Götzendiener schließlich schoben den stadtbekannten Quacksalber und Wahrsager Gada Sami vor, ein indischer Jünger Buddhas, der bei Hofe gleichwohl starke Sympathie genießt. Den Sufi hatte nämlich noch keiner zu Gesicht bekommen, und auch der Mönch Sergius war noch nicht aufgetreten, als nach dem Eintreffen der hohen Herrschaften der Dschuveni auf den Beginn des Disputs drängte.

Da erschien William in vollem Ornat eines Bischofs mit Mitra und Krummstab in Begleitung seines ›Beichtvaters‹ Crean-Gosset. Sein Diener Philipp amtierte bewährtermaßen als Meßdiener. Bei seinem Einzug stimmten die noch führerlosen Nestorianer vereinzelt und verunsichert das »*Credo in unum Deum*« an, doch gleich darauf herrschte schon Uneinigkeit im ›christlichen‹ Lager.

Eigentlich hatten die Nestorianer versus Sarazenen beginnen wollen, aber weil der Archimandrit auf sich warten ließ, gaben sie William den Vortritt, der sich sogleich mit den Götzendienern anlegen wollte.

»Mit den Muslimen verbindet uns sowieso schon das Wichtigste«, argumentierte er. »Der Glaube an den *einen* Gott.«

Crean-Gosset sprang ihm bei. »Nehmt mich als *advocatus diaboli*!« schlug er vor. »Ich spiele den Götzenanbeter und sage: ›Es gibt keinen Gott!‹«

Darauf wußten die nestorianischen Priester nur zu entgegnen: »So steht es in der Heiligen Schrift!«

»Die Götzendiener erkennen diese nicht an – und nun?« beschämte Crean-Gosset die Leichtgläubigen. Da schwiegen sie verwirrt, und William erhielt freie Hand für das gesamte Christentum. Inzwischen murrten die Götzendiener, die in großer Zahl erschienen waren, und schlugen auf ihre kleinen Glocken und Handtrommeln, weil noch nie ein Khagan es gewagt hatte, eine Untersuchung ihrer Religionsgeheimnisse anzustellen. Weil der Dschuveni des Rumorens nicht Herr wurde, sorgte der Oberhofrichter für Ruhe, die mit seinem Dazwischengehen auch schlagartig eintrat.

Der Gada Sami schickte einen safrangelb gewandeten Glatzkopf vor, der William provozierend fragte, ob er erst über die Entstehung der Welt oder lieber über die Wanderung der Seelen nach dem Tode streiten wolle. So kam William zu seinem ersten großen Auftritt.

»Damit, mein Freund, darf unser Gespräch nicht beginnen. Alles ist von Gott. Er selbst ist der Ursprung, das Sein und dessen Herrscher. Von ihm allein müssen wir zuerst reden, denn hier scheiden sich bereits die Geister. Der Großkhan aber will wissen, wer von uns den rechten Glauben hat. Ich sage: Es gibt Gott, und es gibt nur einen Gott!«

Da rührten die Götzendiener wieder wie wild die Trommeln und bearbeiteten mit Klöppeln ihre Glocken, daß der Bulgai aufsprang und brüllte: »Ruhe! Im Namen des Großkhans! Ruhe!« Er ließ verkünden, daß bei Todesstrafe ab sofort keiner mehr Laut geben solle, dem nicht vom Versammlungsführer, er zeigte auf den Dschuveni, das Wort erteilt worden sei. Weiterhin verfalle der gleichen Strafe ein jeder, der den Streitgegner oder die von ihm vertretene Religion beleidige. »Des Todes ist auch, wer einen Tumult vom Zaun bricht oder sonstwie stört«, endete der Sprecher des Bulgai.

Darauf schwiegen alle, und William erinnerte den Götzendiener freundlich: »Ich warte auf deine Antwort.«

»Nur Toren behaupten, daß ein einziger Gott existiert«, gab jetzt Gada Sami vorsichtig heraus, er hing wohl an seinem Glatzkopf. »Die Weisen sprechen von mehreren Göttern. Gibt es nicht in deinem Land große Herrscher, und ist in diesem hier nicht Möngke-Khan der größte? So verhält es sich auch mit den Göttern.«

William war um eine Antwort nicht verlegen. »Du bringst ein schlechtes Beispiel, weil du von Menschen auf Gott schließt, statt umgekehrt zu folgern. Auf diese Weise könnte jeder Mächtige in seinem Land Gott genannt werden. Doch auch über dem Großkhan steht und herrscht *tengri*, der eine Gott!«

Ich schaute schnell zu Möngke hinüber. Der nickte, völlig einverstanden, und lächelte stolz über ›seinen‹ William.

Gada Sami gab nicht auf. »Wie ist denn dein Gott beschaffen, von dem du behauptest, daß er nur ein einziger ist – was *tengri* für sich keineswegs in Anspruch nimmt, wie du hoffentlich weißt.«

William ließ sich darauf nicht ein. »Alle anderen sind eure Götzen, aber keine Götter«, fertigte er seinen Gegner ab. »Gott, unser aller Herr, neben dem es keine anderen Götter gibt, ist allmächtig. Er bedarf deshalb keines Beistandes durch andere, geschweige denn durch Götzenbilder von Menschenhand. Gott weiß alles, er benötigt deshalb keine Ratgeber. Gott, der uns erschaffen hat, ist unser Herr. Er ist nicht darauf angewiesen, daß wir ihn in seiner Allumfassenheit verstehen!«

»So mag es im Himmel sein, doch auf Erden ist es anders.«

»Im Himmel wie auf Erden«, sprach William gütig. »Wenn es mehrere Götter gäbe, wäre ja keiner von ihnen allmächtig, sondern jeder müßte eine Schwäche aufweisen, für die dann ein anderer deiner vielen Götter zuständig wäre. Ich frage dich also: Glaubst du, daß irgendein Gott allmächtig ist?«

Da schwieg Gada Sami lange, weil er nachdachte. Schließlich befahl ihm der Kämmerer, zu antworten oder das Feld zu räumen. Endlich erwiderte er: »Kein Gott ist allmächtig!«

Die versammelten Sarazenen brachen in schallendes Gelächter aus, bis sie ein gestrenger Blick des Bulgai traf.

Dann sollten die Nestorianer mit dem Muslim disputieren. Der Herr Archimandrit war mittlerweile eingetroffen und hatte finsteren Gesichts Williams Sieg zur Kenntnis genommen. Er drängte sich vor. »Ich will Bruder William noch etwas fragen«, kündigte er an. »Hat nicht die Kirche Roms in ihrem vermessenen Anspruch, allein die Nachfolge Christi anzutreten gegenüber der damals bestehenden Vielgötterei in der Hauptstadt des Römischen Reiches, einen guten Teil des Olymps, der Götterversammlung, vereinnahmt? Die Erfindung der Trinität von Vater, Sohn und Heiligem Geist ist doch nichts anderes als die schmackhafte Verkleidung des Obergottes Jupiter, des Knaben Merkur und der Altvaterfigur des Saturn! Hat nicht der streitbare ›heilige‹ Geist Johannes des Täufers den kriegerischen Mars ersetzt? Finden sich die weiblichen Gottheiten der Liebe und der Fruchtbarkeit nicht in Maria wieder, der Jungfrau und Mutter? Das Patriarchat der Kirche gesteht ihnen noch weniger Raum zu als zuvor die Herren des Olymp! Dazu kam noch die Mondsichel, während die Sonne Apolls an den neuen Gott, Gottsohn, verliehen wurde. Ist das nicht alles schandbares Heidentum, ebenso ärgerlich wie verlogen, weil darüber kein Wort verloren wird, während du hier die Götzendiener abfertigst, die wenigstens ehrlich zu ihren Nebengöttern stehen?«

»Tzzz-tzzz«, zischte Dschuveni warnend, doch Sergius achtete nicht darauf. Er polterte weiter. »Die Kirche Roms ist weiß Gott kein Vorbild! Sie spielt sich mit ihren Evangelisten als Richterin auf, obwohl deren Wappentiere den starken Zeichen des vorchristlichen, zutiefst heidnischen Zodiaks entlehnt sind: Widder, Stier, Löwe und Engel! Und betrachtet nur die allerliebsten Bildlein von Aposteln und Heiligen! Sie sind voller Geilheit, Verzückung und Blutrunst! Die Verkündigung mit Engel, der blutende Jesus nackt am Kreuz, die Taube aus dem Auge des Höchsten herniederfahrend, selbst Gott wird nicht verschont! Als alter Mann mit Bart wird der Schöpfer dargestellt, das Allwissen durch ein Strahlenbündel, das ihm aus der Stirn wächst wie ein Horn, und die Allmacht durch eine Wolke, auf der der Greis ruht!«

»Tzzz-tzzz-tzzz«, versuchte der Kämmerer nochmals, den Archimandriten zur Ordnung zu rufen. Auch der Bulgai räusperte sich vernehmlich. Doch Sergius hatte sich festgebissen wie ein Mungo in die Schlange.

»Das ist schlimmer als Götzendienst! Das ist eine Verhöhnung Gottes! Die *Ecclesia catolica* ist eine Schande für die gesamte Menschheit. Mit Recht verweigern wir Nestorianer ihr die Gefolgschaft. Mit Recht hat der Prophet Mohammed 622 Jahre nach dem verratenen Stern von Bethlehem den Islam ausgerufen! Ich bin gern bereit, für diese Worte dem Richtschwert des hochverehrten Herrn Bulgai zu verfallen, denn ich sterbe in dem Wissen, daß ich Euch vor den Augen des höchsten Herrschers aller Mongolen, vor den Ohren des erhabenen Großkhans, die Maske einer ›christlichen‹ Kirche herunterreißen konnte. Diesen Weg darf die *Nova Ecclesia Mongalorum* nicht einschlagen, nicht mit einem Patriarchen, der dieser häretischen Sektiererei anhängt!«

Sergius, der Armenier, den ich zugegebenermaßen hasse, hatte seinen Auftritt glänzend einstudiert, das mußte man ihm lassen. Mit alttestamentarischer Strenge in donnergrollender Stimme, blitzenden Auges, ein Engel mit Flammenschwert, der den armen William aus dem Patriarchenparadies verweisen wollte.

William hatte interessiert zugehört, ja, sogar einige Male genickt, als wäre es nicht seine Kirche, die da eben so vehement wie infam angegriffen wurde. Einer sofortigen Antwort wurde er enthoben, weil Dschuveni endlich die Sarazenen zu Wort kommen lassen wollte.

Der Kämmerer schob einen zierlichen Greis mit schlohweißem Haar mitten zwischen die Streithähne. Trotz seines hohen Alters hatte der Maulana, »unser Meister«, wie einer seiner Sufischüler neben mir ehrfürchtig flüsterte, einen beinahe tänzerischen Schritt. Er verneigte sich nach allen Seiten und sprach: »Liebe Freunde, Gottes Allmacht gleicht vielleicht dem Ozean. Wer daraus schöpft, nur eine Handvoll, wird auch einzelne Tropfen sehen, womöglich zählen können. Wer in ihm schwimmt, wird ihn wieder anders wahrnehmen als derjenige, der vom Berg auf das Wasser hinabschaut. Noch anders mag es dem ergehen, der aus den Wolken sein Auge in ihn versenkt. Aber auch er kann den Ozean nicht in seiner Größe erfassen, wie hoch die Wolke auch steigen mag – und doch ist es ein und derselbe, der eine Ozean.«

Es war ganz still geworden im Audienzsaal des Khans. Der Sufi verneigte sich noch einmal höflich nach allen Seiten, lächelte Arslan zu und sprach: »Ich will Euch mit dem ›Mann Gottes‹ erfreuen.

>Gottes Mann ist trunken,
doch trinkt er keinen Wein;
er ist satt, doch rührt er keinen Bissen an.
Der Mann Gottes dreht sich wirbelnd im Rausch.
Was kümmert ihn Speise oder Schlaf?
Er ist ein König, verborgen vom schlichten Gewand.
Ein Diamant zwischen einstürzenden Ruinen.
Gottes Mann ist nicht Luft, noch Erde,
nicht Wasser oder Feuer.
Er ist eine Perle im uferlosen Meer,

ein wolkenloser Himmel, von dem Nektar träufelt.
Er ist Firmament ohne Ermessen mit hundert Monden
und dem Licht von hundert Sonnen.‹«

Als der Sufi geendet hatte, setzte kein prasselnder Beifall ein, sondern ein beschämtes Schweigen breitete sich aus, bis der Kämmerer sich aufraffte und William das Wort zur ›gemäßigten‹ Replik auf die Attacke des Armeniers erteilte.

Doch da trat Crean-Gosset vor und überreichte William ein Blatt. Er flüsterte kurz mit ihm und verkündete dann: »William von Roebruk möchte zuvor die Gelegenheit ergreifen und aus der gleichen Quelle schöpfen, die offensichtlich nicht namentlich genannt sein will, was wir respektvoll achten. Er will dem großen Meister danken für seinen Fingerzeig, der uns lehrt, wie wir kleinen Menschen mit Gott umzugehen haben.«

Und William zitierte mit ruhiger, wohlklingender Stimme:

»›Seine Weisheit entspringt allerhöchster Wahrheit,
nicht den Seiten eines Buchs;
er steht jenseits von Glauben und Zweifel;
er kennt weder Recht noch Falsch.
Der Mann Gottes hat aller Nichtigkeit Lebewohl gesagt
und ist wiedergekehrt in all seiner Pracht.
Gottes Mann ist gut verborgen.
Ach, meine Seele, mach dich auf,
such ihn und find ihn in deinem Herzen!‹«

Er hatte kaum geendet, da brandete Applaus auf. William winkte bescheiden ab, verneigte sich tief vor dem Sufi, der so berühmt war, daß Crean-Gosset seine Gedichte auswendig kannte. Geschickt hatte der sie William zugespielt, zu dessen Gunsten, wie der Beifall – und Möngkes Gesicht zeigten. Welches Spiel spielte Crean? War ihm nicht mehr an einer blamablen Niederlage des eitlen Minoriten gelegen? Wollte er William plötzlich doch als Sieger sehen? Oder wollte er nur den Erfolg des Armeniers vereiteln? William stand vor der schwierigen Aufgabe, sich glanzvoll aus einer aussichtslosen Affäre zu ziehen. Der Armenier hatte ihm keine Falle gegraben, sondern eine Grube, groß genug, um einen Elefanten zu fangen. Würde William hineintrampeln? Wer ihn kannte, traute es ihm zu.

»Lieber Freund«, sagte er zu Sergius. »Du hast dem Großkhan zwei unschätzbare Dienste erwiesen. Zum einen hast du ihm launig vorgeführt, welche Gefahren auf seine *Nova Ecclesia* lauernd warten, du hast unserem Herrscher vorgeführt, wie seine Staatskirche nicht werden darf. Zum andern hast du ihm bildhaft aufgezeigt, wie artenreich und reich verästelt die *Nova Ecclesia Mongalorum* erblühen kann, nämlich so wie die *Ecclesia romana catolica*. Für diese Mühe habe ich dir zu danken.«

Dem Armenier klappte der Unterkiefer herunter. Doch auch meine Wenigkeit war verblüfft wie auch alle anderen Juroren ob dieses Seiltanzes des William von Roebruk.

Der verneigte sich gegen Möngke, der ihm hoffnungsvoll zulächelte, und fuhr fort mit seinen Gauklertricks: »Mit keinem Wort will ich die Machenschaften Roms in den Gründerjahren verteidigen, sie wurden schmählich fortgesetzt durch die Jahrhunderte, fortgesetzt im Schatten des Stuhles Petri. Ja, ich könnte noch viel Unsäglicheres hinzufügen, denn gerade unsere Zeit ist angefüllt mit den Schandtaten der Kirche. Doch eines steht außer Zweifel: Sie besteht! Und offensichtlich auch vor Gott, was ein weiterer Beweis für seine Allmacht ist, die auch das Böse umfaßt! Die Kirche der Päpste ist böse und schlecht. Dafür gibt es vor den Menschen keine Entschuldigung. Nur: Gott braucht sich nicht zu entschuldigen! Und um ihn allein geht es; auch Teufelsanbeter, auch Götzenpriester dienen letztlich nur ihm. Sergius der Armenier, der nie eine Priesterweihe empfangen hat und sich nun Archimandrit nennt, dient ihm gleichermaßen. Er hat das reiche Bild einer Kirche gemalt mit Engeln und Teufeln, Jungfrauen und Heiligen. Für alle ist darin Platz, auch für die Falschen und Verlogenen, für die Quacksalber, Diebe und Mörder. Sergius hat es uns vorgeführt.«

William ließ von dem heiteren Plauderton und sprach mit biblischer Strenge. »Eine Kirche dient Gott, aber sie tritt nicht an seine

Stelle. Sie ist Menschenwerk und hat sich an Gottes Gebote zu halten. Und die sind strikt und klar. Das Jasa-Gesetz der Mongolen entspricht den zehn Geboten so vollkommen, als habe der große Dschingis-Khan es wie Moses direkt von dem himmlischen Herrscher empfangen. Nach ihnen sollte die *Nova Ecclesia* sich richten, einzig und allein! Nicht nach der Frage, in welcher Vielfalt Gott zu verehren ist, monophysitisch, als Trinität oder als Hundertschaft! Darüber kann Gott nur lächeln wie Buddha oder zürnen wie der Jahwe des Alten Testaments. Allein der Wille zur Einhaltung der Gebote begründet die Stiftung einer neuen Kirche, nicht die Frage, ob freitags Fisch oder Schweinefleisch gegessen wird! Es liegt jetzt beim Großkhan, ob er gewillt ist, eine Kirche ins Leben zu rufen, die all seinen Untertanen, ob Moslem oder Christ, ob Götzendiener oder Anhänger der Schamanen, weit offensteht und alle gleichermaßen in die Pflicht der göttlichen Gebote nimmt.«

Damit verneigte sich William vor dem Khagan und trat zurück zwischen Crean und Philipp. Beifall wollte nicht aufkommen. Bruder William hatte es sich mit seinen Bemerkungen über das Schweinefleisch und sonstigen Anspielungen auf die Empfindlichkeiten der verschiedenen Religionsgemeinschaften gründlich verdorben. Dennoch hatte er triumphiert, denn er hatte das letzte Wort gesprochen.

Der Kämmerer löste auf einen Wink Möngkes die Versammlung auf. Nach anfänglichem Zögern stimmten einige Nestorianer, wohl Anhänger des alten Archidiakons, die gegen den Archimandriten aufmuckten, noch einmal mit Inbrunst das »*Credo in unum Deum*« an, in das zu meinem Erstaunen auch die Sarazenen einfielen, nur die Götzendiener blieben stumm. So zogen wir Monotheisten als Sieger aus der Halle.

L. S.

»Warum, lieber Crean, hast du unserem Bruder in Not die Sufi-Dichtung als Anker zugeworfen?«

Zu nächtlicher Stunde hatten sich Monseigneur Crean-Gosset

und Bruder Barzo im Hause des Kämmerers Ata el-Mulk Dschuveni versammelt.

»Doch wohl kaum aus christlicher Nächstenliebe?« setzte Barzo noch hinzu.

»Die habe ich nicht zu vergeben«, entgegnete Crean trocken. »Und William hat sie nicht verdient. Doch der Angriff des Armeniers war so plump, daß vorauszusehen war, daß unser flämisches Schlitzohr ihn ohne Schaden überstehen und eher noch gefestigt aus ihm hervorgehen würde – was ja auch geschah. Ich wollte seinen Stern strahlen lassen, um seine Selbstsicherheit in Selbstüberschätzung umzubiegen. Er hat sich dem Großkhan dann ja auch als Moralapostel, als der Hüter eherner Gesetze, angedient. In dieser Rolle ist William verwundbar, wie wir alle wissen. Der Fehler des machthungrigen Sergius war, die Kirche anzugreifen, mit der unser verlotterter Franziskaner nichts zu schaffen hat. Er hätte Williams sündigen Lebenswandel anprangern sollen. Nun ist die groteske Situation eingetreten, daß der asketische und – von einigen häßlichen Flecken, die man auf seiner schwarzen Kutte aber nicht sieht, einmal abgesehen – durchaus sittenstrenge Armenier als lumpiger Chaot dasteht, während unser Bruder Leichtfuß sich dem Khan und Gott zum Wohlgefallen als gesetzestreuer, frommer Mann einer neuen Kirche anbietet. Geradezu die Idealbesetzung für die Rolle des Patriarchen!«

»Das muß mit aller Macht verhindert werden!« ertönte da die Stimme Dschuvenis, der lautlos den Raum betreten hatte. »Dieser William muß so schnell wie möglich aus Karakorum entfernt werden. Schon deshalb ist seine Berufung zu vermeiden, denn der Sturz eines von Möngke frisch eingesetzten Kirchenfürsten ist schwer zu bewerkstelligen, ohne daß das Ansehen des Großkhans beschädigt wird. Er wird ihn halten, wenn er ihn erst einmal inthronisiert hat. Möngke hängt sowieso schon mehr an William, als uns lieb sein kann.«

»William hat die in ihn gesetzten Erwartungen des Großkhans bisher auch voll erfüllt«, fügte Crean hinzu. »Wir müssen uns beeilen, wenn wir noch etwas unternehmen wollen. Die offizielle Verkündigung ist auf Pfingsten festgesetzt, eine Woche –«

»Wir müssen uns vor allem überlegen, *was* wir unternehmen wollen«, erwiderte Barzo.

»Ja«, echote der Kämmerer, nicht gerade erleuchtet.

Crean entgegnete: »Der erste Hieb muß tödlich sein, denn zu einem zweiten oder dritten wird der Khan es nicht kommen lassen. Er muß ohne falsche Sentimentalität gegen die leibliche Erscheinung unseres William geführt werden –«

»In den Unterleib!« rief Barzo lachend. »Mir kommt da eine Idee, die so banal ist, daß ich mich ihrer fast schäme.«

»Nur keine falsche Scham, Barzo, du hast dich schon in Otranto als übler Intrigant bewiesen. Ich sage nur: Triere!«

»Genau da will ich anknüpfen«, frohlockte Barzo. »Hört zu, Dschuveni! Der jüngste Bruder des Khans hat eine Sklavin namens Shirat –«

»– die Ariqboga, der Brauskopf«, der Kämmerer war beglückt, wieder etwas zum Gespräch beitragen zu können, »so heiß und innig liebt, daß er ihr einen Heiratsantrag gemacht hat, den die Vermessene aber abgelehnt hat!«

»Um so besser!« rief Barzo und fuhr nun bar aller Hemmungen fort mit seinem Plan. »Dann ist Shirat als Frauensperson höchst geeignet, um mit William in einer verfänglichen Situation angetroffen zu werden. Versuchte, wenn nicht vollendete Unzucht!«

»Der zukünftige Patriarch verstößt gegen eines der Gebote, die er beim Khan eingefordert hat!« stellte Crean fest. »Du sollst nicht begehren deines Nächsten Weib!«

»William von Roebruk vergreift sich an der Frau eines Dschingiden!« rief Dschuveni hocherfreut. »Eine solche Schändung bezahlt er mit dem Tod. Da kann auch der Khagan ihn nicht retten!«

»Armer William«, sagte Crean.

Doch Barzo ließ sich nicht aufhalten. »Sein nacktes Leben wird er schon behalten, wie wir ihn kennen«, tröstete er Crean, auch wenn Dschuveni ihn ungläubig anstarrte. »Roç und Yeza haben Shirat, die sie von früher kennen, im Harem von Ariqboga entdeckt«, erläuterte er dem Kämmerer geduldig, dessen Gesichtsausdruck deshalb nicht intelligenter wurde. »Und sie sind wild entschlossen, sie zu befreien!«

»Das Königliche Paar muß aus dieser Geschichte unbedingt herausgehalten werden!« erregte sich Dschuveni. »Der Il-Khan Hulagu wünscht keinen Makel auf dem Bild seiner Friedenskönige!«

»So soll es sein!« bestätigte Crean ernsthaft.

»Keine Sorge«, antwortete Barzo. »Im Gegenteil, Roç und Yeza müssen unter irgendeinem Vorwand aus ihrem Steinhaus fortgelockt werden. Shirat hingegen wird dorthin bestellt, eine fingierte Einladung Yezas –«

»Das könntet Ihr übernehmen, Herr Dschuveni«, sagte Crean kühl. »Ihr wollt Euch zwar die Kinder unbeschädigt erhalten, nicht jedoch den Ariqboga, dessen Ambitionen Eurem Herrn Hulagu ein Dorn im Auge sind –«

»Monseigneur«, antwortete der Kämmerer gepreßt, »Ihr sprecht nicht wie ein gewöhnlicher Priester, doch ich will diesen Teil der Aufgabe auf mich nehmen.«

»Gut«, nahm Barzo, der *spiritus rector*, den Faden wieder auf. »Die Kinder sind weg, Shirat trifft ein und findet dort William!«

»Am besten nackt!« sagte Dschuveni und grinste. »So sollen die Leute des Bulgai die beiden überraschen!«

»Ich bin empört«, sagte Crean. »Ihr sprecht nicht wie ein hochgestellter Würdenträger des Hofes, Herr Dschuveni, sondern wie ein Mann der Geheimen Dienste.«

Da lachte der Kämmerer und entließ die beiden Christen, so sie denn welche waren.

Crean und Barzo strebten zurück zu der Jurte, die sie mit William bewohnten. »An welche ›Ordensoberen‹ ist eigentlich das Memorandum gerichtet, das du von dem Religionsdisput angefertigt hast?« fragte Crean so scheinheilig wie beiläufig. »Doch nicht für den Generalminister der Franziskaner?«

Barzo ärgerte sich nur einen Augenblick über die Neugier des anderen.

»Du vergißt, Crean de Bourivan, welchem Orden wir beide Rede und Antwort stehen müssen. Hast du der Prieuré etwas zu verbergen?«

Crean schüttelte den Kopf. »Nichts, was sie nicht schon wüßte, Bruder Barzo.«

»Dann nimm mir doch auch etwas von meiner Neugier ab: Wer war der Sufi, dessen Verse du auswendig kennst?«

»Wenn du sie nicht kennst, muß ich dir auch den Namen des Verfassers nicht verraten.«

»War es der Maulana selber?«

Barzo starb fast vor Begierde, hinter das Geheimnis des Derwisches zu kommen. »Der große Rumi in eigener Person? Habe ich den größten Sufi unserer Zeit in Fleisch und Blut gesehen, diese schönen und weisen Worte aus seinem Mund gehört?« Barzo gebärdete sich trotz seines würdigen Alters wie ein verzückter Scholar.

»Vielleicht«, sagte Crean.

DIE NACHT DER VERSCHWÖRER
LIBER III
CAPITULUM IV

Aus Yezas geheimer Chronik
Ich glaube, Roç und ich, wir sind die einzige Ausnahme von der Regel: ›Gehe nie zum Großkhan, wenn du nicht gerufen bist‹. Herr Möngke freut sich jedesmal über unseren Besuch. Eigentlich hatten wir Ariqboga aufsuchen wollen, damit mein Ritter und König mit eigenen Ohren aus Shirats Mund vernehmen konnte, daß die Mamelukenprinzessin nicht von uns befreit werden wollte. Er mochte mir nämlich nicht glauben, wie sehr sich Hamos kleine Frau verändert hatte. Doch Dschuveni, den wir am Tor zum Prinzenflügel trafen, erklärte uns, daß der Khanbruder in Begleitung von Shirat ausgeritten sei. Vor dem Abend würden sie nicht zurück erwartet.

Da wir schon mal im Palast waren, gingen wir in den großen Audienzsaal, um dem Großkhan beim Regieren zuzuschauen. Möngke liebt das sehr. Außerdem lernt man dabei viel über die Ausübung von Macht. Der Khagan war schlecht gelaunt. Der Grund für seine Verstimmung war, daß an diesem Tag Priester dringend um Audienz nachsuchten, die er nur ungern anhörte. Es waren Nestorianer, die wohl der Mönch geschickt hatte, nicht ohne sie zuvor aufgestachelt oder in seiner Hexenmeisterart eingeschüchtert zu haben. Auf Befragen erklärten sie dem Großkhan, sie sähen in William nicht länger den geeigneten Kandidaten für das Patriarchat.

Ich habe schon seit einiger Zeit den Eindruck, daß dem Möngke seine neue Kirche mittlerweile zum Hals heraushängt. Mißmutig hielt er lange Zeit die Knochen des Schulterblatts eines frisch ge-

schlachteten Hammels in den Händen, wendete sie hin und her, bevor er sie den Dienern übergab, die sie in die Glut des Feuers legten. Vielleicht bereute Möngke längst, sich überhaupt auf eine Kirchengründung eingelassen zu haben, und wäre eigentlich nicht unglücklich, wenn alles beim alten bliebe.
Weil er aber, der Größte und Unfehlbare, die *Nova Ecclesia Mongalorum* angekündigt hatte, wollte er keinen Rückzieher gestatten – weder sich selbst noch irgend jemand anderem. Er ging also die Priester recht ungnädig an, was sich schon darin zeigte, daß er den gefürchteten Bulgai antworten ließ: »Wart ihr Christen nicht die ersten, die sich hinter William gestellt haben? Versucht ihr jetzt, der Person des Patriarchen in den Rücken und eurem Herrn in den Arm zu fallen, so werdet ihr in Zukunft die letzten sein, auf denen das Auge des Herrschers ruht – wenn ihr überhaupt noch vor sein Angesicht treten dürft!« So fertigte der Oberhofrichter die Jünger Nestors ab, und man konnte spüren, daß es ihm Vergnügen bereitete. »Bestellt eurem ›Archimandriten‹«, brummte er den Abziehenden nach, »der Großkhan erwarte eine schriftliche Ergebenheitsadresse und keine weitere Diskussion in dieser Sache!«
Roç und ich, die wir William länger kennen als alle hier in Karakorum – mit Ausnahme von Crean –, haben uns an die täglichen Auftritte des Patriarchen in spe gewöhnt, aber für die Mongolen ist seine Erscheinung in ständig wechselnden, kostbaren Gewändern samt Mitra und Stab immer noch etwas Besonderes. Sie stehen an den Straßen und jubeln ihm zu, wenn er sich, begleitet von ihm assistierenden Nestorianern, zur Messe in die Kirche begibt oder zu Krankenbesuchen eilt. Es gibt immer noch genügend Priester, die zu ihm halten. Und dem Armenier gelingt es nicht, William das Betreten der Kirche zu verbieten. Stehen keine Nestorianer zur Verfügung, dann dient Philipp unserem William als Meßdiener. Der läßt dann zwar die hermelinverbrämte Mantelschleppe, die er sonst eifrig davor bewahrt, im Dreck schleifen, aber er trägt unserem dicken Franziskaner wenigstens die Fahne mit dem Lamm voran. Und die Leute laufen aus ihren Häusern und klatschen, küssen William die Hände. Viele werfen sich auch zu Boden, wenn er vorüberschreitet. Wie ihn gibt es keinen

Zweiten; da verblaßt selbst der düstere Sergius, der immer noch im schwarzen Büßerhabit und mit seinem Kreuz auf der Stange umherläuft und seine Gemeinde mit Fastengeboten drangsaliert. Mindestens einmal die Woche müssen William und der genesene Meister Buchier dem Großkhan über die Fortschritte der zerlegbaren und transportablen Kathedrale berichten, und Möngke hat ihnen eigens einen riesengroßen Ochsenkarren zimmern lassen, auf dem das Modell aus farbig bemaltem Holz und Stoff zum Palast gefahren wird, damit er es bewundern kann. Die Achsen des Gefährts, das vierundzwanzig Ochsen ziehen müssen, sind so breit, daß in dem großen Haupttor in Nabenhöhe Schlitze in die Mauer gestemmt wurden. Möngke freut sich jedesmal über die Vorstellung, und Roç und ich müssen immer zugegen sein und unsere Meinung abgeben. Bald schon soll mit dem Gießen und Schmieden der ersten Teile begonnen werden.

Nach den Nestorianern traten Götzendiener vor den großen Khan. Mit Glocken und kleinen Rasseln und Trommeln strömten sie geräuschvoll in den Audienzsaal. Als ihren Sprecher hatten sie diesmal nicht Gada Sami mitgebracht – den hatten sie nach seinem Versagen beim Religionsdisput mit William bespuckt, geschlagen und fortgejagt, sondern einen alten Lama. Er hatte sich das Gesicht mit Tonerde und Asche eingeschmiert und war wohl blind, denn sie führten ihn an der Hand. Der Bulgai hätte sie am liebsten gleich hinausgeschmissen, doch Möngke ist abergläubisch. Ihm gilt ein Blinder als Sehender. Es wurde eigens ein Dolmetscher für den Wahrsager herbeigeholt. »Ihr habt, o Herr, in Eurem Garten einen wunderschönen Hühnerhof.« Die Stimme des alten Lama piepste, als wolle er dessen Geräusche nachmachen, und der Dolmetsch war versucht, es ihm gleichzutun. »Darin leben Scharen von Perlhühnern, Grauschwanzhühner aus der Steppe, das Schneehuhn und das Schwarzhalshuhn aus den Bergen. Jede Herde hat ihren Hahn, und alle legen Eier.«

Möngke zeigte schon Ungeduld, aber das konnte den Blinden nicht rühren. »Eines Tages schenkt Euch ein fremder König einen Pfau, ein prächtiges Tier, groß und fett –«

»Wirf ihn raus«, sagte Möngke leise zum Bulgai. Wir konnten es deutlich hören, während der Lama fortfuhr: »Und der Pfau kräht sogleich: ›Bin ich nicht stattlicher als alle Hähne hier im Hof? Was bedarf es ihrer noch? Schlachtet sie!‹ Gewiß ist auch der Pfau ein Huhn, aber was wird aus den Eiern? Das frage ich Euch, o Herrscher –«

Möngke unterdrückte seinen Zorn und überließ die Antwort dem Bulgai. »Das frage ich mich auch«, ahmte der den Diskant eines Kastraten nach. »Was wird wohl daraus, wenn ich sie Euch erst abgeschnitten hab'?«

Einen Moment war es ganz still, dann lachte der Hofstaat schallend los, alle prusteten und schlugen sich vor Wonne auf die Schenkel. Die Götzendiener standen wie erstarrt, dann griffen sie sich den Lama und zerrten ihn eilends aus dem Saal. Ihre Glöckchen und Rasseln bimmelten schrill und hektisch. Das tobende Gelächter der Mongolen verfolgte sie. Selbst der Khan konnte sich vor Lachen nicht halten.

Währenddessen hatten sich die Sarazenen erhoben, die schon seit einiger Zeit warteten. Ihr Wortführer verneigte sich vor dem Großkhan. »Wir wollen uns nicht mit gackernden Hühnern vergleichen. Ein Herrscher besitzt Jagdfalken, so viele, so gute und so verschiedenartige, wie es ihm beliebt. Nur einer kann auf der Faust des Herren sitzen und von ihm in die Lüfte geworfen werden. Sind deswegen die anderen geringer? Sie sind es nicht! Alle fliegen und schlagen ihre Beute im Namen des Herrschers und preisen ihn. Sie sind stolz, daß einem von ihnen – einem Falken wie sie – die Ehre des Handschuhs zukommt und nicht einem Huhn!«

»Das war wohl gesprochen«, erwiderte Möngke und hieß sie, wieder Platz zu nehmen. »Wir wollen jetzt die Knochen sehen!« befahl er. Kurz darauf hielten die Schamanen dem Großkhan schweigend das verkohlte Schulterblatt hin. Er runzelte die Stirn, und Roç, der näher bei ihm saß, flüsterte mir zu: »Quer geplatzt!«

Das war ein schlechtes Zeichen.

»Der Hammel war alt«, sagte der Großkhan verärgert.

Bulgai nickte. »Schon möglich«, räumte er bedächtig ein, »aber es bedarf des Orakels nicht, um festzustellen, daß die Berufung Eures Wunschkandidaten Unfrieden stiften wird. Es ist meine Pflicht, dies auszusprechen«, fügte er hinzu. »Straft mich dafür, ich bin Euer Diener!«

Ehe Möngke sich dazu äußern konnte, wurde seine geteilte Aufmerksamkeit – sein Blick wanderte immer wieder zu den verbrannten Knochen und den Schamanen – auf General Kitbogha gelenkt, der mit Barzo den Saal betrat. Ich war gespannt, was die beiden zu sagen hätten, denn sicher würde der Khagan auch ihre Meinung erfragen. Mich wunderte schon, daß er – gegen seine Gewohnheit – Roç und mich nicht in die Diskussion einbezogen hatte.

Der General flüsterte kurz mit dem Oberhofrichter, und der Bulgai verkündete zu unserer Überraschung: »Das Königliche Paar verabschiedet sich vom Großkhan!«

So standen wir auf, verneigten uns und schritten die Stufen hinab. Der alte General, den ich sehr mag, geleitete uns aus dem Audienzsaal.

»Ihr solltet jetzt in Euer Haus gehen«, riet er ernsthaft besorgt. »Und wenn Ihr William seht, richtet ihm aus, es wäre gut, wenn er bald seinen dicken Hintern zum Palast bewegen würde!« Kitbogha sah bekümmert aus, doch dann straffte sich seine mächtige Figur. »Er muß nun den Kampf gegen seine Feinde aufnehmen!«

Roç und ich versprachen, dafür zu sorgen.

L. S.

Im Audienzsaal hatte der Oberhofrichter das Wort ergriffen. »Der Franziskanerbruder Bartholomäus von Cremona ist im Namen des Großkhans aufgefordert, dem erlauchten Kämmerer Ata el-Mulk Dschuveni vor den Augen und Ohren des höchsten Herrschers Rede und Antwort zu stehen.«

Der Dschuveni trat vor. »Ich will dem Gefährten unseres allseits verehrten William von Roebruk einige Fragen stellen, die die zukünftige Amtsführung seines geliebten Mitbruders betreffen, wie er Mitglied Ordinis Fratrum Minorum. Betrachten wir die Verhältnisse im Abendland, aus dem beide Brüder kommen. Auch dort gibt es einen höchsten weltlichen Herrscher, der sich Kaiser nennt und über allen Königreichen steht, und das Oberhaupt der christlichen Kirche, den Papst.« Er trat zurück und gab Barzo einen Wink, zu sprechen.

Der verneigte sich vor dem Großkhan und sagte:»Ich wage es nicht, Euch Zustände zu schildern, die Eure Majestät vielleicht –«

»Sprecht!« mahnte Bulgai, obgleich er das Spiel durchschauen mußte.

»Seit über zweihundert Jahren wird das Abendland durch Kriege geschwächt, die daher rühren, daß der deutsche König, der nur durch Salbung von des Papstes heiliger Hand die Kaiserkrone tragen darf, mit dem Heiligen Vater im Streit liegt. Er, der Papst, Oberhaupt der gesamten Christenheit, muß sein göttliches Recht der Einsetzung und Krönung von Königen und Kaisern gegen diesen verteidigen, der da meint, seine weltliche Macht falle ihm als König blutsmäßig zu und als Kaiser genüge es, wenn der Kuriltay, der Reichstag der Fürsten, ihn zum Kaiser küre.« Barzo legte empört eine Pause ein, damit Dschuveni dazwischenfahren konnte.

»Demnach setzt nicht der Kaiser, der oberste Herrscher aller Völker, den Papst ein, sondern umgekehrt der Oberpriester den Kaiser?«

»Ja, so ist es – von Gott gewollt!« pflichtete Barzo bei.»Der Papst hat auch das göttliche Recht und die Pflicht, einen Kaiser wieder abzusetzen, ihn aus der Gemeinschaft der Kirche zu verbannen, ihn der Acht aller Gläubigen auszusetzen, wenn der nicht nach den Geboten des Papstes lebt und regiert. So ist es gerade dem letzten Kaiser Friedrich ergangen. Er wurde vom Thron gestoßen, und sein Reich vom Papst an andere verteilt.«

Den Mongolen verschlug es die Sprache. Möngke verbarg seine Stirn hinter vorgehaltener Hand.»Der Herrscher muß sich taufen lassen?« schickte Dschuveni vorweg, und Barzo nickte.»Es genügt aber nicht, daß der Herrscher sich taufen läßt, um seine Herrscherwürde aus den Händen des Pat-, äh, des Paten, des Papstes zu erhalten, er muß sich auch als Herrscher so verhalten und sein Leben so führen, wie der Papst es für richtig hält?«

»Der Kaiser muß seine Sünden beichten wie jeder andere Christ. Was ›Sünde‹ ist, bestimmt der Papst, der ihn strafen kann und ihm auch die ›Buße‹ auferlegt.«

»Und was ist Sünde?«

»Wenn der Kaiser mehr als – mehr als eine Frau hat.«

»Weiter!« drängte Dschuveni.

»Um nicht sündig zu leben –«, stotterte Barzo gekonnt verlegen, »muß man viel, äh, viel weniger trinken, als, als, man muß nüchtern zur Messe erscheinen, und das täglich, man ist gezwungen, die Fastengebote einzuhalten –«

»Weiter, weiter!« trieb ihn Dschuveni.

»Ein guter Christ soll auch keine Kriege führen. Im Gegenteil, wenn ihm einer einen Streich versetzt, muß er auch noch die andere Wange hinhalten –«

»Hört auf!« stöhnte der Khan. »Mir wird schlecht.«

»Verschwindet!« polterte der Bulgai den Barzo an und schenkte auch dem Dschuveni einen zornigen Blick. »Ihr verderbt dem Herrscher die Laune!«

Barzo stolperte hastig aus dem Raum. Nur jetzt nicht auf die Schwelle treten, war sein einziger Gedanke, bis er sich im Freien befand.

Der Kämmerer folgte ihm gemessenen Schritts. »Ihr habt es hören wollen!« zischte Barzo dem Oberhofrichter zu. »Ich habe Euch gleich gesagt, es wird dem Khagan aufs Gemüt schlagen.« Er verdrückte sich, weil er Kitbogha auf sich zukommen sah, der ebenfalls sehr wütend wirkte.

Der General wurde von Bulgai sofort zu Möngke vorgelassen.

»Schwört mir bei Eurem Leben«, schnaufte Möngke, »daß William nicht der verkleidete Papst ist, der uns hier heimsucht, ohne daß wir ihn erkennen.«

»Beruhigt Euch, Herr, ich kann Euch beim Leben meiner Kinder versichern, daß William sich weder in seiner eigenen Lebensführung noch in seinem Anspruch an das Verhalten anderer so verhalten wird wie der Papst!«

»Hat William nicht von der strengen Einhaltung der Zehn Gebote gesprochen, wenn er der neuen Kirche vorstehen soll? Stehen nicht schreckliche Forderungen in diesen Zehn Geboten?« So sprach der Dschuveni, der noch einmal zurückgekehrt war und sich den Erfolg seiner Inszenierung nicht verderben lassen wollte. »Heute trinkt William mit Euch und ist ein gar umgänglicher Geselle«, wandte er sich an den Khan, »doch morgen, als Patriarch, wird er andere Saiten aufziehen.«

»Das wird sich zeigen«, sagte der Bulgai, nichts Gutes verheißend, so daß Kitbogha es für angebracht hielt, seinen Schützling zu verteidigen. »Ihr könnt ihn ja auf die Probe stellen«, sagte er schlau. »Schickt ihn mit Eurem Bruder Hulagu und mit dem Herrn Dschuveni als erstes nach Persien. Bewährt er sich –«

»Die Verantwortung übernehmt Ihr, Kitbogha!« giftete der Kämmerer zurück. »Wenn ich recht informiert bin, dürfen mein Herr Hulagu und ich ja auf Eure Begleitung zählen, wenn es um die Eroberung des ›Restes der Welt‹ geht!«

»Meine Herren!« stöhnte Möngke, und der Oberhofrichter verstand seinen Wunsch. »Verlaßt uns jetzt bitte. Wir werden Euch unsere Beschlüsse wissen lassen!«

Die Versammlung löste sich auf. Dschuveni, der Kämmerer, begab sich händereibend in den Prinzenflügel und ließ Ariqboga ausrichten, daß die Prinzessin Yeza sich freuen würde, ihre Freundin, Prinzessin Shirat, am Abend bei sich zu Gast zu sehen.

Chronik des William von Roebruk, Karakorum, am Gedächtnistag des hl. Pius I. 1254

Ich befand mich mit Crean allein in meiner Jurte und hatte ihn gerade gefragt, warum er mir gegen den Mönch beigestanden habe. »War das dein Judaskuß, Crean de Bourivan?« Da traf Barzo, mein anderer falscher Bruder, ein.

Der war inzwischen so sehr in die Rolle des ›Bartholomäus von Cremona‹ geschlüpft, daß er auch das intrigante Gehabe der Geheimen Dienste der *Ecclesia catolica* verinnerlicht und den alten, lustigen Lorenz von Orta völlig vergessen hatte. Doch als der kam er plötzlich wieder daher. Freudig verkündete er: »Spontaner wie einsamer Beschluß des Großkhans Möngke: Der Patriarch wird umgehend ernannt!« Beide fielen mir um den Hals.

»Der Khan, von dem ich gerade komme«, berichtete Barzo, »verlangt, daß du vorher ein Bad nimmst und im weißen Büßergewand vor ihm erscheinst. Das müssen ihm wohl die Nestorianer eingeredet haben«, fügte er entschuldigend hinzu, als er mein zweifelndes Gesicht bemerkte. »Du kannst Kitbogha fragen, der mich begleitet hat.«

Richtig, ich hatte die beiden weggehen sehen, doch gerade die aufgesetzte Fröhlichkeit des verräterischen Barzo machte mich stutzig.

»In welchem Schierlingsbad wollt ihr mich ersäufen?« gab ich den Henkersknechten, diesen Schergen der Prieuré, mit Zittern und Bangen die letzte Möglichkeit, von ihrem üblen Tun abzulassen.

Doch Barzo, der Judas, küßte mich und rief: »Ehe der Hahn dreimal gekräht, müßtest du alter Sünder *de iure canonica* die ganze Wanne ausschlürfen, nachdem du in frisch gerupften Brennesseln, Pfefferschoten und Salzlake kalt gebadet hast!« Selbst Crean mußte lachen.

»*Fratre peccavi!* Wo ist der Ort, an dem ich Buße tun darf?« tat ich Barzo Abbitte.

Dafür wußte Crean guten Rat.

»Das Steinhaus der Kinder, ich meine, von Roç und Yeza, hat einen Hamam. Los, Barzo, lauf los!« befahl Crean. »Und bitte unser Königliches Paar um die Erlaubnis, das Bad sofort anzuheizen!«

Barzo lief los, und Philipp suchte mir ein weißes Büßerhemd unter den Gewändern des Bischofs heraus. Es war aus feinstem Linnen. Ich hätte die ganze Welt umarmen können! Wie hatte ich nur Crean verdächtigen können? Eiligst begab ich mich mit meinem Beichtvater Monseigneur Crean-Gosset und meinem Diener Philipp zum rituellen Bade.

L. S.

Aus der geheimen Chronik des Roç Trencavel, Karakorum, erste Dekade des Juli 1254

War das eine Freude! Unser William wird Patriarch! Wir waren alle zusammen in dem Hamam, weil das alte Schlitzohr zuvor alle Sünden ausschwitzen und abwaschen sollte.

Ich sagte zu Yeza: »Komm, wir baden mit William wie in alten Zeiten!« Die Dame zierte sich. Ich fügte also hinzu: »Wenn er erst mal Patriarch ist, kann er nie wieder mit uns baden!«

Das überzeugte sie. William hatte schon seine Kleider abgelegt, ganz schön fett ist er mit den Jahren geworden! Das würde ein großer Spaß werden. Crean war natürlich dagegen, der Spielverderber! Er wollte nicht, daß wir uns auszogen und zu William gesellten. Das sei ein rituelles Bad, und William müsse sich allein und in stiller Versenkung auf seine neue Aufgabe vorbereiten. Da mußte auch William lachen. Doch als wir ihn dann hinab zu dem marmornen Rund führten, das mit seinen Säulen ein *balaneion* darstellte, auf das wir sehr stolz waren, da scheute er zurück wie ein Pferd vor dem Graben.

»Kein Mensch merkt, ob ich wirklich darin war.« Widerwillig zeigte er auf das dampfende Wasser.

»Doch«, sagte ich, »man kann es riechen.«

Crean drängte. »Du hast wohl Angst, als neuer Mensch aus dem Naß zu steigen? Stell dich nicht so an!«

Da bockte William erst recht. »Was liegt euch nur daran, mich in das Becken zu treiben?« Er zitterte plötzlich. »Ihr wollt mich umbringen! Mich ertränken oder mir die Pulsadern aufschneiden!«

Vor wem hatte er Angst, daß er auch nicht einen Schritt die Treppe hinuntertrat und nicht wenigstens mit dem großen Zeh die Temperatur prüfte?

»Jemand will mich vergiften!« flüsterte er mir verschreckt zu. »Der Mönch will nicht zulassen –«

»Jetzt reiß dich zusammen, William!« schimpfte Crean. »Ein warmes Bad hat noch niemanden getötet, und du hast ein starkes Herz!«

»Ich denke nicht daran!« schrie William. »Ihr steckt alle unter einer Decke der Neider! Unsichtbare Essenzen werden in mich eindringen wie schmarotzende Würmer, mein Gedärm verwüsten, mein

Blut trinken, giftige Dämpfe mir den Atem rauben.« Ich nahm ihn an die Hand – er war den Tränen nahe – und beruhigte ihn: »Yeza und ich werden dich von der Harmlosigkeit unseres Badewassers überzeugen.« Doch da sprang Crean dazwischen. »Ihr seid zwar die Herren hier im Haus, meine Könige«, sagte er, »doch es gilt, was ich zuvor gesagt habe. Bitte gestattet mir, daß ich William den Beweis liefere, daß seine Ängste unbegründet sind.« Und schon hatte er seine Kleider abgeworfen und sich gemessenen Schrittes die Stufen hinunter zur Mitte des Beckens begeben.

»Tauch mit dem Kopf unter, Crean de Bourivan«, rief William, »dann will ich dir glauben, mich schämen und dir folgen!«

Crean tat, wie ihm geheißen, und blieb so lange unter Wasser, bis er wieder Atem schöpfen mußte. Er tauchte prustend auf.

»Ich schäme mich!« rief William lachend und machte Anstalten, es Crean gleichzutun.

In dem Moment erschien Kito, den wir wegen seiner Dienste an der Grenze lange nicht mehr gesehen hatten. Yeza rief: »Du kannst auch mit uns baden!« Doch Kito wehrte ab. »William und ihr sollt unverzüglich in den Palast kommen, Befehl des Khans!«

Yeza scherzte: »Sobald wir William gebadet haben!«

Aber Kito verstand keinen Spaß. »Für Waschungen bleibt keine Zeit! Wir müssen sofort aufbrechen!«

Also schlüpfte William so, wie er war, in das von Philipp bereitgelegte weiße Gewand, und wir ritten zum Palast. Draußen trafen wir den Dschuveni. Er rief: »Beeilt Euch! Der Khan wartet schon!«

L. S.

Der Kämmerer stürzte wütend in den Hamam. »Wer hat denn William geheißen, sich zu entfernen?« schimpfte er. »Gleich kommt diese Shirat –«

»Der Großkhan hat ihn überraschend zu sich gerufen!« rief Crean ihm zu, noch immer in der Mitte des *balaneion*s stehend. »Und die Kinder dazu.«

»Und wer steigt jetzt mit der Sklavin ins Bad?«

»Ich nicht«, wehrte Barzo gleich ab, »auf keinen Fall! Es war Eure Idee, Dschuveni!«

Sicherheitshalber verließ er sofort den Raum, um noch von der Tür aus hinzuzusetzen: »Jetzt müßt Ihr sie ausbaden!«

»Ich tät's ja gern«, sagte der und lächelte falsch, »doch bliebe dies ohne jede Wirkung, denn ein von mir begangener Fehltritt würde kaum dem William angelastet werden. Wenn der Herr Patriarch schon nicht selber zur Verfügung steht, dann muß es wenigstens sein Stellvertreter sein – sein Beichtvater!«

»Ich wirke nicht glaubhaft«, wollte Crean sich der unangenehmen Aufgabe entziehen, zumal er gerade die beruhigende Wirkung der warmen Wellen genoß, denen er sich rücklings treibend hingab.

»Ihr seid mir schöne Verschwörer!« fauchte der Kämmerer. »Dann findet eben nichts statt, und ich werde die Sklavin aufhalten und zurückschicken!« Wütend verließ er den Raum, nicht ohne dem plätschernden Crean einen arglistig prüfenden Blick zu schenken.

Aus Yezas geheimer Chronik

Wir trafen im Palast ein und wurden sofort vor den Großkhan geführt. Es war nur noch der Bulgai bei ihm, der sich sehr über Williams weißes Hemd wunderte. Es herrschte keineswegs die feierliche Stimmung, die ich bei der Weihe eines Patriarchen erwartet hatte. Mir schwante Übles. William stand da in seinem Büßergewand und empfand sicher Ähnliches.

»Setzt euch«, sagte der Khan müde. Er hatte getrunken, und das reichlich. Außer den Bediensteten am Trinkbaum bei der Tür war niemand zugegen. Sie brachten uns eine Schale. William trank einen Schluck. »Wir Mongolen«, sprach Möngke langsam und wägte jedes Wort, »wir glauben, daß es nur einen Gott gibt, in dem wir leben und sterben, und auf ihn richten wir unser ganzes Herz.«

William sah sich aufgefordert, darauf zu antworten. »Gott selbst wird es sein«, sagte er mit brüchiger Stimme; ich glaube, er litt Höllenqualen, »der dies gewährt, denn ohne seine Gnade kann derartiges nicht geschehen.«

Der Khan ließ sich seine Schale füllen und trank, reichte sie aber nicht wie gewohnt an William, so daß der sich an unsere hielt. »So wie Gott der Hand verschiedene Finger gab«, fuhr Möngke bedächtig fort, »so gab er auch den Menschen verschiedene Wege, die Seligkeit zu erlangen. Euch gab Gott die Heilige Schrift mit den Zehn Geboten. Aber ihr Christen richtet euch nicht danach. Uns aber gab er die Schamanen. Wir richten uns nach ihren Worten, und wir leben in Frieden.« Er trank erneut, als müsse er sich Mut antrinken. William trank auch, um seine Seele auf den Schmerz vorzubereiten, der sich da ankündigte. »Um dieses Friedens willen, William von Roebruk, bin ich gezwungen, mich von dir zu trennen. Mir ist der Entschluß schwergefallen, und mir ist weh ums Herz. Doch ich muß den Frieden meines Volkes höher stellen als das Gefühl der Freundschaft, das ich für euch hege.«

Ich dachte einen Moment, jetzt weinen sie beide, aber das Schluchzen, das ich vernahm, kam von Roç.

Möngke ließ seine goldene Trinkschale wieder füllen und sie William reichen, bevor er selbst trank. Ich nahm William unsere Schale aus der zitternden Hand und trank auch. Dann reichte ich sie Roç und lächelte ihm ermunternd zu. Mit Tränen in den Augen nahm auch mein Ritter einen Schluck, während Möngke fortfuhr: »So will ich dir ein Geschenk machen. Sag mir, was du willst, und es gehört dir.«

Ich schaute zu William. Er wirkte jetzt nicht mehr wie erschlagen, sondern nachdenklich. Seine grauen Augen wurden hart. Er mußte einen starken Entschluß gefaßt haben. Dann sagte er ganz fest und deutlich: »Ich erbitte mir den silbernen Trinkbaum.«

L.S.

Als Shirat, eskortiert von einem stattlichen Gefolge aus der Klangarde des Ariqboga, beim Steinhaus des Königlichen Paares eintraf, war es umstellt von Männern des Dschuveni, was ihre Eskorte für die übliche Sicherheitsmaßnahme zum Schutz des Königlichen Paares hielt. Dschuveni hatte vorsichtshalber auch alle Dienerinnen von

Yeza gegen eigene ausgetauscht. Shirat wurde aufmerksam empfangen und in das Haus geführt.

»Die Herrin erwartet Euch im Bade«, wurde ihr freundlich mitgeteilt.

Shirat legte ihre Kleider ab, ließ sich ein Badetuch reichen und betrat den Hamam. Als sich ihre Augen an die aufsteigenden Dampfwolken gewöhnt hatten, gewahrte sie mit gelindem Erschrecken Crean im Tepidarium. Nicht daß ein nackter Mann, der dazu noch bis zur Hüfte im Wasser stand, sie sonderlich aus der Fassung gebracht hätte, aber sie gewahrte sofort, daß sich die Bediener des Bades zurückzogen, statt ihr zur Hand zu gehen. Geistesgegenwärtig sprang Shirat die Stufen wieder hinauf, entzog ihr Badetuch mit raschem Griff dem Meister des Bades, der sich damit entfernen wollte, und schlang es um ihren Körper. Doch genau die Zeit, die sie damit verlor, reichte dem, flink als letzter durch die Tür hinauszuschlüpfen. Ein Schlüssel rasselte, und Shirat war allein im Bade – mit einem nackten Mann! Es traf sie nun nicht mehr unvermutet, und als sie ihm ins Gesicht sah, erkannte sie Crean.

»Tu doch was!« fauchte sie ihn an. »Man will mich verderben – und dich dazu!«

»Wenn wir schon gemeinsam sterben sollen«, scherzte Crean gequält, »dann laß uns wenigstens vorher gemeinsam baden!«

»Du mußt lebensmüde sein!« zischte Shirat; sie versuchte, die Tür zu öffnen, doch es war vergebene Mühe. »Wenn Ariqboga uns in diesem Zustand überrascht, tötet er dich – und mich dazu!«

Als Crean sah, daß Shirat keinesfalls gewillt war, zu ihm ins Becken zu steigen, sondern sich ängstlich gegen die von außen verriegelte Tür preßte, stieg er aus dem Wasser und kam mit ausgebreiteten Armen auf sie zu.

»Bedeck dich!« schrie Shirat. »Du bist wahnsinnig!«

»Ich?« fragte Crean und kam näher. »Ich wollte nur ein heißes Bad nehmen. Du kommst nackt herein und erklärst mich zum toten Mann. Wer –?«

»Nimm mich in deine Arme«, schluchzte Shirat und ließ ihr Tuch fallen. »Sie sollen haben, was sie wollen.«

Crean hob das Tuch auf und schlang es um ihre beiden Körper, da er mit schnellem Blick festgestellt hatte, daß seines nicht mehr vorhanden war.

»Wer uns töten will, soll uns bereit finden, in Würde und aufrecht.« Sie barg ihren Kopf an seiner Schulter.

Totenstille herrschte im Palast. Da stand der silberne Trinkbaum in der geöffneten Tür, die von der großen Audienzhalle hinausführte in die Höfe und Gärten. Der trompetende Engel auf der Spitze ließ mit einem quäkenden Klagelaut – oder war es eher ein trauriger Lippenfurz? – den Arm sinken, und die Getränke, die aus den hängenden Ästen so lustig in die Krüge gespritzt waren, begannen zu tröpfeln und versiegten schließlich. Die Schankdiener standen wie versteinert. Der Trinkbaum! Der ganze Stolz des Großkhans, die Zierde der Festhalle und der unbestrittene, ruhmreiche Mittelpunkt aller herrlichen Besäufnisse, der ewig sprudelnde Quell von Kumiz und Met, Wein und Nektar sollte seinen angestammten Platz verlassen und fortgeführt werden aus Karakorum, aus dem Land der Mongolen!

Auch den Kindern war weh ums Herz. Sie hatten mit William gelitten, und nun empfanden sie Mitleid für den Khan. Möngke wagte seinen Baum nicht mehr anzuschauen, er schämte sich, als ob er ihn verraten hätte. Einem Khan steht es nicht an, sein Wort zu brechen, es zu biegen oder zu wenden. Er hatte William von Roebruk tief in seinem Stolz getroffen, die herzliche Freundschaft des großen Mannes bitter enttäuscht – und William hatte nicht die andere Wange hingehalten, sondern zurückgeschlagen wie ein Mongole. Er hatte ihm, Möngke, einen schönen Hieb versetzt, hart und schmerzhaft. Wozu mußte er als Khagan und Herrscher über alle Stämme auch einen Missionar mit großer Geste verabschieden? Es geschah ihm ganz recht!

Der Herrscher hatte sofort den Meister Buchier in den Palast rufen lassen, damit der auf der Stelle damit begann, den Trinkbaum abzubauen, zu zerlegen und in seine Werkstatt zu schaffen.

»Sputet Euch, Meister!« hatte der Bulgai geraunzt. »Der Khagan will den Baum nicht mehr sehen. Morgen früh müssen seine Bestandteile transportfähig sein und verladen werden.«

Danach soll mir der Meister Buchier einen neuen machen, dachte der Großkhan düster, diesmal ganz aus Gold, noch größer und schöner! Als der Silberschmied seine Hand an den ersten Ast legte, rief William laut: »Ich will ihn als Ganzes!« Er war aufgesprungen und wandte sich an den Khan, der wegschaute. »Er soll auf den größten Ochsenkarren gestellt und festgezurrt werden. Und wenn ich mit ihm durch die Steppe der Mongolen heimwärts ziehe, dann soll er von dem unermeßlichen Glanz des Möngke-Khans und von seiner Großmut zeugen!«

Möngke ließ sich von dem Bulgai seine Trinkschale geben und leerte sie. Dann ließ er sie William reichen. Der Minorit nahm sie, stand auf, begab sich zum Baum und füllte sie dort eigenhändig aus einem der Krüge. Er stapfte den Weg zurück bis vor den Khan und hielt sie ihm hin. Da erhob sich der Khan und umarmte William, und sie tranken beide und lachten wie immer, wenn sie die letzten beim Gelage waren. Roç und Yeza schauten sich an und grinsten.

Obgleich die Tür zum Hamam im Steinhaus von außen verriegelt war, warfen sich die Männer der Geheimen Dienste dagegen, daß sie krachend aufflog. Der Mann und die Frau saßen nebeneinander auf der Steinbank. Crean hatte seine Blöße mit einem Tuch züchtig verdeckt, und Shirat hatte das Badelaken so um Schulter und Hüfte geschlungen, daß höchstens ihre nackten Beine Anstoß erregen konnten. Die ›innige fleischliche Vereinigung‹ wurde nur mit dem Kopf vollzogen, den die Frau an die Schulter des Mannes gelehnt hatte.

Die Leute des Bulgai ärgerten sich, weil sie zu spät gekommen waren und die beiden Übeltäter nicht in flagranti erwischt hatten, in lodernder Glut, die zu schildern sich alle, die hinter der Tür gelauscht hatten, nicht genugtun konnten. Nur das Einschreiten des Dschuveni bewahrte die Delinquenten davor, daß ihnen die schützenden Tücher weggerissen wurden. Aber auch so konnte man ihren Zustand, in dem sie grob aus dem Haus getrieben wurden, halb nackt nennen, und das reichte für den gewünschten Skandal. Der Beichtvater des William von Roebruk und die Sklavin des Ariqboga wurden abgeführt.

Der Trinkbaum wankte, der Engel drehte sich um seine Achse, aber er fiel nicht. Sanft bettete Meister Buchier sein Lebenswerk auf die Felle und Decken, die über die riesige Ladefläche des größten Ochsenkarrens gebreitet waren, damit die Äste keinen Schaden nahmen. Es war der Karren, auf dem sonst das Holzmodell der entstehenden Kathedrale zum Palast transportiert wurde, damit der Khan befriedigt die Fortschritte dieses einzigartigen Bauwerks bewundern konnte, das nun wohl auch nie fertiggestellt würde. Der Meister verrichtete seine Arbeit wie betäubt. Sicher würde der Khan darauf bestehen, daß er ihm sofort einen neuen Baum in die Tür stellte, größer und prächtiger, aber er, Buchier, war ein kranker, alter Mann. Nie hätte er es sich träumen lassen, daß er selbst Hand an sein Kunstwerk legen müßte. Der Khan hatte ihn dazu gezwungen, dafür haßte er ihn – und mit grimmiger Befriedigung dachte der Meister daran, wozu der silberne Kadaver des Baumstrunks, der seine Äste kläglich in die Nachtluft reckte, und wozu die Wurzelhöhle wenigstens noch dienen konnten. Darauf betrieb der Silberschmied den Abbau und das Verladen mit Eifer.

Roç und Yeza schauten zu und gaben neunmalkluge Ratschläge. Möngke und William tranken und versicherten sich ihrer immerwährenden Freundschaft und daß William ganz bestimmt wiederkommen müßte. Nur der Bulgai stand stumm, aber seine Augen sahen alles.

Er erspähte auch sofort den Boten ›schlechter Nachrichten‹, der im Vorraum festgehalten wurde. Bulgai war der einzige Mann am Hofe, der sich traute, den Khagan beim Trinken zu behelligen. Koka, die zweite im Rang der Gattinnen des Großkhans, lag im Sterben. Möngke stellte das Lachen ein, das Trinken dagegen nicht. Er verlangte, daß sich der Mönch Sergius sofort mit seinem Zaubertrank zu der Kranken begäbe. William bot sich an, doch Möngke bestand auf dem Armenier. William übernahm es aber, den Archimandriten

DIE NACHT DER VERSCHWÖRER 559

in seinem Haus aufzusuchen. Der Oberhofrichter schickte zwei seiner Leute mit, schon weil der Franziskaner sehr betrunken war.

Der Trinkbaum wurde weggefahren, und dem Khan, der nicht minder angetrunken war, brach es fast das Herz. »Im Grunde«, sagte er lallend zu Roç und Yeza, die an seiner Seite verfolgten, wie der Trinkbaum mit schwankenden Ästen auf dem riesigen Wagen durch das Tor davonrollte, »im Grunde möchte ich sie beide hierbehalten, den silbernen William und den dicken Baum!«

»Wer hindert Euch, erhabener Herrscher?« meinte Roç keck, aber Yeza rief schnell: »Gesagt ist gesagt!«

»Aber Ihr könnt ihn doch einmal um die Stadt fahren lassen oder im Kreis durch das Land. Damit hat William Euch verlassen, und dann kehrt er wieder!«

»Und alles fängt von vorne an?« entgegnete der Großkhan lachend, um dann gleich wieder in Trübsinn zu verfallen. »Ein unbedachtes Wort kann ein Herrscher zurücknehmen, mein junger König, nicht aber eine reiflich überlegte Entscheidung: William muß das Land der Mongolen für lange Zeit verlassen.«

Der Bulgai hatte schon wieder einen neuen Boten im Vorraum erblickt. Es war einer seiner eigenen Männer von den Geheimen Diensten, der ihm signalisierte, daß der Auftrag ausgeführt sei. Der Bulgai schüttelte unwillig den Kopf. Schließlich durfte nicht sein, was nicht sein konnte, hatte das vorgesehene Opfer William doch die ganze Zeit unter den wachsamen Augen des Khan geweilt. Was hatten sie also mit der Sklavin getrieben – und wer?

Doch da drängte schon der Kämmerer aufgeregt in den Saal und stürmte fast bis zum Großkhan und den Kindern. Der Oberhofrichter vertrat ihm die letzten Meter.

»Erhabener Herrscher!« rief Dschuveni und versuchte, an dem stämmigen Glatzkopf vorbeizukommen, der ihn um eine Haupteslänge überragte. »Wir haben den Beichtvater des William, den Priester Gosset, nackt in den Armen einer Sklavin Eures Bruders Ariqboga erwischt! Schamlos haben sie –!«

»Haben sie?« unterbrach ihn Möngke, und der Bulgai assistierte seinem Herrn sofort. »Habt Ihr es mit eigenen Augen gesehen?«

»Zeugen!« gab der Kämmerer zurück, wütend auf den Oberhofrichter, auf dessen Beihilfe im Komplott er bisher hatte zählen können.

»Ist sie schön?« fragte Möngke und trank. Die Kinder dagegen wirkten wie versteinert.

»Der Priester hat das Eigentum eines Kungdaitschi geschändet, auch wenn das Weib ihm – so die Zeugen – lustvoll zu Willen war! So ist auch sie des Todes!«

»Bulgai!« knurrte der Khan. »Was sagt Ihr dazu?« Der Oberhofrichter räusperte sich. »Der Priester hat das Gastrecht mißbraucht, auch wenn das Weib keine Mongolin war. Die Sklavin hat den Namen Eures Bruders entehrt, dem allein ihr Körper gehörte. Ihr könnt dem Antrag des Kämmerers stattgeben.«

»Nein!« schrie da Roç und warf sich Möngke zu Füßen, und Yeza rief flammend zum Bulgai gewandt: »Wenn Ihr einem der beiden auch nur ein Haar krümmt, dann ist das Band zwischen dem Königlichen Paar und den Dschingiden auf immer zerschnitten!«

Und Möngke sagte: »William soll wiederkommen.«

»Wir holen ihn!« rief Roç und sprang auf.

»Ihr müßt uns versprechen«, rief Yeza dem Oberhofrichter zu, dem sie eigentlich immer, so auch jetzt, vertraute, »daß Ihr Gosset und Shirat derweilen vor jedem Zugriff Dritter schützt.« Sie warf dabei einen Blick auf den Dschuveni.

»Das ist bereits geschehen, meine Königin«, polterte der Bulgai und grinste. »Sie befinden sich in meinem Gewahrsam.«

Roç und Yeza rannten recht unköniglich hinaus in die Nacht.

»Ich will meinen William wieder!« sagte der Khan, und der Bulgai füllte ihm die Trinkschale auf.

Aus der geheimen Chronik des Roç von Trencavel, Karakorum, in der ersten Dekade des Juli 1254
Wir liefen Hand in Hand aus dem Tor des Palastes zu unserem Gefolge, das bereits mit den Pferden wartete. Die Männer schliefen im Stehen. Wir rissen ihnen die Zügel aus der Hand, und Yeza be-

fahl: »Wartet hier – wir kommen gleich wieder!« Und schon preschten wir beide durch das Dunkel.

Ich rief Yeza zu: »Das ist ein versoffener Haufen von Intriganten. Wie in Alamut! Ich hab' die Nase voll von diesen Mongolen!«

»Ich nicht minder!« schrie sie zurück. »Jetzt können wir auch nicht mehr auf Ariqboga zählen! Der wird Shirat diese Geschichte nie verzeihen!«

»Es war eine Falle!« brüllte ich ihr meine Erkenntnis zu. »Sicher war eine seiner Kebsen eifersüchtig!«

»Nein!« rief meine Dame in vollem Galopp. »Jemand hat Crean getroffen, hatte aber William im Visier! Crean und Shirat waren nur die Dummen!«

Vor uns bemerkten wir eine wankende Gestalt: William strebte stolpernd der Stadt zu.

»Halt, Minorit!« forderte ich. »Du sollst sofort zum Großkhan zurückkommen!« Und wir erzählten William hastig, was sich nach seinem Abgang ereignet hatte.

»Der Trinkbaum ist bei Buchier in der Schmiede?« fragte er nur, und ich dachte, der muß aber arg über den Durst getrunken haben, wenn er nicht gemerkt hat, daß der Karren mit vierundzwanzig Ochsen ihn längst überholt hat. So antwortete ich: »Der müßte mittlerweile dort angekommen sein!«

»Dann kümmert euch nicht weiter um Crean und Shirat, das nehme ich in die Hand, sondern reitet zum Steinhaus, bindet dort die Pferde an und schleicht euch – ohne daß euch einer sieht! – in die Werkstatt von Buchier. Da versteckt ihr euch im Fuß des Trinkbaums, ihr kennt ja die Höhle!«

»Ah!« staunte Yeza und lachte mich an. »Es geht mal wieder auf Reisen!«

William nickte grimmig. »Die Mongolen haben euch nicht verdient. Wenn ihr mit mir kommen wollt? Irgendwie werden wir es schon schaffen, dem Reich des Großkhans den Rücken zu kehren.«

»Den nackten Hintern zeigen wir ihm!« rief ich, und meine Dame lachte.

»Ich werde dem Khan ausrichten«, erläuterte William sein Vorge-

hen, »das Königliche Paar verläßt sich auf seine Güte und Gerechtigkeit und ist im vollen Vertrauen darauf schlafen gegangen!«
»So sei es!« verkündete ich wohlgemut. »Auch wenn es das erste Mal seit langer Zeit nicht in unserem Bett sein wird –«
»Jetzt versteh' ich, du altes flämisches Schlitzohr«, sagte ihm Yeza lachend zum Abschied, »warum du dem Khan seinen Trinkbaum abgeluchst hast!«
»Strafe muß sein!« sprach William und trat den Rückweg an. »Und doppelt wirkt besser!«
»Halt!« gebot ich. »Nimm mein Pferd, wir können zu zweit auf einem heimkehren. Spute dich, damit Crean und Shirat keine Doppelstrafe erleiden!«
Wir halfen ihm aufs Pferd, und er ritt davon. Ich hatte Yeza vor mir im Sattel und preßte sie mit der einen Hand fest an mich. Sie bog ihren Kopf zurück, und ich konnte ihren zarten Hals küssen, denn wenn man beim Reiten auf den Mund küßt, kann man sich leicht die Zähne ausschlagen.
L. S.

Chronik des William von Roebruk, Karakorum, am Fest des hl. Alexius 1254
Die Würfel sind gefallen. Mit einem Saufkopf wie dem meinen betrachtet, voller Kumiz statt Hirn, bin ich selbst nur einer dieser Würfel, ebenso wie Roç und Yeza, und nicht etwa der große Spieler, der die Weltgeschichte verändert, indem er im Handumdrehen in der Mongolei eine christliche Kirche gründet und sich zu ihrem Purpurträger macht. Die Prieuré hat wieder einmal den längeren Atem bewiesen, denn Crean wie auch Barzo haben für sie agiert, haben ein Netz zu meinem ruhmlosen Abgang mit den Kindern gesponnen, in das ich mich fallen lassen konnte. Sie haben Roç und Yeza, die bei den Mongolen erstmalig in ihrem Leben Ruhe und Sicherheit gefunden hatten, dahin gebracht, sich wieder auf das ungewisse Abenteuer einer Flucht einzulassen und sich Gefahren auszusetzen, die weder sie noch ich einschätzen konnten. Manchmal zweifelte ich an der

Weisheit der Prieuré. Und doch schloß sich immer wieder der Kreis, und alles, was mir – und auch Crean und Barzo – unverständlich, ja, widersprüchlich und sinnlos erschienen war, fügte sich zusammen – zu einem neuen Spiel, neuen Fäden, neuen Opfern. »Der Weg ist das Ziel«, hatte mir der alte John Turnbull einmal tröstend anvertraut, als ich an der Durchsetzung des ›Großen Plans‹ zweifelte. Es geht natürlich nicht um mich, ich bin nur Begleitperson. Ich habe den Kopf zu weit vorgestreckt und eins auf die Nase bekommen wie der dumme, dicke Bauer im Handpuppenspiel. Es dreht sich alles einzig und allein um das Königliche Paar. Ich habe ihm nur das seit langem von höheren Mächten gewählte Stichwort liefern und mir im Stutenmilchrausch einbilden dürfen, es handele sich dabei um meinen ganz persönlichen Racheakt. In Wirklichkeit quakte der dumme Dicke nur den Text, den andere geschrieben hatten: Der König und die Königin verstecken sich im Wagen des Bauern, den keiner der Beihilfe verdächtigt, und sie verlassen die Burg des Großkhans.

Mit diesen wirren Gedanken im brummenden Schädel, gekränkt, aber auch stolz, war ich vor den Toren des Palastes angelangt. Ich mußte absitzen und wurde, weil ich noch wankte, von den Wachen unter den Armen gegriffen und vor den Khan gebracht. Ich war Möngke nicht mehr böse, er war auch nur ein Stein im Spiel um die Krone der Welt. Insofern glichen wir uns, obwohl er ein Großer ist und ich nur eine ›Fußbank‹, ein Bauer im weißen Büßerhemd, das ich gegen den Mantel eines Patriarchen hatte eintauschen wollen. Es war schon spät in der Nacht. Der Großkhan hatte gekotzt und trank weiter, während die Diener aufwischten.

Der Bulgai stand wie eine Säule. »Der Khagan stellt Euch vor die Wahl, William von Roebruk«, sprach der Oberhofrichter. »Das Leben der Missetäter oder der Trinkbaum?«

Jetzt erst fiel mir wieder ein, warum ich noch einmal zurückgekehrt war. Ich sagte: »Das Leben allemal, denn geschenkt ist geschenkt!« Und hoffte, damit klar zum Ausdruck gebracht zu haben, daß er Crean und Shirat gefälligst das Leben lassen sollte, mir aber meine Beute. Wenn er sie mir auf diese Art wieder abhandeln wollte, konnte ich ihn natürlich nicht daran hindern.

Der Bulgai sah das wohl ähnlich, denn er sprach: »William von Roebruk ist für Gnade und verzichtet auf die Würde eines Patriarchen.« So erinnerte er den Herrscher daran, warum er mir das Geschenk gemacht hatte. »Das deucht mich billig«, setzte er noch hinzu.

»Teuer«, murmelte Möngke, »ich will es überschlafen.«

Der Oberhofrichter winkte den Leibdienern. Sie nahmen ihrem Herrn die Trinkschale aus der Hand und brachten ihn zu Bett.

»Wollt Ihr noch etwas trinken?« fragte mich der Bulgai, ohne die Miene zu verziehen. »Ansonsten würde ich mich auch gern zur Ruhe begeben.«

Ich hob gerade an, scherzend zu erwidern: »Ich trinke nie – und Ihr schlaft nie, Bulgai«, als Ariqboga in den leeren Saal stürmte.

»Ich verlange die sofortige Hinrichtung der Sklavin Shirat«, brüllte er, ebenfalls völlig betrunken. »Der Schädel ihres Schänders soll ihr um den Hals gebunden werden, bevor man sie steinigt. Ich will sie nicht mehr unter den Lebenden wissen, und sie nie, nie mehr wiedersehen! Ich befehle Euch –«

Ich hatte den Eindruck, er würde gleich zu heulen anfangen oder sich übergeben, denn er ging nicht etwa auf den Bulgai los, der wie ein Fels in der Brandung stand, sondern kauerte sich in einen der Sitze.

Bulgai ließ ihm zu trinken geben und sagte sanft: »Der Khagan, Euer Bruder, hat den Fall an sich gezogen –«

»Wo ist er?«

»Er ist zu Bett gegangen«, sagte der Oberhofrichter, »und niemand soll ihn stören.«

»Ich werde mir mein Recht –«

»Morgen!« sagte der Bulgai.

Ich sah zu Ariqboga hinüber. Er war eingeschlafen.

Der Oberhofrichter und ich ritten schweigend zur Stadt zurück. Er verabschiedete sich von mir vor meiner Jurte.

»William von Roebruk«, sagte er, »als oberster Hüter des Rechts und der Ordnung bin ich froh, daß Ihr von uns geht. Als der Mann Bulgai tut es mir leid, daß Ihr uns verlassen müßt. Lebt wohl!« Damit ritt er von dannen.

Mir fielen der Mönch und die sterbende Koka ein; wahrscheinlich war sie längst tot, aber es trieb mich, dem Armenier noch einmal gegenüberzutreten. Ich weckte meinen Diener Philipp und ließ ihn aus der Bischofskiste den prächtigsten Ornat heraussuchen, den wir besaßen.

Es war ein teures Gewand, ganz in gelber Seide mit reichlich Gold gehalten. Den feinen Damastumhang zierten viele Kreuze, auf die kostbare Steine appliziert waren. Ich hatte es eigentlich zu meiner Inthronisierung tragen wollen. Für gewöhnliche Messen war es zu protzig. Ich entledigte mich meines inzwischen arg verschmutzten Büßerhemdes und schlüpfte hinein. Ich wählte mit Bedacht eine scharlachrote Stola dazu und eine besonders hohe Mitra.

Philipp trug meinen Stab und das Weihrauchgefäß, ich nur das Evangeliar und ein schlichtes Kreuz aus Ebenholz mit einer Elfenbeinintarsie des Erlösers. In diesem Aufzug bewegten wir uns langsam auf das Haus des Mönchs zu. Ich konnte ihm jetzt verzeihen. Er hätte meine Wahl zum Patriarchen nicht verhindern können, ich selbst hatte großmütig auf das Amt verzichtet.

Barzo holte mich ein. »Roç und Yeza sind bei Buchier in der Schmiede«, flüsterte mir mein falscher Bruder zu. »Du solltest dich dort auf keinen Fall zeigen, sondern an einem anderen Ort Aufmerksamkeit auf dich ziehen.«

»Ich bin schon unterwegs!« ging ich auf seinen provokanten Ton ein. Er ließ sich nicht abschütteln. Wir betraten das Haus des Mönchs. Der Archimandrit schlief nicht und war auch nicht unwillig über diesen Besuch zu so ungewöhnlicher Stunde. Er hatte gebetet – behauptete er. Bei Koka war er trotz der Aufforderung des Khans nicht gewesen. »Ich weigere mich, dieser unverbesserlichen Götzendienerin den Weg ins Paradies zu ebnen.«

»Sie liegt im Sterben«, wandte ich ein, »ihre Seele –«

Sergius blieb hart. »Sie hat sich nie etwas aus den Sakramenten der Kirche gemacht und sich auch nicht rechtzeitig taufen lassen!«

»Ihr geht nur deshalb nicht zu ihr –«, spottete Bruder Barzo, der den Mönch nie leiden konnte, »– weil man nach einem Sterbedienst für ein Jahr nicht mehr beim Großkhan vorgelassen wird.«

Der Armenier schenkte meinem galligen Gefährten einen unheilverkündenden Blick, was den aber keineswegs einschüchterte.

»Und so kann man schlecht Patriarch werden, was Ihr, Mönch, insgeheim anstrebt!«

Sergius schwieg düster. Da erklärte ich mit fester Stimme: »Ich gehe zu der Sterbenden!«

L. S.

Aus der Schmiedejurte des Meisters Buchier drang kein Licht. Der Karren mit dem Trinkbaum war so vor den Eingang gefahren worden, daß der Fuß des Baumes mit der Wurzelhöhle in das Innere ragte. Buchier hatte unter der Öffnung in die Bretter des Wagenbodens eine Luke eingelassen, durch die man in die Grotte klettern konnte. Sie war von innen zu verriegeln. Die bisherige Tür für den Posaunisten, die jeder kannte, hatte er gut sichtbar zugeschweißt.

»Der holprige Transport über Land«, erläuterte er dem alles überprüfenden Barzo, »verlangt eine solche Versteifung – falls jemand danach fragen sollte.«

Barzo nickte zufrieden. Die Probe aufs Exempel hätte er gleich dem Dschuveni geben können, der plötzlich auftauchte. Der Kämmerer hatte keinen Grund zum Argwohn. Die Arbeiten am Trinkbaum geschahen auf Befehl des Khans.

»Euer seltsamer Priester«, sagte er zu Barzo, »Monseigneur Gosset, hat Glück gehabt. Der Khagan war schon zu Bett gegangen, als Ariqboga den Kopf des Frevlers verlangte. So werden die beiden nur verstoßen.« Es war herauszuhören, daß ihm dies aufrichtig leid tat. Er verschwieg auch, daß er es gewesen war, der den Ariqboga sofort benachrichtigt hatte. Doch der hatte sich dummerweise vor Kummer um die Kebse betrunken, bevor er einen vernünftigen Rachegedanken fassen konnte. Das Schicksal der Sklavin war dem Kämmerer gleichgültig, aber diesen seltsamen Priester hätte er gern zwischen die Finger bekommen. Doch da war nun der Bulgai davor. Dschuveni glitt wieder davon, so lautlos, wie er erschienen war. Barzo atmete auf.

Roç und Yeza, die im Dunkel der Schmiedejurte warteten, konnten sich vor Müdigkeit kaum noch auf den Beinen halten. Sie hatten alles mit angehört, was der Kämmerer über Creans und Shirats Schicksal von sich gegeben hatte, und waren erleichtert. Nach ihren Angaben und mit nahezu mütterlicher Fürsorge hatte Ingolinde ihnen die Höhle wohnlich hergerichtet. Kein Mensch wußte, wie lange sie ihnen Unterschlupf bieten mußte. Deshalb hatte Frau Pascha ihnen auch reichlich haltbare Speisen eingepackt, und der Meister hatte das Rohr zur Posaune des Engels umgebogen, so daß sie alle Getränke damit saugen konnten, die ihnen William während der Reise unauffällig in den Trichter schütten sollte.

»Das Beruhigende ist die Klappe«, sagte Yeza gähnend. »Wenn wir es nicht mehr aushalten, können wir nachts die Höhle verlassen.«

»Ich werde erst mal drei Tage lang schlafen wie ein Murmeltier«, entgegnete Roç.

Nacheinander krochen die beiden unter den großen Karren und stiegen von unten in ihr Versteck. Die gute Ingolinde reichte ihnen noch Decken und Felle nach. »Hab Dank!« flüsterte Yeza. »Liebe Hur'« verkniff sie sich, die Zeiten waren endgültig vorbei.

Meister Buchiers Kopf tauchte unter ihnen auf. Er war traurig. »Gute Reise, meine kleinen Könige«, rief er leise und stemmte die Klappe zu. Roç verriegelte sie von innen. Bald darauf lag die Schmiedejurte in nächtlicher Stille.

Der kleine Stadtpalast der Zweiten Gattin war von Menschen umringt. Es brannten auch Feuer auf der Straße, an dem sich die Wartenden Fleischstücke brieten. Koka-Khatun lag im Sterben. Im Innern des Hauses war das Gedränge noch größer. Auch hier brutzelte es über den Feuerstellen in Töpfen und Tiegeln. Lamas in ihren langen, safrangelben Tuniken hockten im Lotussitz an den Wänden, schlugen dumpf und monoton ihre Handtrommeln, und einer der Glattgeschorenen blies auf der Flöte. Der Schamane war gekommen, hatte getanzt und war, reich beschenkt, wieder gegangen. Die Götzenpriester standen im Sterbezimmer um das Bett der Koka herum und verbrannten Räucherstäbchen, um die bösen Geister zu vertreiben, die schon darauf lauerten, die Seele der Frau zu entführen. Sie läuteten immer wieder mit kleinen Glocken, um die guten Dämonen herbeizurufen, damit sie zur Stelle wären, wenn sich auf der in Abständen vor Mund und Nase gehaltenen Silberplatte kein Atemdunst mehr niederschlagen sollte. Kokas Augen wanderten wie ein verschrecktes Tier von den bizarren Rauchschwaden, die im Licht der Kerzen Schatten an die Wände warfen, zu den hektischen Glöckchen, die sich, wie von Geisterhand gerührt, in unregelmäßigen Abständen in Bewegung setzten.

Schweiß stand auf der Stirn der zierlichen Frau. Sie wußte nicht, warum sie schon sterben mußte. Sie wollte es von William wissen, der jetzt mit seinem Meßdiener eintraf. Seine Erscheinung rief bei den Götzendienern, denen die Niederlage vor dem Großkhan noch in den Knochen saß, Ärger hervor, doch hüteten sie sich, ihm den Weg zu verstellen. Es war ein gewisser Respekt zu spüren, als sie vom Bett der Koka zurückwichen und ihm den Vortritt ließen. Ein großer Zauberer war dieser William von Roebruk gewiß, und ein machtvoller dazu, das konnte man schon sehen. Jeder Stein an seinem Umhang war ein Vermögen wert. Sicherlich hatte er die guten Dämonen mitgebracht. Schwenkte sein Diener nicht ein Räucherfaß gegen die *ada*?

Williams Erscheinen beruhigte Koka zutiefst. Was auch immer mit ihr geschehen mochte, sie war in guten Händen. Sie wollte ihn gar nicht fragen. William legte sein Kreuz auf ihre Brust. Mit der wenigen Kraft, die ihr noch verblieben, ergriff die Kranke Williams Hand und zog sie zu sich herab, bis ihre Lippen seine Finger berührten. William ließ sie gewähren. Es war still geworden im Zimmer. Die Fahnen der Räucherstäbchen stiegen steil auf in dünnen Fäden, durch keinen Luftzug mehr beunruhigt. Koka schloß die Augen, und William spürte, wie die Kraft in ihrer Hand schwand. Sie erschlaffte langsam, entglitt ihm und fiel zurück auf die Decke. Eine Glocke schlug leise an. Williams Finger lösten sich von den kalten Lippen und zeichneten Koka das Kreuz auf die Stirn. Erst als er ging, prasselte Beifall auf. Die Götzendiener waren die ersten, die wild in die Hände klatschten; die safrangelben Lamas nahmen das Rasseln und

Trommeln wieder auf, und der Applaus brandete über auf die Straße, wo die Leute an den Feuern aufgesprungen waren. Sie umringten William, der wußte, wohin er sich jetzt auch wandte, sie würden ihm folgen, und es würden immer mehr werden. Die Nacht war mittlerweile dem Morgengrauen gewichen. William beschloß, am Haus des Archimandriten vorbei zur Kirche zu ziehen. Eigentlich wünschte er sich, der Großkhan könnte ihn jetzt sehen. Die Menge, es waren inzwischen auch viele Nestorianer darunter, sang das *»Vexilla regis prodeunt«*.

Vor dem Ziegentor, das nach Westen wies, war eine Gruppe um ein Pferd versammelt, auf das – mit dem Gesicht nach hinten – ein Mann gebunden wurde. Crean saß aufrecht auf der Schulter des Tieres. Er war nackt. Seine Füße steckten falsch herum in den Steigbügeln, die unter dem Leib des Pferdes verknotet wurden. Das war sein einziger Halt. Sollte er stürzen, wurde er zu Tode geschleift, sein Kopf zerschmettert. Bulgai und Kitbogha begutachteten fachmännisch den richtigen Sitz der Stricke, die unter Kitos Aufsicht angebracht wurden. Rutschten die Delinquenten gleich unter den Bauch, war der Spaß von kurzer Dauer. Zahlreiche Zuschauer hatten sich eingefunden. Verstoßen wurde nicht jeden Tag. Meist ließ der Bulgai kürzeren Prozeß machen. Aus einer Decke wurde eine junge Frau ausgewickelt. Der nackten Shirat waren die Hände auf den Rücken gebunden, weniger, um ihr die Möglichkeit zu nehmen, ihre Blöße zu bedecken, sondern um zu verhindern, daß sie sich während des Ritts an den Reiter klammerte. Vom starken Griff seiner Arme hing ihr Leben ab und nicht zuletzt von der Härte seines Lendensporns. Doch die wollte sich nicht einstellen. Creans Glied zeigte nicht die geringste Bereitschaft zur gewünschten Erektion.

»Helft ihm auf die Sprünge«, riet der bärbeißige General, »wie ihr es bei müden Hengsten macht!« Die Knechte des Bulgai lachten roh und zückten dünne Weidenruten. Mit denen peitschen sie das schlaffe Glied des Verurteilten. Doch immer noch war die peinliche Verlegenheit größer als die Furcht vor der Todesstrafe, die erfolgen würde, sollte sich partout kein Erfolg einstellen.

»Reiß dich zusammen, Crean!« forderte Shirat mehr ärgerlich als ängstlich, »sonst wird dir nicht nur der Schwanz abgeschnitten, sondern uns beiden die Köpfe!«

Ob dieser Zuspruch hilfreich war, sei dahingestellt, jedenfalls färbten die scharfen Schläge das Corpus delicti nicht nur mit roten Striemen, sondern richteten es auch langsam auf zum blutigen Opferstein. Die erregten Zuschauer grölten Beifall, als Shirat von groben Händen gepackt, breitbeinig in die Höhe gestemmt und auf den roten Ständer gesteckt wurde. Sie fiel Crean vor die Brust, der sie mit beiden Armen umschlang und fest an sich preßte, denn schon hieben die gleichen Weidenruten auf die Kruppe des Pferdes. In einem mächtigen Satz stieb es davon, unter dem Johlen der Neugierigen, die sich nichts anderes als wilde Stöße der Lust vorstellen konnten. Mit obszönen Gesten beschrieben sie den Vorgang, teilten aber nicht im geringsten die einzige Sorge der fleischlich Vereinigten, die um nichts weiter kreiste als darum, im Sattel zu bleiben. Das Pferd mit dem verschmolzenen Paar verschwand galoppierend in der Steppe. Die Leute schauten ihm nach, insgeheim hoffend, noch zu erleben, wie die Körper von den Sprüngen aus der Balance geworfen wurden und verzweifelt kämpften, um nicht unter die Hufe zu geraten. Doch diesen Gefallen taten die Verstoßenen dem Pöbel nicht. Sie hielten sich aufrecht, bis Roß und Reiter nicht mehr zu erkennen waren.

»Das war eine rossige Stute«, wandte sich der Bulgai augenzwinkernd dem General zu.

»Und ihr folgt nun der brünstige Hengst —«, erwiderte der glatzköpfige Oberhofrichter gutmütig, »— um aus der schlimmsten Not zu helfen?« Fragend zeigte er auf die aneinandergebundenen Packpferde, die Kleidung und Nahrung für die Verurteilten trugen.

»Dem Gesetz habt Ihr Genüge getan«, erwiderte der alte Kämpe. »Ich kann mir leisten, die beiden Opfer vor weiterer Scham, Kälte und Hunger zu schützen!«

»Ich teile Eure Haltung —«

»Ich nicht!« meldete sich Dschuveni aus dem Hintergrund. »Ihr habt dem Urteilsspruch des Khagans vorgegriffen.« Der Kämmerer hatte die Prozedur genauestens verfolgt und schob sich jetzt vor.

Der bullige Glatzkopf sah verächtlich auf den Dschuveni hinab. »Ich bin der Richter und habe gerichtet«, sagte er kühl. »Der General mag seine Pferde treiben, wohin es ihm beliebt.«

Kitbogha gab seinem Sohn Kito ein Zeichen, und die Packtiere wurden fortgejagt.

»Und vorgegriffen«, fügte der Bulgai hinzu, »habe ich höchstens einem unbedachten Racheakt des Ariqboga und einer feingesponnenen Intrige Eurerseits, Ata el-Mulk Dschuveni!«

»War die Sklavin etwa nicht zu strafen?« begehrte der auf. »Ariqboga hat ein Anrecht auf –«

»Ariqboga soll sich glücklich schätzen, daß Ihr ihn von dem Weib befreit habt, desgleichen sollte sich König Hethoum bei Euch bedanken, der die Frechheit besaß, uns die geraubte Gräfin von Otranto, eine Verwandte des Kaisers und des Sultans, als Geschenk zu schicken. Wer, glaubt Ihr, Dschuveni, ist schon auf dem Weg, sie heimzuholen? – Hamo L'Estrange, der rechtmäßige Ehemann! Und wir« – der Oberhofrichter lächelte jetzt das Lächeln des Oberhauptes der Geheimen Dienste –, »wir haben ihm sein liebend Weib in Begleitung eines Priesters entgegengeschickt! So aufmerksam sind die Mongolen!«

»Den Ariqboga wird dies wenig kümmern. Er hing sehr an seiner Favoritin.«

»Deswegen hat er ja auch ihren Kopf verlangt!« entgegnete der Bulgai grollend. »Und genau die Erfüllung dieses Wunsches war zu vermeiden –«

»Die Ehre des Khanbruders gegen die –?«

»Gegen die Ehre eines Nachkommens des Dschagetai! Hamo L'Estrange ist vermutlich väterlicherseits ein Dschingide! Sollten die beiden sich wie die Hähne um die Frau streiten? Nein! Der weitsichtige Kämmerer Dschuveni hat alles zum besten gerichtet!«

Soviel Spott mochte der nicht auf sich sitzen lassen. »Ihr wollt es mir in die Schuhe schieben, sollte der Khagan William alles verzeihen und ihn hierbehalten.«

»Wird er nicht«, beschied ihn der Oberhofrichter trocken. »Es gibt nichts zu verzeihen. Williams Aufgabe ist eine andere, aber das ist wohl zu hoch für einen sunnitischen Moslem, der jeden Ismaeliten, dessen er habhaft wird, am liebsten mit eigenen Händen erwürgen möchte, und wenn er dazu nicht in der Lage ist, das Gesetz bemüht.«

»Also war dieser falsche Priester –?«
»Kein richtiger Assassine!« fiel der Bulgai ihm ins Wort. »Sonst hätte er Euch ja umgebracht, und den General noch dazu!« Er sah das verständnislose Gesicht des Kämmerers. »General Kitbogha wird den Feldzug führen, den Ihr, Dschuveni, plant und betreibt, bis zur völligen Ausrottung der Assassinen –«
»Alamut muß vernichtet werden!« geiferte der Kämmerer, doch Kitbogha fuhr ihm über den Mund. »Das ist Euer Wille. Ich brauche für einen Krieg keinen bestimmten Grund, aber einen handfesten Anlaß. Den muß uns jemand liefern!«

Dschuvenis Augen blitzten auf. Die beiden alten Haudegen hatten ihn doch unterschätzt.

Im Hamam des Palastes bemühten sich die Meister des Bades, dem Körper des Großkhans die letzten Reste von Kumiz und Wein aus den Poren zu treiben. Nach dem Schwitzen im Dampfbad und den kalten Güssen walkten sie den auf dem Bauch liegenden Herrscher durch, jederzeit gewärtig, von seiner Hand geschlagen zu werden, wenn die Nachrichten, die plaudernd auszubreiten ihr Privileg war, seine üble Laune noch verschlechterten. Sie dosierten die morgendliche Berichterstattung.

»Euer Herr Bruder ist furchtbar wütend, weil der Herr Oberhofrichter die Verurteilten hat entkommen lassen. Er hat sie verstoßen.«
»Das hätt' ich mir gern angeschaut«, stöhnte Möngke wohlig, »am liebsten mit Ariqboga, der Bulgai hätte warten können –«
Mit heißen Wickeln und sanftem Streicheln bereiteten die Diener ihn auf die nächste Botschaft vor.
»Eure werte Zweite Frau Gemahlin ist heute nacht –« Das brachte dem Vortragenden einen Hieb ein. Die Meister verdoppelten ihre Zuwendungen und begannen es andersherum. »Der armenische Mönch hat sich geweigert, ihr beizustehen. William von Roebruk

hat sich ihrer glorreich angenommen. Sie hatte einen schönen Abschied.«

Der Großkhan knurrte, was auf Befriedigung hinweisen konnte. »Der Mönch hat sich meinem Befehl widersetzt?« Ihr Schweigen war Antwort genug. »Bulgai! Holt mir sofort den Bulgai!« Möngke schüttelte die Meister des Bades ab und richtete sich auf. Sie hüllten ihn in vorgewärmte Decken. Ha! William will mir nicht mehr unter die Augen treten, schoß es ihm durch den immer noch dösigen Kopf. Daher das Opfer! Sicher hat Koka ihr junges Leben in seinen Armen ausgehaucht. Arme, kleine Koka! Nach diesem Liebesdienst konnte er, der Khan, William nur noch großzügig verabschieden, mit irgendeiner Geste, die noch nicht dagewesen war... Den Trinkbaum mußte er ihm sowieso überlassen.

»William soll kommen!« rief er, und alle erstarrten. Das war gegen jede Regel des Respektes. Doch wenn der Khagan selbst es so wünschte! Der Befehl wurde an die Türsteher weitergegeben, von denen zu den Wächtern. »Der Khan will William sehen – und den Bulgai!« brüllten sie den Boten zu, die sofort lospreschten.

Der große Platz vor dem Palast war dicht mit Zuschauern gesäumt. Auf eilends errichteten Tribünen saßen der Großkhan, seine Erste Gattin und seine Brüder dem William von Roebruk gegenüber, der zum Ehrengeleit von General Kitbogha und dem Kämmerer Dschuveni flankiert war. Daß Roç und Yeza fehlten, bemerkte in der gespannten Abschiedsstimmung niemand.

Als besondere Aufmerksamkeit gegenüber William sollte der Bulgai persönlich seines Amtes walten. Barzo leistete dem zu Richtenden letzten Beistand. Ihm hatte Sergius, der Mönch, sein geliebtes Kreuz auf der Stange geschenkt, das er jetzt umklammerte. Sie beteten zusammen, während die Gehilfen des Bulgai die gekrümmte Klinge mit kaltem Wasser übergossen. Dann führten sie den Mönch vor seinen Richter.

Sergius kniete vor ihm nieder und warf seine Kapuze mit einer energischen Bewegung aus der Stirn in den Nacken, seine glühenden Augen suchten den Großkhan.

»Mit mir tötest du Christus für die Mongol...« Weiter kam er nicht, weil ihm der Bulgai mit raschem Hieb den Kopf vom Rumpf getrennt hatte. Seine Gehilfen fingen den vornüberfallenden Körper an den Armen auf und trugen ihn fort. Das abgeschlagene Haupt wurde auf eine Holzstange gesteckt, weil Barzo sich mannhaft weigerte, die mit dem Kreuz dafür herzugeben. Der Kopf des Archimandriten wurde einmal im Kreis herumgetragen, und der Armenier erhielt den Beifall, der ihm in seinem Leben versagt geblieben.

Inzwischen war nach den Kindern geschickt worden, denn wenn auch einzusehen war, daß sie sich den ersten Akt ersparen wollten, durften sie doch zur Verabschiedung von William nicht fehlen. Von vierundzwanzig Ochsen wurde der riesige Karren in die Mitte des Platzes gezogen. Der Trinkbaum stand aufrecht festgezurrt und war über und über mit Fähnchen und Girlanden geschmückt. Meister Buchier hatte mit allen Gehilfen den ganzen Morgen über gearbeitet, um dieses prächtige Schauspiel zu ermöglichen, das sich der Großkhan ersonnen, um seinen Freund William von Roebruk zu verabschieden, ohne daß dieser noch einmal die Schwelle des Palastes überschreiten mußte. Möngke stellte seine Selbstherrlichkeit hintan; immerhin hatte William bei Koka ausgeharrt, bis die guten Geister ihre Seele holten, und der Khagan war abergläubisch.

Die feierliche Übergabe des Trinkbaums hatte stattgefunden. William war auf den Kutschbock geklettert. So saß er in Rufweite Möngke gegenüber, und der Herrscher konnte zu seiner Abschiedsrede ansetzen. Doch ausgerechnet in diesem Augenblick entstand unziemliche Verwirrung. Rufe wurden laut. »Die Kinder sind verschwunden!«

Der Großkhan war außer sich, William bestürzt. Sogleich fiel der Verdacht auf Crean und Shirat. Ariqboga äußerte ihn, während dem Dschuveni die mit dicken Bündeln beladenen Packpferde in den Sinn kamen, die der Kitbogha den Verstoßenen nachgesandt hatte. Aber er hütete sich, etwas verlauten zu lassen. Ariqboga schrie schon genug herum.

Der Khan verkündete zwar mit mächtiger Stimme: »Es kann gar

nicht sein, daß das Königliche Paar uns verlassen hat! Sucht gefälligst!« Aber er ordnete dennoch ein Ausschwärmen in alle vier Himmelsrichtungen an. Die Garde-Hundertschaft unter Kito brach sofort zur Verfolgung von Crean und Shirat auf, bevor Ariqboga ihnen seine Leute nachschicken konnte.

Die Erste Khangattin Kokoktai-Khatun schrie ihren Mann an: »Da hast du den Fluch des Mönchs!« Er ließ die Frau entfernen. Den Kopf in die Hände gestützt, saß der Großkhan mitten im Getümmel. Neben ihm stand, wie immer unberührt, der Bulgai. »Soll ich bei Euch bleiben«, rief William zum Khan hinüber, »bis das Königliche Paar wieder –«

»Nein, nein! Geht!« wehrte der Oberhofrichter anstelle seines Herrn ab. William gab den Ochsenlenkern ein Zeichen, und ächzend setzte sich das Fuhrwerk in Bewegung. Möngke schaute nicht auf.

Erst als Stille auf dem Platz eingetreten war, fragte er: »Sind sie wirklich fort?«

»Ja«, sagte der Bulgai. »Sie haben uns verlassen.«

»Sie waren der Schlüssel –«, seufzte der Großkhan und erhob sich. »Wir dürfen ihn nicht verlieren.«

FLUCHTEN
LIBER III
CAPITULUM V

Bericht der Geheimen Dienste, 10. Juli 1254
Der König Hethoum von Armenien hat soeben das Lager Batu-Khans verlassen. Er hatte ihm viele Geschenke mitgebracht, und sie schieden in Freundschaft. Dies ist für den König von Armenien sehr wichtig, denn seine Länder grenzen fast ausschließlich an das Khanat Kiptschak, das Land der Goldenen Horde. In der Begleitung des Königs befindet sich sein Bruder Sempad, der Konnetabel des Königreiches. Außerdem reist in dem Gefolge ein reicher Fremder mit, Graf Hamo L'Estrange von Otranto, und wie wir Euch schon berichteten, trägt dieser das Glückstein-Amulett aus grüner Jade um den Hals, wie es nur die Nachkommen der zweiten männlichen Linie aus dem verehrungswürdigen Klan der Kungdaitschi von ihren Müttern erhalten. Es ist echt, wir haben es geprüft. Es könnte sich um den Erben handeln, den Temudschins Sohn Dschagetai noch gezeugt haben muß, bevor er von den Assassinen aus Alamut ermordet wurde. Oder sollte es sich um einen ›versteckten‹ Sohn des großen Dschingis-Khan selber handeln, der also Vater dieses Hamo L'Estrange wurde, ohne daß wir davon wissen? Die Mutter soll ein sehr unstetes Leben geführt und weite Reisen unternommen haben. Der Graf von Otranto ist nach eigenen Angaben 25 Jahre alt. Spuren seiner Herkunft könnten wir vielleicht in Konstantinopel, dieser großen Stadt am Goldenen Horn, finden, zu der er sich merkwürdigerweise hingezogen fühlt, obgleich der Admiral des Kaisers Friedrich, Graf Heinrich von Malta, als sein Vater gilt.
   Hamo L'Estrange behauptet, es gäbe jemanden, der mehr über

ihn weiß als er selbst: William von Roebruk! Deshalb empfehlen wir den Grafen Eurer besonderen Aufmerksamkeit. Er reist übrigens auf eigene Kosten, mit Geschenken beladen, die er großzügig verteilt. Er befindet sich auf der Suche nach seinem Eheweib, Prinzessin Shirat Bunduktari. Sie ist eine Schwester des mächtigen Emir Baibars, nach dem Sultan der einflußreichste Mann Ägyptens. Diese Shirat wird angeblich von uns als Sklavin am Hofe zu Karakorum gehalten. Das können wir uns nicht vorstellen und haben dies auch mit Überzeugung dargelegt, denn wir wissen, welche Fürstentöchter bei uns am Hofe des Khans als Gäste oder Geiseln, aber keineswegs als Sklavinnen gehalten werden. Ein solcher Mißgriff würde unseren Diensten niemals unterlaufen! Doch der Graf läßt sich nicht von seinem absurden Gedanken abbringen. Also bitten wir Euch, auch diesem Hinweis nachzugehen, denn es wäre eine Schande für uns, wenn der Khan sich eine derartige Anschuldigung anhören müßte.

Einige Tagesreisen nach dem Verlassen des Khanats Kiptschak stieß die Reisegesellschaft auf eine ärmliche Jurte am Wegesrand. Es handelte sich um die Behausung des Verbannten Omar, der mit dem Königlichen Paar zu uns gekommen war, und des Mädchens Orda, das ihm freiwillig in die Verbannung gefolgt ist.

Wenn Ihr Euch erinnern mögt, geschah dies vor Jahresfrist. Diesem in tiefer Not lebendem Paar ist gerade ein Kind geboren worden. Sie bettelten die Vorüberreitenden an und erhielten auch Früchte und Milch zum Geschenk. Wir sind der Meinung, daß sich diese armseligen Kreaturen, die für uns kaum schmeichelhaft sind, nicht gerade an den vielbereisten Gesandtschaftsstraßen aufhalten sollten. Wir empfehlen, dem Verbannten und seiner Lebensgefährtin samt Neugeborenem aufzuerlegen, sich nicht auf Sichtweite der Straße zu nähern, damit kein schlechter Eindruck entsteht.

L. S.

Reiter sprengten in unregelmäßiger Folge aus den Toren der Stadt. Die Suchtrupps trugen farbige Fähnchen zur schnellen Erkennung auf dem Rücken und waren nur leicht bewaffnet. In Karakorum war

Hulagu, der Il-Khan, mit seiner Gattin Dokuz-Khatun eingetroffen. Kaum angekommen, hatte sie ihn in die Kirche zum Bittgottesdienst gezerrt, den Barzo für die Rückkehr der Kinder abhielt.

»*Supplice te rogamus, omnipotens Deus:*
jube haec perferri per manus sancti Angeli tui
in sublime altare tuam, in conspectu
divinae majestatis tuae.«

Das jähe Ende des Mönchs Sergius hatte die christliche Gemeinde der Nestorianer in tiefe Verwirrung gestürzt, und die Abreise des verehrten William von Roebruk sie jeder Hoffnung beraubt, als *Nova Ecclesia Mongalorum* zur Staatskirche erhoben zu werden. Davon war nicht mehr die Rede, und es traute sich auch keiner, beim Khan die Gründung einzufordern.

»*Agnus Dei, qui tollis peccata mundi, miserere nobis.*
Agnus Dei, qui tollis peccata mundi, miserere nobis.
Agnus Dei, qui tollis peccata mundi, donna nobis pacem.«

Nach der Zeremonie standen Männer und Frauen noch getrennt in mehr gedämpft als erregt disputierenden Gruppen vor dem Gotteshaus. Der General Kitbogha wollte sich gerade wieder entfernen, denn ihm oblag die Aussendung der Suchtrupps, und der Khan ließ sich stündlich Bericht erstatten. Da trat der Il-Khan aus der Kirche, löste sich von seiner Frau und eilte auf seinen Kämmerer Dschuveni zu. Der gedrungene Hulagu wirkte schlaff, und seine feisten Wangen waren eingefallen. Er winkte auch seinen General zu sich.

»Meine Herren«, rief er ungnädig, »wie lange wollt Ihr dem Großkhan noch auf die Nase binden, zehn ausgesandte Hundertschaften würden die Kinder suchen und nicht finden? Sie können ohne fremde Hilfe nicht spurlos verschwunden sein, sie müssen mit jemandem, der sehr mächtig ist, unter einer Decke stecken – und Ihr wollt sie nicht finden!«

Der alte General schwieg beleidigt, aber Dschuveni sah die Möglichkeit, seinen Herrn auf seine Strategie einzustimmen. »Wir könnten, schon, um Euren Bruder, den erhabenen Khagan, zu beruhigen, auch mit fünfzig Hundertschaften die Steppe nach dem Königlichen Paar abgrasen, aber finden werden wir sie deshalb nicht!«

»Das wäre sehr ungesund für Euch, Ata el-Mulk Dschuveni«, gab der Il-Khan mit gefährlich leiser Stimme zu bedenken. »Als mein Kämmerer wart Ihr für das Wohlergehen und die Sicherheit des Königlichen Paares verantwortlich, das mein Bruder mir zum Geschenk machen wollte, damit es an der Spitze meines Heeres den ›Rest der Welt‹ erobert. Was mache ich ohne goldene Spitze, mit einem Kämmerer ohne Kopf?«

»Die Flucht war ein Komplott des Assassinen«, verteidigte der Kopf seinen Sitz auf den Schultern, »wenn nicht gar eine Entführung! Den Beweis werden wir erhalten, wenn Roç und Yeza in Alamut aufgetaucht sind, dann hätten wir eine Handhabe –«

Kitbogha unterbrach ihn, sprach aber zu Hulagu: »Für mich ist William von Roebruk der Schlüssel, er nannte sich selbst das Schlüsselloch, wenn ich Euch an seine eigenen, fast prophetischen Worte erinnern darf –«

»Hat er sie mit sich genommen?« drängte Hulagu und gab die Antwort gleich selbst. »Nein! Sie waren doch schon entflohen, als er noch von meinem Bruder verabschiedet wurde.«

»Und doch –«, beharrte der alte General, »hat er sie bewegt –«

»Oder sie ihn?« Der Il-Khan war ein mißtrauischer Mann, mürrisch und herrisch. »Auf jeden Fall müssen die beiden wieder herbeigeschafft werden, sonst bläst der Khagan noch den Kriegszug gegen den Westen ab. Denn die Prophezeiung lautete: ›Nur mit den Kindern des Gral wirst du die Krone der Welt erringen.‹«

Das war ein klarer Auftrag an den General, mit der Suche fortzufahren.

Nur der starrsinnige Dschuveni zeigte sich weder beeindruckt noch überzeugt. »Wenn Roç und Yeza in Karakorum nicht wiederauftauchen, sondern in Alamut, worauf ich meinen Kopf verwetten will, wenn Ihr mir ihn noch solange laßt, dann reicht uns das allemal!«

Sein Herr sah ihn durchdringend an. »Zugegeben, Kämmerer, Eure Vermutung ist zwingend, doch haltet Euren Kopf lieber nicht für unentbehrlich!«

Und wieder sprengten Reitertrupps aus der Stadt hinaus, in alle vier Himmelsrichtungen, Hundertschaft um Hundertschaft. Bald beteiligten sich tausend, zehntausend an der Suche nach dem verschwundenen Königlichen Paar.

Bericht der Geheimen Dienste, 11. Juli 1254
betr. Verstoßung

Dem Priester Gosset und der leichtfertigen Sklavin des Ariqboga gelang es sehr bald, die Stute, die sie trug, zum Stillstand zu bringen. Sie befreiten sich gegenseitig von ihren Fesseln und verhielten sich voller Scham. Ein Liebesverhältnis scheint uns nicht vorzuliegen, eher eine Notgemeinschaft oder – das wollen wir Euch nicht verhehlen – ein gut aufeinander eingespieltes Agentenpärchen, das im Dienst auch schon mal einen Stoß verträgt!

Umsichtig fingen die beiden die von dem Hengst angeführten Packpferde ein, als hätten sie diese Unterstützung erwartet. Sie haben sich mit den nachgeschickten Gewändern bekleidet und setzten ihre Reise wider Erwarten nicht gen Süden fort, sondern in Richtung des Lagers von Batu-Khan. Sie wirken inzwischen wie zwei Mongolen und fallen überhaupt nicht mehr auf.

Wir haben einen Zeugen gefunden, der Euren Verdacht bestätigt hat. Er hat den Priester schon einmal in Konstantinopel gesehen, da nannte er sich ›Mustafa Ibn-Daumar‹ und gab sich als reicher Kaufmann aus Beirut aus, was aber auch nicht stimmen muß.

Wir bitten Euch vor allem, nachzuforschen, wer den Verstoßenen die Packtiere hinterhergeschickt hat. Wir beobachten weiter, denn wir halten diese beiden Personen für höchst verdächtig.

L. S.

 Bericht der Geheimen Dienste, 13. Juli 1254
Wir bitten um Vergebung für unser dummes Geschwätz. Die Hundertschaft unter dem Kommando von Kito, dem Sohn des Generals, hat die Verstoßenen eingeholt und die ihnen nachgeschickten Traglasten vor unseren Augen gründlich untersucht. Daß darin das Königliche Paar nicht verborgen war, hätten wir ihnen auch sagen können, denn wir hatten die beiden beim Eintreffen der Packtiere genauestens beobachtet. Daß die sittenlose wie undankbare Sklavin jetzt als Prinzessin Shirat entlarvt wurde, sehen wir als Frucht unserer Hinweise. Wir können Euch auch Neues melden, was die Identität des Priesters anbelangt. Aufgrund unserer wachsamen Nachforschungen können wir heute beweisen, daß es sich um einen hochgestellten Ismaeliten handelt, an dem ansonsten nicht einmal sein Beiname Crean echt ist. Sein wahrer Vorname soll ›Odo‹ sein. Ein von uns in Samarkand verhörter irischer Mönch, der ihn auf dem Markt gesehen hat, gab uns den Hinweis, daß es sich um eine Verbutterung des germanischen Wortes für ›Sahne‹ handeln könne, ›Rahm‹, im Angelsächsischen ›cream‹. Tauscht man das ›m‹ gegen ein ›n‹ aus, wird daraus ›Crean‹. Dahinter versteckt sich ›Odo der Rahner‹, der berühmte Sänger Okzitaniens. Um den Mann, der zwischenzeitlich zum Islam konvertiert und dem Orden der Assassinen beigetreten ist, soll es sich handeln.

Ihr seht, erhabener Bulgai, Eure Geheimen Dienste schlafen nicht. Entschuldigt uns bitte beim General Kitbogha, daß wir ihn törichterweise der Fluchthilfe verdächtigt haben. Sein Sohn Kito hat uns bereits verziehen und sehr gelacht. Wir werden jetzt unsere geballte Aufmerksamkeit dem verschwundenen Königlichen Paar zuwenden. Es soll unserer Aufmerksamkeit nicht entgehen.

Empfehlt uns dem Großkhan Möngke, er kann sein machtvolles Haupt nun beruhigt zur Ruhe betten. Seine Geheimen Dienste wachen für ihn!

L. S.

Chronik des William von Roebruk, am Gedächtnistag der hl. Praxedis 1254

Roç und Yeza tun mir leid, wie sie da auf engstem Raum in ihrer Silberhöhle stecken, durchgeschüttelt von dem Karren. Nur des Nachts können sie heimlich durch die Klappe unter den Wagenboden kriechen, um ihre Notdurft zu verrichten und sich an einem Eimer zu waschen, den ich unter dem Vorwand, die Ochsen zu tränken, stets gefüllt dort abstelle.

Aber es bleibt keine andere Wahl. Tagsüber jagen ohne Unterlaß Suchtrupps an uns vorbei, und einige machen auch halt, um mit mir über die Erfolglosigkeit ihrer Bemühungen zu reden oder sich Rat zu holen, wohin die Flüchtigen sich gewandt haben könnten. Ich sagte jedem etwas anderes.

Dann kehrte auch Kito mit seiner Hundertschaft zurück, der als erster an mir vorübergestoben war und inzwischen Crean und Shirat eingeholt hatte. Um die überall auf den Hügelrücken lauernden und schweigend mit uns ziehenden Geheimen Dienste zu beschwichtigen, hatte er die beiden und ihr Gepäck, das er ihnen ja eigenhändig nachgesandt hatte, vor den verborgenen Augen der Geheimen nochmals untersucht. In den Traglasten fand sich natürlich nichts, und die Verstoßenen waren nackt gewesen und hatten bekanntlich nichts verstecken können.

Ich schlug scherzhaft vor: »Die Kinder könnten ja auch hier im Baum stecken. Wenn Ihr ihn anschließend wieder auf den Karren stellt, dürft Ihr ihn gern zerlegen.«

Da lachten alle herzlich. Kito schwärmte mit seinen Mannen wieder in die Steppe aus, ohne jede Hoffnung, denn meilenweit ist niemand zu erblicken. Büsche oder Wäldchen gibt es kaum, auch keine Grotten. Das Königliche Paar ist für die Mongolen wie vom Erdboden verschluckt, was ohne das Zutun von bösen Geistern für sie gar nicht vorstellbar ist. Deshalb hocken sie oft des Nachts bei mir am Feuer, eng zusammengerückt, weil sie die *ada* mehr fürchten als den Zorn des Großkhans. Würden sie bemerken, daß neben den Speichen abgelegte Speisen plötzlich verschwinden und Krüge mit Milch sich leeren, die ich dem Engel vor die Posaune schiebe, dann nähmen sie das fraglos hin, weil die Geister bekanntlich Opfergaben einfordern. Meine Sorge ist nur, daß Yeza und Roç, die ja jedes Wort mit anhören können, übermütig werden und tatsächlich als Geister herumspuken. Ich verstünde es ja, wenn sie sich – des engen Gefängnisses überdrüssig – in der Dunkelheit die Beine vertreten wollten. Bisher haben sie mir solche Überraschungen erspart. Das Hauptproblem stellen nämlich weniger die sporadisch auftauchenden Suchtrupps dar als meine Begleitmannschaft von Karrenlenkern und Ochsenknechten, mit denen ich reichlich versehen bin. Vor denen muß ich mich in acht nehmen. Deshalb habe ich den Raum unter dem Fuhrwerk nachts zu meiner Privatkapelle erklärt, in die ich mich stets begebe, um laut »für die Vertreibung der bösen Geister zu beten«. So kann ich mich ungestört mit meinen Höhlenkindern verständigen. Ich stelle alle Fragen als lateinische Liturgie, und sie klopfen zum Einverständnis einmal oder zur Ablehnung zweimal, worauf ich ihnen eine andere Strophe biete. Das Klopfen verschreckt meine Mongolen zusätzlich. Der einzige, den ich natürlich eingeweiht habe, ist mein Diener Philipp. Der machte auch den Vorschlag, den Trinkbaum zum ständigen Sitz der Geister zu ernennen; das würde die Mongolen in respektvoller Entfernung halten und alle absonderlichen Vorkommnisse wie stinkende Scheißhaufen oder Geräusche erklären. Schon oft drangen verzerrte und dumpfe Töne aus der Posaune, es knackte in den Wurzeln, und vor allem verschwindet alles Eßbare aus den Schüsseln, die von den Hinterteilen der Löwen gebildet werden. Am Morgen finden sich nur noch abgenagte Knöchelchen darin. Also verkündete ich, daß die *ada* den Baum für sich beanspruchten und mich zu ihrer Geisel gemacht hätten, damit ich ihnen diene und sie mit Nahrung und Getränken versorge. Andernfalls würden sie über meine Knechte herfallen und sich von ihnen holen, was sie bräuchten. Ich, William von Roebruk, würde mich aber für die mir anvertrauten Mongolen opfern, damit ihnen kein Leid geschähe. Sie sollten sich nur fernhalten von dem Baum. Ich würde aber nach wie vor mit meinen Gebeten die *ada* bekämpfen, denn ein guter Christ fürchtet sich nicht vor Geistern. Das danken mir alle mit heimlich zugesteckten Früchten, Nußbrot und anderen Köstlichkeiten wie Fischen, die sie selbst fangen, oder auch schon mal mit einem eigens gekauften Lamm, die ich an die Quälgeister verfüttern soll.

Wir bieten das Bild einer langgezogenen Karawane, der Mongolen vorausreiten. Kräftige Ochsen ziehen den riesigen Karren, auf der sich einsam der silberne Trinkbaum emporreckt, mit Tauen an allen vier Ecken festgezurrt, obenauf der Engel, der sich bei holpriger Fahrt mit seiner Posaune nach allen Seiten dreht. Dahinter schreiten nur noch der festlich gekleidete Gottesmann, der es fast bis zum Patriarchen von Karakorum gebracht hätte, und Philipp, sein treuer Diener. Die Wagenlenker, durch die Nähe zum Geisterbaum am meisten gefährdet, haben hinter sich einen Schutzschild aufgebaut, eine halbe Jurte, und mit der im Rücken fühlen sie sich beinah als Helden. Von weitem muß der Zug wie eine kriegerische Prozession wirken, das Anrücken einer einzigen Posaune gegen Jericho, deren Klang die Mauern der ganzen Welt zum Einsturz bringen wird. Daß wir von bösen Geistern besessen sind, hat sich in der Steppe in Windeseile herumgesprochen. Immer weniger Suchtrupps behelligen uns, besonders nach Einbruch der Dunkelheit. Sie schlagen einen großen Bogen um den weithin sichtbaren Baum, der einsam durch die Lande zieht.

L. S.

Crean und Shirat wurden unter wüsten Beschimpfungen und groben Beleidigungen von jedem Trupp der Mongolen durchsucht, der sie auf ihrem Wege antraf. Das waren nicht nur die Einheiten, die von hinten mit gezückten Waffen angestürmt kamen, als gelte es, einen flüchtigen Feind in Stücke zu hauen, sondern auch jene, die, zermürbt vom langen, vergeblichen Ritt, mißmutig zurückströmten und nicht wußten, was sie dem Khagan berichten sollten. Jedesmal wurden die Verstoßenen unter der Drohung angelegter Pfeile gezwungen anzuhalten, bevor ihnen die Packen von den Tragtieren gerissen, aufgeschnitten und durchwühlt wurden. Das gesuchte Königliche Paar kam nicht zum Vorschein, und nach jeder Durchsuchung fehlten Lebensmittel. Auch die Trinkvorräte gingen zur Neige, weil ein ärgerlicher Jäger einen Wasserschlauch zerstochen hatte.

»Sie können sich anscheinend nur vorstellen, daß Delinquenten wie wir auch für das Verschwinden von Roç und Yeza verantwortlich sind«, klagte Shirat. »Zur Strafe müssen wir des Hungers sterben.« Crean konnte zwar behaupten: »Das hat William uns eingebrockt«, aber Shirat bezweifelte das.

»Wir befinden uns noch immer in einem Spinnennetz«, sann sie laut vor sich hin, »in das wir beide hineingeflattert sind wie Motten zum Licht. Die Spinne hat sich noch nicht gezeigt. Aber der gute, dicke William ist es bestimmt nicht.« Sie sah zu Crean hinüber, der trübsinnig auf seinem Pferd neben ihr her trabte. »Ich habe Hunger, Crean«, appellierte sie an den Mann.

Die Dämmerung senkte sich; sie mußten sich ein Nachtlager suchen, aber davon würden sie nicht satt werden. Bereits am Mittag hatten sie sich das letzte Stück Brot geteilt und die Reste an Flüssigkeit aus den Schläuchen gesogen. »Wir sollten wenigstens einen Brunnen oder ein Wasserloch finden.«

Galant war Shirats Gefährte nicht, dabei hatte sie sich ihm zweimal hingegeben. Oder zumindest einmal. Beim zweitenmal, auf dem Pferd, da hatte sie eher ihn genommen.

Ein unverständliches Murren war Creans einzige Antwort. Er hatte ein Licht ausgemacht, das in der abendlichen Steppe aufflammte. Jemand hatte ein Lagerfeuer entzündet.

»Du wartest hier auf mich«, beschied er die kleine, zierliche Frau, mit der er seine Nächte verbrachte, ohne sie noch einmal angerührt zu haben, seit sie sich auf dem Pferd voneinander gelöst hatten. Wohin hätte das auch führen sollen? Sie hatten sich nur aneinander gewärmt und über ihre knurrenden Mägen gelacht. Doch inzwischen war ihnen das Lachen vergangen. Crean mußte etwas zu essen und vor allem zu trinken besorgen. Er ritt davon. Er wußte, wie weit er sich dem Lager nähern konnte, ohne daß der Hufschlag ihn verriet. Dann stieg er ab und band sein Pferd an einem Steinhaufen fest, merkte sich den Stand der Gestirne und ging langsam zu Fuß weiter. Er mußte warten, bis alle schliefen, bevor er sich anschleichen und nach etwas Eßbarem suchen konnte. Er war nur deshalb so früh losgeritten, weil ihm das Feuer nur den Weg wies, solange es noch nicht gelöscht war. Crean setzte sich auf die Erde. Er blickte auf zu den Sternen, die im gewaltigen Himmelszelt über ihm funkelten, und bedachte den Sinn seines Erdenwandels, den er an zwei leuchtenden Sternbildern festgemacht hatte. Das flüchtige des Gemini stand für Yeza und Roç, und die Libra in der Venus war der Rose zugeordnet. Wie ein fallender Komet streifte den Ismaeliten die Erkenntnis, daß beide der Vergänglichkeit anheimfallen sollten – ob sie sich nun anzogen in ihrer elementaren Gleichheit und Leichtigkeit oder abstießen –, die Dioskuren später, die Rose wohl früher. Das schien Crean plötzlich unabwendbar wie das Aufeinanderzurasen der Sterne am Himmel. Ein Feuerschein würde aufblitzen und etwas Neues gebären, Mensch, Stern oder Zeichen – vielleicht im Aquarius, dessen Zeitalter noch kommen sollte. Erleichtert erhob sich Crean de Bourivan, der alte Katharer. Alles hatte seinen Sinn, und alles war nicht so wichtig.

 Leisen Schrittes bewegte er sich auf den Lagerplatz zu. Es mußte sich um eine größere Gesellschaft handeln, um Personen von Rang, denn die Zelte wiesen herrscherliche Insignien auf, soweit das im Dunkeln zu erkennen war. Auch schritten Wachen den Ring um das Lager ab; ihre Helme schimmerten im Mondlicht. Crean hatte als Assassine gelernt, sich lautlos wie eine Schlange über den Boden zu schlängeln, obwohl ihm das mit seinen dreiundfünfzig Jahren nicht mehr leichtfiel. So gelangte er zwischen die Schläfer.

 Einer der Herren schlief abseits, ihn umringten nur Mongolen, die sich in ihrer heimatlichen Steppe so geborgen fühlten, daß sie keine Wachen aufgestellt hatten. Neben dem jungen Herrn glänzte ein weißes Tuch. Und darauf befanden sich gebratenes Fleisch, Brot, Käse und Früchte – fast gänzlich unberührt. Crean lief das Wasser im Munde zusammen. Er kroch im Schatten eines Zeltes zum Kopf des Schläfers. So konnte er ihm den Mund verschließen, falls er aufwachen sollte. Als erstes zog Crean einen Dolch an sich, der achtlos beim Braten lag, dabei fiel sein Blick auf das Gesicht des Schlummernden. Es war Hamo! Gar kein Zweifel. Crean legte ihm die Hand auf die Lippen und preßte den Mund an sein Ohr.

»Hamo!« Der war auch sofort wach, doch statt von der Gestalt mit dem Dolch quer im Mund eingeschüchtert zu sein, biß er ihr in die Hand und schlug nach ihr. Dabei verletzte er sich ohne Creans Zutun an dem Dolch, bevor er den Ismaeliten endlich erkannte. »Du?« Hamo ließ sich wieder zurückfallen, und Crean konnte ihm endlich wispernd das Wichtigste mitteilen. Als Hamo hörte, daß Shirat in der Nähe wartete, wollte er aufspringen. Diesmal verletzte der Assassine ihn bewußt mit dem Dolch an der Schulter. Hamo sah ein, daß sein Verhalten töricht war, und faßte einen Plan. »Da du mich ohnehin schon halb abgeschlachtet hast, laß mich hier liegen und verschwinde mit allem, was du brauchst. Ritze mich noch an Hals und Wange, damit ich fürchterlich im Blut schwimme. In einer halben Stunde schreie ich ›Assassinen!‹«

»Und dann?« fragte Crean skeptisch, fuhr Hamo jedoch so blitzschnell mit der Klinge über die Wange und schlitzte ihm mit dem blutigen Dolch das Hemd auf, daß der die Schnitte nicht einmal spürte.

Ungerührt erklärte Hamo: »Die Armenier werden sich freuen, wenn ich verlange, hier liegengelassen zu werden. Verlaß dich nur auf meine Freunde!«

»Gut«, sagte Crean und beendete sein Werk, indem er das damastene Tischtuch mitsamt den Speisen zusammenraffte. »Wenn die Luft rein ist, stoßen wir zu dir!« Damit verschwand er lautlos im Dunkel der Nacht.

Bericht der Geheimen Dienste, 16. Juli 1254
Der Zug des Königs Hethoum von Armenien ist heute in der Dunkelheit überfallen worden. Mitten in der Nacht wurde das Lager von Schreien des Grafen von Otranto geweckt, der »Assassinen! Assassinen!« brüllte, und wir fanden ihn in seinem Blute. Bei näherem Hinsehen handelte es sich nur um harmlose Schnittverletzungen am Kopf, in der Herzgegend und auch an der Schulter. Graf Hamo L'Estrange behauptete, zwei Männer hätten sich auf ihn gestürzt, und ihm sei sofort klar gewesen, daß es sich nur um Assassinen handeln konnte.

Das paarweise Auftreten spricht tatsächlich dafür. Noch immer sind ja längst nicht alle der vierzig Fida'i gefaßt, die der Imam von Alamut angeblich gegen unseren Großkhan ausgesandt hat. Die Tatsache, daß sie das Tischtuch mit den Speisen mitgehen ließen, spricht dafür, daß die Attentäter Hunger litten, was wiederum auf ein versprengtes, herumlungerndes Meuchelmörderpaar hinweist.

Doch obgleich unsere Leute sofort aufgesessen sind und die Umgebung des Lagers mit Fackeln absuchten, wurde keine Spur von ihnen gefunden. Wir gestatten uns die dringende Empfehlung, die Sicherheit auf unseren Straßen endlich wiederherzustellen. Vielleicht sollten die zahlreichen Suchtrupps, die zur Zeit nach dem Königlichen Paar Ausschau halten, angewiesen werden, auch ein Auge auf dieses Gesindel zu haben, dessen Treiben eine Schande für uns Mongolen bedeutet, besonders angesichts hochgestellter Gäste wie der König von Armenien.

Graf Hamo L'Estrange hat bei diesem Vorfall, der sicher nicht ihm, sondern seinem Abendessen galt, zwar die Tapferkeit eines Dschingiden bewiesen, ließ in der Folge jedoch die Zähigkeit unseres großen Herrschergeschlechts vermissen. Obwohl wir seine Wunden verbunden und die Blutungen zum Stillstand gebracht hatten, erklärte er nämlich am folgenden Morgen, er sei unfähig, die Reise mit den anderen fortzusetzen. Wir konnten auch nicht darauf bestehen, denn merkwürdigerweise waren die Armenier nahezu sofort dazu bereit, ihn einfach dort liegen zu lassen. Sie hatten es plötzlich sehr eilig, das Lager abzubrechen und davonzureiten. Es zwingt sich fast der Gedanke auf, daß sie es waren, die den Grafen umbringen wollten. Sempad, der Bruder des Königs, soll ihm nicht sehr gewogen sein, und die Armenier sind für ihre Falschheit bekannt. Sie ließen ihm allerdings seine Pferde und all sein Hab und Gut, das ja sehr beträchtlich ist.

Wir teilten daraufhin die Eskorte. Ein Teil ritt mit dem König weiter, ein Teil blieb bei dem Grafen. Der wiederum legte ein sehr unmongolisches Verhalten an den Tag und überhaupt keinen Wert auf unsere Präsenz. Er verlangte von den Männern, die ihn schon in Sis, der armenischen Hauptstadt, als Kundaitschi, einen Nachfahren des

Großen Schmiedes Dschingis-Khan, erkannt hatten, sie sollten ihn einfach in der Steppe liegen und sterben lassen. Als hätten die Mongolen je einen Angehörigen der Herrscherfamilie im Stich gelassen! Wir weichen und wanken nicht von seiner Seite. Hamo L'Estrange verweigert jegliche Nahrungsaufnahme; der Lebenssaft scheint aus ihm gewichen, als sei der Dolch der Assassinen vergiftet gewesen, mit einem Gift, das wir noch nicht kennen und das dem Mann den Mut zum Leben nimmt. Wir bitten dringend den nächsten Jam um Anweisung, wie wir uns verhalten sollen.
L. S.

Der Großkhan weigerte sich, das Bett zu verlassen. Der Oberhofrichter saß neben der herrschaftlichen Lagerstatt und spielte mit ihm Go. Doch wie Möngke sich auch mühte, immer sah er sich eingekreist. »Gebt mir weitere fünf!« murrte er aufsässig, um seine Unzufriedenheit zu bemänteln.

Der Bulgai zog leichtfüßig über das Feld und schloß noch einen Stein ein. »Es ist unmöglich, daß die Gesuchten in tausend Meilen Umkreis – weiter können sie nicht gekommen sein, es sei denn, sie hätten sich in Vögel verwandelt –«

»Geister!« unterbrach ihn Möngke, über diesen Gedanken selbst erschrocken.

»– von zehntausend Jägern nicht aufgespürt werden«, fuhr der Bulgai ungerührt fort. »Keine Maus –«

»Was folgt Ihr daraus?« Möngke war verärgert, weil sein Gegenspieler ihn schon wieder umstellt hatte. »Ich will eine Erklärung!«

Die hatte der Bulgai bei der Hand. »Das Königliche Paar reist unter unseren Augen, doch wir sehen es nicht.«

Möngke wagte einen riskanten Zug in der Hoffnung, sein Mitspieler sei abgelenkt.

»Zwanzigtausend Augen können nicht gleichzeitig von Blindheit geschlagen sein!«

»Ein Gefäß, das sie unsichtbar macht –«

»Geister? Also doch!«

»William«, holte der Oberhofrichter aus, »hat neuerdings Macht über Geister oder sie über ihn. Die *ada* sind über ihn hergefallen, haben sich im Trinkbaum festgesetzt und lassen nicht davon ab –«

»Mein William? Nie und nimmer!«

»Erlaubt Ihr, daß wir ihn anhalten und der Sache auf den Grund gehen, indem wir den Baum öffnen, aufschneiden, zersägen?«

»Meinen Silberbaum? Nie und nimmer!« Möngke war so empört, daß es ihn gleichgültig ließ, daß der Bulgai ihn schon wieder umzingelt hatte.

»Wir könnten ihn in ein Gewässer fahren oder ein Feuer darunter legen.«

»Nicht, wenn ihn Geister bewohnen!«

»Es gibt keine Geister!« entgegnete der Bulgai hart. »Daß William welche in Eurem Baum mit sich führt, läßt nur den Schluß zu –«

»Auch der Baum könnte Schaden nehmen, und wie stehe ich dann vor William da?« Schlitzohrig nutzte Möngke die Verblüffung seines Oberhofrichters, um endlich einen der gegnerischen Steine zu umzingeln. Der lächelte zurückhaltend.

»Ich wollte nur auf ihn aufmerksam machen«, sagte der Bulgai und schloß seinerseits den Khan ein.

 Bericht der Geheimen Dienste, 17. Juli 1254
Hochvermögender Bulgai, der uns immer wieder beschämt.
Euer Jam ist gekommen, und es hat sich alles geklärt. Da der Graf Hamo L'Estrange weiterhin insistierte, allein gelassen zu werden, zogen wir uns zurück, aber bei jeder Bodenerhebung, jedem Strauch ließ sich einer von uns aus dem Sattel fallen und verbarg sich hinter dem Schutzschild der Natur, wie wir es gelernt haben. So zogen wir eine Beobachtungskette, die für den Zurückgelassenen unsichtbar blieb.

Es dauerte nicht lang, da kamen der verstoßene Priester und die Prinzessin Shirat angeritten. Die Frau sprang vom Pferd und fiel dem Hamo um den Hals. Der Priester stand verlegen daneben, als sie sich küßten und turtelten wie Liebende, obwohl sie ja Mann und Frau sind. Zu diesem Schluß kamen wir durch unsere Beobachtungen. Das wiedervereinigte Ehepaar beschenkte den Priester reichlich; sie gaben ihm Kleider und Pferde und ließen ihn allein.

Wir beschlossen, weiterhin heimlich vorzugehen, und teilten unseren Trupp noch einmal. Eine Hälfte folgte dem davonreitenden Paar in dem vorgeschriebenen Abstand der ›Schatten des kleinen Hügels‹. Denn wie könnten wir einen erkannten Kungdaitschi allein reiten lassen, besonders, wenn er eine solch durchtriebene Gemahlin hat?

Die andere Hälfte blieb auf Rat Eures Jam bei dem Verstoßenen, von dem wir ja wissen, wie gefährlich er ist, und der schon deshalb nicht allein gelassen werden sollte. Die zu diesem Einsatz Befohlenen versteckten sich wagemutig – wie schon zuvor mit Erfolg angewandt – rund um den zu Beobachtenden als ›Füchse in der Grube‹. Gelernt ist eben gelernt. So warten wir seine weiteren Bewegungen in der Deckung ab.

Wir erlauben uns noch den Hinweis, daß es vielleicht der Priester war, der versuchte, den Grafen Hamo des Nachts im Lager zu erdolchen, und zwar aus Eifersucht, um die Prinzessin zu behalten. Das Tuch mit den Essensresten hat er vermutlich nur zur Tarnung seiner Mordabsicht mitgenommen, als sein Anschlag – dank der heldenhaften Gegenwehr des Hamo – gescheitert war. Vielleicht hat der Graf ihn auch erkannt und war deshalb so verwirrt, und die Rückgabe der Frau erfolgte im Austausch gegen Kleider und Pferde? Auf jeden Fall ist der ›Priester‹ ein höchst gefährlicher Mann und sicher ein Assassine.

L. S.

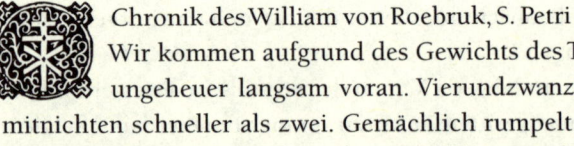 Chronik des William von Roebruk, S. Petri ad Vincula 1254
Wir kommen aufgrund des Gewichts des Trinkbaums nur ungeheuer langsam voran. Vierundzwanzig Ochsen sind mitnichten schneller als zwei. Gemächlich rumpelt der Karren mit dem Symbol der Niederlage des Großkhans und meines letzten Triumphes weithin sichtbar durch die Steppe. Roç und Yeza wollen

LIB. III, CAP. V

hinaus aus ihrem Gehäuse, und ich kann es ihnen nachfühlen. Sie drohen mir an, eines Nachts ihr »Kerkerloch ohne Ratten«, wie sie es nennen, heimlich zu verlassen und wie die lieben *ada* plötzlich am Lagerfeuer der Mongolen aufzutauchen. Ich bat sie händeringend – ich betete ja immer unter der Klappe –, noch zu warten, aber der Strahl Flüssigkeit, der mich dann traf, war keineswegs Trinkwasser, und sie schrien schaurig »ouhu-ou-ou-ou-hou-i-i-i« durch die Posaune, so daß meine Begleiter vor Schreck erstarrten. Mir schwante, daß ich die Kinder nicht länger zurückhalten konnte. So rannte ich, den Verängstigten mimend, zu meinen Ochsenknechten und Wagenlenkern und rief: »Die Geister wollen das Königliche Paar in ihren Besitz bringen. Sie haben gesagt, sie werden es suchen und finden.« Das schüchterte alle so ein, daß ich noch eins draufsetzte. »Sollten wir uns ihrem Begehren widersetzen oder sie verraten, dann drehen uns die *ada* den Hals um!« Das war eine gute Voraussetzung für den Anblick, der sich am nächsten Morgen bot. Roç und Yeza saßen in dem Wassertrog, aus dem die Ochsen getränkt wurden, und spritzten sich lachend gegenseitig naß.

»Wo sind wir?« fragte Yeza. »Wer seid Ihr?«

Ich spielte das Spiel mit, entbot ihnen ein ehrfürchtiges Willkommen und fragte: »Wohin des Weges, Königliches Paar?«

Roç antwortete mit trauriger Stimme: »Wir sind Gefangene der *ada*. Nur am Tag dürfen wir unter euch weilen, die Nacht müssen wir bei ihnen im Baum verbringen.«

Das schien uns allen eine annehmbare Lösung, zumal die oben auf dem Kutschbock sitzenden Wagenlenker aus Furcht um ihren Hals beim Anblick jedes Suchtrupps riefen: »Versteckt Euch, schnell!«

Roç und Yeza verschwanden unter dem Karren, der weiterhin von allen gemieden wurde – so daß auch niemand sah, wie sie durch ihre Klappe in die Höhle des Trinkbaums schlüpften. Doch bald saßen die beiden ebenfalls oben auf dem Kutschbock und hielten selbst Ausschau.

Als uns eine größere Reisegruppe, beinah ein kleiner Heereszug, entgegenkam, beruhigte uns Roç: »Das sind keine Mongolen! Ich kann das Banner der Armenier erkennen. Vor denen brauchen wir uns nicht zu verstecken!«

Die Kutscher bekamen es mit der Angst, aber das Königliche Paar richtete seine zerrauften Haare und zerknitterten Kleider her, so gut es ging, und empfing die Armenier, in aufrechter Haltung auf dem Bock sitzend. Roç und Yeza hatten die Zügel des Gespanns in die Hände genommen und grüßten die Ankömmlinge mit Würde.

Einer von ihnen war der König Hethoum persönlich, wie sich herausstellte, der Unmensch, der Shirat einem Sklavenhändler abgekauft und an den Großkhan weiterverschenkt hat, als Teil seiner Tributzahlung, genaugenommen! Leider war das auch Yeza geläufig, und sie rief: »Ach, Ihr seid der König von Armenien, der die Frauen tapferer Ritter verkauft! Die Gräfin von Otranto hat lange auf Euch gewartet, um sich gebührend zu bedanken!«

»Was redet Ihr da, junge Dame?« mischte sich ein bulliger Kriegsmann ein. »Ich bin Sempad, der Konnetabel, und verbitte mir im Namen –«

»Spart Euch die Worte, Herr Sempad«, fuhr ihm Roç über den Mund. »Shirat mochte nicht länger warten und hat dem Hof des Großkhans den Rücken gekehrt. Ihr hättet sie unterwegs treffen können!«

»Da Ihr aber noch beide Augen im Kopf habt«, fiel Yeza ein, »habt Ihr sie wohl verfehlt. Sie hätte sie Euch nämlich ausgekratzt!«

»Das mag wohl wahr sein, Bruder«, entgegnete der König und grinste schadenfroh.

»Doch wer seid Ihr, daß Ihr mir solches vorzuhalten wagt?«

Da rief ich schnell: »Das Königliche Paar reist im Auftrag des Großkhans. Und ich bin William von Roebruk, Gesandter des Königs Ludwig von Frankreich.«

Staunend betrachtete König Hethoum Roç und Yeza sowie den mächtigen Trinkbaum hinter ihnen, der ihm wie der Baldachin eines noch nie gesehenen Thrones vorkommen mochte. Schließlich sagte er zu mir: »Davon haben wir vernommen. So wollen wir Euch nicht länger aufhalten. Komm, Sempad!« So ermahnte er noch seinen Bruder, der schon abgesessen war und mit drohender Miene auf den Karren zuschreiten wollte. Der knurrte etwas Unverständliches, als Roç den Ochsen die Peitsche gab und Hethoum zurief: »Richtet Möngke-Khan unsere Grüße aus!«

Ächzend setzte sich unser Gefährt wieder in Bewegung, und die Armenier ritten weiter.

Gegen Abend sahen wir Crean am Wege stehen. Er schien auf uns gewartet zu haben. Er hatte mehrere Pferde bei sich und war gut gekleidet, eigentlich genauso, wie ich die Gewänder des Beiruter Kaufmanns Mustafa Ibn-Daumar in Erinnerung hatte.

Von ihm erfuhren wir, wie Hamo und Shirat sich wiedergefunden hatten. Roç und Yeza waren alles andere als erfreut, ihn wiederzusehen, zumal er sofort verlangte, daß sie sich wieder im Baum versteckten, denn er würde von den Mongolen beobachtet. Sie säßen in jeder Mulde und hinter jedem Strauch. Er zeigte auf ein Gestrüpp unweit der Straße. Es bewegte sich plötzlich und sprang zur Seite in ein Loch.

»Das ist meine Eskorte«, scherzte Crean schmallippig wie immer.

Ich sagte: »Wenn ich dem Mustafa Ibn-Daumar die Hälfte meiner Leute abtrete, könnte der eigentlich seine Heimreise nach Beirut antreten mitsamt der Ware, die bei mir nicht mehr sicher ist, nachdem die Armenier sie zu sehen bekommen haben.«

Crean sah mich an und nickte. »Du bist immer noch das alte flämische Schlitzohr, William von Roebruk, dem das Schicksal stets eine weise Lösung einflüstert!«

»Die *ada*«, korrigierte ich, aber das verstand er nicht.

L. S.

Bericht der Geheimen Dienste, 4. August 1254

Wir folgen in dem gemessenen Abstand des ›Schattens des kleinen Hügels‹ dem Grafen von Otranto und seiner Frau. Wir kennen sein Ziel nicht und bedauern zutiefst, daß wir einem Mitglied des hohen Hauses, in dessen Adern das Blut des Großen Schmiedes rollt, nicht das Ehrengeleit geben dürfen. Aber Hamo L'Estrange verschmäht unsere Begleitung, wie wir durch Befragen feststellen mußten. Wir hatten ihm einen Jam entgegengeschickt und sie ihm nochmals ehrerbietigst angeboten. Er hält auf das Lager Batu-Khans zu. Er wird vermutlich das Gebiet der Räuber durchqueren, was uns mit größter Sorge erfüllt, denn ein so reich und kostbar gekleidetes Paar, ganz allein auf dem Weg durch die Steppe, fordert ja geradezu zu einem Überfall auf. Vorsichtshalber verringerten wir den Abstand auf Sichtweite.

Anstatt auf räuberische Wegelagerer trafen der Graf und seine Gemahlin auf die Jurte des Omar und der Orda, deren armselige Lebensumstände wir schon einmal bemängelt haben.

Sie haben eine vier Monate alte Tochter – als wenn ihr Elend nicht schon so groß genug wäre. Eine Schande für unser Land!

Natürlich bettelten die beiden Verbannten den edlen Kungdaitschi an, und Hamo L'Estrange ließ sein Herz sprechen. Er stieg ab und beschenkte diese Nichtsnutze großzügig. Frau Shirat ließ sich erweichen, das Kind aufzunehmen, und nicht genug der Mildtätigkeit, sie und der Graf tauschten ihre feinen Gewänder gegen die Lumpen der beiden Verbannten. Sie schenkten ihnen auch alle Reittiere und all ihre Habe und ritten auf zwei Pferden, ohne Saumtiere und Ersatz, davon. Anscheinend glücklich. Hamo L'Estrange und seine Frau müssen vorbildliche, tiefgläubige Christen sein.

Nachtrag zu unserem Bericht vom 17. Juli 1254

Als Gefährtin eines Verbannten war die Mongolin Orda verpflichtet, den Geheimen Diensten Rede und Antwort zu stehen. Das Protokoll ihrer Befragung reichen wir Euch hiermit nach. Wir halten es für sehr aufschlußreich, jedenfalls hat uns das Verhör völlig neue Erkenntnisse geliefert.

Frage an die Orda: »Wie konntet ihr es wagen, die Reisenden anzubetteln? Schämst du dich nicht?«

Antwort der Orda: »Not kennt keine Scham. Unser Glück war, daß die Prinzessin – aus ihrer Zeit als Sklavin im Haushalt des Ariqboga – uns zwar nicht von Angesicht, aber die Geschichte unseres Unglücks kannte und so von sich aus Hilfe anbot.«

Frage an die Orda: »Warum haben die Reisenden ihre Kleider mit euren Lumpen gewechselt?«

Antwort der Orda: »Der Graf befürchtet eine Verfolgung seiner Frau sowohl durch ihren bisherigen Besitzer, den Bruder des Khans, als auch durch Sempad, den Bruder des Königs von Armenien, der ein Auge auf sie geworfen hat. Sie hoffen, derart verkleidet allen Nachstellungen zu entkommen.«

Frage an die Orda: »Wie konntest du es übers Herz bringen, dir das Kind von der Brust zu reißen und es fortzugeben? Liebt ihr euer Kind nicht?«

Antwort der Orda: »Amál ist ein Kind der Liebe. Wir aber leiden hier solche Not, daß wir ständig in der Angst lebten, das zarte Geschöpf durch Hunger oder Kälte zu verlieren. Die Prinzessin hat ihre eigene Tochter durch tragische Umstände verloren. Unsere kleine Amál weckte sofort Mutterinstinkte in ihr. Sie bat mich um Überlassung des Kindes. Es wird ihr sicher auch die Flucht erleichtern, weil keiner einer stillenden Mutter ins Gesicht schaut.«

Frage an die Orda: »Haben die Reisenden euch angeboten, mit ihnen zu gehen, und wenn ja, wohin?«

Antwort der Orda: »Wir wären gerne mit ihnen gezogen, aber sie sagten, es wäre besser, wir reisten getrennt und träfen uns an der Grenze des Reiches in Samarkand wieder. Dann wollen sie uns auch unsere kleine Amál wiedergeben, uns reich belohnen und für uns sorgen.«

Frage an die Orda: »Und was habt ihr jetzt vor? Schlagt ihr etwa das fürstliche Angebot aus?«

Antwort der Orda: »Wir werden ihnen in die Fremde folgen. In diesem Land der Mongolen, meiner Heimaterde, haben wir keine Hoffnung mehr!«

Wir ließen die beiden laufen. Diese Lösung scheint uns sehr glücklich. So werden wir sie los und müssen uns nicht mehr für sie schämen! Damit stellen wir die Beschattung, nicht aber die Beobachtung von Hamo L'Estrange ein. Die Verbannten sind diesen Aufwand sowieso nicht wert.

L. S.

Allem Ärger über die vergebliche Suchaktion nach dem Königlichen Paar zum Trotz – es war wie verhext, Roç und Yeza blieben verschwunden! – folgte der Großkhan der üblichen Tradition seines Volkes und verlegte seine Residenz in das Sommerlager. Er hatte zuvor die leidige Frage der Neuformierung der christlichen Glaubensgemeinschaften im Herrschaftsbereich der Mongolen erledigt, indem er Bartholomäus von Cremona zum Patriarchen ernannte, ohne aber eine *Nova Ecclesia* zu gründen. Es blieb alles beim alten, und Barzo fungierte als eine Art Christen-Jam für alle Botschafter des Heiligen Stuhls und westlicher Potentaten, falls noch welche eintreffen sollten.

Zunächst reiste nur der König von Armenien an, der sich eine solche Betreuung gleich verbat, weil die armenische Kirche zwar die Oberhoheit des Papstes anerkannte, aber nicht willens war, sich durch einen Franziskanermönch in rituellen Fragen Vorschriften machen zu lassen. Er sei gekommen, dem Großkhan zu huldigen, dazu bedürfe es keines geistlichen Beistandes.

Auf sein vorausgesandtes ›Gastgeschenk‹, die Sklavin Shirat, sprach ihn höflicherweise niemand an. Es blieb Sempad vorbehalten, sich in seiner plumpen Art nach dem »Weibsbild« zu erkundigen, und nur die Geschicklichkeit des Dolmetschers, der das mit »Bild von einem Weibe« übersetzte, ersparte ihm die Forderung Ariqbogas zum Zweikampf. Als der Kämmerer dann den Hergang der Geschichte anhörte, meldete sich auch einer von Sempads Herren, der Crean in der Steppe erkannt hatte, als er auf William wartete. Es war ein französischer Ritter, der Herr Oliver von Termes. »Das war Crean de Bourivan!« rief er aus, und der Dolmetsch übersetzte: »Der ist zwar Assassine, aber ein Mann der Prieuré! Wen wundert es noch, daß Roç und Yeza Euch genommen wurden? Sie gehören dem Geheimen Orden mit Leib und Seele. Die Prieuré ist gewissermaßen der Schöpfer des Königlichen Paares.«

Wer sich wunderte, waren die Mongolen, die zwar schon von Papst und Kaiser gehört hatten, mächtige Herrscher, die sich bislang nicht unterworfen hatten. Nun aber war zum erstenmal von der Prieuré die Rede. Der Großkhan war verstört über diese unbekannte

Macht, die es gewagt hatte, sich handgreiflich in seine Angelegenheiten einzumischen. Schlagartig wurde ihm klar, wer William von Roebruk war. Der Abgesandte dieses Geheimbundes! Und er, Möngke, hatte seine Freundschaft ausgeschlagen, ihn gekränkt und verletzt, nur weil einige Priester und Götzendiener gemurrt hatten. Natürlich hatte William *seine* Geschöpfe mit sich genommen! Nur Ariqboga, der etwas langsamer im Denken war, triumphierte: »Also doch ein Komplott der Assassinen! Recht hatte ich, als ich den Kopf dieses Crean verlangte. Er hat die Entführung des Königlichen Paares veranlaßt!« Sempad sah ihn erstaunt an. »Wenn Ihr das Königliche Paar meint, das im Auftrage des Großkhans mit William von Roebruk reist, das haben wir getroffen. Sie lassen Euch grüßen«, wandte er sich beiläufig an den Großkhan.

Dem blieb der Mund offenstehen, und als er ihn wieder schließen konnte, schrie er: »Bulgai!« Der Oberhofrichter stand neben ihm, schon die ganze Zeit. »Ich habe es Euch angedeutet, mein Herrscher«, sagte er höflich, »es konnte gar nicht anders sein!«

»Worauf wartet Ihr noch!« brüllte Möngke. »Bringt mir das Königliche Paar auf der Stelle zurück!«

Da trat Sempad vor. »Ich mache mich anerbietig, mein erhabener Herrscher, diese jungen Leute einzuholen!«

»Seht Ihr!« schnaufte der Khan verächtlich, als auch der General Kitbogha hinzutrat. »Der Konnetabel erreicht in Windeseile das, was Ihr mit zehn Tausendschaften in drei Monden nicht geschafft habt! Warum? Weil er Augen im Kopf hat. Gebt ihm so viele Truppen, wie er mit sich führen will. Reitet gleich los, mein lieber Sempad!«

»Nehmt meine Bluthunde mit!« bot ihm Ariqboga an, und der Konnetabel nickte vor Jagdeifer mit hochrotem Kopf. Dann stürmte er aus dem Audienzsaal.

Kurz darauf sprengte Sempad schon mit einer Hundertschaft der Mongolen und allen seinen Rittern aus dem Tor der Ziegen.

»Und was soll mit William geschehen?« fragte der Bulgai seinen Herrn, der sich wieder beruhigt hatte.

Möngke starrte seinen Oberhofrichter aus schmalen Augen an. »Das fragt Ihr erst jetzt, nachdem der einzige, der weiß, wo er den

Verräter findet, aus der Stadt geritten ist.« Der Bulgai verzog keine Miene.

»Verfahrt mit ihm, wie Ihr mit meinem silbernen Trinkbaum verfahren wolltet. Werft ihn ins Wasser, zersägt ihn, entzündet ein Feuer unter ihm – ganz wie es Euch beliebt.«

»Und die Geister?«

»Ach, die Geister!« entgegnete der Großkhan mit wegwerfender Geste. »Sorgt lieber dafür, daß mir der Baum heil zurückgebracht wird.«

Der Bulgai verneigte sich, gab dem General einen verstohlenen Wink und traf sich mit ihm hinter einer Säule. »Benachrichtigt Euren Sohn. Ich habe schon dafür gesorgt, daß dieser Sempad nicht so rasch an sein Ziel gelangt, wie er losgetrabt ist.« Die beiden Alten nickten sich grimmig lächelnd zu.

»Ihr habt ihm die ›Hundertschaft der fünfzig Lahmen und der fünfzig Blinden‹ mitgegeben«, erwiderte der General grinsend. »Ich habe bereits die zehn schnellsten Kurierreiter zu Kito gehetzt!«

VERFOLGER UND OPFER
LIBER III
CAPITULUM VI

Bericht der Geheimen Dienste, 14. September 1254
Die Hundertschaft Kitos fegte wie der Sturmwind heran, daß es eine Freude war zu sehen, wie Mongolen mit ihrem Pferd zu einem einzigen wehrhaften Körper und zehn Zehnerreihen von Körpern wiederum zu einer herrlichen Phalanx verschmolzen! Da hüpft uns, die wir unsere gleichwohl wichtige Tätigkeit im stillen verrichten, vor Stolz das Herz im Leibe!

Der Herr Kito erzählte Hamo L'Estrange, daß der Konnetabel von Armenien freie Hand und auch genügend Reiter hätte, nach dem Königlichen Paar zu suchen, und gewiß kaum der Versuchung widerstehen würde, Prinzessin Shirat in seine Gewalt zu bringen. Wir wissen von unseren Leuten, den Geheimen Kämpfern unter den Kriegern des Kito, daß diese Warnung den Grafen zunächst nicht sonderlich beeindruckte. Er dankte dem Herrn Kito für den Hinweis und bat, ihn dennoch mit seiner Familie allein zu lassen. Da entgegnete der listige Herr Kito, das Amulett, der Glücksstein, den der Graf um den Hals trüge, weise ihn als Kungdaitschi aus und verpflichte ihn, Kito, zur unabdingbaren Gefolgschaft bis in den Tod, andernfalls würden er und seine Hundertschaft nach dem Jasa-Gesetz als Deserteure hingerichtet. Das wollte der Graf nicht verantworten. Er nahm die Eskorte an, die sich für einen Kungdaitschi geziemt. Außerdem wich die Reisegesellschaft von dem Weg zu Batu-Khan ab und wandte sich gen Süden. Unsere Beobachter halten die Verbindung aufrecht.

L. S.

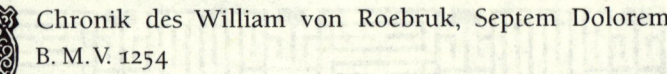 Chronik des William von Roebruk, Septem Dolorem
B. M. V. 1254

Die Ochsenlenker auf dem Kutschbock sahen die dunkle Wolke als erste. Staub wirbelte auf, aus dem Stahl und Eisen kriegerisch blitzten. Dann erkannten sie den Haufen, der sich hundertköpfig heranschob mit flatternden Fähnlein und erhobenen Lanzen. Ich stieg auf den Karren und trat unter den Trinkbaum. »Jetzt gilt die Drohung der *ada*!« rief ich meinen Mongolen zu. »Hütet eure Zunge, damit sie euch nicht des Morgens schwarz aus dem Hals hängt! Kein Wort über das Königliche Paar, oder wir fallen alle dem Würgegriff der Dämonen anheim« – ich wies mit ängstlicher Gebärde auf die Zweige des Baumes hinter mir –, »die nur darauf lauern, ob wir sie verraten!«

Da waren schon die ersten Verfolger herangestürmt. Es war der Herr Sempad, der Konnetabel des Königs von Armenien, begleitet von einer Hundertschaft mongolischer Kämpfer, die seltsamerweise immer zu zweit ritten, wobei einer der Männer beide Pferde führte. Auch eine Koppel von fünfzig Bluthunden brachten sie mit. Hechelnd und bellend zerrten die Köter an den Leinen. Es waren die Hunde des Ariqboga, von denen ich schon viel Entsetzliches gehört hatte und es auch glaubte, als ich sah, wie sie mit hängenden Lefzen unseren Karren umringten.

»Im Namen des Großkhans!« rief der Sempad. »Wo steckt das Königliche Paar?«

Wir schauten uns verwundert an, als wüßten wir nicht, wovon er sprach, und er brüllte: »Ihr haltet sie versteckt!«

Wieder blickte ich so blöd, wie ich konnte, und sagte: »Wen?«

Sempad zischte: »Na gut! Wir haben das Recht und den Auftrag, den von euch transportierten Getränkespender gründlichst nach den Flüchtlingen zu untersuchen.«

Ich entgegnete fest: »Wenn der Khagan Euch geschickt hat, will ich Euch gern behilflich sein. Doch dann werdet Ihr auch wissen, daß ich als sein offizieller Gesandter reise, bevollmächtigt mit Brief und Siegel!«

»Wieviel der wert ist, William von Roebruk«, erwiderte der Konnetabel kalt vor Wut, »werdet Ihr erfahren, wenn wir den Baum in Augenschein nehmen, an dem Ihr hängen werdet, sollte er die Früchte hervorbringen, die wir pflücken wollen!«

Meine Ochsentreiber standen wie erstarrt, als die ersten der Herren auf den Karren kletterten und begannen, mit ihren Schwertern gegen den Stamm zu klopfen.

Währenddessen sprachen die paarweise abgesessenen Mongolen – jeweils ein Blinder, der einen Lahmen stützte, von dem er geführt wurde – mit meinen Wagenlenkern. Die wiesen furchtsam und voller Respekt auf das Geäst des Baumes, mit einem Gesichtsausdruck, der auf die Neuankömmlinge übersprang wie ein Floh. Selbst den Bluthunden stellten sich die Haare auf, und sie begannen, gar schrecklich zu knurren.

»Ein letztes Mal!« rief der Konnetabel mit zornbebender Stimme gegen den Baum. »Kommt heraus! Kein Leid geschieht Euch, dem Königlichen Paar. Wir sollen Euch nur dem erhabenen Möngke-Khan zurückbringen!«

Doch keine Antwort erscholl aus dem Innern; nur der Steppenwind pfiff leise durch das silberne Geäst und verfing sich im Mundstück der Posaune, so daß ein dumpfer Ton auf- und abschwellend dem Trichter entwich.

Die Mongolen sahen sich bedeutungsvoll an. Sempads Ritter hatten inzwischen die Haltetaue des Baumes so weit gelockert, daß sie ihn langsam zur Seite neigen konnten. Man hatte ihnen wohl eingeschärft, das kostbare Stück auf keinen Fall zu beschädigen, denn sie gingen äußerst behutsam zu Werke. Schließlich erlaubte die Kipplage einen Blick in die Wurzelhöhle. Einer von Sempads Herren schob sich auf allen vieren vor und spähte in das Dunkel des Lochs, das der Meister Buchier so zugeschmiedet hatte, daß nur noch der schmale Ausstieg nach unten offengelassen war, nicht größer als die Öffnung eines ›Geheimen Ortes‹. Die Holzklappe im Wagenboden hatten sie noch nicht entdeckt. Der Mann zog sein Schwert und stocherte in das Dunkel. »Hier riecht es streng wie in einem Fuchsbau!« rief er, als er seinen Kopf wieder in Sicherheit gebracht hatte. »Die Höhle ist offensichtlich leer«, berichtete er dem Sempad, »aber sie war es bis vor kurzem nicht. Zwei kleine Menschen hätten durchaus in ihr Raum –«

»Laßt die Hunde ran!« befahl Sempad wütend, und mehrere Tiere der Meute wurden auf den Karren gehoben und an langen Leinen auf den Spalt angesetzt. Sie schlugen sofort an und drängelten hinein, gebärdeten sich wie wild und zerrten Decken und Felle heraus; einer war in seinem Jagdeifer so weit hoch in den Stamm hinaufgeschossen, daß er nicht mehr freikam. Furchtbar quoll sein ängstliches Jaulen dem Engel aus den gespitzten Lippen. Die Mongolen, meine wie die des Herrn Sempad, tauschten bedeutungsschwere Blicke. Keiner traute sich, hinter dem Hund herzukriechen und ihn am Schwanz herauszuzerren, denn die Männer, die den Silberbaum in Schräglage hielten, weigerten sich, ihn noch länger zu stemmen, und brüllten, sie ließen ihn fallen, wenn er nicht augenblicklich an den Stricken wieder in seine aufrechte Stellung gezogen würde.

Sempad gab den Befehl, den Baum aufzurichten und den Hund seinem Schicksal zu überlassen. Auf den Haufen an Decken und Fellen weisend, an dem die Bluthunde immer noch aufgeregt schnüffelten und zerrten, trat der Konnetabel drohend auf mich zu: »Wollt Ihr angesichts dieser stinkenden Beweise noch länger leugnen, daß die Gesuchten von Euch hier versteckt gehalten wurden?«

»Behauptet nur nicht«, erwiderte ich kühn, »daß der Trinkbaum des Großkhans übel riecht. Ihr solltet wissen, daß sich in dieser Höhle stets ein Diener des Herrschers aufhielt, was bei Hofe ein offenes Geheimnis war. Er blies die Befehle des Obersten Mundschenks dem Engel in die Posaune, damit sich der Khagan und seine Gäste daran ergötzten – das ist die Erklärung.«

»Und warum schlagen dann die Hunde an? Sie haben nicht die Witterung des Bläsers aufgenommen, sondern die des Königlichen Paares. Außerdem habe ich die beiden mit eigenen Augen gesehen und mit ihnen gesprochen! Wollt Ihr mir weismachen, ich sei meiner Sinne nicht mehr mächtig? Ich warne Euch, auch wenn Ihr unter dem Schutz des Großkhans steht, diese Beleidigung kostet Euch –« Er zog sein Schwert, doch da sprang einer seiner Begleiter dazwischen. Ich erkannte ihn sofort, es war Oliver von Termes.

»Haltet ein, Konnetabel!« rief er. »William von Roebruk ist unsterblich als größter Schwindler dieses Jahrhunderts!« Er grinste mir dabei zu und drängte mich aus der Reichweite des Eisens. »Ihn einfach zu durchbohren wäre eine zu geringe Strafe für alles Ungemach, das er angerichtet hat. Ich schlage vor, wir befragen seine Leute. Die werden ihn Lügen strafen, und dann richten wir ihm ein verdientes Ende, das auch dem Großkhan gefallen wird.« Er befehligte den Dolmetsch zu sich und richtete sich an meine Ochsenknechte. »Ihr habt doch alle das Mädchen Yeza und den Knaben Roç gesehen, die hier oben auf dem Kutschbock gesessen haben?« Der Dolmetsch übersetzte, und meine Mongolen gaben ihren Part mit dem Geschick einer eingespielten Komödiantentruppe.

»Wovon sprichst du? Was kommt dir in den Sinn? Hast du nun auch den Verstand verloren?« antworteten sie empört und mit dem blödesten Ausdruck, den man sich vorstellen mag. »Hier haben wir gesessen und kein Mädchen!« Und sie schüttelten die Fäuste. Gleichzeitig traten die von Sempad mitgeführten Mongolen meinen Männern zur Seite, so daß sich der Konnetabel plötzlich einer starken Mehrheit gegenübersah, die gegen ihn und seine Ritter stand.

Sempad hätte mit in einem Schlagabtausch wohl die Oberhand gewinnen können, doch er konnte sich nicht an seinen Gastgebern vergreifen. Er stampfte mit dem Fuß auf. »Ich werde keinen Mongolen der dreisten Lüge zeihen«, schnaufte er, »aber aus William von Roebruk will ich die Wahrheit herausprügeln, bevor ich seiner Unsterblichkeit mit eigener Hand ein Ende setze!« Damit riß er sich von Oliver los, um wieder auf mich loszugehen.

Da nahm ich meinen Mut zusammen und sprang vom Karren mitten unter meine Mongolen. Sie fingen mich auf, so daß ich mir meine ungelenken Glieder nicht verstauchte, und schirmten mich ab. Als hätten die Hunde verstanden, wen sie jetzt verbellen sollten, fletschten sie ihre Zähne gegen den Konnetabel.

Der brüllte angstvoll: »Ich bin ein Gast des Großkhans!« und wich zurück bis an den Rand des Karrens. Sie brachten sein Pferd heran, und er kroch mehr in den Sattel, als daß er ihn bestieg. Er wollte sofort das Feld seiner Niederlage räumen, selbst unter Verzicht auf seine ungetreue mongolische Hundertschaft. Doch Oliver richtete jetzt das Wort an mich: »Ihr habt Eurem Ruf wieder mal Ehre gemacht, wenn man denn bei Euch von Ehre sprechen kann, William!« Die Mongolen bildeten einen dichten Ring um mich, der Dolmetsch übersetzte, und ich erhielt prasselnden Beifall. »Als ich Euch vor zehn Jahren in Marseille das erste Mal sah, waren die Kinder des Gral bei Euch, und ich habe sie nicht zu Gesicht bekommen. In Konstantinopel und auf Zypern wart Ihr ebenfalls bei ihnen, und sie waren nicht zu fassen, doch ich schwöre Euch –«

Weiter kam er nicht, denn wieder ließen die Mongolen mich hochleben. Sie hoben mich auf den Kutschbock, und ich rief: »Doch aus allen diesen Erfahrungen, Herr Oliver, seid Ihr nicht klüger geworden als der Herr Sempad, der mich noch nicht kennt. Versucht dennoch, ihm beizubringen, daß William von Roebruk und das Königliche Paar zwar nicht eins sind, aber sich zueinander verhalten wie der Schlüssel und das Schlüsselloch –« Und da der eingeklemmte Hund im Baum noch einmal gräßlich aufwinselte, setzte ich noch hinzu: »Es gibt gute und böse Dämonen, die stärker als alle Menschen sind und unter deren Schutz das Königliche Paar steht! Versucht nicht, weiter Hand an Roç und Yeza zu legen!« Noch einmal brandete der Applaus auf, und ich gab den Ochsen die Peitsche.

Mit Umarmungen und Schulterklopfen trennten sich Sempads Mongolen von meinen und trotteten paarweise, die Bluthunde hinter sich her zerrend, den armenischen Rittern nach. Ich hatte nicht nur einen Sieg errungen, sondern seiner Streitmacht Furcht vor den *ada* eingeblasen, wie man die Pestilenz überträgt. Nie würden sie dem Konnetabel ihren Arm leihen, wenn es ihm noch gelingen sollte, Crean und meine kleinen Könige einzuholen. Gott segne sie!

L. S.

 Bericht der Geheimen Dienste, 15. September 1254
Was dem Sempad nicht gelungen ist, haben Eure Geheimen Dienste, erhabener Bulgai, sogleich vollbracht: Wir haben die Spur von Crean und dem Königlichen Paar aufgenommen und

folgen ihnen weisungsgemäß ›im Abstand des Rohrdommelpfeils‹, der zwar nicht so schnell und weit fliegt, aber im Fluge einen gräßlichen Pfeifton erzeugt. Wie Ihr richtig vermutet habt, haben die drei Reiter sich nach Süden gewandt, so daß ihre Reise wohl nach Alamut führen könnte. Wir gehorchen Eurer Order und halten sie nicht auf, allzeit bereit einzugreifen, sollte sich ihnen jemand in den Weg stellen.

Wir erlauben uns noch den Hinweis, daß sich im Gefolge des Konnetabels von Armenien ein französischer Ritter befindet, der sehr viel, wenn nicht alles über das Königliche Paar, seine Herkunft und Bestimmung weiß. Dieser Herr heißt Oliver von Termes, und Ihr solltet ihn als guten Freund aufnehmen und versuchen, endlich das aus ihm herauszufragen, was uns noch an Wissen über die »Kinder des Gral«, wie er sie nennt, fehlt. Und das ist viel. Der Herr Oliver kennt und schätzt übrigens auch den William von Roebruk sehr. Er nennt ihn einen unübertroffenen Schwindler. Das mögt Ihr auch prüfen. Wir bitten, unsere untertänigsten Empfehlungen dem großmächtigen Khan auszurichten.

L. S.

Sempad, der freiwillige Häscher, war keineswegs gewillt, die Hatz aufzugeben, weder die nach den Königskindern noch die nach dem Reh Shirat, das ihm sein Jagdglück wieder in die Bahn getrieben hatte, nachdem er schon alle Hoffnung hatte fahrenlassen. Er mußte Shirat zur Strecke bringen, bevor sie sich mit Hamo vereinte! Herrlich hätte es ihn gedeucht, das Weib vor den Augen dieses jungen Grafen zu besteigen, doch den hielten die Mongolen für einen ihrer Prinzen und wachten über sein Wohlergehen.

Auf die Mongolen war der Konnetabel schlecht zu sprechen. Erst nach halber Wegstrecke hatte er bemerkt, daß eine Hälfte der ihm zur Verstärkung mitgegebenen Hundertschaft blind war und die andere lahm. Aber die Mongolen führten die Hunde, und es war sowieso zu spät. Sempad war sich sicher, daß er bei schärferem Ritt William noch mit dem Königlichen Paar in flagranti ertappt hätte. Letztendlich hatte er mit Roç und Yeza nichts zu schaffen, außer daß er sich anerbietig gemacht hatte, sie dem Großkhan zurückzubringen. Aber schließlich waren es ja die Mongolen gewesen, die ihm in den Rücken gefallen waren, und das wäre sicher nicht anders verlaufen, wenn er dieses freche Königspärchen noch bei William angetroffen hätte!

Sempad lechzte nach Blut und Beute. Er stieb mit seinen Herren über die trockene Steppe, und man konnte den Mongolen nicht nachsagen, daß sie nicht mithielten. Die Meute der Bluthunde hechelte an langen Leinen dicht hinter ihnen.

Die wilde Jagdgesellschaft hatte die ärmliche Jurte am Wegesrand schon passiert, als Herr Oliver »Halt!« rief und sein Pferd zügelte.

»Ich habe einen Mann in den Kleidern des Grafen Hamo gesehen!« Der Haufen hielt inne und kehrte langsam zurück. Die Männer umstellten die Hütte, aus der Orda und Omar getreten waren. Beim Anblick der jungen Frau schlugen die Bluthunde des Ariqboga an, denn sie trug ein Gewand Shirats. Die Hunde gebärdeten sich so wild, daß ihre Führer sie kaum halten konnten.

Der Konnetabel fuhr Orda an: »Wie kommst du an dieses Kleidungsstück?«

»Ich habe es geschenkt bekommen, hoher Herr«, sagte Omar ehrerbietig und schob Orda zurück in die Jurte.

»Du hast es gestohlen«, rief Oliver von Termes, der dem Konnetabel nicht noch einmal in die Quere kommen wollte. »Oder habt Ihr gar den Grafen umgebracht, um ihn zu berauben? Ich sehe seine Pferde mit all seinem Hab und Gut!«

Omar war leichenblaß geworden. »Ich schwöre Euch, hoher Herr, der Graf von Otranto und seine liebe Frau haben uns dies alles aus freien Stücken überlassen –« Er fiel auf die Knie, als er sah, daß Sempad sich böse lächelnd eine Fackel anzünden ließ. Der Dolmetsch hatte alles übersetzt, auch die Hälfte der Mongolen legte Pfeile auf ihre Bogen. »Wir haben nichts verbrochen!« rief Omar ihnen verzweifelt entgegen, und aus der Tür der Jurte schrie Orda den Mongolen zu: »Der Kungdaitschi hat es so gewollt!«

Da flog der erste Pfeil und traf sie in den Arm.

»Halt!« brüllte Sempad seine mongolische Begleitmannschaft an, und sie ließen die Bogen wieder sinken. Omar hatte den Aufschub genutzt, sich rückwärts, sein Weib schützend, durch die Tür zu werfen. Er schlug sie zu. Lachend schleuderte der Konnetabel die Fackel auf das Dach der Jurte. Sofort leckten die Flammen hoch, die Behausung brannte wie Zunder. Mit einer Axt bewaffnet, brach Omar durch die brennende Seitenwand und stürzte sich unter wildem Gebrüll auf Sempad. Aber ehe die erhobene Waffe niedersausen konnte, hatte ihn ein Dutzend Pfeile durchbohrt. Er fiel zurück in das prasselnde Feuer, dessen Qualm auch die Angreifer einnebelte. Oliver von Termes hatte die fliehende Orta dennoch entdeckt. Der Konnetabel lachte roh und gab den Mongolen ein Zeichen, die Bluthunde von der Leine zu lassen. Die hetzten in wilden Sprüngen der Flüchtigen nach, die ersten Tiere warfen sie zu Boden. Der aufsteigende Rauch verdeckte gnädig den Rest des grausamen Schauspiels. Sempad gab der Meute Zeit, ihr Werk zu vollenden, bevor er wohlgemut weiterreiten ließ.

Chronik des William von Roebruk, im Lager des Batu-Khans, am Fest des hl. Lukas 1254
Endlich habe ich das Lager Batus erreicht. Der alte Khan der Kiptschak bestellte mich sofort nach meiner Ankunft in sein Zelt und ließ sich von mir mein Beglaubigungsschreiben Möngkes zeigen. Dann wies mir der Jam eine Jurte zu, wo ich mich ausschlafen sollte. Zu essen bekam ich nichts, aber ich schlief vor Erschöpfung gleich ein.
Am anderen Morgen weckte mich Philipp, mein treuer Diener. Er teilte mir mit, alle unsere Ochsentreiber und Wagenlenker seien zum Großkhan zurückgeschickt worden, samt dem Gespann von vierundzwanzig Ochsen. Mir schwante Übles, und ich lief zum Jam und bat um eine sofortige Audienz bei Batu-Khan. Da schalt er mich, ich sei doch erst gestern von ihm empfangen worden, ich habe mich zu gedulden.
»Und die Ochsen?« fragte ich. »Wie soll der Karren denn weitergezogen werden?«

Er antwortete mir: »Meinst du, wir hätten keine Ochsen? Diese gehörten dem Großkhan, und wir haben sie ihm zurückerstattet, wie es sich gehört.«

Ich hielt es für besser, den Trinkbaum nicht zu erwähnen, und begab mich wieder in meine Jurte. Dort traf ich fast alle Priester Batus an, die ich schon von der Hinreise als räuberisches Gesindel in Erinnerung hatte. Sie hatten mein Gepäck geöffnet und alle meine Bischofsgewänder auf dem Boden ausgebreitet.

Ich fuhr sie an, was ihnen denn einfiele, sich an meinem Eigentum zu vergreifen. Da wurden sie gehässig und wiesen mich aus der Jurte. Der Jam hätte ihnen gesagt, ich wolle ihnen diese Kleider zum Geschenk machen. Ich bräuchte sie ja auch nicht mehr, da ich mich auf der Rückreise befände. Sie hingegen blieben dort, um Gottes Wort zu verkünden, wie Christus es sie gelehrt und Nestor es ihnen überliefert habe. Da zog ich auch mein Reisegewand aus, warf es ihnen vor die Füße und schlüpfte in meine alte Franziskanerkutte, die Philipp ganz zuunterst in einer der Kisten fand. Ich kehrte zum Jam zurück und sagte: »Richtet Batu-Khan aus, daß ich heute noch weiterzureisen gedenke.«

Er schickte uns wieder in unsere Jurte zurück, und wir warteten einen ganzen Monat auf die Erlaubnis, das Lager zu verlassen.

Ich nutzte die Zeit, endlich für meinen König Ludwig die Fortsetzung des Berichtes zu schreiben, den er sicher schon lange erwartet. Inspiriert schwelgte ich wieder in der Welt der Mongolen, wie man sie sich vorstellt, grob und bösartig.

Der silberne Trinkbaum stand die ganze Zeit auf dem großen Karren mitten im Lager, was mich wenigstens etwas beruhigte. Doch dann, am heutigen Tag, kam Philipp gelaufen und rief: »Sie laden den Trinkbaum ab!« Ich rannte aus der Jurte, und wirklich, sie hatten Balken darunter geschoben und waren dabei, ihn von der Ladefläche zu heben. Während ich noch fassungslos zusah, kam der Jam und eröffnete mir, Batu-Khan wünsche mich sofort zu sehen. Ich folgte ihm und traf den alten Herrscher sehr ungnädig an.

»Ich habe dir einen Monat Zeit gelassen, William von Roebruk, daß du mir ehrerbietig den silbernen Trinkbaum als Gastgabe darbietest. Du hast diese Höflichkeit nicht besessen. Da der Großkhan in seinem Schreiben nichts über sein Geschenk an mich verlauten läßt, nehme ich an, du hast vergessen, mir seine Worte auszurichten. Ich bin zwar über dein Verhalten nicht glücklich, aber das will ich Möngke-Khan nicht ankreiden. Ich nehme sein Geschenk an und bitte dich gleichzeitig, mein Lager noch heute zu verlassen, nachdem du einen Monat unsere Gastfreundschaft genossen hast. Geh jetzt, ehe ich erzürne.«

Das war der Rauswurf. Ich hütete mich zu protestieren. Mir wurde ein Führer und eine Zehnerschaft mitgegeben, die mich bis zur armenischen Grenze begleiten sollen. In das Land Sempads einzureisen reizt mich jedoch wenig. Ich wünschte, meine Begleiter würden mich schon vorher verlassen, zumal sie von mir keine Geschenke zu erwarten haben. Ich besitze nichts mehr. Nur die härene Kutte an meinem Leib mit einem Strick darum und ein Paar ausgetretene Sandalen. Dennoch hoffe ich, mit Gottes Hilfe Konstantinopel lebend zu erreichen. »*Vexilla regis prodeunt*«, summte ich vor mich hin. Irgendwie fühle ich mich befreit.

L. S.

Bericht der Geheimen Dienste, 23. Oktober 1254

Unter der Obhut von Kito und seiner bewährten Hundertschaft ritten Graf Hamo und seine Frau Gemahlin mit dem Kind der Orda, Amál. Da die Prinzessin nicht stillen kann, haben wir unterwegs eine Amme besorgt, die es nun begleitet. Wie zu erwarten war, tauchte eines Tages die Häscherbande des armenischen Konnetabels und seine Ritter in der Ferne auf. Herr Sempad scheint die Erlaubnis des Khagans, nach dem Königlichen Paar zu fahnden, als Freibrief für Jagd auf alles zu nehmen, was ihm vor die Hufe kommt. Wir haben inzwischen Vorsorge getroffen, daß solche unliebsamen Vorkommnisse wie das Hinschlachten der Verbannten sich nicht wiederholen können, weil von nun an die Hundertschaft der Hundeführer verhindern wird, daß Herr Sempad in unserem Land Justiz verübt, ein Recht, das Euch allein, erhabener Bulgai, zusteht. Wir bedauern zutiefst, daß wir im Fall der Orda und des Verbannten nicht rechtzeitig eingreifen konnten. Der Blutrausch des Konnetabels kam zu überraschend für unsere Leute, die überdies dachten, der Verbannte hätte tatsächlich einen Kungdaitschi ermordet. Sie konnten ja nicht wissen, wie es sich in Wahrheit verhielt. Wir können uns nur beglückwünschen, daß die kleine Amál sicher in den Armen der Prinzessin ruht, die sie wie ihr eigenes Kind versorgt. Daß sie inzwischen Vollwaise geworden ist, weiß nur Kito. Er soll das Grafenpaar aber nicht mit dem grausamen Ende der Eltern durch Sempad in Angst und Schrecken versetzen.

Als die Meute des Konnetabels den Heereszug unseres Herrn Kito eingeholt hatte, nahm sie davon Abstand anzugreifen. Gegen die Stimme des Sempad, der nicht von »Shirat, seinem Reh« ablassen wollte, wurde beschlossen, Roç und Yeza abzufangen, bevor sie das Gebiet der Assassinen von Alamut erreichten. So könne der Konnetabel wenigstens vor dem Großkhan sein Gesicht wahren. Zähneknirschend willigte Sempad ein.

Da rief Kito die Hälfte von Sempads mongolischer Eskorte samt ihren Hunden zu sich herüber und unterstellte sie seinem Befehl. Der Konnetabel war außer sich ob dieser »Fahnenflucht«, wie er es nannte, doch Kito ließ sich auf keine Diskussion ein. Herr Sempad sah ein, daß er jetzt hoffnungslos unterlegen war, und machte wütend kehrt. Vielleicht hätte er sich am liebsten auch noch der anderen Hälfte entledigt, die ihm nur hinderlich war, doch den Gefallen tat Kito ihm nicht. Kaum waren die Armenier außer Sichtweite, aber stets unter unserer lückenlosen Beschattung, da verabschiedete Kito sich von Graf Hamo und seiner Frau Gemahlin. Er ließ ihnen seine halbe Hundertschaft so lange als Schutz für die Weiterreise, wie das Paar es wünschte. Der Herr Kito riet Hamo L'Estrange, nach Westen zu reiten, damit er nicht unversehens auf armenisches Territorium geriete. Hamo beruhigte ihn, er werde seinen Weg zum Schwarzen Meer und nach Konstantinopel schon finden.

Mit der verbliebenen Hälfte seines Trupps und der halben Hundertschaft der Hundeführer heftete Kito sich an die Fersen der Armenier. Er konnte genügend Abstand halten, weil die Hunde auch

noch nach Stunden die Fährte ihrer Artgenossen erschnüffeln konnten. Deshalb liefen die Hunde an langer Leine voran.
Um die Sicherheit des Königlichen Paares zu garantieren, werden wir aber Crean eine Warnung zukommen lassen. Noch nie, hochverehrter Bulgai, wurde Euren Geheimen Diensten soviel Einsatz abverlangt. Wir dürfen Euch versichern, daß wir stolz darauf sind, dem Reich auf diese Weise zu dienen. Richtet dies bitte untertänigst dem erhabenen Großkhan aus.
L. S.

Ein älterer und ein jüngerer Ritter lenkten ihre Pferde durch das felsige Gebirge nördlich des Kaspischen Meeres. Sie wurden begleitet von einem schlanken Knappen – so wirkte Yeza aus der Ferne, da sie wie immer Wert darauf legte, sich möglichst nicht damenhaft zu geben.

Crean hatte auf Drängen Roçs, der gedroht hatte, sonst keinen Schritt mehr zu tun, einer nach Samarkand ziehenden Karawane Waffen abgehandelt. Für Roç erstand er ein leichtes Schwert. Yeza hatte auf Pfeil und Bogen bestanden, worauf Roç noch einen Schild beanspruchte. Dazu Brustpanzer für jeden. Schließlich hatte Crean sich auch noch selbst ausgerüstet: eine gute Damaszener Klinge, eine Lanze und ein Bündel Wurfspeere.

»Ich komme mir vor wie ein Käfer«, wehrte er sich, als Roç und Yeza darauf bestanden, ihn völlig in Eisen zu sehen, vom Kettenhemd bis zu den Beinschienen. »Seit Jahren hab' ich nicht mehr soviel Blech am Leib getragen!«

»Die Zeiten des falschen Priesters Monseigneur Gosset sind ebenso vorbei wie die des biederen Kaufmanns aus Beirut«, sagte Yeza bestimmt. »Du wirst jetzt wieder Assassine!«

»Dazu brauch' ich nur einen Dolch«, scherzte Crean, »und ein Hemd, damit ich mich leicht und schnell bewegen kann.«

»Meine *damna* hat sich getäuscht«, besann sich Roç. »Crean de Bourivan kehrt zu seinen Ursprüngen zurück. Er wird wieder ein Ritter des Gral!«

Das stimmte Crean nachdenklich. »Das war ich nie«, sagte er leise. »Aber vielleicht ist es immer meine Bestimmung gewesen.«

Sie zahlten ein Vermögen für die Ausrüstung, aber Crean hatte von Hamo einen großen Teil des offensichtlich unerschöpflichen Bestandes der Bischöflichen Schatzkammer erhalten, und die Meßpokale, Altarkreuze und güldenen Kerzenhalter waren ein begehrtes Handelsgut im fernen Osten, geschätzter als Waffen, von denen die Mongolen nicht nur genug, sondern auch ihre eigenen Vorstellungen hatten. Solche Ungetüme von aneinandergeschmiedeten Eisenschalen, in die sich Crean gezwängt hatte, hängten sie sich höchstens als Trophäen an die Pfosten der Jurte! So wurde man schließlich handelseinig, und beide Seiten trennten sich zufrieden.

Roç und Yeza waren glücklich, weniger über die eigenen Errungenschaften als über das Bild, das Crean ihnen bot: der sauertöpfische Fida'i hatte sich in einen Ritter von König Artus' Tafelrunde verwandelt.

»Der edle Crean de Bourivan«, frohlockte Roç, »zieht mit dem Trencavel du Haut-Ségur und der Prinzessin Yezabel du Mont y Grial heim in das Land der Väter –«

»Schade, daß dein Vater, unser guter, alter John Turnbull, dich nicht mehr so sehen kann«, fiel Yeza ein. »Es hätte ihn gefreut!«

Crean wandte sich nach ihr um. »Wir reiten aber nicht nach Okzitanien«, antwortete er in bitterem Ton, »sondern nach Alamut!«

»Ich denke gar nicht daran!« rief Roç aufgebracht, und auch Yeza zügelte ihr Pferd. »Nie, Crean! Schlag dir das aus dem Kopf! Keine zehn Pferde –« Sie unterbrach sich, weil Crean sich noch einmal umgedreht hatte und an ihr vorbei in die Ferne starrte.

»Hundert«, murmelte er, »mindestens sechzig, siebzig! Wir werden verfolgt!«

Da sahen auch Roç und Yeza die bedrohlich wachsende Wolke aus Staub und das Blitzen von Stahl. Hufschlag war zu vernehmen.

»Ab ins nächste Seitental!« rief Crean. »Roç vorweg, dann du, Yeza. Ich übernehme die Nachhut!« befahl er.

»Ich will aber –«, bockte Roç, doch Creans Blick zwang ihn zum Gehorsam. Er preschte los, Yeza hängte sich an seine Fersen.

»Spiel auch du nicht den Helden!« rief sie Crean zu. »Folge mir, damit ich weiß, wen ich im Rücken habe!«

Crean gab seinem Pferd die Sporen. Er war sich sicher, daß die Verfolger sie gesehen hatten. Um unentdeckt zu entkommen, mußte Roç Schluchten finden, die das zu Tal stürzende Wasser im Frühling gegraben hatte, aber nun, im Oktober, nur schwer zu erkennen waren, weil sie ausgetrocknet waren.

Die drei Reiter fegten das Flußtal hinauf. Das sahen auch andere Augen aus der Ferne. Als Roç und Yeza plötzlich aus dem Stand heraus lospreschten, daß Crean kaum nachkommen konnte, hielten die Beobachter das erst für einen Schabernack, den das Königliche Paar seinem besonnenen Hüter spielte. Doch dann bemerkten auch sie den dichtgedrängten Haufen der Verfolger, der sich bei der Hatz auf sein Wild auseinanderzog.

Für den höher postierten Kito entschwanden die drei Reiter unvermittelt, sie mußten sich in die Felsen geschlagen haben. »Hoffentlich nicht in eine Klamm ohne Ausgang!« murmelte er besorgt und befahl seinen Leuten den Abstieg. Es blieb ihm nichts anderes übrig, als sich auf den Trupp der Blinden und Lahmen mit der halben Meute Bluthunde zu verlassen, dem er befohlen hatte, Sempad zu observieren. Kito befürchtete allerdings, daß der sich auf die Spürhunde verließ und den Armeniern nicht sonderlich dicht auf den Fersen geblieben war, denn er konnte ihn nicht erspähen. Er rief seine Hundertschaft zusammen, die aus hervorragenden Einzelkämpfern bestand.

»Wir wissen nicht, wohin Roç und Yeza sich gewandt haben«, sagte er. »Sollten sie auf unserer Seite hochreiten, können wir ihnen noch helfen. Im entgegengesetzten Fall kommen wir zu spät. Zwanzig Mann bleiben bei mir, alle anderen schwärmen auf eigene Faust aus, in jede Schlucht links oder rechts mindestens zweimal zehn! Auf, Leute!«

Roçs Training in Kitos Truppe zahlte sich aus. Den engen Durchlaß im Fels hätte ein ungeübtes Auge kaum entdeckt. Sie mußten allerdings absitzen und ihre Tiere um große Steinbrocken herumführen, die der Wildbach aus der Gebirgswand herausgebrochen hatte. Hinter der Engstelle konnten sie im Geröllbett weiterreiten. Es stieg steil an. Crean schloß zu Roç und Yeza auf. Sie kletterte behende vorweg und sah als erste, wie die Verfolger aus dem Felsspalt quollen. Die verdammten Hunde! Sie hechelten an den Leinen. »Duckt euch!« rief Yeza. »Noch haben sie uns nicht entdeckt.«

Doch als sie ihre Pferde am Halfter die von den Naturgewalten geformten Stufen hinaufführten, flogen bereits die ersten Pfeile. Roçs Tier wurde in den Hals getroffen. Er konnte es nicht halten, und es stürzte zwischen die Steine.

»Haltet den Schild über den Kopf!« rief Crean. »Wir müssen die Pferde zurücklassen!« Seines scheute vor dem Hindernis des sterbenden Artgenossen, und er zog seinen Dolch.

»Laß es leben!« brüllte Yeza von oben. »Ein lebendes Pferd hält sie eher auf als ein totes!«

Crean lächelte. Die Prinzessin behielt stets ihren kühlen Kopf. Er jagte sein Tier den Verfolgern entgegen, stieg über das andere hinweg, das noch immer wild um sich schlug. Er war versucht, ihm den Gnadenstoß zu versetzen. Aber er beherzigte Yezas Mahnung. Er beeilte sich, zu Roç aufzuschließen. Da drang ein Pfeil in seinen Oberschenkel, dort, wo keine Rüstung den Ritter schützt. Er griff hinter sich und brach ihn ab.

Roç reichte ihm die Hand und zerrte ihn zu sich hinauf. »Wir sind gleich auf dem Kamm«, rief er dem Älteren aufmunternd zu. »Dahinter muß ein Bach zu Tal stürzen, hörst du?«

Crean vernahm ein Rauschen, war sich aber nicht sicher, ob es nicht der Schmerz war, der ihm in den Kopf stieg. Jetzt schrie auch Yeza von oben: »Ein Wasserfall!«

Mit hartem Schlag bohrte sich ein Pfeil in den Schild von Roç, den er, wie ihm geheißen, hinter sich im Nacken gehalten hatte. Er duckte sich hinter einen Stein und nahm sich die Zeit, das Geschoß zu betrachten.

»Die scheinen keinen Wert darauf zu legen, uns lebend zu fangen«, sagte er zu Crean. »Dann soll unser Tod sie teuer zu stehen kommen!«

»Red keinen Unsinn!« erwiderte Crean und schob den Jungen

vor sich her. »Sieh zu, daß du Yeza erreichst und ihr einen Stamm findet, an dem ihr euch im Wasser festhalten könnt!«

»Ich lass' dich nicht allein!« beteuerte Roç, doch gerade in dem Augenblick wurde Crean von Pfeilen getroffen. Zwei prallten an seinem Kettenhemd ab, aber einer fuhr zwischen die Maschen. Mit letzter Kraft schleppte Crean sich weiter und versetzte Roç einen Stoß. »Kümmer dich um deine *damna*!« brüllte er unfreundlich. »Sonst hab' ich meinen Kopf umsonst hingehalten!« Er konnte jetzt das herabstürzende Wasser sehen. Yeza mühte sich, einen im Geröll festgeklemmten Baumstamm frei zu bekommen. Sie hatte ihren Bogen und die Pfeile abgelegt. Crean beobachtete, wie Roç ihr zu Hilfe sprang und sie gemeinsam an dem Holz zerrten. Er reckte sich, da sauste ein weiteres Geschoß in seinen Arm, ein Streifschuß. Im Schutz seines Schildes nahm Crean Yezas Bogen und die Pfeile an sich. Er verschoß sie blind, ungefähr die Stelle abschätzend, wo Roçs Pferd zu Boden gegangen war. Wüstes Geheul zeigte ihm an, daß wenigstens einige ihr Ziel gefunden hatten. Dann blickte er wieder zu den Kindern. Sie hatten es geschafft. Der Baum bewegte sich. Crean überlegte, ob er ihnen zu Hilfe eilen sollte, aber dann beschloß er, den Gegner aufzuhalten, so lange es ging. Wenigstens so lange, bis Roç und Yeza den Stamm im Wasser hätten. Jetzt hatten sie ihn frei. Vor Crean tauchten die ersten Verfolger auf. Sie sahen ihn nicht zwischen den Steinen liegen und legten ihre Pfeile auf die beiden Kinder an, die sich vermutlich gerade in das Wasser retteten. Crean blickte nicht mehr zu ihnen, sondern griff sein Bündel Wurfspeere, preßte es an die Brust, nahm einen in die Faust, sprang auf und warf ihn gegen den vordersten Schützen. Er traf ihn mitten in die Brust. Vollkommen schutzlos aufgerichtet wie ein Bär, warf er die anderen schnell hinterher; er spürte die einzelnen Einschläge in seinen eigenen Körper nicht mehr, der brüllende Schmerz war längst überall. Bevor er den vierten Speer schleudern konnte, brach er zusammen und stürzte hinterrücks in die Felsen. Das letzte, was er hörte, war Wutgeheul. Er hoffte noch, daß es den entkommenen Kindern galt – dann schwanden ihm die Sinne.

Er sah nicht mehr, wie die Armenier über die Steine hinweg, zwischen denen er lag, vorwärts stürmten, aber allesamt unter einem Pfeilhagel zusammenbrachen, der von beiden Seiten der Schlucht jeden Angreifer an die Felsen nagelte, selbst die, die angesichts der unbekannten Gefahr zurücksprangen und talwärts zu fliehen versuchten. Kitos Mongolen zielten erbarmungslos genau auf jeden Mann. Binnen weniger Augenblicke war die Klamm mit toten Armeniern verstopft. Wer noch schrie, wurde durch einen Pfeil in die Gurgel zum Schweigen gebracht. Verschont wurden nur Sempad selbst und seine Herren, darunter Oliver von Termes, die sich an der Hatz zu Fuß nicht hatten beteiligen wollen und hoch zu Roß in dem ausgetrockneten Flußbett warteten. Brüllend vor Wut und vom Blut der Gefallenen besudelt, stolperte der Konnetabel aus den Felsen zu ihnen zurück. Er warf einen verächtlichen Blick auf seine halbe Hundertschaft mongolischer Hundeführer, die nicht in den Kampf eingegriffen hatte. Die Männer standen da wie ein feindlicher Block, und die Hunde hechelten an kurzen Leinen.

Sempad sprang auf das für ihn bereitgehaltene Pferd und stieb wortlos von dannen. Seine Herren folgten mit gesenkten Köpfen, nur Herr Oliver grinste spöttisch.

Roç und Yeza hatten gerade den Baumstamm im strömenden Wasser in die richtige Lage gedrückt, sich die Helme festgebunden, als sie über sich die schußbereiten Verfolger sahen. Da sie bereits bis zur Brust im Wasser standen, suchten sie Deckung hinter dem Stamm. Doch kein Pfeil kam geflogen; die Schützen fielen um. Roç und Yeza empfanden Hochachtung für Crean, die sie ihm so oft versagt hatten, aber auch tiefe Trauer.

»Komm!« sagte Yeza und warf sich über das dünnere Ende des Stamms, ihn mit beiden Armen umschlingend.

»Crean ist gestorben wie ein ritterlicher Held!« brüllte Roç weinend, versucht, es dem alten Freund gleichzutun.

»Komm!« schrie Yeza erneut, und Roç hieb voller Wut und Verzweiflung seinen Scimitar in den Stamm, daß die Klinge sich hineinfraß. Er stieß das Holz in die Mitte des Stroms und klammerte sich fest an einen Aststummel. Der Baum drehte sich einmal um seine

Achse, als wolle er sie abwerfen, dann schoß er talwärts, das dicke Ende voran in die Gischt. Bald war von dem tanzenden Holz und den daneben immer wieder kurz auftauchenden behelmten Köpfen nichts mehr zu sehen.

Das ärmlich gekleidete Ehepaar mit dem Säugling hätte kein Interesse, geschweige denn Begierde geweckt, wären da nicht die edlen Reittiere gewesen. Bisher waren die niemandem aufgefallen, denn Hamo und Shirat, samt Amme für die kleine Amál, waren von einer halben Hundertschaft mongolischer Krieger umringt gewesen, die ihnen Kito als Begleitschutz aufgedrängt hatte. Doch kaum an der Grenze des mongolischen Herrschaftsbereichs angekommen, entließ der junge Graf die Eskorte, obwohl Kitos Stellvertreter ihn beschwor, sie noch zu behalten. Die Mongolen sahen in Hamo den Kungdaitschi, für den sie durch die Hölle gehen wollten, nicht zu reden von Feindesland, denn als solches stellte sich für Hamo L'Estrange das nahe Armenien dar. Aber der hörte nicht auf den guten Rat des Heerführers und achtete auch nicht auf seine Wegbeschreibung.

Besorgt ritten die Mongolen von dannen.

Hamo wandte sich nach Süden und folgte einer Straße, die sie fort von der Küste im Westen in das gebirgige Landesinnere von Hethoums Königreich führen mußte.

Die Amme war schlecht zu Pferde, behauptete auch, das Geschaukel mache ihre Milch sauer, jedenfalls kamen sie nur langsam voran. Und bald schon bemerkten sie hinter sich eine Staubwolke, die schnell näher rückte.

Shirat bedeutete Hamo schreiend, sie müßten sich seitlich in die Büsche schlagen, doch der blieb stur. »Wir sind auf dem Gebiet des Kaisers von Trapezunt«, versuchte er seine Frau zu beruhigen. »Und außerdem ist das kein feindlicher Heerhaufen, sondern nur eine friedliche Karawane!« Shirat, die während des Ritts Amál trug, sah sich um und erbleichte. »Sklavenhändler!« keuchte sie. »Die Käfige –«

In der Tat waren nun zwischen den Kamelen vergitterte Behältnisse zu erkennen, in denen sich Mädchengestalten an Stangen klammerten.

»Dieses Schicksal mußt du nicht mehr fürchten!« Hamo lachte seine kleine Frau aus, aber Shirat starrte kreidebleich auf die Karawane, unfähig, sich zu rühren.

»Sie kommen, mich zu holen!« flüsterte sie ängstlich. »Es sind die gleichen Männer! Eher gebe ich mir den Tod –«

»Ach was!« sagte Hamo, doch dann fiel sein Blick auf die dunkle, hochgewachsene Gestalt mit dem kantigen, bärtigen Kinn: Das konnte nur Abdal der Hafside sein! »Hab keine Angst, Shirat«, rief er der Zitternden zu, die mit einer heftigen Geste der Amme die kleine Amál in die Arme drückte und plötzlich einen Dolch aus dem Gewand zog. »Mach keinen Unsinn!« brüllte Hamo, doch dann sah er, daß sie die Waffe nicht gegen sich selbst richtete, sondern hinter ihrem Rücken verbarg. »Abdal der Hafside ist unser Freund!« rief er dem Händler entgegen und zog drohend sein Schwert, damit dieser stehenblieb.

Abdal war Hamo noch nie begegnet und schloß nur von Shirat, die er wiedererkannte, auf seine Person. »Euch zu Diensten, Graf Hamo«, grüßte er freundlich, »wie *ruh min al qanina*! Befehlt, und ich will Euch jeden Wunsch erfüllen, aber sagt Eurer Frau Shirat, sie soll den Dolch wegstecken!« Er lachte etwas gehemmt, schließlich war er es nicht gewöhnt, eine ehemalige Sklavin als Gräfin wiederzutreffen.

Shirat zischte Hamo zu: »Trau ihm nicht!« Laut genug, daß Abdal es hören konnte.

Der stieg von seinem Reittier und legte den Gürtel mit den Waffen ab, bevor er mit ausgebreiteten Armen auf Hamo und Shirat zuging. »Unser gemeinsamer Freund, der Penikrat von Konstantinopel, ist Zeuge, daß ich geschworen habe, Euch zu helfen, denn ich bin mitschuldig daran, daß Ihr auseinandergerissen wurdet.«

»Wo ist mein Kind?« schrie Shirat. Ihre Stimme klang ungewohnt schrill, der Dolch in ihrer Hand hinter dem Rücken zitterte.

»Es lebt und ist wohlauf in Antioch am Hofe des Fürsten!«

Da glitt Shirat der Dolch aus der Hand. Sie barg ihr Gesicht in den

Händen und glitt ohnmächtig von ihrem Pferd. Der bärtige Hafside konnte sie gerade noch auffangen.

Als die junge Frau in Hamos Armen erwachte, lächelte sie den Hafsiden an. »Schwört!« hauchte sie, und Abdal sprach: »So lautet die Nachricht, Graf Hamo, die ich von Eurem Kapitän, dem Penikraten, erhalten habe. Die Triere harrt in Antioch Eures Befehls!«

Hamo straffte sich. »Ihr habt Euer Wort gehalten, Abdal – ich vertraue Euch. Ruft mein Schiff herbei!«

Da lachte der bärtige Hafside diesmal weniger verlegen, als erheitert. »Ich bin zwar ein mächtiger Zauberer, aber dazu brauch' ich einen Spiegel.«

»Ja, und wo ist der nächste?« drängte Hamo.

»Wohl kaum hier in Armenien!« erwiderte der Sklavenhändler. »Wir müssen schnellstens zurück an die Küste des Meeres. Dort an der Grenze steht ein alter Wachturm.«

WILDWASSER
LIBER III
CAPITULUM VII

Roç und Yeza waren viel zu beschäftigt, ihren wellenreitenden Stamm nicht zu verlieren, als daß sie sich mehr zurufen konnten als kurze Warnschreie, wenn einer von ihnen auf einen der Felsen zutrieb, die aus dem Flußbett aufragten, oder Strudel und Stromschnellen sie unter Wasser zu ziehen drohten. Oft drehte sich der Stamm mit seinen Aststummeln so schnell, daß sie ihn loslassen mußten, um nicht in die Tiefe gerissen zu werden, und dann wieder raste er mit ihnen pfeilschnell davon. Ohne die schützenden, inzwischen verbeulten Helme wären ihre Köpfe längst von den Schlägen zertrümmert, die ihre Körper einstecken mußten. Sie waren von grünen und blauen Flecken übersät; Roç blutete aus der Nase und Yeza aus Schürfwunden an Armen und Beinen.

Da krachte der Stamm quer gegen zwei steinerne Säulen, daß den beiden Hören und Sehen verging. Gurgelnd und schaumspritzend überwand das Wildwasser auch diesen Engpaß. Mit aller Macht wehrten Roç und Yeza sich dagegen, unter das Holz gedrückt zu werden, und suchten Schutz hinter den steinernen Torpfosten.

»Ein Wasserfall!« brüllte Roç, der sich am Stamm emporgereckt hatte. »Ich weiß nicht, wie tief!«

»Schau nach!« schrie Yeza zurück durch die Gischt. »Ich halte das Holz fest!«

Das war eine gelinde Überschätzung ihrer Kräfte, doch das Wasser preßte den Stamm so fest gegen die Felsen, daß er Roç trug. Er konnte sich den glatten Stein hinaufhangeln. Von dort blickte er hinab in einen tiefblauen, klaren See ohne Felsriffe. Ein Sprung erschien ihm gewagt, aber nicht lebensgefährlich. Roç kroch zurück auf den Baum. »Ich springe zuerst!« rief er seiner *damna* ritterlich zu, doch das wollte Yeza verhindern. Sie war schon auf den Stamm geklettert.

»Wir reiten zusammen!« schrie sie und ergriff seine Hand. Gleichzeitig stürzten sie sich in den Wasserschwall, der durch das Felsentor schoß und in der Tiefe verschwand. Gischt spritzte auf, sie wurden in der Luft herumgewirbelt und auseinandergerissen und klatschten benommen in ein Becken, in dem sich das Wasser staute.

»Da sind wir noch einmal davongekommen«, schnaufte Yeza, als sie Roçs Helm neben sich auftauchen sah.

Er prustete und lachte. »Weil wir uns auf den Strahl gesetzt haben, hat er uns nach vorne geschleudert!«

»Richtig, mein Held – und du wolltest wie ein Lachs springen!« Yezas Augen funkelten. »Da würde ich jetzt deine Knöchelchen zwischen den Kieselsteinen auf –«

»Eine schöne Beschäftigung für eine verwitwete Einsiedlerin!« Roçs Lust zu scherzen kehrte zurück, je mehr die Spannung von ihm wich.

Yeza schaute ihn strafend an. Sie paddelten noch immer in dem See. Erst langsam besänftigte sich ihr Herzschlag; sie fühlten die Mattigkeit ihrer Glieder und begannen zu frieren. Mit letzter Kraft schwammen sie ans Ufer, zogen sich auf die Böschung aus kleinen glatten Kieseln und blieben erst einmal reglos liegen.

»Nun ist er wohl tot«, sagte Roç schließlich und schaute zum Himmel auf. »Eigentlich habe ich ihn doch sehr gemocht. Er war unser Retter vom Montségur –«

»Crean war unser Hüter«, sprach Yeza leise. »Und wir haben ihn nie gefragt, warum er soviel für uns getan hat – all die Jahre.«

»Und nun ist er auch noch für uns gestorben.« Roç war ergriffen von dem Gedanken. »Ob das seine Bestimmung war?«

Yeza spürte Roçs Arm neben sich, ihre Hand suchte die seine, seinen Ring. Sie trug ihren allein deswegen links, weil sie es jedesmal aufregend fand, wenn ihr Magnet seinen Reif aufspürte und mit einem Klicken an sich zog. »Wir müßten uns erst einmal über unsere eigene klarwerden«, sagte sie mit zurückgewonnener Energie. »Wir müssen uns entscheiden, was wir jetzt, allein und ohne unseren Hüter, zu tun gedenken!«

»Was können wir tun?« entgegnete Roç kleinlaut.

»Denken!« antwortete seine Gefährtin.

Darauf trat Stille ein. Yeza spielte mit den Fingern von Roçs Hand, die ihr dank ihres Ringes gehörte. Sie spürte, wie er sie zur Faust ballte.

»Die Bestimmung ist uns vom ›Großen Plan‹ übergestülpt worden«, sagte er dann gepreßt, »wie ein Helm, wie eine Krone. Wollen wir die überhaupt?«

»Mein Trencavel, die Frage muß lauten: Wer sind wir eigentlich, daß wir uns, so weit meine Erinnerung zurückreicht, mit einer Bestimmung herumschlagen und uns immer nur auf der Flucht befunden haben, von ›Hütern‹ verfolgt, von Häschern beschützt? Wer bist du? Und wer bin ich?«

Diesmal fühlte sie Roçs Finger, die sich gegen ihre preßten, und dahinter seinen harten Schenkel.

»Du bist meine Schwester!« sprach er mit rauher Stimme. »Und ich liebe dich!«

»Bist du dessen ganz gewiß, Trencavel?«

»Du hast doch gehört, was Crean stets erzählt hat, und im Angesicht des Todes wird er die Wahrheit –«

»Über unsere Herkunft habe ich schon die abenteuerlichsten Geschichten vernommen«, wiegelte Yeza ab. »Vielleicht liegt in der Ungewißheit der Grund verborgen für all das, was uns bisher im Leben widerfahren ist. Doch es gefällt mir, daß du mein Bruder bist, mein Ritter und Geliebter!«

Roç hielt ihre Hand jetzt fest, weitere Ausflüge über sein Bein hinaus vereitelnd.

»Esclarmunde schenkte zwei Kindern das Leben. Das erste brachte sie aus Italien mit, wohin sie ihren Vater, den Kastellan des Montségur, begleitet hatte, um vom Kaiser Hilfe zu erlangen. Kaiser Friedrich hatte den blonden Enzio bei sich, der, obwohl ein Bastard, sein Lieblingssohn war. Der ist dein Vater!«

»Also trag' ich die steile Zornesfalte der Staufer doch zu Recht!« rief Yeza. »Enzio schrieb wunderschöne Gedichte in der Gefangenschaft der Bolognesen – vielleicht lebt er ja noch? Stell dir vor, Roç, wir könnten meinen Vater sehen!«

»Dann hättest du mehr Glück als ich, vorausgesetzt, sie lassen dich nach Bologna hinein, Stauferin! Mein Vater ist tot. Der Sohn des Trencavel oder des ›Perceval‹, wie sie ihn auch nennen, Roger-Ramon III. von Carcassonne, fiel bei dem Versuch, seine Vaterstadt zurückzuerobern.«

»Doch vorher hat er Esclarmunde einen Sohn gezeugt, dich, mein Held!«

»Unsere Mutter starb auf dem Scheiterhaufen«, sagte Roç nachdenklich. »Was sollen wir tun? Was möchtest du denn gerne –?«

Sie nahm seinen Kopf und küßte ihn auf den Mund; sie saugte sich darin fest, und ihrer beider Zungen liebkosten und verknäulten sich, während sich ihre Leiber immer fester aneinanderschmiegten.

Aber dann riß Roç sich los. »Yezabel, Göttin des Herdes«, keuchte er, »du machst Feuer, und ich gehe jetzt auf die Jagd!«

»Und womit, mein Herr und Gebieter?«

»Such Zunder und schlag die Feuersteine –«, riet Roç unbeirrt. »Und nimm den Helm ab, das ist der Kochtopf, den ich dir füllen werde!«

Er wies auf die Mitte des Sees. Dort schwamm der Baumstamm, und der Scimitar ragte immer noch aus dem Holz. Roç sprang ins Wasser und zog das treue Gefährt ans Ufer. Dann schnitzte er sich einen Speer, denn es wimmelte von Forellen in dem Felsbecken.

Yeza erhob sich, schnallte die Eisenkappe ab und schüttelte ihre blonde Mähne. Dann stieg sie die Böschung hinauf, um trockenes Treibholz zu suchen. Sie fand genug, das ihr zwischen den Fingern zerbröselte, und auch verdorrtes Moos. Behutsam schichtete sie beides in ihrem Helm. Sie klaubte einige glänzende Steine zusammen, hockte sich neben den Helm und begann, darüber kundig Funken aus den Steinen zu schlagen. Die scharfen Kanten schnitten ihr in die Finger. Sie stillte ärgerlich das Blut, weil seine Nässe den Erfolg vereiteln würde.

Vom See ertönte Triumphgeheul. Roç hatte den ersten Fisch aufgespießt und reckte stolz den Speer. Doch da sprang die Forelle zurück in das Wasser.

Yeza mußte lachen. Sie verdoppelte ihre Anstrengungen – schlug, pustete, schlug –, und plötzlich stieg ein Rauchwölkchen auf. Sie warf die Steine zur Seite, griff den Helm mit beiden Händen und blies hinein. Ihre Augen tränten, doch die Glut wurde zu einem roten Punkt im Moos, und Yeza hustete und blies, bis eine kleine Flammenzunge leckte. Ohne darauf zu achten, daß sie sich die Finger verbrannte, griff Yeza in die Eisenkappe, schob dem Feuer Nahrung zu, bedeckte es mit immer neuen Holzstückchen, bis es glimmte. Der Helm war jetzt so heiß, daß sie ihn nicht mehr halten konnte. Sie stellte ihn ab und rannte los, ihrem Herd weitere Äste zu brechen. Bald brannte ein richtiges Lagerfeuer, und Roç erschien mit zwei prächtigen Fischen, die er samt Scimitar seiner »Göttin des Herdes« zu Füßen legte.

»Ich gehe jetzt noch Früchte, Beeren und Pilze suchen«, versprach er eilfertig.

Doch Yeza hatte ihn durchschaut. »Du ekelst dich wohl, die Fische auszunehmen, du Held!«

Aber Roç war bereits leichtfüßig entschwunden, und sie ergriff den Krummsäbel.

Sie hatten vorzüglich gespeist. Roç hatte tatsächlich in den Felsen Sträucher gefunden, deren kleine rote Früchte wie Moosbeeren aussahen und ziemlich bitter schmeckten. Er hatte sie vorgekostet und behauptet, sie seien süßsauer und schmeckten großartig zusammen mit den Pilzen. Mit denen kannte er sich nicht aus. Er hatte sie an einer Grotte gefunden und Yeza zur Begutachtung gebracht. Sie hatte stets verkündet, man brauche nur in ihr rohes Fleisch zu beißen, um sicher zu wissen, ob es sich um eine bekömmliche Art handele. Yeza hatte die Morcheln mit Mißtrauen betrachtet und dann vorsichtig daran geknabbert. Roç entging das kurze Aufleuchten in ihren grünen Augen, als sie seine Beute kurz entschlossen zu den Beeren in den anderen Helm warf, ihn mit Wasser auffüllte und auf das Feuer setzte, über dem die beiden Forellen, am Spieß immer wieder gewendet, bereits eine knusprige Bräune annahmen.

Roç zog noch einmal aus und brachte außer großen grünen Blättern, die als Teller dienen sollten, die gute Nachricht, daß sich über ihren Köpfen eine Höhle befände, in der sich trockenes Laub gesammelt habe. Dort könnten sie sich nach dem frugalen Nachtmahl schlafen legen. Er schnitzte für sich und seine *damna* Tafelbesteck: ein flaches Holz mit einer Vertiefung als Löffel und eine Gabel mit zwei Zinken.

»Zu Tisch, mein König!« rief Yeza, zerrte den Topf mit dem Pilzbeerensud aus der Glut und hob eine der Forellen auf den Blätterteller. Sie lagerten sich über Eck, Kopf an Kopf, so daß sie sich gegenseitig die Bissen in den Mund schieben konnten. Roç zog mit der Gabel einen raschen Schnitt längs des Fischrückens und klappte die beiden Hälften um. Sie aßen mit den Fingern das ungewürzte Fleisch und löffelten dazu den Pilzbeerensud, der noch so heiß war, daß sie seinen absonderlichen Geschmack nicht spürten.

Als Yeza beobachtete, wie Roç sich die Finger ableckte, überkam sie das Verlangen, sie in ihren Mund zu nehmen. Sie zog ihn zu sich. Sie hatte sich mit roten Beeren bekleckert, und nun fuhr Roç mit seiner Zunge über ihre Brüste. Eine Hitzewelle wogte durch ihre Körper, wurde zur Feuersglut, daß ihre Leiber brannten. Roç spürte, daß sein Glied anschwoll, als wolle es platzen. Er ergriff Yezas Hand und preßte sie auf sein Gemächte, das ihm so hart, schwer und glühend vorkam, wie er es noch nie erlebt hatte. Er erschrak, die Pilze kamen ihm in den Sinn. Ihr gräßliches Gift sollte ihnen jetzt das Leben rauben!

»Hilfe«, keuchte er, »ich sterbe!«

Da warf sich Yeza zurück, zerrte ihn auf sich, öffnete weit ihre Schenkel und stieß sein geschwollenes Glied in die Lavaglut ihrer Vulva, denn ihr war es nicht anders ergangen: Jede Faser ihres Leibes glühte, ihr Kopf rauchte, und ihr Schoß brannte. Sie krallte ihre Fingernägel in Roçs hartes Gesäß und preßte sich an ihn, damit er das Feuer löschte, das tief in ihrem Innern loderte und tobte.

»Stirb in mir!« schrie sie. »Laß mich nicht —«

Roç spürte, wie sich Schleier lustvoller Sehnsucht über ihn breiteten; er war bereit, sich dem Liebestod zu ergeben, doch dann riß er den Vorhang beiseite. Er erinnerte sich an seine erfahrene Lehrmeisterin, und ganz langsam, aufreizend langsam, zog er den Schaft seines Speeres zurück und stieß zu.

»Du bringst mich um!« stöhnte Yeza. »So töte mich denn!« schrie sie freudig und schlang ihre Beine um seinen Rücken, voller Hingabe seinen Stößen entgegenfiebernd. Das Feuer rollte durch ihren Leib wie eine Kugel, und die Bewegungen der beiden Körper verwandelten sich von einem sanften Wiegen der Todessehnsucht zu machtvollen Schüben der Lebenskraft. Ihre vom Gift flatternden Herzen pochten so laut, daß sie es zu hören glaubten. Wild strömte das Blut durch ihre Adern, und sie vermeinten, eins zu sein. Dasselbe Blut pulste durch sie, ein Atem hauchte sie an, strich über ihre erhitzten Gesichter. Sie schauten sich in die Augen, sich anlächelnd wie Verschwörer, und ihre Lippen fanden zueinander. Da griff Roç unter Yezas Hintern, sie schlug ihre Füße um seine Hüften und spreizte verlangend ihre Schenkel, bis das Austeilen und Empfangen, das Geben und Nehmen, immer schneller und heftiger wurde. Sie bäumten sich auf, krümmten und streckten sich, sie rissen und stießen sich in das Stakkato, das dem Finale vorausgeht. Yeza fuhr Roç in die Haare. Sie küßte und biß ihn, und er dankte es ihr, indem er nicht lockerließ, bis auch für sie die Schlacht geschlagen war und er sich als Sieger fühlen durfte. Dann sank er ermattet auf sie nieder.

Lange lagen sie so, Yeza auf dem Rücken, Roçs Kopf an ihrer Schulter. Sie tastete mit der Hand nach ihrem feuchten Gärtchen und dachte, daß die Sturzflut, die darüber hereingebrochen war, dem Spiel der eigenen Finger vorzuziehen sei. Sie zog ihren Liebsten an sich und küßte ihm innigen Dank auf die Stirn.

Roç dröhnte der Kopf. Er tätschelte sein erschlafftes Glied. Er hatte die Gewißheit erlangt, daß er seine Lanze in jedes Turnier führen konnte, zu glorreichem Stich und Kranz. Doch das war kein Vergleich mit dem Eintritt ins Paradies. Yeza war das Paradies, sie trug es in sich, und er würde gleich dem Engel mit dem Flammenschwert darüber wachen müssen, daß es ihm niemand streitig machte. Das stand plötzlich vor Roç, wie mit Feuer an die Wand geschrieben, und angstvoll fragte er: »Liebst du mich, Yeza?«

Und sie antwortete: »Ja« und streichelte seine Lanze. »Ich habe Hunger!«

Doch die zweite Forelle war längst verkohlt.

Chronik des William von Roebruk, an der Schwarzmeerküste, am Fest des hl. Petrus Chrysologus

Meine Zehnerschaft hatte sich angesichts des Meeres von mir getrennt. Wir befanden uns längst nicht mehr im mongolischen Herrschaftsbereich, sondern schauten von der Gebirgskette hinunter auf den Wasserspiegel, der sich im Dunst vor uns ausbreitete. Wir konnten jetzt nur noch unter die Räuber fallen, doch so abgerissen wie Philipp, dem ich nie ein neues Gewand geschenkt habe, und ich in meiner härenen Kutte herumliefen, war das sehr unwahrscheinlich. Wir hatten alles bei den habgierigen Priestern Batus eingebüßt, und mit meinem letzten Kruzifix hatte ich unseren Führer entlohnt, der uns weit über seine Verpflichtung hinaus durch dieses unwirtliche Gebirge geleitet hatte. So schritt ich allein mit meinem Diener hinab zur Küste, wohlgemut, denn ich war gewiß, dort ein Schiff zu finden, das uns zurück in das heitere Konstantinopel brächte.

Ich dachte an meine kleinen Könige, die sich mit Crean auf gefahrvolleren Wegen nach Alamut durchschlagen mußten, als ich am einsamen Meeresufer eine Burg, eigentlich mehr einen Turm, auf den Felsen sah. Eine stattliche Frau mit kräftigen Brüsten und einem gewaltigen Hinterteil stand zwischen den Steinen am Strand und wusch ihre Wäsche. Sie stand vornübergebeugt und streckte mir ihren Hintern unter dem gerafften Rock so einladend entgegen, daß ich versucht war, mich von hinten zu nähern, um ihr auch meinen Stößel zum Schrubben und Walken anzuvertrauen, hatte er doch seit langem kein ordentliches Bad mehr genossen. Ich hieß Philipp, der frech grinste, zurückzubleiben und holte den Knüppel unter der Kutte hervor – meine Unterhosen bedürften auch einer Wäsche, fuhr es mir durch den erhitzten Kopf. Doch keine falsche Scham, William, nimmt sie sich erst des einen an, kannst du ihr die stinkenden Gewänder immer noch nachliefern! Ich lüftete also meine Kutte und schlich mich hinter die Frau, als sie sich umwandte, um die gespülte Wäsche auf den Steinen abzulegen. Sie starrte begeistert auf meinen emporgerichteten Stößel, ihr rundliches Mongolengesicht leuchtete, und sie nahm das nasse, kalte Wäschebündel und schlug damit kreuz und quer auf meinen Prügel ein, als wolle sie ihre Wäsche windelweich schlagen. Ich fiel vor Schreck und Schmerz rücklings in die Felsen, und sie ergriff die Flucht. Sie rannte nicht zum Turm, wohl aus Angst, ich könnte ihr den Weg abschneiden, sondern hügelaufwärts, an Philipp vorbei. Der rief: »Liebe Frau, liebe Frau, es war doch nur gut gemeint!« Doch das wußte sie besser. Sie entschwand zwischen Felsblöcken.

Wir beschlossen, uns den Turm näher anzusehen, um in seinem Schutz die Nacht zu verbringen. Die Sonne verschwand bereits hinter den Klippen. Im Halbdunkel stolperten wir den schmalen Felsgrat entlang, auf dem sich das guterhaltene Gemäuer erhob. Die einzige Tür befand sich hoch oben in der Mauer, aber eine Leiter lehnte davor. Ich stieg als erster hinauf und stieß mit der Schulter gegen die schwere Bohlentür. Sie gab nach. Ich winkte Philipp, mir zu folgen, und steckte meine Nase in den Spalt. Ein furchtbarer Schlag auf den Kopf raubte mir die Sinne.

Als ich wieder zu mir kam, beugten sich Hamo und Shirat im Licht eines Kienspans über mich. »William«, forschte Hamo, ohne sich um meine Beule zu scheren, »hast du unsere Amme gesehen? Sie war Wäsche waschen, und nun ist es dunkel –«

»– und sie ist noch nicht zurück! Das Kind braucht die Milch«, unterbrach Shirat vorwurfsvoll.

Doch Hamo plagte eine andere Sorge. »Wenn sie in die Hände der armenischen Grenzwachen gefallen ist, wird sie unser Versteck verraten.«

Ich erwiderte nur, die gute Frau sei über mein plötzliches Erscheinen so erschrocken gewesen, daß sie davongelaufen sei und sich auch nicht durch gute Worte habe aufhalten lassen. In Wahrheit schämte ich mich sehr des Unheils, das ich da angerichtet hatte. Philipp versprach, gleich bei Tagesanbruch die Frau oder eine Ziege herbeizuschaffen. Für die Nacht behalfen wir uns mit dem Rest Kumiz, den mir unser Führer zum Abschied in einen Lederbeutel gefüllt hatte. Shirat sog das geronnene Getränk in den Mund, vermischte es mit ihrem Speichel und flößte es der Kleinen ein.

»Der Sklavenhändler hat uns bis hierher gebracht«, erklärte uns Hamo, »und mit Hilfe des Spiegels oben im Turm Signale ausgesandt, die meine Triere herbeirufen sollen. Irgend jemand hat auch geantwortet, daß man den Wunsch weitergeleitet habe. Ich sitze nun den ganzen Tag dort oben und schaue auf das Meer hinaus und warte –«
»Wer wohl zuerst kommt?« unterbrach ihn Shirat bitter. »Die Armenier Sempads oder dein Kapitän, der Penikrat!«

»Ich werde Euch morgen früh wieder verlassen und den Armeniern entgegengehen, um sie auf eine falsche Fährte zu lenken. Das ist das mindeste, was ich tun kann, um meine Schuld an Eurem Mißgeschick zu sühnen. Meinen Diener lasse ich hier, er kann Euch nützlich sein«, versprach ich.

Dann zogen wir die Leiter ein und legten uns zur Ruh.

L. S.

Aus der geheimen Chronik des Roç Trencavel, am See, zweite Dekade des Januar 1255

Yeza, Königin meines Herzens und Herrin unseres Paradieses, meinte, daß unser karger Garten Eden seit Einbruch des Winters kein Paradies mehr sei, sondern nur noch kalt und naß, weil die Sonne sich nur noch für wenige Stunden in die Schlucht verirrte.

Ich habe für uns beide aus geflochtenen Fischdärmen sehr gute Bogen hergestellt und scharfe, spitze Pfeile aller Art, aber außer einigen Wasservögeln konnten wir nichts erlegen, weil es nichts gab. Und immer nur Forelle hing uns zum Hals heraus.

Wir konnten keinen Fisch mehr riechen, schon allein, weil alles danach stank. Deshalb beluden wir unseren Baumstamm reichlich mit dieser köstlichen Nahrung, banden uns die Helme um und stiegen wieder in das kalte Wasser. Es war viel kälter als bei unserer Ankunft, und so strampelten wir mit den Beinen und schlugen mit den Armen, um nicht zu erstarren. Die Fahrt ging schnell, weil das Flußbett weniger Steine hatte, aber sie war nicht ungefährlich, denn es wurde zwischen den steilen Wänden oft sehr eng, und das Wasser gurgelte bösartig. Strudel taten sich auf, uns in die Tiefe zu ziehen, Stromschnellen drohten uns den Baum aus den klammen Händen zu ringen. Es gab kaum Steininseln, auf denen wir zitternd verschnaufen konnten. Wir fühlten uns elend und hatten kaum noch die Kraft, uns zu umarmen, um uns gegenseitig zu wärmen. Und irgendwann sah ich Yeza mit blassem Gesicht und geschlossenen Augen auf dem Stamm zwischen den Aststummeln hängen und dachte: Jetzt ist sie tot. Da wollte ich auch sterben. Steif und müde schob ich mich zu ihr hinüber, denn ich wollte im Tod mit ihr vereinigt sein.

Da fuhr der Stamm um eine Ecke und geriet in einen ruhigen See, dessen Wasser mir viel wärmer erschien. Die Schlucht weitete sich zu einem Hochtal, und ich bemerkte Bäume und Grün.

»Yeza!« rief ich. »Wir sind gerettet!«

Sie schlug die Augen auf, war aber zu erschöpft, den Kopf zu drehen. Wenigstens lebte sie noch. Ich steuerte den Stamm an das dichtbewachsene Ufer, ließ ihn behutsam auflaufen, trug meine Königin an Land und bettete sie ins Gras. Ihre Zähne schlugen aufeinander, und ich flehte im stillen: Nur jetzt kein Fieber! Ich begann, ihre eiskalten Gliedmaßen zu reiben, bis sie rot wurden und Yeza vor Schmerz aufschrie. Ich walkte ihr zuerst die erfrorenen Füße, dann Knie und Schenkel. Während sie noch wimmerte, glitten meine Hände immer höher, bis sie an das Gärtlein gelangten. Seine Pforte öffnete sich so einladend wie Lippen zum Kuß, und ich beugte mich über ihren Schoß und ließ sie meine Zunge spüren. Ich fand das, was sie scherzhaft ihren »kleinen Roç« nennt, diese Miniatur meines Gliedes, dessen Liebkosung ihr soviel Wonne bereitet. Er war nicht erkaltet, und meine Zungenspitze streichelte den winzigen Kerl. Ich streifte mein Beinkleid ab und kniete mich erregt über sie.

»Ich friere«, sagte Yeza leise, »wärm mich!« Sie drehte sich auf den Bauch und streckte mir ihr Alabastergesäß entgegen. Ich gehorchte ihrem Gebot und nahm es voller Zärtlichkeit in meinen

Schoß, denn ihre Backen waren kalt wie Eis, aber darunter loderte die Glut. Ich überließ es der Herrin, mein Glied gastlich aufzunehmen, und widmete mich beherrscht dem Rubbeln und Kneten ihres sehnigen Rückens. Ich küßte sie in den Nacken und tastete nach ihren Brüsten. Auch sie waren noch kalt, die Spitzen hart. Mein Penis drängte leidenschaftlich, und schließlich gab sie nach.

»Gib mir Wärme«, bat sie leise, und ich hielt mich zurück, umschlang sie mit beiden Armen und tat alles, um jedes Stückchen ihrer Haut zu streicheln wie die Sonne. Ich preßte sie an mich, damit meine Hitze auf sie übersprang, und erst als ich mich nicht mehr zügeln konnte, packte ich sie an den Hüften und drang tiefer in sie. Ich kam mir herzlos vor, als ich den kleinen Arsch stieß, wie man ein Kind mit Schlägen straft, aber meine Rute wollte zu ihrem Recht kommen. Ich hieb schneller und schneller, bis ich mich zuckend entleerte und das pulsende Rohr zur Schlange wurde, die sich wand. Danach ließ ich mich auf sie fallen, obgleich ich spürte, daß meine Geliebte, wenn schon nicht den harten Knüppel, dann wenigstens das weiche Tier behalten wollte. Doch es schlüpfte verschämt aus dem Gärtlein. Da sah ich, daß Yeza weinte.

Ich erhob mich verstört und sammelte Gras und Blätter, um sie damit zuzudecken. Als nur noch ihr Blondhaar aus dem Laubhaufen schaute und ich sicher sein konnte, daß seine faulige Wärme ihr meine unbeholfene Selbstsucht ersetzte, ging ich fort, um mich an den neuen Gestaden umzuschauen.

Ich stieß auf eine Herde wilder Ziegen, die sich nicht einmal scheu zeigten. Einige Muttertiere hatten ein pralles Euter. Zu meinem Erstaunen entdeckte ich auch Gerippe mit verwitterten Stricken um den Halswirbel. In den ausgewaschenen Felsgrotten fanden sich Reste von Mauerwerk, das nur einen niedrigen Durchlaß freiließ. Ich schlüpfte hindurch und stand in einer verlassenen Einsiedelei.

Tief in der trockenen Höhle fand ich das Lager des Eremiten, eine Feuerstelle mit einem Abzug durch einen engen Steinkamin. In einem Nebenraum, von dem eine fensterartige Öffnung den Blick auf den See freigab, stand ein roh gezimmerter Tisch, mit vergilbten

Pergamentblättern bedeckt. Da der einsame Schreiber das Bündel mit einem Stein beschwert hatte, waren sie nicht fortgeflogen und von den Ziegen aufgeknabbert worden, deren Kötel überall verstreut waren. Ich bemerkte ein Steinguttöpfchen mit ausgetrockneter Tinte und spuckte gleich hinein, um zu sehen, ob ich die kostbare Flüssigkeit wieder zum Leben erwecken könnte. Ich tauchte einen der herumliegenden Federkiele in den Brei, rührte ihn um und schrieb: »Roç Trencavel du Haut-Ségur und seine Königin Yezabel du Mont y Grial im Niemandsland an einem See am Fuß des Kaukasus.«

Ich benutzte die Rückseite eines der Blätter, und erst als sich meine Freude über den unverhofften Fund gelegt hatte, las ich die Worte auf der Schreibfläche:

»In dieser Welt gibt es noch eine andere,
mit Worten nicht zu beschreiben.
Dort herrscht Leben, doch keine Angst vor dem Tod.
Ewiger Frühling, der nie zum Herbst sich neigt.
Legenden und Geschichten erzählen Decken und Wände,
selbst Felsen und Bäume sprechen Gedichte.
Hier wird die Eule zum Pfau,
ein Wolf zum wunderschönen Hirten.
Willst du das Bild verändern,
wechsel nur deine Laune,
du mußt den Wandel nur wollen.«

Ich lief eilig zurück zu Yeza, um sie mit den Neuigkeiten zu erfreuen, wußte ich doch, wie gern sie schrieb. Und da William um ein anderes Mal fortgegangen war, konnten wir uns wieder als seine treuen Chronisten fühlen – auch wenn es uns beschieden sein sollte, unser Dasein hier als Eremiten zu beschließen, was ich mir so recht nicht vorstellen konnte. Wohl aber, daß in hundert Jahren jemand unsere Aufzeichnungen an dieser Stelle fände.

Yeza schlief fest in dem Laubhaufen. Als ich mit dem Arm hineinfuhr, merkte ich, wie wohlig warm es darin war. Ich kroch zu ihr und flüsterte ihr ins Ohr: »Wir haben ein Haus und Ziegen.«

Sie drehte ihren Lockenkopf voller Blätter zu mir und nahm mich in den Arm. »Ich will einen Palast und Pferde!« flüsterte sie, und ihre Augen strahlten mich an wie Sterne, daß mir gleich ganz anders zumute wurde.

»Ich will«, da hatte sie mir schon zwischen die Beine gegriffen, »die Lanze meines Ritters spüren, wenn heiße Säfte wohlig in mir aufsteigen, und nicht –«, sie kniff mir scherzhaft in die Eichel, »– wenn eisiges Wasser mich kalt wie Fisch gespült und mein Gefühl erfroren ist wie eine Ros' im Schnee.«

Ich ließ es mich nicht verdrießen und legte die pochende Lanze auf die gespannte Trommel ihres Bauches und freute mich auf das Paradies. »Eure Dichtkunst, edle Dame, hält allem Können stand, das Eurem Schoß entspringt. Kein Fischlein badete je in heißerem Quell, keine Rose leuchtete feuriger in der Sonnenglut als Eurer Liebe unverwüstliche Lust!«

»Recht habt Ihr wie stets, mein König – doch sollt Ihr den Frevel büßen. Mein Zauber macht Euch zum Hengst und mich zum Ritter!« Und sie ließ meine Lanze nicht los, bis sie mich unter sich in das Laub gezwungen und in den Sattel gestiegen war. Sie gab mir erst die Zügel, dann die Peitsche und ritt mich gar meisterlich, denn jedesmal, wenn ich hoffte, in den gestreckten Galopp fallen zu können, bei dem der Reiter nur so auf und nieder geworfen wird, da nahm sie mich an die Kandare, mäßigte die Gangart bis zum Schritt eines Maultiers – der Esel war ich –, bedeckte mein Gesicht mit Küssen, wühlte in meinem Haar, griff auch wohl hinter sich und zwickte mich. Sie biß mir in den Hals, und wir lachten dabei. Meine Reiterin ließ ihre Muskeln spielen und lehrte mich, daß ich nicht heißhungrig in das Paradies stürmen durfte, um meinen Apfel zu pflücken und wie ein Dieb zu verschwinden, sondern dem Rat der Schlange folgen mußte und die süße Frucht mit Eva teilen sollte, mit ihrem kleinen Roç im Gärtchen. Yeza war Paradies und Schlange, ein Teil meiner selbst und unerreichbar in ihrem Geheimnis, Schwester und Fremde. Ich aß von dem Baum der Erkenntnis und spürte dennoch durch die Kaskaden sprühender Lust, durch diese gewaltigen Wogen von Wonne und Weh, daß ich eigentlich nichts wußte über das, was eine Frau bewegt. Das Zittern, das ihren ranken Leib erfaßte, ihre Hände, die die meinen an ihre Brüste zerrte, ihr Becken, das zu kreisen und zu stampfen begann, kündigten mir an, daß der Ritt seinem Höhepunkt zustrebe. Sie warf sich zurück und überließ mir endlich die Zügel. Ich durfte sie einholen, und je mehr ich mich beherrschte, desto wilder gebärdete sie sich. Wie eine Raubkatze fiel sie mich an, ich dagegen wahrte ritterliche Würde. Das brachte sie zum Wahnsinn, sie bäumte sich auf mit wildem Zucken, bis auch ich zum Tier wurde, das uns zerreißen sollte. Der Adler, der uns beide in die Sonne trug, wurde vom Pfeil getroffen, und wir stürzten eng umschlungen zur Erde, wurden von Schwänen auf weichem Gefieder aufgefangen und sanken sanft hinab – bis wir uns im Laube wiederfanden und uns glücklich anlächelten, ohne ein Wort sagen zu müssen.

Mit Liebeskämpfen unserer begierigen Leiber, im Dunkel ausgetragen, und lichten Höhenflügen unserer beglückten Seelen, aber auch mit dem eifrigen Aufzeichnen unserer wirren Gedanken verging der Winter.

Der Frühling zog ein in das Tal unserer Klause, die von der Welt durch den See abgeriegelt war. Jemand hätte ein Boot den Fluß hinauftragen müssen, um uns zu erreichen, denn von unserer Bucht abgesehen, fielen die Felsklippen steil ins Wasser. Wie es den Eremiten vor vielen Jahren hierhin verschlagen konnte, bleibt mir ein Rätsel. Sicher waren damals die Verhältnisse anders; die Natur, besonders das Wasser, verändert ja stets das Antlitz der Erde. Vielleicht lag unter dem Spiegel des Sees ein Kloster oder ein ganzes Dorf mit Mauern und Türmen, bevor ein Felssturz den Fluß ansteigen ließ, und nur der Eremit konnte sich in die Felsen retten. Doch die Pergamente sprachen davon kein Wort. Es handelte sich ausnahmslos um wunderschöne Verse, Gedichte, die Yeza und ich uns des Abends am Feuer vorlasen:

»Halt inne, für einen Augenblick,
betrachte die Dornenwüste,
sie erblüht zum Garten voller Blumen.
Siehst du den Felsbrocken dort im Sand?

Er gerät in Bewegung, eine Grotte tut sich auf,
Rubine funkeln dir entgegen.
Wasch dir Hände und Gesicht in den Wassern dieses Quells.
Die Köche haben ein Festessen bereitet.«

L. S.

Aus der Chronik des William von Roebruk, im Turm am Meer, am Fest des hl. Polycarp

Mein Diener, Hamo und ich hatten die Nacht über reihum gewacht und waren im Wechsel über die Leiter im Innern des Turms zur Plattform hinaufgestiegen. Dort befand sich, von Zinnen geschützt, in einem Holzgehäuse ein schwenkbarer, kunstvoll geschmiedeter Silberspiegel, eine gewölbte Scheibe. Wir starrten hinaus auf das dunkle Meer zu unseren Füßen in der Hoffnung, daß aus der Gischt und den Wolken die rettende Triere hervorbräche, und in die Felsenklippen des Hinterlandes, befürchtend, daß von dort die armenischen Grenzreiter herbeistürmten. Als der Morgen graute und auch die Stunde, in der Feinde bevorzugt den Angriff wagen, verstrichen war, ohne daß sich etwas rührte, stieg Philipp mutig den Turm hinab, um sich auf Ziegenjagd zu begeben.

Frau Shirat hatte sich mit der kleinen Amál, die inzwischen vor Hunger greinte, nach oben zurückgezogen, während Hamo und ich an der offenen hohen Tür im Mauerwerk warteten, jederzeit bereit, die Leiter wieder einzuziehen.

Philipp tauchte tatsächlich mit einigen Ziegen wieder auf. Er hatte den Muttertieren die Zicklein weggenommen, so daß sie mit ihren prallen Eutern klagend den meckernden Kleinen nachliefen, die er auf den Armen trug. Lachend hielt er mit den Tieren auf den Turm zu, doch dann schaute er sich um und begann zu laufen.

Hamo begriff schneller als ich, er turnte die Leiter hinunter, riß seinen Gürtel los, warf eine Geiß zu Boden und fesselte ihr die Beine. Ich hatte einen langen Strick gefunden, der neben der Tür lag, wohl um Gerätschaften hochzuhieven, und ließ ihn hinab. Hamo befestigte die meckernde Ziege am Ende des Taus, und ich zog. Hamo opferte sein Hemd, um einer weiteren mit Philipps Hilfe die Hinterläufe aneinanderzubinden. Dann packte er sie an den dünnen Vorderbeinen und hob sie sich auf die Schulter. Hastig begann er den Aufstieg.

Ich blickte hinüber zu der Schlucht in den Felsen, aus der sich eine Wand von Berittenen schob. Ihre Lanzen waren aufgerichtet, die Visiere geschlossen. Die Fahne des Konnetabels von Armenien flatterte über den Helmen. Ich zerrte meine Geiß durch den Türeinlaß, löste das Tau und warf es Philipp zu, der mit seinen Zicklein im Arm Mühe hatte, die Leiter zu erklimmen. Er wand den Strick um ihre Bäuche, daß sie jämmerlich mähend in der Luft baumelten.

Die Reiter waren inzwischen näher gekommen; einer hielt die Amme im Sattel vor sich. Philipp wollte auf eine dritte Zicke nicht verzichten. Er warf sie sich über den Nacken und stieg die Sprossen empor. Ich zog sein strampelndes Bündel hoch. Auch Hamo erreichte die Tür und warf mir seine Ziege zu Füßen. Ich durfte nicht weichen, weil ich noch ihre Zicklein einholte.

Da flogen auch schon die ersten Pfeile durch die Öffnung in der Mauer, ihr Luftzug streifte mein Gesicht. Sie blieben in den Holzbalken stecken. Hamo stieß mich zurück, und während ich aus sicherer Entfernung weiter das Seil einholte, warf er sich zu Boden und reichte Philipp die Hand, um ihm zu helfen. Die Geschosse prasselten jetzt gegen Leiter und Türrahmen, und eines hätte auch meinen Diener in den Nacken getroffen, doch das Zicklein rettete ihm mit seinem Leib das Leben, ohne jeden Klagelaut. Hamo nahm ihm die durchbohrte Last ab. Ich zerrte grob meine Tiere über die Kante. Sie waren beide tot, gespickt von Pfeilen wie der Torso des heiligen Sebastian.

Hamo und Philipp hatten die Leiter so weit hochgezogen, daß sie mit meiner gewichtigen Hilfe das Holz hochwippen konnten, an das sich gerade der erste Armenier geklammert hatte. Er ließ nicht los und wurde in die Höhe gerissen, bis er sich nicht länger halten konnte und zurück auf den Fels krachte.

Wir zogen die Leiter aus dem Eingang und schlugen die dicke Bohlentür zu. Drei Braten und zwei volle Euter waren die stolze

Beute! Dann eilten wir hinauf zu Shirat, die sich mit dem Säugling vor den Pfeilen in das Gehäuse des Spiegels geflüchtet hatte. Hinter den Zinnen verborgen, hörten wir den Anführer der Grenzwachen rufen, wir sollten uns zu erkennen geben, sonst würde der Turm gestürmt. Wir antworteten nicht. Danach drohten sie, die Amme vor unseren Augen zu töten. Wir verharrten in Schweigen; die dicke Amme weinte, und der Anführer befahl, sie wegzuführen. Zwischen den Turmzinnen hervorlugend, konnte ich beobachten, wie sie von fünf, sechs Männern über einen Stein am Meeresufer gestoßen wurde. Einer zog sein Schwert, doch er schlug nicht zu, weil die anderen ihr den Rock gelüftet hatten. Nacheinander traten sie mit heruntergelassenem Beinkleid zwischen ihre Schenkel und vergnügten sich an ihr.

Das hätte sie von mir auch haben können, dachte ich bei mir, einfach statt fünffach!

Dann ritten sie fort, um Verstärkung zu holen, »Griechisches Feuer, um euch auszuräuchern«, wie sie uns zum Abschied zuriefen.

Es vergingen Tage, ehe wir uns wieder hinaustrauten. Shirat und ich beobachteten von oben das Gelände, während Hamo und Philipp die Leiter hinunterließen. Als sich nichts rührte, schlichen sie sich bis zu den Büschen unterhalb der Klippen, um Blätter zu rupfen und Gras zu schneiden, denn unsere beiden Ziegen wollten keine Milch mehr geben, und der Amme, dieser dummen Kuh, die wieder bei uns weilte, war in der Todesangst die Milch in der Brust sauer geworden, nicht etwa ob des Gerammels der fünf Böcke.

Wir legten dort, wo die wilden Ziegen weideten, ein Gatter an, damit wir sie nicht jedesmal suchen mußten, wenn uns nach Zicklein gelüstete. Die Amme, der mangels Eigenproduktion das Melken der Ziegen oblag, versuchte sich mit der Herstellung von Käse, und Hamo begann – zum Kummer Shirats mutiger geworden –, im Meer nach Fischen zu stechen.

Der Erfolg war mäßig, so daß er uns fortan als geübter Taucher mit Muscheln, Krebsen und anderem Getier versorgte. So hatten wir einen abwechslungsreichen Küchenzettel, und auch die kleine Amál gedieh zusehends.

Wir hatten die Armenier längst vergessen, als eines Morgens die Triere am Horizont auftauchte.

Aus Yezas geheimer Chronik
Ich saß am Fenster unserer Klause und schaute hinauf in den hellblauen Himmel, *tengris* weites Zelt, an dem wollige weiße Wölkchen zogen. Ab und an glitten Vögel mit schwungvollem Spiel ihrer Schwingen darüber hinweg. Still ruhte der See.

Da sah ich das kleine Boot, es kam flußaufwärts angeschwommen. Die dunkle Silhouette des Mannes, der es mit einem Ruder bewegte, stand gegen das sich spiegelnde Bild des Himmels, der Wolken, der Klippen und der Vögel.

Ich lief aus der Grotte, um Roç zu benachrichtigen, der über mir in den Felsen herumkletterte, weniger um Vogeleier zu suchen, als um seinen schönen Körper für mich schlank und sehnig zu erhalten.

»Roç, da kommt ein Boot!« rief ich zu ihm hinauf.

Seine Stimme antwortete: »Ich sehe keins!«

Als ich ihm die Stelle genau bezeichnen wollte, wo ich den Kahn erblickt hatte, konnte auch ich ihn nicht sehen. Ich stand wohl ungünstig, die Felsen versperrten mir die Sicht. Dennoch beharrte ich auf meiner Entdeckung.

»Ich habe einen Mann in einem Boot gesehen, komm runter!«

Über mir prasselten Steine, und mein Held kugelte mir vor die Füße. Lachend lief ich zum Ufer. »Komm, ich zeig' es dir!«

Er folgte mir. »Brauchst du einen anderen Mann?!« spottete er, doch da hatte ich mich schon auf einen der glattpolierten runden Steine geworfen, die wie riesige dicke Leiber an unserem Strand in der Sonne lagen, und starrte auf das Wasser hinaus. Nichts war zu sehen. Die Wärme des Steins strömte wohlig in meinen Körper. Ich preßte meinen kleinen Bauch darauf und spreizte meine nackten Beine.

Roç, mein edler Ritter, enttäuschte seine *damna* nicht. Anfangs kitzelte mich nur neckisch ein Grashalm zwischen den Schenkeln und drang auch bis zum Gärtchen vor. Aber dann wurde Roçs Atmen unruhiger, und schon bald schob sich ein Tier wie eine Echse über den Stein und begehrte Einlaß. Leicht hob ich mein Becken und ließ das schuppige Ungeheuer ein, ich erkannte es, und es kannte sich aus. Und doch war es aufregend anders – wie fast jedesmal. Erst neugierig frech, dann höflich glatt, schließlich ungehobelt, wüst und derb. Es streichelte mich, wie man ein Kätzchen gegen den Strich bürstet, und stieß mich in Wonne, an meinem ›kleinen Roç‹ vorbeihastend.

So zwischen dem warmen Stein und der hart drängenden Lendenzier meines Ritters gefangen, fühlte ich mich dennoch als freie Königin meiner Lust. Ich gönnte sie mir, und er, mein Ritter, durfte sie mir bringen. Er war wild auf mich, und ich ließ ihn toben, bis auch mein Kelch überfloß und mit dem Klang von tausend Glocken zersprang. Dann schrie ich, und Roç rief meinen Namen. Er hatte sein Opfer gebracht, wir waren beide glücklich, und ermattet senkte sich die Last seines schönen Leibes auf den meinen. Ich fühlte, daß ich ihn liebe. Oh, könnte jeder Tag so beginnen und so enden!

Ich faßte Roç an der Hand, und wir schritten gemeinsam zurück zu unserer Klause. Am Tisch saß Arslan und lächelte uns an. Wir waren Hand in Hand in der Tür stehen geblieben. Der Schamane war unverändert, seit wir zum erstenmal im Altai bei ihm weilen durften.

»Ich sehe«, sprach er, »das Königliche Paar ist glücklich und voll der Liebe zueinander.«

Er schaute hinaus durch das Fenster über den See, in dem sich der Himmel spiegelte. »Doch dies ist nicht die Welt und nicht eure Bestimmung.« In seinem heiteren Ton schwang Bedauern mit. »Euer Schicksal ist mit dem der Mongolen verbunden, versucht nicht, ihm zu entfliehen.« Ich wollte ihm widersprechen, aber er fuhr fort: »Sie können ohne euch nicht die Welt erobern, und ihr gelangt ohne sie nicht auf den Thron, der euch versprochen ist.«

»Selbst wenn wir wollten«, erwiderte ich, »vermögen wir uns unserer Bestimmung nicht zu entziehen. Die Mongolen haben uns verlassen, nicht wir sie!«

»Das vermeint ihr mit euren Augen des Westens zu erkennen, doch ich sage euch, sie leiden. Das Volk der Mongolen trauert, und der Großkhan will nicht eher ruhen, bis er euch wiedergefunden hat.«

»Sie wollen uns nicht als das Königliche Paar, das wir sind«, mischte sich Roç ein, »sondern als ihr Feldzeichen, ihre *onggods*, als kleine Püppchen am Mantelsaum des erhabenen Khagans!«

Arslan wiegte sein Haupt, und ein Lächeln glitt über die Fältchen seines pergamentenen Antlitzes. »Die Zeiten des gewaltigen Schmiedes Temudschin, des einzigen Dschingis-Khan, sind vorbei. Je mehr Söhne er gezeugt hat – und diese wiederum Enkel –, desto heftiger strebt das Reich auseinander in Blindheit, Eifersüchteleien und Besserwisserei!« Er seufzte tief. »Doch es gibt einen großen Geist aller Mongolen, der über ihnen schwebt im ewig blauen Himmelszelt, und der weiß, daß es nur einen Weg gibt, den gemeinsamen, und nur ein Ziel: alles oder nichts!« Arslan senkte die Stimme, so daß sie aus weiter Ferne zu kommen schien. »Auch wenn dieses Nichts sich jetzt noch in den Tiefen des Ozeans versteckt wie ein formloses Meeresungeheuer. Eines Tages wird es emporsteigen und das Volk der Mongolen aufsaugen in das Meer des Vergessens, als hätte es seine Macht nie gegeben.«

»Warum?« fragte Roç zaghaft, und Arslan schaute ihn fest an. »Weil Macht alles wollen muß!«

»Und wir?« hielt ich dem Schamanen entgegen. »Und ›der Rest der Welt‹?«

»Ihr, das Königliche Paar, teilt das Schicksal der Mongolen.«

»Und wenn nicht?« fragte ich ebenso fest zurück.

Arslan schwieg lange. Der Alte, von dem ich keine Ausflüchte erwartet hatte, schien mir wie entrückt. Etwas Seherisches ging von ihm aus. »›Der Rest der Welt‹ schließt auch den Ozean mit ein. Wer die Herrschaft über die Meere erringt, wird der Herr der Welt, über Feuer und Wasser, Erde und Luft.«

»Das wird ihnen nicht gelingen!« rief Roç aus.

Ich sagte nur: »Sie wissen es nicht.«

»Dann wird es anderen gelingen, in tausend Jahren.«

Ich schaute hinauf zum Himmel. Wölkchen zogen darüber hin, große Vögel kreisten in der Höhe und stießen herab zu den Klippen, die sich im Wasser spiegelten. Ein dunkler Punkt verschwand im See, ein Mann in einem Boot; sein bedächtiger Ruderschlag zerschnitt die glatte Fläche und schuf Wellenringe.

Da hörte ich Roç rufen: »Ich habe Reiter gesehen! Oben auf den Klippen!«

Seine Stimme drang aus dem Felsen über der Grotte, wo er Eier suchte in den Vogelnestern. Ich drehte mich nach dem Schamanen um. Der Platz an unserem Tisch war leer. Ich lief hinaus und sah dicke Taue die Felsen herabgleiten wie Schlangen.

Mein Roç sprang, angekündigt durch einen mittleren Steinschlag, vor meine Füße. Wortlos wies ich auf die Taue. Männer ließen sich behende daran herunter. Ich erkannte sie sofort. Es waren Leute des Imams, Assassinen aus Alamut. Sie knieten vor uns nieder, und ihr Anführer sprach: »Wir danken Allah, daß wir das Königliche Paar wohlbehalten aufgefunden haben. Wir sind gekommen, Euch heim zur Rose zu geleiten. *Allahu akbar!*«

L. S.

Zypern, am Fest des hl. Ephrem des Syrers A. D. 1255
Wir kehrten am Fest der Erscheinung des hl. Erzengels Michael wieder in das vertraute Labyrinth des Kallistos-Palastes zurück, von dem wir vor zwei Jahren aufgebrochen waren. Mir wollte es wie eine Ewigkeit vorkommen, nach allem, was uns widerfahren war.

Gosset, der Großdomestikos, den wir damals zurückgelassen hatten, verlangte, unsere ganze Geschichte bis zum Ende zu hören.

Auf der Triere befand sich außer dem treuen Penikraten auch eine Frau Xenia, die mir gleich gut gefiel und die mich auf der Überfahrt vor der Seekrankheit bewahrte, weil wir dem Stampfen, Krängen und Wiegen des Schiffes unser eigenes lustvolles Schaukeln entgegensetzten. Die muntere seefahrende Witwe hatte das Töchterlein von Hamo und Shirat dabei, die inzwischen vierjährige Alena Elaia. Eitle Wonne bei den Eltern, tiefer Kummer, über den ich sie mit Hingabe hinwegtröstete, bei Xenia. Liebte sie doch das Kind, das seine Eltern gar nicht kannte, wie eine Mutter, und auch Alena Elaia hing an ihr und dem Penikraten, der in die Vaterrolle gedrängt worden war. Nun wurde sie mit den überschwenglichen Gefühlen einer fremden Frau überschüttet und hatte einen – wenn auch gereiften – Springinsfeld eher als älteren Bruder denn als väterliche Respektsperson bekommen.

Ihr Name wurde ihr gelassen, getauft war sie ja bereits. Fürst Bohemund VI. von Antioch hatte Pate gestanden. Sie fügte sich recht schnell, doch ihre Ziehmutter litt. Aber wir fanden eine Lösung: Xenia erhielt als Ersatz die kleine Amál, von der wir mittlerweile wußten, daß sie Vollwaise geworden war. Abdal der Hafside hatte die Nachricht vom bitteren Tode des Omar und der Orda überbracht.

Die Triere hatte so schnell den Turm am Ostufer des Schwarzen Meeres erreichen können, weil ihr Kapitän, der Penikrat Taxiarchos, schon zuvor in Antioch die Botschaft erhalten hatte, er solle nach Konstantinopel zurückkehren, denn Graf Hamo L'Estrange sei auf dem Heimweg. Es kostete uns keine große Mühe, um den genau beschriebenen Turm im alten Colchis zu finden. Wer ihn benachrichtigt hatte, wußte der Penikrat allerdings auch nicht zu sagen. Der Befehl lag eines Morgens neben seinem Haupt, als er erwachte. Das war schon im Spätherbst gewesen.

Der lange Arm der Prieuré, schoß es mir durch den Kopf, oder sollten es die Assassinen gewesen sein? Wer sonst? Ja, wer? Die Mongolen, ihre Geheimen Dienste? Auch das war denkbar.

Ich mußte meine Mission zu einem guten Ende bringen. Gosset war bereit, mit mir ins Heilige Land zurückzureisen.

Wir entließen Barth, den Grottenmolch, aus seinem unterirdischen Gefängnis – in eine Art Hausarrest.

Gosset hatte sich für ihn verbürgt. Bruder Bartholomäus von Cremona ist zwar nicht fromm geworden, aber sehr gelehrt. Er hat das Anfertigen von Miniaturen erlernt, mit denen er seine Abschriften verziert. Er willigte gern ein, nach meinen Vorgaben den Bericht für König Ludwig zu schreiben, und so diktierte ich ihm jeden Tag im ›Pavillon der vergeblichen Hoffnung‹ alles das, was mir nützlich erschien, und vor allem, was man von einem Missionar erwarten konnte, in die Feder.

Bartholomäus erlebte so die mühselige Reise zum Großkhan der Mongolen, die ich *Itinerarium* nennen wollte, aus erster Hand, ohne einen Fuß gerührt zu haben. Und er lernte, seine Rolle darin zu beherzigen, für den Fall, daß ihn unsere Ordensoberen dazu befragen sollten. Eigentlich mußte er mir dankbar sein! Er hatte hier faul in Konstantinopel gehockt, während sein Alter ego und ich uns durch Steppe, Schnee und Eis gequält hatten. Er ist, glaub' ich, ganz froh, daß wir ihn zum ruhmreichen Missionar O. F. M. Bartholomäus Cremonensis gemacht haben. Und von seinem Double, dem Lorenz von Orta, ist ja nicht zu befürchten, daß die kleine Fälschung ans Tageslicht kommt, der ist ja Patriarch von Karakorum geworden, mögen sich auch alle fragen, wie er dahin gekommen ist. Barth, der Grottenmolch, wird schweigen, schon in eigenem Interesse. So entließen wir ihn nach eingehender Prüfung und Belehrung, damit er sich heimbegeben konnte zu seinem Herrn Papst.

Der Herr Rainaldo di Jenna, dazumal Kardinalerzbischof von Ostia, hat nämlich inzwischen den Stuhl Petri bestiegen, und wie nach alten, gut erinnerlichen Vorlieben zu erwarten war, hat er den Namen Alexander angenommen. Sein Vorgänger Innozenz ist vor Wut am 7. Dezember letzten Jahres einem Herzschlag erlegen, als er erfuhr, daß ihm König Manfred zuvorgekommen war und sich im Handstreich des Kronschatzes Kaiser Friedrichs bemächtigt hatte, der zu Lucera lagerte, bewacht von den staufertreuen Sarazenen. Heimlich hatte Innozenz sein Heer dorthin in Marsch gesetzt, doch er kam zu spät. Das war zuviel für sein leidgeprüftes Herz. Schon fünf Tage später wählte die Konklave den Grauen Kardinal als Nachfolger.

Er wird sich freuen, seinen Leiter des *Ufficium Studii Mongalorum* wiederzusehen, bereichert mit soviel Wissen über die Welt der Mongolen und voll höchstpersönlichen Erfahrungen im Umgang mit dem Großkhan.

Eigentlich galt es als ausgemacht, daß Xenia samt der kleinen Amál in Konstantinopel bleiben sollte. Hamo hatte ihr aus Dankbarkeit für die Errettung seines eigenen Fleisch und Blutes eine lebenslängliche Apanage ausgesetzt und ihr auch angeboten, im Palast zu wohnen, schon damit die beiden kleinen Mädchen zusammen aufwachsen und spielen könnten. Doch hinter seinem Rücken drückte Shirat ihr einen schweren Beutel Goldes in die Hand, damit sie nach Antioch heimkehrte.

Meine bevorstehende Abfahrt auf der Triere gab für Xenia den Ausschlag. Sie beugte sich dem Angebot, das keines war. Shirat wollte die Frau, in der ihre Tochter Alena Elaia vier Jahre lang die Mutter gesehen hatte, künftig fernhalten, damit die Liebe des Kindes ihr allein gehört. Xenia wurde heimlich an Bord gebracht.

So fand ich mich, aber erst, als wir schon auf hoher See das Goldene Horn hinter uns gelassen hatten, mit der Frau und dem Kind Amál wieder.

Ich wäre ja gerne bei Hamo und Shirat geblieben, und Monseigneur Gosset nicht minder. Philipp, meinen treuen Diener, ließ ich mit größtem Bedauern dort. Ich hatte mich sehr an seine Fürsorge gewöhnt. Zum Abschied wollte ich ihn reich beschenken, aber er lehnte es ab. Nur den Ring des »Patriarchen« erbat er sich als Erinnerung an unsere gemeinsame Reise. Ich gab ihn ihm von Herzen gern.

Zum letzten Male unter dem Kommando des Penikraten, brachte uns die Triere nach Zypern, das wir gestern, am 17. Juni A. D. 1255, erreichten, um von hier aus nach Antioch weiterzureisen.

Vor sieben Jahren habe ich von dieser Insel Roç und Yeza zur Flucht aus dem Kreuzzug verholfen. Wie mag es meinen kleinen Königen wohl ergehen? Sie gehen ihrer Bestimmung entgegen. Meine soll es wohl nicht sein, sie weiter zu begleiten.

Ich fühlte eine Leere in mir aufsteigen, ein flaues Gefühl im Magen – sie fehlen mir sehr. »Ich liebe euch!« seufzte ich auf das Meer hinaus, das mich immer weiter von ihnen forttrug. Ob ich sie jemals wiedersehen werde? »Vergeßt euren William!« rief ich, dabei war mir zum Heulen elend. »Nein! Vergeßt mich nicht!«

L.S.

DIE BLÜTE VERFAULT
LIBER III
CAPITULUM VIII

Aus der Chronik des Roç Trencavel, Alamut, letzte Dekade des September 1255

Die stählernen Blätter der Rose leuchteten durch die tiefhängenden Wolken bald zum Greifen nah, dann wieder in weite Fernen entrückt, als wir aus dem Gebirge herabkamen. Ein Sonnenstrahl verirrte sich auch auf die Sichel des Silbermondes, der aus dem Nebelmeer aufragte, und ich war schon wieder bereit, mich dem Zauber des Kunstwerks zu ergeben.

»Welch ein Kontrast, diese Raffinesse einer vergeistigten Welt nach Kumiz, Hammelbraten und Steppe!« rief meine Dame aus, die neben mir ihr Pferd durch das Tal lenkte.

»Yezabel Esclarmunde«, ermahnte ich sie wider meine eigenen Empfindungen, »du vergißt *tengri*, das ewig blaue Himmelszelt!«

Yeza lachte. »Laß uns nach Mongolenart der Rose den Staub von den Blättern blasen, daß der Imam das Niesen kriegt!«

Doch das Lachen sollte uns bald vergehen.

Der Empfang war überwältigend. Kaum betraten wir die Hochebene, ertönten die großen Widderhörner von den Bergen, und von den Wipfeln grüßte das Blinken der unsichtbaren Spiegel. Hasan kam uns mit großem Gefolge entgegengeritten, und oben auf der Plattform des Observatoriums glaubte ich die zierliche Gestalt der Priesterin zu erkennen.

Ich dachte an meinen alten Freund ›Zev auf Rädern‹ in der Tiefe des Kessels und bemerkte voll Entzücken das Atmen der schweren

Blütenblätter, von denen eines sich über den Seegraben gebogen hatte, um uns aufzunehmen. Die Fida'i standen auf den Zinnen. Sie schossen Brandpfeile in die Luft und solche, die an ihrem Ende silberne Flöten trugen und schaurig-schrille Töne erzeugten.

Wir trabten über die Brücke und schritten durch das hohe Tor.

Da war es wieder, das geheimnisvolle Gestänge, das sich aus der Tiefe durch den Kessel schob und den schwebenden Palast, das ›Wespennest‹, durchbohrte, ohne ihn zu berühren, bevor es oben in den Verstrebungen verschwand. Erneut bewunderte ich den Kessel mit seinen Bienenwaben, zwischen denen das Gewimmel von Leitern, Treppen, Hängebrücken und dicken Tauen der Lastkräne nicht verriet, wie genial alles verknüpft, welch hoher Stand der Technik hier erreicht und in einem einzigen Gefäß der Wunder vereint war. Ich sah wieder die tönernen Wände, hart wie Granit und doch biegsam wie eine Damaszener Klinge, mit den Rippen, die wie geschwollene Adern aus ihnen heraustraten in der wohlberechneten Spannung, in der alles in der Rose gehalten wurde. Ich betrachtete die lauernden Ballisten, die radgespannten Riesenarmbrüste und die schnellschießenden Katapulte, denen Zev Ibrahim die *vis laxans* in ihre Sehnen gezaubert hatte. Das Griechische Feuer schlummerte in den Töpfen; mit *damm al ard*, dem ›Blut der Erde‹, gefüllte, schlanke Amphoren schmiegten sich in die hölzernen Abschußrinnen.

Eine gewaltige Kriegsmaschine, die nur auf ihre Bewährung wartete? Ich dachte an die hunderttausendfüßigen Reiterheere der Mongolen und hatte die Vision, daß die Rose in diesem zentaurischen Heuschreckenschwarm verschwand. Ich sah sie davongleiten wie einen herrlich gepanzerten Mistkäfer auf dem Rücken einer Ameisenhorde, dessen Beine ins Leere traten und dessen schöne Flügel keinen Schutz mehr boten.

Ich wischte die Gedanken beiseite, weil mich mein alter Freund Zev Ibrahim in seinem Rollstuhl begrüßte. Da Yeza sogleich von ihrer Lehrmeisterin Pola mit Beschlag belegt wurde, folgte ich dem genialen Ingenieur der Rose in sein unterirdisches Reich des Hephaistos, ein Krüppel wie er.

»Roç«, sagte er, als wir unten beim Weine saßen, »ihr hättet nicht zurückkommen sollen. In der Rose steckt der Wurm, sie verfault von innen heraus.«

Ich schaute ihn fragend an. In den Kanälen rauschte das Wasser, das ›Blut der Erde‹ blubberte in den Röhren, die Zahnräder drehten sich wie immer, trieben das ächzende Gestänge, Gegengewichte eilten auf und nieder, Taue spulten sich ab über Schneckengewinde, und Ketten kamen rasselnd zum Stillstand.

»Der Imam ist inzwischen völlig dem Wahnsinn verfallen.«

»Unberechenbar und grausam in der Strenge seiner Strafen«, wandte ich ein, »war der Herrscher doch schon immer.«

»Es ist weit schlimmer geworden! Wenn er seine Anfälle hat, sieht er im fernen Großkhan eine Ausgeburt der Hölle, die zur Erde emporgestiegen ist, die Rose zu verschlingen. Dann entdeckt er selbst unter den Rafiq verkleidete Mongolen. Er läßt sie als Söhne des Sheitans gräßlich foltern und bei lebendigem Leib verbrennen. Doch wenn ihn die Raserei so richtig packt, genügt ihm auch das nicht mehr. Es drängt ihn, Verdächtige mit eigenen Händen zu erwürgen, Getreuen, die nicht gestehen, mit seinem Schandglied den Arsch aufzureißen. Und geradezu mit Besessenheit sinnt er Tag und Nacht darauf, wie er die Mongolen bis aufs Blut reizen könnte, und mit eurer Rückkehr geht die böse Saat auf, von der er meint, er habe sie gesät.«

»Was haben wir damit zu schaffen«, empörte ich mich, »wenn der Wahnsinnige mit dem Feuer spielt! Er sollte wissen, daß es Mongolen gibt, die nur auf einen triftigen Anlaß warten, um sich auf Alamut zu stürzen.«

Ibrahim erwiderte traurig: »Und ihr habt ihn nun geliefert.«

So hatte ich unsere Rückkehr bislang nicht betrachtet. »Und warum schafft ihr euch den Verblendeten nicht vom Hals?«

»Pscht –«, der Ingenieur legte den Finger auf die Lippen, »– hier bestehen die Wände aus erzenen Ohren, du bist der Engel mit dem Flammenschwert, der Würgeengel, der niedergefahren ist, uns zu vernichten!«

Hatte der Wahn auch schon meinen alten Freund gepackt? Ich war erschrocken ob des entsetzlichen Bildes – Sodom und Gomorrah! –, das sich vor mir auftat.

»Wir sind gekommen, den Frieden zu bringen«, verteidigte ich mich schwach. »Außerdem ist das Königliche Paar nicht heimgekehrt, sondern Alamut hat uns im wahrsten Sinne des Wortes aufgefischt und hergebracht. Wir sind auf der Stelle bereit, die Rose wieder zu verlassen, wenn das Unglück damit abgewendet wird. Doch das glaube ich nicht!« setzte ich noch hinzu.

»Ich auch nicht – nicht mehr«, seufzte Zev. »Das Gesetz der Natur bestimmt die Zeit der Blüte, die Zeit der Reife und die des Vergehens, die in Metamorphose entweder den Keim neuen Lebens hervorbringt oder aber den endgültigen Verfall. In der Rose stinkt es nach Fäulnis und Verderbtheit, die das Ende ankündigen wie kreisende Geier den Tod des siechen Tieres.«

»Und Khurshah?« unterbrach ich ihn – ein verzweifelter Versuch, das Thema zu wechseln.

Zev leerte seinen Becher schneller als früher, und seine Hand zitterte leicht. »Was macht das Kalb?« scherzte ich gequält.

»Sein Vater prügelt auch noch den letzten Verstand aus ihm heraus, er züchtigt ihn fast täglich. Der Knabe ist bald zwanzig und wird behandelt wie ein aussätziger, grindiger Köter –«

»Und warum?«

»Weil Khurshah, dickschädelig, wie er ist, nicht aufhört, jedesmal, wenn er zum Imam gerufen wird, der Versöhnung mit dem Großkhan das Wort zu reden. Schon zweimal wollte der arme Kerl fliehen, um Möngke in Karakorum zu huldigen. Sein Vater hat ihn halb totgeschlagen und neue Fida'i losgehetzt, den Großkhan endlich zu zerfetzen. Dabei sind die ersten vierzig noch nicht einmal zurückgekehrt.«

»Werden sie auch nicht«, sagte ich trocken, und ich erzählte ihm von dem tapferen Ende der Fida'i in Samarkand bis hin zur Verbannung meines Freundes Omar alles – nur meine unrühmliche Rolle verschwieg ich. »Auch Crean wird nicht wiederkehren«, fügte ich hinzu, weil ich nicht sicher war, ob Yeza ihre Freundin Pola vom Opfertod ihres Vaters unterrichten würde. »Ihm hat die Rose zu verdanken, daß wir noch leben und hier sind.«

»Ach«, bemerkte Zev Ibrahim nur, »das freut mich für ihn. Crean hat im Grunde seines Herzens immer nur den Tod gesucht. Nur deswegen weilte er unter den Fida'i. So war es ihm endlich vergönnt, durch die Pforte zu schreiten. Der Glückliche!«

Zweite Dekade des Oktober 1255
 Zev baut an einem Gestell, das der Imam bestellt hat, um das Kalb, seinen einzigen Sohn, genüßlicher und wirkungsvoller züchtigen zu können. Es soll ein Bock auf vier Rädern werden, auf dem Khurshah, bäuchlings geschnallt, wehrlos Arsch und Rücken darbieten muß. Oberschenkel und Arme werden so an den vier Holzbeinen festgeschnallt, daß er sein Zuchtgefährt mit den Füßen noch vorwärts bewegen kann, in der vergeblichen Hoffnung, rollend den Peitschenschlägen zu entkommen. Da jemand, wahrscheinlich der böse Hasan, dem Imam gesteckt hatte, Khurshah werde von allen nur *'ai jil*, das Kalb, genannt, ist sein grausamer Erzeuger auf die Idee verfallen, den Körper seines Opfers mit einem Kalbsfell zu bespannen. Ich hoffe im stillen, daß es nicht mein vorlautes Mundwerk war, das diese Bezeichnung in die Welt gesetzt hat.

»Das Fell nimmt dem Imam die letzten Hemmungen«, klärte mich Zev auf, »und erspart ihm den Anblick des Blutes.«

»Er kann so auch länger prügeln«, fügte ich sachverständig hinzu, »weil das Fleisch nicht gleich aufplatzt.« Dann erklärte ich aus plötzlichem Entschluß: »Ich werde mitkommen und den Imam zur Rede stellen.«

Weder ich noch Yeza hatten den Imam seit unserer Rückkehr zu Gesicht bekommen, was mich zunehmend verwunderte, denn früher hatte er uns täglich um sich haben wollen, bei jedem Festmahl und jeder Hinrichtung.

»Tu das nicht«, sagte Zev erschrocken, »er hält euch für mongolische Spione, denn weder Hasan noch Khurshah haben ihm die Ereignisse am Brunnen von Iskander wahrheitsgemäß dargestellt. Für ihn habt ihr die Rose verraten und seid zu den Mongolen übergelaufen –«

»Hach«, unterbrach ich ihn, »und das Kalb ist beim Versuch, uns aus ihren Klauen zu retten, in die Hände der bösen Tataren gefallen?«

»Nein«, entgegnete mein Freund lachend, »das nun doch nicht! Das war für den Imam der erste Versuch seines Sohnes, ihm in den Rücken zu fallen. Er glaubt, Khurshah habe sich so dämlich angestellt, daß die Mongolen ihm nicht erlauben wollten, sie bis Karakorum zu begleiten, wo er dem Großkhan huldigen wollte. Dafür bekam Khurshah eine Woche lang nichts als Prügel!«
»Dämlich war es sicher«, mußte ich zugeben, »und doch tut er mir leid. Und welche Rolle spielt Hasan?«
Zev unterbrach sein Gehämmere an dem trojanischen Kalb und nahm einen kräftigen Schluck, bevor er auch mir nachschenkte.
»Dem Emir Hasan Mazandari ist wohl daran gelegen, einerseits den offen ausgebrochenen Irrsinn unseres Imams Muhammad III. zu schüren, andererseits den Erben Khurshah in seinem Dämmerzustand zu belassen. Denn das verleiht ihm uneingeschränkte Macht in der Rose. Dazu hat er sich noch mit Madame Pola zusammengetan und sich auch – ich weiß nicht, wie – des Segens der keuschen Oberpriesterin versichert, so daß er tatsächlich alle Fäden in der Hand hält – bis auf meine Ketten, Röhren und Gestänge. Davon versteht er nichts. Also läßt er mich in Ruhe.« Zev nahm noch einen Schluck, sein Becher war schon wieder leer.

Ich dachte, nach Kasda frage ich ihn lieber nicht, denn ich wußte ja, daß es eine geheime Verbindung gegeben hatte; schließlich hatte ich selbst einmal den Weg der Kugel durch die Adern und Rippen bis hinauf ins Allerheiligste genommen. So erkundigte ich mich nur nach Herlin, den wir auch noch nicht gesehen hatten, seit wir wieder in der Rose weilten. Schließlich war er Yeza ganz besonders zugetan gewesen, die ihn ihren »Meister« nannte und in seiner Bibliothek wie zu Hause war. Allerdings war uns jetzt der einfache Zugang vom Wespennest aus verwehrt, doch wie ich Yeza einschätzte, würde sie Pola schon überreden, ihr den anderen Weg zu zeigen – wenn sie ihn nicht schon kannte.

»Der alte Herlin ist verrückt geworden«, berichtete mir Zev mit schwerer Zunge. »Man hat ihn mehrfach nackt durch das ›Paradies‹ laufen sehen, wo er den Huris nachstellte, die mit ihm ihren Schabernack trieben. Der Imam hat geschworen, ihn kastrieren zu lassen, sollte er ihn auf frischer Tat erwischen. Es heißt, der Herrscher habe sich mehrere Tage und Nächte höchstpersönlich auf die Lauer gelegt, denn es ist ja schließlich sein Hühnerhof.« Zev hatte schon ziemlich viel getrunken, wahrscheinlich ließ sich das Leben in der Rose nur noch im Rausch ertragen.»Doch Hasan hat vorgebeugt und dem alten Fuchs die Schlupflöcher vermauert, die man hinter Schränken mit vergilbten Folianten fand. Jetzt taucht der arme Bücherwurm nur noch gelegentlich an einem der kleinen Fenster auf, die zum ›Paradies‹ hinausgehen, und zeigt den belustigten Huris sein Gehänge. Ansonsten verläßt er das ›Gewölbe des Ausgleichs‹ nicht mehr. Frau Pola hört ihn noch manchmal in der *magharat at-tanabuat al mashkuk biha*, der ›Höhle der apokryphen Prophezeiungen‹, rumoren, die ›Grotte der letzten Offenbarungen‹ hat er sicher längst vergessen!«

Zev goß sich den restlichen Wein gleich aus dem Krug in die Kehle und bekleckerte sich, ohne es zu bemerken. Wir fuhren in verschiedenen Körben hinauf in den Palast. Ich überredete den betrunkenen Zev, mich probeweise unter das Kalbsfell zu lassen, freilich ohne daß er mich anschnallte. So wollte ich dem Imam überraschend gegenübertreten.

Die Wachen brachten den Khurshah, der an Händen und Füßen gefesselt war. Das Kalb glotzte mich erschrocken an, als ich unter der Tierhaut hervorlugte. Seine Augen waren glasig, als habe er vor der anstehenden Exekution drei Tagesrationen auf einmal *hashash*. Doch dann erkannte er mich, und langsam dämmerte ihm auch mein Vorhaben. Ängstlich lallte er:»Tu das nicht, der schlägt dich tot!«

Ich lachte und wies die verunsicherten Wachen an, mich in den Audienzsaal zu rollen. Durch die Augenlöcher des Kuhkopfs spähend, sah ich den Imam auf seinem Thron sitzen, die Nilpferdpeitsche schon in Händen. Als er sein Opfer erblickte, kam ein irres Flackern in seine Augen, und über sein gerötetes, stark aufgedunsenes Gesicht lief ein höhnisches Grinsen. »Komm her!« befahl er und begann, die Stufen federnd herabzuschreiten, soweit ihm sein Gewicht das erlaubte.

Ich war in der Mitte des Raumes stehengeblieben, täuschte einen schüchternen Fluchtversuch vor, zog feige einen Halbkreis und – er war unten angelangt und entrollte genüßlich seine Peitsche – raste plötzlich los, genau auf ihn zu, so daß er sich nur durch einen Sprung auf die unterste Stufe retten konnte. Er kam nicht einmal dazu, den Arm zum Schlag zu erheben. Außerdem ist ein *saut farras bahri* auf kurze Distanz völlig wirkungslos, und ich war so dicht an ihm vorbeigefegt, daß ich den Stoff seines prunkvollen Umhangs gestreift hatte. Ich wendete verlangsamend, ihm aber immer noch mein Hinterteil entgegenreckend, und stand dann in seiner Flanke. Er konnte der Verlockung nicht widerstehen und begab sich zornrot geschwollen um ein anderes Mal in meine Arena. Ich, das Kalb, floh. Ich lockte ihn weg von der Treppe in die Mitte des Raumes, versteckte mich furchtsam hinter einer Säule, und er tapste hinter mir her. Da schoß ich plötzlich wieder hervor, fast in seinem Rücken, geradewegs auf ihn zu. Erschreckt wich er zurück und stieß gegen das Holzgeländer eines der runden Durchblicke in die Tiefe des Kessels. Er mußte die Gefahr erkannt haben, denn jähes Entsetzen zeichnete seine Züge, bevor er grinsend die Peitsche sinken ließ. Wäre ich in dem Augenblick vorwärts gestürmt, hätte die Wucht seines Aufpralls das Geländer zerstört und er wäre rücklings in den Abgrund gestürzt. Ich unternahm den Ansatz einer solchen Attacke, blieb aber in sicherer Entfernung vor ihm stehen wie der Stier vor dem roten Tuch, richtete mich auf und warf die Tierhaut ab.

»Seid gegrüßt, erhabener Imam«, sagte ich heiter, »dieses Spiel Eurer reichen Erfindungsgabe bereitet mir großes Vergnügen, nur solltet Ihr den Part des Stieres übernehmen, anstatt den eines Priesters.«

Der Imam lachte dröhnend und so falsch, daß es eine Freude war. »Roç, göttlicher Knabe«, hob er an und schritt auf mich zu, um mich zu begrüßen. Ich hatte keine Angst vor ihm, denn ich wußte, wo er seinen Dolch versteckt hatte: im linken Ärmel. Deshalb ergriff ich seine Linke und gestattete ihm, mich an seine Brust zu pressen, während er fortfuhr: »Lange haben wir auf das Königliche Paar warten müssen, dem wir nicht vergessen haben, daß es sich für unseren Erben und Nachfolger aufgeopfert hat.« Er ließ mich los, und ich sah den Dolch in seiner rechten Hand aufblitzen, bevor er ihn im weiten

Ärmel verschwinden ließ. Er legte väterlich den Arm um mich wie ein alter Freund. »Wir verstehen, daß Ihr uns mit dem Entzug Eurer Gunst strafen mußtet und deswegen bis heute nicht im Palast erschienen seid, wo wir Eurer – seit Eurer Rückkehr harrten.«

»Das wird jetzt anders werden«, tröstete ich ihn für diese unverschämte Verlogenheit.

»Sicher«, sagte er, klopfte mir auf die Schulter und geleitete mich persönlich bis zur Tür des Audienzsaals. »Wachen!« rief er dort ganz freundlich. »Werft unseren Freund in den Kerker!« Sein Blick fiel auf den gefesselten Khurshah. »Und schickt endlich das Kalb herein, damit es heute doppelt bekommt, was es verdient!« Er rollte seine Nilpferdpeitsche auf und winkte mir noch zu, als ich abgeführt wurde.

Mein Kerker liegt im Keller, im Reich Plutos, gleich neben der Werkstätte meines ›Zev auf Rädern‹. Die einzigen Schlüssel dazu aber hat Hasan – meint er. Zev versorgt mich auch mit Pergament und Tinte, damit mir die Zeit bis zu meiner ›Bestrafung‹ nicht zu lang wird. Er hat mir versprochen, Yeza zu benachrichtigen, damit sie sich keine Sorgen macht.

L. S.

Aus Yezas geheimer Chronik

Ich fand meine Freundin Pola sehr verändert, sie ist herrischer geworden, und unsere zärtliche Vertrautheit früherer Tage ist verflogen. Sie interessierte sich kaum dafür, daß ich nun auch eine liebende Frau geworden bin mit allen Problemen und Fragen, die sich daraus ergeben und für die ich mir ihren Rat und ihren Zuspruch erhofft hatte. Meine alte Lehrmeisterin scheint mir mein junges Glück zu neiden und ist immer kurz angebunden, wenn ich auf meine Liebe zu Roç zu sprechen komme. Für Männer hat sie nur noch bitteren Spott übrig, und für die ihr unterstellten Huris des ›Paradieses‹ nicht einmal den, so tief verachtet sie die Mädchen.

»Die Rose steht schon zu lange im Wasser, mit dem der geniale Zev Ibrahim sie einst bewässerte. Es ist zur abgestandenen Kloake geworden, die Rose zur übelriechenden Sumpfdotter und Zev zum Säufer –«

»Und der alte Herlin, mein Meister?« fragte ich ahnungslos.

Da wurde sie fuchsteufelswild, aber auch gesprächig. »Weil ich mich des Morgens seines nur vom Harndrang aufgerichteten Greisenphallus nicht mehr gebührend annahm«, fauchte Pola, damit ihr früheres Verhältnis zu meinem lieben Meister schamlos offenlegend, »meinte er sich als Amor, schlimmer noch, als Gartengott der Liebe aufspielen zu müssen, der im ›Paradies‹ die dummen Gänse zu erschrecken sucht. Herlin übersieht nur, daß ihm die wichtigste Gabe des Priapos abgeht«, höhnte sie, daß ich mich für meinen Meister in die Bresche warf. Wozu hatte er mich die griechischen Dichter lesen lassen und sie mir geduldig erklärt?

»Selten hat ein Bibliothekar solch hohes Wissen«, widersprach ich ihr keck, »ein Sohn der Venus und des Bacchus, ich würde ihn gern wiedersehen –«

»Wen«, spottete Pola, »den Alten oder sein Gehänge?« Als sie mein ob des zotigen Tons verärgertes Gesicht sah, ich weiß um die ›stauferische‹ Zornesfalte, die dann auf meiner Stirn erscheint, lachte sie und umarmte mich wie in alten Tagen.

»Ich bin so grimmig«, vertraute sie mir an, »weil ich den Verfall nicht ertrage, nicht meinen eigenen und nicht den der anderen. Ich hätte unseren guten Herlin gern so in Erinnerung behalten wie in den sonnigen Tagen der Rosenblüte, als er mein Herz mit Gedichten erfreute und das Gärtchen des kleinen Mädchens, das der Imam, sein Besitzer, brutal verwüstete, mit Zärtlichkeit und Erfahrung heimlich wiederherrichtete. Dafür liebte ich Herlin lange Zeit, doch nun kann ich nicht mehr. Ich bin müde«, klagte sie leise mit gebrochener Stimme, »ich bin es leid, als *al muchtara* wie eine alte Krähe durchs Land zu fliegen, um einem Wahnsinnigen, Unersättlichen die Eier aus den Nestern zu holen, damit er sie aufschlagen, gierig ausschlürfen und grausam wegwerfen kann. Das ›Paradies‹ ist bedeckt von Eierschalen ungeborener Schwäne, von Nachtigallen, die nie gesungen haben, von Lerchen, die nie emporsteigen konnten. Ohne eigene Schuld schnattern und fressen dort dumme Gänse – bis sie geschlachtet werden!« Pola barg ihr Gesicht in den Händen. Sie ist alt geworden, dachte ich.

Sie weinte. Zwischen ihren hageren Fingern löste sich die rußschwarze Paste, mit denen sie die Falten unter ihren einst so schönen Augen verbarg. Ich nahm sie in meine Arme. Mir war auch traurig zumute. Was war nur aus der herrlichen Rose geworden? Pola blickte auf. Auch ich hatte Schritte gehört.

»Versteck dich!« zischte sie in einer Mischung aus Ärger und Furcht. »Ich hasse den Emir«, vertraute sie mir an, als ob sie sich des Besuches schämen müßte, »aber ich muß ihm zu Willen sein. Er hat die Macht –«

Sie sprach nicht weiter, weil sie mich hastig in ein als Schrank getarntes Gemach geschoben hatte, gleich hinter ihrer üppigen Lagerstätte.

Ich sah mich um. Es war eine Kleiderkammer, deren Existenz sie mir bisher verschwiegen hatte. Der kleine Raum war angefüllt mit Kisten und Truhen voller kostbarer Roben, verführerischer Gewänder und teuren Schmucks. Dann entdeckte ich die armdicke Stange. Sie führte von einem Loch in der Decke durch den Raum und verließ ihn durch eine blaue Kiste auch wieder. Der Durchlaß war groß genug, um einen Mann hindurchzulassen. Woher die Rutschstange kam, war mir unklar – mein Roç hätte es sofort gewußt! Aber unter uns befand sich die Bibliothek des Magisters Herlin, die *qubbat al musawa*, da war ich mir ganz sicher.

Bevor ich dort hinunterrutschte, wollte ich hören, was Hasan zu sagen hatte. Deshalb schlich ich mich an die Schrankwand und spähte durch eine Ritze im Holz. Da stand der Emir und war völlig nackt. Ich rieb mir die Augen, doch das änderte nichts, nur daß er nun auf allen vieren auf dem Boden vor das Bett kroch, auf dem Pola halb saß, halb lag, die Knie angewinkelt ihm zugewandt. Ich konnte mir vorstellen, welchen Einblick sie ihm bot. Der Emir kam näher, in seinem Mund apportierte er eine Peitsche – ganz wie ein folgsamer Hund – und legte sie Pola zu Füßen.

»Du weißt, Herrin, ich kann dich zur Herrscherin an meiner Seite erheben –«

Kaum hatte er das ausgesprochen, klatschte schon der erste Schlag auf seinen Rücken, ohne daß Pola sich dazu erhoben hätte.

Hasan stöhnte und fuhr fort: »Ich ertrage den Imam nicht länger, ich will seinen Tod!«

Dafür bekam er einen weiteren Hieb, den er, so schien es mir, freudig einsteckte, oder Pola hieb etwas lustlos zu; vielleicht schämte sie sich ja meiner Zeugenschaft.

»Ich bin auch nicht bereit«, fuhr er in seiner Beichte fort, »das Kalb mit göttlicher Macht als Imam gekränzt zu sehen, auch Khurshah muß sterben –«

Er erwartete die nächste Züchtigung, doch Pola änderte ihren Sinn. »Du willst mich nicht zur Herrscherin erheben, sondern zur Mitwisserin, zur Handlangerin deiner schmutzigen Umsturzpläne erniedrigen!« Mit plötzlicher Wut peitschte sie auf den Emir ein. »Einmal an der Macht, wirst du dir Huris als Konkubinen suchen. Huris! Huris! Huris!« Jedesmal knallte ein Hieb auf Hasans Rücken. »Die dicke Laila? Aziza, die Bergziege? Oder«, sie hielt erschöpft inne, »gelüstet es dich nach Kasda, meiner keuschen Schwester?«

Diesmal schlug sie nicht zu, denn der Emir war aufgestanden und funkelte sie haßerfüllt an. »Du hast gar nicht so unrecht, *al muchtara*, die Priesterin ist zweifellos besser zur Herrscherin an meiner Seite geeignet.«

Damit stand Hasan auf, trat zurück und zog sich an. Pola war zusammengesunken auf ihrem Lager hocken geblieben. In die böse Stille hinein knackte die Schrankwand, ich hatte mich wohl zu sehr dagegen gelehnt.

Ich sah, daß der Blick des Emirs über Pola hinweg durch die Ritze auf mein Auge fiel. Er griff nach seinem schweren Prunkdolch und kam auf mich zu. Rasch sprang ich zurück und versuchte, die blaue Kiste zu öffnen, in der die rettende Stange nach unten zu Herlin führen mußte. Sie war verschlossen. Die Holzwand öffnete sich, ich griff nach meinem Dolch im Haar, und schon stand der Emir in dem Gemach und lachte mir ins Gesicht.

»Welch hübsche Haarnadel, Prinzessin Yeza«, sagte er freundlich und streckte seine Hand aus. Er hatte einen solch stechenden Blick, daß sich meine verkrampfte Faust löste und ich ihm willenlos meine Waffe überließ. Er betrachtete sie eingehend, dann sagte er aus heiterem Himmel: »Ich tausche sie Euch ein.« Mit geschicktem Griff löste er einen kostbaren Prunkdolch von seinem Gürtel. Er zog ihn aus der Scheide; es war ein Dreikant, ein geschliffenes, elegant gekrümmtes Stilett. Dann ließ er die todbringende Klinge zurückgleiten und einen Mechanismus am Knauf aufspringen, der plötzlich eine scharfe Axt freilegte – nicht minder furchtbar als Waffe, wenn man die Scheide mit dem stählernen Rückgrat als Stiel benutzte. Er klappte die Axt befriedigt wieder ein und reichte mir das Mordinstrument. »Nehmt das dafür!«

Das war kein Angebot, sondern ein abgeschlossenes Geschäft. Ich war in seiner Hand, auch wenn mir sein ›Geschenk‹ wie Feuer in der meinen brannte. Ich nickte, mußte nicken, obgleich ich an dem kleinen Dolch aus meinem Haar hing, hatte er mich doch durch viele Gefahren treu begleitet.

Hasan verließ die Kleiderkammer, ohne sich zu verabschieden. Ein Riegel knarrte, ein Schlüssel schepperte im Schloß. Ich war gefangen. Durch den Spalt konnte ich noch beobachten, wie er Pola aus ihrem Schlafzimmer führte.

Welches Spiel spielte meine alte Freundin?

Die Axt des Hasan benutzte ich als erstes dazu, die Kiste aufzubrechen, in der die armdicke Stange verschwand, die nach unten führen mußte. Doch als ich sie geöffnet hatte, sah ich, daß das mannsgroße Loch zugemauert war. Die Stange war zu glatt, um an ihr hinaufzuklettern, aber mit der Axt konnte ich Kerben hineinschlagen – oder auch die Schrankwand in Trümmer legen, sollte es darauf ankommen. Aber noch fühlte ich mich gut aufgehoben. Hatte Hasan genau das beabsichtigt? Eigentlich machte der Tausch sonst keinen Sinn. Keine übereilten Schritte, Yeza, sagte ich mir und begann, in aller Ruhe den Inhalt der Kammer zu untersuchen. Die kostbaren Roben hatten es mir angetan. Ich beschloß, sie anzuprobieren.

L. S.

Pola und der Emir Hasan standen im Freien auf den Zinnen, der einzige Ort in Alamut, an dem es sich reden ließ, ohne daß jemand mithörte.

»Ich mußte mich so töricht verhalten, Liebster«, sagte Pola und schmiegte sich an ihn, »es war mir peinlich, und ich wollte –«

»Lassen wir das«, sagte der Emir schroff, »dem Imam sind schreckliche Gelüste aufgestiegen, seit ihm Roç in der Tierhaut begegnet ist. Er stellt sich nun den nackten Arsch des Knaben unter dem Fell vor und will ihn nicht mehr mit der Peitsche züchtigen, sondern sich mit seinem eigenen Prügel an ihm vergehen –«

»Was ihm bei seinem Sohn verwehrt ist.«

»Und wohl auch nicht reizt«, meinte der Emir. »Damit ergibt sich die Möglichkeit, unserem verehrten Imam einen tödlichen Skorpion unter die Decke der Lust zu schieben, denn wie ich Roç einschätze, wird er sich gegen diese Erniedrigung wehren. So wird uns erwiesene Notwehr den Mord ersparen.«

Pola war erschrocken. »Und was wird dann aus Roç?«

»Über ihn Gericht zu sitzen«, erwiderte Hasan, »wird die erste und letzte Amtshandlung Khurshahs sein, bevor Yeza das Kalb aus Rache umbringt.«

»Du bist furchtbar, Hasan«, entrang sich Pola mit einem Stöhnen, aus dem er Bewunderung herauslesen mochte. »Und was geschieht mit Yeza?«

»Das fällt dann schon unter unsere Herrschaft; ich fälle den Schuldspruch, du begnadigst sie – oder auch nicht.«

Pola schwieg lange und schaute hinab von den Zinnen. Herrscherin der Rose? Welk und vergiftet waren alle, die darin wirkten, ob Diener oder Herr – alle waren dem Untergang geweiht. Da war es sicher erhebender, als Königin auf dem Thron das Ende zu erleben, als unten im Kessel zu verrecken. Auch Fäulnis hat ihre Reize, dachte Pola und lachte schrill. »Ich habe immer geglaubt«, erinnerte sie Hasan mit heiserer Stimme, »du wolltest Yeza dem Khurshah als Mutter des zukünftigen Imams zuführen, damit der Stamm der Ismaeliten fortbesteht?«

»Wenn die beiden, statt sich umzubringen, erst noch für die Fortführung der Linie sorgen wollen, ist mir das noch lieber. Das Stierkalb kann nach erfolgter Besamung geschlachtet werden, du rettest deiner Freundin Yeza das Leben – zumindest für die Zeit der Schwangerschaft, der Niederkunft und des Stillens. Danach ...«

»Du hast recht, Liebster«, flüsterte Pola, »mit dem unmündigen Kind-Imam regiert es sich leichter, wenn keine natürliche Mutter stört.« Sie lachte ihn an, eine verständige Komplizin, und entschwand leichtfüßig.

Hasan blickte ihr sinnend nach, dann glitt sein Blick hinauf zum schlanken Minarett, zum Observatorium von Alamut. Unter der Sichel des Silbermondes erkannte er die Silhouette der Priesterin. Kasda schaute zu ihm herab, sie hatte ihn wohl mit Pola gesehen. Der Emir verneigte sich und betrat energischen Schrittes den Kessel.

Er rief einige ihm blind ergebene Fida'i zu sich und befahl ihnen, Roç in seinem Gefängnis unten im Keller nackt auf die *hamalat at-tariba* zu schnallen, mit der Tierhaut zu bedecken und in den Palast hinaufzuschaffen. Doch schneller, als seine Leute den Befehl ausführen konnten, war die Nachricht von der bevorstehenden Art der Züchtigung schon bei Zev Ibrahim eingetroffen. Er rollte den Bock vor die Gittertür des Verlieses.

»Paß auf, mein Prinz«, erklärte er dem Häftling, »diesmal werden deine Schenkel und Arme von eisernen Klammern festgehalten, und Hasan wird ihren strammen Sitz kontrollieren. Aber wenn du mit den Händen auf diese Stelle in den Vorderbeinen des Bocks drückst –«, er zeigte es ihm, »dann springen die hinteren Klammern auf, die deine Oberschenkel spreizen, und du kannst laufen – oder nach hinten austreten.«

Roç sah, wie die beiden Halbschalen schlagartig auseinanderklafften, und nickte wohlgemut.

»Wenn du dagegen mit den freien Füßen gegen diese Querstange zwischen den Hinterbeinen trittst, dann öffnen sich vorne die Armschließen. Ich hoffe, daß der Emir den über Kreuz führenden Mechanismus übersieht und du dich deiner Haut erwehren kannst.«

»Du meinst, der Unversehrtheit meines Hinterns!« erwiderte Roç spöttisch, doch da traten Hasans Leute schon in den Keller.

Pola war in ihre Gemächer zurückgeeilt. Sie rief Yeza an die verschlossene Schrankwand und sprach mit ihr hastig durch die Ritze: »In der Ecke steht eine grüne Truhe voller Kleider. Mach sie leer und steig hinein! Wenn du den Deckel über dir schließt, öffnet sich unten der Boden, und du kannst einen Gang entlangkriechen, der dich in die Bibliothek bringt. Von da aus mußt du dir selber weiterhelfen –«

»Und wenn er sich nicht öffnet«, entgegnete Yeza mißtrauisch, »dann sitz' ich in der Falle, und dein Hasan kann mich wehrlos hintragen lassen, wohin es ihm beliebt.« Sie wandte sich ab von der verräterischen Freundin und rief: »Nein, ich denke gar nicht daran zu fliehen!«

Pola schlug mit den Fäusten an die Schranktür. »Es handelt sich nicht um deine Flucht, Yeza!« fauchte sie wütend. »Roç ist in Gefahr! Du mußt ihn retten! Nimm Hasans Waffe, die *balta ua chanjar*, mit, denn du mußt dem wahnsinnigen Imam in den Arm fallen. Rasch, lauf in den Palast!« Sie spähte durch den Spalt. »Such ihn! Finde ihn! Töte ihn!« zischte sie, und erst als sie sah, daß Yeza sich zu der Truhe begab, atmete sie auf und verließ ihr Schlafzimmer.

Hasan hatte Roçs Fesseln auf dem ›Bock der Züchtigung‹ eingehend begutachtet. Er warf Khurshah einen fragenden Blick zu. Der nickte dumpf, und Hasan breitete das Kalbsfell wieder über den bäuchlings festgeschnallten, muskulösen Körper und gab den Wachen ein Zeichen, das Opfer in das Gemach des Imams zu rollen. Beide beobachteten, wie die nackten Füße des Knaben sich gegen sein Schicksal zu stemmen schienen, aber der Bock wurde unerbittlich vorwärts gestoßen.

Hasan sorgte bewußt dafür, daß Khurshah während der bevorstehenden Ereignisse neben ihm weilte, um später bezeugen zu können, daß er, Hasan, nicht eingegriffen hatte. Was auch immer geschehen sollte, es geschah auf Wunsch und genauester Anordnung des Herrschers.

Yeza hatte die kostbaren Gewänder auf den Boden der Kleiderkammer geworfen, seidene Tuniken, perlenbestickte Westen und brokatene Umhänge, Roben einer zukünftigen Herrscherin, dachte sie voller Ingrimm. Sie klopfte mit dem Knöchel auf den samtbespannten Boden der leeren Truhe. Es klang hohl. Da nahm Yeza ihren Mut zusammen, setzte sich hinein, zog den Kopf ein und ließ den gewölbten Deckel fallen. Schon fiel auch sie, nicht tief, aber hart. Dort unten war tatsächlich ein Gang, mehr eine gemauerte Röhre, und Yeza kroch hinein. Die Falltür hatte sich sofort wieder geschlossen. Dann fiel ihr ein, daß sie in der Eile die Stichaxt in der Kleiderkammer vergessen hatte. Jetzt noch einmal umdrehen? Nein! Es mußte möglich sein, Roç auch ohne diese mörderische *balta ua chanjar* zu retten. Aber sie ärgerte sich doch, während sie sich auf allen vieren vorwärts schob, daß sie ihren eigenen kleinen Dolch nicht mehr bei sich trug.

Das Schlafgemach des Herrschers aller Ismaeliten Imam Muhammad III. wies als Mittelpunkt ein breites Ruhebett auf. Vier Alabastersäulen trugen den Baldachin. Auf einer *tarabeza* aus Messing lag Yezas Dolch. Roç erspähte ihn sofort, und die Frage, wie er dorthin gekommen sein mochte, peinigte ihn. Sollte Yeza schon vor ihm Opfer dieses Wahnsinnigen geworden sein? Angst und kalte Wut stiegen in ihm auf, er mußte sich zwingen, an seine Lage zu denken.
  Der Imam trug einen weiten Umhang aus violettem Damast und darunter – nichts! Roç hatte viel über das gewaltige Genital des Herrschers raunen hören, doch als der Mantel jetzt klaffte, erschrak er heftig. Es hätte jedem Hengst zur Ehre gereicht! Noch hing es, und er mochte sich nicht vorstellen, wie es sich zur vollen Größe aufrichtete. Darauf jedoch wollte der Imam sich nicht verlassen. In der Hand hielt er einen Stab, der auf den ersten Blick wie ein Zepter wirkte. Bei näherem Hinsehen entpuppte es sich als eine lange Gabel mit einem Zinken, der zum Haken gebogen war. Damit konnte der Imam sich sein Opfer vom Leibe halten, sollte es sich wieder so angriffslustig zeigen, es auch häßlich in die Weichteile stechen oder zu sich heranholen. Dazu mußte er den Haken nur um eines der hinteren Holzbeine des Bockes führen oder ihn direkt in das Fleisch seines Begehrens rammen.

Der Herrscher stand so, daß sein Bett sich zwischen ihm und Roç befand, als der in das Zimmer gestoßen und die Tür hinter ihm verschlossen wurde. Sie belauerten sich. Roç hatte seine Arme schon im Eingang freigetreten, was er jedoch geschickt verbarg. Doch sosehr er auch mit den Händen auf den vorderen Mechanismus drückte, seine gespreizten Schenkel blieben eisern im Griff der handbreiten Schließen. Trippelnd rollte er sein Gefährt so, daß er den Unhold im Auge behielt. Der Imam fand Gefallen an dem Spiel zwischen den Bettpfosten, zumal er die eingeschränkte Bewegungsfreiheit seines Opfers bemerkt hatte. Der harte kleine Hintern unter dem Tierfell stachelte seine Begierde an. Er täuschte einen Ausfall nach links vor, Roç wendete zur entgegengesetzten Seite, doch der Imam war nach rechts gesprungen. Vorbeisausen konnte Roç diesmal nicht, also riß er die *hamala* herum und floh um die Säule zurück, doch bald hörte er das Keuchen seines dicht aufgerückten Verfolgers hinter sich, und er spürte einen Stich ins Gesäß. Mit beiden Füßen bremste er ruckartig ab; der Imam lief unvorbereitet auf und stieß sich seinen Pferdephallus schmerzhaft an den Eisenringen. Er heulte auf vor Wut, was Roç benützte, sich mit aller Gewalt um die eigene Achse zu drehen, so daß er seinen Peiniger wieder vor sich hatte. Der Imam versuchte zornig, mit dem Stab auf ihn einzuschlagen, aber darauf hatte Roç nur gewartet. Er warf die Hände vor, griff in den Enterhaken und hielt ihn fest. Der Herrscher zerrte am anderen Ende. Beide trachteten danach, dem anderen die einzige Waffe aus der Hand zu ringen. Da fiel Roç Yezas Dolch auf der *tarabeza* ein, der plötzlich in seine Reichweite gerückt war, doch sein Blick war dem Imam nicht entgangen. Er war schneller, packte den Dolch, schnellte vor und zog Roç die Klinge über den Handrücken. Roç spürte den Schmerz nicht; er dachte nur daran, daß der andere mit einer Hand den Enterhaken nicht lange festhalten konnte; und riß ihn an sich, dann erst sah er das Blut. Er schlug dem Imam den Dolch aus der Hand, die Waffe flog auf das Bett. Da er sie mit seinen Händen nicht erreichen konnte, versuchte Roç, sie mit dem Haken aus der Reichweite des Gegners zu befördern. Aber mit einer Behendigkeit, die er ihm nicht zugetraut hatte, glitt der schwere Mann um den Pfosten herum und sprang mit voller Wucht auf den Stiel, daß es Roç das brechende Holz aus der Hand schlug. Der Knabe stöhnte vor Schmerz, der Alte lachte grob und legte beide Hände an das Hinterteil des Bocks und schleuderte ihn, die Stirnseite voraus, gegen das Bett, womit Roç jede Möglichkeit zur Flucht genommen war. Immer noch lachend, keuchend vor Anstrengung und zitternd vor Erregung, zerrte der Imam die Felldecke weg.

In dem Augenblick trat Yeza aus der Wand. Der Imam starrte sie an wie eine Erscheinung.

Yeza sah ihren geliebten Dolch vor sich auf dem Boden liegen und bückte sich danach. Der Imam ließ von Roç ab und kam drohend über das Bett auf sie zu. Sie starrte auf sein Gemächte, das sich vor ihren Augen aus dem Mantel schob. Sie schleuderte ihm ihren Dolch entgegen. Zu früh – die Klinge streifte nicht einmal seinen Hals, sondern blieb zitternd in der Täfelung stecken. Der Herrscher ließ seinen Mantel fallen, aber nur, um ihn über Yeza zu stülpen, wie der Vogler sein Netz über die Beute wirft. Ehe sie sich befreien konnte, versetzte er der verhüllten Gestalt einen Fausthieb, daß sie unter dem Damast zusammenbrach. Roç war mit verzweifelten, kurzen Schüben herbeigeeilt, nur um sich dem nackten Hohn des Siegers auszuliefern. Der Imam warf sich lustvoll von hinten zwischen die Schenkel seiner wehrlosen Beute. Roç hatte die Füße hochgerissen, und der Bock raste, von der Wucht des enthemmten Liebhabers getrieben, genau auf eine der Säulen zu. Roç zog erschreckt seinen Kopf ein und hielt die Hände schützend vor die Stirn. Der Imam jedoch lag wehrlos auf dem Fell. Als die *hamala* die Säule rammte, sauste sein massiger Körper pfeilschnell über die glatte Fläche voraus. Das Zersplittern des Alabasters und das Bersten seiner Schädeldecke fanden zum gleichen Krachen zusammen. Der Leib des Peinigers begrub Roç unter sich.

Dem völlig benommenen Knaben wurde erst mit dem Blut, das auf ihn herabtropfte, bewußt, daß der Imam tot war. Zaghaft rief er nach Yeza, erhielt aber keine Antwort. Nach ihr umdrehen konnte er sich nicht, der Bock hatte sich in dem Stumpf der Säule verkeilt.

Da öffnete sich die Tür. Hasan und hinter ihm Khurshah blickten in den Raum. Der Emir versicherte sich mit schnellem Blick, daß Yezas Dolch nicht mehr dort lag, wo er ihn plaziert hatte.

»Roç hat ihn umgebracht«, stellte er trocken fest, als er sah, daß der noch lebte. »Es ist an Euch, Imam Khurshah, den Mörder seiner gerechten Strafe zuzuführen.«

Der Khurshah konnte den Blick nicht von seinem toten Vater wenden, doch dann nahm er sich zusammen und wies die Wachen an, eine Kiste zu holen. »Wir wollen, daß der Leichnam unseres erhabenen Vaters samt Mordwaffe darin verwahrt bleibt, bis wir zu Gericht sitzen werden!« Damit hatte das Kalb die Macht im ›Wespennest‹ übernommen. Khurshah zog den Günstling seines Vaters am Ärmel aus dem Raum. »Wir wollen doch beide, lieber Emir Hasan Mazandari, daß die vorgefundenen Tatumstände unverändert und vor allem unbezweifelt so erhalten bleiben, wie wir sie vorgefunden haben. Daher soll auch jeder wissen, daß wir den Raum nicht betreten haben.« Damit verschloß er die Tür und trat zwei Schritte zurück.

Hasan schaute ihn verunsichert an. »Aber Ihr habt doch auch gesehen, daß es Yezas Dolch war, der den Tod herbeigeführt –«

»Uns genügt vorerst, daß er tot ist«, entgegnete Khurshah ruhig. »Alles andere, auch der Dolch, wird sich finden.«

Doch der Emir ließ nicht locker. »Ich würde das Mädchen sofort verhaften lassen, zumindest als Komplizin«, beharrte er, aufgebracht über die Gelassenheit des Kalbes, das keineswegs verwirrt blökte und schon gar nicht nach Rache schrie.

»Wir werden selbst mit Yeza reden«, beschied ihn der junge Imam. »Begebt Euch zur Prinzessin und meldet mich an.«

Zu seinem größten Ärger fand Hasan keinen Grund, dem Befehl nicht sofort Folge zu leisten. Allzugern hätte er noch einen Blick auf den Leichnam geworfen, den Dolch in der tödlichen Wunde mit eigenen Augen gesehen.

Die Wachen brachten die Kiste.

»Bettet den Leichnam, wie ihr ihn vorfindet, in den Sarg«, wies Khurshah sie an, bevor sie das Schlafgemach betraten. »Verschließt ihn und versiegelt ihn gut. Dann hängt ihn an Seilen unter den Pa-

last, daß jeder meiner Fida'i ihn sehen kann!« Die Wachen nickten.
»Und bindet Roç los und bringt ihn zurück in den Kerker!«

Khurshah begab sich in den Audienzsaal und setzte sich auf den verwaisten Thron. Er wollte in Ruhe über alles nachdenken, aber schon kam Hasan und berichtete ihm, daß Yeza ihn erwartete.

»Hier ist der Schlüssel zu ihrem Verlies«, schmeichelte er sich ein, »es befindet sich hinter dem Ruhelager der *al muchtara*.« Anbiedernd setzte er hinzu: »Niemand hindert Euch, sie zu schwängern.« Krampfhaft bemühte er sich, den vertraulichen Ton des geistig Überlegenen wiederherzustellen. »Die Tochter des Gral wäre eine unübertreffliche Wahl als Gebärerin des zu zeugenden Imams!« scherzte er, um dann streng hinzuzufügen: »Der Erhalt und die Weiterführung der Linie der Imame aller Ismaeliten ist Eure erste und wichtigste Pflicht.«

Khurshah schaute ihn an, als habe er nicht richtig zugehört. Sein Blick verschleierte sich und richtete sich in die Ferne. »Wir werden unsere Vermählung und die Hinrichtung des Mörders gleichzeitig feierlich begehen, unseres erhabenen Vaters würdig.«

Aus Yezas geheimer Chronik

Der Imam ist tot! Hätte ich nicht mit eigenen Augen gesehen, wie er sich den Schädel einrannte, hätte ich es für grausames Blendwerk gehalten. Als ich mich überzeugt hatte, daß alles Leben aus ihm gewichen war, Roç dagegen lebte, wich mein Schrecken der Freude.

Ich stand noch wie angewurzelt und lauschte auf die Stimmen von Hasan und Khurshah vor dem Saal, da öffnete sich hinter mir die Geheimtür in der Wand. Polas Arm ergriff mich und zog mich aus dem Raum hinter die Vertäfelung. Sie sagte kein Wort, ihre Hand wies befehlend auf den Gang, durch den ich gekommen war.

Benommen trat ich den Rückweg an, unschlüssig, ob ich meinen Meister in der Bibliothek aufsuchen und ihn ins Vertrauen ziehen sollte. Mir dröhnte noch immer der Schädel von dem Hieb, den mir der Imam versetzt hatte, als ich wehrlos in seinen Mantel verstrickt war. Ich kehrte in die Ankleidekammer zurück und kroch aus der grünen Kiste. Es dauerte nicht lang, da hörte ich Schritte; jemand näherte sich der Schrankwand, die immer noch verschlossen war. Ich fürchtete, es könnte Hasan sein, der mich da schweigend und unheimlich schwer atmend durch den Schlitz beobachtete. Er war es tatsächlich. Seine schneidende Stimme drang durch das Holz. »Der erhabene Imam Khurshah wird Euch mit seinem Besuch beehren, haltet Euch bereit!«

Dann entfernten sich die Schritte wieder.

Das Kalb ließ nicht lange auf sich warten. Ich konnte mich gerade noch herrichten, denn mein Kleid hatte beim Ausflug durch die engen Gänge gelitten. Es war völlig verschmutzt und hatte ein Loch. Ich griff mir das schlichteste, das ich unter Polas Gewändern finden konnte, die anderen stopfte ich zurück in die grüne Kiste. Ich dachte, wenn das Kalb jetzt Imam geworden ist, dann will ich es auch wie eine Prinzessin von Geblüt empfangen. Doch was wollte es von mir?

Kaum hatte ich den Deckel geschlossen, da drehte sich der Schlüssel in der Verriegelung, und Khurshah stand lächelnd vor mir. Mit galanter Geste ließ er mich aus meinem Gefängnis treten und bot mir einen Platz auf Polas Bett an. Ich hockte mich auf die Kante und wußte nicht recht, wie ich mich verhalten sollte.

»Darf ich mich neben Euch setzen, Yeza?« fragte er.

Ich rückte etwas zur Seite, schon um keine Intimität aufkommen zu lassen.

»Wollt Ihr meine Frau werden?« fragte er geradeheraus, allerdings ohne mich dabei anzuschauen.

So antwortete ich freimütig: »Nein!«

Betrübt senkte er den Kopf. »Roç hat meinen Vater getötet –«

Wollte er mich erpressen? So leicht konnte er sich die Sache nicht machen! Er war doch ein Kalb. Ich sagte fest: »Nein, ich war es.«

Er sah noch bekümmerter drein als zuvor, schickte mir aber einen prüfenden Blick. »Womit?«

»Mit meinem Dolch!« entgegnete ich keck, wobei mir siedendheiß einfiel, daß ich vergessen hatte, ihn aus der Wand zu ziehen.

Khurshah schaute mich ungläubig an. »Mit dem da –?« fragte er und wies auf meinen Dolch, der – auch Hasan hatte ihn übersehen – nun, da die Schrankwand offenstand, vor unseren Füßen am Boden der Kleiderkammer lag.

Ich hatte verloren und sagte leise: »Ich will Euch zu Willen sein, aber tötet Roç nicht!«

Damit er nicht auf den dummen Gedanken kam, mein Angebot noch auf der Stelle, auf Polas Bett, anzunehmen, glitt ich langsam vom Bett. Wenn ich ihm zu Füßen fiele, könnte ich mit einer Hand meinen Dolch erreichen. Doch er erhob sich und schaute mich gar nicht an.

»Der Mörder wird getötet«, sprach er, weit entrückt. Er wirkte sehr traurig. Ich hätte ihn umarmen können vor Glück, denn es stand wohl unzweifelhaft fest, daß der Imam sich selbst aus dem Leben befördert hatte; zumindest würde man – in einer ordentlichen Gerichtsverhandlung – seinen Tod nicht Roç in die Schuhe schieben können, der festgeschnallt war und auch keine Waffe bei sich trug. Schlimmstenfalls war es ein Duell auf Leben und Tod gewesen, und der Imam hatte dabei sein Leben verloren.

Khurshah verließ mich, und ich hatte Zeit, darüber nachzudenken, wie der Dolch dahin gekommen war. Ob es Hasan gewesen war, der ihn dorthin zurückgebracht hatte? Dann sollte ich mir Sorgen machen, denn der tat kaum etwas ohne Hintergedanken. Ich nahm meine Waffe wieder an mich und ließ sie im Haar verschwinden. Wer weiß, was noch auf uns zukommt!

L. S.

Aus der geheimen Chronik des Roç Trencavel, Alamut, erste Dekade des Oktober 1255

Ich durfte Zev bei der Herstellung des Hinrichtungsgeräts zuschauen. Meinem Freund oblag nur die handwerkliche Ausführung, ausgedacht hatte sich den eisernen Stuhl der junge Imam. Khurshah taufte ihn *quimat at-tafkir*, den ›Thron des Gedenkens‹, in Erinnerung an den unerfüllt gebliebenen letzten Wunsch seines erhabenen Vaters, bevor der sich den Kopf einrannte.

Der Thron bestand aus vier Pfosten, wobei die Lehne sehr hoch aufragte. Aber auch die Beine waren höher als üblich, wie um dem geehrten Benutzer einen herausragenden Platz zu bescheren. Daß dem keineswegs so war, verbarg sich unter der frei beweglichen Sitzfläche. Sie war durch vier Ringe mit den Pfosten verbunden, also verstellbar, sollte man meinen, doch nirgendwo war eine Arretierung zu entdecken. Zev hat sie mit schwarzem Samt abgedeckt. Als er ihn jetzt für mich feierlich wegzog, kam ein Loch zum Vorschein, wie es die *maharid* aufweisen, nur viel kleiner. Warum, das erklärte der einem Phallus nachgebildete goldene Pilaster unter dem Sitz. Er war mit scharfkantig geschliffenen Edelsteinen besetzt und verbreiterte sich zum Schaft hin in unanständige Proportionen. Er also diente der ›Arretierung‹ des frei schwebenden Arsches, in den das Gewicht des Körpers diesen kostbaren Ständer zweifellos treiben mußte. Bei mir überwog der Ekel. Ich konnte meinem Freund Zev keine Anerkennung für die erlesene Arbeit zollen. Damit diese schreckliche Prozedur nicht durch unziemliche Gegenwehr des Schließmuskels beeinträchtigt werden konnte – eine Verweigerung war schlecht möglich –, waren für Waden und Oberarme eiserne Zwingen an den vier Pfosten des Thrones angebracht, die für eine aufrechte Sitzhaltung sorgten. Die Eisenringe waren innen mit leicht nach oben gebogenen Stahlspitzen versehen, ähnlich den Halsbändern für Bluthunde. Zuckte der Delinquent vor den stechenden Schmerzen zurück, zahlte er dies unweigerlich mit einem Senken der hinterhältigen Sitzfläche, was abgesehen von der fortschreitenden Pfählung wiederum tiefere Schnitte und Risse in der Haut der gemarterten Arme und Waden bewirkte. Eine geniale Maschine, deren sich Zev hätte schämen sollen. Er konnte die Anfertigung wohl nicht verweigern, doch er war mit Feuer und Flamme bei der Arbeit. Ich durfte probesitzen, ein sehr unangenehmes Gefühl, obgleich ich eigenhändig ein Brett über das tückische Loch im Sitz gelegt hatte. Bei der geringsten Bewegung stieß man sich an den Widerhaken in den Ringen. Ich blutete anschließend wie von tausend Nadeln gestochen, dabei waren die Schließen noch nicht einmal ›auf Maß‹ an mich gepreßt worden. Ärgerlich leckte ich mir das Blut aus den Armbeugen und fragte: »Zev, wie kannst du solches Tun mit deinem Gewissen vereinbaren?«

Er blickte mich erstaunt an. »Irgend jemand muß die Arbeit tun. Ich würde mich schämen, wenn ich sie schlecht ausführen würde.«

»Das ist die Moral von Henkern, von Werkzeugen des Bösen. Das Christentum sieht dafür den glorreichen Ausweg des Martyriums vor.«

»Ich bin kein Christ, und schon lange kein katharischer *perfectus*, Roç«, gab er mir ungehalten heraus. »Ich bin Jude und allenfalls noch ein angepaßter Ismaelit! Du kannst den Mord ja zugeben, den ›Thron des Gedenkens‹ besteigen und büßend für deinen reinen Glauben zeugen!«

»Ich bin doch kein Mörder!« verteidigte ich mich wütend. »Es gibt keinen Mörder!« Und ich sah mich wieder im Schlafgemach des Imams, der mit zertrümmertem Schädel auf mir lag. Dann stand da plötzlich Pola vor mir, mit der *balta ua chanjar* des Hasan in der Hand. Sie hackte direkt vor meinen unter dem Kalbsfell verborgenen Augen der Leiche mit der Axt in die Stirn. Dann griff sie dem Imam in die blutverschmierten Haare, riß seinen Kopf hoch und starrte ihm haßerfüllt in die gebrochenen Augen. Ohne zu zittern, stieß ihre Hand ihm von unten das scharfe Stilett grad unters Kinn, daß die Spitze sicher oben aus dem Hals trat, was ich nur daraus schließen konnte, daß der Axtknauf der Waffe vor meiner Nase bis zum Heft in der Gurgel stak. Langsam, fast andächtig, ließ sie das Haupt samt Klinge wieder sinken. Des Imams Blut tropfte mir auf Kopf und Nacken, doch Pola nahm keinerlei Notiz von mir. *Al muchtara* zerrte Yezas Dolch aus der Wand und verschwand wieder. Unmittelbar danach betraten die Wachen den Raum und hoben den Imam samt der ›Mordwaffe‹ in den mitgebrachten Sarg, versiegelten ihn und trugen ihn davon. Als ich dann kurz darauf aus meiner unbequemen Lage auf dem Bock befreit wurde, nur um wieder als Gefangener in mein Kellerverlies zurückzukehren, sah ich den Sarg an Seilen unter dem Wespennest hängen, sichtbar für alle, unerreichbar für jeden, der sich an der Leiche noch zu schaffen machen wollte. Damit mußte der Verdacht auf den Emir fallen und ihn die Beweislast erdrücken – es

sei denn, er hatte ein hieb- und stichfestes Alibi oder konnte beweisen, wer zur Zeit des ›Mordes‹ im Besitz der Waffe war. Wie ich ihn kannte, hatte er sich etwas einfallen lassen. Zev schloß mich wieder weg, denn der Besuch des Khurshah, der das Werk in Augenschein nehmen wollte, wurde ihm angekündigt.
   L. S.

Seit Khurshah sich in seine neue Rolle als Imam gefunden hatte, umgab er sich mit einer Leibwache von jungen Fida'i, die er aus der Umgebung von Alamut rekrutiert hatte, kräftige Bergbauernsöhne und Hirtenjungen. Er traute dem Hasan Mazandari nicht über den Weg und wußte, daß der in der Rose seine Leute hatte, die im Zweifelsfall den Befehlen des Emirs gehorchen würden. Das Ende seines Vaters war ihm eine Lehre, und auch wenn sich der Imam Muhammad III. selbst entleibt hatte, war er doch in eine Falle geraten!
   Khurshah betrat, umgeben von seinen Mannen, das unterirdische Reich des Ingenieurs. Eigenhändig schob er Zev Ibrahim in seinem Rollstuhl beiseite, um ungehört mit ihm reden zu können.
   »Ich will eine Probe für das bevorstehende Fest veranstalten –«
   »Ihr meint Eure Vermählung mit der Mutter des zukünftigen Imams und die Aburteilung des Schuldigen am Tode Eures verehrungswürdigen Herrn Vaters?« vergewisserte sich Zev und zeigte auf das in Auftrag gegebene Werk, den ›Thron des Gedenkens‹.
   »Ich meine –«, verbesserte ihn Khurshah, »die Hinrichtung des Täters und Zeugung meines Nachkommens in einem öffentlichen Akt!«
   »Und wem wird diese Ehre zuteil?« fragte Zev neugierig, doch Khurshah legte lächelnd den Finger auf die geschürzten Lippen. »Das wird eine Überraschung sein«, entgegnete er. »Für die Probe reichen mir Hasan auf dem Thron und Pola auf dem Brautbock.«
   Er bemerkte das verdutzte Gesicht des ›Zev auf Rädern‹ und fügte lachend hinzu: »Die *hamalat at-tarbia* eignet sich hervorragend für meine Wünsche. Die Dame meiner Wahl wird rücklings darauf geschnallt. Ihr sich mir darbietender Schoß bleibt anonym durch das

darüber gebreitete Kalbsfell, jedenfalls bis der Zeugungsakt feierlich vollbracht ist. Zur Erregung meiner Sinne führt derweil der Mörder sich den Pfahl in den Leib ein. Mal sehen, was länger dauert bis zum glorreichen Abschluß ... Laßt beide Geräte hinaufschaffen in meinen Palast!«

»*Maut oua haia jadida!*« begeisterte sich Zev, doch dann kamen ihm Bedenken. »*Al muchtara* wird sicher bereit sein, Euch, erhabener Imam, diesen Wunsch probehalber zu erfüllen, aber ich sehe nicht, wie Ihr den Emir bewegt wollt, sich freiwillig auf den Thron zu setzen.«

»Weigert er sich, ist das offene Meuterei, und ich werde ihn –«, er unterbrach sich, weil fern von oben aus dem Kessel der große Gong ertönte; dreimal drei Schläge hallten dumpf durch die Rose. Dieses Signal mußte keinen Angriff bedeuten, meldete aber das Auftauchen von Feinden.

Khurshah begab sich hinauf auf die Zinnen, um sich selbst ein Bild zu verschaffen. Tatsächlich hatte sich ein mongolischer Spähtrupp in das Hochtal gewagt. Es war nicht einmal eine halbe Hundertschaft, wie Khurshah schätzte, doch das Unverständliche war, daß sie sich furchtlos auf die Rose zubewegten und den Seegraben auf ihren schnellen kleinen Pferden umkreisten.

Voller Verwunderung richtete Kito den Blick auf die aus Wassern emporragende Festung. Noch nie hatte er so etwas gesehen: Eichene Bohlenwände, mit Eisenplatten bestückt, schützten den Sockel wie Blätter; Zinnen, gezackt wie ein Blütenkranz, hinter dem sich Palmen, Fruchtbäume und ein unendlich hohes, sich verjüngendes Minarett erhoben. Es trug eine Plattform, die zwischen tiefziehenden Wolken zu schweben schien. Und über allem blinkte ein sich langsam drehender Silbermond. Der Turm erinnerte Kito an einen schlanken Frauenarm, der sich wie aus einem Kelch emporreckte, um auf dem offenen Handteller einem unsichtbaren Gott einen Schatz darzubieten.

Eigentlich hatte Kito mit seinem kleinen Trupp nur feststellen wollen, ob Roç und Yeza nun tatsächlich wieder in der Rose Zuflucht gefunden hatten. Das hatte ihm der Vater des Omar in Iskander zwar schon bestätigt, als Kito ihm den Armreif des Sohnes überbracht und von dessen tapferem Ende durch die Hand der Armenier berichtet hatte. Doch dann hatte die Neugier, einmal die berühmte Rose aus der Nähe zu betrachten, gesiegt, und sie waren bis hierher geritten. Die Gefahr, die ihnen drohte, sahen sie nicht.

Hasan hatte gleich beim ersten Schlagen des Gongs seine Leute um sich versammelt und schnell festgestellt, daß es keine Falle war, denn von den umliegenden Bergen kam keine Meldung, daß sich in der Nähe ein größeres Heer der Mongolen in den Hinterhalt gelegt hätte. Es handelt sich demnach tatsächlich nur um diese vier Dutzend Verirrte, wunderte er sich. Wären sie als Gesandte gekommen, hätten sie dies angezeigt, durch Fahnen und vor allem durch ein würdigeres Verhalten. Diese galoppierten wie Kinder um die Rose herum, lachten und hatten ihren Spaß! Das ärgerte den Emir. Um Spione konnte es sich auch schlecht handeln, denn solche benehmen sich – *Allah oua'alam!* – weniger auffällig. Was also wollten sie?

Der Emir war geneigt, nach all den Ereignissen sein Mütchen zu kühlen und mehr dem neuen Imam als den Mongolen zu zeigen, wer in der Rose das Sagen hatte.

Er verteilte seine Leute auf drei Ausfalltore, ließ sie aufsitzen und von den Armbrust- und Bogenschützen auf einen Schlag gut die Hälfte der Reiter vom Roß holen, während die beiden seitlichen Brücken krachend über den Seegraben fielen und zwei starke Reiterhaufen über die Eichenbohlen hinabdonnerten.

Kito befahl mit brüllender, sich überschlagender Stimme die restlichen Reiter zu sich. Auf sein Kommando preschten sie nicht aus der drohenden Umklammerung davon, sondern keilförmig gegen den linken Flügel.

Den traf diese Attacke völlig unerwartet, zumal Kito, nur von einer Handvoll Getreuer begleitet, sich gleichzeitig zur anderen Seite wandte. Doch das war nur eine Finte; er ritt den Angriff nicht und sah mit Befriedigung, daß seine Leute durchgebrochen waren. Ihm lag nichts daran, seine Torheit durch ein Opfer zu büßen; er mochte die von dem überraschenden Geschoßhagel Verwundeten nur nicht ihrem Schicksal überlassen. Umstellt waren sie sowieso. Jede Gegenwehr hätte den sicheren Tod bedeutet. Als Gefangene hatten sie immerhin eine geringe Überlebenschance, wenn die Gerüchte stimmten, die über die Grausamkeit des alten Imams im Umlauf waren. Kito dachte an die abgeschnittenen Hände und Füße im Gebirge, deren verwitterte Knochen noch immer den Weg nach Alamut wiesen.

Da senkte sich von oben eine dritte Zugbrücke herab, und aus dem sichtbar gewordenen Prunkportal der Rose ritt der Emir Hasan Mazandari zum Kampfplatz hinab, um das Schwert des Anführers in Empfang zu nehmen. Kito und alle Überlebenden wurden die Brücke hinaufgetrieben und in die unterirdischen Kerker geworfen.

Aus Yezas geheimer Chronik
Anfang November begann der tote Imam fürchterlich zu stinken. Die Kiste hing immer noch an den Seilen aus dem Palast herunter, und ihr Gestank verpestete die Rose bis hinauf in den Turm und das ›Paradies‹. Deshalb konnte der Khurshah wohl nicht mehr länger warten. Es hieß zwar, es handele sich erst einmal um eine Probe, aber Pola, meine Gefängnismeisterin, warnte mich: »Paß auf, der macht Ernst!«

Ich wußte sowieso nicht, was eigentlich im Gange war, auch nicht, ob ich beruhigt oder besorgt sein sollte, als ich sah, daß mein Roç wie ich in einem vergitterten Schrank hinauf in das Wespennest transportiert wurde. Das war das erste Mal, daß ich ihn wiedersah, seit dem Ende des Imams, und miteinander gesprochen hatten wir schon seit unserer Ankunft nicht mehr.

»Was wird gespielt, mein Ritter Trencavel?« begrüßte ich ihn heiter. Er sollte nicht denken, daß ich mich grämte oder mir gar Sorgen um ihn machte.

Roç schaute wie ein Affe durch das Gitter, schnitt Grimassen und rief mir zu: »Eine Doppel-Tragödie, meine liebe Esclarmunde vom Berg Zion, Hochzeit und Hinrichtung in einem Akt!«

DIE BLÜTE VERFAULT

Weiter kamen wir nicht, denn unsere Käfige wurden getrennt in den Palast hinaufbefördert.

Der Audienzsaal war festlich geschmückt, die gewaltigen Kronleuchter brannten mit unzähligen Öllichtern, viele Würdenträger waren versammelt. Ich sah ehrwürdige Da'i D-Du'at mit langen weißen Bärten und Da'i L-Kabir, also ranghohe Führer des Ismaeliten-Ordens. Sie mußten von weit her gekommen sein und waren begleitet von ihren bärtigen Rafiq, ihren eingeweihten Meisterschülern. Gewöhnliche Fida'i, die noch keine Initiation erfahren hatten, waren offensichtlich nicht zugelassen. Unter den Alten waren auch viele Schriftgelehrte und Ärzte von bedeutendem Ruf. Das erzählten sich die Wachen ehrfürchtig flüsternd, als sie Roç und mich in den Saal brachten und uns in unseren Käfigen seitlich oben auf der Empore aufstellten. Insofern wurde unsere Stellung als Königliches Paar wenigstens wieder beachtet. Wir befanden uns auf gleicher Höhe wie der junge Imam, das Kalb Khurshah, das von Hasan Mazandari, Zev Ibrahim auf seinem Räderstuhl und dem alten Herlin flankiert und von seiner Leibwache umringt war. Ich schaute mir den Bibliothekar genau an. So verrückt schien er mir gar nicht, er war wie alle anderen Würdenträger und Priester festlich gewandet und schaute ganz friedlich. Dann spielten Musikanten auf, und ausgesuchte Tänzerinnen aus den Reihen der Huris wiegten sich im Reigen, darunter Aziza. Sie bewegt sich immer noch wie eine Ziege. Pola, die für diese Unterhaltung zuständig war, blieb unsichtbar.

Khurshah begrüßte alle Anwesenden mit vollem Namen und sämtlichen Titeln, zu meinem Erstaunen ließ er uns nicht aus. Das Königliche Paar in der Kiste, dachte ich und mußte leise lachen. »Meine Thronbesteigung will ich erst feiern«, sprach er dann, »wenn mein erhabener Vater gerächt ist und seine Seele zu Allah aufgestiegen ist. Deshalb will ich heute richten.« Er räusperte sich und gab den Anwesenden Gelegenheit, ihre Zustimmung zu murmeln. »Die Zeiten sind unsicher. Wie Ihr alle wißt, wächst die Bedrohung. Deshalb will ich mich dem Zuspruch meiner Ratgeber beugen und ohne Verzug für den Erhalt der Linie der Imame sorgen. Ich werde heute einen Sohn zeugen!«

Da brachen alle in Beifall aus, und mir wurde ganz schlecht. Warum hielt man mich im Käfig? Doch wohl nicht, damit das Kalb mich vor allen Leuten, vor Roçs Augen besprang?!

Aber zunächst wurde ich von meiner Sorge abgelenkt, denn es wurde ein merkwürdig tückisch wirkender Stuhl aus Eisen hereingetragen. Das Kalb sagte stolz: »Das ist der *quimat at-tafkir*, der ›Thron des Gedenkens‹. Ich weihe ihn dem Gedächtnis an meinen erhabenen Vater.«

Und wieder brandete Applaus auf, den Khurshah mit beiden Händen abwinkte. »Wir haben einen Gefangenen gemacht, einen Hundertschaftsführer des Großkhans der Mongolen. Aus gegebenem Anlaß wünsche ich, daß er Zeuge dessen wird, was hier geschieht. Ich bitte Euch, ihn mit Beifall zu empfangen.«

Da wurde – mir blieb vor Schreck fast das Herz stehen – Kito in Ketten hereingebracht und mit wildem Klatschen begrüßt. Er mußte sich zu dem Thron begeben, wurde aber vorerst nicht hinaufgesetzt. Von der Sitzfläche abwärts war der Stuhl mit schwarzem Tuch verhängt. Er erinnerte mich an ein Folterinstrument, mit denen Menschen ins Wasser getaucht werden, bis sie ertrunken sind.

Kito zeigte keine Spur von Furcht, ein echter Mongole. Ich dachte schaudernd, jetzt wird es sich zeigen, wer die Braut ist, und hielt ängstlich Ausschau nach Pola. Aber statt dessen wurde nun die Kiste mit dem toten Imam feierlich herbeigetragen. Eine Wolke von Gestank eilte ihr voraus. Ich sah mit seltsamem Vergnügen, daß sich auch einige der höchsten ismaelitischen Würdenträger verstohlen die Nase zuhielten. Der Sarg wurde mitten im Saal vor dem erhöhten Thron des Herrschers abgesetzt.

»Ich habe den Leichnam, so, wie er gefunden wurde, samt der Mordwaffe in diesem Behältnis versiegeln lassen. Die Wachen können das bezeugen«, erklärte der Khurshah. »Es lag mir daran, nicht im Aufruhr der Gefühle zu handeln, sondern vor meiner Rache die Zeit vergehen zu lassen, die wir zur Klarheit des Kopfes benötigen.«

Dafür betäubte nun der infernalische Dunst unsere Gehirne, aber die Da'i nickten einverständig. »Laßt uns die Siegel aufbrechen und aus dem Augenschein gemeinsam schließen, was geschehen ist und wen die verwendete Waffe als Täter ausweist.«

So geschah es; der Deckel wurde entfernt. Giftschwaden der fortgeschrittenen Verwesung überfluteten uns bis zum Brechreiz, doch das Kalb war unerbittlich. Mit herrischer Geste wies es einige der Alten an, wohl Ärzte, sich der Kiste zu nähern. Sie hielten ihre gerafften Gewänder zum Schutz vor Mund und Nase, bevor sie einen Blick hinein taten.

»Mord«, preßte der erste hervor.

»Mord durch Schlag und Stich«, fügte der zweite hinzu. Der dritte konstatierte: »Stirn zertrümmert, Hals durchstochen. Das Instrument beider zum Tode führenden Handlungen steckt noch in der Wunde!«

Mit spitzen Fingern griff er in die Kiste und zog die Waffe heraus. Es war Hasans *balta ua chanjar*, die Stichaxt. Der Emir war leichenblaß geworden.

»Und wem gehört die Waffe?« fragte der erste der untersuchenden Medizi, schon um einen Grund zu haben, sich von der Kiste zu entfernen.

»Hasan Mazandari!« rief da, wohl unvorhergesehen, der alte Herlin laut. »Ich kenne sie!« setzte er starrsinnig hinzu.

»Ergreift den Emir!« wies der Khurshah die Wachen an, und die sprangen auch sofort vor und legten Hasan in Ketten.

Das war bestens vorbereitet, doch der Emir hielt seinem Ankläger entgegen: »Genausogut könntet Ihr, Khurshah, der Mörder sein!« Dann wandte er sich an die Alten: »Der Sohn des alten Imams befand sich zur Tatzeit in meiner Gesellschaft!«

Geraune bei den Da'i, das der Khurshah sofort unterband. »Der Emir täuscht sich, ich weilte zur fraglichen Zeit in der Bibliothek. Magister Herlin mag es bezeugen. Deshalb konnte ich meinem erhabenen Vater leider nicht zu Hilfe kommen. Der Emir dagegen ist von den Wachen an der Tür des Mordzimmers gesehen worden. Als sie eintraten, fanden sie den Imam in seinem Blut. Diese furchtbare Waffe steckte in seinem Hals. Mit ihr wurde unserem Imam auch die Stirn zertrümmert.«

Er hielt inne, um seiner dramatischen Anklage Wirkung zu verleihen, und veränderte dann auch den Tonfall. Er gab sich jetzt – ganz einsamer Herrscher – verzweifelt und enttäuscht. »Ist denn hier niemand, der Zeugnis zur Entlastung des Emirs vorbringen kann?«

Alle schwiegen, auch ich, denn jede Veränderung der Beweisführung hätte wieder Roçs Rolle ins tödliche Spiel gebracht. Hasan hatte den Tod des Imams gewollt. Er hätte Roç kaltschnäuzig zum Mörder gemacht, vielleicht sogar mich oder uns beide. Es war nur recht, daß er dafür büßte.

»Müssen wir Hasan Mazandari als des Mordes überführt ansehen? Ist er des Todes?«

»*Nam. Makhoum aleihi bil maut.* Ja, er ist des Todes«, murmelten die versammelten Richter.

Hasan wurde zum *quimat at-tafkir* geführt und darauf gesetzt. Seine Oberarme und Unterschenkel wurden in eiserne Ringe gezwängt, die ihn unnatürlich aufrecht in dem Stuhl sitzen, ja, fast hängen ließen.

»Damit können wir zur Zeugung des zukünftigen Imams schreiten!« rief das Kalb aufmunternd den Alten zu, deren Aufmerksamkeit ganz von Hasan auf dem eisernen Stuhl in Anspruch genommen wurde. Auf das Klatschen des Herrschers wurde der gleiche Bock hereingerollt, auf den sie Roç geschnallt hatten. Wieder war ein menschlicher Körper von dem Kalbsfell verdeckt. Welche Huri versteckte sich unter dem Leder? Oder war es Pola selbst, die mit dem letzten Mittel nach der Macht in der Rose griff?

Dem Khurshah wurde nun ein prächtiger weißer Umhang über die Schultern gelegt, dessen Kapuze auch seinen Kalbskopf verhüllte. So trat er an den Bock, nestelte an seinem ebenfalls gnädig unseren Blicken entzogenen Beinkleid und beugte sich über den zur Mutterschaft bestimmten Leib. Ich atmete auf, doch mit nun wieder heftig einsetzender Flötenmusik, von Trommeln und Schellen unterstützt, traten die Wachen zum ›Thron des Gedenkens‹, zogen mit einem Ruck das schwarze Tuch unter dem Hintern des Emirs fort und warfen es ihm über den Kopf, so daß sein Gesicht verhüllt war. Unter der Sitzfläche war eine goldene Statue zum Vorschein gekommen, glitzernd von eingelassenen Edelsteinen. Sie erinnerte mich an ein erigiertes männliches Glied obszönen Ausmaßes. Mit Schaudern dachte ich an das Gemächte des toten Imams und wußte, daß sein Penis dargestellt war.

Hasans Körper straffte sich. Man spürte den eisernen Willen, sich nicht in sein Schicksal zu ergeben. Zu den schriller werdenden Flöten gesellten sich Schalmeien im hohen Diskant, die Pauken schlugen den Rhythmus, mit dem Khurshah, das Kalb, sein Ebenbild begattete. Lust oder gar Leidenschaft war in seinen Bewegungen nicht zu erkennen. Zu gern hätte ich gewußt, wer die ›Glückliche‹ nun war.

Hasan hing in dem Eisenstuhl. Blut lief an seinen Armen herunter, doch er bewegte weder Kopf noch Körper unter dem schwarzen Tuch. Er preßte seine Beine fest in die Schließen, daß ihm auch an den Waden Blut herunterrann. Die Eichel des goldenen Penis war nicht mehr zu sehen. Bläser steigerten das Tempo, die Töne wurden heiserer und spitzer, die Schalmeien schrien, die Trommeln hackten im Stakkato, die Kesselpauken tobten in immer rascherer Schlagfolge. Da brach es aus Hasan heraus. »Gnade!« brüllte er und bäumte sich auf, worauf der Pfahl tiefer in ihn eindrang. »*Bismi allah ar-rahman!*« winselte er gegen die Posaunen.

Während der Emir um Erbarmen schrie und wimmerte, stieß die Gestalt im weißen Umhang immer schneller zu, sie krümmte sich, bäumte sich auf und fiel schließlich über das Kalbsfell, es mit beiden Armen umschlingend. Da setzten schlagartig die Instrumente aus, nur noch ein Schellenbecken begleitete scheppernd die letzten Zuckungen. Dann war es still, und alle Augen wanderten wieder zu Hasan, der nur noch leise stöhnte.

Plötzlich ertönte unten im Kessel wie aus einer anderen Welt der große Gong der Rose, aber in die dumpfen Schläge mischten sich grell die durchdringenden Töne eines Eisenhammers in aufpeitschender Sequenz: Bumm! Eins, zwei – eins, zwei, bumm! Stimmen drangen zu uns herauf, wirr und verschreckt. Der hellsichtige Herlin griff sie auf und schrie in den Audienzsaal: »Die Mongolen! Die Mongolen kommen!«

Ich muß gestehen, daß ich bei dieser Ankündigung innerlich frohlockte. Nichts sehnte ich gerade jetzt mehr herbei als das Eintreffen der Mongolen. Sie sollten diesen Ort des Schreckens ausmisten!

Das Kalb richtete sich auf. Kein Mensch kümmerte sich um die Frau unter der Tierhaut. Khurshah trat zu Hasan, riß ihm die schwarze Kapuze vom Kopf und warf einen prüfenden Blick auf den zusammengesunkenen Körper. »Dein Gejammer hat mich beflügelt«, sagte er, »und dich gerettet! Hättest du dich als Held erwiesen, wärst du krepiert! Als erkannter Feigling bist du keine Gefahr mehr für mich.«

Er gab den Wachen ein Zeichen, den Emir aus seiner Lage zu befreien.

Zev rollte herbei und sorgte dafür, daß ein Mann sein Schwert flach unter Hasans Gesäß schob, bis er von dem güldenen Thron gehoben war.

»Ihr braucht mich noch, erhabener Imam«, sagte Hasan gepreßt, »aber ich...« Damit fiel er den Wächtern ohnmächtig in die Arme.

»Stimmt«, gab der Khurshah zu, aber das hörte der Emir schon nicht mehr. Nun wanderten die Blicke aller Anwesenden endlich zu der Frauengestalt auf dem Bock. Pola trat hinzu, und auf einen Wink von Khurshah schlug sie das Fell zurück: Kasda! Bleich, mit geschlossenen Augen und Schweiß auf der zarten, blaugeäderten Stirn, lag die heilige Priesterin da.

»Kasda als Gebärerin, das ist die rechte Wahl!« flüsterte ich erleichtert Roç in seiner Gitterkiste zu. Sehen konnte ich ihn nicht, und er antwortete auch nicht. Erst nach einiger Zeit hörte ich seine Stimme wieder. »Nie hätte ich gedacht, daß der Hasan so schnell um sein Leben winselt!«

Verachtung lag darin, und ich begriff, daß das Kalb einzig und allein die Demütigung des Emirs bezweckt hatte und nicht seinen Tod. Inzwischen hatte sich herausgestellt, daß der Alarm falsch gewesen war. Kito wurde wieder in den Kerker geworfen. Roç und ich wurden hingegen aus unseren Käfigen befreit.

»Das Königliche Paar zieht zu uns in den Palast«, verkündete

Khurshah, gerade als Hasan wieder die Augen aufschlug, »den zu betreten dem Emir Hasan Mazandari bei bekannter Strafe untersagt bleibt. Hingegen ernennen wir ihn mit sofortiger Wirkung und allen Befugnissen zum *hami al ouard*, zum Verteidiger der Rose.«

Der junge Imam nahm auf dem Thron seines Vaters Platz und ließ sich von den anwesenden Da'i huldigen sowie zur Zeugung des Erben beglückwünschen. Pola rollte die *hamalat at-tariba* mit ihrer Schwester aus dem Saal. Mit niedergeschlagenen Augen schlich Hasan durch eine andere Tür davon.

L. S.

DIE STILLE VOR DEM STURM
LIBER III
CAPITULUM IX

Der Mann schlug die Augen auf. Weiße Wolken zogen über einen bläulichen Grund, glitten über den kreisrunden Mond. Eine zierliche Rauchfahne drehte sich vor der hellen Scheibe. Ringsum war schwarze Nacht, ohne Sterne. Sieht ein Verstorbener den Himmel nur noch durch ein Guckloch? Er mußte tot sein. Ob Gott ihn sah? Oder hatte er ihn vergessen, sein Ende nicht beachtet?

Regungslos lag der Mann im Dunkeln auf dem Rücken. Dann versuchte er, den Kopf dem Licht zuzuwenden. Ein höllischer Schmerz stach wie spitze Nadeln in seine Brust, fuhr in Arme, Schultern und Rücken. Da erinnerte er sich der Pfeile, der Kinder am Wildwasser, des Sturzes zwischen die Felsen. Er hatte also überlebt. Das bewiesen auch die rundlichen Gesichter mongolischer Frauen, die sich neugierig über ihn gebeugt hatten und dann mit lautem Geschnatter weggelaufen waren.

Als Crean das nächste Mal aus seinem ohnmachtsähnlichen Dämmern erwachte, stand der General Kitbogha in der Jurte an seinem Lager und sagte: »Für einen Priester seid Ihr aus zähem Holz geschnitzt, Monseigneur Gosset.«

Er hob die Decke und betrachtete kopfschüttelnd die Wunden, die Crean nicht sehen konnte, aber brennend spürte, jede einzelne. »Als mein Sohn Kito Euch brachte, haben wir nur an das christliche Begräbnis gedacht, das Ihr Euch verdient hattet.« Der General lachte unbeholfen. »Daß Ihr uns um die Feier bringen würdet, hat keiner geglaubt.«

»Wo bin ich?« hauchte Crean, denn mit der Anstrengung des

Sprechens drangen die gezackten Spitzen erneut in seine Muskulatur, stachen zu wie gedungene Mörder mit ihren Dolchen.

»Zwei Monate habt Ihr mit dem Tode gerungen, hier bei der Vorhut unseres Heeres, das inzwischen den Oxus, die Westgrenze des Reiches, überschritten hat.«

»Wann?« fragte Crean leise. Er war zu ermattet, um sich zu erschrecken. »Wann ist das geschehen?«

»Im Januar des Jahres 1256, werter Monseigneur Gosset«, antwortete der General, »vollzog sich das Gebot des Großkhans. Die Herrscher des Abendlandes weigerten sich, ihm zu huldigen. Das aber ist die Voraussetzung für militärische Hilfe. So lag die Initiative bei ihm, und er mußte sie ergreifen!«

»Die Mongolen ziehen gegen den ›Rest der Welt‹?« flüsterte Crean ungläubig. Nur allzu gern wollte er sich der Hoffnung hingeben, die Rose werde verschont.

»Nicht doch«, zerstörte der General in aller Gemütsruhe die Illusion. »Der Okzident liegt weit weg, und die Welt des Islam ist uns ohnehin näher.«

»Euer Ziel heißt Alamut?« fragte Crean gequält.

Der General nickte befriedigt, und Crean schloß erneut die Augen. Er war mehr als erschöpft.

»Das Abendland kann warten.« Mit diesen Worten warb der Großkhan Möngke bei seinem jüngsten Bruder Ariqboga um Verständnis für seine Entscheidung. »Die wenigen Christen in unserem Herrschaftsbereich sind dem mongolischen Staat treu ergeben. Hingegen leben die Muslime in so großer Anzahl – als ganze Völker – in unserem Reich, daß es leichtsinnig wäre, sich nicht ihres spirituellen Zentrums Bagdad zu versichern.«

»Das kann nicht der Grund dafür sein, daß du den zaudernden Hulagu losgeschickt hast und mich, deinen Lieblingsbruder und auserkorenen Nachfolger, nicht von der Leine läßt.«

»Die Unterwerfung der islamischen Reiche und ihrer geistigen Führer ist ein vordringlicheres Gebot als das schwierigere Unterfangen, sich des Abendlandes zu bemächtigen«, erklärte ihm Möngke.

»Es verlangt auch mehr Feingefühl, als wir unserem Bruder, dem Il-Khan, zubilligen wollen.« Doch Ariqbogas Unmut war noch längst nicht besänftigt. So fügte Möngke noch lächelnd hinzu: »Spätestens, wenn ich nicht mehr bin und du die Verantwortung übernommen hast, steht es dir frei, den ›Rest der Welt‹ zu befrieden.«

»Du vergißt, was der Schamane den Dschingiden prophezeit hat, damals, bevor der Kuriltay dich zum Khagan wählte, weil du versprachst –«

»Ich bin mir der Bedeutung der Worte des weisen Arslan stets bewußt. Es bedarf schließlich keiner seherischen Fähigkeit, um zu erkennen, daß in der Krone der Welt kein Zacken, kein Stein fehlen darf –«

»Krone der Welt!« höhnte Ariqboga. »Ich sehe einen Riesen, den Herrscher der Welt. Er liegt sich darnieder, weil er den David des Abendlandes unterschätzt hat, der ihm den fehlenden Stein zwischen die Auge schoß. Die Wunde schwärt, ihr Gift befällt den Körper des Riesen, er verfault und löst sich schließlich auf!«

»Das mag für unsere Feinde gelten«, rügte ihn Möngke. »Das Volk der Mongolen strotzt vor Gesundheit und Tatendrang. Du hingegen, Ariqboga, hast noch nicht die Reife, es zu führen, nicht einmal einen Teil seiner Heere, und schon gar nicht in die trügerischen Sümpfe des Okzidents, seine dunklen Wälder und vor allem über die Wasser seiner Meere und Flüsse, die alle in den großen Ozean führen –«

»Vor dem du dich fürchtest –«

Möngkes Zornesader schwoll, und Ariqboga sah ein, daß er zu weit gegangen war.

»Ich will das nicht gehört haben«, preßte der Großkhan mit rauher Stimme hervor. »Verlaß mich jetzt, und gib mir keinen weiteren Anlaß, an deinem Gehorsam zu zweifeln, wenn du schon so uneinsichtig bist.«

Damit war Ariqbogas letzter Versuch gescheitert, an dem Kriegszug gegen den Westen beteiligt zu werden. Hulagu dagegen erhielt alle Vollmachten, und ein Fünftel aller kampffähigen Männer aus jedem Khanat wurde ihm unterstellt. Nicht einmal die Goldene Horde entzog sich diesem Aufgebot. Batu-Khan stellte drei seiner Neffen ab, die am Westufer des Kaspischen Meeres entlangziehen sollten, um sich bei dem ersten Angriffsziel mit dem Heereszug zu vereinigen.

Die Rose von Alamut, stolzes Symbol der ismaelitischen Glaubensbewegung und Hauptquartier ihres dolchbewehrten Armes, des Ordens der Assassinen, war Hulagu schon immer ein Dorn im Auge gewesen – nicht erst, seit der letzte Imam vierzig Meuchler gegen den Großkhan entsandt hatte. Hulagu konnte es sich nicht leisten, diesen Schlupfwinkel von tausend Skorpionen im Rücken zu haben, wenn er Persien einnehmen wollte. Er beauftragte seinen General Kitbogha, der für den reibungslosen Vormarsch verantwortlich war, ihn auszuräuchern. Als Antreiber drängte der Il-Khan ihm seinen Kämmerer Dschuveni auf, der als orthodoxer Sunnit mehr Haß für die schiitischen Anhänger dieser Irrlehre entwickeln konnte als der nestorianische Christ Kitbogha.

Das war die Stunde des Triumphs für Ata el-Mulk Dschuveni. Jahrelang hatte er auf dieses Ziel hingearbeitet, und nun erfüllte sich der Traum: Er würde an der Spitze dieser gewaltigen Armee gegen Alamut ziehen. Als erstes würde er der Rose ihre Giftstacheln wider den rechten Glauben ausreißen, sie in den Staub treten. Dann wollte er diesen Sumpf der Häresie ausbrennen. Nur die Asche der Ismaeliten sollte sich noch ausbreiten über die Erde. Daran sollte ihn keiner hindern, auch nicht dieser gutmütige Krieger, dieser brave Soldatengeneral, der immer wieder betonte, er kenne keinen Haß, sondern nur Gegner und seine Pflicht.

Dschuveni besprach die Lage vor seinem Aufbruch ins Feldlager mit dem Bulgai, dem Obersten Richter des Reiches und Haupt der Geheimen Dienste, denen auch der Kämmerer des Hulagu in einem hohen Rang angehörte.

»Es gibt ein Problem, das sich bei einem Sturm auf Alamut stellt«, sagte der Bulgai. »Das Königliche Paar ist in der Festung. Die Überlebenden der Expedition Kitos sind beim Hauptheer eingetroffen und haben das Gerücht bestätigt. Sie haben dem General auch die bedrückende Nachricht überbracht, daß sein Sohn in der Rose in Gefangenschaft sitzt.«

Dschuveni zeigte sich wenig gewillt, auf diese Umstände Rücksicht zu nehmen. »Beides kann und darf mich nicht davon abhalten, mit Feuer und Schwert –«

»Entweder habt Ihr bei den Geheimen Diensten noch immer nicht gelernt, daß lautes Rasseln nicht zu unserem Handwerk gehört«, unterbrach ihn der Glatzkopf, »oder Ihr haltet Euch für einen fähigen Heerführer. Das aber seid Ihr im Unterschied zu General Kitbogha nicht.«

Der Kämmerer war beleidigt. »Ich habe einen klaren Auftrag von meinem Herrn, dem Il-Khan Hulagu«, trumpfte er auf. »Und den werde ich ausführen, ganz gleich, ob –«

»Nichts ist ganz gleich und schon gar nichts heute so wie gestern. In Eurem Eifer ist Euch entgangen, mein Lieber, daß unserer Vorhut ein hochrangiger Assassine als Geisel in die Hände gefallen ist. Kito hat ihn gefunden und gerettet, bevor er selbst von den Assassinen gefangen wurde. Crean de Bourivan, unser Monseigneur Gosset, war mit Pfeilen gespickt wie ein Stachelschwein; einige hatten ihn buchstäblich durchbohrt, weil er sich für die Flucht des Königlichen Paares vor den Armeniern aufgeopfert hatte. Das bewog Kito, ihn zu bergen und ärztlich zu versorgen.«

»Was, glaubt Ihr, großer Bulgai, sollte mich das scheren?«

»Glaubt Ihr im Ernst, lieber Dschuveni, der General wird auch nur einen Stein auf die Rose schleudern, solange Roç und Yeza sich gezwungenermaßen dort aufhalten? Seinen Sohn würde er vielleicht opfern, das Königliche Paar dagegen nie!«

»Also müssen wir sie dort herausholen, im Guten oder mit Gewalt!«

»Mit List, mein Lieber, mit List. Durch Crean!«

»Ah«, sagte da der Kämmerer. »Ihr seid uns allen über, erhabener Bulgai.«

Kaum im Heerlager des Generals angekommen, war es dann besonders Dschuveni gewesen, der sich darum kümmerte, daß die besten arabischen Chirurgen den verhaßten Ismaeliten wieder zusammenflickten und ihm zu einer langsamen Genesung verhalfen. Es war nicht ersichtlich, ob er Crean für ein besseres oder schlimmeres Schicksal am Leben erhielt. Der von inneren Verletzungen und schlecht heilenden Wunden immer noch erheblich geschwächte Crean wurde bei der Verlegung des Heeres auf einer Bahre mitgeschleppt.

So gelangte die Vorhut von zehnmal tausend Mann, persönlich angeführt von dem Oberkommandierenden General Kitbogha, ins Gebirge nach Iskander. Den Weg dorthin kannte der Kämmerer, der sich darauf beschränkte, als politischer Kommissar vorerst im Hintergrund zu wirken. Am Brunnen ließ der Heerführer haltmachen. Die Bewohner waren aus Panik in die Berge geflohen, denn sie erinnerten sich nur allzu gut an die kleine mongolische Eskorte des Gesandten el-Din Tusi. Lediglich der Vater des Omar war geblieben. Er erkannte den Dschuveni wieder, der ihn mit hinterhältiger Freundlichkeit begrüßte, weil die Mongolen bislang noch keine einheimischen Führer gefunden hatten. Es gab vieles, was der Kämmerer gern über Alamut in Erfahrung gebracht hätte, bevor das Heer vor der Festung aufzog. Er wußte, daß der Rose die Ankunft der Mongolen in Iskander bereits gemeldet worden war.

»Vor vier Jahren habt Ihr mich mit einem vorzüglichen *jibn tasa* verköstigt«, schmeichelte Dschuveni dem Hirten, doch dessen Stirn umwölkte sich.

»Damals erfreute sich mein Sohn Omar noch seines jungen Lebens. Ihr habt ihn mit seiner Braut, einer Tochter Eures Volkes, in die Verbannung gejagt, in der sie beide den Tod gefunden haben.«

»Woher weißt du das?« wollte der hinzugetretene Kitbogha wissen.

Der Hirte antwortete: »Der junge Anführer von damals ist vor kurzem zu mir gekommen und hat mir diesen Armreif meines Omar gebracht. Obwohl er damals meine Tochter Aziza geschändet hat, habe ich ihn nicht erschlagen —«

»Ich bin Kitos Vater«, sprach der alte General. »Du hast Großmut bewiesen, doch es hat meinem Sohn wenig genützt. Er ist in Alamut gefangen!«

»Die Rose verhält sich wie eine fleischfressende Pflanze«, sagte Omars Vater abweisend. »Wer ihr zu nahe kommt, den frißt sie. Mir hat sie beide Kinder genommen.«

»Was ist mit dem *jibn tasa*?« hakte Dschuveni ohne jede Hemmung nach, so voll der Gier nach diesem frischen Ziegenkäse, daß ihm das Wasser im Munde zusammenlief.

»Mein Weib ist vor Kummer gestorben, und ich habe die Ziegen verkauft«, entgegnete der Vater des Omar und stapfte von dannen.

»Laßt ihn nicht laufen!« beschwerte sich der Kämmerer bei Kitbogha. »Er muß uns sagen, woher die Rose ihre Kraft bezieht.«

»Sicher nicht aus *jibn tasa*!« spottete der alte General. »Ich werde mit dem Mann reden, sobald er Euer Mitgefühl verdaut hat! Und jetzt laßt mich mit Monseigneur Crean unter vier Augen sprechen, um ihm den Eindruck zu ersparen, er würde verhört oder gar erpreßt.«

»Wie es Euch beliebt«, entgegnete der Kämmerer, »solange Ihr ihm nicht die Freiheit versprecht.«

Der General ging hinüber zu der Bahre, die am Brunnen abgestellt war, damit Crean seine Wunden auswaschen konnte, die immer noch näßten. Er war noch hagerer geworden, und sein blasses Gesicht wirkte eingefallen. Er litt Schmerzen.

»Die Erschütterungen der Reise sind Euch wenig zuträglich, Monseigneur Gosset«, begann Kitbogha einfühlsam. »Was können wir tun, um Euch Linderung zu verschaffen?«

»Die Schmerzen sind zu ertragen«, antwortete Crean leise. »Quälend ist das ungewisse Schicksal derer, die wider ihren Willen in der Rose gefangengehalten werden.«

Der alte General stützte Crean eigenhändig, als er wieder auf die Bahre gebettet wurde. »Ich habe gehört«, raunzte er zuversichtlich, »der alte Imam ist tot und der neue einer Freundschaft mit den Mongolen nicht abgeneigt –«

»Die Anhänger der Irrlehre bleiben stets das gleiche Pack von Meuchelmördern!« zischte Dschuveni dazwischen, der Kitbogha zu seinem Ärger auf den Fersen gefolgt war.

»Das ist richtig«, bestätigte Crean dem General. »Khurshah litt unter der verbohrten Feindseligkeit seines Vaters gegen den Großkhan, er wird sicher den Weg des Friedens suchen –«

»Dann soll er sich ergeben«, fauchte der Kämmerer, »das Königliche Paar sofort ausliefern und Euren Sohn Kito –«

»Verlangt nicht zuviel auf einmal«, murmelte Crean matt. »Der alte Imam war von abgrundtiefem Haß auf die Mongolen beseelt –«

»Ein Wahnsinniger!« fuhr Dschuveni geifernd dazwischen.

»Eher ein Schwachsinniger«, bemerkte trocken der General.

»Doch sein Sohn Khurshah«, fuhr Crean fort, »würde allzugern Frieden mit dem Großkhan schließen und ihm huldigen. Auch Roç und Yeza werden sich für eine friedliche Lösung einsetzen. Meine Aufgabe wird es sein herauszufinden, ob der Einfluß des Königlichen Paares ausreicht, damit die Rose sich ohne unnötiges Blutvergießen unterwirft.«

»Eure Schützlinge Roç und Yeza sind wohl kaum die Ratgeber, auf die das Mörderpack dort hört!« höhnte der Kämmerer. »Die beiden sind bestenfalls Gefangene, Geiseln zum Schutz vor der gerechten Strafe!«

»Wenn sich die Friedliebenden nicht durchsetzen«, räumte Crean bekümmert ein, »dann wird die Rose kämpfen bis zum letzten Mann.«

»Das kann sie haben!« rief der Dschuveni triumphierend. Doch der General zog ihn mit eisernem Griff fort von der Bahre. »Man könnte meinen, Ata el-Mulk Dschuveni, Ihr wäret der General und nicht der Kämmerer! Ich teile die Sorgen von Monseigneur Gosset –«

»Hört auf, ihn noch länger mit dem christlichen Mantel zu behängen! Es handelt sich um Crean de Bourivan, einen ranghohen Gesandten der gefährlichen Geheimgesellschaft ›Prieuré‹, akkreditiert bei der Mördersekte der Assassinen!«

»Dennoch haben er und ich dasselbe Problem«, wies ihn Kitbogha zurecht. »Wir müssen die Geiseln aus der Rose holen, bevor wir die Belagerung eröffnen und sie dafür büßen müssen!«

»Wie Ihr wißt, hat der Teufel den bösen Geist der Assassinen geholt. Der alte Imam ist tot!« flüsterte der Kämmerer und blickte sich unsicher um, als sei er davon nicht überzeugt. Aber dann setzte er auftrumpfend hinzu: »Was hindert den jungen Herrscher daran, um Frieden zu bitten?!«

»Ich bin bereit, ihn zu empfangen!« sagte der alte Kitbogha. »Ich würde es begrüßen!«

»Ihr seid der General«, sagte Dschuveni spitz. »Ihr habt anzugreifen, für politische Fragen bin allein ich zuständig.«

»Der Herr über uns alle, der erhabene Großkhan, hat unmißverständlich seinen Willen geäußert, daß wir das Königliche Paar mit uns gen Westen führen, und zwar lebend. Ich sehe keine andere Wahl, als Monseigneur Gosset in die Festung zu schicken und den Wunsch des Großkhans zu vertreten. Ich möchte sehen, ob Ihr Euch dem widersetzt.«

»Damit der Herr de Bourivan nicht wieder zu uns zurückkehrt«, höhnte der Kämmerer, »sondern sich, alsbald genesen, an die Spitze der Verteidiger stellt?«

»Legt«, wandte Crean lächelnd ein. »Mein Leben neigt sich ohnehin seinem irdischen Ende zu, es ist gleich, wo es mich ereilt, aber ich will Roç und Yeza retten und das Leben Kitos, der meines verlängert hat.«

»Es ergeht der Befehl«, wies der General die umstehenden Mongolen an, »daß Monseigneur Gosset nach Alamut gebracht wird. Holt diesen Hirten, den Vater des Omar, damit er euch den Weg durchs Gebirge bis zur Rose weist.«

Wie Hitzewellen und Ausbrüche kalten Schweißes wechselten in der Rose angesichts der drohenden Gefahr hektische Anstrengungen, die Rose in den Verteidigungszustand zu versetzen, mit törichter Gelassenheit und abwartender Tatenlosigkeit. Der junge Imam saugte in aufreizender Ruhe an seiner Wasserpfeife. Papaver und Cannabis hielten ihn in glückseligen Dämmerträumen, in denen die Rose sich stets siegreich über ihre Feinde aus den Wassern erhob. Der Emir Hasan tobte seine Aggressionsgelüste mit überraschenden Kontrollen der Wehrbereitschaft an seinen Untergebenen aus, wenn er nicht im ›Paradies‹ über die Huris herfiel wie ein wildes Tier. Alle wußten, auch wenn sie ihn noch nicht zu Gesicht bekommen hatten, daß der

Feind mit einem gewaltigen Heer in den Bergen lauerte und dies erst die Vorhut der mongolischen Streitkräfte war, die sich von allen Seiten auf Alamut zubewegten. Jeden Tag trafen Hiobsbotschaften von anderen Assassinenfestungen ein, die – wenn sie sich nicht gleich ergeben hatten – überrannt worden waren, erstickt und erwürgt von den ungeheuren Massen an Menschen, Tieren und Kriegsgerät, die sich durch die Täler ergossen. Immer weniger Spiegel blinkten von den Gipfeln im fernen Gebirge, und die, die noch Signale aussandten, berichteten nur von Not und Tod.

Drückende Schwüle herrschte im Kessel, die jeden Handgriff zur schweißtreibenden Anstrengung machte. Die Sehnen der schweren Schleuderwaffen wurden geprüft und erprobt; Geschosse waren zu stapeln, so viele, daß einige Fida'i ihre Schlafzellen zur Lagerung zur Verfügung stellen mußten. Dicht an dicht standen dort die Tonamphoren mit der klebrigen Masse des ›Griechischen Feuers‹, das sich beim Aufschlag und Zerplatzen des Behälters von allein entzündete.

Zev Ibrahim war überall zu finden, wo es galt, die Muskeln der Maschinerie zu spannen. Der Boden des Kessels glich einer einzigen feurigen Schmiede. Kugeln wurden gegossen, Bolzen gehämmert und Tausende von Pfeilspitzen geschliffen und gezackt. An allen ›Blütenblättern‹, den beweglichen Fallbrücken, wurden zusätzliche mit Dornen bewehrte Eisenplatten angebracht, denn sie mußten nun vor allem standhalten. An stolze Ausfälle hoch zu Roß war angesichts der zahlenmäßigen Überlegenheit der mongolischen Reiterei gar nicht zu denken.

Jedes freie Fleckchen wurde zur Proviantkammer, denn es war nicht zu erwarten, daß der Feind sich nach dem ersten Fehlschlag gleich wieder zurückziehen würde. Für die Haltbarkeit der Vorräte und für den Nachschub verließ sich der Kommandeur der Festung auf die unterirdischen Felsstollen. Zur Vermeidung von Versorgungsproblemen hatte er die Aufnahme von Flüchtlingen grundsätzlich untersagt. Hasan hatte sogar erwogen, das ›Paradies‹ räumen zu lassen und die Huris nach Hause zu schicken, was ihn um die Befriedigung seiner Gier gebracht hätte. Aber dann hatte Pola darauf verwiesen, daß die Mädchen Verwundete versorgen und die Kampfmoral müder Krieger wieder aufrichten könnten. Sie ließ in den Gärten Getreidemieten anlegen und schnell wachsende Früchte anpflanzen.

Ihre Schwester Kasda hatte sich bei den ersten Anzeichen ihrer Schwangerschaft ganz ins Observatorium zurückgezogen und bildete dort mit ihrem Wissen um Heilkunde und blutstillende Kräuter Huris zu Pflegerinnen aus. Die beiden Schwestern sprachen nicht miteinander. Im übrigen verließen sich Hasan und sein Ingenieur auf das reichlich sprudelnde Wasser in der Tiefe und auf die erschreckende Wirkung des *damm al ard*, das auf dem Wasser schwimmen und brennen konnte. Dem hatten die Mongolen nichts entgegenzusetzen. Und wenn doch? Hasan spielte mit dem Gedanken, daß es nicht das schlechteste wäre, die Rose zu opfern und nur sich und den neugeborenen Imam zu retten. Oder sollte er – unter Mitnahme der hochschwangeren Kasda – sofort das Weite suchen und die Rose ihrem Schicksal überlassen? Er war kein Held. Aber gerade als solcher wollte er angesehen werden, wenn er wie Phönix aus der Asche mit dem neuen Imam vor das Volk Ismaels treten würde. Also verwarf er den Gedanken an die Flucht, die Schwangere wäre dabei auch zu lästig. Nach der Demütigung, die ihm der Khurshah zugefügt hatte, wäre sie ihm als Feigheit angekreidet worden. Kein Hund und schon gar kein Ismaelit würde dann noch das Brot mit ihm teilen. Nur als heldenmütiger Verteidiger der Rose bis zum letzten Blutstropfen – sein eigenes natürlich ausgeschlossen! – konnte er sich die Erlangung der charismatischen Führerschaft über alle Ismaeliten erhoffen: »Der Retter des Imams!« Das würde ihm die ersehnte Herrschaft sichern, auch wenn es nur nominell eine Regentschaft für den kleinen Imam wäre, aber er hätte die Macht in den Händen. Hasan war klar, daß ein Bad im Mongolenblut den Schimpf von ihm abwaschen würde, den das Kalb über ihn ausgegossen hatte. Oh, wie haßte er diesen Khurshah!

Als Hasan gemeldet wurde, ein kleiner Trupp steige aus Iskander das Gebirge herab, befahl er, den Talausgang im Auge zu behalten, aber keinesfalls einen Ausfall zu unternehmen. Es könne sich um eine Falle handeln. So wurde die Bahre mit Crean unangefochten bis zu der Stelle gebracht, wo an Seilen die Versorgungskörbe über den Seegraben hinweg niederstiegen, ohne daß sich jemand in der Festung darum zu kümmern schien. Erst als sich die mongolische Begleitmannschaft zurückgezogen hatte und nur noch einige Hirten bei der Bahre standen, erlaubte Hasan, daß sie hinaufgezogen wurde. Er hatte Crean schon von oben erkannt und mißtraute seinem Auftritt als gebrechlicher Invalide. Zu zäh war der Konvertit, und alles, was er im Schilde führte, hatte sicherlich nichts mit dem Wohl und Wehe Alamuts zu tun, sondern entsprang einzig und allein seiner Manie, sich für das Königliche Paar Roç und Yeza einzusetzen.

Hasan begab sich zu der Winde, wo die von unten heraufgeholten Lasten ankamen. Crean hatte sich mühsam von seinem Lager erhoben. Der Emir starrte ihn ungläubig an, wie er da blaß und schwach vor ihm stand. »Die Rose hatte Euch vor fünf Jahren ausgesandt, mit Mitteln reichlich versehen, damit Ihr für die Bewahrung ihrer Blüte um Beistand im Abendland warbt. Jetzt kehrt Ihr als Bettler zurück, von den Mongolen bei den Abfällen abgeladen, wenn nicht gar als ihr Spion!«

Da riß Crean sein Hemd vor der Brust auf und ließ Hasan und alle Umstehenden seine schrecklichen Wunden sehen. »Würdet Ihr Euch so foltern lassen, Hasan?« entgegnete er ruhig. »Nur um die Rose nicht zu verraten?«

Dem Emir behagte diese Wendung nicht. »Was habt Ihr unserem Imam, dem erhabenen Rukn ed-Din Khurshah, zu berichten?« belferte er Crean an. »Wo sind die Heere Eurer christlichen Freunde? Ich weiß nur von einem mongolischen Haufen, der die Berge bei Iskander unsicher macht! Und warum hat Euch der Dschuveni das Leben geschenkt?«

»Das zu erklären, will ich dem Imam Rede und Antwort stehen«, erwiderte Crean fest. »Oder gibt es ihn gar nicht, und Ihr, Hasan Mazandari, habt endlich die Macht in der Rose an Euch gerissen, wenn auch nur, um sie ins Verderben zu treiben?«

»Hütet Euren Mund, Crean de Bourivan, oder ich lasse Euren

armseligen Leib so zurichten, daß Ihr Euch winselnd nach den Folterungen der Mongolen zurücksehnt!«

Er trat einen Schritt zurück, als wolle er den Befehl dazu erteilen, doch dann änderte er seine Taktik.

»Gebt doch zu, Euch schert nicht, ob die Gläubigen Ismaels überleben oder verrecken, Ihr seid immer nur der Sendling jener Macht gewesen, die da vermeint, die Krone der Welt vergeben zu können! Ihr seid gekommen, Roç und Yeza aus der Rose zu entfernen, damit die Horden des Großkhans um so ungehemmter gegen sie anbranden können! Sie werden sich die Köpfe einrennen und die Pfoten verbrennen. Ihr stinkendes Blut wird die Täler hinabströmen, um allen zu verkünden: Die Rose lebt und ist ewig!«

»Wenn Ihr dessen so gewiß seid, Hasan«, erwiderte Crean mit wiedergefundenem Spott, »was klammert Ihr Euch dann so an das Königliche Paar, was bedürft Ihr der Hilfe Ungläubiger? Wenn es sich so verhielte, wie Ihr es bildreich beschreibt, dann hättet Ihr von den Mongolen nichts zu befürchten –«

»Was bietet der General Kitbogha für die Entsendung von Roç und Yeza und die Freilassung seines Sohnes Kito?« wechselte der Emir seinen Ton. »Ist er bereit zum sofortigen und vollständigen Abzug, ist er bereit, das zu unterzeichnen –«

»Stellt keine Bedingungen!« unterbrach ihn Crean schroff. »Die Lage der Rose erlaubt ein solches Auftreten nicht mehr, die Mongolen haben die Übermacht –«

»Dann sollen sie warten, bis sie schwarz werden!« schnitt ihm Hasan das Wort ab. »Ihr, Crean, bedürft dringender Pflege durch die Hände Eurer Töchter.«

Es war Crean unangenehm, daß ausgerechnet Hasan dies sagte, aber er hatte wohl das Sagen, auch wenn er lächelnd hinzufügte: »Über das Schicksal der Rose mag der Imam bestimmen – wie er über unser aller Schicksal bestimmt.«

Crean wurde genötigt, sich wieder auf die Bahre zu legen, wo er vor Erschöpfung gleich einschlief.

Hasan begab sich heimlich zu Kasda hinauf, die das Wissen über die Mittel des Mercurius besaß, über Gifte und Gegengifte. Er gab der Priesterin ein Schlafmittel in Auftrag, das so stark sein sollte, daß es lähmend wirkte und den Patienten in fortdauerndem Dämmerschlaf hielt, »wegen der furchtbaren Schmerzen, die ihm seine schweren Verletzungen bereiten«.

Kasda stellte keine Fragen, weder nach dem Namen des Kranken noch nach näheren Umständen, in den Zeiten des Krieges war Hasans Bitte kein ungewöhnliches Ansinnen.

»*Afium*«, sagte sie lächelnd, »läßt alles im Vergessen versinken.«

Sie bereitete es sofort zu, und der Emir nahm eine Probe an sich und beauftragte sie, von nun an jeden Tag die wohldosierte Menge zu ihrer Schwester Pola hinabzuschicken. Er wußte, daß die beiden Schwestern nicht miteinander sprachen. Dann ließ er Crean davon einflößen und ihn in diesem Zustand zu Pola bringen, der er die Pflege des Vaters ans Herz legte.

»Die Medizin schickt Euch Kasda jeden Tag frisch zubereitet«, sagte Hasan, eifrig bemüht, sich als Helfer zu beweisen. »Ihrer Heilkunst können wir vertrauen.« Er wartete noch ab, um sich zu vergewissern, wie die Droge wirkte. Crean hatte seine Tochter nicht einmal erkannt. Er brachte kein vernünftiges Wort über die Lippen, sondern schlief immer wieder ein, sosehr Pola sich auch mühte. Hasan rieb sich verstohlen die Hände.

Chronik des William von Roebruk, St. Simeon, am Fest des hl. Kornelius 1256

Meine Ordensoberen empfingen mich eher ungnädig. Nicht, daß sie vom Aufstieg und Fall des Patriarchen von Karakorum gehört hätten, sie wußten nicht einmal, daß es den gab und daß mein Mitbruder Lorenz von Orta dieses hohe Amt bekleidete, womit die Prieuré sich dieser Position bemächtigt hatte. Ich hütete mich, über diese Episode etwas verlauten zu lassen. Nein, sie waren vergrätzt, daß ich so lange ausgeblieben war und keine handgreiflichen Ergebnisse vorzuweisen hatte wie die Erlaubnis, daß der Orden des heiligen Franziskus seine Missionstätigkeit bis in die ferne Mongolei ausdehnen könne. Es war ihnen auch nicht begreiflich zu machen, daß dem Großkhan an einer Ausbreitung eines Glaubens, der nicht in ihm, sondern in einem Papst das Oberhaupt sah, nichts gelegen war und das Christentum dort zwar toleriert, sogar – dank der nestorianischen Gattinnen der Khane – bevorzugt behandelt wurde, aber für so etwas wie den Alleinvertretungsanspruch der *Ecclesia romana* nicht das geringste Verständnis herrschte.

Nun war mein Auftraggeber, Herr König Ludwig, längst nach Frankreich zurückgekehrt, und meinem Verlangen, ihm persönlich Bericht zu erstatten, brachten meine Vorgesetzten gerade so viel Wohlwollen auf wie Batu-Khan gegenüber meinem Wunsch, ihm den Heiland näherzubringen. Der alte Herrscher und Begründer der Goldenen Horde ist übrigens kürzlich gestorben, und sein Sohn und Nachfolger Sartaq neigt offen dem Islam zu. Da hat also auch das reich mit goldenen Vignetten verzierte Brevier nicht geholfen, das er mir abspenstig gemacht hat, obgleich Königin Margarethe es mir zum Geschenk gemacht hatte.

Es geht auch das Gerücht, ein riesiges mongolisches Heer von Karakorum habe sich in Marsch gesetzt, um Persien und den sich anschließenden Westen zu erobern. Eine Vorhut unter General Kitbogha soll schon über Samarkand hinaus vorgedrungen sein mit Stoßrichtung auf Alamut, das Hauptquartier der Ismaeliten.

Ich dachte an Roç und Yeza, meine kleinen Könige, von denen seit über einem Jahr nichts mehr zu hören war, was in mir den Verdacht bestärkt, daß sie in der Assassinenfeste stecken. Ob sie wissen, in welcher Gefahr sie sich befinden?

Ohne Wissen des Provinzials meines Ordens suchten Gosset und ich durch Vermittlung des hilfsbereiten Penikraten im Palast um Audienz beim Fürsten nach. Der Kapitän der Triere hatte es sich nicht nehmen lassen, uns vom Hafen St. Simeon bis hinauf in die Stadt Antioch zu begleiten. Er hatte Zugang zum jungen Fürsten Bohemund. Wir wurden an der Kaserne der Garde vorbei über eine Plantanenallee zum rückwärtigen Teil des Palastes geführt und von ›Bo‹ im Park empfangen. Er war jetzt fast zwanzig; es war die Ewigkeit von acht Jahren her, daß er Yeza hatte heiraten wollen. Seine Gemahlin ist dann Sybille von Armenien, die Tochter König Hethoums, geworden.

Er begrüßte mich wie einen alten Freund und erkundigte sich nach dem Wohlergehen seiner jungen Freunde. Leider konnte ich ihm nur meine schlimme Vermutung mitteilen. Bohemund war entsetzt.

»Dort dürfen sie auf keinen Fall länger bleiben!« rief er. »Mein Schwiegervater ist gerade nach Sis zurückgekehrt und hat uns wissen lassen, daß der Il-Khan Hulagu von seinem Bruder, dem Großkhan Möngke, freie Hand bekommen hat, Alamut dem Erdboden gleichzumachen und jeden Assassinen, der in der Rose angetroffen wird, über die Klinge springen zu lassen. Kein Stein soll auf dem anderen stehen bleiben, kein Vogel unter dem Himmel noch davon singen können, wo die Rose einst blühte!«

»Kann es nicht sein«, klammerte ich mich an einen Strohhalm der Hoffnung, »daß die Goldene Horde – jetzt unter Sartaq dem Islam zugewandt – den Glaubensbrüdern zur Hilfe eilt oder zumindest die Mongolen davon abhält, die Rose zu zerstören, ihre einzigartige Blüte und ihre Schätze zu vernichten? Die reiche Bibliothek –«

»Wie lange habt Ihr bei den Mongolen geweilt, Bruder William?« unterbrach mich der junge Fürst überlegen lächelnd. »Ihr solltet wissen, daß der Geist der Bücher, Wissen und Weisheit den Mongolen fremd sind wie Tischmanieren. Respekt flößen ihnen nur ihre *ada* und *onggods* ein – und was den Herrscher des Khanats Kiptschak anbelangt, Sartaq ist zunächst einmal Mongole und dann erst Moslem!«

»Also ist die Rose dem Verderben preisgegeben?« schloß ich kleinlaut.

»Das haben sich die Assassinen selbst zuzuschreiben«, belehrte Bo mich kühl. »Sie haben Dschagetai ermordet wie übrigens auch den Grafen Raimund von Tripoli, einen meiner Vorfahren! Ihnen ist nicht zu helfen! Der letzte Imam sandte offiziell vierzig seiner mörderischen Knechte aus, Möngke umzubringen. Und sein Sohn Rukn ed-Din Khurshah ist scheint's zu schwach oder zu unentschlossen, das Verhängnis in letzter Stunde abzuwenden, indem er sich bedingungslos unterwirft.«

»Und Hilfe aus dem Lager des Islam?«

Bohemund maß mich mit spöttischem Blick.

»Hilfe für die verhaßte Sekte von Meuchelmördern, fanatischen Anhängern einer Irrlehre? Von Bagdad bis Kairo sind alle froh, wenn diese Plage ausgerottet, diese Brut von Skorpionen in Flammen aufgegangen ist! Jubel wird herrschen unter den rechtgläubigen Anhängern des Propheten!«

»Wer aber stellt sich dem weiteren Vordringen der Mongolen entgegen? Alamut ist nur der erste Stein, den sie als lästiges Hindernis aus dem Weg räumen, dann wird Bagdad –«

»Ich werde ihnen sicher keinen törichten Widerstand leisten, sondern den Weg Armeniens beschreiten. Antioch liegt zu weit im Norden, als daß es auf Hilfe aus dem Königreich hoffen kann. Damaskus und Aleppo müssen selber sehen, wie sie zurechtkommen, nur die Mameluken von Kairo werden Widerstand leisten.«

»Ihr seht die Zukunft so düster, mein Fürst?« entgegnete ich in aufmunterndem Ton, dabei hatte ich auch nicht das geringste an Trost zu bieten.

»Aus dem Abendland wird kein Heer kommen«, fuhr Bo fort. »Die Mächtigen sind zerstritten wie noch nie. In Akkon tobt der Bruderkrieg zwischen den beiden Ritterorden, den drei italienischen Seerepubliken. Antioch wird sich den Mongolen unterwerfen, von den Mameluken haben wir Christen auf lange Sicht sowieso keine Gnade zu erwarten. Ich bete für einen Sieg des Großkhans und bitte um seinen Frieden, die *pax mongolica*. Das ist meine einzige Hoffnung!«

Diese Unterredung machte mich sehr betroffen. Ich kehrte mit meinen Gefährten in unser Quartier zurück, das der umsichtige Penikrat besorgt hatte, denn meine Ordensoberen hätten es beileibe – beim Leibhaftigen! – nicht geduldet, daß ich mit Frau Xenia unter einem Dach, ach, was sage ich, unter einer Bettdecke lebe. Sie ist mir mit der kleinen Amál nach Antioch gefolgt, wohl in der Hoffnung, ich könne dort, wo sie ein kleines Haus besitzt, mit ihr zusammen ein beschauliches Leben führen. Nicht, daß mir daran läge, aber ins Kloster wollte ich auch nicht zurück, zumal man von mir erwartet, daß ich den Bericht für König Ludwig nun eigenhändig zu Ende bringe, damit er von Pater Gosset und nicht von mir nach Frankreich gebracht wird.

In den ersten Septembertagen traf, erst zu meinem Erschrecken, dann zu meinem Glück, Bruder Bartholomäus, der Grottenmolch, in Antioch ein. Unser umsichtiger Kapitän hatte ihn im Hafen St. Simeon abgefangen, gerade als der Penikrat sich wieder auf die Triere zurück nach Konstantinopel einschiffen wollte, und hatte ihn in unser Quartier gebracht, ehe der Minoritenklüngel etwas von seiner Anwesenheit bemerkt hatte. Bartholomäus hat, wie zu erwarten war, seinen Dienst bei Papst Alexander wieder angetreten. Der Kirche läge viel daran, ließ er mich wissen, daß der Bericht für König Ludwig von Hoffnung auf ein gutes Einvernehmen der Mongolen mit der Kirche getragen sei. Bartholomäus war doch tatsächlich der glorreichen Meinung, er könne mir eine überarbeitete Fassung diktieren! Abgesehen davon, daß ich es als überaus lustig empfand, daß jemand, der die Reise zum Großkhan gar nicht mitgemacht und von den Mongolen nur einen abgetragenen Filzhut zu Gesicht bekommen hat, den ich ihm bei meiner Rückkehr in Konstantinopel »als Andenken« geschenkt habe, sich das »verbesserte« *itinerarium* aus den Fingern sog, überwog vor allem mein Widerwillen, mir als Scribend die Finger wund zu schreiben.

Ich sagte: »Das ist eine wunderbare Idee, die dir nur die Heilige Jungfrau hat eingeben können. Morgen früh werden wir zusammen ins Ordenshaus gehen und mit diesem Papst und König wohlgefälligen Werk beginnen.«

In der gleichen Nacht packten Xenia und ich unsere Siebensachen; sie ließ sich nicht abschütteln, und auch die kleine Amál mußte mit. Ich umarmte Gosset, der mich beneidete, denn ihm gefiel es in Antioch längst nicht so gut wie am Goldenen Horn, und mit Hilfe des Penikraten verließen wir heimlich die Stadt und begaben uns hinab zum Hafen von St. Simeon.

L. S.

Kaum war der Sommer vorüber, und die Hirten trieben ihre Tiere wieder zu Tal, trafen Gerüchte in Alamut ein, die Mongolen würden einen *ta'adid ash-shab* unter den Ismaeliten der näheren und weiteren Umgebung veranstalten. Wenige Tage später bot sich den in der Rose verschanzten Assassinen ein ungewohntes Bild. Geschützt von eigens errichteten mannshohen Planken, wurden erst Hunderte, bald Tausende aus den Bergen zusammengerufener Assassinen in langer Reihe durch Pferche getrieben, wo die Volkszählung stattfinden sollte. Sie konnten nicht sehen, was die Verteidiger von oben sahen. Wenn die Menschen am Ende des riesigen Labyrinths anlangten, das wie ein Mäandermuster angelegt war, wurden ihnen ohne weitere Umstände die Köpfe abgeschlagen. Die wurden dann gezählt. Hasan, weiß vor Wut, hatte dem Schauspiel gebannt zugeschaut, bevor er dem Imam eine Mitteilung schickte. Aber der sagte nur, was er schon seit Tagen von sich gab: »Wir sollten mit den Mongolen verhandeln.«

Der Emir hatte Khurshah die Ankunft Creans nicht verschwiegen, ihn jedoch wissen lassen, daß es aussichtslos sei, mit ihm ein Gespräch zu führen. Es sei nicht einmal möglich gewesen, dem Moribunden den glücklichen Umstand nahezubringen, daß er, Khurshah, der neue Imam sei. Und auch sein eigen Fleisch und Blut habe er nicht erkannt.

»Haltet uns auf dem laufenden«, hatte der Imam gemurmelt. »Er sollte für uns verhandeln.« Khurshah hatte sich seit seiner Thronbesteigung in seinem Palast eingeschlossen und brütete dort angeblich vor sich hin, wenn er nicht mit Roç Schach spielte oder sich von Yeza aus den Büchern der griechischen Philosophen vorlesen ließ. So aus der ›Bibliotheka‹ des Photios, den Schriften des Algazel ›Zur Belebung der Theologie‹, vor allem aber aus dem Werk des Aristotelikers Averroes, der die Unsterblichkeit der Seele des einzelnen zugunsten einer allgemeinen Vernunft leugnete.

Hasan befahl – ohne Rücksicht auf die ohnehin Todgeweihten – , die mörderische Zählanlage der Mongolen mit Katapulten in Brand zu schießen. Darauf zogen sich die Mongolen unter Mitnahme ihrer Gefangenen wieder zurück.

Dafür traf als Emissär der weise el-Din Tusi in der Rose ein. Kitbogha hatte ihn aus Megara herbeiholen lassen, da er schon einmal für die Assassinen eine Gesandtschaft zum Großkhan geführt hatte.

Hasan empfing ihn auf Anordnung des Imams zähneknirschend, aber mit der ausgesuchten Höflichkeit, die einem Gelehrten seines Ranges zukam. Doch el-Din Tusi bestand darauf, vor den Imam geführt zu werden. Dort hielt er sich nicht mit langen Vorreden auf, seine Achtung für Khurshah hielt sich in Grenzen.

»Wenn Ihr Euer Euch anvertrautes Volk vor der Ausrottung bewahren wollt, dann schickt sofort das Königliche Paar in das Feldlager der Mongolen zum General Kitbogha, nicht zum Kämmerer Dschuveni, der ihnen und Euch übel will. Roç und Yeza sind in der Lage, besänftigend auf die Mongolen einzuwirken. Bessere Fürsprecher habt Ihr nicht!«

Um die Beklommenheit des Imams und die spürbare Feindseligkeit des Emirs aufzubrechen, fügte er hinzu: »Nachdem schon Crean de Bourivan sein den Mongolen gegebenes Wort gebrochen hat und bis heute nicht mit dem erwarteten Friedensangebot zurückgekehrt ist.«

Khurshah schaute Hasan streng an; der zuckte mit den Schultern. Dann sagte der Imam: »Den haben die Mongolen so zugerichtet, daß er noch immer um sein Leben ringt. Bis heute ist kein Wort von einem Friedensangebot über seine Lippen gekommen – doch ich werde mich nun persönlich um ihn kümmern.«

Hasan schaute unbeteiligt in die Luft.

Danach ließ Khurshah Roç und Yeza rufen und fragte, ob das Königliche Paar bereit wäre, zusammen mit dem weisen el-Din Tusi zur Rettung der Rose und all ihrer Bewohner zu den Mongolen zu gehen und mit ihnen auszuhandeln, wie die Bedingungen der Übergabe und Unterwerfung aussehen sollten und ob den Assassinen leibliche Unversehrtheit garantiert werde.

Roç wollte schon seine spontane Zustimmung laut von sich geben, da kniff ihn Yeza in den Arm und sagte mit tiefernster Stimme: »Das Königliche Paar zieht sich zur Beratung zurück!«

Sie schob Roç in eine Ecke. »Auch ich muß an mich halten, mein lieber Trencavel«, flüsterte sie aufgeregt, »um nicht Freude und Erleichterung zu zeigen, weil wir endlich Alamut den Rücken kehren können!«

»Nicht aus Furcht vor der drohenden Kriegsgefahr, sondern aus Ekel über alles, was wir seit unserer Rückkehr hier erleben mußten.«

»So ist es«, sprach Yeza. »Jetzt kannst du unsere Bereitschaft verkünden.«

Khurshah ließ beiden keine Zeit, sich von ihren Freunden ›Zev auf Rädern‹ und dem greisen Magister Herlin in der Bibliothek zu verabschieden. Nicht einmal Pola und Kasda konnten sie Lebwohl sagen. Sie wurden von der Leibgarde des Imams bis zum Tor geleitet, damit der Emir ihnen kein Hindernis in den Weg legen konnte.

Hasan erwartete sie bereits dort.

»Wir wünschen«, sagte Roç fest, »unseren Freund Kito mit uns zu nehmen, den Ihr immer noch in Gewahrsam haltet. Laßt ihn aus dem Kerker holen!«

Der Emir verneigte sich devot. »Das soll sofort geschehen. Ich werde ihn Euch nachschicken, sobald die Mongolen den *ta'adid ash-shab* eingestellt haben.«

Da die Garde drängte, das Tor nicht so lange bei herabgelassener Fallbrücke offenstehen zu lassen, folgten Roç und Yeza dem vorausschreitenden el-Din Tusi. Ein kleiner Trupp Mongolen eskortierte den General Kitbogha, der bis zur äußersten Reichweite der Katapulte den Kindern und dem Gesandten entgegenritt. Er freute sich über den Erfolg der Vernunft, wenn auch das Fehlen seines Sohnes ihm einen Stich gab.

»Willkommen!« rief er gerade, als ein Geschoß die Rose verließ, vor dem General aufschlug und vor den Hufen seines Pferdes ausrollte. Mit starrem Entsetzen erkannte der das abgeschlagene, blutige Haupt seines Sohnes Kito.

DIE ROSE IM FEUER
LIBER III
CAPITULUM X

Den ganzen heißen Sommer über bis in den beginnenden Herbst hinein blieb die Hochebene von Alamut menschenleer. Nur Schwärme von Geiern waren gleich nach dem Abzug der Mongolen eingefallen und hatten bleiche Gerippe auf der steinigen Fläche zurückgelassen. Die Köpfe der Toten hatten die Mongolen auf Stangen gesteckt, so daß die Rose ringsum mit grinsenden Schädeln umstellt war. Hasan hatte Trupps ausgesandt, die Köpfe herunterzuschlagen, denn lange mochte sich keiner dort aufhalten, doch jeden Morgen staken sie wieder auf den Pfosten. Dabei war niemand zu sehen. Die Mongolen schienen sich in Luft aufgelöst zu haben. Allerdings gingen von den umliegenden Bergfesten auch keine Meldungen mehr ein, die Spiegel waren verstummt, und ins Gebirge ausgeschickte Spähtrupps kehrten nicht zurück.

Der junge Imam hielt sich Tag und Nacht in der Bibliothek auf, in der *qubbat-al-musawa*, dem ›Gewölbe des Ausgleichs‹, das sich gleich über seinem Palast erstreckte und bis zu den Bogenrippen angefüllt war mit Werken der Erkenntnis, die Khurshah erst in diesen Tagen des dumpfen Wartens entdeckt hatte und in deren Weisheit er nun Zuspruch suchte. Er hatte den ›Taijet‹ verschlungen, das ›Hohelied der Liebe‹ des Omar Ibn al-Farid und die ›Gespräche mit Vögeln‹ des Ferid ud-Din Attar über die Pilgerfahrten der Seele. Er folgte den großen Mystikern Persiens und vertiefte sich in das ›Königsbuch‹ des Firdausi, eines der ältesten Abhandlungen über das Schachspiel. Der alte Herlin hatte ihm ganze Stapel von Folianten auf den Tisch am Fensterloch ausgebreitet, darunter auch eine alchimistische

Schrift des berühmten Ismaeliten Gabir Ibn Haiyan, ›der Geber‹, und – nach einigem Zögern – auch die Deutung des Mönches Chi K'ai von mystischen Symbolen der Lehre Buddhas.

Khurshah träumte die schönen Träume, die der kalte Rauch des Cannabis in seinem Hirn erzeugte. Er hob seine Augen zu den Wolken empor und segelte mit der Rose wie auf einem Schiff zwischen ihnen dahin. Doch dann verengte sich sein Blick, fiel hinab auf Hasan, der unter ihm auf den Zinnen stand und in das Land hinausstarrte, und er sah mit den Augen des Emirs die felsige Einöde mit den Gerippen und dahinter das Gebirge, aus dem die Mongolen eines Tages hervorbrechen würden.

Die Schwangerschaft der Priesterin hatte die Frist überschritten, jeden Augenblick war mit der Niederkunft zu rechnen. Kasda lag mit geblähtem Leib auf ihrer Liege unter dem offenen Baldachin des Observatoriums und wartete auf das Einsetzen der Wehen. Sie hatte in ihrem Starrsinn jede Hilfe eines kundigen Weibes zurückgewiesen, die ihrer Schwester sowieso, nur der greise Herlin sollte ihr beistehen. Des Nachts schleppte sie sich zu ihren Instrumenten und blickte hinauf zu den Sternen. Sie standen schlecht. Grell blinkte der Unuk Elhaia; er grüßte verschwörerisch den Ras Alhague und den Procyon; Phoenon stand im Quincunx zum Mars; der Krieger pulsierte blutrot zur grausamen Hekate, die sich in den Mantel der Dunkelheit hüllte, als wollte selbst die Erbarmungslose sich dem Anblick des Unheils verweigern, das sie heraufziehen sah.

Auf Anraten des alten Herlin, der den täglichen Transport der Arznei von Kasda zu Pola für den siechen Crean besorgte, setzte Pola das Medikament endlich ab. Und siehe da, Crean wurde plötzlich wach, und seine Genesung machte so rasche Fortschritte, daß sie bald mit ihm beratschlagen konnte, welche Schritte zur Rettung des noch ungeborenen Kindes unternommen werden sollten. Zu Creans Erstaunen setzte sich gerade die seiner Töchter für den Erhalt der Blutslinie des Imams ein, der Crean eine solche Hinwendung zur spirituellen Botschaft Ismaels keinesfalls zugetraut hatte. Pola bewies Sinn für die wenigen Möglichkeiten, die für das Unternehmen noch offenstanden.

»Eine Flucht aus der Rose und eine Bergung des Erben hat nur Aussicht auf Erfolg, wenn die Mongolen tatsächlich zum Sturm auf Alamut angetreten sind«, erklärte sie ihrem Vater. »Dann konzentriert sich ihre Aufmerksamkeit darauf, unseren Widerstand zu brechen, und ihre Wachsamkeit, mit der sie jetzt noch das Hinterland kontrollieren, wird nachlassen. Im vollen Kampfgetümmel müßt Ihr mit Shams den Ausbruch wagen –«

Crean de Bourivan lächelte gequält. »Für Euch, Tochter, steht demnach fest, daß ausgerechnet ich diese Aufgabe übernehmen soll. Und woher bezieht Ihr die Sicherheit, daß es ein Knabe sein wird, da Ihr das Ungeborene Shams nennt?«

»Dessen bin ich so sicher, wie ich weiß, daß Ihr Euch dem Ruf nicht entziehen werdet. Wem sonst sollte ich diesen letzten Dienst an der Rose anvertrauen, wenn nicht Euch –« Pola sah ihren vorzeitig ergrauten Vater in jäh aufwallender Liebe an und setzte behutsam hinzu: »Es ist die Erfüllung Eures Lebens.«

Crean nickte müde. »Ihr habt so unrecht nicht«, murmelte er. Seine Gestalt straffte sich. »Sagt Eurer Schwester, daß ich es übernehmen und zum guten Ende bringen werde – so Gott will.«

Über die leergefegte Hochebene, in der sich nur einzelne Steinbrocken und unzählige Gerippe erhoben, zog ein Franziskanermönch in brauner Kutte einen störrischen Maulesel hinter sich her, auf dem eine verhüllte Frau ein Kind in den Armen trug.

Xenia hatte die kleine Amál wie ihre eigene Tochter angenommen, und sie folgte dem Mann, den sie bewunderte, obgleich sie instinktiv fühlte, daß dieser William von Roebruk ihr alles andere als Sicherheit bieten würde.

Als sie noch eine Tagesreise von Alamut entfernt waren, wurden sie von Mongolen aufgegriffen, die William mit einem merkwürdigen Respekt begegneten. Einige waren sogleich niedergekniet, als würden sie um seinen Segen bitten. Andere dagegen verhielten sich mißtrauisch. Man brachte sie in das Heerlager und führte William ohne Weib und Kind in das Zelt des Generals Kitbogha. Dort waren auch Roç und Yeza anwesend, und sie waren es, die nach überschwenglicher Begrüßung ›ihres‹ Williams den Vorschlag machten, ihn in die Rose zu schicken.

»Das ist die letzte Chance«, erklärte Roç offen. »Wenn auch du ohne Erfolg –«

»Du mußt aber«, mischte sich Yeza ein, »unbedingt bis zum Khurshah vordringen, das ist der neue Imam. Wenn du dich von Hasan, dem Kommandanten der Festung, aufhalten läßt, dann war deine Mission vergebens.«

»William«, rief Roç, »versuch alles, um die Rose zur Vernunft zu bringen und zur Einsicht in ihre aussichtslose Lage!«

»Eine Stunde Frist!« verkündete der General, der wenig Grund sah, von dem Franziskaner Wunder zu erwarten. »Die bewilligte Zeit läuft ab Eintritt Eures Williams in die Feste! Mehr kann ich nicht gewähren!«

So war William mit Frau Xenia und der kleinen Amál bis vor die Rose vorgedrungen. Denn auch der Dschuveni hatte es löblich gefunden, den Franziskaner – in sein Verderben – laufen zu lassen. So hätte er, der Kämmerer, auf dem weiteren Feldzug nicht den selbsternannten ›Hüter der Kinder‹ zwischen den Füßen. An einer Stärkung der Position des Königliches Paares war ihm keineswegs gelegen.

Vor der Rose angelangt, sah William eines ihrer zarten Blätter, die nur einer einzelnen Person Aufstieg zu der kleinen Schlupfpforte gestatteten, schmal wie eine Leiter über den Seegraben gestreckt.

»Wartet hier«, sagte er zu der Frau, »ich muß eine Botschaft von Roç und Yeza überbringen, meinen kleinen Königen.« Und schon stiefelte er den schwankenden Steg hinauf und klopfte an die Pforte. Sie wurde von innen entriegelt, Hände packten William und zerrten ihn ins Innere, bevor er auch nur den Mund aufmachen konnte.

Der Franziskaner schaute erstaunt wie ein Kind in das Innere des Kessels mit seinen Vouten und geschwungenen Treppen, die ihn kreuz und quer durchzogen, mit dicken Tauen, die herabhingen oder sich von Strebe zu Strebe rankten, und mit Ketten, die rasselnd zwischen den Waben an den Wänden und dem sich drehenden Gestänge im Zentrum auf- und niederfuhren. Feuer glühten in der Tiefe, und nach oben verlor sich sein Blick im Gewirr der Querbalken, Gleitschienen und frei schwebenden Rippen. Und überall hasteten Menschen.

Das ist die Hölle, dachte William, oder zumindest das Fegefeuer. Und er bemerkte auch einen Mann, der aussah wie der Satan. Der befahl mit schneidender Stimme: »Werft ihn in den Kerker, und bringt ihn zum Sprechen!« Von einer Galerie über den Toren herab setzte Hasan hinzu: »Entweder handelt es sich um einen Spion, wie sonst hätten ihn die Mongolen passieren lassen – oder er ist ein Narr!«

Da erblickte William einen Korb, der von oben herabglitt. Ihm entstieg Crean, auf eine schöne Dame gestützt, wie vom Himmel entsandt. Gleichzeitig traf auch der Khurshah, umgeben von seiner Garde, unten im Kessel ein. Crean bedeutete den Wachen, William loszulassen.

»William von Roebruk ist ein Glücksbringer«, erklärte er dem Emir. »Wenn der auftaucht, könnt Ihr sicher sein, daß alles schiefgeht!«

»Diese rundliche ›Hand der Fatima‹, eine köstliche *chamsa*«, rief der Khurshah, »die will ich mit mir nehmen.« Er lud William ein, in seinem Korb Platz zu nehmen, der alsbald mit dem erstaunten Franziskaner hinauf in den Himmel fuhr.

»Pech gehabt!« sagte Crean zum Emir, verabschiedete sich von Pola und begab sich schleppenden Schrittes, aber unbehelligt in das unterirdische Reich Zev Ibrahims.

Xenia mit der kleinen Amál im Tuch hockte noch immer in stummem Protest vor der Rose, die feindselig ihre Stacheln wie Krallen nach ihr ausstreckte.

Da blinkten zwischen den Felsen am Fuß der Berge Waffen auf. Die Täler füllten sich mit Tausenden und aber Tausenden von Soldaten; sie quollen auf den Teller der Hochebene wie ein Brei: Pferdeleiber, gedrungene Körper, in Leder und Eisen gehüllt, gespickt mit Lanzen, Krummsäbeln, Pfeil und Bogen. Doch es waren keineswegs ungeordnete Massen. Tausendschaft auf Tausendschaft formierte sich, nahm den zugewiesenen Platz ein. Die schweren Belagerungsmaschinen, die riesigen Mangonels, ließen den schmalgliedrigen

Radspannbögen und den leichteren Trébuchets den Vortritt. Die Ballisten und Steinschleudern traten auch sofort in Aktion, um die Rose zu reizen, ihre Vorräte an Geschossen zu mindern.

Die Mongolen machten ihre Rechnung jedoch ohne die boshafte Zurückhaltung Hasans und die nimmermüde Erfindungsgabe des Zev Ibrahim. Die Rose fing die feindlichen Geschosse mit Netzen auf und gab selbst keinen einzigen Schuß ab.

Deshalb ließ der General diese Taktik, die der Dschuveni ersonnen hatte, sofort einstellen.

»Mit Mückenstichen wollt Ihr einem Skorpion zu Leibe rücken?« kanzelte er den Kämmerer vor den versammelten Offizieren ab.

Dschuveni wurde nach Iskander zurückgeschickt, wo der Il-Khan Hulagu, begleitet von seiner Frau, der Dokuz-Khatun, sein Hauptquartier aufgeschlagen hatte. »Kümmert Euch um Eure Belange!« raunzte er den beleidigt auf sein Pferd steigenden Kämmerer noch zum Abschied an. »Bislang haben mir die Geheimen Dienste noch nicht einen einzigen Assassinen angebracht, der uns verraten hat, wo die unterirdischen Felskanäle verlaufen, die die Rose mit Wasser und Kraft versorgen.«

Roç und Yeza hatten sich mit der früheren Hundertschaft Kitos, in der Roç gedient hatte, an den Ort der Kampfhandlungen begeben. Sie hegten nur geringe Hoffnung, noch Schonung für die Rose und Gnade für ihre Verteidiger erlangen zu können. In Anbetracht des grausamen Endes Kitos war das von den Mongolen – geschweige denn von seinem Vater – nicht zu erwarten und schon gar nicht zu verlangen. So unterließen Roç und Yeza es, ihre Stimme zu erheben, blieben ab in dumpfem Trotz bei den Anführern der Belagerungsarmee, die nur noch das Scheitern Williams abwartete.

Der Ring um die Rose hatte sich geschlossen. Die Frist war abgelaufen. So weit das Auge reichte, standen dicht gedrängt die Heeresblöcke und warteten auf das Signal zum Angriff.

Eine Eskorte erschien, um das Königliche Paar auf Befehl des Generals nach Iskander zurückzugeleiten. Mit Roç und Yeza, die den Ort in stummer Verzweiflung verließen, wurden auch Xenia mit der kleinen Amál und der Kämmerer in die Berge geschickt. Auf dem Weg, den die Mongolen zu einer passierbaren Steinstraße ausgebaut hatten, erfuhren Roç und Yeza von der untröstlichen Frau, daß ihr William gerade noch in die Festung geschlüpft, aber noch nicht wieder herausgekommen sei. Am liebsten wären die beiden auf der Stelle umgekehrt, um sich bei Kitbogha für den Freund zu verwenden, doch das würde ihnen der Dschuveni beileibe nicht gestatten.

Yeza bekundete mütterliches Interesse an der kleinen Amál. Xenia erzählte ihr, daß das Mädchen das Kind der unglückseligen Liebe zwischen Omar und Orda sei. Das fand auch Roç aufregend. Und sie nahmen sich vor, Amál gleich nach ihrer Ankunft im Gebirgsdorf dem Großvater vorzuführen. Also zogen sie hinauf zu dem Gehöft des Vaters des Omar, der sie auch gleich wiedererkannte und freundlich mit Honig und frischem Käse bewirtete. Nur mit Mühe war er davon abzubringen, ihnen ein Zicklein zu schlachten.

»So hat mein Omar mir zwar keinen Enkel geschenkt, aber wer weiß, wozu das gut ist in diesen Zeiten, wo die jungen Männer doch nur vom Schwert hingerafft werden!« Er hob das Mädchen hoch, warf es mit seinen kräftigen Armen in die Luft und fing es wieder auf. Die Kleine juchzte, und der Hirte rief glücklich: »Amál! Meine Hoffnung auf Frieden!« Er drückte sie der ängstlichen Xenia wieder in die Hand, herzte das Kind noch einmal, lange und bewegt. Er dankte dem Königlichen Paar mit Tränen in den Augen, bestand darauf, daß es für die Dauer seines Aufenthaltes sein Haus als das seine betrachtete, und schritt dann hinunter ins Dorf, »mal nach dem Brunnen sehen!«, wie er zum Abschied rief.

In Iskander hatten sich inzwischen die Mongolen einquartiert. Der Kämmerer war übel gelaunt. Er ließ dies sofort nach seiner ruhmlosen Rückkehr an der verbliebenen Bevölkerung aus. Der erste, den er sich griff, war der Vater des Omar, sein alter Gastfreund. Den frischen Käse, den er in dessen Haus genossen, hatte der Dschuveni immer noch in begehrlicher Erinnerung. Fast hätte er gefragt: »Wo ist der *jibn tasa* versteckt?« Er beschimpfte den Hirten, beschwor ihn, jeder

Hinweis auf die Wasserleitung der Rose werde ihm das Leben retten. »Irgend jemand muß doch den Tunnel durch den Felsen geschlagen haben und ihn instand halten?«

Doch der Vater des Omar lachte den Kämmerer nur aus und zuckte, sein Nichtwissen oder Nichtwissenwollen unterstreichend, mit den Schultern. Wütend befahl der Dschuveni, dem Alten den grinsenden Schädel von den Schultern zu trennen. Doch der Hirte hielt plötzlich einen Dolch in der Hand. Kreidebleich sprang der Dschuveni zurück; er strauchelte, fiel auf die Knie, hob abwehrend die Arme. Ehe seine Häscher den Vater des Omar greifen konnten, hatte der sich mit einem raschen Schnitt die eigene Kehle durchtrennt. Sein Blut spritzte auf den Kämmerer.

»Die Rose ist nicht nur unbesiegbar«, hatte der junge Imam dem ungläubig dreinschauenden William verkündet, »sondern auch uneinnehmbar!« So schilderte der Franziskaner jedenfalls unten im Keller seinem alten Freund Crean und dem Zev Ibrahim sein Gespräch im Palast. Sie hatten dabei eine schnelle Partie Schach gespielt, die der Khurshah, wie um seine These zu unterstreichen, glorreich für sich entschieden hatte. William war ein schlechter Schachspieler.

»Seine Hoheit Rukn-ad-Din Khurshah wünschen, daß die Mongolen diese triumphale Überlegenheit zunächst erkennen und eingestehen. Erst dann ist der Imam gern bereit, mit Abgesandten des Großkhans zu verhandeln.« William war von dem Gespräch jedenfalls sehr beeindruckt, wie von der Rose überhaupt. Er wunderte sich, es ärgerte ihn sogar ein bißchen, daß weder Crean noch Zev auf seinen Bericht eingingen.

Weit nach Mitternacht hatten sich Crean und der Ingenieur auf seinem Rollstuhl hinabbegeben in die Tiefen der Eingeweide der Rose, wo unter ungeheurem Druck die Wasser aus den regulierbaren Schleusen schossen, Schaufeln über Schneckenwinden die klobigen Zahnräder des Gestänges drehten. Aufschäumend toste das Wasser in ein Auffangbecken, bevor es in Kanälen gurgelnd entschwand.

»Die Mongolen lassen sich jetzt Zeit. Ich rechne mit dem Generalangriff in den frühen Morgenstunden«, murmelte Zev Ibrahim.

»Dann sind die Angreifer frisch und ausgeschlafen, die Verteidiger dagegen übernächtigt, ermüdet vom langen Wachen –«

»Wichtig ist nur, daß Kasda vorher endlich mit ihrem Sohn niedergekommen ist«, unterbrach ihn Crean, »der Imam muß hier raus, kaum, daß die Nabelschnur durchgeschnitten –«

»Die Wehen der Priesterin haben eingesetzt, läßt uns der Magister Herlin wissen«, beschwichtigte ihn Zev. »Der erste Schrei des erhabenen Kindes wird wohl mit dem Aufprall der ersten feindlichen Kugel gegen die wehrhaften Blätter der Rose zusammenfallen!«

»Hoffentlich nicht sein letzter!« ließ sich William in seiner frivolen Art vernehmen. Er war den beiden gefolgt. Alles, was er bisher von Alamut zu sehen und zu hören bekommen hatte, erregte seine Neugier, die ihn jede Gefahr glatt vergessen ließ.

Zev warf dem vorlauten Franziskaner einen strafenden Blick zu. »Ich habe für den kleinen Imam ein Rettungsgefährt vorbereitet.« Stolz zeigte er auf ein aufklappbares Faß, kaum größer als ein Brotlaib. Innen war es weich gepolstert.

»Und wie öffnet der lebenserfahrene Säugling es bei seiner Ankunft?« spöttelte William, aber diesmal gab Crean ihm recht.

»Wir dürfen uns nicht blind darauf verlassen, daß gutgesinnte Frauen das Holz aus dem Wasser fischen, wie weiland Pharaos Töchter den Moses.« Er warf einen prüfenden Blick auf zwei größere Schalen, die im strömenden Wasser von unsichtbarer Hand festgehalten wurden.

»Ich werde das Kind begleiten«, entschied er. »Laßt mich das Gefährt ausprobieren, denn wenn es soweit ist, muß alles sehr schnell gehen.« Crean ließ sich mühsam von oben in das nicht einmal mannslange Boot hinab, das zuvorderst schwamm. Er kauerte sich liegend hinein, da war noch gut Platz für ein kleines Kind an seiner Brust. Crean wollte genau wissen, wo und wie er wieder an die Oberfläche der Erde gelänge.

Zev erklärte es ihm lächelnd: »Hoch in den Bergen befindet sich eine Kaverne, gefüllt mit köstlichem Wasser. Ein in den Fels geschlagener Kanal führt unter der Rose hindurch in einen künstlichen Bergsee. Wenn ich dessen Wasserspiegel senke, entsteht im Kanal ein

Sog, der das Fluchtgefährt von hier aus in den höher gelegenen See trägt.« Zev sah sich nur von William verstanden, deswegen wandte er sich an den ihm unbekannten Mönch. Roç hatte ihm viel von seinem großen Freund William berichtet. »Unten im Becken ist der Auslaß«, er zeigte stolz in die gurgelnde Tiefe, »deswegen habe ich die Faßboote mit einem verdickten Kiel versehen; damit gleiten sie an dieser Hohlrinne entlang und werden so unter Wasser gezogen bis zum Eintritt in den Kanal.«

»Großartig!« lobte William, doch Crean rief von seinem Gefährt aus: »Könnte nicht William das andere Boot nehmen, seine Begleitung könnte mir von Nutzen sein!«

»Warum nicht?« antwortete der Ingenieur. »Ich hielt es in Reserve – und für mich brauche ich es nicht. Ich bleibe in der Rose bis zum –« Er verschluckte den Rest des Satzes, weil er sah, daß Crean bereits den Deckel über sich zugeklappt hatte und seine fatalistische Einschätzung des Endes nicht hören konnte. »Ich muß Eurem Gefährt nur eine Dichtung anlegen«, erklärte er William heiter. »Ob Ihr dem Krüppel zur Hand gehen mögt?«

Er griff sich einen mit schwarzem Teer getränkten Strick, ließ sich von William in die schwankende Schale heben und begann, den Rand des Deckels mit dem klebrigen Strick zu säumen. William beobachtete Zev mit einem flauen Gefühl im Magen. Mißtrauisch verfolgte er, am Rand des Beckens balancierend, den Verlauf der hölzernen Gleitrinne und stieß dabei an einen unscheinbaren Hebel. Da erfüllte ein Rauschen und Tosen das Becken. Creans Gefährt glitt davon, senkte sich und verschwand in der Tiefe. Zev ruderte noch mit den Armen und schrie: »Jachwee, das Kind! Das Kind!« Er konnte gerade noch den Deckel über sich zuschlagen, da hatte auch ihn die gewaltige Strömung ergriffen, sein Faß raste dem schwarzen Loch entgegen und wurde sogleich von gurgelnden Fluten aufgesogen.

William hatte vergeblich versucht, die Folgen seiner Unachtsamkeit zu beheben, doch der Druck des Wassers hatte ihm den Hebel, den er nur leicht berührt hatte, aus der Hand gerissen. Er ließ sich trotz aller Anstrengungen nicht mehr zurückschieben. Verzweifelt suchte William nach einer Möglichkeit, dem tobenden Wasser Einhalt zu gebieten. Er sah ein schweres Rad, groß wie von einem Wagen, doch mit griffigen Speichen versehen. Entweder die Rose ersoff – und er mit ihr –, oder ... Fragen konnte er niemanden, den Ingenieur hatte er fortgespült. Also drehte er das Rad, preßte sein ganzes Gewicht gegen die Speichen, und langsam, ganz langsam spürte er, wie der Druck nachließ, das Wasser sich beruhigte und absank. Es befand sich nun wieder in dem sprudelnden Zustand erregter Erwartung, in der es sich befunden hatte, bevor der Unglücksrabe aus Flandern seine linkischen Gliedmaßen in das Räderwerk der Rose gebracht hatte.

Wenn es ihm doch wenigstens alle Knochen gebrochen hätte! Das dachte Hasan, der alles beobachtet hatte. Zähneknirschend hatte der Emir mit ansehen müssen, wie ausgerechnet in dieser kritischen Stunde der Festungsingenieur abhanden kam.

Wenigstens kannte er, Hasan, jetzt das Geheimnis, das ihm Zev Ibrahim nie verraten hätte, und er wußte auch, dank William, wie der Mechanismus zu bedienen war. Denn es gab noch ein drittes Gefährt, das abweichend von den anderen als Kugel an einer Kette hing. Der Emir hatte diese wohl letzte Möglichkeit zur Flucht sofort erspäht. Denn darin sah er sich mit dem ihm verhaßten Renegaten Crean völlig einig: Die Linie der Imame mußte sichtbar erhalten bleiben. Im Namen Shams, als sein Regent, könnte er noch viele Jahre über die Ismaeliten herrschen, denn, auch wenn Alamut fiel, die Sekte würde nicht untergehen. Der Emir verließ sein Versteck. William hörte ein eisernes Schloß rasseln. Als er die Tür erreichte, die am Ende der Treppe nach oben führte, war sie verschlossen. Bald verlöschten auch, eine nach der anderen, die blakenden Fackeln in den Ringen an der Felswand. William saß im Dunkeln.

Crean und Zev Ibrahim waren in stockfinsterer Nacht, es war Neumond, nach einer sausenden Höllenfahrt durch das Innere der Erde wie Korken an die spiegelglatte Oberfläche eines Bergsees geschossen. Sie waren nahezu bewußtlos. Es waren nur wenige Minuten vergangen, doch die Atemluft war knapp geworden. Sie stießen von innen die fest verriegelten Deckel auf, und ihre Lungen sogen keuchend die kalte Gebirgsluft ein. Zev lag halb im Wasser, denn er hatte das Oberteil so hastig zuschlagen müssen, daß die Dichtung sich verschoben hatte.

Die offenen Faßhälften schwammen dicht nebeneinander. »Mein Räderstuhl!« kam es dem Krüppel in den Sinn. »Wie soll ich mich jetzt fortbewegen?« jammerte er. »Erschlagen und ertränken, vierteilen und verbrennen könnte ich diesen Mönch! ›Glücksbringer‹ habt Ihr ihn genannt?« Er mußte bitter lachen. »Was macht jetzt die Rose ohne mich?«

»Fragt lieber«, erwiderte Crean, »wer rettet jetzt den zukünftigen Imam?«

»Ich verfluche diesen William von Roebruk, der Gott des Alten Testaments sei mein Zeuge. Verflucht sei er bis ins dritte Glied!«

»William hat nur eines, und dabei wird es auch bleiben!«

»Abfallen soll es ihm! Verfaulen und stinken.«

Sie ruderten mit den Händen bis ans Ufer und zogen ihre Boote auf den Fels.

»Wenn der Tag anbricht«, sagte Crean, »werde ich Euch tragen.«

Die Mongolen warteten das Morgengrauen nicht ab. Noch in der Nacht, der erschreckenden Wirkung halber, glimmten rings um die Rose kleine Funken auf, und dann, auf einen Schlag, schossen tausend Flammenwerfer, die Kubilai entsandt hatte, ihre Brandpfeile ab. Sie wirkten wie Schwärme von Glühwürmchen. Erst als sie dank ihrer stumpfen, klebrigen Spitzen an den stählernen Blättern hafteten, loderten sie wild auf und setzten die Rose in taghelles, gespenstisches Licht. Dann hämmerten hunderte von Trébuchets ihre Geschosse gegen die Platten, wie ein Hagelschauer prasselten die faustgroßen, scharfkantigen Eisenklumpen hinter den Zinnen auf die Verteidiger nieder und zerfetzten die Bäume im ›Paradies‹. Dazu krachten dumpf kopfgroße Kugeln, die von den schweren Mangonels losgeschickt wurden. Die Schutzschilder knirschten und knackten, doch keiner zersplitterte, die Rose vibrierte und dröhnte unter den Schlägen, aber sie hielt triumphierend stand. Auch die Brandfackeln vermochten ihrer Haut nichts anzuhaben und erloschen.

Das war das Signal für die zweite Angriffswelle. Mit der plötzlich wieder hereingebrochenen Dunkelheit, an die sich die Augen der Verteidiger erst noch gewöhnen mußten, stürmten lautlos Zehntausende mongolischer Fußsoldaten von allen Seiten bis zum Seegraben vor. Sie schleppten überdachte Flöße, metallene Sturmleitern, Enterhaken an langen Ketten heran und warfen sich todesmutig auf das Wasser. Die Verteidiger schauten von oben aus ihren Schießscharten in hämischer Erwartung, daß gleich der *damm al ard* aufflammen würde, aber nichts dergleichen geschah. Die Mongolen überquerten in einem Regen von Pfeilen, Bolzen und siedendem Öl den Seegraben, stießen ihre Flöße bis unter den gewölbten Bauch der Rose, richteten die Leitern auf, einzig zu dem Zwecke, die Enterhaken hinter die Blätter zu zwängen und aus sicherer Entfernung mit den eisernen Ketten die Schilde abzureißen. Die Verteidiger sahen die Bemühungen mit Entsetzen; sie warfen ›Griechisches Feuer‹ mitsamt der Amphoren auf die Mongolen herab, doch die zogen jedes in Brand gesetzte Floß sofort zurück und ersetzten es durch ein neues.

Der Seegraben selbst mußte in Flammen gelegt werden! Hasan schickte alle, die je mit dem Ingenieur gearbeitet hatten, hinunter in den Keller, das Rohr zu suchen, aus dem Zev stets das Verderben bringende schwarze Blut der Erde in den Seegraben geleitet hatte.

Der alte Herlin kam blutverschmiert vom Observatorium und schrie, noch bevor sein Korb unten anlangte: »Der Imam ist geboren! Der Imam ist geboren!«

Hasan eilte auf ihn zu. »Er wird mit uns verderben, wenn nicht bald der Seegraben brennt! Und Zev ist geflohen!«

»Wir wissen nicht, wie der *damm al ard* –«

»Aber ich weiß es«, sagte der greise Bibliothekar stolz, um dann zu verstummen. »Ich muß mich nur entsinnen –«

Der Emir schleppte ihn eigenhändig in den Keller, und sie fanden das Rad, das die Schleuse öffnete. Hasan raste zurück auf die Zinnen. Er ließ das Werfen des ›Griechischen Feuers‹ für einen Augenblick einstellen.

Die Mongolen jubilierten und sahen nicht, wie unter ihren Flößen das Wasser des Grabens sich mit einer schwarzen Haut überzog. Dann krachten die brennenden Töpfe wieder hinab und zersplitterten. Im Nu stand der Graben in gelbroten, züngelnden Flammen, und dichter, schwarzer Rauch stieg auf. Wer von den Angreifern auf den Leitern stand oder sich nicht rechtzeitig mehr ans Ufer rettete, wurde ein Opfer der Feuersbrunst. Sie war so heftig und entwickelte eine solche Hitze, daß die Ketten schmolzen, die bereits verankert waren.

Kitbogha ließ den Angriff abbrechen. Von den Rauchschwaden fast verdunkelt, ging im Osten glutrot die Sonne auf.

Hasan ließ das Erdöl auf dem Wasser abbrennen und dann die Schleuse wieder schließen. Es war heiß geworden in der Rose, doch auch dafür wußte Herlin Rat. Bald sprudelte erfrischend kaltes Wasser durch die Hohlrippen, rieselte oben von den Zinnen, kühlte die Haut der Rose und näßte die der Verteidiger im Kessel.

Auf dem langen, mühseligen Fußmarsch durch das Gebirge überlegte sich Crean, wie die Mongolen Zev wohl aufnehmen würden. Er trug den Ingenieur auf dem Rücken, eine Last, die ihm normalerweise nichts ausgemacht hätte, aber er war noch geschwächt von seinen Verletzungen, und Zev war alles andere als eine leichte Bürde. Der Krüppel hampelte auf seinen Schultern, trat ihm ins Kreuz und zerrte an ihm, daß Crean sich beherrschen mußte, ihn nicht wie einen lästigen Sack abzuwerfen.

»Zev«, ermahnte er ihn, »ich will Euch bei den Mongolen als armen, hilflosen Krüppel vorstellen, den ich unterwegs –« Weiter kam er nicht.

»Harmlos? Ich, Zev Ibrahim, das Genie!« zeterte das Bündel und ruderte bedrohlich mit den Armen. »Ich, ein Krüppel? Ich hab' in meinem Hirn mehr Potenz als hundert mal tausend Mongolen in der Hose, ihre Hengste gleich mitgerechnet. Untersteht Euch, Herr Crean!« Er ballte die Faust.

»Aus Barmherzigkeit habe ich Euch mitgenommen, weil Ihr in Iskander Verwandte habt, die Euch pflegen können. So kommt keinem Mongolen ein Verdacht, daß Ihr aus der Rose –«

»*Aus* der Rose?! Ich bin die Rose! Wer hat die technische Anlage ersonnen, wer die Kraftströme gebändigt, wem verdankt die Rose ihre einzigartige Fähigkeit?«

»Schon recht«, sagte Crean, »erzählt das alles dem ersten Mongolen, den wir treffen. Mit Sicherheit wird er Euer einzigartiges Gehirn gebührend bewundern, nachdem er Euch bei lebendigem Leib die Hirnschale geöffnet hat.« Ärgerlich packte sich Crean den Torso wieder auf den Rücken und hielt Zev an beiden Händen fest, damit der ihn nicht an den Ohren oder an den Haaren zog. Dann machte er sich wieder auf den Weg.

Zev war jetzt milder gestimmt, die Drohung mit der Hirnschale hatte ihn beeindruckt. »Von einsamer Größe und Schönheit ist meine Schöpfung, dabei sind die Verteidigungsmechanismen nur Beiwerk des *opus magnum*, Abfallprodukte der Wundermaschinerie des Planetariums, des einzigen in seiner Art auf der Welt, das den Lauf der Gestirne um die Sonne und das Kreisen des Mondes um die Erde mit beispielloser Genauigkeit nachahmt.«

»Was bewegt all diese Wunder, was macht den Silbermond sich drehen und entfalten?« Crean hatte dies immer wissen wollen; nie hatte er das Geheimnis des berühmten Symbols der Rose von Alamut ergründen können.

»Wenn man in den Brunnen von Iskander eintaucht, gerät man in eine Grotte, von der aus begehbare Stollen zu allen Wasserkanälen führen. Der Wächter von Iskander hütet den Einstieg.«

»Und wenn man ihn foltert?« fragte Crean.

»Dann gibt er preis, was er weiß, und das ist nicht viel. Jeder Tunnel hat einen anderen Wärter, nur ich kenne sie alle. Doch was ist das schon gegen den Silbermond, der sich auch dann noch, wenn wir längst nicht mehr sind, auf die Minute präzise drehen wird! Selbst in tausend Jahren!«

Das war Zevs ganzer Stolz, damit konnte er sich mit seinem alten Freund Herlin messen, der die Bibliothek von Alamut zum größten Hort geheimen Wissens gemacht hatte. Es gab apokryphe Werke, deren einziges Exemplar nur in seinem Turm, in der feuerfesten *magharat-al-ouahi* zu finden waren. Und doch wünschte Zev, sein alter Freund trüge sie in den Keller. Dazu hatte er ihn immer wieder ermahnt. Und als hätte der greise Hüter des geschriebenen Wortes die letzten Gedanken seines Freundes empfangen, begann Herlin um diese Zeit damit, die wertvollsten Schätze, dicke Folianten und vergilbte Papyrusrollen, in die Tiefe zu schleppen.

Gegen Mittag griff eine mongolische Reiterpatrouille einen hageren Mann auf, der trotz schwerer, kaum verheilter Wunden, einen beinlosen Krüppel auf den Schultern trug. Sie brachte die beiden nach Iskander vor den Dschuveni.

Der Kämmerer hatte den von ihm erfundenen *ta'adid ash-shab* mit größter Erbitterung wiederaufgenommen. Er machte sich nicht mehr die Mühe, seinen Opfern ihr Schicksal bis zum tödlichen Schwertstreich zu verheimlichen. Die Gefangenen mußten in langen Reihen niederknien und abwarten, bis die einzige Frage auch an sie gestellt wurde: »Kannst du uns den unterirdischen Kanal zeigen, der die Rose mit Wasser speist?«

Keiner wußte die Antwort, alle verloren ihren Kopf. Der Dschuveni erkannte Crean sofort wieder und spottete: »Ich habe Euch geschickt, das Königliche Paar aus der Rose zu holen, und Ihr kommt mit einem *soaluq mushawah*, einem armseligen Krüppelzwerg! Welchen Lohn erwartet Ihr dafür?«

Da richtete sich Zev Ibrahim, kaum daß Crean ihn abgesetzt hatte, zu seiner vollen Größe auf.

»Gott mag mir Eure Schönheit verweigert haben, herzensguter Mann, doch hat er mich mit anderen Gaben gesegnet. Ich bin Zev Ibrahim, der Oberste Ingenieur der Rose. An meinen genialen Konstruktionen rennt Ihr Euch die Köpfe ein, verbrennt Ihr Euch die Finger! Nie werdet Ihr der Rose Zauber Herr, nie werdet Ihr die Geheimnisse vom Blut und vom Saft der Erde begreifen, deren Zusammenspiel der Rose ihre feurige Kraft verleiht!«

Der Kämmerer glaubte seinen Ohren nicht zu trauen. Seit Beginn des Feldzugs gegen die Assassinen forschte er mit allen ihm zu Gebote stehenden Methoden, mit Drohungen und Versprechen, Infamie und Grausamkeit, nach einem kleinen Fingerzeig – und jetzt lag dieser Zwerg vor ihm mit dem gesammelten Wissen um die *ars motionis* der Rose – und brüstete sich dessen auch noch! Dschuveni konnte sein Glück kaum fassen. »Das Königliche Paar erwartet Euch, lieber Crean«, sprach er honigsüß, »geht nur gleich, ich will mich derweil mit unserem weisen Gast zum Tee niederlassen«, und Crean folgte der Aufforderung.

Am späten Nachmittag waren die Mongolen unten auf dem Hochplateau von Alamut wieder bereit, gegen die Feste anzurennen. Die Sonne stand schon tief, und ihre Sturmböcke, eisernen Leitern, Katapulte und die diesmal mit Sand bedeckten Flöße warfen lange Schatten.

Hasan ließ sofort das Erdöl in reichlicher Menge in den Seegraben strömen und wartete. Doch die Mongolen blieben auf halbem Wege stehen. Ihre größte Steinschleuder warf zielsicher einen Klumpen über die Zinnen, der dumpf im ›Paradies‹ aufschlug. Entsetzensschreie der Huris gellten, und ein Mann stürzte zu Hasan und berichtete, es sei der zusammengeschnürte, entsetzlich verstümmelte Torso des Zev Ibrahim gewesen. Seinen Kopf habe er im aufgeschlitzten Bauch getragen und im Mund die Botschaft an den Khurshah, sich bedingungslos zu ergeben.

Da erblickte Hasan seinen Imam, der sich, von seiner Garde geleitet, eines der kleinen Fluchttore öffnen ließ und sich mit einer weißen Fahne über den schmalen Steg zu den Mongolen begab. Der Emir befahl, die Pforte hinter ihm zu schließen, und wartete. Nicht darauf, daß Khurshah ihn durch einen Wink mit der weißen Fahne zur Übergabe bei freiem Geleit aufforderte, sondern darauf, daß die Mongolen endlich ihren Angriff fortsetzten.

Crean suchte Roç und Yeza auf, die im Hause von Omars Vater untergebracht waren. Sie waren niedergeschlagen. Der Besitzer des Gehöfts am Berg, in dem sie viele glückliche Stunden verbracht hatten, der letzte Wächter des Brunnens von Iskander, war geköpft aufgefunden worden. Außerdem hatten sie gehört, daß ihr alter Freund ›Zev auf Rädern‹ wie eine Kugel verpackt zu Tal gebracht worden sei, wohl auch kaum im Besitz seines Lebens, und daß Dschuveni gar nicht daran dachte, gegenüber der Rose Milde walten zu lassen.

Crean gab ihnen eine kleine Hoffnung, daß William sich retten könnte, wenn ihm nicht seine eigene Tolpatschigkeit in die Quere käme, und berichtete ihnen von dem Geheimnis des Sees. Den kannten Roç und Yeza und waren sofort Feuer und Flamme. Sie ließen die Dokuz-Khatun wissen, die für das Königliche Paar die Verantwortung trug, daß sie, um ihr niedergeschlagenes Gemüt aufzuheitern, einen Ausflug in die Berge zu unternehmen gedächten.

Die gute Gattin des Il-Khans ermahnte sie, vor Anbruch der Dunkelheit zurückzukehren, und begrüßte den Vorschlag, Xenia mitzunehmen. Roç und Yeza zogen sofort los.

Die Sonne ging unter. Khurshah hatte bei General Kitbogha nicht mehr erreicht, als daß der die Rose verschonen wollte, sollten ihre Verteidiger sich auf der Stelle auf Gedeih und Verderb ausliefern. Der General stellte klar, daß er den Emir Hasan Mazandari als Verantwortlichen für die Ermordung seines Sohnes von jeder Gnade ausnehmen werde.

Der Imam schwenkte die weiße Fahne, aber die Rose zeigte keinerlei Reaktion. Da ließ der General vorrücken.

Hasan sah mit grimmer Genugtuung von den Zinnen auf den mit dem *damm al ard* gefüllten Seegraben. Alle Ballisten und Radbogen waren gespannt, die Katapulte und Trébuchets im Garten des ›Paradieses‹ und hinter dem Zackenkranz der Blüte waren geladen. Da sackte plötzlich das Wasser im Seegraben ab, und gleichzeitig begann aus unbekannten Rohren weiteres Erdöl hineinzuströmen. Die Brandschützen aus Cathai schossen ihre Flammenpfeile in die schwarze Brühe – eine Wand aus Feuer loderte auf und hüllte die Rose vollständig ein.

Die Verteidiger der Rose gerieten zunächst nicht in Panik, doch dann nahm ihnen die Gluthitze den Atem. Die Brunnen, die, aus den Rippen der Blüte gespeist, von den Zinnen kühlendes Naß herabzusprühen pflegten, versiegten. Den Verteidigern zischte nur noch heißer Dampf entgegen, der giftige Rauch breitete sich ungehindert aus, und die sengenden Flammen prasselten immer höher. Das

Feuer sprang durch die Schießscharten, griff auf die Katapulte und deren Besatzung über. Die gespannten Bogensehnen der Ballisten rissen; die ersten Waben lösten sich von der Wand des Kessels und stürzten in die Tiefe, Tontöpfe mit *nar junani*, dem ›Griechischen Feuer‹, mit sich reißend. Das spritzte aus den zerschellten Amphoren wie ein Geist aus der Flasche, so daß die Flammen nun auch im Innern der Feste züngelten; die Pechmasse troff auf die Leitern und Stege, kroch über Balustraden und rann die Treppen hinab.

Die Heeresblöcke der Mongolen hielten respektvoll Abstand zu der mächtigen Feuersäule, die in den Abendhimmel emporschoß – die schwarze Rose brannte wie eine gefährliche Hexe auf dem Scheiterhaufen. Der von Funken durchsetzte Rauch stieg Hunderte von Metern empor, aber er gab doch immer wieder den Blick frei auf den schlanken Leib des Turmes, der aus dem flammenden Inferno herausragte. Auch der Silbermond drehte sich noch immer, als würden die Gesetze der Materie für ihn nicht gelten. Kein einziger Schuß war mehr gefallen, seit der verstümmelte Körper des genialen Ingenieurs den Beginn der Selbstzerstörung angekündigt hatte. Die Rose röstete im eigenen Saft.

William, in der Tiefe des Kellers gefangen, von kalten, strömenden Wassern umgeben, bemerkte nicht, was über ihm im Kessel vorging. Einzig, daß sich vor einiger Zeit die Kugel in Bewegung gesetzt hatte, die an einer Kette über dem Wasser hing. Eine Zeitlang hatte er mit dem Gedanken gespielt, sie als Fluchtgefährt zu erproben, doch dann war sie plötzlich durch ein Loch in der Felsdecke entschwunden. Jetzt kehrte sie rasselnd zurück, und er sah sich aufgefordert, sie zu öffnen. Ihre Außenfläche war so erhitzt, daß er sich die Finger verbrannte, aber als er den Deckel öffnete, lag darin unversehrt ein winziges Kind. Das mußte Shams, der neugeborene Imam sein. Er war so zart, daß William von Rührung ergriffen wurde. Es mußte ihm von den Sternen bestimmt sein, Kinder von größter Bedeutung zu retten. So bettete er den Säugling um in das kleine Faß, das Zev noch vorbereitet hatte, küßte ihn auf die Stirn, verschloß den Deckel und beugte sich hinab zu den tosenden Wassern. Er hatte gerade das rettende Gefährt in die hölzerne Gleitschiene gesetzt und ihm einen Schubs gegeben, als er einen Tritt in den Hintern erhielt, der ihn ins Becken warf. Wild um sich schlagend, vor lauter Angst zu ertrinken, sah er, daß Hasan sich der Kugel bemächtigt hatte und im Begriff war, sie zu besteigen. William hatte inzwischen wieder Boden unter den Füßen; das strömende Wasser reichte ihm nur bis zu den Schultern. Das gab ihm den Mut, den Emir anzugreifen. Heftig mit den Armen rudernd, kämpfte er sich gegen die Strömung zurück und zerrte an Hasans Bein, das dieser gerade nachziehen wollte. Der Emir trat wütend nach seinem Angreifer und schlug ihm mit der Faust ins Gesicht. William sah rot – und seine letzte Möglichkeit des Entkommens schwinden. Er warf sich an dem verdutzten Hasan vorbei, der die Kette schon gelöst hatte, auf den unscheinbaren Hebel, mit dem er schon einmal die Flutwelle ausgelöst hatte. Ein wildes Rauschen ging durch das Becken, William hielt sich krampfhaft an dem Hebel fest, um nicht mitgerissen zu werden. Das Wasser ergriff das Fäßchen mit Shams, zog es in der Rinne in die Tiefe. Hasan war von dem plötzlichen Schwall überrascht worden; seine Halbkugel schwankte, er versuchte, den Deckel zu schließen, verlor das Gleichgewicht und stürzte in das Wasser. Vergeblich streckte er den Arm aus, um William zu erreichen, sei es, um ihn mitzureißen, sei es, um sich an ihm festzuhalten. Das Gold, das der Emir am Leibe trug, zog ihn in die Tiefe, zerrte ihn unter Wasser auf das Abflußloch zu. Mit einem gräßlichen Schlürfgeräusch erfaßte ihn der Sog und verschluckte ihn.

William hing noch immer an das Holz geklammert, das nicht größer war als ein Hammerstiel, und er konnte sich leicht ausrechnen, wann das Gewicht seines fülligen Leibes über die Sehnen seiner Finger, die Muskeln seines langgezogenen Armes siegen würde. Er betete, denn er sah sich dem Emir folgen, wenn das Loch da unten, das ihm schwarz entgegengähnte, ihn überhaupt aufnehmen würde. Wahrscheinlich war ihm beschieden, darin steckenzubleiben und zu ertrinken. Aber da setzte plötzlich das Sieden und Sprudeln des Wassers unter ihm aus wie bei einem Topf, der vom Feuer gezogen wurde. Das brodelnde Wasser beruhigte sich, es fiel, und das Becken leerte sich. Dankbar löste William seine klammen Finger von dem Hebel. Seine Füße tasteten wieder festen Grund. Entweder hatte Gott ein Einsehen gehabt, weil es sich um ihn, William von Roebruk, handelte, und hatte an seinem großen Schleusenrad gedreht – oder das Wasser hatte sich erschöpft. Der Franziskaner versuchte, aus dem Becken zu klimmen, aber dazu reichte seine Kraft nicht mehr aus, der Rand war zu hoch. Er mußte niesen. Er würde wohl an einer Erkältung sterben.

Im Kessel der Rose vollendete die Feuersbrunst ihr Werk. Alles, was an der Innenwand der Blüte geklebt hatte, kunstvoll wie das zarte Gewebe der Spinnen, die dichten Kokons der Seidenraupen oder die ebenmäßigen Waben der Bienen, stand lichterloh in Flammen, wenn es nicht bereits verglüht und verkohlt war. Wie durch ein Wunder hing noch das Wespennest, der hölzerne Palast, in der Mitte. Es waren nur noch wenige, die darüber nachdenken konnten, warum er noch hielt. Den meisten Assassinen, die als Bogenschützen auf den Zinnen gestanden oder die schweren Katapulte bedient hatten, hatte die Glut den Atem geraubt, und sie waren als brennende Fackeln in die Tiefe gestürzt. Wer dort unten Dienst getan hatte, war von den herabstürzenden Trümmern erschlagen worden. Wer von diesem Schicksal verschont geblieben war, hatte angesichts der lauernden Eroberer von sich aus durch den Sprung ins Paradies, den Schritt aus dieser endlichen Welt, vollzogen.

Pola hatte mit ihren Mädchen bis zur Erschöpfung die Verletzten verbunden, die Verdurstenden getränkt. Dann war das Wasser versiegt, und das Ende war da. Den letzten Krug mit dem Saft gepreßter Früchte mischte sie selbst an. Jede der Huris durfte einen Schluck nehmen. Er schmeckte bitter, dafür währte der Todeskampf nur kurz. Von Krämpfen geschüttelt, fielen die Mädchen zu Boden im Garten des ›Paradieses‹, dessen Blumen verdorrt und dessen Äste schwarz waren. Ihre Körper zuckten noch einmal und blieben dann still und starr. Pola trank den Bodensatz des Giftgemischs. Sie schaute hinauf zum Observatorium, wo die Gestalt ihrer Schwester

Kasda im flackernden Licht der Flammen sich gegen den rauchgeschwängerten Nachthimmel abhob. Sie versuchte noch, grüßend die Hand zu heben. Dann stürzte sie wie vom Blitz getroffen zu Boden, zu den Leibern ihrer Mädchen.

Die Mongolen warteten bis in die frühen Morgenstunden, denn noch immer schien die Rose zu glühen wie ein Ofen. Brände flackerten auf, warfen Schatten, und der aufsteigende Qualm verhüllte den Turm.

Es war immer noch dunkel, als Kitbogha voller Ungeduld einen Trupp losschickte, mit Enterhaken und Ketten einen der Schutzschilde der Fallbrücken abzureißen, hinter denen sich die Tore befanden. Der Seegraben war angefüllt mit verkohlten Balken, Maschinen und Sturmleitern.

Die Männer brachten die Haken an, ohne auf Gegenwehr zu stoßen, und als dann zweimal hundert Mongolen an den beiden Ketten rissen, fiel der riesige Schild zusammen, zu einem Haufen Asche in einem ausgeglühten Rahmen. Der General schritt über die Trümmer hinweg. Das Tor flog beim ersten Stoß des Rammdorns auf. Kitbogha machte sich auf die Suche nach Hasan. Mit gezücktem Schwert drang er über die Stiegen hinab in den Keller.

Dschuveni war ihm mutig gefolgt. Sein Ziel war jedoch die Bibliothek. Er hatte mehrere Helfer und reichlich Säcke mitgebracht. Nun stand er in der ausgebrannten Kathedrale und wußte nicht, wie er zu den Schätzen gelangen sollte. Mit sich überschlagender Stimme schrie er nach Crean de Bourivan.

Gefolgt von Xenia, die ihnen klaglos überallhin gefolgt wäre, wenn sie nur ihre kleine Amál behalten und ihren William wiederhaben durfte, hatten Roç und Yeza den Bergsee noch am Abend erreicht. Doch an einen Rückweg in der Dunkelheit war gar nicht zu denken. Sie lagerten also die Nacht über am Ufer des Sees zwischen den Felsen, bemüht, wach zu bleiben, um William sofort aus dem Wasser ziehen zu können. Dann hatte sie die Müdigkeit übermannt, und sie waren eng aneinandergeschmiegt eingeschlafen. Geweckt wurden sie im Morgengrauen von einem Ruf Xenias. »Da schwimmt ein Faß im Wasser!«

Es war viel zu klein für William, aber Roç sprang dennoch in das kalte Wasser und holte den Behälter an Land. Sie öffneten ihn und fanden darin ein schlummerndes Knäblein. Bei Xenia regten sich Muttergefühle, und ehe Yeza, die es zuerst in den Arm genommen hatte, solche entwickeln konnte, drückte Roç den inzwischen schreienden Säugling resolut der guten Frau an die Brust. Sie warteten noch eine Weile, ob nun auch William auftauchen würde. Dann erkannte Xenia richtig: »Er hat das Kind geschickt.« Und sie traten enttäuscht den Rückweg an.

In der ausgeglühten Rose hatte Kitbogha den William von Roebruk aus seiner mißlichen Lage befreit. Dem Franziskaner lief die Nase, und er schlotterte vor Kälte. William berichtete dem General von Hasans verdientem Ende – über die Rettung des kleinen Shams verlor er kein Wort. Kitbogha stieß einen unchristlichen Fluch aus, und sie stiegen wieder nach oben. Hier hatte Crean derweil dem Dschuveni den Weg in die Bibliothek gewiesen, wo zwischen Folianten und Papyrusrollen noch einzelne Brandherde schwelten. Der alte Herlin sprang dazwischen herum wie ein Irrwisch und versuchte, sie mit einem Bündel von Pergamenten auszuschlagen. Die Eindringlinge kümmerten sich nicht um den greisen Bibliothekar. Dschuveni ließ sich anseilen, denn er traute dem verkohlten Boden nicht, und begann, in den Werken zu wühlen; was ihm kostbar und mit der Sunna konform erschien, wanderte in die Säcke, was er an häretischem Schriftgut fand, warf er auf einen großen Haufen. Gnade fanden die ›Chronica‹ des Cassiodorus, sie war älter als der Koran, und eine Urfassung des ›Almagest‹ des Ptolemäus sowie Werke des syrischen Historikers Elias bar Schinaya, des Geographen Idrisi, des Physikers Albazen. Der Vernichtung preisgegeben wurden unwiederbringliche Werke wie die ›Hamasa‹ des Abu Tammam, das Original der ›Brahma Siddharta‹ des großen Brahmagupta oder ›Das Buch der Wege‹ des Ibn Chordadhbeh, eines einfachen Postmeisters, das der eifernde Inquisitor in der Hast für Esoterik hielt, also für ketzerisch erachtete.

Crean hatte dem Treiben kopfschüttelnd zugeschaut und sich dann abgewendet.

»Wohin wollt Ihr?« fragte der Kämmerer argwöhnisch.

»Zum Mond!« antwortete Crean lächelnd und begann seinen Aufstieg. Er hatte zeit seiner Zugehörigkeit zum Orden der Assassinen den Turm nie betreten, doch er fand den Weg über die verborgenen Treppen mit schlafwandlerischer Sicherheit. Er betrat die *magharat-at-tanabuat al mashkuk biha* und sah, daß Herlin die geheimen Bücher rechtzeitig in Sicherheit gebracht hatte. Er stieg weiter. Die Wendeltreppe verengte sich, und er erreichte die *magharat al ouahi al achir*. ›Die Grotte der letzten Offenbarungen‹ war leer.

Kasda hatte sich sofort nach der Geburt des Sohnes von ihrem Wochenbett erhoben, hatte ein letztes Mal die Kugel gerufen und ihr Shams anvertraut. Dann war sie zu den Instrumenten geeilt und hatte die Sterne des Nachthimmels um Beistand gebeten. Als der Phosphoros blinkend aufging, wußte sie, daß ihr Kind, der neue Imam, gerettet war. Sie trat zum Rand der Plattform und sah im ›Paradies‹ ihre Schwester winken. Wie eine Feder schwebte die Priesterin zu Pola hinab. Niemand sah es. Die Schwestern waren im Tode vereint.

Dschuveni hatte den Aufschlag des Körpers gespürt, ein Zittern ging durch die Rose, aber er beachtete es nicht. Der Kämmerer hatte zum Entsetzen des Bibliothekars in der Mitte des Gewölbes ein Feuer entfachen lassen, in das er hohnlachend alle Bücher warf, die nicht mit der von ihm vertretenen Doktrin des rechtgläubigen Islam in Einklang standen. Raub der Flammen wurden das gesammelte medizinische Wissen der Zeit, der handschriftliche ›Canon‹ des Avicenna, die ›Chronik‹ des Ibn Kifti, das ›Antidotarium‹ des Nicolas Prévost, ein Geschenk des französischen Königs an die syrischen Assassinen, ›Das Buch der einfachen Heilmittel‹ des Gelehrten Ibn al-Baitar, die einzige arabische Übersetzung des ›Galenus‹ durch Honain Ibn Iszak, und das ›Al-Havé‹ des Hippokraten Rhases. Das Feuer breitete sich aus. Im Nu brannte die wertvolle Bibliothek, ausgedörrt von der überstandenen Hitze, lichterloh.

Kitbogha stürmte herbei, zerrte Dschuveni an seinem Seil fort wie einen entlaufenen Ochsen und jagte ihn grob aus der Rose. Die Helfer des Dschuveni sahen verärgert, daß der alte Bibliothekar versuchte, dem Feuer die wertvollen Folianten wieder zu entreißen. »Nicht den Dioskorides!« schrie er aufgebracht und zerrte die älteste überlieferte Schriftrolle über Arzneien aus den Flammen. »Verbrecher! Dummköpfe! Was versteht ihr von der ›Divina praedictio‹?«

Darauf stießen sie den Bibliothekar selbst in den Haufen brennender Bücher.

Kitbogha stand noch unten an einem der offenen Tore und schaute hinauf zum Palast des Imams, denn eben war ein Kronleuchter herabgefallen und klirrend zerstoben. Da sah er, wie das ganze mächtige Holzgebilde, das oben an der Decke klebte wie ein Wespennest, sich löste und fast lautlos herabfiel. Erst als es aufschlug, einen Luftschwall erzeugend, der den General aus dem Tor schleuderte, hörte er das Krachen, Bersten und Splittern der Balken. Die Trümmer flogen ihm und dem Dschuveni um die Ohren, bevor eine Staubwolke sie einhüllte.

Dann senkte sich auch der Boden der Bibliothek wie eine riesige Falltür und riß alles und alle mit, die sich dort noch befanden. Das Gewölbe brach ein; die tragenden Rippen konnten, ihres Gegengewichts beraubt, nun auch den Sockel des Turms nicht mehr halten.

Crean hatte die Tür zur Plattform des Observatoriums aufgestoßen. Er sah über sich den Silbermond, dessen gewölbter Spiegel das Licht des ersten Sonnenstrahls eines neuen Tages einfing. Er zitterte, und Crean glaubte, die Erde wanke. Seinen Blick heiter auf den Stolz der Rose gerichtet, spürte er, wie der gesamte Turm mit ihm, gleich einem Stein, einem Meteoriten, der von den Sternen kam, der Erde entgegenstürmte. Erst sanft, daß ihm die Beine zu Blei wurden, dann immer schneller. Die Berge wuchsen in die Höhe. Creans Atem stockte. Die Erde brach auf, der Felskegel des Montségur reckte sich zu den Sternen, das Kleinod der Gralsfeste leuchtete wie eine Krone, die weißen Bündel glitten an Seilen im Dunkel herab, es rauschten die Wasser der Klamm, ihr Tosen schwoll an. Die Kinder! Sie tauchten auf aus dem Nebel der Küste. Über den Sand der Wüste rollten Dornenballen, ganz leicht, nur vom Wind getrieben in unendliche Weite. Crean preschte mit Roç und Yeza durch düstere Wälder, fuhr mit ihnen über das stürmische Meer, hastete mit ihnen durch finstere Grotten, die sich auftaten in rasender Fahrt, bis sie an den unterirdischen See gelangten – ein Spiegel von unermeßlicher Klarheit. Der ›Große Plan‹, er war nichtig! Befreien müssen sich Roç und Yeza von den Fesseln derer, die ihnen ihre ›Bestimmung‹ auferlegt haben, befreien von der endlosen Kette aus Triumph und Verfolgung, Bewährung und Flucht. Die Krone der Welt ist eine Dornenkrone! In der Liebe liegt die Erfüllung des Königlichen Paares, sie zu finden wird ihm die Erlösung bringen! Er war den Kindern ein schlechter Führer, hätte ihnen so gerne noch zugerufen: Springt! Geht durch das reinigende, verzehrende Feuer!

Der Spiegel zerbarst, Roç und Yeza traten ans Licht. Crean hob die Arme, sie zu umarmen. Da schlug der Turm auf. Der Aufprall ließ die Rose zerspringen. Die Blütenblätter lösten sich und zerfielen zu Staub und Asche, dann barst auch der Kelch. Weithin flogen die Trümmerbrocken.

Der General hatte sich und den Dschuveni am Strick unter einem vorgeschobenen Sturmbock in Sicherheit gebracht. Der Turm traf wie ein Keil das Herz der Rose und drang ihr tief in die Eingeweide. Eine gewaltige Fontäne von Wasser, gemischt mit dem ›Blut der Erde‹ stieg empor und riß alles mit sich, was noch stand. Die Rose entwurzelte sich selbst mit Stumpf und Stiel. Den Eroberern blieb nichts zu tun, als zu erschauern angesichts des Vernichtungswerks, mit dem die Rose sich dem Erdboden gleichmachte, aus dem sie gewachsen war.

Es war ein trüber Tag. Die grauen Wolken hingen tief, als habe die Sonne ihr Haupt verhüllt. Der Il-Khan Hulagu, seine Gemahlin, die Christin Dokuz-Khatun und der gesamte Hofstaat hatte sich von Iskander hinab nach Alamut begeben, kaum daß die beginnende Agonie der Rose ihm triumphierend von seinem Kämmerer gemeldet worden war.

Der gefesselte Imam verlangte, vor den siegreichen Kriegsherrn geführt zu werden, doch Hulagu verweigerte sich dieser nutzlosen Begegnung. »Ihr habt ohne Verstand auf Eurem Thron gesessen und ihn nun ohne jeden Sinn verlassen«, ließ er dem Khurshah durch Dschuveni ausrichten. »Ein Herrscher, der keine Gewalt über seine Untergebenen hat, ist für alle ohne Nutzen und ganz sicher für uns Mongolen. Doch das entbindet Euch nicht der Verantwortung für alles, was geschehen ist«, fügte der Kämmerer hämisch hinzu. Im Hintergrund lärmte ein Weiberhaufen, stieß schrille Schreie der Drohung aus und reckte die geballten Fäuste. »Die edlen Frauen des Hauses Dschagetai, den Euer Vater ermorden ließ, erwarten Euch schon.«

Gerade als Roç und Yeza, gefolgt von Xenia mit den beiden kleinen Kindern, von ihrem Ausflug ins Gebirge zurückkehrten, wurde der Khurshah an einem Strick von einigen Wächtern zu den Weibern geschleppt, die sich so wild gebärdeten, daß andere Männer sie mit Stöcken zurücktreiben mußten.

Yeza gebot den Wächtern Einhalt und stieg vom Pferd. »Das Königliche Paar wünscht, sich von dem alten Imam zu verabschieden!« rief sie mit vernehmlicher Stimme, und die Männer wagten nicht, sie aufzuhalten. Sie trat mit ihrer Begleitung auf den Khurshah zu, umarmte ihn und tauschte mit ihm Küsse aus. »Küß jeden von uns!« flüsterte sie ihm zu, denn sie sah, daß sich der Dschuveni argwöhnisch näherte. Roç ließ geschickt Xenia mit der kleinen Amál auf dem Rücken und dem Shams an ihrer Brust den Vortritt. Khurshah küßte und herzte sie alle. Lang ruhte sein Blick auf dem Kind, das seine Lider aufschlug und ihm ernst ins Gesicht sah. Dann umarmte er Roç, und Tränen standen dem Imam in den Augen. Er hatte begriffen, daß es ihm im Angesicht des Todes vergönnt war, seinen Sohn zu liebkosen. »Werdet glücklich, Prinzessin!« rief er Yeza noch zu, dann zerrten ihn die Wächter auf einen unwirschen Wink des Kämmerers seinem Schicksal entgegen.

Roç und Yeza wandten sich ab. Der Dschuveni zeigte auf Xenia. »Wieso hat die plötzlich zwei Kinder?« fragte er.

»Die hatte immer zwei«, fuhr Yeza ihn an. »Ihr wart nur zu blind, das zu bemerken, Herr Kämmerer!« Und um sein Mißtrauen in Zorn zu verwandeln, setzte sie keck hinzu: »Oder ganz einfach zu blöd, bis zwei zu zählen!«

Das dröhnende Lachen des Generals zeigte ihr an, daß sie gewonnen hatte. Mit Kitbogha war William eingetroffen. Der Franziskaner nahm seine Frau mit den beiden Kindern in Empfang, mochte auch der Kämmerer zähneknirschend nachrechnen, wie der Mönch es in der kurzen Zeit gleich zu zwei Sprößlingen gebracht hatte. Doch der Kämmerer wurde abgelenkt, erst von den gellenden Schreien grausamer Genugtuung, die von dem Weiberhaufen kamen, und dann von den Worten, die Roç jetzt an den General richtete: »Ihr könnt uns drohen, auch uns in Stücke zu reißen oder den Flammen zu überantworten, aber auf die Begleitung des Königlichen Paares bei ihrem Zug gen Westen müssen die Mongolen verzichten. Nach allem, was geschehen ist, und vor allem, wie es geschehen ist, trennen sich hier unsere Wege. Es tut mir leid um Euren Sohn Kito, es tut mir leid um viele, zu viele.« Er verneigte sich vor dem General, doch Yeza schritt auf ihn zu und umarmte und küßte ihn, wie sie es mit Khurshah getan hatte.

»Grüßt den Il-Khan und die Dokuz-Khatun. Ein Herrscher, der kein Mitleid für seine Feinde und keine Achtung vor den einzigartigen Schätzen der Gelehrsamkeit und der Weisheit kennt, wie sie nur in der Rose versammelt waren, der wird die Krone der Welt niemals erringen. Er ist für das Königliche Paar ohne Nutzen.« Sie stieg auf ihr Pferd. »Ihr, Kitbogha, wart uns immer ein Freund«, setzte sie hinzu, »und als solchen will das Königliche Paar Euch im Herzen behalten.«

Der alte General war zutiefst erschrocken: »Ihr könnt doch nicht einfach von uns gehen?!« rief er mit tonloser Stimme.

»Doch«, erwiderte Roç und schaute ihm fest in die Augen, »wir können!«

Kitbogha neigte traurig sein graues Haupt, ein warnender Hinweis für den Dschuveni, sich strikt zurückzuhalten. »Ich werde Sorge tragen«, seufzte er, »daß niemand Euch aufhält. Doch sollt Ihr wissen, daß Ihr die Herzen aller Mongolen nicht verlassen werdet, bis der Tod uns ereilt!«

Roger Trencavel du Haut-Ségur und seine Gefährtin Yezabel Esclarmunde du Mont y Sion warfen keinen Blick zurück auf die verwüstete Stätte. Sie lag hinter ihnen wie ihre Jugend, wie ›Roç‹ und ›Yeza‹. Sie waren keine unmündigen Geschöpfe mehr, und keiner sollte sie fürderhin als solche betrachten. Sie gingen einer ungewissen Zukunft entgegen, aber es würde *ihr* Schicksal sein, *ihr* Leben, das sich erfüllte, und nicht länger die Pläne anderer. Sie lächelten sich zu und winkten William und Xenia, Amál und Shams zum Abschied. Den dicken, rothaarigen Franziskaner würden sie bestimmt wiedersehen. Das Schlitzohr zeigte auch keinerlei Anzeichen von Trauer, sondern grinste nur – ein Vater von zwei Kindern.

Das gesamte Heer der Mongolen, ein riesiger Teppich aus Pferden, Kriegern und Stahl, der das Hochtal von Alamut bedeckte, in Blöcke aufgeteilt von über hundert Tausendschaften, ein Heer, wie es die Welt noch nie gesehen hatte, ausgezogen, ihre Krone zu erobern, sah schweigend den beiden schlanken, jugendlichen Gestalten nach, die erhobenen Hauptes davonritten, bis das nahe Gebirge sie verschluckt hatte.

Dann brach genau dort die Sonne durch die Wolken.

FINIS
Coronae Mundi

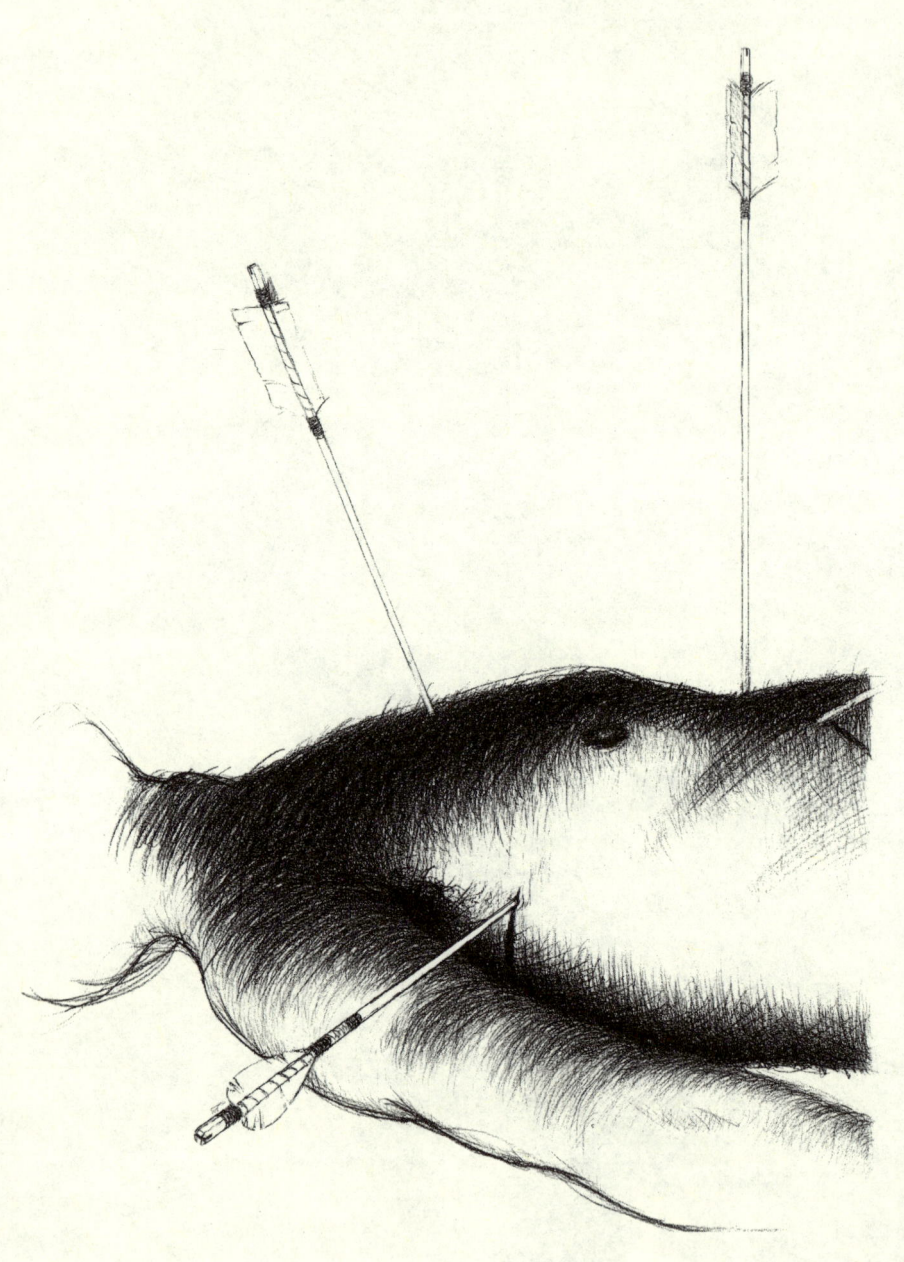

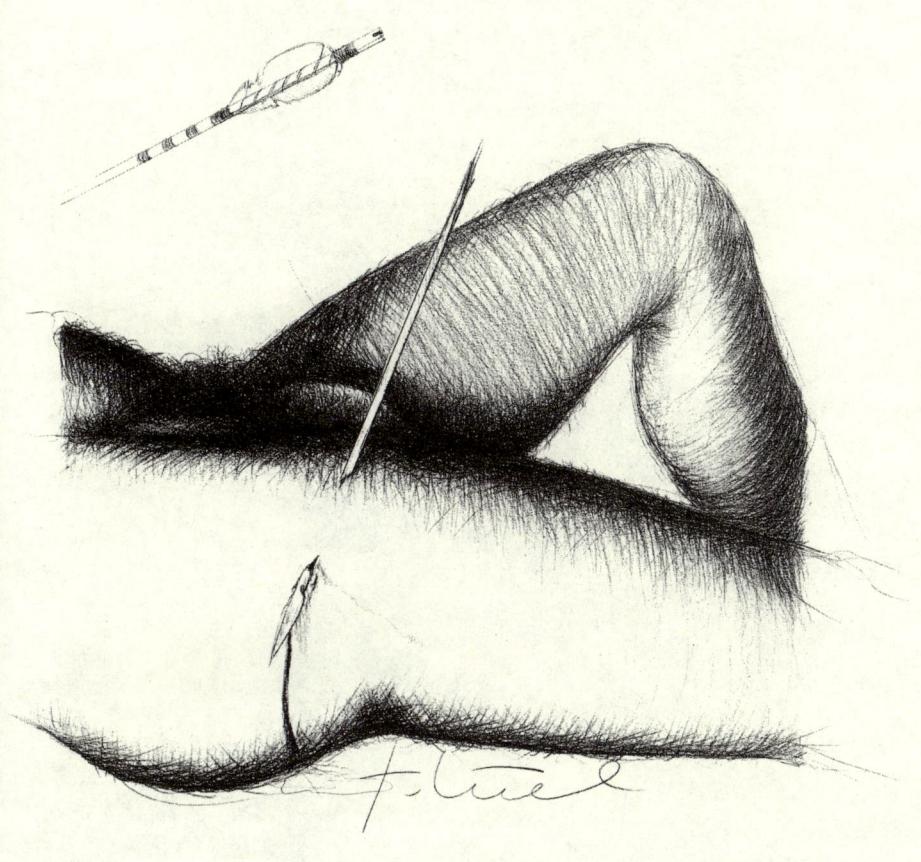

DIE POLITISCHE LAGE DER WELT ZUR MITTE DES 13. JH.

CHRISTLICHES ABENDLAND

Deutschland

Das Deutsche Kaiserreich (auch Imperium Romanum, das Heilige Römische Reich) umfaßt Deutschland und die Königreiche Arelat (Hochburgund), Böhmen, Polen, Ungarn, Italien sowie das Königreich Sizilien, das baltische Ordensland und die Provence.

Das Königreich Italien besteht aus den zumeist in der Lombardischen Liga zusammengefaßten reichsfreien Städten der Po-Ebene, den Seerepubliken Venedig, Genua und Pisa und den Herzogtümern Montferrat, Toskana und Spoleto; das Königreich Sizilien aus den Herzogtümern Apulien (Foggia), Kampanien (Neapel), Basilikata (Tarent), Kalabrien (Reggio) und Sizilien (Palermo).

Zwischen diesen beiden Teilen des Deutschen Reiches auf der Apenninenhalbinsel liegt das ›Patrimonium Petri‹, der Kirchenstaat (Latium und die Marken).

Auf dem Heiligen Stuhl sitzt von 1243–1254 Innozenz IV. Ihm folgt Alexander IV., der die stauferfeindliche Politik seines Vorgängers fortsetzt. Auseinandersetzungen zwischen dem Papst und dem deutschen Kaiser bestehen seit dem Investiturstreit Mitte des 11. Jh. (Canossa). Sie spitzen sich jedoch zu, als der Staufer Heinrich VI. die letzte Normannenprinzessin heiratet und das Königreich Sizilien, das die Päpste als ein von ihnen zu vergebendes Lehen betrachten, mit dem Deutschen Reich vereint (unio regis ad imperium).

Das Deutsche Reich ist seit dem Tod Friedrichs II. (1250) kaiserlos. Friedrichs Sohn Konrad IV. tritt zwar die Nachfolge an, muß sich aber in Deutschland verschiedener Gegenkönige erwehren, die auf Betreiben der Päpste gegen ihn aufgestellt werden. So überläßt er den Süden weitgehend seinem Bastardbruder Manfred (der von Friedrich auf dem Totenbett noch als ehelich erklärt wurde). Manfred herrscht als Reichsvikar, muß sich aber auch mit Gegenkönigen auseinandersetzen, denen Rom die Krone von Sizilien verkauft. Sein wichtigster Gegenspieler, der später auch den Sieg davontragen wird, ist Charles d'Anjou, der jüngste Bruder des französischen Königs. Nach dem Tode von Konrad IV. (1254) mißachtet Manfred die Rechte von Konrad V. (Konradin) und krönt sich selbst zum König von Sizilien. In Deutschland besteht ab diesem Zeitpunkt ein ›Interregnum‹ bis Rudolf von Habsburg.

Frankreich

Bei seinem Regierungsantritt findet der französische König Ludwig IX. aus dem Hause Capet ein territorial recht bescheidenes Gebilde vor, das sich im wesentlichen aus Paris mit der Ile de France, Flandern, der Champagne und dem Herzogtum (Nieder-)Burgund zusammensetzt. Im Laufe seiner Herrschaft gewinnt er durch seine Eroberungen des Südens (Okzitanien, Languedoc), durch Krieg gegen die den Westen besitzenden Engländer und durch die Unterwerfung der Normannen im Norden ungefähr alle Gebiete dazu, die das heutige Frankreich ausmachen. Durch Verheiratung seiner Brüder Alfonse de Poitiers mit der Erbin von Toulouse und von Charles d'Anjou mit der Erbin der Provence konsolidiert er diesen Besitz.

England

König von England ist Heinrich III. aus dem Hause Plantagenet. Für seinen minderjährigen Sohn Edmund versucht er, Sizilien zu kaufen, während sein Bruder Richard von Cornwall als deutscher Gegenkönig auftritt (1256–72).

Spanien

Die Krone Kastiliens trägt Alfons X., gen. der Weise, dem 1257 zusätzlich die deutsche Königskrone aufgedrängt wird. In Aragon herrscht Jakob I., der Eroberer, dem Frankreich seinen jenseits der Pyrenäen gelegenen Besitz Carcassonne genommen hat. In Sizilien, auf das die Aragonesen Erbanspruch geltend machen können, droht Charles d'Anjou den beiden zuvorzukommen. Im übrigen sind Alfons und Jakob mit der Konsolidierung ihrer im Verlauf der ›Reconquista‹ eroberten Landgewinne im spanischen Süden beschäftigt. Während ihrer Regierungszeit haben sie das einstmals mächtige Kalifat von Córdoba bis auf einen sarazenischen Restbesitz (Emirat von Granada) zurechtgestutzt.

Byzanz

Das 1204 von irregeleiteten Kreuzfahrern errichtete ›Lateinische Kaiserreich von Konstantinopel‹ liegt in den letzten Zügen, vier Nachfolgestaaten bedrängen es von allen Seiten: das Kaiserreich Trapezunt (Vatatses), das Kaiserreich Nikäa, das Fürstentum Achaia und das Despotat von Epirus (Michael Paläologos). Letzterer wird sich mit der Rückeroberung von Konstantinopel durchsetzen.

Des weiteren sind zum Abendland zu zählen: die russischen Fürstentümer, das Königreich von Georgien, das Reich der Bulgaren und das Königreich Armenien. Es handelt sich dabei um Klein-Armenien, an der südöstlichen Küste Kleinasiens gelegen, eingeklemmt zwischen dem Seldschuken-Sultanat von Iconium und dem Sultanat von Damaskus, mit einer brüchigen Verbindung zum nördlichsten Kreuzfahrerstaat, dem Fürstentum von Antioch. König von Armenien ist Hethoum I.

Das Heilige Land

Die Terra Sancta, von den Franzosen ›Outremer‹ genannt, das ›Königreich von Jerusalem‹, besteht im wesentlichen nur noch aus den Hafenstädten Jaffa, Tyros, Beirut und etlichen Burgen der sich heftig befehdenden beiden Ritterorden, den Templern und den Johannitern. Jerusalem selbst gehört seit 1188 nicht mehr dazu, die Hauptstadt ist seitdem Akkon. Der Deutsche Ritterorden hat seine Tätigkeit nach dem Tode von Friedrich II. weitgehend nach Preußen und ins Baltikum verlagert. Nomineller König von Jerusalem ist durch Heirat Friedrichs II. mit der Erbin Yolande de Brienne Konrad IV., der aber zeit seines Lebens die Herrschaft nicht antritt.

    De facto und von den Staufern geduldet, herrscht im Heiligen Land bis zu seiner Abreise 1254 König Ludwig von Frankreich, danach Heinrich II. von Zypern.

In den nördlichen Kreuzfahrerstaaten Antioch und Tripoli regiert Fürst Bohemund VI. Zwischen Tripoli und Antioch erstreckt sich das Herrschaftsgebiet der syrischen Assassinen von Masyaf.

Die Politik in Outremer bestimmen jedoch neben den Ritterorden die untereinander verfeindeten italienischen Seerepubliken.

DIE WELT DES ISLAM

Das Kalifat von Bagdad

Es wird stillschweigend als oberste geistliche Instanz und Schiedsrichter geduldet, übt aber keine wesentliche Macht aus. Kalif ist el-Mustasim aus der seit 37 Generationen ununterbrochen herrschenden Dynastie der Abbasiden.

Ägypten

Dort haben sich die Offiziere der Mamelukensöldner an die Macht geputscht, den letzten Ayubiten-Sultan umgebracht und einen ihrer Generäle, Aybek, zum Sultan von Kairo ausgerufen.

Der Maghreb

Im Westen, im Maghreb, hat sich in Algerien und Tunis das Geschlecht der Hafsiden etabliert, in Marokko das Mariniden-Sultanat von Fez, zu dem auch das südspanische Emirat von Granada gehört.

Syrien

Im Osten, in Syrien, haben sich die Ayubiten gehalten. Sultan von Damaskus ist An-Nasir.

Alamut

Der Haupteinflußbereich der ismaelitischen Assassinen von Alamut liegt südwestlich des Kaspischen Meeres. Derzeitiger Imam und Großmeister ist Muhammad III.

DAS REICH DER MONGOLEN

Herzstück ist das Zentral-Khanat mit der Hauptstadt Karakorum. Das Reich erstreckt sich im Norden bis nach Sibirien, im Nordwesten über die russischen Fürstentümer. Im Westen reicht das Khanat Dschagetai bis ans Kaspische Meer. Der Großkhan gebietet im Südwesten bis nach Persien, im Süden über Indien bis nach Nordchina. Derzeitiger Großkhan ist Möngke, Enkel des Dschingis-Khan (vgl. umseitigen Stammbaum). Er überläßt das nordöstliche Khanat Kiptschak, das Reich der ›Goldenen Horde‹, weitgehend seinem Vetter Batu und verteilt die übrigen Einflußbereiche an seine Brüder. Kubilai erhält das heutige China und wird sich später zu dessen Kaiser machen. Hulagu erhält Afghanistan und Persien und schafft sich damit sein eigenes Il-Khanat. Sein jüngster Bruder Ariqboga, den er zu seinem Nachfolger ausersehen hat, bleibt als Gouverneur im Zentral-Khanat.

STAMMBAUM DER DSCHINGIDEN

```
                    Dschingis-Khan*
                      ∞ Börke
    ┌──────────┬──────────┬──────────────┐
 Döetschi*  Dschagetai*  Ögedai        Toluy*
                       ∞ Toragina    ∞ Sorghaqtani
                   ┌──────┴──────┐
 Batu           Kutschu         Guyuk
                   ∞          ∞ Oghul Kaimisch
            Mutter des Schiremon
                    │         ┌────┬────┬────┬────┐
                Schiremon   Möngke* Kubilai Hulagu Ariqboga
                            ∞ Kokotai      ∞ Dokuz
                            ∞ Koka
 Sartaq

 * Großkhane
```

740 ANHANG

INDEX

PROLOG S. 13

Iwan: Kuppelbau mit ellipsenförmiger Wölbung wie in Mesopotamien zur Zeit der Sasaniden (6. Jh.) üblich; der von Ktesiphon hat Berühmtheit erlangt.
Kalif el-Mustasim: (al-Musta'sim), 1242–1258, letzter Abbasidenkalif (37.) von Bagdad
amir al-mumin: (arab.) Herrscher aller Gläubigen
An-Nasir: (al-Malik an-Nasir II. Salah-ad-Din), Ayubit, ab 1237 Malik (König) von Aleppo; nahm nach der Ermordung des letzten Ayubiten-Sultans von Kairo (1249) durch die Mameluken im Handstreich Damaskus und rief sich 1250 dort zum Sultan von Syrien aus; regierte bis zur Einnahme der Stadt durch die Mongolen 1260.
Uhr: bereits Anfang des 13. Jh. gab es in der Moschee von Damaskus nachweislich eine Wasserkunstuhr mit Schlagwerk. 1227 ließ Alfons X. von arabischen Werkmeistern eine Quecksilberuhr anfertigen. Uhren mit Gewichtsantrieb sind (laut Albazen) bereits seit dem Ende des 1. Jahrtausend in Gebrauch.
König der Franken: König Ludwig IX., gen. ›Der Heilige‹, (1214–1270); von 1226 bis zu seinem Tod König von Frankreich; verheiratet mit Marguerethe de Provence; unter dem Kapetinger erhielt Frankreich in etwa das heutige Territorium; unternahm 1248 einen großen Kreuzzug gegen Ägypten (Damiette), wurde vernichtend geschlagen, geriet in Gefangenschaft und residierte danach bis 1254 in Akkon; starb auf einem 2. Kreuzzug gleich nach Ankunft in Tunis.
Bajadere: urspr. indische Tempeltänzerin, dann Berufstänzerin und Sängerin
Clarion: Gräfin von Salentin, geb. 1226; illegitime Tochter des Staufers Friedrich II., der in seiner Hochzeitsnacht (Brindisi 1225) die Brautjungfer seiner Frau Yolanda schwängerte.
Huri: (arab.) Gespielin
die beiden Kinder: Roç, eigentlich Roger-Ramon-Bertrand, geb. ca. 1240/41, Eltern unbekannt; legte sich später zusätzlich den Namen ›Trencavel du Haut-Ségur‹ zu, was auf die ausgestorbene Parsifal-Linie schließen läßt. Der Sohn Parsifals (Visconte de Carcassone), Roger Ramon III., fiel 1241 beim Versuch der Wiedereroberung von Carcassone.
Yeza, Isabel-Constance-Ramona, geb. ca. 1239/40, Eltern unbekannt, legte sich den Namen ›Yezabel Esclarmunde du Mont y Grial‹ zu. Ihre Mutter war vermutl. nicht die berühmte Esclarmunde aus der Parsifal-Legende, sondern die gleichnamige Tochter des Kastellans vom Montségur, ihr Vater möglicherw. Friedrichs Bastardsohn

Enzio, geb. 1216, der erst 1272 in der Gefangenschaft Bolognas starb. Roç und Yeza führen den Beinamen die ›Kinder des Gral‹.

Okzitania: Okzitanien, das ›Land des Westens‹, ›Land des Abends‹; Landschaft im Südwesten des heutigen Frankreichs, die von Frankreich unabhängig war (Grafschaft Toulouse); gotische Gründung

Hafsiden: Herrscherdynastie in Tunesien und Ostalgerien (1228–1574)

Kaballa: im 9. bis 13. Jh. entwickelte jüdische mystische Lehre (Seelenwanderungslehre)

Crean de Bourivan: geb. 1201, Sohn des John Turnbull, aufgewachsen in Südfrankreich; konvertierte nach dem Tod seiner Frau zum Islam und wurde in den Orden der Assassinen aufgenommen.

Gral: großes Geheimnis der Sekte der Katharer, nur Eingeweihten offenbart; bis heute ungeklärt, ob es sich um einen Gegenstand (Kelch mit den aufgefangenen Blutstropfen Christi), einen Schatz oder um geheimes Wissen (um die dynastische Linie des königlichen Hauses David, die über Jesus von Nazareth bis nach Südfrankreich / Okzitanien führt) handelt.

die Prieuré: Prieuré, mysteriöse Geheimgesellschaft, die sich angeblich dem Erhalt der dynastischen Linie des Hauses David verschrieben hatte (das ›Blut der Könige‹) und sich erstmalig nach der Eroberung von Jerusalem 1099 manifestierte; der Orden der Tempelritter soll ihr weltlicher Arm gewesen sein; stand in erbittertem Gegensatz zum Papsttum; wurde in dieser Zeit von der Großmeisterin Marie de Saint-Clair, gen. ›La Grande Maîtresse‹, geführt.

William von Roebruk: (1222–1293), geb. als Willem im Dorf Roebruk (auch Rubruc oder Roebroek) in Flandern, studierte als Minoritenbruder Guilelmus in Paris. Arabischlehrer des französischen Königs Ludwig IX., wurde von diesem 1243 zur Belagerung des Montségur delegiert; geriet in die Rettungsaktion der ›Kinder des Gral‹ und begleitet seitdem das Schicksal der beiden. 1253 ernennt ihn der König zum Gesandten und schickt ihn als Missionar zum Großkhan der Mongolen, eine Reise, über die er eine offizielle Chronik, das ›Itinerarium‹, verfaßte.

O. F. M.: Ordo Fratrum Minorum (lat.) im Orden der Minderbrüder (Minoriten, Franziskaner)

Hamo L' Estrange: (geb. 1229), Sohn der Gräfin von Otranto, Laurence de Belgrave, gen. ›Die Äbtissin‹

Emir Baibars: az-Zahir Rukn ed-Din Baibars al-Bunduqari (Bunduktari), gen. ›Der Bogenschütze‹, (geb. 1211). Der Kommandeur der Palastgarde besiegte König Ludwig IX. bei Mansurah, ermordete eigenhändig den letzten Ayubiten-Sultan Turanshah, ließ aber den Mameluken-General Izz ed-Din Aibek zum Sultan ausrufen. Blieb selbst die Graue Eminenz des Sultanats von Kairo und regierte erst 1260–1277 als Sultan Baibars I. von Ägypten.

Mameluken: Leibgarde der Sultane von Ägypten (türk. Sklaven)

Ayubiten: von Sultan Saladin begründete Dynastie (genannt nach seinem Vater Ayub); herrschten über Syrien (Damaskus) und Ägypten (Kairo), wo sie 1249 durch eine Palastrevolte der Mameluken abgelöst wurden, während sich der syrische Zweig selbständig machte und bis 1260 bestand.

Obermullah: muslimischer Geistlicher

Könige von Jerusalem: Das Königreich Jerusalem, Ergebnis des ersten Kreuzzuges 1099, umfaßte einen Küstengürtel bis Gaza im Süden und Beirut im Norden mit der Hauptstadt Jerusalem; assoziiert waren die Grafschaft Tripoli und das Fürstentum Antioch, das sich bis zur Grenze des Königreiches von Klein-Armenien im Norden erstreckte. 1188 eroberte Saladin Jerusalem zurück, Hauptstadt wurde Akkon. Im 13. Jh. besteht es nur noch aus diesem befestigten Hafen und dem von Tyros;

Shirat Bunduqari: (Bunduktari, geb. 1231), jüngere Schwester des Emir Baibars; geriet 1248 in den Harem des An-Nasir; 1250 befreit, heiratete sie Hamo L'Estrange, Graf von Otranto.

Assassinen: Schiitisch-ismaelitische Geheimsekte mit Hauptsitz in Alamut (Persien), die 1196 auch in Syrien Fuß faßte; Name leitet sich in Anspielung auf den Drogenkonsum der Mitglieder vielleicht vom Wort ›haschaschin‹ her; eine andere Theorie besagt, daß er auf das altsyrische Wort ›asai‹ zurückzuführen sei, das Mittler, Arzt, Träger geheimen Wissens bedeutet.

Ismaeliten: extremistische Muslime, Schiiten; es hatte zu Beginn des Islam, nach dem Tode des Propheten, eine Spaltung gegeben zwischen den Anhängern der Schia (Schiiten), die nur Blutsverwandte des Propheten zu seinem Nachfolger bestimmen wollten, und denen der Sunna (Sunniten), die ein Wahlkalifat propagierten. Die in Bagdad herrschenden Abbasiden waren sunnitisch und wurden daher von den Assassinen ›mörderisch‹ bekämpft.

Templer: seit 1120 anerkannter Ritterorden; der Name leitet sich vom Tempel in Jerusalem ab, wo sich einige Ritter nach dem 1. Kreuzzug (1096–99) und der Eroberung der Stadt niederließen.

der Alte vom Berge: Beiname des ersten Großmeister der Assassinen, Sheik Rashis ed-Din Sinan, der auch auf die folgenden Großmeister der Sekte überging; entwickelte den Geheimorden zu einer Gesellschaft käuflicher Mörder.

der Große Plan: wahrscheinlich von John Turnbull entworfenes Konzept über die Zukunft der Kinder Roç und Yeza, das später von der Prieuré übernommen wurde.

LIB. I, CAP. I
DER MÜDE KALIF S. 31

Bis' mil amir al-mumin: (arab.) Im Namen des Herrschers aller Gläubigen

Maka al-Malawi: Oberhofkämmerer des Kalifen von Bagdad

el-Din Tusi: Nasir ed Din et-Tusi, (1201–1274), arab. Universalgelehrter; lebte hauptsächlich in Bagdad, veranlaßte den mongolischen Il-Khan Hulagu zum Bau der Sternwarte von Megara; verarbeitete seine Beobachtungen zu Planetentafeln und einem Fixsternkatalog.

Abbasiden: islamisch-sunnitische Kalifendynastie von 749–1258, im Jahre 132 muslimischer Zeitrechnung, Nachfolger der Umayyaden, wurden von den Mongolen ausgelöscht.

Choresmier-Reich: Chwarezm, Huwarizm, Hwarizm; Nomadenreich, deren Oberhaupt den Titel eines Schahs führte. Südöstlich des Kaspischen Meeres gelegen; erstreckte sich zeitweilig über Persien bis nach Indien hinein; vier Dynastien von 990–1231, danach waren die Choresmier herrscherlose Horden, oft auch als Söldnerheere, die bis in die Türkei und Ägypten vorstießen; berühmt durch die endgültige Einnahme und Zerstörung Jerusalems 1244.

amir al-mumin: arab. Herrscher aller Gläubigen

Allah ...: (arab.) Allah strafe sie!

Gran Da'i: höchstes Oberhaupt der Ismaeliten; der Titel wurde von Mitgliedern des Ordens der Assassinen geführt und zeigte den höchsten Grad der Initiierung an, während der Titel ›Imam‹ sie als geistiges Oberhaupt auswies und als Träger der Blutslinie der rechtmäßigen Nachfolger des Propheten Mohammed (Ali). Der Imam

Ala'ad-Din Muhammad III. herrschte von 1221 bis 1255 in Alamut (südwestlich des Kaspischen Meeres gelegen).

Alamut: im Khorasan-Gebirge südwestlich des Kaspischen Meeres gelegen, bedeutendste von ungefähr dreißig Assassinenfesten, Hauptquartier und Sitz des Imams; kontrollierte die dort verlaufende Seidenstraße; heute schwer zugängliche Ruinen.

Schia: (Shia, Shi'at Ali) (arab.) ›Partei‹, ihre Anhänger, die Schiiten, erkennen als Imame bzw. Kalifen nur Nachkommen des Ali und der Fatima (Tochter des Propheten) und die auf sie zurückgehende Überlieferung der Worte des Propheten an.

Allahu akbar!: (arab.) Gott ist groß!

Madrasa: Koranschule

Sunna: (arab.) Herkommen, Brauch, Botschaft. Überlieferung der Aussprüche des Propheten, an die sich die sunnitischen Muslime als Richtschnur des Handelns halten. Im 13. Jh. war das Kalifat von Bagdad sunnitisch.

Shafi'i, Hanafi, Hanbalis, Malakis: verschiedene religiöse Gruppierungen innerhalb der Sunna des Islam

Der Dawatdar Aybagh: Oberhofsekretär des Kalifen von Bagdad und Kanzler, vornehmlich für Innenpolitik zuständig

Muezzin: Ausrufer, der vom Turm der Moschee (Minarett) zum Gebet ruft

Emir Hasan Mazandari: Gouverneur von Alamut und Favorit des herrschenden Imams Muhammad III.; gilt als Mörder des Imams.

Rafiq: (arab.) Kamerad. Mitglied des Assassinenordens, das, im Unterschied zum ranghöheren Da'i, erst teilweise eingeweiht ist.

Fida'i: (arab.) Gelübde, Rang. Novizen im Assassinenorden, die noch nicht initiiert sind, aber das Gelübde abgelegt haben.

Tataren: Name eines mongolischen Stammes (des heutigen Südrußland); in Europa zunächst Bezeichnung für alle Mongolen. Erst um 1240/41 wurde der Name ›Mongole‹ durch franziskanische Gesandte bekannt.

Das Mädchen Tawaddud: Märchenfigur aus Tausendundeiner Nacht

Sheitan: Satan, Teufel

Scimitar: arab. Krummsäbel mit breit auslaufender, dreieckiger Klinge

Bis'mil Allah!: (arab.) Im Namen Allahs!

Chaiman: Führer der Delegation, Spitzel des Kämmeres

Maghreb: von Magrab, (arab.) Abendland, bezeichnet das islamische Nordafrika

Cathai: nordchinesischer bzw. südmongolischer Volksstamm im heutigen China

das tolosanische Kreuz: Wappen Okzitaniens

Soukh: arab. Bazar, Markt

Bil chat ...: (arab.) In Gefahr und höchster Not führt der Mittelweg zum Tod!

Allah jâtii ...: (arab.) Allah schenke ihm ein langes Leben!

Allah jijasi ...: (arab.) Allah strafe die Ungläubigen!

Harun ar-Rashid: (786–809), der fünfte Abbasidenkalif, bekannt aus Tausendundeinernacht, Freund Karls des Großen

Muwayad ed-Din: Großwesir (Außenminister) des Kalifen, Schiit

Hippodrom: Pferde- und Wagenrennbahn

halca: (arab.) Kreis, Ring; hier verwaiste Kinder adeliger Herkunft, die zu Leibwächtern erzogen wurden.

Kermanshah: Stadt nordöstl. von Bagdad im heutigen Iran

damna: (okzit.) Dame

LIB. I, CAP. II
VIER PRINZEN S. 52

Altai: Gebirge in der westlichen Mongolei

dschingidisch: in der Nachfolge (Blutslinie) des Dschingis-Khan

tengri: ›Gott des allumspannenden, ewig blauen Himmelszeltes‹, oberste

Gottheit der schamanischen Mongolen
Arslan: Schamane und Eremit im Altai; wurde von den herrschenden Dschingiden auch zur Beratung in Fragen der Staatsführung hinzugezogen.
Möngke: (Monka, Mangu, 1208–1259), Enkel Dschingis-Khans; wird 1251 auf dem mongolischen Reichstag (Kuriltay) als Nachfolger seines Vetters Guyuk zum Großkhan (Khagan) gewählt.
Ariqboga: (Arigh Böke), gest. 1266, jüngster Bruder des Möngke, der ihn als Gouverneur des Zentral-Khanats einsetzte und zu seinem Nachfolger bestimmte.
Kubilai: (1215–1294), Möngkes nächstältester Bruder, wurde von ihm nach China geschickt; machte sich nach Möngkes Tod zum Großkhan, ab 1280 zum Kaiser von China. Unter ihm erfuhr das mongolische Weltreich seine größte Ausdehnung.
Hulagu: (Hülegu 1218–1265), wurde von Möngke nach Persien geschickt, nahm 1260 den Titel Il-Khan an.
Sorghaqtani: (Sorkhokhtani Beki), Witwe des Dschingis-Khan-Sohnes Toluy, Mutter von Möngke, Kubilai, Hulagu, Ariqboga
Toluy: (1190–1232), der jüngste Sohn des Dschingis-Khan, 1227–1229 Regent
Guyuk: Enkel des Dschingis-Khan, Sohn des Ögedai, Großkhan von 1246–1248, verheiratet mit Oghul Kaimisch
Khan: Herrscher über ein mongolisches Stammesgebiet (Khanat). Seine Frau trägt den Titel Kathun.
Schamane: Zauberpriester der sibirischen Völker, der mit den Naturgeistern in Verbindung steht, wahrsagt und heilt. Schamanische Praktiken verbreiteten sich von Sibirien durch ganz Eurasien bis zu den Indianern Nordamerikas; zur Zeit Dschingis-Khans hochgeachtete Propheten und Magier der Mongolen, die die Menschen mit Geistern und Göttern in Verbindung brachten.
Kuriltay: mongolischer Reichstag, Zusammenkunft aller Stammesoberhäupter (Khanate)
Karakorum: (Qara-Qorum), um 1220 von Dschingis-Khan zum Zentrum des mongolischen Reiches erhoben

LIB. I, CAP. III
BLÜTENHAUCH UND MODERDUFT
S. 63

Großmeister: oberster Kommandant eines militär. Ordens, bei den dtsch. Orden ›Hochmeister‹ genannt
Ali: Sohn des el-Din Tusi
Zev Ibrahim: jüdischer Physiker und Ingenieur im Dienste der Assassinen von Alamut
Pian del Carpine: (Giovanni dal Piano de Carpiniis, 1182–1252) Franziskanermönch, erster Kustos von Sachsen, Verfasser des ›Liber Tartarorum‹; reiste im Auftrag des Papstes 1245–1247 als Gesandter zum Großkhan der Mongolen, verfaßte nach seiner Rückkehr die ›Ystoria Mongalorum‹ und wurde Erzbischof von Antivari.
L. S.: (lat.) locus sigilli, Platz für das Siegel, entspricht unserem heutigen ›gez.‹
Elia von Cortona: (1185–1253), aus der Familie der Barone Coppi, daher auch der ›Bombarone‹ genannt; Mitglied des Ordens der Bettelmönche, auch Minoriten genannt, der durch Franz von Assisi begründet wurde; 1223 Generalminister des Ordens, 1232 wiedergewählt; zog sich nach der Exkommunikation nach Cortona zurück; ging 1242/43 als Gesandter für König Friedrich nach Konstantinopel; 1244 Rückkehr mit der hl. Kreuzreliquie.
Jean Graf de Joinville: (1224/25–1317/19), Seneschall der Champagne, seit 1244 gelegentlich im Dienst Ludwigs IX.,

den er auch auf dem Kreuzzug nach
Ägypten begleitete.
damm al ard: (arab.) das Blut der Erde;
gemeint ist Erdöl
das ›Paradies‹: Name für die Gärten des
Harems des Großmeisters der Assassinen. Dort wurde der Legende nach
den Novizen und auch den Eingeweihten des Ordens vor einer gefährlichen Mission im Haschischrausch
ein Blick auf die Huris oder ein kurzer
Aufenthalt bei ihnen gestattet, so
daß ihre Sehnsucht nach dem Paradies (Todesgedanken) übermächtig
wurde und sie den Tod nicht fürchteten.
marahid: (arab.) Geheimer Ort, hier:
stilles Örtchen, Toilette
Khurshah: (Rukn ed-Din Khwurshah,
1235–1256), Sohn des Muhammad III.
(1212–1255). Letzter Imam von Alamut, 1255–56
Trébuchet: klassische Wurfmaschine
(Katapult) mit langem Wurfarm auf
hohem Gerüst
chorda laxans: (vermutlich durch Kautschuk und Erdölderivate) elastischer
Strick; erhebliche Verbesserung
der Schleuderkraft von Belagerungsmaschinen
Herlin: vermutlich franz. Herkunft,
Magister, Bibliothekar, Oberhofschreiber des Imams von Alamut
apokryph: (griech.-lat.) verborgen
Blanchefort: Name des Lehens in Achaia,
das John Turnbull seinem Sohn Crean
vermacht hatte
Kasda: geb. 1222
Pola: geb. 1223, wie Kasda auf Blanchefort geb. Tochter Creans aus seiner
Ehe mit Elena Champ-Litte d'Arcady;
nach dem gewaltsamen Tod der
Mutter und der Verfolgung durch die
Inquisition brachte er sie auf Alamut
in Sicherheit.
Kinder des Gral: In diesem Beinamen der
Kinder drückt sich die Vermutung
aus, daß sie das königliche Blut des
Hauses David in sich tragen.

Nom de guerre: (frz.) Deckname,
Beiname
ratio atque usus: (lat.) aus Überlegung
wie auch Erfahrung
Sufi: (arab.) wörtl. Wollkleidträger; Anhänger des Sufismus, einer islamischen Lehre, die die Ergründung des
Sprirituellen (u.a. durch Askese,
Meditation) zu einer Wissenschaft erhoben hat.
faljusha ...: (arab.) Es werde Licht!
Deus omnipotens: (lat.) der allmächtige
Gott

LIB. I, CAP. IV
DER KURILTAY S. 91

Dschingis-Khan: (Dschinggis-Qayan,
1167–1227); Einiger der mongolischen Völker um 1195, absoluter Herrscher ab 1206; verheiratet mit Börke,
die ihm als junge Frau geraubt wurde.
Kuriltay: mongolischer Reichstag, auf
dem der neue Großkhan gewählt wird
Jurte: mongolisches Wohnzelt aus filzbespanntem Weidengeflecht; wurde meistens als Ganzes auf riesigen Ochsenkarren transportiert.
Jasa-Gesetz: das von Dschingis-Khan
den Mongolen gegebene Gesetz, garantierte im gesamten Reich Frieden,
die ›pax mongolica‹
Andreas von Longjumeau: gest. 1270,
Dominikaner, reiste für den Papst als
Gesandter zu den Mongolen
Nestorianer: Anhänger des 451 verstorbenen Patriarchen Nestorius von Konstantinopel, der 431 als Ketzer aus
dem Röm. Reich vertrieben wurde
und Kirche in Persien gründete; dualistische Lehre, Ablehnung des Marienkultes; missionierten Indien, China,
Afrika und auch die Mongolen, ohne
das Schamanentum abzulösen.
A solis ...: (lat.) Wo die Sonn' beginnt ihr
Reisen bis zu der Erde Grenzen hin,
laßt uns, Christen, den Fürsten, geboren von der Jungfrau, preisen.

Schiremon: Dschingide, Großenkel des Dschingis-Khan, Enkel des Großkhans Ögedai, als sein Nachfolger angesehen, wurde aber übergangen zugunsten von Guyuk, des Sohns aus der zweiten Ehe (mit der Regentin Toragina-Khatun).

Famulis ...: (lat.) Wir bitten dich, o Herr, laß Deinen Dienern das Geschenk Deiner himmlischen Gnade zukommen. Oratio aus der Liturgie zum Fest Mariä Heimsuchung (2. Juli)

General Kitbogha: (Kitbuqa), Heerführer unter Hulagu, 1260 von Baibars hingerichtet

Kito: Sohn des Generals aus der Ehe mit Irina Kathun

Dokuz-Khatun: (gest. 1265) Gemahlin des Il-Khan Hulagu, nestorianische Christin

Benedicta et ...: (lat.) Gebenedeit und hochverehrt, bist du, Jungfrau. In unversehrlicher Jungfräulichkeit bist du des Heilandes Mutter geworden. Graduale der Meßfeier

Dominus ...: (lat.) Der Herr sei mit euch! Liturgie der hl. Messe

Et cum ...: (lat.) Und mit deinem Geiste!

Ite missa est: (lat.) Gehet hin, Ihr seid entlassen! Ankündigung der Entlassung der Gemeinde aus der Meßfeier

Batu: (Batu-Khan, geb. 1207), Dschingide, Enkel des Dschingis-Khan, zweitältester Sohn des Doetschi (Juji), Herrscher des Khanats Kiptschak (1229–1255) und Begründer des selbständigen Reiches der ›Goldenen Horde‹

Kiptschak: (Qyptschaq), Khanat, im Abendland ›Goldene Horde‹ genannt, nördlich des Kaspischen Meeres zwischen Don und Wolga

Oghul Kaimisch: (Oghul Qaimach – Ghaimysch), Witwe des Guyuk, Regentin des Reiches 1248–1251

Doetschi: (Dschötchi – Juji), ältester Sohn des Dschingis-Khan (1180–1227); vermutlich Bastardsohn der Dschingis-Khan-Gattin Börke

Ögedai: drittältester Sohn und Nachfolger des Dschingis-Khan (1186–1241), seit 1229 Großkhan. Seine Wahl kam zustande, weil die eheliche Geburt des ältesten Sohnes Doetschi anzuzweifeln war und der zweitälteste Sohn Dschagetai (Jagatai) von den Assassinen ermordet wurde.

Bulgai: mit richtigem Namen Schigi Khutuchhu; Oberhofrichter, Chef der Geheimen Dienste des Großkhans

Temudschin: (Temüjin), der ›Schmied‹, Beiname des Dschingis-Khan

Kokoktai-Khatun: (Kotoktai), nestorian. Christin, keraitische Prinzessin, ›Erste Gemahlin‹ des Möngke

Irina: nestorianische Christin, Frau des Generals Kitbogha

Ecclesia catolica: (lat.) die allgemeine Kirche

Ata el-Mulk Dschuveni: sunnitischer Moslem, Oberhofkämmerer des Hulagu

Alleluia ...: (lat.) Halleluja, aufgefahren in den Himmel ist Maria: Es freuet sich der Engel Chor, halleluja.

Papst Innozenz IV: im Amt vom 24.6.1243 bis zum 7.12.1254, Nachfolger von Celestin IV., der im Herbst 1241 nur 26 Tage regierte, bevor er beseitigt wurde; bekämpfte den Stauferkaiser Friedrich II. und nach dessen Tod (1250) den Sohn und Nachfolger Konrad IV. bzw. in Süditalien den Bastard Manfred. Er bemühte sich, für das Königreich Sizilien, das er als päpstliches Lehen ansah, Herrscher zu finden, die bereit waren, die Staufer von dort zu vertreiben. Abwechselnd vergab er die Rechte gegen Bezahlung an das englische Königshaus und an Charles von Anjou, den jüngsten Bruder des französischen Königs Ludwig, der dann tatsächlich 1266 Manfred in der Schlacht von Benevent schlug und tötete und 1268 den Sohn Konrads, Konradin, in Neapel enthaupten ließ.

Paladin: treuer Gefolgsmann

Omnipotens ...: (lat.) Allmächtiger ewiger Gott, der Du im Herzen der seligen Jungfrau Maria Wohnung genommen hast

Alleluia ...: (lat.) Halleluja, halleluja. Gegrüßet seist du, Mutter der Hoffnung und der Gnade, o Maria, halleluja.

Sartaq: (Sartach), Sohn des Batu und Nachfolger (nur für ein Jahr); 1256/57 Khan der Goldenen Horde

Alexander Newski: (Newskij, Alexander Jaroslawitsch, 1220–1263), russischer Großfürst von Nowgorod und Kiew, unterwarf sich den Mongolen, die 1240 Kiew einnehmen. 1242 besiegt er den Deutschen Ritterorden in der Schlacht am Peipussee und verhinderte so die Ausbreitung des katholischen Glaubens in Rußland.

Misere ...: (lat.) Herr, erbarme Dich meiner, der ich in Ängsten bin. Schmerz näßt meine Augen, meine Seele und meinen Leib.

Ave maria ...: (lat.) Gruß dir, Maria, heile uns, gütige.
Gruß dir, Reis, vertreib das Eitle.
Gruß dir, o Herrliche, Rose vom Dorn.
Gruß dir, Hochbejahrte, göttliches Losungswort.
Gruß dir Schild der Tugenden, Königin.

LIB. I, CAP. V
MAPPA TERRAE MONGALORUM
S. 114

Mappa ...: (lat.) Karte des Gebietes der Monolen

Fest des hl. Franz von Assisi: 4. Oktober

Schlüsselsoldaten: Angehörige des päpstlichen Heeres (nach dem Wappen des Kirchenstaates: gekreuzte Schlüssel)

Rainaldo di Jenna: Kardinalerzbischof von Ostia, Neffe von Gregor IX., Graf von Segni, wurde am 27.12.1254 zum Nachfolger von Innozenz IV. gewählt und nahm den Namen Alexander IV. an; gest. 25.05.1261.

papabile: (ital.) zugehörig zu einem Geschlecht, dessen Mitglieder zum Papst gewählt werden können

Conti di Segni: Adelsgeschlecht in der Gegend der Albaner Berge bei Frascati, südlich von Rom

Thomas von Celano: (1190–1255), Minorit, wurde von Gregor IX. mit der Abfassung einer offiziellen Franziskus-Biographie beauftragt.

Ghibelline: Anhänger der Staufer

Bombarone: (ital.) der gute Baron, Beiname des Elia von Cortona

regula: (lat.) Regel, hier: Ordensregel

Ufficium ...: (lat.) Büro zum Studium der Mongolen

Bartholomäus von Cremona: arbeitete für den Geheimdienst der Kurie, offizieller Begleiter von William von Roebruk 1253–1255 auf seiner Mission zum Großkhan der Mongolen, soll aber angeblich von seinem Ordensbruder Lorenz von Orta vertreten worden sein.

Ystoria Mongalorum: Geschichte der Mongolen

Lorenz von Orta: (geb. 1222), Franziskaner; wurde 1245 vom Papst nach Antioch geschickt, um den Kirchenstreit zu schlichten (griech.-orthod. gegen röm.-kath.)

Urbs: (lat.) die Stadt, hier Rom

Der Graue Kardinal: mysteriöse Funktion innerhalb der Kurie im Mittelalter, Oberaufseher über die Inquisition und Chef des Geheimdienstes mit Residenz auf der Engelsburg; wenn die Kurie aus Rom vertrieben wurde, diente das Castel d'Ostia an der Tibermündung als Ausweichquartier.

Capoccio: (geb. 1181), Rainer von C., Mitglied des Zisterzienserordens

praefectus ...: (lat.) Bürovorsteher

sine glossa: (lat.) ohne einschränkende Bemerkung; Bezeichnung für das unverfälschte ›Testament‹ des Franz von Assisi

Brancaleone degli Andalo: Ghibelline, Conte di Casalecchio, Führer einer Volksbewegung, die Papst und Adel aus Rom vertrieb; Senator, errichtete zwischen 1252 und 1258 eine Republik.

Cenni di Pepo: gen. Cimabue, geb. 1240, florentinischer Maler des spätbyzantinischen Stils, wurde auf Empfehlung des Thomas von Celano vom Papst beauftragt, die Kirche von San Francesco zu Assisi mit Fresken auszumalen (›Madonna mit dem heiligen Franziskus‹); gilt als der Künstler, der den Übergang zur Renaissance einleitete.

in Festo Omnium Sanctorum: am Fest Allerheiligen

Mare Caspicum: (lat.) das Kaspische Meer

Oliver von Termes: (geb. 1198), unterstützte den letzten Trencavel, bevor er auf die Seite Frankreichs überwechselte.

Guillem de Gisors: (geb. 1219), Tempelritter, Nachfolger der amtierenden Großmeisterin der Prieuré

Gavin Montbard de Béthune: (geb. 1191), wurde als junger Ritter von den Führern des Kreuzzuges gegen den Gral dazu benutzt, dem Trencavel (Parsifal) freies Geleit zu bieten; das Versprechen wurde gebrochen.

Grande Maîtresse: Marie de Saint-Clair, Großmeisterin der Prieuré

Lo abs ...: (ital.) Ich werde ihm die Absolution erteilen.

König Konrad: (geb. 25.4. 1228, gest. 20.5. 1254), Sohn und Nachfolger Friedrichs II.; heiratete 1246 Elisabeth von Bayern; der Ehe entsprang Konrad V., gen. Konradin, der letzte Staufer.

König Manfred: (geb. 1232): Bastard-Sohn von Friedrich II., 1250 Statthalter für Konrad IV. von Sizilien, machte sich nach dessen Tod ohne Rücksicht auf die Erbfolge zum König.

Berthold von Hohenburg: Seneschall für Süditalien unter Konrad IV., Befehlshaber der nach Italien entsandten deutschen Armee

Capet: frz. Königshaus, dtsch.: Kapetinger

Präpotenz: Übermacht, Überlegenheit

Charles d'Anjou: jüngster Bruder des frz. Königs Ludwig IX.; seit 1246 Graf von Anjou

Ecclesia ...: (lat.) allgemeine Kirche

Ecclesia romana ...: (lat.) die allgemeine römische Kirche

Mare Nostrum: (lat.) unser Meer; Name für das Mittelmeer

Quod licet ...: (lat.) Was Jupiter darf, darf der Ochse noch lange nicht!

de jure: (lat.) von Rechts wegen

advocatus diaboli: (lat.) wörtl. Anwalt des Teufels; (bei Heiligsprechungen und in kirchlichen Scheidungsverfahren) Rolle des kritischen Prüfers

Johannes von Procida: geb. 1210, Arzt mit Lehrstuhl in seiner Heimatstadt Salerno, in den letzten Lebensjahren von Kaiser Friedrich dessen Leibarzt; blieb im Dienste der Staufer, Manfred ernannte ihn zum Reichskanzler.

Fest der hl. Unschuldigen Kinder: 28. Dezember

imitator ...: (lat.) geistiger Nachahmer

Rinaldus ...: fehlerhaftes Latein; Rinaldus gab den Auftrag den ›minderbemittelten‹ Brüdern, gemalt hat es Cimabue.

dictum: (lat.) gesprochenes Wort

LIB. I, CAP. VI
AM BRUNNEN VON ISKANDER S. 145

qubbat al musawa: (arab.) ›Gewölbe des Ausgleichs‹

Stabilitas ...: (lat.) Stabilität und Flexibilität halten die Rose in ihrer Blüte, geben ihr Festigkeit und lassen sie atmen.

magharat al ouahi: (arab.) ›Grotte der Offenbarungen‹

Al-Kindi: (geb. um 800), einer der Väter der arab. Astrologie

Alcabitius: gest. 967 in Saragoza; sein berühmtestes Buch ist die ›Einleitung in die Kunst der Sterndeutung‹.
Abu'l Wefa: (940–998), arab. Mathematiker und Astronom in Nordpersien; lehrte 970 an der Sternwarte zu Bagdad; verbesserte die Trigonometrie durch Einführung von Sinus und Tangens.
Alphard: hellster Fixstern in der Hydra im Sternzeichen Löwe, von Saturn- und Venusart
Bellatrix: Fixstern im Orion im Zeichen der Zwillinge, von Mars- und Merkurart
Alnilam: heller Stern im Orion im Zeichen der Zwillinge, von Jupiter- und Saturnart
Sirrah: hellster Fixstern in der Andromeda im Zeichen des Widders, von Jupiter- und Venusart
Kalb: Bezeichnung für den Regulus, hellster Fixstern in Bild und Zeichen des Löwen, von Mars- und Jupiterart
Omar: assassinischer Fida'i aus dem Dorfe Iskander im Khorasan-Gebirge
tria ...: (griech.) entspricht dem Spruch: Drei, drei, drei, bei Issos Keilerei.
jibn tasa: (arab.) Frischkäse
chubs: (arab.) Fladenbrot
tin nashif: (arab.) Feigen
jibn muchammar: (arab.) abgehangenem Käse
al jibn: (arab.) Käse
habibat-al-oula-as-sabiqa: (arab.) die alte Favoritin
al muchtara: (arab.) die Auswählerin
djallabiah: (arab.) Gewand
hejab: (arab.) Frauenschleier
mala femina: (ital.) eine schlimme Frau
Alhamdulillah: (arab.) Allah sei Dank!

LIB. I, CAP. VII
DIE SCHWELLE DES BULGAI S. 169

Emir Belkasim Mazandari: Vetter von Hasan Mazandari
Sempad: Bruder des Königs Hethoum I. von (Klein-)Armenien, Konnetabel (Feldherr) des Königreiches

LIB. I, CAP. VIII
DER SILBERMOND VON ALAMUT
S. 176

miraculum mobilis: (lat.) Wunder der Bewegung
ruota della fortuna: (ital.) das Rad des Schicksals
Terra Nostra: (lat.) unsere Erde
Sol: (lat.) die Sonne
Hekate: Bezeichnung für Neumond, dunkle Göttin mit ihren Hunden
Lilith: der unsichtbare Mond, Mondhälfte, die der Erde abgewandt ist
Sol invictus: (lat.) die unbesiegbare Sonne, spätrömische Gottheit
Ischtar: babylon. Göttin, Urmutter der Venus
Trismegistos: (griech.) der Dreifach-Größte, Beiname von Hermes
muchairra: (arab.) (die) Wählerische
muchtarrat: (arab.) (die) Auserwählten

LIB. I, CAP. IX
EIN WÜRDIGER MISSIONAR S. 198

Fest der hll. Kletus und Marcellinus: 28. April; Kletus war Nachfolger des hl. Petrus von 76–89, Marcellinus war Papst von 296–304; starb als Märtyrer durch Enthauptung.
Vitus von Viterbo: geb. 1208 als Bastardsohn des Grauen Kardinals Rainer von Capoccio, diente der Kurie als auf die ›Kinder des Gral‹ (Roç und Yeza) angesetzter Häscher; überlebte 1247 in Konstantinopel den Anschlag der Assassinen gelähmt; Generaldiakon der Zisterzienser, wählte 1251 auf der syrischen Assassinenfestung Masyaf den Freitod.
Sankt Peter: Petersdom zu Rom
San Giovanni: Kirche bei Rom

Pax et bonum: (lat.) Frieden und Gutes; Grußformel der Franziskaner
Terra Sancta: (lat.) das Heilige Land
camerlenghi: (ital.) Kammerherren
capitani: (ital.) Hauptleute
Virga ...: (lat.) Der Zweig von Jesse ist die Jungfrau, die Gottesmutter, die Blüte ist ihr Sohn und ihr Vater, oh! Dieser Blüte, die auf ungewöhnliche Weise hervorgebracht wurde, singen die Chöre der Heiligen, wie es sich gebührt: Lob, Lob, Lob und Preis; Macht und Herrschaft sei ohne Ende dem Herrn im Himmel!

LIB. I, CAP. X
WETTERLEUCHTEN S. 209

âin al hasud: (arab.) der böse Blick
Assalamu ...: (arab.) Wir heißen dich willkommen. Gott schütze dich.
Hadha ...: (arab.) Es ist eine Warnung.
at-tarhib: (arab.) das Willkommen
Inch'allah ...: (arab.) So Gott will! Es ist eine Warnung.
quaât al musawa: (arab.) ›Saal des Ausgleichs‹
fatirit ...: (arab.) Wildpastete
thamar: (arab.) Früchte
rus binni: (arab.) braunen Reis
pax mongolica: (lat.) mongolischer Frieden; Befriedung des Reiches der Mongolen durch die von Dschingis-Khan erlassenen Gesetze

LIB. I, CAP. XI
DER TURM VON PROCIDA S. 237

Fest des hl. Augustinus: 28. Mai; der Abt eines Benediktinerklosters missionierte die Angelsachsen; gest. 604.
Gosset: ein von König Ludwig entsandter Priester, der die Minoriten William von Roebruk und Bartholomäus von Cremona angebl. zum Großkhan begleitete, wahrscheinl. aber durch Crean de Bourivan ersetzt wurde.

Nuestra Señora de Quéribus: (span.) Unsere Liebe Frau von Quéribus; der Gottesmutter geweihtes Schiff; Quéribus war die letzte Festung der Katharer in Südwestfrankreich bei Perpignan, die erst 1255 durch eine Hinterlist des Oliver von Termes den Franzosen in die Hände fiel. Herr auf Queribus war Xacbert de Barbera, Feldherr im Dienste des Königs Jakob I. von Aragon.
Xacbert de Barbera: (1185–1275), verwandt mit den Trencavel und den Grafen von Foix, vom Papst exkommunizierter Katharer; verdingte sich nach Beendigung eines aussichtslosen Widerstands gegen die Besetzung seiner Heimat durch Frankreich bei König Jakob I. von Aragon als Heerführer und Korsar.
Don Jaime: Jakob I. (der Eroberer), König von Aragon (1213–1276), geb. 1208, eroberte in der Reconquista (Kampf der christl. Bevölkerung gegen die (arab.) Herrschaft) die Balearen, die Emirate von Valencia und Mursia.
unio ...: (lat.) die Vereinigung des Königreiches Sizilien mit dem deutschen Kaiserreich
Donjon: Hauptturm einer (normann.) Festungsanlage
torre: (span.) Turm, Kastell
Ke spiate ...: Was spioniert ihr hier den ganzen Tag Schiffe aus? Spitzel des Anjou?

LIB. II, CAP. I
DER KAUFMANN VON SAMARKAND S. 250

Samarkand: eine der ältesten Städte Mittelasiens, 329 v. Chr. erstmals erwähnt.
Buchara: historische Hauptstadt von Usbekistan
Chaiman: Spitzel im Dienste des Dawatdars (Oberhofkämmerer) von Bagdad
Malouf: reicher Kaufmann in Samarkand

amir: (arab.) Befehl
Bagdad: 762–1258 Hauptstadt des abbasid. Reiches und Sitz des Kalifats
amin al chisana: arab. Titel des Kämmerers
hakim ...: (arab.) Herrscher des Westens
marahid: (arab.) ›Geheime Orte‹; Toiletten
al malik ...: (arab.) das Königliche Paar
salat ...: (arab.) Mittagsgebet
Akkon: (frz. Saint Jean d'Acre), Hafenstadt nördlich von Haifa, dient dem Königreich von Jerusalem (Rückeroberung der Stadt durch Saladin 1187) seit 1191 als Hauptstadt bis zu ihrem Fall 1291 als letztes christliches Bollwerk.
âin al ...: (arab.) böser Blick
schiroual: (arab.) Tücher, die um die Hüften geschlungen werden
alham ...: (arab.) Allah sei Dank!
sadiq ...: (arab.) Freund, der für uns durch Feuer geht
chamara: (arab.) Taverne
âaraj ...: (arab.) Hinkebein mit bösem Blick
Masyaf: Hauptfestung der syrischen Assassinen zwischen Tripoli und Antioch im Noasiri-Gebirge
dhal âin ...: (arab.) der hat den bösen Blick!
bantalon ...: (arab.) Pluderhosen
principessa: (ital.) Prinzessin
Armenien: das heute nicht mehr existierende Klein-Armenien mit der Hauptstadt Sis; lag im Südosten der Türkei, grenzte an Syrien und das Fürstentum von Antioch. Groß-Armenien, dessen Reste heute noch bestehen, lag südlich des Kaukasus zwischen Persien und Georgien, war aber im 13. Jhd. erst von Turkvölkern, dann von den Mongolen besetzt.
Kumiz: mongol. Nationalgetränk; gegorene Stutenmilch, im Vorderen Orient aus Kamelstutenmilch (Qumys), oft mit Blut versetzt, äußerst nahrhaft und berauschend

Allah ...: (arab.) Möge Allah sich ihrer Seelen erbarmen, der guten wie der bösen!

LIB. II, CAP. II
BETTLER IM PALAST S. 278

Fest des hl. Joseph: 19. März
Konrad V.: (geb. 1253), Sohn von Konrad IV. und Elisabeth von Bayern, gen. Konradin, 1268 in Neapel enthauptet
Nicola della Porta: geb. 1205 in Konstantinopel, Sohn des Guido II., Bischof von Assisi, wurde nach dem Tod des Vaters Bischof von Spoleto und 1235 ins Lat. Kaiserreich delegiert
respiciendum finem: (lat.) das Ende bedenkend
Benedikt von Polen: Franziskanerbruder aus Breslau, Dolmetscher und Begleiter des Pian del Carpine auf dessen Gesandtschaftsreise zum Großkhan der Mongolen; wurde bei seiner Rückkehr nach Konstantinopel von William von Roebruk »ersetzt« und von den Assassinen ermordet.
Philipp: Diener des Hamo von Otranto
Angeloi: byzantinisches Kaisergeschlecht
Asseyez ...: (frz.) Setzt Euch, meine Brüder!
Penikrat: (griech.) Herrscher der Armen, Bettlerkönig
Taxiarchos: (griech.) Oberst, hier als Eigenname verwendet
Eierfisch: rohes Ei in siedendem Öl fritiert; wird zusammengeklappt mit Zitrone beträufelt serviert.
Oktopi: Tintenfische
Mittelpunkt der Welt: Name des Strategiesaales im Palast, dessen Marmorfußboden das Mittelmeergebiet darstellte
lestai: (griech.) Diebe, Straßenräuber
basileus, basilea: (griech.) König, Königin
Fußbänke: Ausdruck für die Bauern beim Schachspiel

Mare Nostrum: (lat.) unser Meer; Name für das Mittelmeer

LIB. II, CAP. III
DER MANTEL DES SCHAMANEN
S. 293

onggods: gutmütige mongolische (Ahnen)geister
ada: bösartige mongolische Geister
balaneion: (griech.) Badeanstalt, Badestube
Temūjin, Er-e boyda: großer Schmied, mannhafter, herrscherlicher Heiliger, gebräuchliche Bezeichnung für Dschingis-Khan
Allah ...: (arab.) Allah möge uns beistehen!

LIB. II, CAP. IV
DES BISCHOFS SCHATZKAMMER
S. 307

Fest des hl. Isidor: 4. April; Kirchenlehrer, 560 in Cartagena geb.
Veduten: als Fresken gemalte, realistisch wirkende Architektur- und Landschaftsdarstellungen
trompe l'œil:(frz.) wörtl.: Augentäuschung; Scheinarchitektur
nec spe nec metu: (lat.) weder Hoffnung noch Furcht

LIB. II, CAP. V
EIN SOMMERLAGERMÄRCHEN
S. 322

as-sinna: (arab.) ficken
alhamdu ...: (arab.) Gott sei Dank
Orda: mongolisches Mädchen
Meister Guillaume Buchier: Kunstschmied aus Paris
Yves der Bretone: geb. 1224, ehemaliger Priester und Totschläger im Dienste König Ludwigs
magnifique: (frz.) großartig

Prince ...: (frz.) Prinz Roç, mein lieber Trencavel
esprit ...: (frz.) Geist wie dem Euren
mon prince ...: (frz.) mein Prinz

LIB. II, CAP. VI
SKLAVENHÄNDLER UND PIRATEN
S. 342

Mustafa Ibn-Daumar: Kaufmann aus Beirut, angenommener Name des Crean de Bourivan für seine diplomatische Mission als Gesandter der Assassinen im Abendland
Villard de Honnecourt: frz. Architekt des 13. Jh., bekannt durch sein Bauhüttenbuch (Carnet de Croquis) mit Hinweisen auf die neue Technik des Baus gotischer Kathedralen; machte sich ebenso einen Namen für technische Geräte und Anlagen (Skizzen zu einem vermutl. nicht ausgeführten Wasserradsägewerk und zu einem perpetuum mobile). Nach seinen Entwürfen entstand die erste Kammerschleuse in Holland.
Elisabeth von Ungarn: Tochter des Königs Andreas II. von Ungarn, Frau des Markgrafen von Thüringen, Ludwig IV.
Falerner: Rotwein aus Kampanien
assalam ...: (arab.) Begrüßungsformel
Schiffsschach: aus China kommend, hatte das Spiel im Mittelalter nicht die Farben Schwarz und Weiß, sondern Rot und Grün.
Fest des hl. Leo I.: 11. April; Papst, geb. 400; rettete Rom vor den Horden Attilas (452) und den Vandalen (455)
Friedenskönigtum: durch das Mittelalter, vor allem zur Zeit der Kreuzzüge, zieht sich die Sehnsucht, das irgendwann ein Friedensfürst auftauchen wird; die meisten Legenden nennen ihn ›Erzpriester Johannes‹. Er wurde eine Zeitlang aus Abessinien erwartet, dann richtete sich kurze Zeit die Hoffnung auf den neuen Mongolenkaiser

Dschingis-Khan. Auch Friedrich der
II. bezeichnete sich gern als Friedensfürst.
al-lâna: (arab.) verdammt
Fest des hl. Johannes: 6. Mai
mon cher: (frz.) mein Lieber
Trapezunt: Stadt an der Südküste des
Schwarzen Meeres, heute Trapzon in
der Türkei
Timdal: mongol. Dolmetscher, von William von Roebruk auch ›homo Dei‹
genannt

LIB. II, CAP. VII
DAS STELLDICHEIN S. 364

Clamys: weiße Tunika der Tempelritter
mit rotem Tatzenkreuz, über der
Rüstung getragen
adieu ...: (frz.) Adieu, mein Ritter der
guten Manieren
Teppich: Vollzug der Todesstrafe für Mitglieder des mongolischen Herrscherhauses. Da kein gewöhnlicher Sterb-
licher Hand an sie legen durfte, wurde
ein Teppich über sie gebreitet, und
die gesamte Armee ritt darüber hinweg.
Al uafa ...: (arab.) Treue bis in den Tod

LIB. II, CAP. VIII
VIA TRIUMPHALIS S. 382

Via triumphalis: (lat.) Weg des Triumphes
Fest des hl. Xystus II.: 6. August
Jam: abgesehen von den Beamten am jeweiligen Sitz eines Khans waren über
das gesamte mongolische Reich Stationen verteilt, denen ein Jam vorstand.
Sie waren für den reibungslosen Ablauf des Kurierdienstes verantwortlich
und für die Weiterleitung von Ge-
sandtschaftsreisenden, de facto also
eine Mischung zwischen Poststations-
meistern und Provinzgouverneuren.
Veni ...: (lat.) Komm, Schöpfergeist; alte
Kreuzfahrerhymne

Provinzial: Vorsteher einer Ordens-
provinz
Alfiere: päpstlicher Bannerträger, Ehren-
titel, verliehen an Adelige für Verdien-
ste um die Kirche
Petri Kettenfeier: Kirchenfest, 1. August
Mariä Himmelfahrt: 14. August
Salve Regina: (lat.) Sei gegrüßt (Himmels)königin; Kirchenlied
Alma ...: (lat.) Hehre Mutter des Erlösers,
den vom Himmel schickte der Vater
um des Heils der Völker willen.
homo Dei: (lat.) Mann Gottes; Spitzname
Timdals
Ungarn, Bulgaren: Groß-Ungarn und
Groß-Bulgarien, deren Stammlande
wesentlich weiter nordöstlich lagen
als die heutigen Territorien, und zwar
an der Wolga. Ein Königreich von Ungarn existierte, das, wesentlich größer
als heute, im Südwesten bis an die
kroatische Adriaküste und im Norden
an das Königreich Polen stieß. Der
König von Ungarn war Lehnsherr des
deutschen Kaisers.
Audi ...: (lat.) Höre, o Mutter der Güte
uns, die wir um unsere Sünden
flehen, und schütze uns vor dem
Bösen.
Eiserne Pforte: legendärer Durchlaß,
zwischen dem Kaukasusgebirge und
dem Westufer des Kaspischen Meeres
gelegen, in Höhe der heutigen Stadt
Deribent; sollte Persien und Bagdad
vor Einfällen der Nomadenvölker
aus dem Norden schützen.
Fest der Kreuzerhöhung: 15. September
canes Domini: (lat.) Hunde des Herrn,
Spitzname für Mitglieder des Ordens
der Dominikaner, Anspielung auf ihre
Inquisitorentätigkeit
Kinchak: östl. des Jaxartes (heute Syr-
darya) gelegene, inzwischen nicht
mehr existierende Stadt, in der Nähe
von Frunse und südl. des Baichasch-
Sees
Caialic: (Kailac), im Land Organum,
nordöstlich vom heutigen Alma Ata,

südl. des Baichasch-Sees gelegen, nicht mehr existent
om mani ...: Du weißt es. Noch heute im Buddhismus gebräuchliche Gebetsformel
Credo in unum Deum: (lat.) Ich glaube an den einen Gott. Glaubensbekenntnis
in Circumcisione Domini: (lat.) am Fest der Beschneidung des Herrn, 1. Januar
Am Tage vor Epiphanie: Tag vor dem Dreikönigsfest, 5. Januar
Ave Regina ...: (lat.) Sei gegrüßt, Himmelskönigin; Marienlied
Sergius: armenischer Mönch, der zur Zeit der Reise des William von Roebruk bei den Mongolen missionierte

LIB. II, CAP. IX
AUS DEM LOGBUCH DES PENIKRATEN S. 408

Contessa d'Otranto: (ital.) Gräfin von O.; Hamo taufte das Flaggschiff nach seiner Mutter, der Gräfin von Otranto Laurence de Belgrave
Ayas: Hafenstadt in Klein-Armenien im Golf von Iskenderun, südlich der alten Hauptstadt Sis gelegen, dem heutigen Kozan; heute Petrolhafen
Abdal der Hafside: Sklavenhändler aus dem Maghreb
Mahdia: alte Hauptstadt des Emirats von Tunis, an der Südküste gelegen
sikulisch: sizilianisch
Kairouan: Die große Moschee von Kairouan war bis zur Säkularisierung durch die frz. Kolonialmacht ein Heiligtum des maghrebinischen Islam, zu dem Christen keinen Zugang hatten. Aufbewahrungsort von drei Barthaaren des Propheten Mohammed
Anjovinen: erst Anhänger des Charles d'Anjou, dann Mitglieder der von ihm begründeten Dynastie
Tingis: gotische Stadtgründung gegenüber von Gibraltar, das heutige Tanger

Djebl al-Tarik: (arab.) Berg des Tarik
Ceuta: span. Hafen- und Handelsstadt im Norden des heutigen Marokko
Muwahiden: schiitisches Kalifat, das Mitte des 12. Jh. den westlichen Maghreb und das südliche Spanien bis ca. 1250 regierte; abgelöst von den Hafsiden
Ozean des Atlas: benannt nach dem Gebirge in Marokko (Hoher Atlas), daraus entwickelte sich der Name Atlantik
Tlemcen: Stadt und Tempelanlage an der mauritanischen Küste, Westgrenze des heutigen Algerien
Daus: ägypt. Segelschiffe mit fester Schrägsegelbespannung
Oran: Hafenstadt in Algerien
Griechisches Feuer: von Kallinikos von Byzanz 671 erfundenes Kampfmittel, das in verschlossenen Töpfen von Katapulten geschleudert wurde und auch auf dem Wasser brannte; Mischung von Schwefel, Steinsalz, Harz, Erdöl, Asphalt und gebranntem Kalk. Wurde 672 von den Byzantinern erfolgreich zur Verteidigung von Konstantinopel gegen die Araber eingesetzt.
Aragon: nordostspanisches Königreich, alte Hauptstadt Jaca in den Pyrenäen, dann Zaragoza; im 12. Jhd. kommt die Grafschaft Katalonien mit Barcelona dazu.
Askalon: die am weitesten südlich gelegene Hafenstadt des christlichen Königreiches von Jerusalem, fiel immer wieder in die Hände der Ägypter. Mitte des 13. Jhdt. unter mamelukischer Herrschaft
Heinrich von Malta: Enrico Pescatore, Admiral Friedrichs II., Ehemann der Laurence de Belgrave, die von ihm Burg und Titel von Otranto erbte; galt als Vater des Hamo L'Estrange, aber aus einer dem William von Roebruk abgelegten Beichte der Gräfin ist bekannt, daß sie sich kurz vor der Hochzeit im Gefängnis von Konstantinopel

von einem jungen mongolischen Prinzen schwängern ließ, bevor er als Spion hingerichtet wurde.
Syrte: Golf von Libyen.
Alexandria: ägyptische Hafenstadt, im westl. Nildelta gelegen, von Alexander dem Großen 331 v. Chr. gegründet, war in Besitz eines der sieben Weltwunder, dem 400 Fuß hohen Leuchtturm; zur Zeit des Ptolemäus war die Stadt berühmt durch ihre Bibliothek, das künstlerische und wissenschaftliche Zentrum der Welt.
Ptolemäus, Claudius: berühmter griech. Astronom, Mathematiker und Geograph, in Oberägypten geb., 178 n. Chr. gest. Von ihm stammt die erste Weltkarte; gilt als Begründer der geozentrischen Schule durch sein Werk ›Großes astronomisches System‹, das als ›Almagest‹ ins Arabische übersetzt wurde.
Leuchte der Welt: gemeint ist Kaiser Friedrich, der diesen Beinamen trug
Sis: Hauptstadt des Königreiches, König ist Hethoum I.
Nichtangriffspakt: abgeschlossen am 21.2.1254.
Bohemund VI: Fürst von Antioch, geb. 1237, folgte seinem Vater mit vierzehn auf den Thron und heiratete Sybille von Armenien, die Tochter Hethoums I.
Xenia: Frau aus Ayas
Alena: Tochter von Hamo L'Estrange und Shirat Bunduktari
Elaia: (griech.) Olive; Rufname Alenas
Montjoie: Name des Flaggschiffs des Königs von Frankreich, Ludwigs IX.
Margarethe von der Provence: Ehefrau des Königs Ludwig IX. von Frankreich
Äbtissin: Beiname der Gräfin von Otranto aus der Zeit, in der Laurence de Belgrave als Piratin das östliche Mittelmeer unsicher machte
Gilles Le Brun: Konnetabel des Königs von Frankreich in der Zeit, als Ludwig IX. nach seiner Gefangenschaft in Akkon residierte

hl. Nicholas de Varangeville: verehrt an der Pilgerstätte Saint Nicolas de Varangeville in der Champagne
Sybille: Tochter des Königs Hethoum von Armenien, verheiratet mit Fürst Bohemund VI. von Antioch

LIB. II, CAP. X
DER PATRIARCH VON KARAKORUM
S. 430

William ante portas: (lat.) William vor den Toren; abgeleitet von Hannibal, scherzhafter Ausruf der Bedrohung
Jonas: Archidiakon der Nestorianer in Karakorum
Salve Regina ...: (lat.) Sei gegrüßt, Königin, Mutter der Barmherzigkeit, unser Leben, unsere Süßigkeit, unsere Hoffnung, sei gegrüßt.
Eia ergo ...: (lat.) Wohlan, unsere Fürsprecherin, wende deine barmherzigen Augen uns zu.
O clemens ...: (lat.) O gütige, o milde, o süße Jungfrau Maria!
Theodolus: griech. Sekretär
Koka: Zweite Gemahlin des Großkhans Möngke, Herkunft unbekannt, Götzenanbeterin
Om mani ...: Du weißt es. Im Buddhismus noch heute gebräuchl. Gebetsformel
Gloria ...: (lat.) Ehre sei Gott in der Höhe und Frieden auf Erden den Menschen, die guten Willens sind.
Laudamus ...: (lat.) Wir rühmen Dich, wir preisen Dich, wir beten Dich an, wir verherrlichen Dich, wir sagen Dir Dank ob Deiner großen Herrlichkeit, Herrgott, König des Himmels, Gott, allmächtiger Vater.
Alleluja ...: (lat.) Alleluja, alleluja! Selig der Mensch, der auf mich hört und an meinen Türen wacht alle Tage und harrt an den Pfosten meiner Pforte. Alleluja.
Sexagesimä: die Sonntage vor Ostern werden ab dem neunten (Nona-

gesimā) bis Ostern gezählt; 16. Februar 1254
Quinquagesimā: 21. Februar 1254
Palmsamstag: 4. April 1254
Panem ...: (lat.) Unser tägliches Brot gib uns heute.
zweite Zeile: Ich empfange das Brot und rufe den Namen Gottes.
Ingolinde: Ingolinde von Metz, ehemalige Hure, gute Freundin aus alten Zeiten
episcopus: (griech.-lat.) Bischof
Gemini: (lat.) die Zwillinge; Bezeichnung des gleichnamigen Sternbildes.
Palmsonntag: 5. April 1254
Ultimae Cenae: Tag der Einsetzung des Abendmahls, 9. April
Nova ...: (lat.) neue Kirche der Mongolen
Ex novo: (lat.) (völlig) neu angefangen
Secundum Memorandum: (lat.) Zweite Denkschrift
Bischof Guido: G. della Porta, (1176–1228), Bischof von Assisi
spiritus rector: (lat.) Verfasser, geistiger Urheber
Ostern: 12. April 1254
in pectore: (lat.) im Sinn; vorgesehen, ausersehen, aber noch nicht ernannt
Est Deus ..: (lat.) Gott ist, was du bist: ein Mensch, aber ein neuer Mensch, damit der Mensch sei, was Gott ist, nicht mehr der alte.
O pone ...: (lat.) O lege den alten Menschen ab, lege den alten ab, und ergreife den neuen Menschen!
Laudate Dominum ...: (lat.) Lobpreiset den Herrn in seinem Heiligtum, lobt ihn in seiner starken Feste; Liturgie der Osternacht
Laudate eum ...: (lat.) Lobt ihn mit Pauken und mit Reigentanz, lobt ihn mit Saitenspiel und Flöten.
Nova ecclesia ...: (lat.) neue mongol. Kirche mit orientalischem Ritus
Pentacostes: Pfingsten, 1. Juni 1254
Thronbesteigung: fand am 1. Juli 1251 statt.
Sankt Gregor: 25. Mai; Papst und Bekenner (1020–1085)

LIB. III, CAP. I
DAS AMULETT S. 473

Agha: Begleiter Hamos
pax mongolica: (lat.) mongol. Friede
Leo und Ruben: Leibjäger von Sempad, dem Konnetabel von Armenien
aquis submersus: (lat.) tot durch Ertrinken
kleine, braune Brotwecken: Die Assassinen pflegten einen Mord durch warmes Gebäck anzukündigen.
das Amulett: schenkte der junge mongolische Prinz, der Hamos Mutter Laurence de Belgrave geschwängert hatte, der Gräfin 1228 vor seiner Hinrichtung; er stammte vermutl. aus dem Haus des Dschagetai (zweitältester, 1242 von den Assassinen ermordeter Sohn von Dschingis-Khan).
Kungdaitschi: mongolischer Ausdruck für Angehörige des Herrscherhauses der Dschingiden
vom Blute des Großen Schmiedes: ein Nachfolger Dschingis-Khans
Er-e boyda: (mongol.) mannhaft Herrlicher; Beiname Dschingis-Khans

LIB. III, CAP. II
VOM HEILIGEN GEIST UND ANDEREN GEISTERN S. 492

Fest des heiligen Markus: 25. April 1254
Nova ...: Neue mongolische Kirche
pax mongolica: mongolischer Friede
pax Christi ...: Frieden Christi
Apage, Satanas! ...: (griech.) Weiche von uns, Satan!
Maître: (frz.) Meister
in pectore: (lat.) wörtl. im Sinn; vorgesehen
Allahu akbar!: (arab.) Gott ist groß!
professores: (lat.) Lehrer
spiritus occidentis: (lat.) Geist des Abendlandes
Lais d'amor: okzit. Liebeslieder; Gattung der Minnelyrik, in der sich die Gesetze der höfischen Minne widerspie-

gelten (Verhalten vom Ritter gegenüber seiner Dame und ihrem Ehemann)
Fest des hl. Venatius: 18. Mai; Märtyrer gest. um 250 durch Enthauptung
medicus: (lat.) Arzt
in spe: (lat.) der zukünftige (Patriarch)
Unam sanctam!: (lat.) eine heilige (Kirche)!
Divinitäten: Gottheiten
mater dolorosa: (lat.) Schmerzensmutter

LIB. III, CAP. III
DER EINE GOTT S. 000

langue d'oc: (franz.) okzitanische Sprache, die in Südwestfrankreich (im heutigen Languedoc) gesprochen wird
Mare Nostrum: (lat.) wörtl. unser Meer, das Mittelmeer
in personam: (lat.) persönlich
Renegaten: (lat.-mlat.) Glaubensabtrünniger
pax et bonum: (lat.) Frieden und Gutes, Grußformel der Franziskaner
häretisch: (griech.-lat.) ketzerisch
Derwisch: pers.-türk. Mitglieder eines islamischen religiösen Ordens
Credo in unum Deum: (lat.) Ich glaube an den einen Gott; Text des Glaubensbekenntnis
der Maulana: der große Meister
Der Mann Gottes: Gedicht des berühmten Sufi Rumi; entnommen aus: Star, Shiva, A Garden beyond Paradise, Bantam Books 1992; Übersetzung aus dem Englischen von Peter Berling
Seine Weisheit ...: Fortsetzung des Gedichtes von Rumi
monophysitisch: gemäß der Lehre des Monophysitismus, nach der die zwei Naturen Christi zu einer einzigen gottmenschlichen Natur verschmolzen sind
Trinität: Dreieinigkeit, Dreifaltigkeit (Gottvater, Gottsohn und Heiliger Geist)

Monotheisten: Religionsgemeinschaften, die an einen alleinigen Gott glauben (Juden, Christen, Muslime)
spiritus rector: (lat.) geistiger Urheber

LIB. III, CAP. IV
DIE NACHT DER VERSCHWÖRER
S. 543

ein Lama: (tib.) der Obere; buddhistischer Priester
Diskant eines Kastraten: hohe Stimmlage eines Entmannten
Gedächnis des hl. Pius I.: 11. Juli; Papst und Märtyrer, gest. 155 zu Rom
de iure canonica: (lat.) nach kanonischem Recht (=Kirchenrecht der kath. Kirche)
Fratre peccavi!: (lat.) Bruder, ich habe gesündigt!
balaneion: (griech.) Bad
Tepidarium: Baderaum
in flagranti: (lat.) wörtl. brennend, auf frischer Tat
Fest des hl. Alexius: 17. Juli; gest. ca. 417 in Rom
ada: bösartige mongolische Geister
Vexilla ...: (lat.) Die königl. Banner stürmen voran; alte Kreuzfahrerhymne

LIB. III, CAP. V
FLUCHTEN S. 577

Supplice te ...: (lat.) Demütig bitten wir Dich, allmächtiger Gott: Dein hl. Engel möge dieses Opfer zu Deinem himmlischen Altar emportragen vor das Angesicht Deiner göttlichen Majestät.
Agnus Dei: (lat.) Lamm Gottes, der Du hinwegnimmst die Sünden der Welt, erbarme Dich unser! (2x) Lamm Gottes, der Du hinwegnimmst die Sünden der Welt, gib uns Deinen Frieden!
Gedächtnistag der hl. Praxedis: 21. Juli; gest. in Rom im 2. Jh.

Gemini: Sternbild Zwilling
Libra: Sternbild der Waage
Aquarius: Sternzeichen Wassermann
S. Petri ad Vincula: Petri Kettenfeier,
  1. August.

LIB. III, CAP. VI
VERFOLGER UND OPFER S. 601

Septem ...: Fest der Sieben Schmerzen
  der Allerseeligsten Jungfrau Maria,
  15. September
Fest des hl. Lukas: 18. Oktober
Vexilla ...: (lat.) Die königlichen Banner
  stürmen voran; alte Kreuzfahrerhymne
ruh min al qanina: (arab.) der Geist aus
  der Flasche

LIB. III, CAP. VII
WILDWASSER S. 622

Fest des hl. Petrus Chrysologus: 4. Dezember; Kirchenlehrer, gest. um 450 zu
  Ravenna
In dieser Welt ...: Rumi, A world inside
  this world, s.o.; übersetzt von P. Berling
Halt inne ...: Gedicht von Rumi, s.o.
Fest des hl. Polycarp: 26. Januar; Schüler
  des Apostels Johannes, starb den Mär-
  tyrertod.
Fest des hl. Ephrem: 18. Mai. Prediger
  und Dichter (306–373)
*Fest der Erscheinung des hl. Erzengels
  Michael:* 8. Mai
Itinerarium: (lat.) Reiseweg, Reisebeschreibung. Unter diesem Titel
  sind die Chroniken tatsächlich überliefert.
Alexander IV.: (356–323 v. Chr.), Papst
  von 1254 bis 1261, nannte sich
  Alexander, sein Vorbild war Alexander der Große, König von Mazedonien.
Innozenz IV.: Papst von 1243 bis zum
  1254

Lucera: Stadt in Apulien, in der Nähe der
  kaiserlichen Residenz Foggia, die
  Stadt wurde von Friedrich II. für auf-
  ständische Sarazenen angelegt, die er
  aus Sizilien entfernte; sie wurden
  seine treueste Gefolgschaft, so daß in
  Folge die Staufer ihnen ihren Staats-
  schatz anvertrauten.
die Konklave: Versammlung und Ver-
  sammlungsraum der Kardinäle zur
  Papstwahl
Allahu akbar!: (arab.) Gott ist groß!

LIB. III, CAP. VIII
DIE BLÜTE VERFAULT S. 647

Balliste: große fahrbare Armbrust,
  schleuderte angespitzte Pfähle ziel-
  genau; die Bogensehne war meistens
  radgespannt.
vis laxans: (lat.) wörtl. die erschlaffende
  Kraft, hier gleichbedeutend mit Elasti-
  zität
damm al ard: (arab.) Blut der Erde; Erdöl
Hephaistos: Gott des Feuers und der
  Schmiedekunst aus der griech. Mytho-
  logie
Rafiq: (arab.) Kamerad; Mitglieder des
  Assassinenordens, die im Unterschied
  zu den Fida'i bereits tiefer in die Or-
  densgeheimnisse eingeweiht sind
Metamorphose: Gestaltwandel
'ai jil: (arab.) das Kalb
hashash: (arab.) gekifft
saut farras bahri: (arab.) die Nilpferdpeitsche
Priapos: kleinasiat.-griech. Fruchtbar-
  keitsdämon, immer mit übergroßem
  erigiertem Phallus dargestellt
Venus: röm. Göttin der Liebe
Bacchus: röm. Gott des Weines
al muchtara: (arab.) die Auswählerin
qubbat al musawa: (arab.) das ›Gewölbe
  des Ausgleichs‹
hamalat at-tariba: (arab.) ›Bock der
  Züchtigung‹
hamala: (arab.) Bock
balta ua chanjar: (arab.) Axt-Dolch

tarabeza: (arab.) Beistelltisch
maharid: (arab.) ›Geheime Orte‹; Abtritt, Toilette
katharischer perfectus: (dtsch.-lat.) perfekter, vollkommener Katharer
Maut oua ...: (arab.) Tod und neues Leben!
Allah oua'alam!: (arab.) Weiß Gott!
quimat at-tafkir: (arab.) ›Thron des Gedenkens‹
Bismi allah ar-rahman!: (arab.) Erbarmen im Namen Allahs!
hami al ouarda: (arab.) Verteidiger der Rose

LIB. III, CAP. IX
DIE STILLE VOR DEM STURM
S. 683

jibn tasa: (arab.) Frischkäse
damm al ard: (arab.) ›Blut der Erde‹, Erdöl
Maslaf: arab. Opiumderivat
Fest des hl. Kornelius: 16. September
ada: böse Geister
onggods: Schutzgeister
pax mongolica: (lat.) mongolischer Friede
itinerarium: (lat.) Reisetagebuch, Reisebeschreibung
Scribend. (lat.) Schreiber
Photios: (geb. um 810), Theologe; einer der bedeutendsten Vertreter des byzantin. Humanismus
Algazel: (1059–1111), islam. Theologe, Philosoph und Mystiker; einer der bedeutendsten Denker des Islam
Averroes: (1126–1198), arab. Philosoph, Theologe, Jurist, Mediziner; bedeutendster Kommentator der Schriften des Aristoteles im Mittelalter

LIB. III, CAP. X
DIE ROSE IM FEUER S. 704

Omar Ibn al-Farid: (1181–1235), arab. Dichter und Mystiker
Ferid ud-Din Attar: (1119–1229!), pers. Dichter und Mystiker
Firdausi: (gest. 1020), schrieb das Königsbuch, die älteste Abhandlung über das Schachspiel
Gabir Ibn Haiyan: Geburts- und Todesdatum des um 900 lebenden Alchimisten unbekannt
Chi K' ai: (531–597), Mönch aus dem Land der Cathai
Unuk Elhaia: hellster Fixstern im Sternbild der Schlange im Sternzeichen Skorpion gelegen, zeigt Unfälle und Verletzungen an
Ras Alhague: hellster Fixstern im Sternbild Schlangenträger im Sternzeichen Schütze, deutet auf Tendenz zu Perversion
Procyon: hellster Fixstern im Sternbild kleiner Hund im Sternzeichen Krebs, deutet auf Heftigkeit bis zur Gewalttätigkeit an
Phoenon: Name für Saturn
Quincunx: astrol. Aspekt, 5/12 Winkelgrad; wird als äußerst ungünstig angesehen.
Hekate: der unheilvolle Neumond, die schwarze Göttin mit den Hunden
Shams: 1256, kurz vor dem Fall von Alamut geborener Sohn des Imam Kurshah
qubbat-al-musawa: (arab.) ›Gewölbe des Ausgleichs‹
Vouten: Gewölbe
Hand der Fatima: (arab. chamsa) glückbringendes Amulett in Form einer Hand, die das Böse abwehrt
Mangonels: niedrige fahrbare Steinschleudern, deren Wurfkraft durch die Wicklung eines Taus unter Spannung erzeugt wurde; gebogener Wurfarm
Trébuchet: klassisches Katapult mit langem Wurfarm auf hohem Gerüst
damm al ard: (arab.) das Blut der Erde, Erdöl
opus magnum: (lat.) das große Werk
magharat-al-ouahi: (arab.) ›Grotte der Offenbarung‹
ta'adid ash-shab: (arab.) Volkszählung

soaluq mushawah: (arab.) Krüppelzwerg
ars motionis: (lat.) wörtl. Kunst der Bewegung, Antrieb
nar junani: (arab.) ›Griechisches Feuer‹
Cassiodorus: (geb. ca. 490), römischer Gelehrter
Ptolemäus Claudius: (geb. ca. 90, gest. ca. 160), bekanntester Wissenschaftler der Universität von Alexandria; Astronom, Astrologe, Mathematiker und Geograph. Sein Hauptwerk ›Almagest‹ diente lange als Grundlage der Astronomie und begründete das ptolemäische-geozentrische Weltsystem.
Elias bar Schinaya: (gest. um 1049), syrischer Historiker
Idrisi: (geb. vermutl. 1100, gest. 1166), arab. Geograph; gelangte auf seinen Reisen bis England, fertigte für König Roger II. von Sizilien ein silbernes Erdbild, gestützt auf die damals gültigen Ansichten des Ptolemäus.
Albazen, Abu Ali Mohamed Ben el Hasan: (geb. um 965, gest. 1038), Physiker; erforschte Lichtbrechung und Reflexion an verschiedenen Spiegeln und verwarf die griech. Theorie, daß Strahlen vom Auge ausgehen und nicht vom Gegenstand.
Abu Tammam: (gest. um 844), arab. Schriftsteller
Hamasa: arab. Sammlung von Heldenliedern und Schmähversen
Brahmagupta: (geb. 598), indischer Astronom und Mathematiker; 628 erschien sein Werk, das bedeutende Neuerungen der Mathematik einführte (Dreisatz, Primzahlen und Trigonometrie).
Ibn Chordadhbeh: (ca. 820–912), das ›Buch der Wege‹ ist die erste Straßenkarte Vorderasiens.
magharat-at-tanabuat al mashkuk biha: (arab.) ›Höhle der apokryphen Prophezeiungen‹
magharat al ouahi al achir: (arab.) die ›Grotte der letzten Offenbarungen‹
Phosphoros: griech. Name für die Venus als Morgenstern

Avicenna: (980–1037), Arzt und berühmter Aristoteliker, schrieb den ›Canon medicinae‹, der in Europa 1685 lateinisch publiziert wurde.
Ibn Al Kifti: (1172–1248), arab. Gelehrter, schrieb die große ›Chronik der Ärzte‹ (414 Biographien der damals bedeutendsten Wissenschaftler).
Nicolas Prévost: Lebensdaten unbekannt, stammte aus Tour, schrieb 1098 als Professor in Salerno das ›Antidotarum‹ mit 2650 medizinischen Rezepten, das 1549 in Europa gedruckt wurde und heute verschollen ist.
Ibn al-Baitar: (ca. 1200–1248), arab. Gelehrter; sein Buch ›der einfachen Arzneimittel‹ faßt die arab. Arzneikunde zusammen.
Honain Ibn Iszak: (gest. 873), arab. Arzt, der die Werke des römischen Arztes Galenus ins Arabische übersetzte
Rhases: (ca. 850–923), arab. Arzt, der hippokratisch-galenischen Schule. Sein Buch der Medizin war die bekannteste Diagnosegrundlage.
Dioskorides: verfaßte um 550 eine verlorengegangene Handschrift der Arzneimittellehre, illustriert mit Bildnissen berühmter Ärzte.
Divina praedictio: (lat.) göttliche Vorhersehung
Agonie: Todeskampf
Finis Coronae Mundi: (lat.) Ende der Krone der Welt

QUELLEN

Steven Runciman, A History of the Crusades, Cambridge Univ. Press, 1954

Steven Runciman, The Medieval Manichee, Cambridge Univ. Press, 1947

Jim Bradbury, The Medieval Siege, The Boydell Press, 1992

Jean Gimpel, The Medieval Machine, Victor Gollancz Ltd., 1976

Bernard Lewis, The Assassins, Weidenfeld & Nicholson, 1967

Santamaura, Il paradiso e gli assassini, Casa Ed. Marietti, 1989

Edward Burman, The Assassins, Edward Burman, 1987

Rumi, A Garden beyond Paradise, Jonathan Star & Shahram Shiva, 1992

Alan Forey, The Military Orders, MacMillan Education Ltd., 1992

Reuben Levy, A Baghdad Chronicle, Cambridge Univ. Press., 1929

Walther Heissig / Claudius C. Müller (Hrsg.), Die Mongolen, Pinguin, 1989

Amin Maalouf, Samarcande, Ed. Jean-Claude Lattès, 1988

C. E. Bosworth, The Islamic Dynasties, Edinburgh Univ. Press, 1967

Gian Andri Bezzola, Die Mongolen in abendländischer Sicht, Francke, 1974

Bertold Spuler, Geschichte der Mongolen, Artemis, 1968

Wilhelm von Rubruc, Reisen zum Großkhan der Mongolen, Thienemann, 1984

Michael Weiers (Hrsg.), Die Mongolen, Wissenschaftl. Buchges., 1986

Sagang Secen, Geschichte der Mongolen, Manesse, 1829

Tilmann Nagel, Staat u. Glaubensgemeinschaft im Islam, Artemis, 1981

Manfred Taube (Hrsg.), Geschichte der Mongolen, C. H. Beck, 1989

Juan Gil, En demanda del Gran Kan, Alianza Editorial, 1993

Philippe Ariès / Georges Duby, Histoire de la vie privée, Ed. du Seuil, 1985

Redon / Sabban / Serventi, La gastronomie au Moyen Age, Ed. Stock, 1991

Reay Tannahill, Food in History, Eyre Methuen Ltd, 1973

und meine eigenen Arbeiten:

Franziskus oder Das zweite Memorandum, Gustav Lübbe, 1989

Die Kinder des Gral, Gustav Lübbe Verlag, 1991

Das Blut der Könige, Gustav Lübbe Verlag, 1993

DANK FÜR
MITARBEIT UND QUELLEN

Michael Görden für seine freundschaftliche Betreuung des Autors und sein Interesse am Stoff, zu dem er mit seinem reichen Fachwissen über Leben und Kultur der Mongolen hilfreich beigetragen hat.

Regina Maria Hartig für ihr gewissenhaftes Lektorat, das den Schreiber in straffe Zucht nahm, ohne den Erzähler um seine Freude am Vermischen von Historie und Fabel zu bringen.

Achim Kiel für sein geniales Eingehen auf die ausgefallenen Wünsche des Autors zum Cover und zur Ausstattung des Buches – CORPORATE ART in bestem Sinne!

Prof. Dario della Porta für seine Beratung in Fragen christlicher Liturgie und Daniel Speck für seinen Beitrag auf dem Gebiet der Arabistik.

Meinen Mitarbeiterinnen Sylvia Schnetzer und Anke Dowideit für die liebevolle und aufopfernde Geduld, meine Manuskripte in allen Phasen des Entstehens dieses Buches in Computerausdrucke übertragen zu haben.

Mein Dank schließt auch meine Verleger und alle Mitarbeiter des Hauses Gustav Lübbe ein.

Auch Anke Lüttgenhorst sowie meine spanischen Freunde Nicole und Mario Muchnik will ich nicht vergessen.

Ich weiß, was ich allen Genannten zu verdanken habe.

Peter Berling
Rom, den 20. März 1995

ÜBER DEN AUTOR

Das Multi-Talent Peter Berling fand über viele Umwege zu seiner eigentlichen Berufung – dem epischen Erzählen großer historischer Stoffe. 1934 in Meseritz-Obrawalde (ehemalige Grenzmark) als Sohn der Architekten und Poelzig-Schüler Max und Asta Berling geboren, erlebte er die Kindheit im Osten und den Krieg in Osnabrück. Mit fünfzehn trampte er zum ersten Mal nach Paris, mit siebzehn flog er vom Gymnasium. Nach einer Maurerlehre und neben verschiedenen Jobs als Reiseleiter, Konzertveranstalter und Musikverleger studierte er an der Münchner Akademie für Bildende Künste und kam über Design und Werbegrafik zum Film.

Bekannt wurde er als Produzent der ersten Filme von Alexander Kluge, Werner Schroeter und Rainer Werner Fassbinder – eine wilde Zeit, über die er in seinem Buch *Die 13 Jahre des Rainer Werner Fassbinder* berichtet. Als Charakterdarsteller wirkte er mit in über siebzig Filmen, darunter *Aguirre – der Zorn Gottes*, *Die Ehe der Maria Braun*, *Der Name der Rose*, *Homo Faber* sowie zuletzt in der Fernsehserie *Der Salzbaron*.

Seit 1969 lebt Peter Berling in Trastevere, einem der ältesten Stadtteile Roms, und sammelte bei seinen Filmarbeiten rund um das Mittelmeer und im Orient Material über die Zeit der Kreuzzüge. Er bereitete eine Fernsehserie über diese Epoche vor, aber erzählerischen Ausdruck fand seine Faszination vom Mittelalter erst über einen Umweg. Seine Rolle als Bischof von Assisi in Liliana Cavanis historischem Film *Franziskus* wurde zum Anlaß für seinen ersten Roman *Franziskus oder Das zweite Memorandum* (Lübbe 1989), in dem bereits viele Figuren der späteren *Kinder-des-Gral*-Tetralogie eingeführt werden. Nach dem Erfolg von *Franziskus* begann Peter Berling mit der Entwicklung des umfangreichen Grals-Stoffes, dessen esoterische Hintergründe ihn schon seit seiner Begegnung mit Otto Rahns Buch *Der Kreuzzug gegen den Gral* beschäftigten. Aus seinen jahrzehntelangen Studien der Stauferzeit und aller über die Katharer-Verfolgung zugänglichen Quellen entstand die bisher dreibändige Chronik der Kinder des Gral, die mit einem vierten Band abgeschlossen werden soll.

Peter Berlings epischer Erzählkunst sind inzwischen auch andere Länder erlegen. Die spanische Übersetzung der *Kinder des Gral* (Lübbe 1991) stand monatelang auf der Bestseller-Liste und machte ihn in Spanien zu einem der meistgelesenen deutschsprachigen Nachkriegsautoren. *Das Blut der Könige* (Lübbe 1993) übertraf diesen Erfolg noch. Weitere Übersetzungen erscheinen in Rußland, Portugal, den Niederlanden und Polen.

ANGABEN
ZU DEN BUCHKUNSTARBEITEN
VON ACHIM KIEL

Das Original-Motiv des Schutzumschlages ist eine Material-Montage von circa zwei Meter Breite. Durch diese umlaufende Gestaltung assoziiert der dreidimensionale Buch-Block den Torso eines mongolischen Kämpfers, aus dessen Rücken die in die Brust eingedrungenen Pfeile wieder herausragen, also Körper wie Buch gleichsam durchschlagen haben. Als visualisiertes Wortbild sind die Pfeilspitzen in Form einer sechszackigen »Krone« angeordnet.

Die Stabilisatoren der Pfeile, angeleimte gespaltene Federn, werden mit einer aufwendig dichten Wicklung dünner Schnüre am Schaft gehalten. U-förmige, ins Schaftende eingelassene Knochenprofile bilden die Einlege-Nut für die Bogensehne und verhindern, daß die Pfeile beim Abschuß von der enormen Schnellkraft und dem Zug-Gewicht der Sehne (mehrere Hundert Kilogramm) gespalten werden.

Die sich aus ballistischen Gründen vorn verdickenden Pfeilschäfte stecken in geschmiedeten Tüllen-Spitzen, deren vierkantige Version als Kettenhemd-Pfeil gefürchtet war, da er die Kettenglieder knacken und diese mit Schwertern kaum bezwingbare Rüstung somit durchschlagen konnte.

Gekleidet ist der tote Mongole in einen geflochtenen Waffenrock mit Eisenbuckeln und einen darübergehängten (etwa 150 Jahre alten) Seiden-Sari. Die mit golddurchwirkten Fäden gestickten Ornamente sind zwar im Norden Indiens entstanden, ähneln aber weitgehend der geometrisch-floralen Formen-Sprache Chinas, der Mongolei und anderer südostasiatischer Kulturkreise. Der islamische

Schild aus Bronze (um 1700) wird von arabesken Schriftzeichen aus Blattsilber umrandet.

Die Innen-Illustrationen wurden in strengen Schwarzweiß-Kontrasten mit lithographischen Kreiden gezeichnet. Sie zeigen unter anderem:

Einen mongolischen Reiter, der den berüchtigten Skythen-Schuß, gegen die Laufrichtung des Pferdes, ausführt. Der Bogen ist, wie durch archäologische Funde im Altai-Gebirge belegt, in Komposit-Bauweise gearbeitet: Verschiedene bis zu 20 Jahre getrocknete Hölzer wurden verleimt, über Wasserdampf gebogen und zur Ausprägung der Doppel-S-Form mit Knochenenden ergänzt. Der Durchschlagskraft dieser hochentwickelten mittelalterlichen Fernwaffen war keiner der damals bekannten Plattenpanzer gewachsen. Derart starke Bogen, dann Armbrüste und später die Feuerwaffen bedeuteten das Ende des hochmittelalterlichen Rittertums.

Das Schiff ist eine Fortentwicklung der wikingischen Handelsschiffe. Dieser hochseetüchtige *Knarren* mit bereits an die Schiffslinie angepaßten Kastellen an Bug und Heck trägt schon Reffbändsel (zur Erleichterung der Segelbergung) und einen Bug-Spriet, führt aber immer noch das typische an der rechten Bordwand (Steuerbord) angeschlagene Wikinger-Steuerruder. Rekonstruiert wurde die Form dieses Schiffes nach einer Abbildung auf dem Siegel der Stadt Dover aus dem Jahre 1284, die derzeit zum südenglischen Städtebund der *Cinque Ports* gehört.

Die Vignetten und Siegel wurden nach historischen Vorlagen entwickelt und handgezeichnet, ebenso wie die Schrift des Schutzumschlages, die lombardischen Initialen entlehnt ist. Der Künstler dankt Monika Zeller-Schömig vom Braunschweiger Staatstheater, Claudia Brückner und Ralf Speiser vom Jarnfara-Wikingerverein sowie Beate Krumm und Walter Ilchmann für die hilfreiche Förderung der Buchkunstarbeiten.

© 1995 by Peter Berling
Copyright by Gustav Lübbe Verlag GmbH,
Bergisch Gladbach

© Schutzumschlag, Einbandentwurf und Illustrationen:
Achim Kiel AGD/BDG, PENCIL CORPORATE ART, Braunschweig
Ausführliche Hinweise zu den Buchkunstarbeiten
finden Sie auf den Seiten 766 und 767

Satz: Kremerdruck GmbH, Lindlar-Hartegasse
Gesetzt aus der ITC Berkeley Oldstyle von Linotype-Hell
Druck und Einband: Franz Spiegel Buch GmbH, Ulm

Alle Rechte,
auch die der fotomechanischen Wiedergabe,
vorbehalten

ISBN 3-7857-0788-6
Printed in Germany

2 4 5 3 1

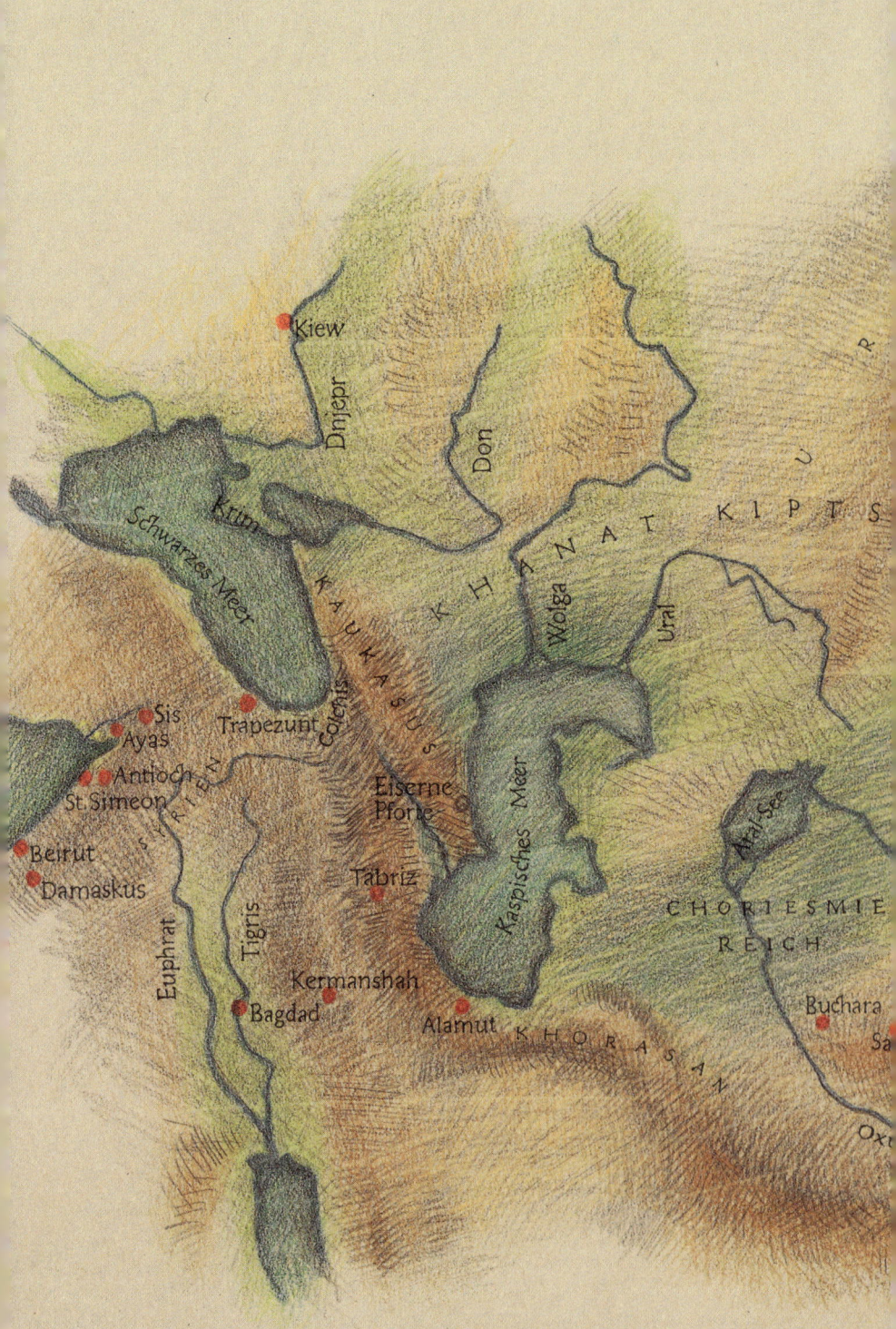